LA QUÊTE DE L'ABSOLU

DU MÊME AUTEUR
chez le même éditeur

Romans

LE ZÉRO ET L'INFINI
CROISADE SANS CROIX
LA TOUR D'EZRA
LES HOMMES ONT SOIF
LES CALL-GIRLS

Autobiographies

LA CORDE RAIDE
LA LIE DE LA TERRE
HIÉROGLYPHES

Essais

LE DIEU DES TÉNÈBRES
en collaboration avec I. Silone, R. Wright, A. Gide et S. Spender
L'OMBRE DU DINOSAURE
RÉFLEXIONS SUR LA PEINE CAPITALE
en collaboration avec Albert Camus
LE LOTUS ET LE ROBOT
LE YOGI ET LE COMMISSAIRE
SUICIDE D'UNE NATION ?
ANALYSE D'UN MIRACLE
Naissance d'Israël
LE DÉMON DE SOCRATE
L'ÉTREINTE DU CRAPAUD
LES RACINES DU HASARD
FACE AU NÉANT
LA TREIZIÈME TRIBU
JANUS

Génie et folie de l'homme :
LES SOMNAMBULES
LE CRI D'ARCHIMÈDE
LE CHEVAL DANS LA LOCOMOTIVE

ARTHUR KOESTLER

LA QUÊTE DE L'ABSOLU

Commentaires d'Arthur Koestler traduits par
GEORGES FRADIER et MURIEL ZYGBAND

CALMANN-LÉVY

Titre original de l'ouvrage

BRICKS TO BABEL

Les Éditions Calmann-Lévy remercient les Éditions Albin-Michel et les Éditions Tchou de leur autorisation de reproduire dans cet ouvrage certains extraits de livres d'Arthur Koestler.

ISBN 2-7021-0397-9

Imprimé en France

A CYNTHIA

PRÉFACE

Le présent recueil appartient à un genre qu'on nomme en Angleterre « omnibus ». D'après le Dictionnaire d'Oxford *un omnibus est « un volume contenant plusieurs ouvrages, nouvelles, pièces de théâtre, etc., d'un auteur et destiné à un large public ».*

En général un éditeur se charge de l'anthologie, fait la sélection des textes, rédige les notes et explications nécessaires. Cette fois c'est l'auteur qui a choisi lui-même les extraits et qui les relie par un commentaire continu. Pour filer la métaphore je dirais que l'omnibus offre une visite guidée : l'auteur sert de guide, signale les points de vue et ménage les arrêts convenables quand il y a lieu de regarder de près.

Au départ le projet me paraissait fort bon : personne, après tout, ne connaît plus complètement, plus intimement, que l'auteur le paysage à parcourir, son histoire et ses secrets. Mais bientôt je me suis aperçu avec effroi que l'omnibus n'aurait jamais assez d'essence, et qu'il ne pourrait faire qu'une petite partie du voyage. Le calcul est simple. Les trente ouvrages cités dans la bibliographie page 649 comptent à peu près 9 000 pages. Or pour rester maniable le volume à publier ne devait pas dépasser 750 pages. Autrement dit il ne pouvait contenir que 7,5 % du total ; et, ce qui paraît encore pire, il fallait en sacrifier 92,5 %.

En procédant à ce choix ou à ces éliminations j'ai obéi à plusieurs considérations. En premier lieu je savais que le volume devait se diviser en deux parties à peu près égales correspondant à deux périodes radicalement différentes de la vie et de l'œuvre de l'auteur. Un « livre premier » — A la recherche d'Utopie — contient des textes politiques. Le second — A la recherche d'une Synthèse — est consacré aux sciences et à la philosophie. J'avais près de cinquante ans quand j'ai subi ce changement de vocation qui est assez rare à notre époque de spécialisation pour avoir encore de sérieuses conséquences. C'est ainsi que je rencontre quelquefois des jeunes gens à qui on a fait lire à l'université les Somnambules *ou tel autre œuvre de la seconde période et qui ignorent que l'auteur avait écrit aussi des romans politiques ; et d'autre part je vois des lecteurs plus âgés qui se rappellent* le Zéro et l'infini *mais n'ont jamais entendu parler de ce que je publie depuis vingt ans. Quelquefois j'ai l'impression d'avoir changé de sexe. Et précisément l'un des principaux buts de ce recueil est de refléter la conviction que « les deux cultures » sont inséparables et qu'il faut chercher une synthèse capable de révéler la structure unitaire qui est leur fondement.*

En second lieu, il est clair qu'un recueil de ce genre n'est pas une autobiographie, mais simplement une sélection des écrits d'un auteur. Toutefois en l'occurrence, les écrits en question comportent quatre volumes d'autobiographie[1], *que j'ai présentés comme « l'histoire typique d'un membre des classes moyennes cultivées d'Europe centrale, né au début du siècle » et c'est en cela que réside la valeur documentaire d'une telle autobiographie. C'est aussi ce qui explique que les extraits de* la Corde raide *et de* Hiéroglyphes *occupent relativement beaucoup de place dans le livre premier. Cependant il convient de rappeler que l'auteur a écrit ces livres quand il avait une quarantaine d'années, et qu'il en a maintenant plus de soixante-dix. Sa jeunesse reparaît ainsi comme une poupée russe, à l'intérieur d'une plus grande poupée, elle-même contenue par..., etc.*

A la fin de Hiéroglyphes *on voit l'auteur, en 1940, s'évader, quitter la France occupée et s'installer en Angleterre. Bien souvent mes amis et mes éditeurs m'ont pressé de poursuivre l'autobiographie, mais depuis 1940 ma vie a cessé d'être une « histoire typique », elle n'a plus aucun intérêt pour le public, et j'ai préféré me concentrer sur un choix de mes ouvrages publiés — d'où le présent volume.*

Le pénible processus de sélection et d'élimination est devenu beaucoup plus facile lorsque j'eus décidé de réduire au minimum les textes polémiques. Une part considérable de plusieurs ouvrages tels le Cheval dans la locomotive et Janus *est consacrée à des polémiques contre le béhaviourisme à la Skinner et contre les insuffisances de la théorie néo-darwinienne de l'évolution. Il m'est apparu qu'à long terme je pouvais sans inconvénient omettre ces critiques (sauf quelques remarques çà et là) étant donné que les doctrines qu'elles attaquaient vont s'écrouler de toute façon et que dans dix ou vingt ans elles auront disparu comme tant d'autres orthodoxies. Je regrette pourtant d'avoir dû renoncer, en pratiquant ces coupes sombres, à des morceaux qu'à tort ou à raison je trouvais particulièrement réussis, y compris un livre entier,* l'Étreinte du crapaud, *consacré principalement à réfuter certaines thèses outrecuidantes du néo-darwinisme (de l'amibe à l'homme l'évolution s'expliquerait par les mutations fortuites et la sélection naturelle) et à défendre la validité partielle de la théorie lamarckienne de l'hérédité de certains caractères acquis : en d'autres termes l'évolution dépend des expériences accumulées et non d'un jeu de colin-maillard*[2].

1. *Un testament espagnol, la Lie de la terre, la Corde raide* et *Hiéroglyphes.*

2. Tout récemment l'*establishment* scientifique vient d'être ébranlé par les expériences d'un jeune immunologiste australien, E. J. Steele, qui semblent confirmer que chez les souris une immunité acquise contre certaines maladies peut se transmettre d'une génération à l'autre. L'ouvrage de Steele, *Somatic Selection and Adaptive Evolution* (Toronto, 1979), arbore un sous-titre provocant : « Sur l'hérédité des caractères acquis. » Les résultats de Steele sont pourtant publiés dans les Actes de l'Académie américaine des Sciences et dans les grandes revues scientifiques ; s'ils sont confirmés, déclare avec d'autres prix Nobel de biologie sir Peter

Il n'a pas toujours été facile de concilier les prétentions contradictoires de l'ordre chronologique et de l'unité thématique. Dans le livre premier la chronologie est à peu près respectée ; même là cependant les première et cinquième parties qui concernent le même thème ont dû être séparées pour éviter les confusions. A l'inverse, certains chapitres du livre deux qui traitent de sujets théoriques sont des mosaïques ou des collages d'extraits de plusieurs livres composés à des années d'écart, mais portant sur le même thème. La chronologie, page 000 permettra au lecteur de rétablir d'un coup d'œil la suite des événements et les circonstances dans lesquelles les ouvrages cités ont été écrits.

*Autre problème : l'équilibre. La méthode du lit de Procuste qui aurait consisté à retrancher de chaque livre le même nombre de pages était évidemment impraticable. Dans certains romans tel ou tel épisode pouvait former un tout ; dans d'autres (*Spartacus *par exemple) on ne pouvait rendre un peu de l'atmosphère que par de larges extraits. Pour les essais se posaient des problèmes analogues que l'on a pu résoudre au moins en partie quand des ouvrages récents résument ou condensent ceux qui les ont précédés. Et ce n'est pas toujours le cas : les extraits de* Réflexions sur la peine capitale, *par exemple, paraîtront peut-être démesurés ; réduits davantage, plus sèchement dépouillés ils auraient perdu l'efficacité qu'ils peuvent avoir éventuellement. Ainsi le nombre de pages ne reflète pas nécessairement l'importance que l'auteur attribue à leur contenu, il dépend aussi de la nature des textes.*

Il arrive que des répétitions soient inévitables dans un recueil d'écrits qui se chevauchent souvent. Je prie le lecteur de bien vouloir les excuser.

Les commentaires qui relient les extraits sont imprimés en italique. Les références sont données pour les chapitres des ouvrages cités mais elles n'indiquent pas la pagination : celle-ci en effet n'est pas la même dans les éditions de poche courantes que dans les éditions originales. L'édition « Danube », citée plusieurs fois, désigne une collection de mes ouvrages publiée en anglais.

Medawar, « ils représenteront un jalon dans l'histoire de la biologie ». J'ai eu la surprise et le plaisir de lire dans la préface de Steele qu'un de mes livres avait contribué à inspirer ces expériences. « La philosophie qui se dégage du dernier livre de Koestler, *Janus*, m'a apporté l'inspiration nécessaire pour traiter de manière rationnelle l'insatisfaction que j'éprouvais depuis longtemps à l'égard de l'explication darwiniste traditionnelle de l'évolution. » Je cite cet épisode pour montrer que les pécheurs sont quelquefois utiles et que les cordonniers ne sont pas toujours obligés de s'en tenir à la chaussure.

LIVRE PREMIER

A LA RECHERCHE D'UTOPIE

Mais, quoique M. de Pontverre fût un bon homme, ce n'était assurément pas un homme vertueux; au contraire, c'était un dévot.

J.-J. ROUSSEAU, *Les Confessions*

PREMIÈRE PARTIE

LA TERRE PROMISE

CHAPITRE PREMIER

La corde raide

JE suis né à Budapest, ce siècle avait cinq ans, enfant unique d'un Hongrois et d'une Viennoise. Mon père fut un industriel prospère jusqu'à ce qu'il fît faillite, victime de l'inflation qui suivit la Première Guerre mondiale. Habitant d'abord Budapest, nous avons aussi, à partir de 1914, résidé plusieurs fois à Vienne où nous nous sommes établis définitivement après la guerre.

J'ai raconté mon enfance et ma jeunesse dans La Corde raide. *Les pages qui suivent sont extraites des chapitres* VI *et* XII.

On rapporte que John Stuart Mill écrivait des vers latins à l'âge de trois ans.

Je n'ai rien d'aussi impressionnant à offrir. Toutefois, mes premiers mots en français, prononcés à l'âge de trois ans, ont été recueillis de façon digne de foi. Ils s'adressaient à une nouvelle gouvernante et consistaient en cette déclaration lapidaire : « Mademoiselle, pantalon mouillé. »

J'apprenais avec ardeur, lisais avec avidité, témoignais d'une passion précoce pour les mathématiques, la physique et la construction de jouets mécaniques, et, peu après dix ans, parlais hongrois, allemand, français et anglais de façon assez courante. Lorsque, à dix ans, je découvris l'art de changer les plombs et de réparer les lampes électriques et eus construit un sous-marin qui naviguait dans la baignoire, il fut décidé, d'accord avec mes propres désirs, que j'étudierais la physique et les sciences expérimentales. C'est ainsi que, ayant terminé l'enseignement primaire, j'entrai à la *Realschule,* dont je suivis les cours pendant sept ans, d'abord en Hongrie, puis en Autriche.

Le système scolaire de la monarchie austro-hongroise comportait trois types d'enseignement secondaire pour les élèves de dix à dix-huit ans : le *Gymnasium,* qui enseignait les humanités et faisait une grande place au latin et au grec ; la *Realschule,* spécialisée dans l'étude des sciences et des langues modernes, et le *Real-Gymnasium,* mélange des deux précédents. Je fréquentais la *Realschule,* ce qui me convenait parfaitement.

Depuis mon enfance jusqu'à mes années d'université, les mathématiques et les sciences demeurèrent les objets presque exclusifs de mon intérêt, et le jeu d'échecs ma principale distraction. J'étais particulièrement séduit par la géométrie, l'algèbre et la physique, car je me persuadais — à peu près comme les pythagoriciens et les alchimistes — que ces disciplines contenaient la clé du mystère de l'existence. Je croyais que les problèmes de l'univers étaient cachés dans un secret bien défini, semblable à la combinaison d'un coffre-fort, à la pierre philosophale. Se consacrer à la recherche de la solution de ce secret me semblait la seule raison de vivre. Il est difficile de décrire le plaisir éprouvé par un enfant en pénétrant les mystères du triangle de Pythagore, les lois de Kepler sur le mouvement planétaire ou la théorie des quanta de Planck. C'est la joie de l'explorateur qui, bien que son objet soit limité et spécialisé, est toujours poussé par l'espoir inconscient, enfantin, de tomber sur le suprême mystère. Les barques phéniciennes voyagèrent sur des mers inconnues, dans l'espoir de découvrir les colonnes d'Hercule, et le capitaine Scott lui-même espérait peut-être inconsciemment qu'il existait un trou au pôle sud dans lequel l'axe de la terre tournait sur des supports de glace. Des observateurs d'étoiles de Babylone aux grands savants-artistes de la Renaissance, le désir d'explorer a été l'un des instincts vitaux de l'homme, et même à l'époque de Goethe il aurait été aussi choquant d'entendre une personne instruite dire qu'elle ne s'intéressait pas à la science que si elle eût déclaré que l'art l'ennuyait. La quantité croissante des faits et la spécialisation de la recherche ont peu à peu tari cet intérêt et en ont fait le monopole des techniciens et des spécialistes. Depuis le milieu du XIXe siècle, la physique, la chimie, la biologie et l'astro-physique ont peu à peu disparu du domaine de la culture générale. A l'époque prérelativiste, cependant, il était encore tout juste possible pour le non-spécialiste de se tenir au courant du développement des sciences. J'ai grandi pendant les dernières années de cet âge, avant que la science fût devenue si abstraite qu'elle disparut de l'orbite du profane. Les héros de ma jeunesse furent Darwin et Spencer, Kepler, Newton et Mach, Edison, Hertz et Marconi, les Buffalo Bill des frontières de la découverte. Ma bible fut *Die Welträtsel,* de Haeckel. Dans cet ouvrage de vulgarisation, classique de la fin du siècle, figuraient sept « énigmes de l'univers » ; parmi celles-ci, six (dont la nature de la matière et l'origine de la vie) paraissaient « définitivement résolues », tandis que la septième, la question du libre arbitre, était définie comme « un pur dogme fondé sur une illusion et sans existence réelle ».

Il était bien rassurant de savoir, à quatorze ans, que les énigmes de l'univers avaient toutes été résolues. Il demeurait toutefois un doute dans mon esprit, car l'on avait négligé d'inclure dans la liste le paradoxe de l'infini et de l'éternité.

Infini et éternité... Là justement était le *hic.* Un jour, pendant les vacances d'été de 1917, j'étais étendu sous le ciel bleu au flanc d'une colline de Buda. Mes yeux étaient remplis par l'azur, continu, infini, transparent, omniprésent, qui s'étendait au-dessus de moi, et j'éprouvais une exaltation mystique, un de ces états d'illumination spontanée qui sont si fréquents dans l'enfance et deviennent de plus en plus rares avec les années. Au milieu de cette extase, le paradoxe de l'infinité spatiale pénétra soudain dans ma cervelle comme l'aiguillon d'une guêpe. On pourrait lancer une super-flèche dans l'azur avec une super-force qui la porterait au-delà de la force de gravité terrestre, au-delà de la lune, au-delà de l'attraction du soleil, des autres galaxies, des voies lactées, voies de miel, voies acides, et alors ? Elle continuerait son chemin au-delà des nébuleuses en spirale, d'autres galaxies et d'autres nébuleuses, et il n'y aurait rien pour l'arrêter, pas de limite, pas de fin, ni dans l'espace, ni dans le temps. Le pire, c'est que tout cela n'était pas une fantaisie de l'imagination, mais la vérité même. C'était là un pur supplice pour la pensée. Le ciel n'aurait pas dû paraître si bleu et satisfait quand son sourire cachait d'affreux mystères qu'il refusait de dévoiler, semblable en cela aux adultes qui sourient eux aussi de façon exaspérante lorsqu'ils sont bien décidés à garder un secret et refusent, cruellement, injustement, de reconnaître votre droit le plus sacré, le droit de savoir. Le droit de savoir est flagrant et inaliénable, sinon pourquoi serait-on ici avec des yeux qui voient et un esprit qui pense ?

L'idée que l'infini demeurera une énigme sans réponse était intolérable. D'autant plus que j'avais appris qu'une quantité finie comme la terre — ou ma personne sur la terre — se réduisait à zéro lorsqu'on la divisait par une quantité infinie. Donc, mathématiquement, si l'espace était infini, la terre était zéro, j'étais zéro, et la durée d'une vie était zéro, et un an ou un siècle étaient zéro. Cela n'avait aucun sens, il devait y avoir quelque part une erreur de calcul, et l'on trouverait évidemment la solution du problème en lisant d'autres livres sur la gravitation, l'électricité, l'astronomie et les mathématiques supérieures. Peut-être avais-je été choisi, élu, pour résoudre la suprême énigme ? Cela me paraissait d'autant plus probable que personne d'autre ne semblait excité comme moi par l'espace et la flèche.

La soif de l'absolu est un stigmate qui marque les êtres incapables de trouver satisfaction dans le monde relatif du maintenant et de l'ici. Mon obsession de la flèche ne fut que la première phase de la recherche. Quand elle se révéla stérile, l'infini, en tant que but, fut remplacé par des utopies d'un genre ou d'un autre. C'était la même recherche et le même état d'esprit « tout ou rien » qui m'attirèrent vers la Terre Promise et vers le parti communiste.

J'ai une image très vive de la flèche. Tendue en deux dans le sens de la longueur. Les deux moitiés se repoussent, leurs orbites s'écartent ; elles continuent leur vol dans des directions opposées qui symbolisent, l'une l'action, l'autre la contemplation.

Je me rappelle assez clairement l'instant où la flèche se fendit. C'était un matin de printemps en 1924. J'étais assis sur un banc du *Volksgarten*, un des parcs enchantés de Vienne, une pile de livres à côté de moi. Au sommet de la pile se trouvait une brochure sur les dernières émeutes arabes en Palestine, contenant des détails révoltants sur des enfants passés au fil de l'épée comme à l'époque d'Hérode, sur des pionniers juifs mis à mort après avoir été aveuglés et châtrés, sur la passivité de la puissance mandataire et son refus de permettre aux Juifs de s'armer pour se défendre.

En lisant cette brochure, j'étouffai, j'écumai de colère impuissante. Ainsi que la plupart des gens qui souffrent d'indignation chronique comme d'autres d'indigestion chronique, je sens, au cours d'une crise, l'influx d'adrénaline pénétrer mon sang, l'impatience de mes muscles gonflés de glucose, avides d'action violente. Dans cette situation, l'on se met, suivant le cas, à trembler, à hurler de colère, à écrire un tract révolutionnaire, ou bien à commencer un ulcère. Quand j'eus terminé la lecture de la brochure et que je fus un peu calmé, je tombai dans une de mes songeries coutumières sur la façon dont je consacrerais ma vie à la cause des persécutés, à la fois en combattant et en écrivant des livres qui secoueraient la conscience du monde.

Encore habité par ce rêve, j'ouvris le second volume de la pile à la page marquée. C'était l'introduction de Weyll à la théorie de la relativité d'Einstein. Une phrase me frappa tout à coup et est, depuis lors, demeurée dans ma mémoire. Elle disait que la théorie de la relativité générale conduisait l'imagination « à travers les sommets de glaciers qu'aucun être humain n'avait encore explorés ». Ce cliché eut un effet saisissant. Je vis la formule d'Einstein qui a bouleversé le monde — l'énergie est égale à la masse multipliée par le carré de la vitesse de la lumière — s'élevant dans une espèce de brouillard raréfié au-dessus des glaciers, et cette image portait en elle une sensation de sérénité et de paix infinie. Les pionniers suppliciés de la Terre Sainte se réduisirent à une échelle microscopique. Le destin de ces infortunés devait être considéré du même œil serein, détaché, méditatif, que celui des étoiles éclatant en novæ, des taches de soleil en éruption, des forêts se désagrégeant dans les marécages. Ce changement de perspective s'accompagnait d'un changement physiologique. A l'étouffement de l'indignation succédait la détente, le calme où l'on se dissout, le « sentiment océanique [1] ».

En voilà déjà trop, sans doute, sur ce sujet. S'étendre sur les dualités de sa nature est une forme particulière de vanité, surtout lorsqu'on est originaire d'Europe centrale et nourri des vers de Goethe : « Deux âmes, hélas ! habitent dans mon sein. » Mais, si je veux demeurer sincère, il me faut bien insister un peu sur l'existence de ces deux âmes « en mon sein », car la

1. Terme employé par Freud pour décrire l'intuition mystique ou religieuse.

dualité est demeurée et le conflit résultant est un des leitmotive de ce récit. Il se reflète dans les titres en forme d'antithèses de mes livres : *Le Yogi et le Commissaire, Analyse d'un Miracle, Le Zéro et l'Infini, Croisade sans Croix,* etc.

A vingt ans, un an avant les derniers examens de l'Institut polytechnique de Vienne, j'abandonnai les études. Décision brusque dont la motivation me semble, avec le recul, avoir été assez proche des impulsions apparemment irrationnelles de tant de jeunes gens depuis une vingtaine d'années. Le dénominateur commun est le sentiment de l'absurde, l'impression de vivre dans un monde dénué de sens. Dans ce contexte, l'extrait suivant de La Corde raide *paraîtra peut-être moins bizarre.*

Un soir d'octobre, en 1925, je rentrai tard, après une longue discussion sur la liberté et le déterminisme avec un étudiant russe du nom d'Orochov. Orochov était socialiste et l'incarnation la plus fidèle du personnage dostoïevskien que j'aie jamais rencontrée ; il avait l'air de sortir tout droit des *Possédés.* Il était laid, chaleureux, tourmenté et sincère. Il se suicida, l'année suivante, en se jetant d'un pont, la nuit, dans le Danube gelé, pour échapper à la misère.

Au cours de notre discussion dans sa chambre nue, Orochov avait, ce soir-là, tenacement défendu la thèse déterministe, tandis que je soutenais que, dans certaines limites, l'homme avait la liberté du choix et la suprême maîtrise de son sort. Nous n'avions pas bu d'alcool, seulement des litres d'un thé faible, mais je le quittai dans un état d'ivresse et d'exaltation. Il pleuvait très fort et, comme je n'avais ni chapeau ni parapluie, je me laissai tremper avec volupté, jouissant de sentir la pluie glisser à l'intérieur de mon col et couler en un filet glacé le long de mon échine. Les rues étaient désertes ; l'abondance du thé que nous avions bu m'obligea à m'arrêter au pied d'un réverbère, et cette contribution personnelle aux torrents qui se déversaient me parut, je ne sais pourquoi, symbolique et significative. Je rentrai dans un état de jubilation insensée, frottai une allumette et brûlai lentement mon livret universitaire. Ce document, appelé *Index* en Autriche, était le passeport sacré de l'étudiant ; on y consignait les examens qu'il avait passés, les cours qu'il avait suivis et d'autres informations importantes sur ses études. Brûler mon *Index,* c'était littéralement faire sauter mes ponts, en finir avec ma future carrière d'ingénieur et d'honorable citoyen.

La cause de cet acte d'apparente folie fut une soudaine passion pour la déraison elle-même. La discussion avec Orochov avait provoqué en moi un état que je ne puis définir que comme une crise grave de « sentiment océanique », et, dans cet état, toutes les valeurs sont renversées. Il m'apparut comme une vérité évidente que la raison était absurde. Kant avait déjà prouvé que la raison doit abdiquer devant les problèmes qui importent vraiment, comme l'éternité et l'infini. Einstein avait donné le coup de grâce au sens commun. Freud, dans un autre domaine, avait achevé le circuit.

L'inflation, avec ses prix qui atteignaient mille couronnes pour une miche de pain, avait réduit à l'absurde les normes économiques. La fin du vieux G... avait démontré où menait une existence guidée par le bon sens et l'honnêteté. La vie était chaos, et s'embarquer pour une carrière raisonnable au sein du chaos était folie. On pourra trouver cette construction intellectuelle un peu trop recherchée ; mais, sur le moment, la chose me toucha intensément, au point que les gens qui ordonnaient leur vie selon les lois de la raison me parurent ne mériter que mépris et pitié.

Je n'avais aucun plan, sinon celui de « vivre ma vie ». C'est pour le réaliser qu'il m'avait fallu m'écarter du chemin tracé. Je me représentais avec une grande précision une longueur infinie de rails d'acier sur des traverses pourrissantes. On était né sur un certain chemin, comme un train est mis en service conformément à l'horaire, et, une fois sur le chemin, on n'avait plus de libre arbitre. L'existence était déterminée, comme le soutenait Orochov, par des forces extérieures : les rails d'acier, les gares, les sémaphores. Si l'on acceptait ces conditions, la course sur les rails devenait une habitude que l'on ne pouvait plus rompre. Ce qu'il fallait, c'était sauter hors du chemin avant que l'habitude ne fût formée, avant de se trouver enfermé dans une prison grinçante.

Mes parents étaient tous deux juifs mais non pratiquants et je fus élevé dans le libéralisme et la tolérance. Toutefois j'entrai, en tant qu'étudiant, dans une association sioniste et devins un des fondateurs de la branche autrichienne de la ligue des Activistes sionistes fondée par Jabotinsky[1]*. C'est donc du dehors que je vins au Judaïsme : en volontaire plus qu'en victime des persécutions.*

Quelques mois après avoir interrompu mes études, je partis pour la Terre Sainte labourer le sol d'Utopie dans un des tout premiers Kibboutz appelé Heftzeba, sur la montagne de Guilboé.

Toute la *Burschenschaft* m'accompagna « avec les couleurs » et chanta l'hymne sioniste sur le quai de la gare. Puis vint la musique la plus enchanteresse aux oreilles d'un jeune homme partant pour l'aventure : le sifflet de la locomotive, le grincement du train sortant de la gare.

1. Elle donna naissance par la suite au mouvement terroriste constitué par Begin : l'Irgoun.

CHAPITRE II

La vie du kibboutz dans les années vingt *

LES sionistes partaient de la conviction qu'Israël ne pourrait renaître en tant que nation que s'il construisait une structure sociale semblable à celle des autres nations, sur une large base d'agriculteurs et de travailleurs manuels. Pour se normaliser, il fallait que les Juifs renversent la pyramide sociale du ghetto, où ils avaient été condamnés durant des siècles à l'existence parasite d'usuriers, de marchands et d'intermédiaires. La Terre Promise ne serait vraiment leur que s'ils en travaillaient le sol de leurs propres mains. « Si je ne dépense pas ma force, je ne récolterai point la moisson », dit le poète hébreu Byalik.

Cette nouvelle conception a profondément marqué le caractère du mouvement sioniste. Ce mouvement de retour à la terre, dans le cas particulier des Juifs, n'était pas un caprice romantique, mais une nécessité historique.

Une fois cette nécessité reconnue, on en fit, avec une exubérance typiquement juive, un nouveau culte, l'adoration presque mystique du travail manuel, du travail qui ennoblit. Ce culte se confondit à son tour idéologiquement avec la conscience de classe marxiste d'une part et, d'autre part, avec les idées de Tolstoï, l'ensemble reposant sur le messianisme traditionnel, qui considérait la Palestine comme sa Terre Promise. Cette étrange mixture idéologique, synthèse de renaissance nationale et d'utopie socialiste, s'incarna dans sa forme la plus pure dans les colonies collectivistes, qui donnèrent à Israël son caractère unique d'expérience sociale.

Je partais pour une de ces collectivités — Kvutsa Heftseba en l'occurrence — situées dans la vallée d'Yesréel. Kvutsa signifie groupe ou communauté et ce mot désignait les collectivités d'autrefois avant qu'elles ne fussent baptisées « Kib-

* Extrait d'*Analyse d'un miracle* et de *La Corde raide.*

boutz ». Heftseba n'est autre que le nom arabe du coteau sur lequel cette colonie est installée.

La vallée d'Yesréel dessine un arc très ouvert entre la Méditerranée et le Jourdain. Aux temps bibliques, elle était — et est redevenue — la plaine la plus fertile de Palestine. En 1926, elle était encore surtout un désert pierreux, infesté de malaria, de typhus et de maraudeurs bédouins. Les collines qui bordent la vallée étaient semées de villages arabes aux huttes de boue qui se fondaient, comme par un phénomène de mimétisme, dans la brume violette de la terre et du roc. Plus bas dans la plaine s'étendaient les établissements des premiers pionniers juifs, offensant l'œil par leurs constructions de ciment cubiques et blanches. Ils étaient un défi au payage et à ses habitants indigènes.

Heftsebà était, à cette époque, l'établissement situé le plus loin à l'est, c'est-à-dire le plus profondément avancé en territoire arabe. Il jouissait également du climat le plus malsain, car il était situé à une centaine de mètres au-dessous du niveau de la mer. (La vallée d'Yesréel s'abaisse vers l'est jusqu'à la vallée du Jourdain, laquelle constitue la dépression la plus profonde de la surface du globe.) En été, la chaleur était étouffante, aggravée par le khamsin, un vent chaud du désert aux effets particulièrement énervants. L'ancien droit turc considérait comme une circonstance atténuante le fait qu'un crime avait été commis en période de khamsin Moustiques, mouches, cafards, insectes de toute espèce abondaient — c'était d'ailleurs la seule abondance que la nature dispensât à cette région, car la terre y était aride et rocailleuse et n'avait pas vu une charrue depuis un millénaire et demi, avant la venue des pionniers d'Heftsebà. Ceux-ci étaient presque tous des avocats, des architectes ou des docteurs en philosophie de Vienne et de Prague. Ils n'étaient pas exercés à l'agriculture ni à d'autres travaux manuels. L'établissement s'étendait au pied du mont Guilboa, la colline où Josué avait vaincu les Amorrhéens et ordonné au soleil de s'arrêter.

J'arrivai à Heftsebà un soir d'avril 1926. La première vue de l'établissement fut un choc. J'avais débarqué à Haïfa quelques jours auparavant et j'étais encore ébloui par le spectacle oriental, pittoresque et coloré des bazars arabes et du port. A présent, je me trouvais en plein désert, dans une oasis terne et misérable dont les habitations consistaient en cabanes de bois entourées de tristes potagers. Ces cabanes n'étaient point des chalets de rondins, mais des espèces de baraques de planches telles que, en Europe, les indigents seuls en habitent. Les uniques bâtiments de béton étaient l'étable des vaches et une maison blanche, carrée, où les enfants des pionniers vivaient à l'écart de leurs parents. Je ne sais comment je m'étais représenté l'établissement, mais certainement pas ainsi.

J'arrivai à l'heure du dîner ; les hommes et les femmes étaient assemblés dans la baraque qui servait de restaurant communautaire. Ils étaient assis sur des bancs devant des tables faites de planches brutes montées sur des tréteaux. La plupart d'entre eux avaient entre vingt et trente ans, mais paraissaient beaucoup plus âgés, car ils semblaient tous las et physiquement épuisés ; ils se courbaient sur les assiettes, les coudes sur la table, et avalaient leur soupe en silence, trop fatigués pour parler. Leur visage était hâlé, mais cela ne leur donnait point un air de santé. Plusieurs avaient le teint jaunâtre du paludisme ; les traits des femmes étaient épaissis par le climat et les durs travaux. Personne ne me demanda ce que je venais faire là ni ne témoigna la moindre attention à mon entrée. Je le crus du moins. Ce n'est que plus tard que je discernai le regard silencieux et intense dont la communauté scrutait les moindres mouvements du nouveau venu.

Je m'enquis de Guetig, l'un des chefs de la commune et ancien membre d' « Unitas », qui avait été prévenu de ma prochaine arrivée. On me dit qu'il avait une crise de paludisme. Sans autre commentaire, l'homme auquel je m'étais adressé se rapprocha de son voisin pour me faire place sur le banc. Je m'assis et, du bout de la table, une assiette de soupe et un morceau de pain m'arrivèrent, passés de main en main, mais aucun de mes voisins ne me demanda qui j'étais ni ce que je voulais. C'était et c'est encore l'une des règles fondamentales des communautés palestiniennes de donner au voyageur de la nourriture et un lit, sans lui demander de payement ni lui poser de questions.

Le dîner se composait de soupe à l'oignon, de pain, de fromage de chèvre et d'olives. Le repas de midi du lendemain avait le même menu ; le petit déjeuner se composait de thé, de salade d'oignons et de légumes crus. On ne servait de la viande qu'une fois par semaine, le jour du sabbat.

Finalement, j'entrai en conversation avec mon voisin de droite. Il était brun et maigre et portait des lunettes aux verres épais sur un visage raviné qui exprimait à la fois la vigueur, l'intelligence et la douceur. Son nom était Lœbl, et même docteur Lœbl ; il figure dans la dédicace de mon roman sur la Palestine : *La Tour d'Ezra.*

J'expliquai à Lœbl que j'étais venu avec l'intention de faire partie de la commune.

« Pour de bon ? » demanda-t-il sans lever les yeux de son assiette.

Je répondis que je ne savais pas ; que j'aimerais y travailler un an ou deux et, plus tard, peut-être, trouver un poste à Tel-Aviv ou entrer dans la carrière politique. Lœbl ne dit rien. Il avalait sa soupe, mâchait son pain, donnant toute son attention à sa nourriture comme font les hommes qui sont engagés dans une lutte continuelle pour conserver leurs forces physiques. Les grands malades mangent ainsi, et les prisonniers des camps de concentration, qui savent que toute calorie perdue diminue leurs chances de survivre. Au bout d'un moment, il m'expliqua que, du fait de la crise économique, il y avait plus de candidats aux établissements collectifs que ceux-ci n'en pouvaient absorber. Voyant ma mine déçue, il ajouta qu'il en parlerait au secrétaire — le secrétaire est le maire et le chef de la commune — et verrait si l'on pouvait me prendre à l'essai pour quelques semaines.

Avant d'être accepté comme membre de la communauté, chaque candidat passe par un stage d'essai — une espèce de noviciat — au cours duquel ses qualités physiques et son adaptabilité sociale sont jaugées par la communauté. Je découvris plus tard que, pendant ce bref entretien avec Lœbl, j'avais été pesé et trouvé déficient. On n'entre pas dans une commune, pas plus que dans un couvent ou un ordre monastique, « pour un an ou deux ». Plus récemment, la coutume s'est répandue pour les jeunes gens de passer six mois ou un an dans une ferme collective avant de se lancer dans une carrière citadine. Mais, à l'origine, entrer dans une « kvutsa », c'était y consacrer sa vie.

On me donna un lit dans une petite pièce étouffante et nue que je partageai avec deux autres hommes. Cette chambre faisait partie d'une cabane dont l'autre moitié était occupée par un couple. A travers la mince cloison de bois, l'on entendait chaque mot, chaque geste, comme si nous habitions dans la même chambre. Cette promiscuité, qui s'étendait aux douches et aux latrines communales, infligeait aux pionniers une tension nerveuse plus grande encore que la lutte contre la maladie et l'épuisement physique. Le principe de toutes les communautés était que le soin des enfants et du bétail passait avant tout, celui du personnel adulte ne venant qu'après. C'est pourquoi le premier bâtiment en béton qu'on avait élevé était l'étable des vaches, et le suivant la maison des enfants, tandis que les hommes et les femmes continuaient à habiter sous la tente ou dans des baraques, souvent plusieurs années durant. Cette austérité était imposée en partie par la pauvreté, en partie par l'idéologie collectiviste des pionniers. La « kvutsa » était considérée par ses membres comme une communauté mystique dans laquelle non seulement la propriété, mais même les pensées, les sentiments et les aspects les plus intimes de l'existence devaient être partagés — à la seule exception de la vie sexuelle. Toute licence dans ce domaine était considérée comme un signe d'égoïsme et d'inadaptation sociale. Des conflits passionnels et même des drames pouvaient évidemment survenir, mais exceptionnellement, sans doute parce que les désirs sexuels étaient assourdis par la fatigue et l'effet neutralisant de la familiarité. Cela conduisait d'ailleurs à un curieux phénomène, la formation d'une espèce de barrière d'inceste entre les hommes et les femmes d'une même commune et, en conséquence, une tendance à l'exogamie, une préférence pour le compagnon ou la compagne qu'on va chercher ailleurs.

Le lendemain de mon arrivée, l'on me mit au travail dans un champ en pente abrupte destiné à devenir un potager. Pour l'instant, ce n'était qu'une étendue aride qui semblait contenir plus de pierres que de terre. Il fallait ôter les pierres une par une et les emporter dans des corbeilles. Quand un petit espace était débarrassé des plus grosses pierres, on y traçait des sillons à la houe. Au bout d'une heure de ce labeur, mes mains était écorchées ; ma tête, couverte d'un mouchoir mouillé, tournait, et mes os me faisaient l'effet d'avoir été étirés sur une claie. Lœbl, qui dirigeait l'équipe au travail dans ce champ, m'observait du coin de l'œil et me dit à plusieurs reprises de m'arrêter et d'aller me reposer. Le second et le troisième jour, cela n'alla pas mieux ; ce n'est que vers la fin de la première semaine que je commençai peu à peu à acquérir le rythme du travail et la technique nécessaire pour économiser mon énergie à chaque mouvement.

Ma période d'essai dura quatre à cinq semaines. Je fis de mon mieux pour cacher mon aversion pour la bêche, cette bêche rouillée, couverte de glaise, si différente du luisant symbole de mes rêves de liberté. Dans une petite communauté où chacun est constamment sous le regard de tous, il est impossible de dissimuler aucun trait de caractère ; une humeur passagère, une ombre momentanée de mécontentement, le premier mouvement d'amitié ou d'animosité sont aussitôt connus. Il ne faut voir là ni indiscrétion, ni espionnage, mais plutôt une espèce de sixième sens qui se développe en vase clos et qui perçoit les variations individuelles avec la précision d'un sismographe. Les membres d'une « kvutsa » ont l'impression curieuse d'être transparents, de vivre sous un faisceau de rayons X et de ne pouvoir se cacher nulle part. Cette situation provoque tôt ou tard une crise psychologique. Une personne sur deux environ est incapable de la supporter et quitte la « kvutsa » au bout de deux ou trois ans. L'autre moitié s'y adapte plus ou moins et, passé quelques années, devient inapte à toute autre forme d'existence.

A la fin de ma période d'essai, Lœbl m'annonça, gentil et gêné, que l'assemblée des membres avait décidé de donner la préférence à deux autres candidats, physiquement et moralement mieux équipés que moi pour la vie de « kvutsa ». Je reçus la nouvelle avec des sentiments mêlés d'abattement et de soulagement à demi conscient. Les obstacles que j'ai mentionnés étaient réels ; mais, si j'avais eu une véritable vocation, je les aurais probablement surmontés. D'autre part, l'écroulement de mes projets était une déception amère et, bien que je fusse absolument inapte à ce genre d'existence, il m'est encore pénible aujourd'hui de me rappeler que j'y ai échoué.

Sans doute mon chagrin était-il dû en partie à un orgueil blessé, mais aussi, dans une égale mesure, au fait que, durant ces brèves semaines, je m'étais pris d'affection pour Lœbl, Guetig et d'autres, et avais subi le charme étrange de la vie de « kvutsa ». La nature de ce charme est difficile à définir. La « kvutsa », à l'origine, était un monastère socialiste, en même temps qu'une aventure de pionnier violemment romantique. Monter la garde au clair de lune avec un vieux fusil au pied du mont Guilboa était une expérience qu'on n'oubliait pas aisément, pas davantage que la paisible béatitude des matins de sabbat où le repos physique, la chemise propre sortie du lavoir communal et la viande qu'on servait à déjeuner se savouraient comme autant de luxes très rares ; pas plus que l'ineffable plaisir d'enfoncer ses racines dans un sol vierge et de former des nœuds humains d'une qualité inconnue ailleurs, des nœuds organiques aussi solides que les plantes grimpantes qui relient des arbres isolés en un buisson vivant et indivisible. Je crois que jamais, depuis les premières communautés chrétiennes, on n'a vu de fraternité semblable à celle des établissements collectifs de Palestine.

La vie dans une « kvutsa » signifiait — et signifie encore dans certaines régions de la Palestine telles que le désert du Neguev — une existence de pauvreté héroïque et de luttes farouches aux limites de l'endurance humaine. Les institutions et les douceurs de la société normale étaient absentes. Aucun agent de police en uniforme, aucun gendarme ne protégeait les pionniers dans un territoire hostile ; ils devaient tenir la charrue d'une main et l'épée de l'autre, comme à l'époque d'Ezra, après le retour d'exil de Babylone. Toute forme de travail rétribué était bannie des établissements communaux, de même que la propriété et l'usage de l'argent. Le membre de la commune devait travailler jusqu'à la limite de ses forces et recevait en échange les biens absolument indispensables à l'existence. Il était nourri et logé, et le magasin communal lui fournissait gratuitement savon et brosse à dents, vêtements de travail, livres, timbres et produits anticonceptionnels. Ses enfants étaient élevés sous les soins de jardinières et de professeurs dans la maison communale des enfants. Seul le trésorier de la commune se servait d'argent pour ses transactions avec le monde extérieur ; mais ces transactions elles-mêmes étaient principalement sur le papier. Les denrées nécessaires à la vie de la commune étaient fournies à crédit par les coopératives des syndicats, et les produits de la commune étaient livrés à une autre branche de la même organisation coopérative. Les enfants, nés et élevés dans un établissement collectif, ne voyaient jamais un billet de banque ni une pièce de monnaie ; ils n'avaient, littéralement, aucune notion de la valeur de l'argent ni de la façon de s'en servir.

Tout cela entraînait un curieux divorce avec la réalité. La vie de la « kvutsa » était dure, mais, en même temps, libérée des soucis économiques et des inquiétudes inséparables d'une existence sociale normale. La commune prenait soin de tous les besoins de l'homme, du berceau à la tombe.

A l'époque de mon premier séjour à Kvutsa Heftsebà, il existait une vingtaine d'établissements collectifs en Palestine. Au moment de la proclamation de l'indépendance d'Israël, leur nombre atteignait environ cent vingt ; au moment où j'écris ceci, on en compte plus de deux cents. Contrairement aux autres tentatives utopiques, depuis la « Cité du Soleil » de Spartacus jusqu'à la « Nouvelle Harmonie » des Owenites, qui toutes s'écroulèrent au bout de peu de temps, les communes de Palestine ont réussi à établir des formes stables de société rurale ; dans les établissements les plus anciens, les enfants constituent à présent la troisième génération née dans le pays. Certes, le plus remarquable dans la « kvutsa » est qu'elle ait survécu.

Ce serait toutefois une erreur que de surestimer la signification sociale de ces communautés exceptionnelles ou de les prendre pour modèles dans une expérience tentée sur une grande échelle. Les membres des établissements collectifs sont une élite de volontaires ; les rigueurs de leur existence leur sont imposées par eux-mêmes. Il serait impossible de bâtir de force une société analogue, comme il serait impossible d'obliger une fraction importante d'une population à prononcer des vœux monastiques. Même les pionniers volontaires, avec toute leur ferveur et toute leur abnégation, durent faire des concessions et adoucir les rigueurs de la doctrine collectiviste originale. Au cours des quarante ans qui se sont écoulés depuis que fut fondé à Dagania, sur les rives du lac de Tibériade, le premier établissement collectif, la structure de la « kvutsa » a subi une réforme progressive. Les pionniers sont à présent autorisés à une certaine propriété privée, depuis celle des vêtements jusqu'à celle des appareils de T.S.F. et autres menus conforts. Dans la plupart des établissements collectifs, les petits enfants peuvent vivre avec leurs parents au lieu d'être élevés à l'écart dans la maison des enfants. Certains établissements ont cessé d'être exclusivement agricoles et comportent des usines et des ateliers. D'autres accordent à leurs membres de l'argent de poche, qu'ils peuvent dépenser à leur guise. Des formes mixtes, à mi-chemin entre la ferme collective et coopérative, surgissent çà et là. Mais cette évolution organique ne diminue pas la valeur et la réussite des premiers pionniers et l'inspiration morale que la naissante nation d'Israël puise en elles.

J'ai souvent revisité Heftsebà — et beaucoup d'autres établissements collectifs — depuis ma tentative manquée pour me fixer à l'ombre du mont Guilboa. L'idée d'écrire un livre sur la vie d'une « kvutsa » m'a attiré dès le début ; c'est le premier sujet de roman auquel j'ai pensé. Il n'a été réalisé que vingt ans plus tard, dans *La Tour d'Ezra,* écrit en 1945.

CHAPITRE III

*Pris dans un dilemme**

LE récit de la vie au kibboutz qui figure dans le précédent chapitre se situait dans les années vingt, époque relativement paisible. Au contraire, dans les passages qui vont suivre, tirés de La Tour d'Ezra, *on assiste à la fondation d'un nouveau kibboutz en 1937, c'est-à dire en pleine période de troubles. Il s'agit d'une action paramilitaire nocturne de type courant pour prendre par surprise les Arabes postés aux alentours. Il suffit aux nouveaux colons d'une seule nuit pour ériger un camp fortifié comprenant tour de guet, tentes, baraquements, parapets et barbelés et pour l'entourer, selon leur coutume, d'un sillon symbolique signifiant qu'ils en sont les seuls possesseurs.*

Dans le roman, le nouveau camp est situé à quelques kilomètres de Gan Tamar, ancien kibboutz qui sert de base à l'opération. Bien qu'il soit fictif, ce récit se fonde sur l'expérience personnelle de l'auteur, témoin de semblables épisodes.

Jusqu'alors, le programme avait été rempli commodément, presque facilement. Trois heures plus tôt, à 1 heure du matin, les quarante gars de l'Escadron de la Défense, qui devaient former l'avant-garde, s'étaient assemblés dans le baraquement-réfectoire de Gan-Tamar, la vieille colonie d'où l'expédition devait partir. Dans la vaste salle voûtée, vide, les gars avaient l'air très jeunes, maladroits et ensommeillés. Ils avaient, pour la plupart, moins de dix-neuf ans ; nés dans le pays, c'étaient les fils ou les petits-fils des premiers colons de Petakh Tikwah, Rishon-lès-Sion, Metullah et Nahalal. L'hébreu était leur langue maternelle ; le pays était leur pays et non une promesse ni un accomplissement. L'Europe était pour eux légende et terreur, la nouvelle Babylone, le pays de l'exil où leurs aînés pleuraient au bord des fleuves. Ils étaient presque tous blonds, piquetés de taches de rousseur, les traits épais, d'ossature lourde et dénués de grâce ; des paysans, ayant perdu le type juif, un peu benêts. Aucun souvenir ne les hantait ; ils

* Extrait de *La Tour d'Ezra.*

n'avaient rien à oublier. Aucune malédiction ne pesait sur eux ni aucune énervante espérance ; ils avaient l'amour de la terre du paysan, le patriotisme de l'écolier, l'arrogance d'une très jeune nation. C'étaient les Sabras, sobriquet provenant du fruit épineux, assez insipide, du cactus, produit d'une terre aride, dur, résistant et rare.

Parmi eux se trouvaient quelques Européens, nouveaux immigrants de Babylone. Ils avaient été soumis à l'entraînement rude et ascétique de Hekhajuz et d'Hashomer Hatzair, mouvements de jeunesse combinant la ferveur d'un ordre religieux avec le dogmatisme d'une société de discussion socialiste. Leurs visages étaient plus foncés, plus étroits, plus éveillés, et ils portaient déjà les stigmates des choses à oublier. On les reconnaissait à la courbure plus accentuée de l'os nasal, à l'amère sensualité des lèvres plus charnues, à l'expression plus avertie d'yeux plus humides. Ils paraissaient nerveux et surmenés au milieu des Sabras flegmatiques et forts ; plus enthousiastes et moins dignes de confiance.

Ils étaient tous assis autour des tables de bois brut du réfectoire, lourds de sommeil et silencieux. Les ampoules nues qui pendaient du plafond donnaient une lumière froide. Les salières ébréchées et les huiliers formaient de petites oasis sur les tables communes vides.

A la fin, Bauman, le chef du détachement, pénétra dans la salle. Il portait une culotte de cheval et une veste de cuir noir, souvenir des combats de rues à Vienne, en 1934, quand le méchant nain Dollfuss, qui se signait après chaque salve, avait donné l'ordre aux canons de campagne de tirer de but en blanc dans les balcons garnis de géraniums et de linge séchant des maisons ouvrières de Floridsdorf. Bauman avait reçu sa veste de cuir, de même que son instruction militaire, illégale mais approfondie, dans les rangs du Schutzbund. Il avait le visage rond et jovial du pâtissier viennois ; on n'y voyait que dans ses moments de fatigue ou de colère les marques des choses à oublier. En ce qui le concernait, elles étaient au nombre de deux : le fait que ses parents avaient habité derrière l'un de ces petits balcons garnis de géraniums ; et sur sa figure, la sensation chaude et visqueuse du crachat qu'y lançait chaque matin, à 6 heures, le geôlier de la prison de Graz en distribuant le déjeuner dans les cellules.

« Eh bien ! les flemmards, dit Bauman, levez-vous ! attention ! venez par ici. »

Son hébreu était assez hésitant. Il les aligna contre le mur qui séparait le réfectoire de la cuisine.

« Les camions seront ici dans vingt minutes, dit-il en roulant une cigarette. La plupart d'entre vous savent de quoi il s'agit. La terre que nous allons occuper a été achetée, il y a plusieurs années, par notre Fonds national, à un propriétaire arabe absentéiste nommé Zaïd Effendi el Mussa ; il habite Beyrouth et n'a jamais vu sa propriété qui comporte une colline sur laquelle doit être établie la nouvelle colonie, la Tour d'Ezra, la vallée qui l'entoure et quelques herbages sur les pentes voisines. La colline n'est qu'un amas de pierres où la charrue n'a pas été vue depuis mille ans, mais il y subsiste des traces de terrasses datant de notre temps. Dans la vallée, quelques champs étaient cultivés par des locataires arabes de Zaïd Effendi, demeurant dans le village de Kfar Tabiyeh. On leur a donné une compensation se montant à environ le triple de la valeur du terrain, de sorte qu'ils ont pu acheter des lopins meilleurs de l'autre côté de leur village ; l'un d'eux s'est même construit une usine de glace, à Jaffa. Puis, il y a une tribu bédouine qui, à l'insu de Zaïd Effendi, faisait paître ses chameaux et ses moutons, chaque printemps, sur ses herbages. Leur cheikh a reçu une indemnité. Quand tout ceci eut été réglé, les villageois de Kfar Tabiyeh se rappelèrent soudain qu'une partie de la colline n'appartenait pas à Zaïd, mais était *masha'a,* c'est-à-dire propriété commune du village. Cette partie consiste en une bande d'à peu près soixante-dix mètres de large, allant du pied au sommet de la colline et la coupant en deux. Conformément à la loi, une terre *masha'a* ne peut être vendue qu'avec le consentement de l'unanimité des villageois. Kfar Tabiyeh compte 563 âmes appartenant à onze *hamulles* ou clans. Les anciens de chaque clan avaient dû être achetés séparément ; il avait fallu obtenir par manière de signature les empreintes digitales de chacun des 563 habitants, y compris les nourrissons et l'idiot du village. Trois de ces villageois avaient émigré en Syrie, il y a des années ; il a fallu les retrouver et les acheter ; deux d'entre eux étaient en prison et deux étaient morts à l'étranger, mais on ne possédait pas de documents pour le prouver ; nous avons dû nous les procurer. Lorsque tout fut terminé, le mètre carré de roc aride avait coûté au Fonds national le prix du mètre carré dans le centre de Londres ou de New York. »

Il jeta sa cigarette et s'essuya la joue de la paume de sa main, habitude dont l'origine remontait à ses relations avec le geôlier de Graz.

« Ces petites formalités ont demandé deux ans. Lorsqu'elles furent achevées, la révolte arabe éclata. La première tentative de prise de possession échoua : les futurs colons furent accueillis par une grêle de pierres, de la part des villageois, et durent battre en retraite. A leur seconde tentative, où ils étaient en plus grand nombre, on leur tira dessus et ils eurent deux tués. Ceci se passait il y a trois mois. Vous allez faire aujourd'hui la troisième tentative ; et cette fois nous réussirons. Ce soir, la palissade, la tour de guet et les premières baraques d'habitation auront été édifiées sur la colline. Notre détachement occupera l'endroit avant l'aube. Un deuxième détachement accompagnera le convoi de colons et partira deux heures plus tard. Les Arabes ne s'apercevront de rien avant le jour. Il est peu vraisemblable qu'ils attaquent pendant la journée ; les premières nuits seront la période critique ; après cela, l'endroit sera fortifié.

« Les grosses légumes prudentes de Jérusalem voulaient que nous attendions des temps plus calmes. Ce site est isolé ; la colonie hébraïque la plus proche en est à dix-huit kilomètres, et il n'y a pas de route ; il est environné de villages arabes et tout près de la frontière syrienne par où s'infiltrent les rebelles. Ce sont là précisément les raisons pour lesquelles nous avons décidé de ne pas attendre. C'est tout. Il nous reste cinq minutes. En file indienne, dans la cuisine pour y boire du café. Allez ! »

A 1 h 20 du matin, Bauman et les quarante garçons montèrent dans trois camions et franchirent les barrières de la colonie avec leurs phares en veilleuse.

***

Le Mukhtar de Kfar Tabiyeh était le seul homme du village qui portait un pyjama pour dormir. L'autre Mukhtar, qui habitait à l'autre bout du village, dormait tout habillé, sur une natte, à la mode bédouine.

A 6 h 30, le Mukhtar fut réveillé par Issa, son fils aîné. Issa s'était tenu depuis un bon moment auprès du lit de son père sans oser l'éveiller. Dans son visage pâle, marqué de petite vérole, ses yeux rapprochés, un peu bigles, fixaient avec inquiétude l'énorme masse du pyjama à rayures bleues et jaunes. Le Mukhtar avait rejeté sa couverture en dormant ; sa veste de pyjama s'était relevée et révélait, juste au-dessus du nombril, une étroite bande de peau brunâtre couverte de duvet noir. Issa détournait les yeux de la nudité de son père. Il tenait à la main une petite tasse de café amer qui serait bientôt refroidi, d'où résulterait une désagréable violence. Il parcourait nerveusement du regard la pièce blanchie à la chaux, meublée seulement du lit, de la natte de paille, de quelques tabourets d'osier et d'un papier à mouches accroché au plafond. La paroi faisant face au lit s'ornait d'un éventail en papier de couleur, du portrait gravé du général Allenby et de celui d'un personnage maniéré ayant l'air d'un coiffeur pour dames de province : c'était M. Neville Chamberlain. Les portraits étaient décorés de bouquets de bluets fanés, témoignages de la loyauté du Mukhtar, et un collier de perles de verre bleues protégeait M. Chamberlain contre le mauvais œil.

Le café refroidissait. Issa se racla la gorge.

« Père, dit-il. Soyez le bienvenu, père. »

Le Mukhtar se réveilla aussitôt et, d'un mouvement brusque, se mit sur son séant.

« Sois deux fois le bienvenu », dit-il, en étendant le bras vers la tasse. Il savait qu'on n'osait pas le tirer du sommeil sans une raison urgente et il attendait de l'apprendre, ses gros yeux injectés fixés sur le visage insipide de son fils, tout en avalant son café amer par gorgées bruyantes.

« Père, ils ont occupé la Colline des Chiens », dit Issa.

C'était le nom que les villageois donnaient à l'endroit, en souvenir de quelque événement légendaire oublié.

Le Mukhtar sortit de son lit, ignora les pantoufles que son fils lui tendait, et s'avança, pieds nus, sur le balcon. Le soleil était levé depuis une heure, et déjà l'air était chaud. Il appuya lourdement ses paumes sur le parapet de briques espacées qui formait comme un treillis horizontal. Au-delà de la maison du Mukhtar, il n'y avait que des masures de boue sèche constituant les avant-postes du village ; ensuite, une pente, aux rares terrasses, descendait jusqu'à la vallée. Celle-ci était aride, pierreuse, avec quelques carrés noirs de terre labourée ; à son autre extrémité s'élevait, également aride, la Colline des Chiens. Son sommet semblait grouiller de petites silhouettes noires rampantes, et au milieu de cette fourmilière se distinguait une sorte d'allumette plantée verticalement : la tour de guet.

Le Mukhtar mastiqua lentement sa salive et cracha par-dessus le parapet. Il jura violemment à voix basse, puis, se tournant vers Issa :

— Pourquoi restes-tu planté là, espèce de mule grêlée ? Va me chercher ma longue-vue de guerre.

Le garçon bondit et revint un moment après, portant un pesant et impressionnant télescope de cuivre. C'était un souvenir de l'armée turque dans laquelle le Mukhtar avait combattu comme officier contre les forces du général Allenby, pendant la Première Guerre mondiale. Il ajusta la lentille, et la Colline des Chiens, distante de trois kilomètres, d'un saut brusque, ne fut plus qu'à cent cinquante mètres de lui. Il pouvait maintenant voir dans ses détails la charpente de la tour de guet et l'œil cyclopéen du réflecteur qui, la nuit, clignerait des messages aux alliés des intrus, souillant la paisible obscurité des collines. Autour de la tour se voyait l'ébauche désordonnée d'un camp : du fil de fer barbelé emmêlé, des tranchées et des abris, plusieurs tentes, et le premier mur d'une baraque de bois préfabriquée en voie de montage. Et partout, des silhouettes actives, creusant, clouant, courant avec cette hâte sans dignité des étrangers, dans leurs détestables vêtements, nu-tête et en chemises décolletées ; et leurs haïssables femmes aux mollets et aux cuisses nus, les pointes de leurs seins prêtes à faire éclater leurs chemises trop étroites : prostituées, putains et filles de putains...

Le Mukhtar laissa retomber le télescope. Son teint était devenu d'un jaune gris comme au cours d'une attaque de paludisme, et ses yeux étaient rouges. Il faillit vomir à l'idée que, désormais, la première chose qu'il verrait le matin en se levant serait cette abomination, cette souillure, cet impudent défi des envahisseurs. Chiens sur la Colline des Chiens, y faisant leurs ordures, s'y vautrant, édifiant leur citadelle immonde... C'était fini. Tout le paysage était gâté. Jamais il ne pourrait plus, lui, le Mukhtar de Kfar Tabiyeh, jouir de son propre balcon. Ses yeux ne pourraient plus se reposer en paix sur la création de Dieu, regarder les fellahs marcher dans la vallée derrière leur charrue de bois avec une lenteur pleine de dignité, ni voir les moutons brouter sur les pentes. Ses regards seraient attirés par cette fontaine empoisonnée, par cette source de blasphème et de tentation...

De l'intérieur de la maison lui parvenait le martèlement lent de la canne du vieillard sur les dalles de pierre. Issa, qui l'avait entendu, lui aussi, se dépêcha d'apporter ses vêtements à son père. Le Mukhtar enfila ses longues et larges jupes, endossa la veste rayée par-dessus son pyjama, enroula son kefyeh autour de sa tête, souleva des deux mains, comme une couronne, l'agàl tortillé et le posa au-dessus du kefyeh. Il venait d'achever de s'habiller quand son père, précédé de sa canne, apparut sur le balcon. Sans tenir compte des salutations de son fils et de son petit-fils, il s'avança d'un pas ferme jusqu'au parapet, y appuya sa canne et leva ses yeux aveugles vers la colline.

« Où cela ? fit-il, d'une voix brève, autoritaire. Son bouc blanc, clairsemé, était projeté en avant, et son nez osseux en bec d'aigle semblait flairer dans l'air l'odeur des envahisseurs.

— Par là, sur la Colline des Chiens », dit le Mukhtar avec soumission en dirigeant la canne que tenait le vieillard vers l'endroit indiqué. Celui-ci ne répondit pas ; il demeura immobile et droit, le visage levé vers les collines. Issa, évitant le regard de son père, avait disparu dans la maison. Le Mukhtar se tenait derrière son père comme un serviteur attentif, son grand corps affaissé sous cette muette inculpation.

A la fin, il ne put plus supporter le silence du vieillard.

« Ce n'est pas de ma faute, dit-il d'une voix de gorge, à la fois plaintif et suffisant. Tout le village voulait vendre. Ils auraient vendu même contre ma volonté, les chiens, et nous n'aurions rien eu. »

Le vieillard ne dit rien et ne bougea pas.

« Je n'ai reçu que huit cents livres et les autres auraient vendu en tout cas. Je ne pouvais rien faire. Ils nous ont volés, les porcs. A Khubeira, ils ont donné six livres pour le « dunum » et cinq cents au Mukhtar. »

Le vieillard continua à ne rien dire et, au bout d'un moment, se retourna et rentra en clopinant dans la maison, son bâton devant lui.

Le Mukhtar écouta s'éloigner le clop-clop sur les dalles. « Grand Dieu, se dit-il, qu'est-ce qu'il sait ? Il ne voit rien et ne comprend rien au monde. Grand Dieu... »

Il se retira dans sa chambre à coucher sans plus se retourner vers la Colline ; mais au milieu de son dos, entre les omoplates, il sentait peser son regard méprisant comme le regard du mauvais œil.

***

Absorbé dans ces pensées, le Mukhtar avait terminé sa promenade circulaire et regagné sa demeure. Il mit ses babouches, commanda son narguilé, s'assit sous le portrait de Mr. Chamberlain et reprit sa méditation solitaire. Le glouglou monotone de la pipe le calmait, tandis que ses doigts poussaient les grains d'ambre de son chapelet.

Oh ! s'éveiller le matin et voir disparus de la Colline la tour de guet et ces insectes rampants ; respirer à nouveau l'air pur et contempler la campagne tranquille avec ses collines silencieuses... Par Dieu ! il en sera ainsi !

Maintenant qu'il avait pris un parti, il se sentait détendu et en paix avec lui-même. Car sous son apparente impétuosité, il se savait faible, corrompu et avide. Mais il savait aussi que son amour pour son pays était sincère et qu'il le défendrait contre l'envahisseur avec ruse et courage, avec des sourires et de la traîtrise ; et il était tout prêt, du moins à cet instant, à se faire pendre sans même frémir quand on lui passerait la corde au cou.

***

A 9 heures du matin, une piste rudimentaire permit aux camions lourds de se hisser jusqu'au sommet. Leur déchargement commença aussitôt. Dès qu'ils furent vidés, ils retournèrent à Gan Tamar chercher le reste du matériel. Quelques-uns des Volontaires commençaient à avoir envie d'une pause, mais on ne devait pas se délasser avant midi.

A 10 h 45, le poste de garde signala des Arabes arrivant de Kfar Tabiyeh. Bauman les avait déjà aperçus de la tour. Ils formaient une étrange procession. En avant marchaient deux enfants, pieds nus, vêtus de cafetans rayés flottants, semblables à des chemises de nuit ; derrière eux, trois ou quatre femmes en noir, également pieds nus ; et en queue : une dizaine d'hommes, en jupes rayées et vestons européens, les pieds nus dans des souliers à lacets. Ils ne portaient en fait d'armes que des bâtons de berger. Ils gravissaient la pente sans se hâter ; les enfants avaient l'air effrayés, les femmes hébétées, les hommes attentifs et déconcertés.

Quand ils approchèrent des barbelés, les Hébreux qui travaillaient levèrent la tête, et, après un bref coup d'œil, se remirent à la besogne en prétendant ignorer leur présence. Les colons avaient à présent une expression fermée et tendue ; leur exaltation était tombée. Bauman et Ruben attendaient les Arabes près des barbelés ; les hommes s'avancèrent lentement vers eux ; les femmes et les enfants se replièrent en arrière. Leurs regards suivirent le sillon symbolique qui entourait l'emplacement.

« Soyez les bienvenus, dit l'un d'eux.

— Soyez deux fois les bienvenus », répondit Ruben.

Les Arabes se mirent à longer la clôture en direction de l'endroit où elle cessait ; mais là où le camp n'était pas encore clôturé, les hommes du *Haganah,* appuyés sur leurs fusils, barraient le passage et montraient leurs visages de bois.

« Nous désirons entrer », dit l'un des Arabes.

Il avait l'air d'un Turc et souriait aimablement.

« Nous le permettons volontiers à deux d'entre vous », dit Ruben qui parlait l'arabe aussi couramment que l'hébreu.

« Dieu ! cria un autre Arabe, petit borgne irritable ; ne pouvons-nous même pas marcher sur la terre de nos pères qui est la nôtre ? »

« Ce terrain nous appartient, dit Ruben. Il y a ici des gens qui travaillent et qu'il ne faut pas déranger. Mais si vous voulez venir dans quelques jours, nous serons heureux de vous faire partager notre repas. »

« Nous sommes venus pour causer », dit le Turc, en souriant de tous ses chicots pourris.

« Eh bien ! entrez, vous deux, et vous serez les bienvenus. »

« N'y va pas, dit le borgne. Qui sait ce qui pourrait se passer ? Dieu ! sur notre propre terre ! »

« Viens, ya Abou Tafidi, dit le Turc, nous allons entrer leur parler. »

« N'y allez pas, ya Abou Tafidi », cria le borgne. Ces hommes sont mauvais, sinon, ils nous laisseraient tous entrer.

Les Arabes discutèrent bruyamment entre eux devant les Hébreux impassibles. Finalement, le Turc et Abou Tafidi pénétrèrent dans le camp, tandis que les autres s'accroupissaient à l'extérieur de la clôture.

Abou Tafidi appartenait au clan du Mukhtar ; il était en même temps son cousin, son grand-oncle et son gendre ; néanmoins, les caprices de l'hérédité l'avaient doué d'un type tout différent. C'était un vieillard osseux de taille élevée, avec quelque chose de distingué dans ses épaules voûtées et sa façon tranquille et pensive de parler. Le Turc était gros, de manières onctueuses et enjouées. Ils échangèrent des compliments avec Bauman et Ruben, s'assirent au pied de la tour et se mirent à commenter avec sérieux le temps et les récoltes. Le Turc finit par en venir au fait. Souriant, emphatique, plein de sincérité joviale, il expliqua que les colons — bons jeunes gens robustes auxquels il souhaitait tout le bonheur possible — étaient victimes d'une cruelle erreur en s'établissant sur cette colline qui ne leur appartenait pas et qu'ils seraient bientôt obligés d'évacuer conformément à la Loi. Pourquoi ne pas la quitter tout de suite ? On éviterait ainsi de graves ennuis et l'on resterait bons amis.

Il parlait avec une grande simplicité, rapidement, amicalement, gesticulant sans cesse des mains, comme s'il s'adressait à des sourds-muets.

« Qu'est-ce que c'est que cette histoire ? Comment prétendre que cette terre n'est pas à nous ? » dit Ruben d'un ton égal.

Le Turc rit comme à une excellente plaisanterie. Ne connaissaient-ils donc pas la Loi ? la loi de 1935 relative à la protection des locataires en cas de transfert de propriété ? Mais sûrement les colons la connaissaient ; ils faisaient simplement les innocents ! Et, clignant de l'œil et se frappant le genou, il menaça du doigt Ruben et Bauman.

Le vieillard assistait à la scène, silencieux et impassible.

« Bien sûr, continua le Turc, les colons avaient offert une compensation aux locataires dépossédés, mais était-elle suffisante ? Etait-ce juste ? Certainement pas ! La Loi garantit la protection des locataires dépossédés, et la Loi est sacrée. Si quelques locataires, pauvres imbéciles sans instruction, avaient, par suite d'une erreur momentanée, accepté un dédommagement et signé un papier sans le comprendre, comment prouver la validité d'un tel accord ?... Voyons, voyons, fit le Turc de plus en plus affable et paternel, vous êtes des jeunes gens instruits, vous avez été dans des écoles et des universités, vous savez tout cela, n'est-ce pas ? et vous désirez sûrement observer la Loi et éviter les ennuis et les effusions de sang ? »

Bauman et Ruben se levèrent au même instant sans avoir échangé un regard.

« Il faut que nous poursuivions notre travail, dit Ruben. Cette terre a été légalement acquise ; il n'y a rien d'autre à en dire. »

Le visage du Turc s'était rembruni ; on eût dit qu'il n'avait jamais souri

« Jeunes idiots, enfants de la mort, dit-il calmement. Vous ne savez pas ce qui peut vous arriver.

— Nous y sommes préparés », dit Bauman sèchement.

Il y eut un moment de silence. L'un des types de Bauman se présenta, portant sur un plateau de cuivre quatre petites tasses de café non sucré. Le Turc, après une brève hésitation, prit sa tasse ; le vieillard refusa. Ils burent leur café debout. Puis, le vieillard parla pour la première fois :

« Je ne connais pas beaucoup la Loi, dit-il d'une voix douce, presque tendre. Un homme riche et rusé peut offrir de l'argent à un homme pauvre et ignorant, lequel peut lui vendre son bétail et sa masure. Il n'y a pas de justice dans un tel marché. Cette colline appartenait à nos pères et aux pères de nos pères.

— Et avant cela, dit Bauman, elle appartenait aux pères de nos pères à nous.

— C'est ce que disent les livres. Mais vos ancêtres l'ont perdue. On ne peut racheter avec de l'argent une terre qu'on a perdue. »

« Cette colline n'a pas porté de récoltes depuis que nos aïeux l'ont quittée, dit Ruben. Vous avez négligé la terre. Vous avez laissé les terrasses tomber en ruines et la pluie a emporté la terre. Nous allons dépierrer la colline et apporter des tracteurs et des engrais.

— Ce que produit la vallée nous suffit, dit le vieillard. Nous ne devons pas enlever les pierres que Dieu a placées là. Nous vivrons comme ont vécu nos pères et nous ne voulons pas de vos femmes dont la vue nous offense. »

Il avait parlé avec colère mais sans élever la voix, comme un homme habitué à être écouté avec respect par les jeunes gens et obéi aveuglément.

« Nos idées diffèrent, dit Bauman, ferme et poli. Et maintenant, je crois que nous nous sommes dit tout ce que nous avions à nous dire. »

Le vieillard tourna les talons et sortit de l'enceinte. Le Turc hésita, puis dit avec une certaine répugnance :

« Les fellahs de Kfar Tabiyeh sont des gens pacifiques. Les Arabes des collines le sont moins. Vous avez été avertis... Et, baissant la voix, il ajouta d'un ton confidentiel : Le Mukhtar m'a chargé de vous transmettre cet avertissement en signe de son bon vouloir ; s'ils en étaient informés, les Patriotes le lui feraient payer cher. »

Bauman rit doucement :

« Votre Mukhtar est un malin, dit-il. Personne n'aime à voir sauter sa maison. Votre Mukhtar est comme un renard habitant un terrier à deux issues, l'une au levant, l'autre au couchant.

— La paix soit avec vous », dit le Turc en haussant les épaules, et il alla rejoindre le vieillard.

Les Arabes restés de l'autre côté des barbelés se levèrent. Au début, ils avaient observé ce qui se passait au pied de la tour, en silence et inquiets ; puis, quand ils virent le Turc rire et se frapper les genoux, ils se détendirent. Lorsqu'on leur eut offert du café qu'ils refusèrent deux fois et qu'ils acceptèrent la troisième fois, comme la politesse l'exige, ils se détendirent davantage encore. Les enfants avaient grignoté des oranges, et les femmes, rassemblées à une petite distance des hommes, s'étaient mises à glousser en désignant du doigt les jeunes Juives aux jambes nues. Puis, les hommes avaient entamé la conversation avec ceux des garçons de l' *Haganah* qui savaient l'arabe ; appuyés sur leurs fusils, ceux-ci leur avaient répondu avec condescendance et leur avaient donné des cigarettes. Quand la conférence de la tour prit fin, le villageois borgne venait de demander si les nouveaux colons ouvriraient un dispensaire comme l'avaient fait d'autres colonies, et si leur médecin saurait guérir son œil aveugle. En voyant revenir les parlementaires avec un air sombre, ils s'empressèrent tous autour d'eux comme des enfants conscients d'avoir été méchants en l'absence de leurs parents. Le Turc et le vieillard traversèrent silencieusement leur groupe ; les autres s'alignèrent deux par deux derrière eux, et la procession descendit la colline à pas lents, sans détourner la tête.

Ni le Turc ni le vieillard ne soufflèrent mot avant d'avoir atteint la vallée ; alors le Turc dit :

« Que le diable les emporte mais nous laisse leurs tracteurs. Ce sont des chiens et des fils de putains, mais ils savent travailler. Ils feront pousser des tomates, des melons et Dieu sait quoi sur cette colline rocheuse... Il soupira ; nous sommes trop paresseux, ya Abou...

— Tu parles comme un sot, dit le vieillard en lui jetant un regard dur. La colline est-elle là pour moi, ou moi pour la colline ? »

Après le départ des villageois, Joseph, qui avait observé la conférence avec curiosité du haut du camion qu'il aidait à décharger, vint trouver Bauman :

« Dis-moi, pourquoi ne les as-tu pas tous laissés entrer ? C'est très impoli. »

Bauman le regarda avec un léger sourire.

« Nous sommes trop faibles pour nous permettre d'être polis. En les empêchant d'entrer, nous nous sommes établis à leurs yeux comme maîtres de cet endroit. Inconsciemment, ils ont à présent tous accepté ce fait.

— Où as-tu appris toute cette psychologie, Bauman ? demanda Joseph.

— C'est de l'intuition.

— Je croyais qu'on n'était intuitif qu'à l'égard des gens qu'on aime.

— Qui t'a dit que je ne les aime pas ?

— Je voudrais bien savoir l'arabe aussi bien que toi. Qu'est-ce que le vieux cheikh t'expliquait avec tant de solennité ?

— Que chaque peuple a le droit de vivre à sa façon, bien ou mal, sans ingérence extérieure. Il a expliqué que l'argent corrompt, que les engrais puent et que les tracteurs font du bruit, toutes choses qu'il déteste.

— Et qu'as-tu répondu ?

— Rien, dit Bauman.

— Pourtant, tu as compris sa position ? »

Bauman le regarda :

« Nous ne pouvons pas nous permettre de comprendre la position des autres. »

Mais l'auteur du roman, pour être sioniste convaincu, ne pouvait pour autant ignorer le point de vue des « autres ». En effet, ces idées exprimées par la voix d'Abou Tafidi n'appartenaient pas seulement à un vieux villageois sans instruction. Elles étaient partagées par la majorité des Arabes de Palestine. Un des personnages du roman, le directeur d'un hebdomadaire arabe modéré, fait un éclat à ce propos, lors d'un déjeuner officiel chez un haut fonctionnaire britannique :

« Cela m'est égal qu'ils payent, cria Kemal Effendi. Et je n'en veux pas de leurs hôpitaux et de leurs écoles. C'est notre pays, compris ? Nous ne voulons pas de vos bienfaiteurs étrangers. Nous ne voulons pas être protégés. Nous voulons qu'on nous laisse tranquilles. Compris ? Nous voulons vivre à notre manière ; nous ne voulons pas de professeurs étrangers, ni d'argent étranger, ni d'habitudes étrangères, ni de sourires condescendants, ni de tapotements sur l'épaule, ni d'arrogance, ni de femmes éhontées avec leurs fesses frétillantes dans nos lieux saints. Nous ne voulons ni leur miel ni leur aiguillon, compris ? Ni leur miel ni leur aiguillon. Vous pourrez le leur dire dans votre Amérique. Si on les chasse des autres pays, mille regrets. Nous en sommes très, très fâchés, mais ce n'est pas notre affaire. S'ils veulent venir ici — quelques-uns d'entre eux, mille, peut-être deux mille — *t'faddal,* ils seront les bienvenus. Mais alors, qu'ils sachent se conduire en invités. Sinon, qu'ils aillent au diable. A la mer et *haltass,* fini... Voilà qui est net. Allez leur dire. »

Il y eut un pénible silence pendant que Kemal Effendi s'essuyait le front et que le H.C.A. avait l'air d'un grand échassier malheureux. Puis, Matthews dit inopinément :

« Oui, je comprends votre point de vue, Mr. Kemal. Je crois que vous avez tort, mais il y a des situations où on a raison d'avoir tort. »

CHAPITRE IV

Le poison de la sainteté *

RÉTABLISSONS la chronologie : mes espoirs de me fixer au kibboutz Heftseba étant ruinés, j'entrai dans une période de demi-famine qui dura un peu plus d'un an et pendant laquelle je jouai les touche-à-tout. Je travaillai comme dessinateur pour un architecte arabe à Haïfa; vendis des espaces publicitaires pour le compte d'un hebdomadaire hébreu ; de la limonade au bazar arabe ; je fus quelque temps géomètre assistant à Tel-Aviv, puis agent de voyages. Mais, tout au long de ces déambulations, j'écrivis des articles politiques et des récits de voyages que j'envoyai à des journaux européens dans l'espoir qu'ils seraient publiés. Certains le furent et c'est ainsi que se ranima mon ambition de devenir écrivain ou journaliste.

L'occasion s'en offrit quand un poste de correspondant de la gigantesque chaîne de journaux Ullstein se trouva vacant au Proche-Orient. L'homme qui avait occupé ce poste si convoité, Wolfgang von Weisl, était de mes amis ; on avait changé ses attributions et il me recommanda pour assurer sa succession. A ma grande surprise, je fus engagé, d'abord à l'essai, puis bientôt comme correspondant pleinement accrédité bénéficiant d'un salaire confortable et d'un bureau à Jérusalem.

Je pris mes nouvelles fonctions en 1927 : deux ans s'étaient écoulés depuis cette fameuse nuit où, à la suite de ma discussion avec Orochov, j'avais symboliquement brûlé mes ponts.

Mon fief incluait la Palestine, l'Égypte, la Transjordanie (aujourd'hui Jordanie), l'Irak, la Syrie et le Liban. J'écrivais en moyenne trois longs articles par semaine pour l'armée de journaux et de magazines qu'Ullstein possédait. La moitié environ de ces articles avaient trait aux événements politiques ; l'autre moitié se composait de récits de voyages et de « feuilletons » sur tous les sujets — sur le théâtre hébreu et les bordels de Beyrouth,

* Extrait de *La Corde raide* et de *La Tour d'Ezra*.

sur les mosaïques byzantines et les costumes bédouins, sur la reine de Saba et les mines de potasse de la mer Morte.

Chose merveilleuse dans les pays arabes à cette époque : pour peu qu'on fût un journaliste européen en visite, on allait directement s'informer auprès du roi, de l'émir ou du pacha du moment, qui vous demandait généralement de rester déjeuner. C'est ainsi qu'à vingt-trois ans, je pouvais me targuer sans mentir de connaître le roi Fayçal d'Irak, l'émir Abdullah de Transjordanie, le premier ministre égyptien, Nahas Pacha, le président de la république libanaise, etc.

De cette période de grande production littéraire, presque rien ne me semble digne d'être conservé. Peu d'écrivains aiment à se rappeler leur jeunesse littéraire. E. M. Forster lui-même m'écrivit un jour qu'il ne pouvait songer à ses écrits de jeunesse « sans fureur et sans honte ».

Qu'un pays aussi petit que la Palestine puisse offrir un contraste aussi frappant que celui de ses deux villes principales m'a toujours paru un prodige : comparez la mélancolie hautaine qui se dégage de Jérusalem et l'exubérance grossière qui caractérise Tel-Aviv. Jérusalem était un centre spirituel, comme en témoignent ses lieux saints, ses monastères, ses couvents, son université et la diversité confessionnelle de sa population, chrétienne, juive et musulmane. Tel-Aviv — première ville hébraïque bâtie depuis la destruction du Temple par Titus — est entièrement juive. Cette ville constitue la réalisation inespérée d'un vieux rêve ; et comme tous les rêves, elle est déréglée, irrationnelle, confine même parfois au cauchemar. J'ai tenté de rendre l'atmosphère de ces deux cités rivales dans La Tour d'Ezra.

Quand Joseph venait à Tel-Aviv, il était toujours déchiré par des sentiments contraires : tendresse et répulsion. Tendresse pour la seule ville uniquement juive du monde, portant ce nom lyrique de « Colline du Printemps », trépidante de la vitalité de ses cent cinquante mille habitants ; répulsion pour l'affreuse pagaille architecturale qui y régnait. C'était une ville frénétique, touchante, affolante, qui saisissait le voyageur par le revers de son veston dès qu'il y pénétrait, qui le tirait, l'entraînait comme dans un tourbillon, et le laissait, au bout de quelques jours, exténué, hésitant entre l'amour et la haine, le rire et le mépris.

Il y avait moins d'une génération que quelques Juifs des familles indigènes de la ville arabe de Jaffa avaient décidé de se construire un faubourg réservé à leur habitation, selon ce qu'ils imaginaient être le genre moderne européen. Abandonnant la fourmilière du port arabe avec le labyrinthe de ses bazars, ses odeurs exotiques et ses poignards furtifs, ils se mirent à bâtir sur le sable jaune des dunes méditerranéennes la cité de leurs rêves, c'est-à-dire une fidèle copie des faubourgs-ghettos de Varsovie, Cracovie ou Lodz. La rue principale, portant le nom du Dr Herzl, était bordée de maisons d'une laideur parfaite. Elles ressemblaient toutes à un orphelinat ou à une caserne de gendarmerie. Il y avait aussi une multitude de boutiques sombres où l'on vendait de la limonade, des boutons et du papier à mouches.

Au début de la décennie 1920-1930, au commencement de la colonisation sioniste, la ville s'étendit, avec une vitesse croissante, le long de la plage. Elle s'agrandissait par bonds frénétiques suivant chaque nouvelle vague d'immigrants, une marée d'asphalte et de ciment s'avançant sur les dunes. On était trop pressé pour tracer un plan et s'y conformer ; la poussée de la ville était fiévreuse et anarchique.

La « Colline du Printemps » devint un dédale de stuc, donnant l'impression après les premières pluies, d'avoir attrapé la rougeole. Cependant, la vie, à Tel-Aviv, devait alors son caractère spécial non aux gens qui se faisaient construire des maisons mais aux ouvriers qui les construisaient. La première cité juive fut une cité de pionniers, régie par de jeunes travailleurs des deux sexes entre quinze et trente ans. Les rues leur appartenaient ; la chemise kaki, les shorts et les lunettes noires composaient la tenue à la mode ; les cravates étaient une rareté. Le soir, quand la brise fraîche de la mer les soulageait de l'éblouissante clarté du jour, ils se promenaient bras dessus bras dessous sur l'asphalte chaud des avenues nouvelles entre les fentes desquelles filtrait le sable jaune et qui se terminaient abruptement dans les dunes. La nuit, ils allumaient sur la plage des feux de joie et dansaient la horra, et, au moins une fois par semaine, ils tiraient de leur lits le pompeux Dizengoff, maire, ou le vieux Grand Rabbin Hertz, et les faisaient danser avec eux. Ils étaient ardents au travail, sentimentaux et gais ; la vague d'enthousiasme qui les soulevait avait une crête et pas de creux.

Telle un fantôme, cette ville avait été rendue à la vie après avoir disparu pendant 2 000 ans de l'histoire juive. Sa population ne croyait toujours pas à son existence effective alors même qu'elle la voyait grandir avec respect et émerveillement. Un jour, le maire Dizengoff lâcha une pierre dans la mer pour inaugurer la construction du futur port. Quand l'eau eut englouti la pierre symbolique, il se tourna vers l'assistance et dit avec solennité : « Citoyens, je me rappelle encore l'époque où Tel-Aviv n'avait pas de port[1]. »

Quoi qu'il en soit, mon travail m'obligeait à vivre à Jérusalem et donc à subir les accès de dépression auxquels tout citoyen de cette ville semble voué. C'est ce que j'ai appelé la mélancolie de Jérusalem :

La mélancolie de Jérusalem est une maladie locale comme les furoncles de Bagdad, due à l'effet combiné de beauté tragique et d'atmosphère inhumaine qui règnent dans la ville. C'est la beauté altière et désolée d'une forteresse fermée au milieu du désert, une tragédie sans détente. Le visage furieux de Jéhovah boude sur les rochers brûlants qui ont vu plus de meurtres sacrés, de viols, de pillages qu'aucun autre lieu du monde. Les habitants sont

1. *La Corde raide*, chapitre XVIII.

empoisonnés de sainteté. Flavius Josèphe, qui était prêtre dans la cité et qui souffrait de mélancolie de Jérusalem, fait cette remarque étrange : « L'union du divin et du mortel est pénible. » La population de la ville est une mosaïque, mais chaque fragment en est pénible. Peut-être le plus pénible est-il le clergé, autant musulman que chrétien ou juif. De mon temps, le clergé musulman prêchait à peu près deux fois par an le bain de sang. Un paisible propriétaire arabe raillait gentiment en famille son locataire juif, un vendredi matin de Ramadan, allait à la mosquée, écoutait l'iman, rentrait chez lui en courant et égorgeait le locataire et sa famille avec un couteau de cuisine. Les divers clergés chrétiens — grec, romain, syriaque, copte, arménien et autres — échangeaient des coups de poing à propos de questions telles que de savoir si les Grecs avaient le droit de dresser une échelle sur le sol de la chapelle arménienne afin de nettoyer le dessus de la corniche dans la basilique de la Nativité à Bethléem ; ou si les Grecs devaient attacher ou laisser tomber dans ses plis naturels leur rideau accroché au clou n° 2, au pied de la colonne située au sud-est de l'escalier de gauche qui mène à la crèche. (Ces deux exemples sont authentiques, et je puis y ajouter le règlement portant « que les catholiques romains doivent laisser leur rideau tomber naturellement le long de cette même colonne en ménageant un espace de seize centimètres entre lui et celui des orthodoxes grecs ».)

Le clergé juif était en conflit avec le musulman au sujet du droit de passage au mur des Lamentations, et avec lui-même au sujet de la méthode rituelle d'abattre le bétail ; il encourageait, d'autre part, ses disciples orthodoxes à faire observer la sainteté du sabbat en tombant à bras raccourcis sur les athées qui fumaient dans la rue le samedi et en jetant des briques aux autos qui roulaient ce jour-là.

L'atmosphère politique était également empoisonnée. Le clan husseinite assassinait les membres du clan nahashibite ; pendant la saison des émeutes, tous deux assassinaient les Juifs ; les divers partis juifs se haïssaient les uns les autres, haïssaient les Britanniques et haïssaient les Arabes, par ordre décroissant. Les sahibs britanniques, appelés ici *hawadjas,* se conduisaient en sahibs britanniques.

Il n'y avait, à Jérusalem, ni cafés, ni cabarets, ni cocktails-parties, et aucune vie nocturne. Les gens restaient entre eux au sein de leur église, de leur clan ou de leur parti. C'était une cité austère et pharisienne, remplie de haines, de méfiances et de fausses reliques. J'habitais au n° 29 de la rue des Prophètes, à cinq minutes de la Via Dolorosa, à cinq autres minutes de la mosquée d'Omar, où l'on vous montre pour cinquante francs l'empreinte du pied de l'archange Gabriel sur le rocher. Je n'ai jamais vécu dans une telle promiscuité avec la divinité et ne m'en suis jamais senti plus éloigné. Toute l'histoire sainte de la ville, de David à Hérode, de Pilate aux Croisades, de Titus à Glubb et Bernadotte, est une illustration de la puissance destructrice de la foi, de la faillite de l'homme dans ses tentatives d'entente avec Dieu et des résultats pénibles de l'union du mortel et du divin. C'est cette conscience de la défaite soulignée par le hautain silence du désert, des cours d'eau taris et des rocs arides, qui provoque la mélancolie de Jérusalem.

En dehors de cette mélancolie, j'étais de plus en plus las de la Palestine. Le sionisme en 1929 était immobile. L'immigration était réduite au goutte à goutte. Le nazisme, qui devait la changer en torrent, n'était encore qu'un monstre en formation dans le ventre de l'avenir.

J'étais parti pour la Palestine, jeune, enthousiaste, poussé par une impulsion romantique. Au lieu de l'utopie, j'avais trouvé la réalité : une réalité extrêmement complexe qui m'attirait et me repoussait, mais où l'effet repoussant domina peu à peu, à cause de la langue hébraïque. C'était une langue pétrifiée qui avait cessé de se développer, avait été abandonnée par les Juifs bien avant l'ère chrétienne — au temps du Christ, ils parlaient araméen — et qu'on faisait revivre à présent par un tour de force. En faisant de l'hébreu la langue officielle, la petite communauté juive de Palestine se séparait de la civilisation occidentale [1].

Je sentais que me soumettre au même processus équivaudrait pour moi à un suicide intellectuel. Je savais que, dans un milieu où l'on parle hébreu, je demeurerais toujours un étranger et, en même temps, perdrais peu à peu contact avec la civilisation européenne. J'avais quitté l'Europe à l'âge de vingt ans. J'en avais à présent vingt-trois et j'étais sursaturé d'Orient, tant de romantisme arabe que de mystique juive. Mon âme et ma pensée aspiraient à l'Europe, avaient soif d'Europe, se desséchaient loin de l'Europe.

Je demandai ma mutation aux Ullstein et eus la chance d'être nommé à Paris. Tout au long des années qui suivirent, je manifestai moins d'intérêt pour la cause sioniste ; cet intérêt se réveilla, pour de bon cette fois, quand, treize ans plus tard, les chambres à gaz entrèrent en action.

1. A propos des conséquences de ce choix pour l'avenir d'Israël, voir *Analyse d'un miracle.*

DEUXIÈME PARTIE

LA TERRE D'ESPÉRANCE

CHAPITRE V

Du mont des Oliviers à Montparnasse

MON éducation a toujours eu l'air de procéder par chocs.

Le plus magnifique de ces chocs fut le changement de décor du désert de Judée aux Jardins du Luxembourg, de la Ville Sainte à la Sodome des rives de la Seine, des confins levantins de la civilisation à son centre lumineux. Après trois ans d'exil culturel et de faim sensuelle, le premier contact avec Paris, à l'âge de vingt-quatre ans, devait avoir l'intensité d'une réaction chimique.

Je fus envoyé à Paris avec une double mission : écrire des articles comme correspondant culturel et travailler au service de presse de la chaîne Ullstein. A Jérusalem, j'avais été mon seul maître ; mais à Paris, je devais m'astreindre aux horaires de bureau. Pendant quelques mois, nous manquâmes de personnel et je dus assurer la permanence de nuit, de 9 h à 11 h du soir et de 4 h à 8 h du matin. Ces horaires me plongeaient dans un dilemme : j'avais le choix entre me coucher à minuit pour être réveillé à 3 h 15 par la sonnerie stridente du réveil ou bien ne pas me coucher du tout. Cela dit, les circonstances me donnèrent l'occasion de connaître bien des aspects de Paris (aujourd'hui disparus), tels qu'ils apparaissent par exemple dans cette « Élégie sur les maisons closes ».*

Rester debout toutes les nuits jusqu'à 4 heures du matin, puis aller travailler, n'est pas facile, même à Paris, même à vingt-quatre ans. Mes compagnons me quittaient l'un après l'autre et je restais seul à errer dans Montparnasse jusqu'au moment où les garçons commençaient à empiler les chaises sur les tables et à jeter de la sciure sur le plancher. J'allais m'asseoir dans une brasserie du boulevard Edgar-Quinet ouverte toute la nuit et fréquentée presque exclusivement par les filles du trottoir, ou bien, faubourg Montmartre, à la *Chope du Nègre,* qui avait à peu près la même

* Extrait de *La Corde raide.*

clientèle et, en outre, celle de leurs protecteurs, maquereaux et souteneurs de tout âge qui faisaient une belote en surveillant ces dames. Parfois, je flânais autour des Halles et regardais décharger les montagnes de légumes et de fruits, de poisson et de viande, d'œufs et de volaille, en enviant Zola, qui écrivit, dit-on, *Le Ventre de Paris* sans jamais y être allé la nuit. (Il préférait s'en remettre aux récits des Goncourt.)

J'allais quelquefois, par pur ennui, au *Chien qui fume* avaler deux ou trois douzaines d'huîtres arrosées de vin d'Alsace et suivies d'une soupe à l'oignon, menu traditionnel des fêtards qui terminent la nuit aux Halles. J'éprouvais pour ceux-ci la même hostilité que le laitier, le boueux ou le balayeur qui, eux aussi, commencent leur journée à l'aube et regardent d'un œil malveillant passer en voiture ces groupes de gens parés et défraîchis. Comme tous les travailleurs de nuit, j'éprouvais un profond mépris pour le noceur, et une camaraderie spontanée pour les parias des industries de plaisir, garçons de café, artistes ambulants, chasseurs et putains. Comme j'avais encore l'air d'un écolier, n'étais presque jamais soûl et me traînais d'un café à l'autre, un livre à la main, triste et ennuyé, je fus bientôt fort connu parmi les poules et leurs amis qui m'appelaient *le petit journaliste.* Elles savaient que j'étais toujours bon pour un café-crème et une brioche ou une crème de menthe au cassis.

La plupart de ces filles étaient, par tempérament, des roulures, avec une tendance à l'alcoolisme, à la drogue, ou, le plus souvent, une passion maladive pour quelque maquereau particulièrement répugnant, crasseux et fanfaron. Les maquereaux étaient à peu près sans exception dépourvus de toute séduction masculine. Ils faisaient les costauds, mais ne l'étaient pas ; le type courant avait la poitrine étroite, le visage pâle, les épaules tombantes sous le veston rembourré, la taille petite, les genoux cagneux. Ils n'avaient guère de vigueur physique et recouraient dans les bagarres au couteau, au rasoir, rarement au revolver. Ils n'étaient pas beaucoup plus vaillants, sexuellement. Beaucoup d'entre eux étaient à peu près impuissants, beaucoup souffraient de gonorrhée chronique. Pourtant les femmes venaient me dire l'une après l'autre : « Tu ne comprendras jamais. Quand il me touche du bout des doigts, je jouis plus que quand les autres me font l'amour comme dix taureaux. »

Le secret de ces relations pathologiques semble reposer surtout dans la brutalité du maquereau envers ses femmes. C'est une brutalité calculée et ignoble qui a ses rites. Il y a, certes, d'autres facteurs qui varient d'un cas à l'autre, mais la brutalité est le commun dénominateur et a pour fonction évidente de satisfaire l'appétit d'expiation de la fille, appétit d'autant plus exigeant qu'elle en est presque entièrement inconsciente. « Je vais te punir », est une expression favorite du langage du souteneur, et la menace seule semble avoir l'effet désiré. La « punition » consiste surtout en gifles, coups de pied et injures verbales ; les pratiques proprement sadiques n'interviennent presque jamais. Elles iraient à l'encontre de l'objet même de ces relations basées sur l'axiome que la punition est un acte de justice que la victime a mérité parce qu'elle a été « mauvaise ». Bref, la prostituée crée son rituel de pénitence : le coup de pied dans les tibias et la gifle représentent l'acte d'absolution ; le physique répugnant du protecteur et justicier complète l'image.

Les prostituées des « maisons closes », nom pudique donné aux bordels, travaillaient dans un état d'esprit tout à fait différent. Elles étaient aux filles du trottoir ce qu'un régiment d'élite est à une bande de mercenaires. Elles n'avaient pas de « souteneurs » ou alors, si elles avaient des ennuis, elles prenaient un protecteur, mais uniquement dans le cadre du travail.

Parmi les maisons closes, il y en avait de « sérieuses » et de moins « sérieuses ». Les maisons sérieuses tenaient farouchement à leur réputation ; elles n'admettaient ni l'ivresse, ni la grivoiserie, ni la malhonnêteté chez leurs clients. Quant aux filles, elles devaient respecter une étiquette très stricte. Il y avait un certain nombre d'établissements luxueux comme « Le Chabanais », « Le Sphinx » ou comme cette maison de la rue des Victoires qui s'était spécialisée dans les « tableaux vivants » où figuraient, dans des poses rabelaisiennes, des moines, des bonnes sœurs, des princes et des bergères. Mais ces établissements, comme tout ce qui touche à l'industrie touristique, étaient méprisés par la profession. Les maisons sérieuses s'adressaient aux gens du « quartier », possédaient une clientèle plus ou moins fidèle et pratiquaient des tarifs raisonnables. Dans cette atmosphère intime, les clients pouvaient s'asseoir une heure devant un verre de bière ou de cognac, payer et rentrer chez eux sans être importunés, ce que faisait la moitié d'entre eux. Il n'était pas rare qu'ils y emmènent leur femme ou leur maîtresse désireuses de satisfaire leur curiosité et de voir une « Maison » de l'intérieur ; il n'y avait que dans les établissements les plus modestes que les femmes n'étaient pas admises, par peur de la concurrence.

En général, on trouvait au rez-de-chaussée d'une maison sérieuse et comme il faut une grande salle aménagée comme un café avec ses banquettes de cuir le long des murs, ses tables et ses chaises. Seule différence notable avec les cafés, les femmes ne portaient presque rien sur elles (sauf bien sûr celles qui y étaient venues en visiteuses) ; mais on s'y habituait vite, comme dans un camp de nudistes. L'obscénité et l'ivrognerie étaient rares, la jalousie et les disputes inconnues. Si un client désirait monter avec une de ces dames, ils quittaient la salle chacun leur tour et réapparaissaient un peu plus tard ou pas du tout. Mais si ces disparitions constituaient évidemment la *raison d'être* de la maison, elles n'étaient qu'occasionnelles : les occasions faciles ont toujours un effet neutralisant. Dans l'imaginaire de l'adolescent, le lit conjugal est un lieu de la volupté en permanence ; l'idée que les Anglo-Saxons se faisaient de la « Maison » parisienne était aussi loin de la vérité. Une étude anthropologique — mais elle n'a jamais été faite — aurait montré qu'une prostituée « sérieuse » travaillant dans une Maison parisienne sérieuse avait en moyenne vingt-cinq ans ; qu'elle était en bonne santé, grâce aux contrôles médicaux et aux soins préventifs, qu'elle avait un enfant qu'elle faisait élever à la campagne ; qu'elle comptait travailler pendant cinq ans, à l'issue desquels elle achèterait avec ses économies un fonds de commerce ou un café dans une petite ville de province, épouserait un veuf fortuné et vivrait pour toujours dans la tranquillité et la respectabilité. Elle avait son jour de congé chaque semaine : ce jour-là, elle mettait un tailleur strict et un chapeau un peu démodé, se maquillait légèrement, entourait son cou d'un renard miteux et passait la journée à la campagne avec des parents ou avec son enfant et sa famille d'adoption. Personne ne connaissait sa profession et rien dans sa tenue ou dans son comportement n'aurait pu la distinguer de la vendeuse de grand magasin ou de l'employée d'une « maison de couture » qu'elle prétendait être. De même, une fois son ambition réalisée, rien ne laisserait soupçonner qu'elle avait été différente des autres propriétaires de boutiques de mode ou de cafés installées comme elle dans cette petite ville et comme elle mariées à un veuf prospère. Si ce n'est qu'elle aurait sans doute plus d'indulgence pour les petites manies et les lubies de son mari et pour la nature humaine en général. Il y a en France des milliers d'anciennes prostituées parmi ces femmes sympathiques et énergiques qui, assises derrière les caisses crépitantes, ne portent plus que du noir et des corsages montants ; le pays n'en est pas dépravé pour autant. Je suis sûr que certaines de ces dames sont devenues des héroïnes de la Résistance. Depuis leur fermeture en 1946, les Maisons parisiennes sont devenues rapidement l'objet d'une légende. Si le lecteur croit déceler une certaine nostalgie dans ces lignes, je plaide coupable sans en être gêné le moins du monde. En effet, les « Maisons » faisaient partie intégrante du paysage parisien, de la vie et de la littérature françaises. Pour ce qui est de la moralité, tous les arguments rebattus mais néanmoins valables plaidaient en leur faveur : la prostitution est née avec la civilisation ; en l'interdisant légalement — comme dans le cas de la prohibition — on favorise la prostitution clandestine avec toutes ses implications : la criminalité, la misère et la corruption. Les « Maisons » parisiennes, du temps de leur légalité, n'étaient pas les royaumes de Sodome et Gomorrhe qu'on décrivait dans les romans ; c'était des établissements commerciaux réglementés où le sexe, dénué de son mystère, était vendu comme un autre produit. Il est illusoire de penser que, dans une société mercantile, le besoin le plus fort de l'homme puisse échapper à la commercialisation. Si le commerce du sexe est considéré comme fatal, il faut préférer un commerce légal et réglementé à un marché noir sordide.

Un des bordels de Paris les moins chers était rue de Fourcy, dans le quartier Saint-Paul. Il était fréquenté par des ouvriers, des garagistes, des vendeurs de tapis algériens, des employés de la poste et des terrassiers. Le vendredi soir, leur paie hebdomadaire en poche, les hommes formaient une longue file d'attente le long du trottoir étroit de la petite rue ; on aurait dit des gens qui attendent tranquillement d'entrer au cinéma, si ce n'est qu'il n'y avait que des hommes dans la queue. Ils fumaient, bavardaient, lisaient la page sportive de *Paris-Soir,* mâchaient des cacahuètes et des graines de tournesol. De temps en temps, la « gérante » passait la tête par l'entrebâillement de la porte et demandait s'il n'y avait personne pour mademoiselle Josette; alors, un homme sortait nonchalamment de la file d'attente et entrait dans la « Maison ». En 1929, le tarif de cette « Maison » était de 4,50 francs (« serviette comprise »), ce qui correspondait à un repas bon marché « à prix fixe ». C'était comme une soupe populaire du sexe. Cela peut paraître révoltant : c'était tout simplement pitoyable. Ces hommes avaient beaucoup plus de dignité que ceux qui assistent à un spectacle de strip-tease américain. Au moins, ils savaient qu'ils ne se feraient pas escroquer, que leur faim serait satisfaite; d'ailleurs, ils trouvaient à cette « Maison » de la rue de Fourcy aux lumières tape-à-l'œil, un charme romanesque. C'était leur version à eux de la boîte de nuit pour riches; au nom de quels principes a-t-on enlevé à ces vendeurs de tapis et à ces habitués des asiles de nuit leur paradis « à prix fixe » ?

Une des filles qui travaillaient rue de Fourcy s'appelait réellement Josette. Née près de Marseille de parents italiens, elle était jeune, brune et belle. Elle estimait que dans deux ans elle serait libre; elle épouserait son petit ami qui était encore à l'armée mais serait rendu à la vie civile à ce moment-là. Ils espéraient, grâce à ses économies, ouvrir une station service quelque part en Provence; bien sûr, il ne saurait jamais par quels moyens elle avait gagné sa dot. Elle finissait son travail à 4 heures du matin; alors, vêtue d'un tailleur strict et élégant et de chaussures à talons plats, elle rentrait chez elle, du côté de la gare de Lyon. Sur le chemin du retour, elle était souvent abordée par les rôdeurs du petit matin qui la prenaient pour une femme respectable. La plupart du temps, elle refusait leurs invitations, encore qu'on lui offrît bien souvent dix ou vingt fois le tarif de la « Maison ». Mais elle se dérobait, en partie à cause de la fatigue et en partie parce que jouer la comédie l'ennuyait et la dégoûtait. « Je ne saurai jamais m'y prendre, expliquait-elle. La comédie, les simagrées et les chichis me dégoûtent. Ici, tout se passe directement et sans façons. Mais dès que je mets un chemisier et une jupe, je vaux dix fois plus et je deviens une « femme fatale ». Tu sais pourquoi ? — Parce que dès que je porte un chemisier, ça (elle se donna une petite tape sur sa belle poitrine dénudée) ça devient un mystère. Certains donneraient cent francs pour jeter un coup d'œil sous ce chemisier alors qu'ici, ils peuvent avoir le tout pour cinq francs, « serviette comprise ». Et ils me disent que je suis intelligente, « spirituelle » et que je suis la femme dont ils ont toujours rêvé. Surtout les Anglais et les Américains qui rentrent du « bal musette », rue de Lappe. Ils sont si gentils, si blonds et si bêtes qu'ils font pitié. S'ils avaient des « Maisons » comme celle-ci dans leur pays, ils apprendraient qu'il n'y a pas de quoi s'exciter et faire tant de foin pour une omelette. Ils me disent que la moitié des Anglais sont impuissants, pédérastes ou « mélancoliques ». C'est parce qu'ils voient un mystère là où il n'y a qu'un corset élastique. « Pauvres malheureux... »

Entre les heures de bureau et le service de nuit, j'écrivais en moyenne deux articles par mois pour la *Vossische Zeitung*. J'y parlais des films surréalistes (le classique *Chien Andalou* de Buñuel venait de sortir) et des Pitoëff ; du scandale de la *Gazette du Franc* et de la disparition du général russe blanc Koutiepof (enlevé par le G.P.U., ce que, en bon progressiste, je me refusais à croire) ; du théâtre de marionnettes des Piccoli, que je fréquentai assidûment quelque temps ; du printemps de Paris, des premiers films parlants, du dernier livre de Maeterlinck, et de la théorie de la lumière du duc de Broglie, qui venait de recevoir le prix Nobel de physique pour 1929.

Ce dernier article eut une influence décisive sur mon destin. J'avais téléphoné au duc de Broglie aussitôt le télégramme de Stockholm arrivé à nos bureaux et avant qu'il eût reçu lui-même confirmation de l'événement. Il s'en réjouit comme un écolier, ne tenta pas de le dissimuler et me demanda deux fois :

— Vous êtes sûr que c'est vrai ? Ce n'est pas une blague ?

Un ou deux journalistes lui avaient déjà téléphoné pour lui poser des questions idiotes sur les taches du soleil et les rayons de la mort, aussi fut-il content d'apprendre que j'avais étudié les sciences et étais amateur de physique. Nous parlâmes trois ou quatre heures — de Broglie avait alors trente-sept ans et réalisait une combinaison exceptionnelle de génie et de charme — après quoi je travaillai toute la nuit à mon article dans un état de grande exaltation.

Il s'agissait d'un article de vulgarisation sur les implications révolutionnaires de la théorie de Broglie-Schrödinger sur la mécanique ondulatoire ; cet article parut quelques jours plus tard dans la Vossische Zeitung *où il occupa une page entière. Aussitôt, les Ullstein décrétèrent que j'étais doué pour la vulgarisation scientifique ; et comme le rédacteur scientifique de la* Vossische, *le professeur Joel, atteignait l'âge de la retraite, ils m'offrirent de lui succéder, tâche que j'acceptai avec joie. On revient toujours à ses premières amours : la corde raide exerçait à nouveau sur moi sa force de séduction magique.*

Je pris mes nouvelles fonctions à Berlin en septembre 1930 ; ma première lune de miel avec Paris n'avait duré qu'un peu plus d'un an. Je n'aurais jamais imaginé que trois ans plus tard, je serais de retour, réfugié sans le sou.

CHAPITRE VI

Saluez, s'il vous plaît *

LE jeudi noir, 24 octobre 1929, sonna peu de temps après mon entrée en fonctions à Paris. Sa signification nous échappa presque entièrement. Plusieurs mois devaient s'écouler avant que les répercussions des événements de la Bourse de New York se fissent sentir en Europe. Une fois que les premières vagues de choc commencèrent à déferler, les événements se précipitèrent. Le chômage en Allemagne atteignit bientôt les salariés. La force du parti national-socialiste crût au même rythme. Les fondations étaient ébranlées, l'Europe proche de la chute.

J'arrivai à Berlin le jour des élections fatales du Reichstag, le 14 septembre 1930.

J'atteignais le troisième tournant de mon âge adulte. Chacun avait été marqué par une date symbolique. J'avais quitté la maison familiale et m'étais mis en route pour la Palestine en 1926, le jour des poissons d'avril. J'étais arrivé à Paris le 14 juillet 1929, et j'arrivai à Berlin le jour qui annonçait la fin de la république de Weimar et l'avènement en Europe de l'âge de la barbarie.

Jusqu'au 14 septembre, le parti national-socialiste disposait de douze sièges au parlement ; à dater de ce jour, il en posséda cent sept. Les partis du centre étaient écrasés. Le parti démocrate avait à peu près disparu. Les socialistes avaient perdu neuf sièges. Le nombre des votes communistes avait augmenté de 40 % ; celui des votes nazis, de 800 %. La finale approchait. Elle eut lieu trente mois plus tard.

Le lendemain des élections, j'entrai en fonction dans l'imposant immeuble de la Kochstrasse. Tout le monde y était encore comme assommé. Je dus aller présenter mes respects aux rédacteurs en chef des quatre quotidiens et

* Extrait de *La Corde raide* et du *Dieu des ténèbres.*

d'une douzaine de périodiques hebdomadaires ou mensuels, logés au second et au troisième étage de ce labyrinthe architectural. Ils me serrèrent la main d'un air absent. L'un d'eux me dit avec un sourire jaune : « Vous auriez mieux fait de rester à Paris. » L'arrivée à ce moment d'un nouveau rédacteur scientifique paraissait plutôt absurde.

Au bout de quelques jours, la consternation s'atténua et, dans les bureaux de la Kochstrasse, comme partout ailleurs en Allemagne, des gens reprirent le cours habituel de leurs activités sur une terre qui était devenue un champ de mines.

Plus de la moitié des gens qui travaillaient dans l'immeuble de la Kochstrasse étaient des Juifs. L'autre moitié ne s'en tira pas beaucoup mieux par la suite. La bande de Ullstein était la bête noire du Dr Gœbbels. Nous représentions tout ce qu'il haïssait.

Nous étions imprégnés de culture germanique, bien que protégés du chauvinisme allemand par notre hérédité de juifs cosmopolites. Nous étions farouchement contre la guerre, contre le militarisme et contre la réaction. Nous étions pour Locarno et pour Rapallo, c'est-à-dire pour la collaboration franco et russo-germanique. Nous étions pour le pacte Kellogg qui proscrivait la guerre, pour la Société des Nations qui devait punir tout agresseur éventuel et pour l'Europe unifiée de Briand. Nous en voulions à l'Angleterre à cause de son empire colonial (la France en avait un aussi mais personne ne le prenait au sérieux) et à cause des divisions qu'elle provoquait en Europe en menant une « politique machiavélique d'équilibre des forces ». Nous croyions au droit des peuples à disposer d'eux-mêmes à la libération des peuples colonisés et au progrès social. Bref, nous étions très éclairés et très raisonnables. Seulement nous n'avions pas vu que l'Age des Lumières et de la Raison touchait à sa fin.

Il arrive que des troubles cosmiques provoquent sur terre une tempête magnétique. L'homme ne possède pas d'organes pour la détecter, et bien souvent les navigateurs ne se rendent pas compte que leur boussole est déréglée. Nous vivions au milieu d'une tempête magnétique de ce genre, mais nous ne savions pas en reconnaître les signes. Nous menions nos batailles de mots sans nous apercevoir que les termes avaient changé de sens et n'indiquaient plus les directions voulues. Nous disions « démocratie » avec ferveur et, peu de temps après, le peuple le plus puissant d'Europe votait, selon des méthodes parfaitement démocratiques, en faveur de ses assassins. Nous vénérions la volonté des « masses » et cette volonté se révélait être le suicide et la mort. Nous trouvions le capitalisme vieux jeu et nous fîmes tout pour l'échanger contre une version hypermoderne de l'esclavage. Nous prêchions la tolérance, et le mal que nous tolérions corrodait notre civilisation.

Les individus réagissaient à l'approche de l'apocalypse selon leur caractère. Il y avait les optimistes de profession et les optimistes de tempérament. Les premiers dupaient leurs lecteurs ; les seconds se dupaient eux-mêmes. Trente mois, c'est long. Il y eut des hauts et des bas. Les élections se succédaient à un rythme fébrile. Le chiffre des suffrages nazis montait par bonds, mais il subit, à diverses reprises, de légers reculs, et chacun respira plus librement.

Une fois l'événement accompli, les gens se demandèrent : « Comment avons-nous pu être assez stupides pour nous tourner les pouces quand la fin était si évidente ? » La raison en est, étant donné l'inertie de l'imagination humaine, que la fin, pour la plupart des gens, n'avait rien d'évident. Chaque phase de ce phénomène de décomposition se reflétait dans l'usine d'opinion publique où je travaillais : le ton de nos journaux changea par degrés. Une nouvelle rubrique consacrée aux minorités allemandes en dehors du Reich commença de paraître régulièrement dans la *Vossische Zeitung*. C'était le symbole du glissement d'orientation, à demi conscient, du cosmopolitisme au pangermanisme.

L'attitude du journal envers les puissances occidentales se raidit. Nous avions toujours critiqué le traité de Versailles ; à présent, la critique modérée faisait place à un étalage de revendications. Les éditoriaux devinrent grandiloquents, chauvins et bornés. Il ne fut pas nécessaire d'instruire les rédacteurs et correspondants à l'étranger dans la nouvelle tendance. Une fois le ton donné, ils suivirent automatiquement et comme par instinct. Si quelqu'un les avait accusés d'avoir changé d'opinion, ils s'en seraient défendus avec une indignation sincère.

Avant la fin des trente mois, notre *Vossische,* la bible du libéralisme allemand, ne conservait plus, de tout ce qu'elle avait été, que son nom. Certains rédacteurs livraient vaillamment des combats d'arrière-garde, mais ils étaient rares. De nouveaux visages surgirent dans la maison et d'anciens membres du personnel disparurent. L'épuration froide traîna toute l'année 1932. Bien que les Ullstein fussent Juifs, ils tentèrent d'aryaniser progressivement la firme d'une manière indirecte. Les victimes de l'épuration furent toutes juives, autant qu'il m'en souvienne, les nouveaux membres de la rédaction tous aryens et nationalistes.

L'immeuble de la Kochstrasse devint un lieu de peur et d'insécurité, écho de la peur et de l'insécurité du pays. Nous continuions à arpenter les longs corridors silencieux, avec l'air important des ministres en exercice, mais nous nous observions à la dérobée en nous demandant qui serait la prochaine victime. Il arrivait que les collègues d'un homme le sussent promis à la hache, tandis que la victime elle-même continuait à se pavaner au milieu d'eux, ignorant qu'elle était sur le point d'être congédiée. La situation se résumait assez bien dans une anecdote cruelle qui circulait à cette époque dans toutes les salles de rédaction. C'est la seule historiette chinoise comique que je connaissais et qui symbolisa l'atmosphère de la République allemande en ces derniers mois.

Sous le règne du second empereur de la dynastie Ming vivait un exécuteur des hautes œuvres nommé Wang Lun. Il était maître en son art, et sa réputation s'étendait dans toutes les provinces de l'Empire. De nombreuses exécutions avaient lieu en ce temps-là ; et il arrivait qu'il n'eût pas moins de quinze ou vingt hommes à décapiter en une seule séance. La méthode de Wang Lun était de se tenir au pied de l'échafaud en arborant un sourire aimable, son yatagan dissimulé derrière son dos, et, tout en sifflotant un air agréable, de décapiter sa victime tandis que celle-ci gravissait l'échafaud.

Or Wang Lun avait, dans la vie, une secrète ambition, mais il lui fallut cinquante ans de grands efforts pour la réaliser. Il rêvait de pouvoir décapiter une personne d'un coup si rapide que, conformément à la loi d'inertie, la tête de la victime demeurât posée sur son torse de la même manière qu'un plat garde sa position sur une table dont on tire la nappe d'un brusque mouvement.

Le grand moment de Wang Lun vint au cours de la soixante-dix-huitième année de son existence. Ce jour mémorable, il avait seize clients à dépêcher de ce monde de misère dans celui de leurs ancêtres. Il se tenait comme d'habitude au pied de l'échafaud, et onze têtes rasées avaient déjà roulé dans la poussière à la suite de son inimitable coup de sabre. L'instant de son triomphe s'avança avec le douzième condamné. Lorsque celui-ci commença de monter les marches de l'échafaud, le sabre de Wang passa à travers son cou avec une célérité telle que la tête de l'homme resta où elle était et qu'il continua à gravir les marches sans savoir ce qui lui était arrivé. Parvenu au sommet, l'homme s'adressa à Wang Lun en ces termes :

« O cruel Wang Lun, pourquoi prolonges-tu le supplice de mon attente, alors que tu as traité les autres avec une rapidité si charitable et si charmante ? »

En entendant ces mots, Wang Lun comprit que le chef-d'œuvre de sa vie était accompli. Un sourire serein éclaira son visage, et puis il dit avec une exquise courtoisie à l'homme qui l'interrogeait :

« Saluez, je vous prie. »

Nous nous rencontrions dans les couloirs de notre citadelle de la démocratie allemande et nous disions avec un pâle sourire : « Saluez, je vous prie. » Puis nous passions un doigt sur notre nuque pour nous assurer que notre tête était toujours bien là.

La république de Weimar était condamnée. Le libéralisme allemand avait trahi ses convictions et s'était déshonoré sans augmenter ses chances de survivre. Attendre le salut de cette source était absurde.

Il n'y avait pas plus à espérer des socialistes. Leur activité depuis un quart de siècle était caractérisée par l'opportunisme, le compromis, l'absence de principes. En 1912, ils s'étaient solennellement engagés à empêcher leur gouvernement d'entrer en guerre ; deux ans plus tard, ils soutenaient avec enthousiasme la guerre de conquête de l'empereur Guillaume. En 1918, lorsque la défaite militaire les avait portés au pouvoir, ils avaient manqué l'occasion historique de transformer l'Allemagne en un pays vraiment démocratique. Ils manœuvraient au lieu d'aller de l'avant. Lors des élections présidentielles en 1932, leur candidat était le vieux et branlant général Hindenburg, le Pétain allemand. Ils le firent élire et, six mois plus tard, Hindenburg appelait Adolf Hitler au pouvoir.

En 1930, les intellectuels progressistes d'Allemagne n'étaient que trop au courant de la triste histoire du parti socialiste, mais peu de faits défavorables aux communistes soviétiques étaient connus du public. Trotski, chef de l'opposition, avait été exilé, mais, à la lumière des révolutions, l'exil est un châtiment assez doux. Aucun politicien soviétique important n'avait été publiquement jugé, aucun membre de l'opposition n'avait été exécuté. Ces jours étaient presque idylliques ; les épurations, les procès, la terreur ne commencèrent que quatre ans plus tard, après l'assassinat de Kirov, en décembre 1934.

La collectivisation forcée des terres agricoles venait seulement de commencer. Les déportations massives des « kulaks », la famine et la dépopulation partielle des campagnes étaient encore du domaine de l'avenir. Le premier plan quinquennal avait été entrepris en 1929 ; il était dans sa seconde année. C'était une entreprise gigantesque, d'une portée historique. La Russie était encore considérée comme la « grande expérience » ; on pouvait faire des réserves sur le régime, le critiquer, mais d'emblée il n'y avait aucune raison de le condamner en bloc. Seuls les conservateurs et les réactionnaires adoptaient cette attitude, en même temps qu'ils manifestaient une neutralité bienveillante envers les fascismes italien et allemand. Quelques voix isolées parmi les intellectuels progressistes — celles de Bertrand Russell et de H. G. Wells, par exemple — s'étaient élevées dès le début et sans réserve contre le régime soviétique ; mais elles étaient peu nombreuses et on ne les écoutait pas.

En somme, en 1930, l'existence de la Russie était encore un crédit important pour les communistes allemands, alors qu'aujourd'hui elle est plutôt gênante pour les P.C. d'Occident. Les socialistes, eux, ne pouvaient se prévaloir de si puissantes alliances ; ils n'avaient que leur triste réputation d'avoir étouffé la révolution allemande et gâché la république.

Après les élections de septembre 1930, j'avais vu la classe moyenne libérale trahir ses convictions et jeter tous ses principes par-dessus bord. La résistance active contre les nazis ne semblait possible qu'à condition d'unir son sort soit à celui des socialistes, soit à celui des communistes. La comparaison entre leurs états de services, leur vigueur, leur résolution, éliminait les premiers et était favorable aux seconds.

Je ne fus pas le seul à arriver à cette conclusion. Le courant de polarisation entre les deux mouvements extrémistes était évident et portait tous les signes d'une fatalité inexorable. Le titre du fameux ouvrage de H. R. Knickerbocker qui connut une telle vogue à cette époque : *Nazisme ou communisme en Allemagne ?* résumait la situation avec exactitude. Il n'y avait pas de « troisième force » ni de troisième choix.

CHAPITRE VII

Malheur aux bergers *

C'EST dans ce contexte que je m'efforçai d'analyser l'interprétation marxiste de l'Histoire et d'étudier les complexités de la méthode dialectique qui a permis de traduire en termes d'action politique concrète une philosophie abstraite à l'origine. Pour un esprit scientifique comme le mien, le matérialisme dialectique ne fut rien de moins qu'une révélation.

« La famille bourgeoise disparaîtra d'elle-même, en même temps que le capital... Les homélies bourgeoises sur la famille et l'éducation, sur les rapports sacrés entre parents et enfants, sont d'autant plus scandaleuses que, sous l'effet de l'industrie moderne, les prolétaires voient se briser tous leurs liens de famille... »

Ainsi parle le *Manifeste communiste.* Chaque page de Marx, et davantage encore d'Engels, m'apportait une révélation et un ravissement intellectuel. Détachée de son contexte, cette citation paraît ridicule ; mais, replacée dans l'ensemble du système, avec le schéma lucide et clair qu'il imposait à la philosophie sociale, elle démontrait la relativité historique des institutions et des idéals — qu'il s'agisse de famille, de patriotisme, de morale bourgeoise ou de tabous sexuels —, et m'apportait la griserie d'une brusque libération des chaînes d'une enfance bourgeoise d'avant 1914.

Lorsque j'eus terminé le *Feuerbach* d'Engels et *État et Révolution* de Lénine, je sentis un déclic dans mon cerveau et fus secoué comme par une explosion mentale. En disant qu'on a « vu la lumière », l'on ne rend compte que bien faiblement du ravissement spirituel du converti (quelle que soit la foi à laquelle on se convertit). La nouvelle lumière semble converger sur le cerveau de tous les points de l'espace, et l'univers entier ressemble alors aux pièces éparses d'un puzzle qui se trouveraient rassemblées comme par magie. Désormais, plus de problèmes sans réponse ; les doutes et les débats

* Extrait du *Dieu des ténèbres* et de *La Corde raide.*

font partie d'un passé de déchirement, de l'époque déjà lointaine où l'on vivait dans la triste ignorance et l'univers insipide de ceux qui *ne savent pas*. Désormais, plus rien ne saurait troubler la paix intérieure et la sérénité du converti, sauf, de temps à autre, la peur de perdre cette foi, qui seule rend la vie digne d'être vécue, et de retomber dans les ténèbres extérieures avec leurs lamentations et leurs grincements de dents.

Je ne puis décrire l'effet premier et décisif qu'eut sur moi l'étude du marxisme qu'en disant que j'étais passé, sans m'en rendre compte, d'un monde intellectuellement ouvert dans un monde intellectuellement fermé. Le marxisme, comme le freudisme orthodoxe, comme le catholicisme, est un système clos. Un système clos a trois caractéristiques.

Premièrement, il prétend expliquer tous les phénomènes sous le soleil et porter remède à tous les maux de l'humanité ; deuxièmement, c'est un système qui refuse de se laisser modifier par des faits nouvellement observés, mais qui, troisièmement, possède assez de résistance élastique pour les inclure dans le dessin voulu.

La transformation s'accomplit grâce à une casuistique très élaborée, fondée sur des axiomes subjectifs, indifférents aux lois de la logique ordinaire ; c'est une sorte de croquet fantastique qui se joue avec des arceaux mobiles. En troisième lieu, ce système anéantit toutes les critiques car il rattache les arguments du contradicteur à ses motivations inconscientes et déduit celles-ci des axiomes du système en question. L'école freudienne orthodoxe des débuts se rapprochait d'un tel circuit fermé ; si vous avanciez que, pour telle ou telle raison, vous doutiez de l'existence du prétendu complexe de castration, on vous répliquait immédiatement que vos arguments trahissaient un refoulement inconscient, indice de votre propre complexe de castration. Vous étiez pris dans un cercle vicieux. De la même façon, si vous affirmiez à un stalinien qu'il ne fallait pas conclure de pacte avec Hitler, il vous expliquait que votre conscience bourgeoise de classe vous rendait inapte à comprendre la dialectique de l'Histoire. Et si un paranoïaque vous révèle que la lune est une sphère creuse remplie de vapeurs aphrodisiaques que les Martiens ont stockées pour ensorceler l'humanité, ne lui répondez pas que cette théorie, pour être séduisante, ne se fonde sur aucune preuve valable, il vous accusera tout de suite d'appartenir à une conspiration mondiale pour l'abolition de la vérité.

Bref, le système clos exclut toute possibilité de discussion, au moyen de deux procédés : *a*) les faits sont dépouillés de leur valeur de témoignage par une interprétation scholastique ; *b*) on déclare les objections sans valeur, en faisant remonter la discussion au motif psychologique qui commande soi-disant l'objection. Le procédé est légitime, selon les règles du jeu du système clos, lesquelles, si absurdes qu'elles puissent paraître vues de l'extérieur, n'en possèdent pas moins une grande cohérence interne.

L'atmosphère à l'intérieur du système clos est chargée d'électricité ; c'est une serre de passions. L'absence d'objectivité dans le débat est largement compensée par sa ferveur. Le disciple reçoit un entraînement rigoureux à la doctrine et à la méthode de raisonnement particulier au système.

Le théologien, le psychanalyste ou le marxiste à l'esprit « fermé » et exercé réduira en chair à pâté son adversaire d'esprit « ouvert » et prouvera ainsi au monde et à lui-même la supériorité de son système.

Sa supériorité, son assurance, le rayonnement de sa foi sincère créent une relation particulière entre l'initié et le néophyte virtuel. C'est la relation entre le *guru* et le disciple, entre le confesseur et le pénitent, entre le psychanalyste et le malade, entre le militant du parti et le sympathisant séduit, rempli d'admiration.

Dans toute conversion à la foi communiste, il y a un *gourou*. Il apparaît dans la plupart des mémoires d'anciens membres — parfois sous l'aspect d'une « infirmière désintéressée », comme dans le cas d'Élisabeth Bentley ; parfois sous celui d'un intellectuel, d'une habileté diabolique, comme Gerhart Eisler dans le cas d'Hede Massing ; ou, parfois, sous les traits d'un simple et honnête prolétaire. Dans tous les romans d'auteurs qui se rapprochèrent à un moment ou à un autre du parti communiste, l'on trouve un personnage clef qui reflète la toquade de l'écrivain pour l'individu, ou le type d'individu, qui l'attira vers le mouvement. Dans *La Condition humaine,* de Malraux, c'est le Russe Borodine ; dans *En un combat douteux,* de Steinbeck, c'est Mac ; dans *En avoir ou pas,* de Hemingway, c'est le capitaine Morgan ; dans *Les Chemins de la Liberté,* de Sartre, c'est Bruneau. Une exception intéressante est celle de Petro Spina, le héros de Silone, en même temps que son propre portrait, car Silone, fils de pauvres paysans des Abruzzes, était peut-être le seul parmi nous qui ne fût pas un converti, mais un communiste « naturel ». A l'autre bout de l'échelle, on trouve Sartre, le professeur de philosophie bourgeois ; son *gourou* — Bruneau — est l'archétype du « prolétaire idéal » qui exerce une si puissante séduction sur les intellectuels.

L'adoration du prolétaire apparaît à première vue comme un phénomène typiquement marxiste, mais n'est, en fait, qu'une variante nouvelle de divers cultes romantiques : culte des bergers, des paysans, des bons sauvages. L'écrivain communiste de 1930 éprouvait pour les mécanos le même genre de passion que Proust pour ses duchesses.

Mon enfance et ma première jeunesse portaient le sceau individualiste ; d'autre part, ma venue au parti communiste suivit un trajet fréquent, presque classique, de cette époque. Ce fut une migration massive des fils et des filles de la bourgeoisie européenne essayant de s'échapper du monde naufragé de leurs parents.

La désintégration économique et morale des classes moyennes de la société conduisit à la polarisation fatale : fascistes et communistes en bénéficièrent à peu près également tandis que les libéraux vieillissant continuèrent une existence sans but, tel un grand essaim noir de ces mouches d'hiver qui se traînaient sur les fenêtres sombres de l'Europe, membres d'une classe mise au rebut de l'Histoire[1].

Le sacrifice à l'utopie pure et la révolte contre une société corrompue sont les deux pôles qui fournissent la tension de toutes les fois militantes. Se demander lequel de ces deux pôles — attraction de l'idéal ou répulsion du milieu social — fait passer le courant revient à se poser l'éternelle question de la poule et de l'œuf[2]...

Il ne fallut pas beaucoup de persuasion pour faire de moi un révolté. Je vivais depuis mon enfance dans un état d'indignation chronique.

Rousseau note quelque part que lui aussi était en proie à cette maladie, dont il voit la cause dans les ignominies et les souffrances qu'il avait endurées enfant. Il semble être, pour une fois, injuste envers lui-même, car des souffrances précoces peuvent sensibiliser ou mutiler un être de bien des façons sans le transformer en rebelle indigné. Ce type est caractérisé par une qualité particulière : le don de projection imaginative qui oblige le sujet à considérer une injustice infligée à autrui comme une indignité envers lui-même et, inversement, de percevoir une injustice envers lui-même comme la partie et le symbole d'un vice général de la société. L'indigné chronique n'est pas forcément querelleur, mais toujours révolté. Ses campagnes continuelles pour obtenir justice pour une cause ou une autre, pour lui-même, pour ses amis et protégés (car il a toujours une grande clientèle de protégés auxquels il apporte plus d'ennuis que de secours), occupent le plus clair de son temps et en font un admirable raseur.

Ce qui distingue le révolté en proie à l'indignation chronique, du révolutionnaire sérieux est que le premier est capable de changer de cause et non le second. Le révolté dirige son indignation tantôt contre une injustice, tantôt contre une autre ; le révolutionnaire est un haineux constant qui a placé sur un seul objet toutes ses puissances de haine. Le révolté a toujours quelque chose d'un Don Quichotte ; le révolutionnaire est un bureaucrate de l'utopie. Le révolté est un enthousiaste ; le révolutionnaire un fanatique. Robespierre, Marx, Lénine étaient des révolutionnaires ; Danton, Bakounine, Trotski étaient des révoltés. Ce sont surtout les révolutionnaires qui modifient le cours matériel de l'histoire ; mais certains révoltés y laissent une empreinte à la fois plus subtile et plus durable. En tout cas, le révolté, malgré ses fulminations et ses enthousiasmes également assommants, est un type plus sympathique que le révolutionnaire.

Les ignominies de l'administration coloniale en Palestine me changèrent de sioniste romantique en sioniste actif. L'événement qui éleva mon

1. *Le Dieu des Ténèbres.*
1. *Le Dieu des Ténèbres.*

indignation à un niveau qu'elle n'avait encore jamais atteint fut la politique américaine de destruction de stocks alimentaires en vue de maintenir les prix agricoles pendant les années de crise — à une époque où des millions de chômeurs étaient victimes de la misère et de la faim. Rétrospectivement, la politique économique qui conduisit à ces mesures est un sujet de discussions abstraites ; mais, en 1931 et 1932, son effet sur les Européens fut un choc rude et véritablement terrifiant qui détruisit le peu de confiance qu'ils conservaient dans l'ordre social existant. En 1932, il y avait en Allemagne sept millions de chômeurs, ce qui signifie qu'un salarié sur trois vivait de secours. En Autriche, en Hongrie et dans les pays avoisinants, la situation était semblable ou pire. La viande, le café, les fruits étaient devenus un luxe inaccessible pour de larges sections de la population, même le pain sur la table était mesuré en tranches minces ; cependant, les journaux mentionnaient laconiquement les millions de tonnes de café jetées à la mer, le blé brûlé, les cochons incinérés, les oranges arrosées d'essence, afin d' « alléger le marché ». C'était un paradoxe grotesque et incompréhensible pour les âmes simples et, pour les esprits doués de sens social, le signe de la faillite et de la décomposition totale du système économique en vigueur. Marx n'avait-il pas prédit que le capitalisme mourrait de ses contradictions internes, que le cycle de périodes prospères se terminant par une crise se répéterait à un rythme accéléré et que chaque crise serait pire jusqu'à la dernière qui entraînerait la fin du système ? La prophétie était très clairement sur le point de se réaliser. Lorsque le peuple meurt de faim et qu'on détruit la nourriture sous ses yeux afin que les gros exploiteurs puissent grossir encore, le Jugement dernier ne peut pas être loin.

Malheur aux bergers qui se nourrissent eux-mêmes sans laisser paître leurs brebis ! L'indignation brûlait en moi comme une fournaise. J'avais envie d'éclater, de tirer des coups de feu derrière une barricade ou de lancer des grenades. Sur qui ? C'était une fureur impersonnelle qui n'était pas dirigée contre un individu ou un groupe particulier. Je ne haïssais ni la police, ni les industriels, ni les riches. Je trouvais les nazis répugnants, mais ils appartenaient à un monde étrange et absurde. Mon indignation exaspérée n'avait pas de cible personnelle ; elle était dirigée contre le système en général, contre l'hypocrisie onctueuse et la stupidité néfaste qui nous conduisaient tous à notre perte. Dans mes visions de rage, personne n'était tué, mais d'énormes bâtiments sautaient et des murs s'écroulaient comme dans un tremblement de terre — ministères, bureaux de rédaction, stations de radio et toute la *Sieges Allee* avec ses hideuses statues de princes et de maréchaux...

Échos du courroux justicier des prophètes hébreux et de la prochaine Apocalypse selon saint Marx, bruit des chaussures éculées des marcheurs de la faim sur le pavé, odeur du bon blé brûlé dans les champs — tous ces éléments se fondaient en une explosion unique et passionnée.

Bien que le mélange qui provoquait l'explosion variât d'un cas à l'autre, la réaction fut la même chez un grand nombre d'écrivains et intellectuels du monde entier : Barbusse, Romain Rolland, Gide, Malraux, en France ; Piscator, Becher, Seghers, Brecht, en Allemagne ; Auden, Isherwood, Spender, Day Lewis, en Angleterre ; Sinclair, Dos Passos, Steinbeck, Caldwell, aux États-Unis — pour n'en citer que quelques-uns. Dans les années trente, la conversion à la foi communiste ne fut pas une mode ou une vogue, ce fut l'expression sincère et spontanée d'un optimisme né du désespoir : une révolution avortée de l'esprit, une renaissance manquée, une fausse aurore de l'Histoire. Se laisser attirer par la foi nouvelle fut, je le pense encore, une louable erreur. Nous avions tort pour de bonnes raisons ; et je continue à croire que, à quelques exceptions près — j'ai déjà cité Bertrand Russell et H. G. Wells — ceux qui, dès le début, dénigrèrent la révolution russe le firent principalement pour des raisons moins louables que notre erreur. Il y a un monde de différence entre un amoureux désenchanté et des êtres incapables d'aimer.

Pour le psychiatre, le besoin d'utopie et la révolte contre l'ordre établi sont l'un et l'autre des symptômes de déséquilibre psychique. Pour le réformateur, ce sont les symptômes d'une attitude progressiste et lucide. Le psychiatre a tendance à oublier que l'adaptation à une société perturbée crée des individus perturbés. Le réformateur a tendance à oublier que la haine, même quand elle a pour objet ce qu'il y a de plus haïssable, ne peut engendrer de société heureuse. Aussi chacune de ces attitudes ne reflète-t-elle qu'à demi la vérité. Il est vrai que dans les antécédents de la plupart des révoltés, on décèle un conflit névrotique avec la famille et la société mais cela prouve seulement que, pour paraphraser Marx, une société moribonde sécrète ses propres fossoyeurs. Il est tout aussi vrai que, face à des injustices révoltantes, la seule attitude digne est la révolte, mais si l'on compare les nobles idéaux au nom desquels des révolutions furent déclenchées avec leur aboutissement lamentable, on se rend compte qu'une société corrompue corrompt jusqu'à ses propres révolutions.

Si l'on tient compte à la fois des demi-vérités du sociologue et du psychologue, l'on est amené à conclure que l'hypersensibilité à l'injustice sociale et la soif maladive de l'utopie sont des signes de névrose et d'inadaptation, mais que la société peut atteindre un point de pourriture tel que la révolte du névrosé est plus agréable au Seigneur que la sage obéissance à une société qui noie ses cochons sous les yeux des affamés. Or tel était l'état de notre civilisation en 1931 .

1. *Le Dieu des Ténèbres.*

CHAPITRE VIII

La vision prométhéenne *

***R**ÉPÉTONS-LE : les mouvements révolutionnaires se constituent à partir de deux forces : une force de répulsion, l'ordre établi et une force d'attraction, l'idéal utopique. Les extraits précédents ont traité des forces de répulsion qui s'exerçaient dans les années trente ; ceux qui vont suivre concerneront l'énorme force d'attraction qui atteignit son comble pendant cette même période : le Mythe soviétique.*

Le mythe soviétique — distinct de la réalité soviétique — agit sur ses victimes à la fois au niveau rationnel et au niveau irrationnel. Bien entendu, les deux sont si intimement mêlés qu'il est difficile de retracer dans l'ordre les divers stages de l'intoxication mythique.

Je me rappelle pourtant avec une particulière netteté la première étape qui me parut purement rationnelle et éminemment raisonnable. Toute comparaison entre la situation en Russie et dans le monde occidental semblait se prononcer avec éloquence en faveur de la première. En Occident, régnait un chômage massif ; en Russie, on manquait de main-d'œuvre. En Occident, des grèves chroniques et des troubles sociaux menaçaient dans certains pays de tourner à la guerre civile ; en Russie, où toutes les usines appartenaient au peuple, les ouvriers rivalisaient d'ardeur socialiste pour accroître la production. En Occident, l'anarchie du laisser-faire noyait le système capitaliste dans le chaos et les crises ; en Russie, le premier plan quinquennal faisait, par une série de pas de géant, du pays le plus arriéré d'Europe le plus avancé. Si l'Histoire elle-même était communisante, elle n'aurait pas pu organiser une synchronisation plus adroite que cette coïncidence de la crise la plus grave du monde occidental avec la phase initiale de la révolution industrielle russe. Le contraste entre la pente descendante du capitalisme et

* Extrait de *La Corde Raide* et du *Yogi et le commissaire.*

la montée de l'économie soviétique planifiée était si frappant qu'il conduisait forcément à cette conclusion : ils sont l'avenir, nous le passé. En ce qui concerne l'Europe orientale, la prédiction s'est réalisée d'une façon inattendue et terrible.

L'étape suivante fut que je tombai amoureux du plan quinquennal. Sur un sixième de notre planète malade, l'effort constructif le plus gigantesque de tous les temps s'accomplissait ; là, en acier et en béton, l'utopie se bâtissait. Enfoncé dans la littérature soviétique de l'époque, dont le seul et unique sujet était la construction d'usines, de centrales électriques, de tracteurs, et l'achèvement du plan, je songeai à demi sérieusement à une version moderne du *Cantique des Cantiques.*

« Les yeux de ma bien-aimée brillent comme de hauts fourneaux dans la steppe ; ses lèvres ont le dessin hardi du canal de la mer Blanche ; ses épaules, la courbe svelte du barrage du Dniepr ; son échine est longue et droite comme la voie ferrée du Turkestan en Sibérie... » Et les renards, les petits renards qui saccageaient la vigne, étaient évidemment les saboteurs fascistes contre-révolutionnaires.

Il n'est pas facile de retrouver aujourd'hui cet état d'esprit. L'ironie intervient, l'amertume des expériences ultérieures est toujours présente. Il nous est permis d'ajouter à nos connaissances, mais non d'en retrancher à notre guise ; aucun chirurgien du cerveau ne peut rendre la virginité à une illusion.

Quand je dis que j'étais tombé amoureux du plan quinquennal, j'exagère à peine. A vingt-cinq ans, je considérais encore le bonheur comme un problème d'organisation sociale. La Russie avait entrepris la plus grande expérience d'organisation de l'Histoire, à une époque où les cinq autres sixièmes du monde tombaient visiblement en morceaux. La théorie marxiste et la pratique soviétique étaient l'admirable et suprême accomplissement de l'idéal de progrès du XIXe siècle, l'idéal dans lequel j'avais été élevé. Le plus puissant barrage électrique du monde devait forcément apporter le plus grand bonheur au plus grand nombre.

Cinq ans auparavant, j'avais quitté la maison pour aider à construire la Nouvelle Jérusalem. Ressusciter l'État juif au bout de deux mille ans m'apparaissait non seulement comme une entreprise romantique, mais en même temps comme une espèce de cure miraculeuse pour une race malade. J'avais été déçu par le chauvinisme provincial de la Palestine ; à présent, une nouvelle Sion était en vue à une échelle infiniment plus vaste et universelle. Elle aussi promettait une cure miraculeuse, non seulement à un petit groupe ethnique, mais à toute l'humanité. Et, de même que le nouvel État juif était destiné à ramener l'ère des prophètes, de même la société sans classe d'après Marx serait, à la fin de la spirale de l'évolution, une renaissance de la société communiste primitive d'un âge d'or passé.

Peu de temps avant mon entrée officielle au parti, je conçus le projet de quitter mon métier et de m'en aller conduire un tracteur en Russie pendant un an ou deux. L'État soviétique avait besoin de conducteurs de tracteur spécialisés et j'étais ingénieur ; le projet semblait logique. Mais les fonctionnaires du parti qui me prirent en main m'expliquèrent que c'était une « idée romanesque typique de petit-bourgeois », et je dus y renoncer. Je mentionne ce projet, parce qu'il tendait vers une répétition exacte, bien qu'inconsciente, de mon départ pour Kvutsa Hefsebà, où j'avais voulu devenir « tireur d'eau et bûcheron ».

Cela prouve que, vivant dans une société en dissolution, j'avais soif de foi, soif d'une occasion de bâtir, de créer, de construire.

Créer, relier, bâtir... là résidait l'attrait de la foi nouvelle. La révolution mondiale n'était qu'une formalité inévitable qui devait s'accomplir pour que la société sans classe pût être établie, tout comme il faut que le Jugement dernier précède l'avènement du royaume des cieux sur la terre. Bien entendu, le règne de la bourgeoisie devait être aboli, et ses valeurs, codes, tabous et mœurs jetés aux ordures, comme avaient été abolis par la Révolution bourgeoise de 1789 le système féodal, l'aristocratie, le droit du seigneur et autres absurdités. L'opération n'irait évidemment pas sans combat et effusion de sang — mais cette partie du programme me laissait indifférent. Je ne m'intéressais qu'à ce qui viendrait ensuite, à la construction de cette société communiste qui représentait l'achèvement suprême de la destinée de l'homme. La révolution libèrerait ses immenses possibilités créatrices à présent étouffées, ligotées par le joug économique. « Le citoyen moyen de la société sans classe, écrivait Trotski, s'élèvera au niveau d'un Aristote, d'un Goethe, d'un Marx. » Une fois le joug arraché, les forces prométhéennes de l'homme se déverseraient comme la lave après l'éruption d'un volcan.

C'était une foi puissante, et sa perte est un appauvrissement durable. La plupart de mes camarades étaient mus par des idées analogues ; pendant les étapes initiales de leur carrière au parti, tout au moins, la vision prométhéenne dominait la tendance destructrice. Les années suivantes, je les vis changer l'un après l'autre, à mesure que la fin reculait à leurs yeux et que les moyens seuls demeuraient. Mais nous ne pouvions pas prévoir cela lorsque, pareils aux tribus captives, nous nous mîmes en route, laissant derrière nous les ripailles d'Égypte. Nous ne connaissions pas encore le désert ; nous savions seulement qu'il existait une Terre Promise — et que les sept plaies s'abattaient sur le pharaon conformément aux prévisions.

Nous nous trouvions, à certains égards, dans une position privilégiée. A l'encontre des autres mouvements révolutionnaires, depuis les premiers chrétiens jusqu'aux socialistes, dont les programmes étaient des plans d'avenir purement théoriques, notre utopie à nous s'incarnait déjà dans un pays réel, habité par des gens réels. Son éloignement, son inaccessibilité constituaient un avantage de plus : ils laissaient libre cours à l'imagination, stimulée par les costumes pittoresques et les chants nostalgiques des steppes. Progrès, justice, socialisme — c'étaient des mots abstraits qui ne fournissaient pas d'aliments au rêve, pas d'objets à défier, à aimer, avec qui s'identifier. Mais maintenant, le mouvement socialiste dispersé, sans patrie, avait trouvé un pays, un drapeau, un sentiment de puissance, la confiance en soi — et jusqu'à l'image d'un père vénéré sous les traits de Lénine au regard perçant de Mongol, aux yeux pétillants de malice. La lutte épique d'un grand peuple qui livrait ses batailles libératrices et, dans l'intervalle, jouait de la balalaïka, satisfaisait nos aspirations romantiques et nous emplissait d'un nouveau patriotisme.

La connaissance fragmentaire que nous avions de ce qui se passait en Russie prenait un caractère de légende homérique :

Le peuple avait pris et gardé le pouvoir sur un sixième de la terre. La propriété privée, la notion de profit, les conventions sociales, les tabous sexuels, avaient été abolis d'un seul coup. Il n'y avait plus de riches et de pauvres, de patrons et d'employés, d'officiers et de soldats. L'histoire de l'*homo sapiens* avait recommencé de zéro. Le tonnerre grondait derrière chacun de ces nouveaux décrets, comme la voix du Sinaï dictant les dix commandements. Ceux qui écoutaient étaient soulevés par une vague d'émotion dont ils ne se croyaient plus capables. Une foi s'était libérée en eux, si profondément refoulée jusque-là qu'ils en ignoraient l'existence, une espérance si profondément enfouie qu'ils l'avaient oubliée...

En 1930, le régime soviétique était tout jeune encore ; la réalité, derrière le mythe, n'apparaissait pas clairement de l'extérieur. De doux libéraux qui détestaient Marx et avaient horreur de toute violence rentraient de voyages accompagnés en Russie avec une attitude changée, bienveillante à l'égard de « la grande expérience soviétique ». Même des industriels et des banquiers reconnaissaient que, « après tout, il y avait peut-être quelque chose là-dedans ». Les diverses associations fondées pour développer les « relations culturelles avec l'U.R.S.S. » comptaient dans leur comité tout le monde, depuis des duchesses jusqu'à des dentistes ; les inoubliables films russes de l'époque furent applaudis avec enthousiasme par les critiques et les spectateurs, à quelque opinion politique qu'ils appartinssent.

Quand je me rappelle des films comme *Tempête sur l'Asie* ou *Potemkine,* je pense encore qu'ils comptèrent parmi les plus puissantes émotions de mon passé. C'est également vrai, à un moindre degré, des représentations en Europe des théâtres de Tairoff et de Meyerhold, et des ouvrages des nouveaux romanciers soviétiques : *Le Voleur,* de Léonof ; *Le Don tranquille,* de Cholokhof ; *Le Fleuve de Fer,* de Sérafimovich, et des histoires de guerre civile d'Isaac Babel. Je ne sais pas et ne veux pas savoir comment j'y répondrais aujourd'hui ; à l'époque, il semblait que la Russie soviétique fût en route vers une culture neuve et radieuse qui deviendrait, avec le temps —

probablement à la fin du second plan quinquennal — l'égale des gloires de la Renaissance et de l'âge d'or de la Grèce.

Comment admirer assez un régime où les chefs-d'œuvre d'Eisenstein et de Poudovkine étaient montés par l'État ; où Stanislavsky, Meyerhold, Wachtangof étaient au service de l'État ; où toute la littérature, poésie et prose, était publiée par l'État, c'est-à-dire par le peuple souverain des ouvriers et des paysans, le mécène le plus puissant et le plus original qu'on eût jamais vu ? Un régime capable de tels accomplissements ne pouvait inspirer que l'amour et l'admiration, et une foi nouvelle dans l'humanité.

Il me semblait aussi que la Russie communiste continuait, là où les libéraux Ullstein s'étaient arrêtés. Le supertrust que je servais depuis cinq ans au Levant, à Paris et à Berlin, et auquel je m'étais étroitement attaché, avait représenté à mes yeux l'incarnation du libéralisme progressiste et d'une hardiesse d'avant-garde. Les écrivains, les poètes révolutionnaires d'Allemagne avaient toujours été chaleureusement applaudis dans nos chroniques littéraires. Il n'y avait pas, pour moi, de rupture, mais une continuité logique entre le modernisme de Weimar et la nouvelle culture soviétique, qui semblait destinée à en devenir l'héritière.

De quelque côté que l'on tournât les yeux, dans tous les champs d'activité sociale et culturelle, le mouvement communiste apparaissait comme le développement logique de la tendance progressiste et humanitaire. Il était la continuation et l'accomplissement de la grande tradition judéo-chrétienne, une branche nouvelle, toute fraîche, sur l'arbre du progrès européen à travers la Renaissance et la Réforme, à travers la Révolution française et le libéralisme du XIXe siècle, vers l'ère socialiste.

Quand je me demande, avec la sagesse mélancolique qui vient après l'événement, comment j'ai pu vivre des années dans cette transe mentale, je puise un certain réconfort dans la pensée que la scholastique médiévale et l'exégèse aristotélicienne ont duré beaucoup plus longtemps et ont complètement déréglé les meilleurs cerveaux du temps ; bien plus, aujourd'hui encore, nombre de gens acceptent gaillardement l'idée que quatre-vingt-dix pour cent de leurs contemporains soient désignés par leur Père qui est aux Cieux pour un super-Auschwitz éternel.

Concluons : la pensée d'un individu vivant à l'intérieur d'un système clos, communiste ou autre, se résume en une seule formule : *Il peut prouver tout ce qu'il croit et il croit tout ce qu'il peut prouver.* Le système clos aiguise à l'excès les facultés intellectuelles comme une meule trop puissante ; il produit une espèce d'intelligence scholastique, talmudique, coupeuse de cheveux en quatre, et qui ne préserve personne de commettre les pires imbécillités. Les esprits de cette sorte se trouvent fort souvent parmi l'élite intellectuelle. Je me plais à les appeler les « imbéciles intelligents », expression que je ne considère pas comme injurieuse, puisque j'ai été du nombre.

CHAPITRE IX

L'univers en expansion *

EN dépit de mon sentiment de l'imminence du jour fatal, ou plutôt indépendamment de lui, je me jetai avec enthousiasme dans mon nouveau métier. C'était un métier idéal, aux possibilités illimitées pour voyager à travers les domaines de la science et de l'imagination, depuis l'électron jusqu'aux nébuleuses en spirale, depuis les expériences de télépathie jusqu'à la recherche de l'Atlantide perdue. Être rédacteur scientifique peut sembler une occupation austère ; je la trouvais incomparablement plus excitante que celle de reporter à l'étranger ou de correspondant de guerre. Au bout de quatre ans de voyage, je commençais à être fatigué de vivre dans un tourbillon d'impressions colorées mais insuffisamment digérées ; j'étais las de ce qu'il y avait de superficiel dans le genre de journalisme que j'exerçais. A présent, en même temps que renaissait mon intérêt pour la politique, mon nouveau métier me rendait à ma première passion juvénile, à la science considérée comme clef du suprême mystère :

L'astrophysique est une science à laquelle il convient de s'appliquer en se conformant à la recette suivante. Buvez de la vodka par une nuit froide et claire, enveloppez vos jambes d'une chaude couverture, asseyez-vous sur votre balcon, et regardez le ciel. Les lieux recommandés sont les régions montagneuses avec, au loin, un fracas atténué d'avalanches ; le temps recommandé : les heures de mélancolie. Si cette ordonnance n'est pas observée, la science en question apparaîtra comme une forêt pétrifiée de nombres et d'équations ; mais celui qui observe la prescription éprouvera un curieux état de transe. Les signes algébriques se changeront en clefs musicales, *x* et *y* tinteront et résonneront comme le soprano et la basse, et la symphonie de la naissance et du déclin de l'univers surgira des équations...

Tel était le préambule plein de lyrisme qui introduisait un article sur la première ascension en ballon effectuée dans la stratosphère par le Pr Piccard

* Extrait de *La Corde raide*.

en mai 1931. Un autre article, traitant de la culture *in vitro* des tissus vivants — qui, sous certaines conditions, peuvent vivre indéfiniment — commençait ainsi :

La philosophie est l'état gazeux de la pensée. La science, son état liquide. La religion, son état rigide. Dans ces trois états, des doutes s'expriment quant à la nécessité et même la possibilité de la mort absolue. Nous parlerons ici de ce doute, uniquement à l'état liquide...

Plus je me pénétrais de matérialisme historique et du schéma rigide d'un monde gouverné par la lutte des classes de l'homme économique, plus ma vision de la science, par une espèce de choc en retour, devenait lyrique. Toutefois, la réaction n'était pas purement subjective. A cette époque, la science elle-même traversait une crise révolutionnaire qui démolissait rapidement toutes les notions familières de la pensée et remplaçait nos concepts traditionnels de la réalité par une image nouvelle et violemment futuriste du monde. La flèche dans l'azur ne volait plus en ligne droite dans l'infini ; elle suivait un chemin elliptique à travers les espaces courbes d'un univers fini et reviendrait finalement à son point d'origine comme un voyageur terrestre qui marcherait toujours vers l'est.

Plus frappante encore était la découverte que ce monde fini qu'était le nôtre était en expansion à une vitesse effroyable et comparable, pour citer Einstein, à « une grenade qui explose ». On était parvenu à cette conclusion par l'observation directe des nébuleuses lointaines dont le spectre indiquait qu'elles s'écartaient toutes de nous ; plus elles étaient loin, plus vite elles s'en allaient. Nous vivions donc, au sens politique et au sens physique, dans un monde en explosion. J'obtins un entretien d'Einstein au retour de sa visite à l'observatoire de Mont-Wilson en 1931, et je reçus les éclaircissements souhaités directement de la bouche de l'oracle, si l'on peut dire. Einstein n'était nullement troublé par le fait que notre univers fût en explosion. « Si vous prenez simplement les constatations de la théorie de la relativité générale, m'expliqua-t-il avec sa grande douceur, et les confrontez avec les données empiriques de l'expansion de la matière cosmique, vous arrivez directement à une solution qui montre que la relation entre le taux d'expansion et la moyenne densité de la matière correspond très gentiment avec ce que vous attendiez... »

Jusqu'ici, donc, tout allait bien.

« ... Mais, continua Einstein, d'après des observations récentes, la vitesse de cette expansion est simplement terrible — *fürchterlich gross...* »

Il reconnut que l'idée d'un univers n'ayant que dix fois seulement l'âge de la terre n'était pas « gentille du tout » ; mais il comptait bien que, « si nous gardons les yeux ouverts, nous découvrirons quelque chose qui nous fera surmonter cette difficulté ».

Pendant que j'étais rédacteur scientifique, de 1930 à 1932 non seulement l'univers explosait, mais le microcosme, l'intérieur de l'atome, était dans un état de fermentation pire encore. Les recherches sur la désintégration du noyau atomique faisaient de rapides progrès. Un des efforts les plus aventureux dans ce domaine fut l'expérience réalisée par trois jeunes physiciens berlinois — Brasch, Lange et Urban — qui, pour briser les atomes, employèrent littéralement la foudre du ciel. Le cyclotron et le synchrotron n'étaient pas encore inventés et, pour désintégrer effectivement les atomes, il fallait alors des tensions de plusieurs millions de volts. Pour obtenir celles-ci, les trois jeunes physiciens construisirent un laboratoire dans les Alpes italiennes, sur le Monte Generoso, à 1 500 mètres d'altitude, et obtinrent des décharges atteignant jusqu'à quinze millions de volts, en faisant voler un cerf-volant dans les nuages chargés de foudre qui environnaient les sommets. Un geste aussi prométhéen de défi aux dieux ne pouvait demeurer impuni : l'un des trois compagnons, Kurt Urban, tomba d'un rocher et se tua.

L'un des premiers articles scientifiques que je publiai dans la *Vossische Zeitung* traitait de l'avenir de la désintégration atomique, et son caractère « fantaisiste et utopique » me valut une averse de protestations de la part des cercles universitaires allemands.

> ... Si notre interprétation de ces phénomènes est exacte, nous nous trouvons à la veille d'une ère nouvelle de l'histoire de l'homme, et le progrès technique des cent dernières années, qui a si radicalement changé la face de la terre, sera considéré par les historiens de l'avenir comme un simple et timide prélude... Il est significatif de voir les précurseurs du nouvel âge technique apparaître en ces temps de confusion sociale et politique, de malaise chaotique...

Suivaient quelques considérations optimistes sur les usages pacifiques de l'énergie atomique et quelques inquiétudes au sujet des réactions destructrices en chaîne susceptibles de transformer le noyau...

> ... en une boîte de Pandore chargée de foudre. Un des esprits de la terre, comme on en voit dans *Faust,* ne gardera-t-il pas l'entrée du microcosme où les forces les plus secrètes de la nature dansent leurs rondes atomiques ?

Il n'est guère surprenant que ce ton n'ait pas été du goût des Herren Professoren...

Plus important encore que cette révolution jumelle dans les domaines de l'infiniment grand et de l'infiniment petit, fut le tourbillon philosophique qui les accompagnait et que l'on désigna du nom de « crise de la causalité ». L'espace absolu et le temps absolu étaient depuis longtemps déjà jetés par-dessus bord ; le troisième pilier de notre vision traditionnelle du monde, le principe de causalité, les suivit. Les prétendues lois de la nature perdaient leur caractère absolu ; on ne pouvait plus les considérer comme l'expression de certitudes, mais uniquement comme des probabilités statistiques. Les relations de cause à effet se relâchaient. Ce que le physicien avait considéré jusque-là comme des lois universelles n'était plus que des règles empiriques dont la validité était limitée aux phénomènes d'ordre moyen ; au niveau subatomique, le déterminisme lui-même se dissolvait dans une espèce de zone trouble, et toute certitude disparaissait de l'univers.

Cette crise se préparait dans les laboratoires depuis le début du siècle ; mais l'étendue de ses implications philosophiques n'apparut que vers 1930. En 1932, la vision newtonienne si bien ordonnée de l'univers était remplacée par une espèce d'image expressionniste pleine de choses affreuses telles que les « énergies négatives », les « trous de l'espace » et les électrons « se mouvant en sens inverse du temps ».

A seize ans, j'avais vécu dans un univers semblable à un mouvement d'horlogerie bien réglé, compréhensible, et dont les derniers mystères étaient sur le point d'être résolus. A vingt-six ans, je vis s'écrouler l'arrogante assurance du savant du XIXe siècle. Depuis la Renaissance, la suprême cause avait peu à peu glissé des cieux vers le noyau atomique, du niveau surhumain au niveau sous-humain. Désormais, cette « destinée agissant d'en bas » devenait tout aussi mystérieuse et irréductible aux termes de l'expérience spatio-temporelle de l'homme que l'avait été celui de la « destinée dirigée d'en haut ». J'appris une leçon définitive de modestie intellectuelle, qui, sans que je m'en rendisse compte, contrebalançait les « explications totales » offertes par la philosophie marxiste.

En ce temps-là la croisade pour l'utopie et la recherche de la vérité, les combats douteux du jour et la vision de l'éternité semblaient se compléter.

Au moment où j'écris, c'est-à-dire cinquante ans plus tard, cette crise de la physique, avec toutes les implications philosophiques et métaphysiques qu'elle comporte, existe toujours. Nous la retrouverons, telle un leitmotiv, dans les derniers chapitres de ce volume.

Si tant est qu'un rédacteur scientifique puisse suivre une politique, la mienne se caractérisait par un penchant marqué pour les tendances « naturalistes » de la technologie (notre écologisme moderne). Je m'explique :

J'approuve les inventions qui visent à l'exploitation propre, directe et harmonieuse des sources naturelles d'énergie. Le naturalisme technologique exclut ces enfers modernes que sont une chaufferie de paquebot ou un puits de mine ; l'énergie du futur doit être produite à partir de sources plus pures, plus naturelles et plus puissantes ; grâce aux rayons solaires captés par des miroirs paraboliques géants et emmagasinés dans des accumulateurs ; grâce à des turbines puisant directement l'énergie de l'océan ; grâce à des centrales électriques fonctionnant à partir des fluctuations de la pluie, des fleuves et du vent. En d'autres termes, la technologie devra s'adapter aux processus naturels qui sont à l'origine de toute vie organique. (*Vossische,* 1930).

***

En 1931, une expédition polaire avait encore ce côté romanesque propre aux rêves d'enfant. Le capitaine Scott, les commandants Peary, Amundsen et Nansen figuraient parmi les héros de mon enfance comme Charles Lindbergh et Lawrence d'Arabie pour la génération suivante.

L'expédition dans l'Arctique qui fut accomplie en Zeppelin au mois de juillet 1931 fut une des plus réussies dans son genre. Elle marqua aussi le sommet de ma carrière de journaliste. Les Ullstein avaient acquis l'exclusivité des informations : aussi étais-je à bord le seul représentant de la presse mondiale, situation la plus extraordinaire qu'un journaliste puisse rêver. En cinq jours et quatre nuits de vol ininterrompu, l'expédition put faire un relevé photographique de presque toutes les terres arctiques entre le 40ᵉ et le 110ᵉ degré de longitude Est (la Terre François-Joseph, ou la Terre du Nord etc), découvrit une demi-douzaine d'îles, en raya d'autres de la carte, combla une des dernières lacunes de la mappemonde et, comme devait le dire le chef de l'expédition « accomplit en quatre-vingt-dix heures un travail qui aurait pris plusieurs années, sans donner des résultats aussi sûrs, si l'on était resté sur terre et sur mer ».

Parmi les expéditions aériennes précédentes, quelques-unes avaient tourné au désastre. Le dirigeable de Nobile s'était écrasé au sol et Amundsen, parti en avion à la recherche des survivants avait disparu. L'expédition en Zeppelin démontra qu'on était passé de l'âge des explorations rocambolesques à celui des explorations scientifiques : telle fut sa signification historique.

CHAPITRE X

Échec d'un espion *

A notre retour de l'expédition, je reçus les invitations d'usage à faire des conférences un peu partout en Europe. J'obtins six semaines de congé et, muni de mon journal de bord et d'une série de photos sur verre, partis raconter mon voyage à travers l'Allemagne, le Danemark, la Suède et la Hollande. Lorsque je revins en septembre, les Ullstein m'offrirent le poste de rédacteur de politique étrangère de la *BZ am Mittag,* le principal journal allemand de midi — sans préjudice de mon poste de rédacteur scientifique de la *Voss.* J'acceptai. C'était un cumul exceptionnel qui impliquait un travail considérable, un haut salaire et de grandes satisfactions professionnelles. Il dura neuf mois; c'est au milieu de cette période que j'adhérai officiellement au parti communiste.

J'ai toujours eu envie d'écrire une suite à la fable du renard et des raisins de La Fontaine. Le pauvre renard, sans cesse en butte aux railleries de ses amis à propos des raisins trop verts finit par avoir un complexe d'infériorité. Toutes les nuits, tandis que les autres membres de la bande se donnent du bon temps et enlèvent de belles poulettes bien grasses, il prend en secret des leçons de gymnastique. Quand, au bout de plusieurs semaines de pénibles efforts, il réussit enfin à atteindre les raisins, c'est pour découvrir qu'ils sont véritablement verts comme il l'avait prétendu dès le début. Mais qui le croira? Il ne se croit pas lui-même. Les raisins deviennent pour lui une obsession. Suant et soufflant, il lui faut les cueillir et manger les grappes acides rien que pour se prouver qu'elles sont acides. Il maigrit de plus en plus à ce régime et, après une crise de dépression nerveuse, meurt d'un ulcère à l'estomac.

La parabole serait une illustration de la tragédie des snobs et des arrivistes. Le snob raffiné à la Proust ou à la Evelyn Waugh sait parfaitement

* Extrait de *La Corde raide,* de *Hiéroglyphes* et du *Dieu des ténèbres.*

que les duchesses sont aigres et assommantes, mais il est obligé de se nourrir de duchesses pour se prouver qu'elles sont à sa portée.

Il en va de même pour tous les arrivistes : ils se sentent tenus d'engloutir, jusqu'au dernier, tous les raisins amers.

Après mon retour de l'Arctique, je me sentis soudain libéré de cette obligation, et, aussitôt, le besoin de brûler mes ponts s'affirma une fois de plus. J'avais abandonné mes études et m'étais enfui de la maison juste avant de recevoir mon diplôme. Maintenant, je faisais le plongeon qui, tôt ou tard, me coûterait ma situation et m'amènerait vers un nouveau départ.

Sept années auparavant, j'avais expliqué ma décision d'abandonner mes études, par un accès soudain de passion pour la déraison, par le besoin de sauter hors de la voie où mon avenir semblait destiné à courir comme un train à l'itinéraire fixé d'avance.

Cette fois, je possédais un alibi encore meilleur. La république de Weimar glissait vers la guerre civile. L'impulsion irrationnelle qui m'obligeait à rejeter le fruit d'années de travail se révéla, en fin de compte, éminemment rationnelle, dans un monde où régnait la folie des masses. Eussé-je agi raisonnablement que j'eusse fini, selon toute vraisemblance, au crématorium d'Auschwitz. Le « plan tragique » sur lequel se meut le monde aux époques troublées possède sa logique particulière, différente du bon sens du « plan trivial ». Pour le citoyen moyen, la transition est difficile, sinon impossible ; il subit passivement la déraison des déluges, des guerres et des révolutions, tandis que des individus apparemment toqués, aventuriers, artistes et autres personnages à l'équilibre émotif précaire, accoutumés à vivre dans la zone ambiguë où le plan tragique et le plan trivial se rencontrent, sautent rapidement de l'un à l'autre. On dirait qu'ils se nourrissent de catastrophes ; leur folie est leur ange gardien.

Je demandai à être reçu comme membre du parti communiste le 31 décembre 1931 ; la vie nouvelle commencerait avec le nouveau calendrier.

Dans la préface de Hiéroglyphes, *écrite entre 1952 et 1953, j'ai l'air de m'excuser d'avance pour les chapitres qui évoquent mes activités communistes à Berlin et en Union soviétique dans les années trente : « Il m'a été impossible de ressusciter l'enthousiasme naïf de cette époque : j'ai pu en analyser les cendres, mais non en ranimer la flamme. »*

Je suis allé au communisme comme on va à une source d'eau fraîche, pour citer Pablo Picasso, et je l'ai quitté comme on s'extirpe d'une rivière empoisonnée, jonchée de débris de villes mortes et de cadavres de noyés. Telle est, en somme, mon histoire de 1931 à 1938, de ma vingt-sixième à ma trente-troisième année.

Sept mois après avoir adhéré au parti communiste, j'émigrais d'Allemagne en Russie soviétique. Les sept mois de transition se divisent en deux périodes. Dans la première, j'appartenais secrètement au Parti ; dans la seconde, ouvertement.

Mon acte de candidature écrit au K.P.D. — *Kommunistische Partei Deutschlands* — fut adressé au Comité central du Parti. La réponse m'en parvint au bout d'une semaine ou davantage dans une lettre assez curieuse, dactylographiée sur papier sans en-tête et signée d'un nom illisible, par laquelle j'étais invité, « comme suite à votre honorée du 31 décembre », à rencontrer « un représentant de notre firme » dans les bureaux d'une certaine fabrique de papier à Berlin.

L'homme que je trouvai au rendez-vous était Herr Ernst Schneller, chef de la section d'Agitation et de Propagande (AGITPROP) du parti communiste allemand, en même temps que d'un des *apparats* ou réseaux d'information secrets du Komintern. D'autre part, Schneller était encore *Reichstagsabgeordneter,* député au Parlement allemand. Cette double existence de dignitaire officiel et de conspirateur clandestin n'avait rien d'exceptionnel. Une grande proportion de communistes vivaient et vivent encore *à cheval,* terme emprunté à la roulette pour qualifier le joueur qui joue deux numéros à la fois. Une telle existence n'est d'ailleurs nullement considérée comme déshonorante. Exploiter à plein les libertés constitutionnelles assurées par la société bourgeoise afin de détruire celle-ci, c'est de la dialectique marxiste élémentaire.

Je rencontrai Ernst Schneller deux fois et ne le revis jamais. Il mourut quelques années plus tard dans une prison nazie où il purgeait une condamnation à six ans de travaux forcés. C'était un homme d'aspect insignifiant, maigre et timide, aux traits tirés, au sourire gêné. Il me dit qu'il était végétarien et vivait surtout de fruits et de légumes crus ; il me dit également qu'il ne lisait jamais aucun journal, en dehors de la presse du Parti. Je le pris d'abord pour un bureaucrate à l'esprit étroit, mais mon sentiment initial de condescendance se changea bientôt en admiration pour la façon calme et subtile dont il discutait. Je lui fis part de mon désir de quitter mon travail et d'aller conduire un tracteur en Russie ; mais Schneller me persuada en quelques heures que je serais plus utile au Parti en gardant secrètes mes opinions et en continuant mon métier de journaliste, en m'efforçant, dans les limites de mes possibilités, d'influencer la politique de mon journal, et en communiquant au Parti toutes les informations intérieures dont j'aurais connaissance. Le Parti, m'expliqua-t-il, tout en jouissant encore des privilèges de la légalité, serait probablement mis hors la loi dans un proche avenir et obligé de devenir clandestin. Dans cette éventualité, les gens comme moi occupant des situations respectables et au-dessus de tout soupçon seraient encore plus précieux qu'à présent dans la lutte contre le fascisme et l'agression impérialiste. Tout ce qu'il disait était si convaincant qu'à la fin de notre première conversation j'avais accepté sa proposition et étais devenu, sans bien m'en rendre compte, membre du service secret du Komintern.

A notre seconde et dernière rencontre, Schneller me tendit ma carte du Parti établie au nom de guerre d'« Ivan Steinberg ». Il avait amené ce jour-là avec lui une fille brune et joufflue, Paula, qui allait servir de liaison entre mon supérieur dans la hiérarchie de l'*apparat,* nommé Edgar, et moi. Je me trouvai donc plongé, dès le moment où j'entrai au Parti, dans un monde étrange d'obscures conspirations, peuplé d'Edgars et de Paulas, sans patronymes ni adresses, ombres flottantes, fuyantes comme les créatures phosphorescentes des profondeurs marines.

Edgar et Paula étaient mes seuls contacts dans l'*apparat.* Nous nous rencontrions généralement chez moi où Paula écrivait à la machine telles informations que j'étais en mesure de fournir, tandis qu'Edgar marchait de long en large dans la pièce, et posait de temps à autre une question pour préciser quelque détail. C'était un homme de trente ans, mince, doux, blond et souriant, le visage ouvert, le regard franc. Je ne découvris son vrai nom que vingt ans plus tard, dans la note suivante de l'ouvrage d'Alexandre Weissberg, *L'Accusé.*

Dans *Le Dieu des Ténèbres,* Koestler cite un nommé Edgar... « Edgar » était un révolutionnaire de Hambourg, de son vrai nom, Fritz Burde. C'était un garçon bien, et un bon camarade. Je fis sa connaissance en 1936 à Moscou où il occupait un poste élevé dans le service d'espionnage de l'Armée Rouge... La G.P.U. et le Commissariat à la Guerre s'étaient longtemps disputé cette importante organisation secrète à l'étranger. Une fois Toukhatchevsky arrêté, la G.P.U. eut les mains libres. On rappela presque tous les agents militaires secrets en mission à l'étranger et on les emprisonna. Fritz Burde commandait le service d'espionnage de l'Armée Rouge en Scandinavie ; lorsqu'il se vit rappelé avec les autres, il confia à des amis qu'il allait à la mort, mais n'avait pas le choix. »

Sans rien connaître de son sort, je me servis d'Edgar une dizaine d'années plus tard comme modèle de Bernard, le jeune agent nazi de *Croisade sans croix.* J'essayais de me représenter un nazi doué de charme qui gagnerait la sympathie du lecteur, et me trouvai, sans aucune idée préconçue, décrire le sourire et les manières aimables d'Edgar le communiste. Il convenait parfaitement au personnage.

Mon contact avec l'*apparat* demeura à la périphérie, et prit fin, au bout de deux ou trois mois, de façon pénible. Mes fonctions de rédacteur de politique étrangère me donnaient accès à toutes les informations peu ou prou confidentielles qui convergeaient dans cet important centre nerveux de la république de Weimar. Mon assistant à ce poste était von E., un jeune homme de vingt et un ans, fils d'un ambassadeur d'Allemagne en retraite. Je n'avais que cinq ans de plus que lui et nous devînmes vite amis, je lui prêchai la doctrine marxiste et fus pour lui l'espèce de *gourou* que d'autres avaient été pour moi. Au bout d'une quinzaine environ, il avait fait assez de progrès pour être attaché au service de la Cause. Les von E. recevaient chez eux des membres du grand état-major allemand et du corps diplomatique ; la tâche de mon jeune ami consistait à ouvrir les oreilles et à me rapporter tout ce qui pouvait être intéressant — en particulier les informations concernant « la préparation de la guerre d'agression contre l'Union soviétique par l'Allemagne et les autres puissances impérialistes ».

Tout alla pour le mieux pendant quelques semaines, puis le jeune von E. fut pris de remords et, un matin, après une nuit d'insomnie, il me présenta un ultimatum : il devait ou révéler nos activités traîtresses ou se tirer une balle dans la tête. Il avait écrit une confession adressée au directeur du journal ; mais il ne remettrait cette lettre que si j'y consentais. Il déposa sur mon bureau la longue épître écrite à la main.

Logiquement, sa demande n'avait pas de sens. Aux yeux de la loi, nous n'étions passibles d'aucune condamnation. Nous n'avions ni dérobé des secrets militaires ni vendu des documents politiques. Von E. n'avait fait que me transmettre des potins de salon que j'avais à mon tour communiqués à mes amis communistes. Mais mes arguments ne convainquirent pas le jeune homme. Être marxiste ou socialiste, dit-il, était une chose ; donner des renseignements aux agents d'une puissance étrangère en était une autre. C'était de la trahison ; et le fait que nous fussions ou non des espions au sens juridique du terme n'y changeait rien. Si je ne l'autorisais pas à faire une confession complète, il ne pouvait plus vivre.

Je ne pris pas tout à fait au sérieux la menace du jeune von E. et ne parvins pas à me persuader de la réalité de la scène. Le garçon, debout devant mon bureau — il avait refusé de s'asseoir — avait l'air égaré, les joues bleues, les yeux rouges et gonflés. Peut-être dramatisait-il inconsciemment la situation ; je connaissais moi aussi les plaisirs de la dramatisation. D'autre part, il paraissait parfaitement capable d'aller jusqu'au bout et de se tuer pour de bon. Venir me demander de consentir expressément à ce qu'il remît cette lettre était d'un don-quichottisme absurde. Pourtant, j'y consentis sans discuter davantage et sans même lire la lettre qui mettrait inévitablement fin et à ma carrière professionnelle, et à mon utilité dans l'*apparat*.

Bien entendu, le seul parti raisonnable eût été de lire soigneusement la lettre et d'en discuter le contenu en détail ; d'en réfuter certains points, d'en tourner d'autres en ridicule, et de donner au reste une interprétation anodine ; de jeter le vague sur toute l'affaire et de railler le jeune von E., puis de gagner du temps en lui demandant de réfléchir. Avec un peu de persuasion, on serait peut-être parvenu à faire voir les choses au jeune homme sous un jour différent, et à dissoudre les contours rigides des faits dans la pénombre dialectique. Si je n'arrivais pas à sauver ma situation, je pouvais au moins sauver ma dignité de membre de l'*apparat* en niant les accusations de von E. Toutefois, chose curieuse, je ne pus me décider à discuter, ni même à lire la lettre dont dépendait mon avenir. La scène avait une nuance de rêve et d'irréalité, et, en remettant la lettre dans la poche de von E., en lui disant de l'envoyer avec ma bénédiction et d'aller au diable, j'agissais avec une certitude intérieure comme on en a en rêve et qui me rendait indifférent à toutes les conséquences.

J'étais résolu à faire au Parti le sacrifice de mon avenir, mais non pas à le jeter aux orties d'une façon apparemment aussi insensée. Maintenant, cependant, au bout de vingt ans, il me semble que la facilité avec laquelle je consentis à la dénonciation de von E. et à la destruction de ma carrière n'était insensée qu'en apparence. Il semble qu'en ces occasions cruciales un type de logique entre en action, totalement différent du raisonnement sur le « plan trivial ».

Quand je regarde mon passé, je me vois pareil à un aveugle tâtonnant péniblement avec son bâton, le long du trottoir encombré de gens, tandis que son chien trotte distraitement devant lui et pourrait aussi bien ne pas être là. Pourtant, au moment critique où il faut traverser la rue et où le bâton ne sert plus à rien, l'aveugle sent la tension rassurante de la laisse et sait que son œil voyant est entré en fonctions.

Dans ce cas particulier, les bienfaits de la déraison se firent bientôt sentir. Mon geste chevaleresque envers von E. me sauva du danger imminent de devenir un *apparatchik* complet — mot dont on désigne les agents dans l'argot du Parti. Peu de temps avant le désastre, Edgar m'avait proposé d'aller au Japon travailler pour l'*apparat*, sous prétexte de reportage. J'avais aussitôt acquiescé et, bien que ce projet ne se fût pas réalisé, une autre mission de ce genre n'aurait pas manqué de m'échoir à plus ou moins brève échéance. Pour l'instant, j'étais encore un amateur évoluant à la périphérie du tourbillon; quelques semaines ou quelques mois de plus, et j'aurais forcément été attiré dans une zone d'où l'on ne revient pas. Grâce à la confession de von E., cependant, je perdis non seulement mon poste chez les Ullstein, mais aussi mon utilité pour l'*apparat*, et cela d'une façon qui, aux yeux d'Edgar et de Schneller, prouvait ma totale inaptitude au travail secret. Ils me laissèrent tomber sans cérémonie.

Quelques jours après, la lettre fut remise, les Ullstein me congédièrent sous prétexte de compressions dans le personnel, et m'offrirent une assez grosse somme en guise de dédit pour les cinq ans restants de mon contrat. L'on ne parla ni de von E. ni du parti communiste; les Ullstein désiraient éviter à tout prix le scandale. Le Parti le désirait également; Edgar me dit d'accepter mon congé et d'en rester là.

Je ne le revis qu'une fois, ainsi que Paula. Paula fut tuée par les S.S. à Ravensbrück. J'ai dit plus haut ce que devinrent Edgar et Schneller.

Ayant perdu mon emploi, j'étais libéré des chaînes de la bourgeoisie; ayant perdu mon utilité pour l'*apparat*, je n'avais plus aucune raison de tenir secrète mon appartenance au Parti. J'abandonnai mon appartement dans le quartier cher de Neu-Westend et en pris un dans un immeuble de Bonner Plats qu'on appelait le « Bloc Rouge » parce que la plupart des locataires en étaient des artistes et des écrivains sans le sou et d'opinions extrémistes. Là, j'entrai à la cellule communiste locale et pus enfin mener sans restriction la vie d'un membre régulier du Parti.

Notre cellule était une des milliers de cellules communistes de Berlin, une des centaines de milliers d'unités de base du réseau communiste dans le monde. Ces cellules existent dans tous les pays où le Parti est légalement toléré ; dans les pays où le communisme est interdit, un système de « groupes de cinq » ou de « groupes de trois » remplace les unités légales plus importantes. Le terme de cellule n'est pas une métaphore, car il s'agit bien d'unités vivantes, respirant au sein d'un vaste organisme en croissance, coordonnées dans leurs fonctions, gouvernées par une hiérarchie des centres nerveux, et sensibles à diverses maladies : au virus titiste, à la contagion bourgeoise ou au cancer trotskiste. Le rôle des phagocytes est joué par les divers mécanismes de défense du Parti, depuis la Commission de contrôle centrale jusqu'à la G.P.U.

Notre cellule comprenait une vingtaine de membres. La conscience d'être une unité entre des millions d'autres, dans un tout organisé et discipliné, y était toujours présente. Nous avions parmi nous plusieurs littérateurs comme Alfred Kantorowicz et Max Schrœder, tous deux aujourd'hui rentrés dans l'Allemagne de l'Est communiste ; un psychanalyste, Wilhelm Reich, qui rompit avec le Parti en 1933 et est actuellement directeur de l'Institut de recherches pour l'Orgone à Rangeley, Maine (États-Unis) ; plusieurs acteurs d'un théâtre d'avant-garde appelé La Souricière ; quelques jeunes femmes à prétentions intellectuelles ; un agent d'assurances, et un certain nombre d'ouvriers. Du fait que les intellectuels y étaient en majorité, notre cellule n'était pas typique dans sa structure ; elle l'était entièrement dans ses fonctions, c'est-à-dire dans nos règles et nos travaux quotidiens.

Notre activité était à moitié légale, à moitié illégale. La cellule se réunissait officiellement une fois par semaine, mais les membres les plus actifs se tenaient en contact quotidien. La réunion officielle commençait toujours par une conférence politique faite par le chef de la cellule ou par un instructeur de la permanence de l'arrondissement. On y indiquait la ligne à suivre au sujet des diverses questions à l'ordre du jour. Elle était suivie par une discussion d'un genre particulier. C'est une règle fondamentale de la discipline communiste que, une fois l'adoption d'une certaine ligne décidée par le Parti au sujet d'un problème donné, toute critique de cette décision devient sabotage déviationniste. En théorie, la discussion est permise tant que la décision n'est pas prise ; en pratique, les décisions sont toujours imposées d'en haut, sans consultation préalable du gros des militants. L'un des slogans du parti communiste allemand était : « Le front n'est pas un lieu de discussion. » Un autre disait : « Le vrai militant doit toujours se considérer au front. » Nos discussions étaient donc caractérisées par une unanimité totale d'opinion.

Le dernier été de la république de Weimar fut, pour le Parti, une période de transition ; nous nous préparions à plonger dans la clandestinité et à regrouper nos cadres. Nous pouvions nous trouver d'un jour à l'autre hors la loi ; tout devait être prêt pour cette éventualité. Dès l'instant où nous serions forcés d'entrer dans l'illégalité, toutes les cellules du Parti cesseraient de fonctionner et seraient remplacées par une nouvelle structure de « Groupes de Cinq », à l'échelle de la nation. Les cellules qui comptaient chacune entre dix et trente camarades étaient trop vastes pour le travail clandestin, et offraient des ouvertures trop faciles aux agents provocateurs et aux informateurs. La rupture des cadres en « Groupes de Cinq » réalisait une diminution correspondante des risques. Seul le chef du groupe connaîtrait l'identité et les adresses des quatre autres membres, et lui seul serait en contact avec le niveau directement supérieur de la hiérarchie du Parti. Arrêté, il ne pourrait trahir que les quatre individus de son groupe, plus son contact.

Ainsi, alors que la cellule fonctionnait encore, chacun de ses membres était secrètement versé dans un « Groupe de Cinq », chaque groupe ne devant, en principe, connaître la composition d'aucun autre. En réalité, comme nous habitions tous le même pâté de maisons, chacun de nous savait quel groupe se réunissait en secret et dans l'appartement de qui ; et, la nuit de l'incendie du Reichstag, où Gœring porta son coup mortel au parti communiste, les groupes se dispersèrent, et cette structure compliquée s'écroula dans tout le Reich. Nous nous étions émerveillés de l'ingéniosité de nos chefs conspirateurs ; et, bien que nous eussions tous lu des ouvrages sur la technique de l'insurrection et de la guerre civile, nos facultés critiques étaient si bien endormies qu'aucun de nous ne se rendit compte de la catastrophe qu'impliquait pareil plan. Ces préparatifs en vue d'une longue existence clandestine en groupes décentralisés signifiaient que nos chefs acceptaient la victoire des nazis comme inévitable ; et la rupture des cadres en petites unités indiquait que le Parti n'opposerait pas de résistance ouverte, armée, à la prise de pouvoir de Hitler, mais se préparait à des actions sporadiques sur une petite échelle.

Nous, cependant, le gros des troupes, ignorions tout cela. Pendant le long été étouffant de 1932, nous étions continuellement en bagarres avec les nazis. Il ne se passait guère de jour à Berlin où elles ne fissent une ou deux victimes. Les champs de bataille étaient les petites tavernes, les bistros enfumés des quartiers ouvriers. Certains de ceux-ci servaient de lieux de réunion (*Verkehrslokale*) aux nazis, d'autres à nous. Pénétrer dans un bistro de l'autre camp, c'était s'aventurer dans les lignes ennemies. De temps à autre, les nazis tiraient dans un de nos *Verkehrslokale*. Cela se faisait dans la tradition classique des gangsters de Chicago : une bande de S. A. passait lentement en voiture devant le bistro, en tirant à travers les vitres, puis s'enfuyait à toute vitesse. Nous possédions beaucoup moins de voitures que les nazis, et nos représailles avaient lieu le plus souvent au moyen de voitures volées ou empruntées à des sympathisants. Les hommes qui accomplissaient ces missions étaient membres du R.F.B. (*Roter Frontkämpfer-Bund*), ligue des Anciens Combattants communistes. Ma voiture m'était fréquemment empruntée par des camarades que je n'avais jamais vus auparavant, et rendue quelques heures plus tard sans questions posées ni explications offertes. C'était une toute petite Fiat rouge, décapotable, qui convenait aussi peu que possible à ce genre d'exercices ; mais personne d'autre dans notre cellule n'avait de voiture. Celle-ci était le dernier vestige de mon passé bourgeois ; elle servait à présent de véhicule à la révolution prolétarienne. Je passais la moitié de mon temps au volant, à faire toutes sortes de courses : transporter des pamphlets et des tracts, filer certaines voitures nazies dont le numéro nous avait été signalé, servir de convoi de protection. J'eus un jour à transporter tout l'équipement d'une presse à main, d'une gare de chemin de fer dans la cave d'une épicerie.

Les R.F.B. qui venaient chercher la voiture pour leurs expéditions de guérilla étaient parfois des types assez sinistres des bas-fonds de Berlin. Ils arrivaient, annoncés par un coup de téléphone ou un message verbal de la permanence de l'arrondissement, mais il était rare que les mêmes hommes se présentassent deux fois. Je recevais parfois l'ordre de servir moi-même de chauffeur dans des missions moins mystérieuses. Nous passions lentement devant un certain nombre de brasseries nazies pour observer les allées et venues ; ou bien nous patrouillions devant un de nos propres bistros lorsqu'un de nos informateurs dans le camp nazi nous avait avertis de l'imminence d'une attaque. Les missions de cette nature étaient peu agréables. Nous nous arrêtions, phares éteints et moteur en marche, à proximité de la brasserie, et j'entendais, à l'approche d'une voiture, le déclic du cran d'arrêt des revolvers de mes passagers, accompagné par le conseil d'ami « de baisser la tête ». Mais je n'eus jamais à tirer moi-même.

Un soir, les hommes du R.F.B. qui vinrent chercher la voiture se déguisèrent chez moi avant de partir. Ils mirent des fausses moustaches, des lunettes, des vestons noirs et des chapeaux melons. Je regardai par la fenêtre s'éloigner ces quatre messieurs solennels qui avaient l'air d'aller à un enterrement dans la ridicule petite voiture rouge. Ils revinrent quatre heures plus tard, et s'en allèrent sur une poignée de main silencieuse. Ma consigne, au cas où le numéro de la voiture aurait été relevé par la police en cours d'action, était de dire qu'elle m'avait été volée et que je l'avais retrouvée dans une rue déserte.

Le 20 juillet 1932, von Papen accomplit son coup d'État : un lieutenant et huit hommes expulsèrent le gouvernement socialiste prussien. C'était le commencement de la fin.

Le parti socialiste, fort de huit millions d'adhérents, ne fit rien. Les syndicats socialistes n'ordonnèrent même pas une grève de protestation. Seuls, les communistes lancèrent l'ordre de grève générale immédiate. L'appel tomba dans l'oreille de sourds. Comme une monnaie dévalorisée, notre verbiage avait perdu pour les masses toute signification réelle. Nous avions perdu la bataille contre Hitler avant qu'elle fût livrée. Après le 20 juillet 1932, il était évident pour tout le monde, sauf pour nous, que le K.P.D., le plus fort des partis communistes d'Europe, était un géant châtré dont les rodomontades ne servaient qu'à masquer la virilité perdue.

Quelques mois plus tard, tout était terminé. Des années de préparatifs et d'entraînement à la conspiration se révélèrent en quelques heures totalement vaines. Thaelmann, chef du Parti, et la plupart de ses lieutenants, furent découverts dans leurs cachettes soigneusement préparées, et arrêtés dès les premiers jours. Le Comité central émigra. La longue nuit descendit sur l'Allemagne.

Peu d'intellectuels du Parti se rendaient compte, à cette époque, que leur pensée était une caricature de l'esprit révolutionnaire ; que, dans la courte période de trois générations, le mouvement communiste était passé de l'ère des apôtres à celle des Borgia. Les germes de la corruption étaient déjà présents dans l'œuvre de Marx ; dans le ton de vitriol de sa polémique, l'injure aux adversaires, la dénonciation des rivaux et des dissidents comme autant de traîtres à la classe ouvrière et d'agents de la bourgeoisie. Proudhon, Bakounine, Liebknecht, Lassalle, avaient été traités par Marx exactement comme Trotski, Boukharine, Zinoviev, Kamenev, et autres, furent traités par Staline, à la seule exception près que Marx n'avait pas le pouvoir de faire fusiller ses victimes. Au cours de ces trois générations, la dialectique s'est également simplifiée de façon considérable. Il était, par exemple, facile de prouver scientifiquement que quiconque se trouvait en désaccord avec la ligne du Parti était un agent du fascisme parce que : *a)* en étant en désaccord avec la ligne, il mettait en danger l'unité du Parti ; *b)* en mettant en danger l'unité du Parti, il augmentait les chances d'une victoire fasciste ; par conséquent *c) objectivement,* il agissait comme un agent du fascisme, même si *subjectivement* on lui écrasait les reins dans un camp de concentration fasciste. Il était également facile de prouver que la charité, publique ou privée, était contre-révolutionnaire parce qu'elle trompait les masses sur la véritable nature du système capitaliste et contribuait par là à le préserver.

Mon allégeance fanatique au Parti ne me rendit pas complètement aveugle aux phénomènes les plus absurdes de mon nouveau milieu. Je remarquai que les instructeurs politiques envoyés par la permanence de l'arrondissement aux réunions de notre cellule ne connaissaient rien du monde, en dehors de l'étroit domaine de la politique ouvrière, c'est-à-dire des grèves, des manifestations, et de l'évolution syndicale. Ils ne savaient ou ne croyaient pas que le chancelier démocrate chrétien Brüning était sincèrement opposé à Hitler, ni qu'il existait une différence entre un tory britannique et un nazi allemand. Pour eux, la démocratie était « une forme camouflée de la dictature de la classe dirigeante capitaliste » et le fascisme « sa forme déclarée », alors que le « contenu de classe » des deux régimes était le même. Les luttes politiques entre les divers partis « bourgeois » étaient uniquement le symptôme des « contradictions internes du système capitaliste » ; l'alignement réel des troupes sociales était le long de la frontière des classes. Tout cela, à mon avis, était à la fois vrai et faux. C'était faux parce que c'était la simplification grossière d'une réalité complexe ; mais, à la longue, à la lumière de l'Histoire, les nuances n'importaient plus, ma propre délicatesse de jugement était sans valeur, et c'est le télescope dialectique qui révélait la vérité essentielle.

Un trait particulier à la vie du Parti qui eut sur moi une influence profonde et durable fùt l'adoration du prolétariat et le mépris de l'élite intellectuelle. Les intellectuels d'origine bourgeoise étaient au Parti par faveur et non de droit ; on nous le rappelait constamment. Il fallait bien nous y tolérer parce que, pendant la période de transition, le Parti avait besoin d'ingénieurs, de médecins, de savants et d'hommes de lettres, membres de l'élite intellectuelle pré-révolutionnaire. Mais nous n'inspirions pas plus de confiance ou de respect que les « Juifs utiles » dans l'Allemagne de Hitler, auxquels on donna un brassard spécial et un bref répit avant que leur utilité expirât et qu'ils suivissent la même route que leurs frères. L'origine sociale des parents et grands-parents est aussi décisive sous un gouvernement communiste que l'était l'origine raciale sous le régime nazi. Aussi les intellectuels communistes d'origine bourgeoise essayaient-ils par divers moyens de se donner l'air prolétaire. Ils portaient de gros chandails, affichaient des ongles noirs, parlaient l'argot des ouvriers. C'était un de nos articles de foi indiscutés que les membres de la classe ouvrière, quel que fût leur niveau d'intelligence ou d'instruction, aborderaient toujours de façon plus « correcte » n'importe quel problème politique que l'intellectuel instruit. Cela était supposé tenir à une espèce d'instinct enraciné dans la conscience de classe. Encore une similitude très nette avec le mépris nazi de « l'intelligence destructrice juive » opposée au « sain instinct naturel de la race ». Le fait qu'un conducteur de camion ou un ajusteur de dynamo peut être tout aussi névrosé qu'un critique littéraire et qu'il ne lui manque que les moyens de l'exprimer est une découverte que je fis bien plus tard.

Il est relativement facile d'expliquer comment une personne ayant mon passé arriva au communisme, mais plus difficile de recréer l'état d'esprit d'un jeune homme de vingt-six ans qui en vint à se sentir honteux d'avoir fréquenté l'université, à maudire l'agilité de son cerveau, la souplesse de son langage, à considérer les goûts et les habitudes civilisés qu'il avait acquis comme une source constante de reproche à lui-même, et l'automutilation intellectuelle comme un but désirable. S'il avait été possible de vider ces goûts et ces habitudes comme un furoncle, je me fusse prêté avec joie à l'opération.

Une étude américaine récente embrassant toutes les classes sociales aux États-Unis et toutes les races, y compris la noire, a montré que la majorité des jeunes Américains qui adhérèrent au parti communiste y furent poussés non par la misère, mais par quelque conflit familial. J'ai déjà dit que les faits psychologiques de ce genre ne prouvent rien ni pour ni contre la théorie marxiste. En revanche, ce n'est pas la théorie marxiste par elle-même qui fait les rebelles, mais une disposition psychologique qui les rend sensibles aux théories révolutionnaires. Celles-ci servent alors de rationalisation à leur conflit personnel — ce qui n'exclut pas la possibilité que la rationalisation soit correcte.

Résumons cet aspect de l'histoire : enfant, on m'avait enseigné que tout ce que je faisais était mal, pénible aux autres et déshonorant pour moi-même. A vingt-six ans, cette masse flottante d'anxiété et de culpabilité toujours prête à s'accrocher au premier clou en vue se tourna contre mon passé bourgeois, mes facultés de raisonnement et ma capacité de plaisir. Flâner au soleil, lire un roman, dîner dans un bon restaurant, visiter une exposition de peinture, devenaient les coupables exercices d'un privilège que d'autres ne pouvaient pas partager, les diversions frivoles à la lutte de classe. Les communistes de la classe bourgeoise comme les catholiques vivent dans la conscience perpétuelle du péché originel.

Je déplore l'erreur logique qui me mena au parti communiste ; je ne regrette pas la discipline spirituelle qu'elle m'imposa. Le Purgatoire est une expérience pénible, mais nul, étant passé par là, ne souhaitera qu'elle fût effacée de son passé.

J'ai gardé en mémoire un petit épisode qui me semble caractéristique de l'atmosphère qui régnait à Berlin, durant les mois fébriles du Götterdämmerung, avant l'arrivée au pouvoir des nazis.

Il est difficile d'y croire pour quiconque n'a pas connu l'hystérie collective qui s'empara du peuple allemand pendant les derniers jours de Weimar. L'aventure arriva à un de mes collègues de chez Ullstein dont le nom m'échappe ; un nom qui ressemblait à Ehrendorf — c'est donc ainsi que je l'appellerai.

Pendant le carnaval de 1932, Ehrendorf était allé au bal et avait dansé avec une grande et belle blonde. Elle portait une énorme broche à croix gammée sur la poitrine, pouvait avoir dix-neuf ou vingt ans, était gaie, affranchie et débordante de sains esprits animaux, bref la *Hitler-Mädchen* idéale. Après la danse, Ehrendorf la convainquit de l'accompagner chez lui où elle reçut ses avances avec assez d'ardeur. Puis, au moment suprême, voilà la fille qui se redresse sur un coude, étend l'autre bras dans le salut nazi, et soupire d'une voix mourante un « Heil Hitler » fervent. Le pauvre Ehrendorf en eut presque une attaque. Lorsqu'il revint à lui, la charmante blonde lui expliqua qu'elle et une bande d'amies avaient juré solennellement « de toujours se rappeler le Führer aux moments les plus sacrés de leur vie féminine ».

Peu de temps avant de perdre mon emploi, j'avais organisé un cercle de sympathisants communistes au sein du personnel d'Ullstein. Le groupe se réunissait chez moi une fois par semaine ; il comprenait une douzaine de rédacteurs, journalistes, dessinateurs, critiques dramatiques et cinématographiques. Son but était d'échanger des informations et de lutter contre les tendances pronazies à l'intérieur de la maison. Deux seulement d'entre nous étaient membres du P.C. : Kantorowicz, collaborateur de divers journaux Ullstein, et moi ; nous étions d'ailleurs les seuls qui assistions ponctuellement aux réunions du groupe, prenions la chose au sérieux, et savions de quoi il s'agissait. Nous étions les membres disciplinés d'une armée civile obéissant à des ordres ; les autres étaient des isolés, divisés et confus, comme le sont toujours les intellectuels dans les questions pratiques, désireux de « faire quelque chose », effrayés des conséquences, et adonnés à de longues discussions vaines et vagues.

Je faisais chaque semaine un rapport à l'*apparat*, par l'entremise d'Edgar, sur les activités du groupe, avec quelques brèves indications sur le caractère de ses membres et leur milieu. Mes instructions étaient de les laisser parler tout leur content et d'observer l'évolution individuelle de chaque membre en vue de son utilisation ultérieure possible. C'est par cette méthode lente, patiente et apparemment désintéressée, que l'*apparat* jetait ses filets sur des milliers de « groupes d'études » et de « cercles de discussion » analogues, dans les universités, les rédactions de journaux, les administrations, les entreprises industrielles du monde entier, produisant sa moisson d'Alger Hiss, de Nunn May et de Donald Mac Lean. Certes, les proies aussi spectaculaires étaient rares, mais les résultats plus intangibles de l'infiltration idéologique n'importaient pas moins : la création dans les milieux libéraux-progressistes d'un climat mental allant de la neutralité bienveillante au soutien actif de la Grande Expérience sociale, et la réduction de toute critique contre la Russie à une attitude fasciste réactionnaire.

Notre groupe à nous ne fut pas un succès et il cessa au bout de quelques mois. Devant l'ombre de Hitler étendue sur le pays comme un monstrueux nuage, cette petite troupe bariolée d'intellectuels était trop effrayée pour être capable de penser clairement. Il était facile de gagner leur sympathie pour la Russie, mais presque impossible de leur faire défendre leurs propres intérêts en Allemagne. Chaque fois que les communistes se mirent à la tête d'actions de protestation — que ce fût pour la défense d'antifascistes, de Noirs, d'indigènes, ou dans les mouvements de résistance pendant la guerre dans n'importe quelle partie du monde — ils agissaient certes pour leurs propres motifs, mais ils se comportaient, en même temps, avec un courage, une discipline et une résolution qui leur gagnèrent l'admiration, donnée plus ou moins à contrecœur, et leur conférèrent un avantage moral considérable sur leurs alliés progressistes mous et indécis. C'est cet aspect actif, brave et chevaleresque du communisme qui m'attira avec des millions d'autres dans le Parti et qui compensa nos déceptions.

J'attendais mon visa pour la Russie. En perdant ma situation, j'avais demandé au Parti la permission d'émigrer. Cela était considéré comme un privilège rare, le devoir de tout communiste étant de travailler pour la révolution dans son propre pays. Cependant, je jouissais encore d'une certaine réputation de journaliste libéral (les raisons pour lesquelles j'avais dû quitter les Ullstein n'étaient pas connues du public), et le Parti était désireux d'exploiter cet avantage. Il fut convenu que je me rendrais en Russie et écrirais une série d'articles sur le premier Plan quinquennal, en maintenant la fiction que j'étais toujours un reporter bourgeois. Je conclus donc un accord avec une agence littéraire, la *Karl Dunker Verlag*[1] qui entreprit de distribuer la série de mes articles à une vingtaine de journaux des divers pays d'Europe. Mais les mois passaient, et mon visa n'arrivait pas.

J'attendrais probablement encore mon visa si Johannes R. Becher n'était pas arrivé de Moscou à Berlin.

Becher, le poète lauréat communiste, était président de la « Ligue des écrivains révolutionnaires prolétaires d'Allemagne ». C'était un Bavarois grand et fort, au visage charnu et quelconque, rendu plus impénétrable encore par ses lunettes d'acier à verres épais. On pouvait le prendre pour un professeur de mathématiques ou pour le directeur d'une compagnie d'assurances, pour n'importe quoi, sauf pour un poète. Mais, derrière cet air calme et cette façade neutre, se cachait une personnalité complexe et attachante.

Becher s'était fait connaître en Allemagne au cours des folles années qui avaient suivi la Première Guerre mondiale, en partie comme un jeune poète expressionniste, en partie comme l'heureux survivant d'un pacte de suicide.

La principale qualité de Becher était un esprit cynique exceptionnel dans les milieux du Parti. Il y joignait un jugement aigu des hommes, une adresse remarquable à résoudre les situations difficiles, et une grande aptitude à manœuvrer en eau trouble. C'est sans doute cette combinaison de qualités si rares chez un poète qui lui permit de survivre aux épurations et aux pièges qui menacent à chaque pas l'écrivain communiste. Dans les cercles intérieurs du Parti, on l'appelait parfois « le danseur de corde ».

Becher se prit pour moi d'une sympathie que je lui rendis et que j'éprouve encore, dans une certaine mesure, bien qu'il m'ait depuis lors publiquement dénoncé comme un criminel de guerre, un bandit et un espion, en réclamant alternativement que je sois exterminé ou mis dans un asile de fous. Mais les déclarations de ce genre ne sont qu'une formalité inévitable pour les membres du Parti ; le citoyen soviétique qui signe, par habitude, une résolution demandant que tel ou tel chef en disgrâce soit « abattu comme un chien enragé » n'en veut pas à la victime, et serait tout étonné si on lui disait que celle-ci souffre de l'accomplissement d'un devoir aussi simple. Quand

1. Ne pas confondre avec le rédacteur communiste Hermann Dunker.

on connaît les règles du jeu, on ne prend pas ces choses au sérieux ; et, lorsque vos anciens amis et camarades vous traitent de tous les noms du Zoo, on n'a même pas à leur pardonner : on sait qu'ils ne peuvent pas faire autrement.

Becher et moi, nous nous entendions donc fort bien, et il me procura une invitation officielle du M.O.R.P. [1], l' « Organisation internationale des Écrivains révolutionnaires », à écrire un livre sur l'Union soviétique : *La Russie vue par des yeux bourgeois*. L'idée en était analogue à celle des articles pour lesquels j'avais un accord avec Dunker : M.K., un correspondant libéral, commence son voyage avec un préjugé anticommuniste, est peu à peu converti par les résultats du Plan quinquennal, et finit par devenir un ami et un admirateur de l'Union soviétique. Comme le M.O.R.P. était, en fait, une succursale du Komintern et que Becher lui-même y occupait une position élevée, mon visa me fut enfin accordé.

Il me restait ma voiture, la petite Fiat rouge qui avait si fidèlement servi la cellule. Elle était connue dans le Parti sous le nom d'amitié de « Gretchen ». Becher me demanda un jour si j'avais l'intention de vendre Gretchen avant de partir. Je lui répondis que je comptais la laisser au Parti.

« Le Parti, dit Becher, est un organisme très vaste. La branche allemande du M.O.R.P. y est affiliée. Il serait logique de laisser Gretchen au M.O.R.P. » Je reconnus que ce serait logique. Comme Becher se trouvait être président de la branche allemande du M.O.R.P., la logique exigeait également qu'il prît personnellement possession de Gretchen et, quelques jours après mon départ pour la Russie, il partit au volant de Gretchen chercher l'inspiration dans la Forêt-Noire. A titre de remerciement, il me procura, pour mon livre, un contrat des Éditions d'État russes, comportant une avance de trois mille roubles.

Vers la fin de juillet 1932, je fus enfin prêt à tourner le dos au monde bourgeois et à mettre le cap sur la Terre des Promesses. C'était six mois avant que l'Allemagne de Weimar devînt pays nazi.

1. *Mejdunarodnoie Obyedinenie Revolusionnykh Pisateley.*

CHAPITRE XI

Un voyage partial *

MA première destination n'était pas Moscou mais Kharkov, alors capitale de l'Ukraine soviétique. Je possédais dans cette ville des amis qui m'avaient invité à habiter chez eux, en attendant que j'eusse pris pied dans le nouveau monde.

Mon idée de la Russie avait été formée tout entière par la propagande soviétique. C'était l'image d'une super-Amérique, engagée dans l'entreprise la plus gigantesque de l'Histoire, bourdonnante d'activité, d'efficacité, d'enthousiasme. La devise du premier Plan quinquennal avait été de « rattraper et dépasser » l'Occident ; cette tâche avait été accomplie en quatre ans au lieu de cinq. J'allais, à la frontière, « changer de train pour le XXIe siècle », comme le promettait un autre slogan.

Le train roulait lentement à travers la steppe ukrainienne. Il s'arrêtait souvent. A chaque gare, une foule de paysans en haillons proposaient des icônes et du linge en échange d'une miche de pain. Les femmes levaient leurs bébés aux fenêtres des compartiments, petits êtres misérables et terrifiants aux membres décharnés, aux ventres enflés, aux grosses têtes cadavériques ballant sur des cous minces. J'étais arrivé, sans en rien savoir, au pire de la famine de 1932-1933 qui a dépeuplé des régions entières et fait plusieurs millions de victimes. Ses ravages sont aujourd'hui officiellement reconnus, mais, à l'époque, on les tut au reste du monde. Le spectacle des gares, qui se renouvela tout au long de notre voyage, me donna une impression du désastre, mais aucune lumière sur ses causes et son étendue. Mes compagnons de voyage russes prirent la peine de m'expliquer que ces bandes lamentables étaient des *koulaks,* riches paysans qui avaient résisté à la collectivisation du pays et qu'il avait, par conséquent, fallu expulser de leurs

* Extrait de *Hiéroglyphes* et de *Von Weissen Nächten und Roten Tagen.*

fermes. Je réagis au choc brutal de la réalité sur l'illusion, d'une façon caractéristique du vrai croyant. J'étais étonné, éberlué, mais les pare-chocs élastiques que je devais à l'éducation du Parti se mirent aussitôt à opérer. J'avais des yeux pour voir, et un esprit conditionné pour éliminer ce qu'ils voyaient.

Pour illustrer ce point, je citerai un passage du journal de voyage que je commençai à écrire quelques semaines après mon arrivée. La rédaction de ce journal était une façon de me purger de mes doutes en les tournant en ridicule. C'était un effort ardu, comme le révèle le style de l'extrait suivant, qui décrit les premières impressions de l'auteur sur le sol russe.

... Ne nous leurrons point : l'auteur ne passa pas de façon très brillante le test des premiers jours. Il pataugea assez lamentablement dans la pâtée d'impressions qu'il trouvait au lieu des contours nets et soignés de la vie socialiste telle qu'il l'avait imaginée. Il s'était représenté l'Union soviétique pareille à une espèce de Manhattan gigantesque aux énormes constructions surgies de terre comme des champignons après la pluie, où les fleuves faisaient la queue pour alimenter les centrales électriques, où les montagnes étaient déplacées par la foi, et où les gens couraient à perdre haleine, comme dans un film accéléré, pour réaliser le Plan. Mais la première ville soviétique où il mit le pied ressemblait à un grand village de sept cent mille âmes endormies, paresseux comme l'Orient, hors du temps comme les steppes. Aux abords de la gare, une foule pesante et rustique cheminait par les rues poussiéreuses comme si elle se dirigeait vers quelque foire. Mais ce n'était pas là un village arriéré, c'était la capitale de la seconde République de l'Union. Dans l'antique tramway, la contrôleuse est assise, serrée entre les passagers, et mâche des graines de tournesol, et si on lui demande où se trouve telle ou telle rue, elle vous regarde d'un air de reproche sous son mouchoir paysan, et hausse l'épaule. Les *droshkys* ont l'air de reliques de musée ; haut perché sur son siège, l'*isvostchik* agite son fouet en insultant la mère et la grand-mère de sa maigre jument ; de rares automobiles passent sur la route non pavée au vacarme de leurs trompes et de leurs ressorts grinçants ; des baraques portant des affiches criardes qui montrent les tortures de l'Inquisition invitent les moujiks à goûter les joies de l'art moderne, représenté plus loin par les coulisses d'un photographe ambulant figurant des palais à colonnes de marbre et des étangs couverts de lotus. Les journaux étrangers sont impossibles à obtenir, les télégrammes voyagent plus lentement que les trains, une communication téléphonique vous prend plus de temps qu'un trajet en tramway.

Pourtant, au centre de ce village somnolent, aux rues poussiéreuses, aux foules lentes, aux tramways bondés, il y a une place portant deux modernes gratte-ciel et, tout près, le nouveau bureau de téléphone tout en verre et acier ; il y a aussi un nouvel hôpital modèle et une nouvelle usine de tracteurs, la seconde d'Europe ; il y a un terrain de sports, un parc d'attractions, un club ouvrier, etc.

On dirait un film qui, par une erreur du photographe, aurait été exposé deux fois, l'une dans le passé et l'autre dans l'avenir. Les deux images se superposent et se mêlent ; le résultat est un chaos. Ce n'est que lentement que le nouveau venu apprend à trier les choses, à distinguer entre deux plans, à découvrir dans ce labyrinthe le dessein dominant. Il lui faudra plus longtemps encore pour comprendre les gens de ce pays, ces hommes et ces femmes qui présentent, à leur tour, un mélange de deux ères différentes : une race qui chemine pieds nus dans la boue et une autre qui porte serviettes et lunettes de corne. Leur hérédité est le vague informe des steppes ; leur milieu actuel, la dure précision du Plan.

Ce n'est que lentement que le nouveau venu apprend à penser en contradictions, à distinguer, sous une surface confuse, la forme des choses futures ; à se rendre compte qu'au pays des Soviets le présent est une fiction, une vibrante membrane tendue entre le passé et l'avenir.

Le chapitre auquel appartenait cette citation fut supprimé par la censure. Le livre parut deux ans plus tard dans une version mutilée, réduite de moitié, sous le titre *Journées rouges et Nuits blanches* (Les nuits blanches étaient celles de l'Arctique). Mais écrire était une psychothérapie, cela m'aidait à surmonter mes doutes et à remodeler mes impressions dans la forme désirée. J'appris à classer automatiquement tout ce qui me choquait, dans la case des « legs du passé » ; et tout ce qui me plaisait, dans celle des « germes du futur ». Au moyen de cette trieuse automatique installée dans sa pensée, il était encore possible en 1932 pour un Européen de vivre en Russie et de rester, malgré tout, communiste.

Tous les étrangers que je connaissais, de même que les Russes intelligents, avaient une de ces trieuses automatiques dans le crâne. Ils savaient que la propagande officielle était un tissu de mensonges, mais justifiaient *le procédé*, à l'usage des « masses arriérées ». Ils savaient que le niveau de vie dans le monde capitaliste était beaucoup plus élevé qu'en Russie, mais alléguaient que les Russes étaient encore plus mal en point sous le tzar. Ils étaient écœurés par l'adulation de Staline, mais l'excusaient sous prétexte que le moujik avait besoin d'une nouvelle idole pour remplacer l'icône sur son mur.

Quand les conditions deviennent intolérables, les hommes réagissent selon leur tempérament, à peu près de trois façons : par la révolte, l'apathie, ou l'illusion. Le citoyen soviétique sait que la révolte contre la plus vaste et la plus parfaite machine policière de l'Histoire égale un suicide. La majorité vit donc dans un état d'apathie extérieure et de cynisme intérieur, tandis qu'une minorité se nourrit d'illusion.

J'appartenais à cette minorité. L'esprit communiste a perfectionné les techniques de duperie de soi-même tout comme ses techniques de propagande massive. Le « censeur intérieur », dans la pensée du vrai croyant, achève le travail du censeur public ; son autodiscipline est aussi tyrannique que l'obéissance imposée par le régime ; il terrorise sa propre conscience et la soumet.

Au cours de cette première quinzaine de séjour, je visitai les usines de Kharkov et les clubs ouvriers. Je parlais russe assez couramment malgré force fautes de grammaire. J'avais appris cette langue pendant mes quatre derniers mois à Berlin par la même méthode accélérée que l'hébreu moderne avant de partir pour la Palestine. Je pouvais ainsi me déplacer seul, prendre le tramway au lieu des voitures officielles, faire mes propres emplettes et parler à tous ceux avec lesquels je me trouvais en contact.

Les seuls transports publics à Kharkov étaient des tramways électriques surannés qui passaient à intervalles de vingt à trente minutes. Ils étaient remplis, à l'intérieur, à raison du triple de leur capacité normale, et couverts, à l'extérieur, par des grappes de gens accrochés en acrobates aux pare-chocs, garde-boue, marchepieds, fenêtres et toit. Au cours de mon premier trajet en tramway, on me déroba non seulement mon portefeuille dans ma poche-revolver, mais aussi mon stylo dans ma poche-poitrine, et mes cigarettes dans la poche de mon pantalon ; la pression de la foule était telle que l'on aurait pu me couper les jambes de mon pantalon sans que je m'en aperçusse. L'encombrement qui régnait dans les transports publics, les bureaux et les lieux de plaisir faisait de la Russie un paradis pour les voleurs à la tire qui y déployaient une virtuosité inconnue ailleurs. C'étaient, pour la plupart, les fameux enfants perdus et vagabonds qui infestaient le pays comme une vague de sauterelles depuis la guerre civile.

Difficile à contempler sans un serrement de gorge, était le bazar. C'était un marché permanent qui se tenait sur une vaste place. Ceux qui avaient quelque chose à vendre s'accroupissaient dans la poussière, leurs marchandises éparpillées devant eux sur un mouchoir ou une écharpe. Les marchandises allaient d'une poignée de clous rouillés à un édredon déchiré, ou à un pot de lait caillé vendu à la cuillère, mouches comprises. On voyait une vieille assise des heures devant un œuf de Pâques peinturluré et un petit morceau de fromage de chèvre desséché, ou un vieux, les pieds nus couverts de plaies, essayant d'échanger ses bottines trouées contre un kilo de pain noir et un paquet de tabac de *mahorka*. Des pantoufles de lisière ou même des semelles et des talons arrachés à des bottes remplacées par des bandes de chiffon, étaient des articles souvent offerts en troc. Des vieux qui n'avaient rien à vendre chantaient des ballades ukrainiennes et recevaient de temps à autre la récompense d'un kopeck. Des femmes avaient des bébés couchés à côté d'elles sur le trottoir ou les prenaient sur leurs genoux pour les allaiter ; les lèvres de l'enfant couvertes de mouches s'accrochaient à l'outre flasque où elles semblaient téter de la bile plus que du lait. Un grand nombre d'hommes avaient les yeux malades : ils louchaient ou bien présentaient une pupille opaque et laiteuse, ou encore une orbite vide. La plupart d'entre eux avaient les mains et les pieds enflés, le visage bouffi et de cette couleur particulière que Tolstoï, parlant d'un prisonnier, compare à « la teinte des germes de pommes de terre dans une cave ».

Le bazar de Kharkov était une de ces scènes dont on se dit qu'on pourra la peindre de mémoire au bout de vingt ans. Officiellement, ces hommes et ces femmes étaient tous des *koulaks* expropriés à titre punitif. En réalité, comme je devais peu à peu le découvrir, c'étaient des paysans ordinaires forcés d'abandonner leurs villages des régions atteintes par la famine. Au cours de la moisson de l'année précédente, les fonctionnaires locaux du Parti, désireux d'atteindre le quota fixé, avaient confisqué non seulement la récolte mais aussi les réserves de grain, et les fermes collectives nouvellement établies n'avaient rien eu à semer. Les paysans avaient tué leur bétail et leurs volailles plutôt que de les livrer au *kolkhoze;* puis, ayant mangé le dernier pain de leur réserve secrète, ils avaient quitté la terre qui ne leur appartenait plus. Des villages entiers s'étaient trouvés abandonnés, des provinces entières dépeuplées; outre les cinq millions de *koulaks* officiellement déportés en Sibérie, plusieurs millions de gens erraient. Ils remplissaient les gares, se pressaient dans des wagons de marchandises, restaient accroupis dans les marchés et sur les places publiques, et mouraient dans la rue; je n'ai jamais vu autant d'enterrements et aussi hâtifs que pendant cet hiver à Kharkov. Le nombre exact de ces gens « nomadisés » ne fut jamais révélé et sans doute jamais compté; son ordre de grandeur doit dépasser les chiffres des migrations qui suivirent la chute de l'Empire romain.

Mon projet, au sujet du livre et de la série d'articles qui en constitueraient l'ossature, était de décrire un voyage à travers l'Empire soviétique, de son extrême point nord à son extrême point sud, des régions arctiques aux frontières de l'Afghanistan. J'avais visité l'Arctique, l'année précédente, avec l'expédition polaire du *Graf Zeppelin;* cela me fournirait la teneur de la première partie du livre. La deuxième partie devait être consacrée aux résultats du Plan quinquennal, en Russie proprement dite et dans l'Ukraine industrielle; la troisième partie, au développement des régions arriérées de l'Asie centrale. La dernière partie du voyage me mènerait, à travers le Caucase, dans les trois républiques soviétiques autonomes de Géorgie, Arménie et Azerbaïdjan; puis, de l'autre côté de la mer Caspienne et à travers le Turkestan, de Krasnovodsk à Achkhabad et à l'oasis de Mery dans le désert de Karakoum, après quoi, je descendrais le long de la frontière afghane pour remonter vers Bokhara, Samarkand et Tachkent, capitale de l'Ouzbékistan et centre administratif de l'Asie centrale soviétique; et, je rentrerais enfin à Moscou par le Kazakhstan. Ce voyage me prit en tout cinq mois, par chemin de fer, en bateau à vapeur, en automobile et à cheval. Ce dernier mode de locomotion était de beaucoup le plus confortable : un cheval n'est jamais bondé. Certaines de ces régions d'Asie centrale n'avaient jamais vu d'autres Européens que des fonctionnaires du gouvernement russe.

Tout cela fut, cependant, moins passionnant qu'on ne pourrait le croire. Enfermé que j'étais dans mon univers clos, je fixai mes regards et ma pensée sur les statistiques, les usines, les tracteurs et les centrales électriques; au paysage et à l'architecture, à la fleur et à l'oiseau, j'accordai peu d'attention.

Prêter trop d'intérêt aux reliques et aux monuments du passé était le signe d'une attitude morbide, sentimentale, romantique, une attitude d'évasion. Les vieilles chansons étaient interdites dans toute la Russie ; elles risquaient d'évoquer une nostalgie malsaine pour les jours passés. Certains classiques qui exprimaient une « attitude progressiste au point de vue social » — comme *Guerre et Paix, Oblomov* et *les Ames mortes* — étaient dans les écoles et réimprimés en éditions populaires par le Trust des Éditions d'État ; le reste, y compris la plupart des œuvres de Dostoïevski, était, sinon exactement banni, condamné à l'oubli, pour la raison très simple qu'on ne le réimprimait pas. (Le monopole d'État de l'édition est, à la longue, un trait plus décisif du régime communiste que les camps de concentration, ou le système du parti unique.) Le devoir du communiste n'était pas d'étudier le monde, mais de le changer ; ses yeux devaient rester fixés sur le présent et l'avenir, non sur le passé. L'histoire de l'humanité partirait de la révolution mondiale ; tout ce qui avait eu lieu avant n'était qu'un prélude chaotique et barbare.

Il en allait de même de la philosophie, de l'architecture et des beaux-arts ; et cette attitude n'était nullement confinée aux bureaucrates fanatiques du Parti. Le professeur Landau, génial entre tous les physiciens russes, essaya un jour de me convaincre pendant une demi-heure que lire les philosophes antérieurs à Marx était pure perte de temps. La demande d'Auden « de nettoyer la tête des peuples de ces débris impressionnants » exprime une attitude analogue. C'était moins absurde qu'il ne semble aujourd'hui ; né du désespoir de la Première Guerre mondiale, de l'inquiétude sociale et du chaos économique, le désir de rompre totalement avec le passé, de recommencer l'Histoire de zéro, était authentique et profond. Dans ce climat d'apocalypse, le dadaïsme, le futurisme, le surréalisme et la mystique du Plan quinquennal forment un bizarre amalgame. Mû par un désespoir peut-être semblable, John Donne avait prié : « Abreuve d'une goutte de ton sang mon âme desséchée. » Le mystique des années 1930 aspirait, comme à un signe de la Grâce, à une vue du barrage du Dniepr et à une augmentation de 3 % dans la production soviétique de la fonte.

Je partis donc pour le mont Ararat et la ville de Bokhara, non afin de réjouir mes yeux et de m'attarder dans le passé, mais pour voir ce qui se passait sur le front de la production du coton d'Asie centrale. Je commis, certes, des fautes contre la discipline, je jetai des regards au-delà des œillères que je m'étais imposées ; même un commis voyageur peut s'apercevoir que le coucher du soleil colore le ciel. Mais, dans l'ensemble, je m'en tins à mon programme avec une application déplorable et passai le plus clair de mon temps à visiter usines, *kolkhozes,* clubs ouvriers, crèches, et bureaux du Parti. Les gens qui m'accueillaient dans un nouvel endroit ne savaient à peu près rien de l'histoire, de l'architecture et du folklore pré-révolutionnaire de leur ville. Ils étaient tous membres du Parti, instruits par le Parti, conditionnés par le Parti. Une église du XVIIe siècle ou une mosquée du XVe n'était pour eux qu' « une vieille bâtisse ». Si le visiteur trahissait un certain intérêt pour une mosaïque byzantine ou une colonne sculptée, on passait sur cette attitude romantique et petite-bourgeoise avec un sourire indulgent ; on savait que les camarades étrangers étaient en retard dans leur formation idéologique.

Anna Saeghers, écrivain communiste — femme que j'admirais beaucoup — fit un jour devant moi une remarque spontanée qui s'est gravée dans ma mémoire. Elle racontait à un petit cercle de membres du Parti une rencontre clandestine entre elle et un camarade dans une forêt d'Autriche. C'était au printemps et, malgré les circonstances, elle avait pris grand plaisir à sa marche à travers bois. Lorsqu'elle avait retrouvé son camarade, un fonctionnaire du Parti, celui-ci s'était aussitôt lancé dans une « analyse des obstacles rencontrés par le Mouvement, et des moyens de les surmonter ». A partir de ce moment, elle avait eu l'impression que les oiseaux se taisaient et que l'air avait perdu son parfum. Elle était, elle est encore, une communiste fervente, et cette expérience la troubla beaucoup. « Pourquoi, demanda-t-elle d'une voix de petite fille, pourquoi les feuilles meurent-elles partout où nous passons ? »

Rétrospectivement, mon impression dominante de la vie en Russie est demeurée teintée par la tristesse, la désolation de cette parole.

Une description tirée de Journées rouges *illustre bien ce climat de tristesse et donne la mesure des efforts que l'auteur a dû fournir pour en triompher et conserver son optimisme et sa gaieté.*

La fabrique de soie d'Achkhabad est la plus ancienne du Turkménistan ; elle a été fondée en 1928. Auparavant, les mots « fabrique » et « usine » ne faisaient pas partie du vocabulaire turkoman. C'est la fabrique la plus pittoresque que j'aie jamais vue, sauf peut-être la grande poterie de Triana à Séville :

Dans le petit jardin qui sert de cour d'usine, une vingtaine d'ouvrières indigènes, accroupies par terre, fument en buvant leur bol de Khok-tchai, le thé vert de la Perse. Elles portent toutes le gai costume national que complète le boerk. Le boerk est un haut chapeau de forme cylindrique drapé de soies multicolores et orné de pièces de monnaie et d'amulettes ; il doit peser plusieurs livres. Elles fument le mahorka noir qui ressemble à du tabac de pipe, bourré dans des cornets de papier journal d'une quinzaine de centimètres. Elles sont complètement immobiles, à l'exception de lents mouvements pour avaler leur Khok-tchai et porter les cornets à leurs lèvres. Le ciel est bleu, le soleil darde d'impitoyables rayons, un chameau passe en se dandinant ; des petits nuages blancs de mahorka sortent des narines des jeunes filles immobiles. On dirait qu'elles n'ont pas bougé depuis trois cents ans. Puis la sirène de l'usine retentit, les jeunes filles portent sans se presser les bols de tchai dans un coin, arrangent leurs sequins et leurs amulettes et, le cône de papier entre les dents, disparaissent une par une sous la voûte de ciment de la fabrique, glissant à la queue leu leu comme les figures peintes d'une horloge médiévale. Le pas dont elles franchissent le seuil de la fabrique les fait passer, d'un seul mouvement, du XVIIe siècle au XXe.

Vous et moi, nous mourrons et nous ne saurons jamais quelles nouvelles le premier véhicule interplanétaire rapportera d'un autre monde. Nous ne saurons pas quelles idées, quelles machines, quelles amours, seront celles des citoyens du futur. Notre curiosité ne sera jamais satisfaite. Mais regardez ces jeunes filles. Les chaînes qui les attachaient à l'Islam du moyen âge se sont soudain brisées ; se frottant les yeux, elles se sont installées dans la machine à explorer le temps de Wells et en sont descendues trois siècles plus tard. Leur curiosité est satisfaite. Je les envie.

En relisant au bout de vingt ans des passages de *Journées rouges* comme celui-ci, je suis stupéfait de leur naïveté. Ils expriment pourtant ce que je croyais à l'époque, ou plutôt un ensemble de croyances auxquelles je me cramponnais avec un entêtement désespéré. Je ne voyais pas, parce que je ne voulais pas voir, que, pour les peuples d'Asie attachés à leurs traditions, le voyage obligatoire dans la machine à explorer le temps équivalait à une déportation dans un monde incompréhensible et désolant. Je voyais une moitié de la vérité à savoir qu'une tempête grondait sur l'Asie et que la Révolution de 1917 n'en avait été que l'éclair initial. Je ne voyais pas la désolation, la dévastation que la tempête allait laisser partout derrière elle depuis la Chine jusqu'en Géorgie. Ni qu'elle ne ferait que changer le demi-esclavage sous le joug des propriétaires, des percepteurs et des usuriers, en esclavage total sous le joug de l'État, propriétaire, percepteur et usurier, tout à la fois.

Par un curieux hasard, j'arrivai au milieu du premier grand procès d'épuration d'Asie centrale, prélude à tant d'autres.

Le seul bâtiment important d'Achkhabad était le Soviet de la ville, l'équivalent d'une mairie. La salle était rectangulaire et comportait une estrade qui, en d'autres occasions, servait de scène aux représentations du Théâtre national turkoman. Mais à présent, c'était le Tribunal du Peuple qui y siégeait. Le Tribunal était composé du juge, de ses deux assesseurs, de l'accusateur public, de l'avocat de la défense, d'un interprète et d'un sténographe. Face à eux, s'étendaient des rangées de chaises et de bancs. Les trois premiers rangs étaient occupés par les accusés ; ils étaient vingt-neuf. Derrière ceux-ci, le public : hommes, femmes et une classe d'écoliers de dix à quinze ans. La moitié seulement des sièges réservés au public était occupée. L'un des accusés déposait d'une voix traînante et monotone. Tout le monde semblait à moitié endormi — la Cour, les accusés et le public : Turkomans en hautes toques de mouton, Uzbeks aux calottes de couleur,

Russes à casquettes de drap, femmes coiffées du haut *boerk* ou d'écharpes de couleur.

L'accusé parlait en turkoman ; toutes les deux phrases, ses paroles étaient traduites en russe. Nous étions arrivés vers la fin de sa déposition. Voici, d'après mes notes, ce qu'il dit :

Il s'appelait Changildi. Orphelin à sept ans, il était entré au service du bey local comme berger. Il avait marché un jour sur une épine, son pied s'était infecté et il avait dû être amputé. Puis, il avait vendu du lait et, plus tard, était devenu contrebandier d'opium à la frontière persane. Là, il avait été arrêté, condamné à quatre cents roubles d'amende et mis en prison.

Le citoyen Attakurdov l'avait tiré de prison et en avait fait un fonctionnaire de l'administration des kolkhozes du département. (Attakurdov, je m'en rendis compte peu à peu, était le principal accusé, il était ancien président du Soviet de la ville et membre du Comité central du Parti.) En 1931, Changildi avait été congédié de l'administration des kolkhozes, mais le beau-frère d'Attakurdov lui avait procuré un nouveau poste dans le R.D.I. [1].

En sa qualité de fonctionnaire du R.D.I., Changildi avait dissous un certain kolkhoze dont les membres avaient détourné des melons d'une valeur de quinze cents roubles, appartenant à l'État (en d'autres termes, ils avaient mangé leurs melons au lieu de les livrer). Cependant, ceux qui, à l'intérieur du kolkhoze coupable, appartenaient au clan d'Attakurdov s'en étaient tirés sans punition, grâce à la dette de reconnaissance que Changildi avait envers Attakurdov. En outre, après la dissolution du kolkhoze, lorsque la propriété individuelle avait été rendue à ses membres, Changildi avait fait en sorte que les *koulaks* (paysans riches) eussent les terrains les mieux irrigués, tandis que les *bedniaks* (paysans pauvres) ne recevaient que des terres arides. Cela aussi avait été accompli sur les ordres d'Attakurdov...

Peu à peu, je me mis au courant de l'affaire. Le procès durait depuis plusieurs semaines. On pensait qu'il durerait encore au moins autant. La salle de la mairie était le seul vaste local de tout Achkhabad ; chaque fois qu'on en avait besoin pour une réunion ou une représentation théâtrale, le procès était ajourné. Les vingt-neuf prévenus étaient accusés de sabotage et de complot contre-révolutionnaire.

Attakurdov avait été le personnage le plus puissant de la jeune République soviétique turkmène. Il était président du Soviet d'Achkhabad ; son beau-frère, Ovez Kouliev, président du R.D.I. du district ; un autre parent de sa femme, directeur du journal officiel du Parti. Ils étaient à présent tous emprisonnés. Il parut qu'Attakurdov et son clan avaient dirigé la République et étaient responsables de tous ses malheurs.

La déposition de Changildi était très révélatrice de la nature de ces malheurs. Un kolkhoze entier avait été dissous pour cent cinquante melons.

1. « Inspection des ouvriers et paysans » : commission de contrôle permanente de l'administration d'État.

En outre, les terres collectivisées avaient été restituées à leurs précédents propriétaires. Si un tel événement était possible et accepté, le programme de collectivisation en Turkménistan devait être dans un état de chaos. Je ne tirai pas ces conclusions, mais les perçus vaguement. Je ne doutais point qu'Attakurdov et ses gens fussent coupables, mais j'avais l'impression qu'on faisait d'eux des boucs émissaires.

Je passai plusieurs heures dans la salle d'audience, mais n'y retournai pas le lendemain ni par la suite. C'était très déprimant, et j'évitais d'instinct les expériences déprimantes. Une étrange irréalité régnait sur tout ce procès. Les accusés, par exemple, étaient autorisés à fumer. Tous les autres gens aussi, évidemment. Changildi, l'ancien contrebandier d'opium unijambiste, avait fait sa déposition, un mégot planté dans son morne visage couleur de cendre. Le juge et ses assesseurs ne paraissaient pas l'écouter. De temps à autre, lorsque Changildi se taisait, le juge ou le procureur général (tous deux Russes) lui posait une question à voix basse et indifférente. L'avocat de la défense (un seul avocat pour vingt-neuf accusés) n'ouvrait jamais la bouche. Il était le plus jeune personnage sur l'estrade, adolescent indigène, timide, l'air d'un élève un jour d'examen qui ne sait pas très bien ce qu'on va lui demander. Dans la salle, aucun signe d'émotion ou d'intérêt. Les spectateurs semblaient somnoler sauf lorsqu'ils versaient du *mahorka* dans un nouveau cornet de papier, d'un mouvement paresseux et lent. Les écoliers, assis juste derrière les baïonnettes des gardes, ne riaient pas, ne tendaient pas le cou. Plusieurs dormaient. Il y avait, dans tout cela, une atmosphère de négligence et d'amateurisme qui rendait presque impossible de croire que vingt-neuf hommes, et parmi eux les principaux personnages de la République, répondaient actuellement de leur vie.

Après la déposition de Changildi, il y eut une suspension d'audience. Le juge et le procureur général échangèrent quelques mots tout bas. Puis ils reprirent leurs places et, pendant plusieurs minutes, il ne se passa rien. On ne dit pas un mot. Le temps semblait suspendu. On entendait, par instants, un des accusés frotter ses pieds contre le plancher. Puis le juge parut revenir à regret à la vie. Il posa une question à l'un des accusés du second rang. L'homme se leva docilement et répondit qu'Attakurdov lui avait dit que le peuple russe voulait opprimer le peuple du Turkménistan. A mesure qu'il continuait à dénoncer Attakurdov, d'une voix plate et impersonnelle, il semblait disparaître en tant qu'individu, et il ne restait plus qu'une marionnette molle et sans volonté, manœuvrée par l'architraître Attakurdov. Ce dernier était apparemment le Trotski sinon le Tito du Turkménistan.

De ma place, je ne voyais d'Attakurdov que le dos du crâne apparu par instants. C'était un crâne rond aux cheveux rasés, planté sur un cou puissant et de robustes épaules. Il ne tournait ni ne remuait jamais la tête.

Au bout d'un certain temps, un petit bonhomme qui semblait faire fonction d'huissier ou d'appariteur s'approcha du dernier rang où nous étions et dit quelques mots à Kikiloff [1]. Kikiloff me rapporta en souriant que la Cour m'invitait, en qualité de « visiteur distingué », à prendre place sur l'estrade. J'avais remarqué que Kikiloff avait, un moment auparavant, chuchoté quelque chose au petit bonhomme, lequel était monté sur l'estrade et avait parlé tout bas au juge. Nous le suivîmes. On apporta deux chaises, et nous nous assîmes au bord de l'estrade, face au public.

« Délégué étranger » en Russie, j'avais l'habitude de siéger sur des estrades, à toutes sortes de réunions et de cérémonies. Mais, cette fois, je me sentis rempli d'une gêne pénible. Nous gagnâmes nos chaises sans que le juge parût nous accorder la moindre attention ; de leur côté, ni les accusés ni le public ne témoignèrent aucune curiosité. Le juge avait dû probablement songer que, du moment que cet étranger avait réussi à s'introduire dans la salle, mieux valait le flatter en lui faisait l'honneur d'un siège parmi les grands du jour ; et les autres devaient nous prendre pour des fonctionnaires du Parti.

A présent, je voyais les accusés. Attakurdov est décrit dans mes notes comme ayant « le visage rond, bouffi, gris jaunâtre, d'un percepteur turc ». Je ne me rappelle pas ses traits. Je me rappelle qu'il me lança un seul regard de ses yeux plats, à la fois pénétrants et vides de toute curiosité comme ceux d'un mort, et que je détournai les miens.

Je me rappelle aussi qu'il portait une chemise russe brodée, à col montant, alors que la plupart des accusés portaient des chemises européennes sales et sans col. C'était un misérable troupeau, le visage blême, non rasé, les vêtements chiffonnés, pareils aux vagabonds sur les photographies du service anthropométrique. Pourtant, c'étaient là les hommes qui, peu de temps auparavant, occupaient les postes les plus élevés du Parti et de l'État. Et, différents en cela des visages qu'on voit sur les fiches du service anthropométrique généralement hostiles, boudeurs ou effrayés, les hommes assis devant les baïonnettes des gardes avaient tous des expressions d'indifférence totale et d'apathie. Cela était vrai également du public derrière les gardes. En fait, l'expression des spectateurs était la même que celle des accusés. Je dus sentir vaguement, dès lors, qu'ils étaient tous pareils — les victimes vaincues, le peuple à nos pieds — et que nous qui les regardions du haut de l'estrade étions leurs vainqueurs et leurs maîtres. Ils ne nous haïssaient pas. Ils étaient bien trop apathiques et résignés. Jusqu'à quel point me rendis-je compte de cela sur le moment ? Je suis incapable de le dire, mais je me rappelle avoir eu très vivement l'impression, tandis que j'étais assis sur l'estrade, exposé aux regards, que ce n'étaient pas les accusés qui étaient au pilori mais moi. Le procès d'Attakurdov et de ses complices était un prélude exotique et imparfait aux grands procès de Moscou. Il n'était pas terminé lorsque je quittai Achkhabad et je n'en sus jamais la conclusion. De retour en Russie d'Europe, je m'aperçus que personne n'en

1. Shaarieh Kikiloff, mon guide, était président de la Fédération des écrivains turkmènes.

avait entendu parler. Seuls, les journaux locaux du Turkménistan en avaient rendu compte ; partout ailleurs, la presse l'avait passé sous silence. Je l'avais connu par pur hasard. Je me demande combien de procès analogues se sont déroulés dans le même silence en d'autres parties du vaste Empire soviétique, bien longtemps avant que les épurations de Moscou en aient révélé au monde incrédule le canevas sinistre et kafkaïen.

Mes pérégrinations terminées, je passai la fin de l'hiver et le printemps de 1933 à Moscou et Kharkov (on y trouve plus facilement à se loger) où j'écrivis Journées rouges. *Entre-temps, Hitler avait conquis le pouvoir en Allemagne ; sans m'en être vraiment rendu compte, de voyageur indépendant, j'étais devenu membre de la morne cohorte européenne des réfugiés politiques.*

La transformation s'accomplit, pour ainsi dire, sous anesthésie. Sur le moment, cela ne changea apparemment rien à mon existence ; je continuai à écrire *Journées rouges,* et mon principal souci n'était ni l'avenir de l'Europe ni le mien, mais le problème de poursuivre mon travail dans une chambre non chauffée pendant le rude hiver ukrainien. Car, désastre mineur en cette désastreuse année, le système de distribution d'électricité de la capitale ukrainienne était hors d'usage. Dans les rues, la température descendait souvent à vingt-cinq ou trente degrés au-dessous de zéro. Quand on essayait de fumer en plein air, l'humidité gelait dans la cigarette qui devenait dure comme du bois et vous donnait la sensation de sucer une glace à la nicotine. Dans ma chambre, l'eau était constamment gelée dans le robinet, et la température montait rarement au-dessus de zéro. Au début, j'essayai de travailler dans mon lit, mais trouvai cela inconfortable ; je me mis donc à taper à la machine, ganté et vêtu d'une espèce de canadienne fourrée d'ouate appelée *vatinka.*

La panne d'électricité dura tout l'hiver. La capitale ukrainienne vivait dans un black-out permanent, paralysée par la faim, l'obscurité et le froid. Les seuls transports en commun, les tramways électriques — affreusement bondés en temps normal — ne roulaient plus à présent que deux heures par jour, pour conduire les ouvriers aux usines et les en ramener. Les gens dans les bureaux travaillaient à la lumière des lampes à pétrole, ou à huile quand le pétrole manquait, emmitouflés dans leurs édredons, entourés, comme des saints au ciel, de petits nuages de respiration condensée en guise d'auréole. Dès huit heures du soir, les rues étaients désertes comme un campement arctique dans la nuit polaire.

Un jour, la femme de chambre de notre hôtel Intourist privilégié s'évanouit d'inanition et avoua ensuite qu'elle n'avait pas mangé depuis trois jours parce que, comme elle venait d'arriver de la campagne, la coopérative avait retenu sa ration de trois jours de 1 kilo 800 grammes de pain noir. La ration de pain était, à l'époque, de 800 grammes par jour pour les ouvriers de l'industrie, 600 pour les autres travailleurs manuels, 400 pour les employés de bureau ; or le pain, plus quelques feuilles de thé et, de temps en temps, un chou ou un hareng saur, étaient la seule nourriture que l'on pût se procurer avec sa carte d'alimentation. A la campagne, les gens mouraient de faim ; dans les villes, ils végétaient, réduits au strict minimum vital. La vie semblait arrêtée, toute la machine sur le point de se briser.

L'on n'autorisait pas la publication de la moindre allusion à l'état réel du pays. Le gouvernement était résolu à laisser les gens dans l'ignorance de leur propre situation. Cette tâche apparemment irréalisable ne pouvait être entreprise que dans un pays où toute l'information était centralisée au sommet de la pyramide et où toutes les communications étaient monopole d'État. La presse soviétique est contrôlée à un degré que les nazis ne furent jamais capables d'atteindre. L'effet de cette centralisation totale des nouvelles dans un pays où les distances sont immenses est que les gens sont tenus dans l'ignorance non seulement des événements qui ont lieu à l'étranger, mais même de tout ce qui se passe en dehors de leur voisinage immédiat.

Ainsi lisais-je chaque matin dans mon journal de Kharkov que les chiffres du Plan avaient été atteints et surpassés, que d'enthousiastes brigades de choc rivalisaient de zèle dans les usines, que des promotions avaient eu lieu dans l'ordre du Drapeau rouge, que des usines gigantesques s'élevaient dans l'Oural, etc. Les illustrations montraient ou bien des jeunes gens souriant, une bannière à la main, ou quelque pittoresque vieillard de l'Ousbékistan, souriant, en train d'apprendre l'alphabet. Pas un mot sur la famine locale, l'épidémie de typhus, l'extinction de villages entiers ; le fait même que Kharkov était privé d'électricité n'était jamais mentionné dans le journal de Kharkov. Tout cela donnait une impression de rêve et d'irréalité ; les journaux semblaient parler d'un univers différent sans aucun contact avec notre vie de tous les jours. Sur l'énorme pays, s'étendait une couverture de silence, et personne, en dehors du petit cercle d'initiés, n'était en mesure de se faire une image générale de la situation.

Je terminai le manuscrit de *Journées rouges* en avril. Je le fis dactylographier à six exemplaires que j'envoyai aux diverses maisons d'édition d'État, à Moscou, Kharkov, Tiflis et Érivan, qui avaient signé des accords pour les éditions russe, allemande, ukrainienne, géorgienne et arménienne de mon livre. J'ai expliqué dans *Le Dieu des Ténèbres* que ces accords et les avances considérables qui les avaient accompagnés n'étaient pas le fruit de ma réputation littéraire — inexistante, puisque je n'avais encore, à cette époque, publié aucun livre — mais une conséquence directe de la lettre du Komintern dont j'étais porteur. Quand je l'exhibai à Kharkov ou à Érivan, le directeur du Trust des Éditions d'État en question ne pouvait refuser, sans risquer de se faire accuser de sabotage, de signer un contrat pour l'ouvrage projeté, décrit comme « une contribution importante à notre combat sur le Front de la Propagande »... C'est de cette façon indirecte que le Komintern finançait mon séjour et mes voyages en Union soviétique, et des méthodes analogues furent employées pour rendre service à des écrivains étrangers en visite qui n'étaient pas membres du Parti. Ils étaients, naturellement, enchantés d'apprendre que les Uzbeks, les Tadjiks et les Esquimaux étaient tous avides de lire leurs livres, et ils se seraient indignés à l'idée que les avances versées par les diverses firmes d'édition d'État étaient, en fait, des pots-de-vin. Autre miracle de la mainmise de l'État sur les publications.

Cependant, malgré mes nombreux contrats, il ne parut qu'une seule édition de *Journées rouges :* l'édition de Kharkov en allemand, à l'intention des minorités nationales de langue allemande en Ukraine. C'est un mince volume broché, si bien expurgé qu'il ne contient pas la moitié du manuscrit original. Il fut publié en 1934, après mon départ d'Union soviétique. On ne m'envoya pas un seul exemplaire, et je ne sus au juste s'il avait paru ou non que treize ans plus tard, lorsqu'un lecteur américain inconnu m'en envoya un exemplaire trouvé par hasard au cours d'un voyage de touriste en Union soviétique.

L'édition russe de l'ouvrage qui, du point de vue du prestige de l'écrivain, eût été la seule qui comptât réellement, ne vit jamais le jour. Trois mois après la livraison du manuscrit, je fus informé par l'un des plus hauts fonctionnaires du Trust de Moscou qu'il avait été refusé parce que « écrit dans un style trop frivole et léger ». Ce fut, assurément, une vive déception ; mais du moins n'avais-je pas été accusé de déviation politique, et mon dossier au Parti demeurait sans tache.

A peu près à l'époque où l'on me fit part de cette décision, on m'informa que le Parti s'était prononcé contre la prolongation de mon séjour en Russie. Les dirigeants et les intellectuels du P.C. allemand qui avaient réussi à échapper à la terreur nazie se rassemblaient tous à Paris, qui était en train de devenir le centre de la campagne de propagande antifasciste, et je reçus l'ordre de les rejoindre.

Je reçus la nouvelle avec un immense soulagement. J'avais beau être communiste, je trouvais la vie en Russie terriblement déprimante. Maintenant que je voyais mon départ approcher, j'osai me dire à quel point je trouvais pénibles les rues mornes, la pauvreté sans grâce, la misère, la prétention et la sévérité de tout ce qu'on disait et écrivait, cette atmosphère générale de pénitencier, le sentiment d'être coupé du reste du monde, l'ennui des journaux où l'on ne trouvait jamais de critique ni de contradiction, qui ne contenaient ni faits divers, ni scandales, ni potins, ni sexualité, aucun intérêt humain ; les exhortations continuelles, l'uniformité stéréotypée de toutes choses, le perpétuel portrait du Grand Frère dont le regard vous suivait partout, le vide accablant d'un Néanderthal industrialisé.

Une autre considération m'aida, comme d'autres communistes visitant la Russie, à surmonter ma déception. Ce fut la conviction que la situation y était due, non pas à une faute de notre système, mais à l'état arriéré du peuple russe. En Allemagne, en Autriche ou en France, la Révolution prendrait une tout autre forme. Les communistes allemands en Russie se chuchotaient à l'oreille : *Wir werden es besser machen,* « nous nous y prendrons mieux ». Autrement dit, tout communiste ayant passé un certain temps en Union soviétique rentrait dans son pays, titiste dans l'âme.

C'est cette conviction que « nous nous y prendrions mieux » qui garda vivante ma foi. Elle n'était plus la foi naïve de l'année précédente, à l'époque où je montais dans le train à Berlin en croyant qu'il allait me conduire tout droit en Utopie. Elle était devenue une foi un peu mélancolique, ésotérique, et d'autant plus élastique. Je ne croyais plus au communisme à cause de l'exemple russe, mais malgré celui-ci. Et une foi maintenue « en dépit de » est toujours plus souple et moins vulnérable aux désillusions qu'une foi fondée « à cause de ».

Je passai à Moscou mes dernières semaines en Russie. J'y connus un certain nombre de personnages appartenant aux sommets de la hiérarchie du Komintern et des Soviets, parmi lesquels Mikhael Kolzov, Karl Radek et Nicolai Boukharine qui, depuis, ont tous trois subi leur sort. Boukharine et Radek me firent une impression profonde, mais je ne les rencontrai chacun qu'une seule fois et dans des circonstances assez officielles, j'ai prêté certains de leurs traits au Roubachov du *Zéro et l'Infini,* et je suis incapable, après tant d'années, de démêler les figures originales du portrait composite imaginaire.

Ces hommes étaient tous fatigués. Plus élevée la place qu'ils occupaient dans la hiérarchie, plus grande était leur fatigue. Je n'ai vu nulle part d'hommes aussi exténués que dans les hautes sphères des Soviets, parmi ceux de la vieille garde bolchevique. Ce n'était pas là uniquement l'effet du surmenage, de la tension nerveuse et de l'inquiétude. C'était le passé qui pesait sur eux, les années de conspiration, de prison, d'exil, les années de famine et de guerre civile, et l'obéissance aux règles d'un jeu qui exigeait qu'à tout moment toute la vie d'un homme fût risquée. C'étaient vraiment des « morts en sursis ». Rien ne pouvait plus leur faire peur, rien les surprendre. Ils avaient donné tout ce qu'ils possédaient. L'Histoire les avait pressés jusqu'à la dernière goutte, avait consommé leur dernière calorie spirituelle ; mais ils continuaient à briller comme des cadavres phosphorescents, d'une froide abnégation.

Toutefois, ce ne furent pas les « morts en sursis » de la vieille garde, ni les Gletkine de la génération suivante qui me laissèrent l'impression la plus durable. A l'époque de mon voyage, l'Empire soviétique couvrait un sixième de la terre habitée ; il en domine à présent, directement ou indirectement, un tiers. Il eût été impossible de maintenir un tel domaine par la seule terreur. L'apathie et l'acceptation passive des sujets, leurs espoirs trompeurs, et les illusions engendrées en eux par la propagande ont facilité la tâche des gouvernants, mais n'auraient jamais suffi à donner la cohésion nécessaire à une structure aussi vaste. La bureaucratie du Parti et de l'État, qui représentait à peu près un tiers de l'ensemble de la population, avait, évidemment, tout intérêt à défendre le système ; mais la majorité de cette bureaucratie, aux niveaux les plus bas de la pyramide, vivait aussi misérablement et dans la même insécurité que ceux qu'elle gouvernait. Or, il y avait un autre élément humain qui empêchait la colossale machinerie de se briser, et qui faisait fonctionner les transmissions grinçantes. C'était une certaine classe d'hommes que j'ai du mal à définir bien que j'aie une impression très vive des divers individus qui la composaient. Je crois que je ne pourrais pas mieux l'évoquer qu'en citant une légende talmudique lue dans un roman : *Plus profond que l'abîme* de Manès Sperber. Il s'agit de la Légendre des trente-six Justes :

> Tout enfant, j'ai appris par nos rabbins que, sans l'existence des trente-six justes, l'humanité ne durerait pas un seul jour, qu'elle étoufferait dans ses propres torts. Ni fonctions ni dignité ne distinguent ces justes. On ne les reconnaît pas, ils ne livrent jamais leur secret ; il se peut qu'ils l'ignorent eux-mêmes, mais ce sont eux qui, dans chaque génération, justifient que nous existions et qui, chaque jour, sauvent le monde à nouveau.

Je les ai rencontrés dans mes voyages, dans toutes les parties de l'Union soviétique. Je pourrais allonger ma liste jusqu'à atteindre une centaine d'individus rencontrés au cours d'une année de voyages. Il doit donc en exister des milliers et même des dizaines de milliers.

Qu'est-ce que ces individus avaient en commun ? Ils n'étaient « pas distingués par le rang ou la fonction ». Ils occupaient les situations les plus variées. Ce n'étaient pas des fanatiques du régime. C'étaient des gens qui, lorsque je me sentais perdu et prêt à désespérer, me rendirent ma foi dans l'Union soviétique. Ils créaient autour d'eux de petits îlots d'ordre et de dignité dans un océan absurde et chaotique. Quel que fût le domaine de leur activité, leur influence se communiquait à leur entourage. C'est l'ensemble de ces îlots humains éparpillés sur tout le territoire des Soviets qui maintient sa structure cohérente et l'empêche de se désintégrer.

Ces hommes, qu'ils soient communistes ou non, sont des « patriotes » soviétiques au même titre que ceux de la Révolution française. Ce ne sont ni des héros ni des saints, et leurs vertus civiques sont toutes en contradiction avec le régime qu'ils servent. Ils sont mus par un sentiment de responsabilité dans un pays où tout le monde redoute et fuit la responsabilité ; ils font preuve d'initiative et d'indépendance de jugement, là où la norme est l'obéissance aveugle ; ils sont loyaux et dévoués à leurs semblables, dans un monde où la loyauté n'est due qu'à ses supérieurs et le dévouement qu'à l'État. Ils possèdent un honneur personnel et une inconsciente dignité de conduite, alors que ces mots sont tournés en dérision.

Bien qu'il en existe des milliers, ils constituent une petite minorité et sont les premières victimes de toutes les épurations. Pourtant, leur espèce ne s'éteint pas. Ils représentent le triomphe de la substance humaine indestructible sur un milieu déshumanisant.

Pourtant, la pression de ce milieu semble presque irrésistible. Elle provoquc la mutilation progressive de la pensée que j'ai essayé de décrire, et s'accompagne d'une érosion encore plus fatale de l'esprit. Il en résulte une déshydratation progressive de l'âme, une pénurie spirituelle plus effrayante que la famine. Aux États-Unis les artistes des pompes funèbres essayent de transformer les morts, au moyen de fards et de rouge à lèvres, en membres horizontaux d'une coktail-partie éternelle. En Russie soviétique, la méthode est plus simple : il n'y a pas de rites funéraires, la mort est dépouillée de sa grandeur tragique et de ses implications mystiques, réduite à un chiffre de statistique. A un congrès d'écrivains à Moscou, après avoir écouté d'innombrables discours promettant le bonheur universel dans le magnifique monde futur, André Malraux demanda soudain : « Et l'enfant écrasé par un tramway ? » Il y eut un silence peiné, puis quelqu'un dit au milieu de l'approbation générale :

— Dans un système parfait de transports socialiste planifié, il n'y aura pas d'accidents.

Je quittai la Russie vers la fin de l'été 1933.

Quelques semaines avant mon départ, j'étais assis à la terrasse du Café Métropole à Moscou, dans un état d'abattement total. A l'intérieur du café, l'orchestre jouait une chanson populaire de l'époque ; son refrain disait à peu près :

> *... Si tu m'aimes, tu voleras pour moi,*
> *Tu me conteras les belles histoires d'un pays heureux...*

J'avais bu trois vodkas, et les derniers mots de la chanson, joints à la musique sentimentale et à mon cafard, eurent un effet hypnotique. Ils me plongèrent dans une longue rêverie, une « belle histoire d'un pays heureux », selon le refrain langoureux, et cette rêverie m'inspira l'idée d'une pièce. Il s'agissait d'un couple de messagers d'une autre planète arrivant sur la terre, à la recherche d'espace pour leur monde surpeuplé. Ils expliquent que, seules, les planètes heureuses ont une raison d'être cosmique, et ils accordent à l'humanité une dernière chance, trois jours de grâce, pour organiser son bonheur — faute de quoi, on mettra gentiment fin à ses misères et on fera de la terre un meilleur usage. Devant un tel ultimatum, le gouvernement démissionne, l'opposition se lave les mains de toute l'affaire, les dilettantes prennent enfin le pouvoir et nomment un poète fou, du nom de Colibri, dictateur au bonheur. A la surprise générale, cela marche très bien : la monnaie est supprimée, l'autorité abolie, tous les tabous renversés, tous les rideaux levés. Hélas ! on apprend au bout de trois jours que les envoyés étaient des imposteurs, et comme le bonheur n'est plus obligatoire, l'ancien ordre est rétabli, et chacun retombe dans ses misères.

Je commençai à écrire cette pièce sur-le-champ, utilisant les serviettes en papier du café Métropole. C'était, certes, une impardonnable hérésie. « L'évasion » est un péché mortel pour un communiste, et j'avais l'impression d'être un écolier faisant des dessins obscènes sur le tableau noir préparé pour une solennelle leçon d'histoire. Je finis la pièce en trois semaines, le dernier acte dans le train qui m'emmenait hors de Russie. Je l'intitulai : *Bar du crépuscule.* C'était une comédie sans prétentions littéraires, une fuite hors de l'oppressante réalité, et c'est pourquoi je la définis : « Escapade en quatre actes. » Sa carrière théâtrale devait être lente et sans éclat. J'eus presque autant de mal à obtenir mon visa de sortie que j'en avais eu à obtenir mon visa d'entrée. Quand on me l'accorda, ma joie fut encore plus grande.

CHAPITRE XII

Prisonnier en Espagne *

LA première étape de mon voyage d'exil m'emmena en troisième classe, à travers la Pologne et la Tchécoslovaquie, jusqu'à Vienne. Il dura près de trois jours, dont je passai la plus grande partie à dactylographier *Le Bar du crépuscule,* ravi de me retrouver en Europe. Dès la frontière franchie, un changement magique avait eu lieu. Les buffets des gares regorgeaient d'aliments que je n'avais pas vus depuis un an : sandwiches, fromage, œufs, saucisson, jambon, café, petits pains, gâteaux. Il y avait aux kiosques à journaux des quotidiens, des magazines et des livres étrangers ; les quais et les guichets n'étaient plus des champs de bataille ; et, ce qui me frappa encore davantage, les gens dans le train avaient tous des personnalités différentes au lieu d'être les molécules d'une masse grise et amorphe. Ils étaient mystérieusement vivants, c'étaient des individus, et certains — oh, merveille ! — avaient même des chiens. Personne en Russie n'avait de chien, mais je ne m'en avisai qu'à ce moment.

Je me sentais excité comme un écolier échappé d'un austère collège pour passer un après-midi au cirque, et cette humeur allait durer plusieurs semaines. C'était, en fait, une humeur enfantine, car, d'un point de vue plus adulte, mes perspectives étaient assez sombres. Mon appartement à Berlin et tout ce que je possédais avaient été, bien entendu, saisis et confisqués par le gouvernement national-socialiste. Ma carrière était également bouchée : j'étais un journaliste allemand interdit en Allemagne. Les roubles que j'avais gagnés ne pouvaient être convertis en monnaie étrangère. J'étais, à près de vingt-huit ans, sans métier, sans patrie, et sans le sou pour la seconde fois de ma vie. J'avais connu cela, lorsque j'étais presque mort de faim en Palestine. Cela s'était passé sept ans auparavant. Chose curieuse, sept ans plus tard, je

* Extrait d'*Un Testament espagnol* et de *Hiéroglyphes*.

devais me retrouver naufragé pour la troisième fois — en 1940, quand l'Europe s'écroula. Tout ce que je pus sauver des décombres fut une brosse à dents et mon journal.

Perdre son foyer, ses espoirs et ses biens tous les sept ans, c'est une habitude assez monotone. Les compagnies d'assurances appellent les individus présentant ce genre de répétition « prédisposés à l'accident » et les considèrent avec raison comme des indésirables. Les circonstances atténuantes, dans mon cas, sont que, lorsque Hitler prit le pouvoir en 1933 et, sept ans plus tard, conquit l'Europe, la majorité des Européens se mirent à présenter une prédisposition à l'accident. Les lecteurs anglo-saxons (et les critiques de même) négligent souvent ce fait et considèrent — ce qui est plutôt flatteur — les mésaventures de l'auteur comme dues à sa propre initiative et à son esprit pervers. En réalité, j'ai eu plus de chance que les autres personnages qui ont joué un rôle dans ce livre jusqu'ici ou en joueront un dans les pages suivantes : à quelques exceptions près, ils sont tous morts ou ont disparu dans l'épais brouillard de l'Est.

Je passai trois ou quatre jours à Vienne en réunions sentimentales avec d'anciens amis et d'anciennes amies. Il me paraissait à présent inconcevable d'avoir jamais pu faire le projet d'abandonner l'Europe. Mais il n'en était pas moins évident que je rentrais, au bout d'un an seulement d'absence, dans un continent transformé. La tumeur maligne qu'était devenue l'Allemagne dévorait le tissu vivant de l'Europe, détruisant sa substance humaine. La chute de l'Autriche ne devait se produire que cinq ans plus tard et était encore inimaginable ; mais la règle parlementaire et la liberté de la presse étaient déjà étouffées par Dollfuss, le dictateur nabot et bigot. En février 1934, le gros de la troupe du *Schutzbund* autrichien (organisation paramilitaire socialiste) allait se soulever, sans chef. La sanglante défaite de cette révolte marque la fin d'un siècle de progrès socialiste en Europe centrale.

J'arrivai à Paris en automne 1933. Les années qui suivirent, furent pour moi une période d'activité politique intense. Ce furent les années de la grande croisade antifasciste qui marchait, musique en tête, de défaite en défaite.

D'abord vint le défi d'Hitler quittant la Société des Nations. Puis la défaite de l'insurrection socialiste en Autriche. Puis la victoire d'Hitler dans la Sarre. Puis la répudiation du traité de Versailles par Hitler. Puis le pacte naval anglo-allemand accordant à Hitler une flotte supérieure à celle de la France. Puis l'entrée d'Hitler en Rhénanie. Puis l'entrée d'Hitler en Autriche. Dans l'intervalle, la conquête de l'Abyssinie par Mussolini, de la Mandchourie par le Japon, et la victoire de Franco en Espagne. Et ainsi de suite, jusqu'à Munich et Prague et jusqu'à la guerre que nous avions prévue, mais que nous avions été incapables de prévenir.

Sept ans durant, les hommes d'État et les peuples d'Occident ne surent pas voir l'évidence, ne surent pas comprendre la menace à leur civilisation, et l'éliminer alors que cela pouvait encore se faire au prix de sacrifices relativement restreints. Ces sept ans d'aveuglement qui frappèrent l'Occident de 1932 à 1939 furent un des phénomènes les plus remarquables de l'Histoire. L'attitude des forces conservatrices allait d'une incompréhension stupide de la nature du régime d'Hitler jusqu'à la sympathie passive et à la complicité active. Les divers partis socialistes et travaillistes dénonçaient dans leurs discours le danger fasciste, et faisaient tout ce qui était en leur pouvoir pour empêcher leurs pays de s'armer contre lui. Les communistes exploitaient le mouvement antifasciste à leur profit, et le trahirent de façon mortelle. On eût dit qu'ils étaient tous associés dans un pacte de suicide européen.

La seule circonstance atténuante que l'Occident fût en droit de plaider était d'ordre psychologique. L'Occident était mentalement incapable de croire les récits rocambolesques des atrocités nazies et les plans insensés de conquête du monde qui semblaient sortir tout droit d'un feuilleton de Wells. Hitler battu, le même blocage psychologique se produisit à l'égard du régime de Staline et de ses projets de conquête ; le dessin se répétait avec une précision perverse et sinistre. Il est vrai qu'il eût fallu, à des gens élevés dans les traditions d'Occident, une puissance d'imagination peu commune pour admettre et se représenter la renaissance de la torture médiévale et de l'esclavage antique. Il fallait un effort intellectuel plus grand encore pour croire à la réalité des plans nationaux-socialistes et communistes pour s'imposer au monde par la terreur, la conspiration et la conquête. Cette incrédulité vis-à-vis de l'incroyable fut le fait le plus général de la Nuit de Sept Ans.

En 1933, et durant les deux ou trois années suivantes, les seuls à avoir une connaissance intime de ce qui se passait dans le jeune Troisième Reich étaient quelques milliers de réfugiés. Dans les chambres de torture de l'immeuble Columbia à Berlin, dans les camps de concentration tout neufs d'Oranienbourg et de Sachsenhausen, de Dachau et de Buchenwald, des centaines de camarades que nous connaissions personnellement étaient torturés, tués, poussés au suicide. Pour nous, les actions présentes et les desseins futurs de ce nouveau régime n'étaient pas matière à suppositions et à discussions académiques, comme ils l'étaient pour les politiciens d'Occident, mais une réalité intime et obsédante. Cela nous condamnait au rôle toujours antipathique et grinçant de Cassandre. Personne n'aime les gens qui courent les rues en hurlant : « Préparez-vous, préparez-vous, le Jugement Dernier approche ! » Surtout, lorsqu'ils hurlent avec un accent étranger et, par leurs glapissantes dénonciations des intentions agressives qu'ils prêtent à Berlin ou Moscou (suivant le cas), augmentent la tension et la suspicion internationales. Ce sont évidemment des fanatiques, des hystériques ou des maniaques de la persécution.

Il est doublement pénible de décrire l'état d'esprit de ces sept ans, à une époque où l'humeur de l'Europe occidentale tend à retomber dans les mêmes erreurs funestes. La leçon des années trente, à savoir qu'une puissance agressive, expansive, possédant une foi messianique en sa propre mission, s'étendra tant qu'existera un vide de puissance ; que la seule amélioration des conditions sociales, si désirable soit-elle en elle-même, n'est pas une défense ni une protection contre l'attaque ; que le prix de la survivance est le sacrifice d'une part terriblement lourde du revenu national pendant une période terriblement longue ; et que l'apaisement, si séduisants et convaincants que semblent ses arguments, constitue une invitation à la guerre — tout cela ne devrait être que trop présent à la mémoire de l'Europe ; pourtant, un nombre surprenant d'hommes politiques sans parler de millions d'hommes de la rue, semblent décidés à commettre la même erreur et à revivre la même tragédie.

Les réfugiés antinazis qui parlaient des camps de concentration et des plans d'Hitler pour la conquête du monde étaient considérés comme des fanatiques, des fomentateurs de haine, tout comme l'on considère aujourd'hui leurs successeurs, les réfugiés d'Europe orientale et les ex-communistes. Si seulement les Cassandre et les Jérémie voulaient bien se taire, nous aurions la paix jusqu'à la fin de nos jours !

En comparaison de la vision de cauchemar offerte par l'Allemagne nazie, mes doutes et mes inquiétudes concernant la Russie devenaient dérisoires. Quand on part en croisade, et même si la croisade est vouée à l'échec, on n'a pas le temps de se poser de questions. Je ne m'en posai que quelques années plus tard, pour de bon cette fois, lorsque les purges en Russie prirent l'allure d'une terreur massive. Mais cette crise, à l'origine de ma rupture avec le Parti, ne devait intervenir que bien plus tard.

Entre-temps, Paris était devenu le siège du mouvement international antifasciste au sein duquel les communistes allemands en exil jouaient un rôle prépondérant. Dans Hiéroglyphes, *j'ai rendu compte avec précision des activités que je menai durant cette période incertaine et riche en espoirs déçus : j'écrivis des pamphlets, dirigeai nombre de journaux pour les émigrés, rassemblai des fonds pour nombre de causes, assurai la liaison avec les intellectuels français et ainsi de suite. Comme je travaillais bénévolement et que je répugnais toujours à devenir bureaucrate professionnel du Parti ou apparatchik, j'assurai un moment mon indépendance financière en écrivant, sous le pseudonyme d'A. Costler, un livre de vulgarisation scientifique sur la sexualité : je crois bien que ce fut un des premiers dans le genre, bien avant que ces publications ne fissent l'objet d'une fabrication industrielle. (Ironie du sort, ce fut le seul de mes livres qui fit l'unanimité chez tous les critiques[1].) Je ne touchai pas de droits d'auteur mais la modeste somme que*

1. Il s'agit de l'*Encyclopédie de la vie sexuelle,* Londres 1934. N'ayant pas conservé l'original des critiques, je ne peux citer que celles qui figurent sur la couverture du livre : « Brillant, serein et particulièrement intelligent » (*New Statesman and Nation*). « Parfait pour des médecins et des psychologues » (*Time and Tide*). « Traite le sujet à fond et donne des informations

m'allouèrent mes éditeurs me permit de me lancer dans la rédaction d'un roman historique de grande envergure portant sur la révolte des esclaves à Rome au premier siècle avant J.-C. Ce fut Spartacus, *livre qui s'avéra finalement n'être que le premier d'une trilogie consacrée aux principes éthiques de la révolution. J'étais plongé dans la rédaction de* Spartacus *quand éclata la guerre civile espagnole au regard de laquelle les horreurs de l'Allemagne nazie et de la Russie soviétique nous parurent momentanément s'effacer.*

***

En août 1936, dès le premier mois de la Guerre civile, je partis, comme correspondant spécial de la London News Chronicle, *pour Séville, où se trouvaient à l'époque les quartiers généraux de Franco.*

J'avais pour principale mission de faire la preuve que l'Allemagne et l'Italie apportaient bel et bien une aide militaire aux rebelles espagnols. Au début de la guerre, les correspondants des journaux de tendance gauchiste ou libérale n'étaient pas autorisés à pénétrer dans les territoires occupés par les insurgés mais grâce à des moyens détournés que j'évoque dans Hiéroglyphes, *je pus obtenir à Lisbonne un sauf-conduit signé par Nicolas Franco, frère du général et son émissaire au Portugal, dans lequel j'étais qualifié « d'ami sûr de la Révolution nationale ». Après un court séjour à Séville, je fus reconnu par un de mes anciens collègues de chez Ullstein qui me dénonça comme communiste. Il ne me restait plus qu'à prendre au plus vite un taxi pour Gibraltar.*

J'avais cependant eu suffisamment de temps pour observer les allées et venues des aviateurs allemands de la Légion Condor cantonnée à l'hôtel Christina et pour repérer des avions allemands sur l'aérodrome, alors que Hitler niait encore qu'il fournissait de l'aide à Franco et Franco qu'il en recevait. Je ne m'étais pas donné de la peine pour rien. Mes informations furent utilisées par la Commission d'enquête sur les violations du traité de non-intervention en Espagne (auquel j'apportai mon témoignage pendant ses audiences publiques à Londres) et furent largement propagées par la presse avant d'être insérées dans un opuscule que j'écrivis à la hâte[1]*. Je rapporte ces faits car ils expliquent pourquoi, après avoir été arrêté six mois plus tard, je ne pouvais m'attendre qu'à la peine de mort prononcée en cour martiale. C'est ce qui arriva effectivement quand, au début du mois de février 1937, les insurgés prirent Malaga. J'avais couvert le front andalou pour la* News Chronicle *et, quand la ville se rendit, pour n'avoir pu partir à temps, je fus arrêté par le Service d'information de Franco qui me jeta immédiatement en prison. L'extrait qui va suivre est tiré du* Testament espagnol :

récentes » (*The Listener*) « Donne les renseignements élémentaires que tout profane peut exiger sur les divers aspects du problème » (*The Schoolmaster*). « Bien documenté et précis » (Aldous Huxley).

1. Traduit en français sous le titre : *L'Espagne ensanglantée* (1937) et inséré plus tard dans *Un Testament espagnol*, Trad. française éditions Albin Michel 1939.

Le samedi, quatrième jour de mon emprisonnement, la porte de ma cellule s'ouvrit vers midi.

Sur le seuil se tenaient, non les gardiens aux silhouettes déjà familières, mais deux gardes civils portant leurs fusils baïonnette au canon.

« *Venga,* direntils, viens. »

J'avais dans la poche supérieure de mon veston, une dernière cigarette. Il y avait trois jours que je n'avais plus rien à fumer, mais j'avais gardé celle-ci pour le moment où la voix huileuse m'appellerait. J'avais beaucoup réfléchi à la manière de conserver en ces minutes un maintien décent et je pensais qu'une cigarette pouvait y aider.

Lorsque je vis les deux hommes avec leurs baïonnettes dans l'encadrement de ma porte, je pensai le moment venu d'allumer la cigarette. Je l'avais déjà entre les lèvres, lorsqu'un des gardes civils sortit de sa poche un objet bien réjouissant : une paire de menottes. Je savais qu'on lie avec une corde les mains de ceux qu'on emmène pour être fusillés ; les menottes coûtent cher et les retirer aux cadavres serait une tâche bien fatigante. La seule fabrique de menottes en Espagne se trouve à Bilbao, et Bilbao appartenait encore alors au gouvernement. Le marché espagnol présentait des offres infinies en bétail humain, mais les menottes étaient rares.

Aussi ces belles menottes de métal étaient-elles bien en ce moment l'objet le plus agréable que je pusse voir. Je joignis pieusement les mains et le fermoir claqua. J'admirai le mécanisme ingénieux et compliqué de cet appareil d'aspect si simple : les anneaux portaient chacun une petite roue dentée afin de s'adapter à toutes les mesures de poignet. Le plus âgé des deux gardes civils me demanda si le fermoir ne serrait pas trop. Cette question dépourvue d'ironie comme de pitié avait la même parfaite objectivité que celle que vous pose un tailleur en vous essayant un costume. Là-dessus nous nous engageâmes dans le corridor et sortîmes dans la rue.

Devant la porte de la prison, un grand camion était arrêté à côté d'une élégante petite auto de sport. Nous nous dirigeâmes vers celle-ci. Le radiateur était décoré de quatre petites plaques de bronze placées l'une à côté de l'autre : la première représentait une croix gammée entre deux ailes ; la deuxième, le faisceau des licteurs du fascio italien ; la troisième, les cinq flèches noires de la phalange espagnole ; la quatrième, les armes des Bourbons.

Je ne me serais jamais permis seulement de rêver d'une promenade dans une voiture aussi chargée de symboles. Je n'y entrai d'ailleurs pas. Un officier tenant à la main une cravache se précipita vers nous et expliqua aux gardes civils qu'il réquisitionnait la voiture et que le camion était bien assez bon pour nous. Ils parurent vexés mais n'osèrent rien dire et nous grimpâmes dans le camion où trente à quarante prisonniers et leur escorte en armes étaient déjà entassés.

J'étais si excité par l'air libre et ce soudain changement de décor après quatre jours de cellule que je me mis tout d'abord à regarder mes compagnons de captivité d'un air très guilleret ; puis je remarquai que leurs mains ne portaient pas de menottes mais étaient liées avec une corde. En outre, dix ou quinze d'entre eux étaient attachés les uns aux autres.

Nous étions debout, pressés les uns contre les autres. Lorsque le lourd camion démarra nous dûmes nous accoter aux gendarmes. Ceux-ci étaient sensiblement égaux en nombre aux prisonniers, ils tenaient d'une main leur fusil, de l'autre cherchaient eux aussi à s'agripper à l'épaule d'un de ceux auxquels ils allaient une demi-heure plus tard envoyer une balle dans le nez ou les yeux.

J'avais toujours ma cigarette non allumée entre les lèvres. Le garde civil qui m'avait passé les menottes fumait et m'offrit du feu. Je lui répondis que c'était ma dernière cigarette et que je voulais la conserver pour plus tard, et je la remis dans ma poche. Le garde civil me roula une cigarette et fit circuler la blague à tabac avec le papier parmi les voisins, gendarmes et prisonniers. Si l'un de ceux-ci avait les mains trop étroitement liées, un gendarme l'aidait à rouler le tabac dans le papier et lui tendait la cigarette terminée à coller avec sa langue.

Les gendarmes avaient l'air d'ouvriers ou de paysans andalous ; les prisonniers avaient l'air de paysans ou d'ouvriers andalous. A les voir s'appuyer les uns contre les autres debout dans la cahotante voiture, on eût pu les prendre pour une bande de camarades qui s'en vont faire une partie de campagne loin du bruit de la grande ville. Mais une fois arrivés là, ils se partageront les rôles : ceux qui ont les mains bandées s'adosseront au mur, ceux qui portent un uniforme leur enverront des projectiles brûlants dans la chair. Chacun des deux groupes préférerait certes jouer au football avec l'autre. Mais il n'y a rien à faire ; le bon Dieu qui a décidé qu'il en serait ainsi et non autrement se fâcherait ; et c'est pourquoi la moitié survivante de la bande se mettra à rouler des cigarettes et regrimpera d'un air morne dans le camion.

On échangeait du tabac et on se cramponnait ferme les uns aux autres quand le camion dérapait ; les hommes sentaient la chaleur de leurs voisins. Mais on ne disait rien.

Pourtant l'un d'eux se mit à parler. Un caporal qui portait un pince-nez et un insigne à la boutonnière et qui se trouvait logé de façon particulièrement inconfortable contre le montant du camion dit en souriant à son voisin :

« Au retour, nous serons moins serrés. »

Mais peu l'entendirent et aucun ne répondit.

Un prêtre passa et nous regarda. Nous aussi, nous le regardâmes.

Près de la gare, la charrette motorisée fit halte et j'en descendis avec mes deux gardiens. Le premier sauta en bas, m'aida car je ne pouvais me servir de mes mains, le second sauta derrière. L'auto se remit en marche. Ses occupants nous suivirent des yeux ; je sentais de la jalousie et du mépris dans leur regard, même dans celui des gendarmes. Nous étions des espèces d'étrangers favorisés, nous nous désolidarisions d'avec les pauvres diables. Nous regardâmes tous trois le camion qui s'éloignait dans un nuage de poussière. Un de mes gardiens se tourna vers moi et me désigna son fusil avec le geste de le désarmer afin de dissiper les doutes qui pouvaient me rester. Puis il fit des cigarettes pour nous trois et nous entrâmes dans la gare.

Ce garde civil était un grand gaillard efflanqué avec une tête de cheval. Il avait une longue mâchoire aux dents jaunes, un nez plat et les bons yeux bêtes d'un cheval de fiacre. Il s'appelait Pedro.

L'autre était petit, trapu, avec un visage hâlé et énergique de paysan. Il s'appelait Luis.

Dans la salle d'attente, je demandai à Pedro où ils m'emmenaient. Il dit : « A Séville. » Et il me montra ses instructions dactylographiées.

On y disait que « l'individu A. K. devait être emmené sous bonne garde à Séville et remis à la disposition particulière du chef du district sud de l'armée nationale, général Queipo de Llano ».

J'avais caressé le secret espoir d'être emmené à Burgos ou à Salamanque. De toutes les villes de cette terre, le nom de Séville sonnait le plus désagréablement à mes oreilles. Et de tous les puissants de ce monde, j'avais lieu de redouter au plus haut point le général Gonzalez Queipo de Llano.

Il n'y avait pas encore six mois que je m'étais trouvé en sa présence. L'interview qu'il m'avait accordée et le portrait peu amical que j'avais tracé de lui avaient paru dans la presse et dans mon livre. Queipo lisait le français et mon livre devait faire partie du dossier qu'il avait entre les mains me concernant. J'imaginais son visage tandis qu'il feuilletait le chapitre intitulé : « Portrait d'un général rebelle » ; c'était son portrait à lui et ressemblant. Tant pis pour moi. Je me trouvais donc à présent à sa disposition particulière. Cette phrase éveillait en moi la sensation d'un promeneur dans la jungle qui aurait, par inadvertance, marché sur la queue d'un tigre.

Nous montâmes dans le train. C'était un très vieux train avec une drôle de petite locomotive, et de drôles de petits wagons qui ressemblaient à des caisses de bois posées sur des roues. Nous pénétrâmes dans un compartiment de troisième classe déjà occupé par une famille paysanne : la grand-mère, la mère, le père, une fillette et un bébé. La famille se tassa et abandonna respectueusement les deux coins du côté de la fenêtre aux gardes civils. Je m'assis entre le long don Pedro et la mère tenant son bébé, en face de la grand-mère ayant la fillette à côté d'elle. Elle était fort jolie et regardait à la dérobée mon veston sale mais de coupe encore visiblement étrangère. Je cachais mes mains dans mes manches à la manière des moines, afin de ne pas faire remarquer les menottes. Le train se mit en marche.

La grand-mère était déjà entrée en conversation avec don Pedro et don Luis. Ils parlèrent d'abord du temps, puis de la récolte des oranges, puis de la guerre. J'appris que Motril était tombée depuis mon emprisonnement et que la chute d'Alméria n'était plus qu'une question de jours. Les paysans, tout comme mes gardiens, évitaient de prendre parti ; ils n'appelaient pas les soldats de Franco « Los Nuestros » (les nôtres) mais « Los Nacionales ». Les gendarmes désignaient l'autre parti du nom de « Los Rojos » (les Rouges), mais la grand-mère les appelait « Los Valencianos ». La famille était originaire de la région d'Antequera, la ville où Pizarro allait se ravitailler en cigarettes et en grain. Ils avaient fui à Malaga pendant les premières journées chaotiques de l'insurrection, ils y avaient trouvé asile chez des parents et n'étaient plus retournés dans leur village qui était de l'autre côté du front. Puis « Los Nacionales » avaient pris Malaga et maintenant ils pouvaient rentrer chez eux.

Don Luis demanda à l'homme comment était Malaga du temps des rouges.

L'homme haussa les épaules et dit qu'il ne s'occupait pas de politique. La grand-mère pensait que les étrangers étaient la cause de tous leurs malheurs ; là-bas les Russes, ici les Allemands et les Italiens. Là-dessus, elle mit sa main sur sa bouche et me demanda avec un sourire d'excuse malicieuse si j'étais un aviateur allemand.

Je répondis que non, que j'étais un journaliste anglais.

La fillette me considéra avec intérêt, don Pedro et don Luis sourirent mais gardèrent un silence plein de discrétion.

La grand-mère voulait savoir ce que le roi d'Angleterre pensait de l'affaire d'Espagne.

Je répondis que Sa Majesté n'avait pas encore formulé son opinion définitive, les avis de ses conseillers étant assez partagés.

Là-dessus, don Pedro me demanda avec un clin d'œil malin, en découvrant sa dentition de cheval « s'il y avait aussi des rouges en Angleterre ». Don Luis me lança aussi un regard en coulisse et se mit à rire à gorge déployée. Ils se donnaient des coups de genoux et auraient été très vexés si je n'avais pas ri avec eux. Je fis de mon mieux et ris de concert. Nous avions notre petit secret tous les trois.

« Au fond, dit la grand-mère, c'est peut-être un rouge, lui aussi. »

La remarque provoqua un véritable fou rire chez don Pedro et don Louis et la grand-mère était très fière de son humour.

En accord avec cette joyeuse atmosphère, elle sortit du filet, avec l'aide de la mère, le panier de vivres et la bouteille de vin rouge.

Elle nous offrit du beau saucisson rouge au poivre, du fromage, du pain blanc et du vin. Les gendarmes se servirent. Je refusai. Toute la famille insista. Je ne sortis pas les mains de mes manches. C'était une situation inexprimablement pénible. Les gendarmes se regardèrent puis don Luis me prit le bras avec décision et m'ôta les menottes. Tout le monde s'arrêta au milieu d'une phrase, au milieu d'un geste.

« Sainte Vierge ! » s'écria la grand-mère.

Elle me regarda et ajouta :

« Ta pauvre mère ! »

Puis elle me tendit du saucisson et du fromage et fit le signe de croix sur moi.

Je me mis à manger en essuyant mon front couvert de sueur. La fillette regardait ailleurs d'un air horriblement gêné, le visage en feu. Le bébé qui s'amusait par terre pendant qu'on déballait la nourriture, se traîna jusqu'à don Luis, il voulait absolument jouer avec les menottes.

Nous roulâmes encore environ quatre heures avant d'arriver à Antequera. Ce n'était pas sur la grande ligne, le train faisait d'innombrables détours. Nous mangeâmes et bûmes beaucoup, mais la conversation ne reprit pas. De temps à autre, quand le silence devenait trop pénible, le paysan tranquille disait de son coin :

« Donne encore à l'Anglais un morceau de saucisson. »

Ou bien :

« Est-ce que l'Anglais a eu du vin ? »

Pas une fois, il ne m'adressa directement la parole. Mais la mère qui était la meilleure et la plus bête de la famille dit en me mettant dans la main un morceau de gâteau à la confiture :

« Mangez, Señor. Qui sait combien de temps vous pourrez encore manger. »

Sur quoi don Pedro lança en badinant :

« Il sera fusillé demain. »

Mais sa plaisanterie ne trouva pas d'écho et il en fut tout gêné ; il avait visiblement le sentiment d'avoir manqué de tact.

Il descendit à une petite station pour chercher de l'eau, et me donna pendant ce temps-là son fusil et les menottes à garder. Il fit cela comme en hâte et sans y penser, mais j'eus l'impression que ce geste était voulu et destiné à réparer sa gaffe de tout à l'heure. Il me rapporta aussi du tabac et dix cigarettes toutes faites à dix centimes, dont il me fit cadeau. J'en offris à la ronde et chacun se servit par politesse bien qu'elles fussent beaucoup plus mauvaises que celles qu'on roule soi-même.

A Antequera, la famille descendit avec force bousculades et force paquets. La grand-mère fit encore un signe de croix sur moi, le paysan me tendit une orange sans dire un mot et sans me regarder, la fillette rougit de nouveau et détourna la tête. Puis le train reprit sa route.

Il était déjà tard dans l'après-midi. Nous nous étendîmes tous trois sur les banquettes et nous nous endormîmes.

Quelques stations plus loin, de nouveaux voyageurs montèrent, parmi lesquels un jeune homme et un monsieur corpulent à l'air bourgeois. Eux aussi entrèrent en conversation avec nous ; afin d'éviter de nouveaux malentendus et bien qu'on ne m'eût pas remis les menottes, je déclarai tout de suite que j'étais un prisonnier. Là-dessus le monsieur à l'air bourgeois se retira dans le coin le plus éloigné et me regarda comme si j'étais un lépreux. Le jeune homme qui, de même que le paysan et tous les gens du train, portait la cocarde nationale à la boutonnière, m'offrit aussitôt une cigarette et comme il voyait que je n'avais pas de manteau et que je frissonnais, il me tendit sa couverture. Il dit qu'il se rendait à Séville parce qu'on lui avait conseillé de s'engager dans la phalange. Je lui demandai pourquoi alors il donnait sa couverture à un ennemi. Il haussa les épaules et me fit un imperceptible signe de connivence. Je ne sais si Queipo de Llano aura eu à se féliciter de ce phalangiste-là. Et de quelques milliers de ses pareils.

On ne me remit pas les menottes avant d'arriver à Séville.

C'était déjà tard dans la nuit. Don Pedro et don Louis étaient de nouveau pleins de zèle et nous marchâmes tous trois en bon ordre jusqu'au poste de commandement de la gare.

Là, on délibéra sur ce qu'il convenait de faire de moi à cette heure nocturne : il était minuit un quart. Il n'y avait pas d'auto de service et le tramway ne marchait plus. Don Luis conseilla de me loger, en attendant le jour, à la caserne de la phalange. C'était précisément ce que je redoutais. Je demandai à don Pedro s'il ne vaudrait pas mieux me conduire à la prison. Il sourit et dit :

« Tu n'as pas envie d'aller à la phalange.

— Non », répondis-je.

Tous deux sourirent et chuchotèrent un moment, puis don Pedro dit qu'ils allaient téléphoner à l'état-major général, car c'était là en somme que je devais être conduit. Ils demandèrent l'annuaire du téléphone à un employé qui dit qu'il n'y en avait pas mais que tous les numéros de service étaient inscrits sur le mur de la cabine téléphonique. Nous nous y rendîmes.

Les murs étaient couverts de numéros griffonnés au crayon. Je lus : « Base de commandement italien, N°... »

« Caserne d'infanterie italienne. N°... »

« 2e caserne d'infanterie italienne. N°... »

« Poste de secours italien. N°... »

Les relations étrangères de la ville de Séville s'étaient considérablement accrues depuis ma dernière visite.

Finalement, nous découvrîmes en réunissant nos lumières le numéro de l'état-major général du secteur sud.

Nous allâmes à travers les rues de Séville, passant devant l'hôtel Madrid où j'avais habité, devant l'hôtel Christina où j'avais rencontré Strindberg et les pilotes allemands, devant la caserne de la phalange où j'avais vu conduire, couverts de sang, les prisonniers des mines de Rio Tinto, jusqu'à la résidence du général de la radio. Ce fut un voyage mélancolique, pire que le trajet de la police à la prison de Malaga où je croyais qu'on m'emmenait au cimetière. Don Pedro et don Luis se taisaient et j'aurais voulu ne jamais les quitter.

Les couloirs du grand quartier général étaient sinistres et abandonnés à cette heure de la nuit. On travaillait encore dans quelques bureaux ; on nous renvoyait de l'un à l'autre et personne ne savait que faire de nous. Nous échouâmes finalement dans le service des dépêches. Là siégeait un aimable fonctionnaire qui nous permit de dormir tous trois par terre. Don Luis était déjà assis sur le sol en train de se déchausser, lorsqu'un officier entra dans la pièce et nous mit dehors. Il dit que je n'avais rien à faire au service des dépêches et qu'il fallait me conduire à la police. Nous prîmes donc le chemin de la police.

Don Pedro et don Luis étaient fatigués et de mauvaise humeur ; je leur étais à charge et ils auraient sûrement préféré me laisser m'enfuir. Mais ils ne pouvaient pas et c'est pourquoi nous arrivâmes enfin à la police.

On nous conduisit dans un bureau malodorant où un type revêche rédigea un procès-verbal et releva mes empreintes digitales. Puis, il appela deux gardiens. Ils s'avancèrent devant la table du fonctionnaire, ils avaient l'air de gorilles. Ils saluèrent et l'un d'eux demanda sur un ton de service :

« *Una flagelacion ?* »

« Una flagelacion » est l'expression espagnole correspondant à ce qu'on appelle en France « passage à tabac » et en Allemagne « le premier frottement ».

Don Luis se pencha respectueusement à l'oreille du chef et lui chuchota quelques mots : J'entendis seulement : « Ingles-Periodista », ce qui signifie : journaliste anglais. Sur quoi la « flagelacion » fut décommandée.

J'en fus tout soulagé et les deux gorilles déçus me conduisirent dans une espèce de cage aux barreaux de fer. Un peu plus tard, les formalités de leurs papiers de service accomplies, don Luis et don Pedro passèrent devant ma cage. Je les appelai et les remerciai de m'avoir si gentiment traité en cours de route. Ils étaient tout confus et me tendirent la main l'un après l'autre à travers les barreaux. Les gorilles ouvrirent de grands yeux et mes deux amis s'en allèrent.

Ce n'étaient pas des exceptions, c'étaient deux hommes parmi les vingt-cinq millions d'Espagnols, braves gens pour la plupart. S'ils avaient reçu l'ordre, avant que notre amitié fût née au long du voyage, de me battre jusqu'à ce que mort s'ensuive ou de me fusiller, ils l'eussent fait docilement et sans aucune sensiblerie. S'ils avaient été mes compagnons de captivité, ils auraient partagé leur dernière cigarette avec moi. Si, au contraire, j'avais voyagé avec les deux gorilles, ceux-ci m'auraient probablement quitté eux aussi avec la même cordialité.

Je regardais les gorilles : les gorilles me regardaient et je me demandais ce qu'ils m'auraient fait si la « flagelacion » n'avait pas été décommandée. Comme elle était décommandée, ils me donnèrent des cigarettes, et, déjà, souriaient très poliment. Je leur souris aussi et je me disais que nous sommes vraiment ridicules d'attacher tant d'importance au caractère privé des individus ; combien peu importe ce qu'un homme est, et de combien plus de conséquence est la fonction que la société lui assigne. Quelle différence cela faisait-il dans la pratique que don Luis ou don Pedro ou les gendarmes de la charrette fussent ou non musiciens, qu'ils préférassent les chiens ou les chats... qu'ils fussent bons ou méchants ? Et soudain je crus comprendre pourquoi l'anarchie est si populaire en Espagne. Pour les anarchistes, le problème humain est aussi simple que celui des noix : brisez la coquille dure des institutions sociales et goûtez le cœur savoureux. Théorie contagieuse ; mais j'aurais bien aimé savoir si jamais les noix pousseront sans coques sur les arbres.

On n'est jamais si curieux de l'avenir de l'humanité que lorsqu'on est assis dans une cage, gardé par deux gorilles et qu'on préfère penser à n'importe quoi plutôt qu'à son propre avenir et aux heures prochaines. Je crois que la seule chose capable de consoler véritablement un condamné marchant vers la chaise électrique serait la nouvelle de l'apparition d'une comète annonçant la fin du monde pour le lendemain ; alors il pourrait se dire : je ne perds rien.

Vers deux ou trois heures du matin, une auto vint me chercher et m'emmena sous la surveillance des deux gorilles, à travers la ville endormie, sur le pont du Guadalquivir et le long d'allées abandonnées, vers la prison provinciale de Séville.

CHAPITRE XIII

Un tournant *

JE fus arrêté le 9 février, gardé quatre jours *incommunicado* à la prison de Malaga, puis transféré, le 13 février, à la prison centrale de Séville. Je fus au secret trois mois, au cours desquels je fis la grève de la faim pendant vingt-six jours [1]. Durant les soixante-quatre premiers jours je restai *incommunicado* dans ma cellule et n'eus pas droit à la promenade. Après cela, je demeurai au secret, mais fus autorisé à sortir deux heures par jour dans la cour, en compagnie de trois autres prisonniers. Je fus échangé le 14 mai, après quatre-vingt-quinze jours de prison, contre un otage retenu par le gouvernement de Valence.

Je ne fus ni torturé ni battu, mais je fus témoin des sévices subis par mes codétenus et de leur exécution et, à part les quarante-huit dernières heures, je m'attendais constamment à partager leur sort.

Je ne fus jamais officiellement informé qu'une condamnation à mort eût été prononcée contre moi. Les autorités franquistes faisaient des déclarations équivoques et contradictoires avec l'intention apparente d'embrouiller la question. La seule information authentique que je fus en mesure d'obtenir par la suite est le rapport publié par le docteur Marcel Junod, délégué du Comité international de la Croix-Rouge, qui négocia mon échange et qui avait été officiellement informé de ma condamnation à mort par le général Franco [2]. D'autre part, quelques jours avant l'accord intervenu au sujet de l'échange, le consul britannique de Séville fut autorisé à venir me voir en prison et me dit que le Foreign Office avait demandé au général Franco l'assurance que je ne serais pas exécuté, assurance qui fut refusée sous prétexte que mon cas était toujours *sub judice*. Je ne fus interrogé qu'une fois, immédiatement avant ma libération, sous l'accusation capitale de

* D'après *Hiéroglyphes.*

1. En deux fois : d'abord dix jours, puis seize ; voir *Un testament espagnol.*
2. Dr Junod, *Le 3e Combattant,* Ringier et Cie — Zofingue Suisse, 1951.

« complicité dans une rébellion militaire », mais cet interrogatoire était une pure formalité.

La seule communication directe que je reçus concernant mon sort, alors que j'étais en prison, me fut faite onze jours après mon arrestation. Le 19 février, trois officiers de la Phalange, dont une jeune femme, visitèrent ma cellule et se présentèrent comme des membres du service de presse et de propagande du général Franco. Ils m'informèrent que j'étais ou serais (l'alternative était laissée dans le vague) condamné à mort pour espionnage, mais qu'il se pouvait que le général Franco, par un acte de clémence, commuât ma peine en prison à perpétuité. Sur quoi je fus invité à faire une déclaration sur mes sentiments pour le général Franco. Dans un accès de faiblesse, je dictai une déclaration disant que je croyais que le général Franco avait des sentiments humanitaires auxquels je savais pouvoir me fier, mais, lorsque vint le moment de signer cela, je m'étais suffisamment repris pour barrer ma déclaration et lui en substituer une autre disant que, si le général Franco m'accordait une commutation de peine, j'en conclurais qu'il agissait pour des motifs politiques et continuerais à croire à la conception socialiste de l'avenir de l'humanité [1]. Selon une autre version que Burgos communiqua à la *News Chronicle* (ou à une délégation de parlementaires britanniques, je ne me souviens plus), une condamnation à mort pour espionnage avait déjà été prononcée contre moi par le tribunal militaire de Malaga avant mon transfert à Séville.

J'ai noté pour mémoire ces versions contradictoires, bien que je n'en aie pas eu connaissance à l'époque ; si j'en avais su les détails, ils n'auraient fait que me confirmer dans ma conviction qu'on allait, une nuit ou une autre, me sortir de ma cellule et me coller au mur du cimetière. Au cours des premiers jours qui suivirent la prise de Malaga, des prisonniers étaient cueillis par fournées et fusillés à n'importe quelle heure ; plus tard, à Séville, les choses s'ordonnèrent selon des habitudes plus régulières, et les exécutions avaient lieu trois ou quatre fois par semaine, entre minuit et deux heures du matin. Les choses se passaient, en général, assez doucement et silencieusement. Les victimes n'étaient pas averties, et la plupart étaient trop stupéfaites ou trop fières pour faire une scène lorsque les gardes les emmenaient, accompagnés par le prêtre, de leurs cellules au camion qui les attendait. Quelques-uns chantaient, d'autres pleuraient ; on entendait des cris étouffés : *Madre* et *Socorro.* Parfois, je voyais toute la procession, le prêtre, les gardes et la victime, passer rapidement devant le judas de ma porte, mais, le plus souvent, je ne faisais que les entendre, l'oreille pressée contre le battant. On allait parfois chercher les victimes dans les cellules communes du second étage, ou dans une aile différente ; parfois chez les *incommunicados* de la rangée de mort où j'étais logé ; il était impossible de discerner une méthode.

1. Pour le texte de cette déclaration, voir *Un testament espagnol.* Elle ne fut jamais utilisée par le service de propagande de Franco.

Une nuit, celle du mardi 15 avril, les habitants des cellules 39, 41 et 42, à droite et à gauche de la mienne, furent tous emmenés, la mienne seule, qui portait le n° 40, étant épargnée après que le gardien eut enfoncé sa clef, par erreur sans doute, dans ma serrure puis l'en eut retirée.

La plupart des victimes étaient des miliciens capturés sur lesquels on avait trouvé la carte du parti anarchiste ou communiste, d'un syndicat ou tout autre papier compromettant. Ils avaient comparu quelques minutes devant un tribunal militaire et avaient été ramenés en prison avant que le jugement eût été prononcé. La sentence était le plus souvent le passage par les armes. Elle était, parfois, commuée en longues peines de prison, auquel cas le prisonnier en était officiellement informé et transféré dans un pénitencier. Si, d'autre part, la condamnation était maintenue, le prisonnier ne l'apprenait que lorsqu'on venait le chercher dans la nuit. Son incertitude pouvait se prolonger des semaines, des mois. Le record, détenu par un capitaine de la milice, était quatre mois et demi.

Une autre forme d'exécution que Franco avait remise en vigueur, comme Hitler la hache, était la *vile garotte,* la machine à étrangler, connue par les dessins de Goya. La victime, assise, liée à un poteau, était lentement étouffée à mort entre un collier de fer entourant son cou et une vis qu'on enfonçait en travers du poteau derrière sa nuque. L'homme qu'on appelle « le poitrinaire » dans *Un testament espagnol* fut exécuté de la sorte quelques jours après ma mise en liberté. C'était un des trois prisonniers avec qui je faisais la promenade, ancien chef d'un groupe de *vigilantes* à Madrid, nommé Garcia Attadel. Je ne connais pas d'autres cas d'exécution par *vile garotte.* C'est Garcia qui me dit que le garrot avait été remis en usage, mais il affectait de croire que c'était pour la forme.

Personne ne fut torturé ni battu dans la prison de Séville pendant que je m'y trouvais : ces pratiques étaient confinées aux postes de police et aux casernes de la Phalange. Les gardes, dans l'ensemble, étaient humains, la nourriture suffisante et, à l'exception de ceux d'entre nous qui étaient *incommunicados,* les prisonniers étaient autorisés à se promener et à jouer presque toute la journée en plein air dans le patio.

C'est là, je crois, tout ce qu'il faut que je répète au sujet des conditions extérieures et des événements de la période dont traite *Un testament espagnol,* et je puis, à présent, aborder l'évolution intérieure dont je n'ai pas parlé dans le premier ouvrage.

Pour commencer, pendant toute la période de secret à Séville, j'étais souvent rempli d'appréhension et de crainte, mais c'était là une peur rationnelle et saine, non pas obsessive ni morbide. Je dormais bien, sauf les nuits où j'entendais conduire au supplice mes camarades, et, même ces nuits-là, je dormais ensuite. J'eus tout le temps des rêves agréables, souvent de paysages grecs et de femmes très belles mais insexuées. Je connus des heures de désespoir intense, mais il s'agissait d'heures et, entre elles, des journées entières s'écoulaient dans une paix et un bonheur nouveaux.

Ce paradoxe s'explique peut-être par la satisfaction d'une faim de châtiment. La névrose d'anxiété est l'anticipation d'un châtiment inconnu pour un crime inconnu. La punition était venue à présent sous une forme tangible et concrète pour une faute concrète et tangible ; les cartes étaient abattues. Que je fusse techniquement coupable devant la loi, d'espionnage ou d'un autre crime, n'importait pas ; j'avais pénétré par ruse dans le camp ennemi et j'avais fait tout ce qui était en mon pouvoir pour nuire à sa cause. Mon état était donc la conséquence logique d'un risque consciemment accepté ; la situation était nette, propre, équitable.

Deux ans après l'Espagne, je fus interné pendant six mois dans un camp de concentration français et, un an après, passai plusieurs semaines dans une prison anglaise. Ces emprisonnements-là ne mettaient pas ma vie en danger et, du point de vue matériel, étaient moins durs que celui de Séville. Mais je savais que j'étais innocent, que ma détention était stupide et injuste, et cela rendait ces internements — relativement confortables — mentalement insupportables et spirituellement stériles. Au Vernet et à Pentonville, je savais que je finirais bien par sortir et reprendre ma vie. Dans la cellule 40 à Séville, ce que j'avais de mieux à espérer était une commutation de la peine de mort et une amnistie au bout de trois ou cinq ans ; pourtant, j'étais beaucoup plus heureux et en paix avec le monde et moi-même dans la cellule 40. J'insiste sur ce contraste parce qu'il semble indiquer que la soif de justice est autre chose et plus que le produit de considérations rationnelles ; qu'elle est enracinée dans des profondeurs de la psyché qu'une psychologie pragmatique ou hédoniste ne pénètre pas.

On ne peut même pas dire, songeais-je en arpentant la cellule 40, que le châtiment soit hors de proportion avec le crime. Une guerre civile, comme une révolution, a des normes plus dures que le droit international. La ruse à laquelle j'avais eu recours à Lisbonne était particulièrement infâme. Dans *L'Espagne ensanglantée,* j'avais accusé l'adversaire de certaines atrocités tout en doutant de l'authenticité de la documentation employée ; il était normal que je fusse mis à même de contrôler mes dires par une expérience personnelle. Le chapitre du livre consacré au général Queipo de Llano, fondé sur une interview obtenue par fraude, était un portrait tracé d'une plume empoisonnée. Il constituait à présent un élément du dossier qui se trouvait sur le bureau du général Queipo de Llano, de la juridiction de qui dépendait mon sort. Il y avait dans tout cela un dessin net et symétrique. Toutefois, un dessin ne présuppose pas nécessairement un dessinateur. La symétrie des cristaux est le produit de forces électrochimiques. La nature aime la symétrie, tend organiquement vers la symétrie. La justice est un concept de symétrie éthique et, par conséquent, un concept essentiellement naturel, tout comme le dessin d'un cristal.

Ainsi, la justice se mit à prendre dans mes songeries une double signification en tant que besoin biologique et absolu éthique fondé sur le concept de symétrie. Elle était indépendante de toute considération utilitaire, mais également indépendante des doctrines théologiques. La notion de « justice divine » en paraissait une lamentable caricature, avec sa carotte et son fouet — la source inconsciente suprême de toute peur. Je me félicitai de la disparition de l'anxiété et l'attribuai à ce concept de justice nouvellement découvert, considéré comme une dimension inhérente au contenu espace-temps. Certains meurent, les chaussures propres, d'autres la pensée nette ; je ne voulais pas qu'une boue mystique vînt souiller l'intégrité de ma pensée. Moins tentante encore la pensée de la soudaine conversion de Dostoïevski en face du peloton d'exécution. Cet épisode classique me revenait naturellement souvent à l'esprit ; j'y voyais une lâche reddition de l'intelligence non à la grâce divine mais à la peur qui fait trembler la chair. Mon journal de prison contient cette prière faite avec un demi-sérieux :

« Accorde-moi, ô Seigneur, le droit de rouspéter, le droit de maudire mon travail, de ne pas répondre aux lettres, et d'être un poison pour mes amis. Vais-je jurer de devenir meilleur si ce calice s'écarte de moi ? Nous savons bien tous les deux, Seigneur, que ces promesses arrachées par la contrainte ne sont jamais tenues. Ne me fais pas chanter, Seigneur Dieu, et n'essaye pas de faire de moi un saint. *Amen.* »

Les réflexions que j'ai notées jusqu'ici étaient toutes sur le plan rationnel. Mais, à mesure que nous procéderons vers l'intérieur, nous en rencontrerons d'autres, de plus en plus gênantes et difficiles à réduire en mots. En outre, ils se contrediront l'un l'autre, car nous traversons ici des couches liées par le ciment de la contradiction.

Le jour où je fus arrêté, je crus trois fois mon exécution imminente : la première, dans la *sala* de la villa Santa Lucia, trois revolvers dirigés vers mes côtes ; pour la seconde, lorsque la voiture s'arrêta sur le terrain d'exécution improvisé du *camino nuevo ;* la troisième, quelques heures plus tard, lorsque, m'ayant annoncé que je serais fusillé dans la nuit, on me fit sortir du poste de police au crépuscule et monter dans un camion, avec cinq hommes derrière moi, le fusil sur les genoux, de sorte que je crus que nous roulions vers le cimetière alors que c'était seulement vers la prison.

Les trois fois, je bénéficiai du phénomène bien connu de la double conscience, un détachement qui tient du rêve et de l'étourdissement et sépare le moi conscient du moi agissant — le premier devenant un observateur détaché, le second un automate, tandis que l'air vous vibre aux oreilles comme au creux d'un coquillage. Cela n'est pas du tout désagréable ; ce qui le devient, c'est la réunion des deux parties séparées ramenant avec elle tout son poids de réalité.

Ces événements du même jour et des trois suivants avec leurs exécutions en masse, avaient apparemment provoqué un ébranlement et un déplacement des couches psychiques profondes, une diminution des résistances et une nouvelle disposition de structure qui les laissa provisoirement ouvertes au nouveau type d'expériences dont je veux parler.

Je le rencontrai pour la première fois, un jour ou deux après mon transfert à Séville. J'étais devant la fenêtre de la cellule 40 et, avec une tige de fer arrachée au ressort du matelas, je gravais des formules mathématiques sur le mur. Les mathématiques, la géométrie descriptive en particulier, avaient été le passe-temps favori de ma jeunesse, négligé par la suite pendant des années. J'essayai de me rappeler comment l'on établit la formule de l'hyperbole, et n'y parvins pas ; puis je recherchai celles de l'ellipse et de la parabole et, à ma grande joie, les trouvai. Enfin, je m'appliquai à la démonstration d'Euclide prouvant que la suite des nombres premiers est illimitée.

Les nombres premiers sont les nombres non divisibles, tels que 3, 13, 17, etc. On pourrait croire que, en s'élevant dans les séries numériques, les nombres premiers deviennent plus rares, chassés par les produits de plus en plus nombreux des petits nombres, et que l'on finirait par arriver à un nombre qui serait le nombre premier le plus élevé, la dernière vierge numérique. La démonstration d'Euclide prouve de façon simple et élégante qu'il n'en est rien, et que, à quelque région astronomique que l'on accède, on trouve toujours des nombres qui ne sont pas le produit de nombres plus petits, mais sont engendrés, pour ainsi dire, par immaculée conception [1]. Depuis que j'avais fait connaissance à l'école avec la démonstration d'Euclide, celle-ci m'avait toujours rempli d'une satisfaction profonde, plus esthétique qu'intellectuelle. En retrouvant à présent la méthode et en gravant les symboles sur le mur, j'éprouvai le même enchantement.

Et voici que je compris soudain pour la première fois la raison de cet enchantement : les symboles griffonnés sur le mur représentaient un des rares cas où la description d'une qualité significative de l'infini est atteinte par des moyens précis et finis. L'infini est une masse mystique environnée de brume : pourtant, il était possible d'en acquérir une certaine connaissance sans s'embourber dans des ambiguïtés louches. La signification de ceci m'envahit comme une onde. L'onde avait son origine dans une découverte verbale articulée, mais celle-ci s'évapora aussitôt, ne laissant dans son sillage qu'une essence ineffable, un parfum d'éternité, un frémissement de la flèche dans l'azur. Je dus rester ainsi quelques instants immobile, en transe, habité par une réalisation sans parole : « C'est parfait — parfait » ; jusqu'au moment où je m'avisai d'une légère gêne mentale tapie au fond de mon esprit, quelque détail trivial gâtant la perfection de l'instant. Puis, je me

1. Voici cette démonstration, à l'intention des amateurs :
Supposons que P est le plus grand nombre premier ; puis supposons un nombre égal $1 \times 2 \times 3 \times 4 ... \times P$. Ce nombre est représenté par le symbole P !. Ajoutons-y 1 : (P ! + 1). Ce nombre n'est évidemment pas divisible par P ni par aucun nombre plus petit que P, ceux-ci étant tous contenus dans P !. Par conséquent, (P ! + 1) ou bien est un nombre premier plus grand que P, ou bien contient un facteur premier plus grand que P. — C. Q. F. D.

rappelai la nature de cette gêne irritante : j'étais en prison et pouvais être fusillé. Mais à cela répondit aussitôt un sentiment dont la traduction en mots serait : « Et alors ? Ce n'est que ça ? Tu n'as pas de préoccupation plus grave ? » — réponse aussi spontanée, vive, amusée, que si la gêne intruse avait été la perte d'un bouton de col. Puis, je me remis à flotter dans un fleuve de paix sous des ponts de silence. Il ne venait de nulle part et n'allait nulle part. Puis il n'y eut plus ni fleuve ni moi. Le moi avait cessé d'exister.

Il est très embarrassant d'écrire une telle phrase quand on a lu *The Meaning of Meaning* et grignoté du positivisme logique, quand on aspire à la précision verbale et déteste le vague et le nébuleux. Mais l'expérience « mystique », comme nous l'appelons de façon équivoque, n'est ni nébuleuse, ni vague, ni molle — elle ne le devient que lorsque nous l'avilissons par l'expression verbale. Cependant, pour communiquer ce qui est incommunicable par nature, il faut bien le traduire en mots, et l'on se trouve dans un cercle vicieux. Quand je dis : « le moi avait cessé d'exister », je rapporte une expérience concrète aussi incommunicable verbalement que le sentiment provoqué par un concerto de piano, mais tout aussi réel — encore plus réel. En fait, sa marque essentielle est la sensation que cet état est plus réel que tous ceux qu'on a éprouvés jusqu'alors, que, pour la première fois, le voile est tombé, et qu'on est en contact avec « la réalité réelle », l'ordre caché des choses, le tissu du monde révélé par les rayons X et obscurci, à l'état normal, par des couches opaques.

Ce qui distingue ce genre d'expérience du ravissement émotif causé par la musique, les paysages ou l'amour, est que le premier a un contenu nettement intellectuel ou plutôt nouménal. Il a un sens, bien que celui-ci ne s'exprime pas en termes de discours. Les transcriptions verbales les plus proches sont : l'unité et l'interdépendance de tout ce qui existe, une interdépendance comme celle des champs de gravitation ou des vases communicants. Le « moi » cesse d'exister parce qu'il est, par une espèce d'osmose mentale, entré en communication avec le tout universel, et a été dissous en lui. C'est cet état de dissolution et d'expansion illimitée que l'on éprouve sous forme de « sentiment océanique », comme la disparition de toute tension, la sérénité absolue, la paix qui transcende toute intelligence.

Le retour au bas ordre de la réalité se fit pour moi peu à peu comme le réveil de l'anesthésie. Je retrouvai l'équation de la parabole gravée sur le mur sale, le lit de fer et la table de fer, la bande bleue de ciel andalou. Mais il ne me restait aucun arrière-goût pénible comme dans les autres modes d'intoxication. Au contraire, un effet tonique de sérénité, destructeur de la peur, se prolongea pendant des heures et des jours. On eût dit qu'une dose massive de vitamines m'avait été injectée dans les veines. Ou, pour changer de métaphore, je repris mon voyage autour de ma cellule comme une vieille voiture dont on vient de recharger les batteries.

Je ne sus jamais si l'expérience même avait duré quelques minutes ou une heure. Elle se reproduisit, au début, deux ou trois fois par semaine, puis les intervalles devinrent plus longs. Elle ne pouvait jamais être provoquée volontairement. Après ma libération, elle devint plus rare encore, ne revenant qu'une ou deux fois par an. Mais, à cette époque, les fondations d'un changement de personnalité étaient accomplies.

Je désignerai désormais ces expériences par « les heures à la fenêtre ».

La conversion religieuse du lit de mort ou de la cellule du condamné est une tentation presque irrésistible. Cette tentation a deux côtés :

L'un joue sur la peur nue, sur l'espoir d'un salut individuel par une capitulation sans condition des facultés critiques à quelque forme archaïque de démonologie. L'autre est plus subtil. Face à l'Absolu, au suprême *nada,* l'esprit peut s'ouvrir à l'expérience mystique. Celle-ci peut être considérée comme « réelle », à la manière d'un élément subjectif indiquant une réalité objective qui échappe *ipso facto* à la compréhension. Mais, l'expérience étant sans expression verbale, sans forme sensorielle, couleur ni mots, se prête à toutes sortes de transcription, soit visions de la croix, soit déesse Kali ; celles-ci ressemblent aux rêves d'un aveugle-né et peuvent prendre l'intensité d'une révélation. Ainsi, une expérience mystique authentique peut amener une conversion de bonne foi à n'importe quelle religion : christianisme, bouddhisme ou adoration du feu.

Je livrai donc une guerre sur deux fronts : contre la façon de penser concise, rationnelle, matérialiste qui, en trente-deux ans d'entraînement à la netteté mentale, était devenue une habitude et une nécessité comme l'hygiène corporelle — et contre la tentation de céder et de rentrer dans le ventre chaud et protecteur de la foi. Avec ces nocturnes cris étouffés de *madre* et *socorro* dans l'oreille, la seconde solution paraissait aussi attirante et naturelle que de se mettre à couvert d'un tir dont on est la cible.

Les « heures à la fenêtre » qui avaient commencé par la réflexion rationnelle que les propositions finies sur l'infini étaient possibles — et qui, en fait, représentaient une série de ces propositions sur un plan non rationnel — m'avaient convaincu qu'il existe un ordre plus haut de réalité qui seul donnait un sens à la vie. J'en vins plus tard à l'appeler « la réalité du troisième ordre ». Le monde étroit de la perception sensorielle constituait le premier ordre ; ce monde sensoriel était enveloppé par le monde conceptuel qui contenait des phénomènes non directement perceptibles, tels que la gravitation, les champs électromagnétiques et l'espace courbe. Ce second ordre de réalité comblait les lacunes et donnait un sens au décousu absurde du monde sensible.

De même, le troisième ordre de la réalité enveloppait, pénétrait le second et lui donnait un sens. Il contenait des phénomènes « occultes » qui ne pouvaient être appréhendés ou expliqués ni au niveau sensoriel ni au niveau conceptuel, et pourtant les envahissaient parfois comme des météores spirituels perçant la voûte primitive des cieux. Tout comme le monde conceptuel révélait les illusions et les déformations des sens, le « troisième ordre » révélait que le temps, l'espace et la causalité, que l'isolement, la séparation et les limitations spatio-temporelles du moi n'étaient que des illusions d'optique d'un niveau plus élevé. Si l'on s'en remettait aux illusions du premier type, le soleil se noyait chaque soir dans la mer, et un moucheron dans l'œil était plus grand que la lune ; si c'était l'ordre conceptuel que l'on prenait pour l'ultime réalité, le monde devenait un conte tout aussi absurde, conté par un idiot ou par des électrons idiots qui faisaient que des enfants étaient écrasés par des autos et que des petits paysans andalous recevaient des balles de fusil dans le cœur, la bouche, les yeux, sans rime ni raison. De même que l'on ne sent pas dans sa peau l'attirance de l'aimant, de même on ne pouvait espérer enfermer dans des termes connus la nature de la suprême réalité. C'était un texte écrit avec de l'encre invisible ; et, bien qu'on ne pût pas le lire, le fait qu'on savait qu'il existait suffisait à altérer la texture de notre existence et à faire se conformer nos actions au texte.

Je me plus à la métaphore suivante : le capitaine d'un bateau s'embarque, ayant en poche des instructions dans une enveloppe scellée qu'il n'aura le droit d'ouvrir qu'en pleine mer. Il attend avec impatience cet instant qui mettra fin à toute incertitude, mais, le moment venu, et l'enveloppe ouverte, il ne trouve qu'un texte invisible qui défie tous les efforts de la chimie. Par-ci par-là, un mot devient visible, ou le chiffre d'un méridien, puis s'efface de nouveau. Il ne connaîtra jamais d'instructions précises ; et ne saura pas s'il les a accomplies ou bien s'il a failli à sa mission. Mais la présence des instructions dans sa poche, même indéchiffrables, fait qu'il pense et agit différemment du capitaine d'un bateau de plaisance ou d'un navire de pirate.

J'aimais aussi à penser que les fondateurs de religion, prophètes, saints et mages avaient été par moments capables de lire un fragment du texte invisible ; après quoi, ils l'avaient tellement gonflé, dramatisé, orné, qu'ils n'auraient pu dire eux-mêmes quelles en étaient les parties authentiques.

Un testament espagnol ne contient que quelques allusions à tout cela ; en partie, comme je l'ai dit, parce qu'à l'époque où je l'écrivais la guerre d'Espagne n'était pas terminée, et je ne voulais pas m'abandonner à l'introspection, et en partie parce que j'étais encore trop bouleversé pour rendre clairement compte, fût-ce à moi-même, de ce qui s'était passé dans la cellule 40.

Quand je fus autorisé pour la première fois, au bout de soixante-quatre jours de cellule, à sortir pour la promenade et eus mes premiers contacts avec d'autres prisonniers, ils étaient trois dans le patio : Garcia Attadel ; son ancien secrétaire, un Cubain ; et un jeune paysan andalou. Le paysan s'appelait Nicolas ; il était petit, maigre, le visage mal rasé, le regard doux. Il était illettré, nous parlait, aux deux autres et à moi, sur un ton timide et déférent, et disait qu'il avait espéré apprendre à lire et à écrire quand la guerre serait finie. Il avait fait partie de la milice anarchiste, et avait été capturé quelques jours auparavant sur le front d'Almeria. Le lendemain, lorsque l'on m'emmena dans le patio, Nicolas n'était plus là ; il avait été fusillé pendant la nuit.

Je vécus désormais dans la crainte constante que Garcia et le Cubain ne disparussent aussi à la prochaine occasion. Garcia était maigre, avec un visage étroit et fier de Castillan ; le Cubain était leste, il avait des yeux tout ronds et une démarche chaloupée. On nous faisait sortir, entre une et trois, l'heure de la sieste où les autres prisonniers étaient enfermés dans leurs cellules. A mesure que la matinée s'avançait et qu'approchait le moment de la promenade, mon angoisse augmentait. J'étais tenté de prier pour eux, mais ç'aurait été une capitulation. Pourtant, j'étais convaincu de façon complètement irrationnelle que leur sort dépendait en partie de moi et que mon consentement au sacrifice les protégerait je ne sais comment.

Je m'examinai alors pour mesurer la quantité exacte de sacrifice auquel j'étais prêt. Cela m'amena à des réflexions absurdes : je découvris que j'étais prêt à donner un membre pour chacun, mais seulement sous la forme d'un bras et d'une jambe et non deux de même nature ; que je céderais vite à la torture et les abandonnerais ; et que j'étais prêt à donner ma vie pour leur vie à tous deux, mais non pour celle de l'un d'eux. A Malaga déjà, je m'étais livré à de bizarres spéculations de ce genre. Là, on conduisait les condamnés au supplice à toute heure du jour ; et, lorsque j'entendais la voix connue et onctueuse lire les listes, j'éprouvais le besoin impérieux de partager en imagination le sort de ceux qu'on emmenait, de vivre et revivre leur exécution dans tous les détails, car j'étais persuadé que cet acte de solidarité et d'identification leur rendrait la mort plus facile.

Sans doute, un espoir d'enfant rusé me faisait croire inconsciemment que tant d'altruisme et de nobles sentiments seraient reconnus et récompensés comme il se devait par une puissance supérieure. Mais cette explication n'est que partiellement vraie, je crois. Car il y avait un autre élément plus sincère dans ces examens de moi-même et ces rites de purification. Un jour vint où je découvris que j'étais prêt à donner ma vie pour Garcia ou pour le Cubain, non à deux contre un, mais à un contre un et sans marchandage. Bien plus, je n'avais pas l'impression que c'eût été là un acte généreux ou un sacrifice, mais une chose parfaitement naturelle et facile, comme de partager nos dernières cigarettes. Je ne comprenais plus comment j'avais jamais pu penser ou éprouver autre chose. Car il me paraissait aussi évident que deux et deux font quatre que nous étions tous responsables de chacun — non seulement au sens superficiel de la responsabilité sociale, mais parce que, de façon inexplicable, nous participions de la même substance ou identité, comme des frères siamois ou des vases communicants. Je savais que toutes ces comparaisons étaient maladroites et fausses, et l'expérience juste néanmoins. Quand j'avais cassé ma dernière cigarette en deux et l'avais partagée avec le petit Nicolas, il ne m'avait pas remercié, car il savait que le plaisir qu'il prenait à aspirer la fumée je l'éprouvais aussi, que donner c'était prendre, et que nous étions tous attachés au même cordon ombilical, que nous reposions tous ensemble dans le même ventre vivant et transitoire. Si chacun était une île, pourquoi se soucierait-on du monde ?

Je me rendais parfaitement compte que le régime du secret est un régime de serre spirituelle. D'autre part, mon malheur n'était qu'une forme extrême du malheur inhérent à la condition humaine. La différence, mesurée en termes de liberté, de peur, ou d'attente à vie, était de degré non de nature. Le problème métaphysique de la nature des liens qui m'unissaient à mes compagnons de captivité reflétait — sous une forme plus nue et concentrée — le problème fondamental d'où dérivent toutes les éthiques sociales. Et mes préoccupations absurdes avaient, je le sentais, une portée désespérément directe sur l'état de notre société et de notre politique appliquée.

Mes camarades du Parti, par exemple, auraient dit que la question de savoir si A devait sacrifier sa vie pour B dépendait entièrement de la valeur sociale relative de A et B. Si le camarade Arturo était plus utile dans la lutte contre le fascisme que le petit Nicolas, ce serait donc, dans une situation concrète, à Nicolas de donner sa vie pour Arturo mais non réciproquement. Bien plus, si ce dernier était conduit par une sentimentalité mystique à se sacrifier pour Nicolas, cela affaiblirait la cause qu'il servait et constituerait un acte antisocial et objectivement nuisible. Il s'ensuivait que non seulement un, mais mille ou cent mille Nicolas pouvaient et devaient être sacrifiés si la cause l'exigeait. Car, sous cet angle, Nicolas n'était qu'une abstraction sociale, une unité mathématique, obtenue en divisant une masse de dix mille miliciens par dix mille.

Mais cette équation n'était pas valable :

> « Le Parti niait le libre arbitre de l'individu — et en même temps exigeait de lui une abnégation volontaire. Il niait qu'il eût la possibilité de choisir entre deux solutions — et en même temps il exigeait qu'il choisît constamment la bonne. Il niait qu'il eût la faculté de distinguer entre le bien et le mal — et en même temps il parlait sur un ton pathétique de culpabilité et de traîtrise. L'individu — rouage d'une horloge remontée pour l'éternité et que rien ne pouvait arrêter ou influencer — était placé sous le signe de la fatalité économique, et le Parti exigeait que le rouage se révoltât contre l'horloge et en changeât le mouvement. Il y avait quelque part une erreur de calcul, l'équation ne collait pas [1]. »

Je me rappelais une phrase de Malraux dans *Les Conquérants : Une vie ne vaut rien, mais rien ne vaut une vie.* Dans l'équation sociale, la valeur d'une seule vie est nulle ; dans l'équation cosmique elle est infinie. Or, tout écolier sait que si l'on introduit un zéro ou l'infini dans un calcul fini, l'équation sera désorganisée et l'on pourra prouver que trois égale cinq ou cinq cents. Non seulement le communisme, mais tout mouvement politique qui repose implicitement sur une éthique purement utilitaire, deviendra la victime d'une erreur fatale semblable. C'est une illusion aussi naïve qu'une attrape

1. *Le Zéro et l'infini.*

mathématique, mais ses conséquences mènent droit aux *Désastres* de Goya, au règne de la guillotine, aux chambres de torture de l'Inquisition, ou aux caves de la Lubianka. Que la route soit pavée de citations de Rousseau, Marx, Jésus ou Mahomet n'y change rien.

Je sais que le présent récit peint sous un jour beaucoup trop ordonné et logique une crise spirituelle avec ses hauts et ses bas, ses avances, ses rechutes, ses oscillations entre les nouvelles certitudes et les anciens doutes ; ses soudaines illuminations suivies par de longues périodes d'obscurité intérieure, de ressentiments mesquins et de peur.

Je ne crois pas que personne, sauf un être très primitif, puisse renaître en une nuit, comme le prétendent tant de récits de conversions. Je crois que l'on peut soudain « voir la lumière » et subir un changement qui altérera complètement le cours de votre vie. Mais un changement de ce genre se produit au centre spirituel du sujet et mettra longtemps à gagner la périphérie, jusqu'à ce qu'à la fin l'entière personnalité, les pensées et les actions conscientes en soient imprégnées. Une conversion qui, après la première crise authentique, s'épargne de nouveaux labeurs en achetant un paquet de croyances toutes faites et remplace une série de dogmes par une autre, n'est pas un exemple fait pour inspirer ceux qui tiennent à un minimum d'honnêteté intellectuelle. Je ne crois pas non plus qu'une transformation spirituelle véritable puisse être le résultat de raisonnements conscients se propageant, pour ainsi dire, de haut en bas. La transformation commence au niveau où résident les axiomes inconscients de la foi, les prémices implicites de la pensée, les principes innés de valeur. Elle commence, en somme, dans la salle des machines, dans les boîtes de courant et les tuyaux à gaz qui règlent la vie de la maison ; le réaménagement intellectuel vient après. Certains convertis éminents d'aujourd'hui semblent avoir tout abandonné aux décorateurs, et l'amour chrétien qu'ils témoignent à leur prochain est à peu près aussi convaincant qu'une offensive de paix communiste.

Il était plus facile de rejeter le concept utilitaire de l'éthique que de lui trouver un substitut. La solution était peut-être dans un renversement de la maxime de Bentham : la moindre souffrance pour le plus petit nombre. C'était séduisant, jusqu'à un certain point. Mais, au-delà de ce point, il y avait le quiétisme, la stagnation et la résignation. Passer de Lénine à Gandhi était également séduisant, mais c'était encore un raccourci, une culbute d'un extrême à l'autre. Peut-être la solution résidait-elle dans une nouvelle forme de synthèse entre le saint et le révolutionnaire, entre la vie active et la vie contemplative ; ou peut-être vivions-nous une ère de transition comparable aux derniers siècles de l'Empire romain et pour laquelle il n'existait pas de solution.

Au cours des années qui suivirent, j'écrivis un certain nombre d'ouvrages où je m'efforçai d'assimiler les expériences de la cellule 40. Les problèmes éthiques n'avaient pas jusqu'alors joué de rôle dans mes écrits ; ils en devinrent la préoccupation essentielle. Dans *Spartacus,* dont les deux tiers furent écrits après Séville, et dans l'ouvrage suivant, *Le Zéro et l'Infini,* j'essayai de trouver des liens intellectuels aux éclairs intuitifs acquis durant les « heures à la fenêtre ». Ces deux romans étaient des variations sur le même thème : le problème des fins et des moyens, le conflit entre la morale transcendante et l'opportunisme social. Le roman suivant, *Croisade sans croix,* rejetait la neutralité éthique de la science telle qu'elle s'exprime dans la prétention du psychiatre à « réduire » le courage, le dévouement et l'abnégation à des motifs de névrose.

Enfin, dans *Le Yogi et le Commissaire,* j'essayai de nouveau de condenser, cette fois sous forme d'essais, le sens du dialogue solitaire de la cellule 40. Ce livre, écrit en 1943, fermait le cycle ; il m'avait fallu cinq ans pour digérer les « heures à la fenêtre ».

TROISIÈME PARTIE

LE DIEU DES TÉNÈBRES

CHAPITRE XIV

*Les gladiateurs**

Je terminai Spartacus, *premier roman de la trilogie, en juillet 1938, quelques mois après ma rupture officielle avec le Parti communiste. J'en avais commencé la rédaction quatre ans plus tôt, alors qu'ayant perdu peu à peu mes illusions concernant le Parti, ma situation devenait critique. Dans* Hiéroglyphes, *j'ai évoqué les circonstances fortuites qui m'ont valu de me lancer dans la rédaction d'un roman historique consacré à la révolte des esclaves au premier siècle avant J.-C.*

Le lendemain du jour où j'eus des difficultés avec la bureaucratie du Parti, un mouvement de curiosité me fit chercher le nom de « Spartacus » dans le dictionnaire. Le parti communiste allemand est issu d'un groupe révolutionnaire appelé *Spartakus Bund,* fondé en 1917 par Karl Liebknecht et Rosa Luxembourg. Le nom de « Spartacus » était donc d'un emploi courant parmi les communistes, mais, comme la plupart d'entre eux, je n'avais que des notions très vagues sur le personnage de Spartacus. Je savais qu'il avait pris la tête d'une sorte de révolution dans l'Antiquité, et voilà tout. C'était une de ces lacunes comme on en a dans son instruction et que l'on a toujours le désir de combler en remettant sans cesse cette tâche au lendemain.

J'ouvris donc le volume II *Seefeld à Traum* du *Meyer's Lexikon* et lus ce qui suit :

Spartacus, chef de la guerre des Esclaves ou des Gladiateurs, 73-71 avant Jésus-Christ. Thrace né libre, il fut envoyé comme prisonnier de guerre des Romains à l'École des Gladiateurs de Capoue, s'en évada en 73 avec 70 de ses compagnons, occupa le Vésuve, vainquit le préteur Varinius et vit le nombre de ses partisans atteindre jusqu'à 70 000 hommes. Il s'empara alors de l'Italie du Sud et à quatre

* Extrait de *Hiéroglyphes* et *Spartacus.*

reprises fut victorieux des Romains jusqu'en 71 où le préteur M. Licinius Crassus l'attira à l'extrême sud-ouest de l'Italie. Il fut vaincu à Petelia avec 60 000 esclaves. Les prisonniers furent crucifiés, les survivants qui avaient réussi à s'échapper furent anéantis par Pompée au pied des Alpes.

Ce texte laconique s'empara si bien de mon imagination que je résolus sur-le-champ d'ajouter à mes manuscrits impubliés celui d'un roman historique. Celui-ci me prit quatre ans, me jeta dans un travail de recherches monumental, me dota d'un point de vue nouveau sur l'Histoire et fut mon premier roman publié [1].

Je passai le plus clair des semaines suivantes à la Bibliothèque nationale, devant une des lampes coiffées d'abat-jour verts, à étudier l'histoire romaine, la condition des esclaves dans le monde antique, les règles des combats de gladiateurs, le folklore de la Thrace et de la Gaule, l'économie de l'État romain, la topographie du Vésuve et autres sujets analogues. J'étudiai plus d'histoire que je n'avais fait depuis mes années d'école et écrivis les huit premiers chapitres de *Spartacus ;* un tiers du livre environ.

La rédaction des deux autres tiers me prit plusieurs années ; des interruptions perpétuelles, dues aussi bien à mes activités de militant du Parti et de journaliste qu'à mon séjour en prison à Séville donnèrent à mon entreprise l'allure d'une course d'obstacles. Après chacune de ces interruptions, le fait de revenir au premier siècle avant J.-C. me procurait une sensation de calme et de soulagement. J'ai tenté d'expliquer ce phénomène dans la postface de l'édition « Danube » de ce roman :

Il s'agissait moins d'une évasion dans le temps que d'une forme de thérapie active qui m'aidait à clarifier mes idées en raison des parallèles évidents existant entre le Ier siècle de l'ère chrétienne et l'époque que je vivais. Ce fut, en effet, un siècle d'effervescence sociale, de révolutions et de soulèvements de masse. Leurs causes elles-mêmes rendaient un son familier ; on retrouvait l'effondrement des valeurs traditionnelles, la brusque transformation du système économique, le chômage, la corruption, et une classe dominante ayant amorcé son déclin. Seul ce contexte spécifique explique qu'une bande de soixante-dix gladiateurs ait pu en quelques mois prendre les proportions d'une armée et tenir deux années durant l'Italie sous sa domination.

Comment expliquer, dans ce cas, l'échec de la révolution ? Les causes en étaient évidemment très complexes, mais un facteur ressortait clairement : Spartacus fut la victime de la « loi de déviation » qui contraint nécessairement le leader en quête de son utopie à être « impitoyable au nom de la

1. *The Gladiators*, Londres, 1939. La traduction française, sous le titre *Spartacus*, ne parut qu'en 1945.

pitié ». Spartacus hésite néanmoins devant l'ultime étape : la crucifixion des Celtes dissidents et l'instauration d'une tyrannie implacable ; parce qu'il hésite, il condamne sa révolution. Dans *le Zéro et l'Infini,* le commissaire bolchevique Roubachof adopte l'attitude inverse et s'en tient jusqu'au dernier moment à cette « loi de déviation », mais pour découvrir en fin de compte que « la raison livrée à elle-même était une boussole faussée, conduisant par de tortueux méandres, si bien que le but finissait par disparaître dans la brume. » Ces deux romans se répondent donc, les deux démarches aboutissant à un tragique *cul-de-sac.*

Les sources restent muettes quant au programme et à l'idée commune qui faisaient l'unité de l'Armée des Esclaves. Cependant, de nombreuses allusions indiquent qu'il dut exister un semblant de programme « socialiste », établissant que tous les hommes naissent égaux et rejetant une distinction entre hommes libres et esclaves qui découlerait d'un ordre naturel. D'autres indications suggèrent également que, à un moment donné, Spartacus aurait tenté de fonder quelque part en Calabre une communauté utopique reposant sur la propriété commune, notion totalement étrangère au prolétariat romain avant l'avènement du christianisme primitif. Ce qui permet d'émettre l'hypothèse, non vérifiée mais plausible, que les hommes de Spartacus avaient puisé leur inspiration à la même source que les Nazaréens un siècle plus tard : le messianisme des prophètes hébreux. Dans la foule disparate de ces esclaves fugitifs, il s'en trouvait certainement un bon nombre d'origine palestinienne. Et l'on peut supposer que certains d'entre eux aient familiarisé Spartacus avec les prophéties concernant le Fils de l'Homme envoyé pour « réconforter les captifs, ouvrir les yeux des aveugles et libérer les opprimés ». En fait, tout mouvement d'origine spontanée s'empare, par une sorte de sélection naturelle, de l'idéologie ou de la mystique la mieux adaptée à ses buts. C'est ainsi que j'ai moi-même imaginé, pour compléter mon puzzle, que parmi les nombreux illuminés, réformateurs ou sectaires que sa horde avait dû attirer, Spartacus prit pour mentor et pour guide un membre de la secte juive des Esséniens, seule communauté civilisée suffisamment vaste, qui pratiquait en ce temps-là un communisme primitif et enseignait que « ce qui est à moi est à toi, et ce qui est à toi est à moi ». Après ses premières victoires, Spartacus avait le plus grand besoin d'un programme et d'un credo sur lesquels accorder la foule qui le suivait. Je pense personnellement que la philosophie capable de regrouper le plus grand nombre de ces dépossédés dut être la même qui, au siècle suivant, trouva son expression la plus sublime dans le Sermon sur la Montagne et que Spartacus, ce Messie esclave, n'avait su appliquer.

Pour contrebalancer ces spéculations sur les héros inconnus de mon récit, j'ai éprouvé le besoin de décrire le contexte historique connu avec une rigueur extrême, à la limite du pédantisme. Ce souci m'a conduit à étudier des sujets aussi complexes que la nature et la forme des sous-vêtements des Romains et la complication de leur système d'attaches à base de boucles, de ceintures et de rubans. En fin de compte, ces détails n'avaient pas leur place dans mon roman et il n'y est guère fait allusion ; mais il m'était impossible de décrire une scène si je ne pouvais visualiser les vêtements de mes personnages et comment ils tenaient. De même, les mois que je passai à étudier l'économie romaine — importations, exportations, fiscalité et autres — ont été concentrés en moins de trois pages, celles où Crassus explique à Caton le Jeune la politique économique de Rome en termes faussement marxistes.

L'extrait qui va suivre est une version légèrement condensée de la première scène de Spartacus :

PROLOGUE : LES DAUPHINS

Il fait encore nuit. Pas un coq n'a chanté.

Mais un fonctionnaire se lève avant la volaille. Il faut bien, et le greffier Quintus Apronius en a pris l'habitude. Il maugrée ; ses pieds nus cherchent les sandales sur le plancher poudreux. Une fois de plus, elles sont dans le mauvais sens, pointes tournées vers le lit. Première contrariété de la journée.

Il s'approche de la fenêtre, renifle ; son regard plonge dans la cour, fosse profonde creusée dans les cinq étages de l'immeuble : une vieille femme osseuse gravit l'escalier extérieur. C'est Pomponia, sa gouvernante, la seule esclave qu'il possède. Elle monte le repas du matin et le seau d'eau chaude. Elle est ponctuelle, c'est vrai, mais vieille et squelettique.

L'eau est à peine tiède, le déjeuner immangeable : deuxième contrariété. Mais Quintus Apronius pense aux « Dauphins », point culminant et radieux de sa journée. L'avant-goût de cette félicité le fait sourire, tandis que Pomponia jacasse et le gourmande en tourniquant dans la chambre ; elle brosse ses vêtements, l'aide à draper sa toge aux plis compliqués. Il descend, digne, attentif à ne pas laisser traîner sa robe sur les marches. Il la retrousse ; car, balai en main, Pomponia le surveille de la fenêtre.

Le jour va poindre. Sa robe toujours relevée, il rase les murs ; une file ininterrompue de charrettes attelées de bœufs et de chevaux encombre la voie étroite : vacarme, cris des charretiers. De jour, la circulation est interdite dans les rues de Capoue.

Aux confins du marché aux Parfums et du marché aux Poissons, Apronius croise une troupe de travailleurs. Des esclaves municipaux ; regards durs, faces mal rasées, défilé lugubre. Il s'aplatit contre la façade de pierre, resserre sur les hanches les plis de sa toge ; il grommelle des injures ; deux des esclaves l'ont bousculé ; négligemment, sans s'excuser. Le greffier tremble d'indignation, mais n'ose rien dire ; ces gens ne sont pas enchaînés — déplorable relâchement des mœurs nouvelles — et leurs gardiens s'attardent loin derrière la troupe.

Enfin, ils sont passés; Apronius peut reprendre sa marche, mais la journée est gâchée : les temps deviennent de plus en plus menaçants; il y a cinq ans que Sylla, le grand dictateur, est mort; de nouveau le monde est sorti de ses gonds...

Cinq ans seulement... De nouveau l'on distribue du blé gratuitement aux fainéants; de nouveau les tribuns et les démagogues prononcent des discours incendiaires; l'aristocratie, privée de son chef, fait des concessions, hésite; la canaille relève la tête.

Journée décidément gâchée. L'évocation des « Dauphins » ne parvient même plus à dérider Apronius. Son regard tombe sur une palissade. Précisément des peintres l'ornent d'une inscription toute fraîche; ils l'ont presque achevée. En haut de l'affiche un soleil de cinabre darde ses rayons dans tous les sens; au-dessous, Lentulus Batuatus, directeur-propriétaire de la plus grande école de gladiateurs de la ville, a l'honneur d'inviter le public capouan à une exhibition monstre. Les jeux s'ouvriront dès après-demain, fête de Minerve, quel que soit le temps; Batuatus ne recule devant aucune dépense : il fera tendre sur l'arène des parasols. Et pendant les entractes, on répandra des parfums dans les tribunes.

« Frémissez et accourez, amateurs de jeux solennels, honorables citoyens de Capoue, vous qui fûtes déjà témoins des prouesses d'un Pacidéjanus, cent six fois vainqueur, vous qui avez admiré l'invincible Carpophore ! Ne manquez pas cette occasion unique de voir combattre et mourir les fameux gladiateurs de l'école de Lentulus Batuatus. »

Suit l'énumération des combats. Liste copieuse, dont le clou sera la rencontre entre Crixus, champion des Gaules, et Spartacus, le Thrace aux bracelets. Cent cinquante gladiateurs inédits se mesureront *ad gladium*, homme contre homme; cent cinquante autres *ad bestiarium*. A midi, pendant l'entracte, quand on nettoiera l'arène, des nains, des stropiats, des femmes et des clowns se livreront des simulacres de combats. Prix des places, de cinq as à cinquante sesterces. On peut se procurer les cartes soit chez Titus, boulanger, aux Thermes découverts d'Hermios, soit près des agents autorisés, à l'entrée du temple de Minerve.

Quintus Apronius s'emporte de nouveau. Depuis longtemps, à Rome, les jeux sont gratuits, offerts au peuple souverain par les politiciens ambitieux; ici, dans cette province arriérée, on doit payer le moindre plaisir. Mais il ira trouver Lentulus Batuatus qu'il connaît de vue : il lui demandera une entrée de faveur. Le directeur est un personnage considérable; au surplus, c'est un assidu des « Dauphins ». Voilà longtemps qu'Apronius se propose de faire sa connaissance.

Un peu réconforté, Apronius poursuit son chemin. Quelques minutes plus tard, il est au temple de Minerve où siège le tribunal des Marchés.

Le soleil se lève; les collègues arrivent; d'abord, les subalternes; mal réveillés, maussades, pleins de leur importance. Deux plaideurs sont déjà là : des poissonniers qui se disputent une place au marché. On leur enjoint sévèrement d'attendre que l'huissier les appelle. Les appariteurs circulent dans l'enceinte, somnolents ; ils disposent les bancs, classent les dossiers sur le bureau du président. Quintus Apronius jouit d'un certain prestige auprès de ses collègues ; d'abord, il a dix-sept ans de service ; on le sait aussi secrétaire d'une mutuelle de secours et de funérailles.

A peine arrivé, il entreprend un de ses cadets, pour le faire adhérer à la société qui s'intitule « Les Adorateurs de Diane et d'Antinoüs ». Avec une bienveillance condescendante, il lui explique les statuts : le droit d'admission est de cent sesterces ; la cotisation annuelle, de quinze. Elle est payable par mensualités de cinq as. Quand un sociétaire vient à mourir, la caisse verse trois cents sesterces, sauf en cas de suicide ; à défalquer de cette somme, cinquante sesterces pour les pleureurs qui se les partagent au pied du bûcher. Toute discussion politique entraîne une amende de quatre sesterces ; toute rixe douze sesterces. Il coûte vingt sesterces d'insulter le président. L'organisation des banquets incombe à quatre commissaires renouvelables tous les ans ; ils sont chargés de procurer les tapis et les coussins des lits, l'eau chaude et les couverts, quatre amphores de vin fin et, pour chaque commensal, un pain de deux as et quatre sardines. Apronius a chaleureusement plaidé ; mais, au lieu de reconnaître l'honneur qui lui est fait, le blanc-bec répond qu'il va réfléchir. Irrité, déçu, Quintus Apronius lui tourne le dos.

Les hauts fonctionnaires arrivent dans l'ordre hiérarchique ; l'édile qui fait fonction de juge est le dernier ; il congédie son escorte avec affabilité et fait un signe protecteur au greffier qui s'empresse, lui avance un siège et met les dossiers en ordre. L'enceinte s'emplit de public et de plaideurs ; l'audience est ouverte. Avec elle, Apronius va commencer l'exercice de sa profession : tenir la plume. Il moule complaisamment chaque mot sur le parchemin immaculé. Personne n'a son écriture picturale, ne sait établir rapidement, exactement, un procès-verbal avec son habileté ; en dix-sept ans de service, celle-ci lui a valu la confiance absolue de tous ses supérieurs. Les parties s'échauffent, les avocats plaident, les témoins déposent, les experts opinent, les pièces s'amoncellent ; on cite des textes. Apronius sait que tout cela n'est qu'un prétexte pour lui laisser déployer sa maîtrise. Il est la vedette ; les autres, des figurants. A midi, l'huissier annonce que l'audience est levée ; Apronius a oublié déjà l'objet du litige ; mais, les yeux fermés, il voit encore les arabesques dont il enjolivera la péroraison du défendeur. Il range ses papyrus. Un salut respectueux au juge, protecteur aux collègues, et le greffier rassemble les plis de sa toge avant de quitter le théâtre de ses activités officielles.

Ses pas le portent dans le quartier des Osques, jusqu'à la taverne du « Calice » où les « Adorateurs de Diane et d'Antinoüs » ont une table réservée. Depuis sept ans qu'il est premier greffier, Apronius y prend tous ses repas de midi ; les plats sont cuisinés spécialement pour lui, sans supplément, par le tavernier en personne, suivant un régime, car il souffre de l'estomac.

Le repas est terminé ; il surveille le rinçage de sa coupe, secoue les miettes de sa tunique, sort de la taverne et se dirige vers les nouveaux Thermes.

Le garçon de bains salue cet habitué avec déférence ; il lui tend la clef de son vestiaire privé et reçoit avec un sourire indulgent son maigre pourboire. La grande salle de marbre déborde d'animation ; comme à l'habitude, des groupes bavardent ; on échange saluts et nouvelles ; sous le portique, rhéteurs d'occasion, poètes ambitieux, officieux de tout poil tiennent des harangues ; des auditeurs interrompent, éclatent de rire, crient, applaudissent. Apronius est friand de ces menus plaisirs de l'esprit, qui précèdent les voluptés du bain. Il va d'un groupe à l'autre, écoute d'une oreille quelques phrases d'une diatribe contre l'avortement et la dénatalité ; il attend la fin d'une anecdote ordurière pour tourner le dos, offusqué, au deuxième orateur. Toge troussée, le voilà dans un troisième groupe. Au centre pérore un marchand de biens adipeux, spéculateur et banquier véreux du quartier des Osques. Celui-là cherche des dupes à qui placer des actions d'une nouvelle société résinière du Bruttium. Il insiste, par philanthropie pure ; la résine, c'est excellent ! la résine, c'est l'avenir ! Le visage d'Apronius se contracte ; il mâchonne une injure et va plus loin.

Une foule dense, véritable assemblée, se presse autour de Fulvius, publiciste, avocat marron, dangereux agitateur. Fulvius parle d'une voix sèche et terne, comme s'il dictait des recettes de cuisine. Pourtant, ces imbéciles boivent ses paroles. Avec répugnance, Quintus Apronius se glisse dans la foule. Oh ! pas par curiosité ; il sait que la colère stimule à merveille sa digestion avant le bain.

« La République est condamnée », déclare Fulvius, comme il énoncerait un postulat.

« Rome, dit-il, était naguère un État agricole ; aujourd'hui, la paysannerie est exsangue, l'État n'est plus qu'une outre creuse. Entre-temps, le monde s'est agrandi ; on a importé, à vil prix, du blé des provinces d'outre-mer ; le paysan ruiné a dû vendre son champ et s'en aller mendier. Le monde s'est agrandi ; on a fait venir, à vil prix, des esclaves de toutes les parties du monde ; l'artisan est ruiné, le journalier réduit à mendier. Rome regorge de blé : il pourrit dans les greniers, mais les pauvres n'ont pas de pain. Rome regorge de main-d'œuvre : elle tend la main ou serre les poings ; pas de travail. Le système de répartition est mauvais, l'ordre économique ne s'est pas adapté à l'extension du monde ; figé dans les vieilles formes, il doit fatalement s'effondrer. Il faut un ordre nouveau ; depuis bientôt un siècle, tout ce qui pense l'a vu clairement. Mais partout où s'exprime cette idée, on l'abat, avec la tête qui l'abrite. »

Et Fulvius, caressant gravement son crâne cabossé, constate :

« Nous vivons au siècle des révolutions avortées. »

Cette fois, c'en est trop ; l'agitateur a dépassé les bornes ; il sape les bases mêmes de la civilisation. Apronius est indigné ; mais pas mécontent, car la colère vient de produire l'effet secrètement désiré. Il pénètre à l'intérieur des Thermes, la salle des « Dauphins ». C'est une enceinte bien éclairée, plaisante et sévère à la fois, entièrement en marbre. Le long des murs, des sièges de marbre, dont les bras artistement sculptés simulent des dauphins, vrais trônes qui permettent les conversations discrètes, les entretiens circonspects, les échanges intellectuels, tandis que les corps s'épanchent en même temps que les esprits. La salle des « Dauphins » n'a d'autre but que l'harmonie dans cette double activité. La fureur d'Apronius se mue en allégresse ; sa joie grandit d'apercevoir, sur l'un des trônes ornés de dauphins, la forme corpulente de Lentulus Batuatus, le directeur de l'école de gladiateurs. Le siège voisin est justement libre ; Apronius relève majestueusement sa toge et prend place en poussant un soupir de satisfaction. Sa main caresse affectueusement la tête polie des dauphins de marbre.

La rage causée par Fulvius a réellement produit le meilleur effet. Avec une pieuse émotion, le greffier paie son tribut aux dauphins en observant à la dérobée monsieur le directeur.

Lentulus paraît de mauvaise humeur ; visiblement tout ne va pas à souhait du côté fonctionnel. Apronius rassemble son courage. A son avis, dit-il avec un soupir compatissant, ce qui importe avant tout dans la vie, c'est une digestion bien réglée. Depuis longtemps il se propose d'exposer, s'il en trouve le temps, sous forme d'un écrit philosophique, cette théorie que toute tendance révolutionnaire, que tout fanatisme sont le fait d'une digestion mal réglée ou, pour parler net, d'une constipation chronique.

Le directeur lui jette un coup d'œil rapide, hoche la tête et répond tristement que la chose est possible.

« C'est un fait prouvé, s'écrie le greffier, qui se fait fort d'expliquer par cette théorie, maints incidents de l'histoire que des philosophes ont démesurément gonflés pour semer la discorde. Mais sa fougue ne parvient pas à dérider son voisin. Lui, Lentulus Batuatus, dit-il, a toujours bien nourri ses hommes ; il a fait surveiller leur régime et leur forme par les meilleurs médecins. L'ingratitude la plus noire a récompensé ses efforts et ses dépenses. »

Aurait-il des ennuis dans ses affaires ? Apronius sent faiblir son espoir d'obtenir l'entrée de faveur. Lentulus répond qu'il a deviné. Il soupire ; à quoi bon le celer plus longtemps ? Soixante-dix de ses meilleurs gladiateurs se sont enfuis la nuit dernière : la police a vainement essayé de découvrir leurs traces. Et le gros directeur de donner libre cours à son irritation, de se lamenter sur la misère des temps et la grande pitié des affaires. Torse penché, attentif, ses doigts écartés retenant les plis de sa toge, le greffier l'écoute avec déférence ; il sait que Lentulus n'est pas seulement un industriel considéré, mais aussi qu'autrefois, à Rome, il a fait une brillante carrière politique. Il n'est à Capoue que depuis deux ans et déjà l'école fondée par lui jouit d'un grand renom. Ses relations commerciales s'étendent sur l'Italie et les Provinces ; ses agents achètent le matériel humain sur le marché aux esclaves de Délos. Au bout d'un an d'entraînement, il en fait des gladiateurs accomplis qu'il revend en Espagne, en Italie, aux cours asiatiques. Il doit sa réussite à son intégrité ; son établissement possède les plus fameux moniteurs ; des médecins spécialistes surveillent la nourriture et les exercices de ses pensionnaires. Surtout, il a su leur inculquer cette règle d'airain qu'un gladiateur vaincu ne doit jamais demander grâce, qu'il doit mourir dignement sans dégoûter le public par des simagrées.

« Vivre est à la portée de tout le monde ; mourir est un art qui s'apprend, aime-t-il à répéter à ses élèves. De fait, ses gladiateurs, renommés pour savoir mourir en beauté, ont toujours attiré un public deux fois plus nombreux que n'importe quelle autre école. Pourtant, le malheur des temps n'a pas épargné Lentulus. »

Compatissant et flatté, Quintus Apronius écoute les plaintes du grand personnage.

« Voyez-vous, mon cher, explique le directeur, toute notre corporation traverse une crise dont le public porte seul la faute. Il n'apprécie plus ni les gladiateurs sérieusement dressés ni les frais incroyables d'un tel entraînement. La quantité remplace la qualité. Le public exige que toute représentation se termine par une de ces répugnantes *vénations*. Vous êtes-vous jamais demandé ce que pareille exigence coûte à l'entrepreneur ? C'est simple : le duel classique, *ad gladium*, se solde évidemment par une perte de cinquante pour cent du matériel. Ajoutez, par prudence, une marge supplémentaire de dix pour cent pour tenir compte des blessures mortelles *post festum* et vous arrivez à une consommation de soixante pour cent par séance. Proportion habituelle, sur laquelle nous basons nos bilans.

Mais aujourd'hui, le public demande des chasses aux fauves, tant il est toqué de pittoresque. Bien entendu, personne ne réfléchit que le combat *ad bestiarium* élève nos pertes à quatre-vingt-cinq ou quatre-vingt-dix pour cent. Il y a quelques jours, le précepteur de mon fils, mathématicien distingué, a calculé que le meilleur gladiateur n'avait qu'une chance sur vingt-cinq d'arriver au terme des trois années de son contrat. Il faut donc, en bonne logique, que l'entrepreneur amortisse tous les frais d'entraînement en une représentation et demie, deux au plus ; c'est une moyenne.

Apronius sent que son espoir est mort ; mieux, on attend de lui des mots de compassion.

« Voyons, fait-il, vous saurez bien supporter la perte de ces cinquante fugitifs !

— Soixante-dix, corrige Lentulus exaspéré. Et les soixante-dix meilleurs, encore ! Crixus, mon entraîneur gaulois ! Vous l'avez certainement déjà vu travailler. Un homme terrible, massif, avec une tête de phoque, des mouvements lents et dangereux. Perte sèche ! Et Castus, le gringalet, adroit, rusé, sournois comme une hyène. Et tant d'autres, tous combattants de premier ordre : Ursus, un géant, Spartacus, calme et sympathique, toujours vêtu d'une magnifique peau de bête, Œnomaüs, un débutant qui promettait, et d'autres encore. Du matériel de première qualité, je vous l'assure, et des gens de commerce facile. »

En énumérant ses pertes, Lentulus prend des intonations pathétiques :

« Maintenant, il me faudra réduire de moitié le prix des entrées, et j'ai déjà distribué plus de cent cartes à la claque et aux solliciteurs. »

Quintus Apronius avale sa salive et s'empresse d'élever la conversation à une philosophie plus générale : quel sentiment bizarre ne doivent-ils pas éprouver, ces gladiateurs qui échappent à la mort, d'une représentation à l'autre, qui se demandent toujours s'ils survivront à la prochaine ? Lui, Quintus Apronius, se représente difficilement l'âme de ces gens.

Lentulus prend un air supérieur ; il sourit, ce n'est pas la première fois que les profanes lui posent de telles questions.

« On s'habitue, voyez-vous ? Un fonctionnaire comme vous ne peut savoir avec quelle rapidité l'homme s'adapte aux conditions les plus extraordinaires. C'est comme à la guerre. D'ailleurs, le destin peut tous les jours frapper n'importe qui d'entre nous. Enfin, ces gens ont leur subsistance assurée, une nourriture bonne et saine ; ils vivent plus heureux que nous autres avec nos responsabilités, nos contrariétés, nos soucis d'affaires. Croyez-moi, à de certains jours, j'envie mes pensionnaires. »

Par des inclinations de tête répétées, le greffier semble accorder qu'ainsi comprise, la vie des gladiateurs doit avoir ses bons côtés.

« Mais, poursuit le directeur, l'homme n'est jamais satisfait de son sort. Ça doit tenir à sa nature. Dans les jours qui précèdent une grande représentation, les gladiateurs manifestent toujours de la nervosité. On dit pas mal de bêtises. Cette fois, le bruit a couru que le public exigerait de revoir les vainqueurs des duels dans le combat *ad bestiarium*. Bien entendu, les hommes ont mal pris la chose ; il s'est produit des scènes regrettables et, juste la nuit d'avant, sans qu'on sache dans quelles conditions, soixante-dix ont pris la fuite. »

Bien que Lentulus Batuatus en soit la première victime, il comprend, dans une certaine mesure, l'indignation de ses hommes. L'attitude du public le révolte encore plus que sa mésaventure commerciale. Il y a aussi cette superstition nouvelle que le sang frais d'un gladiateur exerce une action curative sur certaines maladies de femmes. Depuis, que de scènes sur l'arène, dont il aime mieux épargner la description à ses amis et à lui-même !

Par malheur, ces événements ont fâcheusement influé sur sa santé. Au seul mot de sang, il a des nausées et son médecin lui a tout de bon conseillé d'aller prendre les eaux, soit à Baïes, soit à Pompéi.

Lentulus soupire ; il fait un geste désabusé qui peut aussi bien se rapporter à la vanité de ses efforts corporels qu'à la situation de l'univers.

Apronius se lève, déçu, de son trône de marbre, redrape sa robe et prend congé du directeur.

Le soir, en dînant au « Calice », il est sombre, préoccupé. Il oublie même de surveiller le rinçage de sa coupe.

L'obscurité tombe sur les venelles du quartier des Osques ; Apronius rentre chez lui, obsédé par cette idée qu'on l'a frustré d'un espoir ; l'amertume lui contracte la gorge pendant que, retenant les plis de sa robe, il gravit l'escalier de son logis. Dix-sept ans de service n'ont servi qu'à l'écarter du festin de la vie ; on lui en refuse jusqu'aux miettes. Machinalement, il dépouille son maigre torse, dispose avec soin ses vêtements sur le trépied boiteux et souffle la chandelle. De la rue, monte le pas cadencé d'une troupe : ce sont les esclaves municipaux qui rentrent du travail. Apronius revoit les faces sinistres et gourdes qu'ils avaient quand ils l'ont bousculé sans s'excuser.

Le greffier fixe tristement les ténèbres de sa chambre. Avoir travaillé toute une vie, supporté les avanies du service, s'être privé pour en arriver là ! faut-il encore croire aux dieux ?

Jamais, depuis son enfance, Apronius n'a été si près des larmes. Vainement, il cherche le sommeil ; il redoute les rêves qui viendront l'agiter : de mauvais rêves.

Il y a trois autres épisodes « des dauphins » dans le roman. D'un style ironique, ils font office de contrepoints à l'intrigue principale, sorte de relents délétères si l'on veut, circulant tout au long du récit. J'ai tenté de faire revivre les aventures de cette foule d'esclaves et de mécontents qui, telle une avalanche, a grossi progressivement ; d'évoquer ses victoires sur les légions romaines, ses luttes fratricides et sa transformation de bande de brigands dévastateurs en armée disciplinée.

Après avoir sillonné une année entière l'Italie du Sud au hasard de quelques raids, les chefs du mouvement décident de s'installer dans le golfe de Tarente et d'y construire leur propre ville, la Cité du Soleil. Ils ont choisi comme site les environs de la colonie grecque de Thurium, ville historique parvenue autrefois à un haut niveau de civilisation et de décadence. Les passages qui vont suivre sont tirés de la fin du roman, au moment où sont évoquées la grandeur et la décadence de la Cité du Soleil, idéal utopique des esclaves de l'Antiquité.

Hegio, citoyen de Thurium, s'éveilla bien avant le soleil. Il avait conscience de l'allégresse du jour qui se préparait et voulait orner sa maison de pampres et de guirlandes pour fêter l'entrée du prince thrace, du nouvel Annibal. Ayant décidé qu'il irait de bonne heure à sa vigne pour y cueillir des grappes et du gui, il enfila ses sandales, regarda sa femme endormie et monta sur sa terrasse.

Il faisait encore noir et froid, mais la mer, étendant sa coupe à l'horizon, commençait à changer de couleur. Hegio goûtait avec délices cette heure, sa luminosité, ses effluves. Sous le poids écrasant du soleil de midi, la mer n'exhalait pas le même parfum. La nuit, son souffle dégageait une fraîcheur cristalline embaumée de sel et d'étoiles ; le matin, il apportait une senteur de varechs et d'algues ; à midi, c'était une odeur nauséabonde de poissons putréfiés.

Hegio huma la brise marine, puis il se tourna du côté des montagnes. Au nord, sur les cimes blanchies de l'Apennin de Lucanie, il crut distinguer des traces de neige, mais peut-être était-ce la brume du matin ; puis ses yeux se portèrent vers le sud où, dans le lointain, le massif du Sila prenait des teintes violettes. Là-bas, au pied de la montagne, il y avait une exploitation de résine et de poix dont Hegio était actionnaire.

La vallée du Krathis était tout entière enchâssée dans une ceinture grandiose qui s'estompait aux premières lueurs du matin mais, à l'ouest, on apercevait la mer que le disque encore invisible rougissait déjà avant de l'embraser.

Un coq chanta, puis un autre ; bientôt tous les coqs rivalisèrent à qui sonnerait le plus glorieux réveil, à qui donnerait à l'astre du jour l'aubade la plus retentissante ; Hegio songea qu'il n'y avait que la volaille latine pour chanter avec autant de discordance et de fatuité. Dans son Attique ancestrale, même les coqs avaient une voix plus mélodieuse. Il improvisa :

Ah ! que le chant de tous ces coqs romains
Est pénible à l'ouïe des Achéens !

Hegio n'aimait pas les Romains. Il n'éprouvait pas de haine à leur égard, mais leur présomption pesante et leur assurance le faisaient sourire. L'utilitarisme leur suintait par tous les pores. Pourtant, lui, le descendant des héros troyens, il avait épousé une Romaine. Elle était, en ce moment, couchée dans le grand lit conjugal, sécrétant une transpiration de matrone heureuse en son sommeil ; heureuse non pas de la fête prochaine ni de l'entrée du prince thrace, mais plus prosaïquement parce que son mari, le fils des guerriers troyens, avait enfin, la nuit écoulée, rempli ses devoirs conjugaux si longtemps négligés. Avec une joie à la fois juvénile et sénile, Hegio renifla du côté de la mer qui s'était muée en un immense brasier.

Au pied de la montagne embrumée s'étalaient les ruines de la légendaire Sybaris, la ville fabuleuse fondée par ses ancêtres en des temps immémoriaux. Toute la côte méridionale de l'Italie avait appartenu à ces colons venus de l'Attique dont les mœurs étaient raffinées, qui se servaient de monnaies d'argent, jouaient de la harpe et connaissaient la géométrie en une époque où, vêtus de peaux d'ours, les Latins grimpaient encore aux arbres.

Les coqs chantèrent de nouveau. Hegio entendit qu'on montait l'escalier en soufflant. C'était sa femme.

« Que fais-tu là ? de si bonne heure, sur le toit ? demanda-t-elle avec la sévérité bienveillante qu'on témoigne généralement aux tout jeunes gens ou aux vieillards.

— Je regarde, ma chérie, je regarde.

— Qu'y a-t-il donc à regarder ? » dit-elle d'un ton désapprobateur. Elle bâillait au bord du toit, la main posée sur l'épaule de son mari. L'épaule lui parut osseuse comme celle d'un adolescent. Elle frissonna voluptueusement dans la fraîcheur du matin, en se rappelant les délices de la nuit.

Tous deux laissèrent tomber leurs regards sur la ville encore endormie. C'était plutôt un grand village bâti en pierres, un village tout blanc aux innombrables colonnes, aimable, mais triste dans son mutisme nocturne. Les ruelles serpentaient entre les maisons comme des rues asséchées ; les toits étaient plats ; les maisons se serraient familièrement l'une contre l'autre au flanc de la colline. En haut seulement commençait la vraie ville avec ses larges avenues qui se coupaient à angles droits et, au centre, l'Agora et la fontaine. Après la destruction de l'antique Sybaris, un célèbre architecte du nom d'Hippodamos avait reconstruit le cœur de la ville suivant des plans soigneusement dessinés et coloriés : des maisons blanches comme de la craie entre des montagnes bleues et une mer azurée. Ainsi était née Thurium, la ville nouvelle de Sybaris. Elle était déjà fort ancienne ; elles avaient des arbres généalogiques qui n'en finissaient plus et très peu d'enfants. Les gens s'y exprimaient en un grec plus châtié que celui de l'Attique et comme on le parlait encore dans la seule ville d'Alexandrie. Ils descendaient tous des Troyens ou au moins de ce Smyndirides, si délicat qu'un pétale de rose froissé sous son drap lui gâchait les plaisirs du sommeil !

Occasionnellement, ils épousaient les filles des colons romains dont le Sénat les avait infestés pour les punir d'avoir soutenu Annibal au temps de la dernière guerre punique. Les colons vivaient dans leur quartier à eux, au nord-est de la vraie ville ; ils étaient prolifiques, travailleurs, détestés. On disait d'eux qu'ils se mouchaient du coude. Ils avaient eu la prétention de débaptiser Thurium. Comme le quartier romain portait le nom de Copia, ils voulaient appeler ainsi toute la ville et d'ailleurs les actes officiels ne la désignaient pas autrement. Bien entendu, les vieilles familles ne voulaient connaître que les noms d'autrefois : l'Hellade restait l'Hellade et Thurioi restait Thurioi ; bien entendu, aussi, elles soutenaient Spartacus, le nouvel Annibal : Cathaginois ou Thrace, c'était tout un pour elles dès l'instant qu'il avait taillé des croupières aux Romains, à ces gens utilitaires qui se mouchaient du coude ! Jeunes et vieux, tout le monde s'apprêtait à fêter son entrée.

Petit à petit, la ville sortait de sa torpeur. Par les rues étroites, les chevriers, ces lève-tôt mal débarbouillés, poussaient devant eux leurs biques encore tièdes de sommeil. Les chèvres secouaient leurs clochettes tandis que leurs conducteurs tiraient de leurs flûtiaux des sons aigrelets. La mer balayait la terrasse d'Hegio de sa senteur matinale de varechs et d'algues. Au loin, dans les champs accrochés à la montagne, les blancs troupeaux de buffles paissaient déjà et s'ébrouaient dans la brume du bord de la rivière ; les taureaux aussi blancs que le sol crayeux de la Lucanie, comme des sentinelles avancées, tournaient leurs têtes dressées dans la direction de l'Apennin.

« Viens déjeuner, dit la matrone.

— Non ! dit Hegio en souriant. Je vais au bord de l'eau couper des branches et du feuillage pour l'entrée du...

— Avant de déjeuner ?

— Oui. Les garçons viendront avec moi, répondit Hegio. Ensuite, ils nous aideront à décorer la maison.

— Les garçons resteront ici, dit la matrone. C'était une fille de colon, et les colons étaient hostiles au Thrace. On les voyait faire des mines sombres, des mines de chauvins haineux. Ils avaient peut-être peur.

— Eh bien ! J'irai seul, dit Hegio.

— En costume de nuit ? dit encore la matrone.

— Je vais passer un vêtement. Tu verras tous les branchages que je rapporterai. »

Il descendit l'escalier suivi de sa femme qui haletait d'indignation. Au rez-de-chaussée Publibor, l'unique esclave de la maison, apportait la pâtée du chien.

« Tu m'accompagneras jusqu'à la rivière, dit Hegio. Nous allons couper des branches. Et toi aussi, tu viendras avec nous », dit-il au chien, une sorte de molosse qui aboyait et grognait en tirant sur sa chaîne.

Ils partirent, Hegio devant, l'esclave à quelques pas derrière lui. Le chien les précédait, s'arrêtait et les laissait passer pour les rattraper ensuite en de folles gambades. A la sortie de la ville, où les murs n'étaient plus en pierres mais en torchis mélangé de bouses séchées au soleil et les maisons en bois, ils rencontrèrent Tyndarus, le maraîcher, qui s'en venait à la ville en poussant une brouette chargée de salades et de légumes.

« Où vas-tu d'aussi bonne heure ? demanda le maraîcher.

— Je vais avec mon esclave et mon chien chercher des branches et du feuillage. C'est pour l'entrée du prince thrace.

— Entre nous, répondit le bonhomme en rangeant sa brouette contre un mur, je ne crois pas qu'il ait droit au titre de prince. On raconte que c'était un gladiateur, un brigand ou peut-être pis encore...

— Folie ! dit Hegio. On calomnie toujours les gens au pouvoir. Dans tous les cas, il a rossé les Romains. C'est un nouvel Annibal et puis, il nous amènera un changement agréable.

— Certes, dit Tyndarus qui ne voulait se brouiller avec personne, certes, mais on raconte aussi qu'il veut accorder les droits civiques à tous les esclaves, prendre aux gens leur argent et leurs maisons et qu'il va tout bouleverser.

— Folie ! dit Hegio. Et s'adressant à son esclave, il lui demanda :

— Voudrais-tu donc quitter mon service et mener une autre vie ?

— Oh ! oui, dit Publibor.

— Tu vois bien, dit le maraîcher en reprenant sa brouette. C'est une histoire dangereuse. »

Hegio semblait beaucoup s'amuser.

« Quel petit insolent ! Tout cela parce que ma femme est un peu sévère et lunatique. Mais elle est aussi comme cela avec moi. Est-ce que je ne te traite pas bien ?

— Si. »

L'adolescent regarda son maître avec sérieux. Il semblait tout prendre au sérieux. Il avait un visage sérieux et, tout à coup, Hegio s'aperçut que son esclave avait un visage. Cela le rendit pensif.

« Voyons ! Ne t'ai-je pas permis d'adhérer à un collège funéraire ?

— Si.

— Le même dont je fais partie, dit le maraîcher. Avant-hier, nous avons eu une assemblée générale... Alors, fit Hegio surpris. Tu vois que je te traite exactement comme un homme libre.

— C'est mon seul privilège », dit Publibor.

Hegio semblait de plus en plus surpris.

« Le seul ? Officiellement, peut-être. C'est tout de même quelque chose ! Et puis, dans mon testament, je t'affranchis. Trouves-tu que je tarde trop à mourir ?

— Oui, maître. »

Hegio fit une grimace ; le maraîcher soupira.

« Tu vois, je te l'avais dit : c'est une histoire dangereuse. A ta place, je le ferais fouetter.

— Attaches-tu donc tant d'importance à ta liberté ? dit encore Hegio. A mon avis, la liberté n'est qu'une illusion. N'as-tu pas reconnu toi-même que tu étais bien traité chez moi ?

— Je l'ai reconnu, maître.

— Tu as des économies ?

— J'en ai.

— Voilà précisément le mal, dit le maraîcher, et c'est ce qu'on ne voyait pas autrefois. La propriété privée éveille les appétits... A ta place, je lui prendrais ses économies et je lui ferais donner le fouet...

— C'est peut-être une idée, dit Hegio en partant. Pour l'instant, allons couper des branches et des feuilles... »

Quand ils eurent suffisamment de pampres et de rameaux, ils s'assirent au bord du Krathis, à quelques pas des buffles qui paissaient. Le chien, fatigué, se coucha sur le ventre, repliant les pattes de devant avec grâce comme un sphinx.

« Tu vois, dit Hegio. Nous sommes tous deux au bord de la rivière, tout près de hautes montagnes... Est-ce que tu souhaites réellement ma mort ? »

L'adolescent le regarda dans les yeux et dit :

« Êtes-vous réellement mon maître et suis-je réellement votre propriété ?

— Oui, dit Hegio. C'est un fait, quel que soit l'angle sous lequel on l'examine. Oui. Même en ce moment où nous sommes assis tous deux au bord de la rivière avec les grandes montagnes en face de nous, même en ce moment où chacune de tes paroles est une insolence et que les miennes, je crois, sont pleines de mansuétude. Dis la vérité ! N'est-ce pas ainsi ?

— C'est exact, dit l'esclave après un court silence.

— Continuons, dit Hegio. Tout ce qui existe est réel, nous n'allons pas en discuter. Maintenant, je suis assis au soleil et je me chauffe le dos, tu es à l'ombre et tu as froid. C'est un partage inique, j'en conviens, mais il existe et les dieux qui l'ont fait savaient sans doute pourquoi. S'ils avaient voulu le contraire, c'est le contraire qui serait. La réalité, ne crois-tu pas que ce soit un argument puissant ?

— Oui, dit l'esclave, mais si je vous poussais tant soit peu, vous iriez à l'eau et c'est moi qui serais assis au soleil.

— Alors, pourquoi ne le fais-tu pas ? dit Hegio en souriant. Essaie donc ! Craindrais-tu le fouet ?

Pour la première fois, l'adolescent évita son regard et ne répondit rien.

— Eh bien ! dit Hegio, pourquoi ne le fais-tu pas ? Nous sommes assis tous deux au bord de la rivière et tu es le plus fort. Si tu me tuais, tu n'aurais qu'à te sauver chez le Thrace et tu n'aurais aucun châtiment à craindre. Pourquoi ne le fais-tu pas ? »

L'adolescent ne répondit rien. Il arracha quelques brins d'herbe, les yeux baissés.

« Ici même, le grand Pythagore a enseigné qu'il faut adorer les maîtres comme des dieux et traiter les esclaves comme du bétail. Es-tu de cet avis ?

— Non, répondit Publibor.

— Alors, pourquoi ne me jettes-tu pas à la rivière puisque tu ne risques rien ? Pourquoi ne fais-tu pas usage de ta force ? Pourquoi ton âme est-elle pleine de honte et la mienne pleine d'émotion et de mansuétude ? Est-ce, oui ou non ?

— Oui, répondit l'esclave. Après un moment de réflexion, il ajouta : — Ce n'est que l'habitude !

— Crois-tu ? Alors, crois-tu que le Thrace apportera de nouvelles habitudes ? S'il y parvenait, il serait plus fort qu'Annibal. Car rien n'est plus fort que de changer les habitudes de la pensée.

— Je le crois, dit l'esclave.

— D'où te viennent ces idées ? Tu as toujours été travailleur et muet. Je n'ai jamais remarqué que tu aies un visage et que tu saches sourire. Sais-tu seulement comment on sourit ? Rire ? Peut-être. »

L'esclave se tut. Hegio le regarda attentivement en souriant comme sourit un enfant ou un vieillard.

« Souhaites-tu toujours ma mort ? demanda-t-il. Regarde ces cailloux au fond de la rivière. L'eau est transparente. On voit même les herbes... Quand l'eau frotte sur les cailloux et sur l'herbe, elle rend un bruissement particulier. As-tu des yeux et des oreilles pour percevoir cela ?

— Non, mon maître ! Je n'ai jamais encore trouvé le temps de m'allonger dans l'herbe.

— Tu passes dans la vie aveugle, sourd et sombre et tu attends ma mort bien que j'aie des yeux clairvoyants et que je connaisse tous les parfums de la mer ! Voilà pourquoi tu as honte et pourquoi je suis plein de mansuétude. Celui qui est malheureux, c'est qu'il n'a pas mérité qu'on l'aime. »

L'esclave arracha des brins d'herbe, puis il dit :

« Vous-même avez dit que j'étais le plus fort.

— Oui, mais depuis quand le sais-tu ? Ce n'est pas aussi évident que tu parais le croire. La matrone t'a battu plus d'une fois. Pas très fort, mais enfin, elle t'a battu. Et jamais il ne t'est venu à l'idée que tu étais plus fort qu'elle.

— Non, dit l'esclave, c'était l'habitude.

— Et maintenant ? Le Thrace t'aurait-il fait subitement prendre conscience de ta force ? On dit qu'il a dépêché de nombreux émissaires pour soulever les esclaves. Est-ce vrai ?

— Oui.

— Et tu crois à ses enseignements ?

— Oui.

— Et tes pareils y croient ?

— Beaucoup.

— Pourquoi pas tous ?

— C'est que l'habitude est trop forte.

— A quoi ressemble-t-il, ton Annibal des esclaves ?

— Il est vêtu d'une peau de bête et monte un cheval blanc. Il est précédé d'une garde d'hommes robustes qui portent les faisceaux devant lui...

— Comme un imperator !

— Non, car ses insignes ne sont pas des aigles d'argent, c'est une chaîne brisée.

— L'idée est originale, dit Hegio. Nous pouvons, toi et moi, nous attendre à de plaisants changements. Ne le crois-tu pas ?

— Si, maître », dit l'esclave en le regardant sérieusement dans les yeux.

Ils restèrent encore quelques instants allongés sur l'herbe, à contempler en silence les montagnes qui achevaient de déchirer le voile de l'aurore et barraient l'horizon de leur nudité puissante et bleue. Le soleil s'était arraché depuis longtemps à l'étreinte de la mer. Il était haut dans le ciel, chauffait l'air ; il aspirait les odeurs matinales de la campagne. Dans les vergers, au milieu des oliviers et des citronniers, les hommes travaillaient comme tous les jours.

Avant de prendre le chemin du retour, Hegio dit encore :

« C'est étrange, en vérité, que le Thrace doive venir aujourd'hui et peut-être tout bouleverser alors que ni toi ni moi nous n'y pouvons croire. C'est un peu comme la guerre. Tout le monde en parle ; les uns l'appellent, les autres la repoussent, mais personne ne croit véritablement qu'elle viendra. Et, quand elle est là, tout le monde est stupéfait d'avoir eu raison. Il n'y a pas de plus grande stupéfaction que celle du prophète dont la prophétie s'est réalisée. Car, au fond des pensées de l'homme, il y a une grande paresse et une grande accoutumance ; tout à fait au fond une voix lui murmure en souriant que demain sera fait comme hier et comme aujourd'hui. L'homme le croit, même s'il sait que cela n'est pas vrai ; et heureusement il en est ainsi car, autrement, il ne pourrait pas vivre avec la notion de sa mort certaine. Et maintenant, allons orner la maison de ces rameaux et de ces feuilles pour recevoir le Thrace comme il faut. »

Le soleil était déjà haut dans le ciel ; la ville s'agitait fébrilement ; les Thuriotes ornaient de festons et de pampres leurs terrasses et leurs façades. Ils se pressaient et se bousculaient dans les rues étroites. Les colons romains, pendant ce temps, se tenaient à l'écart avec de sombres regards de chauvins offusqués. Peut-être avaient-ils peur.

De son côté le Conseil de la ville ne se sentait pas sans appréhensions : cet extraordinaire général avait battu les Romains et cela le rendait sympathique ; mais, à tous autres égards, il ne laissait pas d'être inquiétant. Ne se faisait-il pas appeler « Libérateur des Esclaves » et « Chef des Déshérités » ? A la rigueur, on pouvait interpréter ces appellations dans un sens favorable, puisqu'il recherchait l'alliance des cités grecques du sud courbées sous le joug romain. Jadis, Thurium et d'autres villes de l'Italie méridionale avaient bien pris fait et cause pour Annibal. Mais Annibal était un grand capitaine, prince en son pays. Tandis que mieux valait ne pas approfondir les antécédents de ce Spartacus, qui ne tenait son titre de prince que de la grâce du Sénat de Thurium, car les fiers descendants des héros troyens n'auraient pu, décemment, traiter avec un gladiateur en rupture de cirque. Cette alliance, d'ailleurs, il avait bien fallu la signer ; sans cela, pas une pierre de Thurium ne fût restée debout.

Aussi le Conseil avait-il été trop heureux, et même stupéfait, que l'aventurier eût daigné négocier. Comme on le verra plus tard, ce n'avaient pas été des négociations ordinaires. L'accord s'était fait sur les grandes lignes suivantes : le Conseil de la ville autorisait l'armée des esclaves à planter ses tentes en dehors des murs, dans la plaine qui s'étendait entre le Sybaris et le Krachis et que protégeaient les montagnes d'un côté, la mer de l'autre. Toute la partie cultivable de cette zone était cédée au Thrace et le Conseil de Thurium s'engageait à ravitailler les esclaves jusqu'au jour où ces derniers pourraient tirer du sol leur propre subsistance. En contrepartie, après l'entrée de Spartacus, qui devait avoir un caractère purement symbolique, plus un seul soldat n'importunerait jamais la ville de sa présence.

« Ils ne doivent plus être très loin maintenant », dit Tyndarus à Hegio, son voisin dans la foule. Ils attendaient depuis des heures, écrasés par la multitude qui faisait la haie dans l'avenue principale vers l'Agora. Les guirlandes et les festons se balançaient au-dessus de leurs têtes ; le soleil radieux et plein embrasait le ciel, et la mer soufflait par-delà les terrasses sa puanteur de midi, celle des poissons putréfiés. Les Thuriotes attendaient en bavardant, pressés l'un contre l'autre et suant beaucoup.

« Les voilà ! s'écria le petit garçon d'Hegio. Ils arrivent ! »

En effet, ils arrivaient, dans un grand nuage de poussière qu'on voyait avancer lentement au bout de l'avenue. Il y eut des éclats de voix ; on batailla pour se pousser au premier rang, tandis que des miliciens zélés contenaient la foule difficilement.

Ils arrivaient.

« Combien peuvent-ils être ? demanda Tyndarus en tendant le cou.

— Cent mille ! s'écria l'enfant, sans doute bien informé. Ils sont cent mille qui vont tout démolir dans la ville...

— Tant que cela ? Impossible ! Jamais ils ne pourraient tenir ici...

— Il n'y a que leurs troupes d'élite qui prennent part au défilé, expliqua le voisin de gauche de Tyndarus. C'est ce qui a été convenu...

— Convenu, convenu ! marmotta le maraîcher. Comme si ces gens allaient respecter les conventions ! »

Le nuage devint plus proche.

Les Thuriotes allongèrent le cou. La plupart étaient vêtus de blanc ; leurs compagnes se drapaient dans de fines étoffes transparentes. Les miliciens redoublèrent d'efforts pour maintenir l'alignement.

On distingua bientôt l'avant-garde. Elle avançait sur un front de dix. Les soldats avaient une carrure athlétique, des cous de taureaux. Leurs bottes pesantes soulevaient la poussière. Ils marchaient droit devant eux, sans tourner la tête : Thurium ne semblait pas les intéresser. Ils portaient des faisceaux comme les licteurs ; seulement, des chaînes brisées remplaçaient les haches...

Quelques citoyens lancèrent des acclamations timides ; elles restèrent sans écho ; la masse des curieux parut brusquement stupéfaite et déçue, car ce défilé était triste et sans éclat. Derrière l'avant-garde à la marche pesante, on aperçut, sur un cheval blanc, le prince thrace avec une peau de bête jetée sur ses épaules. A ses côtés, un deuxième cavalier très corpulent, au visage sinistre et barré d'une longue moustache tombante, montait son cheval comme un mulet. Un voile de pourpre précédait les deux chefs. Les gens de Thurium connaissaient les usages : ils poussèrent des vivats, levèrent les mains, agitèrent leurs manches. L'imperator remercia en saluant le bras tendu ; il fit piaffer son cheval, mais il n'eut pas un sourire et la foule remarqua que son regard était dur. Pourtant, il plut aux citoyens. Le cavalier corpulent leur plut beaucoup moins. Il ne semblait même pas s'apercevoir qu'on le saluait, il regardait droit devant lui, l'œil sans expression. Au passage de son cheval, la foule reculait. Son visage produisait une impression plus profonde que celui de l'imperator et les gens de Thurium n'étaient pas près de l'oublier.

Les soldats se hâtaient vers l'Agora comme pressés d'en finir avec ce défilé. A aucun moment, la foule ne donna de signes d'allégresse véritable.

Après les chefs, on vit de nouveau des hommes à pied, soulevant la poussière, les yeux hagards dans des visages crasseux. Étranges guerriers que ces nouveaux alliés qui passaient pour avoir infligé de si cuisantes défaites aux Romains. Ils arboraient avec solennité de bien sinistres insignes, d'immenses croix de bois grossièrement taillées et si lourdes que ceux qui les portaient ployaient sous leur faix. Et ces liens, ces chaînes brisées qui revenaient sans cesse, quelle tristesse s'en dégageait !

On vit, précédant un groupe en haillons, un homme au visage couturé de petite vérole qui portait une gigantesque murène avec une tête humaine dans sa gueule.

Le fils d'Hegio se haussa sur la pointe des pieds et, de sa petite voix d'enfant, il demanda :

« Qu'est-ce donc, papa ? Y a-t-il vraiment des poissons qui mangent les hommes ? »

Hegio sourit, mais Tyndarus mit sa main devant la bouche du bambin.

« Chut, petit ! Ne pose pas de telles questions : les soldats pourraient se fâcher... »

La haie des curieux était devenue moins bruyante ; on ne plaisantait plus ; on n'acclamait plus ; on ne souriait même plus. Apeuré, le petit garçon ne disait plus un mot. On n'entendait que le bruit des pas qui martelaient la chaussée en soulevant un nuage de poussière.

Le défilé continua ; on vit passer des cavaliers montés sur de petits chevaux de Lucanie. Tout le monde était stupéfié, horrifié même à la vue de cette procession inouïe : la cavalerie lourde, hommes et chevaux, n'avait pas de cuirasses : un ou deux au plus, sur tout un escadron, étaient protégés par de simples plaques métalliques retenues par des ficelles et qui bringuebalaient avec un bruit de ferraille ; presque toutes les lances étaient en bois, les boucliers en osier tressé et recouverts de peau ; en guise de sabres, ils portaient des faux ou des fourches ; ils n'avaient ni uniformes ni casques. Certains étaient nu-tête et brandissaient des frondes ; d'autres s'abritaient sous de grands chapeaux en feutre noir, délavés, déchiquetés, dont les lambeaux leur retombaient sur la barbe ; d'autres portaient des chemises déchirées. Beaucoup n'avaient même rien du tout : ils exhibaient leur nudité bronzée et velue ; ils l'étalaient effrontément entre leurs barbes pouilleuses et leurs nombrils. Un murmure s'éleva de la foule. Scandalisés, des hommes tournèrent la tête tandis qu'une petite flamme bizarre s'allumait dans la prunelle des femmes ; certaines poussaient des soupirs ; une matrone s'évanouit ; il fallut l'emporter.

Le défilé continua.

On revit des fantassins. Cette fois, groupés par nationalités : Gaulois et Germains à la charpente massive, aux longues moustaches tombantes ; Thraces élancés aux yeux clairs, à l'allure étonnamment rapide ; Barbares numides ou Asiates, à l'épiderme sec et cuivré ; nègres aux oreilles ornées d'anneaux, aux lippes entrouvertes sur des mâchoires luisantes.

« C'est du propre ! murmura Tyndarus.

— C'est intéressant », répliqua Hegio qui souriait toujours. Il se pencha vers son fils :

« Es-tu content, petit ? C'est un spectacle animé et coloré, n'est-ce pas ?

— Oui, dit l'enfant. On dirait un cirque.

— Chut ! gronda le maraîcher. Voilà précisément les choses à ne pas dire. »

On vit un autre nuage de poussière : des chariots s'avançaient lentement, tirés par des bœufs ; ils étaient chargés de malades et de blessés. Les hommes étaient étendus sur le dos, sous des couvertures maculées. Les uns regardaient vers le ciel, d'autres tiraient la langue ou grimaçaient de douleur. Des mouches leur couvraient le visage, se collaient au creux de leurs orbites, bourdonnaient autour des pansements.

Le petit garçon d'Hegio se mit à pleurer.

« Pourquoi nous font-ils voir tout ça ? gronda le maraîcher. Est-ce que, par hasard, ceux-là feraient aussi partie de leur troupe d'élite ? »

On vit encore passer trois chariots. Ils avaient un aspect moins misérable que les précédents ; ils étaient attelés de chevaux et sur chacun d'eux il y avait un cadavre couvert de mouches, avec une chaîne de fer brisée autour du cou. Ils répandaient une odeur infecte.

Le défilé était terminé.

La haie s'était éclaircie peu à peu ; mais la plupart des citoyens n'avaient pas osé s'en aller. La peur les avait retenus et, même après la mascarade, ils restèrent dans les rues comme anéantis.

Les inquiétudes des Thuriotes s'étaient apaisées en voyant que les soldats de Spartacus s'abstenaient rigoureusement de pénétrer dans la ville. Ils campaient au-dehors, dans la plaine qui s'étendait entre le Sybaris et le Krathis, et commençaient d'édifier la Cité du Soleil.

Le printemps était proche ; des vapeurs suaves et vivifiantes sourdaient de la terre. La mer balayait la campagne de ses violentes bourrasques. A grands coups de hache, les esclaves dépeçaient le manteau sylvestre de la montagne ; ils abattaient des grumes que ramenaient les buffles blancs ; ils les sciaient et les transformaient en charpentes pour les premiers greniers et les premiers réfectoires de la cité. Au bord du Krathis, les Celtes se battaient avec la glaise tenace et résistante ; ils la moulaient et la faisaient cuire au soleil, car ils rêvaient tous de vivre dans une maison en brique. Les Thraces assemblaient des peaux de chèvre pour revêtir leurs yourtes ; ils tressaient des lianes flexibles dont ils faisaient des toits clayonnés ; ils étalaient sur le sol des tapis moelleux pour rendre leurs conversations plus intimes quand ils auraient des hôtes. Les Lucaniens et les Samnites brassaient un mortier de tourbe, de bouse et de graviers pour édifier leurs demeures minuscules aux toits coniques ; ils en tapissaient les planchers avec de la paille et du chaume ; chez eux, on respirait une odeur agréable de litière. Les Nègres nattaient des joncs qu'ils fixaient à des pieux ; leurs paillotes paraissaient aussi fragiles que des jouets, mais elles résistaient à tous les vents et quand il pleuvait, pas une goutte ne pénétrait à l'intérieur. Le soleil brillait ; la terre exhalait des fumerolles ; la végétation pointait et la ville croissait rapidement comme si le soleil l'eût tirée hors de l'humus fécondé par des sucs trop longtemps captifs.

Ils étaient soixante-dix mille esclaves, tous marqués au fer rouge, vomis par le destin, venus de partout, qui maintenant construisaient leur cité, charroyaient des troncs, transportaient des pierres, martelaient, sciaient, ajustaient. Leur ville devait être une ville comme on n'en aurait encore jamais vu ; elle serait la propriété des gueux, la patrie des sans-patrie, la cité libre des asservis.

La ville sortait de terre. Chacun construisait à sa guise ; chaque nationalité avait son quartier. Celtes, Thraces, Lucaniens, Syriens et Africains bâtissaient selon leur fantaisie, mais le plan général de la ville était cohérent et conforme aux règles strictes de l'urbanisme militaire. Les remparts bordés de fossés inscrivaient un carré parfait entre le Sybaris et le Krathis, au pied des montagnes majestueuses et bleutées. La Cité des Esclaves s'élevait dans la plaine, rectiligne, inaccessible. Des géants farouches et muets en gardaient les quatre portes et, devant chaque porte, on avait érigé l'emblème des esclaves : une chaîne brisée, visible de très loin.

Couronnant une colline au centre de la ville, se dressait une immense tente voilée de pourpre. Là vivait l'imperator ; de là partaient les lois nouvelles qui allaient régir la Confrérie des Esclaves. Au-dessous, les tentes des lieutenants de Spartacus formaient un cercle qui ceinturait la colline et, plus bas encore, un cercle plus vaste : celui des bâtiments communaux, des magasins, des forges, des greniers, des parcs à bestiaux et des réfectoires. Dans les quartiers d'habitations, chacun construisait sa maison comme il l'entendait, mais les vivres, les animaux, les armes et les outils étaient propriété commune. Quand les bases de la Cité furent jetées, l'imperator édicta les lois nouvelles dont le chroniqueur Fulvius a laissé le texte à la postérité.

1. Nul n'aura plus à subvenir à ses propres besoins et nul n'aura le droit de restreindre ou de pressurer son voisin suivant son bon plaisir ou son avidité. C'est la communauté qui, dorénavant, pourvoira aux besoins de chacun.

2. Nul n'asservira son prochain, le faible ne sera plus soumis au fort. Celui qui n'aura pas un sac de farine ne dépendra pas de celui qui possédera un sac de farine, car tous les vivres seront mis en commun dans la Confrérie.

3. C'est pourquoi nul ne pourra conserver chez lui plus d'une demi-journée de vivres, ni amasser des marchandises ou des denrées dans sa maison. Chacun sera nourri sur les biens de tous dans de grands réfectoires communaux ainsi qu'il sied aux membres d'une confrérie.

4. De même, les besoins en outils et en armes, les besoins physiques et domestiques seront satisfaits en contrepartie du travail que chacun aura fourni, suivant ses aptitudes, à la communauté, soit comme maçon, soit comme armurier, soit comme agriculteur. Mais chacun devra travailler selon ses forces et ses moyens et il n'y aura pas de différences dans la répartition des biens ; toutes les parts seront égales.

5. Nul ne pourra s'assurer d'avantage sur son voisin, soit par un achat, soit par une vente, et nul ne pourra s'approprier plus que sa part au moyen de monnaies ou de billets. C'est pourquoi la Confrérie lucanienne ne se servira d'aucune monnaie d'or ou d'argent, ni d'autres métaux précieux ; quiconque sera surpris à en posséder sera retranché de la communauté et mis à mort.

Telles étaient les lois édictées par Spartacus pour gouverner la Cité du Soleil. Elles étaient à la fois nouvelles et aussi vieilles que le monde. Dès le commencement des travaux, on avait mis au jour les ruines de l'antique Sybaris, des murailles rongées par le temps, des poteries d'argile, des amphores brisées qui dataient de l'époque de Saturne, de cette époque après laquelle soupirent les peuples. On avait découvert aussi des inscriptions où il était question de Lycurgue et de Sparte, de ses greniers et de ses réfectoires. Or, les lois de Spartacus et ces inscriptions rongées par le temps n'étaient-elles pas une seule et même chose, l'esprit d'un peuple, l'esprit des ancêtres lointains des citoyens de Thurium ? Que le prince thrace — si toutefois c'était un gladiateur évadé —, que ce Thrace eût surgi du néant, qu'il eût battu les Romains et qu'il eût construit une cité où ces rêves d'autrefois devenaient une réalité d'aujourd'hui, voilà qui, en vérité, dépassait leur imagination.

Cependant la ville s'élevait entre ses quatre murs rectilignes. Ses lois étaient nouvelles, justes, inexorables. Là-haut sur la colline se dressait la tente de l'imperator qui les avait promulguées mais, dans un renfoncement du mur, près de la porte septentrionale, se dressaient aussi les croix pour ceux qui les enfreindraient. Tous les jours, des hommes mouraient au nom de l'intérêt commun, maudissant dans leur agonie la tente voilée de pourpre et l'État du Soleil.

C'était trop beau pour durer

Les esclaves avaient achevé d'édifier leur ville au printemps, quand soufflaient encore les bourrasques de mars, à l'époque où les semis pointaient à peine. Maintenant l'été n'était plus loin, il faisait déjà très chaud ; la terre durcissait ; elle se vidait de ses derniers sucs ; la mer prenait la couleur du plomb. Les mottes s'effritaient dans les champs ; la poussière envahissait tout et recouvrait la verdure d'un manteau crayeux. Les ruisseaux rétrécis devenaient paresseux, les animaux tiraient la langue, les grands buffles se couchaient à l'ombre ; la soif soulevait leurs flancs et les hommes n'étaient pas moins alanguis.

Dans la ville, la vie suivait son cours. Les bergers menaient paître leurs bêtes, les laboureurs, les tisserands et les charpentiers accomplissaient leur besogne quotidienne ; les femmes cuisaient les aliments, les enfants jouaient dans la poussière, les révoltés mouraient sur la croix devant la Porte septentrionale. Le soir, on racontait des histoires des temps d'esclavage où l'exagération voisinait avec le vrai.

Au cinquième mois de sa fondation, la Cité du Soleil connut la disette. Les greniers étaient épuisés ; les repas servis dans les grands réfectoires furent de plus en plus maigres et l'état des esprits devint inquiétant.

Publibor (qui s'était enfui de chez son maître et s'était enrôlé dans l'Armée des esclaves) s'en rendait compte. Comme au début, il se trouvait à table avec les cinq compagnons de son équipe. La soupière fumait, mais elle n'était plus remplie qu'à moitié. Les cuillers s'y mouvaient plus rapidement et s'entrechoquaient sans cesse : le plus leste à se servir était, sans aucun doute, le rhéteur Zozimos dont la faconde était plus vive que jamais. Un sujet revenait volontiers dans ses discours : celui des crucifiés de la Porte septentrionale dont le nombre s'était étonnamment accru depuis quelques jours.

« Discipline et terreur ! Avons-nous combattu ? Avons-nous accumulé les victoires pour remplacer le joug d'autrefois par un autre joug ? Autrefois, nos boyaux hurlaient de faim ; aujourd'hui, ils hurlent de discipline ! La vie s'est rétrécie et avilie dans la Cité du Soleil. Où sont l'enthousiasme et l'esprit fraternel de jadis ? Le vieil abîme qui séparait le peuple de ses chefs s'est ouvert une fois de plus. L'Imperator ne voit que des conseillers et des ambassadeurs et, soit dit en passant, les repas qu'il leur offre sont copieux ! Il agit, nous le savons, dans l'intérêt de notre communauté, dans un intérêt que nous ne sommes pas assez intelligents pour comprendre. Car, vous ne l'ignorez pas, vous êtes des moutons incapables de vous diriger seuls. Soit, mais la pâture qu'il donne à ses moutons est chiche : à peine une touffe d'herbe à brouter. Alors, le troupeau se met à bêler et c'est bien naturel... »

« Suis-moi, jeune recrue ! voici le comble. Le berger harangue maintenant ses moutons, comme il haranguerait des êtres raisonnables ; il parle de discipline, de patience, de raisons supérieures ; et puis, au nom de ces raisons supérieures, il promet de mettre à mort ceux qui ne voudront pas comprendre et continueront de bêler. C'est exactement ce que les philosophes appellent un paradoxe. Qu'en dis-tu, néophyte ? »

Publibor avait écouté Zozimos avec un certain trouble, mais il désapprouvait son langage. Le rhéteur l'agaçait, bien qu'il le crût sincère. Il se rappela le jour de son arrivée, sa terreur à la vue des croix et il voulut, comme ce jour-là, chasser des idées qu'il estimait coupables. Il murmura très vite :

« Les intentions de l'Imperator sont pures malgré tout. »

Zozimos lâcha sa cuiller de bois et fonça littéralement sur le jeune homme :

« Tu as dit que ses intentions étaient pures ? Mais naturellement ! Ce n'en est que plus dangereux. Nulle tyrannie n'est plus terrible que la tyrannie convaincue d'être la gardienne désintéressée du peuple. En effet, le mal que peut faire un tyran cruel de sa nature est limité au domaine de ses intérêts personnels et de sa cruauté ; mais le tyran honnête et qui obéit à des raisons supérieures, celui-là peut faire un mal sans limites.

Le mécontentement grandit dans la Cité du Soleil, et une bande de 3 000 Germains et Gaulois séditieux, conduits par le rival de Spartacus, le féroce Crixus, décide d'effectuer un raid pour piller la ville de Métaponte, qui est la plus riche de Lucanie.

La nuit est venue ; on ne distingue même plus le profil dentelé des montagnes. Le sirocco chauffe les ténèbres ; hommes et femmes se retournent en gémissant sur leurs couches, car la chaleur les suffoque et peuple leur sommeil de cauchemars. Sous la tente voilée de pourpre, l'Imperator écoute en silence Fulvius qui d'une voix rauque lit la dernière note envoyée par le Conseil de Thurium pour exposer les raisons qui perturbent les livraisons de légumes.

Mais, à la même heure, trois mille conjurés ont déjà quitté le camp. Ils s'éloignent rapidement sur la chaussée qui longe la mer jusqu'à Métaponte.

Comme de nombreuses autres villes de l'Italie du Sud, Métaponte faisait remonter ses origines à la guerre de Troie. Ses habitants la prétendaient fondée par Nestor, roi de Pylos, au retour de l'expédition. Lui et ses Achéens, disaient-ils, avaient apporté la magnificence asiatique et fait connaître les arts et les sciences aux rustres italiotes. La bibliothèque de la ville s'enorgueillissait d'une collection de médailles unique au monde et soigneusement abritée sous des glaces phéniciennes en verre coloré. Non pas des coins informes, à peine ébauchés, comme savait en frapper la République romaine ; mais des disques minces, d'argent finement ciselé, au contact agréable et portant des inscriptions ornementées sur le sens desquelles savants et philologues venaient exercer leur sagacité. La ville avait déjà huit siècles d'existence ; elle avait subi tant d'invasions qu'elle ne les comptait plus. A chacun de ses vainqueurs, elle opposait un visage souriant, et sa grâce conciliante désarmait le conquérant. Elle avait ouvert ses portes à Annibal, accueilli Pythagore chassé par les Crotoniates ; elle avait servi de nombreux maîtres, adoré d'innombrables dieux. Ses caves recelaient des vins fameux et sur les broches de ses âtres tournaient sans arrêt des quartiers entiers de buffle. Elle donnait l'hospitalité à des astrologues, à des prophètes, à des mages : pourtant aucun n'avait prévu sa fin terrible.

Elle arriva comme la nuit se préparait à tomber, après une journée semblable aux autres journées. Les portes de la ville étaient ouvertes, les paysans n'avaient pas encore achevé leurs travaux. Ils venaient de dételer les buffles et les conduisaient à l'abreuvoir ; d'autres revenaient en chantant, la pelle ou la fourche sur l'épaule. Ils virent soudain un nuage épais et bruyant s'élevant sur la chaussée du sud. Étonnés, ils regardèrent, cherchant pourquoi cette ruée poudreuse et bourdonnante vers leurs remparts. Mais déjà les animaux s'enfuyaient à travers champs avec des meuglements plaintifs. Les paysans coururent après leurs bêtes eux-mêmes pourchassés par les cavaliers surgis du nuage. Avant que les infortunés eussent pu comprendre ce qui arrivait, les lances pointues leur avaient transpercé le crâne.

Et ainsi le massacre avait commencé hors des murs.

Il se poursuivit dans la ville, s'engouffrant par toutes les portes à la fois, submergeant les rues sous un déluge de feu et de sang qui se prolongea toute la nuit. Les heures succédaient aux heures et les cris de la ville égorgée ne cessaient pas. Les hurlements de fureur, de volupté et de désespoir se fondaient en un chœur effroyable qui couvrait même le tonnerre de l'incendie.

Quand les coqs chantèrent pour la deuxième fois, Métaponte n'était qu'un brasier, du port jusqu'à la Porte latine, et quand le soleil enfin sortit de l'ombre, il parut blême et fatigué, presque content de cacher son visage derrière les colonnes noires et floconneuses qui montaient de la ville.

Toutes les cités conquises par les esclaves avaient plus ou moins souffert de leur fureur ; Métaponte ne souffrit qu'une seule nuit mais à l'aube il n'en restait plus rien.

Les guerriers achéens l'avaient fondée ; pendant huit siècles, elle s'était donnée souriante à qui voulait la prendre et les broches n'avaient jamais cessé de tourner dans ses âtres. Maintenant, elle était rayée du monde. Des murs noircis, des toits écroulés, des lambeaux de chair calcinée dispersés par le vent, des médailles d'argent terni, mélangées aux débris de verre coloré, telle fut la récolte du matin.

L'Imperator apprit la nouvelle au matin, comme il allait sortir de sa tente. Tout de suite, il en comprit la portée désastreuse.

Spartacus essaie de rétablir l'ordre en prenant des mesures draconiennes mais sans succès. L'armée des esclaves se divise en clans rivaux. Sa seule chance de reprendre les choses en main est d'éliminer ses ennemis. A l'heure de la décision, il est couché sous sa tente, un rhyton de vin à portée de la main.

Il ne s'était pas enivré depuis longtemps. Cela remontait à la nuit qui avait suivi la victoire de Vesuvius; mais il connaissait les vertus apaisantes et consolatrices de l'ivresse.

Couché sur le dos, la corne de vin posée à ses côtés, les mains croisées derrière la nuque, il l'attendait.

Elle ne venait pas. Ce qui venait, c'étaient des images confuses qui s'arrachaient aux ténèbres et se projetaient sur l'écran de ses paupières baissées. Qui donc décidait du sort des hommes avant même qu'ils fussent nés ? Tous les hommes recevaient de lui des organes et des sens, mais ce créateur mystérieux distinguait entre ses créatures quand elles étaient encore dans le sein maternel. Les unes n'auraient jamais le droit de sourire et nul sourire ne saluerait leur venue ; les autres viendraient au monde douillettement et le soleil ne luirait que pour elles.

Ses hommes et lui-même avaient renversé les murs de leurs prisons, rompu leurs chaînes d'airain pour acquérir leur part de soleil. D'abord éblouis, ils avaient cru que tout irait bien, que la moisissure des geôles, qui adhérait à leur corps, fondrait définitivement au soleil. Mais le monde était plein de murs à abattre et la lumière trop crue du jour n'était pas encore familière aux esclaves. C'est pourquoi ils avaient frappé autour d'eux en aveugles, brisant tout ce qui était à leur portée. Il avait bien fallu les surveiller, les guider. Au début, il leur avait fait prendre la voie directe, brutale. Ils avaient semé le sang et le feu ; ils avaient enrobé la haine et les cendres. Il s'était donc trompé. Alors, il les avait engagés sur les voies bien pavées, mais sinueuses. Ils avaient perdu le but de vue : de nouveau, ils avaient frappé en aveugles. Le relent d'indignité recommençait à s'exhaler de leur corps, leurs griffes repoussaient.

Il comprit avec une âpre clarté que l'avenir se déterminait ici et maintenant, à cette minute. S'il donnait les ordres qu'on attendait de lui, alors il y aurait un massacre de plus — et il l'emporterait probablement, vainqueur redouté, vainqueur haï, chef absolu de la révolte. Tel serait le détour sanglant qui seul pourrait conduire au salut.

Mais Spartacus n'a plus la force ni même le goût d'assurer ainsi son salut. Sa cause est perdue, comme le sera celle de ses nombreux émules, surnommés Spartakistes, 2 000 ans plus tard. Le dilemme dans lequel il se laisse prendre n'est toujours pas résolu.

Après une lente agonie, les survivants de l'armée des esclaves, complètement découragés, sont anéantis par les légions romaines que conduit Crassus. Spartacus trouve lui-même la mort au cours de la bataille du Silarus. Le dernier chapitre du roman, « Les Croix », en évoque les conséquences :

Par petits détachements, ils traversaient des villages en chantant des hymnes patriotiques, dressaient des croix sur les places du marché, frappaient les femmes et coupaient les jarrets du bétail ; la nuit, on voyait brûler les baraquements et les camps des esclaves, tels des flambeaux de victoire. L'Italie était en état d'ébriété ; elle chantait les louanges du généralissime qui l'avait aidée à vaincre les Ténèbres : le général Pompée. (...)

Pompée eut droit au triomphe ; il entra dans Rome sur un char tiré par quatre palefrois blancs. Il brandissait ses lauriers de la main droite, sa masse d'ébène de la gauche ; son visage stupide était fardé ; la foule hurlait ; seul un petit incident put entamer sa suffisance : l'esclave d'État, chargé de tenir au-dessus de sa tête la couronne dorée de Jupiter, répétait avec un peu trop d'insistance l'expression consacrée : « Rappelle-toi que tu es mortel. »

La révolte italienne était écrasée définitivement. Quinze mille cadavres jonchaient le sol au bord du Silarus.

Quatre mille femmes, les vieillards et les infirmes tombèrent vivants aux mains des Romains.

Soulagé, le Sénat respira.

Une chasse à l'homme fut organisée : les bergers des hautes vallées lucaniennes, les paysans et les petits fermiers d'Apulie furent traqués sans merci par la soldatesque. Tout ce qui ne possédait qu'un joug ou qu'une paire de vaches devint suspect d'avoir sympathisé avec les brigands et fut tué ou déporté. Un quart des esclaves italiens fut mis à mort.

Les rebelles avaient inondé de sang le sol italien. Les vainqueurs en firent un charnier.

Pompée était arrivé d'Espagne à temps pour tomber sur une petite bande de fugitifs au pied de l'Apennin. Il l'anéantit sans peine et pour récompenser ses vétérans de leurs exploits en Espagne, il leur permit de participer à la chasse à l'homme. Puis, il fit un rapport au Sénat exposant que, si Crassus avait battu la horde de Spartacus, lui, Pompée, avait détruit les racines mêmes de la Révolution.

Crassus dut se contenter d'une ovation ; il entra dans la ville, à pied, suivi de quelques centuries. Toutefois le Sénat voulut bien reconnaître ses mérites en l'autorisant à ceindre son front de lauriers, et non de myrtes.

Mais le retour de Crassus fut un spectacle dont l'horreur dépassa tout ce qu'on avait vu jusqu'alors. La parade de Pompée s'était déroulée sur deux milles, du Champ de Mars au Capitole. Mais les trois cents milles de la voie Appienne furent bordés, sur l'ordre de Crassus, d'une double rangée de croix. Tous les cinquante pas, de chaque côté de la chaussée qui menait de Capoue à Rome, s'élevait une croix : il y eut en tout six mille suppliciés.

Crassus revint à Rome par petites étapes. Il avait envoyé les troupes du génie en avant-garde pour ériger des croix, tandis que les captifs, enchaînés par petits groupes, marchaient avec le gros. Devant l'armée s'allongeait une file de croix en bois noir ; derrière l'armée, les croix étaient garnies. Les troupes avançaient lentement. Le général avait accordé trois grandes haltes par jour, pendant lesquelles on tirait au sort le nom des prisonniers qui garniraient les croix à la prochaine étape. Dans ces conditions, on avançait de quinze milles par jour en laissant derrière soi cinq cents crucifiés, tels des milliaires vivants.

Le retour de Crassus fit sensation à Rome. La population s'était portée à sa rencontre pour jouir de cet extraordinaire spectacle. Ce fut une file interminable d'aristocrates et d'oisifs en chars, en litières, à cheval, et même à pied, se pressant vers le sud sur la grande chaussée poudreuse. Crassus organisait des réceptions en l'honneur des plus distingués d'entre eux ; il leur offrait des collations sous sa tente et, tout en mâchant des dattes confites, il leur demandait insidieusement s'ils s'étaient aussi bien amusés au triomphe de Pompée. Chacun appréciait la vengeance spirituelle de Crassus : Rome lui avait refusé l'entrée triomphale. C'est lui qui faisait venir Rome à sa rencontre...

L'hiver était passé. Le soleil chauffait déjà, mais n'ardait pas suffisamment pour faire aux condamnés la grâce d'une mort rapide. Quelques-uns, mais très peu, réussirent à soudoyer un Romain de l'arrière-garde pour qu'il revînt de nuit les achever ; Crassus avait interdit toute pitié de ce genre. Non qu'il fût d'un naturel particulièrement cruel, mais il tenait à voir exécuter ses idées dans toute leur pureté, sans qu'une faute de goût les déparât. D'ailleurs, généreux à sa manière, il avait ordonné qu'on hâtât la mort des captifs en les clouant aux croix, au lieu de les y attacher simplement.

Le retour se fit en douze jours. L'armée laissait tous les jours derrière elle cinq cents crucifiés, cinq cents jalons de la victoire. Les plus affaiblis des suppliciés vécurent quelques heures ; les plus endurcis mirent plusieurs jours à mourir. Si l'un d'eux avait la chance qu'un clou lui sectionnât une artère, la mort venait très vite, mais c'était l'exception. La plupart du temps, un os seulement était traversé et si l'homme s'évanouissait, il revenait à lui au moment où l'on dressait la croix, ce qui lui laissait tout le temps de maudire les maîtres du monde.

Les uns tentaient de tirer sur les clous pour précipiter l'hémorragie, mais ils apprenaient très vite comme la volonté la plus farouche s'émousse à la douleur ; d'autres essayaient de se fracasser le crâne contre le montant de leur croix : ils apprenaient que de tous les êtres, c'est soi-même qu'il est le plus difficile de tuer. Ils vivaient encore, emprisonnés dans leur supplice ; la gangrène corrompait leur chair ; leurs langues enflaient ; des bêtes féroces s'approchaient, les flairaient et grognaient ; des oiseaux de proie voletaient au-dessus de leurs têtes. Le jour succédait à la nuit, la nuit au jour, et la terre ne s'entrouvrait pas et le soleil n'arrêtait pas sa course.

Ce qui leur arrivait n'était pas un mirage né de la fièvre ; c'était la réalité, celle à laquelle on n'échappe pas. Ils ne souffraient pas par remémoration ou par anticipation ; ils souffraient à la minute présente.

CHAPITRE XV

Le zéro et l'infini

LES extraits qui vont suivre sont tirés de la postface que j'ai écrite pour l'édition du Danube du Zéro et l'Infini. *J'y évoque les circonstances historiques dans lesquelles le roman a été rédigé. Il a été publié pour la première fois en décembre 1940 mais la postface ne date que de 1973.*

Le Zéro et l'Infini est le deuxième volume d'une trilogie qui tourne autour du thème fondamental de l'éthique de la révolution en particulier et de la politique en général : il s'agit de savoir dans quelle mesure une fin noble peut justifier d'ignobles moyens et d'analyser le problème qui s'y rattache, celui de la moralité et de l'efficacité. Ce problème peut paraître abstrait et sibyllin : il n'empêche que tout homme politique doit y faire face à un moment ou à un autre de sa carrière ; pour les chefs des mouvements révolutionnaires, esclaves révoltés du premier siècle avant J.-C, Bolcheviques des années trente, ou membres de la nouvelle gauche révolutionnaire des années soixante-dix, ce problème a une réalité effective, à la fois momentanée et permanente. C'est quand je compris cet élément permanent du régime de terreur instauré par Staline que je décidai d'écrire *Le Zéro et l'Infini* sous la forme d'une parabole — encore qu'elle soit à peine voilée — dans laquelle je ne nommerais formellement ni les personnages, ni les pays ; Orwel le comprit aussi, qui adopta la même technique narrative pour son *1984*.

J'entrai au parti communiste en 1931, à vingt-six ans. J'y restai sept ans en tout. Mon désenchantement atteignit un stade critique en 1935, année du début des Grandes Purges pendant laquelle la plupart de mes camarades furent balayés. Mais l'année suivante, la guerre civile espagnole éclata. Cet événement parmi d'autres repoussa ma rupture définitive avec le Parti jusqu'en 1938.

L'événement décisif qui m'y conduisit fut le procès des membres du prétendu « Bloc antisoviétique de la droite et des trotskistes », procès qui eut lieu à Moscou au printemps de cette même année. Il dépassa en absurdité et en horreur tout ce qui avait été fait jusqu'alors. Les accusés étaient : Nicolas Boukharine, président de l'Internationale communiste (il avait succédé à Zinoviev, exécuté deux ans plus tôt) ; Christian Rakovski, ancien dirigeant de la République soviétique d'Ukraine et ex-ambassadeur en Angleterre et en France ; Nicolas Kretinsky, prédécesseur de Staline au poste de secrétaire-général du Parti communiste d'Ukraine, ex-ambassadeur en Allemagne ; Alexis Rykov, successeur de Lénine au poste de président du conseil des Commissaires du peuple ; enfin, Yagoda, l'organisateur des précédents procès de Moscou, chef de la G.P.U. où il succéda à Menjinsky qu'il avoua avoir empoisonné, en même temps d'ailleurs que l'écrivain Maxime Gorki[1].

Pour bien comprendre le degré d'absurdité atteint durant ce procès, il faut ajouter qu'il rendit nuls les procès précédents, puisque les mêmes chefs de la G.P.U. qui les avaient instruits se déclaraient à présent saboteurs et empoisonneurs ; à en croire les aveux des accusés, le sort de l'Union soviétique et de l'Internationale communiste aurait été confié pendant quinze ans à des espions travaillant pour le compte des services secrets allemand et anglais.

Dans le même temps, j'apprenais que presque tous mes amis et camarades appartenant aux partis communistes allemand, autrichien, hongrois et espagnol avaient été arrêtés en Union soviétique où ils avaient cherché refuge (cf. Hiéroglyphes). *Les moulins du goulag dont les ailes tournaient à une vitesse terrifiante, entraînées par un vent de folie, s'employaient à détruire la structure même de notre Utopie. Je vécus mes dernières semaines au Parti comme quelqu'un qui sait qu'il va subir d'un jour à l'autre une opération douloureuse et risquée. Peu après l'exécution de Boukharine (que Lénine appelait le « chouchou du Parti »), j'envoyai au Comité central du Parti communiste allemand ma lettre de démission.*

Voici la suite de la postface du roman :

Après ma rupture définitive avec le Parti, je me sentis seul et inutile. Fidèle membre du Parti, on m'avait appris à considérer l'écriture comme un bon moyen de servir la Cause ; j'y vois maintenant une ergothérapie et lui trouve surtout une fin en elle-même. La rédaction de *Spartacus,* interrompue par mon séjour dans une prison d'Espagne, fut terminée pendant l'été 1938 ; une semaine plus tard, j'attaquais *Le Zéro et l'Infini.*

Le roman, comme je l'indiquai dans le synopsis que j'écrivis pour l'éditeur, Jonathan Cape, devait avoir pour thème la vie de prisonniers dans un pays totalitaire. Quatre ou cinq personnages, condamnés à mort, devaient

1. Le successeur de Yagoda, Yeshov, fut éliminé comme « saboteur de la justice soviétique » en 1939 ; son successeur, Beria, fut éliminé comme « saboteur dégénéré de la justice soviétique » en 1953. C'est ainsi que tous les chefs de la Police d'État soviétique qui se succédèrent pendant vingt-cinq ans furent exécutés comme empoisonneurs, espions ou traîtres.

dresser le bilan de leur vie ; tous se découvraient coupables, mais pas des crimes qui les avaient fait condamner. Ils avaient en commun d'avoir sacrifié, dans l'intérêt de la cause, la moralité à l'efficacité. Ils devaient mourir à leur tour puisque c'était l'intérêt de la cause et que des hommes qui souscrivaient aux mêmes principes qu'eux en avaient décidé ainsi. Le roman devait s'intituler : *Le Cercle vicieux*.

Quand j'en commençai la rédaction, je n'avais aucune idée de l'intrigue ; seul un des personnages s'était imposé à moi. Ce devrait être un membre de la vieille garde bolchevique ; il aurait la manière de penser de Nicolas Boukharine mais sa personnalité et son physique seraient inspirés à la fois de Léon Trotski et de Karl Radek. Il m'apparaissait avec la netteté d'une hallucination : petit, trapu, portant une barbiche en pointe et essuyant son pince-nez contre sa manche tout en arpentant sa cellule.

La scène liminaire ne présentait pas de difficultés. Au moment où ses propres gardes viennent l'arrêter, Roubachov est encore endormi : il rêve de sa dernière arrestation, lorsqu'il se trouvait en pays ennemi ; abasourdi, il ne sait lequel des deux dictateurs est venu le chercher cette fois-ci, ni lequel est représenté sur la peinture à l'huile accrochée au-dessus de son lit. Curieusement, cette affirmation symbolique de l'identité des deux régimes totalitaires vint sous ma plume un an avant la conclusion du pacte germano-soviétique, à un moment où, bien qu'ayant quitté le Parti, j'aurais refusé avec indignation de mettre dans le même sac la Russie soviétique et l'Allemagne nazie.

Une fois cette scène rédigée, je n'avais plus à me creuser la tête pour l'intrigue et les péripéties. Tous les souvenirs que ma mémoire avait enregistrés pendant sept ans avaient subi, alors même qu'ils étaient enfouis, une sorte de fermentation. Dégagés de la censure intérieure, ils surgissaient maintenant en grand nombre. Tous les épisodes déplorables auxquels j'avais trouvé des justifications, tant j'étais endoctriné, me servaient à présent de modèles. Je ne m'inquiétais pas de savoir quels seraient les épisodes suivants ; ils s'imposaient d'eux-mêmes. Je savais, par exemple, que finalement, Roubachov s'effondrerait et avouerait tous ses prétendus crimes ; mais je ne savais pas exactement pour quelles raisons. Je ne le compris que progressivement, en rédigeant les scènes où Roubachov est interrogé par Ivanov et Gletkine. Les questions et les réponses furent conditionnées par le climat de l'époque ; je ne les inventai pas mais les déduisis de la structure idéologique à laquelle étaient également assujettis l'accusé et l'accusateur, la victime et le bourreau. Selon les règles du jeu, il n'y avait pour eux qu'une manière de raisonner et d'agir. Les Occidentaux, ignorants du jeu et de ses règles virent dans ces confessions des Procès de Moscou, une des plus grandes énigmes de notre temps. Comment ces vieux bolcheviques qui avaient été les chefs et les héros de la Révolution et qui avaient si souvent bravé la mort qu'ils se disaient « morts en sursis », avaient-ils pu avouer des choses si absurdes et si extravagantes ? Exception faite de ceux, qui comme Radek, avaient tenté de sauver leur tête ; de ceux qui, comme Zinoviev, avaient craqué ; de ceux qui, comme Kameniev particulièrement attaché à son fils, avaient essayé de protéger leur famille, il restait quand même un noyau de « durs » comme Boukharine, Piatakov, Mratchovsky, Smirnov et au moins une vingtaine d'autres, vétérans des prisons tsaristes ou de l'exil en Sibérie, qui avaient consacré trente ou quarante ans de leur vie à la révolution : de façon inexplicable, ceux-là aussi s'étaient avilis sans réticence et sans honte. Roubachov devait être le représentant des « durs » en question.

Les extraits suivants donneront un aperçu de la méthode rigoureusement logique par laquelle les plus durs parmi les fidèles vétérans bolcheviques furent amenés à avouer des crimes qu'ils n'avaient pas commis.

EXTRAIT DU JOURNAL DE N. S. ROUBACHOF, CINQUIÈME JOUR DE PRISON.

« On dit que le N° 1 (Staline) garde en permanence à son chevet le *Prince* de Machiavel. Il a raison : on n'a rien dit depuis de vraiment important sur les règles de l'éthique politique. Nous avons été les premiers à remplacer l'éthique libérale du XIXe siècle, basée sur le *fair play,* par l'éthique révolutionnaire du XXe siècle. En cela aussi nous avions raison : une révolution menée d'après les règles du jeu de tennis est une absurdité. La politique peut être relativement honnête aux moments où l'Histoire suit un cours paresseux ; à ses tournants critiques, la seule règle possible est le vieil adage selon lequel la fin justifie les moyens. Nous étions néo-machiavéliens au nom de la raison universelle — c'était notre grandeur — c'est pourquoi, *en fin de compte,* l'Histoire nous donnera l'absolution.

Mais pour le moment, nous pensons et nous agissons à crédit. Ayant jeté par-dessus bord toutes les conventions et la morale du jeu de tennis, notre seul principe directeur est celui de la conséquence logique. Nous sommes assujettis à la terrible obligation de suivre notre pensée jusqu'à ses ultimes conséquences, et d'y conformer nos actes.

« Il y a quelque temps, B., le plus éminent de nos agronomes, a été fusillé avec trente de ses collaborateurs, parce qu'il soutenait que les nitrates sont un engrais supérieur à la potasse. Le N° 1 est pour la potasse. Il fallait donc liquider comme *saboteurs*[1] B. et ses trente collègues. Pour une agriculture basée sur une centralisation étatiste, le choix entre les nitrates et la potasse est d'une immense importance : l'issue de la prochaine guerre peut en

1. En français dans le texte.

dépendre. Si le N° 1 avait raison, l'Histoire lui donnera l'absolution, et l'exécution de trente et un hommes ne sera qu'une bagatelle. S'il avait tort...

« Cela seul compte : savoir qui a objectivement raison. Les moralistes de l'école du jeu de tennis s'excitent sur un tout autre problème : celui de savoir si B. était subjectivement de bonne foi lorsqu'il recommandait l'azote. S'il était de bonne foi, alors il fallait l'acquitter et lui permettre de faire de la propagande en faveur des nitrates, même si cela devait ruiner le pays...

« Cela est, bien sûr, d'une parfaite absurdité. Pour nous, la question de la bonne foi subjective est dépourvue d'intérêt. Celui qui a tort doit expier; celui qui a raison recevra l'absolution. C'est la loi du crédit historique; c'était notre loi.

« L'Histoire nous a appris que souvent les mensonges la servent mieux que la vérité ; car l'homme est paresseux, et il faut lui faire traverser le désert pendant quarante ans, avant chaque étape de son développement. Et pour le forcer à franchir le désert, force menaces et force promesses sont nécessaires ; il a besoin de terreurs imaginaires et d'imaginaires consolations, sans quoi il va s'asseoir et se reposer prématurément et va s'amuser à adorer des veaux d'or.

« Nous avons appris l'Histoire plus à fond que les autres. Nous différons de tous les autres par la pureté de notre logique. Nous savons que la vertu ne compte pas devant l'Histoire, et que les crimes restent impunis ; mais que chaque erreur a ses conséquences et se venge jusqu'à la septième génération. Aussi avons-nous concentré nos efforts sur les mesures visant à prévenir l'erreur et à en détruire jusqu'aux germes. Chaque idée fausse que nous traduisons en acte est un crime contre les générations futures. Nous sommes donc tenus de punir les idées fausses comme d'autres punissent les crimes : par la mort. On nous a comparés à l'Inquisition parce que, tels les Inquisiteurs, nous persécutions les germes du mal non seulement dans les actes des hommes mais aussi dans leurs pensées. Nous n'admettions l'existence d'aucun secteur privé, pas même dans le cerveau d'un individu. Notre pensée était chargée à si haute tension que le moindre contact provoquait un court-circuit mortel. Nous étions donc prédestinés à nous détruire les uns les autres.

« J'étais un de ces esprits. J'ai pensé et agi comme je le devais ; j'ai détruit des êtres que j'aimais, et j'ai donné le pouvoir à d'autres qui me déplaisaient. L'Histoire m'a placé là où j'étais ; j'ai épuisé le crédit qu'elle m'avait accordé ; si j'avais raison, je n'ai pas à me repentir ; si j'avais tort, je paierai.

« Mais comment peut-on dans le présent décider de ce qui passera pour la vérité dans l'avenir ? Nous faisons œuvre de prophètes sans en avoir le don. Nous avons remplacé la vision par la déduction logique ; mais bien que tous partis du même point, nous avons abouti à des résultats divergents. Une preuve en réfutait une autre, et, en fin de compte, nous avons dû recourir à la foi — une foi axiomatique dans l'exactitude de nos propres raisonnements.

C'est là le point décisif. Nous avons jeté tout notre lest par-dessus bord ; une seule ancre nous retient : la foi en soi-même.

« Le N° 1 a foi en lui-même, lui qui est tenace, lent, morose et inébranlable. Il a attaché son ancre au câble le plus solide de tous. Le mien s'est usé pendant ces dernières années...

« Le fait est que je ne crois plus à mon infaillibilité. C'est pourquoi je suis perdu. »

C'est justement Ivanov, fonctionnaire du G.P.U. qui, après avoir été son ami quand il se trouvait sous ses ordres pendant la Guerre civile, est chargé d'interroger Roubachov. L'interrogatoire tourne progressivement au dialogue acharné. Ivanov défend le régime de terreur du N° 1 (Staline) et tourne en dérision les scrupules de Roubachov.

Je voudrais écrire une tragédie de la Passion dans laquelle Dieu et le Diable se disputeraient l'âme de saint Roubachof. Après une existence pécheresse, il s'est tourné vers Dieu — le Dieu au double menton du libéralisme industriel et des charitables soupes populaires de l'Armée du Salut. Satan, au contraire, est maigre et ascétique ; c'est un fanatique de la logique. Il lit Machiavel, Ignace de Loyola, Marx et Hegel ; son impitoyable froideur envers le genre humain découle d'une sorte de pitié mathématique. Il est condamné à faire toujours ce qui lui répugne le plus : à devenir un boucher pour abolir la boucherie, à fouetter le peuple au knout afin de lui apprendre à ne plus se laisser fustiger, à se défaire de tout scrupule au nom de scrupules supérieurs, et à s'attirer la haine de l'humanité par amour pour elle — un amour abstrait et géométrique. *Apage Satanas !* Le camarade Roubachof préfère le martyre.

« Si j'avais pour toi la moindre trace de pitié, je te laisserais tranquille à présent. Mais je n'ai pas la moindre trace de pitié. Je bois ; pendant quelque temps, comme tu le sais, je me suis drogué ; mais ce vice qu'est la pitié, jusqu'ici je suis parvenu à l'éviter. La plus petite dose, et tu es fichu. Pleurer sur le genre humain et se lamenter — tu sais combien notre race y est pathologiquement encline. Nos plus grands poètes se sont anéantis avec ce poison-là. — Voici où je veux en venir, dit-il : il n'est pas permis de considérer le monde comme une espèce de bordel à émotions métaphysiques. Sympathie, conscience, dégoût, désespoir, repentir et expiation, tout cela n'est pour nous que répugnante débauche. S'asseoir et se laisser hypnotiser par son nombril, lever les yeux et tendre la nuque humblement à son bourreau — c'est une solution facile. La plus forte tentation pour des hommes comme nous, c'est de renoncer à la violence, de se repentir, de se mettre en paix avec soi-même. La plupart des grands révolutionnaires ont succombé à cette tentation, de Spartacus à Danton et à Dostoïevski ; ils représentent la forme classique de la trahison d'une Idée. Tant que le chaos dominera le monde, tout compromis avec notre conscience sera une perfidie.

Quand la maudite voix intérieure te parle, bouche-toi les oreilles de tes deux mains... »

Roubachof regarda par la fenêtre. La neige fondue avait gelé et étincelait, formant une surface irrégulière de cristaux d'un blanc jaunâtre. Sur le mur la sentinelle faisait les cent pas, l'arme à l'épaule. Le ciel était limpide mais sans lune ; au-dessus de la tourelle brillait la Voie lactée.

Roubachof haussa les épaules.

« Admettons, dit-il, que soient incompatibles l'humanitarisme et la politique, le respect de l'individu et le progrès social. Admettons que Gandhi soit une catastrophe pour l'Inde ; que la chasteté dans le choix des moyens conduise à l'impuissance politique. Dans la négative, nous sommes d'accord. Mais regarde où nous a conduits l'autre méthode...

— Où donc ? » demanda Ivanof.

Roubachof frotta son pince-nez sur sa manche, et regarda Ivanof d'un air myope.

« Quel gâchis, dit-il, quel vilain gâchis nous avons fait de notre âge d'or ! »

Ivanof sourit.

« Cela se peut, dit-il d'un air satisfait. Mais pense aux Gracques, et à Saint-Just, et à la Commune de Paris. Jusqu'à maintenant, toutes les révolutions ont été faites par des dilettantes moralisateurs. Ils ont toujours été de bonne foi et ils ont péri de leur dilettantisme. Nous sommes les premiers à être logiques avec nous-mêmes...

— Oui, dit Roubachof, si logiques, que dans l'intérêt d'une juste répartition de la terre nous avons de propos délibéré laissé mourir en une seule année environ cinq millions de paysans avec leurs familles. Nous avons poussé si loin la logique dans la libération des êtres humains des entraves de l'exploitation industrielle, que nous avons envoyé environ dix millions de personnes aux travaux forcés dans les régions arctiques et dans les forêts orientales, dans des conditions analogues à celles des galériens de l'Antiquité. Nous avons poussé si loin la logique, que pour régler une divergence d'opinions nous ne connaissons qu'un seul argument : la mort, qu'il s'agisse d'engrais, ou de la politique du Parti en Indochine. Nos ingénieurs travaillent avec l'idée constamment présente à l'esprit que toute erreur de calcul peut les conduire en prison ou à l'échafaud ; nos poètes règlent leurs discussions sur des questions de style en se dénonçant mutuellement à la police secrète, parce que les expressionnistes considèrent que le style naturaliste est contre-révolutionnaire, et *vice versa.* Agissant logiquement dans l'intérêt des générations à venir, nous avons imposé de si terribles privations à la présente génération que la durée moyenne de son existence est raccourcie du quart. Afin de défendre l'existence du pays, nous devons prendre des mesures exceptionnelles et faire des lois de transition, en tout point contraires aux buts de la Révolution. Le niveau de vie du peuple est inférieur à ce qu'il était avant la Révolution ; les conditions de travail sont plus dures, la discipline est plus inhumaine, la corvée du travail aux pièces pire que dans des colonies où l'on emploie des coolies indigènes ; nos lois sexuelles sont plus étroites d'esprit que celles de l'Angleterre, notre culte du chef plus byzantin que dans les dictatures réactionnaires. Notre presse et nos écoles cultivent le chauvinisme, le militarisme, le dogmatisme, le conformisme et l'ignorance. Le pouvoir arbitraire du gouvernement est illimité, et reste sans exemple dans l'histoire ; les libertés de la presse, d'opinion et de mouvement ont totalement disparu, comme si la Déclaration des Droits de l'Homme n'avait jamais existé. Nous avons édifié le plus gigantesque appareil policier, dans lequel les mouchards sont devenus une institution nationale, et nous l'avons doté du système le plus raffiné et le plus scientifique de tortures mentales et physiques. Nous menons à coups de fouet les masses gémissantes vers un bonheur futur et théorique que nous sommes les seuls à entrevoir. Car l'énergie de cette génération est épuisée ; elle s'est dissipée dans la Révolution ; car cette génération est saignée à blanc et il n'en reste rien qu'un apathique lambeau de chair sacrificatoire qui geint dans sa torpeur... Voilà les conséquences de notre logique. Tu as appelé cela la morale vivisectionniste. Il me semble à moi que les expérimentateurs ont écorché la victime et l'ont laissée debout, ses tissus, ses muscles et ses nerfs mis à nu...

— Eh bien, et après ? dit Ivanof de son air satisfait. Tu ne trouves pas cela merveilleux ? Est-ce qu'il est jamais arrivé quelque chose de plus merveilleux dans toute l'histoire ? Nous arrachons sa vieille peau à l'humanité pour lui en donner une neuve. Ce n'est pas là une occupation pour des gens qui ont les nerfs malades ; mais il fut un temps où cela te remplissait d'enthousiasme. Qu'est-ce qui t'a donc changé pour que tu sois maintenant aussi délicat qu'une vieille fille ?

— Continuons ta métaphore : je vois bien le corps de cette génération écorché vif, mais je ne vois pas trace de peau neuve. Nous avons tous cru que l'on pouvait traiter l'histoire comme on fait des expériences en physique. La différence est qu'en physique on peut répéter mille fois l'expérience, mais qu'en histoire on ne la fait qu'une fois. Danton et Saint-Just ne s'envoient à l'échafaud qu'une seule fois.

— Et que déduis-tu de là ? demanda Ivanof. Faut-il nous tourner les pouces parce que les conséquences d'une action ne sont jamais tout à fait prévisibles, et que par suite toute action est mauvaise ? Nous donnons notre tête en gage pour répondre de chacune de nos actions, on ne peut pas nous en demander davantage. Dans le camp adverse ils n'ont pas de tels scrupules. N'importe quel imbécile de général peut expérimenter avec des milliers de corps vivants ; et s'il commet une erreur, il sera tout au plus mis à la retraite. Les forces de réaction et de contre-révolution n'ont ni scrupules ni problèmes de morale. Imagine-toi un Sylla, un Galliffet, un Koltschak lisant *Crime et Châtiment*. Des oiseaux rares comme toi ne se trouvent que sur les arbres de la Révolution. Pour les autres, c'est plus facile...

Il regarda sa montre. La fenêtre de la cellule était d'un gris sale ; le morceau de journal collé sur le carreau cassé se gonflait en bruissant dans le vent du matin. En face, sur la courtine, la sentinelle faisait les cent pas.

« Pour un homme qui a ton passé, reprit Ivanof, ce soudain revirement contre l'expérimentation est plutôt naïf. Chaque année plusieurs millions d'humains sont tués sans aucune utilité par des épidémies et autres catastrophes naturelles. Et nous reculerions devant le sacrifice de quelques centaines de mille pour l'expérience la plus prometteuse de l'histoire ? Pour ne rien dire des légions de ceux qui meurent de sous-alimentation et de tuberculose dans les mines de houille et de mercure, les plantations de riz et de coton. Personne n'y songe ; personne ne demande pourquoi ; mais si, nous autres, nous fusillons quelques milliers de personnes objectivement nuisibles, les humanitaires du monde entier en ont l'écume à la bouche. Oui, nous avons liquidé la section parasite de la paysannerie et nous l'avons laissée mourir de faim. C'était une opération chirurgicale que le faire une fois pour toutes ; dans le bon vieux temps d'avant la Révolution, il en mourait tout autant pendant une année de sécheresse — mais ils mouraient sans rime ni raison. Les victimes des inondations du fleuve Jaune en Chine se dénombrent parfois par centaines de mille. La nature est généreuse dans les expériences sans objet auxquelles elle se livre sur l'homme. Pourquoi l'humanité n'aurait-elle pas le droit d'expérimenter sur elle-même ? »

Enfin convaincu par les arguments d'Ivanov et plus encore par l'écho qu'ils éveillent dans son esprit — puisqu'ils se fondent l'un et l'autre sur la même philosophie morale — Roubachof décide de capituler : c'est-à-dire de faire une déclaration publique de loyalisme envers le N° 1. Il adresse au procureur de la République une longue lettre soigneusement formulée, qui se termine par cette phrase :

« Je soussigné, N. S. Roubachof, ancien membre du Comité central du Parti, ancien commissaire du peuple, ancien commandant de la deuxième division de l'Armée révolutionnaire, décoré de l'Ordre révolutionnaire pour intrépidité devant les ennemis du peuple, ai décidé, vu les raisons exposées ci-dessus, de renoncer absolument à mon attitude d'opposition et de dénoncer publiquement mes erreurs. »

Mais entre-temps, Ivanov est lui-même arrêté (et ensuite exécuté) pour avoir été trop clément envers Roubachov et avoir émis des « doutes désobligeants sur sa culpabilité ». L'instruction est à présent confiée à Gletkine, ancien subordonné d'Ivanov. Contrairement à ce dernier, Gletkine appartient à la nouvelle génération « d'Hommes de Néanderthal » (comme les surnomme Roubachov) qui, tels des amnésiques, ne gardent aucun souvenir d'un monde aujourd'hui disparu : « Nul besoin de renier leur passé, ils n'en avaient pas. Le cordon ombilical n'ayant jamais existé, ils étaient étrangers à la fantaisie comme à la nostalgie. » Gletkine expérimente sur Roubachov une des méthodes bien connues utilisées par le

G.P.U. : il s'agit de priver l'accusé de sommeil en l'interrogeant jour et nuit, exposé à la lumière de lampes éblouissantes, jusqu'à ce qu'il craque physiquement et mentalement[1].

Les charges qui pèsent sur Roubachov sont les suivantes : il aurait incité un de ses jeunes admirateurs travaillant aux cuisines du Kremlin à empoisonner le Numéro 1 ; il aurait comploté, en collaboration avec une nation étrangère, le renversement du régime ; enfin, pour faire bonne mesure, il se serait livré au sabotage industriel. Ces accusations sont si absurdes qu'Ivanov n'avait même pas pris la peine de les exposer en détail. Gletkine, quant à lui, ouvre ainsi les débats :

Gletkine avait cessé de lire et le regardait. Au bout de quelques secondes de silence, il dit, de son ton habituel, affirmatif plutôt qu'interrogateur :

« Vous avez entendu l'accusation et vous plaidez coupable. »

Roubachof essaya de le dévisager. Il ne le put pas, et dut refermer les yeux. Il avait eu au bout de la langue une réponse mordante ; il se retint et dit, si doucement que la maigre secrétaire dut tendre l'oreille pour l'entendre :

« Je plaide coupable de n'avoir pas compris la nécessité fatale qui détermine la politique du Gouvernement, et d'avoir en conséquence entretenu des idées oppositionnistes. Je plaide coupable d'avoir suivi des impulsions sentimentales, et donc d'avoir été amené à me trouver en contradiction avec la nécessité historique. J'ai prêté l'oreille aux lamentations des sacrifiés, et suis ainsi devenu sourd aux arguments qui démontraient la nécessité de les sacrifier. Je plaide coupable d'avoir placé la question de la culpabilité et de l'innocence avant celle du l'utilité et de la nocivité. Finalement, je plaide coupable d'avoir mis l'idée de l'homme au-dessus de l'idée de l'humanité... »

Roubachof s'arrêta et essaya encore une fois d'ouvrir les yeux. Il jeta un regard clignotant vers le coin de la secrétaire, détournant la tête de la lumière. Elle venait de finir d'écrire ce qu'il avait dit ; il crut voir un sourire ironique sur son profil pointu.

« Je sais, poursuivit Roubachof, que mon aberration, si elle avait été suivie d'action, aurait représenté un danger mortel pour la Révolution. Toute opposition aux tournants critiques de l'histoire, porte en elle le germe d'un schisme dans le Parti, et partant, le germe de la guerre civile. La faiblesse humanitaire et la démocratie libérale, lorsque les masses ne sont pas mûres, équivalent au suicide de la Révolution. Et pourtant mon attitude d'opposition était précisément basée sur la nostalgie de ces méthodes — si désirables en apparence, si mortelles en réalité. Sur la nostalgie d'une réforme libérale de la dictature ; d'une démocratie établie sur des bases plus

1. De source confidentielle, j'avais appris l'existence de ces méthodes par lesquelles le G.P.U. procédait à ce qu'il est aujourd'hui convenu d'appeler un lavage de cerveau, *cf. Hiéroglyphes,* chap. XXXVII. Quand le roman parut, en 1940, personne n'y crut vraiment.

larges ; de l'abolition de la Terreur ; et d'un assouplissement de l'organisation rigide du Parti. Je reconnais que ces revendications, dans la situation actuelle, sont objectivement nuisibles et présentent donc un caractère contre-révolutionnaire... »

Il fit une nouvelle pause, parce qu'il avait la gorge sèche et que sa voix s'enrouait. Il entendait dans le silence les grattements du crayon de la secrétaire : il leva un peu la tête, les yeux clos, et poursuivit :

« C'est dans ce sens, et dans ce sens seulement, que vous pouvez m'appeler un contre-révolutionnaire. Quant aux absurdes inculpations criminelles contenues dans l'accusation, elles n'ont rien à faire avec moi.

Cependant, Roubachov, physiquement et moralement miné, finit par avouer tous ses prétendus crimes.

— La question du motif est la dernière », dit Gletkine.

Roubachof passa sa main sur ses tempes.

« Vous connaissez mes motifs aussi bien que moi, dit-il. Vous savez que je n'ai pas agi sous l'impulsion d'une « mentalité contre-révolutionnaire », et que je n'étais pas au service d'une puissance étrangère. Ce que j'ai pensé et ce que j'ai fait, je l'ai pensé et fait selon mes convictions et ma conscience. »

Gletkine avait sorti un dossier de son tiroir. Il le compulsa, en sortit un feuillet et lut de sa voix monotone :

« ... Pour nous, la question de la bonne foi subjective est dépourvue d'intérêt. Celui qui a tort doit expier ; celui qui a raison recevra l'absolution. C'était notre loi... » Vous avez écrit cela dans votre journal peu après votre arrestation.

Roubachof perçut derrière ses paupières le papillotement familier de la lampe. Sur les lèvres de Gletkine, la phrase qu'il avait conçue et écrite prenait un son étrangement nu, comme si une confession uniquement destinée au prêtre anonyme avait été enregistrée sur un disque de phono qui la répétait maintenant de sa voix de fausset.

« Je ne vois pas, dit Roubachof, en quoi cela peut servir le Parti que ses membres se vautrent dans la boue à la face du monde. J'ai plaidé coupable d'avoir suivi une politique erronée et objectivement nuisible. Cela ne vous suffit-il pas ? »

Il mit son pince-nez, regarda par-delà le réflecteur d'un air désemparé en clignant des yeux, et conclut d'une voix lasse et rauque :

« Après tout, le nom de N. S. Roubachof est en lui-même une page de l'histoire du Parti. En le traînant dans la fange, vous salissez l'histoire de la Révolution. »

Gletkine parcourut le dossier :

« Je puis encore une fois vous répondre en vous citant vos propres écrits. Vous avez écrit :

« Il convient de faire entrer chaque phrase dans l'esprit des masses à force de répétitions et de simplifications. Ce qu'on leur présente comme bon doit briller comme l'or ; ce qu'on leur présente comme mauvais doit être noir comme l'ébène. Pour la consommation des masses, les phénomènes politiques doivent être coloriés comme des bonshommes de pain d'épice à la foire. »

Roubachof se taisait. Puis il dit :

« C'est donc là ce que vous voulez : je dois jouer le diable dans votre guignol — hurler, grincer des dents et tirer la langue — et spontanément par-dessus le marché. Danton et ses amis se sont tout de même vu épargner cela. »

Gletkine referma le dossier. Il se pencha un peu en avant et rajusta ses manchettes.

« Votre déposition au procès sera le dernier service que vous puissiez rendre au Parti. »

Roubachof ne répondit pas. Il fermait les yeux et se détendait sous les rayons de la lampe comme un dormeur épuisé dans le soleil ; mais on n'échappait pas à la voix de Gletkine.

« Votre Danton et la Convention, disait la voix, n'étaient qu'enfantillages en face de ce qui est en jeu ici. J'ai lu des livres là-dessus ; ces gens-là portaient des perruques poudrées et déclamaient au sujet de leur honneur personnel. Pour eux, tout ce qui comptait était de mourir avec un beau geste, sans se soucier de savoir si ce geste faisait du bien ou du mal. »

Roubachof se tut. Il avait un bourdonnement, un ronronnement dans les oreilles ; la voix de Gletkine était sur lui ; elle venait de toutes parts autour de lui ; elle martelait sans pitié son crâne endolori.

« Vous savez ce qui est en jeu ici, poursuivit Gletkine. Pour la première fois dans l'histoire, une révolution n'a pas seulement pris le pouvoir, mais elle l'a gardé. Nous avons fait de notre pays un bastion de l'ère nouvelle. Il recouvre le sixième de la surface du globe et renferme le dixième de la population du monde. »

La voix de Gletkine se faisait maintenant entendre derrière Roubachof. Il s'était levé et marchait de long en large dans la pièce. C'était la première fois que pareille chose se produisait. Ses bottes grinçaient à chaque pas, et une odeur aigrelette de sueur et de cuir se répandit.

« Lorsque notre Révolution eut réussi chez nous, nous nous sommes imaginés que le reste du monde allait nous suivre. Au lieu de quoi il se produisit une vague de réaction, qui menaça de nous engloutir. Il y avait deux courants dans le Parti. L'un se composait d'aventuriers, qui voulaient hasarder nos conquêtes dans le but de fomenter la révolution à l'étranger. Vous étiez un de ceux-là. Nous avons reconnu que ce courant était dangereux et nous l'avons liquidé. »

Roubachof voulut lever la tête pour parler. Les pas de Gletkine résonnaient dans sa tête. Il était trop las. Il se laissa retomber en arrière, et n'ouvrit pas les yeux.

« Le chef du Parti, reprit la voix de Gletkine, avait une perspective plus large et une tactique plus tenace. Il a compris que tout dépendait de notre capacité de survivre à la période de réaction mondiale et de garder notre bastion. Il avait compris que cela pourrait durer dix, peut-être vingt, peut-être cinquante ans, jusqu'à ce que le monde soit mûr pour une nouvelle vague révolutionnaire. Jusque-là, nous serons seuls. Jusque-là, nous n'avons qu'un seul devoir : ne pas périr. »

Une phrase surnagea vaguement à la surface de la mémoire de Roubachof : « Le devoir du révolutionnaire est de préserver son existence. » Qui avait dit cela ? Lui-même ? Ivanof ? C'était au nom de ce principe qu'il avait sacrifié Arlova. Et où cela l'avait-il mené ?

« Ne pas périr, disait la voix de Gletkine. Il faut tenir le rempart, au prix de n'importe quel sacrifice. Le chef du Parti a reconnu ce principe avec une lucidité sans égale, et l'a constamment appliqué. La politique de l'Internationale a dû être subordonnée à notre politique nationale. Quiconque ne comprenait pas cette nécessité devait être exterminé. Des équipes complètes de nos meilleurs fonctionnaires en Europe ont dû être physiquement liquidées. Nous n'avons pas hésité à écraser nos propres formations à l'étranger lorsque les intérêts du Bastion l'exigeaient. Nous n'avons pas reculé devant la collaboration avec la police des pays réactionnaires pour supprimer des mouvements révolutionnaires qui surgissaient au mauvais moment. Nous n'avons pas hésité à trahir nos amis et à transiger avec nos ennemis, afin de préserver le Bastion. C'était la tâche que l'histoire nous avait confiée, à nous autres représentants de la première révolution victorieuse. Les myopes, les esthètes, les moralistes n'ont pas compris. Mais le leader de la Révolution a compris que tout dépendait d'une seule chose : avoir plus de souffle que les autres. »

Gletkine s'arrêta d'arpenter la pièce. Il fit halte derrière la chaise de Roubachof. La cicatrice de son crâne rasé luisait de sueur. Il haletait, s'épongea le front avec son mouchoir, et parut embarrassé d'avoir manqué à son habituelle réserve. Il se rassit à sa table et rajusta ses manchettes. Il baissa un peu la lumière, et poursuivit de son habituelle voix terne.

« La ligne du Parti est nettement tracée. Sa tactique est déterminée par le principe selon lequel la fin justifie les moyens — tous les moyens, sans exception. C'est dans l'esprit de ce principe, citoyen Roubachof, que le procureur de la République demandera votre tête. »

« Votre faction, citoyen Roubachof, est battue et exterminée. Vous avez voulu scinder le Parti, alors que vous deviez savoir que la scission du Parti, c'était la guerre civile. Vous êtes au courant du mécontentement chez les paysans, qui n'ont pas encore appris à comprendre le sens des sacrifices qui s'imposent à eux. Dans une guerre qui n'est peut-être l'affaire que de quelques mois, de pareils courants peuvent aboutir à une catastrophe. De là l'impérieuse nécessité pour le Parti de rester uni. Il doit être pour ainsi dire coulé dans un moule unique — imbu d'aveugle discipline et de confiance absolue. Vous et vos amis, citoyen Roubachof, vous avez ouvert une plaie dans le corps du Parti. Si votre repentir est authentique, vous devez nous aider à guérir cette plaie. Je vous l'ai dit, c'est le dernier service que le Parti vous demandera.

« Votre tâche est simple. Vous vous l'êtes tracée vous-même : dorer le Bien, noircir le Mal. La politique de l'opposition est mauvaise. Votre tâche consiste donc à rendre l'opposition méprisable ; à faire comprendre aux masses que l'opposition est un crime et que les chefs de l'opposition sont des criminels. C'est le simple langage que comprennent les masses. Si vous vous mettez à parler de vos mobiles complexes, vous ne ferez que jeter la confusion parmi elles. Votre tâche, citoyen Roubachof, consiste à éviter d'éveiller la sympathie et la pitié. La sympathie et la pitié pour l'opposition sont un danger pour le pays.

« Camarade Roubachof, j'espère que vous avez compris la tâche que vous a assignée le Parti. »

C'était la première fois depuis qu'ils se connaissaient que Gletkine appelait Roubachof « camarade ». Roubachof leva vivement la tête. Il sentit monter en lui une vague de chaleur contre laquelle il ne pouvait rien. Son menton tremblait un peu tandis qu'il enfourchait son pince-nez.

« Je comprends.

— Remarquez, poursuivit Gletkine, que le Parti ne vous offre aucune perspective de récompense. Certains des accusés ont été amadoués par une pression physique. D'autres, par la promesse d'avoir la vie sauve — ou celle que leurs parents tombés entre nos mains comme otages auraient la vie sauve. A vous, camarade Roubachof, nous ne vous proposons aucune transaction, et nous ne vous promettons rien.

— Je comprends, répéta Roubachof.

Gletkine jeta un coup d'œil au dossier.

— Il y a dans votre journal un passage qui m'a impressionné, poursuivit-il. Vous avez écrit : « J'ai pensé et agi comme il fallait que je le fasse. Si j'avais raison, je n'ai pas à me repentir ; si j'avais tort, je paierai. »

Il leva les yeux et regarda Roubachof bien en face :

« Vous aviez tort, et vous paierez, camarade Roubachof. Le Parti ne prend qu'un seul engagement : après la victoire, un jour , quand cela ne pourra plus faire aucun mal, les archives secrètes seront publiées. Alors le monde apprendra ce qu'il y avait dans les coulisses de ce guignol — comme vous dites — que nous avons dû monter devant lui pour agir conformément au manuel de l'histoire... »

Il hésita quelques secondes, rajusta ses manchettes, et conclut assez gauchement, tandis que le rouge montait à sa cicatrice :

« Et alors, vous et quelques-uns de vos amis de la vieille génération, vous bénéficierez de la sympathie et de la pitié qui vous sont refusées aujourd'hui. »

Tout en parlant, il avait poussé la déclaration toute prête vers Roubachof, et avait posé son stylo à côté. Roubachof se leva et dit avec un sourire forcé :

« Je m'étais toujours demandé ce qui se passait quand les Néanderthaliens se laissaient aller au sentiment. Maintenant, je sais.

— Je ne comprends pas », dit Gletkine, debout lui aussi.

Roubachof signa la déclaration.

Comme prévu, il est condamné à mort et maintenant attend l'exécution.

Roubachof marchait dans sa cellule. Autrefois, il se serait pudiquement privé de cette espèce de rêverie puérile. Maintenant, il n'en avait pas honte. Dans la mort, le métaphysique devenait réel. Il s'arrêta près de la fenêtre et posa son front contre le carreau. Par-dessus la tourelle, on voyait une tache bleue. D'un bleu pâle qui lui rappelait un certain bleu qu'il avait vu au-dessus de sa tête, une fois que, tout enfant, il était étendu sur l'herbe dans le parc de son père, à regarder les branches de peuplier qui se balançaient lentement contre le ciel. Apparemment, même un coin de ciel bleu suffisait à provoquer « l'état océanique ». Il avait lu que, selon les dernières découvertes de la physique astrale, le volume du monde était fini — bien que l'espace n'ait pas de limites, il formait un système clos, comme la surface d'une sphère. Il n'était jamais parvenu à comprendre cela ; mais à présent, il éprouvait un urgent désir de comprendre. Il se souvenait maintenant de l'endroit où il avait lu cela : pendant sa première arrestation en Allemagne, des camarades lui avaient fait passer secrètement dans sa cellule une feuille de l'organe illégal du Parti ; au sommet, il y avait trois colonnes sur une grève dans une filature ; au bas d'une colonne, en bouche-trou, était imprimée, en tout petits caractères, la découverte selon laquelle l'univers était fini, et au beau milieu de l'article la page était déchirée. Il n'avait jamais su ce qui était écrit sur la partie manquante.

Roubachof était debout à la fenêtre et tapait avec son pince-nez sur le mur vide. Dans son enfance, il avait réellement eu l'intention d'étudier l'astronomie, et voilà que depuis quarante ans il faisait autre chose. Pourquoi le procureur ne lui avait-il pas demandé : « Accusé Roubachof, que pensez-vous de l'infini ? » Il n'aurait pas su quoi répondre — et voilà, c'était là la véritable source de sa culpabilité... Y en avait-il de plus grave au monde ?

Quand il avait lu cet article de journal, alors comme à présent seul dans sa cellule, les articulations encore endolories après la dernière séance de torture, il avait été plongé dans un état d'exaltation bizarre — le « sentiment océanique » l'avait emporté. Plus tard, il en avait eu honte. Le Parti désapprouvait de tels états. Il appelait cela mysticisme *petit-bourgeois*[1], fuite dans la tour d'ivoire, « abandon de sa tâche », « désertion en pleine lutte des classes ». Le « sentiment océanique » était contre-révolutionnaire.

1. En français dans le texte.

Car dans toute lutte il faut avoir les deux pieds fermement plantés au sol. Le Parti vous enseignait comment. L'infini était une quantité politiquement suspecte, le « Je » une qualité suspecte. Le Parti n'en reconnaissait pas l'existence. La définition de l'individu était : une multitude d'un million divisée par un million.

Le Parti niait le libre arbitre de l'individu — et en même temps exigeait de lui une abnégation volontaire. Il niait qu'il eût la possibilité de choisir entre deux solutions — et en même temps il exigeait qu'il choisît constamment la bonne. Il niait qu'il eût la faculté de distinguer entre le bien et le mal — et en même temps il parlait sur un ton pathétique de culpabilité et de traîtrise. L'individu — rouage d'une horloge remontée pour l'éternité et que rien ne pouvait arrêter ou influencer — était placé sous le signe de la fatalité économique, et le Parti exigeait que le rouage se révolte contre l'horloge et en change le mouvement. Il y avait quelque part une erreur de calcul, l'équation ne collait pas.

Tout était tranquille dans la cellule. Roubachof n'entendait que le crissement de ses pas sur le carrelage. Six pas et demi vers la porte, d'où ils viendraient le chercher, six pas et demi vers la fenêtre, derrière laquelle la nuit tombait. Bientôt ce serait fini. Mais quand il se demandait : Pourquoi au juste meurs-tu ? il ne trouvait pas de réponse.

Je reviens à présent à la postface de l'édition anglaise « Danube » de ce roman :

Les archives secrètes dont Gletkine parle ainsi de façon consolante n'ont pas encore été publiées. Mais il y a eu des fuites, inévitables à la longue. Je ne citerai ici qu'un seul témoignage : le récit fait par le général Krivitzky de la méthode par laquelle Mratchkovsky, l'un des accusés du premier procès sensationnel, fut amené à avouer.

Le général Walter Krivitzky était chef des Renseignements militaires soviétiques (Quatrième Bureau de l'Armée Rouge) pour l'Europe occidentale jusqu'au moment où il rompit avec le régime en 1937. Ce fut le premier cas de désertion d'un officier supérieur dans le réseau d'espionnage soviétique à l'étranger. Par deux fois, la G.P.U. essaya de l'assassiner en France ; la troisième, elle réussit aux États-Unis. Sa mort fut camouflée en suicide. Le général Krivitzky fut trouvé, une balle dans la tête, apparemment tirée par lui-même, dans une chambre d'un petit hôtel de Washington où il n'était jamais descendu auparavant. Il avait, à plusieurs reprises, averti sa famille et ses amis de ne jamais croire à son suicide, au cas où on le trouverait mort. Il existe un vieux dicton de la G.P.U. : « N'importe quel idiot peut commettre un meurtre, mais il faut un artiste pour commettre une mort naturelle. »

Je n'ai jamais rencontré le général Krivitzky ; ceux de mes amis qui l'ont connu admiraient son courage et sa probité. Son livre : *J'étais agent de Staline* parut en décembre 1939, à l'époque où j'avais terminé *Le Zéro et l'Infini,* sauf pour la dernière partie après l'interrogatoire, « la Fiction grammaticale ». Je n'ai lu le livre de Krivitzky que des années plus tard, car, après avoir écrit *Le Zéro et l'Infini,* j'étais devenu allergique — et le demeurai longtemps — à ce sujet. Comme l'ouvrage de Krivitzky est épuisé et ne sera peut-être pas réimprimé de longtemps, force m'est d'en citer certains passages.

D'abord, le bref résumé du problème dans un chapitre intitulé : « Pourquoi avouèrent-ils ? »

Comment furent obtenues les confessions ?... Un monde stupéfait regardait les bâtisseurs du gouvernement soviétique se flageller eux-mêmes pour des crimes qu'ils n'avaient jamais pu commettre et qui furent prouvés être d'énormes mensonges. Depuis, l'énigme des aveux n'a cessé d'étonner le monde occidental. Mais ces aveux ne furent jamais une énigme pour ceux d'entre nous qui avaient connu la machine stalinienne, de l'intérieur.

Bien que divers facteurs contribuassent à amener les hommes au point où ils avouaient, ils le faisaient, finalement, dans la conviction sincère que c'était là l'unique service qu'ils pouvaient encore rendre au Parti et à la Révolution. Ils sacrifiaient leur honneur et leur vie pour défendre le régime de Staline, le régime haï, parce qu'il contenait la dernière petite lueur d'espoir en ce monde meilleur auquel ils s'étaient consacrés dans leur jeunesse [1]...

Krivitzky fait remarquer que cette explication s'applique seulement à un certain type d'accusés que j'ai appelés « les durs » ; puis il fait le récit de la façon dont Mratchkovsky fut persuadé d'avouer [2] :

Mratchkovsky était membre du parti bolchevique depuis 1905. C'était le fils d'un révolutionnaire exilé en Sibérie par le tzar. Lui-même avait été plusieurs fois arrêté par la police tzariste. Pendant la guerre civile, après la Révolution soviétique, Mratchkovsky organisa dans l'Oural un corps de volontaires qui contribua avec éclat à la défaite des armées contre-révolutionnaires de l'amiral Koltchak. Il acquit la réputation d'un héros presque légendaire, à l'époque de Lénine et Trotski.

En juin 1935, tous les préparatifs étaient faits pour le premier procès de Moscou. Les aveux de quatorze accusés avaient été obtenus. Les principaux personnages, Zinoviev et Kamenev, avaient été catéchisés et ils avaient répété leurs rôles. Mais il restait deux hommes, dans cette hotte de victimes désignées, qui avaient refusé de faire des aveux. L'un était Mratchkovsky. L'autre, son collègue Ivan N. Smirnov, un des fondateurs du parti bolchevique, chef de la Cinquième armée pendant la guerre civile.

Staline ne voulait pas commencer le procès sans ces deux hommes. On les cuisinait depuis des mois, on leur avait fait subir toutes les pratiques physiques du troisième degré de l'Ogpu, mais ils refusaient toujours de signer leurs aveux. Le chef de l'Ogpu fit soudain appel à mon camarade Sloutski pour continuer l'interrogatoire de

1. W. G. KRIVITZKY, *I was Stalin's agent.*
2. Dans la version qui va suivre, le récit de Krivitzky a été considérablement allégé.

Mratchkovsky, et « briser » cet homme pour qui Sloutski avait justement une profonde estime. Nous pleurâmes tous deux quand Sloutski me conta ses expériences d'inquisiteur.

« — Je commençai l'interrogatoire, rasé de près, dit-il. Quand je l'eus terminé, j'avais une barbe. Sloutski se mit à parler de la situation intérieure et extérieure du gouvernement soviétique, des périls intérieurs et extérieurs, des ennemis dans le Parti minant la puissance des Soviets, de la nécessité de sauver à tout prix le Parti, unique sauveur de la Révolution.

« Je lui dis, me rapporta Sloutski, que j'étais personnellement convaincu que lui, Mratchkovsky, n'était pas un contre-révolutionnaire. Je pris sur mon bureau les confessions de ses camarades de prison et les lui montrai pour lui prouver le degré de bassesse où ceux-ci étaient tombés dans leur opposition au système soviétique.

« Trois jours et trois nuits durant, nous parlâmes et discutâmes. De tout ce temps, Mratchkovsky ne dormit pas un instant. Je réussis à dérober, en tout, trois ou quatre heures de sommeil à cette lutte que je poursuivais contre lui. »

Des jours et des nuits de discussions suivirent qui amenèrent Mratchkovsky à se rendre compte que personne d'autre que Staline ne pouvait diriger le parti bolchevique. Mratchkovsky croyait fermement au système de gouvernement monopartite, et il dut reconnaître qu'il n'existait pas de groupe bolchevique suffisamment fort pour réformer, de l'intérieur, la machine du Parti ou pour rejeter la direction de Staline. Certes, il y avait un profond mécontentement dans le Parti, mais l'aborder en dehors des rangs bolcheviques marquerait la fin de la dictature prolétarienne à laquelle Mratchkovsky demeurait fidèle.

L'instructeur de l'accusation et l'accusé convinrent tous deux que tous les bolcheviks ont le devoir de soumettre leurs idées et leur volonté à la volonté du Parti. Ils convinrent qu'il fallait rester dans le Parti, même jusqu'à la mort, jusqu'au déshonneur jusqu'à la mort dans le déshonneur, si cela devenait nécessaire pour consolider la puissance des Soviets. C'était au Parti de témoigner, s'il le voulait, sa considération à ceux qui, en ayant avoué, s'étaient ainsi sacrifiés.

« Je l'amenai au point où il se mit à pleurer, me dit Sloutski. Je pleurai avec lui lorsque nous arrivâmes à la conclusion que tout était perdu, qu'il ne restait plus rien en quoi espérer ou croire, que la seule chose à faire était un effort désespéré pour prévenir un combat inutile du peuple mécontent. Pour cela, le gouvernement avait besoin des « confessions » publiques des chefs de l'opposition.

« A la fin du quatrième jour, il signa tous les aveux qu'il répéta au procès public.

« Je rentrai chez moi. Pendant toute une semaine, je fus incapable de travailler. J'étais incapable de vivre[1]. »

Lorsque je lus ce récit, des années après avoir écrit *Le Zéro et l'Infini,* j'eus un sentiment pénible de déjà vu. Les analogies d'atmosphère et de contenu avec le premier interrogatoire de Roubachof par Ivanov dans le roman étaient, certes, frappantes. La similitude entre l'ordre d'arguments d'Ivanov et de Sloutski était facile à expliquer : le roman et la réalité étant tous deux déterminés par le même ensemble d'idées et de circonstances. Mais il y avait des similitudes de détails et de nuances qui dépassaient cela. Dans les deux

1. W. G. KRIVITZKY, *op. cit.*

cas, l'interrogatoire commence par la rencontre sentimentale de l'accusateur et de l'accusé rapprochés par le souvenir de la guerre civile ; dans les deux cas, l'accusateur a servi sous le commmandement de l'accusé ; dans les deux cas, l'un des antagonistes garde de la guerre civile une jambe estropiée ; dans les deux cas, l'interrogateur sera, à son tour, liquidé. J'avais l'impression, en continuant ma lecture, de rencontrer les *Doppelgänger,* les doubles, les spectres, de Roubachof et d'Ivanov, une régurgitation fantomale, ectoplasmique des événements de mon imagination par la réalité.

Krivitzky n'avait jamais lu *Le Zéro et l'Infini,* il était mort à l'époque où le roman parut.

Comme je l'ai fait remarquer à plusieurs reprises, la méthode par laquelle un Mratchkovsky, un Boukharine ou un Roubachof furent amenés à avouer ne pouvait être appliquée qu'à un certain type de vieux bolcheviques dont la fidélité au Parti était absolue. Avec d'autres accusés, d'autres méthodes de pression étaient mises en œuvre qui variaient suivant les cas. Toutefois, dans la controverse qui se poursuivit à propos du livre, on prétendit constamment que j'avais voulu expliquer *tous* les cas par la même méthode. En fait, des trois accusés qui figurent dans le roman, Roubachof est le seul qui avoue par un dévouement au Parti allant jusqu'à l'abnégation totale ; Bec-de-Lièvre avoue sous la torture ; le paysan illettré avoue sans même comprendre l'accusation parce qu'il fait tout ce que l'Autorité lui ordonne. En outre, dans le passage cité au début de ce chapitre, Gletkine lui-même énumère les diverses méthodes par lesquelles d'autres furent amenés à avouer ; dans un autre passage encore, c'est Roubachof qui dit : « Il y en avait qui étaient réduits au silence par la terreur physique ; d'autres qui espéraient avoir la vie sauve... »

Mais quand, vingt ans après la parution du roman, Khrouchtchev, dans son discours historique du XXe Congrès du Parti, dénonça les crimes de Staline, quelques polémistes infatigables y virent la preuve de la fausseté de la « théorie des aveux de Roubachov » ; les aveux avaient été obtenus par les méthodes les plus simples et les plus traditionnelles : la torture, le chantage et la corruption ; ne le tenait-on pas de Khrouchtchev en personne ? La réponse est qu'on ne peut attendre d'un chef d'État qu'il divulgue des détails confidentiels sur les méthodes employées par sa police secrète. Sans doute les plus efficaces d'entre elles étaient celles qui visaient à induire la dépression nerveuse. Elles furent appliquées pour la première fois et avec succès lors des procès de Moscou, pendant les années trente et suivies jusqu'après la guerre durant les autres procès grand-guignolesques qui se déroulèrent dans quelques pays satellites : par exemple, celui de Slansky et de Clementis en Tchécoslovaquie ou celui de Rajk en Hongrie. Cette technique psychologique très souple pouvait être associée à la torture ou à l'administration de drogues ; elle était adaptée à la personnalité de la victime, compte tenu de sa résistance physique et de ses principes moraux. Les mauvais traitements, les menaces et les promesses suffisaient à faire avouer à la majorité des victimes qu'elles avaient volé la tour Eiffel avant de la vendre à un ferrailleur. Mais dans *Le Zéro et l'Infini,* il s'agissait d'une minorité historique, l'élite des vieux bolcheviques qui, après avoir fait la révolution russe et changé ainsi la destinée du monde, se roulaient quand même dans la fange du déshonneur. Ceux-là, les Boukharine, les Zinoviev, les Piatakov, furent des géants déchus : ce serait donc leur faire une ultime injure que de mal interpréter les motifs pour lesquels ils moururent. S'ils en vinrent à s'accuser eux-mêmes, ce ne fut pas parce qu'ils furent torturés ou qu'on leur promit des datchas : ils moururent pour une idéologie devenue aberrante, par fidélité à leur propre engagement. Les Gletkine, inquisiteurs à la dialectique implacable, réussirent à briser les Roubachov en utilisant leur faiblesse physique, mais surtout en faisant appel au plus noble aspect de l'homme : son sens du devoir et du sacrifice. Les critiques qui ne le comprirent pas, puisqu'ils accusèrent la « théorie des aveux de Roubachov » d'être tirée par les cheveux, avaient sans doute le bon sens pour eux, mais ils n'avaient pas la plus petite idée du pouvoir hypnotisant des idéologies totalitaires. La majorité des hommes politiques occidentaux leur ressemblant, ils n'en tirèrent aucune leçon et n'écoutèrent pas ce qui était un avertissement.

J'ai parlé de cette régurgitation de la fiction par la réalité à propos du récit de Krivitzky. Ce phénomène se reproduisit. En novembre 1952, douze ans après la publication du Zéro et l'Infini, *le dernier survivant parmi mes amis intimes du Parti, Otto Katz, alias André Simon, fut pendu à Prague :*

Otto avait été l'un des plus brillants dirigeants et propagandistes de l'Internationale communiste ; auteur du célèbre *Livre brun de la terreur hitlérienne,* il avait été réalisateur de films de propagande soviétique, distributeur de fonds secrets aux journalistes et politiciens français, ambassadeur itinérant du Komintern pour lequel il accomplissait de fréquents voyages à Londres et à Hollywood, afin d'y organiser des comités antifascistes. Il entretenait partout des relations avec des intellectuels communisants et progressistes. Il était beau, charmeur, et séduisait les femmes, surtout les vieilles filles entre deux âges qui, au sein du Parti travailliste anglais, exerçaient une certaine influence. Quand je fus emprisonné pendant la guerre civile espagnole, il mena une campagne internationale pour ma libération, me sauvant sans doute ainsi la vie.

Otto avait passé les années de guerre au Mexique. Puis il était rentré dans son pays natal, la Tchécoslovaquie. Après le coup d'État communiste de 1948, il avait été nommé directeur de l'organe officiel du Parti, *Pravo Lidu,* et, plus tard, directeur de la Presse au ministère des Affaires étrangères. En 1952, la Grande Épuration qui balaya les pays satellites le balaya lui aussi. Il fut l'un des neuf prévenus du procès Slansky-Clementis, accusé d'être un espion britannique, un saboteur et un agent sioniste par-dessus le marché. Il avoua tout et fut pendu.

En lisant le terrible récit des aveux d'Otto au procès, j'eus un choc plus douloureux que lorsque j'avais appris d'autres événements de ce genre. Dans sa dernière déposition devant le tribunal, Otto avait cité les dernières paroles de Roubachof aussi textuellement qu'il pouvait sans doute se les rappeler. Les mots d'Otto furent :

« Je... je mérite la potence. Le seul service que je puisse encore rendre est de servir comme un avertissement à tous ceux qui, par origine ou caractère, sont exposés à suivre le même chemin vers l'enfer. Le châtiment le plus sévère... » (Voix devenue inintelligible)[1].

Les dernières paroles de Roubachof avec son insistance sur le fait de « rendre un dernier service » et « servir d'avertissement » étaient une paraphrase de la confession de Boukharine au procès de Moscou de 1938 — et Otto le savait. La forme donnée par Otto à sa dernière déposition marquait clairement son intention d'en faire un message camouflé, d'exprimer que, lui aussi, avait été poussé à avouer des crimes aussi imaginaires que ceux de Boukharine et de Roubachof. Peut-être croyait-il que je pourrais faire pour lui ce qu'il avait fait pour moi dans une situation analogue mais moins désespérée ; peut-être espérait-il que ses anciens amis influents de Londres, Paris et Hollywood, qui admiraient et fêtaient autrefois l'auteur des *Livres bruns,* le propagandiste de la République espagnole, élèveraient la voix pour protester. Quand un homme se voit près d'être pendu, il a tendance à surestimer l'intérêt que le monde prend à sa trachée-artère. Pas une voix ne s'éleva parmi les éditeurs, journalistes, femmes du monde et étoiles de cinéma qui se pressaient autour d'Otto aux jours romantiques et roses du Front populaire. Son dernier message fut comme un S.O.S. griffonné dans une bouteille rejetée par la mer et abandonnée sur la grève au milieu de débris d'épaves, inaperçue de la foule.

1. Notes d'écoute de la B.B.C. de la dernière déposition d'Otto Katz au procès Slansky-Clementis, 23 novembre 1952.

CHAPITRE XVI

Croisade sans croix

CROISADE SANS CROIX, *publié en 1943, conclut la trilogie que j'ai consacrée aux rapports entre la fin et les moyens et au problème qui s'y rattache, celui de la moralité et de l'opportunisme politiques.* Spartacus *et* Le Zéro et l'Infini *illustraient les effets désastreux de cette contradiction sur l'Histoire, aussi bien passée que présente ; dans* Croisade sans croix, *j'ai ramené ce conflit à des dimensions plus humaines, celles de la psychologie de l'individu.*

Peter Slavek, jeune étudiant d'un pays d'Europe centrale placé sous une dictature quasi fasciste, devient révolutionnaire sans bien connaître les motifs profonds de son engagement. Pendant la guerre, il pénètre clandestinement au Portugal dans l'intention de rejoindre l'Angleterre où il compte rallier la R.A.F. ; en même temps, il meurt d'envie de suivre sa fiancée, Odette, en Amérique, pays encore neutre à cette époque. Il a su résister courageusement à l'emprisonnement et à la torture mais le voilà qui, enfermé dans ce dilemme insoluble, sombre dans la dépression nerveuse (il a une jambe temporairement paralysée). Il suit un traitement psychothérapique avec le Dr Sonia Bolgar, ancienne amie et compatriote de ses parents qui continue d'exercer à Lisbonne en attendant son visa pour l'Amérique. Sur le divan, Peter est amené à revivre les terribles mésaventures qu'il a connues sous la terreur nazie, en Europe de l'Est[1], ainsi que d'autres épisodes de sa prime enfance qui l'ont traumatisé à vie. En cours d'analyse, Peter s'aperçoit que son militantisme fervent provient d'un sentiment inconscient de culpabilité.

Il s'apercevait que, sous l'influence de Sonia, l'orgueilleuse échelle de ses valeurs s'était écroulée, et que des points d'exclamation impérieux s'étaient courbés en points d'interrogation. Qu'était-ce, en somme, que le courage ?

1. Elles sont fondées sur des faits réels et comportent l'évocation de l'Holocauste à ses débuts, au moment où personne n'y croyait encore.

Affaire de glandes, de nerfs, ensemble de réactions déterminées par l'hérédité et les premières expériences de l'individu. Une goutte d'iode de moins dans le corps thyroïde, une gouvernante sadique ou une tante trop tendre, une légère variation dans la résistance électrique des ganglions de la moelle, et le héros devenait un lâche, le patriote un traître. Sous la baguette magique du principe de causalité, les actions des hommes se vidaient de leur prétendu contenu moral comme une bouteille de Leyde se décharge au contact d'un corps conducteur.

Sonia parla longtemps. Elle commença par dénoncer les fausses pistes, démolissant les mots qui ne veulent rien dire, comme « courage », « sacrifice », ou « la juste cause ». L'histoire, expliqua-t-elle, n'était pas une épopée, mais une série d'anecdotes. Dans la guerre d'Espagne, si chère au cœur de Peter, les deux camps avaient combattu avec un égal courage ; à toutes les époques, des gens s'étaient sacrifiés pour le bien comme pour le mal, pour des causes justes ou absurdes, avec la même ferveur. Donc, pour expliquer la conduite de Peter, il fallait écarter dès le début ses prétendues opinions et convictions éthiques. Ce n'étaient là que prétextes, symboles d'une réalité plus intime. Peu importait qu'il fût un héros du Prolétariat ou un martyr de l'Église chrétienne ; l'indice important, c'était ce goût suspect du martyre.

A l'issue du traitement, les symptômes de Peter disparaissent et Sonia semble l'avoir convaincu de faire son adieu aux armes, de rejoindre Odette aux États-Unis et d'adopter une attitude plus réaliste, plus pondérée et plus égoïste. En effet dans la théorie comme dans la pratique instaurée par son école de pensée, il n'y a pas de place pour les valeurs morales. Le seul but est d'amener le patient à se réconcilier avec la réalité ; et même si la réalité du moment est l'Europe occupée, il n'y a qu'à s'incliner.

Mais en fin de compte, Sonia échoue. Elle doit partir pour les États-Unis : Peter, qui est censé la rejoindre par le prochain bateau, se retrouve seul face à ses doutes. Il imagine un long dialogue avec elle :

« Pourquoi me regardent-ils ainsi ?

— Ils ne te regardent pas. C'est ton imagination.

— Ils se demandent : qu'est-ce qu'il fait ici ? Pourquoi ne va-t-il pas chez ceux auxquels il appartient ?

— Mais tu n'appartiens à rien, idiot.

— Comment peut-on vivre sans appartenir à rien ?

— Tu appartiens à toi-même. C'est là le cadeau que je t'ai fait.

— Je n'en veux pas ; votre cadeau est hors de saison.

— Alors, qu'est-ce que tu veux ?

— N'avoir pas honte de moi.

— Qu'est-ce qui te fait honte ?

— De me promener dans les parcs pendant que les autres sont noyés ou brûlés vifs ; d'appartenir à moi-même quand tout le monde appartient à autre chose.

— Tu crois encore à leurs grands mots et à leurs petits drapeaux ?

— Non, je n'y crois plus.

— N'es-tu pas content que je t'aie ouvert les yeux ?

— Si, je le suis.

— Qu'étaient-ce que tes croyances ?

— Des illusions.

— Ton courage ?

— De la vanité.

— Ta fidélité ?

— Une expiation.

— Alors, pourquoi veux-tu recommencer ?

— Pourquoi, vraiment ? Mais c'est votre métier de me l'expliquer. »

Or c'était là précisément ce que Sonia ne pouvait expliquer, apparemment parce que cela se plaçait au-delà de ses raisonnements et peut-être au-delà de tout raisonnement.

C'est donc à la dernière minute que Peter change d'avis ; ou plutôt, du plus profond de lui-même, c'est son âme, supérieure aux lois déterministes, qui change d'avis à sa place. A la fin du roman, on le voit sauter en parachute pour rejoindre la Résistance dans son pays natal. Dans sa lettre d'adieu à Odette, écrite à l'aéroport avant son départ en mission, on peut lire ce passage qui va au cœur du problème :

Aujourd'hui je m'envole du sentier tordu. Je n'ai pas beaucoup d'illusions sur les raisons pour lesquelles je fais cela, ni sur la cause que je sers. Enfant, j'avais un jouet curieux. C'était un papier couvert d'un enchevêtrement de très minces lignes bleues et rouges. On n'y distinguait rien. Mais, en le couvrant avec un morceau de papier de soie rouge, on faisait disparaître les lignes rouges du dessin, et les lignes bleues formaient une image ; c'était un clown dans un cirque, tenant un cerceau, avec un petit chien qui y sautait. Et si l'on couvrait ce même dessin avec un transparent bleu, un lion rugissant apparaissait chassant le clown à travers l'arène. On peut faire cela avec n'importe quel homme, vivant ou mort. On peut le regarder à travers le transparent de Sonia et écrire une biographie de Napoléon sous l'angle de sa glande pituitaire, et cela a été fait ; qu'il ait, incidemment, conquis l'Europe n'apparaîtra que comme un symptôme dérivatif de l'activité de ces deux lobes minuscules de la taille d'un petit pois. On peut expliquer le message des Prophètes par l'écume de l'épilepsie, et la Madone Sixtine comme la projection d'un rêve incestueux. L'image obtenue à travers le transparent bleu ne sera pas moins vraie ni moins complète. Le clown et le lion sont tous deux là, entremêlés dans le même dessin.

Le message qu'il tente de transmettre — bien qu'il ne le comprenne lui-même que confusément — pointait déjà dans les deux paraboles que Peter avait écrites en pleine crise, après le départ de Sonia. La première met en scène un jeune homme qui, assis sur un banc, dessine des triangles dans le sable, à l'aide d'un bâton :

... Il ne voyait pas les mouettes qui volaient en cercle au-dessus de sa tête ni les galères et les trirèmes qui glissaient doucement à l'horizon ; il portait une étrange robe vague, et son visage était fixé avec une expression morne et angoissée sur ses dessins dans le sable, tandis que ses lèvres murmuraient des mots inintelligibles. Un vieillard aux yeux malins et ridés s'assit à l'autre extrémité du banc ; et, après avoir observé pendant un moment les gestes du jeune homme, lui parla d'une voix douce :

« Que faites-vous donc avec votre bâton, mon ami ? »

Le jeune homme sursauta comme s'il eût été surpris dans une occupation honteuse et criminelle.

« Je dessine des triangles, dit-il en rougissant bêtement.

— Et pourquoi, après en avoir dessiné un, l'effacez-vous avec votre main pour ensuite en dessiner un autre pareil au précédent ?

— Je ne sais pas. Je crois que ces triangles ont un secret et je voudrais le découvrir.

— Un secret... dites-moi, mon ami, souffririez-vous par hasard de mauvais rêves ? Criez-vous parfois dans votre sommeil ?

— Cela m'arrive de temps en temps.

— Et quel est le rêve qui vous hante et vous fait crier dans la nuit ? »

Le jeune homme rougit de nouveau de tout son visage.

« Je rêve toujours que ma chère Celia et moi assistons aux jeux athlétiques auxquels mon ami Porphyrius prend part ; il lance le disque, mais dans la mauvaise direction, et le lourd engin vient en roulant dans l'air frapper à la tête ma pauvre femme qui s'évanouit avec un sourire mystérieux sur les lèvres... »

Le vieillard se mit à ricaner et posa la main sur l'épaule de l'autre.

« Mon cher ami, dit-il, vous avez de la chance que le destin m'ait fait traverser votre chemin, car je sais interpréter les oracles, déchiffrer les énigmes ; je suis un guide pour les affligés. Cela vous coûtera une drachme, mais ce n'est pas trop payé. Et maintenant, écoutez : j'ai remarqué que, pendant que vous racontiez votre rêve, votre main s'était remise machinalement à dessiner dans le sable. Quand vous parliez de vous, vous dessiniez une ligne droite ; quand vous parliez de votre ami Porphyrius, vous dessiniez une seconde ligne à angle droit avec la première ; et quand vous parliez de votre femme Celia, vous complétiez le triangle en traçant l'hypoténuse reliant les deux autres. Ainsi, votre rêve devient parfaitement clair : votre esprit est obsédé par une inquiétude que vous cachez à vous-même ; et le secret du triangle vous le découvrirez aisément en interrogeant vos serviteurs sur la vie privée de votre femme. »

Le jeune homme, dont le nom était Pythagore, se leva d'un bond : « Louange aux dieux qui vous ont permis de déchiffrer l'énigme qui hantait ma pensée ! Au lieu de continuer à dessiner ces stupides triangles comme je le fais depuis deux ans, je m'en vais rentrer chez moi et donner à Celia une bonne raclée, ainsi qu'il convient à un homme raisonnable. »

Il effaça du pied la dernière figure qu'il avait dessinée, puis, retroussant sa robe, s'éloigna d'un pas rapide sur la plage. Il se sentait heureux et soulagé ; le sombre et inexplicable besoin de dessiner des triangles dans le sable l'avait quitté pour toujours, et c'est ainsi que le théorème de Pythagore ne fut jamais découvert...

En d'autres termes, le vieux psychiatre de la mer Égée avait très bien compris que ce pauvre Pythagore était la victime d'une obsession qui le conduisit à découvrir le secret du triangle ; ce qu'il ne comprit pas, c'est que, quels que fussent les mobiles inconscients du jeune homme — jalousie, ambition, foie fragile — les résultats de ses recherches devaient être jugés en fonction de leur valeur mathématique plutôt qu'en fonction de ses intentions secrètes, en termes euclidiens et non freudiens. Le vieil homme de la parabole avait vu le clown sans voir le lion. Il annonce cette philosophie réductrice qui s'est si bien épanouie de nos jours.

La seconde parabole écrite par Peter est une variation quelque peu saugrenue sur le thème de la responsabilité fondamentale que chaque individu engage dans ses actions :

LE JUGEMENT DERNIER

Le gong sonna trois fois ; ses vibrations s'étendirent en sphères concentriques à travers l'obscurité et une voix annonça :

« Messieurs, le Jugement dernier. »

Les prévenus bâillèrent ; ils prirent place dans les étroits wagons ; la minuscule locomotive siffla et ils partirent. C'était le train d'un parc d'attractions, il les emporta à travers un tunnel sombre et onduleux. Des deux côtés du tunnel, il y avait des grottes brillamment illuminées, isolées par des panneaux de verre comme les vitrines des magasins ; derrière ces glaces, d'ingénieux automates, semblables aux personnages des horloges du moyen âge, représentaient des charades empruntées au passé du prévenu. Au début, elles étaient d'un caractère innocemment gênant ; mais à mesure que le tunnel s'enfonçait dans la terre, les scènes devenaient obscènes et violentes ; et les gestes monotones des automates répétant indéfiniment le même acte en multipliaient l'horreur et la honte. Plus loin encore et plus profond, les personnages commençaient à perdre leur figure humaine ; des créatures velues, simiesques, armées de bâtons, tuaient, violaient, grimaçaient et dansaient dans le silence solennel des vitrines. Les voyageurs du train gémissaient et grognaient ; leurs cris et leurs soupirs emplissaient l'air confiné du tunnel ; ils essayaient de fermer les yeux, mais la lumière éblouissante des grottes pénétrait leurs paupières et ils étaient obligés de regarder.

Au bout de quelque temps, le train s'arrêta et les voyageurs descendirent sur le parvis d'une cathédrale. Le portail était ouvert et l'on pouvait voir le Tribunal déjà rassemblé à l'autre bout de la nef. L'intérieur de la cathédrale était obscur et rempli par le tonerre de l'orgue. Ils entrèrent par le portail en file indienne, et la musique s'assourdit. En s'avançant le long de la nef centrale, chacun des prévenus remarquait qu'une nombreuse assistance emplissait les travées. Les crânes, vus de dos, étaient tous semblables, mais le prévenu ne pouvait se retourner pour regarder les visages ; et, à mesure qu'il avançait, le juge et ses assesseurs reculaient, de sorte qu'il ne pouvait pas discerner leurs traits à eux non plus.

Cependant, le procès du premier prévenu avait commencé. Il était debout, face au Tribunal. C'était un homme maigre et ascétique au dos voûté.

« Comment ça va ? demanda le Juge d'une voix terrible dont l'écho se répercuta à travers la cathédrale.

— Humblement, monseigneur, dit le prévenu. Mais sa voix était mince, elle s'évanouissait dans l'air sans y résonner et tombait, les ailes brisées, sur les dalles de marbre à ses pieds.

— Mauvais écho ! gronda le Juge. Enfin, passons.

— Il a sacrifié sa fortune pour aider les pauvres, dit le Conseil de la Défense. Son visage ressemblait à celui du prévenu, mais il y avait plus de graisse sur son corps et plus d'assurance dans sa voix.

— De quoi avez-vous dîné aujourd'hui ? gronda le Juge.

— D'un verre de lait et d'une croûte de pain, monseigneur », dit le prévenu.

L'Accusateur public se leva. Lui aussi ressemblait au prévenu, mais il paraissait encore plus décharné et sa voix sifflait comme un fouet.

« Un enfant est mort de faim en Chine pendant qu'il avalait son lait et son pain, cria-t-il.

— Condamné ! gronda le Juge ; et l'assistance répéta d'une voix frappée de terreur :

— Condamné, condamné ! »

Le prévenu sortit lentement de la cathédrale et reprit sa place dans le train en enfouissant son visage dans ses mains.

Le prévenu suivant était un homme bedonnant, jovial et candide. Il s'avança, le visage rayonnant, et, comme il s'avançait, le Conseil de la Défense et l'Accusateur public changeaient de visage ; ils se mirent à ressembler au prévenu, sauf que le Conseil de la Défense paraissait encore plus candide et était encore plus bedonnant.

« Et vous, de quoi avez-vous dîné ce soir ? gronda le Juge.

— Ma foi, mon seigneur, dit le prévenu, nous nous sommes dit qu'on pourrait commencer par du saumon, car c'est la saison, avec une bouteille de vin pour le faire nager au frais.

— Assez ! gronda le Juge. Qu'est-ce que la Défense a à dire ?

— Il a des digestions bénies, dit gravement le Conseil de la Défense en hochant la tête et en croisant les mains sur son ventre. Et en quoi, d'ailleurs, consiste l'accusation ? »

Le Juge se tourna vers l'Accusateur public ; mais le siège de celui-ci était vide.

« Acquitté en l'absence d'accusation ! gronda-t-il, et l'assistance répéta joyeusement :

— Acquitté, acquitté ! »

Le prévenu, ayant fait un respectueux salut, sortit et s'assit à sa place dans le train où il s'endormit aussitôt.

Le prévenu suivant s'avança et, de nouveau, les Conseils adverses se métamorphosèrent à sa ressemblance. C'était un homme d'apparence hardie et cynique, et dès qu'il fut devant le Tribunal, l'Accusateur se leva :

« J'accuse cet homme, dit-il d'une voix douce et angélique, de meurtre, d'incendie et de trahison.

— Nous revendiquons fièrement tous nos actes ! hurla le Conseil de la Défense. Tout cela, nous l'avons accompli au service de notre Cause.

— Il n'écoutait jamais notre voix, sauf en dormant, se plaignit l'Accusateur.

— Il obéissait toujours à la nôtre, quand il était lucide et bien réveillé, proclama le Conseil de la Défense.

— Il a semé le mal partout où il est passé, gémit l'Accusateur en se frappant la poitrine.

— Afin de faire germer le bien, cria le Conseil de la Défense.

— Avez-vous vu la moisson ? gronda le Juge.

— Pas encore, dit l'accusé. Mais...

— Condamné en l'absence de preuves ! » gronda le Juge. L'assistance répéta ces paroles en écho, et le prévenu, avec un sourire de défi, sortit du Tribunal et remonta dans le train.

Le prévenu suivant était un très vieil homme qui marchait avec un bâton noueux et, comme il s'avançait, le silence tomba sur la cathédrale. Il restait debout, la tête penchée, oubliant ce qui l'entourait ; on eût dit qu'il écoutait un son qu'il était seul à entendre ; mais le silence finit par devenir si profond que les autres l'entendirent aussi. C'était un son étrange et ténu qui s'élevait et mourait par intervalles, comme si quelqu'un essayait les notes d'un vieux clavier.

« Qu'est-ce qu'il fait ? demanda le Juge.

— Il accorde son cœur, dit le Conseil de la Défense.

— Mais il n'a pas de diapason, objecta le Juge.

— Il essaye de l'accorder à la clef céleste, expliqua le Défenseur. Quand il y parvient, son être s'épanouit et se dissout dans l'esprit universel. »

L'Accusateur se leva. Il était encore plus vieux que le prévenu, ses lèvres exsangues portaient les plis de l'amertume et de la déception.

« J'accuse cet homme, dit-il avec lassitude, de complicité dans tous les meurtres et crimes présents, passés et à venir.

— Il n'a jamais tué une mouche, dit le Défenseur.

— Les mouches qu'il n'a pas tuées ont été porter la peste dans une province entière, dit l'Accusateur. »

— Regardez-le et écoutez, chuchota le Défenseur. »

Le vieillard venait de lever la tête et son visage était illuminé par le sourire des aveugles. Le Juge et l'assistance tendirent l'oreille, mais la vibration de la corde était devenue si haute qu'ils ne savaient plus s'ils entendaient réellement quelque chose ou bien s'ils étaient trompés par le bourdonnement de leurs oreilles.

« Condamné en présence de doute ! » dit le Juge. L'assistance fit écho, et le prévenu, sourire éteint et tête pendante, s'en fut lentement en boitillant reprendre sa place dans le train.

Le Tribunal siégea toute la nuit, et les accusés l'un après l'autre s'avançaient pour recevoir le jugement, les uns tremblants, d'autres avec une feinte désinvolture, d'autres humbles et soumis, d'autres encore les sourcils froncés et le visage crispé ; et, bien que l'Accusateur parlât le plus souvent à voix basse, le verdict pour presque tous était : « Condamné ». Il y avait ceux qui avaient bien agi pour de mauvaises raisons et ceux qui avaient mal agi pour de bonnes raisons ; il y avait ceux qui avaient mortifié leur corps mais sur qui les cicatrices du châtiment par eux-mêmes infligé n'étaient pas assez profondes, et ceux qui avaient cueilli les fruits de la chair, mais dont le plaisir qu'ils en avaient tiré était jugé insuffisant. Certains étaient punis pour avoir donné des ordres, d'autres pour en avoir suivi, certains parce qu'ils s'accrochaient à leur vie, d'autres parce qu'ils étaient morts bravement pour une mauvaise cause ; les affligés étaient punis de leurs afflictions et les bien portants de leur santé. Leur sentence prononcée, tous reprenaient leur ancienne place dans le train ; et, pour finir, le dernier de la file, un jeune homme à l'air timide, s'avança dans la nef vide pour se présenter devant le Tribunal.

« Qui est-ce ? gronda le Juge.

— Un croisé qui a perdu sa croix, dit l'Accusateur public.

— Un croisé en quête d'une croix, dit le Conseil de la Défense.

— Mais nous ne pouvons pas lui en fournir une, gronda le Juge. Ça serait trop commode.

— Trop commode, mon seigneur ? remarqua amèrement le Défenseur. Regardez toute cette ferblanterie qu'il porte sur la poitrine.

— Il nous a fallu contrebalancer son esprit bouillonnant, dit l'Accusateur. La Défense lui a mis dans la tête trop de bulles creuses.

— Il ne peut pas flotter avec toute cette charge, se plaignit le Défenseur.

— Il y a un temps pour flotter et un temps pour sombrer, remarqua le Juge impatiemment, car il avait d'autres choses à faire dans la soirée.

— Temps ou non, la plupart de mes clients flottent, remarqua le Défenseur avec satisfaction.

— Seuls ceux qui sombrent seront sauvés, dit l'Accusateur.

— Assez, dit le Juge. Il se tourna vers le prévenu : Jusqu'à ce que ces deux-là se mettent d'accord, il n'y aura pas pour vous de paix. La sentence est Purgatoire provisoire.

— Provisoire, fit en écho l'assistance.

— Mais j'ai déjà été au Purgatoire, remarqua doucement le jeune homme.

— Ça ne fait rien, dit le Juge, il y en a qui restent provisoires toute leur vie.

— Toute leur vie, répéta l'assistance.

— Ils sont les éternels adolescents par lesquels la race mûrit.

— Mûrit, mûrit, mûrit, chanta l'assistance d'une voix somnolente.

— L'audience est terminée pour aujourd'hui », dit le Juge, et le Tribunal se leva.

Comme le jeune homme se retournait pour descendre la nef et gagner le portail, il vit, pour la première fois, que les traits de l'Accusateur et du Défenseur n'étaient pas les seuls qui fussent à son image, mais qu'il en était de même de tous ceux de l'assistance. Son visage se contracta de désespoir. « Suis-je seul ? » demanda-t-il.

Et l'assistance répondit :

« Il n'y a personne d'autre sous cette voûte. »

Finalement ils se retrouvèrent tous dans le train, la locomotive siffla et le train partit dans la direction d'où il était venu. Mais, à présent, les grottes étaient éteintes, le tunnel était gris de la lumière de l'aube, et les voyageurs dormaient. Le jeune homme toucha le coude de son voisin.

« Qu'était-ce que cet étrange Tribunal ? demanda-t-il.

— Mais, la Cour suprême, dit le voisin. N'y aviez-vous jamais été ?

— Non, dit le jeune homme. On y va plusieurs fois ?

— Chaque nuit, fit l'autre, à demi endormi.

— Et chaque fois, on vous juge de nouveau ?

— C'est toujours le Jugement dernier », dit l'homme, et il se rendormit.

Mais, au bout d'un moment, le jeune homme le réveilla encore.

« Comment se fait-il, demanda-t-il, que tous ces gens repartent par le même train ?

— Qu'attendiez-vous d'autre ? demanda le voisin.

— Mais les uns ont été condamnés, d'autres acquittés, d'autres sont provisoires, et ça n'a pas l'air de faire de différence ?

— Vraiment ? dit le voisin en bâillant.

— Si ça ne fait pas de différence, pourquoi me soumettrais-je à leurs lois ?

— Parce que c'est le Jugement dernier », dit l'autre, et il se rendormit.

***

Au bout de quelque temps, le train émergea du tunnel et s'arrêta. Les voyageurs s'étirèrent, descendirent et, sans un regard en arrière, se dispersèrent dans toutes les directions. Le matin était gris et frisquet ; chacun s'en fut vers sa journée de travail ou de loisir ; et ils avaient déjà oublié qu'ils se rencontreraient de nouveau à la nuit dans le train.

Qu'importe les allures étranges de ce procès, ce qui en ressort, c'est que l'individu engage inévitablement sa responsabilité d'homme agissant. Il est à lui seul et tour à tour l'accusateur et le défenseur, le juge, l'audience et le bourreau. Telle est l'austère conclusion philosophique à laquelle Peter est arrivé, après l'avoir rajeunie d'une touche d'humour noir. Il a compris que les impératifs moraux, les intuitions profondes et les valeurs artistiques ne peuvent être expliqués par des réflexes conditionnés, des traumatismes de l'enfance, une sexualité insatisfaite ou encore des mécanismes neurochimiques. Tout cela fait bien sûr partie intégrante de la personnalité, mais celle-ci dépasse dans sa totalité la somme de ses parties auxquelles elle ne peut se réduire sans être niée dans sa spécificité de totalité. Bien sûr qu'on ne puisse réduire ni déprécier certaines valeurs, cette idée n'est pas vraiment originale, mais elle allait alors à l'encontre des courants de pensée prédominants à l'époque : le marxisme, le freudisme, le behaviourisme, le positivisme logique et le matérialisme en général. Un roman ne doit pas être un traité de philosophie : aussi n'ai-je pu laisser paraître qu'indirectement et allusivement le message qui sous-tendait l'histoire de Peter Slavek. En revanche, j'ai tenté ensuite de le développer et de le commenter, comme nous le verrons dans la deuxième partie de ce volume.

Dans le roman, le destin du héros n'était pas scellé. Il en fut autrement dans la réalité. Je cite un passage de la postface de l'édition au « Danube » :

Le modèle de Peter Slavek était un jeune ami hongrois, le poète communiste André Havas, dont je fis la connaissance à Londres pendant la guerre. Bien qu'ayant été lui aussi déçu par le Parti communiste, il l'avait rallié à nouveau lors de la bataille de Stalingrad et était revenu en Hongrie à la fin de la guerre. En 1949, pendant la Grande Purge qui suivit le procès de l'ancien ministre des Affaires étrangères, Lazslo Rajk (qui fut pendu puis réhabilité à titre posthume), Havas fut arrêté, en même temps que presque tous les intellectuels du Parti qui avaient passé les années de la guerre à l'Ouest. Accusé d'espionnage, il persista sans son refus de signer les aveux rituels. Quelques-uns de ses compagnons de cellule, relâchés ensuite pendant la révolution de 1956 et réfugiés en Angleterre, racontèrent sa fin.

Ayant subi la torture pendant trop longtemps, Havas était devenu fou [1]. Il se traînait à quatre pattes et criait : « Au secours ! Au secours ! Vive Staline ! » Il mourut à l'infirmerie de la prison en 1952 ou 1953. Au moment de la détente, il fut lui aussi réhabilité à titre posthume, comme victime du « culte de la personnalité de Staline » et une note biographique figure, avec une photographie, dans la très officielle *Encyclopédie de la littérature hongroise.*

1. Un des témoins, Paul IGNOTUS, ancien attaché de presse à Londres lui aussi emprisonné après la Grande Purge, raconte dans son livre *Prisonnier politique,* Londres, 1959 : « Havas, doté d'un physique singulier et de la maladresse typique des intellectuels, était une cible idéale ; son corps fut traîné et utilisé pour jouer au football. Pendant des jours et des jours, il fut laissé au milieu de ses excréments. »

QUATRIÈME PARTIE

MILITANT DE LA GUERRE FROIDE

CHAPITRE XVII

Je m'anglicise

EN *sautant directement du* Zéro et l'Infini *à* Croisade sans croix, *j'ai une fois de plus sacrifié l'ordre chronologique à l'unité thématique. J'avais commencé la rédaction du* Zéro et l'Infini *à Paris pendant l'été 1938 et conclu* Croisade sans croix *à Londres pendant l'été 1943. En ce qui concerne les aventures de l'auteur, ce vide chronologique est comblé par* La Lie de la terre, *où, en ayant été le témoin oculaire, je raconte l'effondrement de la France, ses causes et ses tragiques conséquences.* La Lie de la terre *— mon premier livre écrit en anglais — fut rédigé après ma fuite en Angleterre. Voici en bref les événements qui y sont décrits.*

Peu après le déclenchement de la guerre, je fus arrêté par la police française comme communiste, alors que je ne l'étais plus depuis dix-huit mois. (Il faut rappeler que, comme Staline était à l'époque l'allié de Hitler, tous les communistes étaient soupçonnés d'intelligence avec l'ennemi.) Je passai quatre mois au trop célèbre « Camp des Indésirables », au Vernet, au pied des Pyrénées ; je fus relâché grâce à l'intervention d'hommes politiques anglais et pus finir Le Zéro et l'Infini *juste avant la prise de Paris. Le jour où la France capitula, je m'engageai dans la Légion étrangère, ce qui me permit d'adopter le nom mélodieux d'Albert Dubert, chauffeur de taxi né à Berne et de disparaître ainsi de la liste noire de la Gestapo. Après une courte et médiocre carrière dans la Légion, je rejoignis à Marseille un groupe d'officiers britanniques en fuite. Munis de faux papiers, faciles à obtenir en ces temps de chaos et de déconfitures, nous partîmes pour Casablanca et de là, prîmes un bateau de pêche pour Lisbonne, ville neutre.*

Cette belle histoire de fuite tourna court quand il me fallut attendre à Lisbonne un visa pour l'Angleterre, qui ne vint jamais. Ou bien le ministère de l'Intérieur avait trop à faire avec la guerre, ou bien j'y passai aussi pour communiste. Ce retard me fournit les éléments de couleur locale que l'on retrouve dans le séjour de Peter Slavek au Portugal (La « Neutralia » de Croisade sans croix*) ; l'impatience me gagnait et après six semaines d'attente, je pris un avion pour l'Angleterre sans visa. Nous atterrîmes à Bristol où je fus arrêté immédiatement,* *car, comme je m'y attendais, la hantise des parachutages et de la Cinquième colonne était à son comble. Je fus emmené sous escorte au poste de police de Cannon Row où je passai deux nuits avant d'être incarcéré six semaines à la prison de Pentonville : enfin, le ministère de l'Intérieur trouva un moment pour établir mon identité et ma bonne foi et pour me relâcher. Les extraits qui vont suivre sont tirés du dernier chapitre de* Hiéroglyphes :

Si j'écrivais un guide Michelin des prisons d'Europe, je marquerais Pentonville de trois étoiles. C'est la geôle la plus convenable où j'aie jamais été, bien que la tuyauterie laisse beaucoup à désirer. A Séville, les installations étaient plus modernes, avec water-closets et eau courante dans chaque cellule, et l'on pouvait acheter du vin pour accompagner ses repas, mais les gens étaient passés par le garrot ou les armes, pour un oui ou un non. A Pentonville, nous n'eûmes pendant mon séjour qu'une seule exécution : un espion allemand, mais, ce matin-là, les gardiens marchaient sur la pointe des pieds et un grand silence régna dans tout le bâtiment. Cela faisait du bien de se savoir en un lieu où mettre un homme à mort était encore considéré comme un événement solennel et exceptionnel. Cela faisait toute la différence du monde ; en somme, c'était pour cela qu'on se battait.

Je fus libéré de Pentonville quelques jours avant Noël 1940, muni d'une « Carte de Registration nationale », preuve que j'avais recouvré mon identité et le droit d'exister.

Ici finit l'histoire du cas typique d'un membre des classes moyennes d'Europe centrale, né aux premières années du XXe siècle.

Mon autobiographie s'arrête en 1940, au moment de mon arrivée et de mon installation en Angleterre. Il y a quand même un épilogue : j'y tente de décrire les effets que la métamorphose d'écrivain du continent en écrivain anglais produisit sur moi. Une des citations de l'Épilogue, tirée d'un article écrit par l'ancien directeur littéraire du New Statesman and Nation, *me semble très représentative de l'attitude de l'élite littéraire anglaise face à l'intrus que j'étais. Je dois toutefois rendre justice à ceux qui me réservèrent un accueil plus chaleureux.*

HIÉROGLYPHES : ÉPILOGUE

> « De tous les romanciers anglais vivants, c'est Koestler que j'aime le mieux, me dit récemment en France un ami. — Il est étonnamment vivant, répondis-je, mais il n'est pas Anglais ; il n'est pas

romancier, et jusqu'à quel point, en tant qu'écrivain, est-il vraiment aimable ? »

Raymond MORTIMER :
« L'Art d'Arthur Koestler. »
Cornhill, novembre 1946.

Le lendemain de ma sortie de Pentonville, je me rendis au Bureau de recrutement pour m'engager dans l'armée. On me dit que je devrais attendre environ deux mois qu'on m'appelle. J'employai cet entracte à écrire *La Lie de la terre,* le premier livre que j'écrivis en anglais. Quand l'ordre de rejoindre mon corps arriva au milieu de février, il s'en fallait encore d'une quinzaine que le livre fût achevé, et mon éditeur écrivit au Bureau de recrutement pour demander s'il serait possible d'obtenir un sursis. La réponse qu'il reçut mérite d'être citée *in extenso :*

Centre n° 3.
Bureau du Recrutement de Londres.
Duke's Road, W. C. 1.
Euston 5741.

Jonathan Cape Esq.
Jonathan Cape Ltd.
30, Bedford Square
W. C. 1.

12 février 1941.

Référence : Arthur Koestler.

J'ai reçu votre honorée du 11 courant, dont j'ai pris bonne note.

Selon votre demande, je retarde l'appel de M. Koestler, et propose qu'il se présente à ce Centre lorsqu'il se trouvera en mesure de se joindre aux armées de Sa Majesté.

Signé illisible.
Commandant
A. R. O.

Ayant pris connaissance de ce remarquable document, je fus plus que jamais convaincu que l'Angleterre devait perdre la guerre. Je mis non pas une quinzaine, mais un mois à terminer *La Lie de la terre ;* j'avais déjà appris à ne pas me hâter et qu'il était de mauvais ton de montrer trop d'ardeur. L'enracinement avait commencé.

Jusqu'à ce tournant, ma vie avait été une chasse au fantôme après la flèche dans l'azur, la cause parfaite, les plans d'une Utopie aérodynamique. Maintenant, par une ironie involontaire, j'adoptais pour patrie un pays où les flèches sont un jeu qu'on joue dans les *pubs,* un pays méfiant de n'importe quelle cause, méprisant les systèmes, bâillant devant les idéologies, incrédule aux utopies, ennemi de tous les plans, épris de sa nonchalante confusion, sans curiosité de l'avenir, amoureux de son passé. Un pays non de yogis ni de commissaires, mais d'amateurs de jardins, où les grévistes jouaient au football avec les policiers et où les socialistes portaient des couronnes de pairs. J'étais intrigué par une civilisation dont les normes sociales étaient l'opposé des miennes : qui admirait le caractère au lieu de l'intelligence, le stoïcisme au lieu du tempérament, la nonchalance au lieu de la diligence, le bégaiement au lieu de l'éloquence. J'étais encore plus intrigué par l'attitude anglaise à l'égard du monde extérieur que je résumai dans une maxime : « Soyez bon pour l'étranger. Le pauvre type... ce n'est pas sa faute. » La plupart des amis indigènes sur lesquels j'essayai cette formule hochèrent la tête avec une approbation modeste ; si peu d'entre eux perçurent la plaisanterie que je commençai à me demander si c'était bien une plaisanterie.

Bref, j'étais attiré par les traits frappants de la vie anglaise qui ont toujours séduit les étrangers. Mais cette attraction était superficielle. Elle s'usa peu à peu, et céda à l'exaspération pour la terre de vertu et d'ennui que devint l'Angleterre sous le gouvernement travailliste d'après-guerre. Donc, au début de 1948, après sept ans passés en Angleterre, je me remis, une fois de plus, en route. Je passai les quatre ans et demi qui suivirent en France, aux États-Unis et dans divers autres pays. C'est pendant cette longue absence d'Angleterre que je pris conscience de vivre hors de « chez moi ». En Angleterre, je me sentais étranger ; à l'étranger, je me sentais Anglais. En 1952, âgé de quarante-sept ans, je rentrai en Angleterre pour tout de bon et achetai dans un vieux square de Londres une maison où je vivrai tranquille jusqu'à ce que le Grand Champignon surgisse dans les cieux.

Les raisons pour lesquelles tous les lieux où j'ai séjourné avant de me fixer en Angleterre sont devenus « l'étranger » — le suprême témoignage d'appartenance à son pays — sont difficiles à analyser. Il y a, par exemple, la langue. Depuis 1940, j'écris en anglais, je pense en anglais, je lis surtout des auteurs anglais. Le langage ne sert pas seulement à exprimer la pensée, il la modèle ; l'adoption d'une nouvelle langue, surtout pour un écrivain, entraîne une transformation progressive et inconsciente de ses modes de penser, de son style et de ses goûts, de son attitude et de ses réactions. Bref, il acquiert non seulement un nouveau moyen de communication, mais un nouveau fond culturel. Pendant des années, tout en pensant en anglais, je continuai à parler français, allemand et hongrois dans mon sommeil. Maintenant, cela même n'arrive plus que rarement ; les couches sous-marines commencent à s'intégrer.

Le processus du changement de langue est passionnant, et, comme je l'ai subi deux fois (la première en passant du hongrois à l'allemand, la deuxième de l'allemand à l'anglais), j'espère pouvoir donner un jour une relation détaillée de ce qu'il représente. Un de ses aspects curieux, du point de vue de l'écrivain, est ce qu'on pourrait appeler « la redécouverte du cliché ». Tout cliché, même celui du cœur brisé ou de l'océan sans borne, fut tout d'abord une trouvaille ; et, en commençant à écrire et à penser dans une langue nouvelle, on se met à inventer soi-même toutes sortes d'images et de métaphores qu'on trouve extrêmement originales sans se rendre compte que ce sont des clichés usés jusqu'à la corde. Cela ressemble à la triste histoire de cet homme qui, dans un village perdu de Russie, inventa, tout de suite après la Première Guerre mondiale, une machine composée de deux roues et d'une selle et sur laquelle un individu pouvait rouler bien plus vite qu'il n'eût pu marcher et qui, quand il roula lui-même à la ville sur sa machine, et vit les rues pleines de bicyclettes, tomba de la sienne et mourut de saisissement. Quelque chose d'analogue m'arriva lorsque je terminai le premier roman que j'écrivis en anglais *Arrival and Departure (Croisade sans croix* par une phrase dont le tour poétique me rendit assez fier de moi :

... at night, under the incurious stars.

La phrase est toujours là, à la dernière page du livre — bicyclette littéraire.

Un autre symptôme d'enracinement est le mal du pays dont s'accompagne l'absence prolongée. Je parle du genre de nostalgie qui n'est pas dirigée vers des gens ou des lieux définis, mais est le regret diffus d'un certain climat humain. Les geôliers, policiers et bureaucrates totalitaires m'ont laissé une cicatrice : une supersensibilité qui réagit au moindre signe d'agressivité ou de rudesse dans les contacts quotidiens, comme un compteur Geiger enregistre la radioactivité présente dans l'air. Si l'on est ainsi affligé, l'atmosphère d'une heure ou d'une matinée est déterminée par la grossièreté d'un chauffeur de taxi, la maussaderie de la femme de ménage, le sourire de l'agent de circulation, par l'humeur des serveurs de restaurant, des téléphonistes, du préposé à la pompe à essence, de la vendeuse de grand magasin. On vit, plongé dans cette masse anonyme, comme dans un liquide où l'on se meut sans s'en rendre compte, mais sa température et le degré de friction qu'elle présente influencent constamment votre humeur et vos opinions. J'ai trouvé le climat humain de l'Angleterre particulièrement aimable et sédatif — c'est une espèce de Davos pour les contusions internes des anciens combattants de l'âge totalitaire. Son atmosphère renferme moins de germes d'agression et de brutalité par mètre cube, dans un autobus, un *pub,* une file d'attente, que celle de tout autre pays où j'ai vécu. La conviction grandit en moi que, pour citer Orwell, cette foule « aux doux visages noueux, aux mauvaises dents et aux bonnes manières, cette nation d'amateurs de fleurs et de collectionneurs de timbres, d'éleveurs de pigeons, de bricoleurs, de lanceurs de fléchettes et de passionnés des mots croisés », était, dans son désordre, plus près que toute autre du texte de l'écriture invisible.

« La raison pour laquelle je n'aime pas les écrits de M. Koestler, c'est qu'il accepte comme normal ce que je crois et espère anormal », écrivait M. Raymond Mortimer dans un essai que je cite parce que l'ancien directeur littéraire du *New Statesman and Nation* me semble assez représentatif de l'attitude des gens de lettres de son pays et de sa génération. Je ne comprends que trop bien qu'ils n'aiment pas ce que j'écris, mais, sur la question de ce qui est normal, je ne suis pas d'accord avec eux. Car la vie que j'ai décrite fut certes, jusqu'en 1940, l'histoire typique d'un intellectuel d'Europe centrale à l'âge totalitaire. Il était absolument normal, pour un écrivain, un artiste, un homme politique ou un professeur ayant un minimum d'intégrité, de se trouver plusieurs fois en péril de mort par Hitler et (ou par Staline, d'être pourchassé, exilé, et de faire l'expérience des prisons et des camps de concentration. Il n'était nullement anormal pour lui de considérer dans les années trente le fascisme comme le principal danger et d'être attiré, à des degrés variables, par la grande expérience sociale de Russie. Aujourd'hui encore, plus d'un quart des électeurs de France et d'Italie, et un pourcentage beaucoup plus élevé parmi les intellectuels, considèrent comme « normal » de voter pour le parti communiste. Aujourd'hui encore, les personnes déplacées, la lie de la terre de l'après-guerre, se comptent par millions. Enfin, il était tout à fait normal pour six millions de Juifs d'Europe de finir leur vie dans une chambre à gaz.

La conviction que les trente-cinq premières années de mon existence furent un exemple caractéristique de notre temps, et le besoin du chroniqueur de préserver l'exemple, furent ma principale raison d'écrire ces mémoires. Pourtant, la majorité des citoyens de bonne volonté du pays que j'habite croient et espèrent que les prisons, les pelotons d'exécution, les chambres à gaz, les camps d'esclaves de la Sibérie, « n'existent pas » pour les gens comme tout le monde, à moins qu'ils ne cherchent exprès les mésaventures. Ce filtre protecteur de l'esprit qui, lorsque la réalité devient trop choquante, n'en laisse passer qu'un mince filet, joue son rôle utile en nous gardant de la folie, mais peut devenir, à certains moments, assez exaspérant. En 1943, lorsque la vérité sur les chambres à gaz était déjà universellement connue, la revue *Horizon* publia un chapitre de *Croisade sans croix* décrivant un épisode de ces meurtres en masse. Je reçus nombre de lettres, certaines m'accusant d'inventer des atrocités pour satisfaire mon imagination morbide, d'autres demandant naïvement si cet épisode était ou non emprunté à quelque fait réel. Je venais d'apprendre que des membres de ma famille étaient parmi les victimes, et cela peut expliquer l'éclat qui suit :

Réponse collective à quelques questions[1]

Monsieur,

Votre lettre me pose une question idiote : à savoir si les événements décrits dans Le Transport mixte *s'appuient sur des faits ou une fiction littéraire.*

Si j'avais publié un article sur Proust et mentionné son homosexualité, vous n'auriez jamais osé poser une question semblable, car vous considérez de votre devoir « de savoir », bien que les preuves de ce fait particulier soient moins évidentes que le massacre de trois millions d'êtres humains. Vous rougiriez d'ignorer le nom d'un écrivain, d'un peintre ou d'un compositeur contemporain de second ordre ; vous rougiriez d'attribuer une pièce de Sophocle à Euripide, mais vous avez l'audace de demander s'il est vrai que vous soyez les contemporains du plus grand massacre de l'Histoire.

Si vous venez me dire que vous ne lisez pas les journaux, les Livres blancs, les brochures documentaires qui se trouvent dans toutes les librairies, pourquoi, on se le demande, lisez-vous Horizon *et vous considérez-vous comme un membre de l'élite intellectuelle ? Je ne puis même pas dire que je regrette d'être impoli. Vous n'avez pas d'excuse, car c'est votre devoir de savoir et d'être obsédé par ce que vous savez. Tant que vous ne vous sentirez pas, contre toute raison et indépendamment de la raison, honteux de vivre tandis que d'autres sont mis à mort ; coupable, malade, humilié d'avoir été épargné, vous resterez ce que vous êtes : un complice par omission.*

Salutations.

A. K.

Je cite cette lettre écrite sous le coup de l'émotion, parce qu'elle montre que le processus d'acclimatation n'a pas été aussi facile et idyllique qu'il pouvait paraître aux pages précédentes ; et cela reste encore vrai aujourd'hui. La satisfaction que j'éprouve chaque fois qu'en arrivant au contrôle des passeports à Douvres je me joins à la queue marquée « Sujets britanniques » et lance un regard glacé sur la queue des « Étrangers » (le pauvre type... ce n'est pas sa faute) alterne avec des mouvements d'impatience et des crises d'exaspération. Mais des relations sans ambivalence manqueraient de sel[2].

L'ironie de ces relations apparaît dans les chiffres de tirage de mes livres, proportionnellement plus bas en Angleterre qu'en aucun autre pays, Islande comprise. J'ai dû peu à peu accepter le fait de n'être lu, en Angleterre, que par des intellectuels, et encore comme un pensum. Car, au fond, j'aime mes nouveaux compatriotes pour la raison même qui leur fait détester mes

1. *Horizon,* décembre 1943.

2. Puis-je rappeler que ces lignes ont été écrites en 1953. Depuis lors « l'impatience et l'exaspération » n'ont cessé de grandir, et il leur est arrivé de l'emporter sur d'autres sentiments — voir par exemple *Réflexions sur la peine capitale,* 1957 et *Suicide d'une nation ?* 1964.

écrits : leur refus d'accepter la réalité brutale. Leur don suprême qui est de regarder la réalité à travers un filtre apaisant, leur mépris des systèmes et des idéologies, apparaissent dans leur haine du roman à thèse, du roman politique et idéologique, et de tout ce qui est didactique et discursif en art, de toute forme de sermon littéraire. Outre ce trait natif, la critique littéraire anglaise a, depuis la mort de la littérature « à conscience sociale » des années trente, montré un amour de la tour d'ivoire, une tendance plus flaubertienne que Flaubert lui-même. C'est à cause de cela qu'Orwell est, lui aussi, resté toute sa vie un étranger dans ce pays, bien qu'il fût d'origine bien britannique et non pas natif de Budapest ; et que Wells lui-même est mort dans un certain discrédit littéraire.

Dans l'ensemble, je trouve ce discrédit confortable et, à tout le moins, une bonne cure pour la vanité, laquelle, alors qu'on en croit son organisme définitivement débarrassé, apparaît soudain de nouveau comme un furoncle.

CHAPITRE XVII

Le yogi et le commissaire

IL devrait y avoir un corollaire à la loi de Parkinson : « Moins on a de temps, plus on en trouve pour travailler. » A la faveur de la guerre, les Anglais se mirent à déployer une intense activité, souvent comparable à celle de la mouche du coche. Je passai un certain temps dans le corps de pionniers (c'était la seule unité de l'armée anglaise à admettre des étrangers dans ses rangs où, selon l'expression des agents recruteurs, nous étions censés « piocher pour la victoire »). En fait, il s'agissait de construire des barrages routiers, de creuser des tranchées à la mode de 1914 pour repousser une éventuelle invasion des divisions blindées allemandes. En tant que militaire, je fis aussi des conférences dans tout le pays pour un public endormi le plus souvent. Plus tard je travaillai pour le ministère de l'Information, écrivit des scénarios pour des films de propagande, des émissions de radio pour la B.B.C. et des tracts destinés à être largués par la R.A.F. au-dessus de l'Allemagne ; j'eus aussi ma part de nuits blanches quand je fus préposé à la défense passive et conducteur d'ambulance auxiliaire. Tout en apportant cette contribution méritoire à l'effort de guerre, j'écrivis Croisade sans croix *et un certain nombre d'articles ou d'essais pour des journaux comme le* New York Times Magazine, Horizon, Tribune, *etc. Certains figurent dans* Le Yogi et le commissaire *et* Autres essais, *1945. Les extraits suivants sont tirés de ce volume :*

EXTRAIT DE LA PRÉFACE DE L'ÉDITION « DANUBE » 1965 :

Quand je relis ces essais avec un recul de vingt ans, ils me semblent évidemment qu'ils ne sont plus d'actualité ; certains d'entre eux ont toutefois gardé prise sur la réalité puisqu'ils surgissent au hasard de quelques anthologies. Les pièces capitales illustrent en quelque sorte les thèmes dominants de la trilogie (*Spartacus, Croisade sans croix, Le Zéro et l'infini*) que j'achevais au moment où j'écrivis certains de ces essais.

L'essai suivant comporte quelques prévisions sur l'évolution de la politique (comme la guerre froide ou la division de l'Europe) qui furent à l'époque récusées unanimement et avec indignation, tant était complète l'euphorie de la victoire toute proche. Pourtant, pour se rendre à l'évidence, nul n'était besoin de dons prophétiques, il suffisait de porter un jugement sensé sur les faits.

Tous les articles du Yogi et le commissaire *ne sont pas politiques. Certains sont consacrés à la critique littéraire, car il arrive parfois que les considérations politiques s'immiscent parmi eux : la conférence que je fis à l'occasion du Congrès international du Pen Club à Londres en 1941 en témoigne. De façon à peine voilée, j'y attaque l'esthétisme pseudo-flaubertien qui (j'y ai déjà fait allusion dans le précédent chapitre) imprégnait en pleine guerre la littérature anglaise de bon ton, après que le mouvement pseudo-marxiste représenté par Auden, Isherwood et Spender pendant les années trente se fut démantelé.*

LES TENTATIONS DES ROMANCIERS

Un des grands romanciers russes — je crois que c'était Tourgueniev — ne pouvait travailler que les pieds dans un baquet d'eau chaude placé sous son bureau, et face à la fenêtre ouverte de sa chambre. Il me semble que c'est une parfaite explication du romancier. Le baquet d'eau chaude figure l'inspiration, le subconscient, la source créatrice, (appelez cela comme vous voudrez). La fenêtre ouverte figure le monde extérieur, la matière première d'où l'artiste tirera son œuvre.

La première tentation, et la plus forte, que le monde au-delà de la fenêtre exerce sur l'écrivain est la tentation de tirer les rideaux et de fermer les volets. Mais cette réaction si simple en apparence présente des points intéressants et variés. Ce que le geste a peut-être de plus dangereux est qu'il semble si naturel. L'écrivain a besoin de concentration ; il a les nerfs facilement troublés. Il lui faut faire un effort immense et toujours renouvelé pour supporter la fenêtre ouverte, pour laisser entrer dans sa chambre les cris perçants, les rires, les gémissements et les éphémères cris de guerre.

La tentation de fermer la fenêtre offre un autre aspect qui ne ressemble en rien à la forme traditionnelle des tentations et lui est précisément opposée. Le Tentateur n'en appelle pas aux désirs charnels, mais aux plus hautes régions de l'esprit. Ses appâts sont : la Paix, la Beauté, peut-être même la Communion avec Dieu. Le démon ne veut pas vous prendre votre âme, mais vous la donner. Il murmure : « Ferme la fenêtre — Le monde est sans espoir — Toute action est mauvaise — Tire les rideaux, oublie ces sauvages cris de guerre, laisse le silence emplir tes oreilles et le demi-jour de l'éternité baigner tes yeux brûlants. »

Derrière les persiennes closes, il naît ainsi des constructions étranges et parfois belles, des plantes de serre chaude, des intrigues et des personnages de serre chaude. La tour d'ivoire n'a été qu'une forme passagère de la chambre close. Il en est d'autres ; car la décoration de la chambre aux rideaux tirés est, chose étrange, conforme à la mode de l'époque, bien que la mode et l'époque soient censées n'y pas pénétrer. La tour d'ivoire était une création d'esthète : d'autres sont des créations de moralistes. Ceux qui les habitent ne jouent pas de la cithare pendant l'incendie de Rome : ils prient. La chambre aux rideaux tirés peut devenir la nef d'une cathédrale où un romancier russe et barbu chante des hymnes pour expier son passé révolutionnaire ; elle peut devenir une sorte d'aquarium sous-marin peuplé de monstres sous la lumière phosphorescente des grandes profondeurs, ou bien la cellule capitonnée. La dernière en date des transformations paraît être un ermitage exotique où l'on puisse accomplir les excercices du Yogi. Et voilà pour la Tentation n° 1.

Dans la Tentation n° 2, l'action de la fenêtre sur le romancier s'exerce non sous forme de pression, mais sous forme d'aspiration. L'homme derrière son bureau est tenté non pas de fermer la croisée, mais de se pencher à la fenêtre. Il est tellement fasciné par les événements de la rue qu'il commence à gesticuler, à crier et à déclamer. Nous avions en premier lieu une forme créatrice intacte, sans perception de la réalité, nous avons maintenant une perception brûlante de la réalité, mais que le processus de création ne digère pas. En se penchant trop en dehors de la fenêtre, notre auteur a dû retirer les pieds du baquet d'eau chaude ; en termes techniques, il a cessé d'être romancier, et il est devenu reporter. La Déçennie rose était une période où l'on croyait, en lisant les romans, lire les dépêches de correspondants de guerre, envoyés sur le front de la lutte des classes.

Il est apparemment difficile d'avoir, en même temps, la fenêtre ouverte et les pieds dans le baquet d'eau chaude. — Toutefois, beaucoup de romanciers, anciens et modernes, s'en tirent par un compromis ; et ce compromis est l'essence de la Tentation n° 3. Les rideaux sont fermés, mais l'auteur a fait un petit trou circulaire dans le tissu, il y a ajusté son télescope, et surveille une maison et un jardin : une jeune fille, un bouquet de roses à la main, attend son fiancé. Elle n'est pas nécessairement la jeune fille dont rêvent, dans les faubourgs, les lecteurs des bibliothèques circulantes — c'est peut-être une jeune femme très raffinée qui, dans la main gauche tient un volume de Proust. « N'est-elle pas séduisante ? » nous demande l'auteur — peut-être un excellent auteur recommandé par la Book Society. « N'est-ce pas qu'elle est vivante ? elle s'appelle Sylvia. » Il faut avouer en effet que la maison, le jardin, la jeune fille et les roses donnent absolument l'illusion de la vie. Pourtant, ils ont été créés par la méthode du trou dans le rideau. Nous les regardons avec admiration jusqu'à la page 25 ; et puis nous scandalisons l'auteur en lui posant une question : « Je vous demande pardon, mais n'avez-vous pas oublié dans votre arrière-plan la cheminée de l'usine, la désintégration de l'atome, et les camps de concentration ? »

« Vous êtes fou ? rétorque l'auteur, vous voulez que j'ajoute à mon tableau un réfugié allemand, avec des cicatrices sur le dos ? »

Naturellement, la réponse est : « Non. » Personne ne demande qu'il ajoute quoi que ce soit à son tableau. Mais dans notre esprit, il subsiste une alternative qui exige une réponse : ou bien Sylvia connaît l'existence des camps de concentration et continue à ne pas bouger, des roses dans les bras, et ce fait ajoute à son caractère un trait important — qui sans être nécessairement un trait péjoratif demeure important. Ou bien elle n'a jamais rien lu à propos des camps, ou n'en a jamais entendu parler — et voilà un nouvel indice. Ces indices sont de première importance parce qu'ils nous montrent quels rapports s'établissent — ou ne s'établissent pas — entre elle et les faits essentiels de son époque. Mais ces faits essentiels étant cachés à l'auteur par le rideau — il n'a qu'un petit trou — comment peut-il nous montrer les proportions réelles de son héroïne ? Ce n'est pas dans le tableau que nous sentons l'absence de la cheminée d'usine, c'est dans l'esprit de l'auteur.

L'auteur ignore ce qui se passe derrière la partie voilée de la fenêtre : cela suffit pour enlever au tableau sa largeur et sa profondeur, sa perspective et ses proportions, et nous faire sentir que, plus on regarde la jeune femme dans son jardin, plus elle ressemble à une figure de cire.

Le roman parfait présuppose, en effet, une fenêtre largement ouverte et, de la part de l'auteur, une connaissance générale des courants de son temps. Bien entendu, il ne faut pas qu'il encombre son œuvre de ces connaissances techniques, il ferait une encyclopédie et non un roman. Il faut que l'utilisation en soit implicite. Elles doivent agir comme catalyseur, comme la salive dans le processus de l'assimilation.

Mais tout cela n'est-il pas un peu abstrait ? Dans des centaines de romans, et parmi eux il en est d'excellents, la jeune femme est encore triomphalement debout dans son jardin et serre encore ses roses dans sa main tendue. Nous n'avons qu'une seule objection à son égard : c'est que l'auteur ne la voit pas, ou ne veut pas la voir, dans la perspective de son milieu véritable, dans le monde de la désintégration atomique et des lance-flammes. Mais on objectera que l'étroit univers qui « détermine » son tempérament peut n'avoir en fait aucun rapport avec les événements désagréables que nous nous obstinons à considérer comme essentiels. N'existe-t-il pas des millions de Sylvia qui ne sont atteintes ni par les lance-flammes, ni par les problèmes de leur temps ? Et n'est-il pas possible d'écrire sur elles d'excellents livres ?

Imaginons un être humain vivant sur une île isolée du reste du monde et dans l'ignorance complète de ce monde. Dans le *réel,* sa personnalité est naturellement déterminée par le milieu où il vit ; cependant, ses traits les plus intéressants, en tant que *personnage de roman,* seront justement l'ignorance où il se trouve des faits essentiels de son temps. Nous le voyons dans la perspective propre au roman ; c'est-à-dire que ***nous savons sur lui plus qu'il n'en sait lui-même.*** Dans la vue que nous avons de lui, nous avons compris tout l'arrière-plan, les villes, les montagnes et les rivières qui lui sont inconnues ; son caractère romanesque n'est pas seulement déterminé par la petite île qui l'entoure et qui forme pourtant le cadre unique de sa vie réelle, mais par le milieu lointain avec lequel il n'a aucun point de contact. Et les camps de concentration, sont-ils moins réels ou moins significatifs que les rivières et les montagnes ?

La valeur du romancier est en rapport direct avec la largeur et la profondeur de sa vision. Il faut que sa fenêtre embrasse tout le panorama même s'il n'a pour sujet que la jeune fille dans le jardin. Il faut que ses oreilles entendent les harmonies et les discordances de la grande symphonie, même s'il ne concentre son attention que sur le son d'une seule flûte.

« Quand l'espoir affleure, il le perçoit. Quand l'angoisse s'annonce, il la sent aussi » C. Day LEWIS.

Puisque l'auteur est notre contemporain, ce qu'il éprouvera sera surtout la souffrance. Quand je pense à l'espèce dite Romancier, je me souviens toujours des mœurs étranges des termites d'Australie. Les fourmis de cette espèce ne sont pas normalement capables de profiter de la nourriture qui est à leur portée à cause d'une insuffisance de leur appareil digestif. Elles mourraient de faim sans l'existence de certaines ouvrières spécialisées qui rentrent la récolte, dévorent et digèrent la nourriture et nourrissent toutes les autres fourmis, reine, ouvrières et adultes ailés du contenu de leur estomac — chez quelques espèces, ces ouvrières spécialisées ne quittent jamais le nid ; elles demeurent suspendues la tête en bas, accrochées aux voûtes obscures et aux tunnels de leurs termitières et, en l'absence d'autres réceptacles, elles se transforment en réservoirs vivants, en citernes, en pots de miel — et dans leurs énormes ventres distendus et élastiques, on déverse la nourriture, que l'on pompe ensuite quand on a faim.

Accroché la tête en bas aux voûtes obscures de nos termitières, pour fournir aux guerriers et aux adultes ailés les aliments prédigérés d'une amère et vénéneuse moisson, l'artiste d'aujourd'hui incline à des réflexions plutôt sinistres. Il a parfois l'impression d'être le seul adulte au milieu d'êtres qui en sont encore à souiller leurs couches. De là son devoir et sa nécessité dans un monde où nul n'est à son aise : ***le devoir de ne pas accepter.***

En fait, toutes les tentations dont j'ai parlé ont un commun dénominateur : la tentation d'accepter. Fermer la fenêtre « pour embrasser l'absolu » veut dire qu'on reconnaît pour incurable la folie du monde extérieur et qu'on dégage sa responsabilité. Laisser la fenêtre entrouverte et cacher les spectacles les plus désagréables veut dire acceptation et complaisance. La complaisance est une complicité passive, et dans ce sens tout art est propagande, par ce qu'il omet et ce qu'il rapporte. Mais seulement en ce sens. La propagande consciente équivaut à l'abdication de l'artiste et représente une autre forme d'évasion — évasion dans les terres bénies du dilettantisme où toutes les difficultés se résolvent facilement.

L'artiste n'est pas un chef : sa mission n'est pas de résoudre, mais d'exposer, non de prêcher, mais de démontrer. L'artiste doit laisser aux autres le soin de guérir, de prêcher ou d'enseigner ; mais en exposant la vérité avec ses moyens propres et spécifiques, il crée l'émotion qui porte vers la guérison.

Le titre de l'ouvrage fait allusion à deux essais, (Le Yogi et le commissaire, I *et* Le Yogi et le commissaire, II), *dont l'un inaugure et l'autre conclut le volume en question. Le premier — dont le prochain passage est tiré — n'est autre que l'expression littéraire d'un problème fondamental de notre temps auquel il n'a pas la prétention d'apporter des réponses.*

LE YOGI ET LE COMMISSAIRE [1]

Il me plaît d'imaginer un instrument capable de décomposer la nature du comportement social comme les physiciens décomposent les rayons. En regardant à travers ce spectroscope sociologique on verrait sur l'écran s'inscrire l'arc-en-ciel coloré formé du spectre de toutes les attitudes que l'homme peut prendre devant la vie. La pagaille humaine deviendrait nette, claire et compréhensible.

A l'une des extrémités du spectre, évidemment du côté de l'infrarouge, on verrait le Commissaire. Le Commissaire croit à la Transformation par l'Extérieur. Il croit que tous les fléaux de l'humanité, y compris la constipation et le complexe d'Œdipe, peuvent et doivent être guéris par la Révolution, c'est-à-dire par une réorganisation radicale du système de production et de distribution des marchandises ; il croit que cette fin justifie l'emploi de tous les moyens, y compris la violence, la ruse, la trahison et le poison ; il croit que le raisonnement logique est une boussole infaillible, et l'univers une sorte de vaste mouvement d'horlogerie dans lequel un très grand nombre d'électrons, une fois mis en branle, tourneront pour toujours dans leurs orbites calculés à l'avance ; et que quiconque pense différemment est un fuyard. Cette extrémité du spectre a la plus basse fréquence de vibrations et contient en un sens les éléments les plus grossiers du rayon lumineux, mais elle transmet la plus grande quantité de chaleur.

A l'autre extrémité du spectre, les ondes sont si courtes et de si haute fréquence que l'œil ne les voit plus ; elles sont incolores et sans chaleur, mais pénètrent tout ; le Yogi accroupi s'y dissout dans l'ultraviolet. Il ne voit aucune objection à appeler l'univers un mouvement d'horlogerie, mais il

1. Publié dans *Horizon,* juin 1942.

pense qu'on pourrait l'appeler tout aussi véridiquement boîte à musique ou étang ou boxon. Il croit que la fin est imprévisible et que seuls comptent les moyens. Il refuse en toutes circonstances la violence. Il croit que le raisonnement logique perd graduellement de sa validité à mesure que l'esprit approche le pôle magnétique de l'Absolu, qui seul a de l'importance. Il croit que l'organisation extérieure ne peut rien améliorer, mais que l'effort spirituel de l'individu peut améliorer tout, et que quiconque pense différemment est un fuyard. Il croit qu'il ne faudrait pas abolir par une législation financière le servage dont les usuriers accablent les paysans de l'Inde, mais en venir à bout par une éducation mystique. Il croit que chaque individu est isolé, mais reste quand même relié à l'Univers par un cordon ombilical invisible, et que seule la sève qui lui arrive de ce cordon peut nourrir sa bonté, sa vérité, son utilité et ses forces créatrices ; il croit que son unique devoir pendant sa vie terrestre est d'éviter les actions, les émotions ou les pensées qui pourraient l'amener à rompre ce lien. Il ne peut accomplir ce devoir que par une technique difficile et compliquée, la seule technique qu'il accepte.

Entre ces deux extrémités se déroulent en une suite continue les lignes spectrales des attitudes humaines plus rassises. Plus nous approchons du centre, plus le spectre devient brouillé et brumeux. D'une part, cet accroissement de brume sur la nudité des corps spectraux les fait paraître plus décents et rend les rapports avec eux plus civilisés. On ne peut pas discuter avec un commissaire nu — il commence d'abord par se frapper la poitrine puis il vous étrangle, ami ou ennemi, dans une étreinte mortelle. On ne peut pas non plus discuter avec le squelette ultraviolet, parce qu'il ne croit pas aux mots. On peut discuter avec les théoriciens d'après-guerre, avec les Fabianistes, les Quakers, les Libéraux et les Philanthropes. Mais la discussion ne mène nulle part, car l'essence du conflit est entre le Yogi et le Commissaire, entre les conceptions fondamentales de la Transformation par l'Extérieur et de la Transformation par l'Intérieur.

Il est facile de dire qu'il faut faire la synthèse entre le Saint et le Révolutionnaire ; mais on ne l'a encore jamais réalisée. Ce qu'on a réalisé, ce sont des compromis nébuleux, — ce sont les bandes de couleur intermédiaires et confuses du spectre : compromis, mais non synthèse. Apparemment, les deux éléments ne se mêlent pas et c'est peut-être une des raisons qui font de l'Histoire un tel gâchis. Le Commissaire fixe son énergie émotive sur les rapports entre l'individu et la société, le yogi sur les rapports entre l'individu et l'univers. Il est encore facile de dire qu'il ne faut qu'un petit effort mutuel. Autant demander à un poisson un petit effort pour devenir un oiseau et vice versa.

Voilà pour ce qui concerne Le Yogi et le commissaire I.

Le Yogi et le commissaire II *fut écrit deux ans plus tard (en 1944); il appartient à un genre littéraire tout à fait différent du premier. C'est un essai qui traite de problèmes éthiques et philosophiques dont nous parlerons plus longuement et plus en détail dans le livre II de ce volume. Aussi serait-il vain de citer ici des extraits du* Yogi et le commissaire II, *mais je veux simplement souligner que ce fut dans cet essai que je jetai les bases des théories que je développai dans des ouvrages ultérieurs.*

Pour en revenir à la guerre : trois articles que j'écrivis en 1943-44 pour le New York Times Sunday Magazine *sont repris dans* Le Yogi et le commissaire *sous le titre d' « Exhortations ». Les extraits suivants présentent peut-être un intérêt historique : ils indiquent le sentiment d'impuissance de l'auteur face à un mal qui se propage partout et face à de nouvelles menaces qui ne paraissent pas moins effrayantes.*

POURQUOI ON NE CROIT PAS AUX ATROCITÉS[1]

Il y a un rêve qui m'assaille à intervalles presque réguliers : il fait nuit et on est en train de m'assassiner dans une sorte de taillis ou de fourré ; à quelque dix mètres de distance se trouve une rue animée. Je crie au secours, mais personne ne m'entend ; la foule passe en continuant de bavarder et de rire.

Nous autres, de notre côté, voilà dix ans que nous crions. Nous avons commencé la nuit où Van der Lubbe, l'épileptique, mit le feu au Reichstag ; nous disions que si l'on n'éteignait pas ces flammes tout de suite, l'incendie gagnerait le monde entier ; vous nous avez pris pour des fous. Maintenant, notre folie consiste à essayer de vous parler des Juifs de l'Europe qui ont été massacrés. Il y a déjà trois millions de morts. C'est le plus grand record de massacres de l'histoire, et cela continue tous les jours, heure par heure, aussi régulièrement que le tic-tac de votre montre. J'ai devant moi, sur mon bureau, des photographies qui expliquent mon émotion et mon amertume. Des gens sont morts pour les faire sortir en fraude de Pologne ; ils croyaient que ces documents en valaient la peine.

L'autre jour, j'ai rencontré l'un des journalistes américains les mieux connus en Angleterre. Il m'a raconté qu'au cours d'une récente enquête de l'opinion publique, neuf citoyens américains moyens sur dix, lorsqu'on leur demanda s'ils croyaient aux atrocités nazies, répondirent que c'était des mensonges de propagande, et qu'ils n'en croyaient pas un mot. Quant à l'Angleterre, voilà trois ans que je fais des conférences aux soldats et leur attitude est la même.

Pendant ce temps-là, la montre continue à faire tic-tac. Que peuvent faire ceux qui donnent l'alarme, sinon continuer à crier jusqu'à devenir apoplectiques ?

1. Publié dans le *New York Times Magazine,* janvier 1944.

CHEVALIERS EN ARMURES ROUILLÉES[1]

Le directeur de ce journal m'a demandé d'écrire un article « sur les raisons qu'ont les hommes de mourir pour la démocratie, basé sur une expérience personnelle ». Je souligne la phrase parce que j'ai le sentiment que, sous la forme négative, elle contient en elle-même une partie de la réponse. La majorité de ceux que j'ai vus mourir et aller à la mort sur les champs de bataille, dans les hôpitaux, dans les prisons et les camps de concentration, depuis Badajoz, ne donnaient certainement pas leur vie par enthousiasme pour une « démocratie » abstraite. Prenons une des grandes épopées de la guerre ; celle de la petite armée grecque dont personne n'avait jamais entendu parler auparavant, et qui a battu les troupes d'élite de Mussolini — ce fut presque un miracle. Et cependant les Grecs se battaient sous la dictature fasciste de feu Metaxas, tyrannie si stupide et si bornée qu'elle avait mis la République de Platon sur la liste des livres interdits. Prenons encore le dernier miracle, la défense de Stalingrad. Nous considérons avec humilité, avec gratitude et admiration, les hommes et les femmes de l'État soviétique. Ceux qui essaient de nous monter contre eux font le jeu d'Hitler ; mais ceux qui prétendent que les voies du père Staline sont des voies démocratiques, ou bien veulent être très malins, ou bien sont des simples d'esprit.

La Fraternité des Pessimistes : C'est sans doute une formule plus modérée que celles dont on a l'habitude, mais si nous l'acceptons à titre provisoire, le présent nous paraîtra moins nébuleux et l'avenir moins affligeant.

LA FRATERNITÉ DES PESSIMISTES[2]

Dans la guerre actuelle, nous combattons un mensonge absolu au nom d'une demi-vérité.

Nous appelons l'ordre nouveau du nazisme un mensonge absolu parce qu'il refuse l'éthique propre à notre espèce, parce qu'en proclamant que la force prime le droit, il abaisse la loi des hommes au niveau de la loi de la jungle, et en proclamant que la race est tout, il abaisse la sociologie au niveau de la zoologie. Avec une semblable philosophie, il ne peut y avoir de compromis.

Quant à nous, d'autre part, nous vivons dans une atmosphère de demi-vérités. Nous combattons le racisme et cependant la discrimination raciale

1. Publié dans le *New York Times Magazine,* janvier 1943.
2. Publié dans le *New York Times Magazine,* novembre 1943.

est loin d'être abolie dans les pays anglo-saxons ; nous combattons pour la démocratie et cependant notre alliée la plus puissante est une dictature totalitaire et policière. Mais notre climat de demi-vérités est tellement étouffant que le seul fait d'exprimer ces faits, tout indéniables qu'ils soient, ressemble à une provocation.

« Pourquoi insister ?, dira-t-on. Nous sommes en pleine bataille et non au confessionnal. » C'est que, des deux côtés de l'Atlantique, les gens deviennent plus inquiets à mesure que la victoire approche. Il y a partout un malaise étrange. On dirait que la nausée vient avant l'ivresse.

Comme nous l'avons vu, Le Yogi et le commissaire *est un recueil d'articles divers ; il contient pourtant un ensemble de trois essais écrits à la suite qui, avec leurs cent pages au total, constituent l'essentiel du volume et expliquent l'effet qu'ils produisirent sur l'intelligentsia communisante en Angleterre, en France et aux États-Unis. Dans le premier de ces essais,* Anatomie d'un Mythe, *j'analysais les fondements psychologiques de la complaisance avec laquelle la gauche progressiste se laissait berner sur la vraie nature du régime stalinien. Dans le second,* Mythe et Réalité soviétiques[1], *je décrivais en détail ce régime, en piochant dans les sources officielles (décrets gouvernementaux, statistiques, etc.). Dans le dernier* (La Fin d'une illusion), *d'où sont tirés les extraits suivants, j'exposais les méthodes expansionnistes de l'Union soviétique, prédisais l'asservissement de l'Europe de l'Est et de l'Europe centrale et prévoyais la politique défensive que suivrait l'Europe occidentale.*

La Russie représente parmi les trois puissances victorieuses la force d'expansion la plus vigoureuse. C'est une jeune puissance mondiale qui entre en scène pleine de dynamisme sans merci. Avec son économie nationalisée, son pouvoir centralisé et ses méthodes totalitaires, l'U.R.S.S. offre un aspect de cohésion massive par comparaison à l'empire britannique qui est décentralisé et dispersé, — un peu comme un énorme bélier face aux longues murailles croulantes et aux douves d'une vieille forteresse. Cela ne veut pas forcément dire que le bélier attaquera la muraille, mais seulement que les hommes qui sont derrière le bélier et ceux qui sont derrière la muraille, bien qu'ils entretiennent des rapports amicaux, ne perdront de vue ni les uns ni les autres des données de la situation. Et fatalement ces données se traduiront par une pression constante.

Selon la loi de moindre résistance, la pression sera d'autant plus forte que le point d'attaque sera plus vulnérable et plus exposé, c'est-à-dire le Moyen-Orient, la Méditerranée et l'Europe. Pour s'exprimer poliment par euphémisme, le but de cette pression est d'obtenir des « zones d'influence ». Mais la définition de ce terme dépend entièrement de l'équilibre des forces. Là où

1. J'ai été très redevable à Mme Margaret Dewar pour ces recherches dans les documents originaux.

les plateaux de la balance sont à peu près au même niveau, zone d'influence veut simplement dire accords commerciaux et traités politiques, par exemple : l'Angleterre et le Portugal. Qu'un des plateaux de la balance baisse un peu, et la même expression veut dire bases d'aviation et bases stratégiques ; la zone d'influence est devenue un pays satellite. Le plateau baisse encore un peu plus et l'on a un gouvernement fantoche et l'incorporation de fait, sinon de droit, dans l'état le plus fort ; par exemple : le Japon et le Mandchoukouo. Finalement, c'est l'incorporation directe, soit par conquête militaire, soit par plébiscite de terreur, par exemple : la Pologne orientale et les États baltes.

Quand les gens parlent d' « expansion » la plupart s'en font une idée statique et surannée. Les nazis appelaient les Russes des « hordes asiatiques » et essayaient de nous faire peur avec l'image anachronique d'un Staline-Genghis Khan qui descendrait sur Boulogne avec ses cosaques. Les conservateurs s'imaginent que la conquête allemande de la Tchécoslovaquie a été, comme au temps jadis, une simple conquête militaire. D'où l'incrédulité générale quant aux perspectives réelles de l'expansion russe sur le continent. Les possibilités de la guerre par la méthode politique, — c'est-à-dire par dislocation interne et vassalisation, n'ont aucunement été épuisées par Hitler et ne sont pas encore appréciées à leur juste valeur.

La question de savoir « jusqu'où Staline veut aller » est oiseuse et naïve. L'expansion des grands empires suit certaines lois dynamiques. Une grande puissance entourée d'une marge de basse pression élargira ses zones d'influences jusqu'à ce qu'elle rencontre une résistance. Il n'y a pas de saturation possible dans le vide.

Comme je l'ai déjà dit dans la préface, il m'avait suffi de porter un jugement sensé sur les faits, sans qu'il soit besoin de faire appel à la divination, parce que je me rends à l'évidence. Mais c'était justement ce désir de reconnaître les faits qui faisait défaut aux gens de tendance libérale ou gauchiste. J'en donnerai un exemple, caractéristique du climat politique régnant à l'époque (la fin de la guerre et le début de l'après-guerre) chez les intellectuels français : la revue mensuelle de Sartre, Les Temps modernes, *publia une série d'articles intitulée* Le Yogi et le prolétaire *(paraphrase parodique du* Yogi et le commissaire*). L'auteur de ces articles qui firent plus tard l'objet d'un livre, était le Pr Merleau-Ponty, successeur d'Henri Bergson à la chaire de philosophie du Collège de France*[1]*. Il y justifiait chacune des mesures prises par le régime russe, y compris le pacte germano-soviétique considéré par lui comme une nécessité historique, taxait la politique anglo-américaine d'impérialisme et qualifiait toute critique du régime soviétique d'action belliciste déguisée*[2].

1. *Humanisme et terreur,* Paris, 1947.
2. Il faut ajouter en toute honnêteté que vers la fin de sa vie, Merleau-Ponty revint sur ses opinions et abandonna le marxisme.

A un niveau moins élevé, les attaques lancées dans les publications du Parti communiste étaient encore plus personnelles et plus virulentes. J'en donne pour exemple le livre de Jean Kannapa, Le Traître et le prolétaire *ou* l'Entreprise Koestler and Co. Ltd[1] (autre paraphrase du Yogi et le commissaire).

Plus vil encore fut l'article publié en première page de l'hebdomadaire communiste L'Action : on pouvait y lire que la petite villa que je possédais dans la région de Fontainebleau pendant l'après-guerre était un camp d'entraînement où « des bandes de voyous fascistes se constituaient en milices terroristes ». A son tour, L'Humanité-Dimanche publia une carte de la région indiquant avec beaucoup d'obligeance l'endroit exact où se situait la villa. Détracteur avant l'heure du régime de terreur instauré par Staline, il était inévitable que je fusse stigmatisé comme partisan de la guerre froide. Je dois ajouter que je portai ces stigmates avec fierté, comme une marque distinctive comparable au numéro tatoué que portent sur les bras les survivants des camps de concentration nazis.

1. Paris, 1950.

CHAPITRE XIX

Le droit de dire non

Le recueil d'essais que j'écrivis ensuite fut L'Ombre du dinosaure, *publié en 1955. Il est consacré, pour sa majeure partie, à la guerre froide. Le premier texte de ce recueil est un discours prononcé pour inaugurer une série d'émissions de la B.B.C. sous le titre pompeux* Le Défi de notre temps. *On était au printemps 1947 ; l'euphorie de la victoire se dissipait mais les plus influents des intellectuels occidentaux (tels que Sartre et Merleau-Ponty en France, ou le Pr Bernal considéré en Grande-Bretagne comme un Socrate moderne) répugnaient encore à se débarrasser de leurs illusions concernant la nature du régime soviétique. Cette émission de radio me donna une excellente occasion de critiquer l'éthique caractéristique de Bernal fondée sur la thèse que la fin justifie les moyens.*

« LE DÉFI DE NOTRE TEMPS »

Je commencerai par évoquer un fait — un fait que vous connaissez tous, mais qui nous conduira directement au cœur même de notre problème.

Le 18 janvier 1912, le capitaine Scott et ses quatre compagnons atteignirent le pôle Sud après soixante-neuf jours de marche. Sur le chemin du retour, le sous-officier Evans tomba malade et devint une charge pour l'équipe. Le capitaine Scott dut décider entre transporter le malade, en ralentissant la marche et en risquant la vie de tous, et laisser Evans mourir seul dans le désert blanc pour essayer de sauver les autres. Scott prit le premier parti ; on traîna Evans jusqu'à ce que celui-ci mourût. Le retard fut fatal. La tempête assaillit les explorateurs ; Oates tomba également malade et se sacrifia. Leurs rations étaient épuisées, et les corps gelés des quatre hommes furent retrouvés, six mois plus tard, à quinze kilomètres seulement, soit à un jour de marche, de la halte suivante qu'ils n'avaient pas réussi à atteindre. Eussent-ils sacrifié Evans qu'ils auraient probablement survécu.

Le dilemme qui se présenta à Scott par dix-huit degrés de latitude symbolise l'éternelle épreuve de l'homme, le conflit tragique, inhérent à sa nature, entre l'efficacité et la morale. Je vais essayer de montrer que ce conflit est à la racine de notre crise politique et sociale, qu'il présente en raccourci toute la menace de notre temps.

Scott avait le choix entre deux voies. Suivons-les toutes les deux jusqu'à leur extrémité logique. Premièrement, le chemin de l'efficacité, où le voyageur se conforme au principe que la fin justifie les moyens. Il commence par jeter Evans aux loups, car le sacrifice d'un camarade est justifié par l'espoir d'en sauver quatre. Que le chemin s'étende jusqu'au domaine de la politique, et le dilemme du capitaine Scott devient le dilemme de Mr. Chamberlain. Evans est la Tchécoslovaquie : le sacrifice de cette petite nation achètera la sécurité des grandes — du moins, on l'espère. Nous continuons sur la route logique qui nous mène directement du Munich n° 1 au Munich n° 2 : le pacte Ribbentrop-Molotov de 1939, où les Polonais subissent le même sort que les Tchèques. A cette époque, les Evans se comptent par millions : au nom de l'efficacité, le gouvernement allemand décide de tuer tous les individus incurables et mentalement déficients, car ils pèsent sur les ressources de la nation, et les vivres diminuent. Après les incurables, viennent ceux qui ont une hérédité fâcheuse : Gitans et Juifs, soit six millions. Finalement, au nom de l'efficacité, les démocraties occidentales lâchent les premières bombes atomiques sur les villes très peuplées d'Hiroshima et Nagasaki et, ce faisant, acceptent implicitement le principe de la guerre totale et sans discrimination qu'elles condamnaient jusqu'alors. Nous continuons notre route logique dont la pente devient de plus en plus rapide, et nous arrivons dans le domaine de la politique des partis. Si vous êtes convaincu qu'un adversaire politique va mener votre patrie à la ruine et plonger le monde dans une nouvelle guerre, n'est-il pas préférable d'oublier vos scrupules et d'essayer de le discréditer par des révélations sur sa vie privée ? Le poursuivre, le noircir, l'épurer, le censurer, le déporter, le détruire ? Malheureusement, votre adversaire sera également convaincu que vous êtes néfaste et usera envers vous des mêmes méthodes. Ainsi, la logique de l'efficacité mène à la désintégration atomique de la morale, à une sorte de pourrissement radio-actif de toutes les valeurs.

Et maintenant, considérons l'alternative opposée telle qu'elle s'offrait à Scott. Ses principes directeurs sont : le respect de l'individu, le refus de la violence et l'opinion que les moyens déterminent la fin. Nous avons vu ce qui est arrivé à l'expédition de Scott parce qu'il n'avait *pas* sacrifié Evans. Et nous pouvons imaginer ce qui serait arrivé au peuple de l'Inde s'il avait été permis à M. Gandhi de suivre sa sainte voie de non-résistance à l'envahisseur japonais ; ou quel eût été le sort de l'Angleterre si elle avait embrassé le pacifisme et accepté de voir la Gestapo installant son quartier général à Whitehall.

Le fait que ces routes mènent toutes deux au désastre crée un dilemme inséparable de la condition humaine ; ce n'est pas une invention des philosophes, mais un conflit que nous affrontons à chaque pas de nos activités quotidiennes. Chacun de nous a sacrifié son Evans à un point ou à un autre de son passé. Et c'est une illusion de croire que ce conflit peut toujours être réglé par l'admirable panacée britannique qu'on appelle « le compromis raisonnable ». Le compromis est une chose utile dans les dilemmes mineurs de la vie de tous les jours, mais, chaque fois que nous avons à prendre des décisions essentielles, le remède cesse d'agir. Ni le capitaine Scott ni Mr. Chamberlain ne pouvaient recourir à un compromis raisonnable. Plus la position que vous occupez implique de responsabilités, plus rapprochées sont les pointes du dilemme. Quand la décision entraîne le destin d'un grand nombre de gens, le conflit grandit en proportion. Le progrès technique de notre âge a énormément accru l'étendue et les conséquences des actions de l'homme, et a ainsi amplifié son dilemme originel dans des proportions gigantesques. De là, notre conscience de la crise. Nous sommes pareils au malade qui entend pour la première fois, magnifié par le haut-parleur, le tonnerre désordonné de son cœur.

Le dilemme n'admet pas de solution définitive. Mais chaque époque doit tenter une solution provisoire adaptée aux circonstances. Cette tentative doit procéder en deux mouvements. Le premier est de reconnaître qu'une certaine proportion de dureté est inséparable du progrès humain. Sans la révolte des Barons, il n'y aurait pas eu de Grande Charte ; sans la prise de la Bastille, pas de Déclaration des droits de l'homme. Plus les valeurs morales nous sont chères, plus nous devons nous garder de la faiblesse. Le malheur de certaines associations morales douées des meilleures intentions, c'est le nombre de sectaires, de quiétistes et de faibles qu'elles comptent dans leurs rangs.

Mais le second mouvement et le plus important consistera à reconnaître que la fin ne justifie les moyens que dans de très étroites limites. Un chirurgien a le droit d'infliger une souffrance parce que les résultats de son opération sont raisonnablement prévisibles ; mais les opérations radicales et générales faites sur le corps social comportent beaucoup de facteurs inconnus, conduisent à des résultats imprévisibles, et on ne sait jamais à quel moment le bistouri du chirurgien devient le couperet du boucher. Ou, pour user d'une autre métaphore, la dureté ressemble à l'arsenic ; injectée à petites doses, c'est un stimulant du corps social, en grandes quantités, c'est un poison mortel. Et nous souffrons tous aujourd'hui d'une intoxication par arsenic moral.

Les symptômes de cette maladie sont évidents dans le domaine politique et social ; ils sont moins évidents, mais non moins dangereux, dans celui de la science et de la philosophie. Je citerai à titre d'exemple les opinions d'un de nos plus grands physiciens, le Pr J.-D. Bernal. Dans un article intitulé « Croyance et Action », récemment paru dans le *Modern Quarterly*, il dit que « les nouveaux rapports sociaux » exigent « une transformation radicale de la morale », et que les vertus « fondées sur un souci excessif de bonne conduite individuelle » doivent se modifier par le passage « d'une morale individuelle à une morale collective ». « L'action collective est la seule action vertueuse, parce qu'elle est la seule efficace », dit le professeur Bernal. Voyons maintenant ce que cette déclaration abstraite signifie en réalité. La seule façon pratique pour Tom, Dick ou Harry d'accomplir « une action collective effective » est de devenir membre d'une armée, ou d'un parti politique. Son choix sera déterminé *a*) par sa nationalité et *b*) par ses opinions ou préjugés politiques. Une fois enrôlé dans la collectivité de son choix, il devra subordonner sa « bonne conduite individuelle » aux intérêts du groupe ou du parti. C'est précisément ce qu'avaient fait, par exemple, les accusés du procès de Belsen. Leur excuse était qu'ils devaient assurer le fonctionnement des chambres à gaz et y pousser les victimes, par fidélité à leur parti, leur responsabilité étant subordonnée à la responsabilité collective. L'avocat d'Irma Grese aurait pu citer littéralement les réflexions du professeur Bernal sur l'éthique — bien qu'en matière politique Bernal soit un adversaire farouche du nazisme et se réclame, pour citer ses propres paroles, « des théories de Marx et de la pratique de Lénine et Staline ». Son article contient, il est vrai, certaines réserves condamnant « l'obéissance aveugle aux ordres donnés » qui, dit-il, mène au *Führerprinzip*. Le professeur Bernal ne semble pas avoir remarqué que cette obéissance aveugle, plus le *Führerprinzip*, n'est nulle part aussi en évidence aujourd'hui que dans le parti auquel vont ses sympathies. Bref, je crois que beaucoup de confusions seraient évitées si certains savants s'en tenaient à leurs électrons et comprenaient que les êtres humains ne se réduisent pas à des équations mathématiques. Et il serait bon de se rendre compte qu'il ne s'agit pas ici d'une querelle philosophique abstraite, mais d'une question brûlante et très concrète dont dépend la vie ou la mort de notre civilisation.

Revenons, si vous le voulez bien, à notre point de départ : le dilemme entre l'efficacité et la morale. Au cours de notre discussion, le traîneau symbolique de la petite équipe de Scott est devenu le train express du progrès de l'humanité. Dans ce train, l'efficacité est la locomotive, la morale le frein. Leur action est toujours opposée. Il est impossible de décider dans l'abstrait en faveur de l'une ou de l'autre. Mais l'on peut procéder à des ajustements temporaires selon la marche du train. Il y a deux cents ans, pendant la laborieuse montée du train, des mares stagnantes de la France féodale à l'ère des Droits de l'Homme, la décision aurait été en faveur de la locomotive et contre le frein. Depuis la seconde moitié du XIXe siècle, nos freins moraux ont été de plus en plus négligés, et le dynamisme totalitaire a fini par faire s'emballer la locomotive. Il faut serrer les freins ou nous nous écraserons.

Je ne suis pas très sûr que les absolus éthiques des philosophes existent, mais je suis sûr que nous devons agir comme s'ils existaient. Il faut libérer la morale des chaînes utilitaires ; les paroles et les actes doivent être de nouveau jugés selon leurs propres mérites et non comme de simples expédients au service de buts lointains et nébuleux. Les échelles vermoulues ne mènent à aucun paradis.

Au printemps 1948, je fis une tournée de conférences aux États-Unis pour obtenir des fonds en faveur du Comité international de secours et d'assistance aux réfugiés des pays totalitaires. Le passage suivant est une version allégée d'une conférence improvisée que je donnai à Carnegie Hall, à New York et qui figure dans l'Ombre du dinosaure. *Son ton agressif rend compte de l'agacement éprouvé par l'auteur devant la naïveté et l'ignorance des progressistes américains communisants : ils me semblaient donner une nouvelle version, gauchiste cette fois, de l'immortel Babbitt décrit par Sinclair Lewis.*

LES SEPT ERREURS MORTELLES

L'hystérie guerrière dont un grand nombre de gens semblent souffrir aux États-Unis n'est pas un signe de conscience et de maturité. Pas plus que la mentalité d'apaisement. L'effort d'apaisement devant une puissance en expansion crée un brouillard où aucun des adversaires ne sait plus où il est : et c'est ainsi que le monde glisse dans la guerre — sans qu'aucun des adversaires l'ait désiré. L'apaisement est un jeu de poker ; une politique clairement définie, obéissant à de fermes principes, est un jeu d'échecs.

Ce sont là des banalités, le genre de banalités que tout lecteur de la *New Republic* ou du *New Statesman and Nation* savait par cœur dans les années trente. Aujourd'hui, ils l'ont oublié, et les ignorer, c'est revenir au niveau du jardin d'enfants. J'espère que dans cette réunion nous nous maintiendrons au moins à celui de l'école primaire. Je considérerai donc comme généralement admis que l'hystérie guerrière et l'apaisement sont notre Charybde et notre Scylla, et que la tâche précaire du libéral est de naviguer comme Ulysse entre les deux.

Permettez-moi, pour aider la navigation, d'indiquer certaines illusions logiques et certains courants sentimentaux dans lesquels les jeunes idéalistes font fréquemment naufrage. Pour ma part, j'en ai dénombré sept : les sept erreurs mortelles de ce que vous me permettrez d'appeler l'esprit du Babbitt de gauche. Les voici :

La première consiste à *confondre la gauche avec l'Est.* Certaines sections de la presse réactionnaire ne peuvent ou ne veulent pas distinguer entre les libéraux, partisans du *New Deal,* ou sociaux-démocrates, et les communistes, les traitant tous d'horribles Rouges. Nous nous indignons naturellement d'une imbécillité aussi venimeuse. Mais la gauche elle-même est en partie responsable de la confusion. Le Babbitt de gauche suppose qu'il existe un spectre continu allant des libéraux rose pâle aux socialistes rouges et aux communistes pourpres. Il serait temps qu'il se mît dans la tête que Moscou n'est pas, par rapport à lui, à gauche mais à l'est. L'Union soviétique n'est pas un pays socialiste, et la politique du Kominform n'est pas une politique socialiste. Souvenons-nous donc que « l'Est est à l'est et la gauche est à gauche », et s'il leur arrive encore parfois de se rencontrer, c'est pure coïncidence.

La deuxième erreur est *l'erreur de l'examen de conscience.* L'autre jour, je mentionnai dans une conférence de presse que les populations inquiètes d'Italie et de France vous considèrent, vous autres Américains, comme leur seul espoir de salut, tant du point de vue économique que du point de vue militaire. Sur quoi un des journalistes présents dit : « Croyez-vous vraiment que nous pouvons aider l'Europe avec nos mains sales ? » Je demandai : « Que voulez-vous dire par mains sales ? » Il répondit : « Eh bien, notre politique en Grèce et en Palestine, et notre soutien à Franco, et notre façon de traiter les Nègres et les Juifs. Nous nous sommes salis partout, et quand nous nous posons en défenseurs de la démocratie, c'est pure hypocrisie. »

La meilleure façon de réfuter cette erreur est d'imaginer semblable argument invoqué en 1938. Il se serait alors présenté de la façon suivante : « Nous n'avons pas le droit de nous élever contre le plan hitlérien d'extermination des Juifs dans les chambres à gaz, tant qu'il existera en Amérique des hôtels qui n'acceptent pas les Juifs et tant que les Nègres ne jouiront pas ici d'une égalité absolue. Quand la démocratie américaine sera devenue une démocratie parfaite, alors, et alors seulement, nous aurons le droit de défendre ce qui reste de l'Europe. Et si l'Europe tombe au fond de l'abîme avant ce temps-là, c'est grand dommage, mais nous n'y pouvons rien. »

La troisième erreur, étroitement liée à celle de l'examen de conscience, est *l'erreur de la fausse équation.* Sa version européenne se formule ainsi : « Le totalitarisme soviétique est mauvais. L'impérialisme américain est également mauvais. Les deux se valent ; par conséquent, restons dans le *no man's land* jusqu'à ce que la fatalité nous frappe. » Pour prouver que le régime américain est « tout aussi mauvais » que le régime russe, pour équilibrer les deux côtés de l'équation, votre puriste recourt à de petits subterfuges presque inconscients. Il égale les épurations d'Hollywood à celles de Moscou. Il n'a jamais vécu sous un régime totalitaire, et quand il fait des comparaisons, il ne sait pas de quoi il parle. Sa conscience se révolte contre les lamentables taudis de Chicago où les travailleurs noirs des abattoirs vivent comme des rats. J'ai passé quelques jours à Chicago et j'ai été horrifié de ce que j'ai vu, entendu et senti. Ne me prenez pas pour un touriste naïf, un admirateur aveugle de votre régime. Mais comparez votre pire façon de traiter les minorités ethniques avec le traitement soviétique des minorités de la république de Crimée, de la république tchetchène, de la république allemande de la Volga, dont les populations furent déportées parce que — comme dit le communiqué officiel soviétique — elles s'étaient montrées peu sûres pendant la guerre.

Les bébés au berceau s'étaient montrés peu sûrs et ils durent aller en

Sibérie. J'ai vu des grévistes à Chicago, et toutes mes sympathies étaient pour eux. En Russie, la grève ou l'incitation à la grève sont qualifiées de haute trahison et punies des peines les plus sévères. Aux élections américaines, les partis politiques corrompent et déforment la volonté du peuple. Aux élections russes, 99,5 % votent pour la liste officielle unique, le demi qui reste est grippé et garde la chambre. Votre Babbitt progressiste égale une démocratie imparfaite à un régime totalitaire parfait ; dans sa philosophie, la rougeole et la lèpre se valent.

L'erreur n° 4 est *l'attitude anti-anti.* Ainsi : « Je ne suis pas communiste. En fait, je déteste la politique communiste, mais je ne veux pas être confondu avec l'inquisition anticommuniste. Donc je ne suis ni communiste ni anticommuniste, mais anti-anti-communiste. Si W. R. Hearst dit que deux et deux font quatre, je soutiendrai automatiquement que deux et deux font cinq ou au moins quatre et demi. »

Ne riez pas, car cette erreur est profondément enracinée en nous tous, moi compris. Je me rappelle ma souffrance quand un vieux monsieur vint à moi dans un club à Londres et me dit en me frappant sur l'épaule : « Eh bien, jeune homme, je suis heureux que vous soyez enfin venu à la raison. Moi, il y a vingt-cinq ans que je sais ce que c'est que le bolchevisme. Il n'est jamais trop tard pour se repentir. »

L'on n'y peut rien. L'on n'empêchera pas les gens de conclure juste pour des raisons fausses. Dans la dernière guerre, nous avons combattu au nom de la démocratie, au sein d'une alliance qui comprenait le dictateur Métaxas de Grèce, le dictateur Tchang Kaï-chek et le dictateur Staline. Mais il existe une différence fondamentale entre l'alliance conclue pour la guerre et l'identification politique des alliés. Être allié avec Tchang ne signifiait pas que nous souhaitions imiter le régime chinois. Nous trouver aujourd'hui dans le même camp que la presse Hearst et le sénateur McCarthy ne signifie pas que nous adoptions leurs opinions et leurs méthodes. La crainte de se trouver en mauvaise compagnie n'est pas le signe d'une pureté politique, c'est l'expression d'un manque de confiance en soi. Quand on est sûr de soi, on n'a pas peur de dire que deux fois deux font quatre, même si le colonel McCormick le dit aussi.

L'erreur n° 5 est *l'erreur sentimentale.* Nous avons été pendant des années alliés aux communistes dans la lutte contre le nazisme et, maintenant que nous devons nous séparer, les racines de la fidélité passée sont difficiles à extirper. Nos compagnons d'hier ne partagent pas cette délicatesse de sentiments. Au moindre désaccord, ils nous traitent de fascistes, de traîtres et de cannibales. Ces liens sentimentaux sont des liens unilatéraux.

L'erreur n° 6 est *l'erreur de la cause parfaite.* Elle se rattache à l'erreur n° 2, celle de l'examen de conscience. Seules des mains absolument pures auraient le droit de se tendre pour protéger et sauver ce qui reste de l'Europe. Seule une cause parfaite mériterait qu'on luttât pour elle. Et la recherche de la cause parfaite devient l'excuse du quiétisme.

L'histoire ne connaît pas de causes parfaites ni de situations qui opposent le blanc au noir. Le totalitarisme de l'Est est noir ; sa vitoire serait la fin de notre civilisation. La démocratie de l'Ouest n'est pas blanche mais grise. Vivre et même mourir pour une cause parfaite est un luxe rare. En 1942 ou 1943, j'ai publié un article qui commençait par ces mots : « Dans cette guerre, nous combattons un mensonge total au nom d'une demi-vérité. » Le mensonge total était l'ordre nouveau d'Hitler. La demi-vérité était notre démocratie. Aujourd'hui, nous nous trouvons devant un danger analogue, une épreuve analogue. Une fois de plus, le choix nous est offert entre un crépuscule gris et des ténèbres totales. Mais demandez aux réfugiés qui ont réussi à s'échapper, au péril de leur vie, de derrière le rideau de fer dans notre monde crépusculaire et gris, si le choix mérite qu'on lutte pour lui. Eux le savent. Pas vous.

La dernière et septième erreur est *la confusion entre les buts à court terme et à long terme.* C'est la plus dangereuse de toutes. Par buts à long terme, j'entends la lutte séculaire pour les réformes, pour la justice sociale, pour un système plus équitable de gouvernement. Par buts à court terme, j'entends la nécessité de combattre un péril immédiat.

Le danger de la confusion est double. Votre Babbitt de gauche refuse de combattre un danger immédiat avant d'avoir établi chez lui un gouvernement parfait, c'est-à-dire dans un ou deux siècles. Le danger opposé est de se laisser à tel point obséder par le péril immédiat que tous les principes de la lutte à long terme sont jetés par-dessus bord. Les ex-communistes et les extrémistes déçus sont particulièrement en danger de basculer vers l'autre extrême. Il importe de garder présent à l'esprit qu'il y a dans notre lutte deux niveaux distincts ; que la défense de notre système contre une menace mortelle n'implique pas l'acceptation de tout ce qui compose ce système, n'implique pas la renonciation au combat à long terme pour l'améliorer ; et, réciproquement, que notre critique des défauts de ce système ne nous libère pas de notre devoir de le défendre, malgré ses cris équivoques, contre la corruption totale de l'idéal humain.

Cette conférence s'adressait principalement à la gauche progressiste. J'ai peut-être été sévère pour les Babbitts de gauche ; c'était une sévérité fraternelle. Aux Babbitts de droite, je n'ai rien à dire. Nous ne parlons pas la même langue.

Le vide de puissance, créé par la guerre en Europe centrale et occidentale, a inévitablement lié votre sort à celui du continent européen. Je mesure l'énorme fardeau qui tombe sur vos épaules. Car ou bien il y aura dans le monde une *Pax Americana,* ou bien il n'y aura pas de paix du tout. Jamais dans l'histoire un tel fardeau et une telle responsabilité ne sont incombés à une nation toute seule. C'est d'autant plus injuste dans votre cas, que votre civilisation est encore adolescente, et en proie aux enthousiasmes et à l'acné juvéniles. La tâche de l'élite progressiste de votre pays est d'aider le reste de la nation à affronter ses énormes responsabilités. Il est temps que le libéral américain devienne adulte.

En juin 1950, au plus fort de la guerre froide (plus exactement, de la première guerre froide), une assemblée impressionnante, réunissant quelques centaines d'écrivains, d'érudits et d'hommes de science, se tint à Berlin : il s'agissait du Congrès pour la liberté de la culture, placé sous le patronage de Bertrand Russell, Benedetto Croce, John Dewey, Karl Jaspers et Jacques Maritain.

Le congrès eut lieu peu après la fin du blocus soviétique ; il devait faire office de pont aérien entre intellectuels et manifester la sympathie des Occidentaux pour la ville courageuse et martyre de Berlin, sorte d'avant-poste situé à une centaine de kilomètres derrière le rideau de fer.

Je reproduis ici le texte de l'allocution prononcée en allemand pour la séance inaugurale du Congrès, le 25 juin 1950 : elle fut publiée pour la première fois dans L'Ombre du dinosaure.

DEUX MÉTHODES D'ACTION

Depuis les temps les plus reculés, les professeurs de l'humanité ont préconisé deux méthodes d'action diamétralement opposées. La première nous incite à refuser de voir le monde divisé en noir et blanc, en héros et en traîtres, en amis et en ennemis. Elle nous demande de distinguer des nuances et de nous efforcer à la synthèse ou du moins au compromis. Elle nous apprend que dans presque tous les dilemmes, apparemment inéluctables, existe une troisième solution qu'une patiente recherche amène à découvrir. En bref, que nous devons refuser le choix entre Charybde et Scylla et naviguer plutôt à la façon d'Ulysse à l'esprit astucieux. Cette attitude on peut l'appeler l'attitude « Ni-ni ».

La seconde méthode, d'un conseil opposé, fut résumée il y a deux mille ans en une simple formule : « Que votre parole soit : Oui, oui. Non, non ; le reste vient de Satan. » Cette attitude appelons-la l'attitude « Ou-ou ».

Il est bien évident que l'humanité n'eût pu survivre sans prendre en considération l'une et l'autre méthode. En négligeant la première, les hommes se seraient depuis longtemps taillés en pièces. En passant outre à la seconde, l'homme eût dû renoncer à toute dignité et à toute armature morale ainsi qu'à son pouvoir de distinguer le bien du mal.

Il est également évident que chacune de ces deux doctrines a un champ d'application différent. Les énumérer serait une entreprise fastidieuse et pédante ; de plus il y a fréquemment conflit entre les deux méthodes dans un même domaine. Notre propos se limite ici à l'action dans le domaine politique. Et dans ce domaine il semble que la première méthode soit valable pour des plans à long terme laissant une certaine latitude dans le temps et l'espace, et que la seconde le soit pour les cas de nécessité urgente et vitale où, selon l'expression de Beethoven, « le Destin frappe aux portes de l'existence ».

Dans une telle conjoncture, l'individu, ou le groupe, ou la civilisation menacée ne peut survivre qu'à condition d'agir avec l'assurance déterminée d'un réflexe organique. Les nerfs de tous les organismes vivants fonctionnent selon la loi dite du tout ou rien. Ou bien ils réagissent de toute leur force à un stimulus ou ils ne réagissent pas du tout. Et ce n'est pas par hasard que ces machines à calculer que l'on nomme cerveaux électroniques sont construites selon ce même principe du « Ou-ou ». Elles accomplissent des fonctions immensément complexes, mais chaque fois qu'une décision est requise, elles agissent selon l'évangile de Matthieu.

Dans les circonstances d'importance vitale, comme la circonstance présente, où l'homme se trouve à un carrefour qui ne lui laisse le choix qu'entre une route ou une autre, la différence entre le très intelligent et le simple d'esprit s'amenuise jusqu'à n'être presque plus rien, ou même tourne à l'avantage du second. Il est stupéfiant de constater à quel point les gens les plus *sophistiqués* peuvent se conduire souvent comme des imbéciles. Imbibés des habitudes mentales caractéristiques de l'attitude « Ni-ni », de la recherche d'une synthèse ou du compromis — attitude profondément humaine, d'une valeur essentielle dans son domaine propre — ils sont incapables d'admettre, même pour eux-mêmes, qu'il existe des situations dans lesquelles une décision sans ambiguïté peut être vitale pour leur survivance spirituelle et physique. Confrontés au défi du destin, ils agissent en imbéciles habiles et prêchent la neutralité en présence de la peste bubonique. Pour la plupart, ils sont victimes d'une maladie professionnelle de l'intellectuel : la méconnaissance des réalités. Et ayant perdu contact avec la réalité, ils ont acquis cet art diabolique : prouver tout ce en quoi ils croient et croire tout ce qu'ils peuvent prouver. Leur logique rappelle la vieille chanson loufoque des étudiants allemands :

L'éléphant a la queue devant et la trompe derrière ;
Mais quand il se retourne sa trompe est devant et sa queue derrière.

Que l'on me comprenne bien : je sais que beaucoup de ceux qui ne sont pas aujourd'hui avec nous chérissent eux aussi la liberté et sont effrayés du sort qui les attendrait si tout le monde imitait leur attitude de détachement contemplatif. Simplement, ils n'ont pas encore appris qu'il est un temps pour parler en termes de propositions relatives et un temps pour parler en termes de Oui ou Non. Car le défi que lance à l'homme le destin est toujours énoncé dans un langage simple et direct, sans propositions relatives et exige une réponse en des termes également simples.

Le passage qui va suivre est un discours que je prononçai durant la séance de débats politiques du Congrès de Berlin. Il fait date dans ma vie car il montre que

j'avais encore rebroussé chemin dans la voie du pèlerinage : quand, plus de dix ans plus tôt, j'avais renoncé au communisme, j'avais continué de me considérer comme socialiste pendant quelques années encore, sans donner à ce terme de définition précise ; mais vers 1950, comme le montre ce discours, il n'en était déjà plus de même.

UN DILEMME DÉPASSÉ

La thèse que je désire exposer devant vous est que les antinomies « Socialisme et Capitalisme », « Gauche et Droite » sont en train de se vider rapidement de leur sens, et que tant que l'Europe restera embourbée dans ces fausses alternatives qui rendent impossible toute pensée claire, elle ne pourra espérer trouver aucune solution constructive à ses problèmes.

1

Le terme de « gauche politique » a son origine, comme vous le savez, dans la distribution des factions de l'Assemblée nationale française, après la Révolution de 1789. Au début du XIXe siècle il se répandit sur tout le continent et s'appliqua à la section de l'assemblée législative du pays qui était assise à gauche du fauteuil présidentiel et qui, traditionnellement, professait des opinions libérales et démocratiques. Petit à petit, le terme servit à qualifier l'aile radicale ou puriste ou extrémiste de toute école ou mouvement idéologique, que ceux-ci fussent libéraux et démocratiques ou non. Plus tard, il fut employé dans un sens encore plus vague et métaphorique ; et plus il était vidé de son sens, plus son attraction émotionnelle devenait forte. Au début de la dernière guerre, il existait en France une demi-douzaine de partis politiques qui tous avaient des programmes allant du conservateur au réactionnaire, qui siégeaient à l'aile droite de la Chambre, mais qui tous portaient dans leur appellation le mot « gauche ».

Je ne mentionne ce fait qu'à titre de curiosité sémantique et en raison de son rapport avec la situation présente. Car jusqu'à ce jour les libéraux européens et les sociaux-démocrates se qualifient de « gauche modérée », ce qui devrait signifier, en prenant l'expression au pied de la lettre, qu'ils ne diffèrent qu'en degré et non en espèce de leurs voisins de l' « extrême gauche ». Et l' « extrême gauche » est toujours considérée comme un synonyme du Parti communiste en dépit du fait que virtuellement chacune des doctrines du *credo* communiste est diamétralement opposée aux principes originairement associés avec la gauche. En bref, le terme « gauche » est devenu un fétiche verbal dont le culte distrait l'attention des véritables problèmes. Il constitue en même temps un dangereux anachronisme en ce sens qu'il implique l'existence d'un spectre continu entre les libéraux progressistes et les adorateurs de la tyrannie et de la terreur. Et tel est le pouvoir magique des mots sur l'esprit que les socialistes européens qui se considèrent comme « des hommes de gauche » ont inconsciemment été conduits par cette fallacieuse identification verbale à un véritable sentiment de solidarité avec les communistes. Ils peuvent critiquer leurs voisins « extrêmes » du Parti communiste ou même leur être hostiles, ils n'en éprouvent pas moins un ambivalent sentiment de bon voisinage à leur égard et ont la conviction d'avoir « les mêmes racines historiques », d'être, après tout, « du même côté de la barricade ».

Un bon nombre de libéraux américains tombèrent dans le même panneau émotionnel au cours des années trente et même plus tard. La victime de la chasse aux sorcières fournissait le fouet pour la fouetter et devenait complice de sa propre perdition. Néanmoins, la sécurité relative et la prospérité de ce continent firent que le libéral américain égaré prit petit à petit conscience des réalités, lui permettant d'échapper au piège, tandis que la majeure partie de la gauche française et italienne, ainsi qu'une fraction moins importante de la gauche anglaise, exposées au climat générateur de névroses de l'Europe, y sont restées.

Dans le passé ce fut toujours « la gauche » qui protesta le plus fort contre la tyrannie, l'injustice et les atteintes aux droits de l'homme. La carence des « gauches » européennes et des libéraux américains à mener le combat contre le pire régime de terreur et de despotisme qu'ait connu l'histoire humaine créa un vide stratégique sur le champ de bataille idéologique. Ce vide fut rempli par les chrétiens-démocrates en Italie, par les gaullistes en France, par le sénateur McCarthy et ses associés aux États-Unis. Le maccarthysme représente le prix des péchés des libéraux américains. Si partout aujourd'hui dans le monde les partis qui prétendent représenter la « gauche modérée » sont battus ou en régression, c'est parce qu'ils se sont montrés défaillants dans la circonstance la plus cruciale de notre époque.

2

L'Europe a engendré un climat politique tel que les mots n'y sont plus pris au sérieux. Le chaos idéologique a créé une inflation sémantique et un marché noir sémantique où les mots sont échangés à une valeur-sens entièrement différente de leur cote officielle ; où la guerre est préparée à coups de pétitions-pour-la-paix, où les États policiers portent l'étiquette de démocratie populaire, et où « gauchisme » signifie neutralité bienveillante à l'égard du despotisme.

A première vue, l'alternative « Capitalisme ou Socialisme » paraît plus concrète et plus significative que celle de « Droite ou Gauche ». Mais en y regardant de plus près, on se rendra compte que le terme « socialisme » a souffert d'une détérioration sémantique semblable à celle du terme « gauche ». National socialisme allemand, socialisme soviétique russe, socialisme français, qui est marxiste avec une pincée de sel, socialisme britannique qui est chrétien, non marxiste, fabianiste et Dieu sait quoi encore, tous empruntent leur dynamisme émotionnel à la puissance-fétiche du même mot attaché à des sens tout à fait différents.

Laissons de côté, cependant, la sémantique, quoi qu'elle soit une branche essentielle de l'hygiène politique. Si nous ne sommes pas trop pédants, nous pouvons espérer nous mettre d'accord au moins sur une définition *grosso modo* du socialisme dans ce qu'il signifie réellement et sur quelques dénominateurs communs aux aspirations des divers partis socialistes en existence.

3

Tournons-nous d'abord vers le domaine de la politique *internationale.* Un des éléments fondamentaux de la pensée socialiste, depuis la révolte de l'esclave Spartacus jusqu'à l'*Utopie* de Thomas More, depuis les communautés chrétiennes primitives jusqu'à Marx, est la fraternité de l'homme. Dans le passé, les socialistes ont toujours combattu le paroissialisme, le chauvinisme, le nationalisme agressif, et ont prêché l'internationalisme, le cosmopolitisme, l'abolition des barrières idéologiques et politiques entre les nations. Mais le font-ils encore ?

Dans l'Union des Républiques socialistes soviétiques, le mot « cosmopolite » est devenu une injure et le chauvinisme a atteint des sommets inconnus jusqu'à ce jour. En même temps, au cours du récent congrès du Parti communiste à Paris une banderole était tendue en travers du hall sur laquelle on pouvait lire : « Le véritable internationaliste est celui qui se prépare sans réserve, sans hésitation et inconditionnellement à défendre l'U.R.S.S. » Et voilà pour la version russe du socialisme international.

Dans le monde occidental, la seule grande puissance à gouvernement socialiste est la Grande-Bretagne. Le gouvernement travailliste a gagné les élections quelques semaines après la fin de la guerre dans le pays encore le plus puissant d'Europe, et juste au moment décisif où il n'avait plus besoin d'une formation socialiste pour comprendre que l'Europe devait s'unir ou périr. Jamais dans l'histoire, une aussi belle occasion ne fut donnée aux socialistes. Et cependant dès l'instant où il a été au pouvoir, le gouvernement travailliste a délibérément fait obstacle à tout effort en faveur de l'unité européenne. Les gouvernements non socialistes de France, d'Allemagne et d'Italie se sont révélés plus ouverts à l'esprit international que le gouvernement socialiste de l'Angleterre.

Bien sûr, la Grande-Bretagne prise entre le continent et le Commonwealth est dans une situation particulièrement difficile et il y a toujours des arguments plausibles pour surseoir à des décisions qui demandent une certaine quantité d'imagination historique. Mais le point essentiel est que la victoire du socialisme britannique n'a pas aboli l'insularité britannique ; elle l'a au contraire renforcée et approfondie. Ce fut Churchill le conservateur, et non Attlee le socialiste, qui mit en branle le mouvement en faveur d'une Europe unie qui devait aboutir au Conseil de Strasbourg ; et lorsque le mouvement eut pris son essor, l'attitude du Parti travailliste fut une attitude de constante hostilité. La raison en fut donnée dans une déclaration du Comité national exécutif du Parti travailliste en juin 1950.

« Aucun gouvernement socialiste en Europe, est-il dit dans la phrase décisive de cette déclaration, ne pourrait se soumettre à l'autorité d'un corps supranational dont les principes auraient été arrêtés par une majorité antisocialiste. »

Ce qui se réduit tout simplement à une version britannique adoucie du principe russe « le socialisme dans un seul pays ». Le veto russe aux Nations unies trouve son équivalent dans le veto britannique à l'unité économique et politique de l'Europe.

Point n'est besoin de mettre l'accent sur le fait qu'il existe un monde de différence entre les régimes britannique et soviétique. Ma comparaison s'applique simplement à un aspect spécifique : la disparition de l'élan cosmopolite dans le mouvement socialiste. Cela débuta il y a presque une génération, en 1914, pour atteindre de nos jours une phase dans laquelle on peut assister à ce phénomène paradoxal de l'Amérique capitaliste s'apprêtant à faire sur le plan de sa souveraineté nationale les sacrifices que refuse la Russie socialiste ; et des conservateurs britanniques, allemands et français poursuivant une politique plus ouverte à l'esprit international que celle de leurs opposants socialistes. En d'autres termes, *le socialisme a perdu son droit à prétendre représenter les aspirations internationalistes de l'humanité.* L'alternative socialiste-capitaliste, du moins en ce qui concerne l'intégration de notre monde, est donc devenue vide de sens.

4

En a-t-elle davantage lorsqu'elle s'applique à la politique *domestique ?*

Du point de vue de la liberté politique intellectuelle, il n'y a pas de différence sensible entre la Grande-Bretagne socialiste et les États-Unis capitalistes. Et dans le domaine de la non-liberté, il y a peu de raisons valables de choisir entre la Russie socialiste et l'Espagne fasciste. Une fois encore, la ligne de séparation réelle coupe au travers des frontières abstraites entre socialisme et capitalisme. Un seul domaine reste dans lequel l'alternative paraît avoir un sens : le domaine économique.

Théoriquement, il y a un gouffre infranchissable entre la nationalisation des moyens de production d'une part et la propriété privée, le profit et l'exploitation de l'autre. Mais, en fait, l'évolution récente a aboli la statique guerre de tranchées entre les classes et l'a transformée en une fluide guerre de mouvement. La question étant trop complexe pour être traitée ici de façon systématique, je dois me cantonner dans quelques remarques très brèves.

Tout d'abord, même Marx et Engels savaient que la nationalisation n'est pas en elle-même une panacée. Il n'est pas inutile de rappeler ici la remarque de Friedrich Engels, à savoir que si la nationalisation s'identifie avec le socialisme on peut dire dans ce cas que la première institution socialiste a été le tailleur du régiment. En fait, les travailleurs soviétiques ne possèdent pas plus leurs usines nationalisées que le marin de la Royal Navy ne possède le navire de guerre sur lequel il sert. Le contrôle du peuple sur les bateaux de guerre, les chemins de fer, les usines, les mines qu'il possède théoriquement, dépend entièrement de la structure politique de l'État. En Russie, où les syndicats ont cessé d'être un instrument de la classe ouvrière pour devenir un instrument de coercition contre la classe ouvrière, les propriétaires théoriques des usines et de la terre ont moins d'influence sur la direction et travaillent dans des conditions pires que leurs camarades de n'importe quel pays occidental. D'autre part, les chefs d'entreprise, les directeurs d'usine et les « millionnaires prolétariens » (terme officiel russe) constituent une classe privilégiée exactement comme dans les pays capitalistes et même davantage. Bien sûr, leur revenu s'appelle un salaire et non un profit, mais encore une fois cette distinction est purement abstraite. Inversement, on ne peut plus dire que dans les pays capitalistes le propriétaire d'usine ait encore la possibilité de retirer des profits illimités de son entreprise ni d'agir avec ses ouvriers comme il lui plaît. Je vous renvoie à l'analyse de James Burnham relative aux changements intervenus au cours des années récentes dans la signification du terme « propriété ».

En règle générale, la nationalisation qui ne s'accompagne pas d'un changement adéquat dans la structure politique conduit non pas au socialisme d'État, mais au capitalisme d'État. La différence entre les deux ne peut se définir en termes d'économie. C'est une question de contrôles démocratiques, de liberté politique et de climat culturel. Une économie nationalisée peut elle-même servir de base à une autocratie totalitaire du type russe ou même à un régime fasciste.

Également problématique est la question de savoir exactement *quel degré* de nationalisation fait qu'un pays est socialiste ou capitaliste. Le socialisme britannique a nationalisé les chemins de fer, mais la France et l'Allemagne avaient déjà depuis longtemps des chemins de fer propriété de l'État. La nationalisation totale de tous les moyens de production et de distribution a été reconnue impraticable même en Russie. L'alternative n'est donc plus nationalisation ou économie privée dans l'abstrait ; le problème réel consiste à trouver l'équilibre entre la propriété de l'État, le contrôle, la gestion et la libre entreprise. Et la recherche de cet équilibre délicat n'est pas encore une fois un problème abstrait mais empirique. Selon toute apparence, chacune des nations doit déterminer sa formule propre, car il y a de nombreux impondérables qui entrent dans cette équation.

A titre d'exemple de la réalité complexe que masque le slogan « capitalisme contre socialisme », on peut citer le rationnement alimentaire. Le rationnement — qui signifie le contrôle de la distribution par l'État — fonctionna d'une manière très satisfaisante dans l'Angleterre puritaine aussi bien sous un gouvernement conservateur que sous un gouvernement travailliste. Mais il dégénéra complètement en Italie et en France, pays de populations latines foncièrement individualistes et astucieuses. De toute évidence, on peut tirer de cet état de choses des enseignements très profonds en ce qui concerne l'équilibre entre le contrôle d'État et la libre entreprise pour chacun de ces pays. En résumé, même dans la pure sphère de l'économie, nous ne sommes pas confrontés avec une alternative nettement délimitée entre le capitalisme et le socialisme, mais plutôt avec le spectre continu d'un arc-en-ciel dont forme et couleur sont largement déterminées par des facteurs psychologiques et autres que ne contient pas la théorie socialiste.

5

On interpréterait mal ce que je viens de dire si l'on y voyait une apologie du capitalisme ou une attaque contre le socialisme. Ce que j'ai voulu montrer, c'est que cette alternative est en passe de devenir rapidement aussi archaïque et dénuée de sens que la querelle entre Jansénistes et Jésuites ou que la Guerre des Deux-Roses. Je n'ai pas voulu dire non plus qu'elle ait *toujours* été dénuée de sens. J'ai dit qu'elle *devient* dénuée de sens parce qu'elle opère avec des conceptions rigides du XIXe siècle sans tenir compte des nouvelles réalités qui se sont fait jour depuis, ni des nouveaux conflits qui empiètent sur les frontières conventionnelles.

Ce n'est pas une nouveauté dans l'Histoire qu'un dilemme réel qui ait pu paraître à une époque d'une importance capitale se soit petit à petit vidé de son sens pour devenir un pseudo-dilemme à la faveur de nouvelles réalités historiques. Les gens perdirent tout intérêt à faire des guerres de religion lorsque se mit à poindre en eux la conscience nationale. Le conflit entre républicains et monarchistes cessa d'être à la mode dès que les problèmes économiques surgirent au premier plan. On pourrait multiplier les exemples. Toutes les périodes semblent avoir eu leur conflit spécifique qui polarise le monde et tient lieu de compas idéologique dans le chaos... jusqu'à ce que l'Histoire s'en débarrasse avec un haussement d'épaules. Plus tard, les gens se demandent pourquoi ils ont bien pu s'exciter autant.

C'est de plus un fait que certains de ces grands conflits idéologiques ne se résolvent jamais : ils finissent en queue de poisson. Au cours de siècles successifs, il semblait que le monde tout entier dût devenir islamique ou chrétien, catholique ou protestant, républicain ou monarchiste, capitaliste ou socialiste. Mais au lieu qu'intervienne une solution décisive, on aboutissait à un cul-de-sac et à un phénomène que l'on pourrait appeler *le dépérissement du dilemme.* Le dépérissement ou la disparition du contenu semble toujours être le résultat de quelque mutation dans la conscience humaine accompagnée par un déplacement d'intérêt qui se reporte sur un ensemble de valeurs totalement différentes, de la conscience religieuse à la conscience nationale, à la conscience économique et ainsi de suite.

Cet « ainsi de suite » pose un problème auquel nous sommes incapables de répondre avec certitude. Nous ne pouvons pas prévoir la nature de la mutation suivante dans la conscience des masses ni les valeurs qui émergeront sur le plan immédiatement supérieur. Mais nous pouvons assumer sur la foi d'analogies passées que les cris de guerre de l'homme économique paraîtront à son successeur exactement aussi stériles et dépourvus de sens qu'à nous la Guerre des Deux-Roses.

Deux brèves remarques en conclusion. La première est qu'il est nécessaire de tempérer l'affirmation selon laquelle les conflits apparemment décisifs d'une période donnée tendent à se terminer en queue de poisson, et à dépérir. En vérité ce phénomène s'est produit dans le passé, mais seulement lorsque les forces en présence étaient sensiblement équilibrées. L'Europe est restée chrétienne parce que les Arabes n'arrivèrent jamais à Paris et que les Turcs furent battus sous les remparts de Vienne. Il existe d'autres exemples moins édifiants de l'histoire résolvant ces dilemmes. La conclusion est évidente.

La seconde : quoique nous ne puissions prévoir les valeurs et le climat spirituel de l'homme postéconomique, certaines conjectures sont permises. Alors que la majorité des Européens est encore hypnotisée par les cris de guerre anachroniques de gauche et droite, de capitalisme-socialisme, l'Histoire a évolué vers une nouvelle alternative, un nouveau conflit qui empiète sur les anciennes lignes de démarcation. Le contenu réel de ce conflit peut se résumer en une seule phrase : la tyrannie totale contre la liberté relative. J'ai quelquefois le sentiment au plus profond de moi-même que la terrible pression que ce conflit exerce sur toute l'humanité représente peut-être un défi, un stimulant biologique si l'on peut dire, qui libérera la nouvelle mutation de la conscience humaine ; et que son contenu pourrait bien être un nouvel éveil spirituel né de la souffrance et de l'angoisse. Si cela est le cas, nous vivons alors une époque intéressante.

MANIFESTE DU CONGRÈS POUR LA LIBERTÉ CULTURELLE

Le manifeste qui va suivre, rédigé par mes soins à la demande du Comité d'organisation du congrès, fut adopté à l'unanimité lors de la séance de clôture du

30 juin 1950 (ce qui figure entre crochets fut ajouté au texte par les membres anglais du Comité de rédaction : les Prs A.-J. Ayer et H. Trevor-Roper. Son but était de dissiper la confusion qu'avaient créée les « campagnes pour la paix » menées par les Soviétiques (comme ce prétendu appel à la paix lancé de Stockholm), campagnes destinées en fait à faire oublier des agressions comme le coup de Prague ou le blocus de Berlin.

1. Nous considérons comme une vérité évidente que la liberté d'opinion est un des droits inaliénables de l'homme.

2. La liberté d'opinion est, avant tout, la liberté pour chacun de se former une opinion et de l'exprimer, même et surtout quand cette opinion n'est pas conforme à celle des gouvernants. L'homme qui n'a pas le droit de dire « non » est un esclave.

3. Paix et liberté sont inséparables. Partout, sous tous les régimes, la grande majorité du peuple redoute la guerre et la condamne. Le danger de guerre grandit dès qu'un gouvernement supprime les institutions représentatives et dépossède la majorité des moyens qu'elle a d'imposer sa volonté de paix.

La paix sera sauvegardée :

Si chaque gouvernement soumet ses actes au contrôle populaire ;

Si chaque gouvernement s'engage à soumettre à une autorité internationale les conflits qui comportent un risque de guerre ;

Si chaque gouvernement s'engage à respecter les décisions de cette autorité internationale.

4. Les responsables de l'actuel risque de guerre sont les gouvernements qui, tout en parlant de paix, refusent de reconnaître le contrôle populaire et l'autorité internationale. L'histoire nous a appris que tous les slogans sont bons, y compris ceux de la paix, à qui veut préparer la guerre. Des « croisades pour la paix », que ne confirme aucune action réelle en faveur du maintien de la paix, ne sont que fausse monnaie. Tant qu'on emploiera ces méthodes, il n'y aura pour les hommes ni sécurité physique ni santé morale.

5. Il est de la nature même de la liberté de respecter la diversité des opinions. Mais le principe de tolérance n'implique pas logiquement le respect de l'intolérance.

6. Aucune doctrine politique ou économique ne saurait prétendre déterminer seule le sens de la liberté. C'est selon la mesure de liberté *réellement* dispensée à l'individu qu'on juge les doctrines et les idéologies.

De même, aucune race, aucune nation, aucune classe, aucune religion ne saurait prétendre au droit exclusif de représenter la liberté, encore moins de la refuser à d'autres groupes ou à d'autres croyances au nom d'une fin ultime, quelle qu'elle soit.

7. En période de crise, des restrictions sont imposées à la liberté, au nom de l'intérêt général, bien ou mal conçu. Nous tenons pour essentiel que de

telles restrictions soient limitées à quelques domaines clairement définis. Expédients temporaires, sacrifices que la communauté s'impose, ils doivent rester soumis à la libre critique et au contrôle populaire. A ces conditions seulement, on évitera que les restrictions exceptionnelles de la liberté ne dégénèrent en tyrannie permanente.

8. Dans les États totalitaires, les entraves à la liberté ne sont plus présentées comme des sacrifices imposés au peuple. Au contraire, on les exalte comme le triomphe du « progrès » et comme « l'apogée d'une civilisation nouvelle ». En droit et en fait, les régimes totalitaires signifient la mort des droits fondamentaux de l'individu et les aspirations *essentielles de l'humanité.*

9. Nous considérons que le danger des régimes totalitaires est d'autant plus grand que les moyens de contrainte dont ils disposent dépassent de beaucoup ceux auxquels ont jamais eu recours, dans le passé, les despotismes. Le citoyen de l'État totalitaire est non seulement contraint de s'abstenir de toute violation des lois, mais encore de conformer toutes ses actions et toutes ses pensées à un modèle prescrit. La forme classique de la « tyrannie négative » a été supplantée par la « tyrannie positive ». Les citoyens sont persécutés et condamnés en raison d'accusations vagues et indéterminées, comme par exemple, d'être des « ennemis du peuple » ou des « éléments socialement dangereux ».

10. Il n'y aura pas de stabilité dans le monde tant que l'humanité sera divisée entre ceux qui ont conservé la liberté et ceux qui l'ont perdue.

La défense des libertés existantes, la reconquête des libertés perdues, la reconnaissance de libertés nouvelles sont le prix d'un seul et même combat.

11. Nous considérons que la théorie et la pratique des États totalitaires sont la plus grande menace que l'humanité ait dû affronter au cours de son histoire.

12. L'indifférence et la neutralité envers une pareille menace constituent une trahison à l'égard des valeurs essentielles de l'humanité et une abdication de l'esprit libre. Le destin de l'humanité, pour des générations, peut dépendre de la réponse que nous donnerons à ce défi.

13. [La défense de la liberté, la défense de l'esprit exigent de nous des solutions neuves et constructives aux problèmes de notre temps.]

14. Nous adressons ce Manifeste à ceux qui sont résolus à restaurer, à sauver, [à étendre] les libertés qui font le prix de la vie.

A la suite du Congrès de Berlin, un réseau de cercles de conférences intitulés « Les Amis de la liberté » se déploya dans plusieurs villes françaises. L'extrait qui va suivre a été traduit d'une brochure que j'écrivis sous le titre Que veulent les amis de la liberté ?

Nous ne voulons pas que notre civilisation meure. Pour qu'elle survive, deux conditions sont essentielles : la liberté, la paix. Pourquoi d'abord la liberté ? Parce que la paix est fonction de la liberté. Quand un peuple est esclave, ses maîtres peuvent toujours le mener à coups de fouet jusqu'au délire guerrier qui le rend prêt à l'agression. Les gouvernements totalitaires qui ont isolé leur pays derrière un rideau de fer ou une muraille de Chine prêchent, au-dehors, le pacifisme, mais excitent leur peuple à conquérir le monde.

La paix a toujours été mise en péril par des nations qui, sous des formes diverses, tombèrent en esclavage : la Prusse militariste, l'Italie fasciste, l'Allemagne nazie, le Japon impérial, la Russie stalinienne. Depuis un siècle, elles ont, tour à tour, entrepris de conquérir le monde au nom d'une idéologie ou d'une mystique. Leurs tyrans ont tous promis pour l'avenir lointain un « Reich de mille ans » ou quelque paradis social. Chaque fois, ces promesses ont camouflé des guerres de conquêtes. Chaque fois des millions de braves gens ont péri au nom d'un fantôme.

Le communisme stalinien n'est plus qu'une idéologie-fantôme qui ressemble aussi peu au socialisme que l'Inquisition ou le règne des Borgia à l'enseignement du Christ. Notre civilisation ne peut être sauvée que si l'on brise le pouvoir d'hypnose du nouveau fantôme.

Ce n'est pas une tâche qu'un parti, qu'un groupement politique peut, à lui seul, mener à bien. Il y a là une entreprise d'hygiène mentale qui ne peut être accomplie que par l'effort conjugué des hommes qui, dans la vie publique, dans les arts et les lettres, dans les laboratoires et les universités, dans les milieux syndicaux et professionnels, créent le climat intellectuel et moral d'une nation.

Si nous y manquons, nous nous rendons coupables d'une nouvelle « trahison des clercs », et nous en porterons la responsabilité devant l'Histoire.

Nous ne prétendons pas que nos démocraties se rapprochent en tout point de l'idéal. *Nous défendons nos libertés relatives contre l'absence totale de liberté des régimes de dictature.*

La distinction n'est ni théorique ni abstraite. L'exode massif des populations persécutées dans les pays satellites de l'Est en montre assez toute la valeur. L'Europe n'est plus qu'une rue à sens unique qui va de l'esclavage total à la liberté relative. Ces foules misérables qui ont abandonné leurs foyers et leurs biens sans autres perspectives que la vie sauve dans un camp de « personnes déplacées » ont une connaissance amère des réalités de notre temps — connaissance qui manque à la majeure partie de nos intellectuels.

La brochure se poursuit avec une série de « Questions et Réponses », ces dernières donnant le sentiment d'une certaine résignation.

Question. — Si le communisme est une idéologie-fantôme, comme vous dites, il n'en garde pas moins une grande force émotionnelle, et toute la puissance d'une religion. Quelle foi, quelle mystique avez-vous qui puisse lui être opposée avec une égale puissance ?

Réponse. — Aucune. Nous n'avons pas d'illusion à ce sujet. Il nous faut envisager notre position avec honnêteté et réalisme.

Les mouvements fanatiques de masses ont toujours eu et conservent encore l'avantage provisoire sur les défenseurs de la civilisation.

Les hordes des grandes invasions, les Huns, l'Islam, le fascisme, le nazisme ou le communisme stalinien ont l'avantage de présenter une foi simple et monolithique, vis-à-vis d'une culture complexe et nuancée.

L'Amérique capitaliste, pas plus que l'Angleterre socialiste, ou l'Italie démocrate-chrétienne, n'ont été capables de susciter une croisade spirituelle aussi ardente que la doctrine-fantôme du communisme. Notre combat est donc avant tout un combat de défense, comme la plupart des combats qui ont assuré la continuité des civilisations. La difficulté de notre position réside en ceci : la liberté que nous défendons aujourd'hui est tenue pour acquise, mais ne peut être appréciée à sa juste valeur par les masses, sauf quand elles en sont privées. L'*habeas corpus,* les droits civils, la liberté d'expression, les droits aussi élémentaires que ceux qui permettent de changer de travail à son gré, de lire deux journaux d'opinions contraires, de voyager librement à travers son propre pays, additionnez tous ces facteurs élémentaires de vie, cela ne fait pas une foi, un fanatisme. Comme disait Matteotti : « La liberté est l'air que vous respirez ; vous ne le sentez que lorsqu'on vous met la corde au cou. »

Nous n'avons pas de panacée pour les nombreux problèmes qui nous assaillent au sein de la civilisation que nous défendons. Nous ne désirons pas nous embarquer dans la croisade. Nous avons appris les tragiques leçons de notre temps, et nous savons trop que, dans l'Histoire, la plupart des croisades ont tourné au désastre, traînant dans leur sillage toutes les désillusions et toutes les misères.

A la menace totalitaire et au fanatisme, nous opposons un « non » absolu et inconditionnel. Mais le « oui » que nous accordons à notre civilisation laisse tout le champ libre aux nuances et à la diversité des opinions, aux théories et aux expériences sociales.

Une réponse plus concrète — et plus mal vue encore des intellectuels progressistes — aux problèmes posés par la guerre froide est proposée dans l'article qui va suivre (publié pour la première fois dans le New York Times Magazine *du 8 octobre 1950). Il fut inclus dans l'édition originale de* l'Ombre du dinosaure *de 1955 mais absent de l'édition « Danube » de 1970 car il ne me semblait plus d'actualité. Je n'en suis plus sûr aujourd'hui, dix ans plus tard.*

POUR UNE LÉGION EUROPÉENNE DE LA LIBERTÉ

L'Europe de l'Ouest est une malade dans un poumon d'acier. L'aide économique et militaire que lui apportent les États-Unis lui tient lieu d'oxygène mais elle ne peut vivre et respirer toute seule. La maladie qui la paralyse n'est pas d'origine économique. La cause en est à la fois plus complexe et plus simple : l'Europe a perdu confiance en soi.

Dans la partie est du continent, la civilisation qui a fait la grandeur de l'Europe a déjà presque disparu et la vie routinière qu'on y mène l'apparente à un pénitencier. Les pays de l'Ouest sont condamnés aussi, à moins que le climat mental et politique ne change radicalement. Justement, ce changement et cette renaissance sont les seules choses que l'Amérique est incapable d'introduire. L'Europe doit les susciter elle-même. Mais sous quelle forme ?

Il n'y a qu'une façon de le faire, et c'est la plus évidente : la conscience nationale s'effrite, la confiance dans les gouvernements s'amenuise : il faut donc les remplacer par une conscience européenne et une confiance dans l'Europe. En 1940, après la prise de Paris, Winston Churchill proposa d'un trait de plume l'unification des empires britannique et français. Le danger passé, la leçon fut oubliée. En 1948, après l'envahissement de la Tchécoslovaquie par les armées de Staline, Ernest Bevin déclara que l'Europe devait s'unir ou périr. Depuis, ses confrères et lui-même ont agi comme s'ils avaient opté pour le deuxième terme de l'alternative. La fédération politique, nous disait-on, était prématurée; elle devait être précédée de l'intégration économique. Mais quand un projet d'intégration économique fut présenté par R. Schuman, on le déclara inacceptable car, disait-on, il constituerait une atteinte à la souveraineté politique. C'est ainsi que le temps passe. Comment briser ce cercle vicieux ? La seule réalité politique qui se soit imposée après des années de marchandages et de concessions est l'Organisation du traité de l'Atlantique Nord (O.T.A.N.). Mais pour les Européens, cette réalité est encore une abstraction. Une alliance militaire n'est pas de nature à enflammer les imaginations. Mais il faut faire en sorte qu'elle le devienne.

Une armée européenne unie pourrait être finalement le levain d'une Europe unie. Elle pourrait constituer un moyen d'éviter les difficultés réelles ou imaginaires qui, pour le moment, font obstacle à l'intégration politique et économique. Mais à une condition seulement : le problème de l'armée européenne ne doit pas être envisagé d'un point de vue uniquement militaire; le point de vue psychologique doit être lui aussi pris en considération.

Les gens peuvent imaginer l'armée comme une odieuse machine de guerre mais aussi comme un symbole de la liberté ou de l'enthousiasme fervent. Les armées des révolutions française et américaine, les Brigades internationales furent de tels symboles. Est-il vraiment si paradoxal de croire qu'une armée européenne de cet ordre puisse être le moyen le plus sûr et le plus logique de rendre à l'Europe sa confiance en soi; de lui restituer sa fierté et sa dignité; d'éveiller dans sa population une nouvelle conscience européenne ?

Il ne s'agit que d'une expérience à tenter; mais d'une expérience assez facile à réaliser car elle ne va à l'encontre d'aucun intérêt national et est susceptible de donner, en cas de réussite, des résultats d'une portée considérable et inespérée. Cette proposition vise à la création d'une force d'élite, appelée Légion de la liberté, créée dans le cadre du traité de l'Atlantique Nord et placée sous l'autorité directe de son état-major. La Légion de la liberté (L.L.) devra comporter des volontaires originaires des onze pays de l'Europe de l'Ouest, répartis de façon que toutes les nationalités soient représentées à l'échelon le plus bas, de sorte que chaque section comprendra des soldats originaires de pays si possible tous différents. En d'autres termes, au lieu que la Légion soit unifiée à son sommet, comme c'est le cas lorsqu'on regroupe des unités appartenant à différentes armées nationales, ce sera une force « unifiée à la base ». Bref, elle représentera l'Europe unie.

Une telle force aurait des avantages pratiques et une valeur symbolique. Considérons d'abord son aspect pratique :

L'exemple de la Légion étrangère française, du Tercio espagnol et des Brigades internationales montre que l'esprit combatif de ces unités mixtes est remarquable, bien souvent supérieur à celui des unités traditionnelles. La raison en est que l'hétérogénéité de ces forces armées réduit les éventualités de rancune collective ou d'opposition politique.

La langue utilisée devra être le français. Ce n'est pas un obstacle car l'expérience montre que le soldat étranger acquiert le vocabulaire restreint qui est celui de l'armée, presque aussi vite que s'il l'apprenait dans sa propre langue. J'en donne pour preuve mon expérience personnelle de soldat dans la Légion étrangère française et dans le Corps de pionniers anglais.

On pourrait commencer immédiatement à recruter pour un ou plusieurs régiments, à condition que les gouvernements ne fassent pas de différence entre ce service-là et le service traditionnel. Je ne vois pas ce qu'on y pourrait objecter. La création de la « L.L. » n'est pas incompatible avec les projets officiels existants, comme le plan Acheson, ou avec certaines propositions officieuses comme celle que fit Churchill à Strasbourg en vue de l'institution d'un ministre européen de la Défense, comme celle de Culbertson qui voulait créer une Police des Nations unies ou comme celle du sénateur Lodge qui penchait pour une brigade composée de réfugiés d'Europe de l'Est.

La Légion de la Liberté serait calquée sur le modèle des « régiments de combat » américains. C'est-à-dire que ses (ou son) régiments (selon le nombre de volontaires), devraient être autonomes : ils posséderaient leurs propres bataillons d'infanterie et de blindés, leur propre génie militaire, leur artillerie et une petite aviation tactique.

La Légion, dont les effectifs seraient européens, serait équipée de matériel américain.

Les sous-officiers et les lieutenants seraient sélectionnés selon leurs mérites. A partir du grade de capitaine, il vaudrait mieux que les officiers soient originaires de petits pays.

La Légion pourrait tenir garnison n'importe où en Europe, par exemple en Allemagne de l'Ouest ou le long de la frontière franco-allemande.

Quant à l'aspect psychologique du projet, il est sa raison d'être et ne nécessite pas de longs développements. Le seul nom de Légion de la liberté évoque sa valeur symbolique et sa portée affective.

Au pire, la L.L. ne serait qu'un corps d'élite de quelques milliers d'hommes, disons quatre mille à cinq mille, effectif comparable à celui d'un régiment. Il est difficile de croire que ce chiffre ne pourrait être atteint. Mais même à cette petite échelle, sa force symbolique serait considérable. Ces jeunes gens de différentes nationalités pourraient, en apprenant à se connaître, acquérir de l'expérience et élargir leur horizon de façon bien plus efficace que s'ils suivaient des cours de vacances, partaient au pair ou séjournaient à l'étranger. Ils auraient une conscience européenne, conscience qu'ils communiqueraient à leurs compatriotes, de retour au pays natal.

Au mieux, la L.L. servirait de catalyseur à une véritable armée européenne unifiée et deviendrait la pionnière de l'Europe unie. Le nouvel état d'esprit européen serait cultivé dans chaque escouade, section ou compagnie. La condition de soldat cesserait d'être associée à l'existence de guerres de rivalités ou de conquêtes impérialistes. La L.L. renoncerait à ces drapeaux usés qui ne correspondent plus depuis longtemps aux réalités de notre planète rétrécie.

Le soldat français et le soldat allemand n'auraient plus à se considérer comme les victimes impuissantes d'un chauvinisme séculaire ou des sordides intrigues des hommes politiques. Ce seraient les soldats de l'Europe ; ils marcheraient sous l'étendard européen en chantant l'hymne européen.

« Pourquoi, écrivait il y a quelques jours le Président de l'Assemblée européenne Henri Spaak, pourquoi ces hommes d'État responsables qui ont signé le pacte de Bruxelles et le traité de l'Atlantique Nord, seraient-ils incapables de tirer les conclusions logiques des textes qu'ils ont élaborés ? La défense de l'Europe implique, bien sûr, une bonne armée ; mais elle implique surtout qu'on prenne conscience que l'Europe existe et qu'elle le mérite. »

Dans l'édition originale de l'Ombre du dinosaure *(1955) j'ai repris cet article du* New York Times *en y ajoutant le commentaire suivant qui a peut-être un léger intérêt historique.*

Le projet que je proposai en 1950, fut repris par un groupe d'hommes politiques américains, y compris quelques-uns des proches collaborateurs du général Eisenhower. Comme le montre l'extrait qui va suivre, tiré du *New York Herald Tribune* du 18 mars 1951, il fut à un certain moment considéré d'un œil favorable par Washington ; mais apparemment, il est tombé à l'eau depuis :

L'ARMÉE INTERNATIONALE D'EISENHOWER

Trois projets à l'étude pour un brassage de nationalités au sein de l'armée par Vic Reinemer, Washington.

A présent que le général Eisenhower a établi son camp en Europe, les chefs militaires vont s'attaquer sérieusement au problème de la création d'une force armée cohérente et forte, constituée de soldats originaires des différents pays signataires du traité de l'Atlantique Nord.

Plusieurs types d'organisations militaires pourraient être envisagés... Le dernier en date rencontre en privé l'approbation de certaines autorités bien qu'il n'ait pas encore été rendu public : il prévoit à tous les échelons l'incorporation de soldats venus des différents pays du Traité, au lieu qu'ils soient regroupés par nationalité en contingents plus importants. Cela s'avérerait plus efficace et plus bénéfique qu'il ne semble à première vue. Interrogés récemment à Washington sur cette question, les officiers qui se sont ainsi mêlés à des soldats de langue et de patrimoine culturel différents ont presque unanimement avoué qu'ils préféreraient à l'autre cette manière d'organiser l'armée. Du reste, l'armée israélienne accueille dans ses rangs des immigrants d'à peu près cinquante pays. Certaines recrues ne parlent même pas l'hébreu qui est pourtant la langue officielle. Mais toutes sont incorporées sans aucune discrimination. Un officier supérieur de l'armée européenne affirmait que ce *melting pot* avait contribué très largement à unifier le peuple israélien...

En Suisse, l'armée de l'air utilise un jargon conçu à partir de trois langues : l'allemand, le français et l'italien. Un officier d'aviation suisse commandant une escadrille composée d'un Italien, de trois Français et de six Allemands, indiquait que les différences de conceptions et de tempéraments rendaient l'organisation du travail bien plus facile que dans le cas d'une équipe parlant la même langue et possédant la même culture...

Pendant la Deuxième Guerre mondiale, les relations entre les alliés eurent à souffrir de ce qu'un contingent national subissait de lourdes pertes tandis que les autres étaient relativement épargnés. En revanche, dans le cas de sections ou de compagnies internationales, le sentiment d'un sacrifice accompli ensemble renforce la solidarité des troupes : c'est ce qu'affirment les hommes qui en ont fait l'expérience.

Les pays du pacte atlantique découvriraient, comme l'ont fait les Israéliens, qu'une armée unifiée à la base peut communiquer son esprit de corps à la communauté tout entière. La création d'une Légion atlantique pourrait bien faire ainsi boule de neige.

CHAPITRE XX

Les bons samaritains

CHAQUE armée a son corps médical ; de la même façon, une guerre froide a besoin de bons samaritains autant que de combattants. C'est du moins l'idée qui me vint à l'esprit quand je vis dans quelle misère les écrivains qui avaient passé le rideau de fer se débattaient pour assurer leur subsistance. Je pensai aussi qu'il était du devoir des écrivains occidentaux nantis d'aider leurs confrères malchanceux ; il n'était pas question de leur faire l'aumône mais de rassembler toutes les conditions pour que ces réfugiés puissent continuer d'écrire pendant la difficile période d'adaptation à un pays étranger. C'est ainsi qu'au moment même où je menai une campagne en faveur d'une « Légion de la liberté », je créai une organisation appelée Fonds pour la liberté des intellectuels (F.L.I.), la finançai au départ et y consacrai la moitié de mon temps pendant deux ans, de 1950 à 1952.

Les objectifs du F.L.I. furent exposés dans ce discours que je prononçai pendant le dîner de souscription qui eut lieu au restaurant Delmonico à New York le 7 mai 1951, sous la présidence de Reinhold Niebuhr[1].

Mesdames, Messieurs,

Voici le compte rendu d'une expérience qui a été tentée par un groupe d'écrivains[2]. Ils se sont fixé pour but de réunir les conditions matérielles susceptibles de sauver les cultures en exil qui sont venues, depuis les pays totalitaires, se réfugier chez nous.

J'ai bien dit « cultures en exil » et non « écrivains en exil » ou « artistes en exil » : il ne s'agit pas d'individus. Car le problème qui nous intéresse

1. Dans toute la longue histoire du fonds, ce fut la seule fois où il fut fait appel à la générosité du public.

2. En fait, seuls Aldous Huxley, Stephen Spender et Budd Schulberg tinrent leur promesse d'aide financière.

dépasse les limites d'un simple secours individuel. Nous assistons aujourd'hui à l'extermination délibérée et systématique de cultures nationales entières, aussi bien russe, qu'ukrainienne, tchèque, hongroise ou polonaise. Selon nous, la culture n'existe, entre autres choses, qu'à deux conditions : la liberté d'expression et le respect de la tradition. Or, aucune de ces deux conditions n'est réalisée dans les pays totalitaires. Les quelques écrivains qui, en se réfugiant à l'Ouest, ont réussi à sauver leur vie et leur talent, incarnent notre seul espoir de sauver ces cultures. Ils sont très peu : je dirais que parmi eux, il n'y en a que deux cents qui continuent d'écrire. La charité a un inconvénient : votre contribution ne serait qu'une goutte d'eau dans la mer, mais s'agissant d'un petit nombre d'individus on peut alors envisager une aide plus efficace que celle-là.

L'existence des exilés dont le métier est d'écrire est plus difficile que celle des réfugiés qui exercent d'autres professions. Les organisations charitables, débordées par la misère collective des populations réfugiées en Europe, peuvent tout juste les aider à survivre, mais elles ne peuvent réunir les conditions nécessaires à la création.

Nous avons donc pensé qu'il était inutile de lancer l'appel traditionnel à la charité et qu'il existait des façons plus positives de secourir ces réfugiés.

*Dans ce discours, on donnait l'exemple (sans nommer personne) d'écrivains réfugiés — dont certains sont devenus célèbres — et que l'on avait aidés en leur fournissant une machine à écrire (parfois munie d'un clavier cyrillique) ; en leur donnant les moyens (pendant une période d'au moins six mois) de terminer un livre ; en leur offrant les services de traducteurs ; ou en leur proposant des contrats avec des maisons d'édition, des journaux ou la radio, etc. Le Fonds se chargeait d'éditer ou de financer des revues pour les émigrés et aidait matériellement des journaux en russe (*Literaturni Sovremennik*), en polonais (*Kultura*), en roumain (*Orizontori*), en hongrois (*Um Magyar Ut*). Ces activités étaient menées par des bénévoles installés dans les deux principaux centres de rendez-vous des intellectuels réfugiés d'Europe de l'Est : Munich et Paris. Voici quelques précisions qui furent apportées sur la plus ambitieuse de ces entreprises :*

Seuls des écrivains peuvent imaginer les besoins spécifiques de leurs semblables ; ils sont donc les seuls à pouvoir les aider efficacement, sans qu'ils aient à accomplir des formalités bureaucratiques, à remplir des demandes en trois exemplaires, etc. Aussi nous sommes-nous engagés à réserver une partie de notre revenu à nos confrères réfugiés d'Union soviétique et des pays satellites. En reprenant à leur compte cette promesse, nos confrères occidentaux ne feront pas la charité : ils feront leur devoir, et de la meilleure façon, en se mettant eux-mêmes à contribution. Jusqu'ici, nous n'avons ni sollicité ni accepté les donations en espèces. Le budget du F.L.I. est constitué des bénéfices que nous tirons de nos droits d'auteur, de la vente de nos copyrights, de l'adaptation à la scène ou à l'écran de nos œuvres ou de leur traduction. Des bénévoles s'occupent de toute la partie administrative : parmi eux, je voudrais rendre particulièrement hommage à Mme Knickerbocker[1]. Nous n'avons pas de frais généraux. Pour rester dans la légalité, il fallait que nous nous constituions en société, ce que nous avons fait sous le nom de « Fonds pour la liberté des intellectuels ». Cette organisation déteste son statut d'organisation : il s'agit simplement d'une mise en commun d'efforts individuels.

Jusqu'ici, nous avons mis à peu près 20 000 dollars au service de nos confrères. Nous l'avons fait de deux façons : en leur donnant la possibilité de continuer leur travail d'écrivain et en leur offrant l'occasion de se faire publier.

La *Literaturny Sovremennik* (Littérature contemporaine) est une revue mensuelle, éditée à Munich, tirée à trois mille exemplaires, comportant à peu près 260 pages *in octavo* et des illustrations en trois couleurs. C'est le format habituel des revues littéraires russes, dites « volumineuses » : depuis le début du XIXe siècle, elles jouent un rôle prépondérant dans la vie culturelle du pays. (La plupart des chefs-d'œuvre des grands romanciers russes furent d'abord publiés en feuilletons dans ces « volumineuses » revues.) Aussi la création d'une revue « volumineuse » est-elle considérée comme un événement par la récente immigration russe. Je comprends que parler d'une revue littéraire supplémentaire ne semble pas très passionnant ; mais son importance vous apparaîtra plus clairement quand vous aurez lu cet extrait d'une lettre du directeur de *Literaturny Sovremennik,* Boris Yakovlev :

> On dit qu'il n'y a pas de miracle, surtout pour les exilés. Aussi, quand la nouvelle arriva que vous, écrivains anglais et américains, vouliez accomplir ce miracle devenu réalité et nous rendre la parole que nous avions perdue, elle fut accueillie par des sourires de scepticisme. Personne ne pouvait croire que la solidarité, ce mot que nous avions tant de fois entendu abusivement employé dans les slogans politiques, pouvait avoir une existence effective.
>
> Je me suis mis à écrire assez tard : avant la guerre, et après avoir été libéré de prison. J'ai décidé de me consacrer aux contes de fées pour enfants, terrain que je pouvais, me semble-t-il, aborder sans risques. Je suis devenu assez connu ; mais plus on accordait d'attention à mon travail, plus il se dégradait. J'ai cherché à trouver une nouvelle forme de conte socialiste, j'ai eu à ce sujet une longue conversation avec le directeur de la firme d'État chargée de publications pour enfants. Était-il permis de donner aux canards de mes contes un langage humain ? Qu'en auraient pensé Darwin, Marx, Engels et Lénine ? Nous ne sommes arrivés à aucune conclusion satisfaisante et c'est alors que la guerre a éclaté. J'ai été prisonnier de guerre en Allemagne, et je suis devenu un exilé lorsqu'elle a cessé...

Yakovlev explique ensuite pourquoi les exilés ont tant de mal à trouver des débouchés pour leurs œuvres : ils n'ont pas les moyens de s'offrir les

1. Veuve de l'écrivain du même nom.

services de traducteurs et les éditeurs ne lisent pas de manuscrits en russe. Il rappelle comment ces hommes qui ont risqué leur vie pour fuir leur pays et se faire entendre, ont les uns après les autres cessé d'écrire et sombré dans le découragement et le désespoir. La lettre s'achève sur ces mots :

A présent, le miracle s'est réalisé. Pendant vingt-cinq ans « là-bas » et pendant cinq ans ici, nous avons attendu ce miracle de pouvoir écrire ce que nous pensions et de voir publié ce que nous écrivions. Cela s'est réalisé. Je crois que nous l'avons mérité. Vous tous, écrivains, devez bien comprendre ce que cela représente pour nous, écrivains et poètes réfugiés d'U.R.S.S., que d'avoir, pour la première fois en trente ans, la possibilité de publier ce que nous voulons.

Bien à vous,
Boris YAKOVLEV

Voilà pour notre travail. J'ai dit au début de ce compte rendu que nous financions l'entreprise nous-mêmes, sans faire appel à la générosité du public. Mais les circonstances sont exceptionnelles ; et si nous faisons exception à la règle, c'est que la réaction des écrivains américains a été très décevante. Nous leur avons appris, soit en entrant directement en relation avec eux, soit en glissant des communiqués dans les trois journaux les plus lus par les écrivains du pays (Le *New York Times Book Supplement,* Le *Herald Tribune Book Supplement* et la *Saturday Review of Literature*), l'existence de notre petite organisation. En voici le résultat : un donateur anonyme nous a envoyé cinq dollars. Nous n'avons reçu qu'une seule lettre, de la part d'un excentrique qui a inventé un parapluie muni d'une ampoule électrique qui s'allume quand on l'ouvre. Il nous dit que si nous trouvions des débouchés pour son invention, nous percevrions 10 % sur ses droits.

L'appel que Budd Schulberg a lancé par douze fois pour obtenir de l'aide en faveur d'Ivan Bounine, a eu un destin plus pitoyable encore : six écrivains à succès et six grandes maisons d'édition avaient été sollicités. Après tout, Bounine n'est pas un jeune poète inconnu au nom imprononçable [1]. En tout, Schulberg a reçu de ces douze grands hommes la somme de 125 dollars.

Si le Fonds put continuer d'exister, en dépit du peu de générosité qu'il suscita, ce fut grâce à un de ces caprices du destin que j'ai une certaine gêne à évoquer mais sans lequel l'histoire perdrait tout son sel. A la naissance de cette entreprise, j'assignai au Fonds, comme contribution personnelle, tous les droits d'auteur qui proviendraient des représentations de la pièce tirée du Zéro et l'infini, *dont la*

1. Ivan Bounine, le premier Russe a avoir reçu le prix Nobel de littérature en 1933 avait à l'époque plus de quatre-vingts ans : il fallait l'opérer d'urgence. Après l'échec de Schulberg, le FLI fit le nécessaire alors que Bounine, en tant qu'émigré d'avant-guerre, n'avait normalement pas droit à cette aide.

sortie était imminente. Je ne pouvais pas prévoir à cette époque que la pièce tiendrait l'affiche dix-huit mois à Broadway et que les droits d'auteur se monteraient à une petite fortune. Si je l'avais prévu, je ne sais pas si j'aurais fait le même geste. Cela permit en tout cas d'assurer à 90 % le budget du Fonds tout au long de son existence. Ironie du sort, j'étais plutôt à sec à l'époque.

Au bout de deux ans, le travail exigé par le Fonds devint trop écrasant et en 1952, j'en cédai l'administration au Pen Club international. A son tour, celui-ci la remit au Congrès pour la liberté de la culture. Le contexte avait changé, surtout après l'arrivée en masse des réfugiés qui fuyaient la révolution hongroise, et le Fonds fusionna avec d'autres organisations de soutien.

Le plus drôle est que la C.I.A. finançait en grande partie le Congrès pour la liberté de la culture : en effet, l'administration américaine n'avait rien trouvé de mieux pour canaliser les fonds destinés aux institutions culturellement méritantes d'Europe. C'est ainsi qu'après avoir été, selon les accusations de mes anciens camarades, « à la solde de la C.I.A. », la réciproque fut vraie puisque mes chers droits d'auteur issus de la représentation du Zéro et l'infini *s'en allèrent indirectement, par l'entremise du Fonds, dans les coffres de cette brave organisation.*

En finissant ce chapitre, l'envie me vient de citer ces lignes de Christopher Fry :

> *I apologise*
> *For boasting, but once you know my quality*
> *I can drop back into a quite brillant*
> *Humility...*
> *Je m'excuse*
> *De me vanter, mais quand vous connaîtrez mes vertus*
> *Je pourrai me retirer dans une admirable*
> *Humilité...*

CHAPITRE XXI

En souvenir de George Orwell

GEORGE ORWELL fut dans la gauche britannique le plus acharné des opposants au régime soviétique, aussi bien pendant la guerre qu'immédiatement après. Rien ne put ébranler ses convictions alors même que l'intelligentsia communisante nageait dans les eaux les plus troubles et les plus marécageuses. Il était donc fatal que nous devenions d'abord alliés politiques, puis amis, quelles que fussent nos différences de caractères et d'antécédents. Il me fut donc d'autant plus pénible d'écrire sa nécrologie, comme me le demanda l'Observer, *que je disposais d'un espace nettement insuffisant pour le faire*[1].

Rencontrer en chair et en os un auteur qu'on admire est bien souvent une déception. George Orwell était un des rares écrivains dont l'aspect et la conduite répondaient exactement à ce qu'attendait le lecteur de ses livres. Cette concordance exceptionnelle entre l'homme et l'œuvre était la mesure de l'unité et de la probité exceptionnelles de son caractère.

Un critique anglais a dit de lui, il y a peu de temps, qu'il était l'écrivain vivant le plus sincère. Son intransigeante honnêteté intellectuelle était telle qu'elle le faisait paraître parfois presque inhumain. Il émanait de lui une espèce d'austère dureté qui diminuait, eût-on dit, en raison de la distance : impitoyable envers lui-même, sévère avec ses amis, indifférent aux admirateurs, il était plein de sympathie et de compassion pour ceux de la lointaine périphérie, pour les « foules des grandes villes aux visages osseux, aux mauvaises dents, aux manières polies ; les files d'attente devant les bureaux de travail, les vieilles filles qui roulent à bicyclette dans la brume des matins d'automne vers la table de communion... »

Ainsi, plus on s'éloigne de l'intimité, plus large est le segment du cercle, plus les radiations de la grande puissance d'amour de ce solitaire deviennent

1. Elle fut publiée d'abord dans l'*Observer* du 29 janvier 1950 puis insérée dans *l'Ombre du dinosaure.*

chaleureuses. Mais il était incapable d'amour de soi et d'apitoiement sur soi. Sa dureté envers lui-même était la clef de sa personnalité ; elle détermina son attitude envers l'ennemi intérieur, la maladie qui ravageait ses poumons depuis l'adolescence.

Sa vie fut une série ininterrompue de révoltes tant contre les conditions de la société en général que contre son malheur personnel ; contre le glissement qui conduit l'humanité à 1984 et contre son propre glissement vers la mort. Des hémorragies intermittentes marquèrent comme les bornes d'un chemin la marche de ce révolté, sergent dans la police birmane, plongeur à Paris, vagabond en Angleterre, soldat en Espagne. Chacune d'elles aurait dû être un avertissement, chacune fut un défi auquel répondaient des œuvres qui croissaient en poids et en stature.

Le dernier avertissement eut lieu il y a trois ans. Il devenait évident que la vie de George Orwell ne pourrait être prolongée qu'à force de précautions et de soins médicaux constants. Il choisit, au contraire, de vivre sur une île lointaine des Hébrides avec le bébé qu'il avait adopté, sans même une femme de ménage pour s'occuper de lui.

C'est dans ces conditions qu'il écrivit sa violente vision de 1984. Peu après avoir terminé son livre, il fut obligé de prendre le lit et ne se remit jamais. S'il avait suivi l'avis des médecins et de ses amis, et avait vécu dans la douce atmosphère d'un sanatorium de Suisse, son chef-d'œuvre n'aurait pas pu voir le jour, ni aucun de ses livres précédents. La grandeur, la tragédie d'Orwell, ce fut son refus total des compromis.

L'exigence du génie et les ordres du bon sens sont rarement conciliables ; la vie d'Orwell fut une victoire du premier sur le second. Car le temps est venu, maintenant qu'il est mort, de reconnaître qu'il fut le seul écrivain de génie parmi les littérateurs de la révolte sociale d'entre les deux guerres. La remarque de Cyril Connolly à propos de leurs communes années d'école : « J'étais un révolté de théâtre, Orwell un vrai », vaut pour toute sa génération.

Quand il alla combattre en Espagne, il ne rallia pas la pseudo-fraternité des Brigades internationales, mais les unités les plus misérables de la Milice espagnole, les hérétiques du P.O.U.M. Il fut le seul dont l'intégrité farouche résista à la mystique douteuse du « Parti », qui ne devint jamais un compagnon de route et ne crut jamais aux palais de dame Tartine, ni dans le ciel ni sur la terre. Aussi, ses sept livres de cette période, depuis *Down and Out* jusqu'à *Coming up for Air,* demeurent-ils tout frais et débordants de vie et le resteront pendant des dizaines d'années, alors que la plupart des ouvrages produits par la « gauche sentimentale et superficielle » de ce temps, qu'Orwell méprisait si fort, sont aujourd'hui morts et démodés.

La même chose est vraie pour l'époque de la guerre. Parmi tous les tracts, brochures et exhortations produits par la guerre, il n'en est guère qui supportent aujourd'hui l'épreuve de la relecture, sauf, peut-être, *What I believe* de Forster, quelques passages des discours de Churchill et par-dessus tout *le Lion et la Licorne* d'Orwell. Sa première partie « Angleterre, votre Angleterre », est un des portraits à la fois les plus émouvants et les plus mordants du caractère anglais, c'est un petit classique.

Les Animaux partout et *1984* sont les dernières œuvres d'Orwell. On n'a pas écrit depuis *les Voyages de Gulliver* une satire qui égale en profondeur et en causticité *les Animaux partout,* ni, depuis *le Procès* de Kafka, une fantaisie dont l'atroce logique soit comparable à *1984.* Je crois que les futurs historiens de la littérature considéreront Orwell comme l'anneau qui manquait à la chaîne reliant Kafka à Swift. Car, pour citer de nouveau Connolly, il est peut-être vrai que « c'est l'heure de la fermeture dans les jardins d'Occident, et l'artiste ne sera jugé désormais que selon la résonance de sa solitude ou la qualité de son désespoir ».

La résonance de la solitude d'Orwell et la qualité de son désespoir ne sont comparables qu'à celles de Kafka, mais avec cette différence que le désespoir d'Orwell a une charpente concrète et organique et est projeté du plan individuel sur le plan social. Et si « quatre pattes bonnes, deux pattes mauvaises » est du pur Swift, il n'en reste pas moins qu'Orwell, lui, ne perd jamais tout à fait la foi dans les Yahoos au visage osseux et aux dents gâtées. Se fût-il choisi une épitaphe, je suppose que c'eût été ces strophes de l'hymne révolutionnaire du vieux Major, chantées sur un « air entraînant, quelque chose entre *Clémentine* et *la Cucaracha* ».

Les anneaux disparaîtront de nos nez,
Et les harnais de nos échines...

Pour ce jour, travaillons tous
Mais nous mourrons avant qu'il luise ;

Vaches et chevaux, oies et dindons,
Que tous travaillent pour la liberté.

Malgré tout, Orwell y croyait. C'est cette foi bizarre qui guida la marche du révolté et le rendit, sans qu'il le sût, si digne d'être aimé.

CHAPITRE XXII

Les hommes ont soif

LE titre de ce roman qui se déroule dans la France troublée de l'après-guerre, trouve son explication dans le discours exalté que Jules Commanche, un des anciens chefs de la Résistance devenu haut-fonctionnaire de l'État, adresse à la jeune américaine Heydie, l'héroïne du roman.

— Comme vous le savez nous avons, nous autres Français, une passion incurable pour l'analyse, dit Commanche avec un regard qui donna à Heydie l'impression qu'il continuait subtilement à se moquer d'elle, mais elle n'en avait cure. Nous parlons, nous parlons, et, dans l'intervalle, nous sommes envahis une fois par génération environ, perdons le meilleur parleur de chaque famille, et nous continuons à parler. Car, différant en cela de votre pays, où un type de citoyen parle et l'autre combat, chez nous ce sont les brillants causeurs qui généralement combattent et meurent. Nous n'avons pas vos héros costauds, mufles et taciturnes. Nous sommes une nation incurablement diserte ; notre prototype de héros est Cyrano de Bergerac. Mais revenons à la libido politique. A quel moment un instinct est-il dévoyé ? Quand il est atrophié à sa source ou frustré dans son objet. Or, la source de toute libido politique est la foi, et son objet la Nouvelle Jérusalem, le Royaume céleste, le Paradis perdu, l'Utopie, que sais-je ? Par conséquent, chaque fois que meurt un dieu il y a des difficultés dans l'Histoire. Les gens ont l'impression de s'être laissé duper par ses promesses, de se trouver avec un chèque sans provision dans leur poche, et ils courent après tous les charlatans qui leur promettent de le payer. La dernière fois qu'un dieu mourut fut le 14 juillet 1789, le jour de la prise de la Bastille. Ce jour-là, la Sainte Trinité fut remplacée par les trois mots de la devise que vous voyez écrite sur nos mairies et nos bureaux de poste. L'Europe n'est pas encore remise de cette opération, et tous nos troubles actuels ne sont que des complications secondaires, une espèce de séquelle infectieuse. Le peuple — et quand j'emploie ce mot, mademoiselle, je veux parler des gens qui n'ont pas de compte en banque — le peuple a été dépouillé de son seul bien : la connaissance, ou l'illusion, comme vous préférez, de posséder une âme immortelle. Leur foi est morte, leur Royaume est mort, seule en demeure la nostalgie. Et cette nostalgie de l'Absolu, mademoiselle, peut s'exprimer sous des formes magnifiques ou meurtrières selon les cas — tout comme l'instinct sexuel frustré. Car, croyez-moi, mademoiselle, il est aussi difficile de renoncer à la prière, que de renoncer à copuler à la saison des amours. Et c'est bien parce que cela est si pénible que tout le complexe est refoulé. Seule la soif demeure, une soif instinctive, sourde, inexprimée, sans connaissance de sa source ni de son objet. Ainsi le peuple, les masses, tournent en rond avec la sensation irritante d'avoir un chèque non honoré en poche, et quiconque leur dira : « Oyez, oyez, le Royaume est au coin de la rue, au deuxième carrefour à gauche », fera d'eux ce qu'il voudra. Plus ils éprouvent cette démangeaison, plus ils sont faciles à prendre. Si vous leur dites que leur royaume sent le cadavre, ils vous répondront que ça a toujours été leur parfum préféré.

Heydie a été élevée dans un couvent catholique qui a éveillé en elle des penchants mystiques, mais à la suite d'une expérience traumatisante, elle a perdu la foi et est devenue une victime supplémentaire de cet âge des tentations. A Paris, où son père est attaché militaire, elle a une aventure avec Fédia Nitikine, jeune homme fanatique mais séduisant qui, sous couvert d'activités diplomatiques, travaille pour le service de renseignements soviétique. Comme elle l'avouera plus tard à son brave colonel de père qui n'en croit pas ses oreilles :

Je m'étais éprise de lui parce que... parce qu'il était sûr de lui-même et qu'il avait une croyance, une certitude qu'aucun de vous ne possède. Parce qu'il est *réel,* ce qu'aucun de vous n'est.

Au plus fort de cette liaison, on assiste à un épisode symbolique, en fait la clé du roman, qui tout en confinant à la science-fiction, reste cependant dans les limites du possible.

Heydie avait tenu à célébrer la Saint-Sylvestre seule avec son amant dans la nouvelle garçonnière de celui-ci. Bien que Fédia fût fier comme un enfant de ce petit appartement, il aurait préféré dîner dehors dans un restaurant gai et bruyant, mais, pour une fois, elle avait eu gain de cause. Elle était arrivée de bonne heure, tout animée, chargée de bouteilles et de paquets de friandises et s'était enfermée dans la minuscule cuisine, un tablier noué sur sa robe du soir. Fédia s'assit, résigné, dans le salon et ouvrit la radio.

Leur aventure durait depuis près de quatre mois et il se demandait, sans d'ailleurs s'en soucier, à quoi elle aboutirait. Il avait l'approbation de ses supérieurs ; l'on ne devait guère s'attendre que quelque chose de concret en sortît mais sait-on jamais ? En outre, le fait qu'il fût autorisé à poursuivre des relations avec la fille d'un colonel américain était un signe de leur confiance, de leur certitude que Fédia ne « passerait » jamais à l'autre bord. Il sourit en fredonnant de son agréable voix de baryton l'air du toréador de *Carmen* qui sortait de la petite radio portative : un bibelot blanc orné d'ébène et de chrome à cadran lumineux. Il ramassa le journal du soir et se mit à lire les prédictions d'un astrologue pour la nouvelle année.

« La période critique sera la fin août, lorsque Mars entre en seconde maison. Il y aura une chute inusitée de météores, une période de perturbations météorologiques anormales, une grave épidémie d'un genre nouveau. L'apparition ou non de la guerre dépend de la lutte entre les puissances du mal et les puissances de salut.

Fédia rit tout haut et laissa tomber le journal.

« Qu'y a-t-il ? cria Heydie de la cuisine.

— Je t'invite à prendre un verre avec moi, dit Fédia. Tu pourras faire la cuisine après.

— Une minute. »

Fédia reprit l'air du toréador en battant la mesure avec son pied. Sa chaussure laissa une empreinte sur la moquette bleue toute neuve ; il la lissa tendrement avec sa main. La perspective de passer toute une soirée seul dans l'appartement avec sa maîtresse l'ennuyait un peu. Il décida de faire l'amour tout de suite après dîner, puis d'aller ailleurs. Il n'avait jamais vu comment la bourgeoisie française célébrait la Saint-Sylvestre et, l'année prochaine, il serait probablement trop tard.

« Voilà. Donne-moi à boire, dit Heydie en retirant son tablier sur le seuil de la cuisine et en marchant dessus. »

Elle était assez belle dans sa robe noire, mais son visage était amaigri, avec des ombres profondes sous les yeux, et son attitude joyeuse avait quelque chose d'artificiel comme l'éclat d'un tube de néon.

« Tu marches sur ton tablier, dit Fédia.

— Ça ne fait rien, tu l'enverras au blanchissage. J'en ai apporté trois. »

Elle vit qu'il considérait cela comme un gaspillage absurde et qu'il en était agacé. Les sourcils de Heydie se crispèrent une fois ou deux, tic nerveux qu'elle avait acquis depuis peu et qui, l'espace de quelques secondes, donna à son visage une expression pathétique et sans défense. D'un geste familier, elle frotta de la paume les cheveux en brosse de Fédia.

« Tu m'as invitée à prendre un verre, dit-elle.

— Qu'est-ce qu'on va boire ? dit Fédia.

— Attends. »

Elle alla chercher une bouteille de champagne dans la glacière, et Fédia l'ouvrit en faisant claquer le bouchon. Cela le mettait toujours de bonne humeur.

« Et maintenant un toast pour la nouvelle année », dit-elle gaiement.

Il pensa aux toasts rituels qu'on portait chez lui, mais aucun d'eux ne semblait approprié. Il se rappela tout à coup qu'en 1938 ils avaient tous porté des toasts à un personnage dont le nom même, comme il l'avait appris le lendemain, ne devait plus être prononcé, ensuite de quoi il avait eu la colique pendant toute une semaine. C'était là de ces petites plaisanteries que personne ici n'eût comprises, et le souvenir lui donna un choc soudain de mal du pays.

« Je ne connais pas de toast de nouvel an, dit-il.

— Moi non plus, dit Heydie. Mais j'en connais un de Noël. »

Elle leva son verre et dit de sa voix claire et douce :

« Paix sur terre et miséricorde
Dieu et pécheurs réconciliés... »

Elle vida son verre et s'en versa un nouveau. Fédia sourit :

« Toujours le couvent ? »

Heydie s'assit dans un fauteuil à quelque distance de Fédia.

« Qu'est-ce que tu lisais ? » demanda-t-elle.

Il sourit.

« Le journal publie les prédictions d'un diseur de bonne aventure. On dit que ce journal est lu par un million de gens. Chaque fois qu'ils le lisent ils deviennent un peu plus bêtes, et le propriétaire du journal un peu plus riche. C'est ce qu'on appelle chez vous la liberté de la presse. Vous avez des instituteurs pour instruire les enfants, mais vous laissez des escrocs prendre soin des masses incultes qui sont pareilles à des enfants. Qu'est-ce que tu en dis ?

— Vous avez raison, comme toujours, professeur. »

Les moments les plus heureux de Heydie étaient ceux où elle pouvait se sentir d'accord avec lui.

Il secoua la tête en souriant :

« Pourquoi toujours ce ton ironique ? Est-ce bien nécessaire ?

— Non. Encore une de mes sottes habitudes. Il faut être patient et tenir compte de ma mentalité déformée par le milieu social. »

Il ne savait pas si elle se moquait ou parlait sérieusement ; elle non plus. Elle se leva et retourna dans la cuisine. Comme Fédia s'ennuyait, il décida de l'aider et la rejoignit. Dans la pièce minuscule, ils se cognaient tout le temps l'un à l'autre, et comme ils se penchaient ensemble sur le buffet pour en sortir les assiettes, les cheveux de Heydie frôlèrent le visage de Fédia. Il perçut au rythme de sa respiration qu'elle n'aurait pas demandé mieux que d'être prise dans ses bras et portée sur le divan, dût le dîner brûler. Son propre désir s'affirma ; mais il avait faim, et il savait qu'il était plus sage de la tenir en haleine. Il lui tapota le dos :

« Là, tout est prêt, nous pouvons dîner, fit-il avec satisfaction. »

Elle avait apporté deux bouteilles de vieux bordeaux qui, après le champagne, leur monta vite à la tête.

« Que disait ton toast ? demanda-t-il.

— Il t'a plu ? Tant mieux. »

Et, penchée sur la table, elle répéta doucement :

« Paix sur terre et miséricorde. Esprit et chair réconciliés...

— Ce n'était pas ça, remarqua-t-il. C'était : Dieu et pécheurs réconciliés.

— Mais oui. Je suis stupide... »

Elle se mordit la lèvre et se tut. Fédia se sentait toujours mal à l'aise quand cet air un peu égaré apparaissait dans ses yeux.

« Tu es un mystère. Un grand mystère, s'écria Fédia avec enthousiasme. »

Il était un peu saoul et puis il savait que les femmes sont flattées quand on les trouve mystérieuses.

« Je vais te donner la clef du mystère », dit Heydie. J'ai un corps de femme, un cerveau d'homme, des aspirations de sainte, et des instincts de grue. Ça te suffit ?

« Ah ! fit Fédia en riant. Que c'est banal !

— Oh ! mais tu deviens très difficile, dit Heydie. Bon, je vais t'en dire plus. Quand j'avais dix-neuf ans on m'a envoyée chez un psychanalyste. J'étais née fille, mais mes parents désiraient un garçon ; l'analyste a trouvé cela important. Il a trouvé aussi que j'avais un béguin pour mon père et que c'est pour cela que j'étais tombée amoureuse de Jésus-Christ. Puis, je suis allée chez un autre analyste qui a dit que je manquais de confiance en moi. C'est pourquoi je joue toujours le rôle que les autres attendent de moi. Puis je me suis mariée avec un jeune homme très poli qui faisait l'amour comme un oiseau et m'a expliqué que j'étais frigide par pur égoïsme, parce que je n'étais pas assez généreuse pour m'abandonner. Puis je t'ai rencontré et je me suis vraiment abandonnée, et tu m'as expliqué que je suis le produit typique d'une civilisation moribonde. A quoi cela revient-il ? »

Fédia rit, puis il dit de sa voix douce de pédagogue.

« Au début tu ne voulais jamais parler de toi, et maintenant tu en parles constamment. Tu dis que tu n'es pas mystérieuse mais en réalité tu te crois un très grand mystère et tu crois que tous les gens sont de grands mystères. Tu dis : à quoi tout cela revient-il ? Mais à quelque chose de très simple. Point de mystère, rien que des réflexes, comme dans cette petite radio. — Il caressa tendrement la boîte blanche — On tourne un bouton, une réaction se produit. On cogne l'objet, il se détraque ; on le répare, ça fonctionne de nouveau. Ça parle, ça crie, ça fait de la musique. Tout cela est très utile et très amusant — mais il n'y a pas de mystères là-dedans... »

Heydie bâilla ostensiblement.

« Tu parles exactement comme grand-papa, dit-elle. Il était président d'une compagnie de chemins de fer. Entre deux achats de nouvelles compagnies, il occupait ses loisirs à lire des ouvrages sur « la survivance du plus apte » et « l'homme, cette machine ». Tu parles tout à fait comme lui. »

Elle changea les assiettes et apporta la glace avec une nouvelle bouteille de champagne.

« En attendant, dit-elle, c'est la Saint-Sylvestre, et j'ai l'intention de faire la bombe. »

Fédia déboucha la bouteille, remplit les verres, et dit avec un malicieux sourire :

« Alors, tu maintiens qu'il y a un mystère et non pas uniquement des réflexes ?

— Oh ! ça suffit, dit Heydie. Tu tiens à faire une conférence ?

— Oui. Je veux te parler des chiens du Pr Pavlov. »

Heydie sentait sa tête vague. Elle se trouvait depuis quelque temps dans une telle confusion qu'elle ne savait même plus si elle était heureuse ou malheureuse. Pour le découvrir, elle mêla un peu de bordeaux à son champagne, le but et s'étendit sur le divan, souhaitant que Fédia vînt à elle et effaçât tout sous son corps dur qui l'écrasait. Mais il continuait à parler du professeur Pavlov et de ses chiens en la regardant avec un sourire bizarre, à travers ses yeux à demi clos.

« Alors, tu comprends, disait-il, au bout d'un certain temps, quand il entend la sonnette, le chien salive même quand il n'y a pas de viande... »

Il s'approcha lentement du divan.

« Cela explique tout ce que nous sommes : conditions et réflexes, et le reste n'est que sotte superstition. »

Maintenant il était debout près du divan, penché sur elle, et elle sentait son cœur battre à coups violents.

« Oh ! la barbe, dit-elle sans respirer, attendant qu'il la prît.

— Alors tu ne me crois pas ? » fit-il en se penchant davantage, avec le même bizarre sourire.

Il étendit lentement le bras et sa main la saisit fermement sous l'aisselle gauche, son pouce pressant le bout du sein. C'était un sévice plus qu'une caresse et qu'elle ne connaissait que trop : il faisait toujours cela au moment précis de sa jouissance.

« Maintenant... », dit-il.

Elle sentit ses prunelles se révulser, le spasme connu et béni, puis la paix. Fédia cessa sa pression, retourna à la table, s'assit et vida son verre.

« Que penses-tu à présent du Pr Pavlov ? » demanda-t-il poliment.

Elle ne répondit pas. Son esprit était dans un brouillard qu'elle avait grand soin de ne pas dissiper ; son corps mol et détendu. Sans pensée, elle savait qu'elle avait subi une humiliation pire que toutes celles qu'un client saoul peut infliger à une prostituée, et qu'elle le détesterait tout le reste de ses jours comme elle n'avait jamais détesté personne.

Quelques jours plus tard, elle essaie d'assassiner Fédia qu'elle en est venue à considérer comme une sorte d'antéchrist, mais elle s'y prend mal. Le roman s'achève sur les pensées d'Heydie, catholique renégate et, si l'on en juge par le ton sur lequel sont faites ces réflexions, communiste renégate en même temps.

Et ceux qui étaient encore vivants et libres aujourd'hui — guettaient l'approche de la comète, et tous étaient malades de la grande soif.

Ses pensées revinrent à sœur Boutillot debout dans l'allée de l'étang où la brise d'automne balayait les feuilles à ses pieds. Oh ! que ne pouvait-elle retourner vers l'infinie consolation des pères confesseurs et des mères supérieures, d'une hiérarchie bien ordonnée qui promettait punition et récompense et fournissait au monde une raison d'être. Si seulement on pouvait y revenir ! Mais elle était sous la malédiction de la raison qui rejetait tout ce qui aurait pu étancher sa soif sans abolir le tourment de son désir ; qui rejetait la réponse sans abolir la question. Car la place de Dieu était devenue vacante, et un courant d'air soufflait à travers le monde comme dans un appartement vide avant l'arrivée des nouveaux locataires.

Les hommes ont soif *fut écrit en 1949-1950, en France, dans l'atmosphère pesante de l'après-guerre, alors que le parti communiste tenait une place prépondérante à l'Assemblée nationale. J'écrivis ce roman entre les divers essais et discours qui sont rassemblés dans* l'Ombre du dinosaure *et* le Dieu des ténèbres. Les hommes ont soif *ressemble à une dramatisation de ces essais. Sauf pour quelques-uns de ses chapitres c'est le seul de mes romans que je désavoue ; mais grâce à lui, je pus me débarrasser de ma rancœur contre ce dieu des ténèbres ainsi que du regret de l'avoir servi. Je me rendis compte aussi qu'en continuant d'écrire dans la même veine, je m'exposais à des redites et risquais d'être hanté par une idée fixe. Il est permis et même recommandé à l'homme politique de se répéter : mais c'est la mort de l'écrivain.*

C'est ainsi qu'à quarante-cinq ans, je me retrouvai dans la peau d'un vétéran et non plus d'un combattant actif de la guerre froide. On peut lire cette transformation dans la préface de l'Ombre du dinosaure *(1955) où je faisais une sorte de serment solennel.*

Ce livre est un adieu aux armes. Les derniers articles et conférences traitant directement de questions politiques datent de 1950, ils ont aujourd'hui cinq ans. Avec eux, j'ai l'impression d'avoir dit tout ce que j'avais à dire sur ces problèmes qui m'ont hanté de diverses manières pendant la plus grande partie d'un quart de siècle. Aujourd'hui, les erreurs sont expiées, l'amertume s'est consumée ; Cassandre est enrouée et a besoin de changement.

Cette « amère colère » caractérisait l'attitude que l'ex-communiste que j'étais avait adoptée envers le régime soviétique, en réaction contre les souffrances qu'il imposait aux hommes placés sous sa domination et contre la menace qu'il constituait pour le reste du monde. Il peut sembler prétentieux de se qualifier soi-même de « Cassandre enrouée » mais tant de critiques malveillants m'ont appelé ainsi que pour une fois je me suis senti autorisé à adopter ce surnom.

Par « changement de vocation », j'entendais une renonciation à la politique et un regain d'intérêt pour la science et la philosophie, intérêt qui a dominé la deuxième moitié de ma vie d'écrivain et qui constituera le sujet du livre II de ce volume.

Cependant, avant de dire adieu à la politique, il me faut revenir une fois encore à la Palestine.

CINQUIÈME PARTIE

NAISSANCE D'UNE NATION

CHAPITRE XXIII

Pompéi à rebours

> *Tout devient légende, si ces messieurs*
> *veulent bien attendre.*
> Norman DOUGLAS.

EN 1926, j'étais allé en Terre Sainte, jeune homme romantique, pour travailler dans un kibboutz au pied du mont Guilboa ; trois ans après, j'avais quitté la Palestine et cessé par là même de m'intéresser au sionisme. Mais huit ans plus tard, après la prison de Séville, je me retrouvai en Palestine comme envoyé spécial de la News Chronicle *pour qui je travaillais à l'époque et qui m'envoya couvrir la campagne de terrorisme que les Arabes menaient contre l'administration britannique.*

Nous voici maintenant en 1937, six ans après l'ascension de Hitler au pouvoir. Mes amis d'autrefois avaient subi un profond changement, comme l'indique cette citation de Hiéroglyphes.

Dans les rues de Haïfa et de Tel-Aviv, dans les bleds de Sharon et de Galilée, ils vaquaient à leurs affaires avec les gestes calmes et lents imposés par la chaleur, mais, au fond, c'étaient tous des fanatiques et des maniaques. Chacun d'eux avait un frère, un parent, un cousin, une fiancée, un beau-père dans la partie d'Europe gouvernée [illegible] les assassins. Il ne s'agissait plus de se demander si le sionisme était une idée bienfaisante ou non. Ils savaient que les chambres à gaz étaient proches. Ils avaient dépassé le stade de la discussion. Quand on les provoquait, ils montraient les dents.

Lorsque la campagne de terreur arabe reprit, le 15 octobre, l'une des premières victimes fut un jeune Juif othodoxe récemment évadé d'Allemagne. Il fut poignardé dans le dos, le jour du sabbat, alors qu'il passait dans une rue de Jérusalem en lisant la Bible. C'était typique du caractère vain et absurde de cette terreur. Bien que tout se passât ici sur une plus petite échelle, la situation était, dans un certain sens, pire encore qu'en Espagne. Là-bas, au moins, on savait où se trouvait le front ennemi, mais, ici, les deux camps étaient mélangés, et personne ne savait quand il recevrait un coup de poignard dans le dos ni où la prochaine bombe faite à la main allait éclater.

Elles éclataient surtout dans les autobus et les compartiments de chemin de fer. On mit le feu au pipe-line amenant le pétrole de Mossoul; l'aérodrome de Lydda fut incendié; on tirait dans les champs sur les cultivateurs juifs, des filles étaient violées puis tuées à coups de couteaux.

Au bout d'une semaine, les choses se calmèrent un peu, au bout d'une seconde semaine, tout recommença. Les Juifs continuaient à se retenir, avalant leur bile. Il fallut quelques années aux tailleurs de Varsovie, aux avocats de Prague et aux étudiants talmudiques de Jérusalem, pour prendre goût au lancement des bombes à la gélignite. Un an plus tard, c'était fait — et pour de bon. Pendant ces huit ans d'absence, j'avais cru que la petite et irritante question juive finirait par être réglée de même que la question nègre, la question arménienne et toutes les autres questions, dans le contexte global de la révolution socialiste. Ainsi avais-je quitté la vieille Terre Promise pour la nouvelle Terre des Promesses et avais trouvé celle-ci plus décevante encore. Maintenant, déjà en chemin pour sortir du parti communiste, je revenais en Palestine.

Mais ce retour ne fermait pas un cercle; il avait lieu sur un autre plan de la spirale, un rang plus haut en maturité, mais plusieurs rangs plus bas en espérance. Je ne croyais plus que cette petite terre amère contînt une promesse messianique, un exemple pour l'humanité tout entière. Et je savais que mes racines étaient en Europe, que j'appartenais à l'Europe, et que, si l'Europe s'écroulait, il était inutile de survivre, et que je préférais disparaître avec elle que chercher refuge dans un pays qui ne représentait rien d'autre qu'un refuge. Cette décision subit l'épreuve des faits lorsque la France tomba et que, au lieu de me diriger vers la Palestine ou l'Amérique encore neutre, je m'enfuis en Angleterre.

Cependant, il y avait six millions de condamnés en Allemagne et en Europe orientale qui n'avaient pas cette liberté de choix et pour qui la Palestine était l'unique chance de survie. Qu'ils y fussent bienvenus ou non, que le climat et la culture leur convinssent ou non, c'étaient là des questions secondaires lorsque l'autre solution était le camp de concentration, et, finalement, le four crématoire. Dans ce sens limité, résigné et utilitaire, je demeurais sioniste.

J'avais été, au début, membre du parti maximaliste de Jabotinsky qui avait pour but la transformation de toute la Palestine en un État juif avec une minorité arabe. A la lumière des années suivantes, ce programme était apparu irréalisable et utopique; Juifs et Arabes étaient trop profondément divisés par la religion, la culture et la structure sociale pour vivre harmonieusement ensemble dans un proche avenir. J'en étais donc venu à me convaincre que le partage du pays, proposé par la Commission royale sous la direction de Lord Peel, était, non pas une solution idéale, mais la seule solution possible. La série d'articles que j'écrivis pour la *News Chronicle* à mon retour se terminait par une demande instante en faveur de la réalisation du plan de partage, et un avertissement des horreurs que de nouveaux délais ne manqueraient pas d'entraîner :

> Les perspectives d'avenir de la Terre Sainte sont un gigantesque cauchemar. L'insécurité continuelle ruine l'économie du pays ; la peur et la haine montent chaque jour tandis que les crimes et les vendettas se succèdent en une chaîne interminable. La violence implacable de cette petite guérilla menace de détruire lentement mais sûrement une expérience historique sans précédent.
>
> La Grande-Bretagne doit agir, et agir vite. Ceci est un S.O.S. pour la Palestine.

En 1937, le partage aurait pu être accompli avec relativement peu de difficultés et moins encore d'effusion de sang. Les corps juifs constitués étaient prêts à l'accepter. Les chefs arabes modérés auraient cédé à la pression diplomatique. Le plus influent d'entre eux, le roi Abdullah de Transjordanie (que j'allai revoir à Amman pendant une trêve), m'accorda une interview qui équivalait, en termes voilés, à une acceptation du partage. Le gouvernement de Neville Chamberlain rejeta toutefois le plan de la Commission royale et, pendant les dix années qui suivirent, la politique britannique en Palestine fut une sombre nuit d'indécisions, d'erreurs et de préjugés. Le partage fut finalement décidé, après dix années de souffrances inutiles et sanglantes, par les Nations unies, et accompli par la force des armes dans la guerre judéo-arabe de 1948.

Entre 1942, moment où l'extermination massive des juifs d'Europe commença à se concrétiser, et la création de l'État d'Israël, la question palestinienne devint une fois de plus ma principale préoccupation avec la guerre froide ; les deux motifs obsédants — le goulag et l'holocauste — s'étaient rejoints après avoir suivi une évolution parallèle dans le temps. Aussi passai-je en fin de compte une année et demie en Palestine, pendant cette période (1944-1945 et 1948) ; j'écrivis deux livres, La Tour d'Ezra *(1946) et* Analyse d'un miracle *(1949), plusieurs pamphlets et nombre d'articles ; je participai à des comités et rencontrai en secret Menahem Begin qui vivait dans la clandestinité et dont la tête valait cinq cents livres sterling : pendant tout ce temps, je plaidai la cause du partage, seul moyen d'arrêter le massacre et de sauver ceux qui pouvaient encore l'être. « Des diverses croisades dans lesquelles je fus engagé, écrivis-je dans* Hiéroglyphes, *ce fut la plus dure et la plus douloureuse ; elle me plongea dans un conflit aigu entre mes convictions et mes inclinations car j'avais eu mon compte de terreur et de violence et, cependant, j'étais obligé de défendre la cause des terroristes juifs. »*

La Tour d'Ezra *fut écrite en 1945, à Jérusalem surtout, où régnait une atmosphère de sauvagerie et de deuil. J'ai donné quelques extraits de ce roman*

dans le chapitre II du présent volume ; je voudrais y ajouter quelques lignes, tirées de la postface que j'écrivis pour l'édition anglaise « Danube » (publiée en 1965).

Le thème central de la précédente trilogie — *Spartacus, le Zéro et l'infini, Croisade sans croix* — était l'éthique de la révolution ; celui de *La Tour d'Ezra* est le droit de se défendre. Si le pouvoir corrompt, l'inverse est vrai lui aussi : la persécution corrompt la victime, quoique de façon insidieuse. Dans les deux cas, il est impossible d'échapper au dilemme de la noble fin qui requiert d'ignobles moyens.

Quels que fussent ses qualités et ses défauts artistiques, *La Tour d'Ezra* eut certaines répercussions politiques. J'appris ainsi que plusieurs membres de la Commission des Nations unies chargée en 1947 des problèmes palestiniens (Commission d'un État juif) s'étaient donné la peine de lire mon livre et que leur décision en avait même été légèrement influencée. Le président de cette Commission de onze nations, le juge suédois Sandström, taquina à plusieurs reprises les membres du futur gouvernement israélien en leur disant que l'histoire de la tour d'Ezra l'avait bien plus impressionné que leurs mémorandums officiels ; et même si ce n'était assurément qu'une boutade, cela m'émut infiniment plus que les éloges et les insultes des critiques littéraires.

Les passages suivants sont extraits de Analyse d'un miracle :

Pendant le siège de Jérusalem, deux vieillards juifs parlaient entre eux.

« Il n'y a que deux espoirs de salut, dit le premier, un miracle, ou un événement naturel.

— Qu'est-ce que vous appelez un événement naturel ? demanda le second.

— Mais, voyons, la venue du Messie. »

Pendant les quinze premiers jours de l'État nouveau-né, on eut l'impression qu'il allait partager le sort des Innocents dont les tendres corps furent passés au fil de l'épée par les soldats d'Hérode. Le 15 mai, date de la fin officielle du Mandat britannique, était le jour J de l'invasion de la Palestine par les armées de cinq États arabes souverains, qui avançaient victorieusement du nord, de l'est et du sud. Les jours du nouvel État semblaient comptés, et la capitulation rapide être la seule chance pour les Juifs d'éviter le massacre et l'extermination.

Contrairement à toutes les prévisions, les hommes de la Haganah tinrent bon.

J'avais follement espéré mais sans jamais y croire vraiment, qu'un État juif se constituerait de mon vivant ; je croyais encore moins que j'aurais la chance d'assister à sa naissance. Inutile de le dire, les grandes espérances portent toujours en elles les ferments de la déception et le témoin de l'Histoire en train de se faire,

voit souvent ses lunettes s'embuer. Les extraits suivants, tirés de mon Journal (publié dans Analyse d'un miracle*) illustrent ce phénomène :*

Haïfa, vendredi 4 juin 1948

Après une traversée aérienne assez mouvementée, qui a rendu Mamaine malade et donné des airs contrits à nos deux amis terroristes de l'Irgoun, nous voyons apparaître un trait jaune entre la mer et l'horizon : c'est la côte d'Israël. Elle s'élargit rapidement et déroule les dunes dorées de la baie de Saint-Jean-d'Acre et les pentes boisées du mont Carmel. L'or des dunes est semé de mines. Dans les pins du mont Carmel, les tireurs arabes jouent à cache-cache avec les tireurs juifs. Les antiques murailles de la forteresse des croisés à Saint-Jean-d'Acre ont une brèche à la dynamite : les copains de nos terroristes se sont évadés par là.

Mais rien de tout cela n'est inscrit dans la souriante lumière de la baie, sœur jumelle du golfe de Naples. Ce radieux paysage donne aussitôt la dominante ; comme toujours quand on débarque dans une guerre, c'est la paix parfaite.

Cette intense et troublante sensation de paix, qui s'ajoute en surimpression au spectacle de la violence, aux chairs déchirées et au tumulte des canonnades, est bien un des archétypes de toutes les guerres. Jamais l'odeur de l'herbe n'est plus douce dans la tranchée que pendant le bombardement, quand on s'enfouit le visage contre le sol. Quel soldat n'a pas regardé la chenille qui avance lentement le long de la fente sur l'écorce de l'arbre derrière lequel il s'abrite, et continue d'avancer sans être troublée par le tac tac de la mitraillette ? J'ai été toute la vie obsédé par ces interférences entre la vie tragique et la vie triviale — en Espagne pendant la guerre civile, en France pendant la débâcle, à Londres pendant le blitz.

Le Dakota avec sa cargaison de terroristes, de journalistes et de volontaires commence ses manœuvres d'atterrissage. C'est le moment que nous redoutions tous sans rien dire depuis Le Bourget : les Arabes sont supposés bloquer Israël par air et par mer, et l'État juif n'a pas encore d'armée de l'air. Mais il n'y a pas d'avion syrien ni égyptien en vue. Le plus dur est passé quand on sent le choc des roues sur la piste ; désormais on peut s'installer tranquillement dans une autre guerre : de nouveau l'obscurcissement, le hurlement des sirènes, les jeunes filles en sueur sous l'uniforme et les positions préparées à l'avance.

La réverbération du soleil sur la mer, les ombres raides et fragiles des palmiers sur le sable donnent en silence la réponse du monde minéral et du monde végétal à ce nouveau venu dans l'évolution, le cerveau de l'homme.

L'aéroport. Quand nous nous glissons un par un par la petite porte du Dakota, les appareils photographiques crépitent et les caméras ronronnent. L'État d'Israël est âgé d'exactement dix-huit jours, si bien que tout ce qui s'y passe est un événement historique et que tous les gens qui y débarquent sont des importants. Ravis, nous nous dandinons vers la douane.

L'aérodrome de Haïfa est le premier aéroport de l'État nouveau-né et jusqu'ici son unique lien avec le monde extérieur. Les indications qui portent Douane, Passeports, Police, Hommes et Dames en caractères hébraïques sont fraîchement peintes, et la peinture est encore humide. L'officier d'immigration vient d'être nommé et n'a pas encore d'uniforme; le douanier non plus; ni les soldats. Tous les fonctionnaires, civils et militaires, portent la même tenue : une chemise et des shorts kaki. Les nouveaux fonctionnaires de l'aéroport sont tous aimables, affolés et maladroits. C'est la bureaucratie à l'état larvaire, qui n'a pas encore eu le temps de se momifier dans le cocon des règlements. Ils apprendront vite à refuser les explications avec une politesse glaciale, à fouiller dans les chemises sales des voyageurs et à jouer les Élohims en miniature. Mais, pour l'instant, tout est encore dans un état de pagaille et d'innocence comme au premier jour de la création, avant que les cieux eussent été séparés de la terre, quand les officiers d'immigration, voguant par le chaos sur de petits nuages, offraient des cigares et de la fine aux voyageurs. Celui qui examine nos passeports essaie visiblement de se prendre au sérieux, mais il n'y arrive pas.

Il regarde nos visas, il les dévore des yeux. Ces visas sont une preuve de plus qu'Israël a atteint la dignité d'un État sérieux. Le visa de M. et le mien sont parmi les dix premiers accordés par les représentants du Gouvernement provisoire d'Israël à Paris et sont numérotés 5 et 7. Nous les avons montrés le soir de notre arrivée à quelques blessés de la Haganah à l'hôpital militaire d'Haïfa. Ils les ont regardés comme des enfants regardent un nouveau jouet. Nous avons trouvé plus tard la même expression ravie sur les visages des gens qui regardaient les premiers billets de banque d'Israël, les premiers avions marqués de l'étoile de David, le nouveau drapeau et le premier ambassadeur étranger présentant ses lettres de créance au gouvernement. Ils n'en reviennent pas que ce soit de vrais avions, de vrais drapeaux et de vrais ambassadeurs.

On connaît l'histoire du sioniste américain qui vantait aux autres Juifs américains les merveilles accomplies par les pionniers en Palestine — les marais asséchés, le désert refleuri, et caetera — mais n'y était jamais allé. Après avoir fait pendant trente ans une propagande enflammée, il se décida enfin à y faire un tour. Quand il vit le premier village juif, il se tut un instant, l'air effaré. Puis il demanda timidement à ceux qui l'accompagnaient : « Mais vous voulez donc me faire croire que tout ce que j'ai raconté était vrai ? »

Les citoyens d'Israël se frottent les yeux. Cela n'arrive pas souvent qu'un rêve devienne réalité.

Dimanche 6 juin, Tel-Aviv

Ce matin, nous sommes partis en taxi pour Tel-Aviv, et, en regardant la circulation sur la route de la côte, je me crus une fois de plus à la guerre d'Espagne, dix ans plus tôt. La route grouillait de camions et d'autocars réquisitionnés où s'entassaient des soldats : ils chantaient debout dans les camions.

Quelques-uns des camions sont recouverts d'un blindage de fortune et d'autres garnis de protections bizarres qui essaient de les faire ressembler à des tanks. La plupart des soldats n'ont ni fusils ni musettes. C'est tout à fait comme la route de Valence à Madrid en 1936. Tout porte le signe de l'improvisation, de l'enthousiasme et de la pagaille.

Les soldats sont jeunes, tous ont la figure hâlée, tous sont enthousiastes. Les miliciens espagnols étaient pareils, les partisans yougoslaves étaient pareils, et aussi les soldats de la Révolution française. Il n'y a que les armées révolutionnaires pour connaître cette exubérance. Ils se battent comme des démons et, quand la panique s'y met, ils courent comme des lièvres. Ils ne sont pas blasés comme les soldats des armées régulières chez qui la rouspétance est une marque de dignité.

Quelques villages, le long de la route, sont encore peuplés d'Arabes. Il y en a même quelques-uns qui travaillent dans les champs, et une petite vieille arabe vend des oranges aux soldats juifs qui passent sur la route. L'armée juive rassemblera les villageois, fera sauter les maisons et mettra les jeunes gens dans les camps de concentration ; les vieux attacheront un matelas et une cafetière de cuivre sur le dos de l'âne ; la vieille le conduira par la bride, le vieux montera dessus, enveloppé dans son burnous, et, perdu dans une méditation profonde, regrettera d'avoir manqué l'occasion de violer le plus jeune de ses petit-fils.

Lundi 7 juin, Tel-Aviv

Depuis que nous sommes arrivés ans la capitale, j'éprouve de façon encore plus aiguë cette sensation d'irréel. Nous avons eu nos premières alertes ; nous avons regardé les gens creuser des abris et nous avons lu les communiqués. Mais lire en hébreu biblique que nos troupes ont amélioré leurs positions autour du mont Chanaan et qu'il n'y a rien à signaler au lac de Galilée, cela fait un drôle d'effet. On a du mal à se persuader qu'Israël est un État véritable, que c'est une armée et une guerre véritables. C'est sans doute la guerre la plus invraisemblable de l'Histoire moderne.

Mais, si tous ces événements ont quelque chose d'insaisissable c'est aussi pour une autre raison. Ce dont nous sommes témoins ici, c'est de l'inverse de Pompéi. A Pompéi, les écoliers qui jouaient aux billes ont été soudain saisis par des flots de lave pétrifiés et transformés en statues.

Les catastrophes créées par l'homme, agissent de la même manière. Le bras levé de Danton se fige dans une statue de bronze. Le foie de Napoléon et le nez de Cléopâtre appartiennent en même temps au quotidien et à l'histoire. Les acteurs sont généralement inconscients du rôle qu'ils y jouent. Ils ne se rendent pas exactement compte du point au niveau duquel se rencontrent les deux plans, ni comment leurs idiosyncrasies personnelles se transforment en légende. Mais ici, à Tel-Aviv, tout le monde a conscience de vivre un Pompéi à rebours. On sait que tout ce qui se passe maintenant sera conservé pour l'éternité. Même les écoliers qui jouent aux billes sentent, penchés sur eux, les spectres des Macchabées.

CHAPITRE XXIV

A la croisée des chemins

Je restai en Israël tout au long de la guerre d'Indépendance (comme correspondant spécial du New York Herald Tribune, *du* Manchester Guardian *et du* Figaro*) puis retournai en France où j'écrivis* Analyse d'un miracle, *une histoire de la Palestine de 1917 à 1949. Voici un extrait de la préface :*

Le livre que voici comprend trois parties : *Analyse, Reportage* et *Vue d'ensemble.* La première partie est l'examen critique des événements qui ont conduit à la fondation de l'État d'Israël. Elle est écrite d'un point de vue particulier qui souligne le rôle joué dans l'histoire par les préjugés irrationnels. La deuxième partie est destinée à donner au lecteur un compte rendu de la guerre de libération et de la vie quotidienne du nouvel État. J'ai essayé de rendre le mouvement et la couleur, et j'espère n'être pas tombé dans le Technicolor.

La troisième partie s'efforce d'offrir au lecteur une vue d'ensemble de la structure politique et sociale, des tendances culturelles et des perspectives d'avenir de l'État juif.

J'ai vécu en Palestine de ma vingtième à ma vingt-troisième année ; j'y suis retourné depuis à intervalles assez réguliers, et j'ai eu chaque fois l'occasion non seulement de me rendre compte des changements, mais aussi de faire le point de mon attitude personnelle. La dernière phase de ce pèlerinage dans le dédale des passions et des idées est résumée dans l'épilogue.

Les conclusions de cet épisode me semblaient aller de soi à cette époque (c'est toujours vrai aujourd'hui) ; je ne prévoyais ni l'émotion ni les longues polémiques qu'elles suscitèrent. Ceci me conduisit l'année suivante à donner à cet épilogue les dimensions d'un essai intitulé Juda à la croisée des chemins [1]. *Les citations que*

1. Publié dans *l'Ombre du dinosaure* (1955). On peut pourtant en trouver une autre version dans l'anthologie *L'An prochain à Jérusalem — Portrait du Juif au XXe siècle,* édition Douglas Villiers, Londres et New York, 1976, dont j'ai pris quelques passages pour les insérer dans le texte suivant.

j'en ferai sont assez longues car j'estime que trente ans plus tard, son message est toujours d'actualité.

JUDA À LA CROISÉE DES CHEMINS[1]

Le martyre des Juifs raye comme une hideuse cicatrice la face de l'histoire de l'humanité. La résurrection de l'État d'Israël offre pour la première fois depuis deux mille ans une solution possible au problème juif. Jusqu'ici, le destin de Juda était au pouvoir des Gentils. A présent, il repose entièrement entre ses propres mains : le Juif errant est arrivé à un carrefour, et les conséquences de son choix d'aujourd'hui se feront sentir pendant des siècles.

Quand l'État d'Israël proclama son indépendance, les Juifs dans le monde entier se réjouirent, et continuèrent leur vie comme si de rien n'était. Ils ne se rendirent pas compte que cet événement historique leur impose un choix fatal. Ils ont à choisir entre devenir citoyens d'Israël ou cesser d'être Juifs au sens national, religieux, ou autre, de ce mot. Le choix est imposé par la conjoncture historique et par le contenu essentiel de la tradition juive elle-même.

La suprême marque distinctive du Juif n'est pas sa race, sa langue ou sa culture, mais sa religion. Elle le définit officiellement Juif dès sa naissance, c'est la source originelle de ses particularités sociales et culturelles et de la conscience qu'il a de lui-même en tant que Juif.

Toutefois, différente en cela de toutes les autres, la religion mosaïque est liée de façon inséparable à l'idée d'une nation. L'on peut être un catholique ou un protestant, un musulman ou un bouddhiste, indépendamment de toute nationalité ou race. Mais la foi juive implique l'appartenance à une nation historique avec une terre à elle, dont elle a été provisoirement exilée. Le christianisme et l'islam n'exigent de leurs fidèles que l'acceptation de certaines doctrines et règles morales qui transcendent les frontières et les nations ; le Juif croyant professe appartenir à une race élue, la semence d'Abraham, d'Isaac et de Jacob avec laquelle Dieu a conclu une alliance incluant la promesse d'un traitement de faveur et d'une patrie géographique. « Béni soit le Seigneur, notre Dieu, qui conduisit nos pères hors de l'esclavage en Égypte » — la personne qui récite cette prière se réclame d'une hérédité raciale (à tort ou à raison, du point de vue biologique) qui l'exclut automatiquement du passé racial et historique du peuple au milieu duquel il vit. Si l'on compare entre elles les fêtes religieuses chrétiennes et

1. Cet essai est la conclusion d'un certain nombre d'idées et de propositions exprimées dans *Analyse d'un miracle*. J'ai utilisé ici des passages de cet ouvrage et de mon roman *la Tour d'Ezra*, sans mettre les citations entre guillemets.

juives, l'on découvre une différence significative : les chrétiens célèbrent des événements mystiques ou mythologiques, les Juifs commémorent les faits importants d'une histoire nationale : la révolte des Macchabées, la sortie d'Égypte, la mort de leur persécuteur Aman, la destruction du Temple. L'Ancien Testament est d'abord et surtout le livre d'histoire d'une nation ; chaque prière, chaque pratique rituelle renforce chez le Juif la conscience de son identité nationale. L'affirmation que le judaïsme est « une religion comme les autres, une affaire privée qui n'a rien à faire avec la politique ou la race » est ou une hypocrisie ou une contradiction dans les termes. *La religion juive est nationalement et racialement séparatiste.*

A la fin du repas de Pâques, les Juifs, dans le monde entier, lèvent depuis deux mille ans leur verre et boivent un toast sacré à « l'an prochain à Jérusalem ».

Sa foi oblige le croyant juif à se considérer comme un individu dont le passé et l'avenir national diffèrent de ceux des Gentils parmi lesquels il vit. L' « Anglais de religion juive » devient une contradiction dans les termes. Membre de la race élue, provisoirement exilé de sa Terre Promise, il n'est pas un Juif anglais, mais un Juif habitant l'Angleterre. Ceci est vrai non seulement des sionistes conscients, mais de tous les membres de la communauté juive qui, quelle que soit leur attitude à l'égard du sionisme, sont obligés, par les articles de leur foi, à se considérer comme les membres d'une race séparée avec un passé, un avenir national séparés... Le fait qu'ils sont inconscients ou seulement à demi conscients des implications séculières de leur croyance, et que la majorité d'entre eux rejettent avec indignation « la discrimination raciale » quand celle-ci émane de l'autre camp, ne fait que rendre la tradition juive encore plus paradoxale.

La discrimination raciale s'exerce en effet des deux côtés. La tendance, même des Juifs libéraux et instruits, à rechercher la compagnie les uns des autres, à rester entre eux dans le mariage et la vie mondaine, n'est due qu'en partie à la pression d'un entourage hostile. La tradition à caractère ethnique et national est un facteur tout aussi important.

Un autre symptôme du caractère discriminatoire du judaïsme est l'attitude juive envers les Gentils. Vingt siècles de persécutions ont forcément laissé des traces de suspicion et d'hostilité défensive, nous ne le discutons pas ; le fait est trop évident pour ne pas l'admettre. Mais l'attitude juive à l'égard de l'étranger en Israël porte un élément originel de rejet plus ancien, historiquement, que les ghettos, et qui remonte à l'exclusivisme de la tribu présent dans la religion mosaïque. Le mot hébreu de *goy*, qui désigne le non-Juif, ne signifie pas simplement païen ou « incroyant » ; il ne désigne pas une âme susceptible de salut ou un corps susceptible d'être admis dans la communauté après avoir acquis la vraie foi. Le « goy » correspond plutôt au « Barbare » des Grecs, à nos « indigènes » et « aborigènes ». Il se réfère à une distinction non pas religieuse, mais raciale et ethnique. Malgré l'injonction assez rare et tiède d'être bon pour l'étranger en Israël, le goy est traité, dans l'Ancien Testament, avec un mélange d'hostilité, de mépris et de pitié, comme un être légèrement au-dessous de l'humain. Au cours des siècles qui se sont écoulés depuis lors, le concept du goy a perdu un peu du contenu émotionnel dont le chargeaient les sentiments de la tribu, mais il ne s'est jamais entièrement débarrassé de son écho péjoratif. Dans les ghettos de Pologne, les jeunes gens chansonnaient le goy ivre dans des termes dont l'esprit n'était pas plus noble que les brocards antisémites sur les youtres et les youpins. Une minorité persécutée a, certes, des excuses quand elle paye l'hostilité et le mépris avec la même monnaie, mais ce que je voudrais montrer, c'est le cercle vicieux devant lequel nous nous trouvons, et qu'une religion prétendant de façon séculaire à l'exclusivité raciale crée forcément des répercussions séculaires : la religion du Juif le place à part et invite à le placer à part. L'élément archaïque, qui relève de la tribu, engendre l'antisémitisme au même niveau archaïque. Il n'est pas d'instruction, de tolérance, de protestations indignées, de pieuses exhortations capables de briser ce cercle vicieux.

« L'antisémitisme est une maladie qui se répand apparemment selon ses propres lois : je crois que la seule cause fondamentale de l'antisémitisme — cela peut paraître tautologique — est l'existence du Juif. L'on dirait que, où que nous allions, nous transportons l'antisémitisme dans notre besace. » Cela fut dit par le P^e^ Chaim Weizmann, premier président de l'État juif ressuscité, résumant le calvaire de vingt longs siècles. Espérer lui voir prendre fin au XXIe siècle, c'est aller contre toute évidence historique et psychologique. Il ne finira qu'avec la fin même du judaïsme. Mais ni le président Weizmann ni aucun des dirigeants juifs de notre temps n'ont eu le courage de regarder ce fait en face et d'en parler ouvertement.

La marque distinctive générale du Juif, celle qui fait de lui un Juif sur ses papiers d'identité et aux yeux de ses concitoyens, c'est sa religion ; or, la religion juive, différente en cela de toute autre, est racialement discriminatoire, nationalement séparatiste, socialement créatrice de tension. Une fois ce fait fondamental, prouvé par les cinq volumes de l'Ancien Testament, et deux mille ans d'histoire fermement et indiscutablement admis dans notre esprit, et vaincue la résistance inconsciente à reconnaître sa réalité, alors le premier pas vers la solution du problème sera accompli.

Distinguons trois catégories de Juifs : *a)* la minorité de croyants orthodoxes ; *b)* le groupe, plus nombreux, d'adhérents d'une version plus libérale et adoucie de la religion mosaïque ; *c)* le groupe, le plus nombreux de tous, d'agnostiques qui, pour des raisons complexes de tradition ou de fierté, persistent à se faire appeler « Juifs », eux et leurs enfants.

Les croyants orthodoxes en dehors de l'État d'Israël sont une petite minorité qui va diminuant. La citadelle du judaïsme orthodoxe était l'Europe orientale : où la fureur nazie atteignit son point culminant et les effaça presque complètement de la surface de la terre. Les survivants dispersés, et les petits groupes orthodoxes des États-Unis, comptent surtout de vieilles personnes. L'orthodoxie est agonisante dans le monde occidental, et le gros des communautés strictement traditionnalistes d'Afrique du Nord, du Yémen, de Syrie et d'Irak émigrent en Israël.

Ainsi donc, en tant que groupe social, ce qui reste du judaïsme orthodoxe n'a plus guère de poids. Mais sa position est symbolique. Depuis l'incendie du Temple, les Juifs n'ont jamais cessé de prier pour la restauration de l'État juif. Le 14 mai 1948, leur prière a été soudain exaucée. Or, la conséquence logique d'une prière exaucée est qu'elle cesse d'être répétée. Mais si les prières de ce genre ne sont plus prononcées, si l'aspiration mystique au retour en Palestine est éliminée de la religion juive, alors les fondations et l'essence même de cette religion disparaîtront avec elles. Rien n'empêche aujourd'hui un Juif orthodoxe d'obtenir un visa au consulat israélien, et de prendre un passage sur un bateau pour Israël. Il a donc le choix entre être « l'an prochain à Jérusalem » ou cesser de répéter un vœu qui n'est plus que de pure forme.

En fait, la majeure partie des prières, rites et symboles du judaïsme ont perdu leur sens depuis la restauration de l'État juif. Y persister à l'avenir serait aussi anachronique et absurde que si les chrétiens persistaient à se réunir en secret dans les catacombes ou les luthériens à se cacher pour lire la Bible. La proclamation de l'indépendance de l'État d'Israël affirme que celui-ci « sera ouvert aux Juifs de tous les pays de leur dispersion ». La veille du sabbat, la corne de bélier sonne de nouveau dans les rues de Jérusalem pour appeler les fidèles au service divin. Le Seigneur d'Israël a observé l'Alliance et rendu Canaan à la postérité d'Abraham. Le Juif orthodoxe ne peut plus dire, selon le terme rituel, qu'il vit « en exil », à moins qu'il ne parle d'un exil volontaire fondé sur des considérations économiques qui n'ont rien à faire avec la religion. La position orthodoxe présente sous une forme extrême le dilemme qui se retrouve dans toutes les versions libérales et réf,rmées du judaïsme. Je me suis étendu sur le caractère eésentiellement racial et national de la religion juive. Toute réforme, si libérale soit-elle, qui tend à éliminer ce contenu spécifique du judaïsme en éliminerait l'essence même. Otez l'idée de « race élue », la prétention généalogique de descendre d'une des douze tribus, l'intérêt de la Palestine en tant que foyer d'un glorieux passé, et les souvenirs de l'histoire nationale perpétués dans les fêtes religieuses ; ôtez la promesse d'un retour en Terre Sainte, et il ne resterait qu'une série d'ordonnances alimentaires archaïques et de règlements de tribus. L'on n'assisterait pas à la réforme d'une religion, mais à son émaciation complète.

Considérons maintenant la situation de la vaste majorité des Juifs contemporains qui regardent la foi de leurs ancêtres d'un esprit affranchi ou sceptique, mais qui, pour des raisons complexes, persistent à confirmer leurs enfants dans cette foi et leur imposent le « séparatisme » qu'elle comporte.

Chose paradoxale, c'est ce type de Juif vague, incapable de définir son judaïsme en termes raciaux ou religieux, qui perpétue la « question juive ».

Pour traiter ce problème central, je me référerai fréquemment à la série d'articles d'Isaiah Berlin intitulé : « Esclavage et émancipation juive », qui est considéré comme un classique de la question. Berlin commence par reconnaître qu' « il n'y a pas d'argument à opposer à des Juifs vraiment pieux pour qui la préservation du judaïsme en tant que religion est un devoir absolu auquel tout, et la vie même, doit être sacrifié sans hésitation », et plus loin, émet l'opinion que, pour ces Juifs totaux, la seule solution logique est l'immigration en Israël. Il traite ensuite de la catégorie « indéfinie » et dit :

« ... Mais il n'est pas aussi irréfutable que ceux qui souhaitent la préservation et la transmission des *valeurs juives* (qui sont généralement moins une foi religieuse véritable qu'un amalgame d'attitudes, d'opinions culturelles, de souvenirs et de sentiments raciaux, d'habitudes personnelles et sociales) soient justifiés à soutenir sans discussion que cette forme d'existence est absolument digne d'être sauvée, fût-ce au prix inouï de sang et de larmes qui a fait de l'histoire des Juifs depuis deux mille ans un atroce martyrologe. Lorsque la foi irrationnelle se trouve ainsi diluée en fidélité à des formes traditionnelles d'existence, celles-ci fussent-elles sanctifiées par l'histoire et par les souffrances et la foi de héros et de martyrs à chaque génération, l'on ne peut plus se permettre d'écarter sans plus ample informé la possibilité d'autres solutions [1]. »

La seule alternative à la perpétuation du séparatisme juif pour cette majorité indéfinie qui a dépassé le nationalisme juif et la religion juive, est de renoncer à ceux-ci pour se laisser absorber, socialement et culturellement, par le milieu environnant. Tout ce que j'ai dit plus haut conduit à cette dure mais inévitable conclusion.

Toutefois les résistances psychologiques qui s'y opposent sont énormes. Les ressorts de cette résistance se trouvent dans un trait humain général : le désir d'esquiver un choix pénible. Non moins importants, toutefois, sont les facteurs sentimentaux, l'orgueil spirituel, le courage civique, la crainte d'être accusé d'hypocrisie ou de lâcheté, les cicatrices des blessures infligées dans le passé, la répugnance à renoncer à un destin mystique, une mission spécifiquement juive.

Il faut admettre que, psychologiquement, les Juifs ont toutes les excuses à se montrer émotifs, illogiques et susceptibles sur la question de la renonciation, même s'ils sont incapables de définir à quoi exactement ils répugnent à renoncer. Mais il faut aussi admettre que, si tout homme a le droit, en ce qui le concerne, d'agir de façon irrationnelle et contraire à ses intérêts, il n'a pas le droit d'agir ainsi lorsque c'est l'avenir de ses enfants qui est en jeu. Je voudrais montrer clairement ici que toute mon argumentation et les conclusions pratiques qui en découlent visent non pas la génération

1. *Jewish Chronicle*, juin 1950.

présente mais la prochaine. Les décisions que les hommes et les femmes élevés dans la communauté juive ont à prendre ne concernent pas leur propre situation mais l'avenir de leurs enfants. Une fois ce point bien établi, un grand nombre des objections que l'on fait à l'assimilation tombent d'elles-mêmes.

Je considérerai maintenant certaines de ces objections qui se sont élevées depuis que j'ai, il y a plusieurs années de cela, proposé pour la première fois la solution préconisée ici. Elles se résument dans les questions qui m'ont été posées par un rédacteur de la *Jewish Chronicle* de Londres après la publication de mon livre *Analyse d'un miracle*, dans lequel j'avais commencé à traiter ce sujet. Le rédacteur était Mr. Maurice Carr, et l'interview dont j'extrais les passages ci-dessous a paru dans l'hebdomadaire officiel du judaïsme britannique sous le titre « la Renonciation d'Arthur Koestler [1] ». L'article s'ouvrait par une longue note d'introduction de Mr. Carr :

... Je désirais obtenir (les commentaires de l'auteur) à l'épilogue de son livre Analyse d'un miracle *dont le message peut se résumer dans ce bref passage :*

« L'existence de l'État hébreu... place chaque Juif vivant hors d'Israël devant un dilemme qui deviendra de plus en plus aigu. Il a le choix entre devenir un citoyen de la nation hébraïque, ou renoncer à toute prétention consciente ou implicite à une nationalité séparée. »

... Si telle était véritablement l'opinion d'Arthur Koestler, il me semble qu'il se plaçait ainsi, qu'il le voulût ou non, dans la mauvaise compagnie des anti sémites professionnels qui, avec la logique de la violence, barbouillent les murs de ce slogan : « Les Juifs en Israël ou au four crématoire !... » La qualité ineffable du judaïsme qui a survécu à tant d'orages résistera, n'en doutons pas, à l'assaut que lui livre Arthur Koestler.

Question. — Quand vous déclarez catégoriquement que le Juif errant doit décider ou de devenir un Israélien ou de renoncer entièrement à son judaïsme, pensez-vous en termes éloignés ou immédiats ?

Réponse. — Je pense que ce choix doit être fait sur-le-champ, dans l'intérêt de la prochaine génération. Le moment est venu pour chaque Juif de se demander : Est-ce que je me considère comme un membre de la race élue destiné à sortir d'exil et rentrer en Terre promise ? Autrement dit : Est-ce que je désire émigrer en Israël ? Et, sinon, quel droit ai-je à continuer à m'intituler Juif et, par là, à infliger à mes enfants les stigmates de l'étranger ? L'on est obligé d'admettre, à moins de partager les théories raciales des nazis, qu'il n'existe pas de pure race juive. La principale marque distinctive du Juif est sa religion. Mais cette religion perd tout sens si l'on continue à prier pour le retour à Sion quand on est fermement résolu à n'y pas aller. Que reste-t-il alors de votre judaïsme ? A peu près rien, en dehors de l'habitude de vous considérer vous-même et d'être considéré par les autres comme un étranger. Mais vous condamnez par là vos enfants aux pressions malsaines de l'entourage qui, au mieux, font plus ou moins gravement obstacle à leur développement intérieur et à leur carrière publique, et, au pire, conduisent à de nouveaux Belsen, à de nouveaux Auschwitz.

1. *Jewish Chronicle*, 5 mai 1950.

Q. — Votre hâte à proclamer la nécessité de ce choix entre Israël et l'abandon total du judaïsme est-elle attribuable à la crainte de nouveaux Belsen et de nouveaux Auschwitz ?

R. — L'antisémitisme grandit. Même les Britanniques en ont été récemment affectés, malgré leur tolérance traditionnelle, sinon ils n'auraient pas avalé la politique de Mr. Bevin en Palestine. Mais, à mon avis, ce n'est pas tant du danger des pogroms que du mal profond des pressions d'un milieu anormal que le Juif errant doit se sauver lui-même et préserver les futures générations.

Q. — Ne vous êtes-vous pas avisé qu'en poursuivant ce mirage de la « normalité » et de la sécurité, le judaïsme renonçant sacrifierait le génie juif ; et ne trouvez-vous pas, d'un point de vue plus largement humaniste, que la perte de l'héritage juif et des talents juifs dépasserait tous les gains escomptés ?

R. — Il n'y a pas de doute que le stimulant de la pression du milieu environnant a produit une plus grande proportion d'intellectuels parmi les Juifs que dans les nations qui les hébergent. Ce phénomène de « surcompensation » est connu du psychologue aussi bien que de l'historien, voyez en particulier Adler et Toynbee. Nous savons également que la plupart des grands hommes dans la littérature, l'art, la politique, la religion, ont eu une enfance malheureuse, ont été solitaires et incompris, et que leurs créations ont été dues en partie à leurs réactions à ces pressions stimulantes. Mais allez-vous recommander aux parents de faire volontairement à leurs enfants une enfance malheureuse dans l'espoir de produire un Einstein, un Freud ou un Heine ? Certes, abolir toute la souffrance du monde c'est abolir la chance de produire des personnalités exceptionnelles. Mais en somme, sur mille individus soumis à des pressions pénibles neuf cent quatre-vingt-dix-neuf présenteront des difformités de caractère, et un seul deviendra peut-être un personnage admirable. Je rejette comme absolument indéfendable le vague sentiment juif qui s'exprime dans cette phrase : « Nous devons continuer à être persécutés afin de produire des génies. »

Quant à l'héritage culturel juif, les Écritures et les apocryphes sont devenus propriété commune de l'humanité. Le Talmud n'a plus d'intérêt aujourd'hui que pour un petit groupe étroitement spécialisé. En imposer l'étude, et celle de l'exégèse biblique, à tous les enfants juifs, est aussi absurde et stérile que de vouloir obliger tous les petits chrétiens à étudier la scholastique du moyen âge. En tant que culture profane, vous avez surtout la littérature yiddish moderne, mais le yiddish a été tué en même temps que ceux qui le parlaient en Europe orientale, et je ne pense pas que vous puissiez défendre sa survivance en Amérique plus que celle de l'ukrainien. Le seul foyer légitime naturel pour la préservation et le développement futur d'une culture spécifiquement juive est Israël.

Q. — Comment conciliez-vous votre axiome : « Les moyens justifient la fin » avec votre conseil au Juif errant de se fuir lui-même ? Après les premières lâchetés de l'abdication, le Juif renégat sera inévitablement entraîné à de basses tromperies, à mentir délibérément à lui-même, à ses voisins, à ses enfants, sur son origine juive. Sinon, s'il choisit d'être sincère et dédaigne de dissimuler, ni lui ni ses enfants ne deviendront complètement non Juifs. Ils deviendront des ex-Juifs et c'est tout. Un ex-Juif ne sera-t-il pas une espèce de monstre étranger, certainement méprisé par les Juifs et, selon toutes probabilités, toujours raillé par les antisémites ?

R. — Aujourd'hui, tout Juif a la possibilité d'aller en Israël, ce n'est donc pas une lâcheté de choisir le renoncement au judaïsme, à titre individuel. Le renoncement est devenu volontaire, ce qui n'était pas la cas avant la renaissance d'Israël... S'accrocher à une situation usée de « judaïme négatif » par pure obstination ou par peur d'être traité de lâche est en soi une forme invertie de lâcheté que des enfants innocents devront payer par leurs souffrances. Quant à la vertu de sincérité, c'est précisément elle que je prêche. Je réclame une égale mesure de sincérité du Juif qui opte pour « l'an prochain à Jérusalem » et de celui qui choisit la renonciation. Celui qui abandonne le judaïsme ne devrait rien en cacher à ses enfants ; il faut simplement qu'il ne les tourmente pas prématurément de ce chef. Tout revient à une affaire de tact et de délicatesse, un peu comme le problème de l'éducation sexuelle.

Q. — De tous les Juifs persécutés par Hitler, aucun n'a éprouvé un désespoir aussi affreux que ceux qui croyaient avoir dépouillé toute trace de leur judaïsme ou de celui de leur père ou de leur grand-mère. Sous une forme ou sous une autre, un sort également cruel — bien pire que celui qui peut jamais frapper un vrai Juif — ne risque-t-il pas d'atteindre ces soi-disant ex-Juifs ?

R. — Quoi qu'on fasse dans la vie, il y a toujours un risque que quelque chose tourne mal. Mais je suis sûr que, dans l'ensemble, le monde des Gentils accueillera l'assimilation sincère et totale des Juifs. Des complications individuelles peuvent se produire, surtout à la première et à la seconde génération, mais ensuite, les mariages mixtes aidant, le problème juif disparaîtra progressivement pour le plus grand bien de tous.

Q. — Quelle éducation religieuse proposerez-vous aux enfants des ex-Juifs ?

R. — Je tiens d'abord à préciser que, lorsque je préconise la renonciation à la religion juive de ceux qui ne sont pas disposés à vivre selon ses principes (c'est-à-dire à retourner en Terre promise), je ne préconise, certes, nullement leur conversion à une autre religion — à moins qu'ils ne s'y sentent spirituellement et sincèrement attirés. Ce serait là une basse hypocrisie. Mais je propose avec la même netteté que les *enfants* de ces « ex-Juifs » qui ne sont encore voués ni à l'esprit ni à la lettre de la foi juive abandonnée par leurs parents soient élevés comme les enfants qui les entourent. Ne les marquez pas comme des êtres différents et laissez-les prendre leurs décisions en matière de religion quand ils auront atteint l'âge adulte. Pour parler brutalement, je considère comme un crime, de la part de parents qui ne croient pas à la doctrine juive et ne vivent pas selon ses commandements, d'imposer les stigmates d'une « différence » à un enfant sans défense qui ne les a pas demandés.

Q. — Ne trouvez-vous pas qu'il y a quelque chose de bas et d'humiliant dans une reddition aussi conformiste de la minorité à la majorité ? Sans croire en rien au catholicisme, par exemple, l'ex-Juif enverra ses enfants dans une école de Jésuites. Il devra enterrer vivantes ses traditions et ses souvenirs, or ces souvenirs incluent malheureusement de cruelles persécutions dont les auteurs sont dans les rangs qu'il rallie aujourd'hui sans y être invité. N'est-ce pas vraiment trop demander ?

R. — Commençons par votre dernière question, le souvenir des persécutions passées : vous ne demandez tout de même pas qu'on attise les rancunes et perpétue les vieilles haines ! Certes, il n'est jamais facile de rompre avec le passé, de rejeter les traditions et les souvenirs. Mais des millions d'immigrants américains l'ont fait sans trop d'efforts.

Q. — Vous considérez-vous toujours comme un Juif ? Souhaitez-vous que les autres vous considèrent comme n'étant plus Juif ?

R. — En ce qui concerne la religion, les Dix Commandements et le Sermon sur la

Montagne sont pour moi aussi inséparables que la racine et la fleur. En ce qui concerne la race, je n'ai aucune idée, et je m'en moque, du nombre d'Hébreux, de Babyloniens, de légionnaires romains, de croisés chrétiens et de nomades hongrois qui peuvent se trouver parmi mes ancêtres. Je considère comme une circonstance purement fortuite le fait que mon père appartînt à la religion juive, mais j'avais le sentiment que cela m'obligeait moralement à m'identifier avec le mouvement sioniste tant qu'il n'existait pas d'asile pour les persécutés et les sans foyers. Du moment où Israël fut devenu une réalité, je me sentis libéré de cette obligation et libre de choisir entre le sort d'un Israélien en Israël ou d'un Européen en Europe. Toute mon évolution, toute mon allégeance culturelle étaient du côté de l'Europe. Donc, pour donner une réponse précise à votre question : je me considère d'abord comme un membre de la communauté européenne, ensuite comme un citoyen britannique par naturalisation, d'origine raciale incertaine et mêlée, acceptant les valeurs éthiques et rejetant les dogmes de notre tradition helléno-judéo-chrétienne. Les catégories où les autres me mettent ne regardent qu'eux.

Ainsi se termina cette longue interview, suivie par la la conclusion de Mr. Carr :

« Je crains bien que la pensée d'un grand nombre de Juifs tièdes ne suive plus ou moins consciemment la direction formulée par Arthur Koestler, et la façon dont il « pense tout haut » en leur nom pourrait être d'une grande utilité en attirant l'attention sur une menace en quelque sorte souterraine. »

La publication de cette interview souleva l'indignation générale des lecteurs de la *Jewish Chronicle.* La semaine suivante, le journal publiait cet éditorial ·

« L'interview très provocante de Mr. Koestler récemment publiée dans la *Jewish Chronicle* devrait nous rappeler un fait, évident pour la plupart des femmes juives, à savoir que la citadelle dans laquelle il convient de défendre la foi juive est le foyer domestique... Et l'on n'a encore découvert aucun système de vie quotidienne qui lui soit comparable. Les lois alimentaires sont chaque jour confirmées par d'éminentes autorités médicales : la ménagère juive à travers les âges a su combien de fois elles l'ont protégée, elle et ceux qui lui sont chers, contre les épidémies qui faisaient rage autour d'elle. Devra-t-elle donc, en un temps où le monde a tellement besoin de braves gens, abandonner sa foi et renoncer à son identité et à celle de sa famille, afin que garçons et filles ressemblent à des robots en uniformes, qu'on ne distingue pas les uns des autres ? »

Ce même numéro reproduisait encore de nouvelles lettres de protestation, montrant tristement comment la ferveur religieuse dégénère, sans que le croyant s'en aperçoive, en orgueil racial et en rancune perpétuelle :

« Avec la grande majorité de mes coreligionnaires juifs, hors et dans Israël, j'ai conscience de n'être qu'une unité dans un ensemble de compagnons d'armes, revêtus d'une armure spirituelle, dispersés dans le vaste monde et engagés dans une action défensive farouche et obstinée pour un monde de liberté, de vérité et de justice. Ce combat a commencé il y a à peu près quatre mille ans, le jour où les enfants d'Israël tournèrent le dos à l'Égypte de leur esclavage... Mr. Koestler semble ignorer que le Sermon sur la Montagne a son origine dans la pensée rabbinique, que ce n'est qu'un démarquage de la doctrine juive... »

La semaine suivante, le périodique publiait un nouvel éditorial :

« En fait, le dilemme que pose Mr. Koestler... est fondamentalement faux... Bien que la Terre Sainte doive toujours conserver sa signification unique pour le judaïsme, le message du judaïsme et la mission du peuple juif ne sont pas confinés à la Terre promise, ils ont un caractère universel... Les immortelles espérances messianiques de notre foi nous interdisent de renoncer à notre mission mondiale au service de l'humanité. Plus que jamais aux jours que voici, nous sommes appelés à faire triompher, dans quelque pays que nous habitions, l'idéal juif de justice et de fraternité entre les nations. Il n'est pas facile de partager la conviction de Mr. Koestler qui prétend que la civilisation mondiale n'a pas besoin de cette contribution juive. »

Apparemment l'organe officiel du judaïsme britannique considère toujours « l'idéal de justice et de fraternité » comme un monopole juif ; il appuie son message d'une citation qui date quelque peu : « Et vous serez pour Moi un royaume de prêtres et une nation sainte. » Ce sont précisément les fanfaronnades de ce genre qui ont fait naître la légende des Sages de Sion et qui font croire à une conspiration mondiale juive toujours vivante... Toutefois, cette polémique montra fort utilement le farouche orgueil racial au fond du sac religieux, et servit à révéler la contradiction tragique de l'existence juive. Car comment le monde conciliera-t-il l'attitude de celui qui affirme qu'un Anglais de religion juive est un Anglais comme les autres avec cette déclaration imprimée dans le même numéro du journal : « Être Juif, c'est croire que le passé du peuple juif est votre passé, son présent votre présent, son avenir votre avenir » ?

Je voudrais maintenant développer certains points soulevés dans cette controverse, en essayant de passer du domaine des arguments abstraits à celui des mesures pratiques. Je recourrai pour cela à la forme commode du dialogue imaginaire (en m'appuyant ici sur une série de dialogues réels) :

Q. — Toutes les tentatives faites jusqu'ici par des communautés juives pour s'assimiler entièrement à la nation qu'elles habitent se sont terminées par un échec : l'Allemagne, par exemple. Pourquoi en irait-il autrement cette fois-ci ?

R. — La raison des échecs et des tragédies passées est due au fait que les tentatives d'assimilation ont toujours été faites à demi et sur la supposition erronée que les Juifs pourraient devenir des membres complets de la nation qu'ils habitaient tout en conservant leur religion et en demeurant la race élue. *L'assimilation ethnique est impossible tant que l'on conserve la foi mosaïque : et la foi mosaïque devient insoutenable dans le cas de l'assimilation ethnique.* La religion juive perpétue le séparatisme national, l'on ne peut pas sortir de là.

En revanche, il existe au moins un exemple d'assimilation accomplie sur une grande échelle : les Juifs espagnols qui, il y a environ cinq siècles, embrassèrent le culte catholique pour éviter l'expulsion et qui (à l'exception d'une minorité d'un entêtement héroïque qui continua à pratiquer en secret le judaïsme jusqu'à leur martyre) ont été complètement absorbés, racialement et culturellement, par les Espagnols. Pour citer de nouveau Toynbee : « Il y a toutes raisons de croire qu'il existe aujourd'hui dans les veines ibériques, tant en Espagne qu'au Portugal, une forte proportion du sang des Juifs convertis, principalement dans l'aristocratie et la bourgeoisie. Toutefois le psychanalyste le plus subtil aurait du mal, si on lui présentait des exemples d'aristocrates et de bourgeois espagnols et portugais d'aujourd'hui, à reconnaître ceux qui eurent des ancêtres juifs. »

Q. — Vos arguments s'appuient sur l'hypothèse que la seule ou tout au moins la principale marque distinctive du Juif est sa religion. Que dire alors de la race, des traits physiques et de ces particularités du caractère et du comportement juifs malaisés à définir et cependant faciles à reconnaître ?

R. — L'anthropologie raciale est un domaine vague et discuté, mais les anthropologistes sont au moins à peu près d'accord sur deux points, à savoir : *a*) que la tribu biblique appartenait à la branche méditerranéenne de la race caucasienne, et *b*) que la masse mêlée d'individus dispersés dans le monde entier et qu'on désigne sous le nom de « Juifs » est, du point de vue racial, un groupe extrêmement mélangé, qui n'a qu'un rapport très lointain, et dans beaucoup de cas aucun rapport du tout, avec cette tribu. Le contraste entre le Juif du Yémen, petit, crépu, à peau sombre, qui ressemble à un Arabe, et son coreligionnaire scandinave est éclatant.

Les illusions tombées, tout ce qui survit de la race biblique est probablement un noyau de gènes statistiquement peu importants qui, dans certaines communautés juives séparées où régnaient les mariages consanguins, continuèrent à émerger selon la loi de Mendel dans des nez busqués et des prunelles nostalgiques. Mais même en ce qui concerne ces traits de physionomie, il est extrêmement difficile de faire la part de l'hérédité proprement dite et de l'influence du milieu. Les modifications à peu près analogues chez tous du visage des prêtres vivant dans le célibat, des acteurs, des forçats, et autres « types professionnels », pourraient être facilement prises pour des caractéristiques raciales ; et la ressemblance croissante qu'on constate entre de vieux époux est une confirmation également surprenante du modelage des traits par le milieu partagé.

Passons de l'aspect physique aux habitudes et particularités mentales des Juifs. Celles-ci varient si considérablement d'un pays à l'autre que nous pouvons les considérer comme le produit d'un héritage social et non pas biologique. L'horreur juive de l'ivrognerie, par exemple, est le résidu inconscient de siècles vécus dans des conditions précaires qui exigeaient prudence et sobriété ; le Juif portant l'étoile jaune sur son dos, obligé de se tenir continuellement sur ses gardes, regardait avec un mépris amusé ou effrayé les excentricités du goy soûl. La répugnance à l'alcool et à toute autre forme d'excès, de folie et de débauche, se transmit des parents aux enfants pendant des générations jusqu'au président du Conseil français buveur de lait [1], et aux propriétaires abstinents des vignes du château-lafite.

La casuistique juive, les cheveux coupés en quatre et l'ergotage remontent sans doute aux exercices talmudiques qui, jusqu'à ces tout derniers temps, dominaient l'emploi du temps des écoles juives ; comme le remarquait un brillant biographe de Marx, la dialectique doit autant au passé rabbinique de Marx qu'à Hegel [2]. Le génie financier et commercial des Juifs est évidemment la conséquence du fait que, jusqu'à la fin du XVIIIe siècle et, pour certains pays, bien avant dans le XIXe, la plupart des professions normales étaient interdites aux Juifs ; les raisons pour lesquelles les Juifs participent aux arts et aux lettres en interprètes plus qu'en créateurs ont été analysées de façon très complète dans l'essai d'Isaiah Berlin.

Nous avons donc ici un petit « noyau » un peu hypothétique de caractéristiques juives dans le sens de l'hérédité biologique et un vaste ensemble de caractéristiques juives physiques et mentales dues au milieu et transmises par l'héritage social. Les traits biologiques et les traits sociaux sont trop complexes et diffus les uns et les autres pour identifier le Juif en tant que Juif avec une certitude même la plus approximative ; l'épreuve décisive et la marque d'identification officielle demeurent sa religion.

Question. — Quand bien même l'on admettrait tous vos arguments, les parents juifs n'en éprouveraient pas moins une profonde répugnance, une répulsion spirituelle esthétique, à l'idée d'élever leurs enfants dans une foi à laquelle ils ne croient pas eux-mêmes.

Réponse. — Ma demande s'adresse à des parents qui ne croient pas davantage à la religion juive ; à cette vaste majorité d'agnostiques et de presque agnostiques qui acceptent les valeurs éthiques de notre héritage judéo-chrétien et rejettent toute doctrine rigide. Le parti convenable à prendre pour des parents qui rejettent tout dogme est de dire : « Si mon enfant doit être élevé dans une religion définie, eh bien, que ce soit celle de ses camarades d'études et de jeux et non pas une doctrine raciale archaïque qui le met à l'écart, le marque comme un bouc émissaire et lui donne des complexes mentaux.

Ce qui importe, c'est qu'il ne parte pas défavorisé. »

1. Mendès France.
2. Léopold Schwarzschild, *le Prussien rouge.*

Q. — Vos arguments trahissent à l'égard des questions religieuses une attitude utilitaire que je trouve cynique et inconvenante.

R. — Uniquement parce que vous souffrez du complexe de culpabilité de l'agnostique qui est incapable de garder une croyance dogmatique et le regrette. Je soupçonne qu'il en va ainsi de nous tous, enfants de l'âge post-matérialiste, remplis d'aspirations transcendantes, de nouveau conscients d'un ordre de réalité plus élevé et extrasensoriel, et cependant trop honnêtes pour en accepter aucune version dogmatique comme authentique. Si vous appartenez à cette catégorie, vous considérez certainement vous aussi les récits historiques de la vie de Bouddha, Moïse, Jésus et Mahomet, comme des symboles éternels, comme les archétypes de l'expérience transcendante de l'homme et de ses aspirations spirituelles, et peu importe quelle série de symboles sera enseignée à votre enfant selon le hasard de sa naissance. A mon avis personnel, il est essentiel au développement moral de l'enfant de partir avec une forme de croyance en l'ordre divin dont il commencera par prendre la lettre comme vérité d'Évangile jusqu'au moment où le contenu spirituel mûrira en interprétation symbolique. De ce point de vue — qui est la base de notre discussion, puisque mon argumentation ne s'adresse *pas* au croyant orthodoxe — il revient exactement au même que l'imagination de l'enfant soit centrée sur l'image de Moïse faisant jaillir l'eau du rocher ou sur le miracle de l'eau changée en vin aux noces de Cana.

Permettez-moi de renverser l'accusation : je trouve que c'est vous qui êtes cyniques de faire de votre enfant une victime potentielle en lui enseignant de croire au miracle du rocher, mais pas au miracle de Cana, ou en célébrant le sabbat le samedi au lieu du dimanche. Vous rendez-vous compte que cette vaine dispute autour du calendrier, le fait que le Juif ferme sa boutique le samedi et travaille le dimanche, a été un objet d'irritation majeure et fait des martyrs pendant d'innombrables siècles ? Traiterez-vous de cynique celui qui déplore les holocaustes de victimes juives, brûlées, violées, chassées et gazées au nom d'un fanatisme lilliputien concernant la question de savoir par quel bout il convient de briser l'œuf spirituel ?

Je dois aborder maintenant une dernière objection qui, du point de vue psychologique, pèse plus que toutes les autres, parce qu'elle ne s'appuie pas sur la logique, mais sur le déni de la logique comme guide dans les affaires des hommes. Isaiah Berlin a exprimé cela dans son étude avec beaucoup de pénétration et d'éloquence. Après avoir expliqué qu'il était d'accord dans une large mesure avec ma position, Mr. Berlin poursuivait avec un « mais » :

« Mais il y a... beaucoup d'individus dans le monde qui ne veulent pas voir la vie sous forme de choix tranché entre un parti et un autre ; nous ne les condamnerons pas pour autant. « Du bois tordu de l'humanité, a dit un grand philosophe, l'on n'a jamais rien fait de tout droit. » Les penseurs timides dont l'esprit cherche un abri dans les dogmes religieux ou politiques, les âmes remplies d'angoisse, peuvent souhaiter éliminer des éléments ambigus, en faveur d'une construction plus nette, et sont, à cet égard, les vrais enfants de l'âge nouveau qui a essayé d'instituer, avec ses systèmes totalitaires, un ordre semblable parmi les êtres humains et de les classer distinctement chacun dans sa catégorie... Protester contre une section de la population uniquement parce qu'on trouve incommode la place qu'elle occupe dans la société, lui ordonner de changer d'opinions ou de s'en aller... est... un peu tyrannique et dérive, en dernier ressort, de la conviction que les êtres humains n'ont pas le droit de se conduire de façon absurde, inconséquente ou ridicule, et qu'il est légitime pour la société d'essayer de se débarrasser, par des moyens humains, mais néanmoins de se débarrasser de ces personnes, bien qu'elles ne soient ni criminelles, ni folles, ni dangereuses pour la vie ou les libertés de leurs prochains. Cette attitude, que l'on voit parfois influencer les opinions de penseurs par ailleurs civilisés et sensibles, est mauvaise parce que clairement incompatible avec la survivance d'une texture sociale raisonnable, humaine, « ouverte », où les êtres humains peuvent jouir des libertés et des relations personnelles qui rendent la vie tolérable. »

Mr. Berlin est aussi sceptique que moi quant à la possibilité de normaliser le statut social des Juifs tant qu'ils persisteront à s'appeler et à être appelés Juifs. La moitié de son étude est consacrée à une analyse pénétrante des facteurs psychologiques inhérents à la condition juive qui appellent inévitablement l'antisémitisme, passé, présent et à venir. Il reconnaît aussi que la renaissance de l'État d'Israël place chaque Juif individuellement devant un dilemme. Son argument est simplement que l'on ne doit pas s'attendre que les gens soient logiques ni les engager à l'être, et que la déraison, si irritante qu'elle soit, doit être tolérée.

J'admets entièrement qu'il n'y a rien de plus déraisonnable que d'attendre des gens qu'ils se conduisent raisonnablement. Mais si l'on soutient que les Juifs ont le droit d'obéir à des sentiments irrationnels et de se conduire de façon « absurde, inconséquente ou ridicule », il faudra accorder le même droit à leurs adversaires, et chacun sait ce qui en résultera. Il me semble que, lorsqu'on possède une voix et une plume, on a le devoir de préconiser la conduite que l'on croit être dans l'intérêt public, et peser ainsi sur l'équilibre instable entre la raison et la passion dans l'esprit des gens. Il me semble aussi, comme je l'ai dit, que les gens ont le droit imprescriptible de gâcher leur propre vie, mais non pas de gâcher celle de leurs enfants, sous prétexte qu'ils se sentent plus à l'aise dans la contradiction de leur situation de Juifs.

Pour résumer : le monde juif orthodoxe est une minorité en voie de disparition. C'est la majorité, pleine de bonnes intentions, mais à l'esprit confus, qui par la force d'inertie fait durer l'anachronisme ; elle s'attache à une tradition à laquelle elle ne croit plus qu'à demi, à une mission qui est accomplie, à une fierté qui pourrait bien devenir une forme inverse de la lâcheté. Ces honnêtes sentimentaux feraient bien de réfléchir s'ils ont le droit de placer sur les épaules de leurs enfants le fardeau de la redoutable besace — d'ailleurs vidée de son contenu.

Ces conclusions s'adressent surtout au grand nombre de ceux qui ont soutenu, comme l'auteur, le mouvement sioniste, tout en restant liés au pays dont ils partagent la langue et la culture. Aujourd'hui que l'État d'Israël est solidement établi, on est enfin libre de faire ce qu'on ne pouvait pas faire auparavant : lui souhaiter bonne chance et suivre sa propre route — sans restrictions mentales et sans être déchiré entre deux fidélités.

La mission du Juif errant est accomplie. Il est temps qu'il cesse de se faire le complice de sa propre destruction. La fumée des crématoires flotte encore au-dessus de l'Europe ; il faut une fin à tous les calvaires.

CHAPITRE XXV

La treizième tribu

« En Khazarie, moutons, miel et Juifs se trouvent à foison » : voilà ce qu'écrivait au xe siècle le géographe arabe Muqaddasi[1].

Les autres références au mystérieux pays de Khazarie sont toutes aussi énigmatiques. J'en entendis parler pour la première fois quand j'étais écolier, dans ma Hongrie natale. Les Khazars, apparentés aux Magyars, faisaient l'objet d'une brève remarque dans les livres d'histoire qui rapportaient aussi la légende selon laquelle un roi khazar se serait converti au judaïsme sur l'ordre d'un ange qui lui était apparu en rêve.

Plus tard, je lus un traité de Jehuda Halevi, le célèbre poète et philosophe juif qui vécut dans l'Espagne des Maures de 1085 à 1141 et mourut au cours d'un pèlerinage en Terre Sainte. *Al Kuzari, Les Khazars,* fut écrit un an avant sa mort. C'est un traité de théologie dans lequel l'auteur affirme que la nation juive est le seul médiateur entre Dieu et le reste de l'humanité. A la fin des temps, toutes les nations se seront converties au judaïsme ; la conversion du roi khazar n'est que le prélude et le gage de cet ultime événement. La brochure ne contient aucun renseignement concret sur le pays khazar lui-même qui sert seulement de décor au récit de la conversion — le roi, le rêve, l'ange — et à de longs dialogues théologiques. Plus tard, je découvris qu'en fait, le traité d'Halevi constituait toute la connaissance de gens bien plus versés que moi dans le judaïsme, sur cet épisode crucial de l'histoire de la communauté juive mondiale. Je n'en appris pas plus sur la question pendant toutes les années au cours desquelles je m'intéressai au problème juif. Ce ne fut que quinze ans après la renaissance d'Israël que je commençai à entrevoir la signification du problème khazar.

Mon intérêt fut d'abord éveillé quand je rencontrai par hasard un orientaliste français — dont j'ai, quelle ingratitude, oublié le nom — alors que j'étais membre du Centre des hautes études des sciences behavioristes à Stanford, en Californie. Il m'exposa les grandes lignes de l'histoire des Khazars et prétendit que les historiens

1. MUQADDASI, *Descriptio Imperii Moslemici, Bibliotheca Geographorum Arabica* III, 3 Bonn.

0 100 200 Kms
OURAL
Kama
Bulghar
Suwar
BULGARES
Volga
Oural
Tchernigov
Kiev
BOURTES
K H A Z A R S
Don
Donetz
Dniepr
CARPATHES
HONGRIE
Sereth
Prouth
Dniester
Route Khazare
(Portage Don-Volga)
Emba
Sarkel
Khazaran-Itil
(Saksin?)
MER D'AZOV
GHUZZ
MER D'ARAL
Sir-Daria
Doros
Cherson
Danube
BULGARES
Tamatarkha
Kouban
Passe de Dariel
Samandar
Balandjar
MER NOIRE
Constantinople
MER CASPIENNE
Gurbandj
KHORASSAN
CAUCASE
Amou-Daria
(Oxus)
Sangaros
Trébizonde
Tiflis
GÉORGIE
Bardhaa
Kouria
Bal-al-Abwab (Darband)
Bakou
DJURDJAN
EMPIRE
BYZANTIN
ARMÉNIE
AZERBAÏDJAN
CHIRWAN
Mer des Khazars
Djurdjan
MER MÉDITERRANÉE
Adana
Diarbekil
Ardabil
Mossoul
TABARISTAN

juifs avaient minimisé à dessein l'importance de ce sujet, à cause du danger éventuel qu'il recélait.

Cependant, dix autres années s'écoulèrent avant que je ne me plonge vraiment dans l'histoire khazare. Les connaissances que nous en avons proviennent pour la plus grande part de sources arabes, byzantines, russes et hébraïques corroborées par des textes persans, syriens, arméniens, géorgiens et turcs. La plupart de ces sources sont disponibles, en traductions, dans diverses bibliothèques spécialisées mais il y a aussi beaucoup à apprendre des historiens modernes — Toynbee, Bury, Vernadsky et Dunlop — qui ont écrit sur certains aspects de l'histoire khazare. J'ai pu progressivement reconstituer le puzzle et cela a donné La Treizième tribu — l'Empire khazar et son héritage *(1976).*

Je ne prétends pas avoir découvert des faits ignorés jusqu'alors ; j'ai seulement rassemblé les éléments du puzzle, dont la plupart n'étaient connus que d'érudits spécialisés dans l'histoire médiévale des pays de l'est. Je cite les premières pages :

A l'époque où Charlemagne se fit couronner empereur d'Occident, l'extrémité orientale de l'Europe entre le Caucase et la Volga était dominée par un État juif, connu sous le nom d'empire khazar. A son apogée, du VIIe au Xe siècle, cet État joua un rôle assez important pour contribuer à façonner la destinée de l'Europe médiévale — et moderne par conséquent. C'est ce que comprenait fort bien, sans doute, l'empereur-historien de Byzance, Constantin VII Porphyrogénète (913-959), qui notait dans son *Livre des cérémonies* que les lettres adressées au pape de Rome, ainsi qu'à l'empereur d'Occident, portaient un sceau de deux sous d'or, mais que pour les messages destinés au roi des Khazars le sceau devait valoir trois sous d'or. Au IXe siècle « il est probable que pour la politique étrangère de Constantinople le khan des Khazars n'avait guère moins d'importance que Charlemagne et ses successeurs [1] ».

Le pays des Khazars, peuple d'ethnie turque, occupait une position stratégique entre la Caspienne et la mer Noire sur les grandes voies de passage où se confrontaient les puissances orientales de l'époque. Il servait d'État-tampon pour Byzance qu'il protégeait contre les invasions des rudes tribus barbares des steppes septentrionales : Bulgares, Magyars, Petchénègues, etc., suivies plus tard des Vikings et des Russes. Mais ce qui fut tout aussi important, sinon davantage au point de vue de la diplomatie byzantine et de l'histoire européenne, c'est que les armées khazares purent contenir l'avalanche arabe à ses premiers stades, les plus dévastateurs, et empêcher ainsi la conquête musulmane de l'Europe de l'Est. Un spécialiste de l'histoire des Khazars, le Pr Dunlop, de l'université Columbia, résume en quelques lignes cet épisode décisif et généralement très peu connu :

« Le territoire khazar... s'étendait au travers de la voie normale de l'avance arabe. Quelques années après la mort de Mohammed (632 ap. J.-C.) les armées du califat

1. J. B. BURY, *A History of the Eastern Roman Empire*, Londres, 1912, p. 402.

avaient poussé au nord en balayant les décombres de deux empires et, volant de victoire en victoire, atteignaient la grande barrière montagneuse du Caucase. Cette barrière franchie, la route des plaines de l'Europe orientale était libre. Il se trouva que sur la ligne du Caucase les Arabes rencontrèrent les forces d'une puissance militaire organisée qui, en fait, leur interdirent d'étendre leurs conquêtes dans cette direction. Les guerres des Arabes et des Khazars, qui durèrent plus de cent ans, si méconnues qu'elles soient, ont ainsi une importance historique considérable. Dans la campagne de Tours les Francs de Charles Martel mirent un terme à l'invasion arabe. Vers la même époque les menaces qui pesaient sur l'Europe de l'Est n'étaient guère moins graves... Les musulmans victorieux furent arrêtés et contenus par les armées du royaume khazar... Il est peu douteux que s'il n'y avait eu les Khazars dans la région nord du Caucase, Byzance, rempart de la civilisation européenne à l'Orient, se serait trouvée débordée par les Arabes : il est probable que l'histoire de la chrétienté et celle de l'Islam auraient été ensuite bien différentes de ce que nous en savons [1]. »

Dès lors il n'est pas surprenant, peut-être, étant donné les circonstances, qu'après une victoire retentissante des Khazars sur les Arabes, le futur empereur Constantin V ait épousé une princesse khazare. De ce mariage naquit un fils qui devait devenir l'empereur Léon IV, surnommé le *Khazar*.

Ironie du sort, la dernière bataille, qui eut lieu en 737, se solda par la défaite des Khazars. Mais à cette époque, « l'impétus » de la guerre sainte musulmane s'était calmé, le califat était déchiré par des dissensions internes et les envahisseurs arabes rebroussaient chemin à travers le Caucase sans avoir définitivement pris pied dans le Nord, si bien que les Khazars renforcèrent encore leur toute-puissance.

Quelques années plus tard, sans doute vers l'an 740, le roi, sa cour et la classe militaire dirigeante se convertirent au judaïsme, qui devint la religion officielle des Khazars. Il est certain que leurs contemporains furent aussi étonnés de cette décision que l'ont été les érudits modernes en en découvrant le témoignage dans les sources arabes, grecques, russes et hébraïques. Un des commentaires les plus récents à ce propos se trouve chez un historien marxiste, Antal Bartha, auteur d'un livre sur la société hongroise aux VIIIe et IXe siècles [2]. Plusieurs chapitres de cet ouvrage concernent les Khazars qui, durant la majeure partie de cette époque, furent les suzerains des Hongrois ; mais leur conversion au judaïsme fait l'objet d'un unique paragraphe où se devine un embarras assez évident. Voici ce qu'on lit :

Les problèmes relatifs à l'histoire des idées sont en dehors de notre sujet, nous devons néanmoins attirer l'attention sur la question de la religion d'État du royaume khazar. C'est le judaïsme qui devint la religion officielle des couches dirigeantes de la société. Il va sans dire que l'acceptation du judaïsme comme religion d'État d'un

1. D. M. Dunlop, *The History of the Jewish Khazars,* Princeton, 1954, p. IX-X.
2. Bartha, Antal, *A IX-X Szàzadi Magyar Tàrsadalom, Akademiai Kiado, Budapest, 1968.*

peuple ethniquement non juif pourrait faire l'objet d'intéressantes spéculations. Nous nous bornerons cependant à remarquer que cette conversion officielle — défi au prosélytisme chrétien de Byzance et à l'influence musulmane venue de l'est, et cela en dépit des pressions politiques des deux puissances — à une religion qui n'avait l'appui d'aucune puissance politique et qui au contraire était persécutée presque partout — a été une surprise pour tous les historiens qui se sont intéressés aux Khazars ; cette conversion ne peut être une contingence : il faut la considérer comme un signe de la politique indépendante menée par ce royaume. »

Cela ne fait que nous rendre un peu plus perplexes. En tout cas, si les sources diffèrent sur quelques points de détail, les grands faits sont indiscutables.

Ce qu'on peut discuter, en revanche, c'est le sort des Khazars juifs après la destruction de leur royaume, au XIIe ou au XIIIe siècle. A ce sujet les sources sont très maigres. Elles mentionnent cependant plusieurs établissements khazars à la fin du Moyen Age en Crimée, en Ukraine, en Hongrie, en Pologne et en Lituanie. De renseignements fragmentaires ressort un tableau d'ensemble : celui d'une migration de tribus et de groupes khazars dans les contrées d'Europe orientale — Russie et Pologne surtout — où précisément on allait trouver à l'aube des temps modernes les plus fortes concentrations de juifs. D'où l'hypothèse formulée par plusieurs historiens, selon laquelle une bonne partie sinon la majorité des juifs d'Europe orientale — et par conséquent des juifs du monde entier — seraient d'origine khazare, et non pas sémitique.

Les conséquences d'une telle hypothèse iraient très loin, et ceci explique peut-être les précautions que prennent les historiens en abordant le sujet — quand ils ne l'évitent pas carrément. C'est ainsi que dans l'édition de 1973 de l'*Encyclopaedia Judaïca* l'article « Khazars » est signé par Dunlop, mais qu'une section distincte, traitant des « juifs khazars après la chute du royaume », et signée par les éditeurs, est rédigée dans l'intention évidente d'épargner des émotions aux lecteurs qui croient au dogme du peuple élu :

« Les Karaïtes [secte traditionaliste juive] de langue turque en Crimée, en Pologne et ailleurs, ont affirmé qu'ils étaient apparentés aux Khazars, ce que confirment peut-être les témoignages tirés du folklore et de l'anthropologie autant que de la langue. Il semble exister une quantité considérable d'indices pour attester la présence continue en Europe de descendants des Khazars. »

L'un des avocats les plus radicaux de l'origine khazare des juifs, A.N. Poliak, professeur d'histoire juive du Moyen Age à l'université de Tel-Aviv, demande dans l'introduction de son livre intitulé *Khazaria*[1], publié en hébreu en 1944, puis en 1951 :

1. Édition revue et corrigée sous le titre *Khazaria. Histoire d'un royaume juif en Europe,* Mossad Bialik, Tel-Aviv, 1951.

« Que l'on aborde dans un esprit nouveau aussi bien le problème des relations entre la juiverie khazare et les autres communautés juives que la question de savoir dans quelle mesure on peut regarder cette juiverie [khazare] comme le noyau des grands établissements juifs en Europe orientale... Les descendants de ces établissements, ceux qui sont restés sur place, ceux qui ont émigré aux États-Unis et dans d'autres pays, et ceux qui sont allés en Israël, constituent aujourd'hui la grande majorité des juifs du monde entier. »

Ces lignes ont été écrites à une époque où l'on ne connaissait pas encore toute l'étendue de l'holocauste nazi, mais cela ne change rien au fait que la grande majorité des juifs survivants vient de l'Europe orientale et qu'en conséquence elle est peut-être principalement d'origine khazare. Cela voudrait dire que les ancêtres de ces juifs ne venaient pas des bords du Jourdain, mais des plaines de la Volga, non pas de Canaan, mais du Caucase, où l'on a vu le berceau de la race aryenne ; génétiquement ils seraient apparentés aux Huns, aux Ouïgours, aux Magyars, plutôt qu'à la semence d'Abraham, d'Isaac et de Jacob. S'il en était bien ainsi, le mot « antisémitisme » n'aurait aucun sens : il témoignerait d'un malentendu également partagé par les bourreaux et par les victimes. A mesure qu'elle émerge lentement du passé, l'aventure de l'empire khazar commence à ressembler à une farce, la plus cruelle que l'Histoire ait perpétrée.

De ce prélude on me permettra de passer directement au résumé qui figure à la fin du dernier chapitre :

RÉSUMÉ

Dans la première partie de ce livre j'ai essayé de retracer l'histoire de l'empire khazar en puisant aux maigres sources qui existent.

Dans la deuxième partie, aux chapitres premier à sept, j'ai rassemblé la documentation historique qui indique que la majorité des juifs d'Europe orientale, et par conséquent des juifs en général, est d'origine turco-khazare, plutôt que d'origine sémitique.

Dans ce dernier chapitre j'ai voulu montrer que les données de l'anthropologie s'accordent avec l'Histoire pour réfuter l'opinion encore courante selon laquelle il existerait une race juive remontant à la tribu biblique.

Au point de vue de l'anthropologie deux séries de faits militent contre cette croyance : l'extrême *diversité* des juifs en matière de caractères physiques, et leur *similitude* avec les populations non juives au milieu desquelles ils vivent. L'une et l'autre se manifestent dans les statistiques concernant la taille, les indices crâniens, les groupes sanguins, la couleur des yeux et des cheveux, etc. Pris pour indicateur, n'importe lequel de ces critères anthropologiques signale une plus grande ressemblance entre les juifs et les non-juifs d'un même pays qu'entre des juifs qui habitent des pays différents.

C'est évidemment le métissage qui explique ces deux phénomènes. Il a revêtu plusieurs formes selon les divers contextes historiques : mariages mixtes, prosélytisme à grande échelle, viol — accompagnement constant (légal ou toléré) des guerres et des pogroms.

Si l'on pense, en dépit des statistiques, qu'il existe un type juif reconnaissable, c'est une opinion qui se fonde en grande partie, mais non entièrement, sur des idées fausses : elle ignore que des traits considérés comme typiquement juifs par comparaison avec des nordiques cessent de paraître tels en milieu méditerranéen ; elle ne soupçonne pas l'influence de l'environnement social sur le physique et sur le maintien ; elle confond l'hérédité biologique avec l'hérédité sociale.

Néanmoins il y a des traits héréditaires qui caractérisent un certain type de juif contemporain. A la lumière de la génétique des populations on peut dans une grande mesure les attribuer à des processus qui ont opéré pendant des siècles dans la ségrégation des ghettos : la consanguinité, la perte génétique, les pressions sélectives. Ces dernières ont joué de plusieurs façons : sélection naturelle (dans les épidémies par exemple), sélection sexuelle et, moins sûrement, sélection des caractéristiques qui favorisaient la survivance au sein du ghetto.

En outre l'hérédité sociale, par conditionnement de l'enfance, a été un agent très efficace de formation et de déformation.

Chacun de ces processus a contribué à l'élaboration d'un type de juif du ghetto, qui après l'ouverture des ghettos s'est peu à peu dilué. Quant à la composition génétique et à l'apparence physique de la souche d'avant les ghettos, nous n'en savons à peu près rien. Telle que nous la concevons dans le présent ouvrage, cette « souche originelle » était principalement turque et se trouvait mêlée, dans une proportion inconnue, d'éléments divers, palestiniens anciens entre autres. Il n'est pas possible non plus de déterminer quels caractères prétendument typiques, tels que le « nez juif », seraient des produits de la sélection sexuelle dans les ghettos ou des manifestations d'un gène tribal particulièrement « persistent ». Et dans ce cas, puisque cette forme des narines est fréquente dans les peuples du Caucase, alors qu'elle est rare chez les Bédouins sémites, nous aurions un témoignage supplémentaire du rôle dominant que la treizième tribu a joué dans l'histoire biologique des juifs.

Outre ce résumé, l'ouvrage contient plusieurs appendices dont le dernier a pour titre : Quelques conséquences — Israël et la Diaspora. Bien que j'y reprenne des arguments déjà avancés dans des essais antérieurs, je le reproduirai in extenso :

QUELQUES CONSÉQUENCES : ISRAËL ET LA DIASPORA

Bien que ce livre traite d'Histoire, bien qu'il soit consacré au passé, il implique inévitablement certaines conséquences pour le présent et pour l'avenir.

En premier lieu je n'ignore pas qu'on pourrait l'interpréter avec malveillance comme une négation du droit à l'existence de l'État d'Israël. Mais ce droit n'est pas fondé sur les origines hypothétiques des juifs ni sur l'alliance mythologique entre Abraham et Dieu ; il est fondé sur la législation internationale, et précisément sur la décision prise par les Nations unies en 1947 de diviser la Palestine, autrefois province turque, alors territoire sous mandat britannique, en un État arabe et un État juif. Quelles que soient les origines raciales des citoyens d'Israël et quelles que soient les illusions qu'ils nourrissent à leur propos, leur État existe *de jure* et *de facto,* et il est impossible de le supprimer, sinon par génocide. Sans entrer dans les controverses on peut ajouter, puisque c'est un fait, que le partage de la Palestine fut le résultat d'un siècle d'immigration pacifique et de travaux de pionniers, de la part des juifs ce qui procure une justification éthique à l'existence légale de l'État. Que les chromosomes de sa population contiennent des gènes d'origine khazare, sémite, romaine ou espagnole, la question est sans intérêt, elle ne peut affecter le droit à l'existence d'Israël ni l'obligation morale de tout être civilisé, juif ou non juif, de défendre ce droit. Même l'origine ethnique récente des parents ou des grands-parents des natifs d'Israël perd de son importance, elle tend à se faire oublier dans le bouillonnement du creuset racial. Le lointain problème de la transfusion khazare, si passionnant qu'il soit, ne concerne pas l'État moderne d'Israël.

Les juifs qui habitent ce pays, quelle que soit la multiplicité de leurs origines, rassemblent les conditions essentielles d'une nation : une patrie, une langue commune, un gouvernement, une armée. Les Juifs de la diaspora ne possèdent aucun de ces éléments. Ce qui fait d'eux une catégorie à part, dans les pays où ils vivent, c'est leur religion déclarée, qu'ils la pratiquent ou qu'ils ne la pratiquent pas. Telle est la différence fondamentale entre Israéliens et juifs de la diaspora. Les premiers ont acquis une identité nationale ; les seconds sont étiquetés juifs du seul fait de leur religion, et non pas du fait de leur nationalité, ni de leur race.

Cela suscite néanmoins un paradoxe tragique, car la religion israélite (à la différence du christianisme, de l'islam, du bouddhisme) suppose l'appartenance à une nation historique, à un peuple élu. Toutes les fêtes israélites commémorent des événements de l'histoire nationale. L'Ancien Testament est avant tout un livre d'histoire nationale ; s'il a donné au monde le monothéisme, son credo est pourtant plus tribal qu'universel. Chaque prière, chaque rite, proclame l'appartenance à une ancienne race, ce qui place automatiquement les juifs en dehors du passé racial et historique des peuples au milieu desquels ils vivent. La religion israélite, comme le montrent deux mille ans de tragédies, engendre nationalement et socialement sa ségrégation. Elle met le juif à part, elle invite à le mettre à part. Elle crée automatiquement des ghettos matériels et culturels. Elle a fait des juifs de la diaspora une *pseudo-nation* dépourvue de tous les attributs et privilèges de la nationalité, mollement rassemblée par un système de croyances traditionnelles fondées sur des postulats raciaux et historiques qui se révèlent illusoires.

Dans la diaspora le judaïsme orthodoxe s'éteint, et c'est l'immense majorité des juifs éclairés ou agnostiques qui perpétuent le paradoxe en s'accrochant loyalement à leur statut pseudo-national parce qu'ils se croient tenus de conserver la tradition juive.

Mais il n'est pas facile de définir ce que signifie cette expression de « tradition juive » pour la majorité cultivée qui rejette la doctrine du Peuple élu. Cette doctrine mise à part, les messages universels de l'Ancien Testament (avènement du Dieu unique et indivisible, dix commandements, ethos des prophètes, proverbes et psaumes) sont passés dans les grands courants de la tradition judéo-hellénico-chrétienne, et ils appartiennent à tous, juifs et chrétiens.

Après la destruction de Jérusalem les juifs cessèrent d'avoir en propre une langue et une culture profane. Comme langue parlée l'hébreu avait déjà cédé la place à l'araméen avant l'ère chrétienne ; en Espagne les savants et les poètes juifs se servaient de l'arabe ; plus tard leurs successeurs écrivirent en allemand, en polonais, en russe, en anglais, en français. Des communautés juives se donnèrent des dialectes comme le yiddish et le ladino, dont aucun ne produisit d'œuvres comparables aux remarquables contributions juives à la littérature allemande, austro-hongroise ou américaine.

La principale activité littéraire *spécifiquement* juive de la diaspora s'exerça dans le domaine de la théologie. Mais le Talmud, la Kabbale et les gros tomes d'exégèse biblique sont à peu près inconnus du public juif contemporain, bien qu'ils soient, encore une fois, les seules reliques d'une tradition spécialement juive (si l'on veut donner un sens concret à ce terme) au cours des deux derniers millénaires. Autrement dit, dans tout ce qu'a pu produire la diaspora il y a soit des œuvres qui ne sont pas particulièrement juives, soit des œuvres qui ne font pas partie d'une tradition vivante. Des juifs ont fourni à la culture de leurs pays-hôtes des contributions philosophiques, scientifiques ou artistiques, qui ne constituent ni un patrimoine culturel ni un ensemble de traditions autonome.

En somme, les juifs d'aujourd'hui n'ont pas de tradition culturelle en commun ; ils ont seulement des habitudes et des comportements qui, par transmission sociale, proviennent de l'expérience traumatisante du ghetto, ainsi que d'une religion qu'en général ils ne pratiquent pas, à laquelle ils ne croient plus, mais qui leur confère cependant un statut pseudo-national. Il est clair qu'à long terme (j'ai essayé de le montrer ailleurs) la solution du paradoxe ne peut être que l'émigration en Israël ou l'assimilation progressive aux pays hôtes. Avant l'holocauste nazi ce dernier processus battait son plein ; et en 1975 on pouvait lire dans *Time Magazine*[1] que les juifs américains « tendent de plus en plus à épouser hors de leur religion ; il y a presque un tiers de mariages mixtes ».

Et pourtant l'influence persistante du message racial et historique du judaïsme, bien qu'il soit fondé sur des illusions, sert de frein affectif puissant en faisant appel au loyalisme tribal. C'est dans ce contexte que le rôle joué par la treizième tribu dans l'histoire de leurs ancêtres peut concerner les juifs de la diaspora. Mais encore une fois il ne concerne pas les modernes Israéliens, qui ont acquis une authentique identité nationale. Une des principales contributions à la connaissance de l'héritage khazar des juifs, qui sape la légende du Peuple élu, est due à Abraham Poliak, professeur d'Histoire à l'université de Tel-Aviv et sans doute bon patriote : cela peut paraître symbolique. Il est peut-être significatif aussi que le « sabra » né en Israël représente physiquement et mentalement tout l'opposé du « juif typique » élevé dans le ghetto.

1. 10 mars 1975

Post-scriptum du livre premier

Avant de faire mes adieux à la politique, je sentis la nécessité de faire le point sur ces années d'engagement passionné. Le résultat fut deux volumes autobiographiques, la Corde raide *(1952) et* Hiéroglyphes *(1954), dont j'ai souvent reproduit des extraits au cours de ces pages. Écrire ses mémoires avant d'avoir atteint cinquante ans peut sembler une entreprise prématurée et quelque peu présomptueuse. Mais, si l'on estime que le passé vaut la peine d'être rapporté, il faut le faire avant que sa couleur et son parfum ne s'estompent. Il faut peser le pour et le contre entre ce qu'on gagne en recul et en perspective historique et ce qu'on perd en fraîcheur et en émotion : car on retient mieux les faits que les sensations et si les premiers peuvent être consignés, les seconds ne le peuvent pas.*

Je reproduis un dernier passage de l'Épilogue de Hiéroglyphes :

Ici prend fin cette histoire qui remplit à présent quatre volumes[1]. Une épitaphe appropriée m'a été envoyée il y a quelques mois. C'est une affiche électorale, de 80 cm sur 60, éditée par le Parti socialiste allemand. Voici la traduction du texte :

1933...
A cette époque, les bûchers flambaient dans les villes d'Allemagne. Par ordre de Goebbels, des millions de livres disparurent dans les flammes...

Le dessin représente Goebbels jetant un livre dans le feu pendant que Hitler le regarde faire ; on voit le nom de Koestler sur la couverture du livre.

1952...
A cette époque, de nouveaux bûchers flambaient dans les villes allemandes de la zone soviétique. De nouveau, neuf millions de livres disparurent dans les flammes.

Le dessin montre Pieck jetant dans le feu un livre marqué « Koestler », sous le regard de Staline.

On peut objecter qu'en 1933, je n'avais publié qu'un seul livre, ce qui ne représentait pas un très grand nombre d'exemplaires à brûler mais je n'en suis pas moins flatté que cette affiche ait été exposée dans les villes d'Allemagne. J'en possède une reproduction : elle est accrochée à l'entrée de mon bureau, encadrée comme un diplôme professionnel certifiant que son possesseur a passé ses examens et est autorisé à exercer son métier. Car, être brûlé deux fois de son vivant, c'est quand même une distinction rare.

1. *Un Testament espagnol, la Lie de la terre, la Corde raide, Hiéroglyphes.*

1933...

In jenen Tagen loderten in deutschen Städten die Scheiterhaufen. Auf Befehl von Goebbels wanderten Millionen Bücher in die Flammen.

1952...

In diesen Tagen lodern in der Sowjetzone wieder Scheiterhaufen Wieder werden 9 Millionen Bücher von dieser Flamme verzehrt

Es ist dieselbe Flamme!

Es sind dieselben Methoden! Es ist derselbe Ungeist!

Zumeist sind es die Werke der Freiheit und des Friedens, die zu Asche werden! Wer den Frieden will, muß lernen, daß man Freiheit und Geist nicht auf den Scheiterhaufen wirft!

SPD

LIVRE II

A LA RECHERCHE D'UNE SYNTHÈSE

Une vie d'analyse pour une heure de synthèse !

Fustel DE COULANGES

PREMIÈRE PARTIE

LE CRI D'ARCHIMÈDE

CHAPITRE XXVI

Plaisanterie à part

> Les artistes traitent les faits comme des stimulants de l'imagination, alors que les hommes de science utilisent leur imagination pour coordonner les faits. Le but du présent ouvrage est d'abord de montrer que ces distinctions ne sont pas fondamentales, que toutes les activités créatrices de l'homme ont une structure commune, et de proposer une théorie unifiante de l'humour, de l'art et de la découverte.
>
> *Insight and Outlook.*

Le Livre II reproduit des extraits de ce que j'ai écrit après le « changement de vocation » et reflète les étapes successives de ce qu'on pourrait appeler une odyssée intellectuelle dans un fauteuil.

Ce long voyage avait commencé un soir chez un psychanalyste hongrois, lors de ma dernière visite à Budapest, ma ville natale, en 1935. Cet analyste était le Dr Rappaport, « Rappa » pour les intimes, qui plus tard devait devenir un éminent professeur aux États-Unis. Pour patients il avait surtout des écrivains, que pour la plupart il traitait gratuitement ; il recevait les amis le soir après dîner : on allait chez lui comme dans une sorte de café particulier pour échanger des commérages politiques et se lancer dans de profondes discussions.

Un soir Rappa cita une vieille plaisanterie tirée d'un livre de Bergson, Le Rire[1], *en soulevant la question de savoir pourquoi on la trouvait drôle. Il s'agit d'un dignitaire de Monte-Carlo dont la poitrine s'orne de trente-six médailles, pas*

1. On trouvera un examen des théories de Freud et de Bergson dans *Insight and Outlook,* annexe II.

une de moins. Quelqu'un lui demande quels exploits lui ont mérité tant de décorations, et il répond : « C'est bien simple. Le Prince m'a décerné une médaille pour mes bons et loyaux services ; je l'ai jouée à la roulette et, quelle chance ! le numéro est sorti. »

Les explications subtiles ne manquèrent pas ; toutes parurent insuffisantes. Pourtant la réponse me semblait si évidente que j'hésitai avant de la formuler. C'était à peu près celle-ci : on gagne à la roulette d'après certaines règles du jeu. On distribue les décorations d'après certaines conventions, autrement dit conformément aux règles d'un autre jeu. Les deux séries de règles, les deux codes, les deux systèmes de référence, ont chacun leur logique interne, mais s'excluent mutuellement. Dans la vie quotidienne et la pensée normale nous tenons ces deux systèmes de référence bien séparés. Mais dans la réplique du dignitaire il y a collision soudaine. En conséquence les médailles ne sont plus perçues dans un seul contexte d'association, comme c'est normalement le cas, elles sont pour ainsi dire « bissociées » à deux contextes incompatibles. C'est le court-circuit inattendu entre les deux contextes qui, en bouleversant nos prévisions logiques, provoque l'effet comique.

*Cette suggestion fut reçue sans grand enthousiasme, ce qui est compréhensible puisqu'elle ne s'appliquait qu'à l'un des nombreux aspects du problème. Cependant le terme improvisé de « bissociation » devait se révéler comme un outil conceptuel fort pratique non seulement dans l'analyse de l'humour, mais aussi dans l'étude de la découverte scientifique et de la création artistique ; il devait même trouver place dans les vénérables colonnes de l'*Encyclopaedia Britannica. *Mais à l'époque je ne pouvais aller plus loin. Pendant une quinzaine d'années encore j'allais être plongé, au milieu des événements que l'on sait, dans les activités que j'ai relatées dans les chapitres précédents. Néanmoins par intervalles, à tout moment de calme relatif, je retournais à la psychologie de l'humour comme à un violon d'Ingres, et à l'ébauche d'une théorie qui devait devenir toute une étude de la créativité en général. J'en ai précisé la portée dans la préface du* Cri d'Archimède, *publié en anglais sous le titre de* The Act of Creation *(1964) :*

La première partie de cet ouvrage avance une théorie de la création — des processus conscients et inconscients de la découverte scientifique, de l'originalité artistique et de l'inspiration comique. On s'efforce d'y montrer que toutes les activités créatrices ont une structure fondamentale commune, et de définir cette structure.

Toutefois cet Act of Creation *— gros tome de 750 pages — n'était pas mon premier livre sur la question. J'avais publié en 1949* Insight and Outlook *qui à mon avis était plus ou moins sur la bonne piste mais que déparait un pédantisme désastreux —, réaction, peut-être hyper-réaction, contre la rhétorique politique dont mes oreilles bourdonnaient encore.* Insight and Outlook *devait comporter deux volumes ; dans la préface je faisais preuve d'un bel optimisme : « Le* *deuxième volume est en préparation et paraîtra, je l'espère, douze mois après le premier. »*

En réalité les douze mois durèrent quinze ans. En m'attaquant au second volume je m'aperçus bientôt qu'il était préférable d'oublier le premier et de tout recommencer au commencement. Mais au cours de ces quinze années la théorie ne cessa de se ramifier, car c'est la tendance des théories, et l'un des rameaux, qui à l'origine devait être un chapitre sur la révolution copernicienne, se développa pour devenir à lui seul un ouvrage de 620 pages : Les Somnambules, Essai sur l'histoire des conceptions de l'univers *(1960). Je mis quatre ans à l'écrire et, bien qu'il fût en quelque sorte un sous-produit, il a apparemment comblé une lacune dans l'histoire des sciences, puisqu'une version abrégée en a été publiée aux États-Unis dans une collection universitaire*[1]*. La citation suivante est tirée de la préface des* Somnambules.

Dans l'index des six cents et quelques pages de *L'Histoire, un essai d'interprétation* d'Arnold Toynbee, version abrégée, on chercherait vainement les noms de Copernic, de Galilée, de Descartes, de Newton. Cet exemple entre beaucoup d'autres peut suffire à indiquer le gouffre qui sépare encore les Humanités de la Philosophie de la Nature. J'emploie cette expression démodée parce que le mot « science » qui l'a remplacée n'est pas chargé des grandes associations d'idées qui enrichissaient la « Philosophie naturelle » au XVIIe siècle, à l'époque où Kepler écrivait *L'Harmonie du Monde,* Galilée *Le Messager astral.* Car les hommes qui provoquèrent le bouleversement que nous appelons « révolution scientifique » lui donnaient un nom bien différent : la « Nouvelle philosophie ». La révolution technique qu'amorcèrent leurs découvertes ne fut qu'un sous-produit inattendu ; leur but n'était pas de conquérir la Nature, mais de la comprendre. Et cependant leur quête cosmique détruisit l'idéal du Moyen Age — ordre social immuable dans un univers clos — en même temps qu'elle ébranlait sa hiérarchie des valeurs morales ; elle transforma le paysage, la société, la culture, les coutumes, les idées générales de l'Europe, aussi radicalement que l'eût fait une nouvelle espèce envahissant la planète.

Cette mutation de l'esprit européen au XVIIe siècle n'est que le dernier exemple de l'impact des « Sciences » sur les « Humanités », de l'étude de la nature de la Nature sur l'étude de la nature de l'Homme. Elle illustre aussi la sottise des barrières universitaires et sociales qu'on érige entre ces études ; c'est un fait que nous commençons enfin à reconnaître alors qu'il y a presque un demi-millénaire que la Renaissance a inventé l'*uomo universale.*

Autre résultat de cette fragmentation : il existe des Histoires de la Science qui nous disent à quelle date firent leur apparition l'horloge mécanique ou la loi de l'inertie, et des Histoires de l'Astronomie qui nous enseignent que la

1. *The Watershed — A Biography of Johannes Kepler,* « Science Study Series », New York, 1960.

précession des équinoxes fut découverte par Hipparque d'Alexandrie ; mais, si surprenant que ce soit, il n'existe, que je sache, aucune Histoire moderne de la Cosmologie, aucune étude d'ensemble de l'évolution des idées que l'homme s'est faites de l'univers qui l'environne.

Ce qui précède explique à quoi vise le présent livre, et ce qu'il doit éviter. Ce n'est pas une histoire de l'Astronomie, bien que l'astronomie y ait sa place quand il le faut pour la clarté de l'exposé ; et, bien que destiné à tout lecteur cultivé, ce n'est pas un « ouvrage de vulgarisation », mais un essai de recherche personnelle sur un sujet controversé. Il commence aux Babyloniens et finit à Newton ; la cosmologie d'Einstein demeure fluide et il est trop tôt pour dire quelle influence elle a sur notre culture.

Je m'intéresse depuis longtemps au processus psychologique de la découverte où je vois la manifestation la plus concise de la faculté créatrice de l'homme, et aussi à ce processus inverse qui le rend aveugle devant des vérités qui, une fois perçues par un voyant, deviennent désespérément évidentes. Or, cet écran de fumée n'obscurcit pas seulement l'esprit des « masses ignorantes et superstitieuses », comme disait Galilée, mais aussi, et plus nettement encore, l'esprit de Galilée et de tant d'autres génies tels qu'Aristote, Ptolémée ou Kepler. On dirait qu'une partie de leur intelligence demandant « plus de lumière », l'autre partie ne cesse de réclamer les ténèbres. L'Histoire de la Science est relativement récente, les biographes de ses Cromwell et de ses Napoléon se soucient encore peu de psychologie ; ils représentent généralement leurs héros comme des machines à raisonner isolées sur des socles de marbre, dans un style depuis longtemps rejeté par les branches plus anciennes de l'histoire ; ils supposent probablement que dans l'œuvre d'un philosophe de la Nature, à la différence d'un homme d'État ou d'un conquérant, le caractère et la personnalité ne comptent pas. En réalité, tous les systèmes cosmologiques, des pythagoriciens à Copernic, de Descartes à Eddington, reflètent les préjugés inconscients, les partis pris philosophiques et même politiques de leurs auteurs ; et de la physique à la physiologie aucune discipline scientifique, ancienne ou moderne, ne peut se vanter d'être absolument libre de préjugés métaphysiques. On imagine généralement le progrès de la Science comme une sorte de pur déplacement rationnel le long d'une droite ascendante ; en fait, c'est une suite de zigzags presque plus surprenante, quelquefois, que l'évolution de la pensée politique. L'histoire des théories cosmiques, en particulier, peut s'intituler sans exagération, histoire des obsessions collectives et des schizophrénies contrôlées ; et certaines des plus importantes découvertes individuelles se sont faites d'une manière qui rappelle beaucoup moins les performances d'un cerveau électronique que celles d'un somnambule.

Ainsi, en arrachant Copernic ou Galilée au piédestal sur lequel la mythographie scientifique les a placés, je n'ai pas voulu faire œuvre de démolisseur, mais enquêter sur les rouages obscurs de l'intelligence créatrice. Je n'aurais aucun regret cependant si, au passage, l'enquête contribuait à combattre la légende selon laquelle la Science est une entreprise purement rationnelle et le savant un personnage plus « équilibré », plus « désintéressé » que les autres (et devrait par conséquent jouer un rôle dominant dans les affaires de ce monde) ; ou la légende prétendant que le savant est capable de trouver, pour soi et pour ses contemporains, un substitut rationnel aux intuitions morales qui proviennent d'autres sources.

Je reviendrai aux Somnambules *au chapitre* XXXIV.

Après ce livre il me fallut encore trois ans pour terminer les quinze années d'apprentissage nécessaires à The Act of Creation (Le Cri d'Archimède) *qui finalement parut en 1964.*

En tout trente ans avaient passé depuis la soirée chez Rappa et l'histoire des trente-six médailles. Mais l'humour était resté pour moi la clef du problème du processus créateur. Les raisons de cette démarche apparemment excentrique deviendront assez claires, je l'espère ; quelques lignes (de Janus. Esquisse d'un système*) peuvent servir de prélude.*

Bizarrement c'est dans l'humour et l'esprit que la psychologie du processus créateur se manifeste le plus clairement. Mais la chose semblera moins bizarre si l'on se rappelle qu' « esprit » est un terme ambigu qui désigne aussi bien les finesses de la conversation que les hardiesses de l'imagination. L'anglais *wit* (intelligence, vivacité d'esprit) vient de *witan* (entendement), qui est de même racine que le sanscrit *veda* (connaissance). En allemand *Witz*, apparenté à *wissen* (savoir), signifie aussi bien plaisanterie que finesse ; *Wissenschaft* (science) est proche de *Furwitz* et de *Aberwitz* (présomption, effronterie, farce). En français les sens d'*esprit* et de *spirituel* vont de la mystique à l'amusement, au *jeu d'esprit*.

Dans Le Cri d'Archimède *cette analyse occupe près de cent pages. On en trouvera ci-dessous la version abrégée que j'ai écrite pour l'*Encyclopaedia Britannica, *article « Humour and Wit », E.B. 15ᵉ édition, 1974.*

HUMOUR ET ESPRIT

On peut définir simplement l'humour, en ses multiples splendeurs, comme un type de stimulation qui tend à provoquer le réflexe du rire. Le rire spontané est en effet un réflexe moteur, produit par la contraction coordonnée de quinze muscles faciaux dans un mouvement stéréotypé, accompagnée d'une altération de la respiration. En stimulant électriquement le grand zygomatique, principal muscle de la lèvre supérieure, à l'aide de courants d'intensité variable, on produit des expressions qui vont du léger sourire aux contorsions faciales typiques du gros rire [1]. (Certes chez l'homme civilisé le sourire et le rire sont souvent conventionnels, et obéissent à des efforts volontaires qui remplacent ou altèrent l'activité réflexe ; toutefois il ne s'agit ici que du rire spontané.)

Paradoxes du rire

Dès qu'il est admis que le rire est un humble réflexe, plusieurs paradoxes se présentent. Les réflexes moteurs tels que la contraction pupillaire sont des réactions simples à des stimuli simples et dont la valeur pour la survivance est évidente. Mais la contraction involontaire de quinze muscles faciaux associée à des bruits irrépressibles est une activité sans valeur pratique et sans le moindre rapport avec la lutte pour la vie. Le rire est un réflexe, mais exceptionnel en ceci qu'il n'a apparemment aucune utilité biologique. Un réflexe de luxe, dirait-on. Sa seule fonction utilitaire, à ce qu'il semble, est d'alléger momentanément les pressions utilitaires.

Le second paradoxe, lié au premier, est qu'il y a dans les échanges comiques un écart étonnant entre la nature du stimulus et celle de la réponse. Quand un coup sous le genou provoque le réflexe tendineux, le stimulus et la réponse fonctionnent sur le même plan physiologique élémentaire, sans recourir à l'intervention des fonctions mentales supérieures. Mais qu'une activité intellectuelle aussi complexe que la lecture d'un livre humoristique puisse provoquer une contraction réflexe spécifique de la musculature faciale, c'est un phénomène qui a intrigué plus d'un philosophe depuis Platon. Aucune réaction nettement prévisible ne dit à un conférencier s'il a réussi à convaincre son auditoire ; mais dès qu'il fait une plaisanterie le rire sert de preuve expérimentale. L'humour est la seule forme de communication dans laquelle un stimulus très complexe produit une réponse prévisible et stéréotypée au niveau des réflexes physiologiques. C'est ce qui nous permet d'utiliser la réaction pour détecter la présence de cette insaisissable qualité, le comique — comme les toc du compteur Geiger indiquent la présence de radioactivité. Une telle procédure n'est possible dans aucune autre forme d'art ; et puisque le passage du sublime au ridicule peut se faire dans l'autre sens, l'étude du comique fournit au psychologue des renseignements importants pour l'étude du sublime.

La logique du rire

La diversité des situations qui provoquent le rire est extrême, depuis le chatouillement physique jusqu'aux émoustillements intellectuels les plus

1. Duchenne DE BOULOGNE, *Le Mécanisme de la Physionomie Humaine,* Paris, 1862.

raffinés. J'aimerais montrer qu'il y a une unité dans cette diversité, un dénominateur commun qui, selon un schéma spécifique et spécifiable, reflète la « logique » ou la « grammaire » du comique. Quelques exemples aideront à découvrir ce schéma.

a) Un masochiste, c'est quelqu'un qui prend une douche chaude parce qu'il préfère les douches froides.

b) On demande à une femme ce qu'elle pense du séjour de son défunt mari dans l'au-delà. « Oh, il doit être au paradis, répond-elle. Mais ne me parlez pas de ça, c'est trop triste. »

c) Un médecin réconforte son client : « Votre maladie est très grave, on en meurt neuf fois sur dix. Heureusement que vous êtes venu me voir : je viens de soigner neuf clients qui avaient la même maladie, ils sont tous morts. »

d) Dialogue dans un film de Claude Berri :

« Monsieur, m'accorderez-vous la main de votre fille ?

— Pourquoi pas ? Vous avez déjà tout le reste. »

e) Un marquis de la cour de Louis XV entre chez sa femme et la trouve dans les bras d'un évêque. Après une minute d'hésitation il se dirige tranquillement vers la fenêtre et se met en devoir de bénir les passants dans la rue.

« Qu'est-ce que vous faites ? crie l'épouse effrayée.

— Monseigneur remplit mes fonctions, je remplis les siennes. »

Ces cinq historiettes suivent-elles le même canevas ? Pour commencer par la dernière on s'aperçoit à la réflexion que la conduite du marquis est en même temps inattendue et parfaitement logique, mais d'une logique qui ne s'applique pas d'ordinaire à ce genre de situation : la logique de la division du travail, qui obéit à des règles aussi vieilles que la civilisation. Or on s'attendait que sa conduite suive un tout autre code : celui de la morale sexuelle. C'est le choc brusque entre deux codes qui s'excluent mutuellement (ou entre deux contextes, deux holons cognitifs) qui produit l'effet comique. Il nous oblige à percevoir la situation simultanément dans deux cadres de référence autonomes et incompatibles ; il nous fait fonctionner au même moment sur deux longueurs d'onde. Pendant la durée de cette condition insolite, l'événement n'est pas associé à un contexte, comme c'est normalement le cas, il est *bissocié* à deux contextes.

J'ai forgé le terme de « bissociation » pour établir une distinction entre la routine de la pensée disciplinée dans un seul univers du discours — sur un seul plan, disais-je — et les types créateurs d'activité mentale qui opèrent toujours sur plus d'un plan. Dans le comique la création d'une plaisanterie subtile et la perception de cette plaisanterie, qui consiste à la *re-créer* comportent l'une et l'autre la délicieuse secousse mentale d'un saut brusque d'un plan ou d'un contexte à un autre.

Passons aux autres exemples. Dans le dialogue de film, on perçoit d'abord la « main » de la fille dans un contexte métaphorique, et ensuite, tout à coup, dans un contexte physique littéral.

La veuve qui voit son mari au paradis et en même temps trouve le sujet « trop triste » témoigne pour l'humanité dont le sort est d'habiter une « maison divisée » dans le divorce de la raison et de la foi. Là encore une plaisanterie très simple a des résonances inconscientes qui ne sont audibles qu'à l'oreille intérieure. Le médecin pense en termes de probabilités statistiques dont les règles sont inapplicables aux cas individuels ; pire encore, contrairement à ce qu'imagine le bon sens naïf, les chances du malade ne sont aucunement affectées par ce qui a pu se passer auparavant : il y en a toujours une sur dix, de même qu'à la roulette les chances du rouge sont toujours de 50 % même si le noir vient de sortir neuf fois de suite. C'est un des paradoxes de la théorie des probabilités et la plaisanterie mathématique renferme une énigme.

Le masochiste qui, sous la douche, se punit en se privant de sa punition quotidienne, suit des règles qui *renversent* celles de la logique normale. (On peut construire aussi un schéma où les deux cadres de référence sont mis à l'envers : Un sadique, c'est quelqu'un qui cherche à faire plaisir à un masochiste.) Cependant l'auteur de la plaisanterie ne croit pas vraiment que le masochiste prend une douche chaude pour se punir ; il fait semblant de le croire. L'*ironie* est la meilleure arme du satiriste ; elle fait semblant d'accepter les raisonnements de l'adversaire pour en exposer les vices ou l'absurdité implicites.

Ainsi le canevas commun de ces anecdotes est *la perception d'une situation ou d'une idée sur deux plans de référence dont chacun a sa logique interne mais qui sont incompatibles.* On pourrait y voir la collision de deux holons mentaux qui suivent chacun leur code. Cette formule est valable généralement, on peut le montrer, pour toutes les formes de comique et de jeux d'esprit, dont nous examinerons quelques-unes plus loin. Mais elle ne recouvre qu'un aspect du comique : sa *structure logique.* Il faut passer maintenant à un autre aspect fondamental : la *dynamique affective* qui anime cette structure et qui nous fait rire, ou glousser, ou sourire.

Rire et émotion

Le diseur qui raconte une histoire cherche à créer dans son auditoire une tension qui monte à mesure que se déroule le récit, mais qui ne doit pas atteindre le sommet auquel on s'attend normalement. La dernière phrase, la pointe, est une guillotine verbale qui coupe le développement logique de l'histoire et dégonfle nos prévisions dramatiques ; la tension éprouvée devient brusquement superflue, elle explose dans le rire, comme l'eau gicle d'un tuyau percé. En d'autres termes le rire débarrasse d'excitations émotives devenues sans objet et qui doivent trouver une issue dans des canaux physiologiques de moindre résistance ; la fonction du « réflexe de luxe » est de fournir ces canaux.

Il suffit d'un coup d'œil à une caricature de Hogarth ou de Rowlandson pour voir que les joyeux compères de leurs scènes de taverne se démènent pour évacuer un trop-plein d'adrénaline en se tordant le visage, en se frappant les cuisses, en explosant par saccades, la glotte à demi fermée. Les faces congestionnées montrent que les émotions dont ils se débarrassent par ces soupapes de sûreté sont la brutalité, l'envie, la paillardise grossière. Mais si l'on feuillette un album du *New Yorker* le gros rire cède la place au sourire complice : le flot d'adrénaline s'est distillé, cristallisé en un grain de sel attique. En parcourant le spectre du comique, de l'épais au subtil, de la farce bête à la devinette, de la raillerie à l'ironie, de l'anecdote à l'épigramme, le climat affectif accuse une transformation parallèle. L'émotion qui se décharge dans le gros rire est une agressivité privée de son objectif ; les plaisanteries favorites des jeunes enfants sont surtout scatologiques ; les adolescents de tous âges se gargarisent de pornographie ; l'humour noir travaille dans le sadisme refoulé, la satire dans l'indignation vertueuse. Les diverses formes d'humour comportent une étonnante variété d'humeurs qui peuvent aller jusqu'aux sentiments confus ou contradictoires ; mais quel que soit le mélange, il faut qu'il contienne un ingrédient essentiel, indispensable : une pulsion, si faible soit-elle, d'agressivité ou d'appréhension. Il peut s'agir de malice, de dédain, de la méchanceté voilée de la condescendance, ou simplement d'une absence de sympathie envers la victime de la plaisanterie — « anesthésie momentanée du cœur », selon Bergson. Dans les formes les plus subtiles d'humour la tendance agressive peut être si ténue qu'elle ne se révélerait qu'à l'analyse, comme le sel dans un plat qui cependant n'aurait pas de goût sans lui. Qu'on remplace l'agressivité par la sympathie, et la même situation (la chute d'un ivrogne) ne paraîtra plus comique, mais pathétique, elle ne fera pas rire, elle fera pitié. C'est l'élément agressif, la malice détachée de l'imitateur comique qui change le pathos en bathos, la tragédie en travesti. La malice peut se combiner à l'affection dans les taquineries amicales, ou lorsque nous ne savons s'il faut rire ou pleurer des mésaventures de Charlie Chaplin ; et chez les civilisés la composante agressive peut se sublimer ou cesser d'être consciente. Mais dans les farces qui plaisent aux enfants et aux primitifs, la cruauté et la vantardise sont manifestes. Une enquête menée en 1961 aux États-Unis sur des jeunes de huit à quinze ans concluait que « la gêne ou l'humiliation d'autrui font rire, alors qu'une remarque drôle ou spirituelle passe souvent inaperçue ».

Il en va de même dans les formes et dans les théories du comique historiquement les plus anciennes. Pour Aristote le rire est lié à la laideur et à l'avilissement. Pour Cicéron « le domaine du ridicule... se situe dans une certaine bassesse et difformité ». Pour Descartes le rire est une manifestation de joie « mêlée de surprise ou de haine ou quelquefois des deux ». Francis

Bacon dresse une liste d'objets risibles, dont le premier est la « difformité ». La théorie est parfaitement énoncée dans le *Leviathan* de Hobbes :

> La passion du rire n'est rien d'autre qu'un orgueil soudain né d'une perception soudaine de quelque éminence en nous-mêmes par comparaison à l'infirmité des autres ou à celle dont nous souffrions auparavant.

Si diverses que soient les théories du rire elles s'accordent presque toutes sur ce point : les émotions qui se déchargent dans le rire contiennent toujours un élément d'agressivité. Mais agression et appréhension sont des phénomènes jumeaux : les psychologues parlent de pulsions « agresso-défensives ». En conséquence une des situations typiques du rire est la disparition soudaine d'un danger réel ou imaginaire. Et rien ne manifeste mieux le rôle du rire en tant que mécanisme de décharge pour tensions superflues que le brusque changement d'expression d'un petit visage quand l'enfant passe de l'anxiété à la joie du soulagement. Cela paraît loin du comique. Pourtant nous retrouvons la même structure logique : le chien qui jappe furieusement est d'abord perçu par l'enfant dans un contexte redoutable, et ensuite quand il se laisse gentiment caresser, dans un contexte drôle et rassurant : l'émotion est sans objet, le trop-plein déborde.

Kant écrivait que le rire a pour cause « la transformation d'une expectative intense en une négation ».

Freud a essayé d'expliquer pourquoi l'excès d'énergie devait se décharger spécialement de cette manière :

> Autant que je sache, les grimaces et contorsions des coins de la bouche qui caractérisent le rire apparaissent d'abord chez le nourrisson satisfait et rassasié qui s'endort en laissant le sein... Ce sont les déterminations physiques de ne plus prendre de nourriture, un « assez » pour ainsi dire, ou plutôt un « plus qu'assez »... Ce sens primitif de saturation agréable a pu fournir le lien entre le sourire — phénomène fondamental sous-jacent au rire — et ses rapports subséquents avec d'autres processus agréables de dé-tension [1].

En d'autres termes, les contractions musculaires du sourire, premières expressions d'un relâchement de tension, serviraient ensuite d'exutoires de moindre résistance. De même, les explosions du rire paraissent conçues pour faire partir en vapeur une tension en excès, et la gesticulation qui les accompagne sert évidemment aux mêmes fins.

On objectera que d'aussi grosses réactions paraissent souvent hors de proportion avec les faibles stimulations qui les provoquent. Mais il faut se rappeler que le rire est un phénomène de détente et de déclenchement dans lequel il suffit quelquefois d'une force infirme pour faire éclater d'énormes réserves d'émotions, dont les sources sont bien souvent inconscientes :

1. Freud, *Gesammelte Werke,* Vol. VI.

sadisme refoulé, excitation sexuelle, peur inavouée, ou même ennui : le fou rire des élèves au moindre incident survenu en classe ne fait que mesurer leur ressentiment à l'égard du cours qui les assomme. Un autre facteur peut amplifier la réaction hors de toute proportion avec le stimulus comique, c'est la contagion sociale que le rire partage avec d'autres manifestations émotives du comportement de groupe.

Le rire et le sourire peuvent provenir aussi de stimulations qui ne sont pas comiques en elles-mêmes, mais qui signifient ou symbolisent des configurations comiques bien établies : les souliers de Charlot, le cigare de Groucho Marx, une citation, une allusion dans des plaisanteries de famille. Quand on veut savoir pourquoi on rit il faut quelquefois remonter une très longue chaîne d'associations. Et la chose est d'autant plus compliquée que les effets de ces symboles comiques — dans un dessin ou sur la scène — paraissent instantanés : les « expectatives » et les « tensions émotives » ne semblent pas avoir le temps de s'accumuler et de se décharger. Mais c'est que la mémoire entre en jeu ; elle fait office d'accumulateur, on peut en tirer une étincelle à tout moment : le sourire qui accueille l'entrée de Falstaff au théâtre provient d'un mélange de souvenirs et d'expectatives. D'ailleurs si notre réaction à un dessin humoristique paraît instantanée, il faut toujours un certain temps pour « piger » ; le dessin raconte une histoire, même s'il la télescope en quelques secondes. En somme il est aussi délicat d'analyser le comique que la composition chimique d'un parfum à multiples ingrédients, dont certains ne sont jamais consciemment perçus, et dont d'autres nous feraient faire la grimace si nous les sentions isolément.

L'inertie de l'émotion

Nous avons examiné d'abord la structure logique du comique, puis sa dynamique affective. Si l'on en fait la synthèse on peut résumer ainsi le résultat : la bissociation d'une situation ou d'une idée à deux contextes mutuellement incompatibles et de là, le transfert abrupt du courant de pensées d'un contexte à l'autre, mettent brusquement fin à nos « expectatives intenses » ; l'émotion accumulée, privée de son objet, reste en l'air et se décharge dans le rire. Quand le marquis court à la fenêtre et se met à bénir les gens dans la rue, notre intellect sursaute et entre joyeusement dans le nouveau jeu ; mais les sentiments érotiques malicieux que le début de l'histoire a éveillés ne peuvent pas s'ajuster à ce nouveau contexte ; abandonnés par l'intellect plus agile ils s'échappent dans le rire comme l'air d'un pneu crevé. Autrement dit : *nous rions parce que nos émotions ont une inertie et une persistance plus fortes que nos processus de raisonnement.* Les affects sont incapables d'aller à la vitesse de l'entendement ; ils ne peuvent pas changer de direction d'un instant à l'autre comme le raisonnement. Pour le physiologiste la chose est évidente puisque nos émotions assertives opèrent à travers l'appareil massif, phylogénétiquement ancien, du système nerveux sympathique et de ses hormones, agissant sur l'ensemble de l'organisme, alors que le langage et la logique sont concentrés dans le néocortex. L'expérience confirme tous les jours cet aspect singulier de la dichotomie entre cerveau ancien et cerveau récent. Nous sommes littéralement « empoisonnés » par nos humeurs à l'adrénaline ; il faut du temps pour apaiser quelqu'un en le raisonnant ; la peur et la colère ont des effets qui persistent longtemps après que leurs causes ont disparu. Si nous pouvions changer d'humeur aussi vite que nous sautons d'une idée à l'autre, nous serions des acrobates de l'émotion ; comme nous ne le sommes pas, nos pensées et nos émotions sont bien souvent dissociées. C'est l'émotion abandonnée par la pensée qui se décharge dans le rire. Car l'émotion, en raison de son inertie, est incapable, nous l'avons vu, de suivre les idées qui passent trop vite à un autre type de logique, elle tend à continuer en ligne droite. Ariel mène Caliban par le bout du nez, il saute sur une branche, l'autre se cogne dans l'arbre.

Au niveau physiologique, écrit Aldous Huxley, nous charrions un système glandulaire qui était parfaitement adapté à la vie du Paléolithique, mais ne l'est guère à la vie actuelle. Ainsi nous tendons à produire plus d'adrénaline qu'il ne faut ; ou bien nous nous dominons et tournons vers l'intérieur nos énergies destructives, ou bien nous ne nous dominons pas et nous nous mettons à frapper.

Il y a une troisième possibilité, c'est de nous mettre à rire. L'agressivité domptée trouve d'autres issues : le sport de compétition, la critique littéraire, etc. ; mais ce sont des activités acquises, alors que le rire est un don de la nature, inclus dans notre patrimoine héréditaire. Les fonctions glandulaires qui régissent nos émotions répondent à un stade de l'évolution où la lutte pour la vie était plus impitoyable qu'aujourd'hui : toute perception insolite entraînait une réponse immédiate, un bond, un hérissement, ou la lutte, ou la fuite. L'insécurité de l'espèce diminuant, il fallut de nouveaux exutoires aux émotions qui ne pouvaient plus se libérer selon leurs voies originelles, et le rire est évidemment l'un d'entre eux. Mais il ne pouvait apparaître que lorsque la raison se fut jusqu'à un certain point émancipée des pulsions « aveugles » de l'émotion. Au-dessous de l'humain, penser et sentir paraissent former une unité indivisible ; ce n'est que lorsque la pensée s'est peu à peu détachée du sentiment que l'homme a pu percevoir l'exagération de ses émotions, affronter ses humeurs glandulaires avec un peu d'humour, et s'avouer avec le sourire : « J'ai été joué. »

Humour verbal

La discussion précédente devait nous donner les moyens de disséquer et d'analyser le comique sous toutes ses espèces. La procédure à suivre consiste à déterminer la nature des contextes dont la collision produit l'effet comique : à découvrir le type de logique, les « règles du jeu » qui les gouvernent (et il peut y avoir plus de deux contextes). Dans une plaisanterie raffinée la « logique » est implicite, dissimulée ; dès qu'on l'explique le comique meurt. Les pages qui suivent seront jonchées de cadavres, c'est inévitable.

Max Eastman remarquait (dans *The Enjoyment of Laughter*) à propos d'un calembour pénible d'Ogden Nash : « Ce n'est pas un calembour, c'est une expédition punitive. » On peut en dire autant de la plupart des calembours qui bien souvent nous semblent atroces parce qu'ils représentent la forme la plus primitive de l'humour : deux fils de pensée disparates attachés par un nœud acoustique. Mais le caractère élémentaire de ces bissociations fondées sur l'assonance et rien d'autre peut précisément expliquer l'immense popularité du calembour chez les enfants et sa prédominance dans certaines maladies mentales.

Du jeu d'assonances on s'élève vers le jeu de mots puis vers le jeu d'idées, ou jeu d'esprit. Le premier est quelquefois drôle à condition d'être présenté avec légèreté, et sans insister. Mais l'anecdote de l'évêque et du marquis, par exemple, appartient déjà à une catégorie supérieure, parce qu'elle joue sur les idées.

Il serait facile, et fort ennuyeux, de dresser une liste de plaisanteries et de bons mots classés d'après la nature des contextes dont la collision produit un effet comique. Nous en avons déjà rencontré, comme le sens figuré heurtant le sens littéral (la main de la fille), la logique professionnelle heurtant la logique du bon sens (le médecin statisticien), les deux codes de conduite incompatibles (le marquis), le banal heurtant le sublime (le paradis du mari), les courants de pensée qui vont leur train et qu'on relie dans des directions opposées (le sadique qui fait plaisir au masochiste). On pourrait allonger la liste indéfiniment ; en fait on peut obtenir un effet comique de deux holons cognitifs quels qu'ils soient en les mélangeant et en infusant une goutte de malice à la concoction. On peut même définir les contextes par des concepts aussi abstraits que le temps et l'espace. Le savant distrait qui interroge sa montre pour connaître la température ou un thermomètre pour savoir l'heure est comique exactement comme il serait comique de jouer au ping-pong avec un ballon de rugby ou au rugby avec une balle de ping-pong. Les variations sont infinies, la formule est toujours la même.

Les anecdotes et les bons mots culminent en un seul point. Les formes littéraires d'humour soutenu, comme le roman picaresque, reposent au contraire sur la continuité d'une série de surprises. Le récit avance sur la ligne d'intersection de plans contrastés (par exemple le monde merveilleux de don Quichotte et la grosse finasserie de Sancho Pança), à moins qu'il n'oscille entre ces plans ; il y a donc une tension continuellement renouvelée qui se décharge dans un amusement modéré.

La poésie comique peut prospérer dans l'union mélodieuse d'incongruités *(Sur le Racine mort le Campistron pullule...)* et surtout dans le contraste entre la majesté de la forme et la platitude du contenu. Certaines formes métriques, l'alexandrin en particulier, évoquent immédiatement des visions héroïques, pathétiques et nobles ; il suffit de couler des banalités et des sottises dans ce moule épique pour obtenir presque infailliblement des effets comiques. En français, c'est le procédé dont se sont servis avec des fortunes diverses Scarron, Boileau, Voltaire, puis une foule de chansonniers.

Autre type de disparité entre la forme et le contenu, les faux proverbes : « Il faut manger la confiture la veille et le lendemain, mais jamais le jour même. » Deux propositions contradictoires sont télescopées en une phrase dont l'allure comminatoire et populaire donne l'impression d'un adage de la sagesse des nations. De même le non-sens poétique, très pratiqué en anglais, obtient son effet en feignant d'avoir un sens, en obligeant le lecteur à trouver une signification à des syllabes absurdes, comme il en trouve forcément une aux taches d'un test de Rorschach.

La *satire* est une caricature verbale qui donne une image délibérément déformée d'un homme, d'une institution ou d'une société. La méthode traditionnelle du caricaturiste consiste à exagérer les traits qu'il considère comme caractéristiques du modèle, et à simplifier ce modèle en laissant de côté tout ce qui n'est pas pertinent au but recherché. Le satiriste emploie la même technique ; les traits de la société qu'il choisit de grossir sont naturellement ceux qu'il désapprouve. Pour le lecteur le résultat est une juxtaposition de son image habituelle du monde et de son reflet absurde dans le miroir déformant du satiriste. Il est amené ainsi à reconnaître des traits familiers dans l'absurde, et l'absurdité dans le familier. Sans cette vue double, la satire n'aurait rien de drôle. Si les Yahoos humains étaient vraiment les monstres puants que dénoncent les Houyhnhnms en accueillant Gulliver, le livre de Swift ne serait pas une satire, mais la description d'une vérité déplorable. La satire ne peut se contenter d'insulter franchement, elle doit dépasser la cible et le faire exprès.

On obtient un effet analogue si, au lieu d'exagérer les traits fâcheux, le satiriste les projette au moyen de l'*allégorie* dans un cadre différent, comme celui d'une société animale. De nombreux écrivains ont employé cette méthode depuis Aristophane (Swift, Anatole France, George Orwell, etc.) pour attirer l'attention sur des difformités de la société que les gens, par habitude, trouvent normales.

Comique de situation

Le comique le plus élémentaire est celui de la grosse farce. Quand on tire la chaise sous le derrière du dignitaire qui va s'asseoir, la victime est perçue d'abord comme important personnage puis brusquement comme corps inerte soumis aux lois de la physique ; la gravité tombe dans la gravitation, l'esprit dans la matière, l'homme n'est plus qu'une mécanique. Des militaires au défilé ressemblent à des automates, le pédant à un robot ; l'adjudant surpris par la colique, Hamlet victime du hoquet, manifestent le triomphe de la chair misérable sur les hautes aspirations humaines. C'est aussi l'effet que produisent des objets d'allure vaguement humaine, marionnettes, diable dans la boîte, gadgets qui se jouent de leur maître avec une malice qu'on dirait calculée.

De la bissociation *homme-machine,* il n'y a qu'un pas jusqu'à l'hybride *homme-animal.* Les créatures de Disney agissent comme des humains en gardant leurs formes animales. Le caricaturiste suit le procédé inverse quand il révèle dans un visage des traits chevalins ou porcins.

On peut passer de là aux mécanismes de l'*imitation* et du *travesti.* On perçoit l'imitateur comme un être double : il est lui-même, il est un autre. Si le résultat est légèrement dégradant, et seulement dans ce cas, le spectateur rit. Le chansonnier qui joue un personnage politique, deux pantalons servant de jambes à un cheval de pantomime, un homme déguisé en femme, ou une femme en homme : dans chaque cas des structures accouplées se réduisent mutuellement à l'absurde.

La forme la plus agressive d'imitation est la parodie, qui a pour but de dégonfler les prétentions pompeuses, de détruire l'illusion, et de mimer le pathétique en dénonçant les humaines faiblesses de la victime. Perruques enlevées, orateurs perdant la mémoire, grands gestes figés : les cibles favorites du parodiste se situent encore sur la ligne d'intersection entre le trivial et le sublime.

Le comportement ludique chez les jeunes animaux et chez les enfants amuse parce qu'il semble parodier un comportement adulte qu'il imite et annonce. Les petits chiens paraissent drôles à cause du désarroi, de la confiance, de l'attachement et des mines étonnées, qui les rendent plus « humains » que les chiens adultes ; les féroces grognements du chiot ont l'air d'une imitation du comportement adulte (ainsi de l'enfant coiffé du chapeau de son père) ; ensuite sa maladresse l'offre sans défense aux mésaventures comiques ; en outre ses disproportions corporelles, la panse, les grosses pattes, le front ridé ont toutes les apparences de la caricature — et pour finir il y a notre condescendance : nous sommes des êtres tellement supérieurs... Dans un sourire il peut y avoir une foule d'ingrédients logiques et de condiments affectifs.

Pour Francis Bacon comme pour Cicéron la difformité était la cause la plus fréquente du rire. Les princes de la Renaissance, pour s'ébaudir, collectionnaient les nains, les bossus, et les nègres. Devenus trop humains pour ce genre d'humour, nous ne voyons pas qu'il faut une certaine imagination et beaucoup d'empathie pour reconnaître dans un nain contrefait un être humain qui, pour différent qu'il paraisse, existe et souffre comme nous. Chez les enfants cette faculté de projection est rudimentaire ; un bègue, un boiteux, un accent étranger les font ricaner. Il en va de même de l'attitude des sociétés tribales ou provinciales à l'égard de toute apparence ou de tout comportement qui dévie de leurs normes : l'étranger n'est pas vraiment humain, il ne peut que faire semblant d'être « comme nous ». En grec, « barbare » signifiait à la fois bègue et étranger : les aboiements incompréhensibles de l'étranger ne peuvent être qu'une parodie du langage humain. On trouve encore des traces de cette attitude dans le fait que nous tolérons un accent étranger, mais que nous trouvons comique l'imitation qu'on en fait. C'est que nous savons alors que l'imitateur fait exprès de mal prononcer : dès lors la sympathie n'est plus nécessaire, nous pouvons, la conscience pure, être aussi méchants que des enfants.

Autre source de gaieté innocente : la partie et le tout échangent leurs rôles, et l'attention se concentre sur un détail arraché au contexte fonctionnel dont dépend sa signification. La voix de soprano qui répète indéfiniment la même vocalise sur un disque rayé donne à cette vocalise une existence indépendante, qui devient grotesque. Il en va de même quand une faute d'orthographe isole un mot ou une lettre, quand la conscience se met à considérer des fonctions remplies d'ordinaire automatiquement : c'est le paradoxe du mille-pattes. L'adolescent timide qui « ne sait pas quoi faire de ses mains » est victime du même malaise.

Les comédies étaient classées autrefois en comédies de situations, de mœurs et de caractères. La logique des deux dernières est assez évidente ; dans la première on obtient des effets comiques en faisant participer simultanément une situation à deux séries d'événements indépendantes et dans des contextes différents, les séries se coupant grâce à des hasards, des surprises d'identité, ou des malentendus. Elles tournent autour de la coïncidence, qui est aussi le *deus ex machina* de la tragédie antique.

En revanche les anciennes théories du comique n'ont jamais pu découvrir pourquoi le chatouillement fait rire. C'est Darwin qui a observé que la réaction instinctive au chatouillement est une contorsion, un effort pour retirer ou protéger la partie attaquée : c'est une réaction de défense destinée à délivrer d'une prise hostile des endroits vulnérables comme la plante des pieds, les aisselles, le bas-ventre, les flancs. Qu'une mouche se pose sur le ventre d'un cheval, une sorte d'onde contractile passera sur la peau ; c'est l'équivalent des tortillements de l'enfant chatouillé. Mais le cheval ne rit pas ; et l'enfant ne rit pas toujours. Il ne rira — voilà le fond du problème — que s'il perçoit le chatouillement comme un jeu, une caresse déguisée, une fausse attaque. C'est d'ailleurs ce qui explique que l'on ne rit pas lorsqu'on se chatouille soi-même.

Des expériences menées à Yale sur des bébés de moins d'un an ont mis en lumière un fait, d'ailleurs peu surprenant : ces bébés rient quinze fois plus souvent quand ils sont chatouillés par leur mère que s'ils le sont par des étrangers. C'est qu'il faut que l'enfant sache que c'est un jeu ; avec un étranger on ne sait jamais. Même avec sa mère le bébé n'est pas tout à fait sans inquiétude : le rire et cette inquiétude alternent dans son comportement ; et c'est précisément cet élément d'appréhension entre deux chatouillements qui se soulage dans le rire accompagnant le tortillement. « Fais-moi peur juste assez pour que j'aime ne plus avoir peur », telle est la règle du jeu.

Ainsi le chatouilleur fait l'agresseur et en même temps on sait qu'il n'en est pas un. C'est sans doute la première situation dans laquelle l'enfant doit vivre sur deux plans à la fois — avant-goût du plaisir des bandes dessinées d'horreur.

L'humour dans les arts plastiques manifeste les mêmes structures logiques que celles qui viennent d'être examinées. Sa forme la plus primitive est le miroir déformant des fêtes foraines qui nous renvoie l'anatomie humaine allongée en girafe ou aplatie en crapaud ; il fait des farces à la victime qui dans la glace voit à la fois son image et un morceau de plasticine qui se laisse docilement étirer ou pétrir. Mais tandis que le miroir déforme mécaniquement, le caricaturiste le fait sélectivement au moyen de la même technique que la satire, qui consiste à exagérer les traits caractéristiques et à simplifier le reste. Comme le satirique, le caricaturiste révèle l'absurde dans le familier ; et comme lui il faut qu'il dépasse la cible. Sa malice devient inoffensive parce que nous savons que les pots à tabac monstrueux qu'il dessine ne sont pas réels ; les vraies difformités ne sont plus comiques, elles inspirent la pitié.

L'artiste qui peint un portrait stylisé utilise aussi la technique de la sélection, de l'exagération et de la simplification ; mais son attitude envers le modèle est dominée par l'empathie positive, au lieu de la malice négative ; et les traits qu'il choisit de souligner diffèrent en conséquence. Dans certaines études de Léonard de Vinci, de Hogarth et de Daumier les passions qui se reflètent sont si violentes, les grimaces si féroces, qu'il est impossible de dire s'il s'agit de portraits ou de caricatures. Si l'on estime que ces déformations du visage humain ne sont pas vraiment possibles et que Daumier a seulement fait semblant d'y croire, on est dispensé d'horreur et de pitié, on peut rire de ces grotesques. Mais si l'on croit que c'est bien cela que Daumier a vu dans ces faces déshumanisées, alors on regarde une œuvre d'art.

L'humour dans la musique est un sujet à aborder avec précaution, parce que le langage musical refuse de se laisser traduire en symboles verbaux. Du moins peut-on signaler quelques analogies : le coup de trompette qui intervient brusquement dans une mélodie peut faire l'effet d'une farce ; le chanteur ou l'instrument qui détonne produit la même réaction ; l'imitation des bruits d'animaux exploite la technique générale de l'imitation ; un nocturne de Chopin arrangé pour le jazz, ou une chanson des rues exécutée dans le style de la Walkyrie, mélangent des contextes incompatibles. Ce sont des procédés primitifs qui correspondent aux niveaux inférieurs du comique ; plus haut on rencontre des compositions comme *La Valse* de Ravel, parodie affectueuse des valses viennoises, la symphonie des surprises de Haydn ou le faux héroïsme de l'opéra populaire de Kodaly, *Hari Janos.* Mais dans un opéra-comique il est presque impossible de séparer le comique du livret de celui de la musique, et les formes les plus hautes de l'humour musical, les charmes inattendus d'un scherzo de Mozart, défient toute explication, à moins d'une analyse tellement technique qu'elle manquerait son but. Si un passage musical « spirituel » qui étonne l'auditoire et le frustre de ses « expectatives intenses » a bien l'effet de relâchement qui tend à produire le rire, néanmoins le public d'un concert peut sourire à l'occasion, il n'ira pas jusqu'à s'esclaffer. Autrement dit, les émotions provoquées par l'humour musical sont d'un genre plus subtil que celles que nous devons au comique verbal ou visuel.

Styles et techniques dans l'humour

Les critères qui permettent de décider si un essai d'humour sera bon, mauvais ou indifférent sont en partie question de goût, évidemment, mais ils dépendent surtout du style et de la technique de l'humoriste. Il semble que ces critères peuvent se grouper sous trois rubriques : l'originalité, l'insistance, l'économie.

Les mérites de l'originalité sont évidents ; c'est elle qui provoque l'effet de surprise et bouleverse les prévisions. Mais l'originalité n'est pas plus fréquente dans le comique que dans les autres formes d'art. On lui substitue généralement des techniques d'accent suggestif qui visent à augmenter la tension de l'auditoire. Le domaine du clown, c'est le comique généreux et grossier, qui en rajoute, qui fait appel aux pulsions sadiques, sexuelles et scatologiques. La répétition sans fin des mêmes situations, des mêmes phrases en est un tour favori. Et il est vrai que la répétition diminue l'effet de surprise, mais elle aide à attirer l'émotion dans l'exutoire familier : on pompe de plus en plus de liquide dans le même tuyau crevé.

L'insistance sur la couleur locale et les singularités ethniques — comme dans les histoires juives, écossaises, corses, etc. — est un autre moyen de précipiter l'émotion dans les vieilles ornières. Il faut naturellement que le Corse et l'Écossais soient des caricatures pour qu'il y ait un effet comique : l'exagération et la simplification sont encore indispensables pour accentuer et souligner.

Mais dans des formes d'humour plus relevées l'insistance cède peu à peu la place à une vertu opposée : l'économie. Il ne s'agit pas d'une mécanique, il s'agit de suggérer au lieu d'expliquer, de faire allusion au lieu d'attaquer de front. Il y a des caricatures démodées qui appuient lourdement à l'aide de lions britanniques et de coqs gaulois ; il y en a de meilleures qui proposent des rébus et font travailler un peu l'imagination.

Dans le comique comme en toute forme d'art l'accent et l'économie sont des techniques complémentaires. Le premier brutalise un peu le consommateur, la seconde le tente, pour lui aiguiser l'appétit.

Humour, science et art

Les anciennes théories — y compris celles de Bergson et de Freud — traitent le comique comme un phénomène isolé, sans essayer d'éclairer les rapports entre l'humour et le tragique, entre le rire et les pleurs, entre l'inspiration artistique, l'invention comique et la découverte scientifique. Pourtant, nous le verrons, ces trois domaines de l'activité créatrice forment un tissu continu; il n'y a pas de frontière nette entre l'humour et l'ingéniosité, ni entre l'art de la découverte et les découvertes de l'art.

On a dit, par exemple, que la découverte scientifique consiste à voir une analogie jusque-là inaperçue. Salomon, dans le Cantique des Cantiques, compare le cou de la Sulamite à une tour d'ivoire : c'est une analogie que personne n'avait vue avant lui; de même William Harvey quand il perçoit le cœur mis à nu d'un poisson comme une sorte de pompe mécanique sanguinolente; et de même encore le caricaturiste qui dessine un nez en forme de concombre. En fait, tous les schémas bissociatifs dont nous avons parlé et qui constituent la « grammaire » du comique, peuvent servir aussi à l'art ou à la découverte, selon le cas. Le calembour trouve un équivalent dans la rime, il en trouve d'autres dans les problèmes de la philologie. Le choc de codes de comportement incompatibles peut produire du comique, du tragique, ou des intuitions psychologiques neuves. La farce exploite le dualisme de l'esprit et de la matière, qui procure aussi l'un des thèmes éternels de la littérature : l'homme, marionnette que manipulent les dieux ou les chromosomes. La dichotomie homme-animal se retrouve dans Donald Duck, mais aussi dans *la Métamorphose* de Kafka et dans les rats de laboratoire, chers aux psychologues. La caricature correspond non seulement au portrait dans l'art, mais aussi, dans les sciences, aux plans et aux graphiques qui soulignent les traits pertinents et laissent le reste de côté.

Les processus conscients et inconscients de la créativité sont essentiellement des activités combinatoires, rassemblant des domaines de savoir et d'expérience précédemment séparés. Le but du savant est la synthèse; celui de l'artiste, la juxtaposition du banal et de l'éternel; le jeu de l'humoriste consiste à agencer une collision.

Mais les transitions de l'un à l'autre sont continues; le mot d'esprit devient épigramme, la caricature portrait; et si l'on considère l'architecture, la médecine, le jeu d'échecs ou la cuisine, on ne voit pas de frontière nette pour distinguer où finit la science, où commence l'art. Le comique et le tragique, le rire et les larmes, marquent les extrémités d'un spectre continu.

RÉSUMÉ [1]

Le comique permet d'entrer par la petite porte dans le domaine de la créativité parce que c'est le seul exemple de stimulus intellectuel complexe déclenchant une réponse physiologique simple : le réflexe du rire.

Pour décrire le schéma unitaire qui convient à toutes les variétés du comique j'ai proposé le terme de bissociation, qui désigne la perception d'une situation ou d'un événement dans deux contextes associatifs qui s'excluent mutuellement. Le résultat est un brusque transfert du courant de conscience sur une piste différente, que régit une logique différente, une autre « règle du jeu ». Ce choc intellectuel fait retomber l'expectative, les émotions excitées sont soudain sans objet, elles sont évacuées dans le rire.

Si complexes qu'elles soient, les émotions concernées contiennent toujours un élément dominant de tendances assertives, agresso-défensives. Elles se fondent sur le réseau adrénalo-sympathique du système nerveux (le cerveau ancien) et ont beaucoup plus de persistance et d'inertie que les processus ondoyants et subtils de la pensée corticale, qu'elles sont incapables de suivre à la même vitesse. C'est l'émotion abandonnée par la pensée qui se décharge dans le rire, de manière inoffensive. Mais ce réflexe de luxe ne peut apparaître que chez un être dont l'intelligence s'est suffisamment affranchie des pulsions biologiques pour pouvoir percevoir la vanité de ses émotions, et comprendre qu'il a été joué. L'homme qui rit est à l'opposé du fanatique dont la raison est aveuglée par l'affectivité, et qui est dupe de lui-même

Après avoir appliqué la théorie à divers types de comique — du chatouillement à la satire sociale — j'ai examiné les critères des styles et des techniques de l'humour : originalité (l'inattendu) ; insistance par sélection, exagération et simplification ; et économie (l'implicite) qui oblige l'auditoire à un effort de re-création.

Finalement les brèves références à la créativité dans la science et dans l'art que contiennent les dernières lignes de ce chapitre peuvent servir d'introduction aux pages qui vont suivre.

1. Ce résumé est emprunté à *Janus*, 1979.

CHAPITRE XXVII

L'art de la découverte et les découvertes de l'art

TECHNIQUEMENT il est difficile, quelquefois impossible, de rendre intelligible une théorie complexe en citant des extraits du texte original. Mieux vaut alors condenser, résumer, abstraire au lieu d'extraire. Ainsi ai-je essayé de résumer l'essentiel du contenu du Cri d'Archimède *dans des livres postérieurs (*Le Cheval dans la locomotive *et* Janus*); ce sont ces versions condensées que je citerai dans les chapitres qui suivent. Le passage ci-dessous est extrait de* Janus.

On pourrait dire que la créativité, dans les sciences, est l'art d'additionner deux et deux pour faire cinq. En d'autres termes elle consiste à combiner des structures mentales précédemment sans rapports de manière à obtenir de leur ensemble plus que l'on y a mis au départ. Ce résultat qui paraît magique vient du fait que le tout n'est pas seulement la somme de ses parties, mais aussi l'expression des relations entre les parties : toute nouvelle synthèse fait apparaître de nouvelles structures de relations — des holons cognitifs plus complexes aux échelons supérieurs de la hiérarchie mentale.

J'en ai donné de nombreux exemples dans *Les Somnambules, Le Cri d'Archimède,* etc. En voici quelques-uns.

L'homme a toujours connu les mouvements des marées. Et ceux de la Lune aussi. Mais l'idée de les mettre en rapport, l'idée que les marées sont dues à l'attraction de la Lune, a été affirmée pour la première fois au XVIIe siècle par l'Allemand Johannes Kepler qui, par cette combinaison de deux données, ouvrit les horizons infinis de l'astronomie moderne.

Les aimants étaient connus des Grecs, dans l'Antiquité, comme une curiosité de la nature. Au Moyen Age ils avaient deux utilités : les navigateurs s'en servaient dans les boussoles, et les maris trompés dans leurs lits pour ramener leurs femmes. On connaissait fort bien aussi les curieuses propriétés de l'ambre, qui attire les objets légers quand on le frotte. Ambre se dit en grec *elektron,* mais la science antique ne s'intéressait pas plus aux bizarres phénomènes de l'électricité que la science moderne à la télépathie. Pas davantage d'intérêt au Moyen Age. Pendant deux mille ans on regarda le magnétisme et l'électricité comme des phénomènes parfaitement distincts, aussi étrangers l'un à l'autre que la lune et les marées. En 1820 Hans Christian Œrsted s'aperçut qu'un courant électrique passant dans un fil de métal faisait dévier une aiguille magnétique qui se trouvait sur la table. A ce moment historique les deux contextes jusqu'alors séparés commencèrent à s'unir dans un début de synthèse : l'électromagnétisme, et à déclencher une sorte de réaction en chaîne qui se poursuit encore. Successivement l'électricité et le magnétisme s'unirent à la lumière radiante, la chimie à la physique, l'humble *elektron* devint une planète en orbite dans le système solaire de l'atome, et finalement l'énergie et la matière vinrent fusionner dans la brève et sinistre équation d'Einstein $E = mc^2$.

Si l'on retourne aux débuts de l'aventure scientifique on trouve la tradition selon laquelle Pythagore découvrit les secrets de l'harmonie en regardant travailler des forgerons dans son île de Samos, et en remarquant que des barres de fer de longueurs différentes donnaient sous les coups de marteau des sons de hauteurs différentes. Cet amalgame spontané de l'arithmétique et de la musique fut probablement le point de départ de la physique.

Depuis les pythagoriciens qui mirent en mathématiques l'harmonie des sphères jusqu'à leurs modernes héritiers qui ont combiné l'espace et le temps en tout continu, le schéma est le même : les découvertes de la science ne créent rien à partir de rien ; elles combinent, relient, intègrent des idées, des faits, des holons intellectuels, qui existaient déjà mais qui n'avaient pas de rapport entre eux. Ce croisement, qui peut être une autofécondation dans un seul cerveau, semble être l'essence de la créativité et justifier le terme de « bissociation ». Nous avons vu comment l'humoriste bissocie des structures mentales mutuellement incompatibles pour produire une collision. De son côté l'homme de science vise la synthèse, l'intégration d'idées précédemment distinctes. Le latin *cogitare* « penser », vient de *coagitare*, « secouer ensemble ». Dans le comique la bissociation consiste à secouer brusquement des éléments incompatibles, qui se heurtent et se séparent aussitôt. Dans la science il s'agit de combiner des holons cognitifs jusque-là non reliés de manière à ajouter un nouvel échelon à la hiérarchie du savoir, qui s'incorpore les structures précédemment séparées.

Nous avons vu cependant que les deux domaines sont contigus, il n'y a pas de coupure nette : tout mot d'esprit est une découverte malicieuse, et vice versa, beaucoup de grandes découvertes scientifiques ont été accueillies par des éclats de rire, pour la bonne raison qu'elles semblaient vouloir marier des idées hétéroclites, jusqu'au jour où le mariage s'est révélé fécond en prouvant que la prétendue incompatibilité ne venait que des préjugés. Ce qui semblait une collision s'achevait en fusion : le mot d'esprit est l'énoncé d'un paradoxe, la découverte la solution d'un paradoxe. Galilée lui-même trouva que la théorie des marées de Kepler était une mauvaise plaisanterie, comme si un caricaturiste avait dessiné une grosse lune en train d'aspirer les océans. Mais s'il n'y a qu'un pas du sublime au ridicule, la réciproque est vraie : les satires de Swift et d'Orwell enseignent des leçons plus profondes que toute une bibliothèque de sociologie.

En passant des types d'humour les plus grossiers aux plus raffinés, puis en franchissant la frontière fluide au centre du triptyque ci-dessous nous rencontrons des hybrides comme les rébus, les casse-tête logiques, les jeux mathématiques. Pendant deux millénaires les paradoxes d'Achille et la Tortue ou du Menteur crétois ont fait travailler les philosophes, et la logique leur doit plus d'un effort créateur. Face à de telles devinettes l'auditeur n'est plus invité à comprendre la plaisanterie, mais à résoudre le problème.

En parcourant encore le triptyque dans le même sens, on retrouve les mêmes transitions continues entre les domaines de la science et de l'art, passage nuancé, sans divisions, sans ruptures, d'une couleur à l'autre de l'arc-en-ciel.

Les lignes horizontales qui traversent le triptyque de la créativité veulent indiquer la continuité de certains schémas combinatoires caractéristiques : processus bissociatifs fondamentaux que l'on retrouve sur les trois volets. Ces schémas sont trivalents : ils servent à l'humour, à la découverte scientifique, à l'art. Nous avons vu qu'une caricature, un graphique et un portrait utilisent la même technique bissociative qui consiste à placer des grilles sélectives sur une apparence optique. Pourtant, dans le langage de la psychologie behavioriste, il faudrait dire que Cézanne en regardant un paysage reçoit un « stimulus » auquel il réagit par un coup de pinceau sur la

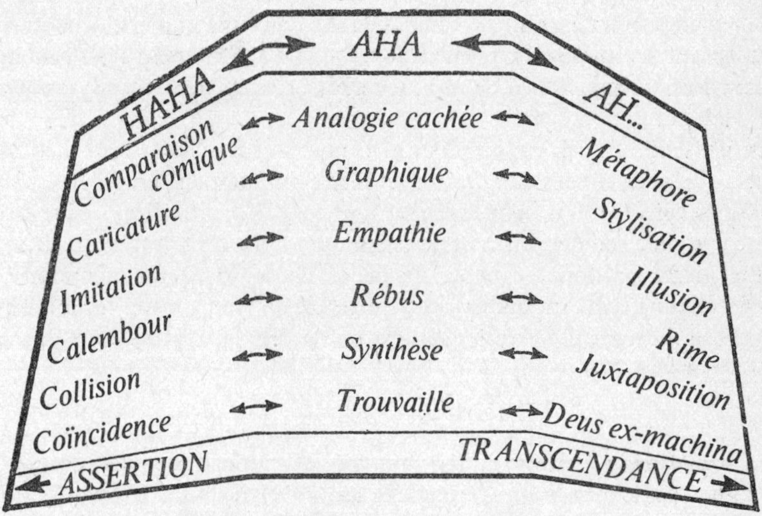

Les trois domaines de créativité

toile — et rien de plus. En réalité percevoir et recréer le paysage sont deux activités qui ont lieu simultanément sur deux plans différents, dans deux environnements différents. Le stimulus provient d'un vaste environnement à trois dimensions, le paysage lointain. La réponse agit sur un autre environnement : une petite toile rectangulaire. Chacun des deux a ses règles d'organisation : un coup de pinceau sur la toile ne représente pas un détail du paysage. Il n'y a pas de correspondance point par point entre les deux plans, qui sont bissociés comme des totalités dans la création de l'artiste et dans le regard du spectateur.

La création d'une œuvre d'art comporte une série de processus qui agissent pratiquement tous en même temps et que l'on ne peut décrire sans les appauvrir et les déformer. L'artiste, comme l'homme de science, s'efforce de projeter sa vision du réel dans un médium particulier, qui peut s'appeler peinture, marbre, phrases ou équations mathématiques. Mais le produit de son travail ne saurait être une représentation exacte, une copie du réel, même s'il a la naïveté de l'espérer. En premier lieu il doit lutter avec les singularités et les limitations du médium qu'il a choisi. Mais surtout sa perception, sa conception du monde ont également leurs singularités et leurs limites, dues aux conventions implicites de son temps, de son école et de son tempérament individuel. Ces conventions contribuent à la cohérence de sa vision, mais elles risquent aussi d'aboutir aux formules figées, aux stéréotypes, aux clichés visuels et littéraires. L'originalité du génie, dans l'art comme dans la science, consiste à fixer l'attention sur des aspects de la réalité auparavant négligés, à découvrir des rapports cachés, à voir sous un jour nouveau des objets ou des événements familiers.

Après une conférence que je venais de faire dans une université américaine en exposant les thèses du présent ouvrage, l'un des « peintres résidents » déclara d'un ton courroucé : « Moi, je ne bissocie pas. Je m'assois, je regarde le modèle, et je le peins. »

En un sens, il avait raison. Il avait trouvé son « style », son vocabulaire visuel, quelques années auparavant, et il se contentait de l'employer avec les variations convenables, pour exprimer tout ce qu'il avait à dire. Le processus créateur s'était stabilisé en routine technique. On aurait grand tort de sous-estimer cette pratique, capable de belles choses dans un laboratoire de chimie comme dans un atelier de peintre. Mais la virtuosité technique est une chose, l'originalité créatrice en est une autre, et c'est de cette dernière qu'il s'agit ici.

La trinité de la caricature, du graphique et du portrait stylisé donne une des lignes horizontales qui réunissent les trois volets du triptyque. Nous avons cité plus haut d'autres structures trivalentes. Ainsi la bissociation du son et du sens, sous sa forme élémentaire, produit le calembour. Mais la rime est souvent un noble calembour, ou le son fait résonner le sens ; et pour l'anthropologue comme pour le linguiste le son fournit de bons indices pour trouver le sens. De même quand le rythme et la mesure s'emparent du sens ils peuvent produire soit un sonnet de Shakespeare, soit des vers de mirliton ; et sur le panneau central l'étude des pulsations rythmiques joue un rôle essentiel, depuis les ondes alpha jusqu'aux diastoles et systoles, ïambes et trochées de la vie. Il n'est guère surprenant que la prosodie fasse encore écho au tambour du chamane et que selon Yeats elle « berce l'âme jusqu'à l'extase ».

Le caractère trinitaire d'un grand nombre de combinaisons bissociatives devient presque trop évident lorsqu'on saisit le principe sous-jacent et que l'on perçoit comme un *continuum* les trois domaines de la créativité. Ainsi la poursuite des analogies cachées donne l'image poétique, la découverte scientifique, ou l'imitation comique, selon les motifs de la recherche. Des dichotomies comme celles de l'esprit et de la matière, du pur esprit et (ou) du singe nu donnent lieu à d'infinies variations scientifiques, esthétiques ou comiques.

Moins évident, le rôle trivalent de l'illusion. L'acteur ou l'imitateur sur scène se dédouble. Si le résultat est péjoratif ou dégradant, l'illusion s'effondre, le public rit. Si le spectateur est amené à s'identifier au héros, il va lui-même se dédoubler pour succomber à la magie du théâtre. Mais, outre le parodiste et le comédien, il existe un troisième type d'imitateur qui utilise délibérément la faculté humaine du dédoublement : c'est l'analyste ou le guérisseur qui se projette dans le psychisme du patient et en même temps joue un rôle de mage ou de père. Le mot empathie *(Einfühlung)* est un terme poli pour désigner ce processus assez mystérieux par lequel on entre dans une sorte de symbiose mentale avec autrui, comme si l'on sortait de soi-même pour se mettre dans la peau d'un autre. L'empathie est à l'origine de notre compréhension instinctive — plus immédiate que le langage — des pensées et des sentiments d'autrui ; c'est le point de départ de la science et de l'art du diagnostic et de la psychanalyse.

On peut décrire la *coïncidence* comme la rencontre fortuite de deux séries causales indépendantes qui fusionnent — comme par miracle — en un événement signifiant. C'est un parfait paradigme de la bissociation de deux contextes distincts, une bissociation qui serait agencée par le sort. Les coïncidences sont les calembours du destin. Dans le calembour deux fils de pensée se trouvent attachés par un nœud acoustique ; dans la coïncidence, deux séries d'événements se trouvent enchaînées par des mains invisibles.

La coïncidence peut d'ailleurs servir d'exemple pour montrer la trivalence des schémas bissociatifs. Elle est à la base des farces et des comédies de boulevard qui dépendent de situations équivoques aboutissant aux erreurs d'identité et aux confusions de temps et de lieu. Mais dans la tragédie classique la coïncidence apparemment fortuite est le *deus ex machina* qui vient s'ingérer dans la destinée des hommes. C'est une erreur d'identité qui pousse Œdipe, pris au piège, à tuer son père et à épouser sa mère. Et finalement on sait que les hasards heureux jouent un rôle considérable dans l'histoire des découvertes scientifiques.

Cependant à un niveau plus élevé du triptyque le schéma se modifie quelque peu. La comédie de situation fait place à la comédie de mœurs qui n'utilise plus les gros effets de la coïncidence, mais plutôt le choc de *codes incompatibles* de raisonnement ou de conduite, ce qui aboutit à faire éclater l'hypocrisie ou l'absurdité de l'un des codes, ou les deux. Le théâtre contemporain témoigne d'un changement analogue ; le destin n'agit plus de l'extérieur, mais de l'intérieur des personnages qui ne sont plus des marionnettes suspendues à des ficelles et manipulées par les dieux, mais des victimes de leurs propres passions absurdes et contradictoires : « Ce n'est pas la faute des astres, cher Brutus, c'est la nôtre... »

La littérature romanesque, comme le théâtre, vit de conflits, qui d'ailleurs peuvent demeurer implicites, mais qui doivent exister : sans eux les personnages glisseraient dans un univers sans frictions. Il peut y avoir conflit dans le cœur divisé d'un seul être, ou entre plusieurs personnages, ou entre l'homme et son destin. Entre des personnalités le conflit peut provenir de diverses oppositions d'idées, de tempéraments, de systèmes de valeurs ou de codes de conduite, comme dans la comédie. Mais si dans des ouvrages comiques la collision aboutit à l'incrédulité malicieuse, le conflit peut atteindre à la dignité tragique si le public est amené à accepter comme valables, chacune dans son système, les attitudes de deux protagonistes. Si l'auteur y réussit, le conflit se projettera dans l'esprit du lecteur ou du spectateur et il sera ressenti comme un choc entre deux identifications simultanées et incompatibles. « De nos querelles avec autrui nous faisons de la rhétorique, de nos querelles avec nous-mêmes de la poésie », écrit Yeats. L'auteur comique nous fait rire aux dépens de la victime ; l'auteur tragique nous fait souffrir avec elle et nous rend complices ; le psychologue travaille à résoudre les conflits en analysant les facteurs qui les provoquent.

CHAPITRE XXVIII

Art et émotion

LES extraits précédents traitaient de la continuité des domaines de l'humour, de la science et de l'art, ainsi que des affinités logiques qui existent entre eux et que symbolisent les lignes horizontales traversant les trois panneaux de notre triptyque. Mais pour ce qui concerne le facteur affectif, dont l'importance est extrême, on a considéré seulement jusqu'ici la dynamique de l'humour, sujet relativement simple par rapport aux aspects affectifs des deux autres panneaux. Les pages qui suivent sont tirées du Cheval dans la locomotive, *avec quelques paragraphes extraits du* Cri d'Archimède *et de* Janus.

Mais comment définir le climat émotif de l'art ? Comment classifier les émotions qui donnent naissance à l'expérience du beau ? Les manuels de psychologie expérimentale ne nous renseignent guère sur ce point. Quand les behavioristes parlent d'émotion, ils se réfèrent presque toujours à la faim, au sexe, à la colère et à la peur, et autres effets d'une décharge d'adrénaline. Ils n'ont rien à dire de la curieuse réaction que l'on éprouve à écouter du Mozart, à contempler l'Océan ou à lire pour la première fois les *Sonnets sacrés* de John Donne. On ne trouvera pas non plus dans les livres la description des processus physiologiques qui accompagnent cette réaction : les yeux qui se mouillent, la respiration que l'on reprend, et cette sorte de calme ravi qui s'ensuit avec l'apaisement de toutes les tensions. Appelons cela la réaction AH par opposition à la réaction HA-HA du rire.

Le rire et les larmes, le masque comique et le masque tragique, sont aux deux extrêmes d'un spectre continu.

Ils provoquent également des exutoires à un surplus d'émotions ; ce sont également des réflexes de luxe, apparemment sans utilité. Mais c'est tout ce que rire et pleurer ont en commun ; pour tout le reste ils sont à l'opposé l'un de l'autre.

Pleurer n'est pas un phénomène rare, ni si banal ; pourtant la psychologie officielle ne s'y est jamais intéressée. Il n'existe pas de théorie des pleurs comparable aux livres de Freud et de Bergson sur le rire ; celle que j'ai proposée dans *Le Cri d'Archimède* est encore la seule que l'on cite dans le traité de psychologie le plus répandu aux États-Unis [1].

En premier lieu il importe de distinguer entre les larmes et les pleurs. Verser des larmes comporte deux caractéristiques réflexes fondamentales : sécrétion des glandes lacrymales et formes spécifiques de respiration. Pleurer, c'est émettre des sons signalant une détresse, une protestation. Ce bruit peut se combiner ou alterner avec les larmes, mais on ne saurait le confondre avec elles. Pleurer est une forme de communication, les larmes sont une affaire privée. Et nous ne parlons naturellement que des pleurs spontanés, non des sanglots affectés du théâtre public ou domestique.

Comparons les processus physiologiques du rire et des pleurs. Le rire est déclenché par la branche adrénalo-sympathique du système nerveux, les pleurs par la branche parasympathique. Le premier active l'organisme, le bande pour l'action ; les pleurs ont l'effet contraire : ils abaissent la pression sanguine, neutralisent l'excès de sucre dans le sang, facilitent l'élimination des déchets et généralement tendent au calme et à la catharsis ; c'est littéralement la « purgation » des émotions.

Le contraste physiologique est évident dans les manifestations extérieures, visibles. Dans le rire les yeux brillent et se plissent, le front et les joues s'étirent, ce qui fait rayonner tout le visage ; les lèvres s'écartent, les coins de la bouche se relèvent. Dans les pleurs les yeux « brouillés de larmes » perdent leur éclat, les traits s'effondrent, même si l'on pleure de joie ou de ravissement esthétique le visage transfiguré reflète une sereine langueur.

La respiration qui accompagne le rire est faite de longues et profondes aspirations suivies de bouffées et d'éclats (ha-ha-ha). Dans les pleurs c'est le processus inverse : aspirations brèves et haletantes — les sanglots — suivies de longs soupirs (a-ah...).

De même les émotions qui s'épanchent dans la réaction Ah sont à l'opposé de celles qui explosent dans le rire. Les dernières appartiennent au type adrénergique, agresso-défensif : dans notre théorie ce sont des manifestations de la tendance à l'affirmation de soi. Leurs contraires seraient les émotions auto-transcendantales, dérivées de la tendance à l'intégration.

Les émotions transcendantales sont extrêmement variées. Joyeuses ou tristes, tragiques ou lyriques, elles ont un commun dénominateur : le sentiment de participation intégrante à une expérience qui transcende les frontières du moi.

Les émotions d'affirmation de soi tendent à l'activité corporelle ; les émotions transcendantales sont essentiellement passives et cathartiques. Les premières se manifestent dans les comportements agresso-défensifs ; les secondes dans l'empathie, la participation et l'identification, l'admiration, l'émerveillement. Las larmes ouvrent une issue à l'excès d'émotions

1. Hilgard et Atkinson, *Introduction to Psychology*, 4e édit. 1967, chap. vii.

transcendantales, comme le rire aux émotions d'affirmation de soi. Dans le rire, la tension explose brusquement, l'émotion est flouée ; dans les pleurs, elle s'écoule peu à peu, sans rompre la continuité affective : l'émotion et la pensée demeurent unies. Les émotions auto-transcendantales ne tendent pas à l'action, mais au calme et au repos. La respiration et le pouls ralentissent ; l'apaisement s'achemine vers les états de transe de la mystique contemplative ; l'émotion est d'une qualité que ne peut consumer aucun acte volontaire spécifique. On ne rapportera pas chez soi le splendide paysage que l'on contemple ; aucun exercice corporel ne vous fera plonger dans l'infini ; que l'on soit « éperdu » d'admiration, « ravi » par un sourire, « anéanti » devant la beauté, l'on trouve toujours des mots qui expriment l'abandon et la passivité. Le surcroît d'émotion ne peut se décharger dans une activité musculaire intentionnelle, elle ne peut que se consumer dans des processus internes — glandulaires et viscéraux.

Les diverses causes qui peuvent entraîner l'écoulement des larmes — ravissement esthétique ou religieux, deuil, joie, sympathie, attendrissement sur soi — ont en commun un élément fondamental : le désir de transcender les frontières insulaires de l'individu, d'entrer en communion symbiotique avec un être humain, vivant ou mort, ou quelque autre entité supérieure, réelle ou imaginaire, dont le moi sent qu'il fait partie.

Que l'on écoute l'orgue dans une cathédrale vide, ou que l'on contemple les étoiles, de telles expériences peuvent provoquer une houle d'émotions et faire monter les larmes en élargissant la conscience qui en quelque sorte se dépersonnalise ; et si l'expérience gagne en intensité elle peut entraîner à un « sentiment océanique [1] » d'étendue sans limite et d'unité avec l'univers : la réaction Ah... sous sa forme la plus pure.

Le commun des mortels s'élève rarement à ces hauteurs mystiques, cependant il nous arrive à tous d'atteindre au moins le pied de la montagne.

Négligées par la psychologie, les émotions auto-transcendantales n'en sont pas moins fondamentales, et autant que leurs contraires, elles sont fermement enracinées dans la biologie. Freud et Piaget, entre autres, ont souligné que l'enfant au cours de ses premiers mois, ne fait pas de différence entre le moi et l'environnement. Le sein qui le nourrit lui semble une possession plus intime que les orteils de son corps. Il a conscience d'événements, mais non de lui-même comme entité distincte. Il vit dans un état de symbiose mentale avec le monde extérieur, en continuant la symbiose biologique prénatale. L'univers est centré sur le moi, et le moi *est* l'univers : c'est ce que Piaget nomme conscience « protoplasmique » ou « symbiotique ». Il s'agit en quelque sorte d'un monde fluide, traversé par le flux et le reflux des besoins physiologiques et par de petits orages qui vont et viennent sans laisser de

1. Romain Rolland, décrivant l'expérience religieuse dans une lettre à Freud — qui avec regret déclara n'avoir jamais rien éprouvé de pareil. E. Jones *Sigmund Freud,* Londres, 1953-1967, Vol. 3, p. 364.

trace. L'eau baisse peu à peu, les premières îles de la réalité objective émergent ; les contours se solidifient et se précisent ; les îles deviennent continents et la carte des territoires asséchés se dessine ; mais l'univers liquide coexiste avec cette terre, il l'entoure, le pénètre de canaux et de lagunes, vestiges de la communion symbiotique primitive, origine de ce « sentiment océanique » que l'artiste et le mystique s'efforcent de recouvrer à un niveau supérieur du développement, sur une courbe plus élevée de la spirale.

C'est aussi l'origine de la magie sympathique que pratiquent tous les peuples primitifs — et d'autres qui le sont moins. Quand le chamane se déguise en dieu de la pluie, il fait pleuvoir. En dessinant un bison blessé, on s'assure d'une bonne chasse. Telle est l'antique source unitaire d'où sortirent les danses et les chants rituels, le théâtre religieux des Achéens et le calendrier des prêtres astronomes de Babylone. Les ombres de la caverne de Platon symbolisent la solitude de l'homme ; les peintures d'Altamira symbolisent ses forces magiques.

Nous sommes loin d'Altamira et de Lascaux, mais les inspirations de l'artiste et les intuitions du savant s'abreuvent encore à la même source — qu'il vaudrait mieux aujourd'hui appeler rivière souterraine. Les souhaits ne déplacent pas les montagnes, sauf dans nos rêves. La conscience symbiotique n'est jamais tout à fait vaincue, elle se trouve simplement reléguée aux niveaux primitifs de la hiérarchie mentale où les frontières du moi sont encore fluides, estompées — estompées comme la distinction entre l'acteur et le personnage auquel il s'identifie, et auquel le spectateur aussi s'identifie. L'acteur en scène est à la fois lui-même et un autre, à la fois danseur et dieu de la pluie. L'illusion dramatique est, dans l'esprit du spectateur, la coexistence de deux univers mutuellement incompatibles ; la conscience de ce spectateur, dont la conscience est suspendue entre deux plans, donne un parfait exemple du processus bissociatif. Il accuse même des symptômes physiques — palpitations, transpiration, larmes — en réagissant aux périls d'une Desdémone qui n'est qu'une ombre sur l'écran, il le *sait.*

CHAPITRE XXIX

Science et émotion *

Il y a des années les psychologues de la Gestalt ont forgé le terme de « réaction Aha » pour désigner l'euphorie qui suit le moment de vérité, l'illumination soudaine qui nous envahit lorsque les pièces du puzzle s'ajustent d'un seul coup : quand des contextes bissociés se fondent en une nouvelle synthèse. Comme nous allons le voir, la réaction Aha s'insère parfaitement entre les réactions Ha-Ha et Ah. L'émotion qui explose dans le Ha-Ha du rire est une agression frustrée de son objectif ; la tension soulagée dans la réaction Aha au moment où se produit une étincelle de compréhension dérive principalement de la curiosité intellectuelle, du besoin d'explorer et de comprendre qui, une fois comblé, entraîne un effet cathartique analogue à la réaction Ah de l'expérience esthétique.

Les biologistes ont dû reconnaître récemment l'existence d'un instinct élémentaire, la « pulsion exploratrice », aussi fondamental, et quelquefois même plus puissant, que les instincts alimentaires et sexuels. D'innombrables zoologistes, à commencer par Darwin, ont montré que la curiosité est une pulsion innée chez les rats, les oiseaux, les dauphins, les chimpanzés, et chez les hommes. C'est la force qui fait courir le rat de laboratoire dans son labyrinthe sans récompense ni punition, et qui le pousse même à traverser des grillages électrifiés. C'est cette même force qui oblige les enfants à casser leurs jouets pour « voir ce qu'il y a dedans », et qui suscite toutes les explorations, toutes les recherches humaines.

Le besoin d'explorer peut naturellement se combiner avec d'autres pulsions comme celles du sexe et de la faim. Les recherches proverbialement pures et désintéressées de l'homme de science, son absorption tout altruiste dans les mystères de la nature, se mêlent souvent d'ambition, d'esprit de compétition, de vanité. Mais il faut que ces tendances assertives soient bien dominées et bien sublimées pour s'assouvir dans les récompenses, générale-

* Extrait de *Janus*.

ment maigres, que lui apportent ses longs et patients labeurs. Après tout, pour affirmer son moi, il y a des moyens plus directs que l'étude des nébuleuses.

Mais si la pulsion exploratrice est quelquefois altérée par l'ambition et la vanité, la recherche sous sa forme la plus haute trouve sa fin en soi. « Si je tenais la vérité dans ma main, écrit Emerson, je la laisserais partir pour garder la joie de chercher. » Dans une expérience bien connue, un des chimpanzés de Wolfgang Köhler, qui avait longuement essayé de ramener avec un bâton trop court une banane placée hors de sa cage, découvrit qu'il pouvait réussir en ajustant deux bâtons bout à bout. Cette découverte « lui fit tellement plaisir » qu'il continua à refaire son exercice, en oubliant de manger la banane.

Cependant, à part la vanité subjective, les tendances assertives jouent aussi un rôle, plus profondément, dans les motivations de l'homme de science. « Je ne suis pas vraiment un homme de science, a écrit Freud, mais plutôt un *conquistador...* avec la curiosité, la hardiesse et la ténacité qui appartiennent à ce type de personnalité. » La pulsion exploratrice vise à comprendre la nature, l'élément conquérant à la maîtriser (et cela vaut pour la nature humaine). Sauf les mathématiques pures, peut-être, toutes les recherches scientifiques ont cette double motivation, qui d'ailleurs n'est pas forcément consciente dans l'esprit du chercheur. Le savoir peut engendrer l'humilité ou la volonté de puissance. Les archétypes de ces tendances opposées sont Prométhée et Pythagore : l'un dérobe le feu du ciel, l'autre adore l'harmonie des sphères. A l'encontre de la confession de Freud des hommes de génie ont souvent déclaré que le seul but de leurs travaux était de lever un fragment du voile qui recouvre les mystères de la nature, et que leurs vraies motivations étaient la ferveur et l'émerveillement. « A l'origine comme aujourd'hui, selon Aristote, c'est l'étonnement qui a conduit les hommes à la philosophie. » Maxwell racontait ses premiers souvenirs : « Étendu dans l'herbe, je regardais le soleil, et je m'émerveillais. » Einstein — le plus humble de tous — devait le rejoindre en écrivant qu'un être incapable de s'émerveiller du mystère cosmique, « un être qui reste froid, qui ne peut contempler, qui ne connaît pas le profond frisson de l'âme dans le ravissement, peut aussi bien être mort puisqu'il s'est déjà fermé à la vie ». Il ne pouvait prévoir que la merveilleuse équation dans laquelle il unissait la matière et l'énergie allait devenir une formule de magie noire.

Ainsi la polarité omniprésente des tendances assertives et transcendantes se manifeste-t-elle très nettement dans le domaine de la créativité scientifique. On peut décrire la découverte comme art affectivement neutre, non que l'homme de science soit dénué d'affectivité, mais parce que ses recherches exigent un mélange d'émotions raffiné et sublimé dans lequel les pulsions d' d'exploration et de domination sont en équilibre. C'est pour la même raison que le savant est placé au centre du triptyque entre l'amuseur qui exerce ses talents aux dépens d'autrui et donne la priorité à la malice assertive, et l'artiste dont l'œuvre créatrice dépend de la puissance autotranscendante de son imagination.

La topologie symbolique du triptyque paraît justifiée en outre par la nature de la réaction Aha. Celle-ci combine en effet la décharge explosive d'une tension, résumée dans l'Eureka qui est très proche de la réaction Haha, avec la réaction Ah... — le grand frisson d'Einstein, réaction cathartique étroitement liée à l'expérience esthétique, comme au « sentiment océanique » ou mystique. L'Eureka correspond à l'élément conquérant, la réaction Ah... à l'élément mystique, qui sont les composants de la motivation hybride de la recherche.

CHAPITRE XXX

La créativité et l'inconscient

Les extraits précédents portaient sur les éléments qui sont communs aux logiques ou « grammaires » de l'humour, de la science et de l'art ; sur le climat de chacun de ces trois domaines, climat dépendant de la polarité des émotions assertives et transcendantes.

Dans l'extrait qui suit on regarde de plus près les facteurs inconscients dans l'acte créateur. Vient d'abord un bref examen de la différence (souvent négligée) qui sépare la créativité de la virtuosité[1]*. Ces pages sont tirées d'une contribution faite à la conférence sur « les fonctions cérébrales et l'apprentissage » de l'Institut de recherche sur le cerveau de l'université de Californie*[2]*.*

L'activité créatrice pourrait être décrite comme un mode d'enseignement où le professeur et l'élève sont situés au sein du même individu. Certains aiment attribuer le rôle de professeur à une entité qu'ils appellent l'inconscient, qu'ils considèrent comme une sorte de démon de Socrate — tandis que d'autres nient son existence, et d'autres encore sont disposés à l'admettre mais déplorent l'ambiguïté du concept. J'appartiens à cette dernière catégorie.

Le premier de ces phénomènes est la *conscience d'une activité continue.* C'est un fait d'expérience banal que la conscience n'est pas une question de tout ou rien mais une affaire de degrés, une continuité qui s'étend depuis l'inconscience provoquée par un coup sur la tête, en passant par l'extra-conscience des processus viscéraux, par l'état de celui qui attache ses lacets de chaussures l'esprit absent, par les perceptions et les routines situées à la périphérie de la conscience, jusqu'au rayon laser lumineux de la conscience focale. Ces états peuvent trouver leur place sur un gradient linéaire — depuis

1. Ce thème reviendra plus loin, à propos de l'art zen au chap. LI.

2. Paru d'abord dans les actes de la Conférence, Forum des sciences médicales, université de Californie, Los Angeles, 1967, puis dans Le Démon de Socrate, 1970.

le blanc en passant par le gris jusqu'au noir. Des facultés claires et neuves, acquises par l'étude — qu'elles soient perceptives, motrices, ou cognitives — ont tendance à se transformer en habitudes et à émigrer vers la zone crépusculaire. Je peux tenir une conversation tout en conduisant une voiture et passer le contrôle au pilote automatique de mon système nerveux central. Gastaut et Beck[1] ont émis l'hypothèse que des habitudes bien établies peuvent passer du niveau corticoréticulé au niveau sous-jacent du système lymbique ou autres structures du diencéphale. Mais ce mécanisme semble trop grossier pour expliquer le dégradé subtil des ombres le long du gradient. Quoi qu'il en soit, notons que les *facultés automatisées ne deviennent pas nécessairement rigides et stéréotypées. Le pianiste du night-club qui transpose un air dans une tonalité différente ou syncope Chopin, tout en flirtant avec la serveuse, fait preuve d'une grande virtuosité bien qu'il agisse de façon semi-automatique dans les zones basses du gradient de la conscience.*

Ainsi la formation d'habitudes entraîne un trafic constant vers le bas, le long de ce gradient, comme sur un escalier mécanique. Mais cette descente ne suppose pas nécessairement un appauvrissement du talent, et n'exclut pas une certaine virtuosité souvent confondue avec l'esprit créateur. Regardez un serrurier au travail quand avec un simple fil de fer recourbé il tâtonne dans une serrure compliquée et l'ouvre d'un coup sec comme guidé par quelque mystérieuse intuition. En fait, sa performance est commandée par certaines règles du jeu *bien* précises qui s'appliquent à toutes les serrures en général, et par une *stratégie* plus souple, ces deux éléments résultant d'innombrables expériences passées et ayant été reléguées « en bas de l'escalier ». Les maîtres très admirés des différents arts zen, de l'escrime au dessin calligraphique, ont toujours aspiré précisément à cette sorte de virtuosité, confondant les *automatismes inconscients* avec *l'inspiration inconsciente.* Conduire une bicyclette sur une corde raide ou réaliser les hauts faits d'un calculateur prodige, sont d'admirables exploits, mais se situent au pôle opposé de l'originalité créatrice.

Ainsi, si nous disons que l'esprit créateur s'en remet, à certains moments critiques, aux inspirations d'origine inconsciente, nous voulons parler d'une sorte de trafic de *bas en haut* sur l'escalier mécanique. Ceci peut être compris de plusieurs façons. L' « inspiration » peut être prise dans le sens d'un message reçu de « l'inconscient », conçu comme une agence autonome — un compartiment séparé de l'esprit où le démon de Socrate fait votre travail pour vous. Je pense que ce point de vue est insoutenable bien qu'il soit défendu non seulement par des artistes à tendance romantique, mais aussi par des mathématiciens tels que Poincaré. Le terme lui-même d' « inconscient », utilisé comme un nom, est quelque peu trompeur parce qu'il suppose une entité structurale, une sorte de boîte à l'intérieur de laquelle

1. GASTAUT (H.), et BECK (E.), « Brain rhythms and learning », *New Scientist,* 1er mars 1962, pp. 276, 496-499.

certaines activités prennent place, alors qu'en fait la conscience est une *dimension* variable dans les activités. Une seule et même activité peut être accompagnée par différents degrés de conscience; même les fonctions viscérales peuvent être placées de façon manifeste sous le contrôle de la conscience par les techniques Yoga ou par la manœuvre de Valsalva [ralentissement volontaire des battements du cœur] [1]. C'est le contraire qui se produit quand au réveil vous essayez de vous accrocher au souvenir d'un rêve qui s'enfuit comme des sables mouvants, hors d'atteinte de la conscience. On pourrait appeler ce phénomène *oneirolyse* — d'*oneiros,* rêve et *lyse* dissolution. J'y reviendrai dans un moment.

Si nous écartons la notion de l' « inconscient » agissant comme un *deus ex machina,* nous pouvons adopter en revanche une interprétation plus simple. La survenue d'une illumination soudaine, le bond créateur apparemment spontané, apparaît comme le résultat d'événements mentaux d'un type connu et définissable, qui, cependant, prennent place sur les parties basses du gradient, au-dessus du niveau de la conscience focale ou même périphérique. La question est de savoir pourquoi ces intermèdes obscurs semblent indispensables à la recherche du savoir. La réponse sommaire, semble-t-il, est que le type particulier d'activité mentale qui prend place dans la « période d'incubation » ne répond pas aux critères d'articulation logique exigés pour l'admission dans la conscience focale — pour l'excellente raison que si l'accès lui était donné sans restriction, il causerait des ravages dans nos pensées routinières. Mais dans des circonstances exceptionnelles, quand la routine fait défaut, une régression temporaire à ces formes prérationnelles du travail mental fait souvent précisément l'affaire.

Suit un examen de la manière dont ces régressions peuvent contribuer à la créativité. Le texte étant assez technique, je tente de l'alléger ici à l'aide d'emprunts au Cri d'Archimède ***et à*** Janus.

Toute action, toute pensée cohérente, obéit à des « règles du jeu » qui le plus souvent nous gouvernent à notre insu. Dans les conditions artificielles du laboratoire de psychologie les règles sont énoncées clairement; par exemple : « Quel est le contraire de ... ? » Le psychologue dit « sombre », le sujet répond « clair ». Mais si la règle est de donner des synonymes, le sujet répondra « noir », ou « nuit » ou « ombre ». On remarque que même dans un jeu aussi simple le sujet a le choix entre plusieurs réponses, bien que la règle soit fixe. Il n'y a donc aucun sens à parler comme les behavioristes de stimuli et de réponses formant une chaîne dans le vide : La réponse provoquée par un stimulus donné dépend *a)* des règles du jeu et *b)* des stratégies souples autorisées par ces règles et guidées par l'expérience, le

1. McClure (Ch. M.) in *Calif. Medicine,* juin 1959, vol. 90, n° 6.

tempérament et autres facteurs. Ainsi aux échecs les règles sont fixes, tout en permettant un très grand nombre de choix stratégiques.

Mais les jeux de la vie quotidienne sont plus compliqués que ceux des laboratoires où l'on proclame impérieusement les règles. Dans les processus normaux de la pensée et du langage les règles agissent implicitement bien au-dessous du niveau de la conscience claire. Ce ne sont pas seulement les codes de la grammaire qui opèrent entre chaque mot, mais aussi les codes de la simple logique ainsi que des structures mentales plus complexes, « cadres de perception » ou « contextes associatifs » qui contiennent tous nos préjugés et toutes nos inclinations affectives. Même si nous essayons consciemment de définir les règles qui gouvernent notre pensée nous trouverons la tâche extrêmement difficile et n'en viendrons pas à bout sans l'aide des spécialistes : linguistes, sémanticiens, psychologues, etc. Nous jouons les jeux de la vie en obéissant à des commandements écrits à l'encre invisible ou rédigés en code secret. Dans *Le Cri d'Archimède* j'ai proposé le mot « matrice » pour désigner globalement ces structures cognitives : habitudes, routines et techniques mentales régies par un code invariable (explicite ou implicite) mais capables de stratégies diverses en attaquant un problème ou une tâche.

Tout problème, toute tâche que nous propose la vie sera abordé conformément aux règles qui nous ont permis de traiter des situations analogues dans le passé. Il serait absurde de minimiser la valeur des bonnes habitudes conformistes, qui assurent la cohérence, la stabilité du comportement, et l'ordre bien structuré du raisonnement. Mais quand la difficulté ou la nouveauté d'une tâche dépasse le seuil critique, les habitudes et les précédents ne suffisent plus. Le monde change, des situations entièrement nouvelles apparaissent ; aux questions posées, aux défis lancés on ne peut plus répondre à l'aide des références traditionnelles, en s'appuyant sur les règles établies. Dans les sciences ces situations naissent de l'impact de nouvelles données qui ébranlent les fondations des théories admises. Le défi vient souvent de l'intérieur, à cause de l'insatiable pulsion exploratrice qui oblige le génie à poser des questions inouïes et lui interdit de se contenter des vieilles réponses. Chez l'artiste, le défi est presque permanent, en raison des limitations du moyen d'expression, du besoin d'échapper aux contraintes et aux déformations qu'imposent les styles et les techniques de l'époque, et de l'espoir toujours en lutte d'exprimer l'inexprimable. Quand on ne peut confronter le défi le problème est bloqué — bien que le sujet puisse ne s'apercevoir de ce blocage qu'après une série de tentatives sans issue — ou même jamais. Une situation bloquée accroît la tension de l'effort infructueux. Quand tous les essais prometteurs pour résoudre un problème par les moyens traditionnels — la période de « préparation consciente » — ont été épuisés, la pensée tend à tourner en rond comme les chats dans la boîte-puzzle, jusqu'à ce que la personnalité tout entière devienne saturée par le problème. A ce stade — la « période d'incubation » — le caractère exclusif de l'obsession créatrice produit un état de réceptivité, rend prêt à sauter sur les occasions favorables et à profiter de toute idée qui se présente. Comme disait Lloyd Morgan « pénétrez-vous à fond de votre sujet et attendez ». Ainsi dans les découvertes du type de celles où à la fois la pensée rationnelle et l'action déclenchante du hasard jouent un rôle important, la principale contribution de l'activité inconsciente est de maintenir constamment le problème à l'ordre du jour, tandis que l'attention consciente est occupée ailleurs — à lire Newton ou à pêcher à la ligne. Notre ami, le démon, semble avoir truffé toutes les principales aires corticales réceptrices de microphones cachés pour être sûr de ne pas perdre la moindre information de quelque utilité. Ceci rejoint ce que disait Pasteur : « La chance ne favorise que l'esprit déjà préparé. »

Mais en d'autres types de découverte il arrive que l'activité mentale inconsciente se montre capable d'exploits étonnants et quasi acrobatiques qui aboutissent aux percées révolutionnaires, dans les arts comme dans les sciences, ouvrent des horizons nouveaux, bouleversent radicalement les façons de voir. Mais les révolutions n'ont pas seulement un aspect constructif. Quand nous parlons d'une découverte révolutionnaire, ou d'une révolution dans la peinture, nous sous-entendons l'aspect destructif [1]. La destruction consiste à jeter par-dessus bord des doctrines sacro-saintes et des axiomes que l'on croyait évidents, ancrés dans le confort intellectuel. C'est ce qui nous permet de distinguer l'originalité créatrice du labeur routinier. Un problème résolu ou une tâche accomplie selon d'anciennes règles du jeu laissent la matrice spécifique intacte-saine et sauve et peut-être enrichie par l'expérience. En revanche l'originalité créatrice oblige toujours à désapprendre et à rapprendre, à défaire et à refaire. Elle comporte la rupture de structures mentales pétrifiées, le rejet de matrices devenues inutiles, le regroupement d'autres matrices dans une synthèse nouvelle : autrement dit, c'est une opération complexe de dissociation et de bissociation dans laquelle interviennent plusieurs niveaux de la holarchie mentale.

Tous les témoignages biographiques indiquent que cette opération de rebrassage radical demande l'intervention de processus mentaux qui agissent sous la surface du raisonnement clair, dans la pénombre de la conscience. Dans la phase décisive du processus créateur les contrôles rationnels se relâchent et l'intelligence paraît *régresser* de la pensée disciplinée à des formes d'idéation moins spécialisées, plus fluides. On en trouve une forme fréquente dans une sorte de recul de la pensée logique qui laisse place à l'imagination visuelle vague. On croit naïvement que les savants parviennent à leurs découvertes à force de raisonner en termes clairs, précis et rigoureux.

1. *Cf.* Karl POPPER : « Pour qu'une nouvelle théorie constitue une découverte ou un pas en avant elle doit être en conflit avec celle qui l'a précédée ; elle doit conduire au moins à des résultats conflictuels. Mais cela signifie au point de vue logique qu'elle contredise celle qui la précédait : elle doit la renverser. En ce sens le progrès scientifique — du moins le progrès manifeste — est toujours révolutionnaire. » — *Problems of Scientific Revolution,* éd. R. Harré Oxford, 1975.

Les témoignages recueillis montrent qu'il n'en est rien. L'enquête menée aux États-Unis en 1945 [1], par Jacques Hadamard sur les méthodes de travail des mathématiciens aboutit à la conclusion frappante qu'à deux exceptions près les mathématiciens en question ne pensaient ni en mots ni en signes algébriques : ils recouraient à des images, principalement visuelles, et fort vagues. C'est ainsi qu'Einstein écrivit : « Je ne crois pas que les mots du langage, écrit ou parlé, jouent le moindre rôle dans le mécanisme de ma pensée, qui s'appuie sur des images plus ou moins claires de type visuel et parfois musculaire. Il me semble que ce que vous appelez pleine conscience est un cas limite qui ne peut jamais être pleinement atteint car la conscience est chose étroite. » « Et l'on se souvient du mot d'un autre grand mathématicien, Gauss : « J'ai bien la solution, mais je ne sais pas comment j'y suis arrivé. »

La plupart des hommes de science qui ont décrit leurs méthodes de travail sont apparemment des visuels qui approuveraient le conseil de Woodworth : « Il faut souvent s'écarter du langage afin de penser clairement. » Watson (fondateur du behaviorisme) était vraiment naïf ; de même que ceux, parmi ses successeurs, qui identifient la pensée au « comportement verbal implicite (ou sub-vocal) ». Les mots cristallisent les pensées, mais un cristal n'est plus un liquide. Le raisonnement verbal occupe l'échelon le plus élevé de la hiérarchie mentale, mais il peut dégénérer en une rigidité pédante qui fait écran entre le penseur et la réalité. La créativité commence bien souvent où s'arrête le langage, en retournant à des niveaux pré-verbaux et apparemment pré-rationnels de l'activité mentale qui sont peut-être comparables à certains égards au rêve, et plus proches sans doute des états transitoires entre la veille et le sommeil.

Cette régression suppose que soient momentanément suspendues les « règles du jeu » qui gouvernent nos habitudes de pensée ; l'esprit en travail est pour un temps libéré de la tyrannie des schémas trop stricts et trop précis, des axiomes et des préjugés qui leur sont incorporés ; il est amené à désapprendre, à acquérir une innocence du regard, une fluidité de la pensée, qui lui permettent de découvrir des analogies cachées et d'audacieuses combinaisons d'idées qui seraient inacceptables dans un état de sobre lucidité. Les biographies des grands savants fournissent d'innombrables exemples de ce phénomène ; l'insistance qu'ils mettent presque tous à parler d'illuminations spontanées et d'intuitions venues d'on ne sait où fait penser qu'il y a toujours de vastes pans d'irrationalité dans le processus créateur — et cela non seulement dans les arts, où la chose semble aller de soi, mais tout autant dans les sciences exactes.

Dans *Le Cri d'Archimède* j'ai avancé quelques hypothèses sur la manière dont peut opérer cette inspiration inconsciente, dont une régression temporaire à des niveaux de pensée moins raffinés peut produire l'heureuse

2. HADAMARD, *The Psychology of Invention in the Mathematical Field*, Princeton, 1949.

combinaison d'idées, la bissociation focale qui aboutit à la solution d'un problème. Tout le monde a fait l'expérience, en se réveillant, d'essayer de retenir le souvenir d'un rêve, qui s'écoule comme du sable et échappe à la conscience. On peut donner à ce phénomène le nom d'*oneirolyse* (*oneiros*, rêve, *lysis*, dissolution). Le rêve lui-même, et dans une certaine mesure le rêve éveillé, passe sans effort d'un scénario à l'autre, en roue libre, indifférent aux lois de la logique et aux limites conventionnelles de l'espace, du temps et de la causalité ; il établit des connexions bizarres et fabrique des analogies aberrantes qui se désintègrent au réveil du dormeur, lequel sera incapable de les décrire avec précision, et se contentera de dire qu'une chose lui en rappelait une autre et qu'il ne sait plus quoi. Or, dans les labeurs de l'obsession créatrice, quand tous les niveaux de la hiérarchie mentale y compris les couches inconscientes, sont saturés du problème, ce phénomène banal de l'oneirolyse peut s'inverser et devenir une sorte d'oneiro-synthèse dans laquelle ces connexions vaguement perçues forment une analogie naissante. Il peut s'agir d'une aurore encore brumeuse, comme les « images de type visuel ou musculaire » d'Einstein, ou les « lignes de force » que Faraday croyait voir autour des aimants ; il peut s'agir de formes mouvantes comme celles du nuage de Hamlet. Les profondeurs inconscientes des esprits féconds doivent grouiller de ces analogies naissantes, de ces affinités secrètes, des formes vagues des « choses inconnues ». Mais il faut se rappeler que les nuages s'entassent et se dissipent, et que les éclairs sont rares.

Malheureusement, les inspirations erronées paraissent aussi convaincantes que les vraies, et elles sont mille fois plus nombreuses ; la dure vérification ne vient qu'*après*.

Reculer pour mieux sauter — telle est la démarche ou le schéma du processus : régression temporaire à des niveaux d'idéation primitifs et sans inhibition, suivie d'un bond en avant dans l'innovation. Désintégration et réintégration, dissociation et bissociation, c'est encore le même schéma.

La cogitation au sens créatif est une co-agitation, une manière de secouer et mêler ce qui était séparé auparavant ; mais l'esprit rationnel pleinement conscient n'est pas le meilleur brasseur d'idées, même s'il est extrêmement précieux dans la pensée quotidienne. Les percées révolutionnaires de la science et de l'art obéissent toujours au principe : reculer pour mieux sauter.

On pourrait même dire qu'il s'agit d'un archétype, car ce schéma a des équivalents dans d'autres domaines. C'est le thème de la mort et de la résurrection, ou de la retraite et du retour, que l'on retrouve perpétuellement dans les mythes. Joseph est jeté au fond d'un puits, Jonas sortira du ventre de la baleine, Jésus ira au tombeau pour ressusciter des morts.

Enfin, nous le verrons plus loin, en dehors du domaine de la créativité intellectuelle, on peut parler aussi de reculer pour mieux sauter à propos de l'évolution créatrice des formes supérieures de la vie. L'évolution biologique nous apparaîtra comme une série d'évasions hors des impasses de la stagnation, de l'ultra-spécialisation et de l'inadaptation, dans un processus du défaire et du refaire qui est fondamentalement analogue aux phénomènes de l'évolution mentale et qui à certains égards les annonce. Mais avant d'entreprendre ce voyage, il nous reste à combler certaines lacunes dans notre examen de la créativité scientifique et esthétique.

CHAPITRE XXXI

Sur le vrai et le beau

DANS les sections précédentes je me suis efforcé de montrer que l'artiste et le savant n'habitent pas des univers séparés, mais seulement des zones différentes d'un spectre continu. Après avoir signalé les affinités il reste à examiner les différences, dont certaines sont apparentes, d'autres réelles, qui existent entre les extrémités opposées de ce continuum. Le contraste le plus évident se manifeste dans les différents critères de jugement que nous sommes censés appliquer aux théories scientifiques d'une part, aux œuvres d'art d'autre part : dans le premier cas la vérité objective s'appuyant sur les faits et l'expérience, dans le second des jugements subjectifs fondés sur de vagues considérations esthétiques. Mais c'est là, comme j'ai essayé de le montrer, une vue extrêmement simpliste. J'ai abordé le sujet dans Le Cri d'Archimède *et dans plusieurs essais, et j'ai été heureux de le faire aussi devant un public d'écrivains au Congrès international du P.E.N. club, en 1976. Ce congrès avait pour thème « La vérité de l'imagination » ; on m'avait demandé de prononcer le discours d'ouverture, dont voici des extraits*[1].

Dans une lettre que Keats écrivit à Benjamin Bailey en 1817, on trouve cette phrase :

« Je ne suis sûr de rien sinon de la sainteté des affections du cœur et de la vérité de l'imagination... »

Cela ne semble pas d'une clarté limpide. Et nous ne sommes guère plus avancés en découvrant que font écho à ce passage les vers célèbres qui terminent l'*Ode sur un vase grec* composée deux ans plus tard :

1. Inévitablement certains passages font double emploi avec le contenu des chapitres précédents. Autant que possible j'ai éliminé les répétitions, sauf quand il aurait fallu exagérément mutiler le texte.

Le beau c'est le vrai, le vrai c'est le beau, voilà tout
Ce que vous saurez sur terre, et tout ce qu'il faut savoir.

Il y a sans nul doute une certaine beauté dans ces vers, mais disent-ils vrai ? Personnellement je crois que oui ; cependant la relation entre le vrai et le beau, ou plus généralement entre la science et l'art est un vieux sujet de discussion, toujours épineux.

Les pythagoriciens, qui nous ont embarqués dans l'aventure scientifique, considéraient le cosmos comme une immense boîte à musique, les intervalles musicaux correspondant aux distances entre les orbites planétaires, ce qui procurait les fondements mathématiques de l'harmonie des sphères. Loin d'être matérialistes, ils voyaient en toute matière une danse de nombres, et la physique moderne, après avoir dématérialisé la matière, est retournée à la même attitude.

C'est une erreur très répandue que de croire que les processus du raisonnement scientifique sont strictement logiques et qu'ils manquent des qualités sensibles et visuelles de l'imagination poétique. En réalité, une enquête menée auprès de mathématiciens américains a révélé que presque tous, Einstein compris, pensaient en images visuelles, et non en concepts verbaux précis. L'un des plus grands physiciens de tous les temps, Michael Faraday, voyait concrètement les tensions qui environnent les aimants et les courants électriques comme des courbes dans l'espace, qu'il appelait « lignes de force » et qui, dans son imagination, étaient aussi réelles que si elles avaient été faites de filaments solides. Il parvint à visualiser l'univers entier agencé selon ces courbes et, peu de temps après, subit une attaque de schizophrénie. Il y a d'ailleurs de grandes ressemblances entre les lignes de force qui peuplent le monde de Faraday et les tourbillons de vertige qui tournent dans les ciels de Van Gogh.

Toutefois, un vénérable cliché nous l'affirme, la science poursuit la vérité, l'art vise à la beauté. Le vase de Keats serait donc fêlé, et son message sonnerait un peu faux. Mais si nous y regardons de plus près, la fêlure semble disparaître. L'artiste et le savant projettent l'un et l'autre leur expérience du réel dans le moyen d'expression qu'ils ont choisi.

Les critères d'excellence varient selon les disciplines, mais ils manifestent eux aussi des gradations continues, depuis les méthodes *relativement* objectives qui servent à vérifier par l'expérience une théorie scientifique, jusqu'aux critères *relativement* subjectifs de la valeur esthétique. Et c'est bien sur le mot « relativement » qu'il faut insister. Ainsi, dans la plupart des cas, les mêmes données expérimentales peuvent s'interpréter de plus d'une façon ; et c'est pourquoi l'histoire des sciences retentit d'autant de venimeuses controverses que l'histoire de la critique littéraire, ce qui devrait nous consoler tous.

En fait, le progrès de la science, comme les pistes abandonnées dans les déserts, est semé des squelettes blanchis de théories oubliées, qui jadis parurent douées de la vie éternelle.

L'évolution de l'art comporte des révisions tout aussi déchirantes des valeurs admises, des critères d'importance, des systèmes de perception. Au cours des deux derniers siècles, sans remonter plus loin, l'Europe a vu l'essor et l'effondrement du classicisme, le romantisme et le *Sturm und Drang,* le naturalisme, le dadaïsme et le surréalisme, le roman social, le roman existentialiste, le nouveau roman. Dans l'histoire de la peinture, les changements ont été encore plus radicaux. Les mêmes zigzags caractérisent le progrès de la science : il suffit de songer à l'histoire de la médecine, ou de la psychologie, ou encore, en physique, aux modifications fondamentales de la conception du cosmos depuis Aristote jusqu'à Einstein en passant par Newton. Le poète, le peintre, le savant, tous imposent à l'univers leur vision plus ou moins éphémère ; chacun construit son modèle subjectif de la réalité en choisissant pour les mettre en pleine lumière les aspects de l'expérience qu'il juge significatifs et en écartant ceux qu'il estime sans importance.

Je ne veux pas exagérer : il y a certainement une différence considérable de précision et d'objectivité entre les méthodes employées pour juger un théorème de physique et celles qui permettent d'apprécier une œuvre d'art. Mais il faut souligner, je le répète, qu'il y a entre elles des transitions continues. De plus, le processus du jugement intervient toujours après coup, après l'acte créateur ; alors que la phase décisive de l'acte lui-même est toujours un saut dans l'inconnu, une plongée dans la pénombre de la conscience, — et le plongeur a plus de chances de remonter avec une poignée de boue qu'avec un corail. La fausse inspiration et la théorie extravagante abondent dans l'histoire des sciences autant que les mauvaises œuvres d'art ; pourtant, elles provoquent dans l'esprit de leurs victimes la même robuste conviction et la même euphorie que les heureuses trouvailles qui, après coup, se révèlent réelles et valables. A cet égard le savant n'est pas en meilleure posture que l'artiste : dans le labeur du processus créateur, la vérité n'est pas un guide plus sûr ni moins subjectif que la beauté.

Nous pouvons maintenant nous risquer un peu plus loin. Toute découverte scientifique valable éveille chez le connaisseur un sentiment de beauté, parce que la solution d'un problème difficile crée de l'harmonie là où n'était que dissonance ; et réciproquement, l'expérience de la beauté ne peut avoir lieu que si l'intelligence approuve la validité de l'opération, quelle qu'elle soit, qui avait pour fin de provoquer cette expérience. Une vierge de Botticelli et un théorème de Poincaré ne font pas penser à la moindre ressemblance entre les mobiles ou les aspirations de leurs créateurs ; apparemment, le premier était en quête du « beau », et le second du « vrai ». Mais c'est Poincaré qui a écrit que ce qui le guidait dans ses tâtonnements inconscients vers les « heureuses combinaisons » qui produisent les découvertes était « le sentiment de la beauté mathématique, de l'harmonie des nombres, des formes, de l'élégance géométrique. C'est un véritable sentiment esthétique que connaissent tous les mathématiciens ». D'autres savants éminents, en grand nombre, ont fait les mêmes confidences. « Le premier test, c'est la beauté, écrit G.-H. Hardy dans sa célèbre *Apologie d'un mathématicien :* « Il n'y a pas de place durable dans le monde pour des mathématiques laides. » Le doyen des physiciens anglais, Paul Dirac, est allé plus loin encore dans sa phrase fameuse : « Il est plus important d'avoir de la beauté dans ses équations que de les faire s'accorder aux expériences. » Cela ne l'a pas empêché de recevoir le prix Nobel.

Tournons-nous à présent vers l'autre extrémité du spectre. Le romancier, le poète, ne créent pas dans le vide ; leur vision du monde est tributaire (qu'ils le sachent ou non) du panorama philosophique et scientifique de leur temps. John Donne était un mystique, mais il comprit immédiatement la signification du télescope de Galilée :

L'Homme a tissé un filet, et ce filet jeté
Sur les Cieux, dont il s'est emparé...

Newton eut un impact comparable ; et de même, bien entendu, Darwin, Marx, le Frazer du *Rameau d'or,* Freud, Einstein. Quant à Botticelli, nous ne savons pas grand-chose de ses opinions philosophiques, mais ce que nous savons c'est que les peintres et les sculpteurs ont toujours été guidés et même obsédés par des théories scientifiques ou pseudo-scientifiques : section d'or des Grecs ; géométrie de la perspective et du raccourci ; « lois ultimes de la proportion parfaite », pour Dürer et Léonard de Vinci ; doctrine de Cézanne sur la réduction de toutes formes naturelles aux sphère, cône et cylindre ; et ainsi de suite. La contrepartie de l'apologie du mathématicien qui met la beauté avant la logique se trouve dans la déclaration de Seurat : « On voit de la poésie dans ce que j'ai fait. Non, j'applique ma méthode, c'est tout. »

Des deux côtés on semble faire de grands efforts de rapprochement : l'homme de science, en avouant qu'il dépend d'intuitions pour avancer dans la voie de sa théorie ; l'artiste, en attribuant une valeur extrême, quelquefois exagérée, aux principes abstraits qui disciplinent ses intuitions. Les deux facteurs sont complémentaires l'un de l'autre ; la proportion dans laquelle ils se combinent dépend avant tout du domaine où la force créatrice trouve à s'exprimer.

Tout grand artiste a quelque chose de l'explorateur. Le poète ne passe pas son temps à « manipuler les mots », comme le croient les behaviouristes, il explore les potentialités émotives et descriptives du langage ; quant au peintre, il se consacre, jusqu'à la fin de sa vie, à apprendre à voir. La pulsion créatrice a donc une source biologique unique, mais elle peut se canaliser dans un grand nombre de directions. C'est un mélange de curiosité et d'émerveillement, dans lequel la curiosité manifeste l'aspect intellectuel, et l'émerveillement l'aspect affectif. L'ensemble motive les voyages d'exploration du savant comme de l'artiste. L'astronome Johannes Kepler a décrit la sensation de « clarté merveilleuse » qui le ravit lorsqu'il découvrit les lois du mouvement des planètes ; c'est l'expérience qu'éprouve tout écrivain quand une strophe trouve soudain sa forme apparemment prédestinée, ou quand une image éclôt et se déploie dans le bonheur de l'expression. Des expériences de ce genre unissent toujours la satisfaction intellectuelle à l'effusion émotive, — ce « sentiment océanique » quasi mystique dans lequel, un instant, le moi mortel semble se dissoudre comme un grain de sel dans la mer. L'art est école de transcendance ; au sommet de son pouvoir il fait épanouir la conscience individuelle jusqu'à la conscience cosmique, de même que la science s'efforce d'expliquer les phénomènes particuliers par des lois générales, c'est-à-dire de ramener des énigmes singulières à la grande énigme universelle.

Répétons-le : l'illumination intellectuelle et la catharsis affective constituent l'essence de l'expérience esthétique. La première représente le moment de vérité, la seconde apporte l'expérience du beau. Ce sont deux aspects complémentaires d'un processus indivisible. Il faut qu'il y ait expérience du vrai, si subjective qu'elle soit, pour que se produise l'expérience du beau ; et réciproquement, toute solution d'une énigme de la nature, de même que celle d'un noble problème d'échecs, nous fait nous écrier : « Que c'est beau ! »

Ainsi, pour réparer le vase grec fêlé, pour le rendre acceptable à notre époque, nous devrions corriger les vers de Keats et les traduire en jargon d'ordinateur : le beau est fonction du vrai, le vrai est fonction du beau. On peut les séparer par analyse, mais dans l'expérience vécue de l'acte créateur (qui se répétera ensuite chez ceux qui bénéficieront de l'œuvre) ils sont aussi inséparables que l'émotion et la pensée. Ils signalent tous deux, le premier dans le langage du cerveau, l'autre dans le langage des entrailles, l'instant du cri d'Archimède : cet instant où, selon Carlyle, « l'infini est contraint de se mêler au fini, de demeurer visible, pour ainsi dire, accessible en ce lieu ».

Pour conclure ce chapitre donnons un coup d'œil au graphique qui, dans Le Cri d'Archimède, ***était destiné à illustrer de façon simple la continuité des*** « ***deux cultures*** ».

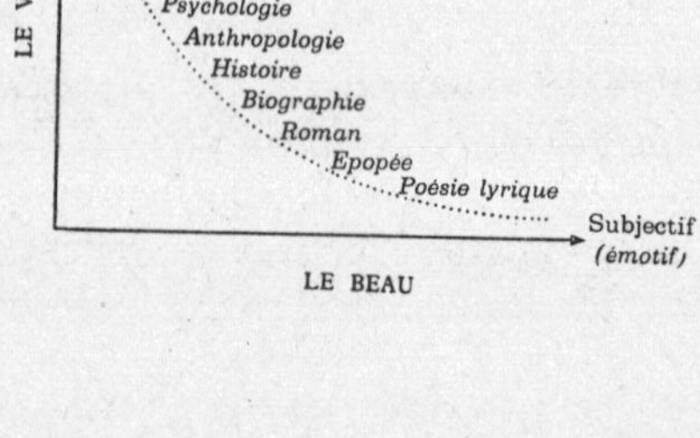

L'axe vertical correspond à la « vérité objective » vérifiable par l'expérience, l'axe horizontal à l'expérience subjective du « beau » ; la première appartient au domaine de l'intellect, l'autre à celui de l'émotion. Le graphique montre les provinces voisines de la science et de l'art ordonnées en une série continue. En suivant la courbe vers le bas nous voyons la « vérifiabilité objective » diminuer constamment, et augmenter le facteur subjectif ou émotionnel. Cependant même au sommet de la courbe, royaume de la mathématique pure, on trouve de troublants paradoxes logiques[1] *qui demeurent sans solution, et des mathématiciens en quête de « beauté dans les équations ». En descendant des mathématiques à la physique nucléaire, on voit que l'interprétation des données expérimentales est de plus en plus sujette à controverse ; et l'on peut continuer à descendre ainsi en passant des sciences dites exactes comme la chimie, à la biologie, à la médecine (beaucoup moins exacte, hélas) jusqu'aux domaines hybrides de la psychologie, de la biographie et du roman historique pour finir dans la fiction. Une gradation analogue va de l'ingénierie à l'architecture, puis au « design », puis aux arts décoratifs pour aboutir aux arts figuratifs ; dans ce cas une variable de la courbe serait désignée comme « l'utile » l'autre comme « le beau ». L'intérêt du jeu est de montrer que, quelle que soit l'échelle de valeurs retenue, on se déplace dans un espace continu, sans se heurter à la moindre fêlure sur le vase grec, ni au moindre précipice entre les deux cultures.*

1. Les fondements logiques de la mathématique ont été ébranlés par des paradoxes tels que le théorème de Gödel, ou bien auparavant par la théorie des agrégats infinis de Cantor (qui valut à Cantor d'être exclu de toute promotion dans les universités allemandes et de voir ses articles refusés par les revues de mathématiques).

CHAPITRE XXXII

Évolution et révolutions dans la science et dans l'art

UNE brève comparaison de l'histoire des sciences et de l'histoire de l'art fournit de nouvelles preuves des affinités existant entre les deux cultures, affinités généralement non décelées parce que les historiens de l'art ont tendance à ne tenir aucun compte des sciences, et réciproquement. Le texte ci-dessous est tiré d'une conférence donnée au Festival de Littérature de Cheltenham *en 1969*[1] *avec quelques suppléments extraits de* Janus.

1. PARALLÈLES HISTORIQUES

Dans *Le Premier Cercle* de Soljenitsyne, des prisonniers discutent du progrès scientifique. L'un d'eux, Gleb Nerjine, s'écrie d'une voix passionnée : « Le progrès ! Qu'est-ce que ça nous fait, le progrès ? C'est justement ce qui me plaît dans l'art, c'est qu'il ne peut pas « progresser ». » Et il passe en revue les formidables innovations qui se sont produites dans la technologie depuis cent ans, pour conclure sur cette question : « Mais est-ce qu'on a fait mieux qu'*Anna Karenine ?* »

C'est le contraire de ce que disait Sartre dans son essai *Qu'est-ce que la littérature ?* en comparant les romans aux bananes, qui ne sont bonnes que lorsqu'elles sont fraîches. En ce cas, *Anna Karenine* doit être gâtée depuis longtemps.

Le héros de Soljenitsyne reflète l'opinion traditionnelle selon laquelle la science s'édifie de manière cumulative, pierre à pierre, à la façon d'une tour, tandis que l'art, intemporel, ne cesse de broder des variations sur des thèmes éternels. Dans une certaine limite, cette opinion traditionnelle est sans doute juste. Dans les grandes découvertes scientifiques, la bissociation de contextes précédemment séparés (électricité et magnétisme, matière et énergie,

1. Publiée dans *La Littérature et la loi du rendement non proportionnel.*

etc.) produit une synthèse nouvelle qui fusionnera à son tour avec d'autres synthèses à un nouvel échelon plus élevé de la hiérarchie. En général l'évolution de l'art ne suit pas ce schéma. L'artiste choisit les cadres conceptuels de son travail pour leurs qualités sensuelles et leur potentiel affectif ; son acte bissociatif consiste en leur juxtaposition, plutôt qu'en une fusion intellectuelle.

Mais là aussi, la différence n'est pas absolue, elle est relative. Si l'on accepte sans réserve le jugement de Gleb Nerjine, il est vain de chercher des critères objectifs de « progrès » en littérature, en peinture ou en musique ; l'art n'évolue pas, il se borne à formuler et reformuler les mêmes expériences archétypiques dans les styles et les costumes de l'époque ; et bien que le vocabulaire soit sujet au changement — ce qui est vrai aussi du vocabulaire visuel du peintre — le contenu d'une grande œuvre reste valable, invulnérable au temps, insensible aux mutations vulgaires du progrès.

Mais si l'on y regarde de plus près cette conception devient historiquement intenable. On connaît des périodes durant lesquelles une forme donnée manifeste une nette évolution cumulative, comparable au progrès scientifique. Citons le grand historien de l'art Ernst Gombrich :

> Dans l'Antiquité la critique de la peinture et de la sculpture portait inévitablement sur l'imitation [de la nature], la mimesis. On peut même dire que le progrès de l'art dans cette direction était pour les anciens ce que le progrès technique est pour les modernes : le modèle du progrès en soi. C'est ainsi que Pline raconte l'histoire de la sculpture et de la peinture comme une histoire des inventions, en attribuant tels et tels perfectionnements dans le rendu de la nature à tels et tels artistes : le peintre Polygnote a été le premier à représenter les hommes la bouche ouverte et les dents visibles, le sculpteur Pythagoras a été le premier à rendre les veines et les tendons, le peintre Kikias à s'intéresser à la lumière et aux ombres. L'histoire de ces siècles (entre le VIe avant notre ère et le IVe après) telle que la rapportent Pline et Quintilien s'est transmise comme une épopée de la conquête et comme une histoire des inventions... A la Renaissance, c'est Vasari qui appliqua cette méthode à l'histoire des arts en Italie du XIIIe au XVIe siècle. Vasari ne manque jamais de rendre hommage aux artistes du passé qui ont apporté une contribution particulière, à son avis, à la maîtrise de la représentation.
>
> « Après d'humbles débuts l'art s'est élevé aux sommets de la perfection, écrit Vasari, parce que des génies tels que Giotto ont ouvert la voie et donné ainsi à d'autres les moyens de poursuivre leur œuvre [1]. »

Nous avons là une réfutation au moins partielle de la thèse de Nerjine d'après laquelle il n'y a pas de progrès en art.

« Si j'ai pu voir plus loin que les autres, disait Newton, c'est que j'étais monté sur des géants. » De son côté Léonard de Vinci avait écrit : « C'est un misérable élève que celui qui ne dépasse pas son maître. » Dürer en jugeait

1. *Art and Illusion*, Londres, 1962.

de même, et bien d'autres à son époque. Ce qu'ils voulaient dire, évidemment, c'est que durant la période de développement explosif qui avait commencé avec Giotto vers l'an 1300, chaque génération de peintres avait découvert de nouvelles techniques, de nouveaux procédés — raccourci, perspective, traitement de la lumière, des couleurs, des matières, rendu du mouvement et de l'expression — qui étaient autant d'inventions que l'élève pouvait prendre au maître pour s'en servir lui-même et aller de l'avant.

Quant à la littérature il n'est guère besoin de souligner que les écoles et les modes n'ont jamais été statiques, et que durant leur brève existence elles ont toujours évolué vers le raffinement et la perfection technique — ou vers la décadence. Sur l'atome les physiciens d'aujourd'hui en savent plus que Démocrite, cela va de soi ; mais l'Ulysse de Joyce en sait davantage aussi sur la condition humaine que celui d'Homère. Sur une période bien plus courte les films d'il y a vingt ans nous semblent aujourd'hui — à quelques exceptions près, bien sûr — étonnamment vieillis : simplistes, grandiloquents, trop explicites. On n'imagine guère un écrivain qui ne croirait pas que son style et ses procédés d'écriture sont plus proches du réel, intellectuellement et affectivement, que ceux du passé. Avouons-le : dans le respect que nous portons à Homère ou à Goethe il y a pour nous rassurer un peu de condescendance, à peu près comme dans notre attitude à l'égard des enfants prodiges. Ils étaient vraiment bons pour leur âge.

Nous pouvons rejeter sans crainte les vues simplistes de Gleb Nerjine d'après qui la science est aussi cumulative qu'un travail de maçon, et l'art aussi intemporel que des ballons multicolores qui danseraient perpétuellement sur un jet d'eau. L'histoire de l'art aussi enregistre des progrès cumulatifs, au moins à certaines époques. Dans l'histoire de la peinture européenne, par exemple, se détachent deux périodes durant lesquelles on constate un progrès cumulatif rapide et soutenu dans la représentation de la nature, progrès aussi tangible que celui des techniques. La première va en gros du milieu du VIe siècle avant J.-C. au milieu du IVe après, la seconde du début du XIVe au milieu du XVIe. Chacune a duré six ou huit générations dont chacune a véritablement monté sur les épaules de la précédente pour voir plus loin. Ce ne sont certainement pas les seules époques de progrès cumulatif, mais il est vrai qu'entre ces moments privilégiés d'évolution rapide s'étendent de très longues périodes de stagnation et de déclin. D'autre part il faut compter avec les géants solitaires qui, de temps à autre, semblent sortir de nulle part et qu'on ne saurait ranger dans la pyramide où les équilibristes s'élèvent les uns sur les autres.

La conclusion paraît évidente. Les bibliothèques et les musées prouvent qu'il existe bien une progression cumulative dans tous les arts — en un sens limité, dans une direction limitée, pendant des périodes limitées. Mais ces pistes lumineuses s'enfoncent tôt ou tard dans l'ombre et la confusion, et la quête reprend, pour de nouveaux départs, dans d'autres voies.

Mais contrairement à l'opinion courante l'évolution des sciences n'offre pas une image plus cohérente. C'est seulement depuis trois cents ans que le progrès est continu et cumulatif, et si l'on connaît mal l'histoire des sciences (ce qui est le cas d'un grand nombre d'hommes de science) on risque d'imaginer que l'acquisition du savoir a été une montée régulière sur un chemin bien droit, vers les cimes.

En fait les sciences n'ont pas évolué à une cadence plus continue que les arts. Whitehead disait qu'en l'an 1500 l'Europe était moins savante que la Grèce au temps d'Archimède, lequel mourut en 212 avant notre ère. Rétrospectivement, il n'y a qu'un pas d'Archimède à Galilée, ou d'Aristarque de Samos (père du système héliocentrique) à Copernic. Mais pour faire ce pas il a fallu près de deux mille ans, pendant lesquels la science s'est trouvée en état d'hibernation. Après les trois siècles glorieux de la science hellénique, qui coïncident à peu près avec la période cumulative de l'art hellénique, il y a une sorte de sommeil qui dure six fois plus longtemps ; puis un réveil fougueux, qui ne remonte qu'à une dizaine de générations.

Le progrès dans la science comme dans l'art n'est ni régulier ni absolu ; encore une fois c'est une progression en un sens limité, dans certaines directions, pendant un certain temps ; ce n'est pas une belle courbe, c'est une ligne brisée, grattée, griffonnée.

Il y a un temps pour pêcher et un temps pour sécher les filets, dit un proverbe chinois. Que l'on survole l'histoire d'une discipline scientifique quelconque, on remarquera une sorte d'alternance entre des périodes d'évolution relativement paisible et de brusques éruptions plus ou moins révolutionnaires. C'est seulement aux époques calmes qui suivent les grandes percées que le progrès scientifique s'opère de manière continue et cumulative au sens strict. C'est le temps où l'on renforce les nouvelles frontières, où l'on vérifie et assimile, où l'on élabore et élargit les nouvelles synthèses — le temps du séchage des filets. Cela peut durer quelques années, ou des générations ; mais tôt ou tard l'apparition de nouvelles données, ou un changement de climat philosophique, provoque la stagnation, le durcissement de la matrice qui devient un système clos, l'avènement d'une nouvelle orthodoxie. S'ensuit une crise, une période d'anarchie féconde au cours de laquelle les théories rivales prolifèrent — jusqu'à la formation d'une nouvelle synthèse, et le cycle recommence. Mais cette fois il va dans une autre direction, il suit d'autres paramètres, il pose d'autres questions.

Ainsi peut-on déceler une structure récurrente dans l'évolution des sciences comme dans celle des arts. En général le cycle commence par la révolte, le refus de l'école ou du style dominant, la volonté d'ouvrir de nouvelles frontières, c'est la première phase. La seconde se caractérise par un climat d'optimisme et d'euphorie ; sur les pas des géants qui ont montré la voie, suiveurs et imitateurs pénètrent dans les terres vierges pour en exploiter les richesses. C'est la phase par excellence du progrès cumulatif qui élabore et perfectionne les idées neuves, les techniques neuves de la recherche, les styles neufs. La troisième phase apporte la saturation, qui entraîne frustrations et impasses. La quatrième et dernière phase est celle de la crise et du doute, comme au temps de l'effondrement de la cosmologie aristotélicienne pleurée par John Donne : « Tout est en miettes, plus de cohésion... » Mais c'est aussi le moment des folles expériences (fauvisme et dadaïsme ont leurs équivalents dans les sciences) et de l'anarchie créatrice, le moment de reculer pour mieux sauter ; la prochaine révolution va éclore, de nouveaux horizons s'ouvrent, et le cycle peut reprendre.

2. LA LOI D'INVOLUTION

Que l'on me permette de m'attarder brièvement sur la première phase. La Révolution française a démoli la Bastille et s'est servie de ses énormes pierres pour paver la place de la Concorde. En d'autres termes, les révolutions sont à la fois destructives et constructives. On rejette les vieilles contraintes et conventions, on met soudain en lumière des aspects de l'expérience humaine auparavant négligés ou réprimés, il y a un changement dans les valorisations, un remaniement des données, une remise en ordre de la hiérarchie des valeurs et des critères de pertinence. C'est ce qui s'est produit à chacun des moments décisifs des styles de prose narrative : lors du passage du classicisme au romantisme, du romantisme au naturalisme, et ainsi de suite. C'est ce qui s'est produit avec les changements spectaculaires qui se sont succédé dans la perception que l'artiste avait du corps humain, de la peinture égyptienne à Picasso ; ou dans la vision que le poète avait des rapports entre les sexes ; ou dans l'attitude du peintre à l'égard de la nature. Tout au long de la Renaissance, par exemple, et jusqu'à l'époque des derniers Vénitiens, on concevait les paysages simplement comme des fonds plus ou moins stéréotypés pour les personnages humains qui occupaient le premier plan. Les historiens d'art semblent s'accorder sur le fait que *La Tempête* de Giorgione est la première peinture européenne dans laquelle la nature exige d'être vue pour elle-même : le violent orage de l'arrière-plan rivalise avec la scène bucolique du premier plan pour captiver notre attention.

Cela ne veut pas dire que les artistes qui ont peint avant Giorgione aient été aveugles à la nature, ni que les poètes antérieurs au mouvement romantique aient manqué d'émotion à l'égard de celle-ci. Mais leur vision et leur manière de réagir différaient de la nôtre, elles étaient façonnées par le *Zeitgeist* exactement comme des écoles de philosophie successives ont donné aux mêmes informations des interprétations différentes. Pour Homère, une tempête signifiait la fureur de Poséidon, et l'aube était peinte par les doigts de rose de l'Aurore ; à Virgile, la nature apparaissait apprivoisée et bucolique ; il a fallu toute une série de changements révolutionnaires dans les valorisations, et de remaniements des données, avant que les gens n'apprennent à voir une pomme avec les yeux de Cézanne ou une plaine couverte de neige avec le regard de Verlaine. Et l'adjectif « révolutionnaire » n'est nullement exagéré, bien que, vues rétrospectivement, ces révolutions aient l'air fort civilisées. Verlaine, par exemple, ne semble pas s'être montré audacieux outre mesure quand il a comparé la couleur incertaine de la neige à du sable lumineux couvrant « l'interminable ennui de la plaine », et le ciel à du cuivre terne dans lequel la lune « vivait et mourait ». Aujourd'hui, les écoliers français sont obligés d'apprendre ce poème par cœur. Mais au moment de sa publication, un célèbre écrivain et critique attaqua Verlaine avec la voix aiguë d'une harengère :

> Comment la lune peut-elle vivre et mourir dans un ciel de cuivre ? Et comment la neige peut-elle briller comme du sable ? Comment les Français peuvent-ils accorder autant d'importance à ce versificateur qui est loin d'être habile dans la forme, et extrêmement méprisable et banal dans le choix de ses sujets ?

Cette harengère était en l'occurrence le comte Léon Tolstoï ; et la citation est extraite de son essai jadis célèbre intitulé : *Qu'est-ce que l'Art ?*

Si nous essayons de définir ce que ces révolutions à différentes époques et dans différentes formes d'art ont en commun, je suggérerais que la seule caractéristique évidente qu'elles partagent toutes est un *changement radical de valorisation sélective.* L'artiste, comme le savant, projette sa vision de la réalité dans un moyen d'expression particulier, que ce soit la peinture, le marbre, les mots, ou les équations mathématiques. Mais le produit de ses efforts ne peut jamais être une copie exacte de la réalité, même s'il espère naïvement y parvenir.

En premier lieu, il se heurte aux particularités et aux limitations de son moyen d'expression : la toile du peintre n'a pas la micro-structure de la rétine humaine, la pierre manque de la plasticité des tissus vivants, les mots sont des symboles qui ne sentent pas, ne sourient pas et ne saignent pas. En second lieu, la perception et la conception que l'artiste a du monde ont aussi leurs particularités et leurs limitations, imposées par les conventions implicites de son temps. Les deux facteurs agissent l'un sur l'autre : il y a une continuelle rétroaction du langage sur la pensée, de l'argile que le sculpteur pétrit entre ses doigts sur l'image qu'il tente de matérialiser. La tension dynamique qui existe entre l'esprit prédisposé de telle ou telle manière et le moyen d'expression obstiné force l'artiste à prendre des décisions à chaque pas qu'il accomplit (bien que le processus de la décision ne soit pas nécessairement conscient) : à sélectionner et à mettre en valeur les traits du réel qu'il considère comme significatifs, et à ignorer ceux qu'il juge sans rapport avec son propos. Certains aspects de l'expérience défient la représentation, d'autres ne peuvent être rendus que d'une manière simplifiée ou déformée, et quelques-uns seulement au prix du sacrifice d'autres éléments.

Le terme de « valorisation sélective » implique donc toujours trois facteurs apparentés : la sélection, l'exagération et la simplification. On peut

1. W. H. F. Listowel, *History of Modern Aesthetics,* 1933, p. 217.

les voir à l'œuvre dans tous les domaines de l'art : dans les récits d'événements, qu'ils soient historiques ou fictifs ; dans la représentation visuelle d'un paysage ou du corps humain, dans le portrait et la caricature. Mais la valorisation sélective opère également dans le laboratoire du savant. Toute carte de géographie, tout diagramme statistique, tout modèle théorique de l'homme ou de l'univers constitue une caricature délibérément schématisée de la réalité, fondée sur la technique qui consiste à sélectionner et à mettre en lumière les traits importants, et à simplifier ou à ignorer les autres selon les critères de pertinence propres à telle discipline particulière ou à telle école de pensée. En psychologie, par exemple, l'on trouve des critères de pertinence radicalement différents chez les introspectionnistes du XIXe siècle, chez les behavioristes contemporains, chez les disciples de Freud et ceux de Jung, et chez les psychologues existentiels, avec des contrastes correspondants dans la valorisation sélective, d'où il résulte des portraits de l'homme totalement dissemblables ; et la même considération s'applique à l'histoire de la médecine. Dans la physique, qui est le modèle même de la science exacte, on trouve des décalages absolus entre l'anthropomorphisme aristotélicien et le mécanisme newtonien, entre l'approche déterministe et la théorie probabiliste, entre les « forces » et les « champs ». Même un coup d'œil superficiel à l'histoire de la science suffit à nous convaincre que ses critères de pertinence sont sujets à des modifications aussi frappantes que les changements de style dans l'art ; et les comparaisons entre les deux domaines font apparaître l'histoire de l'art un peu moins confuse, en nous montrant au moins les contours indécis d'une structure plus compréhensible.

Ainsi, les bouleversements révolutionnaires qui surviennent périodiquement dans le contenu et le style des productions littéraires peuvent se décrire comme des changements de critères de pertinence et de valorisations sélectives. La *seconde* phase du cycle historique est constituée par l'exploration des nouveaux sujets, l'élaboration de nouveaux styles et de nouvelles techniques ; il ne sera pas nécessaire de nous étendre ici sur ce point. Car c'est la *troisième* phase du cycle qui s'avère particulièrement intéressante (et problématique !) pour tous ceux qui pratiquent notre profession : la phase de saturation, et la frustration consécutive éprouvée par l'écrivain et son public. J'ai cité le cri d'indignation de Tolstoï contre l'image verlainienne de la lune qui meurt dans un ciel de cuivre ; de nos jours, on comprend difficilement pourquoi Tolstoï s'est excité à tel point. Les audacieuses métaphores d'hier sont devenues aujourd'hui des clichés. Les obscénités d'autrefois sont à présent des banalités, le bourgeois n'est plus « épatable » ; le sexe à l'état brut, de même que la lune privée de son mystère, n'apparaît plus que comme un ensemble de cratères et de pustules.

Ce sont là les conséquences inévitables d'une propriété fondamentale de notre système nerveux. Les ambulanciers expérimentés n'ont plus les cheveux qui se dressent à la vue d'accidentés atrocement mutilés, et même les déportés d'Auschwitz ont fini par acquérir un certain degré d'immunité sur le plan émotif. Il existe un phénomène que les psychologues appellent l'accoutumance. Vous n'entendez pas le tic-tac de l'horloge dans votre chambre, mais vous entendez qu'il a brusquement cessé. Vous ne sentez pas la pression de la chaise contre votre dos ; mais vous la sentez quand vous changez de position. Les cellules nerveuses de la rétine ne signalent pas l'identité, mais seulement le contraste. Et l'homme n'est pas le seul à subir cette accoutumance. Le professeur Horn, de Cambridge, a récemment découvert dans le mésencéphale d'un lapin des cellules nerveuses isolées qui réagissent promptement à un son d'une fréquence de 1 000 cycles par seconde, mais cessent de réagir après plusieurs répétitions du même stimulus. Toutefois l'accoutumance au son de 1 000 cycles n'empêche pas la même cellule de réagir fortement quand on produit un son à peine différent, de 900 cycles. Le professeur Horn a présenté des exemples de phénomènes similaires chez des animaux aussi différents que les criquets, les calmars et les chats [1].

Si même un calmar peut se montrer à ce point blasé, comment l'écrivain peut-il espérer lutter contre la loi du rendement non proportionnel ? Les cycles périodiques dont les principales étapes sont la stagnation, la crise, la révolution et le nouveau départ, semblent avoir pour cause primordiale l'accoutumance progressive de l'artiste comme du public à n'importe quel style, technique ou sujet bien établi, et le fait qu'en conséquence ceux-ci perdent leur attrait émotionnel et leur pouvoir évocateur. Cette perte est malheureusement inévitable, parce qu'une fois que le nouveau style s'est stabilisé et est devenu familier, le lecteur n'a plus besoin d'exercer son imagination pour assimiler le message ; il est privé de l'effort de la re-création, et se trouve rabaissé au niveau d'un simple consommateur. Il ne fait guère de doute que la plus grande partie de la littérature, probablement depuis l'Antiquité grecque, mais certainement depuis l'invention de l'imprimerie, n'a été composée que de biens de consommation inférieurs, écrits durant les longues périodes de stagnation du cycle périodique. Mais cette énorme masse de pâte a pourri et a disparu à nos yeux ; seuls des spécimens de qualité exceptionnelle ont survécu et fournissent la matière de l'histoire de la littérature.

Toute forme d'art nouvelle, aussi révolutionnaire qu'elle paraisse de prime abord, finit au bout de quelque temps par s'user et vieillir ; elle perd son pouvoir sur le public. Le vieillissement se produit bien sûr non dans la forme elle-même, qui peut être durable, mais dans le palais fatigué du consommateur. L'histoire de l'art pourrait s'écrire en termes de lutte de l'artiste contre les effets émoussants de la saturation. Ce n'est pas sa faute s'il livre une bataille perdue d'avance. Qu'il produise des frangipanes ou du caviar, il n'en restera pas moins impuissant à vaincre le processus fondamental d'accoutumance, qui opère aussi bien dans le cerveau du lapin

1. Dans le magazine *New Scientist*, le 7 août 1969.

que dans le système nerveux du lecteur. Il en résulte que l'artiste éprouve un sentiment croissant de frustration, et qu'il comprend de mieux en mieux — consciemment ou non — que les techniques traditionnelles de son temps sont devenues inadéquates en tant que moyen de communication et d'expression.

Deux méthodes contraires semblent avoir été expérimentées à maintes reprises en vue d'améliorer la communication avec le public : le hurlement et le murmure. Le premier tente d'inculquer le message au public en faisant appel trop directement aux émotions, au moyen de scènes qui arrachent les larmes, d'effets mélodramatiques, ou de dérivés plus subtils de ces procédés ; il essaie de fournir un plat plus épicé aux appétits blasés, et de dissimuler son impuissance par des gestes et des maniérismes flamboyants. Dans les arts plastiques, on voit certains de ces symptômes, ou leur totalité, apparaître au premier plan lors des périodes décadentes successives de la sculpture égyptienne, grecque et romaine, dans les styles précieux à outrance du baroque tardif, dans les horreurs plus raffinées de l'époque victorienne, et ainsi de suite. La tendance générale, dans les périodes décadentes, est à l'emphase démesurée et aux tournures trop explicites, et il ne nous semble pas nécessaire d'aller plus avant dans l'analyse de ce phénomène.

La méthode opposée, pour lutter contre le rendement non proportionnel dans l'évolution de l'art, présente un intérêt beaucoup plus grand. Au lieu de s'appuyer sur l'emphatique et l'explicite, elle tend à l'économie et à la suggestion implicite. On attribue habituellement au mouvement symboliste français — Mallarmé, Verlaine, Rimbaud — le mérite d'avoir inauguré le passage de la déclaration explicite à la suggestion implicite, et à l'école impressionniste française la réalisation d'une tentative analogue dans la peinture. Toutefois, on peut observer ce mouvement, que ce soit de manière évidente ou indirecte, dans les périodes ou les formes d'art les plus diverses, où il joue le rôle d'un antidote efficace contre la saturation et la décadence. Il est néanmoins intéressant de citer un passage où Mallarmé décrit les grandes lignes du programme du mouvement symboliste :

> Je pense qu'il faut qu'il n'y ait qu'allusion. La contemplation des objets, l'image s'envolant des rêveries suscitées par eux, sont le chant : les Parnassiens, eux, prennent la chose entièrement et la montrent : par là ils manquent de mystère ; *ils retirent aux esprits cette joie délicieuse de croire qu'ils créent.* Nommer un objet, c'est supprimer les trois quarts de la jouissance du poème qui est faite de deviner peu à peu : le *suggérer,* voilà le rêve [1].

1. S. MALLARMÉ, *Enquête sur l'évolution littéraire,* 1891. Pléiade, p. 869.

Pourtant cette technique n'a pas été inventée par les symbolistes ; elle est aussi vieille que l'art lui-même. Elle a commencé dès la mythologie. La *Baghavad Gita* est une allégorie que chaque érudit et mystique hindou interprète à sa propre manière ; la Genèse est parsemée de symboles archétypaux ; le Christ parle en paraboles, l'Oracle par énigmes, Orphée par la musique. Le dessein n'est pas d'obscurcir le message ; au contraire, il s'agit de le rendre plus lumineux en contraignant celui qui le reçoit à se comporter comme un écran fluorescent, à en développer les implications par son propre effort, à le recréer. « Implicite » vient du latin *plicare,* et signifie « replié en dedans », comme un rouleau de parchemin. Le message implicite doit être déplié par le lecteur ; il doit le démêler, combler les lacunes, résoudre les énigmes. Mais, à mesure que le temps passe, le lecteur apprend à percer à jour les truquages, les déguisements deviennent transparents, il est privé, comme Mallarmé le dit si bien, « de cette joie délicieuse de croire qu'il crée ». En conséquence, l'écrivain ou le poète s'efforcera d'atteindre une économie encore plus disciplinée et des implications encore plus subtiles ; le parchemin sera enroulé sur lui-même de façon encore plus serrée.

J'ai autrefois appelé cela « la loi d'involution [1] » ; elle semble être la réponse la plus efficace à la loi du rendement non proportionnel. On la retrouve comme un leitmotiv tout au long de l'histoire littéraire. Les épopées homériques furent à l'origine transmises par des bardes itinérants qui personnifiaient leurs héros par la voix et les gestes, ce qui constitue la méthode de narration la plus directe et la plus emphatique. Plus tard, vers le VIIe siècle avant J.-C., les épopées furent réunies dans leur forme présente, afin d'être récitées à l'occasion de festivités ; mais désormais, elles se trouvaient déjà « repliées » dans des rouleaux de parchemin. Le barde personnifiait ; le récitant imitait ; le mot devait être déchiffré. Des guillemets suffisent à symboliser la voix humaine, et l'encre d'imprimerie est généralement plus efficace pour susciter l'émotion que les grands effets dramatiques. L'art du théâtre est réservé à la scène et à l'écran, mais lui aussi est sujet à la loi d'involution. Le mélodrame victorien est devenu une parodie de son propre genre, et des films qui nous émouvaient encore il y a vingt ans nous semblent aujourd'hui — à part certaines exceptions que j'admets volontiers — curieusement vieillis, trop évidents, interprétés avec un excès d'emphase, et trop explicites. Quant à la musique de fond, elle est tout bonnement incroyable.

Le meilleur ami de l'écrivain est sa paire de ciseaux. Dans ses conseils à un jeune écrivain, Hemingway disait : « Plus vous enlèverez de bons passages, et plus votre roman sera fameux... » La loi d'involution exige que l'on ne donne jamais rien gratuitement au lecteur ; il faut qu'il paie, en monnaie

1. *Le Cri d'Archimède.*

émotionnelle, par l'exercice de son imagination. Autrement, on obtient la réaction tant redoutée du « et après ? ». « Caroline sentit son cœur battre pour Pierre. » Et après ? Qu'il batte donc ! Le mot allemand pour dire l'art de composer des poèmes est *dichten :* condenser. Mais on peut également produire une condensation dans l'espace sémantique, en comprimant plusieurs significations, ou niveaux de signification, dans une seule formulation. Freud était persuadé que cela constituait l'essence de la poésie ; les « sept types de réalité » d'Empson sont des variations sur le même thème. Il va de soi que les techniques de l'involution peuvent aussi être employées de manière frauduleuse, afin de créer des obscurités délibérées. Bien que l'on ait dit que la Vénus de Milo perdrait beaucoup de son charme si on lui redonnait ses bras, il est improbable que le sculpteur les ait brisés de sang-froid. Mais qui peut tracer la frontière entre la tricherie volontaire et les tours que nous joue parfois l'inconscient ? Une grande partie du nouveau roman et de *L'Année dernière à Marienbad* rappelle une façon de jouer au poker dans laquelle on dissimule ses cartes non seulement à son adversaire mais aussi à soi-même. Cette méthode peut parfois s'avérer une stratégie victorieuse — mais que signifie « victoire » dans un tel contexte ?

Il y a bien d'autres domaines où l'on peut voir à l'œuvre la loi d'involution. L'humour, par exemple, a parcouru bien du chemin depuis la caricature en première page du *Punch* jusqu'aux énigmes sophistiquées du *New Yorker*. Les métaphores ont une façon de se ratatiner et de se transformer en clichés déshydratés ; elles sont remplacées par de nouveaux arrivages d'un genre moins évident et moins explicite. Le rythme et le mètre ont évolué, à partir d'impulsions simples et répétitives, jusqu'à des structures complexes, où l'ancien battement du tam-tam est encore suggéré, mais sans être martelé. La rime, la forme la plus explicite de l'euphonie, se replie — ou disparaît.

Dans les arts plastiques contemporains, le processus est trop évident pour qu'on y insiste. Seul un faussaire pourrait, de nos jours, peindre dans le style de Vermeer (quelle que soit la perfection de sa technique), parce que, pour peindre comme Vermeer, il faudrait que l'artiste oublie qu'il a vu un jour un Manet ou un Cézanne. Il doit donc être soit un faussaire, soit un Rip Van Winkle[1] qui a dormi depuis le XVIIe siècle. Mais ce serait une erreur de croire que la tendance à l'implicite ne se trouve que dans la peinture moderne. Léonard de Vinci a inventé la technique du *sfumato* ou de la forme voilée, dont on trouve un exemple dans les contours brouillés aux coins des yeux de la Joconde, qui n'ont encore rien perdu de leur pouvoir de fascination ; et le Titien, dans sa vieillesse, a découvert la technique de ce que Vasari a appelé « les taches et les coups de pinceau grossièrement barbouillés », qui ne se laissent pas déchiffrer quand on les regarde de près,

1. RIP VAN WINKLE : personnage d'une nouvelle de Washington Irving, 1783-1859. C'est un garçon fantasque, mari d'une virago acariâtre, qui va chasser dans la montagne et y fait un somme de vingt ans ; sa femme étant morte, sa fille l'héberge et il peut enfin vivre *(N.d.T.)*.

et ne dévoilent la splendeur du tableau que lorsqu'on recule de quelques pas ; Rembrandt passa par une évolution similaire, du coup de pinceau net et méticuleux aux touches imprécises et évocatrices dans sa façon de rendre les broderies. On pourrait multiplier les exemples à l'infini. On pourrait dire, par exemple, qu'aux plus hautes époques de la peinture chinoise, le tableau était fait essentiellement de ce qu'on laissait de côté. Je ne peux résister au plaisir de citer ne fût-ce qu'une phrase d'un manuel chinois du XVIIe siècle (que je dois à Gombrich) : « Les visages, même peints sans yeux, doivent paraître regarder ; sans oreilles, doivent paraître écouter... C'est vraiment donner expression à l'invisible. »

Revenons une dernière fois à la science : car la loi d'involution opère même dans ce domaine. Aristote croyait fermement que toutes les découvertes et inventions possibles avaient déjà été faites en son temps ; Bacon et Descartes pensaient qu'il ne faudrait plus qu'une seule génération après eux pour parvenir à la solution de tous les mystères de l'univers ; et même certains savants du XIXe siècle ont soutenu des opinions aussi optimistes. Ce n'est que récemment que nous avons commencé à comprendre que le dévoilement et le déploiement des secrets de la nature s'accompagnaient parallèlement d'un processus d'involution, parce que plus le physicien acquérait un savoir précis, plus les symboles mathématiques qu'il devait employer devenaient ambigus et insaisissables ; il lui était désormais impossible de transformer la réalité en un modèle intelligible, il ne pouvait plus qu'y faire allusion par des équations abstraites.

Pour résumer : j'ai essayé d'indiquer une structure dont le retour est périodique dans l'histoire de la science et l'histoire de l'art, qui toutes les deux, d'une façon générale, semblent traverser des cycles comportant une Révolution, une Consolidation, une Saturation, une Crise et un Nouveau Départ vers des horizons inconnus.

Les révolutions sont caractérisées par des changements de valorisation sélective ; la période de consolidation est celle du progrès cumulatif ; la troisième période est faite de luttes constantes contre la loi des revenus décroissants et la loi d'involution fournit un excellent antidote. Voilà beaucoup de lois et beaucoup d'hypothèses, que l'on me pardonnera, j'espère ; mais il faut bien prendre des risques.

Dans Janus *j'ai ajouté d'autres remarques, qui peuvent servir de note à la fin du présent chapitre.*

A certains égards ce rythme est analogue aux étapes successives du processus de la découverte, selon le schéma proposé par Helmholtz et Graham Wallas[1] : préparation consciente — incubation inconsciente —

1. G. WALLAS, *The Art of Thought*, Londres, 1945.

illumination — vérification et consolidation. Mais alors qu'à l'échelle de l'individu ce processus s'achève sur la dernière étape, à l'échelle de l'histoire le dernier stade d'un cycle se confond avec le premier du cycle suivant.

Une théorie plus récente (qui est très proche de la conception des cycles que je viens de résumer et que j'avais exposée dans *Le Cri d'Archimède*) a été donnée par Thomas Kuhn dans son essai *The Structure of Scientific Revolutions*[1]. Kuhn appelle « science normale » les phases cumulatives, et « changements de paradigmes » les périodes de percées révolutionnaires. A part le vocabulaire, il y a des ressemblances frappantes entre ces schémas, le sien et le mien, qui d'ailleurs ont été conçus indépendamment l'un de l'autre. Dans les deux cas on s'écarte radicalement de la vénérable théorie de George Sarton qui affirme que l'histoire des sciences est la seule qui connaisse un progrès cumulatif et qu'en conséquence le progrès scientifique procure les seuls jalons qui permettent de mesurer le progrès de l'humanité.

Mais en fait le progrès scientifique qui à cet égard ne diffère guère de l'histoire de l'art, avance en zigzag. Ce qui ne veut pas dire naturellement, qu'il n'y a pas de progrès mais que, dans un domaine comme dans l'autre, la marche en avant est imprévisible et souvent erratique.

Depuis cent ans l'histoire s'accélère comme une fusée au décollage, et les découvertes se succèdent à couper le souffle, mais en franchissant plus de crises, plus de volte-face, plus de remises en cause que jamais auparavant. C'est ce qui apparaît dans toutes les branches de la science et de l'art — en peinture et en littérature, en physique et en physiologie du cerveau, en génétique, en cosmologie. Dans tous les domaines les équipes de démolition se sont activées aussi fiévreusement que les constructeurs, mais il faut du temps pour bien voir l'œuvre des seconds, et pour oublier les fières citadelles de l'orthodoxie qui ont été démolies. Sans aucun doute, au cours des prochaines décennies nous verrons des réussites encore plus spectaculaires de l'art de défaire et de refaire. A ce sujet on pourra trouver quelques conjectures dans les chapitres qui suivent.

Après coup il m'est venu à l'esprit qu'un tableau pourrait résumer ce que j'ai exposé dans les précédents chapitres sur les styles, les techniques et les méthodes de représentation que l'on voit à l'œuvre dans tous les types d'activité créatrice :

Originalité		Accent		Économie
↓		↓		↓
Destructive-		*Sélection*		*Implication*
Constructive ;	↙		↘	*Involution*
Défaire-Refaire	*Exagération*		*Simplification*	

1. Chicago, 1962.

Nous avons eu des aperçus de ce schéma dans les techniques de l'humour, de même qu'en littérature, en peinture et dans les sciences.

L'originalité, l'insistance sélective et l'économie ne sont assurément pas les seuls critères de la valeur littéraire, mais ces critères se révèlent utiles au critique au moins comme points de repère, à la manière d'une boussole ; la « loi d'involution » paraît jouer également (en infligeant le même supplice de Tantale) dans la science et dans l'art.

CHAPITRE XXXIII

Le tragique et le trivial

*A plusieurs reprises j'ai employé la métaphore des plans tragique et trivial de l'existence. Les extraits qui vont suivre (*Le Cri d'Archimède, *chapitre* XX*) devraient montrer qu'elle convient à l'étude du processus de création.*

Cette métaphore n'a pas été une invention littéraire, elle m'a été imposée par une douloureuse expérience personnelle. Pendant la guerre, en 1942, je m'étais lié avec un jeune pilote de chasse, Richard Hillary, dont l'avion avait été abattu et s'était écrasé en flammes durant la bataille d'Angleterre ; il avait alors à peine vingt ans[1]*. D'anciennes photographies le montrent extrêmement séduisant ; quand je l'ai connu, j'ai vu ses mains brûlées, racornies pareilles aux serres d'un oiseau, son visage, masque informe que la chirurgie lui avait fabriqué, les paupières elles-mêmes étaient artificielles. Il travaillait au ministère de l'Information, publia un livre,* The Last Enemy, *qui eut un succès immédiat, vivait avec une femme charmante et menait une vie fort agréable à Londres. Mais au bout de deux ans environ il réussit à obtenir frauduleusement un certificat médical le déclarant apte au service, rentra dans l'aviation et quelques mois plus tard se tua dans un accident en s'entraînant aux combats de nuit.*

Ses lettres, au cours de cette dernière période, témoignent de la double vie qu'il menait sur l'aérodrome. Le jour sa chair brûlée souffrait affreusement du froid ; il disait l'ennui, la peur, l'irritation. Mais la nuit, écrivait-il, « je n'ai qu'à grimper dans un avion, cette monstrueuse bête de fer et d'acier qui guette l'occasion de me descendre, et la peur disparaît. Je suis de nouveau en paix. Je sens le frôlement évanescent des Cercles de Paix qui passent dans les airs ».

Nous eûmes plusieurs entretiens sur ce dualisme de l'expérience vécue ; il devait résumer mes propos dans une lettre à un tiers :

« K. a une théorie là-dessus. Il pense qu'il y a deux plans d'existence, qu'il appelle « vie tragique » et « vie triviale ». Habituellement nous évoluons sur le plan trivial,

1. *Cf.* « A la Mémoire de Richard Hillary », dans *Le Yogi et le commissaire.*

mais quelquefois dans des moments d'exaltation ou de danger nous nous trouvons transférés sur le plan de la « vie tragique », aux perspectives cosmiques, étrangères au sens commun. Quand nous sommes sur le plan trivial, les réalités de l'autre plan paraissent absurdes, effets de nerfs survoltés, etc. Quand nous vivons sur le plan tragique, les plaisirs et les soucis de l'autre sont inconsistants, frivoles, futiles. Mais dans des circonstances exceptionnelles, par exemple si on doit endurer longtemps un danger physique, on est placé en quelque sorte à l'intersection des deux plans; situation curieuse comme si on marchait en équilibre sur ses nerfs... Je crois qu'il a raison. »

Raison ou tort, je ne sais; mais depuis la mort de Hillary la métaphore n'a cessé de s'imposer à moi.

Évidemment les excursions du plan trivial au plan tragique ne sont pas toutes irréversibles ni fatales. Au contraire, elles peuvent être créatrices et vivifiantes. Sur ce thème les variations sont innombrables : voyage au bout de la nuit, mort et résurrection; ces motifs sont tous fondés sur la même structure archétypique.

Sous l'effet d'une expérience bouleversante, le héros s'aperçoit de la mesquinerie de son existence, de la futilité des préoccupations humaines, de la morne frivolité de la vie quotidienne. Il peut s'agir d'une brusque découverte provoquée par une catastrophe, ou de l'issue d'un lent développement, ou d'un déclenchement inattendu à la suite d'une expérience banale en apparence, tout à coup chargée de sens. Le héros subit alors une crise profonde; il entre dans la nuit, il passe sur le plan tragique — il en ressortira purifié, riche d'une sagesse nouvelle, régénéré à un niveau supérieur d'intégration.

La crise peut prendre la forme d'une visite aux enfers (Orphée, Ulysse); ou bien le héros est jeté au fond d'un puits (Joseph), mis au tombeau (Jésus), avalé par un monstre (Jonas); ou encore il se retire au désert comme le Bouddha, comme Mahomet, comme le Christ et tant d'autres prophètes ou fondateurs de religions au tournant crucial de leur vie. Dans la plupart des sociétés tribales cette descente est symbolisée au cours des rites d'initiation qui précèdent les grands tournants de la vie, comme la puberté et le mariage. L'individu entreprend alors brièvement son voyage dans la nuit : séparé de la communauté, il doit jeûner et subir diverses épreuves afin de ressentir la solitude essentielle de l'homme et d'entrer en contact avec le plan tragique. Ce sont des buts analogues que poursuivent les rites du baptême, les retraites pratiquées dans la plupart des religions, les jeûnes et autres rites de purification, les cérémonies d'initiation des ordres religieux et des loges maçonniques, voire de certaines associations d'étudiants. L'illumination doit être précédée par les épreuves de l'incubation.

La psychologie de Jung comme celle de Freud soulignent la parenté de ce symbolisme et de la nostalgie inconsciente du sein maternel. Ce rapport n'est pas plus étrange que le caractère maternel attribué à la Terre, à la Mer ou à l'Église...

La mythologie est pleine de ces symboles, métaphores de l'inconscient collectif. Si surprenants qu'ils paraissent, ils sont familiers au rêveur, et visitent constamment le sommeil d'hommes qui n'ont que cela en commun. Le voyage au bout de la nuit est aux antipodes de la quête prométhéenne. Celle-ci cherche à dérober aux dieux la lumière et le feu ; celui-là retourne aux ténèbres palpitantes, d'un seul tenant, dont nous faisions partie avant la formation de nos moi séparés.

Le voyage au bout de la nuit est donc une régression des tendances de participation, une crise dans laquelle le conscient meurt, pour renaître en une synthèse supérieure. Là encore en reculant pour mieux sauter, l'impulsion créatrice, épuisée par le harcèlement du Trivial, entre en retraite pour recouvrer sa vigueur.

Sans les petits voyages réguliers du sommeil, nous serions bientôt victimes de dessiccation mentale. Pour l'esprit esthétiquement sous-privilégié, le rêve est l'équivalent de l'expérience artistique. C'est son seul moyen de transcender le moi, de fuir le Trivial et de se créer une mythologie.

LE PÉCHÉ DE JONAS

Parmi toutes les versions du voyage, dans les mythes et dans le folklore, il n'en est guère de plus impressionnante que l'histoire de Jonas — sans doute parce que parmi les civilisations antiques il n'y en eut pas pour éprouver plus intensément que les Hébreux la tension entre le Tragique et le Trivial. L'un était représenté par la série sans fin des invasions et des catastrophes, la présence exigeante de Yahvé et de ses prophètes apocalyptiques ; l'autre par les rares périodes de vie relativement normale, que condamnaient dédaigneusement d'ailleurs les terribles chefs spirituels de la tribu. Jonas n'avait commis aucun crime qui paraisse digne de son épouvantable châtiment ; on nous le présente comme un brave honnête homme, avec un rien de vanité normale : il est « très irrité », on le comprend, lorsque, à la fin, Ninive n'est pas détruite comme il l'avait prédit sur l'ordre de Dieu, et que Dieu fait passer ainsi son prophète pour un imposteur ou pour un sot.

Cet homme tout ordinaire reçoit subitement de l'Éternel l'ordre « d'aller à Ninive, la grande cité, et de prophétiser contre elle » — ordre redoutable, d'autant que Jonas n'est pas prophète professionnel. Il préfère naturellement poursuivre sa bonne petite vie. Et au lieu de répondre à l'appel du Tragique, il s'embarque pour Tarsis ; il a d'ailleurs si bonne conscience qu'en mer, lorsque la tempête fait rage, que les matelots implorent « chacun leur dieu », et versent le chargement par-dessus bord, il dort à poings fermés. Et c'est là — dans sa normalité, sa trivialité acceptée, son refus d'affronter la tempête, d'affronter Dieu et la corruption de Ninive et l'essence tragique de la vie —

c'est là précisément que réside le péché de Jonas, qui l'entraîne à la crise, au ténébreux voyage dans le ventre de la baleine, le « ventre de l'enfer ».

Les eaux m'ont couvert jusqu'à m'ôter la vie, l'abîme m'a enveloppé, les roseaux ont entouré ma tête... Mais tu m'as fait remonter vivant de la fosse. Éternel, mon Dieu ! Quand mon âme était abattue au-dedans de moi, je me suis souvenu de l'Éternel : et ma prière est parvenue jusqu'à toi. *Ceux qui s'attachent à de vaines idoles éloignent d'eux la miséricorde.*

On dirait l'allégorie d'une dépression nerveuse suivie d'une conversion. Jonas peut servir de modèle à Dmitri Karamazov et à tous les héros qui traversent une crise avant d'aboutir à l'illumination. Car, j'y insiste, la seule faute de Jonas fut de s'accrocher au Trivial et de cultiver son jardin en essayant de ne pas entendre la voix terrible, gênante, injuste du Tragique. C'est ce que Melville exprime bien, lorsque dans le grand sermon de *Moby Dick,* il fait dire au prêcheur :

Malheur à qui veut répandre de l'huile sur les eaux quand Dieu les agite en tempête ! Malheur à qui veut plaire au lieu d'épouvanter ! Malheur à celui pour qui bonne renommée vaut mieux que bonté ! Malheur à qui, dans ce monde, ne risque pas le déshonneur !

L'auteur biblique dut voir assez nettement les vastes conséquences du récit de Jonas, l'impossibilité de traiter aussi durement tous les simples mortels, car l'histoire s'achève sur un acte de clémence insolite de la part du Dieu vengeur, curieuse conclusion pleine d'ironique tolérance envers la faiblesse de l'homme :

Et l'Éternel dit : « Et moi, je n'aurais pas pitié de Ninive, la grande ville dans laquelle se trouvent plus de cent vingt mille hommes qui ne savent pas distinguer leur droite de leur gauche, et des animaux en grand nombre ! »

Le simple mortel passe pratiquement toute sa vie sur le plan trivial ; ce n'est qu'en de rares occasions — pendant les orages de la puberté, ou quand il tombe amoureux, ou en présence de la mort — qu'il tombe soudain dans le trou, et passe au plan tragique. Alors d'un seul coup toutes les préoccupations de sa vie quotidienne paraissent inconsistantes et vaines ; mais quand il se retrouve sain et sauf dans le Trivial, il rejette les réalités de l'autre plan et n'y voit plus que les produits du surmenage nerveux ou des effusions de l'adolescence. Les catastrophes — famines, guerres, grandes épidémies — peuvent faire passer toute une population du Trivial au Tragique ; mais les gens arrivent à banaliser la tragédie elle-même, et les affaires continuent au milieu des ruines. Pendant la guerre d'Espagne un de mes camarades de prison, un jeune homme condamné à être fusillé, souffrant de l'appendicite, fut mis au régime lacté deux jours avant l'exécution.

La force de l'habitude et des conventions nous enferme dans le Trivial; nous ne nous en apercevons même pas parce que les chaînes sont invisibles, les contraintes agissent au-dessous du niveau de la conscience. Ce sont les normes collectives, les codes de conduite, les matrices axiomatiques qui déterminent les règles du jeu, et nous font avancer presque tous, presque toujours, dans les ornières de l'habitude, nous réduisant à cet état d'automates bien dressés que les behavioristes présentent comme la vraie condition de l'homme.

Dieu merci, l'homme n'est pas toujours un être plat — mais seulement presque toujours. Le besoin d'autotranscendance est aussi fondamental que la nécessité de s'affirmer.

La vie dans le Trivial est un emprisonnement indolore; c'est aussi une condition de stabilité sociale et intellectuelle. On ne saurait s'installer en permanence dans le ventre de la baleine. Émotionnellement et intellectuellement, nous ne pouvons nous permettre que de très brefs séjours sur le plan tragique, parmi les archétypes et les fins dernières. Émotionnellement, ce serait le voyage sans retour de Blake. Intellectuellement, ce serait l'abdication de la raison. Éternité, infini, ne se prêtent pas au traitement logique. Ils sont trop inhumains et trop fuyants pour se laisser affronter, à moins qu'ils ne se relient à quelque expérience du monde tangible. L'absolu n'a d'efficacité émotive que s'il est bissocié à du concret et, pour ainsi dire, chevillé au familier.

C'est à quoi s'emploient le savant et l'artiste, sans en être toujours conscients. Ils sont également doués (ou affligés) de la faculté de percevoir les événements banals de l'expérience quotidienne sous l'angle de l'éternité, *sub specie aeternitatis;* et inversement, d'exprimer l'absolu en langage humain, de le refléter en images concrètes.

Le lieu privilégié de l'activité créatrice se situe toujours à l'intersection de deux plans; dans les plus hautes formes de création ces plans sont celui du Tragique, ou de l'Absolu, et celui du Trivial. Le savant découvre des lois éternelles à l'œuvre dans le grain de sable, ou dans les contractions d'une patte de grenouille pendue à un fil. L'artiste sculpte l'image divine qu'il a devinée dans un morceau de bois. L'humoriste découvrira que le dieu est un prunier.

Il va sans dire que les romans ne sont pas tous (ne devraient pas être tous) des « romans à problèmes » qui soumettraient le lecteur à un bombardement continu de tragédies et d'archétypes; si c'était le cas nous aurions une littérature bien monotone. Mais, indirectement, implicitement, toute grande œuvre concerne à certains égards les problèmes humains les plus profonds. Une fleur, même l'humble pâquerette, a des racines; une œuvre d'art, si gaie, si précieuse ou si sereine qu'elle soit, se nourrit en dernière analyse indirectement, insensiblement, et par des tubes capillaires d'une infinie délicatesse, aux archétypes enfouis de l'expérience.

Parce qu'il vit sur les deux plans à la fois, l'artiste ou le savant créateur peut quelquefois capter un instant d'éternité aperçu à la fenêtre du temps. Que cette fenêtre soit un vitrail médiéval ou bien la loi de Newton définissant la gravitation universelle, c'est une question de tempérament, et de goût.

CHAPITRE XXXIV

La gravitation et le Saint-Esprit

J'AI déjà dit que Les Somnambules *furent un résultat inattendu des recherches qui préparaient* Le Cri d'Archimède, *et j'ai cité des extraits de la préface de ce livre. Mais pour éviter d'interrompre la suite logique de l'exposé j'ai cru ne devoir donner qu'à la fin de la présente section des passages plus substantiels de l'ouvrage.*

L'un des principaux personnages en est le fondateur de l'astronomie moderne, Johannes Kepler (1571-1630) génie aussi sympathique qu'extravagant, moitié mystique, moitié savant.

Johannes Kepler, Keppler, Khepler, Kheppler ou Keplerus fut conçu le 16 mai 1571 à 4 h 37 du matin, et mis au monde le 27 décembre à 2 h 30 de l'après-midi, après une grossesse de 224 jours, 9 heures et 53 minutes. Les cinq orthographes de son nom sont de lui, de même que les dates de sa conception, de sa gestation et de sa naissance, toutes notées dans l'horoscope qu'il fit pour lui-même. Le contraste entre cette indifférence onomastique et cette extrême précision pour les dates reflète dès le début un esprit pour qui l'ultime réalité, l'essence de la religion du vrai et du beau était tout entière contenue dans le langage des nombres.

Comme je l'ai signalé, une biographie de Kepler, extraite des Somnambules, *a paru dans une collection universitaire américaine, la « Science Study Series ». John H. Durston écrit dans l'avant-propos de cette édition : « La science s'est beaucoup servie des travaux de Kepler en faisant comme si l'homme n'avait pas existé. Rares sont les contemporains qui ont su ou voulu le comprendre et ses célèbres lois, ressuscitées par Isaac Newton, étaient apparemment tout ce qui restait de lui. Mais heureusement le temps parvient à rétablir l'équilibre. Dans cette biographie, qu'il a fallu attendre trois cent trente ans, se dévoile une personnalité très riche, encore qu'étrange, bien digne d'immortalité. »*

J'ai essayé de faire ressortir l'essentiel de son œuvre dans mon article de *l'*Encyclopaedia of Philosophy[1] *et sous une forme plus accessible dans une conférence*[2] *qui résumait plusieurs chapitres des* Somnambules.

Lorsque Newton mourut en 1727, Alexander Pope, le poète le plus en vogue de l'époque, écrivit cette épitaphe souvent citée :

> « La Nature et les Lois de la Nature étaient cachées dans la nuit.
> Dieu dit : « Que Newton soit, et tout fut lumière. »

Pope exprimait certainement l'opinion de l'Age de Raison, c'est-à-dire de cette nouvelle philosophie pan-européenne qui était en train de naître de la Révolution scientifique du siècle précédent, et dont la pierre angulaire était la cosmologie newtonienne. Ce fut cette nouvelle conception de l'Univers qui donna à l'ensemble du mouvement son mélange caractéristique d'humilité et d'arrogance. L'humilité provenait de la claire conscience que notre terre n'est pas le centre du monde et que l'humanité est réduite à n'être qu'une « foule de fourmis rampant à la surface d'un ballon volant ». Cette métaphore, imaginée par l'un des critiques de Galilée[3] pour le ridiculiser, était devenue maintenant la pure réalité. Mais l'homme avait assez d'arrogance pour soulager sa fierté blessée. Les minuscules fourmis avaient de gigantesques cerveaux qui, grâce aux lentilles polies du télescope, leur permettaient d'embrasser tout l'infini.

L'édifice newtonien fournit la charpente pour la philosophie de l'Age des Lumières. Une fois que cet édifice fut achevé, il apparut comme une construction entièrement rationnelle. Pourtant il n'avait pas été construit par étapes rationnelles et logiques. L'un de ses architectes en chef fut un mystique allemand, Johannes Kepler. La route tortueuse qu'il emprunta pour parvenir à ses fameuses trois lois sur le mouvement planétaire — pierres angulaires de l'astronomie moderne — est caractéristique des grandes convulsions et confusions de pensée durant la transition entre la conception médiévale du monde et la conception scientifique. J'essaierai brièvement de retracer son développement, car il forme un prologue peu connu mais riche de signification au *secolo dei lumi* et traduit, pour ainsi dire, les douleurs de son enfantement.

Newton déclara un jour : « Si j'ai pu voir plus loin que d'autres, c'est parce que j'étais dressé sur les épaules de géants. » Les principaux géants furent évidemment Copernic, Galilée et Kepler.

Le chanoine Copernic était mort en 1543, à l'âge de soixante-dix ans ; le premier exemplaire imprimé de son livre *Sur les révolutions des orbes célestes* lui fut remis sur son lit de mort. Les trente premières pages esquissent la

1. New York, 1967.
2. Donnée au colloque sur « L'œuvre scientifique et artistique du Siècle des Lumières », Fondation Cini, Venise, 1967. Reprise dans *le Démon de Socrate.*
3. Mgr Querengo.

théorie de l'univers héliocentrique ; le reste du livre, qui décrit les mouvements de la terre, de la lune et des planètes, est si confus et illisible que l'ouvrage fut un des pires échecs en librairie de tous les temps. On sait que même Galilée ne le lut pas entièrement. Sa première édition, qui comptait un millier d'exemplaires, ne fut jamais épuisée, et il eut en tout quatre éditions en quatre cents ans. Un ouvrage d'astronomie contemporain, le *Traité de la Sphère* de Christoph Clavius, eut dix-neuf rééditions en cinquante ans — le livre de Copernic une seule.

Je cite ce point curieux pour montrer que la théorie copernicienne n'attira qu'une attention très réduite en Europe au cours des deux générations qui suivirent sa parution. Il ne fut inscrit à l'Index du Saint-Office qu'en l'année 1616, c'est-à-dire soixante-treize ans après sa publication (et seulement durant quatre ans, « le temps d'y apporter des corrections »). Les idées nouvelles comme les maladies infectieuses ont besoin d'une période d'incubation avant que tout leur effet se fasse sentir. Kepler fut le premier astronome à élever publiquement la voix en faveur de la théorie copernicienne. Son *Mysterium cosmographicum* publié en 1597 — cinquante-quatre ans après la mort de Copernic — engagea la controverse. Galilée entra en scène quinze ans plus tard.

Kepler était âgé de vingt-cinq ans lorsqu'il écrivit le *Mysterium* et, à cette époque-là, il connaissait très peu de chose de l'astronomie. Il avait débuté comme étudiant de théologie, à l'Université luthérienne de Tübingen, mais un heureux hasard le fit professeur de mathématiques à l'école provinciale de Graz en Autriche. Dans un texte autobiographique qu'il rédigea également à vingt-cinq ans, il décrivit les divers objets d'intérêt de ses années d'étudiant ; ils vont de la composition de comédies et d'odes pindariques jusqu'à des dissertations « sur des sujets insolites, tels que la demeure du Soleil, les sources des fleuves, la vue de l'Atlantide dans les nuages, les cieux, les esprits, les génies, la nature du feu, et autres choses de ce genre ». Dans cet ensemble varié de préoccupations, on trouve encore la remarque suivante : « Je défendis souvent les opinions de Copernic dans les discussions d'étudiants, et je composai avec soin un essai sur le mouvement premier, qui consiste en la rotation de la Terre (autour de son axe) ; puis j'ajoutai le mouvement de la Terre autour du Soleil *pour des raisons physiques ou, si l'on préfère, métaphysiques.* »

J'ai souligné cette dernière expression car on peut la retrouver répétée mot pour mot dans divers passages de ses œuvres ; elle contient le leitmotiv de sa quête — qui devait en fin de compte le conduire aux lois du mouvement des planètes et assurer les fondements mathématiques de l'univers newtonien.

Kepler connut le livre de Copernic grâce à l'un de ses maîtres de Tübingen, un certain Michael Maestlin, qui en possédait un exemplaire — encore que Maestlin lui-même, comme tous les autres (y compris Galilée), enseignât l'astronomie géocentrique traditionnelle de Ptolémée. Six ans plus tard, dans la préface au *Mysterium cosmographicum,* Kepler écrivit :

« Je fus à ce point enchanté par Copernic... que je me suis mis en tête d'attribuer à la terre les mouvements apparents du soleil, *pour des raisons physiques ou, si vous préférez, métaphysiques* — comme Copernic l'avait fait pour des raisons mathématiques. »

Il expliquait ensuite les raisons métaphysiques pour lesquelles il préférait un monde héliocentrique à un monde géocentrique. Aussi surprenant que cela paraisse, ses raisons étaient fondées sur une analogie supposée entre le soleil fixe, les étoiles et l'espace interstellaire d'une part, et d'autre part Dieu le Père, le Fils et le Saint-Esprit. « Je rechercherai cette analogie dans ma future œuvre cosmographique », promettait-il. Et, vingt-cinq ans plus tard, quand il eut plus de cinquante ans, il réaffirma sa croyance en elle : « Il n'est en aucune façon tolérable de traiter cette analogie comme une comparaison vide ; elle doit être considérée, du fait de sa forme platonicienne et de sa qualité archétypique, comme l'une des causes premières. »

Il crut en elle jusqu'à la fin de sa vie ; c'était l'un des axiomes de foi sur lequel son édifice était construit. Mais, peu à peu, son analogie favorite subit une transformation significative. Dans une lettre à Maestlin, qui date de l'époque où fut écrit le *Mysterium cosmographicum,* il déclarait :

« Le soleil au milieu des astres mobiles, lui-même immobile et pourtant source de mouvement, est l'image du Créateur, de Dieu le Père. Il distribue sa force motrice à travers un milieu qui contient les corps en mouvement, de même que le Père crée à travers le Saint-Esprit. »

On notera que, dans ce passage, les « corps en mouvement », c'est-à-dire les planètes, sont introduits dans le tableau. Le soleil est devenu leur « source de mouvement » ; le Saint-Esprit ne remplit plus simplement l'espace entre le soleil inerte et les astres inertes : il est devenu à présent un agent actif, une *vis motrix,* qui pousse les rapides planètes sur leurs orbites. Personne auparavant n'avait supposé l'existence d'une telle force émanant du soleil — excepté peut-être les pythagoriciens. Mais, au cours des deux derniers millénaires, l'astronomie s'est occupée non des causes des mouvements célestes, mais de leur description en termes purement géométriques, sans tenir compte d'aucune considération physique.

Je voudrais montrer que les passages que je viens de citer reflètent la première introduction hésitante d'une causalité physique dans la vision que l'homme se fait du ciel — la première annonce de la future synthèse de la cosmographie et de la physique. Je reviendrai là-dessus dans un instant, mais suivons d'abord la transformation progressive du Saint-Esprit en force physique.

Au chapitre XX du *Mysterium,* Kepler s'attaque au problème de la relation mathématique entre la distance d'une planète au soleil et la vitesse de son mouvement. C'était encore une question que personne n'avait soulevée avant lui, parce qu'elle impliquait une relation causale de nature physique entre le soleil et les planètes — et une telle idée, comme je l'ai dit, était totalement étrangère à la cosmologie médiévale. Or, plus la distance des planètes au soleil est grande, plus elles se déplacent lentement (en tenant compte à la fois des vitesses angulaires et tangentielles). Ce phénomène, note Kepler, n'autorise que les deux explications suivantes :

« Ou bien les âmes (*animae*), qui meuvent les planètes, sont d'autant moins actives que la planète est plus éloignée du soleil, ou bien il n'existe qu'*une seule âme motrice au centre de toutes les orbites,* à savoir le soleil, qui déplace la planète d'autant plus vigoureusement qu'elle est proche et, au contraire, dont la force est presque épuisée lorsqu'elle s'exerce sur les planètes extérieures à cause de la longue distance et de la déperdition d'énergie que cela entraîne. »

Vingt-cinq ans plus tard, commentant ce passage, il écrivit :

« Si nous substituons au mot « âme » le mot « force », nous retrouvons alors le principe qui sous-tend ma physique des cieux dans l'*Astronomia nova*... J'ai cru d'abord très fermement que la force motrice d'une planète était une âme... Cependant, comme j'observai que cette cause de mouvement diminuait en raison de la distance, de même que la lumière du soleil diminue en raison de la distance au soleil, j'en vins à conclure que cette force devait être quelque chose de substantiel, — « substantiel » non pas au sens littéral mais... au sens où nous disons que la lumière est quelque chose de substantiel, voulant dire par là que c'est une entité immatérielle émanant d'un corps matériel. »

Les vingt-cinq ans qui séparent ces deux citations marquent la transition de l'*anima motrix* à la *vis motrix,* d'un univers animé par des intelligences douées de volonté à un univers mû par des forces inanimées, « aveugles », dépourvues de volonté. Durant le reste de sa vie, Kepler batailla avec ce nouveau concept de « force » émergeant du giron de l'animisme (son vrai nom, *virtus* ou *vis,* trahit son origine) sans jamais s'en accommoder. Au début, il n'eut pas conscience des difficultés inhérentes à ce concept. Tandis qu'il travaillait à son *magnum opus,* l'*Astronomia nova,* il écrivit à un ami, avec un optimisme juvénile :

« Mon but est de montrer que la machine céleste n'est pas une sorte d'être vivant et divin, mais une sorte d'horloge (et celui qui croit que l'horloge a une âme attribue les mérites du fabricant à son œuvre), dans la mesure où presque tous ses mouvements divers sont causés par une force très simple, magnétique et matérielle, de même que tous les mouvements de l'horloge sont causés par un simple poids. Et je montre également comment on peut donner à ces causes physiques une expression numérique et géométrique. »

Kepler avait défini l'essence de la révolution scientifique. Mais il s'avéra qu'il était plus aisé de parler d'une « force très simple, matérielle et magnétique » que de se faire une idée concrète de son action. Les efforts de Kepler pour visualiser la nature de cette « force motrice » émanant du soleil ne sont pas seulement intéressants du point de vue de l'historien ; ils éclairent aussi les difficultés philosophiques qui furent inhérentes au concept de force depuis son origine. Puisqu'il n'existe pas, autant que je sache, de traduction anglaise, française ou italienne de l'*Astronomia nova,* quelques citations supplémentaires sont sans doute indiquées ici. Kepler se demanda d'abord si la force mystérieuse qui déplaçait les planètes était la *lumière* du soleil. Mais cela ne pouvait pas être ; il écrivit donc :

« Bien que la lumière du soleil ne puisse être elle-même la force motrice... elle représente peut-être une sorte de véhicule ou d'instrument que la force motrice utilise. Mais les considérations suivantes semblent contredire cette idée. Premièrement la lumière est arrêtée dans les zones qui se trouvent dans l'ombre. Si la force motrice en était réduite à utiliser la lumière comme véhicule, l'obscurité entraînerait l'immobilité des planètes...

« Cette espèce de force, exactement semblable à l'espèce de force qu'est la lumière... se propage à travers l'univers... mais elle n'est ressentie nulle part sauf là où il y a un corps déplaçable tel qu'une planète. La réponse à cela est que, bien que la force motrice n'ait pas de substance, elle est dirigée vers la substance, c'est-à-dire vers un corps planétaire à déplacer...

« Qui prétendra, je me demande, que la lumière a de la substance ? Mais, néanmoins, elle agit et est influencée dans l'espace, elle est réfractée et réfléchie, elle peut être appréciée quantitativement peut être dense ou éparse, et elle peut être vue comme un plan lorsqu'elle est reçue par une surface capable d'être éclairée. En effet, ainsi que je l'ai dit dans mon *Optique,* le même caractère s'applique à la lumière et à notre force motrice ; elle n'a pas d'existence présente dans l'espace entre la source et l'objet qu'elle éclaire, bien qu'elle ait traversé cet espace dans le passé ; elle n' « est » pas, elle a « été », pourrait-on dire. »

Ainsi les tâtonnements intuitifs de Kepler le rapprochèrent davantage de nos concepts actuels, plutôt surréalistes, sur les *champs* électromagnétique et gravitationnel que du classique concept newtonien de force ; le savant moderne trouvera là un écho de son propre embarras. Et c'est peut-être la raison pour laquelle Kepler, après être tombé par hasard sur le principe de la gravitation universelle, l'abandonna par la suite — comme Galilée devait l'abandonner.

On peut trouver dans la préface à l'*Astronomia nova* les formulations prénewtoniennes les plus précises concernant la gravitation. Kepler commençait par réfuter la doctrine d'Aristote selon laquelle toute matière « terrestre » est pesante parce que c'est sa nature de tendre vers le centre du monde — c'est-à-dire la terre, tandis que toute matière « de feu » tend de par sa nature vers la périphérie de l'univers et est par conséquent légère.

Kepler expliquait que la « pesanteur » et la « légèreté » ne sont pas des propriétés absolues :

« Une matière qui est moins dense, soit par nature soit par l'action de la chaleur, est relativement plus légère... et par conséquent moins attirée (par la terre) qu'une matière plus lourde... Si la terre *était* au centre du monde, les corps lourds seraient attirés par elle, non parce qu'elle est au centre, mais parce qu'elle est un corps matériel. Il s'ensuit que, où que nous placions la terre, les corps célestes chercheront toujours à aller vers elle... Il y a une attirance physique mutuelle entre les corps de même nature (c'est-à-dire matériels jusqu'à l'union ou le contact (la force magnétique est aussi de cette sorte), de telle manière que la terre attire une pierre beaucoup plus que la pierre n'attire la terre...

« Si la terre et la lune n'étaient pas maintenues dans leurs orbites respectives par une force spirituelle ou équivalente, la terre monterait vers la lune, accomplissant 1/54 de la distance, et la lune descendrait, vers la terre, accomplissant les 53 parties restantes de l'intervalle, et ainsi elles s'uniraient. Mais ce calcul suppose que les deux corps sont de la même densité.

« Si la terre cessait d'attirer les eaux de la mer, les mers s'élèveraient et voleraient vers la lune...

« Si la force d'attraction de la lune descend jusqu'à la terre, il s'ensuit que la force d'attraction de la terre atteint, pour le moins, la lune et va même au-delà...

« Si deux pierres étaient placées quelque part dans l'espace, proches l'une de l'autre et hors de portée de la force d'un troisième corps de même nature, elles se réuniraient, à la manière des corps magnétiques, en un point intermédiaire, chacune se rapprochant de l'autre proportionnellement à la masse de l'autre. »

Dans le même passage, on trouve la première approximation d'une théorie correcte des marées, que Kepler explique comme « un mouvement des eaux vers les régions où la lune se tient au zénith ». Dans un ouvrage écrit à la même époque — *Somnium, Un songe sur la Lune* — (l'un des premiers exercices de science-fiction), il émit en outre l'idée que l'attraction du soleil agissait elle aussi sur les marées, c'est-à-dire que la force gravitationnelle du soleil parvenait jusqu'à la terre.

Mais ici nous nous trouvons en face d'un autre paradoxe. Dans la préface à l'*Astronomia nova* Kepler avait saisi, comme nous venons de le voir, l'essence de la gravitation et même l'idée que sa force est proportionnelle à la masse ; pourtant, dans le reste du livre et dans tous ses ouvrages suivants, *il semble avoir complètement oublié cela.* La force qui émane du soleil dans l'univers képlérien n'est pas une force d'attraction, mais une force tangentielle, une sorte de tourbillon ou de « courant déchaîné qui entraîne toutes les planètes et peut-être tout l'éther céleste, d'ouest en est ».

A la question de savoir pourquoi Kepler passe à côté de la gravitation, on ne trouve aucune réponse dans ses écrits abondants. Tout concourt à un inconscient blocage psychologique ; et nous retrouvons les mêmes symptômes de ce blocage dans les œuvres des autres pionniers de la révolution scientifique. Ainsi Galilée rejeta avec indignation l'hypothèse képlérienne selon laquelle les marées seraient dues à l'attraction lunaire, et la qualifiait de superstition occulte. Dans le *Dialogue sur les deux grands systèmes de l'Univers* il écrit que Kepler, « en dépit de son esprit ouvert et pénétrant, se prêta à l'idée d'une domination de la lune sur les eaux, ajouta foi à des propriétés occultes (c'est-à-dire la gravitation) et autres fantaisies (*fanciulezze*) ».

Descartes fut également rebuté par l'idée d'une force non mécanique agissant à distance et, à l'exemple de Kepler, il lui substitua des tourbillons tournant dans l'éther. Quant à Newton, son attitude se trouve résumée dans sa fameuse troisième lettre à Bentley :

« Il est inconcevable qu'une matière brute et inanimée puisse, sans la médiation de quelque chose d'autre qui soit matériel, agir et avoir un effet sur une autre matière, sans contact mutuel... Et c'est une raison pour laquelle j'aimerais que vous ne m'attribuiez pas la gravité innée. Le fait que cette gravité soit innée, inhérente et essentielle à la matière, de telle sorte qu'un corps puisse agir à distance sur un autre corps à travers le vide, sans la médiation de quelque chose d'autre par quoi et à travers quoi leur action et leur force puissent être transmises de l'un à l'autre, m'apparaît comme une absurdité telle que je ne crois aucun homme ayant en matière de philosophie quelque aptitude à penser, capable de jamais y tomber... »

Kepler, Galilée et Descartes ne tombèrent pas dans cet abîme d'absurdité philosophique ; leur pensée était trop « moderne » — c'est-à-dire mécaniste — pour cela. La notion d'une « force » qui agirait sans intermédiaire et attirerait les immenses objets célestes avec des doigts fantomatiques et omniprésents leur apparaissait mystique et non scientifique, un glissement dans cet animisme aristotélicien dont ils venaient à peine de s'affranchir. La gravitation universelle, *gravitatio mundi*, évoquait fâcheusement l'*anima mundi* des Anciens. Newton surmonta l'obstacle et rendit le concept de gravitation acceptable en invoquant un éther omniprésent, dont les attributs étaient pourtant aussi paradoxaux, à tel point qu'en fin de compte tout le concept de l'éther dut être abandonné. Mais Newton lui-même refusait d'émettre des hypothèses sur la manière dont agissait la gravitation[1], et même refusait de se demander si l'éther était un agent « spirituel » ou « corporel ». Ainsi la philosophie de la nature de l'Age de Raison ne reposait pas sur des bases tout à fait aussi solides et aussi raisonnables que le pensaient Pope et ses optimistes contemporains...

Pourtant Newton fut capable de fournir une équation mathématique précise pour ce phénomène mystérieux auquel on appliquait le nom de gravité. Cette équation découlait essentiellement de la combinaison des résultats des recherches galiléennes sur la chute libre et le mouvement des projectiles avec les trois lois képlériennes sur le mouvement des planètes. Il n'est pas nécessaire ici, dans cette cité de Venise, de s'étendre sur le génie de

1. Sa fameuse déclaration : *hypothesis non fingo* se rapporte à ce problème et à ce problème seulement, bien qu'elle soit souvent citée en dehors du contexte comme un slogan positiviste.

Galilée et sur l'importance de sa contribution. Galilée était un esprit moderne qui appartient au Siècle des Lumières, bien qu'il ne l'ait pas connu, tandis que chez Kepler semblent s'être incarnées toutes les contradictions de son époque — époque de transition entre les conceptions médiévales et modernes du monde. Une moitié de sa personnalité divisée appartenait au passé ; c'était un mystique, adonné à la spéculation théologique, à l'astrologie, à la science ésotérique des nombres. Cependant, c'était également un empiriste ayant un respect scrupuleux pour les données de l'observation, qui n'hésita pas à rejeter sa première théorie sur les mouvements planétaires, produit de cinq années d'un travail opiniâtre, parce que certaines positions de Mars, observées au télescope, s'écartaient de celles exigées par la théorie d'un angle de huit misérables minutes. Ce respect nouveau pour « les faits durs et têtus » devait déterminer, dans une large mesure, le climat de la pensée européenne durant les trois siècles suivants. Il fournit à Kepler une nécessaire discipline et mit un frein à son imagination exubérante ; mais le principal mobile de ses recherches était un mysticisme marqué du sceau de Pythagore. Durant toute sa vie, il fut obsédé par certaines convictions mystiques, dont chacune avait la puissance d'une idée fixe. Mais, loin de gêner ses facultés de raisonnement, ces obsessions irrationnelles étaient utilisées à des travaux rationnels et fournissaient l'énergie pour son œuvre poursuivie sans relâche. D'un point de vue subjectif, les découvertes fondamentales de Kepler furent en fait de simples sous-produits de sa quête chimérique. J'ai tenté de montrer comment une conviction d'inspiration mystique — qui fut notre point de départ — l'amena à cette étape révolutionnaire où la causalité physique est projetée dans les cieux, l'amena à combler la faille millénaire entre la physique terrestre et la géométrie céleste et ainsi fit de lui l'inventeur de l'astronomie moderne. Son *Astronomia nova,* où l'on trouve les première et deuxième lois planétaires, porte en réalité le titre provocant :

NOUVELLE ASTRONOMIE BASÉE SUR LA CAUSALITÉ OU PHYSIQUE DU CIEL.

Une autre de ses obsessions consistait à croire que les mouvements des planètes étaient gouvernés par des harmonies musicales (la fameuse « musique des sphères » de Pythagore) ; le livre qui contient sa troisième loi est intitulé *Harmonices Mundi.* Christophe Colomb ne fut pas le seul génie qui, s'embarquant pour les Indes, atterrit en Amérique.

C'est de cette manière tortueuse que croît l'arbre de la science. Les singuliers détours qu'empruntèrent Kepler et d'autres pionniers de la révolution scientifique pour parvenir à leur destination doivent servir de mise en garde aux savants et aux philosophes et leur rappeler la grosse part d'irrationalité qui se mêle à leurs recherches rationnelles. Les philosophes et les encyclopédistes du *secolo dei lumi* estimaient qu'ils vivaient dans un univers solide et rationnel. En réalité, c'était un univers dont la cohérence était due à une force mystérieuse qui, comme le Saint-Esprit, agissait à distance au mépris de toutes les lois de la mécanique, et qui était rejetée non sans excuses par Galilée et par d'autres penseurs à l'esprit moderne.

Cependant, ce n'est là qu'un exemple des contradictions qui s'inscrivent dans le rationalisme arrogant du siècle des lumières. Tels les complexes refoulés de Freud, elles devaient resurgir après une période de latence et bouleverser toutes les valeurs établies, depuis l'astronomie jusqu'aux arts représentatifs.

CHAPITRE XXXV

*Le sens de l'émerveillement**

L'ON trouve dans un essai de William Butler Yeats, *la Taille d'une agathe,* l'un des plus sots préjugés de notre temps : « Ces savants qui terrorisent les enfants et font horreur aux amants, ces cibles d'un humour traditionnel où s'exprime un peu de la sagesse paysanne, sont les mathématiciens, les théologiens, les juristes, les hommes de science de toutes sortes. »

C'est un préjugé assez récent. Tillyard[1] et Marjorie Nicolson[2] ont montré la profonde influence que la renaissance pythagoricienne exerça sur Shakespeare et le monde élisabéthain. La plus grande expérience de la jeunesse de Milton fut peut-être de regarder pour la première fois dans un télescope de Galilée :

Devant (ses) yeux apparaissent soudain
Les secrets du vieil Abîme — un sombre
Océan sans limites, sans bornes,
Sans dimensions...

Et l'on se rappelle l'enthousiasme de John Donne à l'annonce des découvertes de Kepler :

L'homme a tissé un grand filet puis l'a jeté
Sur les cieux, et les cieux maintenant sont à lui...

Le sens de l'émerveillement rassemblait le mystique, le poète et le savant, qui ne se séparèrent qu'à la fin du XIXe siècle. J'ai parlé des mobiles du savant, et des émotions qui les accompagnent : je voudrais ajouter à ces considérations générales quelques exemples concrets tirés de vies illustres.

* *Le Cri d'Archimède,* Annexe II, « Quelques traits du génie ».
1. *The Elizabethan World Picture,* Londres, 1946.
2. *Science and Imagination,* New York, 1956.

Aristote et la motivation

L'idée que l'on peut se faire d'un membre de la confrérie pythagoricienne déambulant dans les rues de Crotone, vêtu de blanc, chaussé de sandales, vers 530 avant J.-C., est forcément bien vague. Nous savons du moins que la confrérie était à la fois une académie et un ordre monastique : l'on y menait une vie ascétique et communautaire qui annonçait bien à l'avance celle des Esséniens et des premiers chrétiens. Nous savons que les frères passaient beaucoup de temps en contemplation, et que l'initiation aux grands mystères des mathématiques, de l'astronomie et de la médecine dépendait de la purification de l'esprit et du corps, que le postulant devait atteindre par l'abstinence et l'examen de conscience. Pythagore faisait comme saint François, dit-on, des sermons aux animaux ; toutes les traditions indiquent que ses disciples, préoccupés d'ailleurs d'arithmomancie et de calculs astronomiques, croyaient fermement qu'un vrai savant doit être un saint, et que tous ses efforts ont pour mobile le désir de le devenir.

L'école d'Hippocrate optait pour une philosophie matérialiste ; cependant les injonctions morales, admirablement précises, du serment d'Hippocrate prescrivent au médecin non seulement de faire tout ce qui est en son pouvoir pour soigner et guérir, mais en outre de s'abstenir, chez le malade, « de toute séduction d'un homme ou d'une femme, esclave ou libre » — abnégation véritablement héroïque. Les mobiles de la science grecque en général sont résumés dans un passage d'Aristote, dont j'ai déjà cité un extrait (les italiques sont de moi) :

« Les hommes furent poussés à l'étude de la philosophie [de la nature], jadis comme aujourd'hui, par l'étonnement. Pour commencer, ils s'étonnèrent de problèmes superficiels ; ensuite, ils avancèrent peu à peu en se posant des questions à propos de difficultés plus grandes, par exemple les phases de la Lune, les phénomènes du Soleil et l'origine de l'univers. Or celui qui s'étonne et s'émerveille se croit ignorant. C'est pourquoi même l'amateur de mythes est, en un sens, philosophe, car le mythe est un tissu de merveilles. Donc si l'on s'attache à la philosophie pour fuir l'ignorance, il est clair que l'on poursuit le savoir pour le savoir, et non pour des applications utilitaires. Cela est confirmé par le cours de l'histoire. *Car l'on avait satisfait presque tous les besoins du confort et du raffinement social* avant que ne commençât la quête de ces lumières. Il est donc évident que nous ne les recherchons pas par souci d'application ultérieure. De même que nous appelons libre l'homme qui existe pour ses propres fins et non pour celles d'autrui, de même la science de l'homme libre est celle qui existe pour elle-même [1] »

Il est amusant de noter que, pour Aristote, les sciences appliquées et la

1. D'après B. FARRINGTON, *Greek Science,* Londres, 1953.

technologie avaient fini leurs tâches depuis longtemps, comme l'indiquent les lignes en italique, et d'autres passages de ses écrits. Son jugement n'est d'ailleurs pas impartial, puisqu'il laisse de côté ce qu'il y eut d'utilitaire à l'origine de la géométrie et de l'astronomie : l'arpentage et le comput des calendriers. Néanmoins, ce bilan des mobiles qui animèrent les hommes de science, en Grèce, semble juste d'une façon générale. Ainsi le plus grand d'entre eux, Archimède, fut contraint d'inventer toute une série d'outils et d'appareils spectaculaires, tels que la vis qui porte son nom et les engins de guerre qui lui valurent toute la célébrité dont peut rêver un inventeur. Mais il avait pour ces inventions pratiques un tel mépris qu'il refusa d'en laisser les plans par écrit. Ses passions étaient les mathématiques, la science pure ; son mot fameux : « Donnez-moi un point d'appui et je soulèverai le monde » n'exprime pas une ambition d'ingénieur, mais une envolée métaphysique. Lorsque Syracuse, en 212 avant J.-C., tomba aux mains de Marcellus, le sage au milieu du tumulte et des massacres traçait calmement des figures géométriques sur le sable ; selon la tradition, ses dernières paroles, après qu'un soldat romain l'eut transpercé d'un coup d'épée, furent : « Ne dérange pas mes cercles, je te prie. » Apocryphe ou non, cette tradition symbolise bien l'attitude des Grecs à l'égard du savoir, recherche transcendante à leurs yeux, et dépassant les limites de l'individu mortel.

Les meneurs de la révolution

Après le sombre interlude qui se termina enfin à l'époque de la Renaissance vers 1500, quatre personnages dominent la scène : Copernic, Tycho Brahé, Galilée, Kepler. Ce sont les pionniers de la révolution scientifique, les hommes qui prêtèrent leurs épaules à Newton : que savons-nous de leurs mobiles — ces mobiles personnels qui éventuellement changèrent la face de la terre ?

Copernic (1473-1543), nous le connaissons fort mal ; un personnage falot, un chanoine timide, au fond d'une province perdue, la Varmlande en Prusse orientale ; sa grande ambition, semble-t-il, était de rester tranquille, d'éviter le ridicule et les disgrâces. Étudiant en Italie, il eut connaissance de la théorie pythagoricienne de l'héliocentrisme, puis pendant trente ou quarante ans élabora son système en secret. Ce ne fut que l'année de sa mort, à soixante-dix ans, que pressé par ses amis et ses supérieurs, il consentit à publier ses travaux ; il mourut le jour même où on lui apporta le premier exemplaire de ses *Révolutions des orbes célestes*. Ce livre, le plus ennuyeux, le plus illisible des livres célèbres, passa pratiquement inaperçu pendant cinquante ans, jusqu'au jour où Kepler en ressuscita l'idée (et l'Église ne s'en alarma que quatre-vingts ans après la mort de Copernic).

Le chanoine n'était pas un penseur génial, ni un novateur ; selon le mot de Kepler, « il interprétait Ptolémée plutôt que la nature ». Esclave fanatique du dogme aristotélicien selon lequel toutes les planètes devaient se mouvoir en cercles parfaits, à des vitesses uniformes, il se lança dans ses interminables labeurs lorsqu'il s'aperçut qu'hélas ! dans le système de Ptolémée, les cercles étaient bien parfaits, mais non pas uniformes les vitesses. Ce fut un chagrin de perfectionniste, qui ne surprend pas dans ce caractère renfermé, secret, avare (où les freudiens se hâteraient de reconnaître le type « anal » parfait). Lorsqu'il eut démonté l'horloge ptolémaïque, Copernic se mit en quête d'une indication qui lui permît de la remonter : et il trouva l'héliocentrisme d'Aristarque, idée dans l'air à cette époque[1]. Ce fut moins une innovation qu'une dernière tentative pour rafistoler une machine démodée en changeant la disposition des rouages. Selon le mot d'un historien moderne, le fait que la Terre bouge est « presque secondaire dans le système de Copernic qui, au point de vue géométrique, n'est que la vieille conception céleste de Ptolémée, dans laquelle on a interverti quelques roues après en avoir supprimé quelques autres[2] ».

Pendant « quatre fois neuf ans », comme il l'avoua plus tard, Copernic avait travaillé secrètement à son livre, le pressant sur son cœur douloureux. Le chanoine craintif n'eut pas d'autre refuge contre les frustrations de son existence, et ce gros ouvrage fut sa version de l'harmonie des sphères.

Tycho Brahé (1546-1601), gentilhomme danois vantard et coléreux, truculent, don quichottesque, naquit au milieu des richesses, ce qui lui permit plus tard de porter un nez en argent afin de réparer la blessure qu'il avait reçue au cours d'un duel : tout jeune, il s'était battu avec un camarade assez présomptueux pour se dire meilleur mathématicien. On ne saurait être plus héroïquement dévoué à la science. Mais chez Tycho tout prenait des proportions héroïques : sa taille (par goût du contraste, sans doute, il avait un nain comme bouffon) ; sa façon de manger et de boire qui entraîna sa fin prématurée puisqu'il mourut d'un éclatement de la vessie pour avoir refusé de quitter un banquet, même un instant, par excès de politesse (au reste son animal favori, un élan capricieux, périt d'avoir bu trop de bière) ; enfin ses querelles avec les rois qu'il recevait chez lui, avec ses confrères en astronomie qu'il insultait dans des libelles, avec des domestiques qu'il enchaînait. Mais plus gigantesques encore étaient les observatoires et les instruments tels que le monde n'en avait jamais vu, qu'il installa dans son île de Sund.

A quatorze ans Tycho avait vu une éclipse partielle du soleil : il trouva miraculeux « que les hommes puissent connaître si exactement les mouve-

1. Le système d'Aristarque et le mouvement de la Terre avaient été discutés ou enseignés par les précurseurs de Copernic, les astronomes Peurbach et Regiomontanus, par ses maîtres Brujewski et Novara, et par ses condisciples à l'université de Bologne, Calcagnini, Ziegler, etc. (cf. *Les Somnambules,* p. 195 *sq.*).

2. H. BUTTERFIELD, *The Origines of Modern Science,* Londres, 1949.

ments des astres qu'ils soient capables longtemps d'avance de prédire leurs emplacements et leurs positions relatives[1] ». Dès lors sa carrière avait été tracée ; il allait devenir le « phénix de l'astronomie », en dépit de sa famille qui jugeait ce plumage indigne d'un gentilhomme. Pour lui la grande révélation fut que les événements astronomiques étaient *prévisibles,* ce qui s'opposait nettement au cours imprévisible d'une enfance chez les Brahé (Tycho avait été enlevé au berceau par son oncle Jœrge, l'amiral, qui fit son éducation). Sa passion pour l'astronomie fut beaucoup plus précoce que celle de Copernic et de Kepler, et prit une direction presque opposée à la leur : ce n'était pas la passion de la théorie, mais celle de l'observation exacte. Bien différent de ces deux hommes, il n'était ni frustré ni malheureux — agacé seulement de l'existence des nobles danois « au milieu des chevaux, des chiens et du luxe ».

L'astronomie ne fut pour lui ni une évasion ni une ceinture de sauvetage métaphysique ; ce fut un passe-temps qui peu à peu devint la seule chose sacrée aux yeux de ce mécréant gargantuesque.

« Vous n'y pouvez rien, monsieur Sarci, il m'a été donné, à moi seul, de découvrir tous les nouveaux phénomènes du ciel et il n'y a rien pour les autres[2]... » Le trait le plus frappant du caractère de Galilée (1564-1642), la cause de sa chute tragique aussi, c'est la vanité ; non la vanité tapageuse et naïve de Tycho, mais un orgueil méprisant doublé d'une sensibilité maladive à la critique, un mélange fatal de génie et d'arrogance, sans la moindre humilité. Il n'y a ici, apparemment, aucune trace de mysticisme, nul « sentiment océanique » ; à la différence de Copernic, de Tycho, de Kepler, voire de Newton et de Descartes ses successeurs, Galilée est totalement, terriblement moderne dans sa philosophie impitoyablement mécaniste. C'est ainsi qu'il repousse d'une phrase dédaigneuse la théorie de Kepler expliquant les marées par l'attraction de la Lune : « Il a donné son assentiment au pouvoir de la Lune sur les eaux, aux propriétés occultes et autres sornettes *(fanciullezze)*[3]. L'occultisme qu'il raille, c'est la gravitation newtonienne, entrevue par Kepler.

Où trouver alors dans la personnalité de Galilée le sublime équilibre des tendances à l'affirmation de soi et des mobiles transcendantaux dans lequel je propose de voir la marque du vrai savant ? On la rencontre aisément, je crois, dans les écrits de Galilée lorsqu'il traite des sujets sur lesquels repose sa véritable grandeur : les premières découvertes au télescope, les fondements de la mécanique et de la science expérimentale. Pendant vingt ans cet équilibre fait défaut : ce sont les années dramatiques de 1613 à 1633, emplies

1. J. L. E. DREYER, *Tycho de Brahe,* Edimbourg, 1890.
2. GALILÉE, *Il Saggiatore, Opere,* VI.
3. *Dialogue des Grands Systèmes du Monde,* p. 469.

de polémiques venimeuses, de fausses revendications de priorité, de propagande passionnée en faveur d'un système copernicien simpliste et trompeur ; tout au long de cette triste période, au milieu de son existence, Galilée n'apporta aucune contribution importante à l'astronomie ni à la mécanique. On pourrait même dire qu'il cessa alors d'être savant, précisément parce qu'il se laissa entièrement dominer par les mobiles de l'affirmation de soi. Le déséquilibre contraire se remarque chez Kepler, dans ses périodes de dépression, lorsqu'il s'égarait dans les spéculations mystiques, l'astrologie et l'arithmomancie. Dans ces deux caractères diamétralement opposés, des résidus contraires prenaient le dessus provisoirement, bouleversant l'édifice intellectuel, entraînant la stérilité scientifique.

Mais pendant ses périodes d'équilibre, les dix-huit années heureuses de Padoue, qui virent la plupart des grandes découvertes sur le mouvement, puis les dernières années de résignation au cours desquelles il acheva et corrigea le *Dialogue des Sciences nouvelles,* Galilée paraît un autre homme : il expérimente et médite, avec patience, avec application, sur les mouvements du pendule, sur la chute des corps et les plans inclinés, sur la trajectoire des projectiles, sur l'élasticité, la cohésion et la résistance des solides, sur la flottabilité de certains corps, et cent autres sujets du même ordre. Nous sommes en présence d'un homme absorbé dans des préoccupations bien moins grandioses, beaucoup moins propres à grossir sa renommée que les merveilles de la Voie lactée et que la dispute du mouvement de la Terre — mais ravi de ses découvertes dont il n'informe qu'un petit cercle d'amis et de correspondants ; heureux de découvrir pour découvrir, et de dévoiler les lois d'un ordre caché sous la variété déconcertante des phénomènes.

L'ordre, pour Galilée comme pour Kepler, était l'ordre mathématique : « Le livre de la nature est écrit en langue mathématique. Si l'on ne connaît cette langue, il est impossible d'en comprendre un seul mot[1]. » Mais bien différent de Kepler et des pythagoriciens, Galilée ne regardait pas la « danse des nombres » avec les yeux d'un mystique. Il ne s'intéressait pas aux mathématiques en elles-mêmes — il fut l'un des rares savants de son temps à ne faire aucune découverte mathématique. Les formules et les mesures quantitatives n'étaient pour lui que les outils les plus efficaces pour mettre à nu la *rationalité de la nature.* La croyance en cette rationalité (et dans celle de l'esprit humain, création de la nature) fut la religion de Galilée et son salut — bien qu'il ne sût pas que c'était une religion, fondée sur un acte de foi.

A ses meilleurs moments, les plus heureux, Galilée le savant se change en poète. Au milieu de son formidable assaut contre le dualisme désespérant des platoniciens, qui opposaient l'immuable perfection des cieux à la corruption des instabilités terrestres, il s'enflamme soudain et son langage prend des ailes :

1. *Il Saggiatore, op. cit.* p. 232.

« *Sagredo :* Je ne peux sans étonnement, voire sans incrédulité, entendre attribuer aux corps naturels comme une perfection et un grand honneur le fait d'être impassibles, immuables, inaltérables, etc., et à l'inverse j'entends dire que c'est une grande imperfection d'être altérable, engendrable et muable. Moi je pense que la Terre est très noble et admirable en raison des nombreuses et diverses altérations, mutations et générations qui s'y produisent sans cesse. Et si, soustraite à toute altération, elle avait été tout entière un vaste tas de sable ou une masse de jade ou... un immense globe de cristal, sans rien qui croisse, bouge ou change, c'eût été, à mon avis, une misérable masse sans profit pour l'univers, un monceau d'inutilité... Quelle pire folie peut-on imaginer que d'appeler nobles les gemmes, l'argent et l'or, et vile la terre ? Car... s'il y avait aussi grande pénurie de terre que de joyaux et de métaux précieux, il n'y aurait point de rois qui ne donnassent volontiers un monceau de diamants et de rubis... afin d'acquérir juste autant de terre qu'il en faudrait pour planter un jasmin dans un pot, ou pour y mettre une mandarine et la voir germer, grandir et donner ce beau feuillage, ces fleurs embaumées, ces fruits délicats... Les gens qui exaltent tant l'incorruptibilité, l'inaltérabilité, et ainsi de suite, parlent ainsi, je crois, à cause de leur grand désir de vivre longtemps et par crainte de la mort, sans considérer que, si l'homme avait été immortel, ils n'auraient pas eu à venir au monde. Ces gens méritent de rencontrer une tête de Méduse qui les transformerait en statues de diamant et de jade, et leur donnerait ainsi l'occasion d'être plus parfaits qu'ils ne sont[1]. »

Kepler enfin. J'en ai assez dit, pour indiquer que le mysticisme fut le ressort principal de sa vie fantasque et laborieuse : après avoir établi une analogie entre Dieu le Père et le Soleil, il continua en croyant jusqu'au bout que l'univers a pour structure les cinq solides pythagoriciens et que les mouvements planétaires sont réglés par les lois de l'harmonie musicale. Mais ses convictions mystiques, pas plus que le côté enfantin, désarmant, de son caractère, ne l'empêchèrent de dresser des horoscopes pour les clients riches, tout en se méprisant de le faire, ni de se laisser aller à des brouilles puériles, ni de se quereller comme poissarde avec le puissant Tycho. Sa vanité n'avait rien de banal : il était très fier quand ses prédictions astrologiques d'hiver rigoureux ou d'invasion turque se vérifiaient; quant à ses véritables découvertes elles le laissaient indifférent, il n'avait pas la moindre jalousie professionnelle. Naïvement il attendait que les autres astronomes lui rendissent la pareille; et lorsque les héritiers de Tycho retardèrent la publication des précieuses données d'observation, Kepler déroba simplement la collection afin d'en faire bon usage : il n'y avait pas de place dans sa morale pour le respect de la propriété privée au royaume d'Uranie.

Après la découverte de sa troisième loi, qui achevait les fondations de l'astronomie moderne, Kepler poussa un long *Eurêka ! :*

« Les mouvements célestes ne sont qu'un chant continu à plusieurs voix (perçues par l'intellect, non par l'oreille) ; une musique qui, par des tensions dissonantes, par

1. *Dialogue des Grands Systèmes du Monde,* pp. 68-69.

des syncopes et cadences en quelque sorte (telles que les hommes en emploient à l'imitation de ces dissonances naturelles), progresse vers des résolutions préparées, comme à six voix, et posent ainsi des jalons dans le cours incommensurable du temps. Il n'est donc plus surprenant que l'homme, à l'imitation de son créateur, ait enfin découvert l'art du chant figuré qui était inconnu des anciens. L'homme a voulu reproduire la continuité du temps cosmique en une heure brève, au moyen d'une habile symphonie à plusieurs voix, pour avoir un échantillon des délices que le Créateur goûte dans ses œuvres, et prendre part à sa joie en faisant de la musique comme Lui[1].»

C'est l'union parfaite de deux forces : l'orgueil du Moi est purifié par la conscience cosmique, l'*ekstasis* s'achève en *catharsis.*

Newton, monstrueux et saint

A partir de la fin du XVIIe siècle la scène est trop peuplée pour permettre une étude systématique des mobiles individuels ; j'en ai dit assez, cependant, pour donner une idée du motif de base et, si l'esprit du temps n'est plus le même, le motif, pour l'essentiel, demeure inchangé.

Que l'on songe à Newton : il a été si bien divinisé, sa biographie (surtout dans le fameux ouvrage de Brewster) a été tellement expurgée, que l'on a failli perdre de vue l'extraordinaire mélange de sainteté et de monstruosité dont il était fait. Profondément religieux, il croyait — comme Kepler et l'évêque Usher — que le monde a été créé en 4004 avant J.-C. ; et il considérait que la simplicité du système solaire (comportant, par exemple, un seul plan pour toutes les orbites planétaires) était une preuve de l'existence de Dieu, lequel ne s'était pas contenté de créer l'univers, mais en outre le maintenait en bon ordre en corrigeant de temps à autre les irrégularités des mouvements célestes, et en empêchant le cosmos de s'effondrer sous la pression des forces de gravitation. D'autre part, il fulminait à la moindre critique, justifiée ou non, donna plus d'une fois les signes d'une véritable folie de la persécution, et en disputant à Leibniz la paternité du calcul infinitésimal, n'hésita pas à rédiger lui-même le jugement « impartial » de la commission instituée par la Royal Society.

La mesquinerie atteint ici des proportions superbes — aussi vastes que la vision de l'univers élaborée jusqu'aux moindres détails; le mélange est connu désormais.

Le mysticisme de Franklin

Comme un paratonnerre, le génie de Benjamin Franklin domine le XVIIIe siècle. Imprimeur, journaliste, pamphlétaire, politicien, affairiste, diplo-

1. J. KEPLER, *Harmonices Mundi,* chap. VII.

mate, homme d'État..., pionnier de l'électricité, fondateur de la physique des surfaces liquides, découvreur des propriétés du gaz des marais, inventeur des chevaux de frise qui arrêtèrent la flotte britannique sur la Delaware, des lunettes bifocales et des cheminées à ébrasement, des cloisons étanches dans les navires et des puits d'aérage dans les mines... on pourrait continuer l'énumération. Or cet homme, d'une sagacité et d'une lucidité incomparables, « le premier Américain civilisé », selon le mot d'un de ses biographes, avait formé ses conceptions métaphysiques à l'âge de seize ans, en lisant le livre d'un certain Tryon, adepte du « pythagorisme britannique ». Les membres de cette secte s'étaient fait connaître surtout comme végétariens, car ils croyaient, comme l'antique confrérie, à la transmigration des âmes et redoutaient de se repaître — on ne sait jamais — de la réincarnation d'un défunt. Franklin se fit végétarien et crut toute sa vie à la métempsychose. A vingt-deux ans, il se composa une épitaphe pythagoricienne ; à quatre-vingt-quatre ans, l'année de sa mort, il demanda que cette épitaphe soit placée sur sa tombe.

Le Corps
De
BENJAMIN FRANKLIN
Imprimeur
(Telle la Couverture d'un Vieux Livre
Le Contenu Arraché
Dépouillée de son Titre et de ses Dorures)
Gît en ce Lieu, Proie pour les Vers.
Mais l'Œuvre Ne Sera Point Perdue
Car Elle doit (Comme Il le Crut) Reparaître
Dans Une Nouvelle et plus Élégante Édition
Revue et Corrigée
Par
L'Auteur.

C'est cette conviction que les âmes sont immortelles, qu'elles ne font que se transformer de migration en migration, qui le fit aboutir, par voie d'analogie, à l'une des premières formulations claires de la loi de conservation de la matière. Les citations suivantes le montrent nettement :

« Le pouvoir de l'homme sur la matière paraît se borner à la diviser, ou à en mélanger les diverses espèces ou à en changer la forme et l'apparence en variant la composition, mais ne va pas jusqu'à faire ou créer une nouvelle matière, ni jusqu'à annihiler l'ancienne. »

Il écrivit cela à soixante-dix-huit ans. Un an plus tard il ajoutait :

« Quand je vois que rien n'est anéanti, qu'il ne se perd même pas une goutte d'eau, je ne puis imaginer l'annihilation des âmes ni croire que Dieu souffrirait la perte quotidienne de millions d'esprits déjà créés qui existent maintenant et qu'Il prendrait continuellement la peine d'en faire de nouveaux. Ainsi me trouvant exister dans le monde, je crois que, sous une forme ou une autre, j'existerai toujours. »

Le raisonnement paraît indiquer que ce que l'on pourrait appeler le principe de la conservation des âmes dérivait de celui de la conservation de la matière. En réalité, ce fut le contraire. De même que Kepler était parti de la Sainte Trinité pour arriver à la triade Soleil-Force-Planètes, de même chez Franklin une conviction mystique donna le jour, par analogie, à une théorie scientifique. Et peut-on imaginer plus charmante combinaison de vanité humaine et d'aspirations transcendantes que cette espérance d'édition plus élégante, revue et corrigée, du fier, de l'humble moi ?

Le fondamentalisme de Faraday

Au XIXe siècle les géants sont légion ; je ne parlerai, très brièvement d'ailleurs, que de quatre d'entre eux. Dans les sciences physiques, personne, semble-t-il, ne surpassa Faraday et Maxwell. Einstein, qui devait s'y connaître, les plaçait à égalité avec Galilée et Newton ; et J. G. Crowther, qui leur a consacré de courtes biographies, fait une distinction subtile entre Faraday « le plus grand physicien du XIXe siècle » et Maxwell « le plus grand physicien théorique du XIXe siècle ». On me permettra de leur adjoindre deux biologistes, Darwin et Pasteur.

Faraday, que Tyndall appelait le « grand enfant fou », fut le plus inhumain des quatre ; fils d'un forgeron sectaire, autodidacte, il était doué d'un tempérament passionné qui n'eut le droit de s'exercer que dans la religion et la science. Ce fut sans doute la cause des désordres mentaux longtemps tenus en échec, comme dans le cas de Newton, dont il commença à souffrir à quarante-neuf ans. Avec la pudeur typique de l'historiographie des sciences, l'*Encyclopaedia Britannica* fait timidement allusion à la démence de Faraday : « En 1841, il s'aperçut qu'il avait besoin de repos et ce n'est qu'en 1845 qu'il aborda sa deuxième grande période de recherche. »

A trente ans, peu après son mariage — il n'eut pas d'enfant — il entra dans une secte fondamentaliste ascétique, les « sandemaniens », à laquelle appartenaient son père et sa femme et dont il avait fréquenté les offices depuis sa petite enfance. Pour les sandemaniens toute activité humaine, pratiquement, était péché — même la vertu victorienne de l'épargne ; les sandemaniens se lavaient mutuellement les pieds, ne se mariaient qu'entre eux, ne faisaient aucun prosélytisme ; ils prononcèrent un jour l'exclusion temporaire de Faraday, parce que la reine l'avait mandé à dîner à Windsor, et qu'ainsi il avait manqué l'office du dimanche. Il lui fallut des années avant de se faire pardonner et réélire Ancien de la secte.

A la fin de sa vie, le savant s'enferma dans une retraite presque absolue, refusant même la présidence de la Royal Society, jugée trop mondaine. Les renoncements inhumains que lui imposait sa foi mirent toute sa féroce vitalité au service de la science qu'il regardait comme la seule autre forme possible d'adoration.

La métaphysique de Maxwell

Équilibré, heureux caractère, James Clerk Maxwell était d'une autre trempe. Chez lui aussi la religion stimula l'activité scientifique mais de façon plus subtile. Ce géant fut un Janus *bifrons :* il acheva l'édifice classique de l'univers newtonien, et d'autre part inaugura le règne de ce que l'on pourrait appeler la physique « surréaliste » du XXe siècle.

De même que Kepler avait embrassé le système de Copernic « pour des raisons physiques ou, si l'on préfère, métaphysiques », Maxwell devait avouer que les théories de sa dernière période se formèrent « dans cette secrète et sombre région ou la Pensée épouse le Fait. Le chemin qui y mène ne passe-t-il point par l'antre du métaphysicien, jonché des ossements d'explorateurs précédents, abhorré de tout homme de science » ?

Le métaphysicien en la personne de Maxwell avait alors bien dépassé le matérialisme grossier de la science du demi-siècle et aussi les formes non moins grossières du christianisme de cette même époque. Les croyances religieuses de Maxwell étaient conçues en termes symboliques, presque abstraits ; elles ressemblaient au fondamentalisme de Faraday comme les équations abstraites du champ électromagnétique aux lignes de force que Faraday jugeait « aussi réelles que la matière ».

Une lettre à sa femme contient ce passage caractéristique : « Je peux toujours vous avoir présente à l'esprit — pourquoi n'aurions-nous pas toujours Notre-Seigneur devant nous ?... Si nous L'avions vu charnellement, nous ne L'aurions pas mieux connu, peut-être moins bien. »

C'était le temps de Berthelot qui proclamait : « Le monde n'a plus de mystères » ; de Haeckel qui avait résolu tous ses *Welträtsel,* d'A.R. Wallace qui dans un livre sur *le Siècle merveilleux* déclarait que ce siècle, le XIXe, avait fait « vingt-quatre progrès fondamentaux, alors que tout le reste de l'histoire n'en avait fait que quinze. »

Maxwell savait quelles limites enferment les conceptions rigoureusement déterministes ; c'est lui, dans son étude révolutionnaire de la dynamique des gaz, qui remplaça la causalité mécanique par des conceptions statistiques fondées sur la théorie des probabilités, pas décisif sur la voie de la physique des quanta et du principe d'incertitude. Il savait parfaitement aussi ce que de telles conceptions signifiaient à long terme, en physique puis en philosophie :

A vingt-quatre ans déjà, il avait reconnu les bornes du matérialisme. Vingt ans plus tard, au faîte de la célébrité, il fit chanter généreusement son violon d'Ingres, la poésie satirique, pour ridiculiser le matérialisme superficiel des Philistins. A Belfast, dans un fameux discours présidentiel à l'Association britannique pour l'avancement des sciences, John Tyndall, belle âme, philosophe à œillères, avait attaqué les « théologiens » et exalté les vertus du jeune et fringant credo matérialiste. Les vers de Maxwell n'ont guère vieilli...

Jadis au commencement de la science,
les curés qui gouvernaient en ce temps,
Fort adroits au marteau comme à la gouge
firent des dieux à l'image des gens ;
Mais le Commerce vint, et à la longue
des hommes d'un génie exceptionnel
Aux démons et aux dieux substituèrent
Les atomes, lesquels sont immortels.

De rien il ne sort rien, nous dirent-ils,
point de hasard, tout vient par destinée ;
Il n'existe au fond qu'atomes et vide,
tout le reste est lubie bien démodée.
Pourquoi dès lors courtiser les faveurs
d'êtres qui sont, bien sûr, inexistants,
Et guigner un médiocre avancement
dans les nébuleux royaumes du leurre ?...

Nous allons donc d'abord chanter l'atome,
qui est si vif, si sage et si petit ;
Et puis les atomistes, Épicure,
et Lucrèce, et tutti quanti ;
Étouffons sous les fleurs Butler, prélat
en qui maints atomes se sont unis
Pour composer ce curieux agrégat
qu'il lui plaisait de nommer son esprit.

C'est ainsi que dans la pensée du plus audacieux savant du XIXe siècle nous retrouvons, sous une forme raréfiée, sublimée, l'antique croyance à l'indestructibilité de l'esprit.

L'athéisme de Darwin

Le Dr Robert Darwin, qui était athée, choisit pour son fils Charles la carrière ecclésiastique ; c'est que, tout simplement, une vie de pasteur à la campagne semblait la plus convenable pour un jeune homme de bonne famille aussi dénué d'ambition et de talents intellectuels. Charles était entièrement d'accord. A Cambridge, au cours de ses études, il avait lu *l'Exposé du Credo* de John Pearson, et avait constaté qu'il « ne mettait absolument pas en doute le sens strict, littéral de chacun des mots de la Bible ». Même pendant la croisière du *Beagle* son orthodoxie naïve amusait les officiers, et il fut scandalisé d'entendre un de ses camarades jeter le doute sur le récit du déluge. Cet intégrisme ne pouvait se concilier avec des spéculations sur l'origine des espèces; Darwin perdit la foi lorsqu'il se convertit à l'évolution. Il mena quelque temps un combat d'arrière-garde en rêvant à la découverte de vieux manuscrits qui confirmeraient la vérité historique des Évangiles, ce fut sans grand succès. Après son retour, en quelques mois, la théorie nouvelle vint au monde, les croyances étaient mortes.

Avant le grand tournant de sa vie, la « découverte nucléaire » de la théorie de l'évolution, Darwin n'avait pas été seulement un croyant obéissant; au moins une fois, dans la grandeur de la forêt brésilienne, il avait senti, « profonde expérience intérieure », qu'il y a sans doute plus en l'homme que « le simple souffle de son corps[1] ». Mais après le tournant, de telles expériences ne se reproduisirent pas, et il se demanda lui-même, quelquefois, s'il n'était pas comme ces gens qui deviennent insensibles aux couleurs. A la même époque décisive — il avait alors une trentaine d'années — il subit, dit-il, « une perte curieuse et lamentable des goûts esthétiques supérieurs ». Il essaya de relire Shakespeare et en éprouva un ennui « allant jusqu'aux nausées[2] ». Il préférait les petits romans sentimentaux, pourvu qu'ils finissent bien. Et il s'en plaignit dans son autobiographie :

> « Mais maintenant, depuis bien des années, je ne peux pas supporter la poésie. Mon esprit est devenu, semble-t-il, une machine à moudre des faits pour en tirer des lois générales; mais pourquoi cela devrait causer l'atrophie de la partie du cerveau dont dépendent les goûts supérieurs, je ne puis le concevoir. La perte de ces goûts est une perte de bonheur, peut-être nuisible à l'intelligence, et plus probablement au caractère, en affaiblissant la partie émotive de notre nature. »

Le concept d'« expérience religieuse » n'avait pas pour Darwin le sens que lui donnait Maxwell : l'intuition d'une « réalité inconnue qui détenait le secret de l'espace infini et du temps éternel »; il s'agissait tout bonnement de croire au récit de la Genèse et au feu éternel.

Dans sa jeunesse, il avait cru « à la vérité, stricte, littérale de chacun des mots de la Bible »; plus tard, il se considéra comme athée parce qu'il ne croyait plus à la tour de Babel. Ni l'une ni l'autre de ces attitudes ne sont bien pertinentes aux mobiles inconscients et profonds de son œuvre. Ce qui l'est davantage; c'est que l'espèce d'intuition indéfinissable qu'il avait eue

1. G. HIMMELFARB, *Darwin and the Darwinian Revolution,* New York, 1959.
2. HIMMELFARB, *op. cit.*, p. 317.

dans la forêt brésilienne ait disparu au moment où s'installait l'« atrophie des goûts supérieurs ». C'était à l'époque de sa découverte fondamentale. Il allait passer quarante ans de labeur héroïque à la mettre au point.

Darwin, fut au fond, comme Copernic, l'homme d'une seule idée. Il eut lui aussi son illumination dans sa jeunesse et passa le reste de sa vie à la développer, à la démontrer — la transpiration, en pareil cas, l'emportant de beaucoup sur l'inspiration. Pas plus que Copernic il n'eut les mille facettes du génie quasi universel qui caractérise Kepler, Newton, Descartes, Franklin, Faraday, Maxwell et maints autres savants aux dons moins prodigieux mais également variés. Est-ce une coïncidence si Copernic et Darwin, après le tournant décisif qui orienta tous leurs travaux, menèrent tous deux une vie austère de labeur, de discipline et de dessèchement spirituel ? On a le sentiment que les sources de l'inspiration furent remplacées par un réservoir que seule la volonté maintenait sous pression.

Chez Darwin, pour mesurer toute la puissance de cette volonté, il faut tenir compte des quarante années de maladies chroniques qui l'affligèrent lui et sa nombreuse famille. Le sens du devoir qui l'aiguillonnait devint sa véritable religion. Devenu l'un des personnages les plus célèbres d'Europe après la publication des *Origines* et de *la Descendance,* il continua son existence minutieusement réglée sans se permettre le moindre plaisir, la moindre vanité, la moindre distraction.

Il passa ses dernières années à fabriquer une longue série de livres et d'articles techniques ; son tout dernier ouvrage s'intitule *la Formation de la moisissure végétale sous l'action des vers.* Il avait commencé ses recherches sur les vers de terre à l'âge de vingt-huit ans, en débarquant du *Beagle ;* il y revenait, après un majestueux détour, pour les terminer un an avant sa mort. Il y a là d'ailleurs un beau témoignage de la popularité de Darwin : son livre sur les vers en dépit de son titre peu engageant, eut en trois ans huit mille cinq cents acheteurs — ce qui serait de nos jours un succès respectable pour un roman.

L'on demanda un jour à Darwin, vers la fin de sa vie, ce qu'il pensait de la religion. Il répondit que, si la notion de Dieu « dépassait l'intellect humain », les obligations morales de l'homme étaient cependant claires : « L'homme peut faire son devoir[1]. »

L'on a dit que Darwin philosophait avec une naïveté pénible. Sa vie ne porta pas témoignage en faveur de ses ratiocinations philosophiques, mais en faveur de ses croyances transcendantales : il fut un « croyant malgré lui ». A preuve les dernières pages de ses deux grands livres :

« Il est intéressant de contempler une rive touffue, revêtue d'un grand nombre de plantes de diverses espèces, des oiseaux chantant dans les buissons, toutes sortes d'insectes virevoltant ; des verres rampant sur le sol humide et de réfléchir que ces

1. *Ibid.* p. 119.

formes minutieusement construites, si différentes les unes des autres avec tant de complexité, ont toutes été produites par les lois qui agissent autour de nous... Ainsi de la guerre, de la nature, de la famine et de la mort, s'ensuit directement l'objet le plus sublime que nous soyons capables de concevoir : la production d'animaux supérieurs. La vie apparaît majestueuse si l'on songe qu'avec ses multiples forces elle fut insufflée à l'origine par le Créateur dans quelques formes ou dans une seule ; et que, tandis que la planète tournait selon les lois de la gravitation universelle, à partir d'un commencement si simple des formes magnifiques, merveilleuses, sans fin, ont évolué et continuent à évoluer[1]. »

« L'homme est excusable d'éprouver un certain orgueil de s'être élevé, bien que ce ne fût pas au prix de ses efforts, tout au sommet de l'échelle organique ; et de s'être ainsi élevé, au lieu d'avoir été placé à son rang dès l'origine, peut lui permettre d'espérer une destinée encore plus haute dans un lointain avenir. Mais il ne s'agit ici ni d'espérances ni de craintes, il s'agit seulement de la vérité dans la mesure où la raison nous la laisse découvrir ; et j'ai exposé les faits aussi bien que j'ai pu. Il faut cependant reconnaître, me semble-t-il, que l'homme malgré ses nobles qualités, et la sympathie qu'il éprouve pour ce qu'il y a de plus bas, avec sa bienveillance non seulement à l'égard de ses semblables mais aussi à l'égard des plus humbles créatures, malgré son intelligence, comparable à celle d'un dieu, qui a pénétré les mouvements et la constitution du système solaire — malgré tous ces pouvoirs sublimes — l'homme porte encore dans son enveloppe corporelle le sceau indélébile de sa basse origine[2]. »

Voilà l'humilité et l'émerveillement, et un sens de la participation qui dépasse non seulement l'individu mais aussi l'orgueil collectif de l'*homo sapiens.*

La foi de Pasteur

La vie et le caractère de Louis Pasteur offrent un exemple presque parfait de la façon dont l'ambition, l'orgueil, la vanité, le pharisaïsme peuvent se combiner avec l'abnégation, la charité, l'humilité, le romantisme et l'esprit religieux pour former un très harmonieux équilibre. Au faîte de la célébrité, Pasteur racontait avec un plaisir évident que lors d'une réception officielle la reine de Danemark et la reine de Grèce s'étaient dérangées, au mépris de l'étiquette, pour lui rendre hommage. Mais d'autre part il avait passé des mois chaque année, pendant cinq ans, dans les Cévennes, à chercher le remède d'une maladie des vers à soie. Il découvrit la cause de cette épizootie, et sauva de la ruine l'industrie française de la soie ; le ministre de l'Agriculture lui envoya alors trois lots d'œufs de bombyx, qu'un éleveur en renom distribuait dans tout le pays sans tenir compte des recommandations

1. *Origine des Espèces.*
2. *Descendance de l'Homme.*

de Pasteur sur le conditionnement scientifique de races saines. Et Pasteur de répondre :

« M. le ministre, ces trois sortes de graines sont détestables... Elles périront intégralement de la maladie des corpuscules... En ce qui me concerne, je suis tellement assuré de l'exactitude de mon jugement que je ne prendrai même pas la peine de le vérifier, en élevant les échantillons que vous m'avez adressés. Je les ai jetés à la rivière... »

Il usait du même langage passionné dans ses polémiques avec les hommes de science ; le style rappelle quelquefois celui de Galilée. Mais, bien différent en cela de Galilée, il ne se lançait dans la controverse que sûr de son fait, lorsque les expériences de laboratoire avaient levé tous les doutes. Aussi — et cela encore l'éloignait de Galilée — avait-il en définitive toujours raison, à la fureur de ses adversaires. Il lui arriva même d'écrire une sorte de dialogue « galiléen » dans un journal professionnel de viticulture. Il s'agit d'une conversation avec le maire de Volnay, M. Boillot, que le savant se propose de convertir à la pasteurisation des vins de Bourgogne. Voici le début de ce dialogue épique :

Pasteur. — Chauffez-vous votre vin, monsieur le maire ?

M. Boillot. — Non, monsieur... et il y a des personnes qui assurent que cela peut faire du mal à nos grands vins !

Pasteur. — En effet, on a même dit que « le chauffage équivalait pour ces vins à une amputation ». Voulez-vous bien, monsieur le maire, descendre avec moi dans ma cave d'expériences ?

Et en deux pages, M. Boillot subit sa leçon. On lui fait goûter les vins traités et non traités d'une vingtaine de crus, jusqu'à ce qu'il capitule et admette la supériorité des vins pasteurisés, dont certains viennent de ses propres vignes :

M. Boillot. — ... Je suis émerveillé. cela me produit le même effet que si je vous voyais verser de l'or à pleines mains dans nos contrées !

Pasteur. — Vous voilà bien, mes chers compatriotes, occupés de politique, d'élections, de la lecture superficielle des journaux ! Mais les livres sérieux qui traitent des affaires du pays, de vos propres intérêts, vous les laissez de côté !... Pourtant, monsieur le maire, en lisant avec attention, vous auriez pu reconnaître que tout ce que j'avais annoncé était accompagné de faits précis, de rapports officiels, de dégustation par des hommes compétents, tandis qu'on ne m'avait opposé que des assertions sans preuves.

M. Boillot. — ... Soyez tranquille, dorénavant, je ne croirai plus vos contradicteurs et tout de suite en rentrant à Volnay, je vais m'occuper de cette affaire[1].

Pasteur, enfant du Jura et des vignobles d'Arbois, avait été élevé dans l'admiration du vin et le mépris de la bière. Mais après la défaite de 1871, le patriotisme lui fit un devoir d'améliorer la qualité de la bière française : il s'agissait explicitement de produire une « bière de la revanche », supérieure à la boisson nationale des Prussiens. Il lui arriva même d'envahir, armé d'un microscope le saint des saints de la brasserie Whitbread, à Londres ; le bref récit qu'il a laissé de cette visite historique permet d'en deviner l'intensité théâtrale.

L'on présenta respectueusement deux tonneaux de l'illustre bière à l'illustre savant, qui de l'un tira une goutte, la plaça sous son microscope et y reconnut immédiatement trois ou quatre filaments plus que suspects... « J'ai donc pu déclarer hardiment, en présence du maître brasseur que l'on avait fait appeler, que ces bières se gâteraient rapidement... et qu'elles devaient déjà avoir un goût défectueux, ce dont tout le monde convint, après une longue hésitation toutefois. J'ai attribué cette hésitation à la réserve bien naturelle d'un fabricant que l'on contraint à déclarer que sa marchandise n'est pas irréprochable. Quand je suis retourné à la même brasserie moins d'une semaine plus tard, j'ai appris que les directeurs s'étaient hâtés d'acquérir un microscope. » Ce ne fut pas le moindre miracle de Pasteur.

Les vers à soie, le vin, la bière — et auparavant les études sur le lait tourné, et sur les transformations du vin en vinaigre, du vinaigre en acide, du sucre de betterave en alcool. « Louis... est jusqu'au cou dans le jus de betterave », écrivait plaintivement Mme Pasteur. Chacune de ces campagnes fut menée avec le même esprit de croisade, le même sens de la mise en scène, la même patience, la même précision dans les méthodes. Le père de Pasteur, avant de s'établir comme tanneur à Arbois, avait été sergent dans la Grande Armée. Il avait pu entendre les grandes proclamations de l'empereur : « Soldats, du haut de ces pyramides... » Et Louis Pasteur, du haut des cuves gigantesques de Whitbread, dut parler sur ce ton-là aux brasseurs tremblants.

J'exagère à peine : on voit nettement dans l'œuvre de Pasteur comment des recherches banales peuvent aboutir sans solution de continuité aux pensées et aux découvertes les plus importantes, et comment les unes et les autres sont inextricablement mêlées dans la pensée et les mobiles du savant. Un jalon essentiel de l'histoire de la science est la publication, en 1877, d'un ouvrage dont le titre annonce très modestement *Études sur la bière, ses maladies, les causes qui les provoquent. Procédé pour la rendre inaltérable...*, et se termine sur ces mots que l'on dirait ajoutés après coup : *Avec une théorie nouvelle de la fermentation.* Ce livre contient le premier exposé complet de la formidable découverte de Pasteur : les levures et tous les agents de

1. R. DUBOS, *Louis Pasteur*, Boston, 1950, p. 72.

fermentation et de putréfaction sont des êtres vivants microscopiques, autrement dit des micro-organismes, des germes. De la même manière les travaux de Pasteur sur les vers à soie avaient confirmé que les maladies contagieuses sont causées par des microbes. Les principes de la stérilisation totale et partielle (la « pasteurisation »), de l'immunité, de l'antisepsie et de l'asepsie ; la connaissance des agents d'infection et des conditions générales qui déterminent la réceptivité de l'organisme à ces agents ; enfin la « domestication » des microbes et l'usage des antibiotiques : tout cela est sorti des recherches de Pasteur, recherches souvent bien compliquées sur un problème technique et spécifique, et entreprises pour des motifs apparemment médiocres.

En réalité, depuis les études sur le lait tourné, toutes ces recherches tiraient leur urgence et leur élan d'autres mobiles plus puissants : d'abord l'intuition d'un vaste plan sous-jacent à toutes les transformations chimiques, un plan qui embrasserait non seulement l'utilisation de l'énergie par les organismes vivants sains ou malades, mais aussi — nous allons le voir — le secret de l'origine de la vie. Et finalement chaque entreprise — qu'il s'agisse des vers à soie, du vin, ou de l'inoculation du bétail contre l'anthrax — menée d'ailleurs avec un art consommé du spectacle et un panache bien français fut vraiment une croisade d'intérêt public ; les satisfactions de la vanité n'en furent qu'un agréable sous-produit. C'est grâce à ce jeu du banal et du sublime, qui aboutit à tant de victoires intellectuelles, que l'avocat de la « bière de la revanche » devint le plus grand bienfaiteur de l'humanité depuis Hippocrate.

J'ai dit que Pasteur espérait découvrir le « secret de la vie » : cela est à prendre à la lettre. Sa première découverte, et pour lui la plus passionnante de toute son existence, fut la dissymétrie des molécules considérée comme caractéristique spécifique des organismes vivants ; autrement dit, le fait que les molécules de la matière vivante sont de deux sortes, chimiquement identiques mais qui dans leur structure spatiale sont comme les images inversées l'une de l'autre, ou comme les deux gants d'une même paire. Les molécules « gauches » dévient la lumière polarisée vers la gauche, les molécules « droites » vers la droite ; les substances vivantes sont donc « optiquement actives ». Pourquoi ? On ne le sait pas encore très bien ; mais c'est un fait — toujours troublant — qu'aucune caractéristique chimique « n'est aussi distinctive des organismes vivants que l'activité optique ».

Je crois déjà avoir dit que je touchais à des mystères et que le voile va diminuant de plus en plus. Aussi les nuits me paraissent trop longues...

« L'univers est un ensemble dissymétrique et je suis persuadé que la vie, telle qu'elle se manifeste à nous, est fonction de la dissymétrie de l'univers... L'univers est dissymétrique, car on placerait devant une glace l'ensemble des corps qui composent le système solaire, se mouvant à leurs mouvements propres, qu'on aurait dans la glace une image non superposable à la réalité... Le magnétisme terrestre, l'opposition qui existe entre les pôles boréal et austral dans un aimant, celle que nous offrent les deux électricités positive et négative ne sont probablement que des résultantes d'actions et de mouvements dissymétriques. La vie est dominée par des actions dissymétriques... Je pressens même que toutes les espèces vivantes sont primordialement dans leur structure, dans leurs formes extérieures, des fonctions de la dissymétrie cosmique[1]. »

Enivré par ces spéculations, Pasteur se lança dans des expériences fantastiques qui visaient tout bonnement à créer la vie en imitant, en laboratoire, l'action dissymétrique de la nature à l'aide de puissants aimants et d'un dispositif optique compliqué. C'est de ce rêve d'alchimiste que sortit la grande idée du plan de l'univers, ce plan à l'encre invisible qui allait inspirer secrètement toutes les recherches du savant. Heureusement, Pasteur fut obligé par les circonstances de descendre du grandiose au trivial : au lieu d'essayer de créer la vie, il dut se mettre dans le jus de betterave jusqu'au cou. Nommé professeur de chimie à Lille, il reçut la visite d'un M. Bigo, industriel, qui venait le consulter sur les difficultés de son usine où l'on fabriquait de l'alcool à partir du sucre de betterave. Comme il s'agissait d'une industrie importante pour la région, Pasteur se mit patriotiquement au travail : ce fut la première de ses aventures scientifico-civiques, bien avant les croisades du ver à soie, du vin et de la bière.

Or, en examinant le jus de betterave fermenté, il y découvrit un composant, l'amyle-alcool, qui se révéla optiquement actif. Les molécules devaient donc en être dissymétriques ; or la dissymétrie est le privilège et le secret de la vie : la fermentation provenait donc de l'activité d'êtres vivants, de microbes. Et c'est ici que commença la réaction en chaîne qui allait faire fusionner une théorie microbienne de la fermentation avec une théorie microbienne de la maladie. Les songes de l'alchimiste engendrèrent la médecine moderne, comme dans la pensée de Kepler les chimères de l'harmonie avaient abouti à l'astronomie moderne.

A mon sens, voilà la clef des mobiles profonds du savant, l'équivalent de la rencontre du Tragique et du Trivial dans l'esprit de l'artiste. En regardant dans son microscope ou son polariscope au cours de recherches spécialisées, ennuyeuses, interminables sur l'amyle-acide, l'acide tartrique, l'acide butyrique, Pasteur sur un certain plan s'occupait des besognes du moment : les betteraves de M. Bigo ; sur un autre plan il épiait le secret de la vie, « caché sous des voiles de plus en plus minces ».

Mais les expériences de création vitale ayant échoué, Pasteur changea d'opinion à la fin de sa vie et se lança dans une nouvelle controverse célèbre, afin de prouver cette fois que la « génération spontanée » des micro-organismes était une légende.

1. R. DUBOS, *Pasteur and Modern Science*, New York, 1960, p. 36.

Il y a dans ses inédits une page que le savant écrivit vers l'âge de soixante ans :

« J'ai cherché la génération spontanée pendant vingt ans sans la trouver. Non, je ne la juge pas impossible. Mais qu'est-ce qui vous autorise à en faire l'origine de la vie ? Vous placez la matière avant la vie et vous décidez que la matière a existé de toute éternité. Comment savez-vous que le progrès incessant de la science n'obligera pas les savants... à considérer que c'est la vie et non la matière qui existe dans l'éternité ? Vous passez de la matière à la vie parce que votre intelligence d'aujourd'hui... ne peut concevoir les choses autrement. Comment savez-vous que dans dix mille ans on ne considérera pas comme plus vraisemblable que la matière a émergé de la vie [1] ?... »

Depuis l'âge de quarante-six ans Pasteur, à la suite d'une attaque, était paralysé du côté gauche. C'est pourtant au cours des vingt années qui suivirent qu'il accomplit ses plus grands travaux, réglant chaque détail des expériences qu'il faisait faire à ses assistants de laboratoire. Dans son grand âge il lui arrivait de feuilleter ses premières publications, s'émerveillant des terres nouvelles qu'il avait révélées en dissipant les brumes de l'ignorance et en surmontant l'obstination des préjugés. Il revivait ses découvertes, comme il le dit un jour à Loir d'une voix rêveuse : « Comme c'est beau, comme c'est beau ! Et dire que j'ai fait tout ça ! Je l'avais oublié [2]. »

1. DUBOS, *Louis Pasteur*, pp. 306 *sq.*
2. *Ibid.* p. 87.

DEUXIÈME PARTIE

ESQUISSE D'UNE THÉORIE

CHAPITRE XXXVI

Régresser pour progresser

L'OUVRAGE intitulé The Act of Creation *comprend deux parties : la première, sur « l'art de la découverte et les découvertes de l'art », a été publiée en français* (Le Cri d'Archimède), *et plusieurs extraits en ont été repris ici dans les chapitres qui précèdent ; dans l'autre,* Habit and Originality, *je me suis efforcé de donner aux théories et aux spéculations de la première une base scientifique plus rigoureuse. Je m'en expliquais dès le début :*

Jusqu'ici j'ai examiné la créativité dans la science et dans l'art, autrement dit dans les formes les plus élevées d'activité mentale, en me référant à l'occasion à d'humbles phénomènes de la vie quotidienne. En quelque sorte, j'ai commencé par la toiture, et il reste à construire les murs... L'objectif du Livre deux est de montrer que certains principes fondamentaux opèrent dans toute la hiérarchie organique, depuis l'œuf fécondé jusqu'au cerveau fécond de l'individu créateur.

Le Livre II commençait effectivement par « l'œuf fécondé » (morphogenèse et embryologie) et graduellement conduisait le lecteur jusqu'aux échelons les plus élevés : instinct et apprentissage, perception et mémoire, psychologie contemporaine, controverses entre le behaviorisme et la Gestalt, pour arriver à une première esquisse des « principes fondamentaux qui opèrent dans toute la hiérarchie organique ».

Entreprise fort ambitieuse, je m'en aperçus. D'où cet avertissement (destiné à moi-même autant qu'au lecteur) dans la préface :

Je n'ai guère d'illusions sur l'avenir de cette théorie ; inévitablement elle sera démentie sur de nombreux points par les progrès futurs de la psychologie et de la neurologie. Ce que j'espère, c'est qu'alors on y trouvera néanmoins l'esquisse d'une vérité et qu'elle pourra stimuler les chercheurs qui poursuivent l'unité sous les diverses manifestations de la pensée et de l'émotion humaines.

En réalité, au cours des quinze années qui ont suivi la parution du Cri d'Archimède *aucune révision importante n'a paru nécessaire lors des rééditions.*

C'est plutôt le contraire : la quête de « principes fondamentaux » régissant tous les niveaux des hiérarchies de la vie — en d'autres termes, ce que les scientifiques appellent une « théorie générale des systèmes » — m'a conduit à de nouveaux livres, Le Cheval dans la locomotive *(1967) et* Janus *(1978) qui représentent de nouvelles étapes en direction d'une théorie de ce genre.*

Le premier extrait, dans le présent chapitre, peut servir d'exemple du processus qui consiste à relier un phénomène particulier à une théorie générale. Le phénomène en question est la régression temporaire précédant une synthèse nouvelle, que nous avons examinée déjà. L'extrait provient d'une conférence donnée à l'occasion du bicentenaire de la Smithsonian Institution *à Washington, en 1965*[1]*, avec des passages tirés du* Cheval dans la locomotive.

ÉVOLUTION BIOLOGIQUE ET ÉVOLUTION MENTALE EXERCICE D'ANALOGIE

Permettez-moi de vous enlever sur les ailes traîtresses de l'analogie, en commençant par une excursion dans la génétique. La créativité — sujet principal de cet exposé — est un concept notoirement difficile à définir ; et il est parfois utile d'aborder un sujet difficile par la voie opposée. Le contraire du créateur, c'est le pédant, l'esclave de ses habitudes, dont les pensées et le comportement ne sortent pas d'ornières rigides. Son équivalent biologique est l'animal ultra-spécialisé. Prenez par exemple cette créature charmante et triste, le koala, qui se nourrit des feuilles d'une variété particulière d'eucalyptus et de rien d'autre, et qui, au lieu de doigts, a des griffes semblables à des crochets, idéalement appropriées pour s'agripper à l'écorce et pour rien d'autre. Certains secteurs de notre enseignement supérieur semblent expressément destinés à l'élevage des koalas.

Sir Julian Huxley a montré que l'ultra-spécialisation était la principale cause pour laquelle l'évolution dans toutes les branches du règne animal — excepté l'homme — semble avoir abouti à la stagnation ou à l'extinction. Mais cela posé, il en tire une conclusion qu'on peut trouver moins convaincante. « L'évolution, écrit-il, apparaît donc comme un nombre énorme de culs-de-sac et parfois, tout à fait par hasard, un sentier pour progresser. Cela ressemble à un labyrinthe où presque chaque route est une fausse route[2]. » Avec tout le respect dû à l'auteur, je pense que cette métaphore est dangereusement proche de la vieille image chère aux béhavioristes du rat dans le labyrinthe, modèle de l'apprentissage humain. Dans les deux cas, on suppose explicitement ou tacitement que le progrès

1. Publié par la *Smithsonian* dans *Knowledge Among Men, Eleven Essays on Science, Culture and Society,* New York, 1966 ; repris dans *le Démon de Socrate,* 1970.
2. HUXLEY (J.), *Man in the Modern World,* 13, Londres et New York, 1948

résulte d'une sorte de jeu de colin-maillard — mutations fortuites conservées par sélection naturelle ou essais fortuits conservés par renforcement — et qu'il n'y a rien d'autre. Pourtant, il est possible de ne pas être d'accord avec cette conception sans pour autant invoquer un *deus ex machina* ou un *démon* de Socrate, mais en supposant simplement que, si des événements fortuits jouent à coup sûr un rôle important dans le processus, il y a aussi autre chose.

Il existe, par exemple, un phénomène connu sous le nom barbare de paedomorphose, terme forgé par Garstang[1] il y a quelque quarante ans. L'existence du phénomène est bien établie ; mais il est peu mentionné dans les traités, peut-être parce qu'il va à l'encontre du *Zeitgeist*. Il montre que, dans certaines conditions, l'évolution peut, pour ainsi dire revenir sur ses pas, en réempruntant le chemin qui l'a menée jusqu'à un cul-de-sac, et repartir à nouveau dans une direction plus prometteuse. Pour parler simplement, la paedomorphose signifie l'apparition de quelque nouveauté évolutive au stade *larvaire* ou *embryonnaire* de l'ancêtre, une nouveauté qui peut disparaître avant que soit atteint le stade adulte, mais qui réapparaît chez le descendant adulte.

Voici un exemple qui va éclairer mon propos. Il existe maintenant des preuves solides en faveur de la théorie proposée par Garstang en 1928 selon laquelle les chordés — et, par conséquent, les vertébrés comme nous — descendent du stade larvaire d'un échinoderme primitif, probablement une sorte d'oursin ou d'holothurie. A vrai dire, l'holothurie adulte ne serait pas un ancêtre bien encourageant — c'est une créature paresseuse qui ressemble à une saucisse mal farcie, gisant sur le fond de la mer. Mais la larve de l'holothurie, qui flotte librement, paraît plus riche de promesses : différente de l'adulte, elle possède une symétrie bilatérale, elle est dotée d'une bande ciliaire qui, suppose-t-on, annonce le système nerveux, et de beaucoup d'autres caractères raffinés qu'on ne retrouve pas chez l'animal adulte. On doit admettre que l'adulte sédentaire reposant sur le fond des mers a dû s'en remettre aux larves mobiles pour répandre l'espèce à travers tout l'océan, de même que les plantes égrènent leurs semences au vent ; que les larves, obligées de chercher leur nourriture et exposées bien plus que les adultes à des pressions sélectives devinrent graduellement plus semblables à des poissons et qu'enfin elles atteignirent à la maturité sexuelle tout en conservant leur état larvaire et leur mobilité — donnant ainsi naissance à un nouveau type d'animal qui ne devait plus se fixer au fond de la mer et qui allait éliminer complètement de sa biographie le stade sédentaire et sénile de l'holothurie.

L'idée exerce une séduction irrésistible si l'on compare les photographies d'un échinoderme adulte comme l'holothurie et d'un chordé adulte comme l'ascidie. Bien que beaucoup plus élevé sur l'échelle de l'évolution le

1. Garstang (W.), *J. Linnean Soc. Lond. (Zoology)*, Vol. 35, Londres, 1922.

mollusque adulte ne paraît guère plus prometteur que l'holothurie, mais la différence entre leurs larves est extraordinaire : l'une ressemble à de la gelée flottante, l'autre est fuselée comme un poisson.

On peut retenir pour le moment que la création dans l'évolution mentale procède elle aussi en reculant pour mieux sauter, en s'abandonnant à une régression temporaire, suivie d'un bond en avant que nous avons déjà observé dans l'évolution biologique. Nous pouvons pousser plus loin l'analogie et interpréter le cri « Eurêka ! » comme l'expression de la joie d'être sorti d'une impasse — un acte de régénération mentale réalisé par la « dédifférenciation » des structures cognitives jusqu'à un état plus malléable et par suite la libération de potentialités créatrices —, l'équivalent du déclenchement des potentialités génétiques de croissance dans les tissus en voie de régénération.

J'ai commencé cet exposé en notant que les ailes de l'analogie étaient traîtresses, conscient du fait que ceux qui font confiance à ces ailes de cire partagent ordinairement le sort d'Icare. Mais c'est une chose de tirer des arguments d'une analogie, une tout autre de montrer une similitude apparente à laquelle on n'a peut-être pas prêté suffisamment attention et de se demander ensuite si cette similitude a quelque signification ou si elle est sans intérêt et décevante. Je pense que le parallèle entre certains processus qui sous-tendent l'évolution biologique et l'évolution intellectuelle a quelque signification. L'évolution biologique pourrait apparaître comme l'histoire des fuites hors de l'ultraspécialisation, l'évolution des idées comme une série de fuites hors de la servitude des habitudes mentales ; et le mécanisme de fuite est, dans les deux cas, basé sur les mêmes principes. Nous avons une idée de ces principes à travers les phénomènes de régénération — remodelage des structures et réorganisation des fonctions — qui n'entrent en action que lorsque le défi dépasse un seuil critique. Ils montrent l'existence de potentialités « méta-adaptatives » inattendues qui sont inhibées ou dormantes dans les routines normales de l'existence et qui, lorsqu'elles se révèlent, nous donnent parfois le sentiment que nous marchons comme des somnambules dans un monde aux ressources cachées et aux possibilités inexplorées.

On pourrait m'objecter que j'ai présenté une conception trop simplificatrice, qu'il est sacrilège de parler d'autoréfection pour une symphonie de Brahms et de la comparer à la mutation d'une larve d'holothurie, à la régénération d'une queue de salamandre ou à la guérison d'un malade par la psychothérapie. Pourtant je considère qu'une telle conception est le contraire d'une idée sacrilège. Elle tend vers un dénominateur commun, un facteur de finalité, sans invoquer un *deus ex machina*. Elle ne nie pas que le tâtonnement est inhérent à tout développement progressif. Mais il y a un monde de différence entre les essais au hasard du singe devant la machine à écrire et le processus que j'ai appelé, faute d'un meilleur nom, *reculer pour mieux sauter*. Le processus du singe suppose le « dévidage » de toutes les réponses possibles dans le répertoire de l'organisme jusqu'à ce que l'on tombe par hasard sur la bonne qui sera fixée par renforcement. Le second repose aussi sur le tâtonnement, mais un tâtonnement orienté vers un but et utilisant des méthodes plus complexes et plus élaborées, qui consiste à explorer lentement, à revenir en arrière et à avancer vers un but. « La finalité, a écrit Herbert J. Muller [1], n'est pas importée dans la nature et n'a pas besoin d'y être plaquée comme une entité étrange ou divine... Elle y est implicitement dans l'organisation. » Cette orientation des processus vitaux est présente tout au long de l'échelle, depuis le comportement conscient jusqu'à ce que Needham appelait « l'effort de la blastula pour devenir poulet ». L'embryologie expérimentale a montré combien cet effort était tenace et riche de ressources, depuis Speeman jusqu'à Paul Weiss — bien que sa nature ne soit pas encore parfaitement comprise.

Ainsi, parler d'orientation vers un but ou de finalité dans l'ontogenèse a reçu à nouveau droit de cité. Dans la phylogenèse, il semble encore que le singe tapote son clavier, peut-être parce que la brutale alternative qui s'est offerte — les entéléchies amorphes ou la torche lamarckienne à nouveau brandie par Lysenko — répugne encore davantage à l'esprit scientifique. Par contre, dans les dernières années, les concepts rigides, atomistes, de la génétique mendélienne se sont progressivement adoucis et ont été complétés par toute une gamme de termes nouveaux appartenant à un vocabulaire presque « holistique ». Ainsi, nous apprenons que le système génétique représente une « micro-hiérarchie » qui exerce son contrôle sélectif et régulateur au niveau moléculaire, chromosomique et cellulaire; que le développement est « canalisé », stabilisé par « homéostase de développement » ou « homéostase évolutionnaire [2] » de telle sorte que les mutations n'affectent pas un caractère isolé, mais « un organe entier d'une manière harmonieuse [3] », et en définitive que ces diverses formes de « sélection interne » créent un « spectre de mutations [4] » ou peuvent même avoir « une influence formatrice directe guidant le changement évolutionnaire dans certaines avenues [5] » — et tout ceci se produit bien avant que la sélection darwinienne externe entre en action. Mais si tel est bien le cas, le rôle joué par une mutation fortuite et heureuse est réduit à celui de déclic qui libère l'action coordonnée du système ; et soutenir que l'évolution est le produit de la chance aveugle signifie confondre la simple action du déclic, commandée par les lois de la statistique, avec les processus complexes et orientés qu'il déclenche. Leur finalité se manifeste de différentes manières à différents

1. MULLER (H. J.), *Science and Criticism*, New Haven, Conn., 1943.
2. CANNON (H. G.), *The Evolution of Living Things*, Manchester, 1958.
3. WADDINGTON (C. H.), *The Listener*, Londres, 13 novembre 1952.
4. SPURWAY (H.), in *Supplemento. La Ricerca Scientifica*, Pallanza Symp., 18, Cons. Naz. delle Ricerche, Rome, 1949.
5. Pour une vue d'ensemble de la littérature en ce domaine, cf, WHYTE (L. L.), *Internal Factors in Evolution*, Londres, 1965.

niveaux de la hiérarchie, depuis les propriétés autorégulatrices du système génétique, en passant par la sélection interne et externe, pour culminer peut-être dans les phénomènes d'autoréfection phylogénétique : fuites hors des impasses et départs dans de nouvelles directions. A chaque niveau, le tâtonnement prend une forme plus raffinée. Il y a quelque vingt ans, Tolman et Krechevsky [1] firent sensation en proclamant que le rat apprend à parcourir un labyrinthe en formant des hypothèses. Peut-être sera-t-il bientôt permis de prolonger la métaphore et de dire que l'évolution avance en faisant et en rejetant des hypothèses.

Tout processus orienté, qu'on l'appelle sélectif, adaptatif ou expectatif, implique une référence à l'avenir. L'équifinalité des processus du développement, l'effort de la blastula pour devenir un embryon, en dépit des obstacles et des dangers auxquels elle est exposée, pourrait amener un observateur sans idées préconçues à la conclusion que l'attraction de l'avenir est aussi réelle et parfois plus importante que la pression du passé. La pression peut être comparée à l'action d'un ressort comprimé, la traction à celle d'un ressort étiré, sur l'axe du temps. La poussée et l'attraction sont des actions aussi mécanistes l'une que l'autre. Si l'avenir est complètement déterminé, au sens où l'entendait Laplace, il n'y a aucun choix à faire entre les actions des deux ressorts. S'il est indéterminé au sens de Heisenberg, l'indétermination agit dans les deux directions, et le passé lointain est aussi brouillé et indéchiffrable que l'avenir ; et s'il existe quelque chose comme un libre choix qui agit au sein des bulles d'air dans le fleuve de la causalité, ce choix doit être dirigé vers le futur et orienté par « feed-back » depuis le passé.

Cette accélération de la maturation sexuelle par rapport au développement du reste du corps — autrement dit le retardement graduel du développement au-delà de la maturité sexuelle — est un phénomène bien connu dans l'évolution. Appelé *néoténie,* ce phénomène a pour conséquence que l'animal commence à se reproduire alors qu'il conserve encore des traits larvaires ou juvéniles ; et il arrive souvent que la plénitude de l'état adulte n'est jamais atteinte : elle se trouve éliminée du cycle vital.

Pareille tendance à l' « enfance prolongée », accompagnée d'un rétrécissement des stades adultes finals, équivaut à un *rajeunissement* et à une *spécialisation* de la race : c'est une évasion du cul-de-sac du labyrinthe évolutionnaire.

En fait, la néoténie revient à remonter l'horloge biologique lorsque l'évolution risque de s'arrêter. Gavin de Beer a comparé la conception classique de l'évolution (telle qu'elle apparaît chez Julian Huxley dans la métaphore du labyrinthe) à la conception classique de l'univers, système d'horlogerie.

1. KRECHEVSKY (L.), *Psychol. Rev.*, 39, 1932.

« Dans cette perspective, écrit-il, la phylogenèse ralentirait peu à peu et deviendrait stationnaire. L'espèce ne pourrait plus évoluer et se trouverait dans la condition à laquelle on a appliqué le terme de « sénescence raciale ». Il serait difficile alors de comprendre comment l'évolution a pu produire tant de changements phylogénétiques dans le règne animal, et l'on arriverait à la triste conclusion que l'horloge évolutionnaire est au bout de son ressort. En fait, une telle situation offrirait un dilemme analogue à celui de la conception selon laquelle... l'univers a été remonté une fois pour toutes et ses réserves d'énergie s'épuisent irrémédiablement. Nous ne savons pas comment l'énergie se reforme dans l'univers physique ; mais le processus analogue dans le domaine de l'évolution organique paraît bien être la paedomorphose. Une race peut rajeunir en expulsant de la fin de leurs ontogenèses le stade adulte de ses individus, et elle peut alors rayonner dans tous les sens... jusqu'au retour de la sénescence raciale due à la gérontomorphose[1] ! »

Certes la néoténie en soi ne suffit pas à produire ces explosions de rayonnement adaptatif.

Le « rajeunissement » de la race donne aux changements d'évolution l'occasion d'opérer sur les phases enfantines et malléables de l'ontogenèse : d'où le terme de paedomorphose, formation de l'enfant. Par contraste, la « gérontomorphose[2] » est la modification de structures adultes déjà hautement spécialisées. La distinction est capitale, car la gérontomorphose ne peut aboutir à des changements radicaux ni à de nouveaux départs ; elle ne peut que faire avancer dans la même direction une lignée déjà spécialisée — généralement pour l'amener à une impasse.

Il semble que ce retour en arrière de la vie qui veut fuir les impasses du labyrinthe se soit répété à chaque tournant décisif de l'évolution. J'ai cité le développement des vertébrés à partir de la forme larvaire d'un échinoderme primitif. Selon toute probabilité, les insectes sont sortis d'une espèce de mille-pattes — et non d'un mille-pattes adulte, dont la structure est trop spécialisée, mais de sa forme larvaire. La conquête de la terre ferme a été commencée par des amphibiens dont la lignée remonte au type le plus primitif de poissons à respiration pulmonaire ; alors que les branches ultérieures et apparemment perfectionnées de poissons à branchies ont toutes abouti à des impasses. La même histoire s'est répétée à la grande étape suivante, celle des reptiles qui viennent d'amphibiens primitifs, et non des formes ultérieures que nous connaissons.

Et enfin le cas le plus frappant de paedomorphose est l'évolution de notre espèce. On reconnaît généralement aujourd'hui que l'homme adulte ressemble plus à un embryon de singe qu'à un singe adulte. Chez l'embryon simien comme chez l'homme adulte le rapport du poids du cerveau au poids total du

1. G. R. de Beer, *Embryos and Ancestors*, Oxford, 1940.
2. De *geras* (vieillesse) mot forgé par de Beer pour faire pendant à la « paedomorphose » de Garstang.

corps est extrêmement élevé. Chez l'un comme chez l'autre la fermeture des sutures du crâne est retardée pour permettre l'expansion du cerveau. L'axe longitudinal de la tête humaine — c'est-à-dire la direction de sa vision — est à angle droit par rapport à la colonne vertébrale : c'est une condition qui, chez les singes et les autres mammifères, ne se trouve qu'au stade embryonnaire. Il en est de même de l'angle formé par la colonne vertébrale et le canal uro-génital — ce qui rend compte de la singularité de l'accouplement humain, face à face. Il y a d'autres traits embryonnaires (fœtalisés, pour parler comme Bolk) chez l'homme adulte : absence de visière frontale, rareté et apparition tardive de la pilosité ; croissance tardive des dents, et bien d'autres, parmi lesquels « les lèvres roses qui ont probablement évolué chez les jeunes comme adaptation à l'allaitement prolongé et ont persisté chez l'adulte, peut-être sous l'influence de la sélection sexuelle » (De Beer).

« Si l'évolution humaine doit continuer selon les mêmes principes que dans le passé, écrit J.B.S. Haldane, elle accentuera probablement encore la prolongation de l'enfance et le retard de la maturité. Certaines des caractéristiques de l'homme adulte disparaîtront[1]. » Il y a d'ailleurs un revers de la médaille, qu'Aldous Huxley a signalé dans l'un de ses derniers romans désespérés : la prolongation artificielle de la vie humaine, en termes absolus, pourrait donner à des traits du primate *adulte* l'occasion de reparaître chez les vieillards : Mathusalem deviendrait gorille[2]. Mais cette affreuse perspective ne nous concerne pas ici.

L'essence du processus que je viens de décrire est une *retraite* qui part de formes adultes spécialisées de structure et de comportement, pour aller vers un stade plus ancien ou plus primitif mais plus malléable aussi et moins engagé — retraite suivie d'une avance soudaine dans une nouvelle direction. C'est comme si momentanément le flot de la vie remontait son cours, puis s'ouvrait un nouveau lit. Je tenterai de montrer que cette façon de reculer pour mieux sauter fait souvent partie de la stratégie d'ensemble du processus de l'évolution biologique et mentale.

La figure reproduite ici, empruntée à Garstang, a pour but de représenter le progrès de l'évolution par paedomorphose. Z à Z_9 indique la progression des zygotes (œufs fécondés) sur l'échelle de l'évolution ; A à A_9 représente les formes adultes résultant de chaque zygote. Ainsi le trait plein de Z_4 à A_4, par exemple, représente l'ontogenèse, la transformation de l'œuf en adulte ; le pointillé de A à A_9 représente la phylogenèse — l'évolution de formes

1. J. B. S. Haldane, *The future of Evolution,* Londres, 1932.

2. Huxley, *After Many a Summer.* Certaines caractéristiques physiques des vieillards semblent indiquer que les gènes qui pourraient produire de telles transformations sont encore présents dans nos gonades, mais que leur activité est entravée par le retard néoténique de l'horloge biologique. La conclusion évidente est que la prolongation de la vie humaine n'est désirable que si elle s'accompagne de techniques exerçant une influence parallèle sur l'horloge génétique.

supérieures. Mais remarquons que les lignes de l'évolution ne vont pas tout droit d'une forme A_4 à une autre forme A_5 : ce serait la gérontomorphose, la transformation d'un état adulte. La ligne de progrès part du stade embryonnaire, inachevé, d'une forme A_4. Cela représente une sorte de recul par rapport au produit fini et un nouveau départ vers l'innovation évolutionnaire Z_5-A_5.A_4 par exemple pourrait être l'holothurie adulte ; le point d'embranchement sur la ligne A_4-Z_4 serait alors la larve d'holothurie. Ou encore A_8 étant l'ancêtre primate de l'homme, le point d'embranchement serait son embryon, beaucoup plus semblable à A_9, qui serait l'homme.

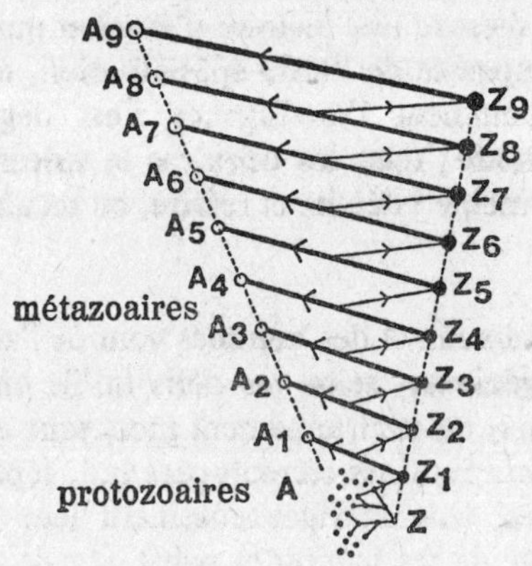

Mais le graphique de Garstang pourrait représenter aussi un aspect fondamental de l'évolution des *idées*. Il y a certaines analogies entre l'apparition des nouveautés biologiques et la création intellectuelle. Que dans l'évolution mentale l'hérédité sociale par la tradition et l'écriture remplace l'hérédité biologique, c'est un truisme. Mais l'analogie va plus loin : pas plus que l'évolution biologique, le progrès intellectuel ne suit une ligne continue d'A_6 en A_9 ; il n'est pas davantage cumulatif au sens strict, comme ce serait le cas s'il continuait à s'édifier sur l'acquis de la génération précédente. L'un et l'autre avancent en zigzag, comme l'indique le diagramme. Dans l'histoire des sciences les révolutions consistent chaque fois à sortir d'une impasse. L'évolution du savoir n'est continue que pendant les périodes de consolidation et d'élaboration qui suivent les grandes découvertes. Mais tôt ou tard la consolidation mène à une orthodoxie de plus en plus figée, et de là à l'hyperspécialisation : au koala. Puis une crise se produit, et une nouvelle échappée, suivie d'une autre période de consolidation et d'une nouvelle orthodoxie, et le cycle recommence.

Mais la nouvelle structure théorique qui naît d'une découverte ne s'élève pas sur le sommet de l'ancienne ; elle se développe à partir du point où le progrès avait fait fausse route. Les grands tournants de l'évolution des idées ont un caractère décidément paedomorphique. C'est seulement dans les calmes périodes de consolidation que nous rencontrons la gérontomorphose des petits perfectionnements ajoutés aux théories bien établies.

Dans l'histoire de la littérature et de l'art les zigzags sont encore plus apparents ; le diagramme de Garstang montrerait fort bien comment les époques de progrès cumulatif dans une école ou une technique donnée s'achèvent inévitablement dans la stagnation, le maniérisme ou la décadence jusqu'au jour où la crise est résolue par une révolution de la sensibilité, de l'accent.

Si à première vue cette analogie peut paraître artificielle, j'essaierai de montrer qu'elle a un fondement solide dans les faits. L'évolution biologique est dans une grande mesure une histoire d'évasion qui raconte comment la vie a échappé aux impasses de l'ultra-spécialisation, tandis que l'évolution des idées raconte comment l'intelligence s'est dégagée des servitudes successives de l'habitude ; dans les deux cas le mécanisme de l'évasion se fonde sur le même principe : défaire et refaire, ou reculer pour mieux sauter.

Les activités des animaux et des hommes vont de l'automatisme machinal à l'improvisation ingénieuse, selon les défis qu'ils ont à relever[1]. Toutes choses égales d'ailleurs, un environnement monotone conduit à la mécanisation des habitudes, aux routines stéréotypées qui, répétées dans les mêmes conditions immuables, suivent rigoureusement leur immuable cours. Le pédant devenu esclave de ses habitudes pense et agit comme un automate ; son équivalent biologique est l'animal ultra-spécialisé : le koala rivé à son eucalyptus.

En revanche un milieu changeant, variable, lance des défis qui ne seront relevés que par un comportement souple, des stratégies variables, une vivacité prête à exploiter les occasions favorables.

Cependant il peut arriver que le défi dépasse une limite critique telle que les techniques habituelles de l'organisme ne suffisent plus. En pareil cas — ce sont les crises qui scandent l'évolution biologique comme l'histoire humaine — deux possibilités se présentent. La première, *dégénératrice,* conduit à la stagnation, au vieillissement biologique, voire à l'extinction soudaine. Cela est arrivé plus d'une fois au cours de l'évolution ; pour chaque espèce qui a survécu, cent autres ont succombé à l'épreuve. Nous nous demandons dans la troisième partie de cet ouvrage si notre espèce n'affronte pas en ce moment une crise unique dans son histoire, et si elle n'est pas en danger de succomber à l'épreuve.

L'autre réaction possible à une crise est *régénératrice* au sens large ; elle suppose de profondes réorganisations de structure et de comportement qui aboutissent à un progrès biologique ou mental. J'aimerais montrer qu'il s'agit chaque fois de reculer pour mieux sauter — processus d'activation de

1. *Cf. Le Cheval dans la locomotive,* chap. VIII.

virtualités créatrices, latentes ou inhibées dans le cours normal de l'existence. Dans la phylogenèse les grands progrès sont dus à l'activation de potentiels embryonnaires par paedomorphose. Dans l'évolution intellectuelle il semble qu'il se produise quelque chose d'analogue à chaque tournant décisif. Le lien entre l'apparition de nouveautés biologiques et celle des innovations intellectuelles se trouve dans un attribut fondamental des êtres vivants : leur capacité d'auto-réfection ou régénération, aussi inhérente à la vie que la capacité de reproduction, dont elle se distingue à peine chez les organismes inférieurs qui se multiplient par division ou bourgeonnement.

Pour comprendre cette connexion il convient d'aller progressivement des animaux primitifs aux animaux supérieurs pour finir à l'homme. La régénération est, selon Needham, « l'un des tours de magie les plus spectaculaires du répertoire des organismes vivants [1] ». Ses manifestations les plus impressionnantes se trouvent chez d'humbles créatures comme les planaires et les polypes. Si l'on coupe en deux transversalement une planaire, le côté tête se fera une queue, le côté queue se fera une tête ; on peut la couper en cinq ou en six, chaque tranche peut reformer un animal complet.

Parmi les animaux supérieurs les amphibiens sont capables de régénérer un membre ou un organe. Chez la salamandre, après amputation d'une patte, les tissus des muscles et du squelette proches de la surface exposée se dé-différencient et prennent une apparence de cellules embryonnaires. Vers le quatrième jour il se forme un blastème ou bourgeon de régénération semblable au bourgeon de l'embryon normal ; à partir de là, le processus imite de très près la croissance des membres dans le développement embryonnaire. La région du moignon a régressé à un stade quasi embryonnaire et révèle des virtualités génétiques de croissance qui sont inhibées dans les tissus adultes normaux. J'ai comparé le génôme d'une cellule spécialisée à un piano dont la plupart des touches seraient coincées par du sparadrap [2], les tissus régénérateurs ont tout le clavier à leur disposition. La « magie » de l'auto-réfection connaît ainsi une phase régressive (catabolique) et une phase progressive (anabolique), et obéit au principe *défaire et refaire.* « Le trauma joue un rôle semblable à celui de la fécondation dans le développement embryonnaire. » Le choc déclenche la réaction créatrice.

Le remplacement d'un membre ou d'un œil perdus est un phénomène d'un ordre tout différent de celui des processus adaptatifs dans un milieu normal. La régénération serait en somme une « méta-adaptation » à des défis traumatisants. Mais la force d'accomplir de tels exploits ne se manifeste que lorsque le défi dépasse un certain seuil critique. La capacité régénératrice d'une espèce lui procure ainsi un dispositif de sécurité supplémentaire au service de la survivance, qui entre en jeu quand les mesures adaptatives

1. A. E. NEEDHAM, *New Scientist,* Londres, 2 novembre 1961.
2. *Cf.* Chap. XXXVII.

normales échouent — de même que les amortisseurs hydrauliques d'une automobile peuvent entrer en action quand la limite d'élasticité des ressorts de suspension est dépassée.

Mais c'est plus qu'un dispositif de sécurité : nous avons vu que les grands changements phylogénétiques ont été aussi provoqués par un recul des formes adultes aux formes embryonnaires. En fait, on pourrait décrire la principale ligne de développement qui a abouti à notre espèce comme une suite d'opérations d'*autoréfection phylogénétique :* une série de tentatives réussies pour échapper aux impasses en défaisant et en remodelant des structures mal adaptées [1].

En gravissant les échelons des reptiles aux mammifères, on voit que la force régénératrice de structures corporelles diminue, remplacée peu à peu par une capacité croissante du système nerveux à réorganiser le comportement. (Certes, en définitive, ces réorganisations fonctionnelles doivent comporter aussi de très fines modifications structurelles du système nerveux, de sorte que nous avançons encore sur une ligne continue.) Il y a plus d'un siècle le physiologiste allemand Pflüger démontra qu'une grenouille décapitée est quelque chose de plus qu'un ensemble de réflexes automatiques. Si l'on dépose une goutte d'acide sur le derrière de la patte antérieure gauche de ce malheureux animal, la patte postérieure du même côté vient l'essuyer, ce qui est le réflexe médullaire normal. Mais si sa patte de derrière gauche est immobilisée, la grenouille s'essuie avec sa patte postérieure *droite.* Ainsi même cette bête sans tête — préparation spinale, comme dit l'euphémisme — se montre-t-elle capable d'improviser quand l'acte réflexe est entravé.

Avant 1950 K. S. Lashley et ses collaborateurs, dans une série d'expériences classiques, ont démontré que le système nerveux n'est pas un mécanisme rigide. Citons un exemple parmi beaucoup d'autres : Lashley avait dressé des rats à toujours choisir la plus brillante de deux cibles alternées. Il priva ces rats de leur cortex visuel et, naturellement, leur capacité discriminatoire disparut. Mais ensuite, contrairement à toute attente, les animaux mutilés surent rapprendre la même technique. C'est qu'une autre région du cerveau qui normalement n'est pas spécialisée dans l'apprentissage visuel dut assumer cette fonction et suppléer à la zone détruite.

Bien plus, quand un rat connaît bien les détours d'un labyrinthe, il continuera à faire un parcours juste, quelles que soient les parties endommagées de son cortex moteur ; et si l'infirmité le rend incapable de tourner à droite, il y arrivera en faisant trois quarts de tour à gauche. On peut aveugler le rat, le priver d'odorat, le paralyser partiellement de diverses manières — ce qui dans chaque cas devrait désemparer complètement

1. Évidemment l'autoréfection par l'individu ne produit aucune innovation évolutionnaire, elle ne fait que restaurer sa capacité de fonctionner normalement dans un milieu stable ; en revanche « l'auto-réfection phylogénétique » implique des changements évolutionnaires en milieu instable.

l'automate à réflexes en chaîne qu'il est censé être. Or « l'un se traîne à travers le labyrinthe sur ses pattes de devant ; un autre tombe à chaque pas mais s'en tire par une série de détentes ; un troisième roule sur le dos à chaque tournant, mais ne roule dans aucun cul-de-sac et réussit un parcours sans erreur ».

On a relevé des phénomènes analogues de méta-adaptation chez des insectes, des oiseaux, chez les chimpanzés, etc. Ils se produisent aussi au niveau collectif. Dans une ruche règne ordinairement une stricte division du travail correspondant aux groupes d'âge ; chaque ouvrière se spécialise dans des tâches différentes aux différents stades de son existence. Mais si l'on enlève les maçonnes, les pourvoyeuses les remplacent. Or les pourvoyeuses, plus âgées, ont été maçonnes auparavant, mais en changeant de métier elles ont perdu leurs glandes abdominales, qui produisent la cire. Il faut donc qu'il leur pousse de nouvelles glandes — et c'est ce qui se passe. Le cas est impressionnant, puisqu'on est en présence d'une réorganisation des fonctions doublée d'une régénération des structures.

Au sommet de l'échelle, nous voyons chez l'homme la faculté de régénération physique réduite au minimum, cette perte étant compensée par la capacité de remodeler les schémas de comportement — de relever les défis critiques par des réponses créatrices.

Même au niveau de la perception élémentaire l'apprentissage de la vision à travers des lunettes qui mettent le monde à l'envers[1] témoigne de cette capacité.

Pour commencer, le sujet est complètement désorienté : il se voit la tête en bas, les pieds sur un plancher devenu plafond. Ou bien, avec des lunettes qui invertissent de gauche à droite, il donne dans le mur dont il essayait de s'éloigner. Mais après un certain temps, ce qui peut vouloir dire plusieurs jours, le sujet s'accoutume à vivre dans un monde renversé qui lui semble alors plus ou moins normal. L'image rétinienne et sa projection sur le cortex visuel sont encore à l'envers ; mais grâce à l'intervention d'échelons supérieurs de la hiérarchie, l'image mentale s'est réorganisée. Dans l'état actuel des connaissances, la physiologie explique assez mal ce phénomène. Tout ce que l'on peut dire est que si notre orientation, nos réactions motrices au champ visuel dépendent de circuits installés dans le cerveau, il doit falloir pour vivre dans un monde à l'envers défaire et refaire une part considérable du schéma de montage de ces circuits.

Ces lunettes sont d'impitoyables instruments ; mais la plupart d'entre nous portent toute la vie des verres de contact dont ils ignorent l'existence et qui déforment les perceptions de manière plus subtile. La psychothérapie ancienne et moderne, depuis le chamanisme jusqu'aux formes contemporaines de techniques d'analyse ou d'abréaction a toujours reposé sur cette variété du défaire et refaire qu'un éminent praticien, Ernst Kris, a nommée

1. K. S. Lashley, *Brain Mechanisms and Intelligence*, Chicago, 1929.

« régression au service du moi [1] ». Le neurotique bardé de compulsions, de phobies et de mécanismes de défense est victime d'une spécialisation rigide d'adaptation fausse, c'est un koala désespérément accroché à un poteau télégraphique. Le but du thérapiste est d'amener le malade à une régression temporaire ; à lui faire rebrousser chemin jusqu'à l'endroit où il s'était fourvoyé, afin de le rappeler à une vie nouvelle, métamorphosé.

Le même schéma se répète en d'innombrables variations sur le thème mythologique de mort-et-résurrection. Le *Stirb und Werde* de Goethe, la retraite et le retour de Toynbee, la nuit obscure précédant la renaissance spirituelle du mystique, dérivent du même archétype : reculer pour mieux sauter.

Il n'y a pas de frontière nette entre la régénération et la réalisation de soi. Toute activité créatrice est une sorte d'autothérapie, une tentative pour surmonter des défis traumatisants. Dans le cas de l'homme de science, le traumatisme peut venir de nouvelles données qui ébranlent les fondations d'une théorie bien établie et remettent en question les croyances les plus chères ; des observations qui se contredisent, des problèmes qui engendrent frustrations et conflits. Dans le cas de l'artiste le défi et la réponse se manifestent dans une lutte haletante pour exprimer l'inexprimable, vaincre la résistance du matériau, échapper aux déformations et aux contraintes qu'imposent les techniques et les styles conventionnels de l'époque.

Ainsi les découvertes décisives dans les sciences, dans les arts, dans la philosophie consistent à fuir les impasses, l'esclavage des habitudes intellectuelles, l'orthodoxie, l'ultra-spécialisation. Ces évasions à leur tour consistent à défaire et à refaire, comme les progrès de l'évolution biologique ; et la marche zigzagante des sciences et des arts suit aussi le tracé du diagramme de Garstang.

Toute révolution a un aspect destructif et un aspect constructif. La destruction est l'œuvre d'une renonciation à des doctrines jusqu'alors inattaquables, et à des axiomes apparemment évidents. Le progrès de la science, semblable à une piste dans le désert, est jonché des squelettes de théories oubliées qui jadis semblaient posséder la vie éternelle. Le progrès en art suppose une révision tout aussi déchirante des valeurs acceptées, des critères de pertinence, des cadres de la perception. J'en ai parlé longuement dans *le Cri d'Archimède ;* je n'en dirai que quelques mots ici.

1. E. Kris, *Psychoanalytic Exploration in Art,* New York, 1952.

CHAPITRE XXXVII

Le holon

Le chapitre précédent devait illustrer à l'aide d'un exemple particulier la passion de « relier, toujours relier », l'incessante recherche de principes fondamentaux sur lesquels on pourrait un jour édifier une théorie. Pareille quête risque d'être à la fois fastidieuse et exaltante car les longues périodes besogneuses y alternent avec les brefs envols des « ailes de l'analogie », souvent trompeuses, dont les chapitres suivants donneront d'autres exemples. Ceux-ci viennent surtout du Cheval dans la locomotive, *publié en 1967, trois ans après* Le Cri d'Archimède.

A cette époque je passais un peu pour un renégat aux yeux d'amis et de critiques solidement retranchés dans le camp artistique et littéraire et qui se désolaient de me voir déserter en pleine « guerre des deux cultures ». Face à cette triste attitude je reçus plus d'un encouragement de l'autre côté de la barricade de papier, de la part d'universités et d'institutions scientifiques, surtout aux États-Unis. Les invitations qui me furent adressées par la Smithsonian, *par l'Institut de recherche sur le cerveau de l'université de Californie, par la Faculté de Médecine de Harvard, par la Fondation Nobel, etc., me procurèrent des occasions très précieuses de discuter en toute liberté (et aussi de me lier d'amitié) avec des représentants des principales disciplines de la science contemporaine. Elles me permirent aussi d'organiser un colloque interdisciplinaire « Au-delà du réductionnisme, nouvelles perspectives dans les sciences de la vie » et d'en éditer les comptes rendus.*

Le point culminant de ces années d'apprentissage fut, en 1964-1965, un stage de six mois au Centre for Advanced Study in the Behavioural Sciences, *à Stanford, en Californie. Cette remarquable institution rassemble chaque année cinquante* fellows *appartenant à diverses disciplines et, sur son campus montagnard, leur procure douze mois de débats et de recherches. Ce fut pour moi une excellente occasion de mettre à l'épreuve et de clarifier bien des idées, dans des séminaires et des séances de travail auxquels participaient des spécialistes des domaines les plus variés, depuis la neurologie jusqu'à la linguistique. J'y ai trouvé la stimulation et aussi les critiques qui sont indispensables pour garder la maîtrise des conjectures.*

L'extrait suivant contient l'esquisse fondamentale de la structure théorique que j'ai publiée à la suite de ces travaux dans Le Cheval dans la locomotive, *première partie. Mais pour lui donner une dimension maniable je m'en tiens essentiellement au résumé que j'en ai fait dans* Janus, *chapitre premier.*

« Au-delà du réductionnisme, nouvelles perspectives dans les sciences de la vie », c'est le titre d'un colloque que j'ai eu l'honneur et le plaisir d'organiser en 1968, et qui a provoqué ensuite beaucoup de controverses [1]. L'un des participants, le professeur Viktor Frankl, devait animer les débats en donnant un joli choix de propos de psychanalyse réductionniste, tirés d'ouvrages et de périodiques récents. Par exemple :

Bien des artistes sont sortis de chez le psychanalyste furieux des interprétations qui indiquent que s'ils peignent en jetant les couleurs sur la toile c'est pour surmonter un apprentissage trop rigoureux du pot de chambre quand ils étaient enfants...

... On est amené à penser que l'œuvre de Goethe n'est que le résultat de fixations pré-génitales. Les efforts de Goethe ne visent pas en réalité un idéal, la beauté, les valeurs, ils cherchent à surmonter un problème gênant d'éjaculation prématurée [2]...

Il est parfaitement possible que des motivations sexuelles (ou même scatologiques) interviennent dans le travail d'un artiste ; mais il est absurde de proclamer que l'art « n'est pas autre chose » qu'une question de sexualité, puisqu'il reste à expliquer pourquoi l'œuvre de Goethe est géniale, à la différence de celle de tous les hommes qui ont pu souffrir des mêmes ennuis. En voulant expliquer la création artistique par l'action des hormones sexuelles le réductionnisme fait une tentative parfaitement futile parce que cette action, si importante qu'elle soit biologiquement, ne nous fait rien pressentir des critères esthétiques qui s'appliquent à une œuvre d'art. Ces critères appartiennent aux processus intellectuels conscients qui ne peuvent se ramener au niveau des processus biologiques sans perdre en route leurs attributs mentaux spécifiques. La psychologie réductionniste est un lit de Procuste.

Il est aisé de ridiculiser ces derniers freudiens orthodoxes qui font une caricature de la doctrine de leur maître. Mais dans d'autres domaines le

1. Colloque dit « Alpbach Symposium », du nom de la localité autrichienne où il s'est tenu. Les participants étaient les suivants : Ludwig von Bertalanffy (université de l'État de New York, Buffalo), Jérome S. Bruner (université Harvard), Blanche Bruner (université Harvard), Viktor E. Frankl (université de Vienne), F. A. Hayek (université de Freiberg), Holger Hyden (université de Göteborg), Bärbel Inhelder (université de Genève), Seymour S. Kety (université Harvard), Arthur Koestler, Paul D. MacLean (université Bethesda) David McNeill (université de Chicago), Jean Piaget (université de Genève), J. R. Smythies (université d'Edimbourg), W. H. Thorpe (université de Cambridge), C. H. Waddington (université d'Edimbourg), Paul A. Weiss (université Rockefeller, New York).

2. V. E. FRANKL, Beyond Reductionism, 1969, p. 397.

sophisme réductionniste est plus discret, et par conséquent plus insidieux. Les chiens de Pavlov, les rats de Skinner, les oies de Lorenz ont été conviés tour à tour à expliquer la condition humaine. En général on rencontre deux impressionnantes forteresses de l'orthodoxie réductionniste. L'une est la théorie néo-darwiniste (ou « synthétique ») qui prétend que l'évolution « n'est pas autre chose » que l'aboutissement de mutations fortuites retenues par la sélection naturelle, doctrine de plus en plus critiquée depuis quelque temps et qui n'en reste pas moins enseignée comme vérité d'évangile. L'autre est la psychologie béhavioriste de l'école Watson-Skinner pour laquelle le comportement humain peut être tout entier « expliqué, prédit et contrôlé » grâce aux méthodes employées pour conditionner des rats et des pigeons. En écartant obstinément toute valeur, tout sens, toute finalité du jeu de ce qui ne serait que forces aveugles, l'attitude réductionniste exerce son influence bien au-delà des sciences, elle affecte tout le climat culturel et même politique[1]. Sa philosophie peut se résumer dans une dernière citation tirée d'un manuel universitaire récent qui définit l'homme comme « pas autre chose qu'un mécanisme biochimique complexe, alimenté par un système de combustion qui active des ordinateurs dotés de moyens prodigieux d'emmagasinage pour conserver des informations codées ».

Notons que le sophisme réductionniste ne consiste pas à comparer l'homme à « un mécanisme alimenté par un système de combustion » mais à déclarer qu'il « n'est pas autre chose » que ce mécanisme et que ses activités ne sont « pas autre chose » qu'une série de réponses conditionnées que l'on trouve aussi chez les rats. Pour l'homme de science il est parfaitement légitime, indispensable en fait, d'essayer d'analyser des phénomènes complexes en éléments constituants — à condition de bien se rendre compte qu'on perd toujours quelque chose d'essentiel au cours des analyses, parce que le tout est plus que la somme des parties et que ses attributs en tant que totalité sont plus complexes que ceux de ses parties. Ainsi l'analyse de phénomènes complexes n'élucide-t-elle qu'un segment ou qu'un aspect de l'ensemble, elle ne nous autorise pas à dire que ce dernier n'est « pas autre chose » que ceci ou cela. Or ce *pas-autre-chosisme* demeure, explicitement ou implicitement, la philosophie de l'orthodoxie réductionniste. S'il fallait la prendre au mot on pourrait juger pour finir que l'homme n'est pas autre chose que 90 % d'eau et 10 % de minéraux — définition juste sans aucun doute, mais pas très utile.

Cependant, dans la mesure limitée où il est applicable, le réductionnisme en tant que méthode a remporté de grands succès dans les sciences exactes, alors que son antithèse, le holisme, n'est jamais allé loin. Le holisme, qu'on peut définir en disant que le tout est davantage que la somme de ses parties,

1. Pour une critique détaillée du néo-darvinisme et du béhaviorisme, *cf. Le Cheval dans la locomotive*, IIe partie, et *Janus*, IIIe partie.

est un terme forgé vers 1920 par Jan Smuts dans un livre remarquable[1] qui fut très populaire pendant un certain temps. Mais le holisme n'a pu pénétrer la science officielle[2], en partie parce qu'il allait à l'encontre du *Zeitgeist,* en partie peut-être parce qu'il représentait une méthode plus philosophique qu'empirique, et ne se prêtait pas aux expériences de laboratoire.

En réalité réductionnisme et holisme, si l'on ne prend qu'eux pour guides, conduisent l'un et l'autre à un cul-de-sac. « Une rose est une rose est une rose » peut passer pour une proposition holiste, mais qui ne nous dit rien de plus sur la rose que les formules de ses composants chimiques. Pour notre enquête nous avons besoin d'une autre approche qui dépasse le réductionnisme et le holisme et intègre les aspects valables de ces deux méthodes. Elle devra partir du problème apparemment abstrait, mais fondamental, des rapports entre le tout et les parties — quel que soit le « tout », univers ou société humaine, quelle que soit la « partie », un atome ou un être humain. On peut trouver que c'est une manière bizarre, pour ne pas dire alambiquée, de parvenir à un diagnostic de la condition humaine, mais le lecteur verra, j'espère, que ce détour par les considérations théoriques du présent chapitre est probablement le plus court chemin pour sortir du labyrinthe.

Commençons par une question qui paraît simple et qui ne l'est pas : qu'entendons-nous exactement par ces mots de tous les jours, la « partie » et le « tout » ? « Partie » évoque quelque chose de fragmentaire, d'incomplet, ne pouvant de soi-même prétendre à une existence autonome. En revanche, un « tout » est considéré comme quelque chose de complet en soi, n'ayant pas besoin d'autre explication. Mais contrairement à ces habitudes de pensée bien ancrées et à leur reflet dans certaines écoles philosophiques, il n'existe nulle part de « partie » ni de « tout » au sens absolu, ni dans le domaine des organismes vivants, ni dans les sociétés, ni dans l'univers en général.

Un organisme vivant n'est pas un agrégat de parties élémentaires, ses activités ne sont pas réductibles à des « atomes de comportement » élémentaires formant une série de réponses conditionnées. Dans ses aspects corporels l'organisme est une totalité consistant en « sous-totalités » comme le système circulatoire, le système digestif, etc., qui à leur tour se ramifient en sous-totalités d'ordre inférieur, comme les organes et les tissus, et ainsi de suite jusqu'aux cellules et aux organites à l'intérieur des cellules. En d'autres termes la structure et le comportement d'un organisme ne peuvent pas s'expliquer par des processus physico-chimiques élémentaires, ni s'y « réduire » ; c'est une hiérarchie stratifiée, à plusieurs niveaux, de sous-ensembles, que l'on peut représenter graphiquement par une pyramide ou un arbre renversé dont les sous-ensembles forment les nœuds, les lignes de

1. *Holism and Evolution,* Londres, 1926.
2. Sauf indirectement par le biais de la philosophie de la *Gestalt.*

ramification symbolisant les canaux de communication et de commande. (Voir le graphique page 424.)

Le premier point à souligner est que chaque membre de cette hiérarchie, à quelque niveau que ce soit, est un sous-ensemble, un *holon* de plein droit — une structure intégrée et stable, équipée de dispositifs autorégulateurs et jouissant d'un degré considérable d'*autonomie.* Les cellules, les muscles, les nerfs, les organes ont tous leurs modes et leurs rythmes intrinsèques d'activité qui souvent se manifestent spontanément sans stimulation externe ; en tant que *parties* ils sont subordonnés à des centres placés plus haut dans la hiérarchie, mais en même temps ils fonctionnent en tant que *touts* quasi autonomes. Comme Janus ils ont deux faces : l'une regarde en haut, vers les niveaux supérieurs, c'est celle d'une partie dépendante ; l'autre regarde en bas, vers ses constituants, c'est celle d'un tout d'une auto-suffisance remarquable.

Le cœur, par exemple, possède plusieurs régulateurs, qui peuvent se relayer en cas de besoin. Les autres organes principaux sont équipés de divers types de dispositifs de coordination et de rétroaction dont l'autonomie est bien démontrée par les greffes chirurgicales. Dès le début du siècle, Alexis Carrel faisait battre pendant des années des fragments de tissu prélevés sur des cœurs d'embryons de poulet placés dans une solution nutritive. Depuis on a vu que des organes entiers peuvent fonctionner en tant que totalités quasi indépendantes alors qu'ils sont séparés du corps, conservés *in vitro* ou transplantés sur un autre corps. Et en descendant la hiérarchie jusqu'au dernier échelon observable au microscope électronique, on arrive à des structures infra-cellulaires, les organites, qui ne sont ni « simples » ni « élémentaires », mais bien au contraire des systèmes d'une extrême complexité. Chacune des parties minuscules de la cellule fonctionne comme ensemble autonome de plein droit, en obéissant apparemment à un code de règles incorporé. Un type ou un groupe d'organites s'occupe de la croissance de la cellule, d'autres de l'approvisionnement d'énergie, de la reproduction, de la communication, etc. Les mitochondries par exemple sont des centrales qui extraient l'énergie des aliments au moyen de réactions chimiques qui comportent une quinzaine d'étapes ; et une seule cellule peut posséder jusqu'à cinq mille de ces centrales d'énergie. La mitochondrie peut être branchée ou débranchée par des commandes situées à des niveaux supérieurs ; mais une fois mise en action elle suit son code. Elle coopère au bien-être de la cellule avec les autres organites, mais en même temps elle fait sa loi, c'est une unité autonome qui affirmera son individualité même si la cellule qui l'enveloppe est en train de mourir.

La science ne fait que commencer à se débarrasser des préjugés mécanistes du XIXe siècle pour qui le monde était un billard couvert d'atomes en collision, et à comprendre que l'organisation hiérarchique est un principe

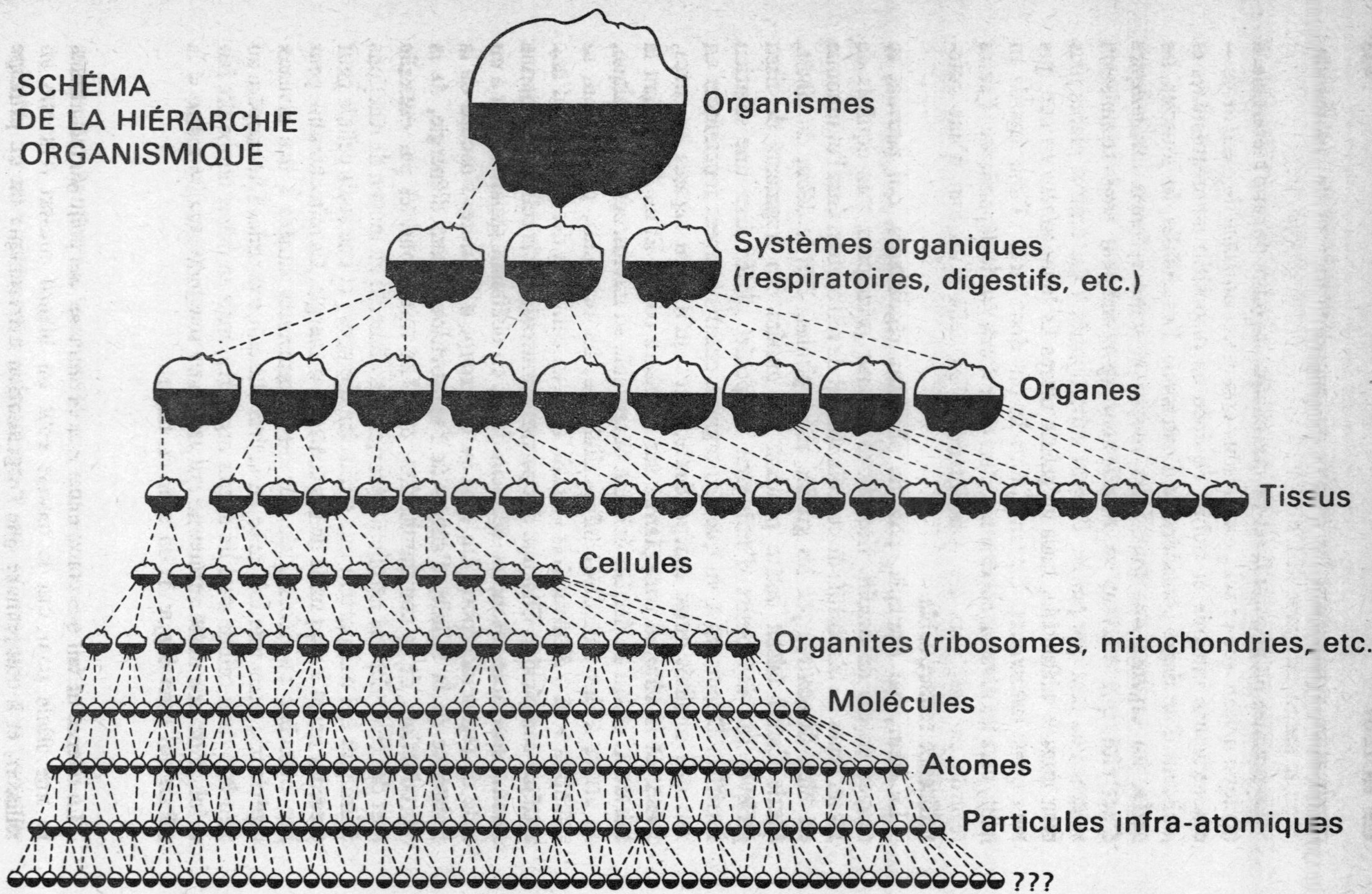
SCHÉMA
DE LA HIÉRARCHIE
ORGANISMIQUE
Organismes
Systèmes organiques
(respiratoires, digestifs, etc.)
Organes
Tissus
Cellules
Organites (ribosomes, mitochondries, etc.)
Molécules
Atomes
Particules infra-atomiques
???

fondamental de la nature vivante ; que c'est « la caractéristique particulière et essentielle de la vie[1] » « un phénomène réel que nous présente l'objet biologique, et non une fiction ni une hypothèse[2] ». C'est aussi un outil conceptuel qui en certaines occasions aide à pénétrer plus d'un problème. *Tous les processus et structures complexes à caractère relativement stable manifestent une organisation hiérarchique,* qu'il s'agisse de systèmes galaxiques, d'organismes vivants et de leurs activités, ou de groupes sociaux. Le graphique en arbre généalogique à séries de niveaux peut servir à représenter l'embranchement d'une espèce dans l'évolution biologique, ou la différenciation graduelle des tissus et l'intégration des fonctions dans le développement de l'embryon. Les anatomistes utilisent ce graphique pour démontrer la hiérarchie locomotrice des membres, des jointures, des muscles, en descendant jusqu'aux fibres, aux fibrilles et aux filaments de protéines contractiles. Les éthologistes s'en servent pour représenter toutes les pratiques et tous les schémas d'activité que comportent des travaux aussi complexes que la construction du nid chez les oiseaux ; mais c'est aussi un outil indispensable à l'école de psycholinguistique de Chomsky, et il n'est pas moins nécessaire à la compréhension des processus grâce auxquels les stimuli chaotiques qui frappent nos organes sensoriels sont filtrés et classés en gravissant le système nerveux pour parvenir à la conscience. Enfin le graphique arborescent représente l'ordonnance hiérarchique du savoir dans les catalogues par matières des bibliothèques, comme dans les réservoirs de souvenirs que contiennent nos cerveaux.

S'il est applicable aussi universellement, le modèle hiérarchique ne serait-il pas creux ? C'est une inquiétude que l'on peut avoir. J'espère montrer qu'il n'en est rien, et qu'en recherchant les propriétés ou les lois fondamentales que toutes ces hiérarchies ont en commun, on ne se contente pas de jouer sur des analogies superficielles, ni de s'adonner à une manie innocente. Il s'agit plutôt d'un exercice relevant de la théorie générale des systèmes, dans l'esprit de la méthode interdisciplinaire de von Bertalanffy qui se propose de construire des modèles théoriques et de découvrir des principes généraux applicables aux systèmes biologiques, sociaux et symboliques de toute sorte — autrement dit de rechercher dans le flux des phénomènes des dénominateurs communs, l'unité dans la diversité.

Mais cette conception allait à l'encontre du *Zeitgeist* matérialiste puisqu'elle supposait que les lois biologiques qui régissent la vie sont qualitativement différentes des lois de la physique qui gouvernent la matière, et qu'en conséquence la vie ne peut pas se « réduire » à la danse aveugle des atomes ; et de même, que la mentalité de l'homme est qualitativement différente des réponses conditionnées des chiens de Pavlov ou des rats de Skinner que la psychologie en vogue considérait comme les paradigmes du comportement

1. H. H. PATTEE, *Towards a Theoretical Biology,* ed. Waddington, Edimbourg, 1970.
2. P. A. WEISS, dans *Reyond Reductiorism,* p. 193.

humain. Le mot « hiérarchie » paraît bien innocent, on le trouva pourtant subversif, et la plupart des ouvrages modernes de psychologie et de biologie l'ont soigneusement écarté.

Il y a eu cependant des prophètes dans le désert pour affirmer que le concept d'organisation hiérarchique est une condition absolue si l'on veut essayer méthodiquement d'introduire l'unité dans la diversité des sciences, et qu'il pourrait conduire éventuellement à une philosophie cohérente de la nature. On rappellera dans ce chapitre les principes de base de la pensée hiérarchique afin de procurer une piste d'envol aux hypothèses qui suivront.

Répétons-le : que l'on considère une forme quelconque d'organisation sociale stable, qu'il s'agisse d'une société d'insectes ou d'un état-major, on verra qu'elle est structurée hiérarchiquement ; il en va de même de l'organisme individuel et, ce qui est moins évident, de ses techniques innées ou acquises. Cependant pour prouver la validité et l'importance du modèle, il faut montrer qu'il existe des principes et des lois spécifiques qui s'appliquent *a)* à tous les niveaux d'une hiérarchie donnée, et *b)* aux hiérarchies dans des domaines différents — autrement dit qui définissent le terme « ordre hiérarchique ». Certains de ces principes peuvent paraître évidents, d'autres plutôt abstraits ; rassemblés, ils constituent les degrés d'une voie nouvelle pour aborder de vieux problèmes.

On dit que la partie est à moitié gagnée quand on dispose d'une bonne terminologie. Pour éviter d'employer à tort et à travers les mots « tout » et « partie » on est obligé de recourir à des expressions encombrantes comme « sous-totalité », « partie-totalité », « sous-structures », « sous-techniques », « sous-ensembles », etc. A la place de cette pénible collection j'ai proposé il y a quelques années un terme désignant les entités à faces de Janus aux niveaux intermédiaires de toute hiérarchie que l'on peut décrire soit comme des totalités soit comme des parties, selon qu'on les regarde « d'en bas » ou « d'en haut ». C'est le mot *holon,* du grec *holos,* tout, avec le suffixe *on* désignant une particule, une partie, comme dans proton ou neutron.

Il semble que le mot répondait vraiment à un besoin, car on le voit entrer peu à peu dans le vocabulaire de plusieurs disciplines, de la biologie à la théorie des communications. Il m'a été particulièrement agréable de découvrir qu'il s'est faufilé dans le français : dans un ouvrage très discuté du professeur Raymond Ruyer, *La Gnose de Princeton*[1], un chapitre s'intitule : « Les accolades domaniales et les holons », une note indiquant en bas de page : « Si je ne me trompe le mot vient de Kœstler ». Les mots nouveaux sont comme les parvenus : quand on oublie leur origine, c'est qu'ils ont réussi.

Malheureusement le mot « hiérarchie » lui-même a quelque chose de

1. Paris, 1974.

déplaisant, il provoque souvent de fortes réactions de rejet. Chargé d'associations militaires ou ecclésiastiques, ou évoquant les échelons des poulaillers, il donne l'impression d'une structure autoritaire rigide, alors que dans notre théorie la hiérarchie est faite de holons autonomes dotés de divers degrés de souplesse et de liberté. Puisqu'on a bien voulu accepter « holon », je me permettrai d'employer « holarchique » et « holarchie », mais sans trop insister.

Nous avons vu que les holons biologiques, depuis les organismes jusqu'aux organites, sont des entités autorégulatrices qui manifestent à la fois des propriétés indépendantes de totalités, et des propriétés dépendantes de parties. Cette caractéristique générale de tous les types de holarchies est la première à retenir ; on peut l'appeler *principe de Janus.* Il est évident dans les hiérarchies sociales : tout holon social — individu, famille, clan, tribu, nation, etc. — est un tout cohérent par rapport à ses parties constituantes, mais en même temps fait partie d'une entité sociale plus large. Une société sans structuration holarchique serait aussi chaotique que les mouvements fortuits des molécules d'un gaz qui se heurtent et rebondissent dans tous les sens [1].

On trouve un peu moins évidente au premier coup d'œil l'organisation hiérarchique de nos activités. La conduite d'une automobile est une technique qui ne consiste pas en une activation consciente des muscles par le cerveau, mais en un déclenchement de sous-techniques (accélérer, freiner, tourner le volant, changer de vitesse, etc.) dont chacune représente un schéma d'activité quasi autonome : un holon de comportement tellement sûr de soi que lorsqu'on a appris à conduire une voiture en particulier on sait conduire n'importe quelle voiture.

Ou considérons la technique de la communication des idées par la parole. La séquence des opérations commence au sommet de la hiérarchie avec l'*intention* d'exprimer l'idée ou le message. Mais bien souvent cette idée n'est pas de nature préverbale ; ce peut être une image visuelle, un sentiment, une impression vague. Nous avons tous eu la pénible expérience de savoir ce que nous voulons dire sans savoir comment l'exprimer ; et cela ne concerne pas seulement la recherche du mot juste, mais en amont la structuration du message, son arrangement en ordre linéaire, sa présentation conforme aux lois de la grammaire, et enfin l'activation de schémas coordonnés de contractions musculaires dans la langue et les cordes vocales. La parole suppose donc degré par degré la concrétisation, l'élaboration et la formulation de contenus mentaux d'abord informulés. Bien que ces opérations se suivent très vite et, dans une grande mesure, automatiquement, de sorte que

1. La situation est compliquée du fait que les sociétés complexes sont structurées par *plusieurs* hiérarchies imbriquées ; *cf.* ci-dessous.

nous n'en avons pas conscience, elles requièrent une succession d'activités différentes à des niveaux différents de la hiérarchie mentale. Et chacun de ces niveaux a ses lois : lois de l'énonciation, règles de syntaxe, canons de la sémantique, etc.

Pour l'auditeur la séquence des opérations est inversée. Elle part du plus bas niveau, des techniques perceptuelles de reconnaissance des phonèmes dans les vibrations de l'air qui atteignent les tympans, de leur composition en morphèmes (syllabes, préfixes, etc.) et ainsi de suite en passant par les mots et les phrases jusqu'à la reconstitution du message au sommet de la hiérarchie.

Remarquons qu'en montant ou en descendant les degrés de la holarchie linguistique nous ne rencontrons à aucun moment d' « atomes de langage » solides et indivisibles. Chacune des entités aux divers niveaux — phonèmes, morphèmes, mots, phrases — est un tout relativement à ses parties et une partie subordonnée d'une entité plus complexe à l'échelon immédiatement supérieur. Par exemple un morphème comme /men/ est un holon linguistique qui peut servir à plusieurs usages : menace, mental, mention, menteur, etc. ; et le sens qu'il prendra va dépendre du contexte du niveau supérieur.

Les psycholinguistes font du graphique arborescent, ou dendro-gramme, un modèle commode pour décrire ce processus gradué de l'énoncé d'une pensée implicite en termes explicites, qui consiste à convertir les virtualités d'une idée amorphe en mouvements effectifs des cordes vocales. On a comparé ce remarquable processus à l'ontogenèse : le développement de l'embryon commence à l'œuf fécondé, qui contient toutes les virtualités qui définissent le produit fini, « l'idée », pour ainsi dire, du futur individu ; ces virtualités sont ensuite « exprimées » aux stades successifs de différenciation. On peut le comparer aussi au processus d'exécution d'une action militaire : l'ordre « la VIIIe armée fera mouvement en direction de Tobrouk » donné au sommet de la hiérarchie par le général en chef est ensuite concrétisé, énoncé, épelé en détail en descendant les échelons un à un.

Généralement parlant, l'exécution de toute conduite ordonnée, qu'elle soit instinctive comme la construction du nid chez l'oiseau, ou apprise comme la plupart du temps chez l'homme, suit le même schéma de l'énoncé d'une intention générale par activation ou déclenchement graduels de holons fonctionnels aux niveaux successifs descendants de la hiérarchie. C'est une règle universellement applicable à tous les types de hiérarchie d'émission (*output*), que l'émission soit un bébé, une phrase dans une langue quelconque, une sonate jouée au piano ou l'action de nouer des lacets. (Pour les hiérarchies d'admission ou d'information (*input*), nous le verrons, la séquence est inversée.)

Un autre point à souligner est que chaque niveau d'une hiérarchie est régi par un ensemble de *règles invariables* qui assurent la cohésion, la stabilité ainsi que la structure spécifique et le fonctionnement de ses holons constituants. Ainsi dans la hiérarchie du *langage* on trouve aux niveaux successifs les règles qui régissent les activités des cordes vocales, les lois grammaticales, et au-dessus toute la hiérarchie sémantique intéressée par la signification. Les codes qui régissent le comportement des holons *sociaux* et les rendent cohérents sont les lois écrites et non écrites, les traditions, les systèmes de croyance, les modes. Le développement de l'*embryon* est régi par le « code génétique ». Dans les *activités instinctives* la toile que tisse l'araignée, le nid que construit la mésange, la parade de l'oie cendrée se conforment à des schémas spécifiques fixes exécutés d'après certaines « règles du jeu ». Dans les *opérations symboliques* les holons sont des structures cognitives réglées, diversement nommées « cadres de référence », « contextes associatifs », « univers du discours », « algorithmes », etc., dont chacun suit une « grammaire » spécifique, un canon. On arrive ainsi à une définition provisoire : le mot « holon » peut s'appliquer à tout sous-système structurel ou fonctionnel dans une hiérarchie biologique, sociale ou cognitive, qui manifeste un comportement régi par des règles et/ou une constante de *Gestalt* structurelle[1]. Les organites et les organes homologues sont des holons évolutionnaires; les champs morphogénétiques sont des holons ontogénétiques ; les structures d'action fixes en éthologie et les sous-schémas de techniques acquises sont des holons de comportement ; les phonèmes, les morphèmes, les mots, les phrases sont des holons linguistiques ; les individus, les familles, les tribus, les nations sont des holons sociaux[2].

Nous donnerons le nom de *code* ou de *canon* à l'ensemble de règles fixes qui régit la structure ou le fonctionnement d'un holon. Mais remarquons tout de suite que si le canon impose des contraintes[3] et des contrôles aux activités du holon, il n'étouffe pas totalement sa liberté : il laisse une place à des stratégies plus ou moins souples, guidées par les contingences du milieu. Cette distinction entre *codes fixes* (*invariables*) et *stratégies souples* (*variables*)

1. Le « ou » est nécessaire pour inclure les configurations dans les hiérarchies symboliques — qui n'ont pas de « comportement » au sens usuel.

2. Divers auteurs ont signalé des affinités entre le concept de holon et l' « org » de Ralph Gerard. Ainsi D. Wilson, dans *Hierarchical Structures :* « Koestler (1967) choisit de désigner ces entités à tête de Janus, du terme de *holon...* Notons que Gerard emploie le terme *org* pour désigner le même concept (Gerard 1957). » C'est presque une accusation polie de plagiat. Les deux citations suivantes de Gerard indiquent les ressemblances et les différences entre son org et le holon : « Ces entités ou systèmes matériels qui sont individuels à un niveau donné mais sont composés d'unités subordonnées, orgs de niveau inférieur[13]. » La limitation aux « systèmes matériels » est encore plus explicite dans la seconde citation ou l'*org* est défini comme « la sous-classe de systèmes composés de systèmes matériels, dans lesquels la matière entre en cause ; ceci exclut les systèmes formels, par exemple[14] ». Le mot « org » ne peut donc pas s'appliquer aux hiérarchies comportementales, linguistiques ou cognitives dans lesquelles le concept de holon se montre particulièrement utile. L'org, tel que le définit Gerard, représente une sous-catégorie de holons bornés aux systèmes matériels.

3. Terme peu scientifique (on pense à une camisole de force) qui fait référence aux règles gouvernant une activité organisée.

peut paraître un peu abstraite au premier abord, mais elle est fondamentale pour tout comportement orienté ; quelques exemples le montreront.

Les activités de l'araignée qui tisse sa toile sont régies par un canon hérité et fixe (qui prescrit que les fils radiaux doivent couper les latéraux à angles égaux, pour former un polygone régulier), mais l'araignée est libre de suspendre sa toile à trois ou quatre points d'attache ou davantage, donc de choisir sa stratégie d'après le terrain. Les activités instinctives (construction des nids et des ruches, tissage des cocons, etc.) ont toutes la double caractéristique de se conformer à un *code invariable* qui contient le plan du produit fini, et d'utiliser des *stratégies* étonnamment *variées* pour y parvenir.

Si l'on passe des activités instinctives de l'humble araignée à des techniques humaines raffinées comme le jeu d'échecs, on trouve aussi un code de règles fixes qui définit les mouvements *permis,* mais le choix du mouvement *effectif* est laissé au joueur, dont la stratégie est guidée par l'environnement : la répartition des pièces sur l'échiquier. La *parole,* nous l'avons vu, est régie par divers canons à divers niveaux, depuis la sémantique jusqu'à la grammaire et la phonologie, mais à chacun de ces niveaux le locuteur a une quantité de choix stratégiques : depuis la sélection et la mise en ordre des idées à exprimer, jusqu'à la formulation de paragraphes et de phrases, au choix des métaphores et des adjectifs, jusqu'à l'énonciation et à l'accentuation de telle ou telle syllabe. Des considérations analogues valent pour le pianiste qui improvise des variations sur un thème : il obéit à une règle de jeu, une structure mélodique donnée, mais il dispose d'un champ presque infini de choix stratégiques pour le phrasé, le rythme, le tempo, les transpositions, etc [1]. Les activités d'un juriste sont fort différentes, pourtant s'il opère lui aussi dans les limites des règles fixes établies par les lois et la jurisprudence, il dispose de toute une gamme de stratégies dans l'interprétation et l'application du droit.

Dans l'*ontogenèse* — le développement de l'embryon — la distinction entre « règles » et « stratégies », moins évidente immédiatement, requiert une explication un peu plus longue.

En ce cas le sommet de la hiérarchie est l'œuf fécondé ; l'axe de l'arbre renversé représente le temps ; les holons aux niveaux successifs en ordre descendant représentent les stades successifs de la différenciation des tissus devenant organes. On a comparé la croissance de l'embryon d'abord masse amorphe, puis forme dégrossie, puis de mieux en mieux articulée, à l'évolution d'une statue à partir d'un morceau de bois ; nous l'avons comparée aussi à « l'énoncé » progressif en phonèmes articulés, d'une idée d'abord amorphe.

1. Remarquons qu'au piano la transposition modifiant complètement le doigté réfute la théorie béhavioriste des réponses en série.

L' « idée » à énoncer en ontogenèse est contenue dans le code génétique, inscrit dans l'hélice double de chaînes d'acide nucléique, dans les chromosomes. Il faut cinquante-six générations de cellules pour produire un être humain à partir de l'unique cellule qu'est l'œuf fécondé. Les cellules de l'embryon en voie de croissance sont toutes de même origine, et portent les *mêmes* séries de chromosomes, autrement dit les mêmes dispositions héréditaires. Or elles se développent pour devenir des produits étonnamment variés : cellules musculaires, cellules rénales, cellules cérébrales, ongles des orteils, etc. Comment est-ce possible si elles sont toutes régies par les mêmes lois, par le même canon héréditaire ?

C'est une question « à laquelle nous ne prévoyons pas encore comment nous saurons répondre », selon le mot de W. H. Thorpe[1]. Du moins peut-on l'aborder au moyen d'une vague analogie. Représentons les chromosomes par le clavier d'un immense piano : des milliers de touches dont chacune sera un gène, une disposition héréditaire. Toutes les cellules du corps portent dans leurs noyaux un clavier complet. Mais chaque cellule spécialisée n'a le droit de frapper qu'*une seule* corde, de ne jouer qu'*un seul* air, selon sa spécialité, le reste du clavier se trouvant inactivé par du sparadrap[2]. Mais cette analogie pose immédiatement un autre problème : *quis custodiet ipsos custodes :* qui dira quelles touches la cellule doit activer à tel ou tel stade, et lesquelles doivent être bloquées ? C'est ici que revient la distinction fondamentale entre codes fixes et stratégies adaptables.

Le code génétique qui définit les « règles du jeu » de l'ontogenèse est situé dans le noyau de chaque cellule. Le noyau est délimité par une membrane perméable qui le sépare de la cellule environnante, laquelle consiste en un fluide visqueux, le cytoplasme, et en diverses tribus d'organites. La cellule est enfermée dans une autre membrane perméable entourée par des fluides et par d'autres cellules, formant un tissu, lequel est à son tour en contact avec d'autres tissus. Autrement dit le code génétique dans le noyau opère à l'intérieur d'une *hiérarchie d'environnements* comme une série de poupées russes emboîtées les unes dans les autres.

Les différents types de cellules (cérébrales, rénales, etc.) diffèrent par leur structure et leur composition chimique. Ces différences sont dues aux interactions complexes entre le clavier génétique des chromosomes, la cellule elle-même, et son environnement, qui recèle des facteurs physico-chimiques d'une extrême complexité, et auquel Waddington a donné le nom de « paysage épigénétique ». La cellule en évolution se meut dans ce paysage comme un explorateur en territoire inconnu. Un autre généticien, James Bonner, montre comment chaque cellule embryonnaire doit

1. *Animal Nature and Human Nature*, Cambridge, 1974.

2. Ce processus de blocage procède aussi par degrés, à mesure que l'arbre hiérarchique se ramifie en tissus de plus en plus spécialisés. *Cf. Le Cheval dans la locomotive,* chap. IX, et ci-dessous, troisième partie.

« tester » ses voisines pour en reconnaître « l'étrangeté ou la ressemblance [1] ».

L'information ainsi recueillie est communiquée aux chromosomes par l'intermédiaire du cytoplasme, et détermine quelles touches doivent être frappées, quelles touches doivent être immobilisées temporairement ou définitivement — autrement dit, quelles règles du jeu sont à appliquer pour obtenir les meilleurs résultats. C'est ce qui explique le titre du grand livre de biologie théorique de Waddington : *The Strategy of Genes*[2].

Pour finir, l'avenir de la cellule dépend donc de sa position dans l'embryon en croissance, position qui détermine la stratégie du génôme. L'embryologie expérimentale en a donné d'éclatantes confirmations : en modifiant la structure spatiale d'un embryon aux premiers stades de son développement on peut changer la destinée de toute une population de cellules. Si l'on greffe la future queue d'un embryon de triton à l'endroit où doit pousser une patte, elle devient patte : exemple parfait de stratégie souple à l'intérieur des règles du code génétique. A un stade ultérieur de différenciation les tissus qui forment les rudiments des futurs organes adultes — « bourgeons » ou « champs morphogénétiques » — se comportent comme des holons de plein droit, autorégulateurs et autonomes. Si à ce stade on enlève la moitié du tissu de ce champ, le reste ne formera pas une moitié d'organe, mais un organe complet. Si une cupule optique est découpée en plusieurs parties chaque fragment formera un œil plus petit, mais normal.

Ces propriétés autorégulatrices des holons à l'intérieur de l'embryon en croissance assurent que, quels que soient les accidents qui se produisent au cours du développement, le produit fini sera conforme à la norme. Étant donné les millions et millions de cellules qui se divisent, se différencient et se déplacent, on peut penser qu'il n'y a pas deux embryons, même de jumeaux identiques, qui se forment exactement de la même manière. On a comparé les mécanismes autorégulateurs qui corrigent les déviations par rapport à la norme et garantissent, pour ainsi dire, le résultat final, aux dispositifs de rétroaction homéostatique dans l'organisme adulte : les biologistes parlent alors d' « homéostase du développement ». Le futur individu est prédéterminé potentiellement dans les chromosomes de l'œuf fécondé ; mais pour que le produit fini sorte de ce plan il faut que des milliards de cellules spécialisées soient fabriquées et moulées en une structure intégrée. Il serait absurde de supposer que les gènes de cet œuf contiennent des garanties incorporées pour chacune des aventures singulières que chacune des cinquante-six générations de cellules-filles pourra rencontrer au cours du processus. Mais le problème est un peu moins ardu si l'on remplace le concept de « plan génétique », qui fait penser à un tracé à copier servilement, par celui de *canon* génétique à règles fixes mais laissant la place

1. *The Molecular Biology* of *Development,* Oxford, 1965.
2. Londres, 1957.

à des choix, c'est-à-dire à des stratégies adaptables guidées par les rétroactions et les indicateurs de l'environnement.

Needham a parlé du travail de la blastule qui « s'efforce de devenir poulet ». Dans le même esprit on dirait que les stratégies grâce auxquelles elle y parvient sont les « techniques prénatales » de l'organisme. Après tout, le développement de l'embryon et plus tard la maturation du nouveau-né sont des processus continus ; et on peut s'attendre que les techniques prénatales et postnatales aient des principes de base en commun, et qu'elles les partagent avec d'autres types de processus hiérarchique.

Les pages qui précèdent n'avaient pas pour but de décrire le développement embryonnaire, mais seulement un aspect de ce développement : la combinaison de *règles fixes et de stratégies variables,* que nous trouvons aussi dans les techniques instinctives (construction du nid, etc.) et dans les comportements appris (le langage par exemple).

L'ontogenèse et la phylogenèse, le développement de l'individu et l'évolution des espèces, forment les deux grandes *hiérarchies du devenir.*

Les industriels de l'automobile savent évidemment qu'il serait absurde de partir de zéro pour construire un nouveau modèle : ils se servent de sous-ensembles existants — moteurs, batteries, boîtes de vitesses, etc. — fabriqués depuis longtemps sur la base d'une longue expérience, et procèdent ensuite à de légères modifications de telles ou telles pièces. L'évolution suit une stratégie analogue. Que l'on compare les roues d'une voiture récente à celles d'un vieux modèle, ou à celles d'une charrette : elles sont construites d'après les mêmes principes. Que l'on compare l'anatomie des membres antérieurs des reptiles, des oiseaux, des baleines, de l'homme : c'est toujours le même plan structurel d'os, de muscles, de nerfs et de vaisseaux sanguins. Il s'agit d'organes « homologues ».

Des pattes, des ailes, des nageoires, des bras ont des fonctions si différentes qu'ils devraient avoir — on s'y attendrait — des plans tout à fait différents. Or ce ne sont que des modifications, des adaptations stratégiques d'une structure pré-existante : le membre antérieur du reptilien, ancêtre commun des animaux en question. Lorsque la nature a pris un brevet sur un élément ou un processus essentiel, elle s'y attache avec une ténacité surprenante : l'organe ou le dispositif devient un *holon évolutionnaire* stable. C'est comme si la nature se sentait obligée d'instaurer l'unité dans la diversité. Un pionnier de la biologie moderne, Geoffroy Saint-Hilaire [1], écrivait en 1818 : « Les vertébrés sont construits sur un plan uniforme et par exemple le membre antérieur peut se modifier pour courir, grimper, nager ou voler, alors que l'arrangement des os demeure le même. » Cet arrangement fondamental fait partie du *canon évolutionnaire* invariable. Son utilisation pour la nage ou pour le vol est un problème de *stratégie évolutionnaire.*

1. *Philosophie anatomique,* Paris, 1818.

Ce principe reste valable à tous les niveaux de la hiérarchie de l'évolution, jusqu'aux organites à l'intérieur de la cellule, jusqu'aux chaînes d'A.D.N. dans les chromosomes. Les mêmes modèles standard d'organites fonctionnent dans les cellules des souris et des hommes ; le même encliquetage utilisant une protéine contractile sert aux pseudopodes de l'amibe et aux doigts du pianiste ; les quatre mêmes molécules chimiques constituent l'alphabet qui sert à coder l'hérédité dans la totalité du règne végétal et du règne animal — mais les mots et les phrases qu'elles forment sont différents pour chaque être.

Si l'évolution ne pouvait innover qu'en recommençant chaque fois à zéro à partir de la bouillie primordiale, les quatre milliards d'années de l'histoire du globe n'auraient pas suffi à produire même une amibe. Dans un texte bien connu sur les structures hiérarchiques, H. A. Simons conclut : « Des systèmes complexes évolueront beaucoup plus rapidement à partir de systèmes simples s'il y a des formes intermédiaires stables. Les formes complexes qui en résulteront alors seront hiérarchiques. Il suffit de retourner le raisonnement pour expliquer la prédominance des hiérarchies dans les systèmes complexes que la nature nous présente. Parmi les formes complexes possibles, ce sont les hiérarchies qui ont le temps d'évoluer [1]. »

Nous ignorons quelles formes de vie il peut y avoir sur d'autres planètes, mais nous pouvons être sûrs que s'il existe une vie elle est organisée hiérarchiquement.

En négligeant le concept de hiérarchie et en ne faisant pas de distinction catégorique entre *règles* et *stratégies* du comportement, la psychologie universitaire s'est condamnée à beaucoup de confusion [2]. Comme depuis cinquante ans elle s'intéresse surtout à l'étude des rats enfermés (dans les « boîtes de Skinner ») ce n'est guère étonnant. Pourtant tout spectateur d'une partie de football ou d'échecs voit immédiatement que les joueurs obéissent à des règles qui déterminent ce qu'ils *peuvent faire,* et emploient des moyens stratégiques pour décider de ce qu'ils font *effectivement*. En

1. In *Proc. Am. Philos. Soc.* vol. 106. N° 6, décembre 1962.

2. Il est intéressant de noter l'extrême répugnance des psychologues officiels — même quand ils ont dépassé les formes les plus grossières du béhaviorisme « stimulus-réponse » — à affronter la réalité. Le professeur G. Miller écrit dans un article sur la psycholinguistique : « A mesure que les psychologues découvrent les complexités du langage, les perspectives de le réduire aux lois du comportement si bien étudiées chez les animaux inférieurs s'éloignent de plus en plus. Nous sommes de plus en plus forcés de considérer, ce qui probablement va de soi pour les non-psychologues, que le langage est un comportement soumis à des règles et caractérisé par une énorme souplesse et liberté de choix. Si évidente qu'elle puisse paraître, cette conclusion a d'importantes conséquences pour toute théorie scientifique du langage. Si les règles supposent les concepts de juste et faux elles introduisent un aspect normatif qui a toujours été évité dans les sciences naturelles... Admettre que le langage suit des règles semble se placer en dehors des phénomènes accessibles à la recherche scientifique (*Encounter,* Londres, juillet 1964) ». Curieuse conception des buts et des méthodes de la « recherche scientifique »...

d'autres termes, *le code définit les règles du jeu, la stratégie décide du jeu.* Les exemples cités plus haut indiquent que cette distinction catégorique entre règles et stratégies s'applique universellement aux techniques innées ou acquises, aux hiérarchies qui assurent la cohésion sociale, de même qu'aux hiérarchies du devenir.

La nature du code qui règle le comportement varie évidemment selon la nature et le niveau de la hiérarchie concernée. Certains codes sont innés, par exemple le code génétique, ou ceux qui régissent les activités instinctives ; d'autres sont appris, par exemple, dans les circuits de mon système nerveux, le code cinétique qui me permet de rouler à bicyclette sans tomber, ou encore le code cognitif qui définit les règles du jeu d'échecs.

Apparemment la vie dans toutes ses manifestations, de la morphogenèse à la pensée symbolique, suit des règles qui lui assurent l'ordre et la stabilité mais n'interdisent pas la souplesse ; et ces règles du jeu, qu'elles soient innées ou acquises, sont représentées sous forme codée aux divers niveaux de la hiérarchie, depuis le code génétique jusqu'aux structures du système nerveux qui sont associées au langage et à la pensée.

Passons maintenant aux stratégies. Le code définit les mouvements permis, la stratégie opère le choix du mouvement à effectuer. Vient alors la question : comment se font les choix ? On pourrait dire que le choix du joueur d'échecs est « libre », en ce sens qu'il n'est pas déterminé par les règles. En fait, le nombre de choix qui se présentent à un joueur au cours d'une partie en quarante mouvements (si l'on calcule les variantes potentielles que chaque coup peut entraîner deux coups d'avance) est astronomique. Mais si le choix est « libre » au sens que l'on vient de préciser, il n'est certainement pas *fortuit*. Le joueur essaye de choisir un coup « bon », qui peut le mettre en meilleure situation de gagner, et d'en éviter un « mauvais ». Mais les règles ne s'intéressent absolument pas au « bon » et au « mauvais » ; elles sont, pour ainsi dire, moralement neutres. Ce qui chez le joueur guide le choix d'un coup qu'il espère « bon », ce sont des préceptes stratégiques beaucoup plus complexes — à un niveau supérieur de la hiérarchie cognitive — que les simples règles du jeu. Les règles, un enfant peut les apprendre en une demi-heure ; alors que la *stratégie* résulte de l'expérience, de l'étude des parties magistrales et des ouvrages spécialisés. En général en s'élevant dans la hiérarchie on rencontre des structures d'activité de plus en plus complexes, plus souples, moins prévisibles, dotées d'une liberté croissante (une plus grande variété de choix stratégiques) ; tandis qu'inversement toute activité complexe, la rédaction d'une lettre par exemple, se ramifie en sous-techniques qui, en descendant les degrés de la hiérarchie, deviennent de plus en plus mécaniques, stéréotypées et prévisibles[1]. Il y a d'abord le choix des sujets à aborder qui est très vaste ; ensuite le style offre encore un grand nombre d'alternatives, mais il doit déjà obéir aux règles de grammaire ; plus bas, les règles d'orthographe ne laissent aucun jeu aux stratégies souples, et pour finir les contractions musculaires qui abaissent les touches de la machine à écrire sont complètement automatisées.

Si l'on descend jusqu'au fond de la hiérarchie on arrive aux processus viscéraux dont l'autorégulation est assurée par des dispositifs de rétroaction homéostatique. Ceux-ci laissent naturellement peu de place aux choix stratégiques ; néanmoins mon moi conscient peut interférer dans une certaine mesure avec le fonctionnement normalement inconscient et automatique de mon appareil respiratoire si je retiens mon souffle ou si j'applique quelque procédé de yoga. La distinction entre règles et stratégies demeure donc valable en principe même à ce niveau physiologique fondamental. Mais le sens de cette distinction n'apparaîtra pleinement qu'aux chapitres suivants quand nous aborderons des problèmes essentiels comme le libre arbitre et le déterminisme.

Encore une fois nous ne nous proposons pas ici d'écrire un traité des hiérarchies, mais seulement de donner une idée du cadre conceptuel de la présente étude, et en général de la pensée hiérarchique par opposition aux tendances réductionnistes et mécanistes actuelles. Pour conclure ce survol je dois cependant mentionner, si brièvement que ce soit, quelques autres principes que tous les systèmes hiérarchiques ont en commun.

D'abord il est évident que les hiérarchies n'opèrent pas dans le vide, elles entrent en interaction avec d'autres hiérarchies. Ce fait élémentaire a provoqué beaucoup de confusion. Si vous regardez une haie bien taillée entourant un jardin comme une muraille vivante, le feuillage épais des branches emmêlées peut vous faire oublier que ces branches viennent d'arbustes distincts. Les arbustes sont des structures verticales *arborescentes*. Les branches emmêlées forment horizontalement des *réseaux* à de nombreux niveaux. Sans plantes individuelles il n'y aurait pas d'entrelacs, et pas de réseau. Sans ce réseau chaque plante serait isolée, il n'y aurait ni haie, ni intégration de fonctions. L'*arborisation* et la *réticulation* (formation en filet) sont des principes complémentaires dans l'architecture des organismes et des sociétés. L'appareil circulatoire commandé par le cœur et l'appareil respiratoire commandé par les poumons fonctionnent comme hiérarchies quasi autonomes, mais entrent en interaction à divers niveaux. Dans les catalogues par matières des bibliothèques les branches s'entrelacent dans les références croisées. Dans les hiérarchies cognitives — les univers du discours — l'arborisation se manifeste dans la dénotation, ou classification « verticale »

1. *Cf.* Les « structures d'action fixes » en éthologie.

des concepts, la réticulation dans leurs connotations « horizontales » en réseaux d'associations.

La complémentarité de l'arborisation et de la réticulation fournit d'utiles éléments à la solution du problème complexe du fonctionnement de la mémoire.

J'ai parlé plusieurs fois du « sommet » de la hiérarchie. Certaines hiérarchies possèdent en effet un sommet indubitable et un dernier échelon bien défini : par exemple une petite entreprise avec un patron et une main-d'œuvre stable. Mais les grandes holarchies de l'existence — qu'elles soient sociales, biologiques ou cosmiques — ont tendance à « s'ouvrir » dans un sens ou dans les deux sens. Un chimiste de laboratoire qui analyse un composé est engagé dans une opération par échelons dont le sommet — l'échantillon à analyser — se trouve au niveau moléculaire de la hiérarchie, qui se ramifie en radicaux chimiques, lesquels se ramifient en atomes. Pour ce qu'il a à faire cette hiérarchie à niveaux limités est suffisante. Mais à un point de vue plus large, qui tient compte des processus nucléaires, ce qui apparaît au chimiste comme un arbre complet n'est plus qu'une branche d'une hiérarchie plus compréhensive. De même que les holons sont par définition des sous-ensembles, de même toutes les branches d'une hiérarchie sont des sous-hiérarchies, et qu'on les traite comme des « totalités » ou comme des « parties », cela dépend de l'objectif qu'on se propose. Le chimiste n'a pas à s'inquiéter des particules dites élémentaires qui, on l'a remarqué, ont une tendance troublante à ne pas rester élémentaires bien longtemps, et semblent consister à la fin (si c'est la fin) en structures de concentration énergétique ou de tensions dans l'universelle écume de l'espace-temps. Notre homme de laboratoire peut tranquillement laisser de côté ces aventures surréalistes de la physique des *quanta ;* en revanche, sous peine de déshydratation mentale, il n'a pas le droit d'oublier que son petit arbre hiérarchique ne s'étend que sur un nombre infime d'échelons dans les grandes hiérarchies ouvertes de l'être.

Il en va de même, à l'autre bout de l'échelle, pour l'astronome confronté aux immenses exhibitions concentriques des systèmes solaires, des galaxies, des grappes de nébuleuses et à la possibilité d'univers parallèles dans l'hyper-espace.

CHAPITRE XXXVIII

Au-delà d'Eros et de Thanatos

NOUS passons à présent aux caractéristiques les plus fondamentales de l'organisation hiérarchique auxquelles j'ai fait seulement allusion jusqu'ici. Les pages qui suivent sont résumées ou extraites du Cheval dans la locomotive, *chapitre III, et de* Janus, *chapitre II.*

Les holons qui constituent un organisme vivant ou une collectivité sont des entités à tête de Janus, nous l'avons vu : la face tournée vers les échelons supérieurs de la holarchie est celle d'une partie subordonnée dans un système plus vaste ; la face tournée vers les échelons inférieurs témoigne d'une totalité quasi autonome, de plein droit.

Cela paraît signifier que chaque holon est animé de deux tendances ou virtualités opposées : une *tendance à l'intégration* pour fonctionner en tant que partie d'une totalité, et une *tendance à l'assertion* pour préserver son autonomie individuelle.

La manifestation la plus évidente de cette polarité fondamentale se trouve dans les holarchies sociales. Ici l'autonomie des holons constitutifs est jalousement protégée et affirmée à chaque niveau : des droits de l'individu à ceux du clan ou de la tribu, des collectivités locales aux départements ministériels, des minorités ethniques aux nations souveraines. Chaque holon social a une tendance incarnée à préserver et défendre son identité. Cette tendance à l'assertion est indispensable au maintien de l'individualité des holons à tous les niveaux, et de la hiérarchie dans son ensemble. Sans elle la structure sociale deviendrait une gelée amorphe, à moins qu'elle ne dégénère en tyrannie monolithique. Ce sont deux possibilités dont l'histoire offre beaucoup d'exemples.

En même temps le holon doit fonctionner comme partie intégrante du système plus vaste qui le contient et dont il dépend ; sa tendance à l'intégration, ou autotranscendance, doit dominer sa tendance d'affirmation. Dans des conditions favorables les deux tendances fondamentales —

assertion et intégration — sont plus ou moins en rapport d'égalité, le holon vit dans une sorte d'équilibre dynamique au sein de l'ensemble, les deux faces de Janus se complètent. Dans des conditions défavorables l'équilibre est rompu, ce qui entraîne de funestes conséquences.

Nous arrivons ainsi à une polarité fondamentale entre la tendance assertive et la tendance intégrative des holons à tous les niveaux et, comme nous le verrons, dans tous les genres de systèmes hiérarchiques. Cette polarité est un trait fondamental de la théorie que j'expose ici, l'un de ses leitmotive. Il ne s'agit pas de spéculation métaphysique : la polarité est présente implicitement dans le modèle de la holarchie à niveaux multiples, parce que la stabilité du modèle dépend de l'équilibrage des aspects complémentaires des holons, qui sont totalités et parties. Cette polarité ou *coïncidentia oppositorum* apparaît dans toutes les manifestations de la vie. Nous parlerons plus loin de ses conséquences philosophiques ; notons pour le moment que *la tendance à l'assertion est l'expression dynamique de la totalité du holon, sa tendance à l'intégration étant l'expression dynamique de sa partiellité*[1].

Pour les holons des hiérarchies sociales la polarité est évidente, elle hurle à la « une » de tous les journaux. Mais avec des allures moins tapageuses la dichotomie de l'assertion et de l'intégration est omniprésente en biologie, en psychologie, en écologie, et partout où se trouvent des systèmes hiérarchiques complexes — autrement dit presque partout. Pour paraphraser une fois de plus Gertrude Stein : un tout est une partie est un tout. Chaque sous-totalité est un « sous » et une « totalité ». Dans le monde végétal ou animal, comme dans les collectivités, chaque partie doit affirmer son individualité, sinon l'organisme se désarticulerait, se désintégrerait ; mais en même temps la partie doit se soumettre aux exigences du tout, ce qui n'est pas toujours aisé.

Nous avons vu plus haut que chaque partie d'un être vivant depuis les organes complexes jusqu'aux organites dans la cellule, a son rythme intrinsèque, sa structure d'activité, régis par son code incorporé, qui la fait fonctionner comme unité quasi indépendante. D'autre part, ces activités autonomes du holon sont déclenchées, inhibées ou modifiées par des commandes situées à des niveaux supérieurs de la hiérarchie qui agissent sur le potentiel participatif du holon et le font fonctionner comme partie subordonnée. Dans un organisme sain comme dans une société saine les deux tendances sont en équilibre à tous les échelons de la hiérarchie. Mais sous une tension trop forte, la tendance assertive de la partie affectée de l'organisme ou de la société risque de s'emballer : elle tendra à échapper aux rênes de la totalité. C'est ce qui peut provoquer des changements pathologiques, comme les tumeurs malignes, prolifération déchaînée de tissus qui

1. Pour l'intégration j'emploierai aussi des synonymes : tendance participative ou autotranscendante.

échappent aux freins génétiques. Sans aller jusqu'à de telles extrémités tout organe, toute fonction ou presque peuvent s'émanciper momentanément et partiellement. Dans la colère et la peur l'appareil sympatico-adrénal usurpe le rôle des centres supérieurs qui normalement coordonnent le comportement ; dans l'excitation sexuelle les gonades semblent remplacer le cerveau. L'idée fixe, l'obsession du maniaque sont des holons cognitifs déchaînés. Il y a toute une gamme de désordres mentaux dans lesquels une partie subordonnée de la hiérarchie cognitive exerce une véritable tyrannie sur l'ensemble, ou dans lesquels des éléments de la personnalité ont apparemment fait sécession et mènent une existence quasi indépendante. Les aberrations intellectuelles les plus fréquentes sont dues à la poursuite obsessionnelle d'une vérité partielle traitée comme vérité suprême : un holon travesti en totalité.

L'homme n'est jamais une île, c'est un holon. S'il tourne son regard vers l'intérieur il s'éprouve comme totalité unique, autonome, indépendante ; et comme partie dépendant de son milieu naturel et social, s'il regarde au-dehors. Sa tendance assertive est la manifestation dynamique de son individualité, sa tendance intégrative exprime sa dépendance à l'égard de l'ensemble auquel il appartient : sa partiellité. Quand tout va bien les deux tendances sont en équilibre plus ou moins stable. En période de tension et de frustration, l'équilibre est rompu, ce qui se manifeste par des troubles affectifs. Les émotions qui proviennent de tendances assertives frustrées sont du type adrénergique, agresso-défensif, bien connu : la faim, la colère, la peur, etc., jusqu'aux éléments possessifs du sexe et de l'affection parentale. Les émotions provenant de la tendance participative ont été généralement négligées par la psychologie universitaire : on peut les ranger dans le genre autotranscendant. Elles naissent dans le holon humain du besoin d'appartenir, de dépasser les frontières du moi et de faire partie d'un ensemble enveloppant — une collectivité peut-être, une foi, une cause politique, la nature, l'art, ou l'*anima mundi*.

Quand le besoin d'appartenance et de transcendance ne trouve pas d'issue adéquate, l'individu frustré risque de perdre tout esprit critique et de se livrer à une foi aveugle, à une dévotion fanatique envers une cause quelconque, sans chercher à la juger. C'est une des ironies de la condition humaine que sa férocité destructive ne vienne pas des tendances à l'assertion, mais bien du potentiel d'intégration de l'espèce. La gloire des sciences et des arts et les holocaustes historiques provoqués par des dévouements égarés sont nés également d'émotions du genre autotranscendant. Car le code qui définit l'identité et donne sa cohésion à un holon social (sa langue, ses lois, ses traditions, ses normes de conduite, ses systèmes de croyance) ne représente pas seulement des contraintes négatives imposées à ses activités, mais aussi des préceptes positifs, des maximes, des impératifs moraux. En temps normal, lorsque la hiérarchie sociale est en équilibre, chacun de ses holons opère conformément à son code, sans chercher à l'imposer aux autres ; en période de tension et de crise, un holon social hyperexcité peut tendre à s'affirmer aux dépens de l'ensemble, exactement comme un organe hyperexcité ou une idée obsessionnelle.

La dichotomie de la totalité et de la partiellité, et sa manifestation dynamique dans la polarité des tendances assertives et participatives sont inhérentes, nous l'avons dit, à tout système hiérarchique à niveaux multiples, implicitement présentes dans le modèle conceptuel. Nous les voyons même reflétées dans la nature inanimée : partout où existe un système dynamique relativement stable, depuis les atomes jusqu'aux galaxies, la stabilité est maintenue par l'équilibrage de forces contraires, dont l'une peut être centrifuge (inerte ou séparatrice), l'autre centripète (attractive ou cohésive), qui rassemble les parties dans le tout sans sacrifier pour autant leur identité. La première loi de Newton — « Tout corps persévère dans son repos ou son mouvement uniforme en ligne droite à moins qu'il ne soit contraint par une force à changer cet état » — ressemble à une proclamation de la tendance assertive de chaque fragment de matière dans l'univers ; en revanche la loi de la gravitation reflète la tendance à l'intégration [1].

On pourrait aller encore plus loin, et voir dans le principe de complémentarité un exemple plus fondamental encore de notre polarité. D'après ce principe qui domine la physique moderne toutes les particules élémentaires — électrons, photons, etc. — ont le double caractère de corpuscules et d'ondes : elles se présentent selon les circonstances soit comme des grains de matière, soit comme des ondes sans attributs substantiels ni frontières définissables. A notre point de vue l'aspect corpusculaire de l'électron ou de tout autre holon élémentaire, en manifeste le potentiel de totalité et d'assertion, son caractère ondulatoire en manifeste la partiellité et le potentiel d'intégration [2].

Il va sans dire que les deux tendances fondamentales se présentent sous des dehors différents aux différents niveaux de la hiérarchie, selon les codes spécifiques — ou « relations organisatrices » — qui caractérisent chaque niveau. Les règles qui gouvernent les interactions des particules nucléaires ne sont pas celles qui régissent les rapports entre atomes considérés comme

1. Dans une pièce de science-fiction, écrite il y a bien longtemps, je faisais exposer par une jeune visiteuse extra-terrestre la doctrine centrale de la religion de sa lointaine planète… « Nous adorons la gravitation. C'est la seule force qui ne se précipite pas dans l'espace ; elle est partout en repos. Elle maintient les astres sur leurs orbites, et nos pieds sur notre terre. C'est la Nature qui a peur de la solitude, la Terre qui se languit de la Lune ; c'est l'amour sous sa forme inorganique la plus pure » *Le Bar du crépuscule,* 1946.

2. Autre cas de polarité dans la nature inanimée, le principe de Mach qui relie l'inertie terrestre à la masse totale de l'univers.

totalités ; les règles éthiques du comportement des individus ne sont pas celles qui s'appliquent au comportement des foules ou des armées. En conséquence, les manifestations de la polarité de tendances assertives et participatives que nous reconnaissons dans tous les phénomènes de la vie prendront des formes différentes de niveau en niveau. Nous verrons ainsi cette polarité se refléter par exemple en tant que :

intégration	↔	assertion
partiellité	↔	totalité
dépendance	↔	autonomie
centripète	↔	centrifuge
coopération	↔	compétition
altruisme	↔	égoïsme

Notons en outre que la tendance assertive est généralement *conservatrice,* en ce sens qu'elle tend à préserver l'individualité du holon dans le *hic et nunc* des conditions existantes ; alors que la tendance participative a la double fonction de coordonner les holons constitutifs du système à son stade actuel, et de faire apparaître de nouveaux échelons d'intégrations complexes dans des hiérarchies en évolution — qu'elles soient biologiques, sociales ou cognitives. Ainsi la tendance assertive est-elle orientée vers le présent, soucieuse de préserver et de maintenir, quand on pourrait dire que la tendance participative est à l'œuvre à la fois dans le présent et pour l'avenir.

La polarité des tendances assertives et participatives jouant un rôle crucial dans notre théorie, et devant revenir souvent dans les chapitres qui vont suivre, une brève comparaison avec le système métaphysique de Freud qui a atteint l'immense popularité que l'on sait, pourrait offrir un certain intérêt.

Freud postulait deux *Triebe* (ou pulsions) fondamentales, qu'il concevait comme des tendances universelles antagonistes inhérentes à toute matière vivante : Éros et Thanatos, ou libido et pulsion de mort. Quand on lit bien les passages qui en traitent (dans *Au-delà du principe de plaisir, Malaise dans la civilisation,* etc.) on s'aperçoit avec étonnement que ces deux pulsions sont *régressives :* elles visent l'une et l'autre à la restauration d'une situation antérieure. Éros en employant le leurre du principe de plaisir, cherche à établir l'antique « unité du protoplasme dans le limon originel », tandis que Thanatos vise encore plus directement au retour à l'état inorganique de la matière par l'annihilation du moi et de tous les moi.

Freud ne pensait rien de bon des œuvres d'Éros. Pour lui le plaisir provient toujours de la « diminution, de l'abaissement ou de l'extinction de l'excitation psychique » et le « dé-plaisir [1] » de son accroissement ». L'organisme tend à la stabilité ; il est guidé par « l'effort que fait l'appareil mental

1. *Unlust,* dysphorie, qui n'est pas la douleur physique.

pour maintenir aussi basse que possible ou moins constante la quantité d'excitation qui est présente en lui. En conséquence tout ce qui tend à augmenter la quantité d'excitation doit être tenu pour contraire à cette tendance, c'est-à-dire, pour déplaisant[1] ».

Naturellement cela est vrai, en gros, quand il s'agit de la frustration de besoins élémentaires comme la faim. Mais on passe alors sous silence toute une classe d'expériences communément décrites comme excitations plaisantes. Les préliminaires de l'accouplement augmentent la tension sexuelle : d'après la théorie ils devraient être désagréables — ce qu'ils ne sont sûrement pas. Il est curieux que dans les livres de Freud on ne trouve aucune réponse à cette très banale objection. La pulsion sexuelle dans le système freudien est essentiellement une chose dont il faut se débarrasser, par les moyens appropriés ou par la sublimation ; le plaisir ne vient pas du désir mais de son évacuation[2].

Le concept de Thanatos — la *Todestrieb* — ne nous laisse pas moins perplexes. D'une part la pulsion de mort « travaille en silence au sein de l'organisme à la destruction de celui-ci » par processus cataboliques brisant l'être vivant pour en faire une matière inanimée. En fait, on peut assimiler cet aspect à la seconde loi de la thermodynamique : la dispersion graduelle de la matière et de l'énergie aboutissant à l'état chaotique[3]. Mais d'autre part l'instinct de mort freudien, qui opère si doucement dans l'organisme, se présente comme destruction active ou comme sadisme dès qu'il se projette à l'extérieur. Comment ces deux aspects de Thanatos s'harmonisent et se relient causalement, c'est ce qu'on voit mal. Le premier aspect est celui d'un processus physico-chimique qui tend à amener les cellules vivantes à l'inertie et finalement à les réduire en poussière ; mais le second manifeste une agressivité violente et coordonnée de tout l'organisme contre les autres organismes. Freud n'explique pas le processus par lequel le glissement silencieux à la sénescence et à la désintégration se change en violence exercée sur autrui ; le seul lien qu'il indique se trouve dans l'ambiguïté d'expressions comme « pulsion de mort » et « besoin de destruction ».

Non seulement les deux aspects du Thanatos freudien restent sans connexion, mais ils sont l'un et l'autre très discutables en eux-mêmes. Pour commencer par le second, le meurtre pour le meurtre n'existe pas dans la nature. Les animaux tuent pour manger et non pour détruire ; et, même

1. Freud, *Jenseits des Lustprinzips*, 1920.

2. On pourrait expliquer que s'il n'y a pas de place dans l'univers freudien pour les jeux de l'amour c'est que Freud était au fond un puritain, comme D. H. Lawrence : il avait horreur de la frivolité et traitait le sexe « *mit tierischen Ernst* ». Son biographe Ernest Jones écrit : « Freud avait beaucoup de la pruderie de l'époque, qui jugeait inconvenante toute allusion aux membres inférieurs. » Il donne plusieurs exemples, comme l'histoire de Freud « interdisant sévèrement » à sa fiancée d'habiter « chez une amie jeune mariée qui, disait-elle délicatement, s'était mariée avant le jour du mariage ».

3. Cette fameuse loi ne s'applique qu'aux systèmes physiques « clos », et non aux organismes vivants. C'est une découverte relativement récente que Freud n'a pu connaître.

quand il y a combat pour le territoire ou pour les femelles, la lutte est aussi rituelle qu'une partie d'escrime et il est extrêmement rare qu'elle aille jusqu'à la mort des vaincus. Pour prouver l'existence d'un « instinct de destruction » il faudrait démontrer que le comportement destructeur se manifeste régulièrement *sans* provocation extérieure, à la manière des pulsions nutritives et sexuelles qui se font sentir malgré l'absence de stimuli externes. Karen Horney, qui fut une psychanalyste éminente, mais critique, écrit à ce propos [1] :

L'hypothèse de Freud suppose que la motivation essentielle de l'hostilité ou de la destruction réside dans l'instinct de détruire. Ainsi il renverse totalement notre croyance selon laquelle on détruit pour vivre : on vit pour détruire. Il ne faut pas hésiter à reconnaître une erreur même quand il s'agit d'une conviction séculaire, si une découverte nous apprend à voir autrement, mais ce n'est pas le cas. Si nous voulons nuire ou tuer, c'est parce que nous sommes ou croyons être menacés, humiliés, attaqués ; parce que nous sommes ou croyons être repoussés ou injustement traités ; parce que nous sommes ou croyons être empêchés d'accomplir des désirs d'importance vitale pour nous.

C'est bien Freud, après tout, qui nous a appris à chercher dans les actes de violence apparemment gratuits et sans raison d'enfants ou d'adultes perturbés, la motivation cachée, qui est d'ordinaire un sentiment de rejet, de jalousie, de fierté blessée. En d'autres termes la cruauté et la violence sont à considérer comme des situations pathologiques extrêmes de la tendance assertive frustrée ou provoquée au-delà d'un seuil critique — sans qu'il y ait lieu de recourir au postulat d'un instinct de mort dont la biologie n'offre pas la moindre preuve.

Pour revenir à l'autre aspect du Thanatos de Freud, la grande caractéristique du vivant, nous l'avons indiqué, est de négliger complètement, semble-t-il, la seconde loi de la thermodynamique. Au lieu de perdre son énergie dans l'environnement, l'être vivant y puise de l'énergie, il mange et boit son environnement, il y fouille et il y bâtit, du bruit il tire de l'information, du chaos des stimuli il extrait du sens. « Ni le vieillissement ni la mort naturelle ne sont des conséquences nécessaires et inévitables de la vie, écrit Pearl ; les protozoaires sont virtuellement immortels, ils se reproduisent par simple fission, en ne laissant dans le processus absolument rien qui corresponde à un cadavre. » Chez beaucoup d'animaux multicellulaires primitifs le vieillissement et la mort naturelle n'existent pas davantage ; ils se reproduisent par fission ou bourgeonnement, sans laisser de résidus. « Biologiquement la mort naturelle est quelque chose de relativement nouveau » ; c'est l'effet cumulatif d'une déficience encore mal connue du métabolisme des cellules dans les organismes complexes : épiphénomène dû à une intégration incomplète, et non à une loi naturelle fondamentale.

1. *New Ways in Psychoanalysis*, Londres, 1939.

Ainsi les pulsions freudiennes, sexualité et instinct de mort, ne peuvent prétendre à l'universalité ; elles se fondent sur des nouveautés biologiques qui n'apparaissent qu'à un niveau relativement élevé de l'évolution : la sexualité succède à la reproduction asexuée et parfois (comme chez certaines planaires) alterne avec elle ; la mort apparaît comme une conséquence d'imperfections provenant d'une complexité croissante. Dans la théorie que nous proposons il n'y a pas place pour un « instinct destructeur » dans les organismes, ni pour une sexualité considérée comme la *seule* force d'intégration des sociétés humaines ou animales. Éros et Thanatos sont relativement tard venus sur la scène de l'évolution : une foule de créatures qui se multiplient par fission ou bourgeonnement se passent de l'un comme de l'autre. Selon nous, ***la sexualité est une manifestation spécifique de la tendance participative, l'agression une forme extrême de la tendance assertive ;*** et Janus apparaît en symbole des deux propriétés irréductibles de la matière vivante : entièreté et partiellité, et de leur équilibre précaire dans les hiérarchies de la nature.

Répétons-le, ce schéma généralisé ne se fonde pas sur des hypothèses métaphysiques : il est pour ainsi dire incorporé à l'architecture des systèmes complexes — physiques, biologiques, sociaux — en tant que précondition nécessaire de la cohésion et de la stabilité de leurs assemblages étagés de holons. Ce n'est pas par hasard que Heisenberg a intitulé « La Partie et le Tout » *(Der Teil und das Ganze)* son récit autobiographique de la genèse de la physique moderne. Où trouver en effet, en microphysique, les particules vraiment « élémentaires » qui ne soient pas en réalité des ensembles composites ? Où situer, dans le macro-monde de l'astrophysique, les limites de notre univers d'espace-temps pluridimensionnel ? L'infini bâille en haut comme en bas des hiérarchies stratifiées de l'existence ; la dichotomie de la totalité assertive et de la partiellité autotranscendante se manifeste à tous les échelons, du trivial au cosmique.

On peut décrire les émotions comme des états mentaux accompagnés de sentiments intenses et associés à des modifications organiques très diffuses — dans la respiration, les pulsations, le tonus musculaire, les sécrétions glandulaires d'hormones comme l'adrénaline, etc. On les a définies aussi comme des pulsions « surchauffées ». On peut les classer en premier lieu selon la ***nature de la pulsion*** dont elles proviennent : faim, sexe, curiosité (« pulsion exploratrice »), convivialité, protection des jeunes, et ainsi de suite.

En second lieu une caractéristique évidente de toutes les émotions est le sentiment de ***plaisir ou de déplaisir*** qui leur est attaché : la « tonalité hédonique ». En troisième lieu la polarité des tendances assertive et autotranscendante joue toujours dans l'émotion.

On en arrive ainsi à une conception tri-dimensionnelle des émotions humaines.

Regardons-les de plus près, en insistant sur les caractéristiques qui distinguent cette théorie.

L'une des difficultés inhérentes au sujet est que nous vivons rarement une émotion pure : l'appétit sexuel peut se combiner à la curiosité et virtuellement à n'importe quelle pulsion. Tout cela est bien évident, il est inutile d'y insister.

La seconde variable, le taux de plaisir et de déplaisir, la « tonalité hédonique », donne lieu également à des expériences fort ambiguës. Nous avons cité plus haut le dogme de Freud, selon lequel le plaisir viendrait toujours de « la diminution, de l'abaissement ou de l'extinction de l'excitation psychique, et le dé-plaisir d'un accroissement de cette excitation ». Pareille opinion (défendue pendant toute la première moitié du XXe siècle par les grandes écoles de psychologie, y compris le béhaviorisme aux États-Unis et la psychanalyse européenne) est sans doute juste pour les frustrations de pulsions primitives « surchauffées » comme dans le cas des crampes dues à la faim ; mais elle ne s'applique en aucune façon à cette classe d'émotions complexes, fréquentes dans la vie quotidienne, qu'on appelle excitation, expectative, frisson. D'après Freud la lecture d'un passage érotique provoque « un accroissement d'excitation psychique », et par conséquent elle devrait être désagréable ; en fait elle éveille une émotion complexe dans laquelle *la frustration se combine au plaisir.*

La solution de ce paradoxe réside dans le rôle prédominant que joue l'*imagination* dans l'affectivité. De même qu'un stimulus imaginaire dans une rêverie érotique suffit à exciter des pulsions physiologiques, de même, à l'inverse, une satisfaction imaginaire peut provoquer une expérience plaisante : la consommation « intériorisée » des composantes de la pulsion complexe qui sont susceptibles de se vivre dans l'imagination.

Une autre porte laisse entrer l'imagination dans la pulsion émotionnelle : c'est l'anticipation de l'accomplissement. Stevenson voyait plus profond que Freud quand il écrivait que le voyage et l'espérance valent mieux que l'arrivée.

C'est ce que les amants romantiques ont toujours su. La séparation et l'attente procurent des émotions douces-amères où se mêlent la souffrance et le plaisir. L'image lointaine de la personne aimée est quelquefois plus satisfaisante que sa présence. Les émotions ont tout un spectre de composantes, dont chacune possède sa tonalité hédonique. Est-il agréable ou désagréable d'aimer ? La question n'a pas de sens. Autant demander si un tableau de Rembrandt est clair ou obscur.

Passons maintenant à la troisième source de l'ambivalence des émotions. La première était l'origine biologique de la pulsion, la seconde, la tonalité de plaisir-déplaisir qui lui est attachée, la troisième est la polarité de l'assertion et de l'autotranscendance qui se manifeste dans toutes les émotions.

Commençons par l'amour — cocktail d'émotions capiteux et mal défini, dont on connaît d'innombrables variantes (amour sexuel, platonique, maternel, œdipien, narcissique, patriotique, amour des plantes, des chiens, des chats, etc.). Mais quels que soient son objet et ses approches l'amour a toujours un élément de dévouement transcendant, dans des proportions variées. Dans les relations sexuelles la domination et l'agression se mêlent à l'empathie et à l'identification : le résultat va du viol à l'adoration platonique. Dans le soin de la progéniture, le parent regarde l'enfant comme « sa chair et son sang », et c'est un lien biologique qui transcende les frontières du moi ; en même temps les mères possessives et les pères tyranniques sont de classiques exemples d'affirmation du moi. La faim elle-même, pulsion biologique apparemment simple, peut comporter un élément d'autotranscendance. L'expérience de tous les jours nous enseigne que l'appétit est stimulé par un environnement propice et une bonne compagnie. Sur un plan moins trivial, les rites de commensalité sont intimement liés à la magie et à la religion chez les primitifs. En partageant la chair de l'animal, de l'homme ou du dieu sacrifié, on établit un processus de transsubstantiation ; on s'approprie les vertus de la victime, on instaure une sorte de communion mystique qui englobe tous les participants. Transmise par les cultes orphiques, la tradition du partage de la chair et du sang d'un dieu immolé a pénétré sous une forme symbolique dans les rites du christianisme. Pour le croyant la sainte communion est l'expérience suprême de l'autotranscendance ; et nous n'avons pas la moindre intention de blasphémer en signalant la tradition ininterrompue qui relie le repas rituel à la transsubstantiation comme moyen de briser les murailles qui enferment le moi.

Il survit d'autres échos de l'antique communion dans des rites comme les repas de baptême et de funérailles, l'offrande symbolique du pain et du sel. Tout ce que l'on peut conclure, c'est que même quand il mange, l'homme ne vit pas seulement de nourriture : l'*acte d'autoconservation apparemment le plus simple peut contenir un élément d'autotranscendance.*

Et inversement le soin des malades et des pauvres, la protection des animaux, le dévouement civique, l'ardeur aux défilés et manifestations de solidarité, admirables entreprises altruistes, sont quelquefois d'admirables occasions d'affirmer son autorité, inconsciemment peut-être. Les professionnels de la vertu, les missionnaires, les organisateurs de bonnes œuvres, les infirmières-chefs sont indispensables à la société ; il serait indécent d'analyser leurs motivations, qu'ils ignorent le plus souvent.

Je sais que l'on aura pu reprocher à ce chapitre d'osciller entre des propositions trop évidentes et des spéculations apparemment abstraites ; mais le propre d'une théorie qui résiste à l'examen est qu'elle semble évidente dès qu'on l'a comprise.

Il y a une autre difficulté, qui tient au sujet lui-même. Le postulat d'une tendance assertive universelle n'a guère besoin de présentation : il plaît immédiatement au sens commun, et les prédécesseurs ne lui manquent pas :

« instinct de conservation », « survivance des plus aptes », etc. Mais proposer en contrepartie une tendance participative également universelle, et une interaction dynamique entre ces deux tendances comme la clef d'une théorie générale des systèmes, cela sent le vieux vitalisme démodé, cela contredit le *Zeitgeist* qui parle si haut dans des livres comme *Beyond Freedom and Dignity* de Skinner et *le Hasard et la Nécessité* de Monod.

Cependant les climats peuvent changer...

TROISIÈME PARTIE

APPLICATIONS DE LA THÉORIE

CHAPITRE XXXIX

La mémoire

LES passages reproduits ci-dessus ont pu donner une idée des grandes lignes d'une théorie. Dans les pages qui suivent j'essaierai de montrer comment cette théorie peut s'appliquer à des problèmes très divers, par exemple ceux de la mémoire, du libre arbitre et de la mentalité de groupe.

Le présent chapitre est extrait d'une contribution donnée à un colloque sur « la pathologie de la mémoire » organisé par le Département de psychiatrie de l'hôpital général du Massachusetts[1] *à laquelle j'ajoute des passages du* Cheval dans la locomotive, *chapitre VI, et de* Janus, *chapitre premier.*

« J'ai une très bonne mémoire pour oublier, David », remarque Alan Breck dans *Kidnapped,* le roman de Stevenson. Nous pourrions tous en dire autant sans être affligés d'aphasie ni de sénilité. Si triste que ce soit, nous devons bien admettre qu'une grande part de nos souvenirs sont comme la lie au fond du verre, les sédiments desséchés de perceptions dont la saveur a disparu — ou, pour changer de métaphore, comme les résumés poussiéreux d'événements historiques enfouis sous des piles d'archives. Heureusement cela ne s'applique qu'à une catégorie de souvenirs, ceux de la mémoire que nous appellerons *abstractive.* Il y en a une autre qui tient à notre capacité de faire revivre des épisodes, des scènes, des détails avec une précision presque hallucinante. C'est ce que je nommerai souvenirs « projecteurs », en soutenant que la « mémoire abstractive » et la « mémoire projecteur » appartiennent à des classes différentes de phénomènes, qui relèvent de mécanismes nerveux différents.

Commençons par la mémoire abstractive. La majorité des souvenirs que nous avons de notre existence et des connaissances que nous avons accumulées relève de ce type de mémoire.

1. Édité par George A. TALLAND et NANCY C. WAUGH, *Academic Press,* New York et Londres, 1969.

En anglais le mot *abstract* a deux sens principaux : de même que le français « abstrait », il s'oppose à « concret », et se réfère à un concept général par contraste avec un cas particulier ; d'autre part un *abstract* est un résumé qui condense l'essentiel d'un article ou d'un document. La mémoire est abstractive dans les deux sens. Si je regarde un film à la télévision j'oublie en quelques secondes les paroles exactes des acteurs : il n'en reste que la signification résumée. Le lendemain je me souviens seulement du déroulement de l'histoire racontée. Au bout d'un mois tout ce que je pourrai me rappeler est qu'il s'agissait d'un gangster en fuite. C'est à peu près ce qui arrive pour les résidus de mémoire des livres que nous avons lus et de chapitres entiers de nos biographies. L'expérience originale a été dépouillée de ses détails, réduite à l'état de squelette, de résumé incolore, avant d'aller se ranger dans le magasin de la mémoire. La nature de ce magasin est toujours une énigme dans les recherches sur le cerveau, mais il est évident que si le savoir et l'expérience emmagasinés sont récupérables (sinon ils seraient inutiles) il faut qu'ils soient mis en ordre selon le principe hiérarchique — comme un *thesaurus* ou un catalogue par matières, avec titres et sous-titres, et aussi avec une foule de références croisées pour faciliter le processus de récupération (les titres représentant l'arborisation, les références, la réticulation de la structure hiérarchique). Si l'on prolonge un peu cette métaphore de la bibliothèque on arrive à des conclusions assez déprimantes. A part les innombrables volumes abandonnés qui tombent en poussière, on voit travailler toute une hiérarchie de bibliothécaires occupés à condenser impitoyablement de longs textes en brefs résumés, puis à résumer les résumés.

En fait ce processus de triage et de condensation commence bien avant qu'une expérience vécue soit rangée dans le magasin aux souvenirs. A chaque relais de la hiérarchie perceptuelle par laquelle l'admission sensorielle doit passer pour se faire accueillir dans la conscience, elle est analysée, classée, dépouillée de tout détail non pertinent [1]. C'est ce qui nous permet de reconnaître la lettre *R* dans un gribouillis presque illisible, et de dire que c'est « la même lettre » qu'un énorme *R* imprimé sur une affiche, grâce à un processus d'exploration très élaborée qui écarte tous les détails et ne retient que le dessin géométrique essentiel — la « Rité » du *R* — jugé digne d'être signalé aux échelons supérieurs. Ce signal peut alors être transmis dans un code simple, comme un message en morse, contenant toute l'information pertinente (« C'est un R ») sous une forme condensée et squelettique ; mais naturellement des trésors de détails calligraphiques se perdent sans recours, comme les inflexions d'une voix dans le message en morse. Quand on se

1. Les psychologues distinguent aux échelons inférieurs de la hiérarchie l'inhibition latérale, l'habituation et le contrôle efférent des récepteurs ; aux niveaux plus élevés les mécanismes responsables des phénomènes de constance visuelle et auditive, et les dispositifs d'exploration et de filtrage qui expliquent la reconnaissance des structures et nous permettent de dégager les universaux.

plaint d'avoir une mémoire « comme une passoire » on a peut-être l'intuition de ces dispositifs de filtrage qui opèrent tout le long des canaux d'admission et des canaux d'emmagasinage du système nerveux.

Or, dans la multitude des stimuli virtuels qui bombardent sans cesse nos organes récepteurs, même les privilégiés qui réussissent à franchir tous ces filtres de sélection et accèdent au statut d'événements consciemment perçus, doivent se soumettre, comme nous l'avons vu, à de nouvelles procédures de décapage avant de se faire admettre dans les magasins permanents de la mémoire; et à mesure que le temps passera, ils vont se rétrécir et se détériorer. La mémoire est un magnifique exemple de la loi des revenus décroissants.

Cet appauvrissement rétrospectif de l'expérience vécue est inévitable; la mémoire « abstractive » suppose le sacrifice des particularités. Si, au lieu d'abstraire des concepts généralisés, comme « R », « arbre » ou « chien », nos souvenirs consistaient en une collection de toutes nos expériences singulières des *R*, des arbres et des chiens que nous avons rencontrés dans le passé — tout un entrepôt de diapositives et de bandes magnétiques — ils donneraient un fatras absolument inapte à l'orientation mentale : nous serions incapables d'identifier un *R* ou de comprendre une phrase parlée. Sans ordre hiérarchique, sans classement, la mémoire serait un chaos (ou la mécanique de séquences apprises par cœur et renforcées par conditionnement qui est le modèle — ou la caricature — béhavioriste du souvenir).

Répétons-le : la perte des particularités dans la mémoire abstractive est inévitable. Heureusement l'histoire ne s'arrête pas là : il existe plusieurs facteurs d'équilibre qui, en partie du moins, compensent cette perte.

En premier lieu le processus d'abstraction peut se raffiner par l'apprentissage et l'expérience. Pour le novice tous les vins rouges ont le même goût, tous les Japonais se ressemblent. Mais on peut apprendre à superposer aux écrans grossiers des filtres perceptuels plus délicats, à la manière de Constable qui s'était entraîné à distinguer entre divers types de nuages et à les classer en sous-catégories. Nous apprenons ainsi à abstraire des nuances de plus en plus fines — à faire pousser des rejets, pour ainsi dire, au pied des arbres des hiérarchies de perception.

De plus, on doit bien comprendre que la mémoire abstractive ne se fonde pas sur une hiérarchie unique, mais sur plusieurs hiérarchies entremêlées qui appartiennent à des domaines sensoriels différents : la vision, l'ouïe, l'odorat, etc. Ce qui est moins évident est qu'il peut exister plusieurs hiérarchies distinctes dotées de différents critères de pertinence et qui opèrent à l'intérieur de la même modalité sensorielle. Je reconnais une mélodie quel que soit l'instrument sur lequel on la joue; mais je reconnais aussi le son d'un instrument quelle que soit la mélodie. Il faut donc admettre que la structure mélodique et le timbre sont « abstraits » et emmagasinés indépendamment par des hiérarchies de filtrage séparées *dans la même modalité sensorielle mais selon des critères de pertinence différents.* L'un dégage la mélodie et ignore le timbre de l'instrument, l'autre retient le timbre et écarte la mélodie comme non pertinente. Ainsi le détail supprimé par un système de filtrage n'est pas perdu sans recours, puisqu'il se peut qu'il soit retenu et emmagasiné par une autre hiérarchie de filtrage dont les critères de pertinence sont différents.

Le souvenir d'une expérience serait alors rendu possible par la coopération de plusieurs hiérarchies imbriquées, qui peuvent inclure diverses modalités sensorielles, vue, ouïe, odorat, par exemple, ou diverses branches dans la même modalité. On peut se rappeler les mots « Que votre main est froide » et avoir oublié l'air. Ou on peut se rappeler l'air sans se souvenir des paroles. On peut aussi reconnaître l'inimitable voix de Caruso en écoutant un disque, quels que soient les mots et l'air qu'il chante. Mais si deux de ces éléments, ou même les trois, ont été retenus et emmagasinés, le souvenir de l'expérience originelle aura d'autant plus de dimensions ; il sera d'autant plus complet.

A certains égards le processus pourrait se comparer à l'impression en couleurs au moyen de plusieurs superpositions ou passages. La peinture à reproduire (l'expérience originelle) est photographiée à travers des filtres différents sur des plaques bleue, rouge, jaune, dont chacune ne retient que les éléments qui lui sont « pertinents », c'est-à-dire ceux qui apparaissent dans sa couleur, et laisse de côté tous les autres ; on les combine ensuite pour obtenir une restitution plus ou moins fidèle de l'original. Chaque hiérarchie aurait ainsi une « couleur » différente qui lui serait attachée, la couleur symbolisant ici les *critères de pertinence.* La mise en action de telle ou telle des hiérarchies mémorisantes à tel ou tel moment dépend évidemment des intérêts du sujet, en général, et de son état d'esprit à ce moment-là.

Une telle hypothèse s'écarte résolument des théories de la mémoire qu'offre le behaviorisme d'un côté, l'école de la *Gestalt* de l'autre ; néanmoins elle peut trouver un modeste appui dans une série d'expériences menées en collaboration avec le professeur J. Jenkins au laboratoire de psychologie de l'Université Stanford [1] ; on pourrait sans difficulté construire d'autres tests selon le même principe.

L'hypothèse des « passages-couleurs » apporte peut-être une explication partielle des phénomènes complexes de la mémoire, mais elle concerne

1. Koestler et Jenkins, *Expérience sur la perception. Janus,* annexe II. Il s'agit d'un texte assez technique qui peut intéresser des psychologues et que les non-spécialistes pourront laisser de côté. Essentiellement l'expérience consiste à montrer à chaque sujet pendant une fraction de seconde (au moyen d'un appareil appelé tachistoscope) un nombre de sept ou huit chiffres et à le lui faire répéter. Les résultats de plusieurs centaines d'expériences montrent qu'un nombre d'erreurs très significatif (environ 50 %) vient de ce que le sujet *identifie correctement* tous les chiffres mais *inverse l'ordre* de deux ou trois chiffres voisins. Cela semble confirmer que l'identification des chiffres et la détermination de leur arrangement sont des activités exécutées par des branches différentes de la hiérarchie perceptuelle.

uniquement le type *abstractif* qui en soi ne peut rendre compte de l'extrême vivacité des souvenirs « projecteurs » que nous avons mentionnés au début de ce chapitre. C'est une méthode de rétention fondée sur des principes qui semblent exactement à l'opposé de la formation de souvenirs dans les hiérarchies abstractives. Elle se caractérise par le rappel de scènes ou de détails avec une précision presque hallucinante. Les souvenirs évoquent ici des photographies en gros plan, par contraste avec les brumeuses vues aériennes de la mémoire abstractive. C'est le détail qui est souligné, et il peut s'agir d'un fragment arraché à son contexte, comme la boucle de cheveux d'une momie fripée de princesse égyptienne. Le détail peut être auditif : un vers d'un poème oublié, une phrase prononcée par un inconnu dans un autobus ; ou visuel : une verrue sur le menton de grand-mère, une main agitée à la fenêtre d'un train ; il peut même se rapporter à l'odeur et au goût, comme la fameuse madeleine de Proust. Souvent banales, à un point de vue rationnel, ces images isolées par le coup de projecteur donnent matière et saveur au souvenir, leur pouvoir d'évocation est extrême. Ce qui semble indiquer qu'en dépit de leur non-pertinence selon des critères logiques, elles possèdent une signification *affective* particulière (au niveau conscient ou inconscient) à cause de laquelle elles ont été retenues.

Personne, même chez les gens qui construisent des ordinateurs, ne pense continuellement en termes de hiérarchies abstractives. L'émotion colore la plupart de nos perceptions, et il semble bien que nos réactions affectives comportent aussi une hiérarchie — à compter des structures archaïques du cerveau, beaucoup plus anciennes phylogénétiquement que celles qu'intéressent les conceptualisations abstraites. On peut se demander si dans la formation des « souvenirs projecteurs » ces anciens niveaux de la hiérarchie ne jouent pas un rôle dominant.

D'autres considérations militent en faveur de cette hypothèse. En premier lieu, au point de vue de la neurophysiologie, on rappellera le puissant appui que lui prête la théorie des émotions dite de Papez-MacLean [1].

En second lieu, au point de vue de la théorie des communications, la mémoire abstractive généralise et schématise, tandis que la mémoire-projecteur particularise et concrétise — ce qui est une méthode beaucoup plus primitive d'enregistrer l'information [2]. Troisièmement, au point de vue de la psychologie, la mémoire abstraite s'apparenterait à l'apprentissage logique, et la mémoire à coups de projecteur à un processus analogue à l' « empreinte » des éthologistes. Mais l'empreinte, chez les oies de Konrad

1. *Cf.* ci-dessous, quatrième partie.

2. En théorie des communications le mot « information » est pris dans un sens plus général que dans le langage ordinaire. L'information inclut n'importe quoi, du goût et de la couleur d'une pomme à la neuvième symphonie de Beethoven. Les admissions non pertinentes ne véhiculent pas d'information ; on les appelle des « bruits », par analogie avec les bruits de « friture » au téléphone ou de parasites à la radio.

Lorenz, se borne à une période critique de quelques heures, et aboutit, semble-t-il, à une image vague et grossière. Au niveau humain l'empreinte peut prendre la forme de l'imagerie eidétique. Selon Jaensch et Kluever de très nombreux enfants sont doués de la faculté eidétique : ils sont capables de « projeter » sur un écran l'image colorée, photographiquement exacte, d'un tableau qu'ils ont fixé auparavant, et de répéter cette projection après de longs intervalles, quelquefois des années plus tard. Les expériences de Penfield et Roberts, qui provoquent la résurrection prétendue totale de scènes passées par stimulation électrique des lobes temporaux, concernent peut-être un phénomène apparenté.

Mais, fort commune apparemment chez les enfants, la mémoire eidétique tend à disparaître au moment de la puberté, et devient très rare chez les adultes. Les enfants et les primitifs vivent dans un monde d'imagerie visuelle. William Golding, romancier des *Héritiers*, fait dire aux hommes de Néanderthal : « J'ai une image dans la tête », au lieu de « J'ai pensé à une chose ». L'empreinte mentale des images chez l'enfant eidétique représente peut-être une forme de mémorisation phylogénétiquement et ontologiquement primitive, qui se perd lorsque la pensée abstractive et conceptuelle devient prédominante.

En résumé, la mémoire abstractive agissant par l'intermédiaire de hiérarchies multiples et entremêlées, dénude l'admission pour la réduire à l'essentiel conformément aux critères de pertinence de chaque hiérarchie. Pour se *rappeler* l'expérience il est nécessaire de la rhabiller. La chose est possible, jusqu'à un certain point, grâce à la coopération des hiérarchies concernées, dont chacune procure les aspects qu'elle a jugé bon de préserver. Le processus est comparable à la superposition des plaques-couleur dans l'imprimerie. En outre, il existe des souvenirs « projecteurs » de détails précis qui peuvent inclure des fragments d'imagerie eidétique, et qui renferment une charge émotive puissante. Le résultat de cet exercice de recréation du passé est une sorte de collage — un œil de verre et une mèche de vrais cheveux sur un vague croquis.

Il peut arriver aussi que des fragments d'origine différente soient incorporés au collage par erreur, et au souvenir d'expériences auxquelles ils n'ont jamais appartenu. Car la mémoire est une vaste bibliothèque où voisinent les résumés et les curiosités que l'archiviste est constamment occupé à réarranger et à réévaluer ; le passé est sans cesse recomposé par le présent, mais la plus grande part de ce travail de fabrication et de refonte s'exécute dans l'inconscient. Les canons de la perception et de la mémoire opèrent instantanément, et nous n'arrêtons pas de jouer le jeu, sans en connaître les règles.

CHAPITRE XL

Le libre arbitre

JE l'ai déjà dit, diverses réunions scientifiques m'ont fourni l'occasion, fort heureusement, d'exposer le concept de holarchie à la critique des connaisseurs et d'en tester la validité sans complaisance. C'est ainsi qu'une conférence sur « l'Esprit dans la nature » organisée à la villa Serbellone, à Bellagio, par la Fondation Rockefeller, m'a permis de faire un essai d'application de la conception hiérarchique au vieux problème du libre arbitre et du déterminisme. Le texte que j'ai présenté à cette conférence fait souvent double emploi avec des passages déjà cités ci-dessus ; pour éviter autant que possible les répétitions je m'en tiens ici à la version abrégée que j'en ai donnée dans Janus.

A certains égards « l'Esprit dans la nature[1] *» prenait la suite du colloque « Au-delà du réductionnisme » (comme l'ont fait remarquer les éditeurs des comptes rendus) : il s'agissait là encore de rechercher « des façons de pensée qui fournissent des explications et non des échappatoires ».*

Pour paraphraser Pascal et son hypothèse sur le nez de Cléopâtre, disons que son contemporain René Descartes, s'il eût été le bon maître d'un caniche, la face de la philosophie en eût été changée. Le caniche aurait appris à Descartes que, contrairement à sa doctrine, les animaux ne sont pas des machines et que par conséquent le corps humain non plus n'est pas une machine à jamais séparée de l'âme que le philosophe croyait d'ailleurs pouvoir localiser dans la glande pinéale.

Bergson exprimait une conception radicalement opposée à celle de Descartes quand il marquait une nette différence entre l'inconscient d'une pierre qui tombe et celui d'un chou qui pousse. Il n'était pas loin d'une sorte de panpsychisme, cette doctrine selon laquelle il existe une sorte d'âme rudimentaire chez tous les vivants, d'un bout à l'autre des règnes végétal et

1. Édité par John B. COBB et David RAY GRIFFIN, *University Press of America*, Washington, 1977.

animal. Aujourd'hui certains physiciens tentés par les spéculations audacieuses iraient jusqu'à attribuer un élément psychique aux particules nucléaires. Le panpsychisme postule ainsi un continuum qui va du chou à la conscience humaine, alors que le dualisme cartésien regarde la conscience comme l'apanage de l'homme uniquement, et élève un rideau de fer entre l'esprit et la matière.

Le panpsychisme et le dualisme cartésien occupent les deux extrémités opposées du spectre philosophique. Je ne m'étendrai pas sur les diverses élaborations auxquelles ils ont donné lieu : interactionnisme, parallélisme, épiphénoménalisme, hypothèse de l'identité, etc. ; mais j'essaierai de montrer que le concept de holarchie à niveaux multiples peut servir à éclairer d'un jour nouveau ce très vieux problème.

C'est un outil conceptuel, qu'on peut choisir de préférence à l'enchaînement linéaire, mécaniste, d'événements arrachés à leur contexte aux multiples niveaux — comme des fils arrachés à un tapis d'Orient et suspendus dans le vide. On pourrait dire que la conception hiérarchique est à la causalité linéaire ce que la théorie des fonctions algébriques est à l'arithmétique élémentaire.

Comme nous le verrons, la conception hiérarchique, pour monter du chou à l'homme, remplace la courbe continue du panpsychisme par toute une série de degrés distincts : c'est un escalier au lieu d'une rampe ; et quant au mur cartésien qui sépare le corps de l'esprit, elle le remplace, pour ainsi dire, par une série de portillons.

L'expérience de tous les jours nous démontre que la conscience n'est pas une question de tout ou rien, elle est *affaire de degrés.* Il y a des niveaux de conscience qui forment une série ascendante, depuis l'inconscience sous anesthésie et en passant par la somnolence, par les activités exécutées automatiquement ou « distraitement », jusqu'à la pleine conscience, à la conscience de soi, à la conscience consciente de soi-même, et ainsi de suite sans que l'on puisse jamais atteindre un sommet.

Dans la direction opposée on rencontre également une multiplicité de niveaux de conscience ou de sensibilité qui descendent bien au-dessous de l'humain. Les éthologistes qui connaissent bien les animaux refusent généralement de définir une limite inférieure de la conscience sur l'échelle de l'évolution, cependant que les neurophysiologues parlent de la « conscience spinale » des vertébrés inférieurs et même de la « conscience protoplasmique » des protozoaires. Pour ne citer qu'un exemple, les foraminifères, minuscules monocellulaires marins apparentés aux amibes, construisent des abris très compliqués avec des spicules provenant de squelettes d'éponges ; Alister Hardy, qui a étudié ces animaux, écrit que ces « maisons sont des merveilles d'ingénierie [1] ». Or ces protozoaires primitifs n'ont ni organes visuels ni système nerveux, ce n'est qu'une masse gélatineuse de proto-

1. A. HARDY, *The Living Stream,* Londres, 1965.

plasme flottant. Ainsi la hiérarchie semble-t-elle ouverte en bas comme en haut.

Les données paraissent indiquer, écrit l'éminent éthologiste W. H. Thorpe, qu'aux échelons inférieurs de l'échelle de l'évolution la conscience, si elle existe, doit être très généralisée et pour ainsi dire non structurée ; et qu'avec le développement du comportement intentionnel et de la faculté d'attention la conscience associée à l'expectative doit devenir de plus en plus vive et précise [1].

Cependant il faut bien comprendre que ces gradations dans la structuration, la vivacité et la précision de la conscience se retrouvent non seulement de bas en haut de l'échelle de l'évolution et chez les membres d'une même espèce aux différents stades de leur ontogenèse, mais aussi chez les individus adultes selon les situations auxquelles ils sont confrontés. Je fais allusion au fait, qui n'est banal qu'en apparence, qu'une même activité — comme de conduire une voiture — peut s'exécuter soit *automatiquement*, sans que l'on pense le moins du monde à ses actes, soit consciemment, mais avec des *degrés de conscience* très variables. En conduisant sur une route connue, avec peu de circulation, je peux m'en remettre au « pilote automatique » de mon système nerveux et penser à autre chose. En d'autres termes l'exercice de direction et de coordination de la conduite automobile passe à un niveau inférieur de ma hiérarchie mentale. En revanche, pour doubler une autre voiture il faut que le contrôle s'élève à un niveau d'exercice semi-conscient ; et si je prends des risques en doublant je dois encore monter d'un cran pour bien savoir ce que je fais.

Plusieurs facteurs déterminent le degré d'attention que l'on porte à une activité. Le plus important, dans le présent contexte, est la formation des habitudes. En apprenant une technique on doit se concentrer sur tous les détails. Nous apprenons laborieusement à reconnaître et nommer les lettres de l'alphabet, à monter à bicyclette, à enfoncer la bonne touche du piano ou de la machine à écrire. Mais quand elle a acquis assez de pratique la dactylo peut laisser ses doigts « taper tout seuls » ; nous lisons, nous écrivons, nous conduisons « automatiquement », ce qui est une façon de dire que les règles qui gouvernent l'exercice de la technique en question s'appliquent désormais inconsciemment. On peut voir dans ce passage de l'apprentissage à l'habitude un processus qui *transforme des activités mentales en activités mécaniques* — des processus d'intellect en processus de machine. Cela commence à la petite enfance et ne s'arrête jamais.

Cette tendance à l'automatisation progressive des habitudes a un côté positif : elle est conforme au principe d'économie. En maniant machinalement le volant, je peux tenir une conversation ; et si les règles de la grammaire n'opéraient pas automatiquement je ne pourrais pas m'occuper

1. W. H. Thorpe, in *Brain and Conscious Experience,* dir. Sir J. Eccles, New York, 1966.

du sens des phrases. Mais d'un autre côté l'automatisation des habitudes et des gestes menace de nous changer en automates. L'homme n'est pas une machine, mais la plupart du temps nous nous conduisons comme des machines, ou comme des somnambules, sans veiller mentalement aux activités que nous exécutons. Cela ne s'applique pas seulement aux manipulations machinales (maniement de la fourchette et du couteau à table, allumage d'une cigarette, signature d'une lettre), mais aussi aux activités mentales : on peut lire « distraitement » toute une page d'un livre ennuyeux sans absorber un traître mot. Karl Lashley cite un de ses confrères, professeur de psychologie, qui lui fit cet aveu : « Quand je dois donner un cours, je me laisse parler et je m'endors. »

Ainsi, pour donner une définition un peu alambiquée, dirait-on que la conscience est l'attribut spécial d'une activité qui *décroît en proportion directe de l'habitude.*

(Cela paraîtra moins paradoxal si l'on se rappelle que Norbert Wiener, reprenant un mot de Schroedinger, définissait l'information comme étant « essentiellement une entropie négative ».)

La condensation de l'apprentissage en habitude s'accompagne d'un obscurcissement de la conscience. Il est donc prévisible que le processus inverse aura lieu quand l'habitude sera perturbée par un obstacle ou un problème inattendus, et que cette occurrence provoquera un transfert instantané du comportement « machinal » au comportement « attentif » ou « réfléchi ». Que soudain un chat traverse la route sur laquelle vous conduisez distraitement, votre pensée jusqu'alors absente reviendra immédiatement prendre les commandes, c'est-à-dire qu'elle aura à décider très vite d'écraser le chat ou de risquer la vie des passagers en freinant brusquement. Dans une crise de ce genre il y a transfert soudain des commandes d'une activité en cours à un échelon supérieur de la hiérarchie à niveaux multiples, parce que la décision à prendre dépasse la compétence du pilote automatique et doit être demandée à la « direction ». Dans la théorie proposée ici, ce passage soudain du contrôle d'un comportement d'un échelon inférieur à un échelon supérieur de la hiérarchie (analogue au saut quantique des physiciens) constitue l'essentiel de la prise de décision consciente et de l'expérience subjective du libre arbitre.

Le processus contraire, nous l'avons vu, est la mécanisation des routines, l'asservissement à l'habitude. Nous en arrivons ainsi à une conception dynamique de circulation continue ascendante et descendante, dans les deux sens de la hiérarchie corporelle et mentale. L'automatisation des habitudes et des gestes suppose un mouvement descendant régulier d'escalier mécanique, qui dans les couches supérieures laisse la place à des activités plus raffinées, mais qui en même temps menace de nous changer en automates. Chaque degré à la descente est une transition du mental au machinal ; chaque commutation vers le haut de la hiérarchie produit des états de conscience plus vifs et mieux structurés.

Encore une fois l'expérience nous fait voir tous les jours cette alternance des comportements de robot et des comportements lucides. Mais à de rares occasions les créateurs éprouvent une autre oscillation très rapide qui d'abord les fait « reculer pour mieux sauter » en descendant des couches trop précises et trop spécialisées de la hiérarchie cognitive à des niveaux plus primitifs et plus fluides, pour remonter à un niveau supérieur restructuré.

Le dualisme classique ne connaît qu'une seule barrière entre le corps et l'esprit. La méthode holarchique utilisée pour la théorie proposée ici suppose *une conception pluraliste, et non plus dualiste ;* la transformation d'événements physiques en événements mentaux, et vice versa, s'opère non pas en un unique saut par-dessus une barrière unique, mais par toute une série de degrés qui passent en montant et en descendant à travers les portillons de la hiérarchie à niveaux multiples.

Pour prendre un exemple concret, rappelons-nous comment nous transformons les ondes sonores qui parviennent au tympan, événements physiques, en idées, événements mentaux. Cela ne se fait pas d'un coup. Pour décoder le message que véhiculent les pulsions sonores, l'auditeur doit exécuter rapidement une série de « sauts quantiques » d'un échelon à un autre de la hiérarchie du langage ; les phonèmes ne signifient rien et ne peuvent s'interpréter qu'au niveau des morphèmes ; les mots doivent se rapporter au contexte, les phrases à un cadre de référence plus large. La parole active (l'élocution d'une idée ou d'une image non verbalisée précédemment) comporte le processus inverse : elle change des événements mentaux en mouvements mécaniques des cordes vocales. Cette transformation s'opère de même par toute une série intermédiaire de degrés rapides mais distincts, dont chacun déclenche des mécanismes linguistiques plus ou moins automatisés : structuration du message voulu en séquence linéaire, conditionnement de ce message conformément aux lois tacites de la grammaire, et enfin activation de l'ensemble des mouvements coordonnés des organes de la parole. La hiérarchie psycholinguistique de Noam Chomsky était déjà préfigurée dans *Le Songe d'une nuit d'été :*

As imagination bodies forth
The forms of things unknown, the poet's pen
Turns them to shapes and gives to airy nothing
A local habitation and a name.

Quand l'imagination façonne
Les contours de choses inconnues, la plume du poète
En forme des figures et donne à des riens en l'air
Un domicile et un nom.

Répétons-le : chaque degré descendant dans la conversion graduelle de riens en l'air en mouvements physiques des cordes vocales entraîne un transfert de commandes à des automatismes plus automatisés ; chaque degré ascendant mène à des processus intellectuels plus intellectualisés. La dichotomie corps-esprit n'est donc pas localisée sur une seule frontière, une seule interface, comme dans le dualisme classique, elle est présente à chaque échelon intermédiaire de la hiérarchie.

Dans cette perspective la distinction catégorique entre esprit et matière s'efface ; « mental » et « mécanique » deviennent des attributs complémentaires de processus à tous les niveaux. La domination d'un de ces attributs sur l'autre (la manière réfléchie ou distraite avec laquelle je noue ma cravate) dépend du courant de la circulation dans la hiérarchie, selon que les transferts de commandes se font vers le bas ou vers le haut à travers les portillons. C'est ainsi que même les régions inférieures viscérales de la hiérarchie peuvent apparemment passer sous contrôle mental au moyen de pratiques de yoga ou de méthodes de bio-rétroaction. Et inversement, nous l'avons déjà dit, dans un état de somnolence ou d'ennui je peux lire le journal (activité censément intellectuelle) sans en enregistrer un seul mot.

Nous avons coutume de parler de la « pensée » comme si c'était une chose ; ce n'est pas une chose, et la matière non plus. Comprendre, penser, se souvenir, imaginer sont des *processus* en relation réciproque ou complémentaire avec des processus mécaniques. La physique moderne nous procure ici une analogie pertinente : le « principe de complémentarité » qui est à la base de toute sa structure théorique, déclare (si nous le traduisons en langage non technique) que les constituants élémentaires de la matière — électrons, protons, neutrons, etc. — sont des entités ambiguës à tête de Janus qui dans certaines conditions se comportent en corpuscules solides, mais dans d'autres conditions agissent comme des ondes dans un milieu non substantiel. Werner Heisenberg, un des pionniers de la physique nucléaire, a écrit à ce propos :

> Le concept de complémentarité est fait pour décrire une situation dans laquelle on peut considérer un seul et même événement dans deux systèmes de référence différents. Ces deux systèmes s'excluent mutuellement, mais en même temps ils se complètent, et seule leur juxtaposition permet une vue totale... Ce que nous appelons complémentarité s'accorde fort bien avec le dualisme cartésien de l'esprit et de la matière[1].

Ainsi la dualité de l'homme refléterait la dualité des constituants ultimes de l'univers.

Malgré cette référence au dualisme, alors que nous préférons parler de

1. W. HEISENBERG, *Der Teil und das Ganze*, Munich, 1969.

pluralité de niveaux, l'analogie demeure valable. Si l'on sait qu'un électron se comporte soit en particule soit en onde selon l'optique expérimentale, il est plus facile d'admettre que l'homme aussi fonctionnera soit en automate, soit en être conscient, selon les circonstances.

C'est également ce que pensait un autre lauréat du prix Nobel de physique, Wolfgang Pauli :

> On ne peut pas dire que l'on ait résolu le problème général de la relation entre la pensée et le corps, entre l'interne et l'externe... La science moderne nous a peut-être rapprochés d'une compréhension plus satisfaisante de cette relation en introduisant dans la physique même le principe de complémentarité [1].

On pourrait ajouter un très grand nombre de citations semblables des pionniers de la physique contemporaine qui, de toute évidence, voient bien autre chose qu'une analogie superficielle dans ce parallèle entre les deux types de complémentarité : matière-pensée, corpuscule-onde. Il s'agit en fait d'une analogie très profonde, mais pour en apprécier le sens il faudrait comprendre un peu ce que le physicien entend par les « ondes » qui constituent l'un des deux aspects de la matière. Le bon sens, conseiller généralement perfide, nous dit que pour produire une onde il faut *quelque chose qui ondule :* une vague, une corde qui vibre, de l'air en mouvement. Mais le concept d'ondes-matière *exclut par définition* tout milieu doué d'attributs matériels qui en feraient un vecteur de l'onde. Nous sommes donc contraints d'imaginer la vibration d'une corde sans la corde, ou le sourire du chat de Cheshire (d'Alice au pays des merveilles) sans le chat. On peut cependant puiser quelque consolation dans l'analogie des deux complémentarités. Les éléments de conscience qui traversent l'esprit, depuis les perceptions sensorielles jusqu'aux pensées et aux images, sont des « riens » insubstantiels, ils sont cependant liés au cerveau qui est matériel, de même que les « ondes » insubstantielles de la physique sont liées aux aspects matériels des particules nucléaires.

Ainsi la dualité de l'homme refléterait la dualité des constituants ultimes de l'univers.

L'énoncé d'une intention (qu'il s'agisse d'exprimer verbalement une idée ou simplement d'écraser une cigarette) est un processus qui déclenche la mise en marche de sous-mécanismes successifs, de holons fonctionnels qui vont des opérations arithmétiques aux contractions musculaires : en d'autres termes c'est un processus de *particularisations* d'une intention générale. Inversement, le report des décisions à des échelons supérieurs est un processus *intégratif* qui tend à produire un plus haut degré de coordination et

1. W. PAULI, in *Naturerklärung und Pyche, Studien aus dem C. G. Jung-Institut* Zurich, 1952.

de compréhension de l'expérience. Comment le problème du libre arbitre s'insère-t-il dans ce schéma ?

Nous avons vu que toutes nos pratiques physiques et mentales suivent des *règles fixes* et des *stratégies* plus ou moins *souples*. Dans le jeu d'échecs les règles définissent les mouvements permis, la stratégie détermine le coup effectivement choisi. Le problème du libre arbitre se ramène à la question de savoir comment les choix sont faits. On peut dire que le choix du joueur d'échecs est « libre » en ce sens qu'il n'est pas déterminé par les règles. Mais bien qu'il soit libre dans cette mesure, il ne se fait certainement pas au hasard. Il est au contraire guidé par des considérations beaucoup plus complexes (faisant appel à un échelon plus élevé de la hiérarchie) que les simples règles du jeu. Que l'on compare le jeu de morpions au jeu d'échecs : dans les deux cas mon choix stratégique est « libre » en ce sens qu'il n'est pas déterminé par des règles. Mais le tracé des croix au jeu de morpions ne comporte que très peu d'alternatives qui dépendent de stratégies relativement simples, tandis que le joueur d'échecs est guidé par des considérations d'un niveau de complexité beaucoup plus élevé comportant une variété de choix incomparablement plus grande : autrement dit, *plus de degrés de liberté*[1]. En outre les considérations stratégiques qui guident son choix forment elles aussi une hiérarchie ascendante. Au niveau le plus bas figurent des préceptes tactiques qui commandent d'occuper le centre de l'échiquier, d'éviter de perdre des pièces et de protéger le roi — préceptes que n'importe quel joueur saura suivre, mais qu'un maître pourra négliger en s'intéressant de préférence à de plus hauts niveaux de stratégie qui, au besoin, sacrifient des pièces et exposent le roi dans des coups apparemment téméraires, mais plus prometteurs au point de vue de la partie dans son ensemble. Ainsi au cours de la partie les décisions doivent être constamment reportées à des échelons plus élevés de la hiérarchie, possédant plus de degrés de liberté, et chaque commutation vers le haut s'accompagne d'un aiguisement de la conscience et d'un sentiment de libre choix. Généralement parlant, dans ces domaines très élaborés le code obligatoire (qu'il s'agisse d'échecs ou de grammaire) opère plus ou moins automatiquement, à des niveaux inconscients ou préconscients, alors que les choix stratégiques se font avec l'aide de la conscience focale.

Répétons-le : les degrés de liberté dans la hiérarchie augmentent à mesure qu'on s'élève, et chaque transfert d'attention à de plus hauts niveaux, chaque report de décision à des échelons supérieurs, s'accompagne de l'expérience du libre choix. Mais cette expérience est-elle seulement subjective ? Est-elle illusoire ? Je ne le crois pas. La liberté ne peut se définir qu'en termes relatifs, et non pas dans l'absolu : on est libre *de* quelque chose, par rapport à une contrainte spécifique. Dans une prison les détenus

1. En physique l'expression « degrés de liberté » désigne le nombre de variables indépendantes définissant l'état d'un système.

ordinaires ont plus de liberté que ceux des quartiers de haute sécurité ; la démocratie autorise plus de liberté que la tyrannie, et ainsi de suite. On retrouve des gradations semblables dans les hiérarchies à niveaux multiples de la pensée et de l'action : à chaque ascension vers un échelon supérieur *l'importance relative des contraintes diminue et le nombre des choix augmente.* Mais cela ne signifie pas qu'il existe un niveau superlatif libre de toute contrainte. Au contraire la théorie proposée ici suppose que la hiérarchie est ouverte sur un recul à l'infini, dans les deux directions, vers le haut comme vers le bas. Nous avons tendance à croire que l'ultime responsabilité réside au sommet de la hiérarchie, mais ce sommet ne réside pas, il ne cesse de reculer. Le moi élude l'étreinte de sa conscience. Si l'on regarde vers le bas et vers l'extérieur, l'homme a de ce qu'il fait une conscience qui s'obscurcit chaque fois qu'il s'enfonce dans l'habitude : au-delà vient l'obscurité des processus viscéraux, puis les ténèbres du chou qui pousse et de la pierre qui tombe, et la conscience se dissout dans l'ambiguïté de l'électron-Janus. Mais vers le haut la hiérarchie est également ouverte, elle mène à la régression infinie du moi. En regardant vers le haut ou vers l'intérieur l'homme a le sentiment d'une totalité, d'un noyau de sa personnalité, d'un centre d'où émanent ses décisions et qui, selon Penfield, « régit sa pensée et dirige le faisceau de son attention ». Mais cette métaphore du grand neurophysiologiste est trompeuse. Quand un prêtre reproche à un pénitent de se complaire à de mauvaises pensées, le pénitent comme le prêtre assument tacitement que derrière l'agent qui met le courant sur les mauvaises pensées, il existe un autre agent qui veille sur le tableau de distribution, et ainsi de suite à l'infini. Le vrai coupable, le moi qui dirige le faisceau de mon attention, ne se fera jamais prendre dans son rayon focal. Le sujet éprouvant l'expérience ne saurait devenir pleinement objet de sa propre expérience : il n'arrivera tout au plus qu'à des approximations successives. Si apprendre et connaître consistent à se faire un modèle personnel de l'univers, il s'ensuit que le modèle ne saurait inclure un modèle complet de soi-même, puisqu'il doit toujours se tenir derrière le processus qu'il est censé représenter. A chaque progrès de conscience en s'élevant vers le sommet de la hiérarchie — le moi comme totalité intégrée — il recule comme un mirage. « Connais-toi toi-même » est l'adage le plus vénérable, et le plus inapplicable. La conscience totale du moi, l'identité du connaissant et du connu, sera toujours en vue, et jamais atteinte. Elle ne pourrait l'être que si le grimpeur touchait enfin à la cime de la hiérarchie, mais la cime est perpétuellement plus haute que lui.

C'est un très vieux paradoxe qui semble rajeunir dans le contexte de la holarchie ouverte. Le déterminisme s'estompe non seulement au niveau quantique de l'atome, mais aussi dans la direction opposée où, à mesure que l'on gravit les échelons, les contraintes diminuent et les degrés de liberté augmentent, à l'infini. En même temps le sinistre concept de prévisibilité et de prédestination s'évanouit dans la régression sans fin. L'homme n'est pas le jouet des dieux, il n'est pas non plus un pantin suspendu à ses chromosomes. En termes moins imagés, des conclusions analogues se retrouvent dans la proposition de Karl Popper selon laquelle aucun système d'information ne peut incorporer en lui-même une représentation à jour de lui-même *qui comprenne cette représentation*[1]. Des arguments assez semblables ont été avancés par Michael Polanyi[2] et Donald MacKay[3].

Il y a des philosophes qui n'aiment pas le concept de régression à l'infini parce qu'il leur rappelle la boîte illustrée d'un personnage qui tient une boîte illustrée d'un personnage qui etc. Mais il est impossible de se débarrasser de l'infini. Que seraient les mathématiques, que serait la physique sans le calcul infinitésimal ? On a comparé la conscience de soi à un miroir dans lequel l'individu contemple ses activités. Il serait plus juste peut-être de la comparer à une galerie des Glaces où un miroir réfléchit son reflet dans un autre miroir, et ainsi de suite. L'infini s'impose à nous, que nous considérions les astres ou que nous nous interrogions sur notre identité. Le réductionnisme l'ignore, mais une véritable science de la vie doit l'accueillir et ne jamais le perdre de vue.

Le problème du libre arbitre et du déterminisme hante les philosophes et les théologiens depuis la nuit des temps. Le commun des mortels s'inquiète rarement du paradoxe de l'agent qui régit nos pensées et de l'agent qui gouverne derrière, etc., parce qu'il croit tout bonnement (que la chose soit paradoxale ou non) qu'il y a un « moi » responsable de ses actes. Dans *Le Cheval dans la locomotive* j'ai proposé à ce sujet une petite fable en imaginant un dialogue, à la table d'honneur d'un collège d'Oxford, entre un vieux professeur déterministe de stricte observance et un jeune et fougueux invité australien. « Si vous continuez à nier que je suis libre de mes décisions, je vous envoie mon poing dans la gueule ! » s'écrie l'Australien. Le vieux devient pourpre : « C'est honteux ! C'est inadmissible ! — Excusez-moi, je me suis emporté. — Vous devriez vous dominer... — Merci. L'expérience a réussi. »

En effet. « Inadmissible », « vous devriez », « vous dominer » sont autant d'expressions qui supposent que le comportement de l'Australien *n'est pas* déterminé par ses chromosomes et son éducation, et qu'il était libre de choisir entre la politesse et la grossièreté. Quelles que soient ses convictions philosophiques, dans la vie quotidienne un homme ne peut agir sans croire implicitement à la responsabilité personnelle ; et responsabilité suppose liberté de choisir. L'expérience subjective de la liberté est une donnée autant que la sensation des couleurs ou l'expérience de la souffrance.

Mais cette expérience est constamment érodée par la formation des

1. *Br. J. Phil. Sci.* Pt. I et II, 1950.
2. *The Tacit Dimension,* New York, 1966.
3. *Brain and Conscious Experience,* Sir J. Eccles., New York, 1966.

habitudes et des routines machinales, qui tendent à nous changer en automates. « L'habitude, une seconde nature ? disait le duc de Wellington. C'est dix fois la nature. » C'est en tout cas la négation de la créativité et de la liberté : une camisole de force que l'on s'impose et dont on n'a plus conscience.

Il y a une autre ennemie de la liberté : la passion ou, plus précisément, l'excès d'émotions assertives. Quand ces émotions sont soulevées, le contrôle du comportement passe aux niveaux primitifs de la hiérarchie qui sont en relation avec le « cerveau ancien ». La perte de liberté qui résulte de cette passation des commandes aux postes inférieurs se reconnaît dans le concept juridique de responsabilité atténuée, comme dans le sentiment subjectif d'agir sous le coup d'une impulsion : « Je n'ai pas pu m'en empêcher », « J'ai perdu la tête », « Je ne me possédais plus », etc.

C'est ici que se présente le dilemme moral des jugements que nous portons sur autrui. La dernière femme à être pendue en Angleterre, Ruth Ellis, avait été condamnée pour avoir tué son amant « de sang-froid » : c'est du moins ce que l'on disait. Comment savoir, comment les jurés ont-ils pu savoir si au moment d'agir sa responsabilité était « atténuée », et dans quelle mesure, et si elle pouvait « s'en empêcher » ? Compulsion et libre arbitre sont des concepts philosophiques situés aux deux extrémités opposées d'une balance, mais la balance n'a pas d'aiguille et je ne peux pas juger. Devant ces dilemmes le plus sûr est d'employer deux systèmes de mesure différents : d'attribuer le minimum de libre arbitre aux autres, et le maximum à soi-même. Dans cet esprit la vieille maxime : Tout comprendre, c'est tout pardonner, devrait être modifiée ainsi : *Tout comprendre, ne rien se pardonner.* Voilà un adage auquel il est difficile, sans doute, de se conformer ; mais au moins il est sans danger.

CHAPITRE XLI

La mentalité de groupe

Un personnage de Spartacus, *Fulvius, avocat et philosophe, écrit l'histoire de la révolte des esclaves. Affreusement déçu par le comportement absurde des esclaves de Capoue il note le titre de son prochain chapitre :*

DES RAISONS QUI INCITENT LES HOMMES A AGIR CONTRE LEURS INTÉRÊTS. Mais à peine l'eut-il trouvé il le trouva mal approprié : il se rappelait trop bien les nombreux procès qu'il avait plaidés, l'âpreté, l'astuce de ses clients toujours prêts à envoyer leurs voisins au carcan ou à la mort pour quelques malheureux sesterces ou pour une chèvre volée...

La fenêtre ouverte laisse monter le brouhaha d'une foule en marche : les esclaves qui vont aux remparts pour se battre « avec un enthousiasme serein » pour leurs oppresseurs, contre leurs libérateurs. Il biffe ce qu'il vient d'écrire : il a trouvé un autre titre :

DES RAISONS QUI INCITENT LES HOMMES A AGIR CONTRE LES INTÉRÊTS DES AUTRES QUAND ILS SONT SEULS ET CONTRE LEURS PROPRES INTÉRÊTS QUAND ILS SONT EN GROUPE.

Il réfléchit longuement sur cette phrase, mais il ne lui vient aucune autre idée.

L'avocat Fulvius et son perplexe créateur avaient bien raison de ruminer cette question. Deux mille ans presque exactement après la folie suicidaire des esclaves illettrés de Capoue, les citoyens instruits et éduqués de la plus puissante nation d'Europe votaient dans « un enthousiasme serein » pour mettre au pouvoir un maniaque qui allait les plonger dans un désastre sans précédent. Plus on étudie l'Histoire, plus on voit se répéter ce thème du suicide. Et plus on écoute les hommes politiques et les sociologues, plus il devient clair qu'ils n'ont aucune explication à donner de la tendance paranoïaque qui traverse toute l'Histoire, ni aucun remède sérieux contre cette maladie de l'homme.

Les Somnambules *et* le Cri d'Archimède *portaient sur l'art et la découverte, sur le côté créateur de l'intelligence. Mais sans relâche la voix du petit orateur romain répétait sa question sans réponse, impossible de la faire taire. Aussi dans la dernière partie du* Cheval dans la locomotive, *l'accent devait passer de l'aspect créateur à l'aspect destructeur, autodestructeur, de la condition humaine. Je m'en expliquais dans la préface :*

Dans un précédent ouvrage, *le Cri d'Archimède,* j'ai traité de l'art et de la découverte, qui font la grandeur de l'homme. Le présent volume s'achève sur un examen des misères de l'homme, pour boucler le cercle. Créativité et pathologie de l'esprit humain sont après tout les deux côtés d'une seule et même médaille frappée au coin de l'évolution. A la première nous devons la splendeur des cathédrales, à la seconde les gargouilles qui les décorent afin de nous rappeler que le monde est plein de monstres, de diables et de succubes, et qu'une veine de folie traverse l'histoire de notre espèce, indiquant qu'un accident a dû se produire à un certain point de son ascension. On a comparé l'évolution à un labyrinthe sans issue, et il n'y a rien de bien étrange ni d'improbable à supposer que l'équipement originel de l'homme, supérieur cependant à celui de toute autre espèce, comporte quelque erreur ou défectuosité innée qui le prédispose à l'autodestruction.

Puisque nous traitons des deux côtés d'une seule et même médaille, il n'est guère surprenant, sans doute, que certaines manifestations de la créativité fournissent des indices essentiels à la compréhension du revers pathologique. Je pense en particulier au pouvoir de créer l'illusion, et à la facilité de succomber à l'illusion — ce dont la magie du théâtre donne de bons exemples. Les extraits suivants[1] *éclairciront ce rapprochement.*

Vous regardez Othello au cinéma. Vous plaignez la pauvre Desdémone et en conséquence vous frémissez de rage devant le perfide Iago. Or le processus psychologique qui cause cette rage est tout différent de celui que provoquerait le face-à-face avec un adversaire réel. Vous savez que les personnages à l'écran ne sont que des comédiens, ou plutôt des projections électroniques — et de toute façon cette histoire ne vous concerne pas personnellement. L'adrénalime qui se décharge dans votre sang n'est pas produite par une pulsion biologique ou quelque hypothétique instinct de meurtre. Votre hostilité envers Iago résulte d'une agressivité *par procuration,* dénuée d'amour-propre, dérivée d'un processus antérieur d'empathie et

1. Tirés et condensés de *Le Cheval dans la locomotive,* troisième partie, et de *Janus,* première partie.

d'identification. Car cet acte d'identification vient nécessairement le premier : c'est le déclencheur, le catalyseur de votre haine.

Pour résumer : nous sommes en présence d'un processus en deux étapes. Pour commencer, les pulsions autotranscendantes de projection, de participation, *inhibent* les tendances assertives, et nous purgent de nos désirs et préoccupations égotistes. Elles conduisent à la seconde étape : le processus d'identification affective peut *stimuler* — ou déclencher — une montée de haine, de terreur, de soif de vengeance que l'on éprouve au nom d'autrui (une personne ou un groupe), mais qui n'en accélère pas moins nos pulsations. Les processus physiologiques qu'activent ces émotions par procuration sont essentiellement les mêmes, que la menace ou l'insulte nous vise directement ou qu'elle vise la personne ou le groupe à qui nous nous identifions. Ils appartiennent à l'assertion du moi, même si le moi a momentanément changé d'adresse, par exemple en se projetant dans l'innocente héroïne d'un drame, ou dans l'équipe locale de football, ou dans la patrie pour laquelle il est si doux de périr.

Que nous puissions verser des larmes sur la mort d'Anna Karénine, qui n'est que de l'encre sur du papier ou une ombre sur l'écran, c'est un triomphe du pouvoir d'imagination de l'esprit humain : c'en est un encore que nous soyons capables de fabriquer assez d'adrénaline pour donner au héros la vigueur dans ses combats.

L'art est une école de transcendance. Une cérémonie vaudou aussi, un rassemblement nazi aussi.

***

Depuis l'aube de la civilisation le monde n'a jamais manqué de réformateurs inspirés. Prophètes hébreux, philosophes grecs, sages chinois, mystiques de l'Inde, saints de la chrétienté, humanistes français, utilitaristes anglais, moralistes allemands, pragmatistes américains, pacifistes hindous ont tour à tour dénoncé la guerre et la violence en faisant appel aux bons sentiments de l'humanité — sans le moindre succès. Nous l'avons indiqué : il faut chercher la raison de cet échec dans une mauvaise interprétation des causes qui ont poussé les humains à faire de leur histoire une série de désastres, qui les ont empêchés d'apprendre les leçons du passé et qui à présent mettent leur survie en question. L'erreur fondamentale consiste à accuser uniquement l'égoïsme, la cupidité, les prétendus instincts de destruction, autrement dit la tendance assertive de l'individu. Rien n'est plus faux, c'est ce que prouve l'Histoire.

Aucun historien ne le nierait : le rôle joué par les crimes commis pour des raisons personnelles est infime par rapport aux millions de victimes massacrées par fidélité très altruiste à un dieu jaloux, à un souverain, à une nation, à un système politique. Les crimes de Caligula deviennent insignifiants si on les compare aux hécatombes de Torquemada. Le nombre des personnes tuées par des bandits et autres malfaiteurs asociaux est négligeable par rapport aux masses joyeusement immolées à la vraie religion ou à la juste cause. On a torturé, brûlé vifs des hérétiques, sans colère, avec commisération, pour le bien de leurs âmes. Les purges soviétiques et chinoises ont été présentées comme des opérations d'hygiène sociale qui devaient préparer l'humanité à l'âge d'or de la société sans classes. Les chambres à gaz et les fours crématoires ont fonctionné pour hâter l'avènement d'un autre millénaire de bonheur. Répétons-le : dans toute l'Histoire, les ravages causés par des excès d'assertion individuelle sont quantitativement négligeables par comparaison avec les boucheries organisées par transcendance altruiste pour la plus grande gloire d'un drapeau, d'un chef, d'une foi ou d'une conviction politique. L'homme a toujours été prêt non seulement à tuer mais aussi à mourir pour des causes bonnes, mauvaises ou complètement absurdes. Quelle meilleure preuve de la réalité du besoin d'autotranscendance ?

L'Histoire nous présente donc ce paradoxe : la tragédie de l'homme ne vient pas de son agressivité mais plutôt de son dévouement à des idéaux transpersonnels ; non d'un abus d'assertion individuelle, mais plutôt d'un mauvais fonctionnement des tendances intégrantes de notre espèce. Mais quelle est l'origine de ce paradoxe ?

Parmi les facteurs pathogènes qu'il conviendrait d'examiner, le premier qui se présente à l'esprit est la très longue durée de l'enfance chez *l'homo sapiens.*

Beaucoup plus que les jeunes de toutes les autres espèces, l'enfant est soumis à une longue période d'impotence au cours de laquelle il dépend entièrement des adultes qui l'élèvent. Il se peut que cette expérience soit à l'origine des dispositions de l'adulte à l'obéissance, de sa suggestibilité quasi hypnotique aux doctrines et aux préceptes moraux, de son besoin d'*appartenir* et de s'identifier à un groupe, à son chef, à ses croyances.

On peut distinguer trois facteurs qui se recoupent dans ces manifestations pathogéniques de la tendance à l'intégration : la *soumission* à l'autorité d'un substitut du père ; l'*identification* inconditionnelle à un groupe social ; l'*acceptation* aveugle d'un *système de croyances.* Ils se reflètent tous les trois dans les sanglantes annales de l'Histoire.

La relation de chef à partisan peut embrasser toute une nation, comme ce fut le cas pour le culte de Hitler ; ou une secte minuscule ; elle peut même se réduire à deux personnes comme dans le rapport hypnotique, ou sur le divan du psychanalyste ou au confessionnal. L'élément commun est l'*abandon.*

Quand on passe aux deux autres facteurs — l'identification de l'individu à un groupe social et à ses croyances — on rencontre aussi une grande variété d'agrégats que l'on peut désigner comme des « groupes » et décrire en termes de « mentalité de groupe » ou de psychologie des masses. Mais cette branche de la psychologie a eu tendance à se concentrer sur des formes extrêmes de comportement, comme les explosions hystériques du Moyen Age ou les débordements héroïques et meurtriers de la populace sous la Révolution française, étudiés dans les livres classiques de Le Bon, dont Freud et beaucoup d'autres se sont inspirés. Cette insistance sur les manifestations dramatiques de la psychologie des foules a fait négliger les principes plus généraux qui gouvernent la mentalité de groupe et son influence dominante sur l'histoire ancienne et contemporaine. Notons par exemple qu'une personne n'a pas besoin d'être physiquement présente dans une foule pour être affectée par l'esprit de groupe ; l'identification affective à une nation, une Église ou un mouvement politique peut très bien opérer sans le moindre contact ; le fanatisme de groupe peut enflammer un homme jusque dans l'intimité de sa salle de bains.

Il n'est pas nécessaire non plus à un groupe d'avoir un grand chef ou un père investi de l'autorité absolue. Les mouvements politiques et religieux ont besoin de ce genre de personnages à leurs débuts, et une fois établis ils tirent toujours profit d'une direction ferme et efficace ; mais le besoin essentiel d'un groupe, le facteur qui lui assure sa cohésion de holon social, c'est une foi, un ensemble de croyances partagées, et le code de comportement qui en résulte. Il peut s'agir d'une autorité incarnée dans un homme, mais aussi d'un symbole : le totem ou le fétiche qui procure mystiquement un sentiment d'unité aux membres de la tribu ; les saintes icônes que l'on vénère, ou le drapeau du régiment qu'il faut défendre jusqu'à la mort. L'esprit de groupe peut être dominé par la conviction que le groupe représente un peuple élu dont les ancêtres ont conclu une alliance avec Dieu, ou une race des seigneurs qui remonte à des demi-dieux à poils blonds, à moins que ses empereurs ne descendent du soleil. La foi peut se fonder sur la conviction qu'en observant certaines règles et certains rites on a le droit d'appartenir à une élite dans l'au-delà ; ou qu'en exerçant un métier manuel on a le droit d'appartenir à l'élite historique. Les arguments critiques ont fort peu d'influence sur l'esprit de groupe parce que l'identification à un groupe suppose toujours un certain renoncement aux facultés de jugement des individus qui le constituent, et un renforcement de leur potentiel émotif par une sorte de résonance de groupe ou de rétroaction positive.

Répétons que dans la présente théorie le mot « groupe » ne désigne pas seulement une foule rassemblée, il se réfère à tout holon social régi par un code (langue, traditions, coutumes, croyances, etc.) qui définit son identité d'ensemble, son « profil social », et lui donne sa cohésion. En tant que holon autonome, il a son style de fonctionnement et il obéit à son code de conduite, que l'on ne peut pas « réduire » aux codes individuels qui régissent le comportement de ses membres lorsqu'ils agissent comme individus autonomes et non plus comme parties du groupe. L'exemple le plus évident est celui du soldat qui en tant qu'individu n'a pas le droit de tuer, et en tant que membre discipliné de son unité est obligé de le faire. Il faut donc bien distinguer entre les règles qui gouvernent le comportement individuel et celles qui guident le comportement du groupe dans son ensemble.

Le groupe est à considérer comme un holon quasi autonome, et non pas simplement comme la somme de ses parties ; ses activités ne dépendent pas seulement des interactions de ses parties, mais aussi de ses interactions en tant qu'unité avec les autres holons sociaux situés à un niveau plus élevé de la hiérarchie. Là aussi, ces interactions refléteront la polarité des tendances assertives et participatives du holon, qui oscillent entre la rivalité et/ou la coopération avec d'autres groupes. Dans une holarchie sociale saine les deux tendances sont en équilibre ; mais quand des tensions se produisent un holon social ou un autre, hyperstimulé, peut tendre à s'imposer à ses rivaux ou à usurper le rôle de la totalité. L'Histoire est pleine de ces tensions, de ces confrontations et de ces conflits.

Tout ce qui précède amène à conclure que dans l'esprit de groupe les tendances assertives dominent davantage qu'au niveau de l'individu moyen, et qu'en s'identifiant au groupe l'individu adopte un code de comportement qui n'est pas le sien. N'en déplaise à Lorenz, ce n'est pas l'individu qui est un tueur, c'est le groupe ; et c'est en s'identifiant au groupe que l'individu se change en tueur. Le paradoxe vient de ce que l'acte d'identification au groupe relève de la *transcendance*, et cependant renforce les tendances *assertives* du groupe. L'identification au groupe est un acte d'abnégation, d'affectueuse soumission aux intérêts de la collectivité, un abandon partiel ou total de l'identité personnelle et des tendances assertives de l'individu. Nous dirons dans notre terminologie que celui-ci renonce à son « entièreté » en faveur de sa « partiellité » dans un ensemble plus vaste à un niveau plus élevé de la holarchie. Dans une certaine mesure il se dépersonnalise et oublie son égoïsme en plus d'un sens. Il peut devenir indifférent au danger ; il se sent contraint aux exploits altruistes, voire héroïques qui peuvent aller jusqu'au sacrifice, et en même temps à des comportements impitoyables qui peuvent aller jusqu'à la cruauté à l'égard des ennemis, réels ou imaginaires, du groupe. Mais c'est une brutalité impersonnelle et sans égoïsme ; elle s'exerce dans l'intérêt réel ou supposé de l'ensemble et fait que l'homme est prêt non seulement à tuer, mais aussi à mourir. Le comportement assertif du groupe se fonde ainsi sur le comportement autotranscendant de ses membres ; plus simplement : l'*égotisme du groupe se nourrit de l'altruisme de ses membres.*

La « dialectique infernale » de ce processus se manifeste à tous les niveaux des holarchies sociales. Le patriotisme, noble vertu qui subordonne les intérêts de l'individu à ceux de la nation, donne naissance au chauvinisme, expression militante de ces intérêts supérieurs. L'attachement à la petite patrie devient esprit de clocher ; l'esprit de corps entraîne le sectarisme, la ferveur religieuse dégénère en prosélytisme ; le sermon sur la montagne se change en harangues fanatiques.

Nos manuels d'histoire et nos journaux quotidiens témoignent de cette « dialectique infernale ». Ce n'est pas une « agressivité innée », comme on dit (les tendances assertives) qui transforme de braves citoyens en tortionnaires, c'est leur dévouement autotranscendantal à une cause. C'est la tendance à l'intégration servant de véhicule ou de catalyseur qui provoque le changement de morale, l'abrogation de la responsabilité personnelle, le remplacement du code de comportement de l'individu par celui du « composant supérieur » dans la hiérarchie. Au cours de ce processus fatal, la personne, dans une certaine mesure, se dépersonnalise ; elle ne fonctionne plus comme holon autonome, comme totalité partielle, mais seulement comme partie. Janus n'a plus ses deux faces, il ne lui en reste qu'une, qui regarde là-haut avec toutes les marques du ravissement religieux ou de la fascination imbécile.

Je citerai à ce propos quelques lignes d'un beau livre du Pr Milgram :

> C'est une faille mortelle que nous tenons de nature et qui à la longue ne laisse à notre espèce qu'une médiocre chance de survie.
>
> Il est ironique que les vertus de loyalisme, de discipline et d'abnégation que nous prisons tant dans l'individu soient précisément les propriétés qui créent les machines organisationnelles de guerre et enchaînent les hommes aux pires systèmes d'autorité [1].

Depuis le début de l'histoire, les sociétés humaines ont toujours assez bien réussi à freiner les tendances assertives de l'individu, et à faire de la petite brute qui hurle dans son berceau une personne plus ou moins civilisée et soumise aux normes. Mais l'histoire témoigne également de l'inaptitude tragique de l'humanité à produire une sublimation parallèle de la tendance à l'intégration. Or, il faut y insister, la splendeur et la misère de la condition humaine dérivent l'une et l'autre de nos facultés d'autotranscendance qui sont capables de faire de nous des artistes, des saints ou des tueurs, et le plus souvent des tueurs. Seule une petite minorité sait canaliser les pulsions autotranscendantes dans des voies créatrices. D'un bout à l'autre de l'histoire, pour la grande majorité le seul assouvissement du besoin d'appartenance, de l'appétit de communion, a été l'identification au clan, à la tribu, à la patrie, à la religion, au parti, la soumission au chef, le culte des symboles, l'acceptation puérile d'un système de croyances bourré de valeurs affectives. Il y a donc entre le dressage adulte de la tendance assertive et l'anarchie infantile de la tendance à l'intégration un contraste qui est frappant dès que l'esprit de groupe l'emporte sur l'esprit individuel.

1. *Soumission à l'autorité,* Calmann-Lévy, 1974. Les remarquables expériences de Stanley Milgram sont décrites dans *Janus,* pp. 93 à 98.

En termes aussi simples que possible : l'individu qui s'abandonne à un excès d'assertion agressive encourt des pénalités de la part de la société ; il se met hors la loi, il prétend *sortir* de la hiérarchie. Le fidèle, au contraire, le croyant, s'y insère plus profondément ; il entre dans le sein de l'Église ou du parti, ou de n'importe quel holon social auquel il sacrifie son identité.

Cela nous amène à établir une distinction fondamentale entre formes primitives ou infantiles *d'identification* et formes évoluées *d'intégration* dans une holarchie sociale. Dans une holarchie bien équilibrée, l'individu conserve son caractère de holon social, de tout-partie qui, en tant que tout, jouit d'une certaine autonomie dans les limites des contraintes imposées par les intérêts du groupe. Il reste totalité parfaitement autonome, il est même censé affirmer ses attributs holistiques par l'originalité, l'initiative et surtout la responsabilité personnelle. Les mêmes considérations s'appliquent aux holons sociaux aux échelons supérieurs de la hiérarchie : clans et tribus, communautés ethniques et religieuses, groupements professionnels, partis politiques. Eux aussi devraient théoriquement manifester les vertus que suppose le principe de Janus : fonctionner en tant que touts autonomes et en même temps se conformer à l'intérêt national — et ainsi de suite en s'élevant par échelons jusqu'à la communauté mondiale au sommet de la pyramide. Une société idéale serait ainsi douée de « connaissance hiérarchique », chacun de ses holons à tous les niveaux ayant conscience de ses droits en tant que tout comme de ses devoirs en tant que partie.

Il va sans dire que le miroir de l'histoire ancienne et contemporaine ne nous renvoie pas cette image-là.

Je n'ai fait que mentionner en passant les dramatiques manifestations d'hystérie collective qui ont tellement impressionné Le Bon et Freud parce que je voulais concentrer l'attention sur le processus des groupes « normaux » et les ravages qu'il inflige à l'histoire de notre espèce. Ce processus « normal », nous l'avons vu, entraîne l'identification au groupe et l'acceptation de ses croyances. Un sous-produit important de ce processus est l'aggravation du conflit qui sépare affectivité et raison. L'esprit de groupe est dominé en effet par un système de croyances, de traditions, d'impératifs moraux, dont la charge émotive est très élevée quel qu'en soit le contenu rationnel ; et il est fréquent que sa puissance explosive se renforce précisément de son irrationalité. L'adhésion à la foi du groupe est un engagement affectif qui anesthésie les facultés critiques de l'individu et fait du doute rationnel un péché à repousser avec dégoût. De plus, les individus ont des idées plus ou moins complexes, tandis que le groupe doit avoir des idées extrêmement simples pour pouvoir maintenir sa cohésion en tant que holon. En conséquence l'esprit de groupe fonctionne nécessairement à un niveau intellectuel accessible à tous les membres : la simplicité n'ira jamais bien haut. Le résultat global est le renforcement de la dynamique affective du groupe et en même temps la réduction de ses facultés intellectuelles : triste caricature de l'idéal de conscience hiérarchique.

J'ai parlé d'un courant paranoïaque qui traverse l'Histoire. Tout esprit éclairé le reconnaîtra sans doute chez les Papous chasseurs de têtes ou chez les Aztèques qui sacrifiaient à leurs dieux 20 000 ou 50 000 jeunes gens, garçons et filles, par an.

> En de telles circonstances, écrit Prescott à propos du royaume aztèque, ce fut un bienfait de la providence que le pays fût livré à une autre race, qui le sauverait des superstitions brutales qui s'étendaient chaque jour, avec l'empire, de plus en plus loin. Les institutions avilissantes des Aztèques fournissent la meilleure excuse de la conquête. Il est vrai que les conquérants apportèrent l'Inquisition. Mais ils apportèrent aussi le christianisme dont le rayonnement charitable devait survivre quand les terribles flammes du fanatisme se seraient éteintes[1]...

Seulement Prescott devait savoir que peu après la conquête du Mexique le « rayonnement charitable » du christianisme se manifesta dans la guerre de Trente Ans, qui extermina une part fort appréciable de la population européenne. Et ainsi de suite, jusqu'à Auschwitz, jusqu'au Goulag. Et pourtant les esprits lucides qui voient dans ces horreurs les manifestations d'un désordre mental sont très capables de les reléguer parmi les phénomènes aberrants d'un passé ténébreux. Il n'est pas facile d'aimer le genre humain et d'admettre en même temps que le courant paranoïaque est aussi présent aujourd'hui qu'autrefois, qu'il est bien plus dangereux virtuellement en raison de ses conséquences, et qu'il n'est pas contingent, mais inhérent à la condition humaine.

Les symptômes changent avec le temps, mais la structure sous-jacente du désordre demeure la même : divorce de la foi et de la raison, coupure entre la pensée rationnelle et les croyances irrationnelles. Les croyances religieuses dérivent de motifs archétypiques récurrents, qui semblent communs à toute l'humanité et provoquent des réactions émotives immédiates[2]. Mais quand elles s'institutionnalisent et deviennent la propriété collective d'un groupe spécifique, elles dégénèrent en doctrines figées qui, sans perdre leur séduction émotionnelle seront virtuellement nuisibles aux facultés critiques. Pour pallier la rupture on invente maintes formes de duplicité mentale, quelquefois simplistes, quelquefois très raffinées : il y a eu d'excellentes techniques d'aveuglement, qui servent aussi aux religions laïques qu'on appelle idéologies politiques. Celles-ci ont également des racines archétypi-

1. O. PRESCOTT, *The conquert of Mexico,* New York, 1964.
2. Le livre de William JAMES, *Les Variétés de l'expérience religieuse,* est toujours bon à consulter sur ces questions. On peut se reporter aussi aux ouvrages plus récents de sir Alister HARDY, *The Divine Flame* et *The Biology of God.*

ques, poursuite de l'utopie, société parfaite ; mais quand elles cristallisent en mouvements et en partis, elles risquent de se déformer à tel point que la politique qu'elles poursuivent réellement est en contradiction totale avec l'idéal qu'elles proclament. Cette tendance apparemment inéluctable des idéologies, qu'elles soient religieuses ou laïques, à se caricaturer elles-mêmes est une conséquence directe des caractéristiques de l'esprit de groupe : le besoin de simplicité intellectuelle combiné avec l'excitation émotive.

QUATRIÈME PARTIE

LA PULSION DU SUICIDE

CHAPITRE XLII

Après Hiroshima

VERS la fin des années soixante il est devenu de plus en plus difficile d'envisager l'avenir de l'humanité sans s'abandonner au désespoir. En 1969 le symposium Nobel, à Stockholm, m'a donné l'occasion de rassembler quelques-unes des conclusions les plus alarmantes auxquelles j'avais abouti dans Le Cheval dans la locomotive. *Le présent chapitre est composé d'après ma contribution à ce symposium, avec quelques passages du* Cheval dans la Locomotive, *troisième partie, et de* Janus, *première partie.*

Si l'on me demandait quelle est la date la plus importante de l'histoire et de la préhistoire du genre humain je répondrais sans hésitation : 6 août 1945. La raison est simple. Depuis l'apparition de la conscience jusqu'au 6 août 1945 chaque homme a dû vivre en ayant pour horizon sa mort en tant qu'*individu ;* depuis le jour où la première bombe atomique a éclipsé le soleil au-dessus d'Hiroshima c'est l'humanité, globalement, qui doit vivre dans la perspective de sa disparition en tant qu'*espèce.*

Que l'existence individuelle soit un bref passage, nous avons appris à l'accepter, tout en tablant sur l'immortalité virtuelle du genre humain. Cette dernière croyance n'est plus fondée. Il faut réviser les axiomes.

Ce n'est pas une tâche facile. Pour qu'une idée neuve s'installe dans les esprits il faut une longue période d'incubation. La doctrine de Copernic, dégradation radicale de la place de l'homme dans l'univers, a mis près de cent ans à pénétrer la conscience européenne. La nouvelle dégradation de l'espèce, ramenée à la mortalité, est encore plus difficile à digérer.

En fait, on dirait que cette idée a perdu l'éclat de la nouveauté avant même d'avoir été comprise. Le nom d'Hiroshima est déjà devenu un cliché historique comme la bataille de Marignan ou la dépêche d'Ems. Nous sommes revenus à un stade de pseudo-normalité. Il n'y a qu'une infime minorité à avoir conscience du fait que, depuis le moment où nous avons ouvert la boîte de Pandore nucléaire, l'espèce est condamnée, et vit en sursis.

Chaque époque a ses Cassandre, et l'humanité s'est toujours arrangée pour survivre à leurs sinistres prophéties. Seulement cette considération consolante ne vaut plus rien, car jamais, en aucun temps, une tribu ou une nation n'a possédé l'équipement nécessaire pour rendre notre planète impropre à la vie. Des hommes ne pouvaient infliger à leurs adversaires que des dommages limités, et ils ne s'en sont jamais privés quand ils en ont eu l'occasion. Aujourd'hui ils peuvent détruire.

L'ennui est qu'une invention, une fois faite, ne peut pas se désinventer. L'arme nucléaire est installée à demeure, elle fait désormais partie de la condition humaine. L'homme devra vivre avec elle en permanence : non seulement au cours du prochain conflit, et de celui d'après ; non seulement durant la prochaine décennie ou le siècle prochain, mais toujours — ou du moins aussi longtemps que l'humanité subsistera. Il semble bien, d'ailleurs, que ce ne sera pas très longtemps.

Il y a deux grandes raisons de tendre à cette conclusion. La première est technique : les dispositifs de l'armement nucléaire devenant à la fois plus puissants et plus faciles à fabriquer, leur diffusion dans des pays manquant de maturité comme dans les vieilles nations arrogantes sera inévitable, et le contrôle global de leur production sera de plus en plus difficile. Dans un avenir prévisible ces armes seront fabriquées et stockées sur toute la planète dans des pays de toute couleur et de toute idéologie, et la probabilité que l'étincelle qui doit déclencher la réaction en chaîne soit allumée tôt ou tard, délibérément ou par accident, augmentera à la même cadence, jusqu'à friser pour finir la certitude. La situation est assez comparable à celle d'un groupe de jeunes délinquants enfermés dans un local plein de produits inflammables, et auxquels on donnerait une boîte d'allumettes en leur recommandant bien de ne pas s'en servir.

La seconde raison de prédire une très faible espérance de vie à l'*homo sapiens* dans l'ère qui commence à Hiroshima, c'est la tendance paranoïaque que révèle son histoire antérieure. Un observateur impartial venu d'une planète plus évoluée, et qui d'un coup d'œil considérait cette histoire de Cro-Magnon à Auschwitz, conclurait sans nul doute que notre espèce est un produit biologique admirable à certains égards, mais dans l'ensemble profondément morbide, et que les conséquences de sa maladie mentale l'emportent de beaucoup sur ses réussites culturelles s'il s'agit d'évaluer ses chances de survie. Le bruit le plus persistant qui résonne d'un bout à l'autre de l'histoire est celui des tambours de guerre. Guerres tribales, guerres de religion, guerres civiles, guerres dynastiques, guerres nationales, guerres révolutionnaires, guerres coloniales, guerres de conquête et de libération, guerres pour prévenir ou pour finir toutes les guerres, elles se suivent presque sans interruption avec une monotonie maniaque depuis les temps les plus reculés, et il y a toute raison de croire que la série se prolongera dans l'avenir. Au cours des vingt années qui ont suivi Hiroshima, autrement dit entre les années 0 et 20 ap. H (ou 1946-1966 selon notre calendrier démodé), le Pentagone compte quarante guerres utilisant les armes « conventionnelles[1] » ; et à deux occasions au moins nous avons été au bord de la guerre atomique : Berlin, 1950 et Cuba, 1962. Si nous refusons l'optimisme béat nous devons nous attendre logiquement à voir les foyers de conflits virtuels se déplacer autour du globe comme des zones de haute pression sur une carte météorologique. Et la seule protection, bien précaire, contre l'escalade du conflit local à la guerre totale, l'équilibre de la terreur, dépendra toujours de par sa nature même, du sang-froid ou de l'affolement de dirigeants faillibles et de régimes fanatiques. La roulette russe n'est pas un jeu de longue haleine.

Le symptôme le plus frappant de la pathologie de notre espèce est le contraste entre ses extraordinaires progrès technologiques et son incompétence également extraordinaire en matière de rappports sociaux. Nous dirigeons les mouvements de satellites que nous mettons en orbite autour des planètes lointaines, mais nous sommes incapables de maîtriser les problèmes de l'Irlande du Nord. L'homme quitte la Terre, il marche sur la Lune, mais il ne peut pas passer de Berlin-Est à Berlin-Ouest. Prométhée avance vers les astres, la face tordue par un rictus dément, en brandissant un mât-totem.

Je n'ai rien dit des terreurs supplémentaires de la guerre biochimique ; ni de l'explosion démographique, ni de la pollution, ni d'autres dangers qui, si menaçants qu'ils soient en eux-mêmes, ne devraient pas détourner l'attention de ce fait essentiel, qui domine tout : depuis l'an 1945 l'espèce a acquis le pouvoir diabolique de s'anéantir, et à en juger sur son passé il y a de fortes probabilités pour qu'elle utilise ce pouvoir lors d'une de ses crises chroniques, dans un avenir qui ne saurait être très éloigné. Le résultat serait la transformation de la planète Terre en un vaisseau fantôme voguant à la dérive parmi les étoiles avec son équipage de cadavres.

Si telle est la perspective probable, à quoi bon poursuivre nos petits efforts ponctuels pour sauver le panda et pour dépolluer nos rivières ? A quoi bon préparer l'héritage de nos petits-enfants ? Et tout bonnement pourquoi continuerais-je à écrire ce livre ? Ce ne sont pas des questions oratoires, le désenchantement général de la jeunesse le montre assez. Mais on peut donner au moins deux réponses.

La première est contenue dans les mots « comme si », sur lesquels Hans Vaihinger a édifié un système qui a eu son heure d'influence : « La philosophie du Comme Si[2]. » En gros : l'homme n'a pas le choix, il doit vivre de « fictions » ; il doit faire *comme si* le monde illusoire des sens représentait la réalité ultime ; *comme si* sa volonté était libre et le rendait responsable de ses actes ; *comme s'il* y avait un Dieu pour récompenser la

1. *Time*, New York, 29 janvier 1965.
2. H. Vaihinger, *Die Philosophie des Als Ob*, 1911.

vertu, etc. De même l'individu doit vivre *comme si* il n'était pas condamné à mort, et l'humanité doit préparer son avenir *comme si* ses jours n'étaient pas comptés. C'est uniquement grâce à ces fictions que l'esprit humain a été capable de construire un univers habitable et de lui donner un sens[1].

La seconde réponse tient tout simplement au fait que même s'il faut admettre que l'humanité vit maintenant en sursis en repoussant l'échéance, pour ainsi dire, de dix en dix ans, même si tout indique qu'elle va à la catastrophe, il s'agit cependant de probabilités et non pas de certitudes. Il y a toujours l'espoir de l'inattendu, de l'imprévu. Depuis l'année zéro du nouveau calendrier, l'homme porte au cou une bombe à retardement et il faudra qu'il écoute le tic-tac, plus fort, moins fort, encore plus fort, jusqu'à ce qu'elle explose ou qu'il apprenne à la désamorcer. Le temps presse, l'histoire s'accélère en courbes exponentielles vertigineuses, et la raison nous dit que les chances de réussir une opération de désamorçage avant qu'il soit trop tard sont vraiment minimes. Tout ce que nous pouvons faire c'est d'agir *comme si* nous avions le temps de tenter cette opération.

Mais il faudra alors des démarches plus radicales que des résolutions de l'O.N.U., des conférences du désarmement et de nobles appels à la raison. Ces appels sont toujours tombés dans l'oreille des sourds depuis le temps des prophètes hébreux et cela tout simplement parce que l'*homo sapiens* n'est pas un être qui entend raison, comme le prouve la suite chaotique de carnages qu'il nomme son Histoire.

Le premier pas en direction d'une éventuelle thérapie consisterait à diagnostiquer correctement ce qui est arrivé à l'espèce. On a essayé un grand nombre de diagnostics en évoquant la chute et le péché originel, ou la pulsion de mort de Freud ou l'impératif territorial des éthologues contemporains. Aucun n'a paru bien convaincant parce qu'aucun ne partait de l'hypothèse que l'espèce *homo sapiens* pourrait bien être biologiquement aberrante, une inadaptée de l'évolution, affligée d'une tare endémique qui la mettrait à part des autres espèces animales, comme le langage, les sciences, les arts la mettent à part en un sens posifif. L'évolution a fait beaucoup d'erreurs. Julian Huxley la comparait à un labyrinthe dans lequel un nombre énorme d'impasses aboutissent à la stagnation ou à l'extinction. Des centaines d'espèces ont péri pour une qui subsiste ; les fossiles s'entassent, modèles abandonnés dans la poubelle du Grand Architecte. L'histoire humaine d'une part, les recherches actuelles sur le cerveau d'autre part, font irrésistiblement penser qu'à un moment des derniers stades décisifs de l'évolution biologique de l'*homo sapiens* une erreur a dû se produire, et qu'il y a une faille, un défaut de construction virtuellement fatal dans notre

1. La philosophie de Vaihinger (1852-1933) est aussi distincte du phénoménalisme que du pragmatisme américain, bien qu'elle ait des affinités avec ces deux doctrines.

équipement héréditaire — plus précisément dans les circuits de notre système nerveux — qui expliquerait le courant paranoïaque qui se manifeste dans toute notre histoire. Telle est l'hypothèse horrible mais plausible que doit affronter toute recherche sérieuse sur la condition humaine. Les diagnosticiens les plus intuitifs, les poètes, n'ont jamais cessé de nous dire que l'homme est fou, qu'il l'a toujours été ; mais les anthropologues, les psychiatres, les biologistes ne prennent pas les poètes au sérieux, ils se voilent la face devant l'évidence qui leur crève les yeux. Ce refus de voir la réalité est déjà en soi un phénomène bien inquiétant. On dira qu'on ne peut pas demander à un fou d'être conscient de sa folie. Mais c'est faux, il peut en prendre conscience car il n'est pas fou constamment. En période de rémission les schizophrènes quelquefois décrivent leur maladie avec une étonnante lucidité.

Je vais maintenant me risquer à proposer une liste sommaire de quelques-uns des grands symptômes pathologiques qui apparaissent dans la désastreuse histoire de notre espèce, et à passer ensuite des symptômes à l'examen de leurs causes possibles. Je borne cette liste à quatre points principaux.

1. Il y a dans les premiers chapitres de la Genèse un épisode qui a inspiré plus d'un grand peintre. C'est la scène où l'on voit Abraham ligoter son fils à des fagots et s'apprêter à lui trancher la gorge avant de le brûler pour l'amour de Dieu. Depuis l'aube de l'histoire on assiste à ce phénomène étonnant auquel les anthropologues accordent trop peu d'attention : le sacrifice humain, le meurtre rituel d'enfants, de vierges, de rois et de héros, destiné à flatter ou apaiser des dieux de cauchemar. C'est un phénomène universel qui a duré de la préhistoire jusqu'à l'apogée des civilisations précolombiennes et s'est prolongé çà et là dans le monde presque jusqu'à nos jours. Des îles des mers du Sud aux tourbières scandinaves, des Étrusques aux Aztèques, ces pratiques ont été inventées séparément par les cultures les plus diverses, pour manifester des tendances hallucinatoires de la psyché humaine qui affectent apparemment la totalité de l'espèce. Il est de mode d'écarter le sujet comme une bizarrerie sinistre du passé, mais c'est oublier l'universalité du phénomène, c'est aussi négliger l'indication qu'il nous fournit sur l'élément paranoïaque de la structure mentale de l'homme, et sa signification quant à nos problèmes essentiels.

2. *L'homo sapiens* est pratiquement le seul animal qui soit dépourvu de sauvegardes instinctives contre le meurtre de ses congénères. La « loi de la jungle » ne connaît qu'une seule et unique raison légitime de tuer : le besoin de manger, et encore faut-il que le prédateur et la proie appartiennent à des espèces différentes. A l'intérieur de l'espèce la compétition et les conflits entre individus ou entre groupes se règlent par des comportements symboliques de menaces ou par des combats rituels qui se terminent par la fuite ou la soumission de l'un des adversaires, et d'où les blessures mortelles sont généralement exclues. Les forces inhibitrices, tabous instinctifs, qui empêchent de tuer ou de blesser gravement des congénères sont aussi

puissantes chez la plupart des animaux, y compris les primates, que les pulsions de la faim, du sexe et de la peur. L'homme est seul (mis à part certains phénomènes controversés chez les rats et chez les fourmis) à pratiquer le meurtre intra-spécifique à l'échelle individuelle et collective, de manière spontanée ou organisée, pour des motifs qui vont de la jalousie sexuelle aux querelles sur des points de doctrine métaphysique. La guerre intra-spécifique permanente est une caractéristique cruciale de la condition humaine. Elle est encore embellie par l'administration de la torture sous ses multiples formes, de la crucifixion aux chocs électriques [1].

3. Le troisième symptôme est étroitement lié aux deux précédents ; il se manifeste dans la rupture chronique, quasi schizophrénique entre la raison et l'affectivité, entre les facultés rationnelles de l'homme et ses croyances émotives irrationnelles.

4. Enfin, nous avons déjà noté l'éclatante disparité entre le progrès des sciences et des techniques d'une part, et de la morale de l'autre ; ou, en d'autres termes, entre les ressources de l'intelligence humaine appliquée à maîtriser l'environnement et son incapacité à établir des relations harmonieuses à l'intérieur de la famille, de la nation et de l'espèce en général. Il y a à peu près deux millénaires et demi, au VIe siècle avant notre ère, les Grecs s'embarquèrent dans l'aventure scientifique qui devait nous emporter dans la lune : voilà certainement une impressionnante courbe de croissance. Mais le VIe siècle avant J.-C. a vu aussi l'essor du taoïsme, du confucianisme et du bouddhisme — et notre XXe siècle celui de l'hitlérisme, du stalinisme et du maoïsme : cette fois on ne discerne pas la moindre courbe de croissance.

> Ce qu'on appelle progrès est une affaire purement intellectuelle, écrit von Bertalanffy... Mais on ne voit guère de progrès du côté de la morale. Il est douteux que les méthodes de la guerre moderne soient préférables aux grosses pierres dont l'homme de Neanderthal se servait pour casser le crâne de son voisin. Il est assez évident que les normes éthiques du Bouddha et de Lao-tseu n'étaient pas inférieures aux nôtres. Le cortex humain contient quelque dix milliards de neurones qui ont permis de progresser de la hache aux bombes atomiques, et de la mythologie primitive à la théorie des quanta. Il n'y a dans le domaine de l'instinct aucun développement correspondant qui pousse l'homme à changer de conduite. C'est pourquoi les exhortations morales proférées tout au long des siècles par les fondateurs de religions et les grands guides de l'humanité se sont révélées tristement inefficaces [2].

1. « La torture est aujourd'hui un instrument de répression politique si répandu que l'on peut parler de l'existence d' « États tortionnaires » comme d'une réalité politique de notre époque. Le mal est devenu épidémique, il ne connaît pas de frontières idéologiques, raciales ni économiques. Dans plus de trente pays la torture est systématiquement administrée pour arracher des aveux, obtenir des renseignements, punir les dissensions et étouffer l'opposition à la politique répressive du gouvernement. La torture a été institutionnalisée... » Victor Jokel, directeur de la branche britannique d'Amnesty International : *Epidemic : Torture,* Amnesty International, Londres, s.d. 1975.

2. VON BERTALANFFY, *Scientific Monthly,* janvier 1956.

On pourrait allonger la liste des symptômes. Mais à mon avis ceux que je viens de citer signalent l'essentiel de la misère humaine. Il est clair qu'ils sont interdépendants ; on peut regarder le sacrifice humain, par exemple, comme une sous-catégorie de la rupture schizophrénique entre raison et affectivité, et le contraste entre les courbes de croissance du progrès technique et du progrès éthique comme une autre conséquence de cette même rupture.

Jusqu'ici nous sommes restés dans le domaine des faits bien attestés par les documents historiques et par les recherches des spécialistes de la préhistoire. Si nous passons des *symptômes* aux *causes* il nous faut recourir à des hypothèses plus ou moins conjecturales, liées entre elles également, mais appartenant à des disciplines diverses : neurophysiologie, anthropologie, psychologie.

L'hypothèse neurophysiologique provient de la théorie des émotions dite de Papez-MacLean, théorie appuyée sur une trentaine d'années de recherche expérimentale[1]. Je l'ai exposée dans *Le Cheval dans la locomotive* et me contenterai ici d'en donner un résumé, sans entrer dans les détails physiologiques.

La théorie s'appuie sur les différences fondamentales d'anatomie et de fonctions qui existent entre les structures archaïques du cerveau que l'homme possède en commun avec les reptiles et les mammifères inférieurs, et le néocortex spécifiquement humain que l'évolution y a superposé, sans assurer, malheureusement, de coordination adéquate. Le résultat de cette négligence de l'évolution est une coexistence difficile, qui éclate souvent en conflits aigus, entre les profondes structures ancestrales du cerveau, intéressées principalement aux comportements instinctifs et émotionnels, et le néocortex qui a doté l'homme du langage, de la logique et de la pensée symbolique. Le résultat est une situation dont MacLean a brossé un tableau d'un pittoresque assez insolite dans un article scientifique :

> L'homme se trouve dans la situation embarrassante d'avoir reçu essentiellement de la nature trois cerveaux qui, malgré de grandes différences de structure, doivent communiquer et fonctionner ensemble. Le plus ancien de ces cerveaux est fondamentalement reptilien. Le second est hérité des mammifères inférieurs, le troisième s'étant développé récemment chez les mammifères... a rendu l'homme singulièrement homme. Pour parler allégoriquement de ces trois cerveaux dans le cerveau on peut imaginer que le psychiatre qui fait étendre son patient lui demande de partager le divan avec un cheval et un crocodile[2].

1. Le Pr Paul D. MacLean dirige le laboratoire d'évolution et comportement du cerveau, à l'Institut national de santé mentale de Bethesda (Maryland).
2. MacLean, in *J. of Nervous and Mental Diseases,* vol. 135. N° 4 (octobre 1962).

Si à ce patient nous substituons l'humanité globalement, et au divan de l'analyste la scène de l'Histoire, nous aurons une image grotesque, mais véridique pour l'essentiel, de la condition humaine.

Dans un cours de neurophysiologie plus récent, MacLean propose une autre métaphore :

> Dans le langage courant d'aujourd'hui on pourrait considérer ces trois cerveaux comme des ordinateurs biologiques dont chacun aurait sa forme personnelle de subjectivité, sa propre intelligence, son sens de l'espace et du temps, sa mémoire, ses fonctions motrices et autres[1]...

Les cerveaux de reptiles et de mammifères inférieurs constituent ensemble ce qu'on nomme le système limbique et qu'on peut appeler simplement le « cerveau ancien » par opposition au néocortex et à ses « méninges » spécifiquement humaines. Mais tandis que les structures antédiluviennes au centre même du cerveau, qui gouvernent les instincts, les passions, les pulsions biologiques, ont été à peine touchées par l'évolution, le néocortex des hominiens a grossi en cinq cent mille ans à une vitesse fantastique, ce qui est sans précédent dans l'histoire de l'évolution — à tel point que certains anatomistes ont comparé cette croissance à celle d'une tumeur.

Cette explosion cérébrale de la seconde moitié du pléistocène a suivi apparemment le mode de courbe exponentielle que nous connaissons bien depuis quelque temps (explosion démographique, explosion des techniques d'information, etc.), et peut-être y a-t-il là davantage qu'une analogie superficielle puisque toutes ces courbes reflètent le phénomène de l'accélération de l'histoire dans divers domaines. Mais les explosions ne produisent pas de résultats harmonieux. Dans le cas qui nous occupe le résultat semble avoir été qu'en se développant avec cette rapidité le cerveau pensant qui donnait à l'homme sa faculté de raisonner n'a pas été intégré ni bien relié aux anciennes structures attachées à l'affectivité auxquelles il s'est trouvé superposé à une vitesse sans précédent.

Ainsi l'explosion cérébrale a donné naissance à une espèce déséquilibrée mentalement, dont le vieux cerveau et le cerveau neuf, l'affectivité et l'intellect, la foi et la raison, sont en désaccord permanent. D'un côté la pâleur anémique de la pensée rationnelle, de la logique suspendue à un fil toujours prêt à rompre ; de l'autre la furie apoplectique des croyances irrationnelles et passionnées, sans cesse à l'œuvre dans les holocaustes de l'histoire ancienne et moderne.

Si la neurophysiologie ne nous avait pas apporté les preuves du contraire nous nous serions attendus à découvrir un processus d'évolution transfor-

1. MacLean in *A Triune Concept of the Brain and Behaviour,* dir. T. J. Borg et D. Campbell, Toronto, 1973.

mant graduellement le cerveau primitif en appareil mieux élaboré — de même que les branchies se sont transformées en poumons, ou le membre antérieur du reptile en aile de mouette, en nageoire de baleine, en main humaine. Mais au lieu de modifier le vieux cerveau l'évolution lui a superposé une structure supérieure dont les fonctions font partiellement double emploi, et qui n'a pas de moyens bien définis de dominer la structure ancienne.

Pour parler familièrement, l'évolution n'a pas serré tous les écrous entre le néocortex et l'hypothalamus. MacLean a donné le nom de *schizophysiologie* à cette défectuosité endémique du système nerveux humain, qu'il définit comme suit :

> ... une dichotomie dans le fonctionnement des cortex ancien et nouveau au point de vue phylogénétique qui pourrait expliquer les différences entre comportements affectif et intellectuel. Alors que nos fonctions intellectuelles s'accomplissent dans la partie la plus récente et la mieux développée du cerveau, notre comportement affectif est toujours dominé par un système relativement grossier et primitif, par des structures archaïques du cerveau dont le schéma fondamental a subi très peu de changements durant toute l'évolution qui va de la souris à l'homme [1].

L'hypothèse selon laquelle ce type de schizophysiologie fait partie de notre patrimoine génétique, qu'il est pour ainsi dire incorporé à l'espèce, expliquerait pour une bonne part certains des symptômes pathologiques énumérés ci-dessus. Le conflit chronique entre pensée rationnelle et croyances irrationnelles, le courant paranoïde qui en résulte dans l'histoire, le contraste de la croissance scientifique et du progrès moral, deviendraient enfin compréhensibles et exprimables en termes physiologiques. Et des troubles que l'on peut décrire en termes physiologiques devraient pouvoir, à la longue, être soignés, ce dont nous parlerons plus loin. Notons pour le moment que l'origine de la bévue de l'évolution qui a donné lieu aux dispositions schizophysiologiques de l'homme semble avoir été la *superposition* rapide et presque brutale (sans *transformation*) du néocortex aux structures ancestrales, et par conséquent une *coordination insuffisante* entre cerveau récent et cerveau ancien, et une *maîtrise inadéquate* du premier sur le second.

On doit souligner qu'aux yeux des spécialistes de l'évolution il n'y a rien d'improbable à admettre que l'équipement héréditaire de l'homme, bien que supérieur à celui de toute autre espèce, peut contenir néanmoins de graves défectuosités dans le montage de son instrument le plus précieux et le plus délicat, le système nerveux. Quand le biologiste parle de « bévues » de l'évolution, il ne reproche pas à cette dernière de n'avoir pas su atteindre on ne sait quel idéal théorique, il fait allusion à quelque chose de très simple et

1. P. D. MacLean, in *Am. J. of Medicine*, vol. XXV, n° 4, octobre 1958.

de très précis : une évidente déviation par rapport aux normes d'efficacité de la nature, qui ôte à un organe tout ou partie de son utilité : par exemple les bois monstrueux de l'élan d'Irlande, aujourd'hui disparu. Les tortues et les coléoptères ont de solides armures si mal équilibrées que s'ils tombent sur le dos par hasard ou en se battant ils ne peuvent pas se relever et sont condamnés à périr de faim : vice de construction grotesque dont Kafka a fait un symbole de l'infirmité humaine.

Mais c'est dans l'évolution des différents types de cerveaux que se sont produites les plus grosses erreurs. Chez les invertébrés le « cerveau » s'est développé autour des canaux alimentaires, de sorte que les masses ganglionnaires ne pouvaient grossir et évoluer qu'en comprimant le tube alimentaire (ce qui est arrivé aux araignées et aux scorpions qui, ne pouvant absorber que des liquides, sont devenus suceurs de sang).

Au moment où les vertébrés firent leur apparition, écrit Gaskell *(The Origin of Vertebrates)* le sens et le progrès des variations chez les arthropodes conduisaient à un terrible dilemme : ou bien la capacité d'absorber la nourriture sans assez d'intelligence pour la capturer, ou bien une intelligence suffisante pour s'emparer de la nourriture et aucune possibilité de la consommer [1].

Un autre zoologiste, Wood Jones, ajoute à ce propos :

Voilà la fin de l'évolution cérébrale chez les invertébrés... Les invertébrés commirent une erreur fatale quand ils commencèrent à se bâtir un cerveau autour de l'œsophage. Leur tentative fut un échec... Il fallait un nouveau départ [2].

Le nouveau départ fut pris par les vertébrés. Mais l'une des grandes divisions des vertébrés, les marsupiaux d'Australie (qui à la différence des placentaires terminent le développement de leurs embryons dans des poches ventrales) a abouti elle aussi à un cul-de-sac. Il manque au cerveau des marsupiaux un constituant important, que l'on appelle corps calleux, conduit nerveux qui, chez les placentaires, relie les hémisphères cérébraux droit et gauche [3]. Or, on a découvert récemment une division fondamentale des fonctions de ces deux hémisphères, qui se complémentent dirait-on, à la façon du *yin* et du *yang*. Il est évident que les deux hémisphères doivent travailler ensemble pour que l'animal (ou l'homme) tire tout le bénéfice de leurs potentialités. L'absence de corps calleux signifie qu'il n'y a pas de *coordination adéquate* entre les deux moitiés du cerveau — et cette phrase a déjà pour nous une résonance inquiétante. C'est là peut-être la principale raison qui explique que l'évolution des marsupiaux — qui pourtant a produit

1. W. H. GASKELL, *The Origin of Vertebrates*, 1908.
2. F. WOOD JONES et S. D. PORTENS, *The Matrix of the Mind*, Londres, 1929.
3. Plus précisément les zones fonctionnelles supérieures, non olfactives.

plusieurs espèces ressemblant étonnamment à leurs cousins placentaires — s'est finalement bloquée sur l'échelle de l'évolution au niveau du koala.

Les marsupiaux peuvent servir d'exemples, comme les arthropodes, pour permettre d'accepter plus facilement la possibilité que l'*homo sapiens* soit lui aussi victime d'une erreur de construction du cerveau. Dieu merci, nous avons un bon corps calleux qui intègre les deux hémisphères horizontalement; mais dans le sens vertical, du siège de la pensée conceptuelle aux profondeurs marécageuses de l'instinct et de la passion, les choses vont moins bien. Les données de la recherche physiologique, le tragique gâchis de l'Histoire et les anomalies triviales de notre comportement quotidien, tout suggère la même conclusion.

Une autre manière d'aborder l'infirmité humaine part du fait que l'enfant doit endurer une plus longue période d'impotence et de dépendance totale à l'égard de ses parents que les jeunes de toute autre espèce. Le berceau est une prison plus étroite que la poche ventrale du kangourou; on peut se demander si cette expérience initiale de dépendance ne marque pas toute la vie, si elle n'est pas au moins partiellement responsable de l'empressement à se soumettre à l'autorité de groupes ou d'individus, de la docilité aux doctrines et aux impératifs moraux. Le lavage de cerveau commence au berceau.

La première suggestion de l'hypnotiseur est pour demander au sujet de s'ouvrir aux suggestions. Le sujet est conditionné à devenir susceptible au conditionnement. L'enfant sans défense est soumis à un processus analogue. On fait de lui un récepteur docile de croyances toutes faites[1]. A toutes les époques les hommes dans leur immense majorité apprennent à vivre et à mourir pour des systèmes de croyance qu'ils ne choisissent même pas : ils en sont gavés par les hasards de leur naissance. *Pro patria mori dulce et decorum est* quelle que soit la *patria* dans laquelle la cigogne vous a fortuitement parachuté. Le raisonnement critique n'a jamais joué un bien grand rôle quand il s'agit d'adopter une foi, un code moral, une *Weltanschauung* — de devenir croisé de la chrétienté ou musulman combattant de la guerre sainte, armagnac ou bourguignon. Les désastres continuels de l'histoire sont dus principalement à l'aptitude excessive de l'homme, à son véritable besoin de s'identifier à une tribu, une nation, une Église, une cause, à en épouser les croyances sans réflexion et avec enthousiasme, même si les dogmes en sont déraisonnables, dénués d'intérêt pour l'individu et même contraires aux exigences de l'instinct de préservation.

On est amené ainsi à la conclusion peu conformiste que le malheur de

1. Konrad LORENZ parle d' « empreinte » et place l'âge critique de la réceptivité immédiatement après la puberté (*L'Agression*, Flammarion, 1969). Il ne semble pas voir que l'homme, à la différence de ses oies, est réceptif à l'empreinte du berceau à la tombe.

notre espèce n'est pas un accès d'*agressivité* mais une aptitude excessive au *dévouement* fanatique. Sauf une infime minorité de mercenaires et de sadiques, les gens ne font pas la guerre par cupidité, mais par dévouement à un roi, à un pays, à une cause. L'homicide commis pour raisons personnelles est statistiquement exceptionnel dans toutes les cultures, y compris la nôtre. L'homicide sans raison égoïste, commis au péril de la vie du meurtrier, est le phénomène dominant de l'histoire.

J'aimerais insérer ici deux brèves remarques polémiques.

Lorsque Freud a décrété *ex cathedra* que les guerres sont provoquées par des instincts d'agression refoulés qui ont besoin d'une issue, les gens ont incliné à le croire parce que l'explication flattait leur sens de la culpabilité, bien qu'il n'ait jamais donné l'ombre d'une preuve psychologique ou historique à l'appui de cette théorie. Tous les hommes qui ont servi dans l'armée peuvent témoigner que les sentiments agressifs contre l'ennemi ne tiennent guère de place dans l'affreuse routine de la guerre. Les soldats ne haïssent pas. Ils ont peur, ils s'ennuient, ils souffrent de misère sexuelle et de mal du pays. Ils combattent avec résignation, parce qu'ils n'ont pas le choix, ou quelquefois avec enthousiasme pour la patrie, la vraie religion, la juste cause — ce n'est pas la haine qui les pousse, c'est le *loyalisme.* Répétons-le : la tragédie de l'homme ne vient pas d'un excès d'agressivité, mais d'un excès de dévouement.

Ma seconde remarque concerne une autre théorie, à la mode depuis quelque temps chez les anthropologues, d'après laquelle l'origine de la guerre se trouverait dans la pulsion instinctive qu'ont certaines espèces animales de défendre à tout prix leur portion de terre ou d'eau : c'est l'impératif territorial. Cette théorie ne me paraît pas plus convaincante que l'hypothèse de Freud. A de rares exceptions près, les guerres humaines ne visent pas l'appropriation individuelle de parcelles d'espace. En fait l'homme qui part pour la guerre *quitte* le foyer qu'il est censé défendre, et il fera le coup de feu bien loin de son village ; et s'il le fait ce n'est pas à cause de la pulsion biologique de défendre des hectares ou des mètres carrés de propriété personnelle, mais en raison de son dévouement à des symboles tirés de l'amour de la patrie, des commandements de Dieu ou des slogans politiques. On ne fait pas la guerre pour des terres, mais pour des mots.

Cela nous amène à l'article suivant de notre inventaire des causes possibles de l'infirmité humaine. L'homme n'a pas d'arme plus terrible que le *langage.* Il est aussi susceptible à l'hypnose des slogans qu'aux maladies infectieuses. Et quand l'épidémie se déclare il laisse les rênes à l'esprit-de-groupe, lequel obéit à des règles particulières, qui ne sont pas celles qui gouvernent la conduite des individus. Quand une personne s'identifie à un groupe ses facultés de raisonnement s'affaiblissent tandis que ses passions se renforcent par une sorte de résonance émotive ou de rétroaction positive. L'individu n'est pas assassin, c'est le groupe qui l'est, et en s'identifiant à lui l'individu devient tueur. C'est la dialectique infernale qui se reflète dans l'histoire de la guerre, de la persécution et du génocide, et le principal catalyseur de cette transformation est le pouvoir hypnotique de la parole. Les paroles de Hitler ont été les plus puissants agents de destruction de son époque. Bien avant l'invention de l'imprimerie les paroles du Prophète d'Allah déclenchèrent une réaction émotive en chaîne qui ébranla le monde de l'Asie centrale à l'Atlantique. Sans paroles il n'y aurait pas de poésie — et pas de guerre. Le langage est le facteur principal de notre supériorité sur nos frères animaux, et compte tenu de son terrible potentiel émotif, une menace constante à notre survie.

Si l'on pense qu'il y a là un paradoxe je prendrai pour exemple des observations récentes faites sur des sociétés de singes au Japon, qui montrent que différents groupes d'une même espèce peuvent acquérir des habitudes étonnamment différentes, on dirait presque des cultures différentes. Certains groupes de ces singes se sont mis à laver les pommes de terre dans les rivières avant de manger, d'autres non. Il arrive qu'en cours de migration des groupes de laveurs rencontrent des non-laveurs, chaque groupe observant alors les comportements de l'autre avec toutes les marques de la stupéfaction. Mais à la différence des habitants de Lilliput qui se faisaient la guerre à cause du petit bout ou du gros bout de l'œuf à casser, les singes laveurs de pommes de terre ne déclarent pas la guerre aux autres, parce que ces pauvres bêtes n'ont pas de langage qui leur permettrait d'assimiler le lavage à un commandement de Dieu et l'absorption de patates non lavées à une hérésie abominable.

Il est clair que le meilleur moyen d'abolir la guerre serait d'abolir le langage, et c'est apparemment ce que pensait Jésus en disant : « Que votre discours soit Oui, c'est Oui, Non, c'est Non, car tout le reste vient du Malin. » Et en un sens l'humanité a effectivement renoncé au langage il y a longtemps, si par langage nous entendons moyen de communication de l'espèce entière. La tour de Babel est un symbole toujours valable. D'autres espèces possèdent certainement des moyens de communiquer — par signes, sons ou odeurs — qui sont compris par tous les membres d'une même espèce. Un saint-bernard et un caniche, malgré leurs différences d'aspect, se comprennent sans avoir besoin d'interprète. Mais l'*homo sapiens,* lui, est éclaté en quelque 3 000 groupes linguistiques. Chaque langue et chaque dialecte servent de force de cohésion à l'intérieur du groupe et de force de division entre les groupes. C'est une des raisons pour lesquelles, dans notre histoire, les forces de rupture sont tellement plus puissantes que les forces de cohésion. Les hommes manifestent dans l'aspect physique et dans le comportement une variété beaucoup plus grande que toute autre espèce (les produits de croisements artificiels exceptés), et le don du langage au lieu d'aplanir ces différences ne fait qu'élever de nouvelles barrières et accuser les contrastes. Nous avons des satellites de communication capables d'envoyer des messages à la totalité de la population du globe, mais nous n'avons pas de *lingua franca* qui rendrait ces messages compréhensibles universellement. Il semble bizarre que, sauf une poignée de vaillants espérantistes, personne dans les institutions internationales comme l'Unesco n'ait encore découvert que le moyen le plus simple de promouvoir la compréhension serait de promouvoir une langue comprise par tout le monde.

Le dernier article de ma liste de facteurs pouvant expliquer la pathologie de notre espèce est la découverte de la mort, ou plutôt cette découverte faite par l'intelligence et refusée par l'instinct et l'affectivité. C'est une nouvelle manifestation de la scission mentale de l'homme, qui perpétue la division de la foi et de la raison. La foi est le partenaire le plus ancien et le plus puissant, et quand il y a conflit, la moitié raisonnante de l'esprit est obligée de fournir des rationalisations compliquées pour pallier la terreur du vide de son aînée. Or non seulement le concept naïf de « bonheur éternel » (ou de « tourments éternels » pour les damnés), mais aussi les théories parapsychologiques plus raffinées qui concernent la survie posent des problèmes qui apparemment dépassent les facultés de raisonnement de notre espèce. Il y a peut-être des millions de civilisations sur des planètes qui ont des millions d'années de plus que la nôtre, pour lesquelles la mort n'est plus un problème ; il reste que, comme on dit en jargon électronique, nous ne sommes pas « programmés » pour résoudre ce problème. Or confronté à une tâche pour laquelle il n'est pas programmé un ordinateur est ou bien réduit au silence ou bien forcé de se détraquer. Apparemment c'est ce deuxième choix qui a été fait, avec une monotonie affligeante dans les civilisations les plus diverses. Face à l'implacable paradoxe d'une conscience qui émerge du vide prénatal pour plonger dans les ténèbres *post mortem*, les esprits se sont détraqués et se sont mis à peupler les airs de fantômes, de dieux, d'anges et de démons jusqu'à saturer l'atmosphère de présences invisibles pour le moins capricieuses, généralement malveillantes et vindicatives. Il fallut leur offrir un culte ; les cajoler, les apaiser au moyen de rites raffinés, comme les sacrifices humains, les guerres saintes et les bûchers d'hérétiques.

Pendant près de deux mille ans des millions de gens normalement intelligents ont été convaincus que l'immense majorité de l'humanité, qui ne partageait pas leurs croyances ou n'accomplissait pas leurs rites, serait condamnée au feu éternel sur l'ordre d'un dieu très bon. Et d'autres civilisations ont communié dans des chimères tout aussi horribles, pour témoigner de l'universalité de la tendance paranoïaque dans notre espèce.

Mais ce tableau serait trop simple ; là aussi il y a une autre manière de le voir. C'est le refus de croire à la mort définitive qui sur le désert a dressé les pyramides ; c'est lui qui a fondé les valeurs éthiques, et qui a fourni à la création artistique sa principale aspiration. Si le mot « mort » n'existait pas dans nos vocabulaires, les grandes œuvres littéraires n'auraient pas été écrites. La créativité et la pathologie humaines sont les deux faces d'une médaille, elles ont été gravées dans le même atelier de l'évolution.

Pour résumer, la désastreuse histoire de l'espèce montre la futilité de tout essai de diagnostic qui ne tiendrait pas compte de la possibilité que l'*homo sapiens* soit victime d'une des innombrables erreurs de l'évolution. L'exemple des arthropodes et des marsupiaux, entre autres, indique qu'il se produit effectivement des erreurs qui peuvent être nuisibles au développement du cerveau.

J'ai énuméré quelques symptômes trop évidents du désordre mental qui paraît endémique dans notre espèce : *a)* les rites universels du sacrifice humain dans la préhistoire ; *b)* la poursuite constante de la guerre intra-spécifique, qui naguère ne pouvait causer que des dommages limités et maintenant menace toute la planète de destruction ; *c)* la scission paranoïaque entre la pensée rationnelle et les croyances affectives irrationnelles ; *d)* le contraste entre le génie de l'humanité dans la conquête de la nature, et son ineptie dans la conduite de ses affaires — le symbole en étant l'exploration de la Lune d'un côté et les champs de mines sur les frontières européennes de l'autre.

Il importe de souligner une fois de plus que ces phénomènes pathologiques sont spécifiquement, uniquement humains, et qu'on ne les trouve chez aucune autre espèce. Il semblerait donc logique qu'en cherchant des explications on se concentre avant tout sur les attributs de l'*homo sapiens* qui sont uniquement humains et que le reste du règne animal ne connaît pas. Mais si évidente qu'elle puisse paraître, cette conclusion va à l'encontre de la tendance réductionniste qui prévaut aujourd'hui. Le « réductionnisme » est cette doctrine philosophique selon laquelle toutes les activités humaines peuvent « se réduire » aux réactions comportementales de certains animaux (autrement dit s'expliquer par elles) : chiens de Pavlov, rats et pigeons de Skinner, oies cendrées de Lorenz, singes nus de Morris, et ces réactions à leur tour peuvent se réduire aux lois physiques qui régissent la matière. Sans aucun doute Pavlov et Lorenz nous ont procuré des vues nouvelles sur la nature humaine — mais seulement sur les aspects assez élémentaires et non spécifiques de cette nature que nous avons en commun avec les chiens, les rats et les oies, tandis que les aspects spécifiquement humains qui définissent l'unicité de notre espèce sont laissés de côté. Et puisque ces caractéristiques singulières se manifestent à la fois dans la créativité et dans la morbidité humaine, les scientifiques de confession réductionniste ne sont pas plus qualifiés pour le diagnostic que pour la critique d'art. C'est bien pourquoi la science officielle échoue si lamentablement quand il s'agit de définir l'infirmité de l'homme. Si ce dernier est un automate, il est inutile de lui mettre un stéthoscope sur la poitrine.

Les indications diagnostiques que j'ai brièvement esquissées sont : *a)* la croissance explosive du néocortex et l'insuffisance de sa domination sur le cerveau ancien ; *b)* la longue impotence du nouveau-né et en conséquence sa soumission irraisonnée à l'autorité ; *c)* la double malédiction du langage, fauteur d'émeutes et constructeur de barrières ethniques ; *d)* enfin la découverte de la mort, et la scission mentale que provoque l'effroi qu'elle inspire.

Neutraliser ces facteurs pathogènes, la tâche ne paraît pas impossible. La médecine a trouvé des remèdes à certains types de psychoses schizophréniques et maniaco-dépressives ; il n'est plus chimérique de penser qu'elle découvrira une combinaison d'enzymes favorables qui donnerait au néocortex un droit de veto sur les folies du cerveau archaïque, corrigerait une bévue manifeste de l'évolution, réconcilierait l'affectivité et la raison, et servirait de catalyseur pour la transformation du maniaque en homme. Il reste d'autres voies à explorer qui pourraient mener au salut à la dernière minute à condition que l'urgence soit ressentie parce que l'on aura compris le message du nouveau calendrier, et que l'on ait établi un diagnostic juste de la condition humaine en se fondant sur une nouvelle conception des sciences de la vie.

CHAPITRE XLIII

Pour échapper au désespoir *

LES Somnambules, Le Cri d'Archimède et Le Cheval dans la locomotive *forment une trilogie sur l'évolution, la créativité et la pathologie de l'esprit humain. En écrivant le dernier chapitre du dernier de ces trois ouvrages j'ai reculé à l'idée de terminer sur une note de désespoir. Pourtant la seule autre solution qui me semblait offrir quelque raison d'espérer — « l'enzyme de bonne volonté » — était de nature à aliéner bien des lecteurs, même s'ils sympathisaient avec mes idées. D'où le ton apologétique de ce dernier chapitre et du plaidoyer adressé « au lecteur imaginaire ».*

Tant que nous avons cru que l'espèce était virtuellement immortelle, qu'elle disposait d'un avenir astronomique, nous pouvions attendre patiemment l'évolution qui, peu à peu ou d'un seul coup, transformerait la nature humaine pour faire prévaloir la solidarité et la raison. Malheureusement l'évolution biologique s'est arrêtée au temps de l'homme de Cro-Magnon, il y a 50 ou 100 000 ans. Nous ne pouvons pas attendre encore 100 000 ans l'improbable mutation fortuite qui arrangera les choses ; le seul espoir de survivre est d'inventer des techniques qui remplacent l'évolution biologique. En d'autres termes il nous faut chercher un remède à la schizophysiologie endémique qui nous a mis dans la situation actuelle. Si nous ne trouvons pas, l'homme poussé par son antique tendance paranoïaque et muni de ses nouveaux pouvoirs de destruction parviendra fatalement à s'anéantir. En revanche je considère que pour la biologie contemporaine le remède n'est pas vraiment hors de portée et que si l'on y concentre assez d'efforts il pourrait permettre à l'homme de gagner la bataille de la survie.

Voilà qui semble bien optimiste, je m'en rends compte, après ce que j'ai dit des perspectives qui s'ouvrent devant nous. Or je ne crois pas que ces craintes soient exagérées, et je ne crois pas non plus qu'il soit utopique

* D'après *Le Cheval dans la locomotive* et aussi *Janus*.

d'espérer la guérison. L'idée ne relève pas de la science-fiction, elle est fondée sur les progrès récents de la neuro-chimie et de plusieurs disciplines connexes. Ces sciences ne permettent pas encore de soigner les troubles mentaux de l'espèce, mais elles indiquent le domaine de recherches qui pourra éventuellement procurer le remède. Seulement j'ai appris à mes dépens que l'on suscite à coup sûr de très fortes réactions émotives chaque fois que l'on propose de « modifier la nature ». De telles résistances se fondent en partie sur l'ignorance et les préjugés, mais elles viennent aussi d'une saine aversion contre tout ce qui risque d'ajouter aux violations de la personnalité, manipulations sociales et psychiques, lavages de cerveau et autres aspects effroyables d'un totalitarisme avoué ou déguisé. Il n'est guère besoin de dire que je partage cette horreur d'un cauchemar qui m'a obsédé toute ma vie. Mais d'un autre côté, il faut bien comprendre que depuis que le premier chasseur grelottant s'est enveloppé d'une peau de bête l'homme n'a cessé pour le meilleur ou pour le pire de se fabriquer un milieu artificiel, une manière d'être artificielle, sans lesquels, il ne survivrait pas. Il ne peut plus renoncer au logement, aux vêtements, au chauffage, à la cuisine ; il n'est plus question de se passer de lunettes, de forceps, de prothèses, d'anesthésiques, d'antiseptiques, de prophylactiques, de vaccins, etc. On commence presque à la naissance d'un enfant à « modifier sa nature » puisque c'est une pratique universelle que de verser une solution de nitrate d'argent dans les yeux des bébés pour les protéger contre l'ophtalmie des nouveau-nés, forme de conjonctivite qui peut provoquer la cécité et qui est due aux bacilles présents dans l'appareil génital de la mère. Viennent ensuite les vaccinations préventives, obligatoires dans la plupart des pays civilisés, contre la variole, la typhoïde et autres maladies infectieuses. Pour apprécier la valeur de ces façons de « modifier la nature » rappelons-nous que c'est en grande partie à cause de la variole que les Indiens d'Amérique ont perdu leur continent. La même maladie a d'ailleurs décimé la population européenne au début du XVIIe siècle — ses ravages n'étant égalés, symboliquement peut-être, que par les massacres de la guerre de Trente Ans, perpétrés au nom de la vraie religion.

Un cas moins connu d'altération de la nature — et qui nous intéresse ici — est la prévention du goitre et du crétinisme qui lui est associé. Dans mon enfance on voyait dans les hautes vallées des Alpes un nombre effrayant de goitreux et d'enfants crétins. Cinquante ans après, quand je retourne dans ces régions, je constate que ces infirmités ont complètement disparu. C'est que grâce aux progrès de la biochimie on a découvert que le goitre provient d'un trouble de fonctionnement de la thyroïde, lequel est dû à l'insuffisance d'iode dans les aliments. Par manque d'iode la glande ne peut pas synthétiser la quantité nécessaire d'hormones thyroïdiennes, ce qui a des conséquences tragiques sur le développement du cerveau. Les services de santé ont introduit de petites doses d'iode dans le sel de table, et le crétinisme goitreux en Europe est pratiquement de l'histoire ancienne.

Il est clair que l'homme n'est pas équipé biologiquement pour vivre dans un milieu dépourvu d'iode, ou pour lutter contre les micro-organismes de la variole et du paludisme. Il n'a pas non plus de défenses instinctives contre l'excès de reproduction : les éthologistes nous enseignent que toutes les espèces animales étudiées — les insectes comme les lapins ou les babouins — sont dotées de contrôles instinctifs qui freinent la reproduction et maintiennent constante la densité de population dans un territoire donné, même si la nourriture y abonde. Quand la densité atteint un seuil critique, elle produit des tensions qui affectent l'équilibre hormonal, réduisent la longévité et ralentissent les activités reproductrices. Il existe donc une sorte de mécanisme de rétroaction qui règle le taux de reproduction et maintient la population à un niveau plus ou moins stable. Dans un territoire donné la population d'une espèce donnée se comporte en fait comme un holon social autorégulateur.

Mais à cet égard, une fois de plus, l'humanité est une espèce excentrique qui à un moment de son évolution a perdu ce mécanisme régulateur. On dirait presque que chez les humains la règle écologique est inversée : plus ils sont entassés dans des bidonvilles, des ghettos et des taudis, plus ils se reproduisent. Ce qui pendant des millénaires a empêché la population d'exploser n'a jamais été le mécanisme de rétroaction qu'on observe chez les autres animaux : c'étaient les moissons funèbres de la guerre, de la peste et de la mortalité infantile. Ces facteurs ne dépendaient guère de la volonté des masses ; mais les essais conscients de contrôle des naissances, au moyen de l'infanticide et de la contraception, remontent loin dans l'histoire. (Pour la contraception les premières recettes connues se trouvent dans le *papyrus Petri,* qui date d'environ 1850 avant notre ère.) Le contrôle des naissances par l'infanticide a été très répandu aussi depuis les Spartiates jusqu'aux Esquimaux à une époque récente. Comparés à ces cruautés, les moyens modernes d'altérer la nature à l'aide de contraceptifs physiques ou chimiques sont certainement préférables. Cependant ils ont bien pour effet de modifier de manière radicale et permanente les processus physiologiques vitaux du cycle ovarien. Appliqués à l'échelle mondiale, ils équivaudraient à une mutation adaptative artificiellement provoquée.

On n'en finirait pas d'énumérer les heureuses « altérations de la nature humaine », par rapport auxquelles les abus, quelquefois les extravagances, de la médecine et de la psychiatrie deviennent relativement insignifiants. En réalité toutes ces altérations ont eu pour effet en général de *corriger* la nature humaine, qui sans de tels correctifs serait biologiquement à peine viable, et sociologiquement, après d'innombrables désastres, est en marche maintenant vers l'ultime catastrophe. Si l'on a vaincu au moins les pires maladies infectieuses qui attaquent les corps, le moment est venu de chercher des méthodes qui immunisent l'homme contre les délires infectieux qui depuis la nuit des temps attaquent son esprit de groupe et ensanglantent son histoire. La neuropharmacologie nous a donné des gaz asphyxiants, des drogues à lavage de cerveau, et d'autres drogues pour produire à volonté des hallucinations et des délires. Elle peut être plus utile, elle le sera. Citons un exemple du genre de recherches qui vont dans cette direction.

En 1961 le Centre médical de l'université de Californie, à San Francisco, organisa un colloque sur le contrôle de la pensée. Dès la première séance, le professeur Holger Hyden, de l'université de Göteborg, eut les honneurs de la « une » dans les journaux à cause de sa communication intitulée « Aspects biochimiques de l'activité cérébrale », domaine dans lequel son autorité est bien connue. Voici le passage qui fit sensation (je participais moi-même au colloque, ce qui explique l'allusion de la fin) :

> Si l'on considère le problème du contrôle de la pensée, les données soulèvent la question suivante : serait-il possible de modifier les bases de l'émotion en provoquant des changements moléculaires dans les substances biologiquement actives du cerveau ? L'A.R.N. [1] en particulier est le principal objet d'une spéculation de ce genre, puisqu'un changement moléculaire de l'A.R.N. pourrait entraîner une modification des protéines en formation. On peut formuler autrement la question pour modifier l'accent : les données expérimentales présentées ici donnent-elles le moyen de modifier l'état mental par des changements chimiques spécifiquement provoqués ? On a obtenu des résultats dans ce sens, en utilisant une substance appelée tricyano-aminopropène... L'application d'une substance modifiant le taux de production et la composition de l'A.R.N. et provoquant des modifications d'enzymes dans les unités fonctionnelles du système nerveux central a des aspects à la fois négatifs et positifs. On constate que l'administration de tricyano-aminopropène est suivie chez l'homme d'une suggestibilité accrue. Tel étant le cas, la modification précise d'une substance fonctionnellement aussi importante que l'A.R.N. dans le cerveau pourrait servir au conditionnement. L'auteur ne se réfère pas spécifiquement au tricyano-aminopropène, mais à n'importe quelle substance provoquant des modifications de molécules biologiquement importantes des neurones et des névroglies et affectant l'état mental dans un sens négatif. Il n'est pas difficile d'imaginer les usages auxquels le gouvernement d'un État policier pourrait employer cette substance. Pendant quelque temps il soumettrait la population à des conditions particulièrement dures. Brusquement on améliorerait ces conditions et en même temps on mettrait la substance dans l'eau potable, tandis que les grands moyens d'information entreraient en action. Ce serait beaucoup moins coûteux et beaucoup plus efficace que de laisser Ivanov traiter Rubachov individuellement et longuement, comme dans le livre de Koestler. En revanche, il n'est pas difficile non plus d'imaginer des mesures contre l'effet d'une substance telle que le tricyano-aminopropène [2].

La dernière phrase est d'une prudence calculée, mais le sens est clair. La vérité peut déplaire : si notre espèce doit être sauvée, le salut ne viendra pas des résolutions de l'O.N.U. ni des sommets diplomatiques, il sortira des

1. Acide ribonucléique, substance clef de l'appareil génétique.
2. H. HYDEN, in *Control of the Mind,* dir. S. M. Farber et R. H. L. Wilson, New York, 1961.

laboratoires de biologie. Il paraît raisonnable qu'un désordre biologique ait besoin d'un correctif biologique.

Il serait naïf d'escompter que des drogues fassent des cadeaux à l'intelligence, qu'elles viennent enrichir gratuitement le cerveau. Ni l'intuition mystique, ni la profondeur philosophique, ni l'imagination créatrice ne peuvent naître d'une pilule ou d'une injection. Le biochimiste ne peut rien *ajouter* aux facultés cérébrales, mais il peut *éliminer* les obstructions et les blocages qui en entravent le bon usage. Il n'installera pas de circuits supplémentaires dans le cerveau, mais il est capable d'améliorer la coordination de ceux qui existent déjà et de renforcer le pouvoir du néocortex — sommet de la hiérarchie — sur les niveaux affectifs inférieurs et sur les passions qu'engendrent ces derniers. Nos tranquillisants actuels, nos barbituriques, stimulants et autres antidépressifs ne représentent qu'un premier pas vers les moyens plus raffinés qui aideront à promouvoir des intelligences équilibrées, vaccinées contre le chant des sirènes, les harangues des démagogues et les sermons des faux messies. Le but n'est pas le nirvana-pop que procurent le LSD ou le soma du *Meilleur des mondes,* mais un équilibre dynamique qui réunisse la raison et la foi et restaure l'ordre hiérarchique.

J'ai publié une première fois ces spéculations confiantes — seule solution de rechange que je voyais (et vois encore) à opposer au désespoir — à la fin de mon livre *Le Cheval dans la locomotive.* Des nombreuses critiques négatives qu'elles ont suscitées l'une des plus fréquentes m'accusait de proposer la fabrication d'une pilule qui supprimerait les sentiments et les émotions et nous réduirait au calme parfait des légumes. Cette accusation proférée parfois avec beaucoup de véhémence témoigne d'une lecture complètement erronée. Ce que je proposais n'était nullement une castration affective, mais une *réconciliation* de l'affectivité et de la raison qui ont été à couteaux tirés durant presque toute l'histoire schizophrénique de l'humanité. Non pas une amputation, mais un processus d'harmonisation assignant à chaque niveau de la pensée, des pulsions viscérales au raisonnement abstrait, sa place appropriée dans la hiérarchie. Cela suppose un renforcement du droit de veto que le cerveau récent doit exercer sur le type de comportement émotif *(et uniquement ce type)* qui est incapable de se concilier avec la raison, par exemple les passions « aveugles » de l'esprit de groupe. Si l'on pouvait éliminer ces passions-là, l'espèce serait sauve.

Il y a des émotions aveugles, et il y a celles des voyants. Quel est le fou qui conseillerait de renoncer aux émotions que suscitent un arc-en-ciel ou une symphonie de Mozart ?

L'homme qui clamerait aujourd'hui qu'il a fait un pacte avec le diable et qu'il couche avec des succubes se verrait promptement envoyé à l'hôpital.

Or il n'y a pas si longtemps la croyance à ce genre de choses allait de soi, elle était admise par le « sens commun », autrement dit l'opinion générale, ou encore l'esprit de groupe. La psychopharmacologie joue un rôle croissant dans le traitement des troubles mentaux, tels que les délires individuels qui affectent le jugement et qui ne sont pas acceptés par l'esprit de groupe. Mais il s'agit maintenant de soigner la tendance paranoïaque chez les gens que nous appelons « normaux », tendance qui se manifeste quand ils sont victimes de la mentalité de groupe. Il existe maintenant des drogues pour rendre le cerveau encore plus influençable, la science sera donc bientôt en mesure de faire le contraire, c'est-à-dire de renforcer les facultés critiques, de contrecarrer l'abnégation dévoyée et l'enthousiasme militant — meurtrier et suicidaire à la fois — qui s'étale dans les livres d'histoire et dans les journaux tous les matins.

Mais qui décidera de la valeur des enthousiasmes, les uns fourvoyés les autres utiles à l'humanité ? La réponse paraît évidente : une société composée d'individus autonomes, immunisés contre l'hypnose de la propagande et de la manipulation mentale, protégés contre leurs faiblesses d' « animaux crédules ». Mais cette protection ne viendra ni d'une contre-propagande, ni d'une fuite dans la marginalité, toujours défaitiste. On ne l'assurera qu'en « altérant » la nature humaine pour en corriger les prédispositions schizophysiologiques. Il n'y aura pas de solution moins chère, l'Histoire l'atteste.

En admettant que les laboratoires réussissent à produire une substance immunisante qui confère la stabilité mentale, comment pourra-t-on en propager mondialement l'usage ? Faudra-t-il la faire ingurgiter de force ?

Là aussi la réponse paraît évidente. Les analgésiques, les excitants, les tranquillisants, les contraceptifs se sont répandus dans le monde, pour le meilleur ou pour le pire, avec un minimum de publicité et d'encouragements officiels. L'usage d'un stabilisateur mental ne se répandrait pas par coercition, on l'adopterait par intérêt bien compris ; et à partir de là les conséquences sont aussi imprévisibles que celles de n'importe quelle découverte scientifique. Un canton suisse pourrait décider, après référendum, d'ajouter la nouvelle substance à l'iode du sel de cuisine ou au chlore de l'eau potable. Ce pourrait être une mode internationale chez les jeunes. D'une matière ou d'une autre la mutation simulée ferait son chemin. Des pays totalitaires essaieraient d'y résister, c'est possible. Mais les rideaux de fer eux-mêmes deviennent poreux aujourd'hui, la mode pénètre irrésistiblement. Y aurait-il une période de transition durant laquelle un camp seulement suivrait la cure, ce camp y gagnerait un avantage décisif parce que plus rationnel dans sa politique à long terme, moins peureux et moins hystérique. Pour conclure, je voudrais plaider devant le lecteur inconnu.

Tout écrivain a son type préféré de lecteur imaginaire : aimable fantôme, mais critique difficile, dont l'opinion est la seule qui compte et avec lequel il poursuit un dialogue interminable. Or je ne doute pas que cet ami lecteur ait assez d'imagination pour extrapoler dans l'avenir à partir des progrès récents de la biologie, et qu'il admette que la solution esquissée ici appartient au domaine du possible. Ce qui m'inquiète, c'est qu'il ne l'aime pas, cette solution ; c'est qu'il recule de dégoût à l'idée que, pour nous sauver, il faille compter sur la chimie moléculaire au lieu de renaître spirituellement. Je partage sa détresse, mais je pense que nous n'avons pas le choix. Je l'entends s'écrier : « En essayant de placer vos pilules, vous adoptez justement le grossier matérialisme, le scientisme naïf auxquels vous prétendez vous opposer. » Oui, je m'y oppose, mais je ne crois pas qu'il soit « matérialiste » de considérer avec réalisme la condition humaine, ni qu'il y ait de l'orgueil scientiste à faire prendre de l'extrait de thyroïde à des enfants qui, sans cela, deviendraient des crétins... Comme le lecteur j'aimerais mieux mettre mon espoir dans la persuasion morale par la parole et par l'exemple. Malheureusement nous sommes une race de malades mentaux et, en tant que tels, sourds à la persuasion. On l'a essayée depuis le temps des prophètes jusqu'à Albert Schweitzer... et le cri d'angoisse de Swift : « Ne pas mourir ici enragé comme un rat empoisonné dans son trou », est devenu le cri de notre époque.

La nature nous laisse à nos propres forces, Dieu a décroché son téléphone, et le temps presse. Espérer que le salut va être synthétisé en laboratoire, voilà qui a l'air matérialiste, peut-être, ou extravagant ou naïf ; on retrouve dans cet espoir le rêve de l'*elixir vitae* que pensaient concocter les vieux alchimistes. Mais de l'élixir nous n'attendons pas qu'il nous donne la vie éternelle, nous voudrions qu'il change l'*homo maniacus* en *homo sapiens*.

Telle est la seule solution de rechange que je puisse discerner dans le futur.

***

Si la communauté soi-disant rationnelle des scientifiques et des spécialistes des sciences humaines refuse obstinément — en fermant les yeux aux données de l'histoire passée et présente — d'admettre que l'humanité puisse être une espèce inadaptée, une erreur de l'évolution, les poètes et les voyants ont toujours accepté la démence de l'homme comme un fait d'évidence, ou bien ils l'ont attribuée à la perversité des dieux. En lisant les Évangiles sous cet angle il m'a semblé que l'on comprendrait mieux les mobiles de Jésus si l'on interprétait son martyre volontaire comme une protestation contre l'indifférence du Tout-Puissant à l'égard de la tragique folie de ses créatures. Cette hypothèse qui me paraissait raisonnable m'a hanté pendant des années ; finalement elle devait trouver forme dans la fiction : une nouvelle intitulée Le Malentendu, *reproduite au chapitre suivant.*

CHAPITRE XLIV

*Le malentendu**

LES os de la terre percent le sol nu de cette colline. Pierres antiques qui me regardent, je vois leur rictus. Les racines des oliviers morts rampent dans la poussière blanchâtre prêtes à mordre mes sandales pour me faire trébucher sous le fardeau. Les ailes qui fondent sur nous et survolent notre cortège sont celles des vautours, il n'y pas de colombes. Mon sang a séché sur les épines, les mouches qui me grouillent sur le front me font une deuxième couronne. Trois chiens maigres nous suivent à distance. Cortège digne d'un roi, en vérité.

Père, si tu me vois, comment peux-tu supporter cela ? Toi le Tout-Puissant, qui fis s'arrêter le soleil, ne peux-tu déplacer légèrement cette poutre dont le rebord acéré me meurtrit l'os ? Sur les muscles elle me ferait moins mal. Bien sûr, je suis guérisseur. Mais je ne saurais m'imposer les mains, même pour déplacer ce morceau de bois, car il risquerait de glisser. Si je tombe ils vont encore me fouetter, et moi peut-être je pleurerais, je crierais. Ou bien j'urinerais. Ils disent que lorsqu'on est élevé sur le bois on urine, cela les fait rire. Ou même le ventre se vide, quelquefois. Un père ne peut souffrir que pareilles choses arrivent à son fils.

Tu tentais Abraham en lui demandant d'égorger son enfant, mais tu ne l'as arrêté qu'au dernier moment. Ton sens de l'humour me glace. Ce drame horrible se joue devant une salle vide, à ton seul profit. Il ne sert qu'à attirer ton attention, il ne sert qu'à te réveiller.

Quand t'es-tu endormi, ou détourné ? Lorsque David s'est lancé à la poursuite d'Absalon ? Ou bien plus tôt, à l'instant du meurtre d'Abel par Caïn ? De la semence d'Adam, quelle pourriture tu as faite, Tout-Puissant. Souvent, quand la nuit pesait sur moi, tandis que les autres avaient sombré dans le sommeil comme des pierres, je me suis demandé si ce n'était pas toi, oui toi-même, l'esprit sourd-muet qui possédait ce garçon que l'on m'a

* Paru d'abord dans la revue *Encounter,* à Londres, sous le titre d'*Épisode* (décembre 1968).

amené, le jour où nous redescendions de la montagne. Est-ce toi, déguisé en démon, qui t'étais emparé du garçon, et qui le déchirais et qui le tordais de telles convulsions qu'il lui fallait se jeter au feu, se jeter à l'eau, pour en finir ? Est-ce toi qui te joues ainsi de la semence d'Adam ? Ou faut-il croire seulement que tu es distrait, que tu fais un somme ? Bientôt je saurai : quand je ferai l'échange avec cette croix ; quand elle me portera au lieu que ce soit moi qui la porte. Alors on te verra à l'épreuve, tu seras jugé. Et je saurai.

Plus cruellement que les soldats ne me forcent à avancer, je me suis forcé à croire que tu étais simplement absorbé par quelque souci, que tu te préoccupais de choses plus importantes que ta création — encore qu'à chercher vainement ce que pourraient bien être ces choses j'ai souffert des tortures pires que celles que m'infligent ces bourreaux. Peut-être étais-tu distrait aussi quand tu es entré en ma mère, cette femme en larmes, là, qui se met toujours en travers du chemin. En ce cas et si tu n'es que distrait ou endormi, je vais dans mon supplice te tirer par la manche, jusqu'à ce que tu te réveilles. Mais si tu es cet esprit sourd-muet, mon geste, en essayant de te secouer, sera un geste de fou, et mourir sera dur. On dit qu'il faut trois jours pour mourir de cette manière, à moins que l'on ne vous brise les os pour hâter la fin. Ce sera dur, mes boyaux vont crever pour se vider du haut de ma grandeur sur ce monde orphelin, et tout n'aura été que farce, et toi un mirage né des vapeurs du désert et ma mère une femme adultère.

Parle, maudit, parle comme tu le fis durant cette grande nuit sur la montagne, et ne fais pas semblant d'avoir des soucis plus graves. N'ai-je pas dit à ces innocents que tu as compté un à un leurs cheveux, et que pas un moineau ne vole ou ne tombe que tu ne l'aies voulu ? Les fils d'Adam ne comptent-ils pas plus qu'une volée de moineaux ? Est-ce que tu sens cette écharde qui me mord l'épaule ? Écarte-la un petit peu, toi qui d'un souffle déplaces les montagnes.

La montée devient plus dure, nous approchons du sommet. Bientôt je connaîtrai la réponse. Les soldats m'injurient sans conviction, ils ralentissent l'allure, ils donnent des coups de pied dans les cailloux : ils ont peur de toi, qu'ils prennent pour un cruel dieu du désert. Les trois chiens traînent toujours derrière nous ; quand je suis né, trois rois mages sont venus m'adorer. J'ai encore le temps de changer d'avis, tu sais ; le Gouverneur l'a dit, il arrangera une remise de peine si j'abjure. Je pourrai abjurer même quand on m'aura élevé. Seulement à ce moment-là j'aurai les bras brisés, noués à la croix. Les soldats disent qu'auparavant on attachait en enfonçant des clous dans les mains, mais c'était risqué parce que les chairs pouvaient lâcher et l'homme tombait par terre. La douleur, je pourrai la supporter peut-être, bien qu'ils hurlent tous comme des loups quand on dresse la croix, mais mes mains broyées auront perdu leur pouvoir de guérir. C'étaient de bonnes mains. Elles guérissaient les malades, ressuscitaient les morts, purifiaient les lépreux, chassaient les démons. Et en vérité j'ai fait tout cela, personne ne peut dire le contraire. Père j'ai fait des miracles pour toi, maintenant c'est ton tour.

Le sentier est moins raide, j'aperçois le sommet. Mais les pierres me roulent sous les pieds pour me faire glisser, les racines continuent à me tordre les chevilles, il faut qu'on me pousse et qu'on me fouette comme un mulet récalcitrant. Ma belle couronne de mouches est encore moins tolérable que cette douleur à l'épaule. Le soleil est une épée de feu, mais j'ai un brouillard devant les yeux. Là-haut, sur la pente, les femmes attendent, les femmes, les trois pleureuses. Je ne leur parlerai pas, elles regarderont ce que l'on me fait, elles assisteront à mon humiliation. Je n'ai jamais été attiré vers leur chair avide. Elles cherchent toujours à envelopper l'homme dans le sein de sa mère, ou d'une autre, c'est la même chose. Quand ressusciteront les morts, il n'y aura point d'épousailles. La douleur est si intense que je ne la sens plus, mais si je tombe encore ils vont me battre tant que je risque de les haïr et cela te donnera une nouvelle excuse pour détourner ton regard.

Si le père se détourne, comment peut-il exister aux yeux de son fils ? Oui, je sais que tu existes, mais je ne connais pas mieux ton apparence que celle de l'esprit immonde qui secouait de convulsions l'adolescent. Dans un recoin perdu de la montagne il y avait un idiot baveux, les païens l'adoraient, un nain bossu accroupi dans la boue, il se nourrissait de crottes de chien que les anciens du village lui offraient dans de la vaisselle d'or. A présent je crois que je tombe, je tombe, tout doucement, cela descend. Le gibet n'est plus là, il ne m'a pas brisé les reins, maintenant ils peuvent me battre tout leur saoul, mon front est heureux dans son bain de poussière, tout est paisible béatitude. Ils se tiennent autour de moi, ils débattent de ce qu'il faut faire, et moi je suis étendu, la bouche dans le sable blanc, dans la béatitude. Voilà maintenant avec eux un homme que je ne connais pas, un jeune paysan aux yeux ronds, on lui met ce joug, on le pose sur son échine nue. Regarde, je me tiens debout, et cela ne m'a coûté aucun effort, ils m'ont aidé, oui très aimablement. Et de nouveau je marche, appuyé des deux côtés, j'avance sur de l'air comme le jour où j'ai marché sur les eaux. En ce temps-là, je soutenais le pêcheur écervelé, ce pêcheur de peu de foi, mais maintenant c'est moi qui me fais soutenir par les bons soldats, qui sont des frères pour moi. Ainsi Abraham porta son petit garçon au lieu du sacrifice, et ils eurent peur tous les deux jusqu'à l'instant où tu fis cesser la plaisanterie. Je n'arrivais pas à être sûr que cette fois aussi c'est une plaisanterie, et j'ai eu un peu peur, mais maintenant je sais. C'est une plaisanterie que nous avons faite tous les deux, de sorte que je suis à moitié responsable. Il faut encore que je t'explique bien pourquoi j'ai agi ainsi. J'ai essayé avant, mais tu n'écoutais pas. ***J'ai voulu mourir pour te réveiller.*** C'était la seule raison. Car je t'ai cru endormi, ou distrait, ou occupé à autre chose, et j'ai pensé qu'en conséquence tu ne t'apercevais pas des abominations ni de la désolation du monde que tu as créé. Comment comprendre autrement que tu les aies permises, que dans ton amour et ton omniscience tu aies permis, que dans ta toute-puissance tu aies toléré que les hommes deviennent pires que des bêtes, pires que tout ce qui rampe et grouille, que le souffle dont tu animas les narines d'Adam devienne puanteur de dragon et sa semence la vermine de la terre ? Alors j'avais formé ce dessein afin de te réveiller. Mes prières avaient été vaines. Je pouvais guérir les malades et chasser quelques démons, mais cette universelle maladie de l'âme qui s'est emparée de ta création, elle était de ton ressort. Et tu ne t'en souciais pas. Tu dormais. Un jour, je t'ai même entendu ronfler à travers les sanglots d'un garçon que les soldats avaient mis à la torture.

Ainsi il fallait me résoudre à cette entreprise, mourir de cette mort douloureuse et abjecte, afin de te ranimer un peu. Quel est le père que n'amènerait au repentir le suicide de son fils ? Garderait-il regard de pierre tandis qu'on brise les bras de son fils et qu'on le hisse sur le gibet pour l'y laisser pourrir comme un légume sur une perche ? Tu ne pourrais pas tolérer cela, je le savais. Tu serais forcé d'intervenir, et alors en ta sainte colère tu balaierais toute cette ordure, de même que j'ai balayé les marchands du temple. Et alors il n'y aurait plus de bouchers, il n'y aurait plus d'agneaux.

Voilà ce que j'avais médité ; mais je ne pouvais le dire à ces têtes dures de peu de foi. Ils n'auraient pas compris. C'est que ces hommes ont choisi leur voie pour l'amour de moi, Père, et non pas pour l'amour de toi. Ils m'ont vu guérir ceux qui souffrent et nourrir ceux qui ont faim, cela ils l'approuvaient, ils le comprenaient. Mais ils n'ont jamais compris tes voies tortueuses. On leur a interdit de se tailler ou peindre aucune image à ta ressemblance, et ce fut une grande faute. On leur a dit que personne ne pourrait sans périr voir ta face, et ce fut encore une erreur grave. Car les hommes ne peuvent aimer, ne peuvent comprendre ce qui n'a ni forme ni substance, ce qui ne ressemble à rien de leur univers. C'est pourquoi j'ai dû leur conter des paraboles pour leur apporter les comparaisons et les images qui leur manquaient. Je leur ai dit que le vin était mon sang, que le pain était mon corps : ils ont bu, ils ont mangé et ils ont senti leur dieu au-dedans d'eux-mêmes. Je ne pouvais pas leur dire que j'avais formé ce dessein de te réveiller en sursaut pour te rappeler à tes devoirs, puisqu'alors ils t'auraient encore moins aimé. Au lieu de cela, je leur disais la parabole de Jonas qui resta trois jours et trois nuits dans le ventre de la baleine, en expliquant que je resterais, moi, trois jours et trois nuits au fond de la terre. Cette histoire de Jonas, je l'ai répétée plusieurs fois pour que leurs têtes dures s'en imprègnent bien, et à la fin ils l'ont absorbée aussi, ils étaient prêts à me voir remonter des enfers, comme Jonas sorti de l'abîme, comme Joseph sorti du puits. Ils ont des yeux pour voir, mais tu te caches, ils ont des oreilles pour entendre mais tu ne leur parles pas. Alors il faut bien qu'ils vivent de paraboles.

Il n'y a qu'un homme qui ait deviné mon dessein : Le gouverneur. Il se demandait pourquoi je gardais le silence au lieu de réfuter les accusations mensongères que l'on élevait contre moi, et puis soudain il a compris. Il m'a regardé dans les yeux, c'étaient pour lui comme des fenêtres grandes ouvertes, et puis il m'a tourné le dos, il est allé se laver les mains, ce qui était encore une parabole pour signifier que l'affaire ne peut se régler qu'entre toi et moi. Qu'il en soit ainsi.

Voici donc le lieu. Nous sommes arrivés. Je n'aime pas ces préparatifs. Les soldats qui me soutenaient n'ont plus leur bon visage. Ils suent, ils soufflent. Voilà qu'ils me mesurent. Du haut de la couronne jusqu'aux sandales. Ils ont l'air de travailler sérieusement. C'est le moment, c'est maintenant, Père, c'est le moment de tout arrêter, de faire cesser cette farce effroyable. Abraham lève le couteau sur son fils. Regarde, ces hommes m'appuient contre la croix. Ce n'est pas possible, on ne peut pas me faire cela à moi, ce n'est pas supportable. Il y a une voix de loup qui se met à hurler, ce ne peut pas être la mienne. Et les femmes qui regardent. J'ai une éponge dans la bouche, amère, apaisante, elle éteint le monde, c'est une bouchée de sommeil. Que ces choses arrivent à moi, ce n'est pas vrai, cela ne se peut pas. Ce ne sont pas mes mains, ces mains broyées. Ce n'est pas de moi qu'elle sort, cette ordure. Cette montée, cette montée, cette montée dans des flammes de douleur, ce n'est pas moi qui monte. Je monte, je sombre, je tourne sur la roue, je vogue dans le ventre de la baleine. Le soleil est tout noir, les ténèbres emplissent l'air, il ne faut pas que je m'évanouisse. Il faut que je le regarde dans les yeux, s'il a des yeux pour voir. Éli, Éli, comment peux-tu supporter de voir cela ? O toi obscur esprit, vapeur du désert, ignoble absence, ô tu n'existes pas, tu n'as jamais existé. Rien qu'une parabole. Et ma mort, encore une parabole ; les hommes s'en souviendront et lui feront dire ce qu'elle ne dit pas. Il y aura des bourreaux pour torturer, pour tuer au nom d'une parabole. Pour en démontrer l'interprétation correcte, il y aura des guerres stupides. Ils immoleront des enfants pour l'amour d'une métaphore, des femmes seront brûlées vives à la gloire d'une allégorie. Ainsi ta volonté sera faite, et non la mienne.

INTERLUDE

CAMPAGNES ET CAUSES

CHAPITRE XLV

Réflexions sur la peine capitale

POUR « échapper au désespoir », des solutions plus terre à terre que les lointaines spéculations évoquées au chapitre XLIII se sont présentées sous la forme de divers engagements où des cyniques verraient peut-être de charitables manies. J'ai mis plus de dix ans à écrire la trilogie commencée avec Les Somnambules, *terminée par* Le Cheval dans la locomotive, *mais quand on a mené autrefois une vie politique active on ne peut pas rester dix ans à travailler benoîtement dans un bureau. Il y a eu périodiquement des flambées d'activité fébrile : celle qui m'a le plus intensément retenu a été la Campagne nationale pour l'abolition de la peine capitale, décidée un dimanche après-midi de l'été 1955 par feu Victor Gollancz, le chanoine John Collins (président de la* Christian Action*) et moi-même. Il fallut quinze ans pour atteindre son objectif.*

Lors de cette première réunion on avait décidé de lancer la campagne par une brochure que j'étais chargé d'écrire. Au lieu d'une brochure ce fut un livre, Réflexions sur la peine capitale, *qui réussit cependant, comme convenu, à toucher le grand public grâce à sa publication en feuilleton dans le* Sunday Observer *puis, avec des coupures, dans* Picture Post, *magazine populaire lu par une masse de lecteurs dont la majorité était en faveur de la peine de mort ; un peu plus tard une version abrégée faite en collaboration avec C. H. Rolf, devait paraître dans la collection Penguin*[1].

Les raisons d'écrire ce livre (et de participer activement à la campagne) sont expliquées dans la préface.

En 1937, au cours de la guerre civile espagnole, j'ai passé trois mois sous le coup d'une condamnation à mort pour espionnage, témoin de l'exécution de mes camarades de prison et me préparant à la mienne. J'ai gardé de ces trois mois un intérêt particulier pour la peine capitale, un peu comme celui que pouvait avoir pour elle « Smith-l'à-moitié-pendu », dont la corde fut coupée

1. *Hanged by the Neck — An Exposure of Capital Punishment in England,* Londres, 1961.

quinze minutes après le début de son exécution, et qui pourtant y survécut. Aussi, chaque fois qu'un homme ou une femme doit avoir la nuque brisée dans ce paisible pays, mes souvenirs recommencent à suppurer, comme une plaie mal fermée. Je ne pourrai jamais accéder vraiment à la paix intérieure tant que la peine de mort ne sera pas abolie.

Telle est donc la pente qui me fait agir. Je consens que cela donne une certaine couleur aux arguments qui sont contenus dans ce livre. Mais cela ne change rien aux faits, et, la plupart du temns, ce livre n'évoque que des faits. J'avais bien l'intention d'écrire de façon froide et détachée, mais je n'ai pas pu : l'indignation et la pitié m'ont emporté. A tout prendre, cela vaut peut-être mieux, car la peine de mort n'est pas seulement un problème de statistiques ou de moyens, mais de morale et de sentiments. Pour que la plaidoirie soit honnête, il faut que les faits et les chiffres soient exacts, et que les citations ne soient ni altérées ni tronquées. Mais cela n'exclut pas que l'on ait un cœur, et qu'on souffre.

Certains de mes amis, dont l'érudition m'a été particulièrement utile pour écrire ce livre, ont bien voulu me mettre en garde contre les outrages qu'on pourra m'imputer, à l'encontre de certains préjugés vénérables, de certaines susceptibilités traditionnelles concernant les juges et les jurys, la notion de loyauté dans la procédure, la prérogative du droit de grâce, etc. J'ai méprisé ces mises en garde, pensant que la lâcheté ne paye pas, et parce que je suis persuadé que la cause de l'abolition doit une partie de sa faiblesse à son manque de franchise. D'autres m'ont conseillé d'être discret sur les aspects physiologiques des exécutions, passées et présentes. Cela consisterait à dire que la reine d'Espagne n'a pas de jambes, et que le condamné n'a pas de cou. En moyenne, nous pendons une personne par mois : si une telle chose est faite au nom du peuple, le peuple a le droit de savoir de quoi il s'agit.

La raison pour laquelle, il y a vingt ans, j'ai fait connaissance avec la cellule des condamnés à mort, c'est que je mettais alors mes espoirs de salut pour l'humanité dans la révolution mondiale. Ce livre a pour objet, plus modestement, d'épargner chaque année à une douzaine de pauvres diables de passer par les terreurs et les souffrances d'une expérience identique. En dehors de celle-là, une question plus importante est aujourd'hui posée. Car l'échafaud n'est pas seulement une machine de mort, c'est aussi le plus vieux et le plus obscène symbole de cette tendance propre à l'espèce humaine, qui la conduit à vouloir sa propre destruction morale.

Londres, 3 octobre 1955.

Dans l'immédiat il s'agissait simplement de faire de la propagande pour la campagne en faveur de l'abolition. Mais la préparation du livre exigeait des recherches historiques assez poussées, et au cours de ces recherches j'ai été de plus en plus fasciné par le caractère proprement démentiel du droit criminel anglais relatif à la peine de mort et de son application depuis deux cents ans. Je découvrais un chapitre de l'histoire culturelle pratiquement inconnu, d'une absurdité sans exemple, qui jetait une nouvelle lumière lugubre sur la pathologie de l'esprit humain. Les extraits suivants de Réflexions sur la peine capitale *peuvent en donner une idée. (Ces extraits sont relativement longs, je m'en suis expliqué dans les premières pages du présent volume.)*

1. LE DIABLE-DANS-LA-BOÎTE

La Grande-Bretagne est ce curieux pays d'Europe où les autos roulent à gauche, où l'on mesure en pouces et en yards, et où l'on pend les gens par le cou jusqu'à ce que mort s'en suive. Il ne viendra jamais à l'idée de la plupart des Britanniques qu'on pourrait s'étonner de ces habitudes. Chaque nation considère comme allant de soi ses propres traditions, et la pendaison fait partie des traditions britanniques, ni plus ni moins que de compter en shillings et en pence. Des générations d'enfants ont poussé des cris de frayeur et de délice devant leur guignol en voyant arriver la marionnette du bourreau. Quatre exécuteurs des hautes œuvres ont leur nom dans le *Dictionnaire national biographique :* Jack Ketch, Calcraft et « William Boilman[1] » étaient, du temps qu'ils vivaient, aussi populaires que peuvent l'être aujourd'hui des stars de cinéma. Il semble qu'il y ait une sorte de burlesque dans cette procédure, comme si la victime qui gigote au bout de la corde n'était pas un être humain, mais un mannequin de carnaval. Notre bourreau actuel, Pierrepoint, tient un cabaret à l'enseigne de « Aidez le pauvre diable » ; son ancien assistant en tenait un qui se nommait « la Corde et l'Ancre », et le Lord Chief Justice[2] en exercice a fait la joie d'un banquet de l'Académie royale en racontant l'histoire du juge qui, après avoir condamné trois hommes à mort, avait reçu l'aubade d'un orchestre jouant le célèbre refrain de l'Association de canotage d'Eton : « Nous nous balancerons tous ensemble. »

Tout se passe donc comme si la pendaison avait une sorte de gentillesse macabre, comme si elle était une vieille plaisanterie de famille que seuls les étrangers, les abolitionnistes et autres personnages dépourvus d'humour sont incapables d'apprécier.

Le 2 novembre 1950, M. Albert Pierrepoint était appelé à témoigner devant la Commission royale sur la peine de mort. Comme on lui demandait combien de personnes il avait pendues durant sa carrière de bourreau, il répondit : « Quelques centaines. »

1. Surnom du bourreau provenant, selon Macaulay, de la coutume qui veut que les entrailles du traître soient bouillies publiquement, après avoir été arrachées du corps encore vivant.

2. Le Lord Chief Justice est à la fois le plus haut magistrat d'Angleterre et le ministre de la Justice, charge qu'il partage avec le Lord Chancelier et, pour certaines fonctions, avec le ministre de l'Intérieur. Nous lui conservons son titre anglais, aucun équivalent français ne pouvant être donné. (*N.d.T.*)

Q. — Avez-vous connu des moments difficiles ?
R. — Un seul, pendant toute ma carrière.
Q. — Que s'était-il passé ?
R. — Il était grossier. Nous n'avons pas eu de chance avec lui. Ce n'était pas un Anglais, c'était un espion. Il faisait un chahut terrible.

M. H. N. Gedge, faisant fonction de shérif adjoint du Comté de Londres, fut également entendu par la Commission sur l'incident provoqué par ce personnage déplaisant, qui avait fait un tel chahut, et il confirma les déclarations de M. Pierrepoint.

Oui. C'était un étranger et, personnellement, j'ai remarqué que les Anglais se tiennent mieux dans ces cas-là que les étrangers...

Tout est clair. La pendaison est parfaite pour les Anglais ; et même, c'est à croire qu'ils aiment cela. Il n'y a que les étrangers avec qui on ait des ennuis. Ils n'apprécient ni le côté amusant, ni le côté solennel et rituel de cette procédure, et pas davantage la respectable tradition qui l'appuie.

L'échafaud et le bourreau ne sont plus que des souvenirs du passé dans toutes les démocraties occidentales, à l'exception de la France. La peine de mort a été abolie dans plusieurs États de l'Amérique du Nord, dans presque toute l'Amérique centrale et l'Amérique du Sud, dans de nombreux États d'Asie et en Australie : en tout, dans trente-six pays, c'est-à-dire dans la plus grande partie du monde civilisé.

Les Britanniques sont, chacun le reconnaît, des hommes disciplinés et respectueux des lois, plus que la moyenne des citoyens appartenant à des nations qui ont aboli la peine capitale, parmi lesquels il faut compter des Sud-Américains au tempérament sanguin et les Allemands qui ont été soumis pendant des années à l'influence abrutissante du régime nazi. Pourtant, les défenseurs de la peine de mort affirment que notre nation, contrairement aux autres, ne peut se permettre de renoncer aux services du bourreau, protecteur et vengeur de la société. Ils disent que l'exemple des autres peuples ne prouve rien, parce que, dans notre pays, les conditions se présentent d'une façon « différente ». Il se peut que les étrangers soient détournés du crime par la crainte d'un long emprisonnement, mais les criminels britanniques ne le sont que par la potence. Cette conviction paradoxale est si profondément enracinée dans l'esprit des partisans de la pendaison qu'ils ne se rendent même pas compte à quel point elle est paradoxale. La plupart d'entre eux détestent la pensée même que la pendaison existe et reconnaissent qu'il s'agit là d'une habitude aussi repoussante que malfaisante. Mais ils croient que c'est un mal nécessaire. Cette croyance dans l'irremplaçable valeur d'exemplarité de la peine de mort, les longues et patientes enquêtes de la Commission parlementaire de

1930 et de la Commission royale de 1948 ont démontré qu'elle n'était qu'une superstition. Comme toutes les superstitions, elle participe de la nature du diable-dans-la-boîte : vous aurez beau refermer le couvercle, à coups de faits et de statistiques, le diable bondira pourtant de nouveau hors de sa boîte, parce que le ressort qui le pousse est le pouvoir inconscient et irrationnel des croyances traditionnelles. Aussi toute discussion est-elle inutile si l'on ne remonte pas aux origines de cette tradition, pour extraire du passé les éléments qui exercent sur nos attitudes actuelles une si puissante action. C'est ce que nous allons faire. Ce sera une excursion dans un chapitre étrangement négligé et mal connu de l'histoire d'Angleterre.

2. LE « CODE SANGLANT »

Au commencement du XIXe siècle, la législation criminelle de notre pays était plus connue sous le nom de « Code sanglant ». Ce Code avait ceci d'unique au monde qu'il prévoyait la peine de mort pour environ deux cent vingt ou deux cent trente délits et crimes, tels que le vol de navets, le fait de s'associer avec des gitans, les dommages causés aux poissons des étangs, l'envoi de lettres de menaces, ou le fait d'être trouvé armé ou déguisé dans une forêt.

Notez que nous ne parlons pas des ténèbres du Moyen Age, mais du début du XIXe siècle, du règne de la reine Victoria, de l'époque où, dans tous les pays civilisés, les délits contre la propriété étaient exclus du champ d'application de la peine de mort. A cette époque, le plus grand juriste britannique du XIXe siècle, sir James Stephens, parlant de la législation criminelle, pouvait dire qu'elle était « la plus maladroite, la plus insouciante et la plus cruelle législation qui ait jamais déshonoré un pays civilisé ».

Cet état de choses était d'autant plus surprenant que, sous bien d'autres rapports, la civilisation britannique était en avance sur le reste du monde. Les visiteurs étrangers étaient fortement impressionnés par la correction des tribunaux britanniques, et non moins horrifiés en même temps par les châtiments sauvages qu'ils infligeaient. Potences et gibets étaient des objets si courants dans la campagne anglaise que les premiers guides édités à l'usage des voyageurs les utilisaient comme points de repère.

Rien qu'entre Londres et East-Grinstead, trois échafauds étaient dressés, plus quelques gibets où les corps des criminels étaient suspendus par des chaînes « jusqu'à ce que le cadavre soit pourri ». Parfois, le criminel était attaché vivant et mettait plusieurs jours à mourir. Parfois, le squelette restait pendu longtemps après que le corps se fut décomposé. La dernière utilisation du gibet est de 1832, à Saffron Lane, près de Leicester : le corps de James Cook, relieur de son état, y fut suspendu à trente-trois pieds de haut, la tête rasée et enduite de goudron, mais on dut l'enlever au bout de quinze jours, les flâneurs du dimanche ayant fait du gibet un lieu de promenade et de distraction.

Les « jours de pendaisons » furent, pendant tout le XVIIIe et la moitié du XIXe siècle, l'équivalent des fêtes nationales, en plus fréquents. Et pourtant, cela se passait à l'époque sensible du romantisme, du temps que les femmes s'évanouissaient à la moindre émotion, et que des hommes barbus répandaient de douces larmes dans les bras les uns des autres.

Les victimes étaient pendues seules, ou parfois par groupe de douze, seize et même vingt. Souvent, les condamnés étaient ivres, et les bourreaux ne l'étaient pas moins. Mais qu'il fût ivre ou sobre, il arrivait souvent au bourreau de perdre son sang-froid devant l'hystérie de la foule et de bousiller son travail. Nombreux sont les exemples de gens qu'il fallut pendre en s'y reprenant à deux et même à trois fois.

Ces horreurs se poursuivirent durant le XIXe siècle. Tout était fait de façon si incertaine, si hasardeuse et si barbare que, non seulement il arriva que des pendus fussent encore en vie quinze minutes et plus après le début de l'étranglement, mais on cite même avec certitude le cas de victimes qui reprirent connaissance sur la table de dissection.

Dès qu'on aborde la discussion sur la peine de mort, on ne peut éviter d'entrer dans ces répugnants détails techniques : il faut qu'on sache exactement de quoi l'on parle. Car il ne s'agit pas de questions intéressant seulement un passé lointain. L'hypocrisie officielle, prenant avantage du fait que les exécutions ne sont plus publiques, prétend que la pendaison moderne est une technique parfaitement mise au point, et que cela se passe toujours « rapidement et sans incident », ainsi que les directeurs de prison sont tenus de le dire. Mais la pendaison des criminels de guerre de Nuremberg fut marquée d'incidents affreux, et celle de Mrs Thompson, en 1923, fut une boucherie aussi révoltante que toutes celles dont parlaient les gazettes du siècle dernier. Le bourreau qui exécuta cette femme tenta de se suicider peu de temps après, et l'aumônier de la prison déclara « que le désir qu'il éprouva de la sauver, au besoin par la force, fut quasiment insurmontable ». Pourtant, les porte-parole du gouvernement continuent à nous dire que tout est parfaitement au point, et les porte-parole du gouvernement sont des hommes honorables. On ne faisait guère de distinction quant à l'âge et au sexe. Les enfants âgés de moins de sept ans n'étaient pas passibles de la peine de mort : ils ne l'étaient vraiment que passé quatorze ans. Cependant, entre sept et quatorze ans ils pouvaient être pendus s'il y avait à leur encontre « une preuve évidente de leur malignité », la malignité étant considérée comme tenant lieu de majorité pénale. Voici quelques exemples.

En 1801, Andrew Brenning, âgé de treize ans, fut pendu en public pour s'être introduit par effraction dans une maison et avoir volé une cuillère. En 1808, une petite fille de sept ans fut pendue à Chelmsford pour avoir mis le feu à une maison, et une autre petite fille de treize ans fut pendue à

Maidstone. Trois ans plus tard, le Lord Chancelier, Lord Eldon, s'opposant à un adoucissement de la loi, eut l'impudence de déclarer que « depuis vingt-cinq ans qu'il était conseiller de Sa Majesté, autant qu'il pouvait s'en souvenir, jamais la grâce n'avait été refusée dans un procès où il n'y avait pas lieu de la refuser ».

Des déclarations identiques, à propos de la grâce qui n'est « jamais refusée » dès qu'il existe une « lueur de doute », furent faites au cours du débat de 1948 sur la peine de mort, et dans d'autres circonstances, après que Bentley, Evans, Rowland, etc., eurent été pendus.

Répétons-le : nous ne parlons pas des ténèbres du Moyen Age, mais au contraire du siècle des lumières, de cette époque où, dans toute l'Europe, la législation criminelle s'humanisait rapidement. Sous l'influence des enseignements de Beccaria, de Montesquieu et de Voltaire, la peine de mort était abolie, pour la première fois en Autriche, dès 1781, par Joseph II. Son frère, le grand-duc de Toscane, suivait son exemple en 1786 et promulguait un code pénal qui proclamait que le principal objet des peines était la réadaptation du criminel à une vie normale. La Grande Catherine publiait ses célèbres *Instructions,* en 1767, qui abolissaient la peine de mort, et déclarait : « C'est la modération qui conduit les peuples, et non une excessive sévérité. »

Cette sévérité particulière à l'Angleterre était principalement due au fait que la pendaison était considérée par le Code sanglant comme une panacée contre toutes les fautes commises, depuis le vol d'un mouchoir jusqu'aux plus graves. Cependant, cette comparaison ne se réfère qu'au XVIIIe siècle. Pendant toute la durée du premier tiers du XIXe, c'est-à-dire entre les guerres napoléoniennes et le commencement du règne de la reine Victoria, le contraste fut encore plus frappant. La plus ancienne démocratie d'Europe, celle qui n'avait jamais eu à souffrir des effets violents de l'invasion étrangère, se distingua désormais, selon les paroles de sir James Stephens, par « la plus maladroite, la plus insouciante et la plus cruelle législation qui ait jamais déshonoré un pays civilisé ».

Comment une aussi surprenante situation a-t-elle pu exister ? On ne peut répondre à une telle question que dans les grandes lignes, mais cela est important, étant donné les rapports qui existent entre cette situation et celle que nous connaissons encore aujourd'hui.

3. LES ORIGINES DU « CODE SANGLANT »

La situation, aux alentours de 1800, ne provenait pas de l'héritage reçu d'un passé obscur, mais de la décision délibérée de tourner le dos aux réalités du jour. Trois causes principales semblent avoir concouru à faire évoluer la loi criminelle anglaise dans un sens opposé à celui qu'elle suivait dans le reste du monde :

a) Le fait que l'Angleterre se trouvait en tête de la révolution industrielle.

b) L'aversion de l'Anglais pour l'autorité, ce qui empêcha la création d'une police efficace.

c) Les particularités du système juridique de la coutume anglaise, particularités qui conduisirent à la naissance d'une classe d'individus à qui était reconnue une autorité semblable à celle des oracles, qui imposèrent le respect des « précédents » et, par là même, interdirent toute concession aux idées nouvelles.

La coutume médiévale prévoyait la peine de mort seulement pour quelques fautes particulièrement graves, telles que le meurtre, la trahison, l'incendie volontaire et le viol. Sous les Tudors et les Stuarts, la loi se fit plus rigoureuse, mais au début du XVIIIe siècle elle ne prévoyait encore la peine capitale que dans une cinquantaine de cas. Le développement du Code sanglant s'accomplit parallèlement à la révolution industrielle. Celle-ci transforma la nation, mit l'Angleterre à la tête du monde occidental, et produisit en même temps un certain nombre de difficultés sociales dont nous sentons encore aujourd'hui les conséquences. Les villes poussaient comme d'horribles champignons sordides, sans administration, sans autorités locales et sans services de sécurité. L'ancien ordre des choses se désintégrait, et personne n'avait une idée claire, ni bien entendu une expérience des moyens qui auraient permis de lutter contre le chaos social naissant. En particulier personne ne savait comment se comporter à l'égard du prolétariat des villes, formé de salariés arrachés à leur vie campagnarde et transformés en une race d'hommes déguenillés et parqués dans des taudis. L'expansion soudaine d'une pauvreté extrême, accompagnée comme il se doit, de prostitution, de travail d'enfants, d'ivrognerie et de délinquance, coïncidait avec une accumulation sans précédent de richesses qui se présentaient comme une provocation supplémentaire au crime. Tous les visiteurs étrangers s'accordaient pour dire que jamais on n'avait vu autant de richesses et de splendeurs que dans les demeures et les boutiques de Londres — jamais non plus tant de filous, de voleurs et de brigands. Ce fut le sentiment d'insécurité provoqué par une telle situation qui conduisit à la promulgation, par douzaines, de lois prévoyant la peine de mort.

Ce processus se poursuivit pendant cent ans et ne trouva son terme qu'en 1829, quand Robert Peel créa la police sous sa forme moderne. Si on l'avait fait cent ans plus tôt, une grande honte et une non moins grande horreur auraient été épargnées à notre pays. Paradoxalement, c'est l'amour de la liberté qui a empêché l'Anglais d'agir ainsi : il craignait qu'une force de police régulière, une fois instituée, ne fût utilisée pour limiter ses libertés individuelles et politiques. C'est-à-dire qu'ayant à choisir entre le flic et le bourreau, l'Angleterre se décida pour le bourreau. Celui-ci était une figure familière, celui-là une nouveauté inventée par les étrangers, et dont il valait mieux ne pas faire l'expérience. Si je parle ainsi de toutes ces bizarreries, ce n'est pas pour le plaisir de satisfaire une vaine curiosité, mais parce qu'il s'agit de questions qui nous concernent personnellement. Le dernier argument des défenseurs de la peine de mort est précisément celui-là même qui fut à l'origine du désastre : si la pendaison est abolie, alors les policiers devront être armés pour lutter contre des criminels qui ne craindront plus rien.

Jusqu'à ce jour, l'idée de confier une arme à un agent de police révolte davantage la sensibilité d'un Anglais que le maintien de la pendaison.

Cette sorte de législation d'urgence, promulguée au XVIIIe siècle dans un sentiment qui ressemblait à celui de la panique, est bien illustrée par deux cas. En 1722, les propriétaires du Hampshire furent inquiétés par une bande de voleurs qui avaient pris l'habitude de dissimuler leurs visages, afin de n'être pas reconnus. Le Parlement promulgua une loi rendant passible de mort toute personne « armée ou déguisée » qui se rendrait coupable de « violences ou de dommages contre les personnes ou les biens des sujets de Sa Majesté ». La bande de voleurs disparut du Hampshire, mais la loi demeura. Conçue pour faire face à une situation particulière, et pour une durée de trois ans, elle resta en vigueur pendant cent un ans, jusqu'en 1823. Et pendant tout ce temps, son application s'étendit. Elle était, en effet, rédigée en termes si vagues que le juge pouvait l'appliquer à des cas très différents. Et, chaque fois, il créait ainsi un précédent sur lequel on allait ensuite fonder de nouvelles condamnations. C'est ainsi qu'on en arriva à prévoir trois cent cinquante cas où la peine de mort s'appliquait.

On put assister à un pullulement identique dans l'application de la loi sur « les larcins dans les maisons d'habitation et dans les boutiques ». A l'origine, elle ne s'appliquait qu'au brigandage, mais elle finit par s'appliquer à tout vol d'un objet valant plus de douze pence, sans même que fût retenue la notion d'effraction qui avait été prévue dans le texte primitif.

J'ai essayé de dépeindre les origines de cette folie qui étendit l'ombre de la potence et de l'échafaud sur tous les villages, toutes les forêts et tous les bourgs du pays. Mais la folie et la panique ne durèrent qu'un court espace de temps. Cela se passait, en effet, à l'époque où les enseignements de Beccaria, de Voltaire et de Montesquieu trouvaient partout un sol fertile, excepté en Angleterre. C'était l'époque où, en Angleterre même, Jeremy Bentham, les Mill, Eden et Howard, Romilly, Selborne et tant d'autres hommes éclairés, conscients du déshonneur qui frappait leur pays, le combattaient de tout le pouvoir de leur talent. Quelle était donc la force qui s'opposait à tout ce qu'on pouvait tenter contre cette folie, à toute réforme, et qui demeura victorieuse jusqu'au milieu du XIXe siècle ? La réponse est simple : c'étaient les magistrats anglais.

4. LES ORACLES

Le système judiciaire anglais se fonde, non sur un code, mais sur l'application de la « Common Law », c'est-à-dire de la coutume, autrement dit, sur des usages. La validité et le domaine d'application de ces usages sont laissés à la décision des juges, « dépositaires de la loi, oracles vivants, qui doivent décider dans tous les cas douteux, et qui sont obligés par serment à décider selon la loi du pays » (*Encyclopédie britannique,* article « Common Law »). Leurs jugements sont enregistrés pour servir ensuite de précédents.

Les bienfaits de la coutume, considérée en tant que rempart de la liberté personnelle et politique, ont été considérables et forment une part essentielle de l'histoire anglaise.

Mais de tels bienfaits étaient payés cher. L'aversion à l'égard du pouvoir de la police eut pour contrepartie la puissance du bourreau. L'aversion à l'égard de la loi écrite laissait la législation anglaise à la merci des oracles en perruques qui, du fait même que, seul, le précédent les guidait dans leurs jugements, ne pouvaient avoir qu'un esprit tourné vers le passé. Ils n'administraient pas seulement la loi, ils la faisaient.

Ce furent les juges qui firent en sorte que la loi contre les bandits masqués finît par s'appliquer à trois cent cinquante crimes punis de mort. Sous leur influence, le Parlement vota de plus en plus de lois prévoyant l'application de la peine capitale, et ils purent étendre les applications de ces lois à leur aise. Ce furent les juges encore qui combattirent furieusement contre toute tentative pour abolir ces lois.

En 1813, alors que la « loi Romilly », qui prévoyait l'abrogation de la peine de mort pour le délit de vol à l'étalage, venait d'être repoussée pour la troisième fois par la Chambre des lords, le Lord Chief Justice d'alors, Lord Wynford, exposa avec une franchise sans exemple la position des juges en la matière. « Nous ne voulons pas voir changer les lois d'Angleterre », déclara-t-il. Celle que l'on voulait abroger avait été votée du temps de Cromwell « dans la période la plus glorieuse de notre histoire, et il n'y avait aucune raison pour se hasarder dans des expériences ». Il déclara qu'il voterait pourtant pour l'abrogation, mais seulement s'il pouvait être prouvé qu'un seul individu avait injustement souffert à cause de la loi, alors que l'humanité des juges était proverbiale. Et cela, au temps où des enfants de sept ans étaient pendus en public.

Mais il faut dire que l'argument : « Nous ne voulons pas voir changer les lois anglaises », n'a été invoqué que contre les adoucissements proposés, jamais contre les aggravations.

Il est inutile d'ajouter qu'il a toujours existé des juges humains qui, de concert avec les jurés et même avec le ministère public, ont cherché à épargner à de pauvres bougres les sévérités d'une loi évidemment excessive. Mais en tant que corps, les juges anglais ont exercé leur influence, tant à la Chambre des lords qu'à la Chambre des communes, et aussi par leur respect du « précédent », dans le sens d'une sévérité maximale et contre toute réforme humanitaire.

La lutte décisive pour l'abrogation de cet absurde et honteux Code sanglant eut lieu entre 1808 — quand Romilly présenta son premier projet de réforme — et 1837, date de l'accession au trône de la reine Victoria. Au début de cette guerre judiciaire de Trente Ans, le nombre de dispositions légales prévoyant l'application de la peine de mort était de deux cent vingt ; à son terme, il n'était plus que de quinze.

La résistance commença à faiblir seulement avec l'arrivée de Peel au ministère de l'Intérieur. Il créa, en 1829, les premières forces de police modernes. Dix ans plus tard, les crimes passibles de la peine de mort étaient enfin ramenés à quinze et, en 1861, à quatre : meurtre, trahison, incendie volontaire dans les docks et piraterie. C'est là que nous en sommes aujourd'hui.

Le récit évoque assez longuement la résistance véritablement fanatique que les juges opposèrent à tout adoucissement des autres formes de châtiment — depuis l'écartèlement pour trahison (qui ne fut aboli qu'en 1814) jusqu'au pilori et au chat-à-neuf-queues. Aux prisonniers accusés d'un crime entraînant la peine capitale ils refusèrent farouchement (jusqu'en 1836) le droit d'être défendus par un avocat (rappelons-nous que certains de ces accusés étaient des enfants de moins de dix ans) et aux condamnés le droit de faire appel :

Les juges montrèrent la même détermination quand ils s'opposèrent à la création d'une Cour d'appel criminelle, dont ils réussirent à retarder l'installation pendant soixante-dix ans. Pendant ce temps, la question ne vint pas moins de vingt-huit fois devant le Parlement.

Avant que cette Cour d'appel eût été créée, en 1907, il n'existait aucune instance devant laquelle un homme injustement condamné à mort pût se pourvoir. Son seul espoir résidait dans la clémence royale. La Commission royale de 1866 avait étudié la question, mais les quatre juges qui avaient déposé devant elle s'étaient unanimement opposés à une telle mesure, déclarant qu'elle aurait pour seul résultat de « tracasser les plaignants », qu'une Cour d'appel « n'est pas une chose naturelle » et que « les personnes ne sont pas condamnées, en Angleterre, autrement, à notre avis, que sur des preuves parfaitement claires ».

La terreur de la Révolution française garde dans le souvenir des peuples la grandeur d'un chapitre tragique, mais essentiel, de l'histoire. La terreur du Code sanglant était gratuite et sans objet, étrangère au caractère de la nation, et imposée au peuple non par des Jacobins fanatiques, mais par la conspiration d'une classe de fossiles à perruques. Ils citaient la Bible pour défendre l'écartèlement, puis ils se citaient mutuellement leurs propres citations et devenaient ainsi de plus en plus étrangers à toute réalité. Les avoués et les avocats, les aumôniers des prisons et les geôliers connaissaient les criminels en tant que personnes, et ils savaient que c'étaient des êtres humains. Mais tous les grands oracles nourrissaient une croyance aveugle dans la potence en tant que seul rempart contre le crime. Pourtant, les seuls criminels qu'ils avaient l'occasion de rencontrer devant leur tribunal administraient au contraire la preuve que la potence ne les avait pas éloignés du crime. Ils ressemblaient à des médecins qui, pour justifier leur thérapeutique préférée, citeraient précisément le cas de malades qu'ils n'auraient pas guéris. Néanmoins, ils devaient continuer à croire en la magie de cette valeur d'exemplarité, puisque s'ils avaient renoncé à y croire ils auraient été condamnés par leur propre conscience, au nom de ceux qu'ils avaient condamnés pour rien.

Tous se conduisaient ainsi de façon inhumaine parce que, bien que se faisant passer pour experts, ils ne connaissaient que peu de chose sur la nature humaine et sur les mobiles auxquels obéit un criminel. Victimes de leur déformation professionnelle, ignorant tout des forces de l'hérédité, des contraintes du milieu social, hostiles, d'ailleurs, à toute explication psychologique ou sociologique, ils ne considéraient le criminel que comme un monstre de dépravation qui ne pouvait être amendé et qui devait être détruit. Leurs protestations ridicules contre tout relâchement apporté aux lois de terreur ne venaient que d'une peur irrationnelle et instinctive. Du point de vue psychiatrique, les horreurs du Code sanglant, les pendaisons d'enfants, les saturnales auxquelles donnaient lieu les exécutions publiques n'étaient que les symptômes d'une maladie connue sous le nom d'anxiété hystérique. Mais les psychiatres sont considérés par les oracles comme des ennemis héréditaires, non seulement parce qu'ils comprennent ce qui se passe dans l'esprit de l'accusé, mais surtout peut-être parce qu'ils comprennent ce qui se passe dans l'esprit du juge.

Dans sa *Vie des Chiefs Justice,* Lord Campbell cite les paroles d'un juge qui, ayant condamné à mort un homme accusé de s'être servi d'un faux billet d'une livre, l'exhorta comme suit à se préparer au voyage qui devait le conduire dans un monde meilleur :

> J'ai la conviction que, grâce aux mérites et à la médiation de notre Rédempteur, là vous connaîtrez un pardon que le respect dû au crédit de la monnaie nationale vous interdit d'espérer ici-bas.

Ces mots évoquent avec précision l'oracle du début du XIXe siècle : la voix nasale encombrée de mucosités, la perruque en tire-bouchon couverte du napperon ridicule et qui donne à celui qui le porte un tel sentiment de supériorité qu'il en oublie ses ennuis de santé. Mettez le tout ensemble et vous obtiendrez une image parfaite de la majesté terrifiante de la Loi.

Le chapitre suivant, sur « La Protection du bourreau » — ou la peine capitale comme « dissuasion » — d'un style moins pathétique, tire principalement la leçon des statistiques.

Lors des débats parlementaires du 10 février et du 22 juillet 1955 le ministre de l'Intérieur, le major Lloyd George, rabâcha patiemment à son tour les trois raisons habituelles pour lesquelles le Gouvernement s'opposait à l'abolition : la peine de mort avait une valeur de dissuasion irremplaçable ; aucune autre peine ne pouvait offrir de solution satisfaisante ; et l'opinion publique était en sa faveur.

Je m'occuperai pour le moment du premier argument qui est le principal. Pour l'examiner impartialement nous devons mettre de côté toute considération humanitaire et tout sentiment de charité et juger de l'efficacité de l'échafaud en tant que méthode de dissuasion des assassins virtuels d'un point de vue froidement pratique, purement utilitaire.

S'il y a dissuasion, logiquement il doit y avoir quelqu'un à dissuader. D'où la première question : quels sont les hypothétiques « dissuadables » que l'on empêchera de commettre un meurtre en les menaçant de mort, et non en les menaçant de réclusion ? La peur de la mort est sans aucun doute fortement dissuasive ; mais à quel point exactement ?

Il est clair que la dissuasion a échoué dans tous les cas où un meurtre a été commis. L'échafaud ne dissuade certainement pas les meurtriers qui se suicident — il y en a un sur trois [1]. Il ne dissuade pas les fous ni les malades mentaux ; ni les gens qui tuent dans une rixe, en état d'ivresse, dans un accès de rage : et ces cas représentent 80 à 90 % des meurtres. Il ne dissuade pas le type de personne qui tue parce qu'il désire être exécuté — et ce n'est pas si rare. Il ne dissuade pas la personne qui croit dur comme fer à la perfection de sa méthode (poison, bain d'acide sulfurique, etc) infaillible, croit-elle. Ainsi la gamme des « dissuadables » hypothétiques qui ne pourraient être maîtrisés que par la menace de mort, rien de moins que la mort, se réduit à la classe des professionnels du crime. Seulement tout le monde, chez les abolitionnistes comme chez leurs adversaires, sait que « le meurtre n'est pas un crime de classes criminelles [2] ». C'est un crime d'amateurs, et non de professionnels.

Si la peine de mort dissuadait plus efficacement que des peines moins radicales, son abolition pour une catégorie de crimes donnée serait suivie d'un accroissement notable du nombre de ces crimes, comme l'affirment précisément les partisans de la mort. Mais les faits disent le contraire. Après la grande réforme des années 1830 le taux de criminalité n'a pas augmenté, il a diminué. Et pourtant l'ère de réforme coïncidait avec une des périodes les plus dures de l'histoire sociale en Angleterre : l'abolition de la peine de mort pour les atteintes à la propriété fut immédiatement suivie par la crise des « années faméliques » vers 1840. On n'aurait pas pu imaginer circonstances plus défavorables. Or au cours de l'expérience, le nombre des crimes

1. Viscount TEMPLEWOOD, *The Shadows of the Gallows*, Londres, 1951.
2. Rapport de la Commission royale, 1949-1953, annexe VI.

entraînant la peine capitale ayant été réduit à quinze, la Commission royale de 1836 concluait ainsi son rapport :

En fait il n'a pas été établi que l'abolition de la peine capitale à l'égard d'une classe de délits quelconque ait été accompagnée d'une augmentation des délinquants. Au contraire les données et les déclarations que l'on trouvera dans notre annexe tendent nettement à démontrer que le nombre total des délinquants a diminué [1].

Argument décisif : les formidables données statistiques provenant des trente-six pays qui au cours des cent dernières années avaient aboli la peine de mort non seulement pour les atteintes à la propriété, mais même pour le meurtre.

Ces données ont été étudiées par des criminologistes et des fonctionnaires de ministères de la Justice dans le monde entier, et résumées à la perfection en Grande-Bretagne par une commission parlementaire (1929-1930) puis une Commission royale sur la peine capitale (1948-1953). La première concluait ainsi son rapport :

L'examen prolongé de la situation dans d'autres pays nous a de plus en plus confirmés dans l'assurance que la peine capitale peut être abolie dans notre pays sans mettre en danger la vie ni la propriété et sans nuire à la sécurité de la société [2].

Les conclusions de la Commission royale furent essentiellement les mêmes.

Les défenseurs de la peine capitale savent fort bien que les données statistiques sont incontestables. Aussi ne les contestent-ils pas ; ils les passent sous silence. Si on les presse de questions ils ressortent invariablement deux réponses : (a) « les statistiques mentent » ou « ne prouvent rien » ; (b) l'expérience des pays étrangers n'a aucune valeur pour la Grande-Bretagne où les conditions sont différentes...

En résumé : l'expérience du monde civilisé prouve aussi nettement que des données triées avec un extrême scrupule peuvent prouver quoi que ce soit, que l'échafaud n'est pas plus efficace que d'autres moyens, non mortels, de dissuasion.

La partie suivante de l'ouvrage contient une analyse détaillée du code concernant la peine de mort tel qu'il était en 1955. Elle commence par des « Réflexions sur la pendaison d'un porc — ou Qu'est-ce que la Responsabilité criminelle ? » conçues comme une reductio ad absurdum *des principes sur lesquels ce code était fondé.*

1. Rapport du *Select Committee on Capital Punishment,* 1929-1930, p. 38.
2. *Ibid.*, p. 453.

Dans *l'Homme et la Bête,* de Mangin, on peut voir une gravure intitulée : « La peine capitale appliquée à une truie. » La truie, habillée de vêtements humains, les pattes garrottées, est maintenue sur l'échafaud par l'exécuteur qui fixe la corde autour de son cou. En face, se tient le greffier qui lit la sentence sur un rouleau. Au pied de l'échafaud, la foule se bouscule, une foule du genre de celle qui a l'habitude de se réunir autour de l'arbre de Tyburn. Les mères élèvent leurs enfants dans leurs bras, pour qu'ils puissent mieux voir, tandis qu'un notable à la mine sévère montre du doigt la truie qui hurle, expliquant certainement qu' « elle n'a que ce qu'elle mérite ».

Les animaux coupables d'avoir tué un être humain étaient, au Moyen Age, et pour certains cas isolés jusqu'au XIXᵉ siècle, jugés selon la loi, défendus par un avocat, quelquefois acquittés, plus souvent condamnés à être pendus, brûlés ou enterrés vifs. La truie de la gravure avait tué un enfant. Elle fut pendue en 1386, à Falaise. Un cheval qui avait tué un homme fut pendu à Dijon en 1389. Une autre truie, qui nourrissait une portée de six petits, fut condamnée à mort pour le meurtre d'un enfant, à Savigny, en 1457, mais les porcelets furent acquittés « faute de preuve positive de leur complicité ».

Un autre crime passible de la peine capitale pour les animaux, outre l'homicide avec ou sans préméditation, était les rapports sexuels avec un être humain. Dans ce cas, les deux complices, l'homme et l'animal, étaient brûlés vifs ensemble, aux termes de la « Lex Carolina ». Le dernier cas rapporté fut celui de Jacques Ferron, brûlé en 1750 à Vanvres pour s'être livré à des actes de sodomie sur une ânesse. Cependant, l'ânesse avait été acquittée, après que le curé de la paroisse et de nombreux notables eurent affirmé qu'elle avait été « victime d'une violence et qu'elle n'avait pas participé au crime de par sa libre volonté ».

La peine de mort appliquée aux animaux tomba en désuétude au cours du XVIIIᵉ siècle. Le dernier cas dont on ait recueilli le souvenir est celui d'un chien, jugé et exécuté pour avoir participé à un vol et à un meurtre, à Délémont, en Suisse, en 1906.

Comment se fait-il que nous trouvions la pendaison d'un animal plus révoltante encore et plus dégoûtante que celle d'un homme ? La question mérite d'être examinée.

Examinons ce problème du point de vue de la protection de la société. Nous savons que le fait de pendre un porc n'empêchera pas d'autres porcs d'attaquer des enfants qui auront été laissés par négligence à leur portée. Bien enfermer le porc est une protection suffisante pour la société. Mais cette réponse n'est pas la bonne, puisque l'expérience prouve aussi qu'exécuter des hommes n'est pas plus efficace, en tant que mesure d'intimidation, que de les enfermer. Dans ces conditions, la croyance dans le pouvoir d'intimidation de la peine de mort disparaît, et la pendaison d'un homme apparaît comme une cruauté aussi inutile que la pendaison d'un cheval. Pourquoi donc sommes-nous alors plus indignés à l'idée d'étrangler un cheval ? Parce que c'est une créature sans défense ? Une femme garrottée ou ligotée à une chaise et conduite ainsi jusqu'à la potence n'est pas moins sans défense.

Il faut donc chercher ailleurs. Essayons ceci : « Cette pauvre créature ne savait pas ce qu'elle faisait. Elle ne peut être tenue pour responsable de ses actes. Dans ces conditions, son procès devient une simple farce. » Il semble enfin que nous soyons dans la bonne voie. Mais y sommes-nous vraiment ? Car s'il vous est jamais arrivé de voir, dans les yeux de votre chien, le regard coupable qu'il dirige vers vous après avoir chipé une côtelette ou déchiré vos pantoufles, vous savez que le jury n'aurait d'autre ressource que de le dire responsable, en vertu de la règle dite de M'Naghten : *votre chien connaissait la nature de son acte et savait qu'il était mal de l'accomplir.*

Bien sûr, un cochon est moins intelligent qu'un chien et, en comparaison, on peut le considérer comme dépourvu de sens moral. Mais chacun sait que la déficience mentale et le manque de sens moral n'abolissent pas la responsabilité pénale et qu'ils ne sont pas des motifs suffisants pour permettre de plaider « coupable, mais dément ».

Dans ces conditions, les défenseurs des animaux devront trouver d'autres arguments. L'idiotie et le manque de sens moral ne tireront pas d'affaire leurs clients. Non plus qu'une plaidoirie arguant de leur « responsabilité diminuée », puisqu'il est admis qu'une responsabilité diminuée peut exister en Écosse mais qu'elle n'existe pas en Angleterre ou au pays de Galles.

Le seul espoir est de voir l'accusation de meurtre transformée en accusation d'homicide. Dans le cas du cheval qui a tué son maître d'un coup de pied, la provocation aurait peut-être fait l'affaire, le cheval étant devenu nerveux et irritable à la suite d'un coup de tromblon reçu à la bataille de Cherbourg, et les témoins ayant affirmé que son maître avait méchamment fait exploser un pétard devant son nez pour le taquiner. Dans ces conditions, cet imbécile ne pouvait s'en prendre qu'à lui-même si son cheval était sorti de ses gonds. Mais cela ne fait pas non plus l'affaire. Premièrement, parce que la provocation n'est pas une circonstance atténuante[1], si elle n'est commise que par mots ou par gestes. Deuxièmement, parce que la provocation doit être telle que le jury soit convaincu : *a)* qu'elle a privé l'accusé de tout contrôle de soi, *b) qu'elle aurait eu le même effet sur tout homme (ou cheval) raisonnable.* Par conséquent, une créature qui est « mentalement déficiente », « mentalement anormale » ou « mentalement déséquilibrée », ou encore « exceptionnellement excitable ou batailleuse », n'est pas en mesure de se réclamer d'une provocation qui aurait pu conduire *une personne normale* à se conduire comme elle l'a fait. Cette subtilité de la

1. Excepté « dans des circonstances extrêmes et d'un caractère exceptionnel ». On ne cite pas de cas récents où de simples mots ou gestes aient été considérés comme une provocation suffisante.

loi, en ce qui concerne la provocation, est généralement appelée « le critère de l'homme raisonnable ». Il y est expressément dit que, lorsque le jury doit décider si la provocation a été suffisante pour priver un homme raisonnable de toute maîtrise de soi, *il ne doit pas* « prendre en considération les degrés divers de capacité mentale ». Ce qui veut dire que le jury, en estimant les effets de la provocation, ne doit pas considérer la créature vivante qui se trouve en face de lui, mais un être humain idéal et abstrait. Cette disposition incroyable a été approuvée par la Cour d'appel criminelle (en 1940) et par la Chambre des lords (en 1942). Aux termes de ces décisions, le fait de faire partir un pétard devant un cheval autrefois blessé par un coup de feu, ce qui met l'animal hors de ses gonds, ne justifie donc pas qu'on plaide la provocation, parce qu'un cheval raisonnable ne serait pas sorti de ses gonds. De la même manière, ce n'est pas une provocation que d'appeler « sale Juif » un homme qui sort d'un camp de concentration, parce qu'une personne raisonnable ne se serait pas émue d'un propos de ce genre.

En dernier ressort, l'avocat pourrait prétendre au moins que le cheval a agi sans « intention de nuire ». S'il arrive à prouver cette affirmation, l'accusation de meurtre pourrait être transformée en accusation d'homicide. Mais comment le prouver ? En effet, dans cette expression « intention de nuire », « aucun des deux mots employés ne l'est dans son sens ordinaire... Il ne s'agit plus que d'un symbole arbitraire. Le fait de *nuire* peut n'avoir rien de criminel, et *l'intention* n'est pas nécessaire, en dehors du fait que le désir vient nécessairement avant l'action — quoique peut-être un instant seulement. Le mot « intention », dans cette expression, est donc devenu ou inexact ou inutile ».

Cependant, ces mots dépourvus de sens demeurent le critère fondamental du meurtre. « La glose le plus souvent citée sur cette loi est celle de sir James Stephens, telle qu'il l'a formulée en 1877 dans son *Résumé de droit pénal :* « L'intention de nuire se rapporte à un ou à plusieurs des états d'esprit suivant, précédant *ou coexistant* avec l'acte... par lequel la mort est provoquée, et *elle peut exister même dans le cas où il n'y a pas préméditation.* »

Bref, si les animaux étaient encore poursuivis devant les tribunaux, le jury, aux termes de la loi existante, n'aurait d'autre ressource que de rapporter un verdict de culpabilité contre le porc, le cheval ou la vache.

Le livre traite ensuite des problèmes du libre arbitre et du déterminisme par rapport à la peine de mort. En droit le concept crucial de « responsabilité » est fondé sur le postulat que l'accusé a décidé de commettre son acte volontairement, et qu'il n'y a pas été poussé par l'hérédité, le milieu ou autres facteurs déterminants, — puisque alors on ne pourrait pas le tenir pour responsable. Le résultat est un affreux labyrinthe de paradoxes (tels que la définition de la« préméditation ») ; le sort de l'accusé dépendra surtout du talent des avocats.

Les autres chapitres traitent des solutions préférables à la pendaison et du nombre de gens exécutés à la suite d'erreurs judiciaires.

Des innocents ont été pendus, et d'autres le seront si l'on n'abolit pas la peine de mort à moins que les jugements ne deviennent infaillibles ou que les juges ne soient des surhommes.

Tous les pays, toutes les époques ont eu leurs cas célèbres de personnes condamnées par erreur. Quand un homme est mort, les chances de prouver son innocence sont virtuellement nulles. Selon l'axiome juridique, c'est à l'accusation d'apporter la preuve du crime ; mais quand on veut réhabiliter un homme, qui de plus est mort, c'est à la défense d'établir la preuve de l'innocence. Et puisqu'il faut presque un miracle pour déceler une erreur judiciaire, il n'est pas déraisonnable de supposer que le nombre des erreurs non détectées est sans doute bien plus grand qu'on ne pense.

Sans doute les juges et les jurés essayent toujours, dans la mesure de leurs moyens, de juger impartialement. Si néanmoins les erreurs judiciaires continuent à se produire avec une régularité monotone, ce n'est pas par accident ; *la probabilité de l'erreur est inhérente à la procédure judiciaire.*

Suit un examen des principales sources d'erreur et d'incertitude dans les procès d'assises : faillibilité des témoins, faillibilité des experts, coïncidences, faillibilité des jurés, des tribunaux, des cours d'appel et des ministères, désinvolture des procureurs et des avocats, impossibilité d'appliquer les règles (britanniques) sur la définition de la démence.

Après quoi l'ouvrage décrit la procédure en fonction de ces sources d'erreur en donnant des exemples avérés de dénis de justice qui en ont résulté.

Cependant les partisans de la peine de mort s'appuient sur l'opinion publique qui, d'après les sondages (soumis d'ailleurs à de curieuses fluctuations) les soutient passivement, mais obstinément, à une majorité plus ou moins forte. Ce qui s'explique surtout par l'ignorance, par les préjugés et par la cruauté refoulée.

Le public ignore les faits et les arguments qui concernent le problème et cette ignorance est entretenue par le discours officiel. On lui fait croire que seul le bourreau peut le protéger du « criminel endurci » ; qu'il est impossible qu'un innocent soit pendu ; qu'on n'exécute jamais un malade mental ; que tous les cambrioleurs du royaume attendent impatiemment l'abolition de la peine capitale pour opérer à coups de revolver. Quand le rideau de fumée sera dispersé les gens comprendront que la peine de mort n'est qu'une stupide et sanglante séquelle du passé, plus stupide et plus sanglante qu'on ne l'a jamais imaginé.

On peut guérir l'ignorance, on ne guérit pas l'insensibilité. Pour croire sérieusement que la nation doit continuer à étrangler des êtres humains il faut avoir un curieux mélange de dureté et de traditionalisme sentimental qui rend imperméable à toute discussion rationnelle. On croit que le meurtre légal empêche le meurtre illégal, comme les Perses croyaient que la flagellation de la mer calme les tempêtes. On dira que l'Angleterre ne peut pas se passer de la pendaison et si vous objectez que d'autres pays s'en passent fort bien, on vous répondra que les étrangers sont différents. On dira que la justice anglaise ne peut pas prononcer de condamnations par erreur, et si vous citez les pendaisons dues à des erreurs judiciaires, on répondra qu'il n'existe pas de système parfait. On dira que la pendaison est la plus humaine des méthodes d'exécution, et si vous rappelez qu'il a fallu traîner sur la trappe des femmes qui se débattaient désespérément, on vous répondra qu'il est de mauvais goût de parler de ces choses.

Samuel Rommilly a écrit que les condamnations cruelles tendent inévitablement à engendrer la cruauté. L'image de l'échafaud excite le sadisme latent comme la pornographie les appétits sexuels latents. La fascination d'un procès pour meurtre, son attrait pour la cruauté inconsciente, viennent de ce qu'un homme lutte pour sauver sa peau comme un gladiateur dans l'arène, et de l'incertitude passionnante de son sort. Finalement on se demande pourquoi le pari mutuel ne s'en mêle pas.

Dissuasion morale, exemple, respect de la vie humaine... Horrible hypocrisie. Tant qu'il y aura des courses de taureaux il y aura des *aficionados,* tant qu'il y aura des gladiateurs il y aura un public de cirque. D'Old Bailey, prison des exécutions, sort un nuage empoisonné qui corrompt et déprave ; on ne l'arrêtera qu'en supprimant sa source, la peine de mort. La tradition exerce un effet d'hypnose qui entraîne la croyance aveugle, le refus instinctif de l'innovation toujours qualifiée de « dangereuse », la surdité aux raisonnements. C'est pourquoi les principaux partisans de la pendaison ont toujours été les corps les plus traditionnels : la Chambre des lords, les évêques, les juges à toges et perruques. Pourtant, en dépit de leur pouvoir et de leur influence, on leur a déjà arraché, peu à peu, des morceaux de leur tradition sacrée : le pilori, le bûcher, le gibet, le fouet ; d'ici à quelques années on leur arrachera aussi la corde.

Car malgré l'inertie de l'imagination et sa résistance aux faits et à la raison, les gens commencent à comprendre que le meurtre étatique délibéré est injustifiable au nom de la religion, de la philosophie et de la science ; que la pendaison par erreur continuera aussi longtemps que la peine capitale, le risque étant inhérent à cette peine ; que la grande majorité des meurtriers sont soit des malades mentaux, soit des victimes des circonstances que la société pourrait récupérer ; et que la substitution de l'emprisonnement à vie à la peine capitale n'expose pas les paisibles citoyens à de plus grands risques qu'à celui d'être foudroyé en attendant l'autobus, et, en outre leur épargnera celui de se rendre passivement complices de l'exécution d'un innocent ou d'un déséquilibré.

Il ne s'agit pas seulement des treize vies que nous offrons chaque année en sacrifice au stupide moloch des préjugés. L'échafaud n'est pas seulement une machine à tuer, c'est aussi un symbole, qui représente tout ce que l'humanité doit absolument rejeter pour pouvoir survivre.

CHAPITRE XLVI

La flamme entretenue

Le succès de la publication de Réflexions sur la peine capitale *dans les colonnes de l'*Observer *poussa le ministère de l'Intérieur à une démarche assez insolite. La veille de l'examen en seconde lecture du malheureux projet de loi de 1956 sur l'abolition, le sous-secrétaire d'État, Lord Mancroft, m'accusa à la Chambre des lords d'avoir délibérément déformé, en les citant, des documents officiels. Ses propos étant bourrés d'erreurs — sans doute à cause des notes trop hâtives que lui avaient préparées ses services — il fut facile de réfuter les accusations; de sorte qu'après ma réponse publiée dans le numéro suivant de l'*Observer *(11 mars 1956) le sous-secrétaire (et deux autres pairs qui l'avaient appuyé) furent contraints de présenter leurs excuses à la Chambre des lords et de retirer toutes leurs allégations — ce qui fut une victoire morale considérable pour la campagne.*

*Le projet de loi de 1956 franchit les trois étapes de la Chambre des communes et fut repoussé par la Chambre des lords; la peine de mort n'allait être suspendue qu'en 1965 pour être finalement abolie en 1970. Jusqu'aux derniers stades de la campagne j'écrivis fréquemment dans l'*Observer *sous le pseudonyme de Vigil, moins provocant que mon nom. Ci-dessous je cite un article de Vigil*[1] *comme exemple des calmes et judicieux commentaires de ce digne personnage à propos d'une des absurdités criminelles de la loi déjà évoquée ci-dessus dans les extraits du livre, mais assez incroyable pour mériter encore quelques lignes.*

LE MEURTRIER DÉRAISONNABLE

Clarence William Ward doit être pendu à la prison d'Armley jeudi prochain à 9 heures. Age : trente et un ans. Profession : livreur de charbon.

1. *Observer*, 22 janvier 1956.

Le livreur n'est pas le chauffeur du camion, c'est l'homme qui charge les sacs sur son dos et les vide dans les soupiraux.

Ward a été condamné à mort par la cour d'assises de Leeds le 14 décembre pour avoir tué une enfant de dix-huit mois, Margaret Walker, fille illégitime de sa compagne. Au cours du procès l'inspecteur principal Byrne avait présenté l'accusé comme un homme d'une mentalité au-dessous de la normale, et Margaret comme une enfant très en retard ne sachant ni marcher, ni se tenir debout. La mère, mademoiselle Walker, interrogée comme témoin, avait raconté que Ward passait « des heures » à essayer de lui apprendre à marcher.

Quant à Ward ses déclarations étaient les suivantes. Le jour du crime il était rentré du travail fatigué et souffrant de son ulcère à l'estomac ; il s'était mis à réparer le lit de l'enfant, mais elle n'arrêtait pas de pleurer ; alors, perdant patience, il l'avait secouée « de toutes ses forces » mais sans s'en rendre compte sur le moment. Quand il vit qu'elle était morte, il persuada la mère de l'aider à enterrer le corps dans un crassier de mine, où on devait le découvrir près de vingt mois plus tard, en septembre 1955.

Il se pourrait que ce drame banal ait une importance juridique considérable en raison de la décision de la cour d'appel qui a fait suite au procès. Le motif de l'appel était que le président du tribunal, le juge Pilcher, avait donné au jury des indications erronées sur le critère à employer pour décider si Ward était coupable d'homicide volontaire ou involontaire. D'après le juge ce critère consistait à savoir « ce qu'un homme raisonnable aurait pensé ou envisagé » (en commettant l'acte) ; alors que d'après la défense il convenait de savoir « ce qui s'était passé dans la tête de cet homme en particulier à ce moment en particulier. » L'avocat ajoutait qu'il n'existait pas de jurisprudence permettant d'appliquer le « critère de l'homme raisonnable » à des cas de ce genre.

L'appel a été rejeté le 11 janvier. Le verdict de la Cour, lu par son président, lord Goddard, approuve les instructions données au jury et confirme que le seul critère applicable en pareil cas se résume à la question : « Qu'envisagerait un homme raisonnable ? S'il s'agit d'un acte dont un homme raisonnable aurait su qu'il causerait la mort ou des blessures graves, l'acte équivaut à un homicide volontaire. »

Comme depuis la nuit des temps les précédents sont la base du droit britannique, on peut s'attendre que cette décision de la Cour serve de référence dans l'avenir, dans tous les cas comportant la terrible distinction entre homicide volontaire et involontaire. Voici donc à peu près, en langage non juridique, ce que dira la justice :

Si *A* tue *B* dans une crise de jalousie, de colère ou de fatigue nerveuse, le juge sera habilité a conseiller aux jurés de déclarer l'accusé coupable d'homicide volontaire, parce que (*Cf.* affaire Ward, 11 janvier 1956) « le critère doit être appliqué à tous également et le seul critère applicable en pareil cas est la question : qu'envisagerait un homme raisonnable ? »

La décision n'est pas tout à fait une innovation puisque le « critère de l'homme raisonnable » sert depuis longtemps à évaluer la gravité des *provocations*. A l'heure actuelle, sur ce point, la jurisprudence déclare qu'une provocation peut constituer une circonstance atténuante, pour qu'un meurtre devienne un homicide involontaire, à condition qu'il soit démontré que la provocation non seulement a fait que l'accusé ne pouvait plus se maîtriser, mais *encore qu'elle suffisait à faire qu'un homme raisonnable ne puisse plus se maîtriser*. Autrement dit, si l'accusé est anormal ou pour une raison quelconque anormalement susceptible aux provocations, il faut quand même le juger *comme s'il* était un citoyen ordinaire, moyen et raisonnable.

Voilà pour la provocation. Mais pour se défendre Ward n'a pas dit qu'on l'avait provoqué, il a dit avoir tué l'enfant sans le faire exprès, sans l'avoir voulu, en d'autres termes de manière *non préméditée*. En faisant appel son argument était que le juge Pilcher avait introduit, en l'absence de toute jurisprudence, le « critère de l'homme raisonnable » pour en faire un critère *de la préméditation*. La décision de la cour d'appel vient d'approuver cette intrusion.

Désormais, il semble que d'après cette interprétation un homme pourra être condamné pour homicide volontaire si, ne pouvant se maîtriser, il a commis un acte dont une personne raisonnable aurait prévu qu'il risquait de provoquer la mort. Cela va rendre la distinction entre homicide volontaire et homicide involontaire, qui est déjà équivoque et obscure, encore plus aléatoire pour les jurés — et pour l'accusé.

Certains jurés verront sans doute dans le « critère de l'homme raisonnable » une pétition de principe, puisque les meurtres de ce genre sont toujours commis dans un état déraisonnable. Ward, par exemple, a tué apparemment en état de fureur. L'homme raisonnable, *ex hypothesi*, n'est jamais en état de fureur. Ward souffrait d'un ulcère. Est-ce que l'homme raisonnable a des ulcères ? Au point de vue du bon sens l'hypothèse est que, à l'instant où il a commis le meurtre, A *n'était pas* raisonnable. Au point de vue de la Justice, l'hypothèse est qu'à cet instant-là il *aurait dû être* raisonnable. Le droit criminel, tel qu'il est aujourd'hui, exige qu'un homme dont la vie est en jeu devant le tribunal soit jugé non pas comme une personne et selon son individualité, mais selon les normes d'un être fictif, d'une idée abstraite de la rationalité. Et c'est au nom de ces postulats quelque peu archaïques que Clarence William Ward doit être pendu le 26 janvier.

Ward fut gracié le 23 janvier. Quelques jours plus tard un éditorial du Manchester Guardian *laissa entendre que la décision avait été probablement influencée par l'article de Vigil. Quant à ce Vigil je n'exagérerai pas en disant que ce fut un des plus beaux jours de sa vie.*

Il y a peut-être lieu de mentionner aussi un autre exploit de Vigil, parce que la simplicité et l'évidence présidèrent cette fois au succès. Il s'agit d'une brochure distribuée par la campagne à tous les membres du Parlement la veille d'un des débats sur le projet de loi de 1956. Elle portait sur les types de meurtres, catalogués d'après une étude sur les hommes et les femmes exécutés en Angleterre, en Ecosse et au Pays de Galles durant les années 1949-1953 : on y trouvait résumés les procès des quatre-vingt-cinq personnes, hommes et femmes, pendues pendant cette période. Aucune étude de ce genre n'avait été présentée auparavant aux législateurs ou au public. L'exercice avait pour but de réfuter les dires officiels perpétuellement répétés pour assurer que l'on ne pendait que les assassins convaincus de crimes crapuleux et que l'on graciait tous les autres, même reconnus coupables.

POUR UNE TYPOLOGIE DU MEURTRE

On trouvera ci-dessous la liste complète des assassins exécutés au cours des cinq années 1949-1953, avec une brève description des crimes commis. Elle est destinée à combler une lacune manifeste, puisque aucun document de ce genre n'a jamais été publié par le ministère de l'Intérieur. Les statistiques ne mentionnent pas les cas individuels et ne répondent nullement à la question : Qui sont les gens que nous pendons ? L'absence d'information concrète sur ce point fondamental a donné aux débats sur la peine capitale un caractère irréaliste, comme abstrait, et causé de graves malentendus quant au type de meurtriers que l'on exécute. Voici donc une tentative pour fournir cet élément d'information qui fait défaut. Bien que nécessairement succincte cette documentation permettra aux lecteurs de se faire une opinion sur les déclarations du ministère de l'Intérieur.

Suit l'énumération macabre. Exemples :

James Farrell, dix-huit ans, tue son amie, âgée de quatorze ans. La défense plaide la folie. La mère de Farrell était internée dans un asile psychiatrique depuis trois ans et demi. Pendu le 3 mars 1949.

Dennis Neville, journalier, vingt-deux ans, tue son amie âgée de vingt et un ans qui lui a avoué qu'elle était enceinte d'un autre. Libéré du service militaire avec une pension d'invalidité de 20 % pour « anxiété psychoneurotique ». Après sa démobilisation, son père avait été tué dans une rixe, et son frère tué au combat. Deux psychiatres cités par la défense le déclarent atteint de schizophrénie. Pendu le 2 juin 1949.

Benjamin Roberts, mineur, vingt-trois ans, surprend son amie dans les bras d'un autre homme. Tire sur elle, puis se tire dans la tête avec un fusil de chasse. Ramené à la vie. Pendu le 14 décembre 1949, bien que le jury ait sollicité l'indulgence.

Et ainsi de suite. Viennent enfin six pages de conclusions, dont nous citerons ici les trois premiers paragraphes.

1. La documentation confirme la proposition de sir John Macdonell fondée sur les statistiques de 1885-1905 et reprise par la Commission royale cinquante ans après : le meurtre « n'est généralement pas le crime des prétendues classes criminelles, mais plutôt dans la plupart des cas un accident dans des vies misérables [1] ».

2. Au vu de cette liste soixante-dix cas environ, soit plus de 80 %, semblent appartenir à la catégorie des crimes passionnels et (ou) des crimes dus à des troubles mentaux. Les crimes crapuleux n'ayant aucun trait marquant d'anomalie mentale sont au nombre de douze en tout, et dans la plupart de ces cas l'aspect psychiatrique n'a pas été examiné. Enfin ces crimes eux-mêmes ont été commis presque entièrement sans préméditation, par peur ou en état de panique pour éviter le dépistage ou l'arrestation. Des prétendus « assassinats prémédités et perpétrés de sang-froid pour voler » par une personne saine d'esprit, il y a un exemple, un seul.

3. Les causes dominantes du meurtre sont, de très loin, la folie et les troubles mentaux, les cas reflétant toutes les nuances de la démence caractérisée à l'épilepsie en passant par les diverses affections psychopathiques.

Ayant accompli leur mission en Angleterre les Réflexions sur la peine capitale *continuèrent à servir la cause de l'abolition à l'étranger. Aux Etats-Unis Edmond Cahn, professeur de droit à l'université de New York, y ajouta une « préface destinée aux Américains » ; une édition française fut publiée en collaboration avec Albert Camus, et de nouvelles traductions paraissent encore, un quart de siècle après, dans des pays où l'on débat toujours de la peine de mort.*

Cependant pour l'immense majorité de la population carcérale la pire souffrance n'est pas la crainte de l'exécution, c'est l'ennui, la dépression, la mort lente de l'intelligence. En 1960, tandis que je travaillais au Cri d'Archimède, *j'eus l'idée toute simple que pour certains détenus au moins une activité créative pourrait servir d'antidote à la détérioration mentale. C'est ce qui devait conduire à la fondation d'un prix destiné aux détenus, le* Prisoner Award Scheme, *qui porte mon nom et qui existe depuis 1962.*

L'histoire de ce prix n'a pas exactement sa place dans un recueil de textes, mais en guise de note au bas des Réflexions sur la peine capitale *(dont elle est une suite indirecte) quelques lignes à son sujet sont peut-être justifiables. Il s'agit d'un concours annuel de création (littérature, composition musicale, arts plastiques, artisanat) ouvert à tous les détenus, à l'exception des petits délinquants condamnés à des peines de courte durée. Les prix sont décernés par un jury qui a compté*

1. Royal Commission Report. p. 330.

parmi ses membres des personnalités du monde des lettres et des arts, dont la gloire est venue éclairer un moment les murs des prisons.

Dès la première année il y eut près de trois cents participants. Les œuvres couronnées sont exposées et vendues au profit des détenus. En moyenne leur qualité est celle de bons travaux d'amateurs, mais il y a parfois des œuvres d'un mérite exceptionnel, et certains lauréats ont réussi après leur libération à devenir peintres ou écrivains professionnels, alors qu'ils ne soupçonnaient même pas leurs talents avant leur incarcération. Cependant ces beaux succès, auxquels la presse donne quelquefois de la publicité, ne sont que des aubaines rarement espérées ; le vrai but du prix est plus modeste : aider des hommes et des femmes à supporter la détention, leur permettre peut-être d'en tirer un certain profit grâce à la découverte en eux-mêmes de ressources qu'ils ignoraient. C'est sans doute une attitude réaliste (qui n'exclut pas le rêve secret de découvrir un jour un Picasso en quartier de haute sécurité).

CHAPITRE XLVII

Le lion et l'autruche

*LES « campagnes et les causes » dont j'ai parlé (comme celles dont je n'ai pas parlé) étaient a-politiques. La seule exception dont il me faut m'excuser a été une série d'articles publiés dans l'*Observer *en janvier-février 1963 sous le titre de* « What's Left for Patriotism ? » *(Que reste-t-il au patriotisme ?) On trouvera ici l'article de conclusion.*

Être né citoyen britannique ne suppose ni effort ni choix. Devenir britannique par naturalisation demande les deux. Mais, bien que je sois naturalisé depuis de nombreuses années, je me suis senti plutôt gêné en voyant dans les stations de métro londoniennes la publicité de l'*Observer* annonçant cette série d'articles qui me présentait comme un « Anglais patriote ».

Pour me donner du courage — et aussi parce que l'épisode mène au vif du sujet —, je dois évoquer le mois de novembre 1940. Après l'effondrement de la France, je me retrouvai échoué au Portugal avec des milliers d'autres personnes, essayant de rejoindre l'Angleterre et son armée — dernier espoir de l'Europe. Les États-Unis, encore neutres à l'époque, m'offraient aimablement un permis d'entrer sur leur quota de secours destiné aux « intellectuels persécutés ». Le British Home Office, lui, me refusa le visa d'entrée.

Néanmoins, avec l'aide illégale du consul britannique à Lisbonne, sir Henry King, et le correspondant du *Times,* Walter Lucas, je trouvai le moyen de m'embarquer sur un avion de transport britannique. A l'arrivée, je fus envoyé à la prison de Pentonville, où je fus retenu durant six semaines pour entrée illégale. Après cela, je fus autorisé à rejoindre l'armée, plus précisément le corps des sapeurs — le seul corps alors ouvert aux volontaires étrangers — et à « suer pour la victoire » comme le disaient les affiches d'une manière si engageante. Ainsi, Pentonville fut mon école préparatoire, le corps des sapeurs mon Eton.

Ma compagnie était affectée à une tâche essentielle de défense, et nous étions naturellement « trop ardents » comme le sont, c'est bien connu, les étrangers. Nous demandâmes à notre commandant britannique de supprimer la traditionnelle coupure pour le thé qui, avec les quinze minutes de marche pour aller à la cuisine et quinze pour retourner, matin et après-midi, prenait près de deux heures de notre temps de travail. Le commandant loua notre zèle tout en nous expliquant que nous devions respecter les coupures pour le thé, que cela nous plaise ou non, parce que sinon les syndicats locaux feraient du grabuge. Cela se passait environ six mois après Dunkerque.

Tandis que je « suais » pour la victoire, et plus tard dans le service des ambulances, je fus amené à connaître de très près les couches inférieures des classes laborieuses et je les trouvai différentes de celles du continent. Dans les cantines de la N.A.A.F.I. et autour de la table de billard à la station des ambulances, j'appris bientôt que le monde est divisé entre « Eux » et « nous ». Le « E » est majuscule, le « n » ne l'est pas, parce que le mot « nous » n'avait rien à faire avec la conscience de classe dans le sens marxiste du terme — telle qu'elle existait dans les partis socialistes militants en Europe. La politique n'a eu guère de part dans cette attitude ; au lieu de la haine des classes qui a meurtri le continent par des guerres civiles et des révolutions, il y avait une sorte de fatalisme résigné et plein de ressentiment. J'appris à me conformer à nos Règles de Vie non écrites : va lentement ; ne te dépêche pas ; tout ce qu'« Eux » te racontent c'est pour te faire marcher ; si tu joues leur jeu, tu laisses tomber les copains ; si tu cherches la promotion, tu les trahis et tu seras mis en quarantaine. Mes camarades pouvaient être pleins de vie et d'audace ; sur le lieu du travail, ils se mouvaient comme les personnages d'un film au ralenti ou comme des scaphandriers des profondeurs sur le lit de l'océan. Les rituels les plus jalousement entretenus étaient les coupures pour le thé et les brioches — sereines et prolongées comme la cérémonie du thé japonais. Une autre habitude collective consistait à ponctuer chaque phrase avec des mots d'injure obscènes sans rapport avec leurs sens réels, involontaires comme des hoquets. Ce n'était pas pour jurer ; ces chapelets d'obscénités stéréotypées étaient utilisés comme une sorte de prière rituelle, preuve qu'on appartenait aux milieux bien-pensants.

Quelques-uns de mes copains venaient des taudis ; certains d'entre eux avaient appris, dans leur enfance, à utiliser les tiroirs des placards comme des pots de chambre. Mais la majorité constituait un lot décent avec des potentialités humaines intactes ensevelies sous les règles tribales. Dans le désert de Libye ou comme mitrailleurs à l'arrière des « forteresses volantes », ils avaient été habituellement magnifiques. Mais là, dans la R.A.F. et parmi les « Rats du Désert », le terrible abîme entre « Eux » et « nous » était au moins temporairement comblé par le danger et les privations partagées, par cet esprit de corps qui représente un patriotisme en miniature et, par-dessus tout, par la conscience de jouer un jeu d'hommes au lieu d'un jeu de dupes. Tel homme qui risquait sa vie sans hésiter à Alamein pour « la liberté de l'Angleterre » n'aurait pas levé le petit doigt à l'usine où il travaillait pour sauver l'Angleterre de la banqueroute.

L'élévation rapide des salaires, l'amélioration du logement, des écoles, des services de santé durant les années d'après-guerre, l'apparition de la télévision et de la machine à laver ont donné aux couches supérieures de la classe ouvrière les agréments extérieurs de la vie de la classe moyenne. Mais la faille intérieure ne donne aucun signe de guérison ; au contraire, elle s'est approfondie et durcie en une guerre froide de classes. La frontière entre les deux civilisations britanniques — je dirais presque les « deux nations » — n'est pas hermétiquement fermée ; exceptionnellement, des jeunes gens doués traversent la ligne ; mais pour la masse de la population la barrière persiste.

D'un côté se trouve toute la pyramide sociale complexe des classes supérieures et moyennes avec ses subdivisions compliquées et infinies, mais avec certaines aspirations et valeurs de base communes ; une image collective de « vie cultivée » que chacun essaie d'imiter, même au risque d'être ridicule. De l'autre côté, on ne veut rien de tout cela. On tourne résolument le dos à « leur » style de vie, leurs échelles de valeur, leurs modes de conduite. « La compétition dans le travail pour les promotions ou les positions privilégiées, grand souci de la classe moyenne adulte, est désapprouvée... Dans leur propre secteur de la société et de plus en plus à mesure qu'ils deviennent plus vieux et plus durs, le succès est obligatoirement déprécié car indécent, acheté par la servilité ou la fraude [1]. »

La classe ouvrière anglaise est devenue une enclave immensément puissante et non compétitive dans notre société compétitive. Elle a dégagé sa propre image, un combiné de Dickens et de « Coronation Street », des *Z-Cars*, de *Samedi soir* et *Dimanche matin*, d'*I'm All Right, Jack* et *The Angry Silence* — cette histoire cauchemardesque d'un certain Tom Dobson, technicien soudeur que ses camarades traitent comme s'il n'existait pas parce qu'après trois grèves lancées sans autorisation syndicale, il refuse de suivre le mouvement.

L'histoire sociale de l'Angleterre depuis la fin de la guerre est fondamentalement différente de celle des autres pays européens. Dans les années 1946-1948, l'Italie et la France, par exemple, semblèrent au bord de la guerre civile et les communistes représentaient le parti le plus fort dans les deux pays. La courbe ascendante de la prospérité entraîna un déclin correspondant de la ferveur révolutionnaire ; de plus, les syndicats ouvriers se divisèrent en socialistes, démocrates chrétiens et communistes, ce qui transforma la politique des syndicats en une espèce de jeu démocratique.

En Angleterre les rapports de classes évoluèrent dans une direction opposée. L'influence communiste dans les syndicats à la fin de la guerre était

1. Tom Burns, « La guerre froide des classes », *News Statesman* du 7 avril 1956.

négligeable ; elle grandit avec l'accroissement de la prospérité et le plein emploi, et ses effets disruptifs sont ressentis avec plus de force dans ce pays que nulle part ailleurs en Europe. Le public n'a que des aperçus épisodiques sur le réel état de choses et croit que ce sont des incidents isolés ; en fait, c'est le résultat d'une campagne préparée, centralisée et très bien organisée. La pénétration des syndicats « pour hâter l'inévitable effondrement du système capitaliste condamné » a été le but essentiel du mouvement communiste partout dans le monde ; elle a été réaffirmée depuis Lénine, dans des milliers de brochures et de résolutions des partis. Mais la dialectique marxiste est tout autant du chinois pour la classe ouvrière britannique que pour le reste de l'électorat britannique. Le gréviste moyen n'est pas un communiste mais un outil inconscient. L'élévation du niveau de vie a donné aux travailleurs la conscience accrue du fait qu'ils continuent à vivre sur la face cachée de la lune — qu'ils n' « appartiennent » pas à une société qu' « Ils » font tourner et dont ils répudient les valeurs. Ils ne sont pas antipatriotiques, mais apatriotiques. Ils se sentent spoliés non seulement par le « système » mais aussi par le parti travailliste et leurs propres chefs syndicaux. En 1946, ce fut le gouvernement socialiste de M. Attlee qui dut faire appel à l'armée pour maintenir l'approvisionnement de Londres pendant la grève non autorisée des transporteurs. Le *Tribune* écrivit à l'époque : « Les dirigeants de ce syndicat colossal (le T.G.W.U.) ont manifestement perdu le contact avec les hommes qu'ils sont censés représenter. Ils semblent ne savoir à peu près rien de l'humeur de leurs membres. » Des incidents tels que le suivant sont révélateurs de l'état d'esprit dominant :

« Un millier de cheminots à Eastleigh, Southampton, ont cessé le travail hier pendant deux heures dans les ateliers des Chemins de fer britanniques, parce qu'on ne leur permet plus de se faire couper les cheveux par des employés de la Compagnie, pendant les heures de travail dans les ateliers de travail. » (Le *Times,* juillet 1958.)

Tout aussi typique est la série monotone des grèves résultant de farouches querelles entre syndicats rivaux : les chauffeurs de locomotive contre les conducteurs, les fraiseurs contre les soudeurs, etc. En 1956, le conflit dans les docks de Merseyside entre les syndicats des menuisiers et des métallurgistes pour savoir qui aurait le droit de percer les trous dans des plaques d'aluminium conduisit à une grève qui dura six mois et attira l'attention du pays. Cela fut considéré comme une sorte de farce de music-hall, une bizarrerie venant d'individus qui semblaient tout droit sortis de Dickens. Deux ans plus tard, le *Times* rapportait que quatre cents hommes devaient être licenciés, onze mille étaient menacés du même sort, du fait que la production sur trois vaisseaux et un sous-marin était suspendue indéfiniment parce qu'on ne pouvait s'entendre pour savoir qui des chaudronniers ou des fraiseurs avaient le droit « d'utiliser cinq pistolets à souder, destinés à souder les écrous et les colliers aux plaques de métal ». On apprit alors que l'utilisation de cette méthode rapide et efficace avait été empêchée par cette querelle entre les deux syndicats durant les *douze dernières années.*

Bien sûr, les grèves ne sont pas rares non plus sur le continent ; mais dans aucun autre pays la production nationale n'a été paralysée pour des raisons aussi frivoles et avec une telle irresponsabilité. Dans notre démocratie, la plus vieille de toutes, les relations entre classes sont devenues plus amères, la politique des syndicats moins démocratique que dans la France de de Gaulle et dans l'Allemagne d'Adenauer. La raison profonde n'est ni le communisme, ni le socialisme, ni un égoïsme éclairé, mais une humeur désenchantée et méchante. On peut en faire remonter les origines à la période qui suivit la victoire socialiste de 1945 quand le parti travailliste eut la chance unique de briser les barrières psychologiques entre les classes, et la manqua. Ses affiches « Work or Want » — « travail ou privation » — donnaient l'impression à toute la nation de vivre en éducation surveillée.

Voilà le problème. Il fallait le souligner car il est habituellement passé sous silence, silence embarrassé symptomatique des sentiments de culpabilité des intellectuels de la classe moyenne. Si j'ai été franc, c'est que ma sympathie va aux héros d'Alan Sillitoe plutôt qu'à ceux d'Evelyn Waugh. L'autre aspect de la question est suffisamment bien connu, et discuté plus ouvertement : le manque d'imagination et le défaut d'adaptation de l'entrepreneur britannique, les méthodes de gestion surannées, l'insuffisance d'éducation technologique.

Le résultat de tout cela combiné peut se résumer en quelques chiffres déconcertants. De 1950 à 1955, les exportations anglaises ont augmenté de 6 %, celles du Marché commun de 76 %. Pendant les cinq années suivantes, de 1955 à 1960, les exportations anglaises ont augmenté de 13 %, celles du Marché commun de 63 % (rapport de l'O.C.D.E. sur le Royaume-Uni, avril 1962). Pendant toute la décennie 1950-1960, « aucune nation industrielle n'a vu sa production par habitant croître plus lentement que l'Angleterre » (Le *Times* du 19 octobre 1962). L'année dernière par exemple, le produit brut du revenu national français a augmenté de 6 %, et en Angleterre de moins de 2 % ; et depuis 1950, l'augmentation des revenus nationaux des pays de la C.E.E. a été deux fois plus rapide que la nôtre. Les statistiques sont soumises à l'influence de nombreux facteurs, mais la tendance générale est indubitable. Cela se reflète dans certains sondages récents selon lesquels 45 à 60 % de nos jeunes gens au-dessous de vingt-cinq ans aimeraient émigrer s'ils le pouvaient.

Engels écrivait en 1886, dans sa préface à la traduction anglaise de *Das Kapital,* que Marx, « après avoir étudié toute sa vie l'histoire économique et la situation de l'Angleterre » avait « abouti à la conclusion qu'en Europe du moins, l'Angleterre est le seul pays où l'inévitable révolution sociale pourrait être réalisée entièrement par des moyens pacifiques et légaux ».

C'est l'une des rares prédictions marxistes qui se soit vérifiée. La continuité de la tradition et l'habileté à la concilier avec des réformes fragmentaires est peut-être la caractéristique la plus frappante de l'histoire de ce pays. La bourgeoisie, au lieu de pendre les aristocrates à des réverbères, s'unit à eux et donna ainsi naissance à une classe moyenne supérieure et dynamique. La continuité a triomphé même au-delà du déclin de l'Empire. Dans le passé, les déclins pareils furent des événements catastrophiques ; pour la première fois dans l'Histoire nous vîmes un empire se dissoudre graduellement avec dignité et bonne humeur.

Mais le prix payé pour éviter les révolutions sanglantes, telles qu'elles ont été vécues par tous les grands pays européens, commence à se faire sentir. Le contentement de soi s'est développé comme un abcès froid ; « zélé », « alerte », « adroit » sont devenus des termes péjoratifs. Il fut un temps où l'Angleterre était l' « atelier du monde » ; si les Perses avaient besoin d'une locomotive ou les Turcs d'une machine-outil, ils devaient attendre leur tour ou s'en passer. Aujourd'hui, comme l'a fait remarquer un industriel allemand, « si les Perses veulent construire un chemin de fer, nous leur donnons un délai de livraison de sept mois et un crédit de sept ans ; l'Angleterre leur donne un délai de livraison de sept ans et un crédit de sept mois ». L'Angleterre commence tout juste à se délivrer de l'illusion qu'elle vit toujours au temps de la reine Victoria ; tôt ou tard elle devra regarder la vérité en face.

Le même arrêt de développement se reflète dans les relations entre classes sociales. La classe ouvrière maintient obstinément son état d'esprit prolétaire, tandis que partout ailleurs elle est en train de s'amalgamer aux classes moyennes. L'autre moitié de la nation forme une société de castes poliment camouflée, avec une hiérarchie qui est un anachronisme unique dans l'Europe moderne. Les Anglais trouvent naturel que l'origine sociale d'un homme puisse être décelée sur sa manière de prononcer les H ; ils sont incrédules quand on leur dit qu'en France, par exemple, mis à part les dialectes régionaux, le vocabulaire et la prononciation d'un ouvrier instruit, d'un commerçant ou d'un industriel sont impossibles à distinguer. La raison est simple : le système d'éducation est uniforme, il est basé sur la sélection compétitive, le rang et la fortune ne confèrent pas d'avantages ; l'accession à l'École normale supérieure et l'École polytechnique repose exclusivement sur les mérites des candidats. Ces deux écoles forment l'élite politique et intellectuelle de la nation ; et le seul accent qui suscite le respect et même l'envie est la prononciation caractéristique du *normalien*.

Le dernier pas décisif vers une démocratie véritable est de fournir des possibilités d'éducation égales pour tous. Cela seul permettrait à la nation de parler un langage unique — à la fois au sens figuré et au sens littéral. Cela suppose-t-il que le système des *Public Schools* doive disparaître ? Je suis désolé de devoir répondre oui. Je ne suis pas assez bête ni assez barbare pour sous-estimer ce que ce système a fait pour la grandeur de la nation. Mais il a fait son temps ; et des possibilités d'éducation inégales, plaçant les privilèges avant les mérites, sont le péché originel qui déchire une nation et l'abandonne aux lois non d'une « méritocratie », mais d'une « médiocratie ».

Abattre ces barrières anachroniques entre classes est, je crois, la tâche la plus urgente qu'a à affronter le patriotisme anglais. Elle devrait s'accompagner de la chute des barrières extérieures qui séparent l'Angleterre de l'Europe. Aller seul son chemin n'est pas pensable, et « l'Europe ou le Commonwealth » est une fausse alternative. Géographiquement et historiquement, cette île appartient à l'Europe. Économiquement, le commerce avec le Commonwealth est en train de décroître, le commerce avec l'Europe de s'accroître. Notre héritage culturel vient de l'Europe et non du Ghana, du Pakistan ou de l'Australie. Nos vacances, si nous en avons les moyens, nous les passons en Europe, non en Nouvelle-Zélande. Si vos amis vous affirment que le Commonwealth est plus réel pour eux et plus proche de leurs cœurs que l'Europe, demandez-leur quels sont exactement les pays d'Afrique et d'Asie qui en font partie ; vous serez surpris.

En 1940, le bon vieux John Bull seul représentait l'Europe ; aujourd'hui il est européen malgré lui, mais néanmoins européen. L'interruption regrettable des négociations au sujet de l'Angleterre dans le Marché commun n'a pas altéré ma foi dans la nécessité d'une Europe unie, incluant cette île européenne.

Je m'aperçois que je n'ai pas expliqué pourquoi j'aime ce pays, pourquoi j'y vis et pourquoi, bien que parfois encore je me sente un étranger en Angleterre, je me sens totalement Anglais quand je suis à l'étranger. Il aurait été plus facile et plus plaisant d'expliquer tout cela, mais ce n'était pas le rôle d'un Européen anglicisé. De toute façon, on aime son pays non pas *pour* ceci ou *pour* cela — mais plutôt en dépit de tout.

*Impressionnés par la polémique que provoqua cet article de l'*Observer, *les éditeurs de la revue* Encounter *m'invitèrent à composer un numéro spécial consacré à la situation de la Grande-Bretagne. Ce numéro paru en juillet 1963 sous le titre de* Suicide d'une nation ? *devait être publié un peu plus tard en volume, chez Hutchinson. Dans cette édition l'illustration de la couverture représentait les armoiries britanniques, avec une légère innovation : la licorne qui d'habitude fait face au lion était remplacée par une autruche. La préface expliquait cette substitution :*

On appelait « Chimère » dans la mythologie grecque un monstre à tête de lion et corps de chèvre avec une queue de serpent.

L'Anglais nous frappe plutôt par une séduisante combinaison du lion et de l'autruche. En période critique, il sait magnifiquement s'élever à la hauteur des circonstances. En temps ordinaire, il enfouit sa tête dans le sable. Attitude apaisante et qui contient la promesse d'une nouvelle crise, donc d'une nouvelle occasion de se changer en lion et de s'élever magnifiquement à la hauteur de la situation.

Je citerai enfin quelques lignes de l'épilogue de Suicide d'une nation ? *qui se réfèrent à un phénomène spécifiquement britannique et tristement significatif.*

... Deux souvenirs me reviennent en mémoire : le premier est une scène des *Temps modernes* dans laquelle Charlie Chaplin, après une journée passée à l'usine à serrer des boulons, continue, l'usine quittée, à esquisser le même geste, tel un automate que l'on aurait une fois pour toutes remonté. Le second est une interview télévisée de deux jeunes travailleurs discutant âprement des limites respectives du travail qui leur était assigné. Comme on leur demandait pourquoi ils étaient opposés à élargir leurs connaissances et obtenir une vue d'ensemble plus étendue du travail de leur usine, ils répondirent d'un air sombre : « Parce que cela entraînerait le chômage. Nous ne voulons pas courir le risque d'être renvoyés. Nous nous souvenons de 1929... »

Ils ne se souvenaient pas, bien entendu, de 1929, mais de ce que leurs aînés leur en avaient dit. C'est la doctrine sacro-sainte selon laquelle l'homme chargé d'installer les canalisations d'eau froide ne doit pas poser les canalisations d'eau chaude, l'homme qui rédige les télégrammes ne doit pas se charger de les envoyer, doctrine dont l'idéal implique le rétrécissement des possibilités humaines, la spécialisation rigide dans une routine facile, mécanisée, automatique, la réduction de l'homme à un robot chaplinesque.

Il n'y a pas de mot anglais correspondant au mot français « abrutissement », cette mise en sommeil des capacités et des sensibilités dégénérant en un état chronique d'atonie. Notre système archaïque d'apprentissage qui prépare à une existence rigidement démarquée (l'équivalent d'une condamnation à vie à un même travail sans avenir) paraît avoir été spécialement conçu pour produire cet abrutissement, qu'Alan Sillitoe a si violemment dénoncé. Mais il existe un autre facteur important, responsable de l'inertie massive de la classe ouvrière britannique : la doctrine de la concurrence, maximes de vie sur ce qu'il convient ou ne convient pas de faire et que la tradition orale évoque constamment. Travaillez lentement sinon vous trahissez vos compagnons et serez tous renvoyés.

Inutile d'insister sur les effets d'une telle mentalité sur l'économie du pays. Ce que nous voulons souligner c'est l'influence démoralisante d'un tel conditionnement sur le jeune apprenti. On lui apprend à ne pas donner la mesure de ses capacités, à ne pas avoir l'orgueil de son travail, à ne pas être ambitieux ; il y a là une sorte de castration délibérée des potentialités humaines. Une fois de plus, l'idéal de l'*uomo universale* est inversé. « La conclusion la plus surprenante — écrivait Geoffrey Gorer, dans un article sur un livre traitant de la vie des mineurs — c'est de constater combien les hauts salaires et la sécurité de l'emploi ont peu modifié les vieilles habitudes et les manières de vivre. »

P.S. 1980. Depuis la publication de Suicide d'une nation ? ***en 1963 la situation s'est dégradée de plus en plus et les causes de cette tendance, telles que j'ai tenté de les signaler, sont devenues encore plus visibles. Il arrive quelquefois que la queue de l'autruche remue nerveusement, mais jusqu'à présent rien n'indique que le lion s'apprête à faire face.***

CHAPITRE XLVIII

Le droit de mourir

Le présent volume est encore à l'impression au moment où l'association britannique pour l'euthanasie volontaire (Voluntary Euthanasia Society [1]) *prépare une brochure sur « l'auto-délivrance » pour laquelle j'ai écrit la préface reproduite ci-dessous.*

L'association définit ainsi ses buts :

Créer une opinion publique favorable à l'idée qu'une personne adulte, souffrant d'une maladie grave pour laquelle on ne connaît aucun soulagement, ait légalement droit à la charité d'une mort sans douleur si, et uniquement si, telle est sa volonté expresse ; et promouvoir une législation à cet effet.

Il est sans doute normal que ce soit là la dernière activité de l'auteur dans une entreprise de bienfaisance : après avoir fait campagne pour le droit de vivre des condamnés à mort, il semble approprié de faire campagne pour le droit de mourir dignement des malades que de faux principes humanitaires condamnent à une prolongation douloureuse et dégradante de l'existence. (Il est d'ailleurs remarquable que certains des plus bruyants partisans de la peine capitale soient aussi les plus ardents adversaires de l'euthanasie volontaire.)

La brochure est conçue comme un « guide de l'auto-délivrance » au moyen de méthodes pharmaceutiques ou autres ; il s'adresse aux personnes qui sont résolues à mettre fin à une existence intolérable. Elle ne sera pas en vente en librairie ; seuls les individus membres de l'association depuis six mois au moins pourront se la procurer.

Quand on parle de « la peur de la mort » on oublie souvent de distinguer entre deux sortes de peur qui peuvent être mêlées dans l'expérience mais qui à l'origine sont distinctes. Dans un cas l'homme redoute l'*état* de mort (de

1. Récemment rebaptisée *EXIT — The Society for the Right to Die with Dignity.*

non-existence) ; dans l'autre il redoute le *processus*, l'acte de mourir, l'agonie du passage à cet état. Le but de la présente brochure — et de l'Association qui, après de longs scrupules, a décidé de la publier — est d'aider à surmonter la seconde de ces peurs. Pour la première il faut évidemment s'en remettre aux consolations que peuvent offrir la religion, la philosophie ou la parapsychologie.

Cependant la distinction n'est pas si nette, les deux craintes sont imbriquées. Depuis longtemps les mystiques de toute confession proclament que la foi dans l'au-delà arrache non seulement au tombeau sa victoire, mais encore à la mort son aiguillon. Rappelons-nous comment « le chrétien mourant », selon Pope, parle à son âme :

Vital spark of heav'nly flame :
Quit, oh quit this mortal frame :
Trembling, hoping, ling'ring, flying,
Oh the pain, the bliss of dying.

De la flamme céleste étincelle vitale
Abandonnez cette enveloppe périssable
Tremblante en espérance, en langueur, en envol,
O douleur, o béatitude de la mort.

En d'autres termes la foi peut produire une forme d'euthanasie : une mort corporelle paisible. Les sceptiques compareront sans doute cet effet à celui d'un placebo, mais cela ne change rien. Or on en vient alors au point crucial : cette connexion est réversible. Si ceux de nous qui sont agnostiques pouvaient être assurés d'une fin douce et facile, ils auraient bien moins peur d'*être* morts. Ce n'est pas une attitude logique, mais la peur n'obéit pas à la logique. Nous avons tendance à nous guider sur nos premières impressions — des gens, des paysages, des pays. Un pays inconnu dans lequel on ne pénètre qu'en franchissant une salle de torture est effrayant. A l'inverse, la perspective de s'endormir paisiblement est apaisante, et plus encore, elle peut rendre désirable le moment de quitter l'enveloppe tenaillée de souffrances, et de ne point renaître. Car après tout la raison nous dit — quand la panique ne l'étouffe pas — qu'avant de naître nous étions tous morts, et que notre condition *post mortem* n'est pas plus effrayante que le crépuscule prénatal. Seul le processus de la transition, de la non-renaissance, nous rend tous lâches. Le concept de mort en tant que condition serait dans son ensemble plus acceptable si le mourir était moins horrible et moins sordide. L'euthanasie est donc davantage que l'administration d'un analgésique léthal. C'est un moyen de réconcilier l'homme avec sa destinée.

***

Nous avons grand besoin de cette réconciliation, de cette acceptation, puisque (sans parler d'autres déficiences trop connues) notre espèce souffre de deux handicaps graves qui lui sont imposés à l'entrée et à la sortie de l'existence. Chez les animaux il semble bien que la naissance se fasse sans douleur ou avec un minimum d'inconfort. Chez l'homme, à cause d'un caprice de l'évolution, l'embryon est trop gros par rapport au canal utérin de sorte que le passage s'effectue difficilement au prix de longues souffrances pour la mère et (on le présume) d'une expérience traumatisante pour le nouveau-né. C'est pourquoi nous avons besoin de sages-femmes. Une situation analogue règne à la sortie. Les animaux en liberté, s'ils ne tombent pas victimes d'un prédateur, meurent de vieillesse paisiblement, semble-t-il, sans faire d'embarras : naturalistes, éthologistes, explorateurs, personne, à ma connaissance, n'a témoigné du contraire. La conclusion s'impose : nous avons besoin d'une aide aussi pour franchir le pas de la dé-naissance ; au moins devons-nous pouvoir compter sur cette aide. L'euthanasie, de même que l'obstétrique, est le correctif naturel d'un handicap biologique.

***

Si l'euthanasie active était légale (comme elle l'est dans certains cas aux Pays-Bas) on pourrait se demander si cette brochure est bien justifiée ou si elle répond à une nécessité. Mais comme il faudra des années, voire des décennies, pour parvenir à la législation souhaitée, nous voudrions que la publication d'un guide pratique de « l'auto-euthanasie » apporte la paix à bien des esprits qui autrement seraient réduits au désespoir. Il n'est rien de pire que la perspective d'être rivé à une existence intolérable, sinon le cauchemar de bousiller la tentative d'en finir. Je parle au nom d'un grand nombre d'hommes et de femmes (dont certains sont de mes amis) qui ont essayé et qui ont échoué — ou qui n'osent pas essayer de crainte d'échouer.

Dans l'état actuel des choses le suicide assisté, sous toutes ses formes, impose une lourde responsabilité aux médecins, aux familles, et autres « complices » aux termes de la loi. Si notre brochure parvient à alléger quelque peu ce fardeau elle aura atteint son but.

CINQUIÈME PARTIE

LES PIÈGES DU MYSTICISME

CHAPITRE XLIX

Le yoga inexpurgé

En 1958, ayant terminé Les Somnambules, *j'éprouvai le besoin d'un changement d'air, un besoin d'air frais dans un climat différent. L'escapade eut pour résultat* Le Lotus et le robot *(1960); les raisons qui l'avaient motivée étaient exposées comme suit dans la préface de ce dernier livre :*

Rome fut sauvée en l'an 408 par trois mille livres de poivre importées des Indes et représentant une partie de la rançon payée par le Sénat au roi des Goths, Alaric ; depuis lors, l'Europe, quand elle s'est trouvée dans l'incertitude ou dans une impasse, s'est tournée souvent avec nostalgie vers les pays des épices, culinaires et spirituelles.

La personnalité la plus influente à l'âge des ténèbres fut saint Augustin qui subit l'influence de Plotin, lui-même influencé par la mystique indienne. Bien avant qu'Aldous Huxley trouve dans le Yoga un remède aux maux de notre meilleur des mondes, Schopenhauer appelait les *Upanishads* la « consolation de sa vie ». La première génération de l'âge nucléaire semble avoir trouvé une consolation dans le Zen. Dans l'ensemble, l'Occident n'a été réceptif à la voix de l'Orient qu'aux époques où l'esprit était menacé, dans des climats de futilité et de désespoir ; son attitude à l'égard de l'Asie fut tantôt celle du conquérant armé de ses canons et de son évangile, tantôt celle du pèlerin, le cœur contrit et humilié, prêt à se prosterner aux pieds d'un *gourou.*

J'ai voyagé en Inde et au Japon, en 1958 et 1959, dans l'état d'esprit du pèlerin. Comme tant d'autres, je me suis demandé si l'Orient pouvait fournir une réponse à nos angoisses, une issue à nos impasses. J'ai choisi ces deux pays parce qu'ils se situent aux deux extrémités du spectre : l'un étant le plus attaché aux traditions, l'autre le plus « moderne » des pays d'Asie. Je n'espérais pas trouver de solution toute faite, mais j'avais le grand désir d'observer la situation de l'Occident sous une perspective différente, sous une autre latitude spirituelle.

Je suis parti en pèlerinage, non pas l'esprit ouvert mais l'esprit également partagé. Ce qui en est résulté est un mélange de détails pédants et d'hypothèses douteuses.

La première partie du livre, consacrée à l'Inde, débute par quatre « portraits de saints contemporains » dont l'un n'est pas encore oublié aujourd'hui : Acharya Vinobha Bhave, « saint marcheur », dauphin spirituel de Ghandi. C'est lui qui avait fondé le mouvement du Bhoodan qui devait résoudre les problèmes de l'Inde en persuadant les gros propriétaires de donner aux pauvres une bonne partie de leurs terres. Quand je me joignis à Vinobha et à ses fidèles disciples dans la poussière d'une région misérable du Rajasthan, il marchait depuis huit ans, avait parcouru l'équivalent de la longueur de l'équateur et recueilli près de quatre millions d'hectares. Chiffre impressionnant, mais la majeure partie de ces terres était incultivable et dans bien des cas les bénéficiaires n'auraient rien pu cultiver, faute de matériel. La conclusion évidente était que le Bhoodan pouvait passer « au mieux pour un succès partiel, au pire pour un noble échec[1] *».*

Les trois autres « saints contemporains » fournirent l'occasion d'études passionnantes, mais la leçon tirée de ces rencontres fut finalement d'une simplicité enfantine : elle allait m'épargner beaucoup de doutes et d'incertitudes. Depuis lors je n'ai jamais plus tenté de décider si un religieux, un swami ou un yogi était un saint ou un charlatan, mais plutôt d'évaluer en chaque personnage le pourcentage d'authenticité par rapport au reste. Ainsi me furent épargnés la désillusion et le cynisme, car personne n'est saint vingt-quatre heures sur vingt-quatre, pas même en Inde, pas même Gandhi qui voyageait en troisième classe mais souffrait que le wagon lui fût entièrement réservé et qu'on y installât le conditionnement d'air.

Le chapitre suivant esquisse d'abord les buts du yoga :

Le mot Yoga signifie Union. Le but de tous les exercices de Yoga, selon la définition des *Yoga Sutras de Patanjali,* est l'ultime absorption du sujet dans son « moi réel », dans la pure conscience sans objet. Cela une fois atteint, la conscience individuelle se fond dans la conscience cosmique et le moi réel se dissout dans l'être universel — « comme les étincelles sorties d'un feu sont

1. Cependant je fus si impressionné par ce succès partiel qu'en rentrant à Londres j'organisai un comité des « Amis du Bhoodan » (présidé par Arnold Toynbee et Jayaprakash Narayan) destiné à financer et assister un projet-pilote dans l'Orissa. Il va sans dire que le projet n'aboutit à rien, les dirigeants du mouvement, si avancés qu'ils fussent dans la voie de la sainteté, n'ayant pas le moindre don d'organisateurs.

Cynthia Koestler (ma secrétaire depuis 1949, ma femme depuis 1965) a écrit à ce propos : « Arthur admirait beaucoup Jayaprakash Narayan, qu'il avait rencontré en Inde. Il m'en parlait comme d'un « prince indien ». Il l'invita à venir à Londres pour loger chez lui, l'invitation comportant aussi les frais de retour en avion. J.-P. accepta. Il arriva au début de décembre et resta trois semaines. Cette visite fut une déception pour Arthur. Entre autres choses il espérait qu'on pourrait organiser un Bhoodan urbain afin de faire quelque chose pour les sans-logis qui couchent dans les rues à Bombay et à Calcutta. Il y eut de beaux espoirs mais ce fut tout et, comme d'habitude pour les projets en Inde, il n'en sortit rien. » (*Astride the Two Cultures — Arthur Koestler at 70.* Éd. Harold Harris, Hutchinson, 1975.)

destinées à y retourner », ou « comme la goutte de rosée qui tremble sur un lotus glisse dans la mer brillante ».

Alors l'expérience de solitude (*être seul*) se transforme en expérience de totale unité (être *un et tout*) ; les deux expressions dérivent de la même racine, et le sanskrit *atma* les recouvre toutes deux.

Les *Yoga Sutras de Patanjali*[1], qui datent probablement du IIe ou du IIIe siècle, sont un ouvrage profondément séduisant, encore qu'un peu obscur, qui expose une philosophie mystique d'origine bien plus ancienne. Le Yoga semble avoir commencé sous la forme du *Raja Yoga,* pèlerinage aux vérités premières, Union royale avec l'Absolu par le moyen de la méditation. Mais il a été remplacé peu à peu par le *Hatha Yoga* — littéralement l'Union forcée — discipline qui insiste principalement sur des techniques physiologiques. Le Hatha Yoga a au moins mille ans et semble être resté, quant à l'essentiel, inchangé pendant toute cette période. C'est la seule forme de Yoga qu'on pratique encore couramment et qui soit enseignée par des *gourous* et des instituts officiels de Yoga, c'est aussi la seule qui soit répandue dans le monde occidental. Mais, quant à la doctrine sur laquelle il est basé, les sympathisants occidentaux n'en connaissent que des versions expurgées. Ils peuvent croire que le Hatha Yoga n'est qu'un système d'exercices de gymnastique, destiné à détendre le corps et l'esprit pour faciliter la méditation. D'ailleurs, on nie généralement qu'il y ait là quoi que ce soit de mystérieux ou d'occulte.

En fait, tous les Indiens qui pratiquent le Hatha Yoga, depuis l'ermite de l'Himalaya jusqu'à l'employé d'assurances de Bombay qui passe une heure par jour dans un institut de Yoga, considèrent que cette voie mène à des pouvoirs surnaturels ; ils pensent aussi que chaque posture ou exercice a tout à la fois une signification symbolique et un but physiologique en relation avec les données de la médecine ayurvédique ; et que, d'autre part, il vaut mieux n'en point parler avec les étrangers.

Le résumé donné ci-dessous des doctrines et pratiques du Hatha Yoga est basé en partie sur les sources et en partie sur des informations recueillies dans divers instituts de Yoga, dans des centres de recherches et auprès d'individus pratiquant pour leur propre compte. Les sources sont : le *Hatha Yoga Pradipika,* apparemment le premier ouvrage d'ensemble sur le sujet, composé probablement au XIIe siècle, mais basé sur une tradition beaucoup plus ancienne ; le *Siva Samhita,* et le *Gheranda Samhita,* compilations un peu plus récentes. Ces trois traités ont été traduits en anglais mais sont assez difficiles à trouver[2].

1. *Yoga Sutras de Patanjali,* trad. V. Raghavan, *op. cit.*, pp. 141 à 149.

2. Sinh, Pancham, tr., *Hatha Yoga Pradipika,* 2e édition, Allahabad, publiée par Lalit Mohan Basu, The Panini Office, 1932. Vidyarnava, Ra-Bahadur Srisa Chandra, tr., *Siva Samhita,* 2e édition, Allahabad, publiée par Suhindra Nath Basu, The Panini Office, 1923. Vasu, Sris Chandra, tr., *Gheranda Samhita,* The Tatva-Vivechaka Press, Bombay, 1895.

Grâce à de savants amis et à de savants bibliothécaires j'eus la chance d'accéder à ces sources et à bien d'autres qui m'ouvrirent les yeux sur l'histoire et l'origine du yoga tel qu'on le pratique encore en Inde.

PRATIQUES DE PURIFICATION (DHOUTIS ET BASTIS)

Les huit degrés du Yoga, selon Patanjali, sont : 1° et 2° abstentions et observances (telles que la non-violence, la chasteté, la retraite, les règles diététiques) ; 3° les postures ; 4° la respiration contrôlée ; 5° et 6° l'inhibition des sens et la concentration ; 7° la méditation ; 8° le *samadhi,* complète absorption de l'esprit dans l'atma.

Le *Hatha Yoga Pradipika* commence par proclamer que son but est de servir d' « escalier » aux néophytes qui, troublés par la multiplicité des méthodes recommandées par différentes sectes, sont incapables de parvenir à la « Voie royale » du *Raja Yoga.* Les marches de l'escalier sont des exercices corporels. Dans le système original de Patanjali, ceux-ci étaient contenus sous les chapitres 3° et 4° « posture et respiration » ; ils étaient traités très brièvement, en termes généraux.

Mais dans le *Hatha Yoga Pradipika,* on ne mentionne pas moins de quatre-vingt-quatre attitudes corporelles, dont la plupart consistent en torsions et contorsions, et le contrôle de la respiration est expliqué dans tous les détails comme on le verra.

Avant qu'on lui permette les techniques les plus avancées, l'adepte doit apprendre à fond les différentes pratiques de purification. Au premier rang se trouve la purification du système digestif. On purifie l'estomac par trois méthodes principales ; *a*) en enfonçant lentement une tige de canne dans l'œsophage et en la retirant ; *b*) en avalant autant d'eau tiède que l'estomac peut en contenir et en la vomissant ; *c*) en avalant un morceau d'étoffe de dix centimètres de largeur et de sept mètres de long, et en le retirant ensuite. La dernière méthode est considérée comme la plus efficace ; on la pratique encore avec ardeur, par exemple au centre officiel de Yoga de Santa Cruz, à Bombay. Il faut environ un mois ou deux pour apprendre à avaler les sept mètres de gaze chirurgicale en dix minutes, et cette pratique est censée « nettoyer les déchets qui recouvrent les parois de l'estomac ».

Je dois maintenant aborder le sujet pénible de l'obsession hindoue à l'égard des fonctions alimentaires, obsession qui pénètre jusque dans les rites religieux et dans les coutumes sociales. Je cite le *Gheranda Samhita :*

« 14. Il existe quatre sortes de *dhouti,* et ils débarrassent le corps de ses impuretés...

VATASARA-DHOUTI

16. Contracter la bouche en bec de corbeau et boire l'air lentement, en remplir lentement l'estomac, le remuer à l'intérieur puis, lentement, le faire sortir par le passage inférieur.

17. Le *Vatasara* est un moyen très secret, il détermine la purification du corps, il supprime toutes les maladies et augmente le feu gastrique.

VARISARA-DHOUTI

18. Remplir d'eau la bouche jusqu'à la gorge, puis l'avaler lentement ; alors, la remuer dans tout l'estomac et la forcer à sortir par le rectum.

19. Ce procédé doit être conservé très secret. Il purifie le corps. En le pratiquant avec soin on aura le corps lumineux ou brillant.

20. Le *Varisara* est le plus haut *dhouti*. Celui qui le pratique facilement purifie son corps malpropre et le rend lumineux.

AGNISARA OU PURIFICATION PAR LE FEU

21. Presser le nœud du nombril ou les intestins contre l'épine dorsale une centaine de fois. Ceci est l'*agnisara* ou procédé du feu...

BAHISKRITA-DHOUTI

24. ...se tenant dans l'eau jusqu'au nombril, tirer à l'extérieur le *saktinadi* (intestin long), le laver à la main et continuer aussi longtemps que les déchets n'ont pas été lavés, puis le rentrer à l'intérieur de l'abdomen[1]. »

Les procédés inverses sont connus sous le nom de *Basti* ou lavements *Yoga*. Le *Jalabasti* consiste à s'accroupir jusqu'au nombril dans un récipient rempli d'eau et à aspirer l'eau par le rectum. A un stade plus avancé l'adepte apprend aussi à aspirer des liquides par le pénis (*vajiroli mudra.*) Pour y parvenir, il faut, naturellement, un entraînement considérable et en particulier des exercices connus sous le nom de *uddiyama* et *nauli* (isolation et action indépendante des muscles abdominaux, longitudinaux et transverses) et *asvini mudra* (manœuvre du sphincter anal et de certains muscles viscéraux). Par ces méthodes, il est possible de renverser le péristaltisme, et de créer des effets de succion dans les tracts digestifs et urinaires.

Le plus remarquable est que ces techniques sont encore recommandées et pratiquées exactement sous la forme qu'enseignaient le *Gheranda Samhita* et le *Hatha Yoga Pradipika* il y a mille ans. Ainsi, dans la brochure *l'Hygiène Yoga simplifiée*[2], publiée par l'Institut de Yoga de Santa Cruz, on affirme que la pratique de ces méthodes permet d'atteindre des résultats « auxquels on ne pourrait arriver par aucun procédé moderne connu de la science ».

1. Pp. 2 à 4.
2. Bombay, 1957.

L'ESPRIT VITAL : PRANAYANA

Le *pranayana* occupe une position centrale dans la doctrine du Yoga. *Prana* signifie « respiration vitale », « haleine », ou « air » — à la fois au sens physique et au sens symbolique esprit de vie, un peu comme le grec *pneuma* et l'hébreu *ruakh.*

Ainsi, à l'origine, le contrôle de la respiration, comme celui des postures, était destiné à faciliter la paix de l'esprit et la méditation. A l'époque du *Hatha Yoga pradipika,* cette méthode était devenue non seulement une cure complète pour toutes sortes de maladies, mais aussi un moyen d'acquérir des pouvoirs surnaturels.

Le début du chapitre sur la respiration dans le *Pradipika* est significatif : « Lorsque la respiration est en mouvement, le corps est également en mouvement. Lorsque la respiration cesse d'être en mouvement, l'esprit demeure sans mouvement. Le corps du Yogi devient raide comme du bois. Par conséquent, on doit contrôler sa respiration. »

« Contrôler » signifie, principablement, conserver le souffle bloqué dans le corps aussi longtemps que possible pour parvenir à la transe, au *samadhi.* On y parvient par différents *mudras* et *bandhas* (blocages, sceaux et contraintes) qui permettent de sceller tous les orifices corporels. Par exemple :

Le *jalandhara mudra,* ou verrou du menton. Cette méthode consiste à contracter la gorge et à presser fermement le menton dans l'encoche jugulaire, tout en contractant simultanément les muscles abdominaux et en rentrant l'anus. Les yeux et l'esprit sont fixés sur l'espace situé entre les sourcils. « Ceci mène l'esprit à un état de transe et procure du bien-être. Car en joignant ainsi l'esprit et l'atma, on atteint certainement la béatitude du Yoga[1]. » Les *maha mudra* et *maha bandha* (la grande ligature) consistent à combiner le verrou du menton, la contraction des viscères abdominaux en direction de l'épine dorsale, et la succion d'air dans le petit intestin par des contractions du sphincter anal. L'air est maintenu à l'intérieur par la pression du talon du pied gauche contre l'anus et le périnée. Remarquons, d'ailleurs, que dans la plupart des attitudes complexes le pied gauche est toujours utilisé dans le même but, c'est-à-dire pour bloquer l'orifice anal, avec pression simultanée sur les organes génitaux. L'une des pratiques les plus importantes est le *khecari mudra,* qui est censé conférer le pouvoir de lévitation. Elle est longuement décrite dans le *Hatha Yoga Pradipika,* que résume ainsi le *Gheranda Samhita :*

« Couper le tendon inférieur de la langue et remuer celle-ci constamment ; la frotter avec du beurre frais, et la tirer à l'extérieur (pour l'allonger) avec un instrument en fer. En pratiquant ceci de façon constante, on arrive à allonger la

1. *Gheranda Samhita,* V, 82.

langue, et lorsqu'elle peut atteindre l'espace entre les sourcils, alors on est parvenu au *khecari*. A ce moment, (la langue ayant été allongée), on s'entraîne à la replier en arrière de façon à toucher le palais, jusqu'à ce qu'en définitive elle atteigne les deux orifices des conduits menant des narines à la bouche. Fermer ces trous avec la langue (en arrêtant ainsi l'inspiration) et fixer le regard dans l'espace entre les sourcils. C'est ce que l'on nomme *khecari*. Grâce à cette pratique on ne peut plus ni s'évanouir, ni ressentir la faim, ni la soif, ni la paresse. On ne subit ni les maladies, ni le vieillissement, ni la mort. Le corps devient divin [1]. »

Ce procédé est souvent appelé le roi des *mudras*. On le pratique encore activement. Le rapport le mieux documenté émanant d'un Européen initié aux techniques supérieures du Yoga est : *Hatha Yoga, Report of a Personal Experience* par le docteur Theos Bernard [2]. L'auteur raconte comment il a appris le *khecari mudra :*

« Le processus lui-même est assez simple. J'ai commencé par « traire » ma langue. J'y parvenais en la lavant d'abord, puis en la saisissant avec un chiffon de toile... Je la tirais tout droit de côté et d'autre aussi loin qu'il était possible. Je faisais cela régulièrement deux fois par jour pendant dix minutes. Au bout de deux semaines, je remarquai que le frainum commençait à céder à force de le tirer à travers les incisives ; mais je voulais hâter le processus ; j'eus donc recours à une lame de rasoir. Chaque matin, je passais délicatement la lame de rasoir sur le tendon jusqu'à ce que le sang apparût. Je ne ressentais aucune douleur, et le saignement cessait avant que j'aie fini de « traire » ma langue. Le lendemain matin, la blessure commençait à guérir et un mince tissu se formait. Je le faisais sauter, puis je répétais le même processus que le jour précédent.

Le succès dépend du temps passé à s'exercer. Je suis parvenu à le faire pendant quatre mois en m'exerçant en moyenne dix minutes par jour... Allonger la langue suffisamment pour qu'on puisse la placer entre les sourcils exige plusieurs années [3], mais il n'est pas nécessaire d'y parvenir tout de suite. Il suffit de pouvoir avaler sa langue et l'utiliser pour diriger la respiration dans la narine choisie ou pour fermer les deux narines...

Le Dr Bernard rapporte encore que lorsqu'on bloque les deux orifices crâniens du nez, cela semble produire une inhibition du réflexe respiratoire. Il était arrivé à un degré d'habileté tel qu'il pouvait retenir sa respiration

1. *Gheranda Samhita*, iii, 25 à 28.

2. Londres, 1950. Le docteur Bernard avait suivi l'enseignement de plusieurs *gourous* en Inde et au Thibet (il a été tué au Thibet en 1947). Les trente-six illustrations de son livre qui le montrent en train d'exécuter les différents *asanas* sont probablement la meilleure documentation photographique que l'on ait sur le Yoga.

3. Sri Chandra Basu, le traducteur du *Gheranda Samhita*, écrivant en 1894, remarque : « Il faut environ trois ans pour couper la totalité du tendon. J'ai vu mon *gourou* pratiquer ainsi : chaque lundi, il coupait le tendon d'un douzième de pouce en profondeur et saupoudrait de sel la plaie de sorte que ses rebords ne puissent se rejoindre. Alors, ayant frotté sa langue avec du beurre il la tirait au-dehors. On emploie dans ce but des instruments en fer particulier » (p. 21).

pendant quatre minutes, mais c'était sa limite. A ce stade, il apprit le *khecari mudra,* ce qui lui permit de retenir sa respiration pendant cinq minutes au cours de dix cycles respiratoires consécutifs ; cependant, dit-il, « avec une seule aspiration je pouvais retenir ma respiration quelques minutes de plus ». Mais pour acquérir des pouvoirs surnaturels, les textes prescrivent une suspension de la respiration « d'au moins une heure et demie » !

LE FLUIDE VITAL (BINDU)

En dehors du contrôle de la respiration, le *khecari,* roi des *mudras,* permet d'atteindre un autre but, plus important, qui est en rapport avec une des idées traditionnelles du Yoga, et de la médecine hindoue. C'est la croyance que l'énergie vitale de l'homme est concentrée dans son fluide séminal, et que celui-ci est conservé dans une cavité de la boîte cranienne. C'est la substance la plus précieuse du corps — on l'appelle tantôt *bindu,* tantôt *soma-rasa,* nectar, fluide vital, etc., — c'est un élixir de vie à la fois au sens physique et au sens mystique, produit de la distillation du sang ; on prétend qu'il faut quarante gouttes de sang et quarante jours pour faire une goutte de semence. Une grande quantité de *bindu* d'une qualité pure garantit la santé, la longévité, et des pouvoirs surnaturels ; c'est aussi ce qui explique cet éclat radieux du corps que l'on attribue aux yogis et aux *brahmacharis* qui ont fait vœu de chasteté. Inversement, toute perte de ce liquide est un appauvrissement physique et spirituel. Ces pertes se produisent non seulement dans les rapports sexuels, mais aussi par maintes sécrétions douteuses des oreilles, du nez et autres ouvertures du corps : c'est toujours du *bindu* gâché.

En bloquant son système respiratoire, son œsophage et ses narines par le *khecari mudra,* l'adepte est censé prévenir la perte de fluide vital qui résulte de son passage goutte à goutte dans les centres inférieurs du corps ; il doit l'absorber et le remettre en place au moyen de sa langue.

Il existe un moyen encore plus radical, c'est le *vajroli mudra* auquel j'ai déjà fait allusion.

> « Même l'homme qui mène une vie libertine, sans observer aucune des règles du Yoga, mais qui pratique le *vajroli,* mérite le succès et il est un yogi. Pour cela deux choses sont nécessaires, et les gens du commun peuvent difficilement en disposer : du lait [1] et une femme docile. Lorsque l'on s'entraîne à aspirer le *bindu* libéré pendant le coït, que l'on soit homme ou femme, on parvient à pratiquer avec succès le *vajroli.* Au moyen d'un tuyau on doit souffler (c'est-à-dire aspirer) lentement de l'air dans le conduit de l'organe mâle. Grâce à cette pratique, le *bindu* libéré est repris. On peut reprendre et conserver son *bindu* lorsqu'il a été déchargé. Le yogi qui peut conserver ainsi son *bindu,* l'emporte sur la mort, parce que la mort vient des décharges du

1. Les Hindous croient que le lait est un aphrodisiaque.

bindu, et que la vie est prolongée lorsqu'on le conserve. Lorsqu'il conserve son *bindu,* le corps du yogi émet une odeur agréable. »

Le tuyau dont il est question dans la citation précédente est utilisé au premier stade de l'entraînement, jusqu'à ce que l'adepte ait appris à aspirer les fluides par l'urètre, comme il a d'abord appris à les aspirer par le côlon. Pour les Hindous élevés dans les traditions de la médecine ayurvédique, et c'est le plus grand nombre — ce processus paraît peut-être compliqué, mais absolument logique. Ainsi dans le *Hatha Yoga simplifié,* publié par l'Institut du Yoga de Santa Cruz [1], l'auteur explique que les relations sexuelles ne sont pas nuisibles en elles-mêmes ; seule est nocive la perte de fluide vital qui en découle. Par conséquent, le *vajroli mudra* est très fortement recommandé. L'auteur est directeur d'un institut subventionné par le gouvernement. Nous verrons que ce souci de la continence, au sens strictement physiologique et séminal, n'est pas l'apanage des yogis et qu'on le rencontre partout en Inde, dans toutes les classes sociales.

1. Bombay, 1958.

CHAPITRE L

Un nouveau regard sur Mahatma Gandhi

L'EXPLORATION de ces aspects peu connus d'un mysticisme hindou dégénéré m'a semblé éclairer d'une lumière inattendue le personnage énigmatique de Gandhi, en qui se trouvaient apparemment résumés tous les paradoxes de l'Inde. L'essai ci-dessous, paru dans le Sunday Times *le 5 octobre 1969 à l'occasion du centenaire de la naissance de Mahatma Gandhi, emprunte de nombreux passages à* Face au néant.

« Il faut beaucoup d'argent pour permettre à Bapu de vivre dans la pauvreté... [1] » Bapu veut dire « père » en gujarâte, et ce terme était utilisé dans l'Inde entière comme une marque de respect et d'affection pour désigner Gandhi. La remarque désinvolte qu'on vient de lire a pour auteur Mme Sarojini Naidu, poétesse et femme politique qui faisait partie des intimes de Bapu (elle le surnommait parfois Mickey Mouse) ; mais à l'époque elle ne pouvait guère se rendre compte de la signification quasi prophétique de ses paroles. Celles-ci avaient trait en réalité aux efforts pleins de dévouement qu'elle accomplissait pour réunir les fonds nécessaires à la campagne de Gandhi pour le *khadi,* le tissu de fabrication domestique. Comme toutes les croisades qu'il a entreprises, celle-ci se proposait de servir des buts à la fois pratiques et symboliques. Du point de vue pratique, il s'agissait de boycotter les marchandises étrangères, en premier lieu les textiles anglais, et ce désir allait de pair avec l'espoir fantastique de résoudre les problèmes économiques de l'Inde en réintroduisant le métier à tisser manuel et le rouet. En même temps, sur un autre plan, le rouet devint un symbole quasi mystique du retour à la vie simple et du refus de l'industrialisation.

L'appel du rouet, écrivit Gandhi dans *Young India,* est le plus noble de tous. Car c'est l'appel de l'amour... Le rouet est la potion magique qui fera revenir à la vie nos

1. Geoffrey ASHE, *Gandhi : A Study in Revolution,* Londres, 1968, p. 267.

compatriotes, hommes et femmes, en train de mourir par millions... J'affirme qu'en perdant le rouet nous avons perdu notre poumon gauche. Nous sommes donc atteints de phtisie galopante. Le rétablissement du rouet va arrêter l'évolution de cette maladie redoutable...[1]

Le rouet a été pour lui une obsession qui dura toute sa vie, et qui atteignit son plus haut point vers la fin des années 20, alors qu'il était entre deux séjours en prison. Elle se répandit parmi ses disciples et passa par les stades successifs d'une mode, d'un culte, et enfin d'une mystique. Il dessina le drapeau national de l'Inde en plaçant le rouet au centre. Il persuada le Congrès d'adopter une résolution selon laquelle tous les membres qui en faisaient partie devaient se mettre au filage au rouet et payer leurs cotisations sous forme de fil produit par eux-mêmes ; les hauts fonctionnaires étaient tenus de produire quelque 2 000 mètres de fil par mois. Lors des sessions du Congrès, les politiciens expérimentés avaient coutume d'écouter les débats tout en actionnant leurs rouets portatifs — telles les « *tricoteuses*[2] » de la révolution non violente. Les écoles organisèrent des cours de filage ; la tunique blanche sans ornements et la calotte blanche devinrent l'uniforme du patriote indien ; Nehru l'appelait « la livrée de la liberté », tandis que Gandhi célébrait les mérites du rouet en le qualifiant de « sacrement des multitudes » et de « porte de son salut spirituel ». En même temps il organisait des feux de joie où l'on brûlait en public les textiles d'importation ; il jeta même dans les flammes le sari préféré de sa femme, et finit par se faire arrêter.

L'un des rares intellectuels à oser protester contre la mystique du *khadi* fut le poète lauréat Rabindranath Tagore. Il fut tout au long de sa vie un admirateur de Gandhi, pleinement conscient de sa grandeur, mais aussi de ses aspects excentriques et maniaques. Je voudrais le citer assez amplement, car il semble avoir compris, en un seul éclair d'intuition, le défaut fondamental de la politique de Gandhi. En 1921, après une absence prolongée, Tagore était revenu en Inde avec l'espoir impatient de « respirer la brise vivifiante du réveil national » — et ce qu'il vit le remplit d'horreur :

Le spectacle que j'ai trouvé lors de mon arrivée à Calcutta m'a déprimé. Une atmosphère d'oppression semblait peser sur le pays... Un journal eut un jour la témérité de désapprouver légèrement la destruction des textiles étrangers par le feu. Dès le lendemain, le rédacteur en chef fut profondément ébranlé par l'agitation qu'il avait soulevée chez ses lecteurs. Combien de temps faudrait-il au feu qui consumait le tissu pour réduire son journal en cendres ?...

Considérons cette coutume de brûler les textiles étrangers... Quelle est la nature de ce qui nous pousse à agir ainsi ? N'est-ce pas un nouvel exemple de formule

1. Cité par HOMER A. JACK, *The Gandhi Reader : A Source-Book of his Life and Writings*, Londres, 1958, p. 229-230.
2. En français dans le texte.

magique ? La question de savoir s'il faut employer ou refuser les textiles de telle ou telle origine particulière est essentiellement du ressort des sciences économiques. Le problème aurait dû être discuté et formulé par nos compatriotes en termes d'économie politique. Si notre pays en est vraiment arrivé à une telle disposition d'esprit qu'il lui est devenu impossible de penser méthodiquement, alors nous devons lutter contre une disposition d'esprit aussi fatale, qui est le péché originel d'où découlent tous nos maux [1].

Tagore s'était donc aperçu que quelque chose n'allait pas dans la mystique du *khadi*. Le boycottage des textiles anglais pouvait se justifier comme une mesure de guerre économique dans la lutte d'une nation pour son indépendance. Mais cette mesure ne s'appliquait pas aux autres pays, et c'était donc effectivement faire appel à des esprits hantés de superstitions que de déclarer « impurs » *tous* les textiles étrangers. S'il était avantageux pour l'économie indienne de renoncer aux importations étrangères et de produire tous les textiles dont elle avait besoin, cela laissait encore en suspens la question de savoir si un retour aux méthodes de fabrication d'avant la révolution industrielle était réalisable — même si on le jugeait désirable au nom d'un idéal de vie simple. Mais on est passé à côté de ce problème-là également en désignant le rouet comme « un sacrement » et « une porte menant au salut ». Dans sa réponse à Tagore, Gandhi alla encore plus loin dans ce que l'on serait tenté d'appeler sa démagogie de bigot — si l'on n'avait pas conscience de la pureté des intentions qui se cachaient derrière la pensée confuse. Rejetant l'accusation de Tagore selon laquelle le culte du *khadi* provenait d'un mysticisme et non d'un raisonnement logique, Gandhi écrivit :

J'ai maintes et maintes fois fait appel à la raison, et laissez-moi lui assurer que si, par bonheur, le pays a fini par croire au rouet comme à une source de biens abondants, il ne l'a fait qu'après avoir longuement et mûrement réfléchi... Je demande effectivement au poète de faire tourner son rouet en considérant cela comme un sacrement... La faim est l'argument qui pousse l'Inde à se mettre au rouet... C'est notre amour des textiles étrangers qui a écarté le rouet de la place d'honneur qu'il occupait. C'est pourquoi je considère comme un péché le fait de s'habiller avec du tissu étranger... Dès que j'acquiers la révélation de mon péché, je dois livrer aux flammes les vêtements étrangers, et ainsi me purifier, pour me contenter désormais du *khadi* primitif fabriqué par mes voisins. Et comme je sais qu'il se peut que mes voisins ne manifestent guère d'enthousiasme à l'égard du rouet, vu qu'ils ont abandonné cette occupation depuis longtemps, je me dois de m'y adonner moi-même et de contribuer ainsi à le rendre populaire [2].

Le *khadi* devint en effet un culte très en vogue parmi ses disciples et parmi les membres actifs du Congrès — mais jamais parmi les millions d'Indiens

1. *Ibid.*, pp. 223, 225, 226.
2. *Ibid.*, p. 228-231.

anonymes auxquels il était destiné. Cette tentative de faire vivre de façon autonome les masses à demi affamées de la population rurale, au moyen de cette « source de biens abondants » qu'était censé être le rouet, se révéla un échec lamentable et bien prévisible. Le rouet a trouvé sa place sur le drapeau national, mais pas dans les petites fermes des paysans.

Il y a quelques années, un membre du parlement de New Delhi me confia d'un air désenchanté : « Eh bien oui, je porte du *khadi,* comme vous voyez — beaucoup d'entre nous, dans le Parti du Congrès, s'y sentent obligés. Cela coûte trois fois plus cher que du coton ordinaire. »

Il a fallu beaucoup d'argent, et encore infiniment plus d'idéalisme et d'énergie, « pour permettre à Bapu de vivre dans la pauvreté ». Il est impossible de ne pas tenir compte de cette croisade pour le *khadi,* sous prétexte qu'il ne s'agissait que d'une folie inoffensive. Au contraire, le rouet, en tant que panacée économique et « porte menant au salut », était un symbole central de la philosophie et du programme social de Gandhi.

Son premier livre, *Leur civilisation et notre délivrance,* a été rédigé en 1909, alors qu'il avait quarante ans. Il avait déjà acquis une célébrité internationale comme chef de la communauté indienne d'Afrique du Sud, et initiateur de plusieurs grands mouvements non violents contre la discrimination raciale. Il y eut en 1921 une nouvelle édition de ce livre, augmentée d'une préface de Gandhi dans laquelle il disait : « Je ne retranche pas un mot de mon texte. » En 1938, il demanda la publication d'une nouvelle édition, vendue à un prix très modique et accessible à tout le monde ; à cette occasion, il écrivit encore une nouvelle introduction, dans laquelle il affirma : « Au bout des trente années mouvementées que j'ai vécues depuis, je n'ai rien vu qui me poussât à modifier les conseils exposés dans ce livre. » *Leur civilisation et notre délivrance* peut donc être considéré comme l'expression définitive d'opinions auxquelles Gandhi est demeuré attaché jusqu'au bout, et comme un résumé de sa philosophie. Il exalte les vertus de la civilisation indienne, et dénonce en même temps avec passion la culture occidentale.

J'ai la conviction que la civilisation élaborée par l'Inde n'a pas sa pareille dans le monde entier. Rien ne peut égaler les graines semées par nos ancêtres. Rome a disparu, la Grèce a partagé le même destin, la puissance des Pharaons a été écrasée ; le Japon s'est occidentalisé ; de la Chine on ne peut rien dire ; mais l'Inde garde encore, d'une façon ou d'une autre, des fondations solides. Les peuples d'Europe puisent leur savoir dans les écrits des Grecs et des Romains, qui ont cessé d'exister dans leur gloire première. En essayant d'en tirer les enseignements, les Européens s'imaginent qu'ils éviteront les erreurs de la Grèce et de Rome. Telle est leur pitoyable situation. Au milieu de tout cela, l'Inde reste inébranlable, et c'est là que se trouve sa gloire... Nombreux sont ceux qui voudraient imposer leurs conseils à l'Inde, mais elle demeure égale à elle-même. C'est là ce qui fait sa beauté...

L'Inde, comme l'ont démontré tant d'écrivains, n'a rien à apprendre de personne d'autre, et c'est fort bien ainsi... La civilisation indienne est la meilleure, et celle de l'Europe n'est qu'une merveille d'un jour... Je n'ai aucune hostilité envers les Anglais, mais c'est à leur civilisation que j'en veux [1].

Son rejet de la culture occidentale dans tous ses aspects était profondément senti, violemment émotionnel, et s'appuyait sur des arguments qui frisaient l'absurde. Les principaux fléaux de l'Occident étaient les chemins de fer, les hôpitaux et les avocats :

L'homme est ainsi fait par la nature qu'il doit nécessairement restreindre ses mouvements à ce que lui permettent ses mains et ses pieds. Si nous ne nous précipitions pas d'un endroit à un autre au moyen des chemins de fer et d'autres moyens de transport démentiels, nous éviterions une grande partie des désordres qui se font jour... Dieu, en façonnant le corps de l'homme, a fixé des limites à ses ambitions de mouvement. Et l'homme s'est immédiatement mis en devoir d'inventer des moyens de dépasser ces limites... Je suis constitué de telle façon que je ne peux être utile qu'à mes voisins immédiats, mais, dans ma vanité, je prétends avoir découvert qu'il me faut être utile, par ma présence corporelle, à chaque personne dans tout l'univers. En tentant l'impossible, l'homme entre en contact avec des religions différentes, ce qui le remplit de la plus grande confusion. Si vous avez bien suivi ce raisonnement, il doit vous apparaître avec évidence que les chemins de fer sont une institution extrêmement dangereuse. L'homme s'est éloigné encore davantage de son Créateur [2].

Si l'on acceptait cette thèse, ce n'est pas seulement la *Great Indian Peninsular Railway* qu'il faudrait condamner, mais aussi le livre préféré de Gandhi, le *Bhagavad-gîtâ*. Car le héros en est le noble Arjuna, qui conduit un char (ayant pour passager Vishnou), transgressant ainsi de manière flagrante la volonté de Dieu selon laquelle il ne doit pas aller plus loin que ses pieds ne peuvent le porter. Gandhi lui-même a été obligé de passer une grande partie de son existence dans des wagons de chemins de fer, à « se précipiter d'un endroit à l'autre », fidèle qu'il était à la tradition qui veut que le chef suprême reste en contact avec les masses. Ce ne fut pas le seul paradoxe de sa vie ; en fait, tous les grands principes de la philosophie du retour à la nature de Gandhi contenaient en germe leur propre échec, et étaient marqués d'une ironie tragique. (Même une fois devenu président du Congrès, il tint toujours absolument à voyager en troisième classe ; mais il disposait d'un wagon spécial pour lui tout seul.)

Le sort des avocats n'était guère meilleur, dans le programme de Gandhi, que celui des chemins de fer .

Les hommes seraient moins lâches s'ils résolvaient leurs querelles soit en se battant soit en demandant à leurs proches de trancher. Ils sont devenus plus lâches et plus poltrons à partir du jour où ils s'en sont remis aux tribunaux. Si c'est un signe de

1. *Ibid.*, p. 107-108, 120.
2. Sir C. Sankaran Nair, *Gandhı and Anarehy,* Madras, 1922, p. 4-5.

barbarie que de régler les différends par des combats, ce ne l'est pas moins que de demander à une tierce personne de se prononcer pour l'un ou pour l'autre. Seuls les antagonistes savent qui a raison, et en conséquence ils doivent arranger l'affaire entre eux[1].

Il convient ici de se rappeler que Gandhi a accompli son premier pas vers le pouvoir en réussissant à arranger un procès alors qu'il était avocat à Pretoria ; et ses succès dans ses négociations avec les Anglais ont été dus autant au charisme du « fakir nu » — pour citer Churchill — qu'à la sagacité en matière juridique de l'avocat de Middle Temple[2].

L'élément principal à porter à l'actif du bilan complexe de l'Empire britannique est peut-être l'introduction de la médecine moderne en Inde. Mais, dans les estimations de Gandhi, les hôpitaux sont encore moins favorisés que le reste :

Comment la maladie arrive-t-elle ? A coup sûr par nos négligences et nos abus. Je mange trop, j'ai une indigestion, je vais voir un docteur, il me donne des médicaments. Je suis guéri. Je recommence à manger trop, et de nouveau je prends ses pilules. Si la première fois je n'avais pas pris les pilules, j'aurais enduré la punition que je méritais, et je ne me serais pas remis à manger trop...

Je me suis adonné au vice, j'attrape une maladie, un docteur me soigne, et il y a de fortes chances que je récidive. Si le docteur n'était pas intervenu, la nature aurait fait son travail, et j'aurais acquis la maîtrise de moi-même, j'aurais été libéré du vice, et j'aurais accédé au bonheur.

Les hôpitaux sont des institutions qui servent à propager le vice. Les hommes prennent moins soin de leurs corps, et l'immoralité augmente[3].

Et dans une lettre à un ami, il a aussi écrit, à l'âge de quarante ans :

Les hôpitaux sont les instruments que le diable a utilisés à ses fins, en vue de maintenir son emprise sur son royaume. Ils perpétuent le vice, la misère, l'avilissement et le véritable esclavage[4].

Il a essayé de vivre en accord avec ses convictions en expérimentant tout au long de son existence des cures naturelles, des remèdes provenant de l'Ayurveda[5], et une suite ininterrompue de régimes végétariens ou à base de fruits. Mais, à des époques diverses, il a été atteint de fistules, d'appendicite, de malaria, du ver solitaire, de dysenterie amibienne et d'hypertension artérielle, et alors qu'il avait plus de soixante-cinq ans, il a été victime de

1. *Ibid.*, p. 6.
2. *Middle Temple :* à Londres, l'une des quatre grandes écoles de droit des *Inns of Court*, où Gandhi fit ses études (*N.d.T.*).
3. *Ibid.*, p. 6-7.
4. *Ibid.*, p. 8.
5. *Ayurveda :* l'ancienne médecine hindoue, qui a aussi pour but de prolonger la durée de la vie (*N.d.T.*).

deux dépressions nerveuses. Chaque fois qu'il était gravement malade, il entamait des cures naturelles, et refusait la médecine et la chirurgie occidentales ; à chaque fois, il a été obligé de capituler et de se résigner à des médicaments, à des injections, à des opérations pratiquées sous anesthésie. Une fois de plus il s'est avéré que ses principes contenaient en eux-mêmes leur échec, de manière on ne peut plus douloureuse. Cependant, bien qu'il y ait eu une certaine naïveté de sa part à croire que les maladies sont causées par « la négligence, les abus ou le vice », l'idée corrélative, la croyance aux pouvoirs de l'esprit sur le corps, a été une source de force qui l'a aidé à mener à bien ses jeûnes héroïques.

A l'égard des écoles et de l' « enseignement littéraire » en général, il s'est montré aussi méprisant qu'envers les chemins de fer, les hôpitaux et les avocats.

Que veut dire l'enseignement ? Cela signifie simplement la connaissance des lettres. Ce n'est qu'un instrument, et un instrument qui peut être bien ou mal utilisé... Nous remarquons tous les jours que beaucoup d'hommes en abusent, et que très peu en font bon usage ; et si cette observation est juste, nous avons prouvé que l'enseignement a produit plus de mal que de bien.

Apprendre aux garçons à lire, à écrire et à compter, voilà ce qu'on appelle l'enseignement primaire. Un paysan gagne son pain honnêtement. Il a une connaissance ordinaire du monde. Il sait assez bien comment il doit se conduire envers ses parents, sa femme, ses enfants et les autres villageois. Il comprend et observe les règles de la morale. Mais il est incapable d'écrire son nom. Qu'avez-vous l'intention de faire en lui inculquant une connaissance des lettres ? Ajouterez-vous quoi que ce soit à son bonheur ? Voulez-vous le rendre mécontent de son sort et de son modeste logis ?

Considérons maintenant l'enseignement supérieur. J'ai appris la géographie, l'astronomie, l'algèbre, la géométrie, etc. Et après ? En quoi en ai-je bénéficié moi-même ou fait profiter les autres ?

Je n'ai jamais cru une seule seconde que ma vie aurait été gâchée si je n'avais pas reçu d'enseignement supérieur ou primaire... Et, en supposant que j'en fasse bon usage, même dans ce cas cela ne profite pas aux masses...

Notre ancien système d'éducation suffit amplement... Inculquer aux masses la connaissance de l'anglais équivaut à les réduire en esclavage. Les fondations de l'enseignement jetées par Macauley ont fait de nous des esclaves... L'hypocrisie, la tyrannie, etc., ont augmenté ; les Indiens qui savent l'anglais n'ont pas hésité à mentir ni à semer la terreur dans le peuple... [1]

Gandhi a voulu vivre en accord avec ses principes, et n'a jamais envoyé ses fils à l'école. Il se proposait de s'occuper lui-même de leur éducation, mais ne trouva pas le temps nécessaire. Ils n'eurent jamais la possibilité d'apprendre un métier. Selon ses propres termes :

1. M. K. Gandhi, *Leur civilisation et notre délivrance,* Denoël, 1957. Introduction de Lanza del Vasto.

Je ne dirai pas que j'ai été indifférent à leur éducation littéraire, mais il est certain que je n'ai pas hésité à la sacrifier à des intérêts que je considérais comme supérieurs. Mes fils ont donc quelque raison de m'en vouloir... Si j'avais pu consacrer ne fût-ce qu'une heure à leur instruction littéraire, avec une stricte régularité, je leur aurais donné, à mon avis, une éducation idéale. Mais j'admets, à mon grand regret, n'avoir pas réussi à leur assurer une formation suffisante dans ce sens... Cependant je maintiens que j'ai sacrifié leur instruction littéraire à ce qui m'apparaissait, en toute sincérité, comme un plus grand bien pour la communauté indienne... Tous mes fils ont eu à se plaindre de moi dans ce domaine. A chaque fois qu'ils rencontrent un universitaire, un licencié ou même un étudiant, ils semblent ressentir le handicap de leur manque d'éducation scolaire. Néanmoins, je suis de l'avis que, si j'avais exigé qu'ils reçoivent telle ou telle forme d'éducation dans des écoles, ils auraient été privés de la formation qui ne peut s'acquérir qu'à l'école de l'expérience, ou par le contact constant avec les parents... [1]

Je vais revenir dans un instant aux effets que ce contact a produits sur les fils de Gandhi. Dans sa vie publique, son hostilité envers les intellectuels de formation anglaise qui « ont réduit l'Inde en esclavage » ne l'a pas empêché d'adopter comme successeur politique le jeune Jawaharlal Nehru, qui était un pur produit de Harrow [2] et de Cambridge. Si la civilisation occidentale était pour l'Inde un poison, Gandhi avait choisi pour héritier l'empoisonneur en chef.

Dès que Gandhi eut atteint la trentaine, deux idées d'une force irrésistible et obsédante ont pris une importance suprême dans son esprit et ont dominé sa vie : le *satyagraha* et le *brahmacharya*. *Satyagraha* signifie, en gros, action non violente, et *brahmacharya* continence sexuelle ; mais les deux termes, comme nous le verrons, avaient pour lui une portée spirituelle beaucoup plus étendue. Tous deux étaient entremêlés de manière inextricable dans son enseignement, et, plus bizarrement, dans sa vie privée. Il est significatif de remarquer que ce fut au cours de la même année — en 1906, alors qu'il avait trente-sept ans — qu'il fit vœu de chasteté perpétuelle, et qu'il commença sa première campagne non violente.

L'attitude négative de Gandhi à l'égard de la sexualité rappelait celle de Tolstoï, dont elle s'inspirait d'ailleurs en partie, mais elle était plus violente et déconcertante. On trouvera peut-être une explication partielle de ses origines dans le fameux épisode, relaté dans son autobiographie, de la mort de son père, qui survint au moment précis où lui-même était en train de faire l'amour avec sa femme. Il avait alors seize ans (il s'était marié à quatorze

1. C. F. ANDREWS, *Mahatma Gandhi : His Own Story*, Londres, 1930, 2 vol., p. 94-95.
2. *Harrow :* Faubourg du N. O. de Londres, célèbre par sa *public school* fondée en 1574. Byron, Winston Churchill, parmi de nombreux personnages devenus célèbres, y furent élèves (*N.d.T.*).

ans), et avait passé la soirée, comme d'ordinaire, à soigner son père malade — en lui massant les pieds — quand son oncle était venu le relayer. Quoi de plus naturel, alors, que d'aller rejoindre sa jeune épouse ? Mais, quelques minutes plus tard, un serviteur frappa à la porte et annonça la mort de son père — mort qu'apparemment rien ne laissait prévoir :

Je courus à la chambre de mon père. Je compris que, si la passion bestiale ne m'avait pas aveuglé, j'aurais pu m'épargner la torture d'être séparé de mon père pendant ses derniers instants. J'aurais dû être en train de le masser, et il serait mort dans mes bras...

Cette honte d'avoir cédé à mon désir charnel même à l'heure critique de la mort de mon père... fut une souillure que je n'ai jamais pu effacer ni oublier... Il m'a fallu longtemps pour me libérer des chaînes de la luxure, et j'ai dû traverser beaucoup d'épreuves avant de pouvoir en venir à bout [1].

A quel point cet épisode a contribué à l'attitude de Gandhi envers la sexualité, c'est là matière à d'innombrables discussions. Mais les effets produits par cette attitude sur ses propres fils sont consignés dans l'histoire. Il a refusé de les envoyer à l'école parce qu'il voulait les façonner à sa propre image ; et puisqu'il avait renoncé à la sexualité, il attendait de leur part un comportement identique. Quand Harilal, l'aîné, voulut se marier, à l'âge de dix-huit ans, Gandhi lui refusa son consentement et le renia « pour le moment ». Harilal eut le courage de se marier quand même — il avait acquis une certaine indépendance vis-à-vis de son père en vivant avec des parents en Inde pendant que Gandhi se trouvait encore en Afrique du Sud. Quand sa femme périt dans l'épidémie de grippe de 1918, Harilal, qui avait à présent trente ans, voulut se remarier ; mais de nouveau, Gandhi s'y opposa. A partir de ce moment, Harilal tomba dans une grande déchéance morale. Il devint alcoolique, se lia avec des prostituées, embrassa la foi musulmane et publia un pamphlet contre son père sous le pseudonyme d'« Abdullah ». Quand il se trouva mêlé à une opération commerciale plutôt louche, un avoué écrivit à Gandhi une lettre de doléances. Gandhi publia cette lettre dans son journal *Young India* (le 18 juin 1925), en même temps que sa réponse, qui équivalait tout bonnement à mettre Harilal au pilori :

Il se trouve en effet que je suis le père d'Harilal M. Gandhi. C'est mon fils aîné, il a plus de trente-six ans, et il est père de quatre enfants. Comme il s'est révélé, il y a plus de quinze ans, que ses idées et les miennes ne concordaient pas, il a vécu séparé de moi... Harilal a naturellement été influencé par le vernis occidental qui a été le mien à une certaine époque de ma vie. Ses affaires commerciales n'ont absolument aucun lien avec moi... Il était ambitieux, et l'est encore. Il veut devenir riche, et cela sans se donner trop de mal... Je ne sais rien de l'état actuel de ses affaires, sinon

1. M. K. GANDHI, Autobiographie. *Expériences de vérité,* P.U.F., 1950.

qu'elles semblent aller fort mal... Les hommes peuvent être bons, leurs enfants ne le sont pas nécessairement... [1]

C'est à peine si le père et le fils se revirent par la suite. Sur son lit de mort, la femme de Gandhi, Kasturbai, demanda à voir son fils aîné ; Harilal arriva, complètement ivre, et il fallut l'éloigner d'elle : « Elle pleura et se frappa le front. »

Il fut également présent à l'incinération de Gandhi. Bien que ce fût le devoir et le privilège du fils aîné que d'allumer le bûcher funéraire de son père, il resta, ou fut maintenu, à l'arrière-plan. Un mois plus tard, il mourait de tuberculose dans un hôpital. Son nom est rarement cité dans les nombreux livres qui se rapportent à Gandhi.

Harilal aurait peut-être été un cas difficile en n'importe quelles circonstances ; mais sûrement pas le second fils de Gandhi, Manilal, qui lui est resté fidèle et dévoué jusqu'à la fin. Néanmoins, la façon dont Gandhi le traita fut tout aussi inhumaine — il n'y a pas d'autre mot pour qualifier sa conduite. A l'âge de vingt ans, Manilal commit le péché impardonnable de perdre sa virginité avec une femme. Lorsque Gandhi découvrit cela, il le réprimanda vertement en public, commença un jeûne expiatoire, et décréta qu'il ne permettrait jamais à Manilal de se marier. Il parvint même à persuader la femme coupable de se raser les cheveux. Quinze années entières durent s'écouler avant qu'il se laissât fléchir, sur les instances de sa femme Kasturbai, et donnât à Manilal l'autorisation de se marier — à ce moment-là, Manilal avait déjà trente-cinq ans. Mais entre-temps, il avait été banni de la présence et de l'ashram [2] de Gandhi, parce qu'il avait prêté un peu d'argent, pris sur ses propres économies, à son frère disgracié Harilal. Lorsque Gandhi apprit l'affaire, il fit de nouveau une scène, en accusant Manilal de malhonnêteté, sous prétexte que les économies des ashramites étaient la propriété de l'ashram. Manilal fut envoyé en exil avec l'ordre de devenir apprenti-tisserand, et de ne jamais utiliser le nom de Gandhi. « En plus de cela, confia plus tard Manilal à Louis Fischer, mon père avait aussi manifesté l'intention de se mettre à jeûner, mais j'ai veillé toute la nuit pour le supplier de n'en rien faire, et à la fin ma prière a été exaucée. Quand je suis parti, ma chère mère et mon frère Devadas étaient secoués de sanglots... [3] » Quand il eut passé une année comme apprenti-tisserand et assistant d'un éditeur, Gandhi lui ordonna d'aller au Natal pour y diriger le journal *Indian Opinion*. Si l'on excepte quelques brèves visites, Manilal demeura en exil jusqu'à la fin de la vie de Gandhi.

Pour être juste, il faut considérer la façon dont Gandhi a traité ses deux

1. *Ibid.*, p. 26.
2. *Ashram :* dans l'hindouisme, lieu où l'on se rassemble pour recevoir l'instruction religieuse et où l'on pratique des exercices en commun *(N.d.T.)*.
3. Louis FISCHER : la vie du Mahatma Gandhi, traduction française Calmann-Lévy, 1959. p. 230.

premiers fils dans le contexte de la communauté familiale hindoue traditionnelle, sur laquelle le père dispose d'une autorité absolue. Aller à l'encontre de ses décisions est une chose impensable : aussi longtemps que Bapu demeure en vie, on estime que ses fils n'ont pas encore atteint le statut d'adultes à part entière. Mais même si l'on tient compte de cet arrière-plan, la tyrannie impitoyable que Gandhi exerça sur ses fils fut un phénomène exceptionnel : il les a opprimés comme le djinn de la légende arabe, déguisé en vieillard, dont la jeune victime ne parvient pas à se débarrasser. « J'étais un esclave de la passion quand Harilal a été conçu, disait-il volontiers. J'ai eu une vie charnelle et luxurieuse pendant l'enfance d'Harilal. » Il était parfaitement clair qu'il faisait retomber ses propres péchés sur ses enfants. Par ses efforts pour les empêcher de se marier, il essayait de les priver de leur virilité, convaincu qu'il était d'avoir le droit d'agir ainsi, puisqu'il avait volontairement renoncé à la sienne.

Gandhi présente presque invariablement l'acte de l'amour comme une expression du « désir charnel » de l'homme ou de sa « passion bestiale », et définit le rôle de la femme dans cet acte comme celui d'une « victime » ou d'un « objet ». Il savait parfaitement, bien sûr, que les femmes aussi ont des besoins sexuels, mais il avait à cela une réponse toute simple : « Qu'elle sublime son amour... pour le transmettre à l'ensemble de l'humanité, qu'elle oublie qu'elle a été ou qu'elle peut être l'objet du désir charnel de l'homme [1]. » Les rapports sexuels, professait-il, n'étaient permis que dans le but de la procréation ; si on s'y abandonnait pour la « satisfaction charnelle », c'était un « retour à l'animalité ». En conséquence, il refusa catégoriquement le contrôle des naissances, même dans les limites admises par l'Eglise catholique. Quand le docteur Margaret Sanger, la championne du planning familial, rendit visite à Gandhi en 1936, elle lui parla des conséquences catastrophiques de l'explosion démographique en Inde et ailleurs, et lui demanda de l'aider, en invoquant le fait qu' « il y a des milliers, des millions de gens qui considèrent votre parole comme celle d'un saint ». Mais tout au long de leur conversation, « il s'en tint à une idée ou à un enchaînement d'idées qui lui étaient personnelles, et dès que je cessais de parler, il continuait comme s'il ne m'avait pas entendue... Malgré ses prétentions à la largeur d'esprit, il se montrait fier de ne pas changer d'opinions... Il s'accusait de s'être conduit comme une brute en ayant désiré sa femme quand il était plus jeune, et il classait toutes les relations sexuelles dans la catégorie des actes avilissants, quoique parfois nécessaires à la procréation. Il convint qu'une famille ne devrait pas avoir plus de trois ou quatre enfants, mais maintint qu'en conséquence les rapports sexuels ne devaient avoir lieu que trois ou quatre fois au cours de toute la vie du couple [2]. »

1. Nirmal KUMAR BOSE, *My Days with Gandhi,* Calcutta, 1953, p. 203.
2. Margaret SANGER, *An Autobiography,* New York, 1938, p. 470-471.

Pour résoudre le problème de la surpopulation en Inde, c'était là un point de vue à peu près aussi réaliste que celui du rétablissement du rouet. Pourtant il était profondément enraciné dans les croyances religieuses de Gandhi. Si le *khadi* était « la porte menant au salut », le *brahmacharya* était « la voie qui conduit à Dieu » — c'est d'ailleurs la signification littérale de ce mot. Ainsi, pour citer son secrétaire et biographe Pyarelal, « le *brahmacharya* en vint à occuper la place d'honneur dans la discipline pratiquée par Gandhi en vue du *satyagraha*... C'était la condition *sine qua non* pour ceux qui aspiraient à une vie spirituelle ou supérieure [1] » — et donc pour tous les ashramites, mariés ou non. A quel point il s'agissait d'une conviction profonde, voilà qui sera illustré par un incident qui survint dans le premier ashram de Gandhi, la communauté de Phoenix, en Afrique du Sud :

Un jour, alors que je me trouvais à Johannesburg, j'appris que deux des membres de l'ashram étaient tombés dans la déchéance morale. Si l'on m'avait informé d'un échec manifeste ou d'un revers essuyé dans la lutte (politique), cela ne m'aurait pas bouleversé à ce point, mais cette nouvelle-là me frappa comme la foudre. Le jour même, je pris le train pour Phoenix. M. Kallenbach insista pour m'accompagner. Il avait remarqué dans quel état je me trouvais. Il ne pouvait supporter l'idée de me laisser partir seul, d'autant plus que c'était lui qui m'avait apporté la nouvelle qui m'avait mis dans un tel émoi. Au cours du voyage, mon devoir s'imposa clairement à ma conscience. Je compris que le gardien ou le maître était responsable, au moins dans une certaine mesure, de son élève... Je compris également que les deux coupables ne pourraient être amenés à se rendre compte de ma détresse et de la gravité de leur faute que si je faisais moi-même pénitence. Je m'imposai donc un jeûne complet de sept jours, et fis le vœu de ne prendre qu'un repas par jour pendant une période de quatre mois et demi. M. Kallenbach essaya de m'en dissuader, mais en vain. Finalement, il reconnut le bien-fondé de la pénitence, et tint à se joindre à moi... C'est donc très soulagé que j'atteignis Phoenix. J'y fis une enquête plus approfondie et me mis au courant de quelques détails supplémentaires que j'avais besoin de connaître. Ma pénitence attrista tout le monde, mais elle contribua à éclaircir l'atmosphère. Chacun en vint à comprendre à quel point il était terrible d'être un pécheur [2].

Cet épisode — y compris la réaction de l'infortuné M. Kallenbach — nous donne un avant-goût de la curieuse atmosphère qui régna dans les ashrams ultérieurs de Gandhi. Alors qu'en politique Gandhi penchait toujours vers le compromis, en matière de *brahmacharya* il devint de plus en plus fanatique à mesure que les années passaient. Il se servit de la fascination proverbiale qu'il exerçait sur les femmes pour les persuader de faire le vœu de chasteté, avec ou sans l'accord de leurs maris ; il a ainsi détruit plusieurs mariages, et a provoqué chez d'autres couples un état de malheur durable (parmi ces derniers se trouve le triste cas d'un ami personnel). On pourrait dire que les

1. PYARELAL, *Mahatma Gandhi : The Last Phase*, Ahmedabad, 1965, 2 vol., p. 570 et 579.
2. ANDREWS, *op. cit.*, p. 186.

jeunes femmes qui subissaient l'ascendant de Gandhi se laissaient séduire par lui pour entrer en chasteté.

La continence sexuelle peut être profitable sur le plan spirituel à des communautés de moines ou de religieuses, où l'on est maintenu à l'écart des représentants du sexe opposé, et soigneusement à l'abri de la tentation. Mais Gandhi s'était fixé une voie très particulière et difficile pour atteindre le *brahmacharya :* il se sentait obligé de s'exposer à la tentation afin de contrôler les progrès qu'il réalisait dans la maîtrise de lui-même. Il considérait ces tests — qu'il poursuivit jusqu'à la fin de sa vie, alors qu'il avait presque quatre-vingts ans — comme une entreprise de pionnier, une nouvelle « Expérience de Vérité » (titre qu'il a donné à son autobiographie). Lesdites expériences commencèrent avec sa propre femme après qu'il eut fait vœu de chasteté, et se poursuivirent avec d'autres femmes plus jeunes. Dans une lettre à Bose, pour se justifier de ces pratiques, Gandhi a écrit :

> Je m'étonne que vous supposiez que mon expérience implique une croyance quelconque en l'infériorité de la femme. Ce serait le cas si je la regardais avec une convoitise charnelle, ou sans son consentement. J'ai toujours été persuadé que la femme était l'égale parfaite de l'homme. Ma femme était « inférieure » quand elle était l'instrument de mon désir. Elle a cessé de l'être quand elle s'est couchée nue à côté de moi comme une sœur. Si ni elle ni moi n'étions tourmentés par la convoitise, ni dans notre esprit ni dans notre corps, ce contact contribuait à nous élever l'un et l'autre.
>
> Faudrait-il qu'il en soit autrement si cela ne se passe pas avec ma femme, comme autrefois, mais avec quelque autre sœur ? J'espère vivement que vous me déchargerez de l'accusation d'avoir eu des intentions charnelles au sujet des femmes ou des jeunes filles qui se sont couchées nues avec moi. L'hystérie de A ou de B n'avait rien à voir avec mon expérience, j'espère. Elles étaient avant l'expérience ce qu'elles sont aujourd'hui, et il se peut même que mon expérience leur ait fait perdre un peu de leurs tendances.
>
> La distinction entre Manu et les autres n'a aucun intérêt pour notre discussion...[1]

La Manu à laquelle il est fait allusion dans cette lettre était la petite-fille d'un de ses cousins ; elle fut la dernière à lui servir de cobaye dans sa quête du *brahmacharya.* Elle avait perdu sa mère au cours de son enfance, et Kasturbai s'était occupée d'elle. A la mort de Kasturbai, Gandhi lui succéda dans ce rôle. « J'ai été un père pour beaucoup de gens, mais c'est seulement pour toi que je suis une mère[2] », lui écrivit-il ; aussi étrange que cela puisse paraître, il voulait qu'elle prenne ces mots au pied de la lettre — à tel point que Manu a effectivement écrit un livre intitulé *Bapu : ma mère.* « Jeune fille en fleur de dix-huit printemps », selon les termes mêmes de Gandhi, elle se

1. BOSE, *op. cit.*, pp. 133, 177.
2. MANUBEN, GANDHI, *Bapu : My Mother,* traduit du gujarâte par Chitra Desai, Ahmedabad, 1949 ; seconde édition révisée, 1955, p. 3.

prétendait libérée de tout désir sexuel. Cependant, comme l'explique Pyarelal dans sa biographie :

Apparemment Manu ne ressentit aucun embarras. Elle payait de retour les services qu'il lui prodiguait en le soignant pendant ses maladies et ses jeûnes ; dans son journal elle notait, entre deux messages politiques, les effets du lavement qu'elle lui avait administré, et les exhortations qu'il lui adressait de sa baignoire : « Pendant qu'il prenait son bain, Bapu m'a dit ces paroles avec une grande affection, tout en me caressant le dos [1]. »

Pour Gandhi, il s'agissait d'une expérience décisive. Si elle réussissait, « cela montrerait que sa quête de la vérité avait été couronnée de succès. *Sa sincérité s'imposerait alors aux musulmans, à ses adversaires de la Ligue musulmane et même à Jinnâh,* qui doutaient de sa franchise, pour leur grand tort et celui de l'Inde [2]. » Les italiques sont du fidèle Pyarelal, qui connaissait plus intimement que nul autre les voies et les détours de la pensée de son maître. Gandhi était sincèrement persuadé d'être un instrument de Dieu, qui « le guidait pour réagir à chaque situation conformément à la manière dont elle se présentait [3]. » Mais l'instrument devait être pur, libéré du désir charnel ; et pour atteindre cette liberté il était obligé de passer par son expérience de *brahmacharya.* Cela « le mettait en contact avec l'infini [4] » ; en même temps cela devait résoudre le problème de l'opposition entre hindous et musulmans, mettre fin aux massacres réciproques, persuader la Ligue musulmane de sa réelle bonne foi, et les faire renoncer à leurs revendications pour un Pakistan indépendant.

Du point de vue du Mahâtma, tout ceci était parfaitement logique. Dans son esprit, ses activités publiques, politiques et ses expériences intimes avec la Vérité étaient inséparables ; le *satyagraha* et le *brahmacharya* étaient étroitement solidaires, au point de dépendre l'un de l'autre. Car *satyagraha* signifie non seulement action non violente, mais aussi action provoquée par une irrésistible force d'âme ou force de vérité (*sat :* vérité ; *agraha :* fermeté). Au stade qu'il avait atteint dans les deux dernières années de sa vie, tout dépendait pour lui de l'expérience cruciale entreprise avec Manu ; et cela explique peut-être pourquoi il a insisté avec autant d'obstination pour qu'elle partageât son lit, au mépris des conseils de tous ceux qui l'entouraient.

Cela explique également pourquoi, au moment précis où se jouait le destin de l'Inde, pendant les mois de juin et juillet 1947, Gandhi choisit de gratifier le public indien d'une série de six articles [5] — qui traitaient du *brahmacharya.* Il venait de visiter les villages musulmans du Bengale oriental, pour tenter d'apaiser les émeutes par son influence personnelle. La plupart du

1. MANUBEN, GANDHI, *Las Glimpses of Bapu,* Delhi, Agra et Jaipur, 1962, p. 303.
2. PYARELAL, *op. cit.,* p. 580.
3. T. A. RAMAN, *What does Gandhi want?* Oxford, New York et Toronto, 1943, p. 49.
4. BOSE, *op. cit.,* p. 176.
5. Dans le magazine *Harijan.*

temps, il n'eut pour seuls compagnons, au cours de ce pèlerinage, que Manu, Bose et un sténographe. Plusieurs de ses collaborateurs, y compris des amis intimes, protestèrent contre son expérience avec Manu (ils étaient pourtant sans doute au courant de ses expériences antérieures dans ce domaine), firent part de leur désapprobation à Gandhi, et certains d'entre eux allèrent même jusqu'à le quitter. Le scandale public fut évité, mais Gandhi se sentit privé de leur admiration inconditionnelle, terriblement seul et déprimé. Même Bose s'en alla, après de longues discussions dans lesquelles il avait essayé en vain de convaincre Gandhi des effets psychologiques négatifs de cette expérience sur les deux intéressés — sans jamais mettre en doute la sincérité de leurs mobiles ; mais il revint au service de Gandhi quelques mois plus tard. Les articles si intempestifs parus dans *Harijân*[1], qui coupèrent le souffle à tous leurs lecteurs, constituèrent la réponse de Gandhi aux dissidents.

Il écrivit aussi à Acharya Kripalani, le président du Congrès : « Ceci est une lettre très personnelle, mais pas vraiment confidentielle. Manu Gandhi, ma petite-fille... partage mon lit... Cela m'a fait perdre mes collaborateurs les plus chers... J'ai réfléchi très profondément à cette question. Le monde entier peut bien m'abandonner, mais je n'ose pas renoncer à ce que j'affirme être pour moi la vérité... J'ai déjà risqué de me perdre, bien avant aujourd'hui. Que cela devienne donc la réalité, s'il doit en être ainsi[2]. » Et il demanda à Kripalani de discuter du problème avec les autres politiciens du congrès — en plein milieu des négociations sur l'indépendance.

Si je me suis attardé assez longuement sur les efforts de Gandhi pour atteindre la chasteté, cela tient à deux raisons : d'abord, ils nous dévoilent un aspect essentiel — d'après son propre témoignage, l'aspect le plus fondamental — de sa personnalité ; ensuite, ces pratiques sont devenues partie intégrante de l'héritage de Gandhi, qui a eu une influence durable sur le climat social et culturel du pays.

Toutefois, après la mort de Gandhi, les milieux officiels indiens ont tenté de supprimer les faits se rapportant à sa dernière « Expérience de Vérité ». On trouvera un exemple de cette conspiration du silence dans l'histoire du livre de Nirmal Kumar Bose intitulé *En compagnie de Gandhi,* dont j'ai cité à maintes reprises des extraits. Le professeur Bose, éminent anthropologue et commentateur de la philosophie de Gandhi, avait écrit auparavant deux autres ouvrages, *Études sur le gandhisme* et *Textes choisis de Gandhi.* Il avait été le compagnon du Mahâtma pendant son pèlerinage au Bengale oriental, et dans *En compagnie de Gandhi,* il avait consacré un chapitre aux

1. *Harijân :* titre d'un journal indien. C'est aussi le nom donné par le Mahâtma Gandhi aux castes de réprouvés de l'Inde et aux intouchables afin de les faire mieux accepter par les hindous des castes. Le mot signifie littéralement « enfants du Seigneur » (*N.d.T.*).

2. PYARELAL, *op. cit.*, p. 581.

répercussions de l'expérience entreprise avec Manu, sans entrer dans les détails en ce qui concernait les faits eux-mêmes. C'est une œuvre discrète, pleine d'affection et de respect ; pourtant, non seulement elle a été refusée par tous les éditeurs auxquels Bose a soumis le manuscrit, mais des tentatives acharnées ont été faites « en très haut lieu » pour empêcher sa publication.

Cinq ans après la mort de Gandhi, Bose décida de publier le livre à son propre compte. Il est introuvable en Inde, et le plus récent biographe de Gandhi, Geoffrey Ashe, remarque : « On sait désormais de manière générale qu'une étude importante a été en partie supprimée. J'ai eu quelque difficulté à mettre la main sur un exemplaire qui est peut-être le seul existant en Angleterre[1]. » Même le British Museum n'en possède pas d'exemplaire. Un de mes livres[2], dans lequel j'ai cité Bose, a été également interdit en Inde, sous prétexte qu'il contenait « des remarques irrespectueuses sur Gandhi ».

Par une ironie du sort, trois ans après la sortie du livre de Bose, on a publié le premier volume de la monumentale biographie officielle de Gandhi par Pyarelal, qui confirmait tous les faits mentionnés par Bose (mais sans indiquer son nom).

Dans le monde occidental, on aurait pu réagir par un haussement d'épaules à l'obsession du *brahmacharya* chez Grandhi, en la considérant comme un caprice individuel inoffensif. En Inde, au contraire, cette idée atteignait des cordes sensibles, à un niveau profond et pour ainsi dire archétypal. Il existe, tout au long des sermons de Gandhi en faveur de la chasteté, un message caché — je veux dire, caché pour le lecteur occidental, mais évident pour chaque Hindou. Il a trait aux bienfaits de la continence sur le plan physiologique. Selon les doctrines de la médecine hindoue traditionnelle (appelée *Ayurveda*), la « force vitale » de l'homme est concentrée dans son liquide séminal. Tous ses pouvoirs, physiques ou mentaux, proviennent de cette précieuse sécrétion — qui joue ainsi le rôle d'une sorte d'élixir de longue vie — appelée diversement *bindu, soma-rasa* ou « liquide vital ». Toute dépense de « liquide vital » entraîne un affaiblissement physique et un appauvrissement spirituel. A l'inverse, l'accumalation du *bindu* par la continence procure de plus grands pouvoirs spirituels, la santé et la longévité (Gandhi espérait vivre jusqu'à cent vingt-cinq ans). Elle donne aussi à la peau cet aspect satiné et ce rayonnement comme venu de l'intérieur qui fut, dit-on, l'apanage de tous les vrais saints — y compris le Mahâtma. Divers exercices de hatha-yoga plus ou moins secrets ont pour but de retenir le liquide vital même pendant les rapports sexuels.

Gandhi croyait fermement à la médecine de l'*Ayurveda,* et il la pratiquait

1. ASHE, *op. cit.*, p. 8.
2. *Le Lotus et le robot,* éditions Calmann-Lévy.

lui-même pour soigner les membres de sa famille et de ses ashrams. De nombreux passages de ses écrits montrent qu'il était également persuadé de l'importance primordiale de retenir en soi le « liquide vital ». Ainsi, dans sa brochure intitulée *Le Guide de la santé,* il a écrit :

On dit qu'un homme impuissant n'est pas exempt de tout désir sexuel... Mais l'impuissance contrôlée de l'homme dont le désir sexuel a été volontairement anéanti et dont les sécrétions sexuelles se trouvent transmuées en force vitale est un phénomène totalement différent, et tout homme doit désirer cette impuissance-là [1].

Et encore :

La faculté de retenir et d'assimiler le liquide vital nécessite une longue pratique. Une fois qu'on y est parvenu, le corps et l'esprit s'en trouvent fortifiés. Le liquide vital, qui est capable d'engendrer une créature aussi merveilleuse que l'homme, ne peut, si on le conserve soigneusement, que se transformer en une énergie et une force sans égales [2].

L'hindouisme a une attitude remarquablement ambivalente envers la sexualité. D'un côté nous trouvons le culte du *Lingam* [3], les sculptures érotiques des temples, le *Kâma sûtra* et les « pharmacies sexologiques » où prospère le commerce florissant des aphrodisiaques ; de l'autre, la pudibonderie, l'hypocrisie, les louanges purement verbales de l'idéal de la chasteté, à quoi s'ajoute l'appréhension de perdre le liquide vital et d'en ressentir les effets débilitants. L'« anxiété spermatique » semble être un phénomène courant chez les Hindous ; et elle s'accompagne d'une rancune inconsciente à l'égard de la Femme qui en est la cause. Le panthéon hindou n'a pas d'Éros ni de Cupidons — seulement Kâma, la force primordiale du désir charnel.

Le combat mené par Gandhi tout au long de sa vie pour surmonter son « désir charnel » et sa « passion bestiale » ; ses *mea culpa* en public pour avouer qu'il avait eu un rêve érotique, auxquels succédait une pénitence de six semaines de silence total ; son adhésion à la doctrine de la toute-puissance du « liquide vital » — tout cela a fait de lui le symbole vivant de l'attitude pleine de culpabilité des hindous à l'égard de la sexualité, et a encouragé les masses, qui lui vouaient un culte, à persévérer dans ce sens.

Un aspect secondaire mais significatif de l'héritage de Gandhi, c'est la préoccupation exagérée que beaucoup d'Indiens manifestent à l'égard de leur régime et de leur digestion. Dans un pays où sévissent la dysenterie amibienne, le ver solitaire et d'autres fléaux, il n'y a là rien de surprenant. Mais une fois de plus, chez Gandhi, ce constant souci de régimes

1. PYARELAL, *op. cit.*, p. 581.
2. FISCHER, *op. cit.*, p. 263.
3. *Lingam :* terme sanscrit désignant le phallus, qui est aussi, dans l'hindouisme, le symbole du dieu Siva *(N.d.T.).*

expérimentaux était lié en premier lieu à sa recherche de la chasteté. Quand il fit vœu de chasteté, il écrivit : « Le contrôle du palais est le premier élément essentiel pour l'observation de ce vœu... La nourriture propice au *brahmacharya* doit être peu abondante, simple, sans épices, et si possible crue... Six années d'expérience m'ont démontré que les aliments idéaux en vue d'atteindre le *brahmacharya* sont les fruits frais et les noix[1]. » Il considérait même le lait comme un aphrodisiaque à éviter — point de vue qui semble difficile à concilier avec la brochure intitulée *Comment honorer la vache*[2] dont il est l'auteur.

L'un des biographes de Gandhi, Louis Fischer, l'a appelé « un personnage unique, un grand personnage, peut-être la plus grande figure qui soit apparue depuis ces 1900 dernières années ». D'autres l'ont comparé au Christ, à Bouddha et à saint François d'Assise. Le fait qu'on ait ainsi voulu lui attribuer l'immortalité avait pour cause fondamentale son emploi de la non-violence comme arme politique dans un monde malade de violence. Le succès partiel, au début de sa carrière, de sa résistance passive, de sa désobéissance civile et de ses campagnes pour la non-coopération ; ses marches pacifiques contre la police et les troupes anglaises armées ; ses premières manifestations avec occupation des locaux, sa façon de flirter joyeusement avec les emprisonnements ; ses jeûnes publics — tout cela constituait un phénomène radicalement nouveau en politique, quelque chose dont on n'avait jamais entendu parler ; c'était un message d'espoir, presque une révélation ; et le plus étonnant était que cela avait l'air de donner des résultats. Le mérite durable de Gandhi a été non pas d'avoir « libéré l'Inde » — comme John Grigg[3] et quelques autres l'ont fait remarquer, l'indépendance aurait été acquise bien plus tôt sans lui — mais d'avoir fait comprendre au monde que les méthodes traditionnelles de politique de puissance ne sont pas les seules concevables ; et que la non-violence — l'*ahimsa* — peut les remplacer avantageusement dans certaines circonstances. Mais il faut mettre l'accent sur cette dernière clause limitative ; et la tragédie de Gandhi fut que sa méthode ne disposait que d'un champ d'applicabilité très restreint. Il s'agissait d'un jeu noble que l'on ne pouvait jouer que contre un adversaire respectant les règles dudit jeu, inculquées par une longue tradition ; autrement, cela équivaudrait à un suicide massif.

Comme la plupart des inventeurs d'un nouveau système philosophique, Gandhi crut au début à la valeur universelle du sien. Il éprouva sa première surprise désagréable et sa première déception en 1919, quand la première campagne nationale pour la désobéissance civile dégénéra en émeutes violentes dans tout le pays. Gandhi interrompit l'action, s'astreignit à un

1. FISCHER, *op. cit.*, p. 263.
2. M. K. GANDHI, *How to Serve the Cow*, Ahmedabad.
3. JOHN GRIGG, « A Quest for Gandhi », *Sunday Times*, 28 septembre 1969.

jeûne expiatoire, et avoua avoir commis une « gaffe monumentale » en commençant la campagne avant que ses disciples n'aient été suffisamment formés à l'esprit et aux méthodes du *satyagraha*.

L'année suivante il lança un nouveau mouvement de non-coopération, en même temps que les musulmans. De nouveau il en résulta des émeutes dans tout le pays, qui atteignirent leur paroxysme au massacre de Chauri Chaura ; de nouveau il interrompit la campagne et se mit à jeûner.

Son mouvement le plus réussi fut la campagne de désobéissance civile de 1930-1931, dirigée contre les impôts sur le sel, dont l'événement le plus mémorable fut la spectaculaire « marche à la mer ». Cette fois-là aussi des émeutes eurent lieu un peu partout, mais la campagne fut autorisée à se poursuivre jusqu'à l'obtention d'un compromis avec le vice-roi.

Les mouvements de *satyagraha* ultérieurs (de 1932 à 1934, de 1940-1941 et de 1942-1943) s'achevèrent de façon peu concluante. En termes de résultats tangibles, le palmarès n'était guère impressionnant. Mais l'impact global produit sur les hommes politiques, les intellectuels et le monde en général fut capital et fit de Gandhi une légende vivante. Les effets en furent rendus encore plus spectaculaires par ses dix-huit jeûnes publics, et ses emprisonnements multiples, dont le total se monte à six ans et demi de détention, le premier ayant lieu dans un cachot à Johannesburg, et le dernier dans le palais de l'Aga Khan.

Mais les méthodes employées par Gandhi pour utiliser la non-violence comportaient des inconséquences monumentales, et les conseils qu'il prodiguait aux autres nations faisaient souvent preuve d'une parfaite irresponsabilité. Bien qu'il n'ait cessé de répéter que seuls les peuples déjà bien avancés sur la voie spirituelle étaient capables de pratiquer la résistance non violente, il n'hésitait pas à recommander celle-ci comme une panacée, même quand son emploi s'avérait tragiquement incompatible avec la situation, comme dans le cas des Juifs allemands sous le régime nazi. En décembre 1938, après le premier pogrom d'ampleur nationale, il écrivit : « J'ose affirmer que si les Juifs réussissent à puiser leur soutien dans la force d'âme qui ne peut provenir que de la non-violence, Herr Hitler s'inclinera devant leur courage, qu'il reconnaîtra comme infiniment supérieur à celui des plus braves soldats de ses sections d'assaut [1]. » Et en 1946, quand on apprit l'incroyable nouvelle de la mort de six millions de victimes juives dans les chambres à gaz : « Les Juifs auraient dû s'offrir d'eux-mêmes au couteau du boucher. Ils auraient dû se précipiter dans la mer du haut des falaises... Cela aurait soulevé l'indignation du monde entier et du peuple allemand [2]. »

On ne peut trouver qu'une circonstance atténuante à de tels propos : l'ignorance notoire de Gandhi en matière de problèmes internationaux.

Au début de la Seconde Guerre mondiale, il déclara apporter son soutien

1. Dans *Harijan*, le 17 février 1939.
2. ASHE, *op. cit.*, p. 341.

moral à la cause des Alliés. Après la défaite de la France, il fit l'éloge de Pétain pour le courage dont il avait témoigné en se rendant, et, le 6 juillet 1940, il publia un « Appel à tous les Anglais », pour suivre l'exemple français (sur son insistance, le texte de cet appel a été transmis par le vice-roi au ministère de la Guerre britannique) :

> ... Je ne veux pas que l'Angleterre soit vaincue, je ne veux pas non plus qu'elle remporte la victoire dans une épreuve où n'entre en jeu que la force brutale... Je veux que vous combattiez le nazisme sans armes ou avec des armes non violentes. Je voudrais que vous déposiez toutes les armes que vous avez, parce qu'elles sont inutiles à votre nature humaine. Vous inviterez Herr Hitler et Signor Mussolini à prendre la part qu'ils veulent des pays que vous appelez vos possessions. Laissez-les s'approprier votre belle île et tous vos beaux édifices. Vous leur donnerez tout cela, mais pas votre âme, ni votre esprit. Si ces messieurs choisissent d'occuper vos maisons, vous les évacuerez pour leur laisser la place. S'ils vous empêchent de sortir librement, vous vous laisserez massacrer, hommes, femmes et enfants, mais vous refuserez de leur devoir fidélité et obéissance [1].

Il aurait fallu beaucoup de cadavres pour permettre à Bapu de vivre dans la non-violence.

Il avait des conseils similaires à offrir aux Tchèques, aux Polonais, aux Finlandais et aux Chinois. Le dernier jour de sa vie, quelques heures avant son assassinat, un correspondant du magazine *Life* lui demanda : « Quelle serait votre réaction face à la bombe atomique ?... La non-violence ? » A quoi il répondit :

> Je ne me réfugierais pas dans un abri quelconque. Je sortirais au grand jour, bien en évidence, et laisserais voir au pilote que je n'éprouve pas la moindre malveillance à son égard. Le pilote ne verra pas nos visages à une aussi haute altitude, je le sais bien. Mais le vœu ardent de nos cœurs — l'implorant de ne pas venir pour nous faire du mal — monterait jusqu'à lui et l'atteindrait, et ses yeux s'ouvriraient [2].

Cette déclaration, de même que de nombreuses prises de position antérieures sur des sujets voisins, donne l'impression que la confiance de Gandhi dans la non-violence était absolue. (« Je n'ai pas connaissance d'un seul cas où elle ait échoué », a-t-il écrit dans son « Appel à tous les Anglais »). Cependant, en réalité, dans un certain nombre de situations critiques, il a trahi ses propres principes de façon absolument criante. Rappelons l'épisode — qu'il ne faut pas prendre trop au sérieux — de l'année 1918, pendant laquelle il a exercé les fonctions de sergent recruteur pour l'armée britannique. Dans un discours prononcé lors d'une visite dans le district de Kheda, il a dit :

1. RAMAN, *op. cit.*, p. 24.
2. Dans Louis FISCHER, éd., *The Essential Gandhi : An Anthology*, Londres, 1963, p. 334.

Afin d'obtenir [le statut de dominion dans l'empire britannique] nous devons être capables de nous défendre par nous-mêmes, et donc savoir porter des armes et nous en servir... Si nous voulons apprendre le maniement des armes le plus rapidement possible, il est de notre devoir de nous enrôler dans l'armée [1].

Trois ans plus tard, il a affirmé :

Sous un régime d'indépendance, je n'hésiterais pas, moi non plus, à conseiller à ceux qui le veulent de prendre les armes et de se battre pour leur pays [2].

Plus tard, il a expliqué ces dérogations à son idéal en disant qu'elles n'impliquaient nullement un manque de confiance dans la non-violence, mais que simplement « il n'avait pas encore trouvé sa véritable assise... Il n'était pas assez sûr de son terrain [3] ». Toutefois de telles excuses ne peuvent guère s'appliquer aux événements paroxystiques des deux dernières années de sa vie : les massacres entre hindous et musulmans, qui aboutirent à la sécession et à la formation du Pakistan, et les combats du Cachemire qui furent le signal de l'échec définitif de la non-violence. Pendant son pèlerinage à travers les villages terrorisés du Bengale oriental, au cours duquel il ne vit « que des ténèbres tout autour de lui », il avoua à Bose que « pour le moment » il avait « abandonné la recherche d'un remède non-violent applicable aux masses ». Quelques jours plus tard, il écrivit : « La violence est horrible et barbare, mais elle peut être employée en cas de légitime défense. » Mais, encore quelques jours plus tard, dans une autre lettre : « La défense par la non-violence est la légitime défense suprême, parce qu'elle est infaillible [4]. »
Il était visiblement à bout de ressources.

Gandhi s'était farouchement opposé à la sécession ; il l'appelait : « la vivisection de l'Inde, ce qui équivaudrait à la vivisection de moi-même. » Lors de la session historique du Congrès des 14 et 15 juin 1947, qui devait opter pour ou contre la sécession, le président, Archarya Kripalani, qui avait toujours été l'ami de Gandhi, prononça un discours mémorable qui signifiait l'adieu du futur gouvernement de l'Inde aux idéaux de la non-violence. A la différence de Marc-Antoine, il commença par faire l'éloge de Gandhi, puis se mit en devoir de l'enterrer. Il déclara à quel point il avait apprécié les pèlerinages de Gandhi au Bengale et au Bihar, ses efforts en vue d'une réconciliation entre hindous et musulmans, laquelle aurait pu éviter la

1. *Ibid.*, p. 125.
2. Louis FISCHER, *op. cit.*, p. 371.
3. Dans FISCHER, *The Essential Gandhi*, p. 125.
4. BOSE, *op. cit.*, p. 104, 107.

sécession, mais il nia l'efficacité de la méthode : « Malheureusement pour nous aujourd'hui, bien que (Gandhi) puisse énoncer des lignes de conduite politiques, ce sont d'autres qui sont chargés de leur exécution pour la plus grande partie, et ces autres ne sont pas convertis à sa façon de penser. C'est dans ces circonstances pénibles que j'ai accordé mon soutien au projet de la division de l'Inde [1]. »

A la surprise de tout le monde, Gandhi, dans son discours, pressa soudain le Congrès d'accepter la sécession, sous prétexte que « quelquefois certaines décisions, pour désagréables qu'elles soient, doivent être prises ». Trois mois plus tard, l'Inde indépendante et le Pakistan indépendant s'affrontaient au Cachemire. Dans un des discours qu'il avait l'habitude de faire après la prière, Gandhi fit observer qu'il « avait toujours été opposé à toute guerre. Mais s'il n'y avait pas d'autre solution pour obtenir justice de la part du Pakistan, si le Pakistan persistait à refuser de reconnaître ses torts flagrants et continuait à les minimiser, l'Union indienne devrait lui déclarer la guerre. La guerre n'était pas une plaisanterie. Personne ne voulait la guerre. Par cette voie on allait à la ruine. Mais il ne pourrait jamais conseiller à personne de se résigner à l'injustice [2] ».

Il avait prodigué ses conseils aux Anglais, aux Français, aux Tchèques, aux Polonais et aux Juifs pour qu'ils déposent les armes et se soumettent à des injustices infiniment plus terribles que celles commises par le Pakistan. Comme en d'autres circonstances critiques antérieures, quand un noble idéal se heurtait à la dure réalité, c'était le réalisme qui l'emportait, et le yogi succombait aux arguments du commissaire. Il avait cru en la médecine naturelle et l'avait pratiquée, mais en cas de maladie grave il avait toujours fait appel aux praticiens de la médecine occidentale qu'il tenait dans un si grand mépris. L'*ahimsa* et le *satyagrapha* produisaient un effet magique sur les Anglais, mais restaient inefficaces pour les musulmans. S'agissait-il réellement de la panacée de l'humanité, comme il l'avait pensé ? Une quinzaine de jours avant sa mort, en commentant la décision du vice-premier ministre Sirdar Patel d'envoyer des troupes au Cachemire, Gandhi confia à Bose :

> Quand le pouvoir est passé à (Patel), il a compris qu'il ne pourrait plus appliquer avec succès la méthode de la non-violence qu'il avait jusqu'alors coutume d'employer avec des résultats fort brillants. J'ai découvert que ce que mes partisans et moi-même appelions la non-violence n'était pas la chose authentique, mais une faible copie connue sous le nom de résistance passive. Naturellement, la résistance passive ne peut rien apporter à un dirigeant [3].

A un autre interviewer, le professeur Stuart Nelson, il a répété que « ce

1. *Ibid.*, p. 244-245.
2. *Ibid.*, p. 251.
3. BOSE, *op. cit.*, p. 45.

qu'il avait pris pour le *satyagraha* n'était rien de plus que la résistance passive, qui était l'arme des faibles... Gandhi en vint à dire qu'il était effectivement exact qu'il avait travaillé toute sa vie sous l'emprise d'une illusion. Mais il n'en montra jamais aucun regret. Il comprit que si sa vision n'avait pas été obscurcie par cette illusion, l'Inde n'aurait jamais atteint le point où elle se trouvait à présent [1]. »

Pourtant, cela aussi peut bien n'avoir été rien de plus qu'une illusion. L'Inde avait accédé à l'indépendance non pas grâce à l'*ahimsa,* mais parce que l'Empire britannique avait entrepris délibérément sa propre liquidation. Le rouet a été maintenu à sa place sur le drapeau national, mais la mystique de Gandhi n'a joué aucun rôle dans la formation du nouvel État, malgré les hommages purement verbaux que celui-ci a continué de lui prodiguer. Les conflits armés avec le Pakistan et la Chine ont provoqué des manifestations de chauvinisme et d'hystérie collective qui donnaient à penser que l'apostolat pacifiste du Mahâtma n'avait guère laissé d'effets tangibles derrière lui ; et les émeutes sanglantes et répétées entre les Mahrates et les Gujarates de Gandhi ont ajouté à ce tableau une touche d'une ironie particulièrement amère. Quand on demanda à l'héritier spirituel de Gandhi, Vinobha Bhave, « le saint marcheur », s'il approuvait la résistance armée aux infiltrations chinoises à la frontière, il répondit par l'affirmative, en reprenant l'excuse employée autrefois par Gandhi : les masses n'étaient pas encore mûres pour la résistance non violente.

Les principes selon lesquels il avait espéré former l'Inde, et qu'il avait définis quarante ans plus tôt dans *Leur civilisation et notre délivrance,* s'étaient avérés comporter en eux-mêmes les germes de leur propre ruine. Au milieu des réjouissances célébrant l'indépendance, leur échec — de même que le sien — se révéla total. Il fut définitivement confirmé par un assassin, qui n'était pas un membre du camp ennemi, mais un hindou fervent.

J. F. Horrabin a décrit en ces termes une rencontre qu'il eut avec Gandhi au palais Saint-James où se tenait en 1931 la Conférence de la Table Ronde :

> « Nous bavardâmes quelques minutes dans une petite antichambre. Puis, apercevant une horloge, il se souvint d'un autre rendez-vous, s'excusa et partit précipitamment. Je le regardai s'éloigner et disparaître petit à petit dans l'un des longs couloirs du Palais, avec ses vêtements retroussés et ses sandales qui scintillaient à chacun de ses pas rapides. Oserai-je le dire ? — j'ai au moins la certitude qu'aucun de ses amis ne prendra cela en mauvaise part — cela m'a rappelé de façon irrésistible un de ces films de Charlot où à la fin on voit cette petite silhouette s'éloigner à vive allure en direction de l'horizon, et disparaître peu à peu dans le lointain [2]. »

1. *Ibid.,* pp. 270-271.
2. Dans Chandrashanker SHUKLA, éd. *Incidents of Gandhiji's Life,* Bombay, 1949, p. 85.

Cette remarque, loin d'être irrespectueuse, nous amène directement au secret de l'immense emprise exercée par Gandhi sur ses compatriotes, et de l'amour qu'ils lui portaient. Charlot était le symbole du petit homme au chapeau melon dans la société industrialisée occidentale. Gandhi était le symbole du petit homme vêtu seulement d'un pagne de drap blanc dans l'Inde où sévissait la misère. Il était lui-même pleinement conscient de cela. Quand J. P. Patel lui demanda un jour « quel était donc l'élément de sa personnalité qui lui procurait de si nombreux partisans dans tout le pays », il répondit : « C'est parce que l'homme de mon pays, quand il me voit, comprend que je vis comme lui, et que je fais partie de son propre être [1]. »

Nehru, le progressiste occidentalisé, a souvent considéré Gandhi comme un fardeau sur le plan politique, mais il a néanmoins subi son ascendant, précisément parce que Gandhi était pour lui, dans ses propres termes, « l'âme de l'Inde ».

L'âme et le pagne de drap blanc allaient de pair : ils étaient inséparables. Quand Gandhi, invité à prendre le thé avec le roi George V et la reine Mary au palais de Buckingham, se présenta vêtu seulement de sandales, d'un pagne, et d'un châle sur les épaules, il s'agissait bien plus que d'une simple mise en scène. Ce fut un événement qui se transforma immédiatement en une légende dont l'écho se répandit jusque dans les villages les plus reculés de l'Inde. Une version en a été donnée, plusieurs années après, par le recteur de l'université de Poonah, qui avait accompagné Gandhi jusqu'aux portes du palais de Buckingham : « Il alla voir le roi dans les vêtements d'un pauvre homme, en laissant voir la moitié de ses jambes nues. » Le roi lui dit : « Monsieur Gandhi, comment va l'Inde ? » Il répondit : « Regardez-moi et vous saurez à quoi ressemble l'Inde. » Tous les villageois aux jambes nues qui sentaient que Gandhi « faisait partie de leur être » eurent un moment l'impression d'être les égaux du roi d'Angleterre. Peut-être le plus grand cadeau de Gandhi à son peuple a-t-il été d'avoir réveillé en lui, après des siècles de léthargie, les premiers frémissements de l'amour-propre.

Mais il a aussi donné sa bénédiction aux attitudes émanant d'une tradition pétrifiée que les Indiens avaient à l'égard de la sexualité, de la nourriture, de la médecine et de l'éducation ; et il les a maintenus dans cette « mentalité hantée d'illusions et de superstitions » que Tagore a réprouvée comme étant « le péché originel d'où découlent tous nos maux ». Même là où il s'est opposé à la tradition, il l'a fait en suivant le principe traditionnel de l'identité des contraires : les intouchables sont devenus les Harijans, les enfants de Dieu ; les sources de pollution ont été transformées en objets d'adoration, et le nettoyage des latrines est devenu un sacrement pour tous les ashramites pieux — mais pour personne d'autre.

1. Dans *Talking of Gandhiji,* série de quatre émissions radiophoniques diffusées par la B.B.C. Texte établi par Francis Watson, Londres, New York et Toronto, 1957, p. 14.

Gandhi exerçait une influence si puissante sur les masses que beaucoup croyaient qu'il était un avatar, une réincarnation de Krishna. L'on ne peut s'empêcher de penser que s'il avait entrepris une croisade en faveur du planning familial au lieu d'exiger de la part des couples mariés une continence impossible, l'Inde serait peut-être aujourd'hui un pays différent. Il s'est montré extrêmement éloquent au sujet de l'existence misérable du villageois indien et de son incapacité à nourrir le nombre exorbitant de ses rejetons ; mais pour tout remède il n'a proposé que la chasteté et le rouet.

Il n'était pas enclin à écouter les arguments logiques de ceux qui le critiquaient. Pour reprendre les paroles de T. A. Raman, éminent journaliste indien : « On pourrait presque dire que le trait le plus marqué du caractère de Gandhi est l'impossibilité virtuelle de raisonner avec lui. Il est par définition un homme de foi, et les hommes de foi ne voient guère d'utilité à employer la démarche lente du raisonnement... »

Il est tout aussi agréable et futile de discuter avec des intellectuels qui adhèrent au culte de Gandhi et rendent hommage à une philosophie facile à glorifier mais impossible à mettre en pratique. C'est cette attitude qui donne au tableau de l'Inde contemporaine cet air crépusculaire d'irréalité, de confusion et de détachement hypocrite à l'égard des problèmes vitaux. On y ressent encore l'envoûtement à la fois sacro-saint et morbide de Bapu, mais son pouvoir diminue, à mesure que de plus en plus de gens comprennent que, qu'on le veuille ou non, les rouets ne peuvent pas rivaliser avec les usines, et que le liquide le plus vital est l'eau qui provient de grands barrages modernes et permet d'irriguer les champs desséchés du pays.

Tout bien considéré, le Mahâtma, par ses façons d'agir humbles et héroïques, a été le plus grand anachronisme vivant du XXe siècle ; et l'on ne peut s'empêcher de penser, aussi blasphématoire que cela puisse paraître, que l'Inde serait aujourd'hui en meilleure voie, et aurait une mentalité plus saine, sans l'héritage de Gandhi.

Le Lotus et le Robot *devait avoir des répercussions assez curieuses, dont j'ai parlé plus tard dans la préface d'une nouvelle édition (Danube, 1966) :*

Il y a six ans, en renvoyant à l'imprimeur les épreuves du *Lotus,* je n'étais pas sans appréhensions. Je m'inquiétais de l'effet qu'aurait ce livre sur les amis que je m'étais faits en Inde et au Japon, je redoutais que sa franchise ne les blesse ou ne les irrite. A mon grand soulagement le courrier d'Asie m'apporta des approbations et des encouragements quasi unanimes — jusqu'au jour où me parvinrent deux coupures de presse. L'une était un recensement paru dans le grand journal indien *Statesman,* l'autre une information du *Times.* Je cite la première en rougissant un peu parce que décemment les écrivains ne citent pas les éloges qu'on leur décerne (ils laissent ce soin à leurs éditeurs) ; mais on verra bientôt pourquoi je m'y résous :

« Voici un livre... dur et pourtant plein de compassion. Il est totalement différent de tout ce que l'on a écrit sur l'Asie. Si l'on a quelque prétention à l'intelligence on ne peut se dispenser de le lire. »

Statesman (Calcutta).

A présent l'information :

« Delhi, 9 mai 1962 — Le gouvernement indien interdit l'importation du livre de M. Arthur Koestler *Le Lotus et le Robot* parce qu'il contient « des propos choquants sur Gandhi », a déclaré aujourd'hui au Parlement le ministre de l'Intérieur, M. Lal Bahadur Shastri Reuter. » — *The Times* (Londres).

La suite se déroula selon le scénario habituel : protestations dans les journaux, questions au parlement, accélération de la vente du livre au marché noir. J'ai toutes les raisons d'être reconnaissant envers M. Shastri, qui plus tard devint premier ministre, prouva son attachement à la non-violence en faisant la guerre au Pakistan et mourut subitement en essayant de faire la paix. Je mentionne cette anecdote parce qu'elle confirme assez bien ce que j'ai écrit à propos de l'influence de l'héritage de Gandhi sur l'Inde contemporaine. Au reste, je ne puis m'empêcher d'éprouver une satisfaction morbide en constatant que si tous mes livres sont interdits dans les pays communistes et quelques-uns d'entre eux dans la catholique Irlande, il y en a un de prohibé aussi en Inde. Les auteurs d'ouvrages pornographiques réussissent aisément ce genre d'amalgame ; pour les essayistes c'est plus dur.

CHAPITRE LI

Un goût de Zen

Dans Le Lotus et le robot *la seconde partie commence par un examen de la culture japonaise contemporaine, extraordinaire mariage des contraires, « le Spartiate et le Sybarite dans le même lit ». Les deux derniers chapitres, d'où sont extraits les passages qui suivent, sont consacrés à l'histoire et à la pratique du Zen — dans son habitat traditionnel, et non en Californie.*

Le Zen est à la religion ce qu'un jardin plat est à un jardin normal. Il ne connaît pas de dieu, pas de vie dans l'au-delà, pas de bien ni de mal, de même que le jardin plat ne connaît ni fleurs, ni herbe, ni buissons. Il n'a ni doctrine ni écriture sainte, ses enseignements sont transmis principalement sous la forme de paraboles aussi ambiguës que les cailloux du jardin de rocailles qui symbolisent tantôt une montagne, tantôt un tigre en fuite. Lorsqu'un disciple demande : « Qu'est-ce que le Zen ? », la réponse traditionnelle du maître est « trois livres de lin » ou « une nouille qui pourrit » ou « un bâton de tinette », ou une bonne claque sur la tête de l'élève. Impossible de « déboulonner » le Zen : sa propre méthode se « déboulonne » d'elle-même. Dans ses *mondos* et ses *koans,* l'ambiguïté japonaise atteint un sommet métaphysique, c'est l'ultime évasion. Et, précisément pour cette raison, le Zen a joué un rôle vital lorsqu'il s'est agi de maintenir l'équilibre des extrêmes dans la vie japonaise.

Si on le juge aux apparences, le Zen est au mieux une mystification existentialiste, au pire un tissu d'absurdités solennelles. Mais dans le cadre de la société japonaise, ce culte de l'absurde, ces bouffonneries grossières ont une magnifique signification. Le Zen était, et est encore dans une certaine mesure, une forme de psychothérapie pour une société trop figée, obsédée de son importance, et tourmentée par la honte ; c'est une technique pour relâcher les liens qui ont enserré de mille nœuds cette société ; en un mot, le Zen était le *tranki* du Japon féodal.

Dans un poème Zen, considéré comme le plus ancien, et attribué à Seng-Ts'an (VIe siècle de notre ère), il est recommandé aux hommes :

Promenez-vous et cessez de vous tourmenter
Si vos pensées sont nouées vous gâchez ce qui est vrai...
Le sage ne s'agite pas ;
L'ignorant se lie lui-même...
Si vous agissez sur votre esprit avec votre esprit,
Comment pouvez-vous éviter une immense confusion ?...

Si vous chercher la simple vérité,
Ne vous occupez ni du bien ni du mal.
Le conflit du bien et du mal
Est maladie de l'esprit[1].

Depuis ses débuts, les grands maîtres de la doctrine ont nié que le Zen eût pour but le progrès moral : « Si un homme cherche le Bouddha, cet homme perd le Bouddha[2]. » D'après la tradition ce fut un moine indien d'allure féroce, Bodhidharma, qui introduisit le bouddhisme en Chine au VIe siècle. Lorsque l'Empereur demanda quel mérite il avait acquis, lui, l'Empereur, en donnant son appui à cette foi nouvelle, Bodhidharma lui cria : « Pas le moindre. » L'Empereur, assez ébranlé dans son enthousiasme, voulut savoir alors quelle était la doctrine sacrée de cette foi. Et le Bodhidharma de vociférer : « Elle est vide, il n'y a rien de sacré. »

Cette entrevue donne le ton de la tradition du Zen, rustre de propos délibéré, abrupte, directe, sarcastique, en somme accumulant tout ce qui, selon le code des mœurs japonaises, doit être évité comme la peste. Le Père fondateur lui-même, Bodhidharma, sujet favori des peintures Zen, est invariablement représenté comme un costaud à la bouche torve, les yeux exorbités et menaçants, mais en même temps avec une sorte de clin d'œil sarcastique, Un jour, il s'endormit en méditant et en fut si furieux qu'il s'empressa de se couper les paupières. Celles-ci tombèrent à terre et devinrent la semence des premières plantations de thé, d'où le dicton selon lequel le Zen et le thé « ont le même goût ». Une autre histoire farfelue raconte que le féroce Bodhidharma s'obstina à méditer si longtemps que ses jambes se détachèrent.

La tradition de grossièreté volontaire s'est maintenue jusqu'à ce jour et il y a pour l'illustrer d'innombrables histoires.

« Un moine demanda à Tosu (R'ou-tzu), un maître de la période T'ang : « Je crois comprendre que tous les sons reproduisent la voix du Bouddha. Est-ce vrai ? » Le maître répondit : « C'est vrai. » Le moine continua : « Le maître voudrait-il bien

1. Cité par Alan W. WATTS, *The Way of Zen*, Londres, 1957, pp. 89 et 115.
2. *Ibid.*, p. 125.

cesser de faire un bruit qui ressemble à celui d'une masse d'ordures en fermentation ? » Sur quoi le maître frappa le moine.

« Le moine demanda encore à Tosu : « Ai-je raison lorsque je crois comprendre que d'après le Bouddha toute conversation, si triviale et malicieuse qu'elle soit, participe de l'ultime vérité ? » Le maître répondit : « Oui, vous avez raison. » Le moine continua : « Puis-je vous appeler un âne ? » Sur quoi le maître le frappa[1]. »

Si le moine a reçu des coups, ce n'est pas à cause de sa grossièreté — celle-ci étant tout à fait dans la tradition Zen — mais *parce qu'il était trop logique* — ce qui est le seul péché impardonnable dans un monastère Zen. Le docteur Suzuki, *sensei* de tous les *sensei* Zen, fait le commentaire suivant à l'histoire que je viens de citer :

« Le magistral Tosu savait, comme le savent tous les maîtres Zen, combien grande est l'inutilité de toute démonstration verbale contre un tel « logicien ». Car le verbalisme mène d'une complication à une autre ; on n'en voit pas la fin. La seule façon effective, peut-être, pour faire comprendre à un moine comme celui-ci l'erreur de sa compréhension conceptuelle est de le frapper et de lui laisser faire seul l'expérience de ce que signifie l'affirmation : « Un en tout et tout en un. » Le moine devait être tiré de son somnambulisme logique. D'où les rudes mesures prises par Tosu[2]. »

Les grands coups et les petites taquineries sont une forme modérée de la thérapeutique de choc qui vise à secouer l'étudiant pour le faire sortir de ses habitudes mentales et pour lui enfoncer dans la tête à coups de bâton qu'il doit agir spontanément, sans réfléchir, et sans hésitation. Tel est le but principal que se propose le *mondo* — le dialogue bref et coupant entre le maître et l'élève et le *koan* — l'énigme logiquement insoluble que l'élève doit essayer de résoudre. Le maître peut demander : « Une jeune fille marche dans la rue. Est-elle la sœur aînée ou la sœur cadette ? » La réponse correcte pour l'élève semble être de se mettre à marcher en minaudant, c'est-à-dire, de « devenir » une jeune fille, et par là de démontrer que ce qui importe c'est l'expérience de l'existence et non la description verbale ; le fait que l'existence « est ainsi » et non une abstraction telle qu' « aînée » ou « sœur ».

« La vérité (dit le docteur Suzuki) est ce que Tosu affirme dans le texte suivant :
Un moine demande : « Qu'est le Bouddha ? »
Tosu répond : « Le Bouddha. »
Le moine : « Qu'est-ce que le Tao ? »
Tosu : « Le Tao. »
Le moine : « Qu'est-ce que le Zen ? »
Tosu : « Le Zen[3]. »

1. Daisetz T. SUZUKI, *Zen and Japanese Culture*, Londres, 1959, p. 33.
2. *Ibid.*, p. 34.
3. SUZUKI, *op. cit.*, p. 34.

Une rose, disait Gertrude Stein, est une rose, est une rose...

« En fait, nous déclare le docteur Suzuki, il n'y a pas d'autre façon d'illuminer l'esprit du moine qu'en affirmant que ce qui est, est. » Et ce qui était, était, peut-être.

On dit qu'il existe quelque mille sept cents *koans,* répartis en plusieurs catégories. Dans la secte *Rinzai* du Zen, le disciple est censé répondre à une série d'environ cinquante *koans* de difficulté croissante avant d'être admis au titre d'Éclairé, et ce processus est censé lui prendre environ trente ans, mais cela n'est pas à prendre à la lettre. Dans le système classique d'Hakuin, il y a un ordre croissant de cinq catégories de *koans ;* mais certains abbés, auxquels j'ai rendu visite à Kyoto, m'ont indiqué une classification différente : d'après son caractère, l'élève se verrait poser des *koans* « à tranchant aigu », ou des *koans* « du vent doux du printemps », ou encore des *koans* de « bœuf de fer ». On n'a jamais publié de liste des réponses « correctes », car cela détruirait le but que se proposent les *koans ;* la plupart sont d'un type qui n'admet aucune réponse logiquement correcte, mais seulement une réplique symbolique dans l'esprit du Zen.

Les plus anciens *koans* sont « Les trois barrières de Hung-Lun » — maître Zen du XIe siècle :

Question. — « Chacun a un lieu de naissance. Quel est votre lieu de naissance ? »

Réponse. — « Tôt ce matin j'ai mangé de la bouillie de riz. Maintenant j'ai encore faim. »

Q. — « Comment ma main est-elle comme celle du Bouddha ? »

R. — « On joue du luth sous la lune. »

Q. — « Comment mon pied est-il comme un pied d'âne ? »

R. — « Quand le héron blanc se tient dans la neige il a une couleur différente [1]. »

La première réponse semble vouloir dire que les circonstances de la naissance et de la mort ne sont que des vaguelettes sur le flot des apparences, aussi peu importantes que le cycle éternel de la faim et de la satiété. La seconde signifie peut-être : n'essayez pas de raisonner, mais donnez une sérénade à la lune et vous serez le Bouddha. Quant à la troisième, je laisse le lecteur méditer.

Certains des *koans* et des *mondos* ont une résonance d'archétype. Lorsqu'on demanda à Yao-shan : « Qu'est-ce que le Tao ? » il désigna du doigt d'abord le ciel et puis le pot d'eau qui était devant lui. Lorsqu'on le pressa de fournir une explication il répondit : « Un nuage dans le ciel et de l'eau dans le pot. » Le grand ennemi du Zen, l'hydre aux mille bras qu'il combat et veut détruire, est la pensée rationnelle — les concepts verbaux, les définitions, les opérations de la logique, les classifications en catégories. Les

1. WATTS, *op. cit.*, p. 106.

koans extravagants ont pour but de ramener tout cela à l'absurde, de miner la confiance de l'élève dans son aptitude à raisonner et ainsi d'écarter les obstacles qui s'opposent au *satori* — l'éclair soudain d'intuition qui illumine la voie vers la Lumière. D'où cette méfiance à l'égard des mots, qui sont considérés comme les porteurs de germes de la pensée abstraite :

Ceux qui savent ne parlent pas,
Ceux qui parlent ne savent pas.
Lorsque vous vous taisez « cela » parle,
Lorsque vous parlez « cela » se tait[1].

La philosophie du Zen est traditionnellement résumée en quatre phrases, attribuées au Second Patriarche, l'élève de Bodhidharma :

Impossible à enseigner et non orthodoxe[2]
Qui n'est pas fondé sur des mots et des lettres
Qui vise directement l'esprit humain
Qui voit dans sa propre nature et atteint l'état de Bouddha.

L'accent principal du quatrain porte sur le refus des mots et des lettres et sur le fait de viser directement les facultés intuitives. D'où la réponse délibérément absurde qui est faite à la question : « Qu'est-ce que le Bouddha ? — Trois livres de lin. »

Cette réponse est attribuée à T'ung-shan, qui vécut au IXe siècle, et un docteur plus récent a donné ce commentaire : « Nul ne peut mieux faire dans le domaine de cette irrationalité qui coupe toutes les voies de la spéculation. » Les trois livres de lin rappellent ce *koan* que discutaient les scolastiques du moyen âge : « Si Dieu avait choisi d'être incarné sous la forme d'un âne ou d'un potiron, un potiron pourrait-il faire des miracles ou être crucifié ? » ainsi que le commentaire d'Érasme : « Ce sont les serviteurs de la Folie. » Il y a quelque chose de cette attitude d'Érasme dans le mépris du Zen pour toutes les vaines tentatives de mesurer l'absolu à l'aune de la logique.

Ainsi, il est possible de comprendre le sens de certains *koans* par leur appel direct à des intuitions qui vont au-delà de la pensée verbale, tandis que d'autres sont destinés à détruire les contraintes que l'on s'impose et les entraves artificielles qui empêchent l'exercice spontané des dons d'imagination. Si l'on entre dans le jeu, la réponse à certains genres de *koans* devient assez évidente. Par exemple, si un maître Zen se tournait vers moi pour aboyer tout à coup : « Arrêtez ce navire, là-bas sur l'océan », je répondrais

1. *Ibid.*, pp. 77 et 145.
2. Ceci est du moins ma version personnelle de la version qu'Alan WATTS donne des quatre idéogrammes qui constituent la première phrase. Le texte Watts donne : « En dehors de l'enseignement ; hors de la tradition. » (*op. cit.*, p. 88).

sans broncher : « Ne vous tourmentez pas, je viens de laisser tomber un iceberg juste devant », l'idée étant que si je suis libre d'imaginer un navire, qu'est-ce qui m'empêchera d'imaginer un iceberg ? Tout l'enseignement du Zen semble être dirigé contre les inhibitions et les contraintes imposées par le code japonais de comportement. Contre la discipline spartiate que le code exige, se dresse la fameuse définition du Zen par Po-chang : « Quand tu as faim, mange, quand tu es fatigué, dors ». La crainte traditionnelle des situations imprévues est neutralisée par les surprises et les chocs que l'on inflige aux disciples et par ce que l'on fait pour les encourager à répondre de façon non moins excentrique. La technique des *koans* est destinée à faire ressortir exactement cet aspect de la personnalité que condamne le code social : l' « homme inattendu ». Dans le code social, le respect de soi est pratiquement synonyme de conduite prudente et circonspecte visant à éviter les commentaires défavorables ; le Zen rudoie l'élève pour qu'il jette sa prudence par-dessus les moulins, et lui enseigne à répondre de façon spontanée, « sans qu'il y ait entre l'impulsion et l'acte, même l'épaisseur d'un cheveu ». Le conditionnement social provoque une timidité paralysante et une homophobie rougissante ; le Zen vise à annihiler « le soi qui observe le soi ». Il se proclame philosophie de la non-raison *(wu-hsin),* de la non-pensée *(wu-mien),* du non-effort *(wu-wei),* de la non-affectation *(wu-shih)* et de l' « avance sans hésitation ». Suivant les termes employés par Yün-men : « Lorsque tu marches, marche donc ; lorsque tu es assis, sois donc assis ; surtout n'hésite pas. »

La malheureuse victime de l'éducation japonaise, tout emmêlée dans les *giris,* écrasée par le *on,* reçoit du fondateur de la secte *Rinzai* ce conseil amical quant à la voie à suivre pour parvenir à la possession de soi-même : « Débarrasse ton chemin de tous les obstacles... Si sur ton chemin tu rencontres le Bouddha, tue le Bouddha. Quand tu rencontres ton ancêtre, tue ton ancêtre. Lorsque tu rencontres ton père et ta mère, tue ton père et ta mère. Quand tu rencontres un parent, tue ton parent. C'est seulement ainsi que tu arriveras à te délivrer. C'est seulement ainsi que tu échapperas aux fers et deviendras libre [1]. »

Un autre commandement du Zen exprime la même idée avec moins de violence : « Laisse aller ton esprit et deviens comme une balle dans un torrent de montagne. »

La spontanéité du Zen était l'antidote idéal de la raideur confucéenne de l'ordre social. Ce fut un de ces mariages entre les extrêmes qui sont si caractéristiques de la civilisation japonaise. Mais dans ce cas, les partenaires étaient destinés l'un à l'autre depuis l'enfance, si l'on peut dire. L'un et l'autre venaient de Chine où le confucianisme et le taoïsme jouaient depuis longtemps des rôles complémentaires dans la vie de la nation : le premier

1. Il y a plusieurs versions de cette fameuse injonction ; celle qui est citée ci-dessus est de Mishima, *op. cit.*, p. 258.

gouvernant la loi, l'ordre, l'éducation par les livres et les conventions, l'autre désignant une voie intuitive — le Tao — pour atteindre l'homme intérieur et l'ultime réalité : le nuage dans le ciel et l'eau dans le pot. Le Zen doit autant au taoïsme qu'au bouddhisme, et peut-être plus : il est certainement resté plus près de la philosophie de Lao-Tseu que de toute secte bouddhiste.

Le Zen fut introduit au Japon à la fin du XIIe siècle, plus de cinq siècles après le confucianisme et les premières formes du bouddhisme. Il prit immédiatement racine, mais, ce faisant, il se transforma radicalement et la fleur fut caractéristique du Japon. Par un haut fait d'acrobatie mentale, dont aucune autre nation peut-être ne serait capable, la douce doctrine de non-violence du Bouddha devint le credo des sanglants *samourais.* Un peu plus tard, le Zen acquit une influence dominante sur la peinture, le jardinage, l'arrangement des fleurs, la cérémonie du thé, la chasse aux lucioles et autres japonaiseries — mais aussi sur la lutte au sabre, le judo, le tir à l'arc et le bombardement en piqué. Comment fut-ce possible ? Le secret n'en est pas dans le sourire énigmatique du Bouddha, mais dans une simple formule applicable à toutes ces activités diverses, la panacée du Zen : faites confiance à votre intuition, éliminez la réflexion, répudiez toute prudence, agissez spontanément. Il est étonnant de voir les merveilles que cette prescription parvient à réaliser, particulièrement chez un peuple complètement noué et formé par des principes de nature tout à fait opposée.

Pour que cette formule agisse sur les couches inconscientes de l'individu, les exhortations verbales ne suffisent pas. En dehors des méthodes pour développer les techniques appropriées à chacune de ces activités, un rituel mystique et une terminologie obscure étaient nécessaires. Les termes-clefs en sont le *satori,* le soudain éclair d'intuition qui détermine l'Éveil ou l'Illumination ; l'état de *muga,* qui se présente lorsque la coupure entre le « moi agissant » et le « moi qui s'observe » disparaît, dans un état de transe, de telle façon que le peintre ou l'homme d'épée ne sent plus que c'est lui qui manie le pinceau ou la lame, mais qu'un mystérieux « cela » a pris sa place [1]. En dernier lieu, un homme qui a terminé sa formation et est parvenu à l'Illumination finale continuera à avoir le même goût de vivre et restera en apparence inchangé, mais il « vivra comme quelqu'un qui est déjà mort » — c'est-à-dire détaché ou indifférent au succès ou à l'échec.

Le *satori* est un concept merveilleusement plastique. Il y a de petits *satoris* et de grands *satoris.* Ils se présentent lorsqu'on essaie de résoudre un *koan,* ou au cours d'une méditation, mais également lorsqu'on regarde un bouton de cerisier ou lorsqu'on voit un caillou frapper une tige de bambou. Les *mondos,* dans lesquels le disciple, qui a posé une question trop rationnelle, reçoit un grand coup sur la tête, se terminent généralement par la phrase : « A ce moment, il eut son *satori.* » En affrontant deux célèbres abbés dans le temple Daitokuji de Kyoto, je leur demandai combien de temps dure un

1. *Muga* est le mot japonais qui correspond à *wu-mien :* la non-pensée.

satori. Le premier répondit promptement : « Une seconde. » Le second ajouta aussi promptement : « Il peut durer des jours. »

M. Christmas Humphreys, président de la Société bouddhiste de Londres, qui, comme la plupart des interprètes modernes du Zen, est un élève du docteur Suzuki, nous informe, dans son livre[1], qu'il a eu son premier *satori* au cours d'une leçon de judo : « Le soir où, sans « pensée » ou sentiment aucuns, je bondis sur l'occasion et, dans le bref instant où mon adversaire était en déséquilibre, je le jetai à terre, nettement, sans conteste. » Mais son plus grand *satori* il l'a eu dans un bain turc, ce qui évoque l'image d'Archimède sautant de sa baignoire pour crier : « *Eurêka !* » En appliquant les normes modernes du Zen, j'aurais tout à fait le droit de prétendre que j'ai un *satori* à chacune des rares occasions où je parviens à mettre sur le papier une phrase qui dit exactement ce que je veux dire.

Ainsi les phénomènes visés par le terme de *satori* vont de ce déclic mental vulgairement décrit par l'expression « je pige », en passant par les éclairs d'inspiration d'une nature plus haute (artistique ou mystique), jusqu'à cette transformation durable du caractère qui crée un « Bouddha vivant », c'est-à-dire dans notre langage une personnalité bien équilibrée.

L'accent est toujours mis sur la compréhension que l'on obtient par intuition, opposée au raisonnement, et sur les ressources de l'inconscient. *Satori* pourrait être simplement traduit par le mot « intuition » qui est aussi élastique et couvre la même gamme de phénomènes. Il n'y a là rien de plus ni rien de moins. Le reste n'est que verbiage pseudo-mystique.

Quoique le Zen dérive du Yoga et cultive l'usage des termes sanscrits, il s'oriente dans la direction opposée. Le *samadhi* est l'élimination de l'être conscient dans le profond sommeil du nirvâna ; le *satori* est l'élimination de l'être conscient dans des activités vigoureuses de la vie intuitive. Le yogi s'efforce de se noyer dans l'inconscient universel ; le pratiquant du Zen essaie de faire remonter le « ça » des profondeurs jusqu'à la surface. Pour être plus précis : *littéralement samadhi* veut dire « profond sommeil », *satori* signifie « éveil ». Du *point de vue mystique,* le « profond sommeil » signifie l'entrée dans la Vie Réelle, tandis que celui qui est *éveillé* « vit comme quelqu'un qui est déjà mort ». Mais *cyniquement* parlant, il est moins risqué et plus agréable de choisir la voie du Zen — de vivre dans le nirvâna plutôt que d'être mort dans le nirvâna. Et, si sincères que les intentions des patriarches chinois du Zen aient été lorsqu'ils ont inversé les instructions du bouddhisme indien, la voie Zen du *samourai,* des modernes Maîtres des Fleurs et des gais abbés semble être plutôt inspirée par cette vérité cynique — non pas en pleine conscience, Dieu les en garde, mais dans les profondeurs intuitives de leur « Vie Réelle ».

1. *Zen Buddhism,* Londres, 1949, p. 89.

Laissant le jargon de côté, les techniques spéciales d'entraînement de toutes les branches du « Zen appliqué » témoignent d'une remarquable finesse psychologique et produisent des résultats également remarquables. La lutte japonaise, par exemple (le *sumo*), est un spectacle fascinant. Les lutteurs pèsent 100 ou 120 kilos, mesurent 1,80 m ou 1,90 m, ce qui à l'échelle japonaise en fait des géants, mais leurs mouvements sont très rapides et le combat a quelquefois la qualité extraordinaire des luttes de mangouste et de serpent.

Chaque combat en lui-même dure en général moins d'une minute, mais les préliminaires prennent un quart d'heure et duraient autrefois jusqu'à quarante-cinq minutes. Le but de ces rites préliminaires est de permettre aux adversaires de s'assouplir à la fois mentalement et physiquement. Ils approchent l'un de l'autre, répandent du sel sur le sol à titre de purification, jettent de l'eau par-dessus leurs épaules et se livrent à une mimique bizarre en se balançant sur une jambe ; puis ils se tournent le dos et tombent dans une sorte de méditation morose, attendant le *muga*, l'inspiration. Il peut y avoir un peu de mise en scène, mais on reconnaît l'élément authentique quand, soudain, au moment psychologique, les deux montagnes de chair bondissent l'une sur l'autre à la vitesse de l'éclair, comme la mangouste saute à la gorge du cobra, possédés apparemment de « cela » ; après quelques tours d'invraisemblable adresse, qui donnent l'impression qu'on n'y utilise aucune force, l'une des montagnes s'abat ou se fait projeter hors du ring.

L'accent principal dans l'entraînement propre au « Zen appliqué » porte sur la nécessité d'une indifférence complète au succès ou à l'échec. Le « cela » n'entrera en action que lorsque tout effort aura cessé et que l'action sera devenue aisée, automatique. Bien entendu, la formule est trompeuse parce que l'athlète va utiliser toute sa force pour gagner ; ce que l'entraînement vise à supprimer c'est seulement la tension *mentale,* et le raidissement qui en résulte. Mais dans une civilisation hantée par la crainte de l'échec, le lutteur doit être persuadé qu'il ne se soucie pas du résultat, qu'il n'est pas question de compétition, mais de rites mystiques. D'où l'atmosphère rituelle, et le langage mystique employé au tir à l'arc, dans le duel au sabre ou dans l'arrangement des fleurs, qui séduit si facilement les Occidentaux enthousiastes. Le cas de M. Christmas Humphreys, qui a eu son « éveil » parce que, dans un combat de judo, il a jeté à terre son adversaire, est assez naïf, mais reste sympathique. En revanche, il est pénible de voir les intellectuels anglo-saxons prendre au sérieux le livre du docteur Eugen Herrigel, *Zen in the Art of Archery*[1], qui réussit à combiner le mysticisme allemand avec les tours de passe-passe du Zen.

En dépit de ses remarquables réussites, le Zen commença, dès les premiers temps, à manifester certains symptômes de dégénérescence. Le

1. Londres, 3e tirage, 1959.

déclin semble avoir commencé au cœur spirituel du mouvement, dans les monastères. Lorsque saint François-Xavier arriva au Japon en 1549 — quelque deux cents ans après le début de la grande vogue du Zen — il se lia d'amitié avec un abbé fort érudit et fort éclairé, du nom de Ninjitsu.

« Ninjitsu emmena un jour Xavier dans la salle de méditation de son monastère, où les moines étaient en train d'exécuter leurs exercices habituels de Zazen, qui consistent à s'agenouiller sans bouger en concentrant sa pensée sur un sujet donné pour se débarrasser l'esprit de toute préoccupation extérieure et parvenir ainsi à une compréhension intuitive de la vérité. Xavier demanda ce que faisaient ces hommes et Ninjitsu répondit : « Certains calculent combien ils ont prélevé sur les fidèles le mois dernier ; certains se demandent s'ils pourront obtenir de meilleurs vêtements et un meilleur régime ; d'autres pensent à leurs récréations, à leurs passe-temps. Aucun d'eux ne pense à quoi que ce soit qui ait une signification quelconque[1]. »

Je me rappelai ce passage pendant une conversation que j'eus à Kyoto avec un abbé également aimable, lequel, ayant passé son *satori* final et ayant été déclaré Bouddha « vivant comme quelqu'un qui est déjà mort », venait de s'acheter un appareil de télévision. Dans le roman de Mishima il y a aussi un abbé, qu'un de ses disciples dévoués surprend au sortir d'un cinéma, habillé à l'européenne et en compagnie d'une *geisha*. Cette attitude à l'égard des vanités du monde semble comparable à celle de l'alcoolique qui se dit guéri et proclame qu'il ne boit plus par besoin mais seulement pour le plaisir.

La pratique du Zazen — station assise et immobile sur une estrade, dans la salle de méditation — joue un rôle dominant dans la règle des monastères et pourtant le Zen et la méditation ne semblent pas pouvoir s'accorder. C'est la pratique d'une technique mystique sans contenu mystique ; s'il n'y a ni dieu, ni loi morale, ni doctrine, ni enseignement, que reste-t-il à méditer — sauf à répéter une rose est une rose — est une rose — est une rose, pour arriver à l'hypnose ?

Mais plus douteux est l'objet de la méditation, plus la méditation est rendue vigoureusement obligatoire par des mesures disciplinaires que l'on dirait barbares si l'on ne connaissait l'amour des Japonais pour les méthodes spartiates. Le moniteur de la salle de méditation porte un gros bâton à bout pointu et, si un disciple remue ou semble s'endormir, il le frappe d'un coup violent sur les omoplates.

La méditation Zazen, à l'inverse du Yoga, ne promet aucune récompense surnaturelle. Au risque de me répéter, je dirai que si le Yoga et le Zazen visent l'un et l'autre à pénétrer au-delà de l'esprit captif, cet « au-delà » signifie dans un cas sommeil de transe et de mort, et dans l'autre, conscience plus vive du *hic et nunc*. Ainsi le Yoga est un défi à l'existence ; le Zen un défi au conventionnalisme. Le yogi pratique des contorsions physiques pour que

1. Sansom, *op. cit.*, p. 122.

son corps accepte l'annihilation ; le Zen utilise les contorsions mentales du *koan* pour abrutir la raison et la forcer à abdiquer. De même que dans le *Hatha Yoga* les *asanas* et les *mudras* sont des substituts physiques à la vraie méditation, de même dans le Zen *Rinzai,* les *koans* et les *mondos* remplissent le vide spirituel.

Cela me ramène, presque pour la dernière fois, au Pr Suzuki et à la question de savoir si lui et ses disciples essaient de berner le lecteur ou de se berner eux-mêmes.

Le lent déclin de la vie monastique — dissolution du noyau spirituel du Zen — devait obligatoirement affecter les arts qui étaient passés sous sa tutelle. A l'origine son influence sur la vie japonaise avait été immensément libératrice et stimulante comme en témoigne par exemple le style Sumi-e des paysagistes, qui s'est développé sous l'influence Zen en Chine à l'époque de la dynastie Sung et a suivi le Zen au Japon ; ou encore par le type de poésie connu sous le nom de haiku ; ou encore par les écoles de poterie qu'a inspirées le Zen. La période florissante de ces formes coïncida approximativement avec la Renaissance européenne, et dura jusqu'à la fin du XVIIe siècle. Elle créa un style artistique et un style de vie d'une saveur unique, un âge d'or dont les séquelles dorées s'attardent encore dans les îles.

La dégénérescence de l'art du Zen semble avoir eu pour cause une curieuse erreur inhérente à la psychologie du Zen. Je pense à la confusion entre deux types différents de réponses « spontanées » : l'éclair spontané d'originalité créatrice, et la pseudo-spontanéité qui vient de l'exercice d'une technique devenue automatique. L'un et l'autre sont immédiats, inopinés, mais le premier est une improvisation jaillie des profondeurs créatrices de la *psyché,* l'autre est une réaction stéréotypée, soit innée, soit acquise par l'entraînement. En d'autres termes, il y a confusion entre réponse intuitive et réflexes conditionnés.

Dans une civilisation qui refoule rigoureusement toute manifestation des émotions, et considère la maîtrise de soi comme la plus haute des vertus, la spontanéité acquiert une sorte d'*aura* magique, même s'il ne s'agit de rien de plus que de crier lorsqu'on a mal. Hakuin est révéré comme l'auteur du système de *koan* dans sa forme moderne, mais peut-être plus encore parce qu'il hurla de douleur sur son lit de mort. Dans sa jeunesse, il avait été choqué par l'histoire d'un maître plus ancien, Yen-t'ou, qui avait crié sous les coups du bandit qui l'assassinait ; mais lorsque Hakuin eut son *satori,* il vit en un éclair que le fait de crier lorsqu'on a mal était un triomphe du Zen, une manifestation spontanée du « cela ». Comme les femmes japonaises en train d'accoucher ne sont pas censées proférer un seul gémissement, le *satori* d'Hakuin dut en vérité être une révélation [1]. Comme en d'autres histoires

1. Le fait de pousser des cris dans la chaleur d'un combat au sabre est une invention Zen qui est encore devenue un culte ésotérique. Le cri traditionnel est *Katsu* et le Dr Suzuki en a expliqué la signification :

« *Katsu !* est prononcé *Ho !* en chinois moderne. Au Japon, lorsqu'il est proféré par les analogues du Zen il est impossible de dire si « cela » désigne une inspiration divine, ou le jeu naturel et libre de réactions physiologiques : « Quand tu marches, marche ; quand tu es assis, reste assis, mais surtout, n'hésite pas[1]. »

Encore une fois, dans une civilisation où la volonté naturelle est refoulée, étranglée, ce seraient de bons conseils — si seulement on en restait là. Le but du *koan* est d'obtenir que l'élève crispé réponde sans hésitation ni réflexion — mais à ce point intervient la terrible confusion. Comme il faudrait un génie pour trouver une réponse intuitive à tous les *koans,* l'élève apprend bientôt quel *genre* de réponse on attend de lui — le geste « qui désigne », l'absurdité incongrue, la mystification grossière, etc., — et le *mondo* devient un jeu ordonné conformément à un schéma stéréotypé, une technique automatique. Lorsque le Second Patriarche frappa sur la tête le Troisième Patriarche et déclara que le Bouddha était une nouille, ils avaient sans doute l'intention d'imprimer un tour nouveau à la pensée mystique, et non pas d'instaurer un jeu de scène pour le théâtre Guignol.

La même confusion fondamentale, la même substitution d'une formule toute faite à l'intuition originale a infesté toutes les formes du Zen appliqué. L'éclair de l'inspiration a cédé la place au tour de main. Le parfait homme de sabre, dit le Dr Suzuki, « devient une sorte d'automate, pour ainsi dire, du moins en ce qui concerne sa pensée[2] ».

Dans le tir à l'arc, l'escrime, la lutte ou le judo, cette technique automatique du « non-esprit » est, naturellement, infiniment préférable aux hésitations crispées. Mais en poésie et en peinture, dans la danse ou l'art des jardins, la substitution mène peu à peu à l'élimination de l'originalité par la routine.

Le *haiku* est un exemple typique de ce qui est arrivé à d'autres arts du Zen. C'est un poème de dix-sept syllabes en trois lignes. Il dérive de la forme classique de poésie japonaise, le *Waka* — succession de vers de cinq et sept syllabes sans rime, rythme, accent ni métrique. Le Waka pouvait continuer indéfiniment, et c'était sans doute le cas dans la poésie populaire des premiers temps ; mais depuis le xe siècle la forme la plus fréquemment

adeptes du Zen, il correspond à peu près à *Katz ?* ou *Kwatz !,* le *tz* étant prononcé comme dans le mot allemand *Blitz.* C'était à l'origine un cri dénué de signification. Depuis qu'il a été prononcé pour la première fois par Baso Doichi... il a été utilisé très fréquemment par les maîtres Zen. *Rinzai* distingue quatre sortes de *Katz !* 1° Parfois le *Katz !* est comme l'épée de Vajrarapa (qui tranche et met à mort tout élément dualiste qui se présente à elle) ; 2° il est parfois comme le lion qui se ramasse pour bondir ; 3° parfois il est comme une perche ou comme une touffe d'herbe ; 4° parfois il ne sert absolument à rien... Dans le Zen, le plus significatif de ces quatre *Katz* est le quatrième, dans lequel le cri cesse de servir à quelque propos que ce soit, bon ou mauvais, pratique ou non. Quelqu'un a remarqué que *Rinzai,* malgré toute son astuce, oublie un cinquième *Katz !...* » (*Op. cit.,* p. 66.)

1. Le plus important des slogans Zen après *wu-mien* (non-pensée) est *wu-shih,* c'est-à-dire que l'on n'en tirera « rien de spécial », en même temps *wu-shih* signifie aussi « naturel, sans affectation ».

2. SUZUKI, *op. cit.,* p. 94.

employée était le *Tanka* — 31 syllabes en vers de 5, 7, 5, 7 et 7. De là est sorti le haiku, qui a supprimé les deux derniers vers, laissant 5, 7, 5 syllabes pour constituer sa structure inaltérable, toujours sans rime ni mode rythmique. Le contenu en est une sorte d'épigramme lyrique — une impression fugace prise dans les mailles d'un filet à papillons.

Avec la brise du soir
L'eau clapote contre
Les pattes du héron.

Au mieux, le Haiku est riche d'allusions fugitives comme les meilleurs *koans* — comme « le bruit d'une seule main qui claquerait ». Il a « cela » :

Dans le brouillard épais
Que crie-t-on
Entre colline et barque ?

La mer s'assombrit ;
Les cris des canards sauvages
Sont vaguement blancs.

Vous allumez le feu ;
Je vais vous montrer quelque chose de charmant —
Une grosse boule de neige !

Mais ces petits poèmes des grands maîtres du haiku des XVIe et XVIIe siècles sont des raretés parmi les produits mécaniques d'un genre trop facile à maîtriser. La preuve en est que dans les centaines de haï-kaï que comportent les trois volumes classiques de Blyth [1], ce sont toujours les mêmes favoris — une demi-douzaine de poèmes de Basho, de Buson ou de Moritake [2] — qui sont cités en exemple. Néanmoins le haiku de dix-sept syllabes et le Tanka de trente et une syllabes sont restés depuis cinq cents ans les seules formes de poésie populaire au Japon. En 1956, le magazine *Haiku Research* estimait qu'au moins quatre millions de poètes pratiquaient cet art — si c'est bien là le mot qui convient pour les inlassables permutations de corbeaux perchés sur une branche, de grenouilles sautant dans une mare, de gouttes glissant le long des bambous et de feuilles d'automne bruissant dans le fossé. L'imagerie stéréotypée et le nombre fixe des syllabes ne laissent pas de champ à l'individualité, au style ni au jugement critique. Le curieux M. Enright demandait un jour à des professeurs de littérature comment ils pouvaient distinguer un bon haiku d'un mauvais. « Nous ne pouvons pas, répondit l'un, la difficulté est que nous ne savons pas en vertu de quels principes juger. Mais peut-être vous, qui venez de Cambridge ?... » Il

1. R. H. Blyth, *Haiku*, Tokio, 1949, 1950, 1952.
2. Moritake, 1472-1549 ; Basho, 1644-1694 ; Buson, 1716-1784.

souriait poliment. Un autre suggéra avec une petite toux étranglée : « Tous les haï-kaï sont bons, peut-être[1] ? »

Le même processus de dégénérescence, dû aux mêmes causes, se manifeste dans les écoles Zen de peinture, depuis l'œuvre vraiment puissante et « spontanée » de Seshu — qui n'utilisait pas seulement le pinceau, mais des poignées de paille trempée dans l'encre pour donner à ses paysages leur mouvement violent — jusqu'à la sclérose en passant par les styles Zenga et Haigu jusqu'au style calligraphique, c'est-à-dire à la complète aridité.

Un nombre étonnant de Japonais ont acquis la manière de dessiner de fort jolis bambous — et des rochers, des arbres, des hérons et des papillons ; le seul ennui est que tous ces bambous et tous ces papillons sont les mêmes. Le Zen a été à l'origine une cure de « dé-conditionnement » et il a fini par devenir un nouveau type de « conditionnement ». La crampe a cédé à l'aisance des techniques automatisées. Le tour de main est devenu un substitut commode de l'inspiration. Les feuilles d'automne bruissent encore dans le fossé mais l'originalité a disparu au fil de l'eau. Le flot clapote encore contre les pattes du héron ; la muse est noyée au fond du vénérable étang.

Le déclin religieux est « plus marqué » au Japon, et depuis plus longtemps, qu'en aucun autre pays. J'ai cité plus haut quelques vers attribués à Seng-ts'an, qui vivait au VIe siècle de notre ère et qui fut le Troisième Patriarche — c'est-à-dire le second successeur de Bodhidharma ; ils sont tirés de son ouvrage *Hsin-Hsin-Ming,* considéré comme le plus ancien poème du Zen et l'un de ses textes fondamentaux :

Ne vous occupez ni du bien ni du mal.
Le conflit du bien et du mal
Est maladie de l'esprit.

Quatorze siècles plus tard, le dernier Patriarche réaffirme la continuité ininterrompue du relativisme moral du Zen :

« Le Zen est... extrêmement souple dans sa façon de s'adapter à presque n'importe quelle philosophie ou doctrine morale... On peut le trouver lié à l'anarchisme ou au fascisme, au communisme ou à la démocratie, à l'athéisme ou à l'idéalisme[2]. »

Et voilà toute la différence. Le premier texte émane d'un mystique bouddhiste-taoïste, qui regarde avec un dédain amusé le pédantisme sentencieux de la société confucianiste. Le second pourrait venir d'un

1. Enright, *op. cit.*, p. 63.
2. SUZUKI, *op. cit.*, p. 63.

journaliste nazi enclin à la philosophie ou d'un de ces moines qui se firent pilotes de la mort.

J'ai insisté sur ce point et je dois y insister encore en concluant : l'influence vivifiante du Zen, sa *raison d'être* historique et spirituelle dérivaient de sa fonction de complément et d'antidote du confucianisme. La division du travail entre le code social rigide et exigeant de ce dernier et la spontanéité reposante et amorale du Zen remonte aux origines du confucianisme et du taoïsme en Chine. Les grands maîtres du Zen furent, en somme, des sages et de fins psychologues ; ils savaient que le nihilisme cosmique de leur doctrine était comme de l'arsenic — à petites doses un stimulant, à hautes doses un poison. Leur sagesse trouva une confirmation inattendue quelques siècles plus tard, quand le Zen fut exporté outre-mer et se déchaîna parmi les jeunes intellectuels américains dont la formation n'avait évidemment rien de confucianiste. De toutes leurs forces, ils ont essayé d'obéir au commandement : « Laisse ton esprit devenir comme un ballon dans un torrent » ; et ils ont obtenu une balle trouée, couverte de boue qui rebondit sous un tuyau crevé.

Pour revenir au vieux *koan :* le Zen en lui-même, divorcé d'avec son partenaire historique, est comme le son d'une seule main qui claque. Peut-on parler de religion ou de philosophie à propos d'une doctrine qui ne représente qu'une seule main qui claque ? C'est un problème qu'il appartient aux historiens et aux sémantistes de résoudre. Peut-être devrait-on accuser de n'avoir qu'une main les credo fondés sur le matérialisme du XIXe siècle, ou sur le catéchisme du concile de Trente de 1566. Mais il reste que la philosophie Zen et l'art Zen étaient déjà en déclin quand l'ancien système social, et avec lui l'armature du code confucianiste, fut détruit par la réforme Meiji il y a une centaine d'années. Le shintoïsme d'État fut créé pour remplir le vide religieux ; et quand ce Baal lui aussi s'effondra après la défaite, ni le Zen ni les autres sectes plus anciennes du bouddhisme [1] n'ont été capables de guider le peuple dans le chaos des valeurs. Ces doctrines étaient toutes impuissantes à cause du relativisme moral de leur tradition, de leur refus d'une loi morale universelle, et de leur tolérance mal orientée qui se confondait avec la complicité passive.

Cette tolérance impartiale à l'égard du bourreau et de la victime, cette tolérance sans charité rend sceptique à l'égard de la contribution que le bouddhisme Zen peut offrir au relèvement moral du Japon — ou de n'importe quel autre pays. Le Zen, qui fut jadis un baume pour des blessures que les Japonais s'étaient faites eux-mêmes, est devenu une sorte de gaz asphyxiant qui agirait sur le plan moral — incolore, inodore, ou parfumé de tous les jolis bâtons d'encens qui brûlent au pied des souriantes

1. Je ne me suis pas occupé des autres sectes bouddhistes du Japon — Tendai, Shingon, Jodo, Nichiren, etc. ; bien qu'elles aient été et restent numériquement plus fortes, elles ne peuvent se comparer avec le Zen quant à leur influence sur la philosophie et l'art au Japon.

statues du Bouddha. Pendant près d'une semaine j'ai marchandé avec un antiquaire de Kyoto un petit Bouddha de bronze de la période Kamakura; mais lorsque le marchand proposa enfin le prix que je pouvais payer, je n'en voulais plus. J'avais compris, avec un petit choc, que le sourire du Bouddha ne saurait plus m'émouvoir. Il n'était plus mystérieux, il était vide.

Le Lotus et le Robot *s'achève sur ce ton résigné; mais pour finir il y a un Epilogue un peu plus agressif.*

« Et les lis corrompus, dit le sonnet de Shakespeare, ont pire odeur que l'herbe... » L'Inde et le Japon paraissent spirituellement plus malades que l'Occident, plus éloignés d'une foi vivante. Ces deux pays se tiennent aux deux extrémités opposées du spectre asiatique, dont le centre est occupé par l'immense Chine qui représente une des civilisations les plus anciennes du monde; mais la Chine a encore moins résisté au choc de l'idéologie matérialiste. La nation qui pendant deux millénaires et demi était restée fidèle aux enseignements de Confucius, de Lao-Tseu et du Bouddha, a succombé devant la doctrine athée formulée par le fils d'un avocat allemand : elle est devenue l'Etat-robot le plus inhumain qui existe en dehors de la science-fiction. Espérer de l'Asie des révélations mystiques et des enseignements spirituels est aussi anachronique que d'imaginer une Amérique encore peuplée de cow-boys et de Peaux-Rouges.

Ce déclin, les Asiatiques aiment en attribuer la responsabilité à l'Occident « destructeur de l'âme », et les intellectuels occidentaux sont fort enclins à accepter ce blâme. « Nous fûmes bons élèves, nous sommes de déplorables maîtres » : ce *mea-culpa* d'Auden pourrait servir de devise au complexe de culpabilité de l'Occident à l'égard de l'Asie. Comme d'autres complexes, celui-ci dépend d'un mélange de faits et de fantaisies. Les éléments de fait appartiennent à un chapitre de l'Histoire — l'expansion impérialiste et l'exploitation coloniale — qui, pour l'Asie, est maintenant achevé. C'est, à n'en pas douter, un chapitre assez répugnant, annales de la rapacité et de l'hypocrisie. Mais après tout l'histoire des nations asiatiques est une chronique aussi peu édifiante d'invasions, de conquêtes et d'oppressions — et cela jusqu'aux massacres hindous-musulmans qui ont suivi l'indépendance. A parler cyniquement on pourrait même soutenir que les invasions maritimes de l'Asie aux temps modernes n'ont fait que rendre la visite des invasions mongoles dans l'Europe du moyen âge. Chaque nation, si elle laissait l'Histoire peser sur sa conscience, serait acculée au hara-kiri. Plutôt que de nourrir des complexes de culpabilité à cause des crimes de nos ancêtres, l'Occident a le devoir d'aider les nations attardées; et cette assistance se poursuit, d'ailleurs, dans des proportions plus vastes que jamais.

Autre aspect du même complexe : les ravages psychologiques que notre incursion matérialiste aurait causés dans les valeurs spirituelles des antiques civilisations de l'Asie.

Une apparente digression jettera peut-être quelque lumière sur ce problème. Dans un cadre plus restreint, mais de façon plus concentrée, un processus similaire a lieu en ce moment tout près de nous. Je fais allusion à ce qu'on pourrait appeler la coca-colonisation de l'Europe occidentale : face à ce phénomène j'éprouve la même colère que l'Asiatique traditionaliste. Je déteste le pain de série sous cellophane, les villes de série en ciment préfabriqué, la Bible de série en bandes dessinées ; j'ai horreur des chanteurs de rock'n roll, de l'Ère des organisateurs et du *Reader's Digest*... Mais toute cette machine, qui nous force à l'adopter ? Les Anglais gouvernaient l'Inde ; mais les États-Unis ne règnent pas sur l'Europe ; ils ne nous obligent pas à avaler leur coca. Ce ne sont pas les Américains qui nous ont américanisés. Tout simplement ils ont sur nous un pas d'avance et nous allons tous vers une civilisation globale au style de vue uniforme qui commence, sans nous demander notre avis, à se manifester dans le monde entier. Car nous vivons en état d'osmose culturelle : les influences se frayent un chemin à travers des frontières poreuses où les traditions locales s'estompent, et la poussée vers une civilisation mécanisée, stéréotypée, est devenue irrésistible. Irrésistible en raison des grands moyens d'information, — d'information des masses ; et la bassesse qui en résulte est due à la montée des classes défavorisées et de leurs goûts primitifs de consommateurs de la culture de masse. La conséquence est cet inévitable nivellement, cette chute dans la vulgarité qui a toujours accompagné les révolutions. A liquider les taudis, on aboutit au taudis culturel — du moins provisoirement, on l'espère.

Mais ce processus d'osmose culturelle ne date pas des grands moyens d'information : il a commencé au moins au temps d'Alexandre, il s'est poursuivi avec l'invasion mongole en Inde, il s'est accéléré avec les communications maritimes. En Asie la domination de l'Europe s'est appuyée sur la force ; mais il n'en va pas de même de son influence européenne. Les pays d'Asie ont imité volontairement notre civilisation : parce que les leurs avaient perdu leur vigueur et qu'elles se sont soumises à l'influence européenne comme l'Europe au XXe siècle à l'influence culturelle américaine. Les Japonais ont emprunté le savoir de la Renaissance européenne aux marchands hollandais de Nagasaki ; puis la science du XIXe siècle au cours de l'ère Meiji ; et enfin la civilisation des robots après la Seconde Guerre mondiale. En Inde, l'élite s'est anglicisée parce que la philosophie, la science, la littérature hindoues étaient depuis longtemps stériles et n'avaient plus rien à lui offrir. Nous avons gouverné par le viol, nous avons influencé par la séduction. Une sainte qui se laisse volontiers séduire et qui en redemande, ne devait pas être tellement sainte.

Les coutumes, les arts indigènes furent assurément endommagés au passage. Il y a en Assam une tribu, les Khasis ; les Khasis tissaient des étoffes de couleurs splendides ; d'autre part, ils avaient coutume de sacrifier des petits garçons aux dieux en leur enfonçant un bâton dans les narines, jusqu'au cerveau. Aujourd'hui, ils achètent de hideux textiles fabriqués en grande série et ils ne sacrifient plus de petits garçons. Évidemment, il eût mieux valu qu'ils se réformassent sur un point et non sur l'autre. Mais ces styles de vie se tiennent ; comme disent les Américains, ils vont par paquets. A présent le gouvernement indien essaie de faire revivre les arts et l'artisanat. Il n'a guère de succès et cela, *mutatis mutandis,* pour la même raison qu'en Europe : les produits des grandes usines de coton sont meilleur marché que le *khadi* tissé à la main. Ils sont aussi beaucoup plus laids et c'est encore pour la même raison : la loi du nivellement. Mais cela également peut fort bien n'être qu'un phénomène transitoire : certaines usines indiennes commencent à fabriquer de fort beaux tissus en utilisant les motifs traditionnels ; et, toute sentimentalité mise à part, parmi les tisserands, les potiers, les menuisiers d'autrefois, il n'y avait qu'un petit nombre de vrais artistes.

Si les importations culturelles en provenance de l'Occident ne donnent souvent que des jouets et des amusements vulgaires, c'est qu'en Asie les masses ignorantes sont inévitablement attirées par le clinquant, — tout comme les classes naguère défavorisées, en Europe, sont attirées par les appâts de la coca-colonisation. Si nous sommes de déplorables maîtres, chez nous comme ailleurs, c'est que l'instruction élémentaire, le besoin de culture et le temps libre s'accroissent encore plus vite que la population. Il n'y a jamais eu relativement moins de talents créateurs par rapport à l'immensité de ce public de consommateurs.

Rien de tout cela ne prouve que la pauvreté matérielle de l'Asie soit un signe de supériorité spirituelle, dans le passé ou dans le présent. Le matérialisme en tant que philosophie a moins de deux cents ans en Europe, et il est en train de disparaître ; le matérialisme en tant que mode de vie mécanique et stupide n'a pas cinquante ans, mais il est encore en pleine croissance. Auparavant, la religion n'avait jamais cessé d'inspirer la philosophie, les arts et la vie sociale de l'Europe.

L'histoire de l'Asie est aussi sanglante, aussi cruelle que la nôtre ; et la version hindoue-bouddhiste de la tolérance sans charité a causé autant de souffrance et de misère que la charité chrétienne sans tolérance. La non-violence a toujours été un commandement abstrait, comme celui qui ordonne de tendre l'autre joue, jusqu'à l'époque, fort récente, où le génie de Gandhi en a fait une arme politique. Les grandes épopées, le *Ramayana,* la *Mahabharata,* sont aussi pleines d'horreurs que l'Ancien Testament, et les trois premiers chapitres de la *Bhagavad-Gîtâ* — ce poème qui serait à la rigueur l'équivalent hindou de l'Évangile — sont consacrés à une éloquente réfutation de la non-violence. Krishna en personne apparaît sur le champ de bataille en conducteur du chariot de son ami Arjuna, et il le persuade d'oublier ses scrupules pacifistes — en arguant principalement que l'*atman* indestructible est incarné aussi bien dans celui qui tue que dans celui qui est tué, qui ne font qu'un ; par conséquent Arjuna doit obéir à la loi du Karma Yoga et se battre. « Il n'y a d'autre bien supérieur pour un Kshatriya (membre de la caste des chevaliers), qu'une guerre juste. Celui qui est vraiment sage ne pleure ni le vivant ni le mort. »

Gandhi lui-même n'a jamais été un pacifiste intégral ; il a approuvé la résolution votée en 1940 par le Congrès, selon laquelle l'Inde entrerait en guerre aux côtés de l'Angleterre si on lui accordait l'indépendance ; et il a donné son accord à l'invasion du Cachemire. De même, Vinoba Bhave, en 1959, s'est prononcé en faveur de la résistance armée aux infiltrations chinoises en Himalaya « parce que l'Inde n'est pas encore prête spirituellement à une résistance totalement non violente ». Le pacifisme est une philosophie qui, malheureusement, n'a d'attrait que pour les pacifistes. Il y a toujours un enfant martyrisé par une brute, une Tchécoslovaquie ou une province himalayenne envahie ; et le dilemme entre l'intervention active et la complicité passive n'a jamais été résolu, pas plus en Orient qu'en Occident.

« Vous avez développé la tête ; le cœur n'a pas suivi. Pour nous ce fut l'opposé — c'est du développement du cœur que nous nous sommes occupés en Inde. » Lorsque Vinoba m'a dit cela, je l'ai accepté comme un truisme, en bon Occidental bourrelé de culpabilité. La première moitié de cette proposition est certainement exacte ; mais quelle preuve a-t-on pour appuyer la seconde ? Si « le cœur » veut évoquer la charité, l'attitude orientale à l'égard des malades et des pauvres se caractérise par une indifférence notoire parce que la caste, le rang, la fortune et la santé sont prédestinés par les lois du Karma. L'assistance sociale dans les taudis et le soin des pauvres en général ont été longtemps et restent encore le monopole des missions chrétiennes. La croisade de Gandhi pour les Intouchables et la croisade de Vinoba pour les dépossédés sont des phénomènes modernes qui se sont produits sous l'influence occidentale — Gandhi lui-même a reconnu ce qu'il devait au christianisme, à Tolstoï, Ruskin et Thoreau.

Si en parlant de « cœur » Vinoba veut parler de religion, celle-ci n'a cessé de décliner depuis quinze cents ans. Le bouddhisme, le confucianisme et le taoïsme ont tous été fondés au VIe siècle avant Jésus-Christ ; leur message spirituel se limite aux livres anciens et aux grandes œuvres d'art qu'ils ont inspirés. La pensée religieuse en Orient a conservé son caractère archétypal ; elle ne témoigne pas de cette progression dans l'évolution, de cette combinaison de ferme doctrine fondamentale avec la souplesse sociale qui a donné au monothéisme occidental sa continuité et son éthique. Chacune des grandes religions orientales représente un mode de vie plutôt qu'un système métaphysique ; et quand ce mode de vie est atteint par les transformations sociales, comme cela se passe en Inde et au Japon, les valeurs spirituelles s'effondrent. La Sankaracharya insistait sur la nécessité d'une observance rigoureuse des rites hindous — parce que s'il n'y a plus d'observance, il ne reste plus rien dans l'hindouisme. Un Hindou qui viole les règles de caste, mange de la viande et abandonne son *lotha,* cesse, par définition, d'être un Hindou. La révolution industrielle en Angleterre a causé un déracinement des traditions plus violent que celui qui est infligé à l'Inde à l'heure actuelle ; cependant l'Église d'Angleterre a supporté la tempête, tandis que l'hindouisme s'effondre. La continuité de ce qui reste de la tradition religieuse en Inde a été maintenue, depuis mille ans, par des individus exceptionnels — les grands *swamis,* de Sankara à Vinoba. Mais leur contribution dérivait de la force de leur personnalité plutôt que de leur enseignement ; et ils ont rarement laissé des œuvres écrites de valeur sur lesquelles leurs successeurs auraient pu construire.

En d'autres termes, je pense que cette habitude qui nous est si chère, de mettre en contraste l'Orient contemplatif et spirituel avec le matérialisme grossier de l'Occident se fonde sur une erreur. Ce n'est pas la spiritualité et le matérialisme qui se confrontent, mais deux philosophies essentiellement différentes ; si différentes en fait qu'Haas, l'orientaliste allemand, dans un livre remarquable[1], a proposé un terme nouveau pour l'attitude orientale envers la vie : « philousie » par opposition à l'occidentale « philosophie ». Car l'histoire montre que l'Orient s'intéresse moins à la connaissance objective du monde — *sophia* — qu'à l'essence existentielle *ousia;* qu'il préfère l'intuition à la raison, les symboles aux concepts, la réalisation de soi par l'annihilation du moi à la réalisation de soi par le développement de l'individualité. Manifestement, les deux attitudes devraient se compléter comme les principes de la logique masculine et de l'intuition féminine, le *yin* et le *yang,* dans la philosophie taoïste. Et dans l'histoire de la pensée européenne, elles se sont effectivement complétées : soit en luttant à qui l'emporterait, soit en l'emportant successivement. Dans chacun des chapitres de l'histoire européenne nous pouvons rencontrer cette « polarité créatrice » sur divers plans — les principes dionysiens et apolliniens ; le matérialisme des philosophes ioniens et le mysticisme des Éléates ; Platon, Plotin et saint Augustin niant le monde des sens — Aristote, Albert le Grand et Thomas d'Aquin le réaffirmant ; le pessimisme indien de Schopenhauer affrontant l'arrogant surhomme de Nietzsche ; la psychologie des archétypes de Jung rencontrant la psychologie de puissance d'Alder — à travers les âges l'opposition fertile du *yin* et du *yang* a été formulée maintes fois sous des aspects différents.

Dans l'histoire des grandes civilisations asiatiques, l'accent est mis de façon bien plus constante d'un seul côté : sur l'aspect intuitif, suggestif, mystique, opposé à la logique. Cette attitude vient apparemment du refus, non moins constant, de reconnaître la réalité indépendante du monde

1. William S. HAAS, *The Destiny of the Mind,* Londres, 1956.

extérieur. Il en est résulté que la pensée conceptuelle n'est pas parvenue à se développer, et que le *yin* a tout tandis que le *yang* n'a rien.

Ainsi, l'*hubris* du rationalisme est égalée par l'*hubris* de l'irrationalité, l'arrogance messianique du croisé chrétien est égalée par l'arrogante attitude de détachement du yogi devant la souffrance humaine. L'humanité passe par sa crise la plus redoutable depuis qu'elle est descendue des arbres ; mais on se voit, hélas ! obligé de conclure que ni le Yoga, ni le Zen, ni aucune autre forme de mysticisme asiatique n'ont le moindre conseil valable à suggérer.

Avant la parution du Lotus et le Robot *le chapitre sur le Zen avait été publié d'abord dans* Encounter *(octobre 1960) ; il provoqua une controverse prolongée, dont les pages qui suivent donnent un résumé. C. G. Jung, en particulier, prit part au débat*[1].

La longue lettre de Jung fut un de ses derniers écrits publiés. En voici le passage principal : « Dans l'ensemble, je partage entièrement l'avis plutôt défavorable de Koestler (sur les pratiques du Zen et du Yoga). Il mène une entreprise de déboulonnage, aussi méritoire que nécessaire, dont nous devons lui être reconnaissants. Le tableau qu'il trace du Yoga et du Zen est, comme l'optique de l'esprit occidental, rationnel, distant et, si je puis dire, sans préjugé et correct. »

Le Pr Scholem fit au sujet de l'un des plus populaires prophètes du culte Zen en Occident une révélation sensationnelle , qui devrait être conservée à titre de document :

NAZISME ZEN ?

« A propos de l'article d'Arthur Koestler, « Une puanteur de Zen », paru dans votre numéro d'octobre, je crois devoir faire une remarque qui éclairera son opinion en ce qui concerne l'amoralisme de l'enseignement Zen. Koestler se livre à une longue critique du livre d'Eugen Herrigel, *Zen in the Art of Archery (Le Zen dans l'art du tir à l'arc)* et il dit que ce pourrait « être l'œuvre d'un journaliste nazi enclin à la philosophie ». Il y a manifestement une chose qui a échappé à l'attention de Koestler : Eugen Herrigel, qui écrivit cet ouvrage largement discuté, était en réalité devenu membre du Parti nazi après son retour du Japon, ayant obtenu sur le Zen toutes les lumières qu'il pouvait acquérir là-bas. Ce fait a été soigneusement étouffé par le cercle de ses admirateurs après la guerre et il n'est donc pas étonnant que Koestler n'en ait jamais entendu parler. Herrigel rejoignit le Parti nazi après le déclenchement de la guerre et certains de ses anciens amis de Francfort, qui rompirent avec lui à cause de ce point de désaccord, m'ont dit en 1946 que sa carrière avait été celle d'un nazi convaincu. Il était connu pour avoir persisté dans ses convictions jusqu'à la catastrophe finale. Tout cela ne fut pas révélé dans certaines

1. Chapitre « Polémiques et Réponses », *Le Démon de Socrate*, 1970.

notes biographiques sur Herrigel publiées par sa veuve, qui en a donné l'image d'un homme uniquement intéressé par les hautes sphères spirituelles... »

Par pure coïncidence Encounter *publia en pleine querelle du Zen un article de mon vieil ami John Strachey,* The Strangled Cry *(Le cri étouffé*[1]*), réexamen critique du* Zéro et l'Infini. *D'où la réplique par laquelle je devais mettre fin à la controverse :*

« Dans le numéro de novembre d'*Encounter*[1], John Strachey m'accuse d'une manière plutôt flatteuse d'avoir donné le départ à la « littérature de réaction », au recul du rationalisme. Dans le numéro de décembre, M. Christmas Humphreys, Q.C., m'a accusé du crime contraire, à savoir d'être trop rationaliste pour comprendre les « délices intuitifs » de sa sorte particulière de mysticisme, c'est-à-dire le Zen. Je ne me plains pas ; s'asseoir entre deux chaises est préférable à se carrer dans l'une d'elles, si toutes deux sont rongées par les vers.

Il est évident que le rationalisme occidental en est bien atteint, et tous les participants à ce débat sont implicitement d'accord sur ce point. Il semble également manifeste et inévitable qu'une culture menacée par les nuages de strontium aspire au nuage de l'Inconnu. Mais j'insiste sur le fait que la simple abdication de la raison en faveur d'un mysticisme spécieux ne résout pas le dilemme ; et j'ai tenté de démontrer que Yoga et Zen, *tels qu'ils sont pratiqués aujourd'hui,* sont tous deux spécieux et dégénérés. Je suis reconnaissant au professeur Jung d'avoir confirmé avec tout le poids de son autorité ce diagnostic, et pas uniquement pour des raisons personnelles ; sa déposition contribuera à dissiper le brouillard.

Pourquoi faut-il que le maître Suzuki et ses élèves écrivent livre sur livre pour expliquer que le Zen ne peut être expliqué, qu'il est « littéralement au-delà de la pensée, hors de sa portée, hors des limites de la pensée la plus fine et la plus subtile » — en un mot, qu'on ne peut l'exprimer par des mots ? Nous savons qu'il n'y a pas que l'expérience mystique à défier l'expression verbale ; il y a toute une série d'intuitions, d'impressions visuelles, de sensations physiques qui refusent également de se laisser convertir en monnaie de mots. Les peintres peignent, les danseurs dansent, les musiciens font de la musique plutôt que d'expliquer qu'ils pratiquent la non-pensée dans leurs non-esprits. L'inarticulation n'est pas le monopole du Zen ; mais c'est la seule école qui en tire une philosophie dont les représentants se débondent en une diarrhée verbale pour prouver la constipation.

« Dans le Japon médiéval et plus tôt en Chine, le Zen remplissait une fonction vitale en tant qu'antidote délibérément amoral et illogique aux rigueurs d'une société hiérarchisée, contraignante, intimidante. Sous la

1. *The Strangled Cry, Encounter,* novembre 1960. Réimprimé avec d'autres essais dans un livre publié sous le même titre, Londres, 1962.

forme où il est enseigné et pratiqué aujourd'hui, le Zen équivaut à un nihilisme intellectuel et moral. Intellectuel, parce qu'il ne s'attache pas à concilier l'intuition et la raison, mais à châtrer la raison. Moral, parce que son détachement moral a dégénéré en complaisance envers le mal et complicité avec lui. Comme nous le dit le Maître lui-même :

« Le Zen... est extrêmement souple et s'adapte de lui-même à presque toutes les philosophies et les doctrines morales à condition qu'elles ne mettent pas obstacle à son enseignement intuitif. On peut le trouver marié à l'anarchisme ou au fascisme, au communisme ou à la démocratie... »

Il est temps pour le professeur de se taire et pour l'intelligentsia occidentale de reconnaître que le Zen contemporain est l'une des plaisanteries malades, légèrement gangrenées, qui sont toujours à la mode dans les époques d'angoisse.

Déboulonner n'est pas une tâche enthousiasmante. Lorsque John Donne écrivait : « Tout est en pièces, toute cohésion s'en est allée », il poussait déjà un « cri étranglé ». Il écrivit aussi : « Avec une soif intense, mon âme attend », mais cette soif ne peut être étanchée par des alcools frelatés [1].

1. Suzuki, *Zen and Japanese Culture*, Londres 1959, p. 63.

SIXIÈME PARTIE

A TRAVERS LE TROU DE LA SERRURE

CHAPITRE LII

Au-delà du matérialisme

De toute évidence le mysticisme oriental n'apportait pas les réponses espérées — pas plus que la foule des sectes farfelues dont la vogue s'est développée ensuite.

Aussi, après Le Lotus et le robot, *je revins bien sagement à la science occidentale, aux holarchies, aux holons, et aux pulsions suicidaires de l'humanité. Je participai aussi à toute sorte de congrès et de colloques qui me gratifièrent de maints stimulants ; mais en même temps je ne pouvais m'empêcher de constater que certaines de ces rencontres n'étaient guère que foires aux vanités assidûment fréquentées par une coterie internationale de célébrités : c'est ce que j'appelai le circuit des call-girls académiques.*

« Ça devient une sale habitude. On reçoit un coup de téléphone d'un agité professionnel dans une formation ou une université d'un patelin quelconque : « J'espère vivement que malgré vos occupations... Ce sera un honneur pour nous... aller et retour classe touriste... modestes honoraires. » Ou même pas d'honoraires du tout quelquefois, pour finir on en est de sa poche. Non, je vous dis, c'est un vice. »

Ces lignes sont tirées d'un roman satirique, Les Call-girls *(1973) auquel je travaillais de temps à autre durant ce qu'on pourrait appeler ma période call-girl. Il s'agit d'un colloque interdisciplinaire qui rassemble une douzaine de savants éminents intitulé « Méthodes de survie », et se propose de diagnostiquer les maux de la condition humaine, d'analyser l'instinct d'autodestruction, et de prescrire des remèdes. Dès le deuxième jour arrive un télégramme adressé aux participants par une haute personnalité du gouvernement des États-Unis :* « Suis chargé vous informer officieusement extrême intérêt Président pour résultat de vos délibérations sur citation méthodes de survie fin de citation. En ces journées critiques où destin futur humanité en jeu, efforts généreux des esprits supérieurs assemblés à votre conférence peuvent marquer commencement longtemps attendu ouvertures nouvelles voies vers avenir bonheur. Prière communiquer urgence conclusions éventuelles votre conférence qui recevront grande attention au niveau plus élevé. Cordialement. Signature... »

Naturellement le colloque n'aboutit à rien, sinon à des disputes et se termine dans le chaos : les participants se dispersent en toute hâte au milieu de rumeurs qui annoncent que la Troisième Guerre mondiale est déjà commencée. Les personnages du roman sont fictifs, bien entendu, mais les théories qu'ils exposent et les remèdes qu'ils suggèrent sont authentiques, en ce sens qu'ils reflètent les courants actuels des sciences, de l'anthropologie au behaviorisme. Le livre, qualifié de tragi-comédie, est d'ailleurs dédié « à la mémoire de MM. Bouvard et Pécuchet », les immortels bouffons de Flaubert qui représentaient toutes les sottises du scientisme de l'époque.

Cela ne veut pas dire que je considérais la science avec cynisme ; mais sans doute j'étais devenu sceptique à l'égard de ses ressources quand elle prétend à elle seule nous sauver du désespoir, répondre aux grandes questions sur « le sens de l'univers » et rendre lisible à nos yeux de myopes le message invisible de la création. Ainsi la dernière étape de ce pèlerinage à rebours — ce n'est guère surprenant peut-être — devait aller de la physique à la métaphysique, de la psychologie à la parapsychologie. Guère surprenant, puisque la physique théorique était depuis toujours ma science préférée, et qu'il n'y a pas de science plus poétique et plus « occulte » que celle qui traite des phénomènes infra-atomiques et extra-galactiques. J'écrivais dans Le Hasard et l'infini[1] *(1973) :*

Un bon nombre de physiciens éminents, à commencer par Einstein et ses disciples, ont eu tendance à flirter avec la parapsychologie, comme en témoigne la liste des anciens présidents de la British Society for Psychical Research ; et nous savons aussi que, dans tout mouvement subversif, le nombre des sympathisants passe de loin celui des inscrits. Ainsi, sir Joseph J. Thompson qui a découvert l'électron, fut l'un des premiers membres de la Société. Pourquoi les physiciens inclinent-ils particulièrement à se laisser contaminer par le virus E.S.P. ? Les écrits autobiographiques et les réflexions métaphysiques de certains d'entre eux, parmi les plus éminents, nous suggèrent la réponse. L'impression dominante qui s'en dégage est un sentiment envahissant de frustration. Ils se sont, en effet, aperçus que la science ne peut élucider que certains aspects ou niveaux de réalité, tandis que les questions ultimes continuent d'échapper à son emprise. Elle les renvoie à l'infini, comme le sont renvoyées les myriades de reflets dans la galaxie des glaces.

Bien que je n'aie pas de dons psychiques particuliers, j'ai eu ma part d'expériences que je considère comme télépathiques. Je n'en citerai qu'un exemple,

1. *Le Hasard et l'Infini,* page 64. (L'ouvrage *The Challenge of Chance* d'Arthur KOESTLER, Robert HARVIE et Alister HARDY, a paru en français en 1977 aux Éditions Tchou sous le titre : *Le Hasard et l'Infini,* collection « Psi »).

qui a fortement influencé mon attitude subjective à l'égard de la perception extra-sensorielle — bien avant que je fisse connaissance avec la masse des données objectives, provenant des travaux de Rhine à l'université Duke et de ses successeurs[1]*, en faveur de son existence. L'épisode est relaté dans* Hiéroglyphes[2], *et sous une forme condensée dans* Le Hasard et l'Infini.

« En 1937, pendant la guerre civile espagnole, je fus emprisonné trois mois par les franquistes, qui me soupçonnaient d'espionnage, et menacé d'exécution. Dans une telle situation, on a tendance à rechercher des réconforts métaphysiques, et je me souvins brusquement, un jour, d'un épisode particulier du roman de Thomas Mann, les *Buddenbrooks.* Un des personnages, le consul Thomas Buddenbrook, sait qu'il va mourir, bien qu'il ne dépasse guère la quarantaine. Il n'a jamais été enclin aux spéculations religieuses, mais il tombe alors sous l'emprise d'un « petit livre », resté des années dans sa bibliothèque sans qu'il le lise, où l'on explique que la mort est non pas une fin, mais simplement une transition vers un autre type d'existence, impersonnelle, une fusion avec l'unité cosmique. « ...Il fut alors saisi d'une profonde ivresse, un attrait vague, doux et étrange... rien ne l'empêchait plus de tenir l'éternité... »

« Le souvenir de ce passage me donna exactement le réconfort que je recherchais. Le « petit livre » auquel le consul Buddenbrook doit sa révélation est un essai de Schopenhauer : *Uber den Tod und sein Verhältnis zur Unzerstörbarkeit unseres Wesens an sich* — De la mort et de son rapport avec l'indestructibilité de notre Moi essentiel.

« Le lendemain du jour où je fus libéré, j'envoyai à Thomas Mann une lettre afin de le remercier pour le réconfort que j'avais tiré de cette page, lui expliquant les circonstances dans lesquelles je m'en étais souvenu. Je ne l'avais jamais rencontré auparavant, et c'était ma première lettre de remerciements à un auteur. Elle était datée du 16 ou du 17 mai 1937, et écrite au Rock Hôtel de Gibraltar. J'y mentionnais expressément le titre de l'essai de Schopenhauer.

« Quelques jours plus tard, je reçus à Londres la réponse de Thomas Mann. C'était une lettre manuscrite qui fut perdue, comme furent perdus tous mes manuscrits et mes dossiers, lorsque je quittai en avion la France occupée, en 1940. Je ne peux évidemment pas me remémorer le texte exact, mais il était difficile d'en oublier le contenu. Mann expliquait qu'il avait lu l'essai de Schopenhauer en 1897 ou 1898, lorsqu'il écrivait *les Buddenbrooks,* et qu'il n'avait jamais voulu le relire parce qu'il ne voulait pas que s'affaiblisse son violent effet originel. Mais la veille, assis dans son jardin, il avait brusquement éprouvé le besoin de relire cet essai, près de quarante ans

1. Voir par exemple « L'ABC de la perception extra-sensorielle » dans *Les Racines du hasard,* 1972.
2. Chap. XXXIV.

plus tard. Il entra dans la maison pour aller chercher le volume dans sa bibliothèque ; au même instant, la sonnette de la porte d'entrée retentit, et le facteur lui tendit ma lettre.

« Comme la réponse de Thomas Mann a été perdue, il n'y a pas de preuve directe de cet épisode. Mais on peut en trouver une preuve indirecte dans le fait que je publiai cette anecdote dans *Hiéroglyphes* en 1954, du vivant de Mann. Je n'aurais osé le faire si elle n'avait pas été véridique.

Je continuai, non sans un vague sentiment de culpabilité, à m'intéresser à la télépathie, aux coïncidences étranges et à des phénomènes apparentés encore plus choquants. Je m'inscrivis à la Société de Recherche psychique en 1952 et participai à plusieurs expériences sans grands résultats. Mais ce fut vingt ans plus tard que j'éprouvai le besoin d'écrire sur ce sujet (en raison de certaines expériences subjectivement importantes mais dénuées de valeur scientifique). Je publiai en 1972 Les Racines du hasard *en citant en épigraphe cette phrase d'une causerie radiophonique de Max Beerbohm :*

« Mesdames, Messieurs, je crains que mon sujet ne soit passionnant, et comme je n'aime pas la passion, je vais l'aborder avec précaution en douceur et timidement. »

Après ce livre vinrent Le Hasard et l'Infini *(1973) que j'écrivis en collaboration avec Alister Hardy et Robert Harvie, puis des conférences rassemblées en 1974 dans* The Heel of Achilles, Face au néant *(1975). Ces textes sont résumés dans les deux derniers chapitres de* Janus ; *en voici une version abrégée :*

« La moitié de mes amis m'accuse de scientisme pédant ; l'autre moitié m'accuse d'avoir des penchants anti-scientifiques pour des problèmes absurdes tels que la perception extra-sensorielle, qu'ils rangent dans le surnaturel. Mais je me console en songeant que l'on porte les mêmes accusations contre une élite de savants qui seront pour moi une compagnie fort honorable au banc d'infamie. » Voilà ce que j'écrivais au premier paragraphe des *Racines du hasard.* Depuis lors « l'élite » d'hommes de science est devenue apparemment une majorité. En 1973, le *New Scientist,* hebdomadaire anglais très respecté, envoyait un questionnaire à ses lecteurs pour les inviter à exprimer leurs opinions au sujet de la perception extra-sensorielle. Sur les 1 500 lecteurs (presque tous des scientifiques) qui remplirent le questionnaire, 67 % considéraient la perception extra-sensorielle soit comme un « fait établi », soit comme une « probabilité ».

Un peu plus tôt, en 1969, l'Association américaine pour l'avancement des sciences approuvait la demande d'affiliation de l'Association de parapsychologie. Deux demandes précédentes avaient été rejetées ; l'admission au troisième essai était le signe d'un changement de climat intellectuel et donnait enfin à la parapsychologie le sceau de la respectabilité.

Dans ces conditions, il me paraît superflu de rappeler ici les progrès de la parapsychologie, depuis les séances de spiritisme dans les salons à lourdes tentures jusqu'aux expériences où l'on emploie aujourd'hui des ordinateurs, des compteurs Geiger et toutes sortes d'appareils électroniques. Je ne m'intéresserai plus, dans les pages qui suivent, à la question de savoir si la télépathie et les phénomènes qui lui sont apparentés *existent* — ce que, devant l'accumulation des données, je considère comme acquis [1] — mais aux conséquences de ces phénomènes, à leur signification pour notre conception du monde.

Cette conception, quand il s'agit du non-spécialiste cultivé, place la parapsychologie et la physique aux deux extrémités opposées du spectre du savoir et de l'expérience. On considère la physique comme la reine des « sciences exactes », en contact direct avec les immuables « lois de la nature » qui gouvernent l'univers matériel. Par contraste, la parapsychologie s'occupe de phénomènes subjectifs, capricieux et imprévisibles qui ne suivent apparemment aucune loi, à moins qu'ils ne contredisent carrément les lois de la nature. La physique serait une science dure et absolument terre à terre, tandis que la parapsychologie flotterait dans les vapeurs de Coucouville-les-Nuées.

Cette image de la physique a été parfaitement légitime et immensément productive durant les quelque deux cents ans au cours desquels le mot « physique » était à peu près synonyme de mécanique newtonienne. Selon un physicien contemporain, Fritjof Capra :

> Les questions sur la nature essentielle des choses ont été résolues en physique classique par le modèle mécaniste newtonien de l'univers qui, à peu près comme le modèle démocritien dans la Grèce antique, réduisait tous les phénomènes aux mouvements et interactions d'atomes solides indestructibles. Les propriétés de ces atomes étaient tirées de la notion macroscopique de boules de billard, et par conséquent de l'expérience sensorielle. On ne s'est pas demandé si cette notion pouvait réellement s'appliquer au monde des atomes.

Citons Newton lui-même :

> Il me semble probable que Dieu au commencement forma la matière en particules solides, massives, dures, impénétrables, mobiles, de telles dimensions et figures, et avec telles autres propriétés, et en telle proportion à l'espace, les plus appropriées à la fin pour laquelle il les formait ; et que ces particules primitives étant des solides sont incomparablement plus dures que tous les corps poreux qui en sont composés ; dures même au point de ne jamais s'user ni se briser ; aucune force ordinaire ne pouvant diviser ce que Dieu lui-même a fait un en sa création première.

1. J'ai examiné une partie de ces données dans *Les Racines du hasard, Le Hasard et l'infini*, et dans diverses conférences rassemblées dans *Face ou néant.*

Dieu mis à part, ces lignes qui datent de 1704 expriment encore les convictions implicites de notre non-spécialiste cultivé. Évidemment il sait que l'on peut maintenant diviser (en aboutissant à des résultats sinistres) les atomes autrefois indivisibles ; mais — à supposer qu'il y pense — il croit qu'*à l'intérieur* de l'atome il y a d'autres boules de billard, vraiment indivisibles, appelées protons, neutrons, électrons, etc. Pourtant, s'il s'y intéressait suffisamment, il découvrirait aussi que les énormes machines à fission ont écrabouillé les protons, les neutrons et le reste ; que les particules élémentaires les plus élémentaires (à ce jour) s'appellent « quarks [1] », et que certains quarks ont un attribut physique nommé « charme ». Le vocabulaire exotique des physiciens nucléaires contient aussi « la voie octuple », « l'étrangeté » et le « principe tiges-de-bottes », ce qui indique que ces hommes de science sont fort conscients du surréalisme du monde qu'ils ont créé ; derrière leur humour de lycéens on devine une tremblante reconnaissance du mystère. Car à ce niveau inframicroscopique les critères du réel sont fondamentalement différents de ceux que nous appliquons à notre niveau macroscopique ; au sein de l'atome les concepts d'espace, de temps, de matière, de causalité ne jouent plus, et la physique se change en une métaphysique fortement teintée de mysticisme. En conséquence, les phénomènes impensables de la parapsychologie paraissent un peu moins absurdes à la lumière des propositions impensables de la théorie de la relativité et de la physique quantique.

Une de ces propositions, dont nous avons parlé plus haut, est le principe de complémentarité qui, des prétendus « matériaux élémentaires » de la physique classique, fait des entités à faces de Janus qui dans certaines circonstances se comportent comme des fragments de matière solide et dans d'autres comme des ondes ou des vibrations propagées dans le vide. Selon le mot de William Bragg ce sont apparemment des ondes les lundi, mercredi et vendredi, des particules les mardi, jeudi et samedi. Nous avons vu que des pionniers de la physique quantique, de même qu'aujourd'hui leurs successeurs, ont vu dans le principe de complémentarité un paradigme adéquat de la dichotomie du corps et de la pensée. Excellente nouvelle pour les parapsychologues ; mais il faut se rappeler que si le dualisme cartésien ne reconnaît que ces deux règnes distincts, l'esprit et la matière, notre théorie propose une série de niveaux équipés de portillons qui s'ouvrent tantôt dans un sens, tantôt dans l'autre. Dans notre comportement quotidien comme au niveau infra-atomique, ces portes ne cessent de battre.

Le concept d'ondes-matière, lancé dans les années 1920 par Louis de Broglie et Schrödinger est venu compléter le processus de ***dématérialisation***

1. Mot emprunté à *Finnegans Wake,* de Joyce. En allemand *Quark* désigne un fromage très fermenté.

de la matière. La chose avait commencé bien plus tôt avec la formule magique d'Einstein, $E = mc^2$[1] qui suppose que la masse d'une particule n'est pas à concevoir comme un matériau élémentaire stable, mais comme une structure d'énergie concentrée dans ce qui nous apparaît comme matière. « L'étoffe » dont sont faits les protons et les électrons ressemble à celle dont sont faits les rêves, comme on peut le penser en jetant un coup d'œil à l'illustration de la page 618. Il s'agit d'un exemple du genre d'événements qui se produisent continuellement dans une chambre à bulles où des particules « élémentaires » à haute énergie se rencontrent et s'anéantissent ou bien créent de nouvelles particules qui provoquent une nouvelle chaîne d'événements. Les particules en question ont des dimensions infinitésimales et beaucoup d'entre elles ne durent pas un millionième de seconde ; cependant, dans la chambre à bulles, elles laissent des traces comparables aux sillages que des avions à réaction invisibles forment dans le ciel. La longueur, l'épaisseur, la courbure des traces permettent aux physiciens de repérer les particules qui les ont causées (parmi deux centaines de « particules élémentaires »), elles leur permettent aussi d'identifier des « particules » inconnues jusque-là.

Mais la leçon fondamentale que leurs appareils raffinés enseignent aux physiciens est qu'au niveau infra-atomique nos concepts d'espace, de temps, de matière et de logique traditionnelle ne s'appliquent plus. Deux particules peuvent entrer en collision et tomber en morceaux, mais finalement ces morceaux ne seront pas plus petits que les particules originelles, parce que l'énergie cinétique libérée au cours de la collision se sera transformée en « masse ». Un photon, unité élémentaire de lumière, qui n'a pas de masse, peut donner naissance à un couple électron-positron qui, lui, a une masse ; ensuite ce couple peut entrer en collision et, par processus inverse, se transformer en photon. Les événements fantastiques de la chambre à bulles évoquent bien la danse de Shiva et ses alternances rythmiques de création et de destruction[2].

On est loin du modèle aussi simple que séduisant qu'imaginèrent au début du siècle Rutherford et Bohr : l'atome était un système solaire en miniature, dans lequel des électrons à charge négative tournaient comme des planètes autour d'un noyau à charge positive. Hélas ! le modèle tomba de paradoxe en paradoxe ; pour des planètes, les électrons avaient une conduite invraisemblable : ils sautaient d'une orbite à l'autre sans franchir l'espace intermédiaire — comme si la Terre passait subitement sur l'orbite de Mars sans se déplacer. D'ailleurs les orbites n'étaient pas des trajectoires linéaires définies, mais des pistes vagues appropriées à l'aspect ondulatoire de l'électron « écrasé » sur toute l'orbite, et il était vain de se demander à quel

1. E pour énergie, m pour masse, c pour vitesse de la lumière.
2. CAPRA, 1975.

point de l'espace l'électron se trouvait à un moment donné, puisqu'il serait vain d'essayer de localiser une onde. Et Bertrand Russell d'écrire :

L'idée qu'il y a là une petite boule dure qui est l'électron ou le proton est une intrusion illégitime de notions de bon sens dérivées du toucher.

Le sort des *noyaux* atomiques du modèle ne fut pas meilleur que celui des « planètes ». Les noyaux se présentèrent finalement comme des composés de

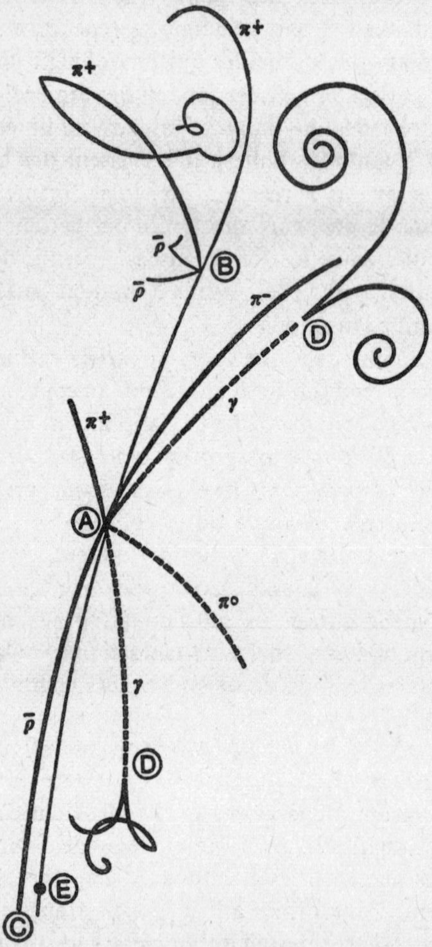

Diagramme d'après une photographie d'événements infra-atomiques dans la chambre-à-bulles. Photo CERN. Avec l'aimable autorisation de l'Organisation Européenne de Recherche Nucléaire, Genève. La légende laisse les non-physiciens sur leur faim : « Interaction dans la chambre-à-bulles à liquide lourd Gargamelle. En A un antiproton incident qui pénètre dans la chambre en C (voir plan) annihile un proton résident donnant naissance à un pion + ve et − ve, à un pion neutre, et à deux rayons gamma dont chacun se convertit (en D) en un couple électron-positron. Un second événement est enregistré : une particule pénétrant en E interagit en B et produit deux antiprotons et deux pions + ve dont chacun entre ensuite en collision deux fois avec des particules résidentes. »

particules, protons et neutrons principalement, maintenus ensemble par d'autres particules et par des forces défiant tout modèle visuel, toute représentation liée à notre expérience sensible.

J'ai passé en revue, dans des livres précédents, quelques-uns des paradoxes les plus notoires de la physique des quanta : l'expérience de Thomson qui fait passer un électron par deux trous d'un écran en même temps (d'où le commentaire de Cyril Burt : « C'est mieux qu'un fantôme ») ; le paradoxe du « chat de Schrödinger », dont on prouve qu'il est vivant et mort en même temps ; les diagrammes de Feynman dans lesquels, pendant un instant très bref, on fait remonter des particules dans le temps (ce qui a valu à Feynman le prix Nobel en 1965) ; et le paradoxe d'Einstein-Podolsky-Rosen sur lequel je reviendrai. La situation a été résumée par Heisenberg lui-même, un des principaux architectes de la théorie des quanta :

> Essayer de se faire une image des particules élémentaires et de les concevoir en termes visuels c'est en soi se méprendre entièrement sur leur compte...
>
> Les atomes ne sont pas des *choses.* Les électrons qui forment les coquilles de l'atome ne sont plus des objets au sens de la physique classique, des objets qui pourraient être décrits sans ambiguïté à l'aide de concepts comme la localisation, la vitesse, l'énergie, la dimension. Quand on descend au niveau atomique, le monde objectif en espace et en temps n'existe plus.

Werner Heisenberg restera sans doute dans l'histoire comme le grand iconoclaste qui mit fin au déterminisme causal en physique (et par là en philosophie) au moyen de son célèbre principe d'incertitude, qui est devenu aussi fondamental pour la physique moderne que les lois de Newton pour la mécanique classique. J'ai tenté d'en faire apprécier la portée à l'aide d'une analogie un peu simpliste. Il y a généralement dans la peinture de la Renaissance une certaine qualité statique due au fait que les personnages du premier plan et les paysages les plus lointains sont vus les uns et les autres avec une parfaite netteté, ce qui optiquement est impossible : quand nous fixons un objet proche l'arrière-plan est trouble, et vice versa. Le principe d'incertitude signifie qu'en étudiant les constituants élémentaires de la matière les physiciens se trouvent dans la même impasse (pour d'autres raisons évidemment). Dans la physique classique une particule doit à tout moment avoir une localisation et une vitesse définissables ; mais au niveau infra-atomique la situation est toute différente. Plus le physicien peut déterminer avec exactitude la localisation d'un électron par exemple, plus la vitesse en devient incertaine ; et inversement si l'on connaît la vitesse, la localisation de l'électron se brouille. Cette indétermination n'est pas due à l'imperfection de nos techniques d'observation, mais à la nature essentiellement double de l'électron, à la fois onde et particule, qui pratiquement *et théoriquement* le rend insaisissable. Or cela signifie qu'au niveau infra-atomique l'univers à n'importe quel moment donné se trouve dans un état quasi indécis, et que son état au moment suivant est dans une certaine mesure incertain, ou « libre ». Si un photographe idéal, muni d'un appareil parfait, prenait une photo de l'univers total à un moment donné, l'image serait floue dans une certaine mesure, à cause de l'indétermination des constituants élémentaires [1]. En raison de ce flou, ce que les physiciens disent des processus infra-atomiques ne peut porter que sur des probabilités, et non sur des certitudes : « La nature est imprévisible », disait Heisenberg.

Ainsi depuis cinquante ans, depuis l'avènement de la théorie des quanta, il est admis chez les physiciens de l'école dominante (dite école de Copenhague) que la conception mécaniste, rigoureusement déterministe de l'univers est intenable : elle est devenue un anachronisme. L'horlogerie mécanique qui servait de modèle du monde au XIXe siècle n'est plus qu'un tas de ferraille, et comme on a dématérialisé le concept même de matière *le matérialisme ne peut plus prétendre passer pour une philosophie scientifique.*

J'ai cité quelques-uns des géants (prix Nobel pour la plupart [2]) qui ont travaillé ensemble à démanteler la vétuste horloge, et ont tenté de la remplacer par un modèle plus raffiné, assez souple pour accueillir des paradoxes et des théories téméraires qu'auparavant on aurait jugés impensables. Au cours de ce demi-siècle on a fait des découvertes innombrables (grâce aux radiotélescopes qui scrutent les cieux et aux chambres à bulles qui suivent la danse nucléaire de Shiva), mais on n'a produit aucun modèle satisfaisant, aucune philosophie cohérente qui puissent se comparer à ceux de la physique newtonienne classique. On peut définir cette ère post-newtonienne comme une période d' « anarchie créatrice » telle qu'il en apparaît dans l'histoire de toutes les sciences lorsque les anciens concepts deviennent désuets et qu'on n'entrevoit pas encore la percée qui doit conduire à une nouvelle synthèse. Aujourd'hui la physique théorique elle-même semble plongée dans une chambre à bulles où les hypothèses les plus étrangères se recoupent et s'emmêlent. J'en mentionnerai quelques-unes qui paraissent avoir quelque rapport à notre thème.

Il y eut d'abord d'éminents physiciens, tels qu'Einstein, de Broglie, Schrödinger, Vigier, David Bohm, pour refuser l'indétermination et l'a-causalité des événements nucléaires, qui auraient signifié, à leur avis, que ces événements ne dépendaient que du hasard. (C'est l'attitude qu'exprime la fameuse phrase d'Einstein : « Dieu ne joue pas le monde aux dés ».) Ces

1. On peut démontrer que le principe d'incertitude provoquera le flou de l'image quelle que soit la brièveté du temps d'exposition.

2. Je mentionne souvent les prix Nobel pour rappeler que les théories bizarres dont on parle dans ce chapitre sont dues à des hommes de science de renommée internationale, et non à des excentriques.

physiciens préféraient supposer l'existence au-dessous du niveau infra-atomique, d'un substrat qui aurait régi et déterminé ces processus apparemment indéterminés. C'est ce qu'on a appelé la théorie des « variables cachées », théorie bientôt abandonnée par ses défenseurs eux-mêmes parce qu'elle ne semblait mener nulle part.

Inacceptables pour les physiciens, les « variables cachées » n'en procurèrent pas moins un terrain fertile aux spéculations métaphysiques et parapsychologiques. Des théologiens imaginèrent que la divine Providence pouvait opérer au sein des interstices flous de la matrice de la causalité physique (« le dieu des interstices »). John Eccles, prix Nobel de physiologie, avança que l'incertitude quantique de neurones en « équilibre instable » dans le cerveau pouvait laisser place à l'exercice de la volonté :

Cela s'applique à l'action d'une pensée sur « son » cerveau. Mais à la fin de son livre Eccles fait entrer dans sa théorie la perception extra-sensorielle et la psychokinèse. Il accepte les expériences de Rhine et de son école comme documents à l'appui d'une communication générale « dans les deux sens » entre pensée et matière, et d'une communication directe entre un esprit et un autre. Pareille théorie, qui n'a pas été élaborée en détail, est assez révélatrice de tout un courant de pensée chez de grands spécialistes de la neurophysiologie, comme Charles Sherrington, Penfield, Gray Walter que j'ai cités dans des ouvrages précédents.

Il est également intéressant de noter que Penfield a repris une hypothèse indûment négligée de l'astronome Eddington qui postulait que la matière « en liaison avec la pensée » manifeste des propriétés spécifiques que l'on ne retrouve pas dans le domaine physique : c'est une proposition qui n'est pas très éloignée du panpsychisme. Un autre astronome, V.A. Firsoff, suppose que « l'esprit pourrait être une entité ou interaction universelle du même ordre que l'électricité ou la gravitation, et qu'il doit exister une formule de transformation analogue à la fameuse équation d'Einstein $E = mc^2$ ».

Autrement dit : de même que la matière peut se transformer en énergie physique, de même l'énergie physique serait transformable en énergie psychique, et réciproquement.

Au cours des dernières années, pour tenter de relier la physique des quanta à la parapsychologie, il y a eu une marée de théories de ce genre, qui semblent appartenir à la science-fiction ; mais, nous l'avons vu, on peut en dire autant des propositions fondamentales de la physique moderne. Si nous quittons la chambre à bulles pour élever nos regards vers le ciel étoilé, nous constatons que nos notions habituelles d'espace, de temps et de causalité sont aussi peu adéquates que lorsque nous tentons de les appliquer au domaine nucléaire. Dans l'univers de la relativité l'espace est courbe et le cours du temps s'accélère ou ralentit selon la position et le mouvement de l'observateur. De plus, si des parties de l'univers sont peuplées de galaxies d'anti-matière[1] comme le pensent beaucoup d'astronomes, il est fort probable que dans ces galaxies le cours du temps est renversé.

Or, en revenant au microcosme, on se rappelle que dans les diagrammes de Feynman les particules sont censées, un court instant, remonter dans le temps. C'est une hypothèse qu'avait admise Heisenberg lui-même :

La seule consolation [en présence des paradoxes de la théorie des quanta] est d'admettre que dans de très petites zones d'espace-temps de l'ordre de grandeur des particules élémentaires, les notions d'espace et de temps s'obscurcissent, en ce sens que dans des intervalles très petits même les concepts « d'avant » et « d'après » ne peuvent plus se définir correctement. Naturellement rien ne change dans l'espace-temps à grande échelle, mais nous devons savoir qu'il est possible que des expériences prouvent un jour que des processus espace-temps à petite échelle puissent se produire à rebours de la séquence causale.

Ainsi notre monde moyen avec ses bonnes vieilles notions d'espace, de temps et de causalité se trouve apparemment pris en sandwich entre le macro-domaine et le micro-domaine de la réalité, dans lesquels ces idées provinciales ne s'appliquent plus. Selon le mot de James Jeans : « L'histoire de la science physique au XXe siècle est l'histoire d'une émancipation progressive par rapport à l'angle de vision purement humain. »

A l'échelle macrocosmique des distances immenses et des vitesses extrêmes la relativité a ravagé l'image de l'univers que nous avait donnée cette vision humaine ; à l'échelle microcosmique elle a eu le même effet en coopération avec la théorie des quanta. Pour le physicien aujourd'hui le concept de temps est totalement différent de ce qu'il était il y a encore cent ans. C'est ce qu'explique dans son style provocant le grand astronome Fred Hoyle :

Vous êtes pris au piège d'une illusion absurde et grotesque... l'idée que le temps est un fleuve qui coule toujours dans le même sens... Il y a une chose parfaitement sûre : l'idée de temps comme progression régulière du passé au futur est une idée fausse. Je sais bien que nous avons ce sentiment subjectivement. Mais nous sommes victimes d'une escroquerie.

Mais si l'irréversibilité du temps vient d'une « escroquerie », c'est-à-dire d'une illusion, il n'est plus justifié d'exclure *a priori* la possibilité théorique de phénomènes de précognition tels que les rêves prémonitoires. Le paradoxe logique selon lequel la prédiction d'un événement futur risque de l'empêcher ou d'en modifier le cours est tourné, au moins partiellement, par l'indétermination de l'avenir en physique moderne et par le probabilisme de toute prévision.

1. Atomes dans lesquels les charges électriques des constituants sont inversées.

La révolution qui a transformé ainsi notre vision du monde s'est produite au cours des années 1920. Dans la seconde moitié du siècle, elle a pris un tour encore plus surréaliste. Aujourd'hui l'univers nous est présenté comme criblé de ce qu'on appelle des « trous noirs » : le terme est de John A. Wheeler, éminent professeur de physique à Princeton[1]. Les trous noirs, dans les lointains espaces, sont des fosses ou des puisards hypothétiques dans lesquels les masses des étoiles éteintes après leur effondrement gravitationnel sont absorbées à la vitesse de la lumière pour se faire anéantir et se faire rayer de l'univers. Les emplacements où se produisent ces événements apocalyptiques sont désignés comme des « singularités » dans le continuum ; là, selon les équations de la relativité générale, la courbure de l'espace devient infinie, le temps est gelé, et les lois de la physique sont répudiées. En vérité il se passe des choses bien curieuses dans cet univers ; il n'y a plus besoin de fantômes pour nous faire dresser les cheveux sur la tête.

On sera peut-être tenté de demander naïvement « où » va la matière qui tombe dans un trou noir (car elle ne peut pas être entièrement convertie en énergie). Wheeler donne une réponse provisoire : cette matière pourrait reparaître sous forme de « trou blanc » quelque part dans un autre univers situé dans l'hyperespace. (Les italiques sont de lui :)

La scène sur laquelle se meut l'espace de l'univers n'est certainement pas l'espace lui-même. On ne peut pas être scène pour soi-même ; il faut que l'on ait un plus vaste théâtre pour s'y mouvoir. Le théâtre dans lequel l'espace opère son changement n'est même pas l'espace-temps d'Einstein car l'espace-temps est l'histoire de l'espace qui change avec le temps. Ce théâtre est nécessairement un objet plus vaste : c'est l'*hyperespace*... Il n'est pas doté de trois ou quatre dimensions — il est doté d'un nombre *infini* de dimensions. Tout point de l'hyperespace représente un monde tri-dimensionnel complet ; les points voisins représentent des mondes tri-dimensionnels légèrement différents.

Voilà déjà longtemps que la science-fiction utilise dans son répertoire l'hyperespace, de même que les notions d'univers parallèles et de temps inverse ou multidimensionnel. Aujourd'hui, grâce aux radiotélescopes et aux accélérateurs de particules, ces accessoires reçoivent les honneurs académiques. Plus les données de l'expérience sont étranges, plus les théories qui veulent les expliquer sont bizarres.

L'hyperespace selon Wheeler possède des caractères remarquables :

L'espace de la géométrodynamique quantique peut se comparer à un tapis d'écume tendu sur un paysage qui ondulerait lentement... Les changements microscopiques continuels qui se produisent dans le tapis d'écume à mesure que des

1. Son ouvrage, *Geometrodynamics*, publié en 1962 passe pour un classique de la physique moderne.

bulles apparaissent et disparaissent symbolisent les fluctuations quantiques de la géométrie...

Une autre propriété remarquable de l'hyperespace de Wheeler est la connectivité multiple, ce qui signifie (en traduction ultra-simplifiée) que des régions qui, dans notre monde tri-dimensionnel familier, sont très éloignées les unes des autres, peuvent entrer momentanément en contact au moyen de tunnels ou de « trous » dans l'hyperespace. Ces tunnels sont baptisés trous de vers. L'univers serait percé dans tous les sens par ces trous de vers, qui apparaissent et disparaissent en fluctuations immensément rapides produisant sans cesse des formes changeantes, comme un kaléidoscope secoué par une main invisible.

Un trait essentiel de la physique moderne est une tendance de plus en plus *holistique* fondée sur l'idée que le tout est aussi nécessaire à la compréhension des parties que les parties à la compréhension du tout. Une des premières expressions de cette tendance date du début du siècle. C'est le « principe de Mach », repris par Einstein, qui déclare que les propriétés d'inertie de la matière terrestre sont déterminées par la masse totale de l'univers. Il n'existe pas d'explication causale satisfaisante de la manière dont s'exerce cette influence, et pourtant le principe de Mach fait intégralement partie de la cosmologie relativiste. Ses conséquences métaphysiques vont très loin, car il suppose non seulement que l'univers dans son ensemble influence les événements locaux, terrestres, mais en outre que ces événements locaux ont une influence, si petite soit-elle, sur l'univers dans son ensemble. Les physiciens qui ont l'esprit philosophique sont parfaitement conscients de ces propositions implicites, qui rappellent le vieux proverbe chinois : « Quand on coupe un brin d'herbe, on ébranle l'univers. »

Bertrand Russell observa avec désinvolture que le principe de Mach avait beau être formellement correct, il sentait l'astrologie. Mais Henry Margenau, physicien de Yale, devait faire d'autres remarques en s'adressant à la Société américaine de recherche psychique :

> L'inertie n'est pas intrinsèque au corps ; elle est induite par le fait circonstanciel que le corps est environné de l'univers entier... Nous ne connaissons aucun effet physique qui véhicule cette action ; bien peu de gens se préoccupent d'un agent physique qui la transmettrait. Autant que je sache le principe de Mach est aussi mystérieux que nos phénomènes psychiques inexpliqués, et sa formulation me paraît presque aussi obscure...

Si nous repassons une fois de plus au microcosme nous rencontrons le célèbre paradoxe d'Einstein-Podolsky-Rosen. Objet de nombreuses controverses depuis qu'Einstein l'a formulé en 1933, ce paradoxe a reçu récemment une expression plus précise de la part d'un physicien du CERN, J. S. Bell.

Le « théorème de Bell » dit que lorsque deux particules ont interagi et partent dans des directions opposées, toute interférence avec l'une d'elles affectera l'autre instantanément, quelle que soit la distance qui les sépare. Les résultats d'expérience de Bell ne sont pas mis en cause, mais leur interprétation pose un énorme problème puisque le théorème paraît supposer une sorte de « télépathie » entre les particules en question. La situation a été résumée par David Bohm, professeur de physique théorique à l'université de Londres (les italiques sont de lui) :

On est amené à une notion nouvelle de *totalité sans faille* qui répudie l'idée classique selon laquelle le monde serait analysable en parties existant séparément et indépendamment [1]...

Ces citations, que je pourrais allonger indéfiniment, ne représentent pas des solos ; c'est plutôt un chœur d'éminents physiciens conscients des conséquences révolutionnaires de la théorie quantique et de la nouvelle cosmologie qui vont bouleverser l'image que l'homme se fait de l'univers encore plus radicalement que ne l'avait fait la révolution copernicienne. Mais, comme on l'a dit, le grand public est bien lent à se rendre compte de ce changement. Les dogmes et les tabous de la science matérialiste du XIXe siècle à propos de l'espace, du temps, de la matière et de l'énergie maintenus dans un cadre rigide de causalité et de déterminisme dominent encore les habitudes de pensée du public cultivé qui s'enorgueillit de son rationalisme et se croit obligé de nier l'existence de phénomènes comme ceux de la perception extra-sensorielle qui apparemment contredisent les « lois de la nature ». En fait, les physiciens s'affairent depuis cinquante ans à jeter par-dessus bord ces lois naguère sacro-saintes pour les remplacer par d'obscures constructions mentales que l'on ne peut représenter dans l'espace à trois dimensions, et dont le contenu quasi mystique se cache sous le jargon technique et le formalisme mathématique. Curieusement, au cours de la même période la parapsychologie s'est donné une allure scientifique et austère en s'appuyant de plus en plus sur la méthode statistique, les contrôles rigoureux, les appareils mécaniques ou électroniques et les ordinateurs. Les deux camps semblent ainsi échanger leurs climats : on accuse parfois de scientisme desséché les successeurs de Rhine, et l'on soupçonne ceux d'Einstein de fleureter avec des esprits déguisés en particules, sans masse, sans pesanteur, sans localisation précise dans l'espace. Ces tendances sont certainement significatives, mais cela ne veut pas dire que la physique expliquera les phénomènes de parapsychologie dans un avenir proche ou même lointain. Il y a seulement de part et d'autre une attitude commune de défi à l'égard du bon sens, comme à l'égard de « lois de

1. D. BOHM et B. HILEY, « *On the Intuitive Understanding of Non-Locality as implied by Quantum Theory,* Birkbeck College, univ. de Londres, 1974.

la nature » considérées auparavant comme inviolables, une attitude provocante et iconoclaste. Et encore une fois, les stupéfiants paradoxes de la physique font paraître un peu moins absurdes les phénomènes stupéfiants de la parapsychologie. Il faut se méfier des analogies, mais il est encourageant de savoir que si les parapsychologues avancent sur une branche peut-être bien mince, les physiciens, eux, font de la corde raide.

Il existe un type de phénomènes encore plus mystérieux que la télépathie et la clairvoyance, qui intrigue les humains depuis l'aube de la mythologie : la rencontre apparemment accidentelle de deux séries causales sans liens entre elles dans une coïncidence qui semble à la fois très improbable et très significative. Toute théorie qui essaierait de prendre pareils phénomènes au sérieux aurait évidemment à s'écarter des catégories traditionnelles du raisonnement d'une manière encore plus radicale que les pronunciamentos d'Einstein, d'Heisenberg ou de Feynman. Ce n'est sûrement pas un hasard si Wolfgang Pauli, inventeur du principe d'exclusion, a collaboré au fameux essai de C. G. Jung : *La Synchronicité : Principe de connexion a-causale.* Jung avait forgé le mot « synchronicité » pour désigner « l'occurrence simultanée de deux événements ou plus liés par le sens et non par la cause », et il affirmait que le facteur non causal qui se cache derrière ces événements doit avoir « *le même rang que la causalité comme principe d'explication* ».

« J'ai souvent rencontré les phénomènes en question, écrivait-il, et j'ai pu me convaincre de l'importance de ces expériences pour les patients. Dans la plupart des cas ce sont des choses dont on ne parle pas, de peur de les exposer à des ricanements sans réflexion. J'ai été étonné de constater combien de gens ont eu des expériences de ce genre, et avec quelles précautions le secret en est gardé. »

Il faut croire que les Suisses sont plus pudiques que les Britanniques car depuis que j'ai publié *Les Racines du hasard* les lecteurs du Royaume-Uni m'inondent de coïncidences. Les lettres les plus révélatrices viennent de correspondants qui commencent par affirmer solennellement qu'il est absurde de donner un sens aux coïncidences, mais qui tiennent personnellement à des histoires « incroyables » qu'ils ne peuvent pas s'empêcher de rapporter. Au cœur de tout sceptique y aurait-il un mystique naïf qui ne demande qu'à sortir ?

L'essai de Jung sur la « synchronicité », publié en 1952 [1], se fondait en partie sur un livre de Paul Kammerer, *Das Gesetz der Serie,* paru en 1919. Kammerer est ce fameux biologiste viennois, lamarckien convaincu, que l'on accusa d'avoir truqué ses expériences et qui se tua en 1926 à l'âge de

1. Dans le même volume que le traité de Pauli : *Der Einfluss archetypischer Vorstellungen auf die Bildung naturwissenschaftlicher Theorien bei Kepler* (Jung-Pauli, *Naturerklärung und Psyche,* 1952).

quarante-cinq ans[1]. Toute sa vie il avait été fasciné par les coïncidences ; pendant vingt ans, entre sa vingtième et sa quarantième année, il en nota tous les jours — un peu comme Jung, d'ailleurs.

Pour Kammerer, la « sérialité » était l'occurrence simultanée dans l'espace ou la récurrence dans le temps d'événements pourvus de sens mais non reliés causalement. Son livre contient cent exemples choisis, classés avec une méticulosité de taxonomiste. Il s'agit de montrer que les coïncidences isolées que nous remarquons par hasard ne sont que les sommets d'un iceberg : au-dessous la « sérialité » se manifeste partout. Ainsi se trouve renversé l'argument du scepticisme selon lequel, dans la multitude des événements fortuits nous retenons seulement quelques cas significatifs. A la fin de sa classification Kammerer conclut :

> Nous nous sommes occupés jusqu'ici des manifestations factuelles des séries récurrentes, sans tenter d'explication. Nous avons vu que la récurrence de données identiques ou semblables dans des aires contiguës d'espace ou de temps est un fait empirique qu'il faut accepter et qui ne peut s'expliquer par la coïncidence — ou plutôt qui donne à la coïncidence un pouvoir si étendu que le concept même de coïncidence s'en trouve nié.

Après cela, dans la partie théorique de l'ouvrage, Kammerer développe son idée centrale : il existe dans l'univers, co-existant avec la causalité, un principe a-causal, qui tend à l'unité. On peut le comparer à certains égards à la gravitation universelle, qui est aussi une force mystérieuse ; mais tandis que la gravitation agit sans discrimination sur l'ensemble des masses, cet autre facteur hypothétique agit sélectivement pour unir les semblables dans l'espace et dans le temps, elle relie par affinité ou par une sorte de résonance sélective, comme deux diapasons vibrant sur la même longueur d'onde. Par quels moyens cet agent a-causal fait intrusion dans l'ordre causal des choses, on ne peut le dire puisqu'il opère en dehors des lois connues de la physique. Dans l'espace il produit des événements concurrents reliés par affinité ; dans le temps des séries semblablement apparentées :

> Nous en arrivons ainsi à l'image d'une mosaïque universelle, d'un kaléidoscope cosmique, qui, malgré des bouleversements et des réarrangements constants, prend soin de réunir les semblables...

Il n'est pas nécessaire d'être joueur professionnel pour se laisser séduire par ces spéculations sur la loi des séries, à laquelle le langage populaire accorde toujours et partout quelque crédit (« Jamais deux sans trois », etc.) En outre il y a des gens qui semblent voués aux coïncidences comme d'autres aux accidents. Quant à Kammerer il proclame pour finir que la sérialité est « omniprésente et continuelle dans la vie, la nature et le cosmos. C'est le

2. *Cf.* Ma biographie de Kammerer dans *L'Étreinte du crapaud.*

cordon ombilical qui relie la pensée, le sentiment, la science et l'art aux entrailles de l'univers qui leur a donné naissance ».

La grande différence entre la sérialité de Kammerer et la synchronicité de Jung est que le premier s'intéresse surtout à des séries d'événements successifs (bien qu'il traite aussi de coïncidences simultanées) tandis que le second insiste sur la simultanéité (tout en incluant des rêves prémonitoires se produisant quelquefois plusieurs jours avant l'événement). Kammerer fondait sa théorie en partie sur l'analogie avec la gravitation, en partie sur la périodicité des cycles biologiques et cosmologiques. Certaines de ses incursions dans la physique contiennent des erreurs naïves, d'autres ont des éclairs d'intuition souvent séduisants, au point qu'Einstein eut une opinion assez favorable : il trouva le livre « original et nullement absurde ». Jung, de son côté, essaya avec l'aide de Pauli de s'appuyer sur la physique théorique, mais pour finir s'en servit fort peu ; ses explications du « facteur a-causal » font appel à l'inconscient collectif et aux archétypes, et s'enfoncent dans l'obscurité. Entreprise décevante, mais qui a servi à mettre à la mode le concept de synchronicité.

Pour la première fois l'hypothèse que des facteurs a-causals sont à l'œuvre dans l'univers recevait la bénédiction commune de deux chercheurs de grand renom, un psychologue et un physicien.

La croyance à des connexions qui échapperaient à la causalité physique ne date certes pas de Jung ni de Kammerer. On peut la faire remonter directement à Schopenhauer, qui eut une influence considérable sur Freud comme sur Jung, et qui enseignait que la causalité physique n'est que l'un des principes souverains de l'univers, l'autre étant une entité métaphysique, sorte de conscience universelle auprès de laquelle la conscience individuelle serait « comme un rêve par comparaison avec la réalité » :

> La coïncidence est l'émergence simultanée d'événements non reliés causalement... Si l'on imagine chaque enchaînement causal progressant dans le temps comme un méridien sur le globe, on peut représenter les événements simultanés comme les parallèles de latitude... Les événements d'une vie humaine se trouvent donc tous dans des connexions de deux espèces foncièrement différentes...

L'unité dans la diversité : c'est une idée dont on peut découvrir l'origine dans l'harmonie des sphères des pythagoriciens [1], et dans les enseignements de l'école d'Hippocrate sur « la sympathie de toutes choses » : « Il y a un flux commun, un souffle commun, toutes choses sont en sympathie. » Tout se tient dans l'univers, en partie grâce à des causes physiques, mais surtout en raison d'affinités secrètes (qui rendent compte aussi des coïncidences), c'est la doctrine qui fut à la base de la magie, de l'astrologie, de l'alchimie ; c'est aussi un leitmotiv qui revient dans le taoïsme et le bouddhisme comme

1. Sur la place de ce concept dans la philosophie et la poésie élisabéthaines, cf. *Les Somnambules*, première partie, chapitre II.

chez les néo-platoniciens et les philosophes de la Renaissance. Pic de La Mirandole l'énonçait clairement vers 1550 :

Il y a premièrement l'unité dans les êtres par quoi chaque chose est une avec soi, consiste en soi, adhère à soi. Secondement, il y a l'unité par quoi chaque créature est unie aux autres et toutes les parties du monde constituent un seul monde.

Dans le langage de notre théorie nous dirons que la première moitié de cette citation décrit l'opération de la tendance assertive, et la seconde celle de la tendance transcendante ou intégrative, au niveau universel.

On peut aussi rapprocher le propos de Pic de La Mirandole de ce que disent tous les physiciens contemporains : « Aucune partie de l'univers n'est séparable du reste. » A quatre siècles de distance ces deux énoncés témoignent essentiellement d'une conception holistique du monde qui transcende la causalité physique.

Un des secrets les mieux gardés de l'univers répondrait à la question de savoir comment le microcosme infra-atomique composé de particules qui sont en même temps des ondes, et défiant à la fois le déterminisme et la causalité mécanique, comment ce microcosme ambigu, « tapis ondulant d'écume » donne naissance au macrocosme solide et bien ordonné de l'expérience quotidienne régie par la plus stricte causalité.

La science répond aujourd'hui que ce semblant de miracle qui crée de l'ordre à partir du désordre est à concevoir à la lumière de la théorie des probabilités ou « loi des grands nombres ». Mais, de même que le principe d'exclusion de Pauli, cette loi n'est pas explicable par des forces physiques ; on dirait qu'elle flotte dans l'air. Voyons-en quelques exemples.

Les deux premiers sont tirés du livre de Warren Weaver sur le hasard et la probabilité. Les statistiques des services de santé de New York montrent que le nombre des chiens signalés comme ayant mordu des gens a été, en 1955, de 75,3 par jour en moyenne ; en 1956, de 73,6 ; en 1957, de 73,5 ; en 1958 de 74,5 ; en 1959, de 72,4. On avait remarqué une constance statistique analogue chez les cavaliers tués par leurs chevaux dans l'armée allemande entre 1875 et 1894 ; apparemment les chevaux vicieux obéissaient à une équation du calcul des probabilités, la « distribution de Poisson ». Les assassins d'Angleterre et du Pays de Galles, si différents qu'aient pu être leurs caractères et leurs mobiles, ont manifesté le même respect pour les lois de la statistique : depuis la fin de la Première Guerre mondiale le nombre moyen de meurtres calculé chaque fois sur dix ans a été : de 1920 à 1928, 3,84 par million d'habitants ; de 1930 à 1939, 3,27 par million ; de 1940 à 1949, 3,92 ; de 1950 à 1959, 3,3 ; de 1960 à 1969, 3,5 environ.

Ces bizarreries mettent en lumière le paradoxe des probabilités qui intrigue les philosophes depuis que Pascal a inauguré cette branche des mathématiques, que le plus grand mathématicien de notre siècle, von Neumann, appelait « magie noire ». Le paradoxe est que le calcul des probabilités permet de prédire avec une étonnante précision le résultat global d'un grand nombre d'événements dont chacun est en soi imprévisible. En d'autres termes on observe *un grand nombre d'incertitudes qui produisent une certitude,* un grand nombre d'événements fortuits qui aboutissent à un résultat régulier.

Mais, paradoxe ou non, la loi des grands nombres joue à tous les coups ; pourquoi et comment, voilà le mystère. Elle est devenue un outil indispensable de la physique et de la génétique, elle sert aux économistes, aux compagnies d'assurances, aux casinos et aux sondages d'opinion, si bien que la magie noire nous paraît aller de soi. Et quand on nous présente des cas de probabilité étrange, comme les histoires de chiens ou de chevaux de cavalerie, nous sommes peut-être amusés ou perplexes, sans voir que le paradoxe est universel, et qu'il touche au problème du hasard et du plan, de la liberté et de la nécessité.

La physique nucléaire offre des analogies frappantes avec les chiens imprévisibles qui produisent des statistiques prévisibles. Exemple classique : la décomposition radio-active, dans laquelle des atomes radio-actifs totalement imprévisibles produisent des résultats globaux exactement prévisibles. Le moment où un atome radio-actif va brusquement se désintégrer est absolument impossible à prédire, même en théorie. Il n'est influencé par aucun facteur chimique ou physique comme la température ou la pression. Autrement dit, il ne dépend ni de l'histoire de l'atome, ni de son environnement actuel ; selon le mot du professeur Bohm « il n'a pas de causes », il est « *complètement arbitraire* en ce sens qu'il n'a aucun rapport avec quoi que ce soit d'autre qui existe ou ait jamais existé dans le monde » (italiques dans l'original). Et pourtant il a bien une relation secrète, apparemment a-causale, avec le reste du monde puisque la « demi-vie » d'un grain quelconque de substance radio-active (le temps nécessaire à la désintégration de la moitié de ses atomes) est rigoureusement fixe et prévisible. La demi-vie de l'uranium est de 4 millions et demi d'années. La demi-vie du radium A est de 3,825 jours. Celle du thorium C de 60,5 minutes. Et ainsi de suite, jusqu'aux millionièmes de seconde.

Il peut se produire toutefois des fluctuations dans le taux de décomposition ; à certains stades, à mesure que la substance avance vers la date de sa demi-vie, il peut y avoir un excès ou un défaut d'atomes désintégrés qui risque de bouleverser le calendrier. Mais ces déviations par rapport à la moyenne statistique seront bientôt corrigées, et la date de la demi-vie sera rigoureusement respectée. Quel agent exerce cette influence de contrôle et de correction, alors que la décomposition des atomes pris individuellement n'est même pas affectée par ce qui se passe dans le reste de la substance ? Comment les chiens de New York savent-ils que leur programme journalier de morsures est rempli ? Pourquoi les assassins d'Angleterre et du Pays de

Galles s'arrêtent-ils à quatre victimes par million d'habitants ? Par quelle force mystérieuse la boule de la roulette est-elle poussée, après une longue série de rouge, à rétablir l'équilibre pour finir ? C'est grâce aux « lois de la probabilité » ou « des grands nombres », nous dit-on. Mais cette loi ne dispose d'aucune force physique pour faire exécuter ses ordres. Elle est impuissante — et cependant virtuellement toute-puissante.

On pensera peut-être que j'insiste lourdement par pure méchanceté, mais le paradoxe est d'une extrême importance si l'on s'intéresse au problème de la causalité. Puisque les séries causales qui mènent à la désintégration des atomes pris individuellement sont manifestement indépendantes les unes des autres, il faut soit admettre que la prédiction statistique selon laquelle mon échantillon de thorium C aura une demi-vie de 60,5 minutes va s'accomplir par pur hasard, ce qui est absurde ; soit opter hardiment pour une autre hypothèse en conjecturant l'existence d'un « agent de connexion a-causal » qui serait complémentaire de la causalité physique, au sens où se complètent l'onde et la particule, le « mécanique » et le « mental ». Cet agent opérerait sous des apparences diverses aux divers niveaux : sous forme de « variables cachées » remplissant les lacunes de la causalité au niveau nucléaire ; en coordonnant les activités des atomes de thorium C, qui sont physiquement indépendants, pour leur faire respecter la date de la demi-vie ; en rapprochant les semblables dans les « événements confluents » de la sérialité et de la synchronicité ; et peut-être en produisant le « champ psi » des parapsychologues.

L'idée peut paraître fantastique, elle ne l'est pas plus que les phénomènes paradoxaux sur lesquels elle se fonde. Nous vivons dans un univers d' « écume ondulante de quanta » qui crée sans cesse les plus étranges phénomènes par des moyens qui dépassent les concepts classiques de cause physique. La finalité de cet agent a-causal nous est inconnue, et peut-être inconnaissable ; mais nous avons l'intuition qu'elle doit être apparentée à la poussée vers des formes supérieures d'ordre et d'unité dans la diversité que nous observons dans l'évolution de l'univers, de la vie, de la conscience, et pour finir de la science et de l'art. Il est plus facile d'accepter un seul grand mystère qu'un tas de pièces de puzzles dépareillés.

C'est ce que semble penser Erwin Schrödinger dans l'essai que j'ai cité plus haut, *Qu'est-ce que la vie ?* Pour lui, le lien qui unit les événements infra-atomiques totalement imprévisibles à leur résultat global exactement prévisible, relève du « principe d'ordre à partir du désordre ». Il admet franchement que ce principe échappe à la causalité physique :

La désintégration d'un atome radioactif est observable (elle émet un projectile qui produit une scintillation visible sur un écran fluorescent). Mais la durée de vie probable d'un atome en particulier est beaucoup moins sûre que celle d'un moineau. En fait, tout ce qu'on peut en dire est ceci : tant qu'il vit (et ce peut être des milliers d'années) il a toujours la même chance, grande ou petite, d'exploser dans la seconde qui vient. Ce manque manifeste de détermination individuelle n'en a pas moins pour résultat la loi exponentielle exacte de décomposition d'un grand nombre d'atomes radioactifs de même espèce.

Robert Harvie, écrit à propos de ce passage de Schrödinger :

La théorie quantique orthodoxe tente de résoudre ce paradoxe en affirmant la nature probabiliste de la matière au niveau microscopique. Mais il reste encore un paradoxe : celui de la probabilité elle-même. Les lois de la probabilité disent *comment* une collection d'événements distincts et fortuits peuvent aboutir à une certitude à grande échelle, mais elles ne disent pas *pourquoi*. Le principe « d'ordre à partir du désordre » semble irréductible, inexplicablement « présent ». Demander pourquoi , c'est comme demander : Pourquoi l'univers existe-t-il ? ou : Pourquoi l'espace a-t-il trois dimensions ? (à supposer que ce soit vrai).

Dans la théorie que je propose le « principe d'ordre à partir du désordre » est représenté par la tendance à l'intégration. Nous avons déjà vu ce principe postulé par les pythagoriciens. Après une éclipse sous le règne des orthodoxies réductionnistes en physique et en biologie, il retrouve son ascendant dans des versions plus raffinées. J'ai cité les concepts apparentés de la négentropie de Schrödinger, de la syntropie de Szent-Györgyi, de l'élan vital de Bergson, etc. ; on peut ajouter à la liste l'anamorphose du biologiste allemand Woltereck, terme repris par von Bertalanffy, pour désigner la tendance de la nature à créer de nouvelles formes de vie, et aussi, dans les écrits de L. L. Whyte, le « principe morphique » ou « principe fondamental du développement de structure ». Ce que ces théories ont en commun, c'est qu'elles considèrent toutes la tendance morphique, ou formative, ou syntropique, le travail de la nature pour créer de l'ordre à partir du désordre, un cosmos à partir du chaos, comme des principes ultimes irréductibles, au-delà de la causalité mécanique[1].

Notre théorie est encore plus téméraire en ce qu'elle suppose explicitement que la tendance à l'intégration opère par des *voies causales et a-causales* qui sont en relation complémentaire de manière analogue à la complémentarité ondes-particules en physique. En conséquence, elle engloberait non seulement les agents a-causals qui opèrent au niveau infra-atomique, mais aussi les phénomènes parapsychologiques et les « événements confluents ». Nous avons vu que la perception extra-sensorielle et la « synchronicité » se chevauchent souvent et qu'un événement supposé para-normal peut s'interpréter soit comme le résultat d'une perception extra-sensorielle, soit comme un cas de « synchronicité ». Mais on a peut-être tort de vouloir établir une distinction catégorique entre les deux. La physique classique nous a appris qu'il existe diverses manifestations d'énergie — cinétique, potentielle,

1. La plupart n'invoquent pas expressément des facteurs a-causals, qui sont néanmoins implicites si l'on considère la tendance formative comme « irréductible ».

thermique, électrique, nucléaire, radiante — qui, par des procédés appropriés peuvent s'échanger l'une pour l'autre, comme des monnaies convertibles. Nous avançons l'hypothèse que, de la même manière, la télépathie, la prémonition, la précognition, la psychokinèse et la synchronicité ne sont, ***dans des conditions différentes, que des manifestations différentes d'un même principe universel*** à savoir la tendance à l'intégration, opérant au moyen d'agents causals et a-causals. Par quels processus, nous ne le comprenons pas ; au moins peut-on intégrer les données des phénomènes paranormaux dans un schéma unifié.

Une condition fondamentale de la validité d'une expérience scientifique est que l'on doit pouvoir la reproduire et la prédire. Or les événements paranormaux, qu'ils se produisent en laboratoire ou spontanément, sont imprévisibles, capricieux et relativement rares. C'est une des raisons pour lesquelles les sceptiques se croient autorisés à rejeter les résultats d'une quarantaine d'années d'expériences rigoureusement contrôlées de perception extra-sensorielle et de psychokinèse, en dépit d'énormes données statistiques qui, en tout autre domaine de recherche, seraient considérées comme preuves suffisantes de la réalité des phénomènes.

Mais le critère de répétition ne s'applique que si les conditions expérimentales sont essentiellement les mêmes que dans l'expérience originelle ; et avec de sensibles sujets humains les conditions ne sont jamais identiques en termes d'humeur, de réceptivité et de rapport affectif à l'expérimentateur. De plus, les phénomènes de perception extra-sensorielle comportent presque toujours des processus inconscients qui échappent à la volonté. Et si les phénomènes sont effectivement déclenchés par des agents a-causals il serait naïf de s'attendre à les voir se reproduire à volonté.

Il y a toutefois, quant au caprice et à l'apparente rareté des phénomènes paranormaux, une autre explication, particulièrement intéressante dans le présent contexte. Formulée à l'origine, je crois, par Henri Bergson, elle a été reprise par plusieurs auteurs dans des ouvrages de parapsychologie. Ainsi H. H. Price, ancien professeur de logique à Oxford :

> On dirait que les impressions reçues télépathiquement ont quelque difficulté à franchir le seuil et à se manifester à la conscience. Il semble y avoir une barrière, un mécanisme de refoulement qui tend à leur interdire l'entrée de la conscience — une barrière assez impénétrable, et elles utilisent toutes sortes de procédés pour la surmonter... Et souvent elles ne peuvent émerger que sous une forme déformée et symbolique (comme d'autres contenus mentaux inconscients). On peut supposer que beaucoup de nos pensées et de nos émotions quotidiennes sont télépathiques ou partiellement télépathiques à l'origine, et qu'elles ne sont pas reconnues comme telles parce que trop déformées et mêlées à d'autres contenus mentaux en passant par le seuil de la conscience.

En commentant ce passage le mathématicien de Cambridge Adrian Dobbs devait aller droit au but :

> Voilà qui est intéressant. On imagine soit la pensée, soit le cerveau, contenant un assemblage de filtres sélectifs destinés à couper les signaux indésirables sur des fréquences voisines, et dont certains passent, mais déformés, exactement comme dans un récepteur de radio ordinaire.

C'est la même idée qui a été reprise par Cyril Burt, ancien professeur de psychologie à l'University College de Londres :

> Nos organes des sens et notre cerveau opèrent comme un filtre complexe qui limite et oriente les forces clairvoyantes de l'esprit, de telle sorte que dans les conditions normales l'attention se concentre uniquement sur les objets ou les situations qui ont une importance biologique pour la survie de l'organisme et de son espèce... En général, dirait-on, l'esprit rejette les idées qui viennent d'un autre esprit comme le corps les greffes provenant d'un autre corps.

Les lignes qui précèdent ont sans doute donné au lecteur une impression de déjà vu puisque l'on avait déjà rencontré les « théories des filtres » à propos des mécanismes de la perception et du processus de l'évolution. En fait l'hypothèse d'un appareil de filtrage qui nous protégerait des signaux « indésirables » de la perception extra-sensorielle n'est qu'une extrapolation à partir de ce que nous savons de la perception sensorielle normale. On se rappelle la « multitude foisonnante et bourdonnante de sensations » qui, selon William James, bombarde constamment nos organes de perception, surtout nos yeux et nos oreilles. La pensée sombrerait dans le chaos s'il fallait s'occuper de chacun des millions de stimuli qui nous assaillent. Aussi le système nerveux central, et surtout le cerveau, fonctionnent-ils comme une hiérarchie à niveaux multiples d'appareils de filtrage et de classement qui éliminent une grande proportion de l'apport sensoriel, « bruit de fond » indésirable, et assemblent l'information pertinente en structures cohérentes avant de la présenter à la conscience. Par analogie, on pourrait imaginer un mécanisme de filtrage semblable qui protège notre rationalité de la foisonnante et bourdonnante multitude des messages, images, intuitions et coïncidences du « champ psycho-magnétique » qui nous environne.

CHAPITRE LIII

Horizons cosmiques *

EN approchant du terme de notre périple nous ferions peut-être bien de nous rappeler le Prologue dans lequel je parlais de l'avènement soudain du néocortex et de sa croissance qui s'est faite avec une rapidité sans précédent dans l'histoire de l'évolution. Nous avons vu qu'une des conséquences de ce processus explosif a été le conflit chronique entre le cerveau récent qui a doté l'homme de ses facultés de raisonnement et le cerveau archaïque gouverné par les instincts et les émotions. Résultat : une espèce déséquilibrée mentalement, affligée d'une tare paranoïaque que son histoire ancienne et actuelle manifeste impitoyablement.

Mais l'explosion cérébrale de la fin du pléistocène a eu d'autres conséquences — moins dramatiques, mais non moins importantes — qu'il nous reste à examiner.

Le point crucial est qu'en créant le cerveau humain l'évolution a largement dépassé son but.

> C'est un instrument dont la mise au point a précédé les besoins de son propriétaire... La sélection naturelle aurait pu ne doter le sauvage que d'un cerveau un peu supérieur à celui du primate, alors qu'en réalité son cerveau n'est guère inférieur à celui de la moyenne des membres de nos sociétés savantes...

Ces paroles sont certainement d'une autorité : rien de moins qu'Alfred Russel Wallace, qui engendra avec Darwin (si l'on ose dire) la théorie de l'évolution par sélection naturelle[1]. Darwin entrevit immédiatement les conséquences désastreuses qu'on pouvait tirer de ce raisonnement, et écrivit à Wallace : « J'espère que vous n'avez pas complètement tué notre enfant, le

* Extrait de *Janus,* chap XIV.

1. La théorie fut exposée pour la première fois dans une communication cosignée par Darwin et Wallace à la *Linnean Society* en 1858.

vôtre, le mien. » Mais il n'avait aucune réponse satisfaisante à faire à une pareille critique, sur laquelle les disciples ont gardé un silence pudique.

Pourquoi était-elle si grave ? Pour deux raisons. La première n'a qu'un intérêt historique : c'est que l'objection de Wallace démolit un des piliers de l'édifice darwiniste. L'évolution selon les théories darwiniste et néodarwiniste procède nécessairement par très petites étapes dont chacune confère à l'organisme mutant un avantage sélectif minimal — sans quoi le système dans son ensemble n'aurait plus aucun sens, comme Darwin n'a cessé de le répéter lui-même. Mais avec toute l'imagination du monde on n'arriverait pas à faire cadrer avec cette théorie l'évolution fulgurante du cerveau humain, que certains anthropologues ont comparée à une « excroissance tumorale ». D'où la phrase angoissée de Darwin, et la conspiration du silence qui a suivi.

Il y a un deuxième aspect, beaucoup plus important, de la critique de Wallace, que son auteur n'a sans doute pas vu entièrement. Wallace a bien montré que « l'instrument » (le cerveau humain) a « précédé les besoins de son propriétaire ». Mais cette évolution n'a pas seulement dépassé les besoins de l'homme préhistorique : c'est le seul exemple d'une évolution qui *procure à une espèce un organe qu'elle ne sait pas utiliser* — un organe de luxe qu'elle mettra des millénaires à employer correctement, si jamais elle y arrive.

L'un des premiers représentants connus de l'*homo sapiens* (l'homme de Cro-Magnon, entré en scène il y a cent mille ans au moins) avait un cerveau identique au nôtre, pour la forme et pour les dimensions. Le paradoxe est qu'il ne s'est guère servi de cet organe de luxe. Cavernicoles illettrés, les hommes ont continué, millénaire après millénaire, à fabriquer les mêmes armes et les mêmes outils rudimentaires, alors que l'organe qui devait les emporter dans la Lune était déjà là, tout prêt, dans leurs crânes. L'évolution avait fait une erreur de cent mille ans. J'ai tenté, dans *Le Cheval dans la locomotive,* d'expliciter ce paradoxe au moyen d'un conte de science-fiction que j'ai appelé « la parabole du cadeau-surprise » :

Il était une fois en Arabie un marchand illettré nommé Ali qui savait si mal compter qu'il se faisait tromper par ses clients, au lieu de les tromper comme il aurait dû. Chaque soir il priait Allah de lui faire cadeau d'une abaque — un boulier pour additionner et soustraire. Or, un djinn malicieux transmit la prière à l'un des Bureaux célestes d'Expédition qui n'était pas du tout celui que visait Ali lequel, un beau matin, en arrivant au bazar trouva son échoppe transformée en un grand building d'acier et, à l'intérieur, un ordinateur I.B.M. dont les oscillateurs fluorescents, les cadrans, les yeux électroniques, couvraient les parois de plusieurs étages ; il y avait aussi un mode d'emploi en quelques centaines de pages qui laissa le boutiquier indifférent puisqu'il ne savait pas lire. Après avoir, pendant des jours, manipulé les cadrans au hasard, Ali se mit en fureur et commença à cogner sur une jolie manette qui déclencha l'un des millions de circuits électroniques de la machine... et au bout d'un moment Ali s'aperçut avec ravissement que s'il frappait cette manette trois fois d'abord, cinq fois ensuite, un cadran s'allumait pour montrer le chiffre 8. Il remercia Dieu de lui avoir donné ce beau boulier et jusqu'à sa mort utilisa l'ordinateur à faire des additions — sans jamais se douter qu'il aurait pu en quelques secondes dériver les équations d'Einstein et prédire mille ans d'avance la position des astres.

Les enfants, les petits-enfants d'Ali héritèrent de la machine et du secret de l'addition ; il leur fallut des centaines de générations pour apprendre celui de la multiplication. Nous sommes aussi les descendants d'Ali, et si nous avons découvert bien d'autres utilisations de l'ordinateur, nous ne savons encore employer qu'une fraction infime d'un potentiel qu'on estime à cent milliards de circuits. Car le cadeau-surprise n'est autre, évidemment, que le cerveau humain. Quant au mode d'emploi, on l'a perdu — s'il a jamais existé, comme Platon l'affirmait ; mais c'était par ouï-dire[1].

Quand les biologistes expliquent que chez l'homme « l'évolution mentale » remplace l'évolution biologique et que c'est une caractéristique qui le distingue des autres animaux, ils ne voient généralement pas le cœur du problème. Car chez les animaux le potentiel d'apprentissage est inévitablement limité, du fait qu'à la différence de l'homme ils font plein usage, ou presque, de tous les organes dont ils sont dotés, cerveau inclus. Les capacités de l'ordinateur logé dans le crâne du reptile ou du mammifère inférieur sont exploitées à fond et ne laissent aucune place à un savoir cumulatif ni à une « évolution mentale ». C'est uniquement dans le cas de l'*homo sapiens* que l'évolution a tellement anticipé les besoins que cet être ne fait encore que commencer à explorer les potentiels inexploités des quelque dix milliards de neurones du cerveau et de leurs connexions synaptiques virtuellement inépuisables. A ce point de vue, l'histoire de la science, de la philosophie et de l'art n'est que le lent processus par lequel l'homme apprend à actualiser le potentiel de son cerveau. Les espaces vierges à conquérir se trouvent dans les lobes du cortex.

S'il a fallu si longtemps pour *apprendre à utiliser le cerveau,* si le processus a été si discontinu, si spasmodique, c'est pour des raisons que l'on peut résumer en une formule : le cerveau ancien a été un obstacle, ou un frein, pour le nouveau. En Europe les seules périodes de l'histoire qui ont connu un développement vraiment cumulatif du savoir scientifique ont été les trois grands siècles de la Grèce avant la conquête macédonienne et les quatre siècles qui nous séparent de la Renaissance. L'organe capable de générer ce savoir a toujours été là dans les crânes humains pendant un sombre interrègne de deux mille ans, mais il n'avait pas le droit de produire de la science. Presque tout au long de l'histoire et durant des millénaires de préhistoire, le merveilleux potentiel du cadeau-surprise n'a été autorisé à se manifester qu'au service de croyances affectives archaïques, saturées de tabous : dans les peintures magiques des grottes de la Dordogne, dans

1. *Le Cheval dans la locomotive.*

l'imagerie archétypique traduite en langage de mythologie, dans les arts religieux de l'Asie et de la chrétienté médiévale. Le rôle de la raison, *ancilla fidei,* a été de servir la foi — foi des sorciers ou des guérisseurs, des théologiens ou des matérialistes dialectiques, des suppôts du roi Mbo-Mba ou des dévots du président Mao. Ce n'est pas la faute des astres et du destin, c'est la faute du cheval et du crocodile que nous hébergeons dans nos crânes.

Les conséquences historiques de la schizophrénie humaine ont été assez longuement évoquées dans les premiers chapitres ; je reviens à ce sujet afin de souligner une tout autre conséquence, qui soulève des problèmes philosophiques fondamentaux. Poursuivons donc la métaphore : les descendants d'Ali ont été si contents, si impressionnés par les capacités apparemment inépuisables de l'ordinateur (aux époques heureuses où il pouvait fonctionner sans entrave) qu'ils ont succombé naturellement à l'illusion de croire que cet instrument était *virtuellement omniscient,* cette illusion provenant directement du fait que l'évolution avait dépassé son but. En d'autres termes les facultés d'apprentissage et de raisonnement du cerveau sont apparues si énormes par rapport à celles des autres animaux, et par rapport aussi aux besoins immédiats de ses propriétaires, que ceux-ci se sont persuadés que son potentiel inexploité était inépuisable, et ses pouvoirs de raisonnement illimités. En vérité, il n'y avait pas lieu de croire qu'il existât des problèmes que l'ordinateur ne pourrait pas résoudre, puisqu'il n'était pas programmé pour les résoudre. C'est ce qu'on pourrait appeler « l'illusion rationaliste » : grâce aux ressources sans limite du cerveau tous les mystères de l'univers seront élucidés un jour, ce n'est qu'une question de temps.

Presque tous les successeurs d'Ali, et généralement les plus éminents ont eu cette illusion. Aristote croyait que de son temps on avait découvert à peu près tout ce qu'il valait la peine de découvrir et qu'il ne restait plus de problèmes à résoudre. Descartes était si enthousiasmé par le succès de l'application de la méthode mathématique aux sciences qu'il se crut capable de construire à lui seul tout l'édifice de la nouvelle physique. Plus prudents, les pionniers de la révolution scientifique, vers la même époque, pensaient qu'il faudrait peut-être au moins deux générations pour arracher à la nature ses derniers secrets. « Il n'y a en réalité qu'une poignée de phénomènes particuliers des arts et des sciences, écrivait Francis Bacon. La découverte de toutes les causes et de toutes les sciences ne serait qu'un travail de quelques années. » Deux siècles plus tard, en 1899, le célèbre biologiste allemand Ernst Haeckel, apôtre de Darwin, publia un livre sur les *Énigmes de l'Univers (Die Welträtsel)* qui a été la bible de mon adolescence. Il y avait sept grandes énigmes, dont six étaient « définitivement résolues », comme par exemple la structure de la matière et l'origine de la vie. La septième (l'expérience subjective de la volonté) était seulement « une illusion sans existence réelle » — de sorte qu'il ne restait plus d'énigmes, ce qui faisait bien plaisir. Julian

Huxley avait probablement autant d'assurance en écrivant : « Dans le domaine de l'évolution la génétique a donné la réponse fondamentale, et les biologistes ont toute liberté de s'attaquer à d'autres problèmes. »

La philosophie du réductionnisme sort en droite ligne de l'illusion rationaliste. « La découverte de toutes les causes et de toutes les sciences ne serait qu'un travail de quelques années. » Qu'on remplace « années » par « siècles », c'est essentiellement le credo réductionniste : le cerveau humain virtuellement omniscient élucidera toutes les énigmes de l'univers en les réduisant à n'être « pas autre chose que » le jeu des électrons, des protons et des quarks. Éblouis par les profits tirés du cadeau-surprise, les bénéficiaires n'ont pas songé que les pouvoirs du cerveau, immenses à certains égards, n'en sont pas moins très limités quand il s'agit des ultimes significations. Autrement dit, si l'évolution a dépassé son but en un sens, elle est restée bien en deçà de ce but en ce qui concerne les questions existentielles fondamentales, pour lesquelles elle n'était pas « programmée ». Tels sont les paradoxes de l'infini et de l'éternité (« Si le monde a commencé par une explosion, qu'y avait-il avant l'explosion ? ») ; la courbure de l'espace selon la relativité ; la notion d'univers parallèles qui s'interpénètrent ; les phénomènes de parapsychologie et de processus a-causals ; et toutes les questions liées finalement au sens de l'univers (de la vie, du bien et du mal, etc.). Citons (pour la dernière fois) un grand physicien, Henry Margenau, professeur à Yale :

> Un artifice utilisé quelquefois pour expliquer la prémonition est d'imaginer un temps multidimensionnel. Ceci procure un authentique passage du temps en arrière, qui pourrait permettre à des intervalles positifs dans une direction temporelle de devenir négatifs dans une autre : « l'effet avant la cause ». En principe cela représente un schéma valable et je ne connais aucune critique qui puisse l'écarter en tant que procédé scientifique. Mais si l'on doit l'accepter il faudra élaborer une métrique de l'espace-temps entièrement nouvelle...

Malheureusement nous ne sommes pas programmés pour cette métrique nouvelle ; nous ne sommes pas capables de visualiser d'autres dimensions spatiales que la longueur, la largeur et la hauteur, ni un temps qui s'écoulerait de demain à hier, et ainsi de suite. Et si nous sommes incapables d'imaginer de tels phénomènes, ce n'est pas parce qu'ils sont impossibles, mais parce que le cerveau et le système nerveux humains ne sont pas programmés pour les comprendre.

Les limites de notre programmation (de notre équipement héréditaire) sont encore plus manifestes dans les organes des sens. L'œil humain ne peut percevoir qu'une infime fraction du spectre des radiations électromagnétiques ; notre ouïe est réduite à une gamme de fréquences bien moins étendue que celle du chien ; notre odorat est dérisoire et notre sens de l'orientation dans l'espace ne saurait se comparer à celui des oiseaux migrateurs. Jusqu'au XIIIe siècle l'homme n'a pas su qu'il est entouré de forces magnétiques ; et les sens ne lui en font nullement prendre conscience, pas plus que des pluies de neutrinos qui le pénètrent et le traversent par millions, ni que d'autres champs et influences inconnus qui opèrent en lui et autour de lui. Si l'appareil *sensoriel* de notre espèce est programmé pour ne percevoir qu'une partie infinitésimale de la fantasmagorie cosmique, pourquoi ne pas admettre que son outillage *cognitif* est peut-être soumis à des limites de programmation tout aussi strictes, autrement dit qu'il est incapable de fournir des réponses aux grandes questions de la finalité et du sens de toutes choses ? Ce ne serait pas minimiser l'intelligence, ni décourager les humains de s'en servir à fond, car les esprits créatifs essaieront toujours de le faire, « comme si » les réponses étaient à portée de la main.

Mais admettre les limites inhérentes de la raison humaine conduit automatiquement à une attitude plus tolérante et plus ouverte envers des phénomènes qui paraissent défier cette raison : la physique quantique, par exemple, la parapsychologie et les événements a-causals. Ce changement d'attitude ferait oublier aussi la maxime du réductionnisme primaire : ce qu'on ne peut pas expliquer ne peut pas exister. Une race d'humains sans yeux, comme les citoyens du *Pays des aveugles,* de Wells, refuserait d'admettre que l'on peut percevoir des objets à distance, sans contact ; ce serait pour elle un non-sens obscurantiste. Un proverbe chinois nous avertit qu'il est vain de parler de la mer à une grenouille qui habite au fond d'un puits.

Nous avons entendu tout un chœur de lauréats du prix Nobel nous annoncer que la matière n'est que de l'énergie travestie, et que la causalité est morte, et le déterminisme aussi. S'il en est ainsi, faisons-leur de belles funérailles dans les jardins d'Académe, avec requiem de musique électronique. Il est grand temps de nous débarrasser de la camisole de force que le matérialisme du XIXe siècle, le réductionnisme et l'illusion rationalisme ont imposée à nos conceptions philosophiques... Si ces conceptions avaient avancé à la cadence des messages révolutionnaires que captaient la chambre à bulles et le radiotélescope, au lieu de traîner avec un siècle de retard, il y a longtemps que nous serions libérés.

Ce simple fait étant admis, nous pourrions devenir plus réceptifs en nous et autour de nous à des phénomènes étranges qu'une préférence exclusive pour le déterminisme mécanique nous a empêchés de voir ; nous pourrions sentir le vent qui souffle à travers les brèches de l'édifice causal ; faire entrer les phénomènes paranormaux dans des concepts de normalités révisés, et comprendre que nous vivions au Pays des aveugles — ou au fond d'un puits.

Les conséquences de cette nouvelle prise de conscience seraient imprévisibles. « La recherche psychique est une des branches d'investigation les plus importantes qui s'offrent à l'esprit humain, écrit le professeur H. H. Price. Il se pourrait qu'elle transforme toutes les conceptions intellectuelles sur lesquelles se fonde notre civilisation actuelle. » De la part d'un logicien d'Oxford de telles propositions sont fort graves ; je ne pense pas qu'elles soient exagérées.

Il est possible que dans le domaine des facultés psychiques notre espèce, qui ne manque pas d'autres déficiences, soit défavorisée. Le plan de l'évolution n'exclut pas les monstruosités biologiques, telles que le koala, ni les races suicidaires telle que l'humanité paranoïaque. S'il en est ainsi nous devrons croire « comme si » il en était autrement et tâcher de tirer tout le parti possible de ce que nous avons — de la même manière que nous essayons de profiter au mieux, en tant qu'individus, du sursis qui nous est accordé avant l'exécution de notre sentence de mort.

Les limites de l'ordinateur d'Ali nous condamnent peut-être à épier l'éternité par le trou de la serrure. Essayons au moins de déboucher ce trou pour nous servir de nos yeux, même si nous avons la vue faible.

Nous vivons une situation sans précédent, c'est un fait sur lequel j'ai voulu insister déjà. Disons-le une fois de plus : depuis le début de leur histoire les hommes ont eu à affronter la perspective de leur mort individuelle ; notre génération est la première qui doive faire face à la perspective de la mort de l'espèce. *L'homo sapiens* a fait son apparition il y a quelque cent mille ans — ce qui, à l'échelle de l'évolution, est une durée infime, un battement de paupières. S'il disparaissait maintenant sa belle et triste aventure aurait constitué un épisode à peine perceptible qui n'inspirerait aux habitants de notre galaxie ni épopées ni lamentations. Nous savons à présent que la vie foisonne dans l'immensité de l'espace, sur d'autres planètes qui probablement n'auraient même pas remarqué le petit épisode humain.

Il y a seulement quelques dizaines d'années on pensait généralement que l'émergence de la vie à partir de composés chimiques inanimés devait être un événement extrêmement improbable, et par conséquent extrêmement rare, qui sans doute n'avait pu se produire qu'une fois, chez nous, sur cette planète privilégiée, et nulle part ailleurs. On croyait en outre que la formation de systèmes solaires tels que le nôtre est aussi un événement rare, et que les planètes capables de nourrir une vie quelconque doivent être plus rares encore. Mais ces idées, qui sentent le « chauvinisme terrestre », sont maintenant réfutées par les récents progrès de l'astrophysique. Désormais les astronomes admettent généralement que la formation de systèmes planétaires comportant des planètes habitables est un « événement courant [1] », et que des composés chimiques virtuellement capables de donner

1. Carl Sagan, du Centre de radiophysique et de recherches spatiales de l'université Cornell, s'adressant à un congrès intitulé « Communication avec les intelligences extra-terrestres ». Ce congrès (C.E.T.I., 1971) était patronné conjointement par les académies des sciences des États-Unis et de l'U.R.S.S. Ses comptes rendus (publiés en 1973 par M.I.T. Press) constituent une remarquable contribution à l'étude des problèmes de la vie extra-terrestre et des méthodes que l'on peut concevoir pour entrer en contact avec d'autres formes de vie que la nôtre.

naissance à la vie existent à la fois dans notre voisinage immédiat, le sol et l'atmosphère de Mars, et dans les nuages de poussières intersidérales de lointaines nébuleuses. De plus, on constate que certaines météorites contiennent des matières organiques dont les spectres sont identiques à ceux des spores pollénoïdes des sédiments précambriens.

Le grand astrophysicien anglais Frederick Hoyle et son confrère indien, le Pr Chandra Wickranashinghe, proposent (en 1977) de considérer « les nuages moléculaires préstellaires tels qu'il en existe dans la nébuleuse d'Orion, comme les « berceaux » de la vie les plus vraisemblables. Les processus qui surviennent dans ces nuages provoquent le commencement et la diffusion de l'activité biologique dans la galaxie... Il semblerait maintenant très probable que la transformation de matière inorganique en systèmes biologiques primitifs se produit plus ou moins continuellement dans l'espace intersidéral ».

Quant aux structures pollénoïdes des météorites, les mêmes auteurs estiment qu'il est possible qu'elles « représentent des « protocellules » interstellaires primitives en état d'animation suspendue ». En ce moment « environ cent tonnes de matériaux météoritiques pénètrent chaque jour dans l'atmosphère terrestre ; mais au cours des premières époques géologiques le taux d'accumulation a pu être beaucoup plus élevé ». Une partie de ces matériaux a pu provenir des « berceaux de la vie » : des poussières cosmiques qui précèdent la formation des étoiles.

Ainsi les doctrines du « chauvinisme terrestre » sont désormais insoutenables, comme tant d'autres dogmes chers à la science du XIXe siècle. Nous ne sommes pas seuls dans l'univers ; nous ne sommes pas, dans ce théâtre, les seuls spectateurs parmi des sièges inoccupés. Bien au contraire, autour de nous l'univers bouillonne de vie, depuis les « protocellules » qui flottent dans l'espace interstellaire, jusqu'à des millions de civilisations plus avancées que la nôtre — tellement plus avancées qu'elles nous ont dépassés peut-être de toute la distance qui nous sépare de nos ancêtres reptiles ou amibiens. Cette perspective me paraît consolante, et même réjouissante. En premier lieu, il est bon de savoir que nous ne sommes pas seuls, que nous avons de la compagnie là-haut, dans les étoiles — de sorte que si nous disparaissons ce ne sera pas trop grave, et que le drame cosmique ne se jouera pas devant une salle vide. Que nous soyons les seuls êtres conscients dans cette immensité, que toute conscience s'éteigne si nous nous éteignons, c'est une idée intolérable. Inversement, si nous savons qu'il existe des milliards d'êtres dans notre galaxie et dans d'autres galaxies, infiniment plus éclairés que nous, pauvres malades, nous pouvons accéder à l'humilité et au dépassement de soi qui sont à la source de toute expérience religieuse.

Cela m'amène à une considération peut-être naïve que je crois plausible, au sujet de la nature des intelligences et des civilisations extra-terrestres. La civilisation terrestre (si on la fait remonter aux débuts de l'agriculture, de l'écriture, etc.) a dix mille ans à peu près, et c'est une estimation généreuse. Essayer de deviner la nature de civilisations extra-terrestres vieilles de quelques millions d'années, ce serait évidemment pure chimère. En revanche, il est tout à fait raisonnable de penser que tôt ou tard (disons au cours de ses dix premiers millénaires) chacune de ces civilisations aura découvert les réactions thermonucléaires — et vécu, par conséquent, l'année zéro de son calendrier. A partir de là, la sélection naturelle (« l'herbicide sélectif », comme nous disions) commence à jouer à l'échelle cosmique. Les civilisations folles engendrées par des inadaptés biologiques agenceront tôt ou tard leur suicide et disparaîtront de leurs planètes polluées. Les civilisations qui sortiront victorieuses de ces épreuves de santé mentale s'épanouiront, ou se sont épanouies déjà, jusqu'à former une élite cosmique de demi-dieux. Pour parler avec moins d'emphase, il est réconfortant de songer que grâce à ce processus de sélection les « bons » seront ainsi les seuls à survivre, tandis que les « méchants » s'anéantiront tout seuls. Il est plaisant de savoir que l'univers est un lieu réservé aux bons, et que ceux-ci nous environnent. Les religions traditionnelles se font une idée moins charitable de l'administration cosmique.

ÉPILOGUE

Plus d'une fois j'ai décrit la vie que j'ai menée jusqu'en 1940 comme l'histoire typique d'un membre de la classe moyenne cultivée d'Europe centrale, né au début du siècle. Typique d'abord en raison des événements historiques qui ont affecté tous les membres de cette classe : la Première Guerre mondiale suivie des « années folles » ; la montée du national-socialisme et en regard les appâts de la Grande Expérience soviétique, qui paraissait le seul autre terme de l'alternative ; les répercussions de la guerre d'Espagne ; l'émigration massive de l'intelligentsia d'Europe centrale vers l'Europe de l'Ouest, l'Amérique, la Palestine et Auschwitz ; l'Europe soumise à la croix gammée, et enfin la Deuxième Guerre mondiale.

Mais cette première moitié de la vie de l'auteur a été assez typique aussi à un autre point de vue : celui de la formation intellectuelle et des engagements idéologiques, dominés généralement par trois grandes figures symboliques, une trinité laïque néanmoins entourée d'un halo de sainteté : Marx, Freud et Einstein. Marx, Lorelei à grande barbe, posté sur les récifs d'Utopie pour y attirer le voyageur ; Freud qui réduit les aspirations spirituelles aux sécrétions sexuelles ; et Einstein vénéré dans l'ardent espoir que la Science va répondre à toutes les questions, expliquer les fins dernières et le sens de la vie. Peu à peu chacune de ces divinités allait se changer en dieu des ténèbres et toutes trois, après leur Crépuscule, laisser un vide immense. Les générations qui ont suivi la mienne ont changé d'idoles de plus en plus vite en essayant de créer des contre-cultures de marginalisme béat, de drogue ou de bombes : elles dérivaient, elles dérivent encore, dans ce vide.

« Si dans ma jeunesse je regardais l'univers ainsi qu'un livre ouvert imprimé dans le langage des équations physiques… il m'apparaît à présent comme un texte écrit d'une encre invisible et dont, à de rares moments de grâce il nous est donné de déchiffrer un petit fragment. »

J'ai écrit cette confession à l'approche de la cinquantaine quand j'éprouvais le besoin de ce « changement de vocation » dont je parle dans la transition entre le premier et le deuxième livre, en quittant les mirages d'Utopie pour tenter d'apercevoir une synthèse nouvelle. A partir d'une analyse de l'humour j'ai été conduit par la petite porte, si je puis dire, à une théorie de la création scientifique et artistique, mettant en lumière certains processus fondamentaux de la créativité humaine qui semblent généralement à l'œuvre dans l'évolution mentale comme dans l'évolution biologique. De là, on a pu parvenir aux rudiments d'une théorie générale des systèmes basée sur le concept du holon, et à l'application de cette théorie à plusieurs problèmes éternels comme le libre arbitre, la mémoire, l'irrationalité de l'esprit de groupe.

Une ligne parallèle de raisonnement devait mener à des réflexions sur la pathologie mentale de notre espèce qui aboutit à une tendance à l'autodestruction, et ces réflexions se sont achevées sur la timide proposition d'une « solution autre que le désespoir ».

Finalement, j'ai essayé de montrer que les versions contemporaines du mysticisme oriental n'offrent aucun remède à cette tragique pathologie de l'humanité. En revanche, j'ai voulu indiquer qu'une nouvelle forme de mysticisme, ou de conscience cosmique, pourrait naître des perspectives infinies que viennent de nous révéler les explorations des mondes infraatomique et extra-galactique, et que l'on trouve un réconfort à penser que nous ne sommes pas seuls dans l'univers où nous entourent peut-être des êtres plus anciens et meilleurs que nous.

***

« ... Toute la terre avait une seule langue et les mêmes mots. Comme ils étaient partis de l'Orient, ils trouvèrent une plaine au pays de Shinear, et ils y habitèrent. Ils se dirent : Allons, faisons des briques et cuisons-les au feu. Et la brique leur servit de pierre, et le bitume leur servit de ciment. Ils dirent encore : Bâtissons-nous une ville et une tour dont le sommet touche au ciel, et faisons-nous un nom, afin que nous ne soyons pas dispersés sur la face de toute la terre. L'Éternel descendit pour voir la ville et la tour que bâtissaient les fils des hommes. Et l'Éternel dit : Voici, ils forment un seul peuple, et ont tous une même langue, et c'est là ce qu'ils ont entrepris ; maintenant rien ne les empêcherait de faire tout ce qu'ils auraient projeté. Allons, descendons, et là confondons leur langage, afin qu'ils n'entendent plus la langue les uns des autres[1]... »

1 *Genèse*, XI.

Tout le monde connaît le triste dénouement de ce conte, mais on peut l'interpréter de plus d'une manière. Peut-être le Seigneur, en son infinie malice, ne s'est-Il pas contenté de mettre en pièces la langue originelle que partageaient tous ses enfants, pour en faire du babylonien, de l'hébreu, de l'égyptien, et ainsi de suite : on aurait pu surmonter cette difficulté avec l'aide de quelques bons interprètes ; mais, voyant qu'une entreprise aussi complexe que celle de l'orgueilleuse tour exigeait des spécialistes de toute sorte, Il dota méchamment chacun de ces hommes d'un vocabulaire spécifique et d'une doctrine particulière qui devaient interdire aux ingénieurs de comprendre les propos des prêtres, aux briquetiers d'entrer dans les vues des architectes, aux philosophes de s'entendre sur la fonction de la tour et aux poètes de surmonter l'horreur de ce monstrueux outrage à l'environnement pastoral. Plus la tour s'élevait, plus s'envenimaient les disputes entre les bâtisseurs, tant et si bien que toute communication fut interrompue et qu'ils oublièrent même le but de leur entreprise qui disparut dans les nuées.

La parabole de la Tour paraît à certains égards une suite de l'histoire de la Chute : celle-ci concerne le drame moral de l'homme, la première illustre son drame intellectuel. Une force intérieure, semble-t-il, nous oblige à façonner des briques avec les faits et les données dont nous disposons, et à les cimenter du bitume de nos théories et de nos croyances. Et ainsi nous continuons, allons, à porter des briques au chantier de Babel, tout en sachant que la tour ne sera jamais achevée et que même les premiers murs que nous avons dressés peuvent à tout moment se fendre sous la foudre et tomber en poussière.

Travail sans récompense, mais non sans joie : il fait partie de la tragicomédie humaine. Faire des briques pour la tour de Babel n'est ni un devoir ni un privilège ; apparemment c'est une nécessité inscrite dans les chromosomes de notre espèce.

CHRONOLOGIE

Cette chronologie vise simplement, en complétant la Bibliographie, à permettre au lecteur de situer l'auteur aux différentes périodes de sa vie et de connaître les circonstances dans lesquelles les extraits de ce livre ont été écrits.

1905	Né à Budapest ; père hongrois, mère viennoise.
1922-1926	Étudiant, École polytechnique à Vienne.
1926-1929	Palestine — travaille dans un kibboutz, plus tard comme journaliste, correspondant au Moyen-Orient, pour la Presse Ullstein.
1929-1930	Journaliste, correspondant à Paris pour la Presse Ullstein.
1930-1932	Directeur scientifique et rédacteur de politique étrangère à Berlin. Membre de l'expédition arctique du « Graf Zeppelin ».
1932	Adhésion au Parti communiste.
1932-1933	Voyages en Russie et en Asie centrale.
1933-1940	Paris. Activités antifascistes.
1936-1937	Correspondant de guerre en Espagne. Capturé par les nationalistes. Trois mois en prison.
1938	Rupture avec le Parti communiste.
1939-1940	Est interné dans un camp de concentration français.
1940-1941	Rejoint la Légion étrangère. S'enfuit en Angleterre.
	1941-1942 Sert dans le Génie militaire britannique.
	1942-1945 Travaille au ministère de l'Information et comme conducteur d'ambulance.
1945	Correspondant spécial en Palestine.
1945-1947	Habite une bergerie dans le nord du Pays de Galles.
1948	Correspondant de guerre durant la guerre israélo-arabe. Devient sujet britannique.
1948-1952	Double résidence : « Island Farm » dans le New Jersey (États-Unis), et « Verte Rive », près de Fontainebleau.
1952	Retour en Angleterre.
1952-1980	Vit principalement en Angleterre ; voyages aux Indes, au Japon, en Australie et dans le sud du Pacifique ; conférences dans des universités européennes et américaines.

ŒUVRES D'ARTHUR KOESTLER
traduites en langue française

Un testament espagnol (autobiographie), 1939.	Denise Van Moppès.
Spartacus (roman), 1945.	Albert Lehman.
Le Zéro et l'infini (roman), 1946.	Jérôme Jenatton.
Le Bar du crépuscule (pièce en quatre actes), 1946.	
Croisade sans croix (roman), 1946.	Denise Van Moppès.
La Lie de la terre (autobiographie), 1947.	Jeanne Terracini.
Le Yogi et le commissaire (essai), 1947.	Dominique Aury. & Jeanne Terracini.
La Tour d'Ezra (roman), 1947.	Hélène Claireau.
Analyse d'un Miracle. Naissance d'Israël (essai), 1949.	Dominique Aury.
Le Dieu des Ténèbres (essai) en collaboration avec I. Silone, R. Wright, A. Gide, S. Spender, Louis Fischer, postface de R. Aron (1950).	Armand Petitjean.
Les Hommes ont soif (roman), 1951.	Denise Van Moppès.
La Corde raide (autobiographie), 1952.	Denise Van Moppès.
Hiéroglyphes (autobiographie), 1955.	Denise Van Moppès.
L'Ombre du dinosaure (essai), 1956.	Denise Van Moppès.
Réflexions sur la peine capitale (essai) en collaboration avec A. Camus (1957).	Jean Bloch-Michel.
Les Somnambules (essai), 1960.	Georges Fradier.
Le Lotus et le robot (essai), 1961.	Dominique Guillet. & Georges Fradier.
Suicide d'une nation. Enquête sur la Grande-Bretagne d'aujourd'hui (1964)).	Eddy Trèvres.
Le Cri d'Archimède (essai), 1965.	Georges Fradier.
Le Cheval dans la locomotive. Le paradoxe humain (essai), 1968.	Georges Fradier.

Le Démon de Socrate (essai), 1970.	Rémy Laureillard.
L'Étreinte du crapaud (essai), 1972.	Georges Fradier.
Les Racines du hasard (essai), 1972.	Georges Fradier.
Les Call-girls (roman), 1973.	Georges Fradier.
Face au néant (essai), 1975.	Alain Delahaye.
La Treizième tribu (essai), 1976.	Georges Fradier.
Le Hasard et l'infini (essai), en collaboration avec A. Hardy et R. Harvie (1977).	Michèle Fructus.
Janus. Esquisse d'un système (essai), 1979.	Georges Fradier.

INDEX

TABLE DES MATIÈRES

TROISIÈME PARTIE

LE DIEU DES TÉNÈBRES

QUATRIÈME PARTIE

MILITANT DE LA GUERRE FROIDE

CINQUIÈME PARTIE

NAISSANCE D'UNE NATION

LIVRE II

A LA RECHERCHE D'UNE SYNTHÈSE

PREMIÈRE PARTIE

LE CRI D'ARCHIMÈDE

DEUXIÈME PARTIE

ESQUISSE D'UNE THÉORIE

TROISIÈME PARTIE

APPLICATIONS DE LA THÉORIE

QUATRIÈME PARTIE

LA PULSION DU SUICIDE

INTERLUDE

CAMPAGNES ET CAUSES

CINQUIÈME PARTIE

LES PIÈGES DU MYSTICISME

SIXIÈME PARTIE

A TRAVERS LE TROU DE LA SERRURE

Achevé d'imprimer en mars 1981
sur presses CAMERON
dans les ateliers de la S.E.P.C.
à Saint-Amand-Montrond (Cher)

N° d'Édition : 10826. N° d'Impression : 416-224.
Dépôt légal : 2e trimestre 1981.